傳記文學

楊度

唐浩明 著

中册

人民东方出版传媒
東方出版社

目　录

Contents

第一章　借尸还魂

一　各路英豪聚会普迹市共图大业

早在三个月前，刘揆一应黄兴之请，由东京匆匆赶回湖南。在东京时，他们为建立一个革命团体的事反复商讨过。刘揆一到了长沙后，便全副心思投入到组建这个团体的活动中。经过半个月的准备，各方面就绪了。这个团体取名华兴会，对外叫华兴公司，以办矿业为公司业务，在长沙城南门外租一间屋，正式挂牌营业。入会者叫作入股，发给股票，股票即会员证。联络的暗号为：同心扑满，当面算清。这两句话，听起来像是生意场中的行话，其实隐喻“扑灭满清”之意。

黄兴当时公开的身份是明德学堂的体育教习。明德学堂的监督胡元倓也曾是留日生，明知黄兴在从事革命活动，他也不加干涉。为了更好地掩护自己，黄兴在回国途中，于上海参加了圣彼得堂的宗教仪式，并由该堂中国籍会长吴国光出具介绍信。一到长沙，他便转入长沙圣公会，与会长黄吉亭牧师成了朋友。

华兴会成立之初，会员近百人，黄兴被推举为会长，刘揆一为副会长，会员中有几个很活跃的人物。一个是章士钊，长沙人，二十岁。一个是宋教仁，桃源人，二十二岁。这二人都是激进的排满派。还有一个胡瑛，只有十六岁。胡瑛是湖北人，少时随父母来湖南。不久，父亲和兄长都去世，他便依父亲的一个故友长大。他那时在明德学堂读书，受黄兴的影响倾向革命。胡瑛人虽小，却聪明胆大，黄兴喜欢他，让他参加了华兴会。另有一个河北人张继，二十二岁。他也是留日生出身，与章士钊是好朋友，此时在明德学堂任历史教习。

华兴会的宗旨为“驱逐鞑虏，复兴中华”。黄兴和刘揆一认为不能仿效法国大革命发难于巴黎、英国大革命发难于伦敦的办法，因为英法为市民革命，而非国民革命，中国只宜采取雄踞一省、以一省带动数省、从而取得全国革命成功的办法。他们分析了湖南的情况，认为湖南具备首义之省的条件：一是湖南学界士绅界思想日见发达，二是湖南市民思想日见开通，三是湖南眼下荒情严重，易于号召。此外，湖南还具备一个较外省更为有利的条件，那便是湖南会党众多，其中势力最大的是哥老会。

湖南哥老会各派系纷纷占山结会，开堂放票。他们不仅互通声息，而且还和四川、湖北、江西、安徽、江苏等省的哥老会有密切的联系。黄兴、刘揆一根据各方面的调查，估计湖南各种山堂会党的徒众约有十二万人，若把四川以及长江中下游各省的人加起来，则有六七十万。这些会党的头目不少已和朝廷结下了大仇，愿意加入排满的行列。会党徒众多有武功，能开枪放炮，且不怕死，敢于铤而走险。若把他们组织起来，会很快成为一支推翻朝廷的强有力的军队。黄兴一向留心会党，知道长江流域各省的哥老会有一个众头领所共同钦服的首领，此人名叫马福益。

还在东京的时候，黄兴对刘揆一说起马福益的事，刘便将自己与马的那段往事告诉了黄兴。黄兴希望刘揆一利用这段关系。回国后，他们四处打听马福益的踪迹，却无法找到。一个多月后，刘道一从东京回来，将杨度所说的寻找方法告诉黄兴和哥哥。黄兴笑道："国内四方豪杰都不知道，国外的一介书生反而有他的联络暗号，真是有趣得很！"

按照杨度所提供的三马信号，刘道一在雷打石窑场里与马福益的部下马树德取得了联系，并通过马树德见到了马福益。在民族大义的激励下，马福益同意与黄兴见面。在一个寒冷的雪夜，马福益与黄兴在湘潭茶园铺的废煤洞里见了面。当马福益得知陪同黄兴一起来的那个年轻人，便是自己寻找了多年未曾谋面的救命恩人刘揆一时，激动万分，他向刘揆一恭恭敬敬地磕了三个头，以谢大恩，然后慷慨从命，义无反顾地与黄、刘歃血盟誓，共图大业。

鉴于马福益的哥老会内部复杂，良莠不齐，黄兴不让马部集体加入华兴会，而是在华兴会外建立一个名叫同仇会的外围组织，任命刘揆一为同仇会中将、马福益为少将，自任大将，并定于慈禧太后寿辰日——十月十日夜里在省城长沙起义。

正当黄兴、刘揆一等人为起义的钱款发愁的时候，杨度从东京汇来了两万银圆。真好比雪中送炭，华兴会的同志们莫不为杨度的慷慨支持大为感动。他们也不去深究一个留日的穷学生怎么会突然有这样一笔巨款，发了一封感谢电后便把银圆分派大用场。

首先要买枪支。他们计划买五百支长枪，一百支短枪，十万发子弹。当然，两万银圆远远不够。于是拨出一万到汉阳兵工厂打通关节，先买五十支长枪，十支短枪，五千发子弹，再买一匹大白马，由道一派人悄悄送给马福益，叫他先行训练骨干。剩下一万元留作活动经费。黄兴派宋教仁和胡瑛去武昌建立华兴会支会，派章士钊去上海游说湘籍官商捐款，务必在八月底之前筹齐购买枪支弹药的银钱。又派陈天华去江西、安徽发展华兴会会员，派张继长住北京做暗探。

马福益接到华兴会的馈赠后，加紧训练。同时，他也派人分几路联络长江中下游的哥老会龙头们，将长沙起义的计划告诉他们，要他们做好准备，到时响应首义。

这段时间里，章士钊在上海多方努力，筹集了十二万银圆军款。黄兴卖去了分在他名下的二十亩水田和五间瓦屋，得到五千银圆。在黄兴的感召下，刘揆一和华兴会其他会员们都积极捐款，或变卖家产，或四处借贷，共得二万五千银圆。黄兴将这十五万银圆全部用来购买枪支弹药。

人员的联络组织和武器装备都大致有了眉目，黄兴和马福益商量，为激励士气，将举行一个隆重的授衔仪式，地点定在浏阳县普迹市。时间就选择在八月十五中秋节这天。

十三日，黄兴、刘揆一得到一个意外的喜讯，杨度已回国，并于前几天来到长沙，寓居在北正街恒升杂货铺。

杨度为何突然回国呢？

就在黄、马于湘中密谋起义的时候，身居日本的留学生却在为粤汉铁路一事而大起骚动。

早在七年前，清政府督办铁路大臣盛宣怀与比利时银行签订了芦汉铁路借款合同。第二年，清政府驻美公使伍廷芳与美国美华合兴公司签订了粤汉铁路借款合同。这个合同共有二十六款，基本上仿照芦汉铁路的合同。主要内容有：借款总额为四千万美元，年息五厘，九折实付，偿还期五十年，以铁路财产担保，工程由美华合兴公司包筑，限五年完成，路成后每年给股分纯利五分之一。本利未还清之前，铁路由美华合兴公司代理。同时还规定，凡粤汉铁路及其支路经过的地区，不准筑造平行的铁路。清政府在合同中限定美华合兴公司不得将此合同转与他国及他国之人。

这个合同四年前在华盛顿正式签订，合同得利的明显是美方。尤其是不得在粤汉铁路所经过的湖北、湖南、广东三省建平行铁路这一条，是对主权国侮辱性的规定，政治腐败、财经窘迫的清朝廷也同意了。后来，美华合兴公司的股票被比利时银团收买，比利时银团变成了芦汉和粤汉两条铁路的老板，而比利时银团代表的是俄国和法国的利益。这样，俄、法两国便取得贯通中国南北大动脉的控制权，对中国的政治、经济都极为不利。特别是美华合兴公司将修筑权转让给比利时银团这一举动，明目张胆地违背了合同，软弱无能的清朝廷也不过问。

朝廷又一次丧权辱国的行为激起了留日学生的公愤，特别是鄂、湘、粤三省的留学生更有切肤之痛。除极少数人外，都主张立即废掉与美华合兴公司签订的合同，粤汉铁路由自己来修筑。

湘、鄂、粤三省留学生几乎占了全国留学生的三分之一，在留学生界里很有势力。留学生总会干事长杨度本人更是积极地主张废约自办。他以高昂的热情，组织了各式各样的论辩会。无论大会小会，他都要演说，慷慨激烈地发表自己的意见，赢得了留学生们空前的信任。留美学生的观点与留日学生一样。他们人少，便将此事委托给留日学生总会办理。杨度于是代表日本、美国两国留学生分别致电外务部尚书瞿鸿机、湖广总督张之洞、署理湖南巡抚陆元鼎，指出外国人修建铁路对中国的危害性，毫不留情地揭露伍廷芳、盛宣怀接受美华合兴公司巨款贿赂的丑事，并说明废合同与废条约异，因为合同是与公司订的，条约是与政府订的，此事与邦交无关。希望瞿、张等人利用自己的职权和影响，为民族伸正气，为国家谋利益，自筑粤汉铁路。

在留学生们群情鼎沸之时，杨度独能保持清醒的头脑，安下心来认真研究对此事的处理。他广泛搜集资料，运用自己来日本后所学到的法律知识，通过详尽的解剖，写成了一篇长达五万多字的《粤汉铁路议》。

这篇文章分为两大部分，一为废合同议。从合同规定美公司所有之权利、义务及义务能否履行、权利应如何处分四个方面议论废合同的问题。二为立公司议。提出中国自立铁路公司，又建议铁路宜商办，不宜官办，由股东公推总理，而不由政府简放督办，宜兼用社债，而不宜专用国债等。文章统筹全局，高屋建瓴，详密周到，巨细兼备，既有严谨的法律裁绝，又有行之有效的具体措施。当它在《新民丛报》上刊出后，立即引起了海内外知识分子和政界的高度重视，尤其是日本留学生界更是对杨度渊博的法律知识和精当的分析能力甚为服膺。

星期天，刚来东京不久的杨庄和代懿、杨钧一起来到田中寓所。杨庄笑着说她已细细地将全文读过两遍，从中学到了不少打官司的学问，称赞哥哥是个好法官。杨钧则说，东京留学生界都说哥哥能处理好这么复杂棘手的粤汉铁路案，今后办理国事，再没有什么难题不能解绝了。说得杨度心里高兴，他也自认已具备了主宰天下之才。

就在这时，慈禧太后借光绪帝的名义下达了大赦令。大赦令表面上是为了表示对慈禧七十大寿的庆贺，骨子里是想借此缓和国内十分紧张的政治矛盾。

庚子年八国联军打进北京一事，使全国人民对清廷的腐朽进一步认清了，与此同时，也对两年前因变法图强而惨遭屠杀和迫害的爱国志士愈加怀念起来。慈禧自己也受了很大的震动，知道若再不应变，则国将不国。为此，在第二年回銮途中，便下达一连串变法的诏令。尽管有张之洞、袁世凯、刘坤一几个明智疆臣诚心拥护，但慈禧这种其实是自我检讨的行为并不能挽回人心。朝廷上下对戊戌变法的志士们普遍予以同情。迫于这种政治压力，慈禧不得已大赦天下：凡因变法之案而流放的可以回原籍，坐牢的释放回家，受牵连的免予处分，出逃海外的回国后不再追究。即使如此，也有三人不在赦免之列，那就是变法的首脑人物康有为、梁启超以及多次在国内组织暴动的兴中会首领孙中山。

大赦令传到东京后，杨庄姐弟为哥哥的获赦而欢欣鼓舞，全家连小澍儿在内五个人在东京神田酒家举行了一个小小的庆祝酒会。

“终于不是一个有国难投、有家难归的人了！”面对这一突然来到的喜讯，杨度在心里长长地舒了一口气。

在海外议论得热热闹闹的粤汉铁路自办一事，虽历时几个月，却并没有得到国内官方的满意答复。留学生总会早就想派一个得力的人回去游说当局，只是一直没有合适的人选。现在好了，杨度自由了，此事非他莫属。就这样，杨度回到了阔别一年的祖国。

他在上海登岸后，立即改坐江轮沿长江上溯。到达武昌的第二天就去拜见张之洞。谁知张之洞身体不适，去武当山养病去了，什么人都不见，公事私事都要等到九月份回衙门后再说。杨度吃了一个闭门羹，于是离武昌回湖南。第一站先停长沙。

北正街的恒升杂货铺是他夫人黄氏的一个叔伯兄弟开的，楼上客房宽敞，杨度便下榻这里。第二天便去巡抚衙门拜会署理抚台陆元鼎。这个在官场上混了一辈子的政客是个圆滑透顶的人，对于废合同自办铁路这样一桩大事，他知道不是一个代理巡抚所能做得了主的。他客客气气地接待了杨度，至于杨度说得唇焦舌燥的那一番正题话，他几乎一句都没有往心里记，弄得肩负重任的干事长哭笑不得。

去年的八日榜眼公到巡抚衙门去了这么一趟，他回到长沙的消息便在全城不胫而走了。

黄兴、刘揆一得到消息的当天便去恒升杂货铺拜访，三个好友今日在家乡重聚，真有说不出的兴奋。杨度将为粤汉铁路一事回国的详情告诉黄兴、刘揆一。黄、刘也将拟在十月初十于长沙起义的机密告诉了杨度。

谈起废合同的事，黄、刘对杨度说，张之洞绝不敢得罪洋人，废掉合同。因为他要仰慈禧的鼻息，而那个老妖婆自从拳乱后，是宁愿眼看洋人把中国蚕食瓜分尽，也不愿碰他们一根毫毛的，朝廷不是说过“宁赠友邦，不与家奴”吗？所以不必去见张之洞。退一万步说，即使张之洞同意废掉合同，以目前一盘散沙似的中国，能办成这样的大事吗？中国的出路只有革命，把满人推翻了，改朝换代了，合同自然而然地废了，铁路的修筑权也就自然而然地回到了中国人自己的手里。因此，他们竭力劝说杨度丢掉对满人朝廷的幻想，与他们一道起义暴动。

杨度正要借粤汉铁路一案来充分施展自己的治国才华，他当然不能赞同黄、刘的看法。他有他的道理。满人一旦被推翻，则直接影响洋人在中国的既得利益，那么洋人就会全力支持满人，革命不见得会成功。另外，汉人在与满人争天下的时候，国家会更乱，洋人则正好乘机肆无忌惮地瓜分中国。满汉战争如果旷日持久的话，中国就会被洋人彻底瓜分，中国也就灭亡了。这样的例子，古今中外都很多。中国只有走日本的道路，唤醒国民，召开国会，制定宪法，组织责任内阁，让国家避免流血混乱，平稳地走上富强的道路。粤汉铁路一案，正可以作为一个试金石。如果此事可以办得成，证明国事尚可为。

双方各执一端，谁都不能说服谁。最后，黄兴说：“你不参与起义，我们不勉强，但明天去浏阳授衔，你一定要去。”

杨度本有些犹豫。对他来说，正事尚无眉目，不能分心于自己不主张的分外事，但想到此去可以会会马福益，也是件很愉快的事。倘若没有他赠的那把古倭刀，哪有这笔巨款！应该亲口说给他听听，让他也乐一乐。

浏阳普迹市在浏阳河边，往东北走到浏阳县城与往西北走到长沙省城差不多远，都有一百三四十里，它位于浏阳、长沙、湘潭、醴陵四县交界之地。四县农民都来这里赶集会墟，使得普迹市成为一个很热闹的集镇。每年八月初十开始到二十日结束的普迹市牛马交易会，沿袭了两三百年之久，是闻名湘东的大集会。每年八月中旬，四县农民赶着自家的牛和马，从几十里路外来到普迹市买卖交换，牛贩子马贩子忙忙碌碌地在牛屎马粪中穿梭往来，四处撮合。各行商贩也趁此良机来这里做生意。时处中秋佳节，不买卖牛马的人也前来购置节日食品。于是普迹市这十天里便牛欢马叫，人来人往，熙熙攘攘，热气腾腾，成为一年中最为热闹的时候。

八月十五日是中秋节，又是牛马集市的中期。这一天，从四县八方前来普迹市的人更是络绎不绝。黄兴和马福益选择这一天大会各路英豪，有意将哥老会众头目的聚会淹没在喧闹的交易中，不为衙门捕快注意。

十四日黄昏，黄兴、刘揆一、杨度三人乘着小木船顺浏阳河来到普迹市码头，他们都打扮成一副商贩子的模样。马树德将他们带到离市镇中心二三里外的夏氏祠堂。夏氏是普迹市一带的大族，三四代以前也曾有人阔过，故祠堂造得很大，中间供祖宗牌位的正厅可以摆上二十桌酒席。东西共有二十四间客房，夏氏现在衰落下去了，祠堂里冷冷清清的。马福益三天前以湘潭来的大牛贩子身份，出二十块银圆租用五天祠堂，寒碜的夏氏族长喜滋滋地答应了。

听说黄兴等人到了，马福益和大空一道出门迎接。一眼看见杨度居然也来了，二人惊讶不已。杨度看见马福益和已着俗装的大空，也很激动。大家都进了东边的第一间客房，小喽啰送来香茶果品。马福益告诉黄兴，所邀的各处会党龙头都基本到齐，全部住在祠堂里。黄兴不顾旅途劳累，立即要去见见他们。马福益便叫马树德陪着黄兴、刘揆一与各龙头相见，自己和大空则陪杨度在房间叙话。大家互道了别情。杨度将腰刀的传奇故事讲给他们听，马福益和大空简直不敢相信人世间真有这样的奇巧之事。滕原的五万银圆的赠款，杨度有意说成两万。如此无私地支持起义，又使两位江湖好汉十分敬佩。马福益说："起义若是成功了，你是首功之臣，我和黄先生一定要封你一个侯爵。"

杨度笑了笑，不置可否。

第二天一早，天尚蒙蒙亮，夏氏祠堂里便忙碌开了。垒砖筑灶，运碗抬酒，宰牛杀猪，炸鱼蒸肉，一股股浓厚的酒香肉香直传到普迹市街上。中秋节赶集的乡民，远远近近做买卖的商贾，都在传说湘潭的马大老板好大的气魄，在这里摆开了二十桌酒，宴请四方嘉宾。

马福益派了三十名精明的小喽啰在祠堂外游弋，凡对不上哥老会黑话的人都被拦阻在外。

正午时分，祠堂门口的大禾坪里，万字号的鞭炮一挂接一挂地放了起来。浏阳是个盛产鞭炮的地方，时正秋高气爽，这鞭炮声格外地尖脆响亮，将屋顶墙角边的麻雀惊得四处乱飞，炸得粉碎的红绿花纸混合着淡淡青烟飘到半空，散落在田边地角。赶集的人都伫立观看。夏氏族长感叹：老祖宗修建的祠堂，已经二十多年没有这样风光过了！

就在这震耳欲聋的响声中，湘中八方豪杰三十六路英雄，一个个拱手抱拳红光满面地依次入席。加上副龙头、副总堂、副会长以及随身喽啰等，整整齐齐坐满了十九桌，首席上坐的则是黄兴、刘揆一、马福益、杨度、大空等人。

一个个特大海碗端了上来，虽是鱼肉鸡鸭等日常菜，却道道美味可口；一碗碗酒斟满了，虽是农家自酿的土酒，却也醇和适口。这些好汉们，人人都是豪爽无度的海量，不须吩咐，也全不拘礼数，酒菜一上来，便痛饮大嚼起来。

马福益用拳头重重地敲了几下桌子，大声说："弟兄们，安静下来，授衔仪式开始！"

担负司仪的马树德走了进来。他头上包着一条黄布带，脑后插一支色彩鲜丽高高翘起的野雉毛，一张大嘴巴用鸡血涂抹得红红的，身上套一件脏兮兮的杏黄布长袍，脚上穿一双舞台上常见的厚底官靴。杨度见马树德这一身打扮，真有点滑稽可笑，转过脸望一眼席上的众头目们，他们却没有丝毫异样表情。

马树德面对大门，高声叫道："放炮！"

站在门口的一个小头目将命令传到禾坪："放炮！"

这时，禾坪上的三十六杆打猎用的土炮鸟铳对天鸣射起来。有的发出浑沉的轰鸣声，有的只轻轻地响了一下，也有的射手事先根本无准备，临时左搬右弄也放不响。炮声稀稀落落，很不如法。管事的小头目急中生智，赶快命人找来几个铜脸盆。"噹噹"的铜盆声虽不及炮声的威武庄重，到底把气氛给弄热闹了。

待炮声和铜盆声一停，马树德又高呼："拜大袍哥！"

一个小喽啰高举一面约五尺高、二尺宽的布画，神色庄严地走了进来，一直走到祠堂正前方夏氏祖宗牌位处才停下。再转过身，布画将这个小喽啰给挡住了。杨度看时，那布上画的是一个面白唇红身穿龙袍的少年，正是传说中的朱三太子的像。

接着便有几个小家伙提举十几个祭祖用的三座、五座烛台，后面是一箩大红蜡烛。烛台环绕着布画插在地上。蜡烛点着了，一根根地插在烛台上。烛光摇曳，烟焰缭绕。这道工序完成之后，不仅那幅粗劣的布画顿时变得神圣起来，就连整个祠堂的气氛也立即变得肃穆了，一切杂音都自觉停止。

一个小家伙走到马福益身边，在他的包头布上插三根又长又宽的野雉毛，又递上一支桃木剑。马福益离席走到画像前，右手举起桃木剑，左手掌五指合并抬到胸前，对着画像凝神片刻后，从嘴里发出一连串含混不清的词句来，然后边走边念边跳跃舞剑，绕着蜡烛走了七八圈。

当马福益重新来到大袍哥画像前伫立不动时，马树德高喊："拜大袍哥！"

马福益双膝跪下。黄兴、刘揆一、大空也离席跪下。杨度不知如何是好。他不是哥老会众，也不情愿跪在这个不明不白的小儿画像面前。回过头一看，大厅里三十六路英豪齐斩斩地跪了下来，有几个人还瞪着眼睛恶狠狠地盯着他。杨度觉得浑身不自在。入乡随俗，无可奈何，他也只得离席跪着。全体龙头、总堂们都随着马福益向布画磕了三个头后又重新坐好。

"请黄兴先生授衔！"马树德又撕开喉咙叫喊。

黄兴走到画像前。他今天换上了一套从日本带回的黑呢制服，又着意将胡须做了一番修理，微胖的四方脸庄重严肃，不大的双眼射出坚毅的目光，全身上下充满着奋进昂扬的堂堂正气，与头插野雉毛的马福益相比，完全是另一种形象。

"弟兄们！"衰微的夏氏祠堂里响起黄兴洪亮宽厚的男中音："今天，我们华兴会和哥老会结成联盟，举行武装暴动，推翻满虏朝廷，光复我们汉人自己的河山。为了使起义计划得以顺利实现，几个月来我们与马大龙头一起商议，要把湘中哥老会各个山头、各个会堂团结起来，采取一致行动，并借用日本的建军制度，把弟兄们训练好。今天，我以同仇会会长的名义授予马福益大龙头少将军衔，过一会儿，由马少将分授各路英豪军衔，并布置具体训练计划和联络方法。”

刘揆一从随身带来的木箱里取出一套军装和一把三尺长的佩剑。这套军装完全仿照日本陆军军服，在长沙秘密请人裁制。它被折叠得整整齐齐的，裤在下，衣在上。衣裤均以黄呢为面料，做工很精细。衣服的肩膀上还有两块黄底红杠镶一颗银白色菊花星的肩章。一顶大盖镶红边的黄呢军帽放在衣服上。

刘揆一捧着它来到黄兴身边。这时马福益也已站起。黄兴从刘揆一手中接过军装，郑重其事地双手捧起，直捧到与肩齐平。

马福益很激动，脸涨得红通通的。这个放牛烧石灰出身的草泽英雄，从来没有经历过如此隆重庄严的场合。他双手死劲地往衣服上擦着，生怕手不干净，亵渎了这身黄澄澄光闪闪的少将军服，好半天，才从黄兴手里接过。

“大哥，穿上吧，穿上给我们看看！”

“大龙头，抖一抖吧！”

“大龙头，这是正宗东洋货，穿起来给我们开开眼界！”

底下的龙头总堂们起劲地吆喝，马福益捧着衣服，不知怎么办。

“穿上吧，让弟兄们看看！”黄兴很能理解这些江湖汉子们的心理：他们尽管天不怕地不怕，但心底深处仍有浓厚的自卑感。黄兴边说边亲自动手替马福益脱下头上的青布带，把大盖帽端端正正地戴在他的头上。马树德忙过来，帮大龙头把衣裤匆匆套在身上。

五大三粗的马大龙头穿上这身考究精美的日本式少将军服，显得分外的光彩威武。酒席上的山大王们都没有看到过这么好的军装，个个眼睛睁得大大的。看着他们的大龙头瞬息之间就像换了个人似的，既惊异又羡慕。

“这才是真正的大官！”他们从心里发出感叹。

黄兴又把佩剑亲手给马福益挂在腰间，同仇会的少将益发变得威风凛凛。

“为我们的大龙头荣封少将干杯！”不知哪个堂的总堂大爷高叫了一声，望着满桌酒菜早已垂涎欲滴的汉子们迫不及待地响应。

“干杯！”

“干杯！”

“干杯！”

马福益开始讲话。他的部下们不停地举起大碗，干了一碗又一碗，对于新任少将的军事部署似乎并不热心。马福益虽有点不痛快，但他不想扫弟兄们的兴头，于是干脆招呼黄兴等人坐到席上来，一起喝几碗酒再说。

长期与读书人为伍，善于在书斋客厅里纵论天下兴亡的杨度，身处这种氛围觉得很不自在。他向四周扫了一眼，二十张桌子上一片杯盘狼藉，喝酒的人大都穿戴得不伦不类，脏话粗话夹杂着会党中的黑话，听得令人倒胃口，酒气烟气混合着汗臭味，熏得他直想呕吐。杨度实在不愿意在这里待下去了，他想寻一个清新安静的地方喘口气。看看黄兴、刘揆一与前后左右谈笑风生水乳交融，杨度不便邀他们，与大空耳语两句后，一个人悄悄离席出了祠堂。

从满屋混浊的祠堂里出来，草木禾苗间的清爽空气带给他透体舒适。他沿着田埂走着，一边是微微低垂的谷穗，一边是清亮流淌的渠水，信步走了几十步，发觉这里山清水秀，风景优美。

浏阳的风光原来这样的好！杨度放眼欣赏着。猛地，他想起一件事来，急忙转身回祠堂。

二 杨度独自来到牛石岭祭奠谭嗣同

刚回头走几步，迎面走来了马福益的马夫，手里正牵着黄兴送的那匹大白马。

“杨先生，你怎么不进去喝酒？”马夫知道杨度是刚从东洋回来的大人物，忙主动打招呼。

“老兄弟，我请问你一件事。”

“什么事？”杨度这句客气的称呼，使马夫受宠若惊。

“浏阳的谭嗣同，你知道吗？”

“知道，知道。”马夫笑了起来。他觉得杨度有点小看了他，于是滔滔不绝地讲了起来，“杨先生是说谭三公子吧，我哪能不知道！我虽是醴陵人，其实和他老人家是近邻。他老人家是浏阳南乡牛石岭人，我家在醴陵北乡鲤鱼冲，与他老人家的府第相隔不到十里。他老人家在北京被害后遗体运回老家，就葬在牛石岭，我还去坟上磕过头哩！”

谭嗣同遇难时只有三十三岁，即使活到现在也还不到四十岁，而这个马夫至少有五十岁了，却口口声声称一个比他小十来岁的人为老人家。仅仅凭这称呼，就可知谭嗣同在他心目中的地位。

“老兄弟，南乡牛石岭离这里远吗？”

“不算远，三四十里，如果走小路还要近些。杨先生，你是不是想去看看？”

“谭嗣同的墓好找吗？”

“好找，好找！到了牛石岭，哪个放牛的小孩子都知道谭三公子的墓在哪里。你哪天去，我陪你！”马伕很热情。

“我现在就去。”杨度抬头看看太阳，估计现在还只两点多钟，一来一去七八十里路，要走十个小时。“老兄弟，麻烦你告诉大龙头一声，我大概要半夜之后才回来。”

“你走路去？”马夫很惊讶，心想：别看这人文文雅雅的，真还能吃得苦。他扬了扬手中的缰绳，问，“杨先生，你会骑马吗？”

“会。”早在归德镇时，杨度就跟着伯父学得了一身娴熟的骑术，虽然有十年没骑了，他相信仍不会生疏。

听说杨度能骑马，马夫更对他增加一分尊敬，随手将缰绳递了过来，说：“杨先生，你就骑大龙头这匹马去吧，这匹马还驯服。刚喂的料，今天不会再吃东西了。骑它去，还可以回来赶夜饭。”

杨度接过缰绳问：“怎么走？”

“就沿着这条石板路走，看见一座像刀劈开一样的山岭，那就是牛石岭。”马夫指了指前方。

杨度谢过马夫，纵身跨上了大白马。大白马果然性子驯服，驮着陌生的客人，不紧不慢地踏着古老的青石板向前走去。

好久没有骑马了，坐在这匹高大劲健的白龙马上，望着恬静萧疏的旷野，杨度胸中顿生一股豪情，两腿将马肚子一夹，左手在马屁股上猛地一拍，那马立刻扬起四蹄奔腾起来，青石板上发出急促清脆的马蹄声。耳畔风声呼呼，眼前田舍飞逝，自离开归德镇以来，杨度似乎很少有这样惬意过了。

前面远远地现出一座石峰来。那峰壁立千仞，真像是神仙用斧劈开似的，褐色的岩石缝里间或长出几株倔强的小松树，给拔地而起的山岩增添了几分生气。石壁下有一条两三丈宽的小河，时至秋天，山水枯竭，河中只有一条窄窄的流水。水边银白色的细沙，在阳光照耀下闪闪发光，几只细脚长颈的鹭鸶在沙岸上悠闲自在地徘徊着。杨度看在眼里，赞在心头：真是一块富有诗情画意的好地方，地灵人杰，怪不得这里出了谭嗣同！

杨度正要下马问路，忽听得马后传来两个人的对话：

“听说三嫂子来祭丈夫，哭得晕倒过去了。”

“可怜啦，整整六年了！戊戌年三公子被害时，正是中秋节前两天。”

“你年年中秋节都来祭吗？”

“三公子下葬以来过了五个中秋节了，我每年都带四色月饼来祭奠他老人家。”

杨度扭过头去，看见两个三十余岁书生打扮的人在边走边说话，手里都提着一个竹篮子，里面放着一些钱纸线香和月饼。他知道他们也是去谭嗣同墓的，便有意将缰绳牵紧，让马走慢点。一会儿，两个书生走到前面去了，杨度跟在他们后面。走了两三里路后，书生向右转弯了。这是一条长满野草的小路，不便骑马，他下马牵着走。

沿着小路走不多久，眼前兀地现出一个又高又大的土堆子。土堆子正前方约有一二十个人在那里静悄悄地忙碌着，或烧纸点香，或装碟摆碗，或跪拜磕头，或肃立默哀。那两个书生也在土堆子前停下了脚步，杨度知道，这个土堆子一定是谭嗣同的墓冢了。他将马系在一棵较大一点的松树干上，怀着一股崇敬的心情，缓慢地走向墓冢。

墓冢前有一块打制粗糙的石碑，上面刻着九个隶书大字：谭公讳嗣同先生之墓。墓碑旁边另有一块石碑。这座石碑有一人多高，是一块乳白色大理石制成，平面光滑，四周有精致的雕花，石碑上刻着两行楷书：亘古不灭，片石苍茫立天地；一峦挺秀，群山奔赴若波涛。左下方有一行小字：浏阳居士宋渐元敬立。

杨度默立在谭嗣同的墓前，脑海里浮想联翩。他想起与谭嗣同在长沙时务学堂第一次见面的情景，观其神采，听其谈吐，短暂的相晤，他就认定了这位名闻海内的谭公子是个非比等闲的义烈汉子，尤其是那一番铿锵有力的誓言，六年来一直萦绕在心头，似乎一时一刻都没忘记。京城的再次聚会，谭嗣同带来了徐仁铸的非常家书。在徐致靖家的一席话，既壮又悲，莫非已看到了罩在前途上的阴影？为新政的推行，谭嗣同密谋策划，奔走呼号，面对着十倍百倍的旧势力，毫不畏惧，寸步不让，终于以生命谱出一段感天动地的乐章。

想到这里，杨度虔诚地向墓冢三鞠躬。身旁那两个书生正在将带来的纸钱一片片地撕着焚烧，嘴里轻轻地念着：“三公子，您老人家为了国家为了百姓英勇就义，含冤而死，想必天道有公，现在已是一方神灵了。您老人家精神不朽，英灵不散，请收下晚辈送来的一点心意。您老人家瞑目安息吧，戊戌年的事业总会有人继承的！”

“戊戌年的事业总会有人继承的。”两个书生无意间的这句话，给站在一旁的杨度以深深的震撼。是的，自己，还有梁启超、蔡锷、范源濂，不都是在继承戊戌年的未竟之业吗？黄兴、刘揆一、马福益等人要起义造反推翻满人的朝廷，建立汉人的政权，其目的也是为了国富民强，究其实，他们也是戊戌年事业的继承人。十八省有志之士，留学海外的热血之徒，可以说都是戊戌年事业的继承者。

报国献身的豪情再次在杨度心中奔涌起来。他要给英魂烧三炷香，以表达一个老朋友一个后死者的敬意。但来时匆匆，什么也没带上，他向周围环顾一遭，见附近有一间小茅屋，一个人从屋里出来，手里拿着香烛。那里一定有祭品卖！杨度赶快来到茅屋边，屋子里的一张旧桌子上果然摆着一些钱纸线香蜡烛，一个须发皆白的老头木然坐在一旁。

“老人家，我买一束线香四支蜡烛。”杨度一边从衣袋里掏钱，一边对老头说。

“少爷，听你口音，不像是浏阳人。”老头眯起眼睛看着杨度。

“我不是浏阳人，我是湘潭人。”

“你是三公子的什么人，这么远来给他祭墓？”老头说话之间拿出一束线香来。

“我是他的好朋友，戊戌年我和他一起在北京共过事。”杨度接过老头递来的线香。

“哦，戊戌年你也在北京？”老头一下子来了精神，将杨度上下重新打量了一番，“少爷贵姓大名？”

“我叫杨度，字皙子。”

“哦，你就是皙子先生！三公子生前常常提起你。”老头十分热情起来，忙站起让座，一边拍打着脑门说，“自三公子就义以来，我脑子全麻木了，杨少爷来过几次浏阳会馆，我都没有认出你来，真正地没用了！”

“老人家，你先前也在北京住过？”杨度坐下来问。

“我就是浏阳会馆的老长班刘凤池呀！”老头干涩的眼睛里有了亮光。

“哦，你就是刘二爹！”杨度双手握住老头的手，情绪颇为激动。

杨度去过几次浏阳会馆，但对守会馆的老长班却从来没有留过神，故对面相见也不认识。然而今天墓地重逢，他对这个木讷呆板的老人肃然起敬起来。

原来，谭嗣同那年被害后，断头的尸体躺在菜市口整整两天没有人过问。谭的父亲身为巡抚，又在北京做过多年京官，亲友故旧多得很，但他们都怕受株连，不敢去。谭的同志又都远走高飞避难去了。可怜一代人杰就这样暴尸刑场。那时正是八月中旬，天气还热，眼看尸体就要腐烂了，一向崇敬谭嗣同为人的刘凤池心中又悲又愤。他挺身而出赶到刑场，拿出几两银子来送给看尸人，说："我是浏阳会馆的看门人，谭嗣同生前做的事是对是错，我不知道，我也未参与过，但他顶多只有杀头罪，没有烂尸罪。我为他收尸掩埋，朝廷问起，你们就说是我刘凤池干的。杀头坐班房，我刘二爹一身担当！"

看尸人为他的义气所感动，把尸体给了他，也没向上禀报。刘凤池将自己几十年的积蓄全部拿出来，为谭嗣同买了一具上等棺木，又请人用棉线将谭嗣同的头缝到颈脖子上，然后再雇了一辆骡车，把灵柩运回浏阳，安葬在牛石岭。义仆刘凤池的事迹传遍全国，杨度早已听说，今天邂逅此处，他如何能不激动？

"刘二爹，您老这几天专到这儿来卖祭品？"

"三公子下葬后，我就在这里搭了间茅房子住着。我无儿无女孤身一人，哪里都是住，不如在这里陪陪三公子更好，三夫人见我拿定主意了，便一年四季供给我的吃用。这些祭品，也是三夫人自己买了放在这里，有人来祭奠了，就拿出来送，并不卖钱。"

"噢！"杨度轻轻地点点头，问，"来祭三公子的人多吗？"

刘二爹捋了下白胡须，说："开头两年没有人敢白天来祭，只是夜里来，偷偷对着坟堆哭几句。辛丑年，慈禧回到北京，下令变法后，风向变了，来祭墓的人就渐渐多了。三年里，几乎天天有人来，清明、中元、中秋前后来的人更多。坟堆本来很小，来的人都给它培土，慢慢地越堆越高大。三公子死得值，国人忘不了他！"

老头子眼睛里已充满了泪水，喘了一口气，又说下去："尤其奇怪的是，每年八月十三下午天空都要变阴。明明上午还是好好的太阳，一到未末申初时候，看着看着阴云就上来了，把整个牛石岭遮盖得严严实实的。杨少爷，八月十三日未末申初，正是三公子遇害的时辰。老天有眼，记得忠良，每年这时都在志哀呀！"

刘二爹的脸上已是老泪纵横，杨度的心里也很酸楚。

"刘二爹，三公子的墓应该修缮一下，墓顶要砌上石块，免得受雨水冲刷，不知三夫人有这个安排没有？"

“这两年，有好多前来祭奠的人都这样说过，有的还自愿捐银子，三夫人也动了心，是我劝三夫人暂时莫修。”老头子拿衣袖擦着眼泪。

“为什么现在不修呢？”杨度觉得奇怪。

“杨少爷，你想想，三公子是被谁害的？”刘二爹压低嗓音。“就是慈禧那个老妖婆呀，她今年七十岁了，还能活几年？老妖婆一死，皇上一掌权，六君子就要平反昭雪。到那时，皇上就要下令湖南巡抚亲来牛石岭祭奠，我们就可以奉御旨隆重为三公子修造陵墓，不但顶上要砌石头，还要建庙起享堂，还要为三公子立石人石马。所以我劝三夫人暂且不动，这一天要不了多久就会到了！”

“老人家说得是！”杨度很佩服这个老长班的远见。

“到那时，还要把各地名人的挽诗挽联都裱糊起来，挂在庙堂里，让后人凭吊观摩。”

到底是住过京师的人，眼界就是比山沟里的人要宽阔些。杨度在心里称赞。

“杨少爷，我这里还保存着一副难得的挽联。”老头子说着站起，从一个黑旧的木箱子里取出一卷用油纸包着的纸来，打开说，“这是己亥年唐才常先生来祭奠时留下的。”

杨度看时，唐才常的挽联写道：

与我公别几许时，忽警电飞来，忍不携二十年刎颈交同赴泉台，漫嬴得去楚孤臣，箫声呜咽；

近至尊刚十余日，被群阴构死，甘永抛四百兆为奴种长埋地狱，只留取扶桑三杰，剑气摩空。

“好，写得好！”杨度念了一遍后，赞道，“佛尘先生亦已作古，您老人家好好保存这件遗墨，今后功劳当不小。”

刘二爹叹道：“这位唐才常先生也是一个好男儿，只可惜冤枉死掉了！”

听了刚才重建陵墓那番话后，杨度对先前呆板木讷的浏阳会馆老长班改变了看法。他恭敬地问这位并不寻常的老人：“老人家，你为何说他冤枉死了呢？”

“杨少爷，唐才常先生的自立军，你知道是为何失败的吗？”

“不知道。”杨度摇摇头。

"是他们自己蹬被窝蹬出来的。"刘二爹气呼呼地说，"自立军的主要人物都是会党中的人，事情还没做成，他们内部就争权夺利，吃亏的那方就去报官。就这样，全部计划都暴露了。"

"哦！"杨度颇感意外。

"会党中的人都是些土匪，如何成得了大事，唐才常先生却相信他们，不是死得冤枉吗？"

杨度沉默着。正午夏氏祠堂里授衔的情景又浮上心头，他不由得倒抽一口气，黄兴、刘揆一会不会重蹈唐才常的覆辙？

"杨公子！"杨度正乱想着，只见大空猛地闯了进来，神色有点慌张。

"出事了吗？"杨度赶紧站起。

"快走吧，黄先生、马大龙头都离开普迹市了。"

"为什么？"杨度甚是惊讶。

"走吧，今夜里我慢慢对你说。"

杨度托刘二爹代他给谭嗣同烧三炷香，点四支蜡烛，然后告别出了茅屋。大空也骑了一匹马来了，于是二人翻身上马，离开了牛石岭。

一路上，大空告诉杨度，中午正在吃饭时，巡逻的小头目来报，附近出现了十来个化装成便衣的浏阳县衙门的捕快，看来官府已对今日的聚会留意了。黄兴和马福益一商量，当即做出绝定，除留下十个封为佐级衔的龙头总堂外，其他人一律离开普迹市回去。留下的人由马福益带领转到另一个秘密地方，继续商量行动计划，黄兴、刘揆一也随他们一起去了，特为委托大空去牛石岭通知杨度。杨度又记起刘二爹刚才说的话，授衔会开了一半便转移，也不是好兆头，他决定明天不跟大空去找黄兴等人。

天黑时，他们借了一户农家住下。这一夜，大空、杨度二人说了大半夜的话。大空说江湖上的事，杨度说日本的事，都说得很尽兴。第二天，杨度乘船经长沙回湘潭，大空则去寻找黄兴、马福益，二人在浏阳河边互道珍重后分了手。

三　在圣公会牧师的帮助下，黄兴机智地逃出险境

秋风一阵比一阵凉爽，起义的日子也一天比一天临近了，黄兴和华兴会的同志们在四面八方紧张地联络筹备，又严密地监视着长沙各

界的动向，疏通各方关节。他们的心在激荡着，血在奔涌着，一切都为了那个伟大时刻的到来。谁知就在这节骨眼上，却平地出了大娄子。

已被封为同仇会少佐的马树德，这天因比枪法赢了同伴的十块银圆，心里一高兴，夜里来到了醴陵县城一个相好已几年的婊子艳娥家。

“哎哟，马老板，这些日子到哪里发财去了，一向不见。”艳娥见马树德临门，心里很高兴，因为马树德大方。他在她的床上睡一夜，出的钱比别人多一倍还不止，有时高兴，除给钱外，还送艳娥一些她轻易见不到的小洋货，如玻璃把洋伞啦、洋袜子、洋口红啦，艳娥喜欢得不得了。

“出外混了几个月，好久不见，心里想你想得发痒。”马树德是条汉子，仗义轻财，为朋友两肋插刀不含糊，但他有个缺点：贪女色。看见漂亮的女子，他两腿就软了。家里虽有老婆，他仍常年在外寻花问柳。艳娥是醴陵县城里最好看的婊子，马树德衣袋里有几块银圆，就心里痒痒地要送给她。这一向为了起义，他四处奔波，的确有好久不找她了。“艳娥，有什么好东西招待你马老板？”

“有哇，老白酒，牛肉干，猪血丸子，花生米，马老板你爱吃的一样都不少。”艳娥的水蛇腰一扭一扭地，从碗柜里端出几个碟子来，摆在桌子上。

“我说我为何走到哪里都念着你啰，原来你是这样逗我喜欢。”马树德重重地捏了一下艳娥那张白嫩的脸。

“痛死我啦，马老板！”艳娥撒娇似的喊叫，马树德就势把她搂到怀里。“莫喊痛，马老板今天送你一样好东西。”

马树德从口袋里掏出两只玻璃手镯来。这是他前些天用一块银圆在九江买来的。那两个玻璃手镯，一个里面有一朵红芍药，一个里面有一朵黄菊花，都鲜艳娇美，比真的还好看。醴陵县城里还没人戴过这样漂亮的手镯。艳娥接过来忙戴起，又自我欣赏了一番，越看越喜欢。

“马老板，你待我这样好，今夜我要好好招待你。”

艳娥给马树德斟上酒，递了过来，马树德一口喝尽。艳娥又夹起一块牛肉干，亲自送到马树德的嘴里。马树德嚼牛肉干的时候，她又忙着给他斟满酒。就这样，艳娥一连斟了五杯，马树德一连喝了五杯，喝得头晕晕血沸沸的，嘴巴已没有遮拦了：“艳娥，你今后不要再接别的客了，就嫁给我做姨太太吧，我就要做官了！”

“真的吗，马老板，你要做么子大官？”艳娥知他醉了说酒话，有意逗他。

“我今后要做副将提督。”马树德说着，又摇摇头，“不，武官低，文官高，我要做臬台，做藩台，说不定也可以做抚台大人。”

“你别做梦了，你凭么子做抚台大人！”艳娥笑了起来。她觉得这个管石灰窑的工头真是异想天开，癞蛤蟆想吃天鹅肉。

“你不信吗？”艳娥的轻视大大伤了他的自尊心，他气得从内衣袋里掏出一张纸来，用力甩在桌子上。“你看看，这是什么？”

这正是马福益给马树德的委任状！艳娥认得几个字，见那上面写着：兹任命马树德为同仇会少佐。艳娥笑着说：“这少佐是个么子官，这张纸比得了皇上的圣旨吗？”

说话之间，马树德又喝了两杯酒，头晕得更厉害了，一句赌气的话将天机全部泄露出来：“你不信？起义成功了，马大龙头就是皇帝。他亲口对我说，凭少佐的委任状就可以换一个副将的官。”

“起义”“皇帝”，这几个字把艳娥吓了一跳，原来马老板就是造反的乱党！艳娥是个卖身的女子，本不管什么国家大事，只是县衙门的莫班头要她注意嫖客中有没有乱党。

莫班头是醴陵县衙门捕快的头子，也是艳娥的一个老主顾。上个月莫班头对她说，有一批乱党要在老佛爷七十万寿的时候造反作乱，中秋节浏阳普迹市有歹徒聚会，县里去抓时都跑了，要她留心，发现嫖客中有可疑人马上报告。若抓到乱党头子，可赏银圆一千块。眼下马老板不就是乱党头子吗？抓到他就可以得一千块银圆。有了这笔钱，艳娥就不必再做皮肉生意了，她将到另外一个地方自己去开一爿店子，招一个能干的后生子进门入赘，快快活活舒舒服服地过一个正常女人的生活。尽管马树德平素待她也还不错，是条好汉，有一千块银圆的诱惑，艳娥也顾不得这多了。

当马树德和她鬼混一阵呼呼入睡后，艳娥从他身上搜出那张委任状，急匆匆地敲开了莫班头的门。莫班头大喜过望，立即拿出一百块银圆先赏她，马上就要带人去抓。艳娥怕马树德的同党报复，请求第二天早上让马树德出门后再抓。莫班头同意了。艳娥带着那张委任状又回到家，马树德还未醒。她把它仍旧放到马的口袋里。

第二天，当马树德离开艳娥的家门不到二里路，就被预先埋伏着的莫班头等人抓住，当场从他身上搜出委任状。马树德还不知是婊子告的密，只得自认晦气。

莫班头将马树德带到醴陵县衙门大堂，县令当即审问。马树德熬不过酷刑拷打，只得招了。这醴陵县令无意之中破获了这样一起大案，真是又惊又喜，忙火速密报省城抚台衙门，邀功请赏。

署理湖南巡抚陆元鼎接到醴陵县的急报后，立即命令巡防营统领赵春廷派人逮捕黄兴、刘揆一等人。午后，当公文送到赵家时，赵春廷正与友人龙璋在闲谈。

龙璋字砚仙，是长沙城里的著名绅士。他二十三岁中举，历任江苏沭阳、如皋、上元、泰兴、江宁等县知县，积下了殷实的家业。致仕回湖南后，在长沙办实业和教育，与人一起创办了明德学堂、轮船公司。龙璋思想开明，同情革命党。赵春廷并不知道龙璋的政治倾向，公文来的时候，随手递给了他。龙璋一看，心里暗暗吃惊。他悄悄地叫仆人持他的名刺去六堆子黄兴家，叫黄兴赴西园龙宅，有要事相商。龙璋打发仆人走后，又有意和赵春廷东拉西扯，拖延时间。

巡防营统领很着急，碍不过名绅士的面子，只好勉强奉陪。闲扯了半个小时后，赵春廷起身说："砚老，在下公务在身，不能陪了，改日再到府上致歉。"

龙璋想想这么久了，黄兴应该离家了，便笑着告辞，打轿回西园。

这一天恰好是黄兴三十周岁的生日，上午亲戚朋友前来贺喜，家里摆了五桌酒。吃过午饭后，当大家都各自回家去了时，住在乡下的三个姐姐结伴进了城，专来给黄兴贺生。黄兴在家里兄弟姐妹中排行最小，从小就受到姐姐们的疼爱，黄兴对姐姐们也很尊敬。好久没有见到她们了，现在三个姐姐同来贺生，黄兴又感激又欢喜，兴致勃勃地聊着家常。正在这时，龙家的仆人持着主人的名刺进来了。

"黄先生，我家老爷请你马上去西园，有要事相商。"

"好，你先回去，我过会儿就来。"黄兴边说边站起对姐姐们说，"我要给你们下寒菌面吃。"

大姐说："你有事你去吧，面我们自己下。"

"不忙，你们难得进城一次，理应我亲自下。"

黄兴说着进了厨房，烧起水来，又忙着洗菌子，切葱花。

龙璋刚进家门，就问仆人："黄先生来了吗？"

"没有，他说过一会儿就来。"仆人答。

龙璋急道："什么时候了，还等一会儿，你快去催他，不管什么事都要放下，赶快到我家来。”

仆人刚转身出门，龙璋又说：“抬我的轿子去接。”

龙家的仆人再次来到黄兴家时，黄兴正端着热气腾腾的面条出了厨房。他对来人说：“好，我吃了面就去。”

黄兴的继母易氏做过长沙女子学校的学监，为人机警有见识，见此情景，对黄兴说：“龙家两次来人，一定有要事，你先去，面回来吃。”

黄兴觉得继母的话有道理，便放下碗出了门。刚迈出门槛，就遇见四个持枪的巡防营士兵，其中一个问：“你就是黄兴吗？”

黄兴见这阵势，知道是来抓他的，且士兵显然不认识他，便说：“我不是黄兴，我也是来找他的，他家里人说他到明德学堂上课去了，我正要去明德找他。”

边说边从从容容地钻进轿子。四个营兵跟在轿子后面，保镖似的一齐向明德学堂走去。到了明德学堂门口，黄兴从轿子里走出来，对士兵说：“你们在这里稍等下，我进去叫黄兴出来。”又转脸对龙家的仆人说：“你们先回去。”

黄兴不慌不忙地走进明德学堂，然后从学堂的后门悄悄地出去，急急穿过巷子，进了龙璋的家——西园大门。

四个营兵在明德门外等了一两个小时，仍不见黄兴出来，便去问门房。门房告诉他们，先前从轿子里出来的正是黄先生。营兵们这才知道上了当，大为懊恼。明德的校董们都是有头脸的绅士，营兵没有命令不敢进去搜查，只得怏怏回去复命。

黄兴一进龙宅，便对龙璋的大公子说：“我因为反对朝廷而遭官府抓捕，现我虽安全住在你家，但我的同志们仍在危险中。我想求你帮我办两件事，你肯帮忙吗？”

龙家的大公子也是个不满现实的热血青年，一向对维新派和革命派都有好感。他说：“黄先生，你有什么事，尽管吩咐我。”

黄兴说：“第一件事，请你马上去南门口华兴公司，告诉一个叫张继字溥泉的人，说事情危急了，赶快通知华兴会同志都要离城，公司的招牌取下来。张继在长沙无亲戚，叫他办完事后到我这里来。第二件事，你去西长街长沙中学去一次，我有一个木箱在郑先生家，麻烦你替我提回来。拜托你了。”

第二天一早，龙大公子穿戴整齐，坐着轿子出门，在外面整整待了一天，断黑时才回来。他告诉黄兴，现在东起营盘街，西至河街，南从贡院街，北到湘春街，这个范围内，全部由巡防营士兵设卡把守，来往行人严加盘查，遇到有矮个子、大头、留八字胡须的三十岁左右的人都要带到巡防营。又说一切都按吩咐办好了，并将木箱交给黄兴。

待龙大公子出门后，黄兴将门栓拴紧，打开木箱，将里面放着的几个簿子拿出来。原来这是华兴会的花名册及华兴会在省内外的联络人员名单，倘若它落入官府之手，华兴会则会被一网打尽。一直看到这几个簿子化成黑灰时，黄兴两天来悬着的心才落了地。

白天，黄兴表面上如同无事一般，与龙璋品茶下棋，谈诗论文，心里却火燎水烫一样地难受。夜里，他那只英国烟斗整整地烧了大半夜。住在西园不是长久之计，官府盘查这样严密，又如何逃出去呢？他苦苦地思索着，终于想起一个人来。

凌晨，张继怀揣着一支德国手枪来到西园与黄兴相会，告诉他所有华兴会骨干都已通知到了，唯独不见的就是刘揆一，四处都找不到。黄兴的心又紧缩起来，他担心刘揆一被抓。然则事已至此，又无可奈何。他对张继说："你赶快去吉祥巷圣公会去见黄吉亭牧师，请他到我这里来一下，我要和他商议大事。"

中午时分，黄吉亭牧师乘坐轿帘上写有"圣公会"三字、画着一个白色十字架的轿子来到西园巷口。黄牧师虽是中国人，却长得高大壮实，又留着满口络腮胡子，剪去了辫子，戴着金丝边玳瑁眼镜，穿着黑色长袍，脖子上悬挂着一个银质十字架，时不时操几句英语，许多人都弄不清楚他到底是中国人还是洋人。

"停下，停下！"刚进巷口，一个营兵便高声喊起来。

轿子停下，黄牧师掀开轿帘，嘴里叽里咕噜地说了一通，营兵们一个字也没听懂。其中一个略有点见识："这是个洋人，不要得罪了他，让他进去吧！"

黄牧师顺利地通过哨卡，进了龙宅。当黄牧师把过哨卡的情形说给黄兴听时，黄兴突然有了主意。他笑着说："请牧师来，就是为了商议一个出宅之计，现在看来不用想别的办法了，只要来个李代桃僵就够了。"

黄牧师一听就明白了，也笑道："这是个好主意。"

吃过晚饭后，黄兴化起装来。他先把八字胡剃掉，再把临时做好的假络腮胡贴到脸上。又把自己的衣服脱下，换上牧师服，戴起眼镜，挂上十字架。如此打扮后，除开身高不及外，其他各处与黄牧师没有多大区别。

黄吉亭打趣道："又一个黄牧师，连姓都不要改！"

天黑下来了，黄兴钻进圣公会的轿子出了门。张继则装扮成龙家的仆人，打着一个纸灯笼在前面引路，另一只手紧紧压着腰间的德国造。他做好了准备，万一被发觉，就毙了那几个营兵再和黄兴强行冲出去。

轿子来到西园巷口。守卫的营兵见是中午过去的那辆轿子，知是教堂里的洋人，便不再盘问。张继暗中庆幸，吩咐轿夫加快脚步。一个疑心重的营兵嘀咕："为何走得这样快，莫不是黄兴坐在里面？"

另一个说："对，叫他停下来查查。"

"停下，停下！"轿后传来喊声，黄兴一惊，不知露出了什么破绽。轿夫听见后面喊，只得停下。张继趁黑将手枪从腰间取下，握在手里。

三个营兵一齐走上前来，两个打灯笼，一人掀开轿帘。只见一个满脸大胡须、戴眼镜、穿黑长袍的牧师怡然自得地坐在那里，略带微笑地操着一口洋话。三个营兵都呆了。

提灯笼的对掀帘的说："不错，正是白天过去的那个洋人。"

掀帘的也觉得像，忙不迭地点头哈腰，连声说："对不起，对不起！"

张继圆睁双眼训道："你们瞎了眼，这是圣公会的黄牧师。他是英国来的传教士，抚台都要对他礼让三分！"

营兵赔着笑脸说："是，是，我们有眼不识泰山，请牧师爷宽恕。"

黄兴手一挥，两个轿夫抬着轿飞快地出了湘春街，直向吉祥巷奔去。

第二天上午，黄吉亭牧师大摇大摆地进了圣公会大门。黄兴又托他立即密电武昌胡瑛，将西厂口科学补习所机关取消，又同时通知安庆、九江、南京、上海、杭州各处机关立刻停止办事，又让张继告诉长沙省邮电总局中两位同情革命的机要职员，凡寄明德学堂转黄兴的邮件一律扣住不发。在黄兴的周密布置下，长沙华兴会没有在这次意外事件中受到损失，大家惦记的只是刘揆一。

三天后的清晨，黄吉亭买通了长沙海关，在他的亲自陪送下，黄兴、张继踏上了去汉口的轮船，终于逃离了虎口。按照预先的约定，黄兴、张继顺利地在武昌阅马厂附近的一条小巷子里的旧阁楼上找到了胡瑛。他们万没料到，刘揆一早已安然无恙地在这里等候整整三天了。

原来，龙大公子通知张继的那天，刘揆一恰好到一个朋友家做客。下午从朋友家出来，刚走到小吴门正街，见巡防营几个营兵正五花大绑押着一个汉子向又一村走去。街两旁围满了看热闹的人。刘揆一挤进去一看，五花大绑押的不是别人，正是已受封为少佐的马树德。就在这个时候，马树德也看见了刘揆一。马死死地盯着刘，眼珠在眼眶里转了几转。刘揆一知道出事了，忙赶紧去六堆子黄兴家。黄兴的继母告诉了昨天发生的事情，估计黄兴可能无事，催他赶快逃命。刘揆一又跑到南门口，见华兴公司的招牌已摘下，大门上落了锁，一个人也见不到。他猜想这一定是黄兴通知了华兴公司，于是连夜坐船到了靖港一个朋友家，然后再由靖港转到武昌，找到了胡瑛。这时胡瑛已接到密电，知黄兴要来，遂一起在这里等。

从险境中逃出来的战友安全重逢，真是天大的喜事。他们都是虎胆英雄，根本不把这次惊险放在心上，谈起各自的经历来，津津有味，觉得真是有趣得很，张继甚至希望再来一次。四人一起商量，绝定胡瑛仍留在武昌，黄兴、刘揆一、张继东下上海，以章士钊在上海建立的爱国协会作为基地，继续进行革命活动。

四　王闿运为初出茅庐的弟子出谋划策

几乎就在黄兴、马福益武装起义泄密流产的同时，杨度为粤汉铁路收回自办一事的活动也在密锣紧鼓地进行。

离开普迹市的第二天，杨度就回到了阔别一年之久的家乡。母亲李氏喜迎儿子遇赦归来，新婚久别的妻子略带三分羞涩地盼回了日夜思念的丈夫，心里都快慰无比。杨度见母亲身体健朗，妻子把家里料理得井井有条，心中也欢喜。尤令杨度欣慰的是，黄氏为他生了一个儿子，已经三个多月了，长得白白胖胖的，人见人爱。杨度给儿子取个名字叫公庶，寓意国家早日富庶。

杨度告诉母亲，弟弟妹妹妹夫及小外甥在日本都很好，不要挂念。

与去年相比，出洋留学的风气又开放了一大步，这主要应归功于朝廷的大力提倡奖励。同时，朝廷倡道变法，各种新式学堂，如师范、法律、财经、医科、矿业等如雨后春笋般地兴起，各种实业公司也纷纷建立，这些学堂、公司大量需要新式人才。各级衙门也广为搜罗留学生充当幕僚。至于各省仿效袁世凯的北洋陆军所建立起来的新军和武备学校，则更是大批罗致学军事的留学生。所有回国的留学生都可以很快得到功名和一份俸禄优厚的待遇。除此之外，还有一个重要原因。朝廷已经明谕宣布，今年甲辰恩科是特为老佛爷七十大寿而设，从此之后永远废除科举考试。这一道谕旨将实行一千多年之久的读书人的仕进之途堵死了。读四书五经，写八股文试帖诗，再也不能有黄金屋千钟粟了。读书人要想有出息，只有读有实用的书，要想得功名，只有出国留洋。

于是，不仅城市里的士绅，甚至连乡间的农夫，都知道留洋的人最为金贵。李氏二子一女连小外孙都在东洋留学，她因此成了乡民心目中地位最高的老太太。大家恭维她好福气好八字，今后会得到一品诰封的。李氏二十九岁守寡，看到自己千辛万苦拉扯大的三个儿女能有今天的境遇，心里很是欣慰。她笑吟吟地对儿子说："娘都放心，你们兄弟姐妹在一起，互相照应，娘还有不放心的？"又问，"叔姬身体向来弱，她在东洋吃得惯吗？"

杨度答："东洋的饭菜，叔姬也还吃得惯。即使吃不惯，也可以自己煮。反正米呀菜呀油盐酱醋呀都是一样的，只是做的口味不同罢了。"

李氏说："娘是老了，不然也去东洋，专给你们做湘潭饭菜吃！"

杨度笑着说："那就更好了。"又说，"娘，澍儿只去了两个月，就会讲好多日本话了。"

"真的吗？"李氏听说外孙如此聪明更是欢喜。"小孩子学话容易，过不了多久就是一口东洋话了。不过，你们还是要教他讲湘潭话哟，不然过几年回国，我们祖孙俩都不能打讲了。"

说得一家人都笑起来。

黄氏对丈夫说："前几天湘绮师还打发人来，问你从长沙回来没有。"

杨度说："过几天我就去看他老人家。"

杨度在家里享受了几天温馨的天伦之乐，心情十分舒适。他是个不安于小家小室，时刻盼望做大事业的人，心里总是想着粤汉铁路一事，要把此事办成。他认为办此事，从大的方面来说，是关系到国家尊严的一场外交，从小的方面来说，是自己投身政治所办的第一件实事，成与败，事关自己的信誉，同时也是自己是否真正具备从政才能的一块试金石。一想到这里，他心里焦急起来，在家里待不住了，他要去拜见湘绮师，一来叙叙师生别情，二来他要向这位饱经世间沧桑怀抱治国奇才的一代宗师讨教。

时届金秋季节，云湖桥的湘绮楼充满着浓郁的秋之诗意。

六年前建楼时齐白石为先生栽下的十株丹桂，株株长得茁壮，有的树枝已超过了二楼的栏杆。这几天里桂花迎着秋风相继绽开，一朵朵嫩黄的小花夹在深绿色的叶片丛中，使得全树都亮堂起来，尤其是那清新芬芳的香味直沁人心脾，让人精神振奋，心情愉悦。

环绕着鱼池边摆着五十盆菊花，是前年去浙江天童寺任住持的八指头陀，托徒弟带来花种培育的。天童寺的菊花闻名佛门，尤其是它的墨菊更负盛名。王闿运请了一个花匠精心培育出二百多盆菊花，他自己留下五十盆，其他的便分送给前来拜访的客人们。

这五十盆菊花，今年已是第二年开花了，花开得比上年更多。花色有金黄、嫩紫、粉白、浅红，各种各样。特别是那八盆墨菊，深绿色的花瓣，真像是从浓墨里浸出来的一样，的确不是凡品。这五十盆菊花的花形也多姿多彩。有大朵重瓣的像洛阳牡丹，有长瓣下垂的如流泉瀑布，有金光灿灿的若泰山日出，有雪白浑圆的似中秋明月。真个是花团锦簇，给湘绮楼带来了无限的生气。

楼前楼后的那几株枫树，这几天叶子也渐渐转红了，红得令人垂涎，真想摘下一片来珍藏在书册中，一年四季唤起读书郎对秋天的美好回忆。

近来，湘绮楼主常常凭栏望着这满目绚烂的秋景，心中荡漾着一股陶然自得的情趣。他觉得这醉人的金秋，正是自己此时的写照。他今年七十二岁了，依然身板硬实，耳聪目明，脑后的辫子黑白相间，拖得长长的。过了七十以后，他喜欢穿枣红色面料做成的袍子和鞋子，他认为这样精神。就连系辫子的带子，周妈也讨他的好选枣红色的。他一天也离不开周妈，就连偶尔上趟城住两天，也非带上周妈不可。无论是晚辈背地里骂他“老色鬼”“老风流”，还是同辈当面取笑他“老来俏”“老当益壮”，他都不在乎。他崇仰魏晋时期那些放浪形骸的名士，觉得他们真正是有胆有识的英雄。天地悠悠，过客匆匆，人生几多忧患苦恼，已经够使人难受了，何苦还要自己约束自己，自己压制自己，为什么不适心适意地自我选择，为什么不潇潇洒洒地在世上走一回？更何况魏晋人身处乱世，崇高的抱负、清白的节操皆一文不值，如果还固守礼义，岂不活活受罪！王闿运认为自己一生也处于乱世末世，早年那一番经世济民的志向和才能，总没有人赏识，岁月蹉跎，而今老矣，只剩下冯唐之叹，由自己亲手去补天显然是不行了。虽说姜太公下昆仑山时也是七十二岁，最后还是做出了一番灭殷兴周的大业，但那毕竟是传说，头脑清醒的湘绮楼主十分清楚，他这一辈子是不可能做第二个姜太公了，既然如此，也便干脆不去想了，且珍惜上苍所赐的天年，按自己的意愿做一个逍遥游中的快活旅人。

尽管王闿运崇尚魏晋名士通脱旷达的风度，服膺老庄清静无为的学说，想以逍遥处世；尽管他外表上也学得很像：如傲视权贵，在官场人物面前倚老卖老，与周妈和其他女仆的相处不检点，穿着打扮年轻化，说话戏谑随便，但王闿运毕竟不是魏晋时人，也不是庚桑楚、接舆那一类人，从年轻时所立定的经营天下的志向一直在他心里牢牢扎下了根子，直到老年，他仍忘不了对国事的热切关注和对学问的执着追求。他以发现人才、培养人才为己任，以著书立说，弘扬学术为乐趣。而今桃李满天下，著作与身齐，文章泰斗、一代宗师的美誉，他受之无愧。加之身体劲健如昔，一般人到了他这个年纪，差不多都认为走到了生命的尽头，到了残冬季节，但王闿运却不这样认为。他觉得此刻自己好比硕果累累一派丰收的金秋，还可以惬意地过它十年二十年。

齐白石栽下丹桂时对先生说，取十棵之数，寓期颐之寿，到了先生在湘绮楼过百岁大寿时，我齐璜要带着孙儿孙女向恩师讨寿桃吃。王闿运喜欢齐白石这句话，他相信自己能活到一百岁。

他有许多得意的弟子，齐白石是其中之一，还有诸如八指头陀、张铁匠、曾铜匠等人，都是有极高天赋而屏于士人之外的人，经他赏识点拨，都已成为了诗文成就很高的名家。眼下这已经传为文坛佳话。他相信，在他百年之后，这些佳话还会传下去的。

众多弟子中，目前给他大增脸面的是在京师翰林院供职的戊戌科榜眼夏寿田，他常引以自豪。然而他知道，夏寿田只是个聪颖勤勉的读书人，还不是叱咤风云的人物，真正能传他的帝王之学，有可能将他青年时代的抱负付诸现实的弟子只有一个，那就是杨皙子。这种前景，从杨度第二次留学日本一年来的成就中，他看得更清楚了。

这一年，王闿运接到杨度寄来的十余份《新民丛报》。他从《新民丛报》上看到了弟子所发表的《湖南少年歌》《金铁主义》，他读后激赏不已。

最令他高兴的是杨度不再提骚动的进步主义了，而是大谈君主立宪。君主立宪与王闿运早年心目中的帝王之学虽有区别，但时至今日，在汹涌澎湃的变法思潮的影响下，他的帝王之学也有所修正，修正之后的帝王之学与君主立宪并没有多大的差别。他认为杨度还是忠于师教的。若这次从骚动的进步主义转为倡道民主共和的革命党，那就彻底背叛师门，他就要效法孔老夫子，号召门徒们群起而攻之了。

最近寄来的《粤汉铁路议》尤使他欣喜。杨度能运用所学的西方法律知识，将一件最为棘手的外交大事分析得头头是道，假若这件事让他自己来处理，他是绝对不能有弟子这个能力的。代懿也来信告诉父亲，内兄是日本留学生总会干事长，在留学生中有很高的威信。“皙子是大大长进了，后生可畏，后生可畏呀！”这些日子里，他常常这样感叹着，也常常这样在来访的人们面前毫不掩饰地夸耀自己的高足。到长沙后，杨度托人给老师带去了一封信，报告回湘潭的大致日期。王闿运接到信后就天天盼着。

这几天心情特别好，王闿运重新将汉魏古诗温习了一遍。愈读愈觉得诗还是汉魏时期的好，唐代的近体诗虽号称高峰，到底不如汉魏诗的古朴深沉。尤其是《古诗十九首》，后人评论它是开一代先声，又说它惊心动魄，一字千金，真正评的是。可惜后来许多的模拟之作，都是东施效颦。这没有别的原因，只是因为他们的才气学问都不足以为之。若论二者兼备，千年诗坛，舍我其谁！

王闿运决心给《古诗十九首》的每首都拟作一首，不仅要压倒前代，而且要杜绝后人的痴想，为当今诗界再添一段美谈。他已经写好了十首拟诗，昨夜又作了两首。此刻，他坐在二楼的栏杆边，秋阳将庭院里的花草树木照得一片辉煌。他轻轻地哼着昨夜的新作：

> 渺渺洞庭波，袅袅湘山树。泠泠帝子瑟，杳杳潇湘路。沉吟常独弹，千岁谁能和。清秋时一闻，哀慕不能诉。寂寂天汉横，暗暗还自去。

这首《拟迢迢牵牛星》，他十分满意，甚至认为诗中那种潇湘深秋的冷寂意境，跟原诗比起来有过之而无不及，一个字都用不着动了。他又哼起另一首：

明月澄清秋，玉衡正三阶。众星垂光景，躔度亦昭回。晨曜故有时，达士旷其怀。飞鹊夜多惊，草虫共喈喈。愁人苦不宁，出户望徘徊。褰裳薤露中，告我以悲哀。野鹤不司晨，侏儒困长材。徒怀区区志，此念何由开。

这首也不错，不过个别字句还可再斟酌。王闿运起身，在走廊上徘徊苦吟。

“老头子，皙子看你来了！”周妈喜滋滋地在花坪里高声大气地叫着。

“先生，您老人家好哇！”周妈的话音刚落，杨度就跨进了大门。

“哟，皙子，是你来了！什么时候回湘潭的，我早几天还打发人去问过你娘哩！”王闿运一眼望见杨度，心里高兴得不得了，边说边下楼来。

杨度快步向前扶着走下楼梯的先生，笑着说：“一年不见，您老比去年还健旺些了！”

“这是托她的福呀！”王闿运指着站在一旁的周妈，一点顾忌也没有地说道。说得周妈倒有点不好意思，转身去张罗茶水去了。

王闿运将弟子领进一楼的客厅，坐下后，随来的黄氏娘家侄子把礼物送了进来。

杨度对先生说：“漂洋过海的，不能多带，一点意思。这瓶酒是代懿和叔姬孝敬您老的。这包樱花茶是我和老三送的。这双东洋袜子和头巾送给周妈。”

对于酒和茶叶，王闿运并未表示格外的兴趣，倒是对送给周妈的袜子和头巾，他特别来神。

“周妈，你快进来，皙子又送东西给你了！”他还记得上次杨度送呢料给周妈，所以喊周妈的话中特地突出个“又”字。

周妈颠着两只小脚急忙赶进来，王闿运拿起袜子和头巾递给她说：“这都是皙子他们送给你的。”

当着周妈的面，他又在“皙子”后面有意加了“他们”两个字，意思是这里面也包含着代懿和叔姬的心意。周妈搓搓手后双手接过。袜子是用雪白的细线织成的，还夹着几条金丝花边，显得贵重。头巾是黑色的，中间是一幅镂空图案，一个艺伎一手撑着伞一手摇扇，作歌舞状。周妈欢喜无尽，满脸堆笑说："这东洋货就是好，劳你费心了。"又说，"大少爷，恭喜你生了个好崽，像你像极了，好逗人喜欢。我给你泡茶去！"

一会儿，周妈端来了两杯擂茶，笑眯眯地说："大少爷，喝茶吧！"

擂茶名曰茶，却没有茶叶。将芝麻、熟黄豆、生姜合在一起捣碎放在杯子里，用滚开水一冲，再加上一匙红砂糖，喝起来又香又甜又通气散寒，是湘中湘北一带招待贵客稀客的一种礼数。"捣碎"一词的当地方言为"擂"，所以这种茶叫擂茶。

杨度喝了一口，很可口，笑着说："好久没有喝到擂茶了，还是这茶好喝。"

周妈又端来几盘瓜子糕点，说："大少爷，你多喝几杯，我去为你们准备饭菜。"

"偏劳你了。"杨度起身说。那样子，就像对师母似的。

周妈对杨度的成见，早在去年就消除了多半。这一年来，他常听老头子夸奖杨度有出息。又听人说，留学回来的都会做大官，她心里对杨度增加了几分敬畏。现在杨度这样懂礼节，更使她感动，忙说："大少爷，你这样客气，我担当不起！"

王闿运最乐意看到别人对周妈客气，他认为这是给他脸面。他乐呵呵地说："皙子，坐下坐下，自家人，哪有这多礼数！"

"见到张香涛和陆元鼎了吗？"扯了几句闲话后，师生的谈话转入了正题。

"张制台到武当山养病去了，要九月中才回武昌。陆抚台见到了，说了半天话，也没听他拿出一个主见来。"

"陆元鼎是个没用的人。"王闿运带着鄙夷的神气说，"今年春天他来湘潭，为讨得个礼贤下士的名声，特地坐了轿子到云湖桥看我。我先想一个做巡抚的，总有几分才情，聊了几句话，才发现这个伙计原来是个草包。"

杨度开心地笑了起来。

"这伙计的确是命好，也不知哪代祖宗葬了块好地，出了他这个宝贝。巡抚署理几个月了，屁大的事都没办一件，一天到晚就知道迎来送往，打点礼物进贡。京师来个芝麻小官说句话，他都当圣旨捧着。粤汉铁路废约自办这样的大事，做得来做不来，他心里全然没数，找他是白找，拿得定主意的只有张香涛。"

正说着，周妈递来铜烟壶。王闿运接过，抽起水烟来。

“是的，陆抚台这个人，正是先生所说的，我先前不知道，下次不去找他了，直接去找张制台。这事只要张制台同意就行了。”

“皙子，我看了你的《粤汉铁路议》，你现在长进多了。”王闿运吐出几口白烟来，顿时觉得神清气爽，十分舒服。“你搬出国际公约私法，又援引了外国的许多成例，把个废约的事说得那样理由充足，我看了自愧不如。皙子，你是青出于蓝胜于蓝了。”

王闿运将纸捻子夹在左手指上，腾出右手来梳理了几下疏疏朗朗的长胡须，满眼赞许地望着学生微笑。

“先生夸奖了。学生这点东西，在先生面前算什么，还要请先生多多指教。”听了先生出自内心的赞扬，杨度很高兴。

“你的这些西学新学，我不能指教。”王闿运坦诚地承认。他又将纸捻子吹燃，把烟点着，嘴巴含着烟袋，斜着眼睛说，“不过，我要向你指出一点，办事与做文章是两回事。你的文章尽管写得花团锦簇，道理说得滴水不漏，但究竟是纸上的东西。他张香涛身为总督，要做的是实事。你要说服他，使他同意出面废约自办，必须要有实实在在可行的措施。”

“先生指教的是。”杨度口头上谦虚地接受，心里并不以为然。“我会对张制台说明收回自办的种种可行措施。”

“你挑重要的说几种。”王闿运停止了抽烟，会神地听。

“首先，废约在法律上是可行的。”杨度侃侃高谈，“第二，上自朝廷下至全国舆论，都认为收回自办是应该的。第三，我们自办的条件是具备的。这条件一是资金，二是技术，三是管理……”

“好了，你先谈谈资金。”王闿运挥挥纸捻，打断学生的高论。

“资金分股本和借本两种。”杨度俨然以一个经济学家的口吻答道，“世界各国凡集大资金办大事业的，莫不采取集股和借贷相结合的方式来筹措资金，而其中股本为少数，借本为多数，有十分之二三的股本便可以发债券，集十分之七八的借本，粤汉铁路拟集三百万两银子的股本，其余部分以借本方式获得。”

“三百万两银子从何而来？”王闿运一步不舍地追问。

“学生想，以湘、粤、鄂三省之大，集三百万两银子不成问题。”杨度大大咧咧地回答。

“不成问题？”王闿运反问，“从何处出？官出，绅出还是民出？”

“至于从何处出，那就要由张制台去做决定了。”

“哈哈哈！”王闿运大笑起来。“你这个书痴，还没有脱掉书痴的本色。你以为湘、鄂、粤三省集三百万两股本不成问题，你以为张香涛会接受你的游说，再由他决定如何出银子？”

杨度面对着先生的反问，不知如何回答是好。

“皙子呀，你晓得当年曾文正办湘军最大的困难是什么？”王闿运并不需要学生的回答，他自己继续说下去，“一不是缺勇，二不是缺将，最大的困难就是缺银子。朝廷没有饷拨，完全靠自己去筹措，他为此常常弄得焦头烂额，自己嘲笑自己，说是个四方乞讨的叫花子。湖南自来商业不发达，全省收入不敌苏淞地区一个大县，逼得没法，他只得设卡抽厘，硬着头皮受万千人唾骂。你想想，假若银子好筹，他曾文正那样一个死爱面子的人会这样做吗？当年我修《湘军志》，专列筹饷篇，并将咸丰六年至八年这三年间湖南协济江西军饷作了统计，共二百九十一万五千两。这都是亏了左文襄的大才运筹，才能有这些银子。所以我在《湘军志》里说了，曾文正在江西打了三年仗，无功可言，左文襄坐镇长沙筹措军饷，功劳超过他。《湘军志》后来遭九帅的诟病，这也是其中的一条。”

与湘军纠葛的这些往事是王闿运引以自豪的历史，一谈起它便格外起劲，滔滔不绝。

“三百万两三省摊，湖南也得出一百万。当年是打仗，火烧眉毛，要保命，从上到下凡能拿得出的银子都得拿出来，还加上五里一卡、十里一哨地抽厘金，又有左文襄那样赤心任事的雄才，三年二百九十万，一年还不到一百万。现在就凭一句话，湖南能拿得出一百万吗？”

杨度在日本研究法律研究财经，理论是弄通了，点子也有不少，但这一切都是关在屋子里的书生议论，其他那些留学生也和他差不多，都没有从过政办过具体的事情，所凭的只是一腔爱国热情，而把天下事看得简单容易，仿佛只要一打出“爱国”这张牌来，就什么事都迎刃而解了。听先生这么一说，杨度真有点为难了。是的，一百万两银子，湖南拿得出来吗？

“先生，照您老这么说，湘、鄂、粤三省没有自办铁路的经济能力？”

“话也不能这么说。我刚才讲的，毕竟是五十年前的事，现在与过去有一个大不相同之处。”王闿运站起身来，走了两三步，腰板挺挺的。他中气十足地继续说下去，当年游说公卿的神采依稀可见。“五十年前，湖南是官穷民穷绅也穷。现在湖南官家的府库、民间的仓廪依然是穷的，但却有一部分乡绅大大地富了。这里面有两类人。一类是近几年的暴发户，他们靠经商做买卖赚了大钱。眼下中国有两大公司。一是天津的久大公司。公司经理范旭东在澳大利亚学制盐，学成回国后在天津设厂炼盐，造出的盐白如雪，畅销全国。范旭东是湖南人，据说他的堂兄范静生也在日本……”

“范静生的堂弟开了大公司？”杨度兴奋地说，“范静生和我在法政大学同学，我和他是好朋友。”

“好，这是一个好关系。”王闿运点点头。“还有一个是华昌公司，炼锑的。公司由梁辟垣、黄修园、杨叔纯三人合开。梁辟垣号青郊，喜欢写诗，几次要拜我为师，我还没有收下他。第二类是过去湘军将领们的后裔。当年打武昌，打安庆，打江宁，抢来了大批金银财宝，带回家买田起屋。有的子女不成器，吃喝嫖赌，把家产败光了，也有的子女有本事，现在的产业成倍地超过父祖辈。听说湘乡李迪庵兄弟的子孙、萧孚泗叔侄的后代都很不错。这些人要是愿意，一家拿十万八万不成问题。”

杨度明白了。他高兴地说：“先生，您老的意思是说，湖南的银子在他们那里。”

“是的，”王闿运笑着说，“皙子呀，我劝你未见张香涛之前先去找这些财神爷，晓之以国家大义，诱之以个人利益，将他们说动。如果这些人能拿出七八十万出来，湖南的百万就不成问题了。你杨皙子能拿出湖南百万银子的保证来，就等于给张香涛一颗定心丸。他张香涛年轻时是清议派首领，这些年又对办洋务极有兴趣，这种名利双收又不要他花费大力气的事，他何乐而不为呢？”

王闿运这番指教的确大开了杨度的心智。他站起来，恭恭敬敬地对先生说：“多谢您老的教导，学生年轻不更世事，上次幸而没有见到，不然可能会碰一鼻子灰。”

“皙子呀！”王闿运拍了拍杨度的肩膀，笑着说，“你明白你今天的身份吗？你去武昌总督府会张香涛，就好比当年苏秦、张仪游说列国诸侯，你就是当今的策士。不要以为策士只凭着一张嘴就可以说动王侯，朝为布衣，暮为公卿，策士大有学问哩！我劝你未动身之前，再把《战国策》读一遍，把当年我教给你的纵横之术好好温习温习。”

眼见得弟子就要用自己传授的学问去赓续自己昔日的事业，暮年王闿运的心情分外激动。他喝了一口擂茶，一往情深地向启程前夕的弟子面授机宜："我年轻的时候，别人常说我狂，甚至妄，其实他们不知我的苦衷。我那时年纪轻，功名只有一个举人，又并非世家大族出身，在重视等级的社会中，我是个没有地位的人。假若我自己还藏锋收芒，唯唯诺诺，那世上就没有我置喙之地。所以我要锋芒毕露，我要傲视一切，使得诸侯权贵不敢小视我，这就是孟子'说大人则藐之'的真实含义，可惜很多读书人不能探到这颗骊珠。晳子，你虽然在经济特科考试上出了一次风头，又在东洋喝了些海水，但在张香涛这些人的眼里，你毕竟还只是一个毛头小伙子，轻微得很。你这次去见他，不比上次。上次是他以大吏长辈的身份推荐你，他在上，你在下，他可以在你的面前摆出一副爱才惜才的长者风度。这次不同了。你是以一个海外留学生代表的身份游说他，你和他是平起平坐的，你必须充分显示你的分量，显示你在他的心目中的不可忽视的地位，方才可望成功，懂吗？"

王闿运的这番开导，真可谓开诚相见推心置腹，将一个策士应具备的气质，以形象的语言剖析得入木三分，杨度为之深深感激，说："先生的教诲，弟子终生铭记在心。"

王闿运脸上露出满意的笑容："晳子，你这一回办铁路案，其实是投身国事的第一试，好比孔明初出茅庐，博望坡这一把火一定要烧好。"

五　首战告捷，令张之洞刮目相看

遵循王闿运的指点，杨度开始了一系列艰苦细致的具体行动。

他先到长沙，找到了设在天心阁的久大公司的办事处。一听说是留日学生总会干事长杨度来访，恰好在办事处处理公务的总经理范旭东连忙出来迎接。范旭东早在堂兄范源濂的家信中便得知杨度了，受过西方教育的范旭东本来就思想开明，再加之受范源濂的影响，也力主粤汉铁路收回自办，并乐意为此事的带头人。几乎不用杨度多加解说，范旭东痛快地答应拿出三十万两银子出来。

一出马就很顺利，给杨度以极大的喜悦和信心，第二天便走访了华昌公司。公司董事长梁焕奎也早闻杨度大名，尽管事务繁忙也亲自接待。

“梁董事长，舍弟在日本有一个极好的朋友，是和他同船去日本的留学生，名叫梁焕庭，也是湘潭人，不知是不是梁董事长自家人？”坐下寒暄几句后，杨度问道。

梁焕奎拿出两支雪茄来，递一支给杨度，自己也点燃一支，抽了一口后说：“焕庭乃鄙人胞弟。”

“啊呀，想不到竟是董事长的亲弟弟！”杨度原是借此引出话题，不想只这一杆便插到了底，令他喜出望外，忙恭维一句，“令弟是一个很有才气的青年。”

“杨先生夸奖了。”梁焕奎笑着说，“鄙人兄弟五人，老二焕鼎，老三焕彝，老四焕均，焕庭最小。鄙人兄弟虽多，但都才具平平，哪有先生你杨家二杰的清望！”

杨度听了，开怀大笑起来。他从梁焕庭在日本的学习生活谈起，着重强调他是如何积极主张粤汉铁路收回自办的，以引起这位董事长的兴趣。然后又高谈阔论了一番收回自办的意义及办成的可能性，还把建成后投资者的利润前景大大渲染了一通。

这位年近四十因生意顺遂开始发福的董事长，也是一个愿意在实业领域有一番大作为的人。他听后爽快地说：“粤汉铁路收回自办，于国于民于投资者均有大益，久大公司拿出三十万，我们华昌也可以拿出三十万，只是公司不是我一个人的，还要和黄、杨二位商议一下，恕我明天再答复你。”

第二天，梁焕奎告诉杨度，黄、杨两人胆子小，怕中国人自己管理不好，日后本钱都难得收回，不敢多投资，每人从自己名下只拿出五万，梁本人拿十万，合起来二十万。有二十万，杨度已经够满意了。带着长沙的五十万，他马不停蹄地奔到湘乡。

杨度先在湘乡县城找到了李续宾的长孙李前普。李前普的母亲是曾国藩的侄女，他本人又承袭祖父的三等男爵，他将父祖辈挣下的家业经营得红红火火，在湘军将领的后裔中有较高的声望。杨度说服他之后，便由他出面摆了几桌酒，将当年名震一时的湘军大将的子孙们请来了多半，他们之中有曾国荃的孙子，曾国华的儿子，罗泽南的孙子，李臣典的侄子，萧孚泗的侄孙等。杨度在席上以湘军后人的身份发表了热情激昂的演说。他的这种身份很起作用，这些人听了他的话都觉得亲切，当时就有几个人走过来要跟他结世交。

李前普趁机鼓动：“我们的父祖辈当年为了从长毛手里挽救国家，不惜舍生忘死，血洒沙场，才赢得我们做子孙的荣耀和财产。今天从洋人手里夺回铁路的修筑权，同样是为了给国家争气争光，我们这些人理应以父祖辈为榜样，为国分忧，为民负重，促使这件事办成功。办成后，诸位都可以从中得到永久性的红利。如果见国家有难而袖手不管的话，我们死后将有何面目见先人于泉台？我先拿五万，请诸位量力而为。”

在李前普的感召下，有慷慨报数的，也有本不情愿但又不好意思不报终于还是报了的。最后，出席酒会的人，或多或少，每人都报了一个数字，合起来共五十一万三千二百两，加上长沙的五十万，总计一百零一万三千二百两。

有了这笔银子，杨度对游说张之洞的信心增加了百倍。

九月下旬一个秋高气爽的午后，气宇轩昂的留日学生总会干事长踏上了武昌码头的麻石磴，上岸后径直向司门口总督衙门走去。

来到衙门口，见新近出的告示上有张之洞签署的大名，知总督已从武当山疗养回来了，他请门房传了名刺进去。

等了半日，年纪轻轻五官清秀的门房趾高气扬地对他说：“制台大人忙，一律不见客，非见不可者，三天后再递名刺。”

杨度大为扫兴，心里窝着一肚子气，但又发作不得，无奈只得就近找家旅栈住下。第三天一早再递名刺。半个时辰后，另一个膀阔腰圆的壮年门房粗声大气地下达命令：“依次排队，三天后申初时分接见。”

杨度垂着头回到旅栈等候。当他第三次再递名刺时，一个瘦长干枯的中年门房终于让他进去了。

还是那间阔绰豪华的大书房，张之洞穿着一件深灰色薄丝棉便袍坐在松软的靠背椅上，多皱的脸皮上泛出的是青白色的暗光，与前年冬天比起来是明显地衰老了。

“足下这两年出了大名了。”张之洞似笑非笑地说，一边把杨度的名刺翻来倒去地在手中摆弄着。

“晚生有负老大人的厚望……”

“你是说去年经济特科的事吗？”张之洞打断杨度的话，冷笑道：“那是一场天大的笑话。大清朝有这等科场逸闻，真是耻辱。足下后来虽然没有录取，但负大名而去东洋求实学，相比那些考上而其实没有被重用的人来说是个大幸。这正是塞翁失马，安知非福。”

杨度想起湘绮师的教诲，神情昂扬地接过话头：“老大人说的是。晚生原本想借特科寻一个出身，一展胸中抱负，为国家做一番事业。怎奈小人进谗言，不但剥夺了晚生进身机会，还让老大人蒙受委屈，为避名捕之祸，只得亡命东瀛。一年来，晚生在日本法政大学专攻各国法律，获益甚多，又广为考察日本社会，大长了见识。承蒙全体留日学生看得起，推举为留学生总会干事长，因此又增加了不少实际办事经验。晚生自己也庆幸，幸而有去年那场笑话出现，不然不会有这么大的长进。”

“足下在东洋很活跃，《新民丛报》上常见足下的诗文。老夫看了一些，有的同意，有的不同意。”张之洞侧身指了指大瓷瓶里一卷卷的《新民丛报》。“《湖南少年歌》气魄是大，但足下未免把湘人抬得太高，置天下十七省人物不顾，岂不闻韩文公所言，燕赵间多慷慨悲歌之士吗？老夫虽钝，身为燕赵一士，也为十七省人物抱不平。”

一篇歌行居然刺激了这匹壮怀激烈的老骥，这是杨度所没有想到的，他一时有点心虚，略停片刻，坦然笑道：“老大人，晚生在东京所作的那篇歌行，原本是为了激励三湘弟子的志气，诗成后也只想在湘人中传阅。不料梁启超看见了，硬要把它发表在《新民丛报》上。晚生说，公开发表恐有不妥，他省子弟看了会生气的。梁启超说，我是广东人，看后并不生气，料想他省有志之士也不会生气，因为你是要湖南人做报国的先驱，并未讲要湖南人统治全国。即使有人生气，要来与湖南人争这个先驱，那更好！十八省省省都如湖南，那中国就一定不会亡国，中国就一定会强盛，这岂不更好！晚生觉得他说得有理，就同意发表了。不想得罪了老大人，晚生知罪。”

张之洞听了反而不好意思起来，笑道：“如此说来，老夫气量反倒不如梁启超了。好吧，姑念你出自一片爱国之心，老夫不予追究。你三番几次要见我，为的何事？”

首轮交锋，杨度占了上风，心中暗喜，精神更旺盛了。他略带自豪地说：“老大人，晚生这次回国，肩负着全体留日留美学生的重托，专为粤汉铁路一事，恭请老大人出面做主，废除盛大臣与美国美华合兴公司所签的合约，将粤汉铁路收回自办。”

关于粤汉铁路收回自办的事情，国内国外议论好几个月了，京师也有人上奏弹劾盛宣怀，张之洞当然知道。从他心里来说他倾向于收回自办，但这事牵涉面很大，且自办能否成功，他也没有把握。身为国家大臣，他不能随便表态。一个老仆进来，双手捧着一只碗：“大人，请吃药。”

张之洞接过药碗，手一挥，老仆退出了书房。他看着黑褐色的药汁，皱了皱眉头，手晃荡了两下，并不急着喝。“废约是件大事，你应该去京师找瞿鸿机，他正管着这门子事，找我做什么？”

“老大人，粤汉铁路收回自办，是湘、鄂、粤三省的事，当然应由您老人家出面呀！”

杨度将腰板挺直。午后的秋阳从窗外射进，正照在他青春焕发的脸庞上，与端药的老总督相比，明显地拉开了两代人的差距。

“粤汉铁路，广东也占了三分之一，你去找过岑春煊吗？”张之洞一副倚老卖老的神态，似乎要将这桩大事从自己的肩上推开。

杨度见张之洞这种态度，心里颇有点不舒服，他有意激一激：“老大人，晚生临回国前夕，留日学生会的干事在一起商量，有人主张先去北京见瞿鸿机，也有人主张先去广州见岑春煊。但包括晚生在内，大部分人都说应该先去武昌拜见大人您。老大人少负神童之誉，二十六岁便高中探花，令天下读书人艳羡。早年在京师纠弹权贵，抨击时弊，激浊扬清，伸张正义，成为清议派领袖，更使海内士人仰慕不已。出抚晋省，政绩不凡。总督两广，力挫法人，卫我疆土，战功显赫。镇守湖广以来，修芦汉铁路，建汉阳兵工厂，组汉冶萍公司，办学堂，练新军，桩桩实业，惊世骇俗，使朝中六部尚侍，海内十八省督抚，在老大人面前统统失去光彩。留学生们群处议论国事，咸谓当今廷臣疆吏，只有两个能干人，一为大人您，一为袁宫保，然袁宫保靠朝鲜内乱和镇压拳民起家，比起老大人巍科清望来说，毕竟不可同日而语。老大人兴办洋务实业，卓有成效，海内海外有目共睹，有口皆碑，粤汉铁路废约一事，非老大人出面，不足以说服朝廷而制慑洋人，自办一事又非老大人做主，不足以昭信于三省绅民，所以晚生特来拜谒老大人，并不去找瞿部堂和岑制台。”

这几句话说得张之洞很舒服。前些年他在两广、湖广任上业绩辉煌，世上广为称誉，但无论如何，都不把他置于第一的位置。因为那时李鸿章还在。李以平长毛、平捻子的盖世声望，大力兴办洋务，为督抚之马首，出外代表朝廷，持节周游列国，各国元首莫不奉为上宾。有一个这样的人物在世，张之洞处于其下，他也无可奈何。三年前，李鸿章死了，张之洞自以为稳坐第一把交椅了，其实这把椅子坐得并不稳当。他常听人说袁世凯是独步天下的一世之雄。袁不但实绩显赫，且有一支俯首听命的虎旅雄师。这个比他小二十多岁，连个秀才也没考中，仅凭几场武功而暴富暴贵的晚辈，张之洞根本就没有放在眼里。可居然有不少人把袁置于他之上，张之洞怎能不气！海外这些留学生竟然能有公允的评价，古稀之年的张之洞颇有点遇到知音之感。他将药汁一饮而尽，平素难以下咽的苦药，此时仿佛也不苦了。他淡淡地笑了一下，说："关于粤汉铁路一事，老夫听到一些，所知不详，你先说说大概吧！"

"老大人，我的那篇发表在近日《新民丛报》上的《粤汉铁路议》，您看过吗？"杨度试探着问。他希望自己的文章能引起这位不同凡庸的大官僚的注意。

"你的大作，我看了下题目。文章那样长，字又印得小，老夫年老体衰，眼力不济，如何啃得下？你不妨就此把你的《粤汉铁路议》在老夫面前议一议。"

"是。"杨度心里略有点失望，转而一想，当着他的面议议更好，于是说，"老大人，首先我要向您禀报的是，粤汉铁路合约一事完全是一场骗局。它打着兴办铁路利国利民的旗号，实际上以出卖国家利益来为自己谋取巨款，盛大臣、伍侍郎都从中得到了巨大的贿赂。"

"这事老夫也有所风闻，你们有根据吗？"张之洞为官、办事虽挥霍浪费，好大喜功，但他自己却不贪污中饱，就个人操守来说还是比较廉洁的。

"有！"杨度毫不含糊地答道，"留美学生王宠惠、张又巡做了大量调查，确凿证明伍廷芳接受美华合兴公司三十万美金的贿赂，盛宣怀多年来每月接受该公司三千美金的补贴，事实上还不止这些，因为他们在合同中出卖国家利益太惊人了，使人们有理由怀疑他们还得到了更大的好处。"

"关于出卖国家利益的事，你再具体说说。"早年做过御史的张之洞对此极有兴趣。

"我只挑主要的说两点。"不知不觉之间，杨度已把"晚生"换成了"我"，在自我意识中，他已觉得与这位湖广总督平行了。"第一点，我们经过切实的核查，知道修一里铁路只须一万两银子。粤汉铁路共长一千四百七十里，即使加上萍乡支路二十二里、岳州支路八里、湘潭支路三里、避车旁路二十六里在内，也只有一千五百二十九里，共需银子一千五百余万两，折合美金刚好一千万元。而现在美公司提出需美金四千万元，伍廷芳、盛宣怀也同意了。仅此一项就多收了三千万美元，合四千五百万两白银，修一条路花了四条路的钱。第二点，合同上写明借款四千万，以九折实兑，也就是说实际上只给三千六百万元，那四百万元就落入了美公司的腰包。如果不从美公司里分得好处，他们会同意吗？”

“岂有此理！”张之洞愤怒起来，“如此说来，伍、盛两人真是卖国贼了。合约是要废，不然，钱被洋人骗了，还要说我们中国无人。”

“老大人明鉴，正是这个道理。”杨度赶紧答话，他要借此将张之洞这句重要的话肯定下来。

“你是在东洋学法律的，洋人讲究法。你说说，如果废合约，合不合法，会不会引起我国与美国的邦交纠纷。”张之洞多年办理洋务，脑子比国内大部分官吏开窍。那些人要么虚骄横傲，夜郎自大，总以天国大邦自居，自己想怎么做就怎么做；要么是畏洋媚洋，生怕得罪洋人，什么事都委曲求全。张之洞比这些人高明，他知道与洋人打交道要按法律办事。

“老大人问得好。”杨度答，“这个合约废除完全合法，因为原来的合约是与美华合兴公司订的，现在该公司的股票三分之二被比利时人买去，公司名存实亡，不再具备法人资格。要说违约，合兴公司违约在先，我们后废除是完全合法的。至于牵不牵涉邦交的事，老大人尽可放心。国际法有公法私法之分。两国政府签订的合约称为条约，属于公法，这是牵涉邦交的大问题，而两国的公司所签订的合约称为契约，属于私法，不牵涉邦交。所以由中国粤汉铁路公司与美国美华合兴公司所签订的契约，废除与否，绝不会影响中美两国的邦交。”

“哦，这就好。”张之洞微微点头。“照这样说，可以废除了。不过，我们自己来办，办得成吗？首先是资金的问题，即使如你所说，只需一千五百万两银子，这个数字也很大，靠湘、鄂、粤三省能行吗？”

“行！”杨度坚定地回答，“老大人，我们可以学习洋人的办法，分股本与借本两种来解绝。股本即入股者，他们为股东，今后铁路建好了，他们按股分红，万一没建成，他们的银子也就充公了。股东要担风险，但赢利大。另一种是借本，即发行债券。买债券者不分红，只得利息。他们所得者少，但不担风险。我匡算了一下，只要有三百万股本，就可以发一千二百万的债本，所以资金不成问题。”

“三百万股本从何而来？”张之洞一下子就抓到了事情的要害。

“以湘、鄂、粤三省之大，应该可以筹集得起来。”杨度有意缓一步亮出自己的绝招。

“足下不理财，不知银钱之难。三百万两银子的股本，湘、鄂、粤眼下一时筹不起来呀！”张之洞从软躺椅上站起，在厚厚的毡毯上缓缓踱步。

杨度看在眼里，暗暗钦佩湘绮师的先见之明。“老大人，三百万两平均摊开，湖南分一百万。从三省财力来说，湖南最贫穷，若湖南能拿出一百万，鄂、粤两省也应该拿得出。”

“不错，湖南若拿得出，湖北、广东也理应拿得出，只是湖南绝对拿不出一百万两银子来的呀！”张之洞走了几步，觉得累，又坐到软躺椅上。

“假若拿得出来呢？”

“假若湖南拿得出一百万，我就敢出头把这件事揽过来。”对于将粤汉铁路收回自办一事，湖广总督早在心里有所考虑，也与幕僚们商量多时，只是因为银钱缺乏，一直不敢说硬话。

“老大人，我到武昌来之前，已经为您筹到了一百万银子。”

“是在湖南筹的？”张之洞大吃一惊。

“全部从湖南筹的。”杨度得意地将一叠纸掏出来。“老大人请过目，这是湖南一批乡绅们为粤汉铁路废约自办自愿集的股。”

张之洞接过，看那纸上写着一长串名字，最下面有个合计：一百零一万三千二百两整。

“靠得住吗？”

“完全靠得住！”杨度说，“他们或是发了财的公司董事长，或是湘军将领中的殷实后裔，说话都是算数的。只要老大人出头，代表粤汉铁路公司将与美国的合约一废除，他们就立即把银子拿出来，做新公司的股东。”

“好！”张之洞赞扬杨度，“足下办了一件很好的实事，老夫一向以为国为民办实事自励，过去芦汉铁路由比利时人包办，老夫就很不服气，常想我们中国人自己的铁路，为什么要让洋人来修筑，我们就这样没用吗？这次粤汉铁路，朝野都有收回自办的议论。海外留学生不在位都有如此强烈的爱国之心，老夫身为国家大臣，岂能落在年轻人的后面！足下可以对他们说，粤汉铁路是一定要从洋人手里收回来的，只是此事牵涉面很大，尚须作许多周旋，总在这个把月内就可以见分晓了。”

杨度起身，激动地说："老大人一片忠心为国为民，普天下共仰，湘、鄂、粤三省人民更是将感恩不尽。老大人事多，我就此告辞了。"

张之洞凝望着这位海外留学生的全权代表，一种历史责任感顿上心头。他颇带感情地说："足下再坐一会儿，老夫尚有几句话要对你说。"

"请老大人赐教。"杨度坐下。

"皙子先生。"张之洞换了一种称呼，显然比"足下"两字的分量来得重。"老夫今年六十八岁了，从二十六岁入翰苑以来，整整在宦海浮沉了四十二载。从涉入仕途那一天起，老夫就告诫自己，要做一个好官，为国家尽忠，为百姓办好事，从京官到晋抚到粤督再到湖督，自认为未负初衷。但是几十年来，外人侵凌，国事日非，就是老夫治下，亦有许多事不能如愿。事实教训了老夫，国家要强盛，百姓要富裕，朝廷非变法不可。为此，老夫联合江督刘岘庄给老佛爷上变法三疏，劝老佛爷因势利道，变祖宗之成法，效泰西之新政，所幸老佛爷都采纳了。只要从上到下都认真执行朝廷的变法诏令，国家还是有希望的。近日驻法使臣孙宝琦、驻英使臣汪大燮等都向朝廷提出了不少有关新政方面的具体建议，估计老佛爷亦会接受。老夫将这些朝政大事告诉你，其目的是希望你知道，国家马上会有一番大的举措，一番大的改变，要将它付之实现，需要大批的人才，尤其需要杰出的人才。足下身为留学生领袖，又专攻各国法律，研究日本宪政，正是适合当今时势发展的难得人才。足下这次办理粤汉铁路一事，不仅能从法律上探讨挫败洋人保卫国权的根据，更为可贵的是回国之后，能联络富商名绅，筹集了百万银两的股本。老夫一生历事甚多，阅人甚众，如足下这样脚踏实地的有为青年尚不多见。现在许多年轻人，尤其是海外的留学生，既不潜心学习西洋东洋的长处，又不扎实地研究中国的现状，开口排满，闭口革命，组织秘密团体，阴谋武装叛乱，他们口口声声自称是爱国者，其实祸国殃民。看到足下这一年多来的长进，老夫心中甚是欣慰。望足下善自珍重，返日本后继续自己的学业，多学点别人的长处，回来好好造福于自己的国家。老夫一生以荐人为己任，今老矣，无所作为，尤喜保荐真正有所作为的年轻人，遇有机会，辄向朝廷保奏，深望足下勿负老夫的厚望。"

张之洞这番诚恳的期待，使杨度大为感动。他再次起身鞠躬："晚生一定铭记老大人的教诲，努力做到学有所成，只是年幼才疏，还望老大人今后多多栽培。”

六　博爱丸上，杨度静下心对回国三个月来的经历做了一番清理

张之洞对杨度本人的期望以及对粤汉铁路收回自办的明确态度，给初办国事的杨度以极其巨大的鼓励，他兴冲冲地回到湖南。

受舆论的影响，长沙、岳州、湘潭、衡州等地的知识界和绅商界也都在议论粤汉铁路的事。一部分先期回国的留学生在旧式的书院和新式的学堂里串联，组织青年学子们举办各种活动，敦促官府收回粤汉铁路。一时间，形成了一股爱国筑路的热潮。

杨度以他特殊的身份成为了这些热血沸腾的青年学子崇拜的偶像。他不辞辛劳地奔波在他们之中，以自己广博的法律、经济等方面的知识及滔滔雄辩的口才，将粤汉铁路一案条分缕析，解剖精当。听者莫不倾服他的观点，一致认为粤汉铁路非收回不可，不收回则无异于将国家主权出卖给外人。杨度也因此而受到湖南士人的广泛尊敬。

不久，他得到准确的消息：张之洞联合两广总督岑春煊上奏朝廷，请求将驻美公使伍廷芳与美国美华合兴公司于光绪二十四年所签订的《粤汉铁路借款合同》十五款及于光绪二十六年签订的《粤汉铁路借款续约》二十六款一并废除，将粤汉铁路交由湘、鄂、粤三省自办，并请严惩接受巨款贿赂出卖国家利益的伍廷芳、盛宣怀。

杨度十分圆满地完成了全体留日留美学生的委托，告别老母妻儿和湘绮师，回东京覆命。他牢记张之洞的嘱咐，拟再用三年的时间将泰西各国和日本的宪政彻底研究透彻，以备今后朝廷大用。

杨度在上海候船的时候，正是黄兴、刘揆一、张继等人也逃到上海来的时候。他们并不因长沙起义的夭折而气馁，在得知马福益也已安全逃出的消息后，便积极筹划第二次暴动。他们以章士钊在上海办的启明译书局为掩护，广为联络各省在沪革命志士，并成立了一个取名为爱国协会的华兴会外围组织。杨度也到过启明译书局几次，参加过他们的会议，但谢绝黄兴等人的邀请，不做爱国协会的成员。就在这时，一个毛头小伙子给爱国协会惹出一桩大祸事来。

此人名叫万福华，原籍安徽。两年前随叔父到湖南，就读于长沙明德学堂。激于大义，并出于对黄兴的崇敬加入了华兴会。长沙起义夭折后，他也尾随黄兴等人来到上海，积极参加爱国协会的活动。

一天，他看到张继的德国手枪，很好奇，便要张继借给他玩玩。

张继借给了他，并告诉他如何使用。万福华把手枪摆弄几下后，心想，何不借此去为国家除掉一个奸佞？他想起了寓居上海的王之春。

王之春是湖南衡阳人，做过安徽巡抚和广西巡抚。在皖抚任上，安徽人很恨他，在桂抚任上又与法国人妥协。他去过俄国，在洋人面前献媚取宠。万福华断定此人必是奸佞无疑。王之春现被开缺闲居上海无事，常去茶楼饮茶听曲，万福华见过几次面。

这天一早，万福华怀揣手枪，上王常去的茶楼寻找。果然在一个茶楼的雅舍里，六十多岁的王之春正摇着湘妃扇，跷起二郎腿，眯着眼睛听对面一个女孩儿在弹琵琶唱曲子。万福华心中暗喜，悄悄地走到雅舍门口，瞄准王之春那颗肥大的头颅就是一枪。可惜万福华的枪法太生疏，那颗子弹并没有打着王之春，却把墙上的一面玻璃镜子打得粉碎。王之春吓得还没回过魂来的时候，几个差役早已把万福华死死抓住，扭送到警察局。任严刑拷打，万福华只说是要为国除害，闭口不招手枪的来历。

上海的报纸将刺客万福华作为大新闻登了出来，张继叫苦不迭。黄兴因章士钊在上海人头熟，便要他去监狱里探望万福华，送去一些日常用品，并叮嘱千万不能供出爱国协会一事。谁知章士钊一去监狱，就被当作此案嫌疑犯拘捕。当天晚上，警察又来启明译书局搜查。此时，黄兴的朋友郭人漳正在他的房间里聊天。

郭人漳乃湘军后期大将郭松林的儿子。郭松林字子美，是个有名的附庸风雅又奢豪挥霍的人物。他曾请大名士何绍基给他撰一副寿联。何绍基为多得点润笔费，有意讨好他，精心构思，为他写了十个字：古今三子美，前后两汾阳。唐代诗人杜甫字子美，宋代诗人苏舜钦亦字子美，唐代的汾阳王郭子仪也姓郭。寿联将郭松林文比杜甫、苏舜钦，武比郭子仪。从文字上来说，的确构思巧妙，堪称佳联，若论实际，则相差万里。然郭松林却喜欢得不得了，足足送了一千两银子给何绍基。十个字换来千两银，一时轰动海内。早些年，这个慕虚誉的人物已谢世了。子承父业，郭人漳也当了军官。前不久，他在江西巡防统领任上荣升广东新军协统，昨天兴冲冲来到上海，拟转海轮赴粤就职。郭人漳带着几个卫兵在上海街头玩耍时，正好碰见黄兴和张继。

彼此都是湖南的名人，异乡见面自然亲热。郭人漳并不知道黄兴是革命党，应邀晚上来启明译书局黄兴寓所谈天。当时警察来搜查时，郭人漳莫名其妙。七搜八搜，警察从抽屉里搜出了几颗子弹，便

孙中山像

章士钊画像

立即把三人都逮捕起来。

在押往警察局的路上，黄兴悄悄地对郭人漳说："张继年轻冒失，从别人那里弄来几颗子弹，惹出了麻烦，现在只要你说这几颗子弹是你的就没事了。"

郭人漳讲义气，同意了。警察局审讯时，郭人漳一口咬定子弹是他的，黄兴、张继都是他的卫兵，他乃途经上海去广东赴任。郭人漳有正式的委任状，又是军官，有几发子弹并不奇怪。关了三天，警察再也找不出其他疑点，只好将他们放了。

章士钊也装糊涂，只说万福华是启明译书局雇来的帮工，并不知他有手枪，也不知他为何要杀王之春。警察局没有把柄，只得也把章士钊放了。

就在黄兴、章士钊等人被关押的时候，杨度也差点被抓。原来，启明译书局有个门房很讨厌杨度。杨度每次来译书局，从不把门房放在眼里，进进出出，趾高气扬，正眼也不看他一下。门房是个胸襟狭窄又阴毒的人，便偷偷对警察局的人说："万福华有个同案犯叫杨度，住在外白渡桥旅社。"

警察局连夜去外白渡桥旅社。杨度不在，他正在莎莎夜总会看上海滩的时装表演，直到凌晨四点钟才回到旅社。警察们熬不过，早走了，留下一句话：杨度明天务必在此等候，不能离开。茶房将这句话告诉刚进门的杨度，他暗暗吃了一惊，心知一定是万福华的事牵连上来的，便赶紧收拾行李，悄悄地溜出外白渡桥旅社，另在一条偏僻的小弄堂里找了一家下等伙铺住下。过了两天，航期到了，他急忙去码头，登上了一条名叫博爱丸的日本客轮。

从上海到横滨，海轮要航行六天六夜。日日夜夜与一望无际的海水打交道，旅途十分单调乏味，但这给杨度带来了好处。

杨度生性好动，不习惯深思精虑。乏味的海水不想多看，陌生的旅伴不想多接触，环境使他沉下心，将回国三个月来的经历做了一番清理。

黄兴、刘揆一是革命派的代表，在与他们相处中，杨度毫不怀疑他们个人的品德和才具，尤其是他们满腔爱国之情、献身之志以及遇挫不馁的坚毅精神，杨度都很佩服。但他们举行武装起义所依靠的主要对象是哥老会等山堂会党。对这些人，由于伯父的影响，他从小起就有一种坏印象。这次去普迹市，又亲眼看到他们的桀骜散漫。依靠这些人，绝对不可能成就大事，长沙起义的夭折就是明证。退一万步来说，即使侥幸成了功，他们也会把国家弄得大乱，使外人更好乘虚而入，中国就将被执洋枪洋炮训练有素的洋人所彻底瓜分，堂堂的华夏古国就真的要灭亡了。

革命党的内部骨干也参差不齐，像万福华这种冒冒失失的愣头青很不少。这些人其实成事不足，败事有余，幸而那天碰巧躲过了。倘若被抓住监禁，岂不冤哉枉矣！

想过了革命党不足成事之后，他又想起了自己这次办粤汉铁路的顺利与成功。他冷静地思考着，除开个人的努力外，此事的成功得力于所依靠对象的正确。杨度细细地分析，自己所依靠的是三个方面的人：一是有学问有政治经验的前辈，如湘绮师；一是有财力有见识的实业家，如范旭东、梁焕奎；一是有声望有权力的大臣，如张之洞。这些人都顺应时势，主张变革，同时又具有推动变革的实力。朝廷也在变，也愿意跟上世界潮流，实行宪政，如果自己能成为这股力量中的一员，必定会左右逢源，处处顺遂，再加上自己扎实的旧学和这股力量所视为稀罕的西学，那么将会很快脱颖而出，崭露头角。同时，这条道路也是一条无须战争和破坏便能使国家强盛的平稳的道路。百姓能免战火之苦，国家能免外人之侵，岂不最好！

博爱丸像一只巨大的蓝鲸，在浩淼无垠的大海上劈波斩浪，直向以君主立宪而令举世瞩目的扶桑小国奔去。杨度站在甲板上任海风吹拂，心头激情汹涌。他为自己在正反两方面的比较中清醒而深刻地认识到中国的国情及应该选择的道路而兴奋不已，同时也为自己寻到一条施展才具出人头地的道路而兴奋不已。对着碧波荡漾的太平洋，杨度默默地在心中念叨：不管今后遇到多大的挫折，不管有多少人反对，自己一定要坚守君主立宪的信仰，一定要沿着这条道路走到底。他坚定地相信，总有一天，中国就会如同这条破浪前行的博爱丸，而自己将会成为船长之须臾不能离开的大副！

七　千惠子向故园归来的英雄献上一束腊梅花

博爱丸一声长鸣，慢慢地驶进了横滨港。杨度提起随身所带的小皮箱，随着上岸的人流踏上了码头。

“皙子先生，皙子先生！”

迎接旅客的人群中传出一阵轻脆喜悦的呼叫声，杨度听来十分耳熟。他向人群中望去，只见一个婷婷少女手捧一簇素雅的腊梅花，正迎着寒冷的海风向他奔来。

"千惠子，是你来了！"

杨度十分意外，情不自禁喊了一声，忙加快了脚步。

"献给你，中国留学生的英雄！"当两人靠近的时候，千惠子把手中的腊梅花递给杨度，调皮地笑着说。

杨度没有立即接过花，他凝神将千惠子看了一眼。她今天显然经过精心的化妆，眉梢鬓角都做过修剪，小巧的嘴唇上涂着浓厚的口红，白皙的脸庞因为激动而变得红扑扑的，红底起黑花的绒呢和服上罩了一件宽大的银狐披肩。通体上下，本已出众的娇艳华美，再在淡黄色的梅花的衬托下，更增添了几分迷人的韵致。杨度下意识地将她与离别不久的妻子相比较，简直有仙女与村妇之别。

"千惠子，你真美！"杨度接过花，从心里迸发出这句动情的话。

"是吗？"一阵娇羞飘过少女的脸庞，她心里甜丝丝的。

"你怎么知道我坐的这班船？我离开上海时并没有向谁拍过电报呀！"杨度对于他的这个东瀛女学生此时的出现，既满心喜悦又深感意外。

"是这样的。"千惠子将银狐披肩稍稍移动了一下，说，"半个月前，弘文学院一个留学生从中国返回东京，告诉了重子先生，说你就在近日会回来。重子先生和叔姬女士专程来横滨接你，接了三天没接到，他们回东京去了。我每天都来此等候，终于把你盼来了。"

杨度听了，心里暖融融的："你怎么有时间，不上课了？"

"学校放假了，我反正没事。"

杨度笑着对千惠子说："我给你带了一件小礼物，我想你一定喜欢。"

"真的吗？快拿出来给我看看。"刚才情意绵绵的少女，一下子变成了欢喜雀跃的小女孩。

杨度打开皮箱，从中取出一个白绢小包来。千惠子从他手里抢过，急忙打开，白绢里包的是一个粉红色缎子做的心形小荷包，小荷包里散发出一股淡淡的清香。

"香袋！"千惠子惊喜地叫道。

"来，我给你戴上。"

杨度打开香袋上长长的红丝带，将它挂在千惠子凝脂般的脖颈上。

“真香！这里面装的是什么？”千惠子把香袋送到鼻子边，轻轻地嗅着。

“你还记得我教你的《离骚》吗？那里有这样几句。”杨度望着有一双明亮杏眼的千惠子，念道，“‘余既滋兰之九畹兮，又树蕙之百亩，畦留夷与揭车兮，杂杜蘅与芳芷’。这里面装的是兰蕙、留夷、揭车、杜蘅与芳芷。”

“哦，难怪这么香！”千惠子深深地发出一声感叹，似乎领悟到，这个小小的香袋里不仅装了香草，而且还装下了中国人对美好品德的执着向往，就如同那个行吟泽畔的三闾大夫一样，对自己的崇高追求，虽九死而不悔！

一辆装饰讲究的马车驶过来，千惠子招呼了一声，两人上了马车。马蹄踏着石板，一路上发出“嘚嘚嘚”清脆的响声。千惠子挨着杨度坐在车箱软座上，香袋里的清香一阵阵散出，皙子终于又坐在自己的身边了。她的心，就如同这颗心形香袋，充溢着芬芳温馨。

三个月前的一天，她突然听说杨度要回国了，她像掉了魂似的，连夜赶到东京爷爷家。爷爷告诉她，皙子君回国办铁路案，事情办完了，就会马上返回东京。过会儿，杨度从外面回来，也这样对她说。姑娘见房间里一切如故，没有丝毫长期离开的迹象，这才相信了。但不知怎么的，她总有点担心，生怕杨度这次是黄鹤一去不复返。二十岁的姑娘的心是多么复杂啊！

那次赏樱花，又引出了雌雄刀破镜重圆的喜事后，千惠子的少女情窦第一次被一个异国的男子打开了。她深深地爱上了杨度，完全坠入了情网。尽管她后来知道杨度有妻室在国内，又知道杨度对自己并无此意，但千惠子还是爱着他。她爱他潇洒的风度，她爱他脱俗的谈吐，她爱他超群的才华，她爱他高尚的抱负。万贯财产家的千金小姐，把金钱视为粪土，而把这个中国留学生当作天地间真正的财富！

千惠子每个星期六晚上便乘车去东京。星期天，她和杨度对面而坐，听他讲中国的历史和中国的学问，请他教她做诗词，练书法。有时他们两人或者再加上爷爷奶奶一起去外面散步谈天。从春天到秋天，千惠子没有缺过一个星期天。半年来，她觉得生活中突然增加了亮度，增加了色彩，连往年令她烦躁的酷暑和愁闷的秋雨似乎都不存在了。

杨度离开东京后，千惠子顿时觉得天地暗淡起来。她本来从不读《新民丛报》，自从有一次听爷爷说起《新民丛报》刊登了关于中国粤汉铁路的争论后，她便将每期《新民丛报》都买下来阅读。有不认得的字、不懂的意思就去问爷爷。这时她知道了杨度在国内的活动卓有成效，并受到留学生们的赞扬。风度翩翩的书生真的是一个纵横捭阖的政治家！她天天盼望着杨度早日归来。得知他就要回来的消息后，她夜不能寐。她劝说叔姬姐弟回东京，她希望他由她一人迎回。于是，她天天去港口等候，真的天遂人愿，他到底由她一个人接回了。

“皙子先生，孙中山先生到爷爷家去过两次，他想见见你。”在浓情中沉浸了很久的千惠子突然记起了一件大事。

“哦，中山先生！”杨度转过脸问，“他还住在横滨吗？”

“对，住在横滨。不过，近日他去了神户。我告诉他你就会回来了，他说等你回来后，他再来找你。”

“中山先生是个很有名的人，我时常听到人们提起他，可惜一直没有见过他的面。他找我有什么事？”

“他说慕你的大名，见面随便谈谈，没有什么大事。”

“好，我也很想见见他。”

马车在滕原家华丽的大门口停下，千惠子付了脚费。千惠子的父母和外祖父母非常高兴地将杨度接进家门。

在滕原家休息两天后，杨度乘火车重返东京田中的家。田中夫妇也自然欢喜。杨度立即发一封信给杨钧，告诉弟弟他已平安抵达东京。

过几天，杨钧和杨庄母子来到田中家，手足见面，很是亲热。杨度将母亲亲手做的火焙鱼交给妹妹。叔姬接过，一股强烈的思乡恋母之情油然而生，眼泪不知不觉地滚了下来。

“哎呀，代懿呢？代懿怎么没有来？”杨度问妹妹。

叔姬听了这话，却突然哭了起来。

“哥，姐夫和姐这几天又吵架了。”杨钧看了姐姐一眼，答道。

“什么事又吵了？”杨度说，“难怪千惠子说你们到横滨接我，也没有提到代懿，到底怎么啦！”

叔姬还是哭。

“哥，你要说说姐夫，他跟那个下女还有往来。上次在上野公园偷偷幽会，给姐看到了。”杨钧气愤地告状。

“这个家伙！”杨度笑着骂了一句，又对妹妹说，“叔姬，别哭了，代懿与那个下女也没有别的。下女照顾他一段时期，彼此有了感情，再见见面也没有关系，你要大方点！”

“哥，你不要再瞒我了，重子把代懿先前跟那个下女的事都告诉我了。”叔姬抽抽噎噎地说，“我不能跟他一起过了，我要与他离婚！”

“离婚？”杨度吃了一惊。“不要耍孩子气，怎么能离婚呢？”

“真的离！”叔姬口气强硬地说，“离了婚，我带着澍儿过。”

“哥，姐夫也真的不争气。”重子又告起状来，“上个学期有三门功课不及格。公使馆说，这个学期若再这样，就停发他的公费银圆。”

“噢，是要说说他才是！”杨度说着，抱起三岁的小外甥。“澍儿，你有多长时间没有见到爸爸了？”

“好久没有见到爸爸了。就是刮大风的那天，他跟妈妈吵架走了，我就没有看到爸爸了。”澍儿长得既像爸爸又像妈妈，是一个机灵的孩子。

“想爸爸吗？”杨度继续逗外甥。

“想，爸爸答应买枣糕给我吃哩！”

两个舅舅都哈哈笑了起来。

“澍儿，不要想他，妈妈给你买枣糕。”叔姬拿出手绢来抹眼泪。

“叔姬，你这几个月来做了些什么？”杨度见妹妹心绪不好，特为和她多说几句话。

“心里不舒服，什么事都没做。”

“姐这几个月写了许多诗，我给她装订成了一个小册子，今天特地带来了，姐说请哥览正。”重子抢着答。

“噢！”杨度高兴地说，“第一次出国，感慨多，题材也多，一定会有不少佳作，快给我看看。”

重子帮姐从布袋子里取出一个簿子来。这簿子装订得很精致，封面用了一张蛋黄色的硬纸板，上面题着四个字：“东瀛诗稿”。右边是一幅画：一望无际波涛汹涌的海面上，一只船在航行，远远的天边上挂着一轮鲜艳的红日。这字和画无疑都出自重子的手笔。簿子以雪白的宣纸裁剪装订而成，每页都画上了一行行的乌丝栏，后面大部分纸还是空的，前面端端正正地誊抄了二三十首。

杨度慢慢地翻开看着。《秋夜有感》《秋末宴集日本上野莺亭》《观海涛》等都写得才气横溢，情致缠绵。再翻下去，有一首题作

《日本病院中月夜闻蟋蟀有怀，因以寄远》的五言诗，引起了他的特别注意：

蟋蟀无秋思，微吟自悄然。幽声时断续，客意已芊绵。
丘壑我犹忆，关河君自怜。遥知今夜月，伫听竹篱边。
月色满天地，清辉增夜寒。还思少小意，始觉别离难。
漂泊竟何事，幽栖好是闲。秋声成独听，应怅路绵漫。
云断雁归声，虚楼客思盈。不缘新侣意，哪识故人情。
心与秋波远，愁回夜月生。凄风倘相识，飘梦送孤征。
自有鹍鹏翮，何须惜远途。潜居岂无意，濡迹逐成虚。
意气兼天远，形骸带月孤。川流无昼夜，身世竟何如！

杨度的目光久久地停在这首诗上。叔姬的诗，惯常见的是睹物起兴，多愁善感，泣春花之易谢，叹秋月之孤明。这首诗，除开这种情感外，还添了一种既幽怨又怜爱的意境，为叔姬诗作中所不多见。诗题寄远，这远方的人是谁呢？“丘壑我犹忆，关河君自怜。遥知今夜月，伫听竹篱边。”被思念的这个远方友人，叔姬对他充满了多么深的情意！“还思少小意，始觉别离难。”这个人和叔姬在小时候有过亲密无间的友谊。“秋声成独听，应怅路绵漫。”小时候，叔姬或许和他一起观赏过秋景。现在，她只能一人独听飒飒秋风。此人到底是谁呢？杨度想了很久想不起来。“不缘新侣意，哪识故人情。心与秋波远，愁回夜月生。”由新侣的不惬意而更加怀念故人的真情。思绪像秋水般的无边无际，当年的怨愁又随着今夜月亮的升起而被唤回！

杨度悄悄地看了一眼妹妹，她已停止抹眼泪了，两手托腮陷于凝思。

“新侣”“故人”，杨度在心里反复琢磨着这两个词。突然，一道电光在心头划过，他一下子全明白了。十之八九是叔姬近来因与代懿闹不和而又萌发了对初恋的怀念，诗中的“君”“故人”，不正是指的夏寿田吗？

那一年叔姬接到宫花后的反常态度，做哥哥的终于知道了自己的朋友原来竟是妹妹的恋人。这些年来，叔姬结了婚，生了孩子，午贻也远在北京，彼此间并没有联系，哥哥以为妹妹早已将那缕情丝割舍了。谁知她的思念竟是如此的深，如此的痴：“凄风倘相识，飘梦送孤征。”“川流无昼夜，身世竟何如！”

杨度清醒地意识到，作为一个女人，珍惜自己美好的初恋，眷念初恋的如意情人，无疑是人类情感中最为珍贵最为闪光的一部分。但作为一个少妇，已为人妻却仍在执着地怀念另一个男人，则会给家庭罩上一层不祥的阴影。尤其当丈夫对自己有所不忠，或丈夫不如过去那个人的时候，这种阴影就会越来越浓厚，有可能最终导致家庭的解体。

代懿对那个日本下女花子有点意思，才华又远不如夏寿田，这正是促使叔姬刻骨思念夏寿田的原因。不过，代懿本质上是个老实人，叔姬不在身边，与花子逢场作戏是可以理解的，不能因此而离婚。更何况自己与湘绮师之间特殊的师生关系，更不允许妹妹与代懿离婚。杨度思忖着要好好劝说劝说。

“皙子兄，你回来啦！”正想着，不料代懿闯了进来。

“哎呀，是代懿呀，正说着你哩！”杨度忙招呼妹夫坐下。

代懿看了叔姬一眼，叔姬扭过脸去不睬他。他觉得没趣，伸出手来，对一旁玩耍的儿子说：

“澍儿，过来，爸爸抱！”

“澍儿，到妈妈这里来！”叔姬喊。

澍儿悄悄地望了爸爸一眼，慢慢地向妈妈走去。代懿伸出的手无力地垂落下来，讪讪地坐下。

“代懿，你怎么知道我回来了？”杨度给代懿端来一碗茶，笑着跟他聊天，有意缓和他们夫妻之间僵持的气氛。

“我昨天遇见了刘霖生，他们说你已回东京了。”代懿接过茶，脸上露出不太自然的笑容。

“霖生到东京来了？”杨度惊讶地问，“黄兴、张继他们呢？”

“也都来了，还有霖生的弟弟秉生也来了。”

“你们晓得吗，黄兴他们为何又来日本了？”杨度朝着重子、叔姬问。

“不晓得。”重子问，“为什么又来日本了？”

“他们想在长沙办大事没办成，又在上海被抓了起来，我以为会被判刑，幸而无事出来了。”

“他们要在长沙办什么大事？”叔姬问。

杨度于是将黄兴等人筹划起义以及在上海被万福华牵连的事情，大致说了一下。对自己去普迹市一事，他有意不提。

叔姬说：“原来他们是要造反！哥，你留神点，别被他们牵上了，以后少与他们往来。”

重子也说：“胡汉民他们也在筹划什么起义的事，邀我参加，我没答应，这太危险了。朝廷虽然打洋人不过，对于造反的老百姓还是有本事的，何必拿脑袋往他们的刀刃上去碰。来日本，是要多学点有用的知识，天天空谈革命革命的，一点用都没有！”

“胡汉民他们的事，你不参加是对的，但千万不能跟公使馆的人透露一点。”杨度对弟弟说，“革命、造反，我不赞成，但我也不反对，他们自有他们的道理。”

“我跟那些人说什么？”重子坚绝地说，“我又不想当朝廷的官，做那种缺德的事干什么？何况，他们也都是些有爱国心肠的好人。”

“对，对！”杨度对弟弟的态度十分欣赏。

“你的性格沉静，最是做学问做实事的料子，像黄兴、刘揆一、胡汉民他们都是属于打天下的英雄一类的人。但是，不管是他们今后坐民主共和的江山也罢，还是满人继续坐龙庭实行君主立宪的新政也罢，国家都要建设好，要建设好国家就要有实实在在的本领。来日本一趟不容易，千万不能荒废，要学有所成。重子这个态度是很对的。”

说到这里，杨度转过脸对代懿说：“季果，我看你也不像打江山的英雄，今后也只能做点实事。这次回家，湘绮师多次谈到你，说你不是学军事的人，不如学一点有用的新学。我完全同意他老人家的看法。你自己好好想想，改行要不要得？如果要得，就离开陆大，到帝国大学或早稻田大学去，要么去法政大学也可以。如果不想改行的话，就要读好，再不能心猿意马了。”

代懿听了脸红起来。他是老幺，从小在母亲蔡夫人的宠爱下养成了脆弱的性格。陆军大学繁重的军事实战课，他的确受不了，久之便产生了厌烦的情绪，最终弄得三门功课不及格。他早就不想读下去了，听了内兄转达父亲的意见，正好顺水推舟，而且急中生智，又想出了一条讨好妻子的理由。

“皙子兄，我干脆转学到法政大学去，跟你一起学法律算了。”他瞟了一眼叔姬，说，“你不知道，叔姬早上跟我生气，说我与花子幽会。其实不是我约她，她总缠着我。她隔几天就去陆大找我，跟我说这说那，我碍不过情面，只得陪她说话。她那天把我叫到上野公园，边哭边对我诉说，继母又骂她了，她真想去死。我就好言劝她。

恰巧被叔姬看到了，说我和她相好，花子哪点比得上叔姬，我怎么可能和她相好呢？皙子，我离开陆大，花子也就找不到我了，叔姬也就放心了。”

说完又看了叔姬一眼，叔姬只是不理他。

重子看着姐夫这副可怜兮兮的巴结相，心里直起冷笑。代懿与花子的事，他对姐姐也只是说一半留一半，并没有把越轨的事都捅出来。他并不希望姐姐的家庭散伙，于是笑着说：“姐夫就是心肠软，听不得女人对他说几句好话。”

杨度明白妹夫的苦心，就势说：“要得，我看你和我一起学法律也好，朝廷不久就要立宪了，正要大批学法律的人。叔姬，你看呢？”

“我不管他！”叔姬赌气说，“他这个样子，学什么都学不好。”

代懿却听出妻子的语气中有一种表面强硬内里松动的味道，他将特为准备好的东西拿出来，故意当着叔姬的面亮了一下，然后对内弟说：“重子，我前两天得了一枚好印石，我只觉得好，但鉴定不出来，你帮我鉴定下。”

“给我看看。”重子从代懿手里接过印石，杨度也凑过来看。

这枚印石是个长方体，高约二寸，一头是完好的四方形，边长约半寸，另一头破碎了，不成形状。印石古朴厚重，色彩斑斓。

代懿见他们看得仔细，在一旁说明：“前两天，我去郊外操练，回来的路上，见到几个农夫围在一起说说笑笑。我好奇，便走上前去。原来他们在传看一个小石头。一个老头说，这是我今早从对面坟山上捡来的。另一个中年人说，这可能是昨夜盗墓的贼漏掉的。几个农夫都说好看。我也觉得好看，心想既是墓里出土的，一定是颗古印石，叔姬一直想要块好石头刻印章，买给她最好。我就问，你们这块石头卖吗？老头说，卖呀，你想买？我说，你要多少钱？老头不做声，旁边的人帮他定价。一个说，你真的想买吗？拿三块银圆来吧！另一个说，两块也可以呀！我摸摸口袋，刚好有两块银圆，便把它买来了。重子，你看给你姐刻个印章可以吗？”

说完又拿眼睛瞟瞟妻子。叔姬也被这块石头吸引了，正抱了澍儿在后面看着，代懿心里欢喜。

重子仍不做声，走到窗户边，将石头举起，对着阳光翻来覆去地仔细观看。好半天，他才转过脸对代懿说：“姐夫，恭喜你，你得了一块宝贝了！”

“什么？”代懿惊道，“你说这是宝贝？”

重子把石头托在手里，对代懿说：“姐夫，这不是印石，这是一块玉。”

杨度笑着说：“小三子少见多怪，就是一块玉，也算不得宝贝呀！”

澍儿从母亲怀里挣下来，走到舅舅身边，伸手就要抓：“小舅，给我看看！”

重子吓得把手高高举起，忙说：“不能让你看，你会打碎的，打碎就太可惜了！”

叔姬冷笑道：“什么破石头，装神弄鬼的！”

“你们不知道，这不是一块寻常的玉。”重子一脸正经地对哥姐说，“这是一块沁玉。”

“沁玉是什么玉？”代懿兴趣盎然地问，他希望自己真的无意中得了一件宝贝。

重子解释：“古人装殓时，常以玉伴死者，口里放一块玉，耳洞鼻孔里也塞上玉，身上也佩着玉。皇帝和皇族的人死了，有的还穿金缕玉衣。这是因为古人以为玉能防腐，玉伴着死者，则死者尸身不会朽坏。玉在死者身上，时间一久，棺木中的其他东西便会慢慢沁入玉中，被沁染的玉就叫沁玉。”

“噢，原来是这样！”代懿似乎都明白了。

“其中最容易沁入玉中的有五种东西。”重子继续说，“即朱砂、水银、石灰、雄黄、黑土。朱砂沁入玉中，玉则呈血红色；水银沁入玉中，玉则呈草灰色；石灰沁入玉中，玉则呈淡青色；雄黄沁入玉中，玉则呈杏黄色；黑土沁入玉中，玉则呈漆黑色。玉有一沁，则身价高十倍；若五沁俱全，则世所罕见，价值连城。这块玉在阳光照耀下，血红、草灰、淡青、杏黄、漆黑五沁俱全，本是连城之宝，只可惜打碎了一截。就这样，在识货者眼里，也在三五千块银圆之上。姐夫以两块银圆买来，真个是狸猫换来了太子。”

“真的这样吗？我再好好看看！”代懿从内弟手里小心拿过，又细细观摩起来。

“重子，你真不简单，什么时候得到了这一套辨玉的学问。”杨度笑道，“莫不是专为哄代懿的吧！”

重子说：“哥，我说的句句都是实话，这学问得之于易安居士的丈夫赵明诚。”

杨度说：“只听说赵明诚写过一部《金石录》，没听说过他有辨玉的书。”

“是的。”重子答，“《金石录》是一部名著，大家都知道。其实，赵明诚还写过一部《古玉考》。书未写完，金兵南下，他们夫妇逃到江南，半部《古玉考》的稿子就存在赵明诚的侄儿赵端手里。赵明诚、李清照死后，赵端手抄五部，自己留一部，以其余四部赠亲友。元代时，赵端的七世孙赵齐为躲避蒙古人的屠杀，携《古玉考》漂洋过海到了日本，后来在日本刻了二百部，《古玉考》得以在日本流传。相反地，在中国的四部，后来都失传了。三个月前，我偶尔在东京旧书摊上见到一部，用十块银圆的高价买了过来。刚才我说的这段《古玉考》的流传过程，便都写在赵齐的序文中，下次我带来给你们看。”

杨度道：“太有趣了。从来没有听说过赵明诚还有这样一部书，现在经重子在日本发现，真是一大贡献。日后回国了再刻印出来，也让赵明诚失落数百年的绝学复苏。”

重子说：“你这样说，我就不拿出来了。大家都知道如何去识玉，我就没有名气了。要刻，也等我死后再刻吧！”

杨度笑着说：“别看小三子本本分分，心里也是很鬼的。”

代懿说：“重子，给你姐做印章，你看刻几个什么字？”

重子不假思考地说：“就刻‘叔姬之印’四字好了。”

代懿走到妻子身边，满脸堆笑地问：“你看这四个字要得不？”

叔姬板着脸不做声。

杨度走过来说：“我看别刻名章，刻个藏书章最好，就刻‘懿庄珍藏’四字，将你们夫妻二人所有的书都盖上这四个字。”

代懿深谢内兄的美意，赶忙说：“哥说得最好，就刻‘懿庄珍藏’四字。”

杨度对妹妹说：“你看代懿多舍不得你，得了这个宝贝，就急着要给你刻个印章。这样的好丈夫到哪里去找，听哥的话，吃过饭后一家三口快快乐乐回家去，再不要吵架了。”

“好，听哥的！”代懿忙表态。

叔姬不做声，死劲地用牙齿咬手绢。

重子拍着手掌说：“姐的脾气我最知道，不做声就是同意了。”

一句话把大家都逗得笑了起来，叔姬的手绢不知不觉地松了。

八　初次会晤，杨度就认定孙中山是个磊落大丈夫

一段时间里，杨度忙于应付东京留学生界的各种集会，报告回国联络湖南绅商以及游说张之洞的过程，常常博得青年学子们的阵阵掌声。杨度很得意，因此而对宪政的研究投入更大的热情。他日以继夜地研读西方著名学者有关著作，如卢梭的《民约论》，孟德斯鸠的《万法精理》，约翰·穆勒的《自由原论》，斯宾塞的《代议政体》，赫胥黎的《天演论》以及达尔文的《物种起源》等。他将西人的论述与中国的现状加以比较分析，废寝忘食地潜心思考摸索，试图为自己的国家选择一个最佳的国体政体，制定一套最适合中国国情的宪法律令。他常常感到十分疲倦十分困顿，但一旦想起自己是在做萧何、陈平、俾斯麦、伊藤博文的事业时，便会立即精神振奋。偶尔他也会记起静竹送他的那截拜砖，想起妙严公主的故事，情绪更会受到鼓舞。

慢慢地，一张较为清晰的蓝图出现在他的脑际。他认为时处今日，救中国的唯一办法，在于创建一个对人民负责任的政府，而创建这个责任政府的关键，又在于建立国会和责任内阁；建立责任内阁的基础是国内应有成熟的政党，像美国的民主党、共和党，英国的工党和保守党那样，只是中国目前尚无此等政党。山堂会党虽然很多，但统统都是愚昧落后的团体，没有系统明确的政治主张和严格缜密的组织纪律。黄兴、刘揆一的华兴会虽然略具政党雏形，但起义没有发动，在政治上毫无影响，也不具备执政的条件。然而时不我待，不能等有了完全合格的政党再来谈责任内阁。为此，杨度很费了一些思索。后来，他设想了一个过渡的办法，即先建不党内阁，也就是说内阁中的总理大臣及各部大臣皆为官吏而非政党中人。此阶段可称之为幼稚立宪国之政府。进而再实行半党内阁，即内阁的总理大臣及各部大臣由政党和官僚杂组而成。此阶段可称之为过渡立宪国之政府。再进而实行政党内阁，即由议会中获多数票之政党组成内阁，总理大臣为该党党魁，各部大臣均为该党成员。此阶段才是完全的立宪政府，即真正的责任内阁。

这张蓝图施工的第一步是促使朝廷速开国会。出席国会的代表应该真正具有人民性，具有人民性的国会才能制定符合人民利益的宪法，有符合人民利益的宪法才能制约责任内阁，有受制约的责任内阁才可能把国家领道好。

杨度如此反反复复地推敲论证后，觉得自己的这一套政党内阁制是救中国的最佳方案。

他把这套方案告诉梁启超。梁启超赞赏他的方案设想精致，步伐稳妥，不过与中国的实情并不完全吻合。梁启超认为中国的国民，从整体来说尚处在未开化之中，因愚昧而衍生的奴隶性意识很强，他们盼望的是在圣明的天子，即王道的统治下生活，并没有要自己当家做主的强烈愿望。这是中国与泰西各国最大的不同，而与日本最大的相似之处。但日本的国民教育远比中国为高，所以日本也可以实行君主立宪。对于中国而言，与其共和，不如君主立宪；与其君主立宪，不如开明专制。因此，救中国最好的方案是开明专制。

不过，梁启超还是认为杨度的思想与他有许多共同之处，他愿意和杨度共同组织一个政党，推杨度为党魁。不料，梁的这个设想遭到其师康有为的坚决反对。他大骂杨度的君宪方案实质上是架空了皇上，最后会堕落到无父无君禽兽不如的地步。又说光绪帝是圣明君主，只要光绪帝一复辟，便可立行变法，可立予国民议政之权，可立予国民自由民主。他声称自己深受皇恩圣眷，此生唯有竭尽全力为光绪帝复辟而斗争，此外概不他想。康有为最后斥责梁启超与杨度组党是背叛他的行为，拥护杨度为党魁尤不能容忍。

梁启超虽对其师的霸道很是不满，且他们之间的思想差距已越来越大，但还是不想与师门公开决裂，于是只得作罢。杨度也不想与这个顽固不化的保皇头子搅在一起，他计划自己办一张报纸，通过这张报纸来网罗同志，组成一个既不同于康梁保皇派，又不同于孙黄革命派的新党。

这天下午，他又在为此思虑的时候，屋外传来一句欢快的声音："皙子先生，你看谁来了？"

随着声音进来的是千惠子，他身边走着一个中年男子。那人一脸微笑，主动走上前去，用洪亮的广东官话爽朗地说："皙子先生，你不认识我吧！"

说话的同时，一双手也伸了过来。杨度忙迎上前去，将来人的双手紧紧握住，专注地看着他。

这个人个头不高，身材匀称，脸孔方方的，五官端正，尤其是一双微微下凹的眼睛十分明亮而有光辉，给人以坦荡诚恳且睿智洞达的印象。上嘴唇上留着宽宽的八字胡须，头上蓄着西式短分发。他身着深蓝色条纹西服，系一条洒满小花朵的咖啡色领带。脚上穿一双擦得一尘不染的西式黑皮鞋。

杨度觉得此人既有一种不同凡响的高雅气质，又有平易随和的常人性格，只是从来没有见过面。他连声说："久仰，久仰。"又热情地招呼客人坐下。

"皙子先生，我来告诉你吧！"千惠子含笑介绍，"他就是大名鼎鼎的孙中山先生呀！"

"哎呀，你就是中山先生！"杨度连忙站起，重新伸出两只手来，将孙中山的手紧紧握住。"你的大名真正是如雷贯耳，我仰望多时了，失敬失敬！"

孙中山笑着说："我慕名来拜访你，两次不遇，今天是第三次，终于见到你了！"

"真是对不起得很，我回国去了三个月。"杨度在孙中山的对面坐下，"先生是个传奇人物，我多次想去拜见你，只是你行踪不定，找都找不到。"

"皙子先生，你这次回国去敦促张之洞出面争回粤汉铁路的主权，办了一件大事，祝贺你。"

"哪里，哪里！"杨度谦虚了一番，"舆论的压力，爱国绅商的资助，才是粤汉铁路得以收回自办的主要原因。"

孙中山说："这话固然不错，但你个人的功劳也不可没。"

"中山先生，"杨度笑了，"不瞒你说，如果不是今天亲眼见到你，我真的不会相信你有如此文雅英俊。"

"是吗？"孙中山大笑起来。"满清朝廷把我和尤列、陈少白、杨鹤龄合称四大寇，悬十万银子要我的头。老百姓都以为我是强盗，有的报纸还把我画成黑脸红眼睛炭盆口，说我专睡老虎洞吃人肉。"

杨度也笑起来说："这画我没看到，我想象中的你是五大三粗膀阔腰圆，能徒手打得赢十多个人的大汉。"

"哈哈哈！"孙中山笑得甚是开心。

千惠子在一旁见他们初次见面便如此亲密无间，仿佛老友重逢一般，心里也很高兴，说："看来你们有谈不完的话，过会儿好好谈。昨天横滨来了几件上等男式和服，我给皙子先生买了一套。"

千惠子说着，从随身携带的精致羊皮包里取出一件折叠得整整齐齐的和服来。这和服用铁灰色的英国细毛料做成，做工十分考究，气派华贵。杨度和孙中山都觉得很好。千惠子得到夸奖，很高兴，说："穿上吧，穿在身上会更好看！"

说着，将衣服抖开，亲手披在杨度的身上。杨度将两只手插进袖子，挺了挺腰，果然十分合身。

孙中山仔细端详："皙子先生穿上这身和服，显得更潇洒了。"

千惠子站在杨度的前面，上下扯了扯："这就更像一个儒雅的日本学者了。"

杨度听了这话，顿时有点不悦。"一个儒雅的日本学者"，绝不是他的人生目标。想到这里，他对千惠子说："好，就这样吧，我脱下来了！"

边说边把衣服脱下来交给千惠子。千惠子见杨度穿上这身饱含着她的爱心的和服，居然连穿衣镜边都不去一下便脱了下来，心里有点怏怏的。她接过衣服，对孙中山说："你们谈吧，我去帮奶奶准备晚饭。"

"千惠子小姐，那就辛苦你了！"孙中山一点客套都没有，这正投杨度的脾性。

"中山先生，听说你很小的时候便接受了西方人的文明。"深受中国传统文化熏陶的杨度，近年来在西人的著作中获益甚多，当年走出石塘铺赴归德镇时那种乡村局窄、世界宽阔的感受，仿佛又一次来到。为此，他对孙中山的这种经历十分羡慕。

"我系统接受西方教育的时候，已经十三岁，不算很小了，但比起许多中国人来说还是算早的。这要感谢我的家乡和我的家庭。"孙中山的语气变慢了点，他陷入了对儿时生活的回忆。"我的家乡在广东香山翠亨村，靠海边不远，渡过海去，那边就是澳门。翠亨村山清水秀，风景优美，许多在广州、澳门发了财的富翁们见这里很好，又离城近，都在村子边建别墅。所以翠亨村虽小，但与外界联系不少，住在翠亨村的人并不孤陋寡闻。我的乡亲们有不少到外国谋生的，比较多的是去美国和南洋。到美国是去挖金矿，有赚了很多钱回来的。我的两个叔父都在年轻的时候就去美国挖金矿了，但他们一去之后就杳无音讯。后来才知道，一个死在途中，是掉到海里淹死的。另一个死在矿井里，是给石头砸死的。两个叔母于是在家守了一世的寡。有一个叔母很聪明，她从不出村子，却晓得外边许多有趣的事。她没有生过孩子，因此对我很好，把我当作她自己的儿子一样。我一直记得小时候她给我讲的一个故事。

"她说，有一个在美国挖金矿发了大财的人常常讲他游历海外的事。海外也有山有水，同我们翠亨村差不多，只是那里有许多金子。

又有一种土著老百姓，头发是火红火红的，他管他们叫红人。红人专抢别人的金子，还杀人。有一次，他和另外三个伙伴带着几块小金子路过一个偏僻的地方。他听说这里的红人很强暴，便对三个伙伴说，我们把金子分成两部分，小部分放在口袋里准备送给他们，大部分放在头发里，他们搜不到。但那三个伙伴不听，把所有金块都放进头发里。果然，有几个红人来了，拿着明晃晃的大刀。他走在最前面，红人搜他的口袋，发现有金子，大笑，将金子收去，把他放了。另外三个人，因为搜不到金子，红人很气愤，就把他们杀了。我那时年纪虽小，听了叔母讲的这个故事，也觉得这个挖金矿的人很聪明，心里得到了启发。”

杨度专注地看着孙中山，默默地听着。中山儿时的这个故事是很富于哲理性的。世上许多人就因为不能参透取舍之间的关系，往往因小失大。他想，如果让那个挖金矿的人当政的话，有可能会是一个很聪明的政治家。

“因为有了两个叔父死在国外的教训，我父亲便不出国。他在年轻时只在澳门住过两三年，在那里学做裁缝。”孙中山继续说，“澳门是个花花世界，葡萄牙人把它建成一个寻欢作乐的地方，许多人都称它为天堂。葡萄牙人在那里建了一幢又一幢红墙绿瓦的房子，空地铺上草皮，在阳光照耀下，澳门就像一片绿叶，红绿房子就像嵌在叶子上的发光的宝石，碧蓝碧蓝的海水就成了叶子的边缘。澳门岛上有大规模的妓院、赌场、烟馆，弦乐笙歌，通宵达旦。有人对我母亲说，你的丈夫到了澳门，会被那里的金钱享乐迷住，不会回翠亨村了。母亲也有点担心。但不到三年，父亲把手艺学好就回来了。人们都奇怪，他却处之淡然，说澳门虽繁华，但翠亨村的幽静更吸引人，何况这个家庭也不能不管。我父亲对家乡的爱恋和对家庭的责任心，赢得了村里人对他的尊敬。大家都说他是一个好丈夫好父亲。我父亲很看重这点。他说一个人若没有得到村里的尊敬，就是得了一座金山，又有什么用呢？现在，我的父亲也过世多年了。”

中山说到这里，语调很低沉，充满着对父亲的怀念之情。这种情绪深深地打动了早年丧父的杨度。他觉得自己似乎从未在别人面前提起过父亲，特别是在初次见面的生人面前，绝对不会出现这种情绪。是父亲在自己的印象中淡漠，还是自己缺乏纯孝的天性？

“我的大哥比我大十五岁。在他成年之后，他不满于翠亨村这块小天地，坚决要到外面去闯荡。我的父母拗不过，只得同意。大哥和几个人一起离开家乡，去了夏威夷岛的檀香山。一年后，家里收到大哥的一封信。信上说他在檀香山一切很顺利，那里土地肥沃，物产丰饶，他在家乡学会的耕作技术发挥了作用，经营的农作物比当地土著人要强得多。父母为大哥站稳了脚跟而欢喜。我那时一直在村里上私塾，读一切中国小孩子都应该读的四书五经。十三岁那年，大哥忽然从檀香山回来了。全家人都把他当英雄迎接。我们家三人出国，死了两个，只有大哥活着回来，并且成为富有者。他的富有不仅在金钱，还在办事的经验。他给大家讲檀香山，讲那黄金似的奇妙的沙滩，色似靛青的海水，海边澎湃的大浪，永流不绝似的泉水，凸入温暖海水中的紫山。我听得入迷了，一定要跟大哥去檀香山。但父母不同意，直到第二年父母才同意我和十多个同村人一起去。我记得那时坐的船叫格兰诺号。初次出国，一切都很新鲜。到了檀香山，大哥问我印象最深的是什么，我的答复使大哥奇怪。我说印象最深的是船上那根大铁梁。洋人能造出这样大的铁梁来，又焊接得这样好，使它承受了整个船的重量，洋人的技术了不起。"

说到这里，孙中山笑了起来。杨度觉得中山的表述富有诗意，语言极有魅力。

"到了檀香山后，大哥把我送进了美国人办的学校。这就是我接受西方教育的开始。"

中山停下说话，端起茶杯喝了一口茶。这一席话，引起了杨度巨大的感慨。杨度天性好结交，喜朋友，豪爽的性格是他获得众多朋友喜爱和信赖的主要原因。他对朋友胸无沟壑，开诚布公，自己也常常以此为荣，自认为是磊落大丈夫。然而今天在这位名震海内外的大革命家面前，他突然觉得自己距此美誉还很远。要说磊落大丈夫，这位才真正称得上。你看，初次见面，素昧平生，自己一句平平常常的话，就引起了他这样长的一段回答，而且说得是如此坦率，如此生动，如此真切，如此一往情深。此人的心胸是何等的光风霁月，性情又是何等的坦诚恳挚！

"中山先生，你真是幸运得很，年纪轻轻就受到西方教育的开化。我在十六岁之前，一直生活在闭塞落后的湖南乡下。十六岁之后，伯父把我和妹妹接到他的任所河南归德镇，才算是开了眼界。但伯父给我的教育始终是中国旧式的经史子集，直到二十七八岁第一次到日本之前，对天下大势仍然是懵懂不知的。"

"皙子先生，论西学你可能不如我，但中学的根底，你却比我深厚得多。你的《湖南少年歌》，我是绝对写不出来的。‘群雄此日争逐鹿，大地何年起卧龙’，这样的诗句多么气概，只怕是辛稼轩、陈同甫之辈生在今日，也不一定能超过啊！”

“中山先生，你过奖了。”杨度笑起来。他心里很畅快，将他的诗与辛弃疾、陈亮的诗词相比较，别的朋友都没有这样提过。而他自己最喜欢的正是辛、陈等人慷慨激昂的风格，也有意学习他们，中山能一眼看出，足见其古诗词素养甚好。

“中山先生，你的那篇《上李传相书》，洋洋万言，议论风发，就像得到贾谊、苏东坡真传似的，尤其是‘人尽其才，地尽其利，货畅其流’几句，将会成为千古流传的名句。”

“皙子，我跟你说吧，当年去天津见李鸿章，上书只是幌子，目的并不在此。”

“真正的目的是什么？”杨度将身子伸过去问。

“你们谈得好大的兴致啊！”孙中山正要回答，千惠子笑吟吟地进来了，手里端着两个碟子。“吃饭啦！”

孙中山掏出怀表看了一下：“都六点钟了，一点都不觉得饿！”

“就在这里吃？”杨度问千惠子。

千惠子答道：“我特地为中山先生做了几个中国菜，也不知像不像。奶奶吃不惯中国味，爷爷陪她在餐厅吃饭，我们就在这里吃吧！”

“好，就在这里吃！”孙中山站起来张罗着，一边说，“光看这颜色，就知道一定好吃，想不到你这样的富家小姐还会下厨做饭菜哩！”

千惠子说：“你不要小看了我，日本饭菜我样样都做得好，只是中国菜不会烧，今天试一试。”

杨度说：“我们吃现成的，再不好吃也不敢说你手艺不好。”

“对，对。”孙中山附和着。

一会儿，菜都端上了，千惠子还替各人倒上一杯葡萄酒。孙中山吃了一口菜，连声说：“味道好，味道好！”又转过脸望着千惠子笑着说，“真不错，今后可以嫁到中国去了。”

说得千惠子脸羞得红红的，心中却很甜蜜。整整一个下午，杨度和孙中山谈得十分融洽投机，害得千惠子一句话也插不进去，待在厨房里，只能和奶奶说闲话。现在，她可以趁着吃饭的空隙和心爱的人说几句了。

“哲子先生，你上个星期教我几首乐府歌辞，我都会背了。”

“都会背了？”杨度说，“那好，背一首给中山先生听听，看背得对不对。”

“你挑一首吧！”千惠子放下筷子。

杨度想了一下说：“你背背《长歌行》吧！”

千惠子凝神思考。孙中山也将手中的杯子放下，认真地听。

“青青园中葵，朝露待日晞。阳春布德泽，万物生光辉。常恐秋节至，焜黄华叶衰。百川东到海，何时复西归。少壮不努力，老大徒伤悲。”

“背得好，一个字都不错！”千惠子的背诵刚一结束，中山便轻轻地击掌称赞。“这是古乐府中最好的一首。‘少壮不努力，老大徒伤悲’，这两句在我们中国可以说是家喻户晓，妇孺皆知。来，我敬你一杯！”

说着举起杯子来。

“谢谢！”千惠子也举起杯子，浅浅地抿了一口，对着杨度说，“哲子先生，你说这些乐府歌辞，都是流传于巷陌之间的民歌。既是民歌，就一定可以唱。这首《长歌行》的词写得再好不过了，如果你能再教我唱，那就更好了。”

中山说：“乐府歌辞靠古书记载，流传下来不少，但曲谱没有记上，哲子如何教你唱？”

杨度说：“中山先生说得对，乐府曲谱大部分失传了，《长歌行》究竟怎么唱法，也无人知道了。不过，我的老师湘绮先生的如夫人早年是个歌女，也会弹古琴，她曾经演唱过古乐府中另一首《上邪》，说是从古时传下来的。她还教会了湘绮师，但湘绮师不相信《上邪》当年就是那样唱的。”

“哲子先生，你的老师教给你了吗？”千惠子追问。

“湘绮师仰慕孔夫子的教学方法。孔夫子教弟子是礼、乐、射、御、书、数六艺并传，因而当年洙泗之间书声琅琅，弦歌不绝。湘绮师也这样教我们，他会唱不少古曲。诵书释义之暇，就教我们唱古曲。有一次他教我们唱《上邪》，就是依如夫人莫姬所传。他唱得很动人，我们都喜欢听，也学会了。”

千惠子高兴地说：“那就请你唱一遍吧！”

“好！”杨度大大方方地站了起来，说，“今日与中山先生初次会晤，谈笑甚欢，正如前人所说的，与周公瑾交，如饮醇醪；我与先生真正是相见恨晚，一来应千惠子小姐之请，二来为中山先生助酒兴，我杨度权且做一回李龟年，唱一首古乐歌《上邪》，博二位一笑。”

杨度清清喉嗓，先轻哼了两句，接着便高声唱了起来：

上邪，我欲与君相知，
长命无绝衰。
山无陵，江水为竭，
冬雷震震夏雨雪，
天地合，乃敢与君绝！

歌声苍凉沉郁，高亢激越，声浪直冲屋宇，简直有一股穿云裂帛之势。千惠子听得发呆了，她似乎从来没有听到过这么动人心魄的歌曲。杨度就这么唱一遍，她仿佛已经全记住了。

孙中山聚精会神地听完后，说：“皙子先生多才多艺，把一首古乐歌唱得这样声情并茂，真是绝了！”

他将酒杯端在嘴边，未及饮又感叹：“我们华夏文化曾经是世界上最灿烂的文化，这首古乐歌算是一个代表，直到今天，它仍可当之无愧地与贝多芬、莫扎特等人的音乐相比！”

吃完饭后，杨度对千惠子说：“对不起，我今晚还有许多话要跟中山先生倾谈，关于古乐府的功课，下个星期再补吧！”

千惠子笑着说：“你们谈吧，我这次是专为陪孙先生来的，功课不管。”

九　杨度握着孙中山的手说：我事成，愿先生助我；先生事成，我将助先生

碗筷刚收拾好，杨度便迫不及待地问孙中山：“你刚才说那年给李鸿章上书是幌子，其实另有目的。目的是什么？”

“目的大得很。”孙中山端起茶碗，笑着说，“那一年，我和同乡好友陆皓东先在香港拟好了上李鸿章书，然后通过澳门海防同知盛宙怀写信给他的堂兄盛宣怀，再由盛宣怀给李鸿章写信代我们请求谒见。我和陆皓东都是初次离开广东，要通过北上途中窥测清廷虚实。我们从广东进入湖南，经湖南到武昌，再坐船东下到上海，然后从上

海坐海轮到天津，一路上民穷国疲、人心浮动的现实给我们很深的印象。我和陆皓东商议，都认为李鸿章不同于一般庸碌官僚。他有本事有头脑，我们以民族大义说动他，劝他起来推翻满人，光复汉人天下。他有威望，又有军队，他只要答应，事情一定可以成功。”

“你们跟他说了吗？”杨度十分佩服孙中山的胆量。他的这个举动，正是湘绮师五十年前劝曾国藩自立的重演。那是湘绮师终生引以自豪的壮举。过去的一些年月，杨度也曾想效法，却总没有找到机会，想不到眼前的这个人就这样做过，真是英雄！

“唉，不要提了。”孙中山放下茶碗，叹了一口气说，“那位宰相侯爷架子大得很，根本没有把我这个年轻人放在眼里，拒不接见，只是叫手下人告诉我，出国考察农桑护照已办好，快点出国吧。我和陆皓东大为失望，连李鸿章的态度都如此，满人朝廷再无可相信的人了。最后到了北京，看到京城政治的黑暗腐败，更加深信满人气数尽了，只要再出一个洪秀全，一定可以把它推翻。”

杨度也觉得失望。他希望孙中山能见到李鸿章，谈谈李对造反的态度，于此则可以比较曾李两师生的性格差异，也可以摸摸朝廷大员们的思想动态。

“中山先生，据说你发起了两次武装起义，又在英国伦敦被朝廷驻英公使馆抓过，你是东京留学生眼中的传奇人物，大家都很崇拜你。我想，关于你的这些经历，一定是很有趣的故事。”

与杨度交往的中国留学生，不论是主张革命的，还是主张立宪的，以及不问政治的，说起孙中山来，都有一种崇敬的口吻，都认为他是一个非同寻常的人物。今天真是一个很好的机会，他要亲耳听听这位大革命家本人对自己不凡生涯的叙述。

孙中山微微笑道：“大家崇拜我，这话说得客气了，我其实没有一点传奇色彩。”

田中龟太郎提着一壶茶进来，对他们说：“千惠子和我们一起去看戏，你们在这里尽兴地谈吧！招待不周，多多原谅。”

孙、杨忙起身致谢。送他祖孙三人出门后，关上房门继续谈下去。

“去天津见李鸿章是春天的事。到了夏天，海战爆发，中国很快一败涂地，全国震惊，满人的虚弱也便彻底暴露在国人面前。”孙中山洪亮的嗓音略显低沉。“秋天时，我去了檀香山，向旧日亲友募捐，开始将反满复汉的大业付诸现实。那时华侨风气尚闭塞，大家都不相信我，只有我的胞兄及邓荫南等少数几个人愿意出资相助。不过我也联络到二三十个同志。于是大家集合起来，建立一个名曰兴中会的团体，以‘驱逐鞑虏，恢复中国，创立合众政府’为秘密誓词。第二年，我们策划袭取广州以为根据地。于是在香港开干亨行作掩护，在广州建农学会为联络处，派邓荫南、陆皓东分主其事，我则往来省港两地，绝定九月九日重阳节发动起义。谁知这天，从香港运来的六百支洋枪在海关被发现，事机泄露了，陆皓东被逮捕杀害，我则亡命日本。”

“后来就去了欧洲，是吗？”杨度插话。

“先是到美国。”孙中山纠正。“日本没待多久，就去了檀香山。在檀香山遇到我在香港西医书院的教务长康德黎先生，我告诉他不久会去伦敦。在檀香山住了半年，乘船赴旧金山，再由旧金山赴纽约，最后去了伦敦。我一路在华侨中鼓吹革命，引起了清廷的注意和恼怒。到了伦敦的第二天，我便去看望康德黎夫妇。这是两位极好的英国友人，他对我的革命事业很能理解。清廷决计逮捕我，但在英国的国土上，他们无权抓我，便想出了一个毒辣的计策。清廷驻英公使馆有个翻译也是香山人，他装着不认识我的样子，在我由康德黎家去寓所的途中，与我闲谈。我在异国突遇家乡人，觉得分外亲切，便兴致勃勃地与他边走边谈，不知不觉地来到清廷公使馆门口。这时猛地冲出两个人来，将我扭进公使馆拘禁，我于是知道上当了。他们审讯我，我矢口否认。他们无法得到我的口供，准备将我引渡回国。一回国，便可杀我的头。我心里想，就这样被他们押回国杀了实在不甘心，但身陷囹圄，无人援助，怎么办呢？

“我想起了康德黎先生，他可以救我，但怎样使他知道我已被公使馆囚禁的消息呢？我见与我打交道的工役是英国人，便和他用英语交谈，请他帮我发一封信给康德黎。他不敢答应，去问使馆的女管家霍维夫人。霍维夫人认为可以。我便写了一封未具名的信给康德黎。康德黎得知后，便和也曾任过香港西医书院教务长的孟生一起奔走营救。终于，英国外交部和警察出面干涉了，英国记者也来公使馆采访。清廷公使馆在伦敦大街上抓人的消息便在伦敦四处传开，舆论纷纷谴责。清廷无奈，关押我半个月后终于释放了。释放后，我用英文写了一本《伦敦被难记》的小册子出版，很快就有人译成中文。这下就有许多中国人知道有一个名叫孙文的人。清廷先想杀我，不料反倒让我出了大名。”

说到这里，孙中山爽朗地大笑起来。杨度从这笑声中感受到一种宏大的气魄。正是因为这种气魄，使得眼前的革命家虽屡经失败挫折，却不沮丧，不气馁，不屈不挠，对自己的事业充满着必胜的信心。杨度想，孙中山的这种气魄，自己不曾具备，这真是一种先天的不足。他笑道："这正是古人所说的，将欲害之，反而助之。"

"老百姓说得好，这叫作搬起石头砸了自己的脚。"孙中山兴致高昂地说下去，"我决定在欧洲住一段时期，认真地学习别人的长处。我在大英图书馆读书，去博物馆参观，看他们的工厂，走访普通市民。正是在英国，我开始认识到要救中国，必须实行三民主义和五权宪法。义和拳起事的前一年，我从欧洲来到了日本。第二年，八国联军进北京，清廷帝后西逃。我认为这是千年难逢的机会，于是派郑士良去惠州策划起义。惠州兴中会六百壮士集会誓师，但后来又流产了。第二次起义虽然又没有成功，但革命事业已渐渐进入人心了。因为京师的失陷、帝后的逃命，把中国的脸丢尽了，海外的华侨一提起满人无不咬牙切齿，都说这样的朝廷不亡，天理不容。就因为这样，他们都转而相信我一贯的革命主张，纷纷捐款资助革命。我们设计了一种券，上面写着银圆数目。捐资多少，就发多少银圆的券。革命成功了，可以凭着券去领银圆，并付利息。从那以后，我们在经费上略好了一点。当然，总还是远远不够的，军火器械上花费的钱太多了。"

"听你的介绍，你是从甲午年就开始进行革命活动，到现在十一二年了，两次起义都失败了，自己又被捕过，同志也牺牲不少，经费也很困难。中山先生，我想问你一句，你在这十一二年备受挫折的岁月里，也有没有失望的时候？"杨度很认真地问。

"没有！"孙中山断然地说，"我从来没有失望的感觉，哪怕是在英国被清廷公使馆囚禁，与外界没有联系上的时候，我决定在返国途中寻一个机会跳海自杀。就在那种时候，对革命的前途我也没有失望过。我常常想，反满兴汉的大业，好比建筑一幢大房子。它需要经费，需要劳作，需要时间，但总是可以建好的，我们没有理由在建造的过程中，偶因不顺而对建成它有所失望。"

孙中山坚定的声音在寂静的夜晚显得分外的响亮。杨度觉得这最后一句话，犹如木棒撞大钟一般，撞击虽然停止了，而声音总在耳畔盘旋。

从见面起到现在，都是孙中山说得多，杨度说得少，他在专心地听，专心地观察，他从孙中山的谈吐中发觉孙有一种不同常人的气质。观孙中山的模样，仪表堂堂，儒雅俊秀，宛如一个饱学书生，但他指挥壮士豪杰揭竿起义，身陷危境，镇定自救，失败打击毫不气馁，世上有几个书生能有如此胆量和毅力？真是一个了不起的人！关于国家政治，他一定有许多精辟的见解尚未说出，好比他刚才提到的三民主义、五权宪法，就都没有展开谈，应该好好地听他谈谈。杨度这样想着，拿出怀表一看，大吃了一惊，时针居然已指到凌晨三点半了！

“中山先生，听你谈话，简直有如坐春风之感，不知不觉天都快亮了。我们且睡一会儿，醒来后再继续谈，好吗？”

孙中山也未觉察到时间的流逝，经杨度一提醒，才感到有点倦意了。于是二人躺在榻榻米上，随便扯条毛毯盖着，很快便进入梦乡。

杨度一觉醒过来时，孙中山已不在房间里了。他看看怀表，时针已指到七点三刻。书案上有一张纸条，是千惠子用日文留下的：“皙子先生，你与中山先生相见如鱼得水。知你们尚有许多话要说，我不奉陪了，先回横滨。周末再见。”

“皙子，你的这个日本女学生真聪明。”孙中山从外面进来，见杨度在看条子，便笑着说。

“她的确很聪明。”杨度放下纸条，“她说她曾经想请你教她中文哩！”

“是啊，那还是前年的事了。我的寓所离她家不远，她说要我教她中文，我是很想收下这个女弟子的，只是我太忙了。现在好了，她改投你的门下了。当她的中文老师，你比我更合适。”

“孟子说得天下一英才而育之，是人生一大乐趣。千惠子虽不是英才，却也称得上闺阁中的女才子，教这样的弟子是很快乐的。”

“皙子。”孙中山笑道，“千惠子很尊敬你，你也喜欢她，我来给你们牵根红线如何？”

“今生不行啦！”杨度伸开手，做出一副无可奈何的神态。“我早已娶妻生子，若有情缘，来世再说吧！”

“对不起，请原谅我失言。”孙中山表示歉意。听了杨度的话他也明白了几分，说，“东方男人的多妻制度，是男女不平等的最突出表现，欧美各国在这点上比我们文明。今后我们的民主共和国建立后，要从法律上废除一夫多妻制，实行男女真正平等。”

“你长期漂泊海外，夫人不在身边，有孤寂之感吗？”杨度自己常有孤寂之感，他多次想过要对千惠子说说这种情感，甚至有学代懿找个下女交往的念头。他觉得自己在这方面的感情很脆弱。

“孤寂之感时常有。”孙中山一点都不加掩饰地承认。“不过，既然把一身都许给了革命大业，就不能再去计较失去的东西了。人生总难得完满呀！”

听得出，这位大革命家也有常人的儿女之情，杨度仿佛得到了某种安慰似的，刚才的一缕怅意已经消失。他对中山说：“我们今天到外面去谈话吧！”

“最好！”孙中山一口答应。“外面有什么好地方吗？”

“有。附近有所茶楼叫永乐园，里面有单间，最是清静，除茶点外也有饭菜，我们上那儿去吧！”

“行，你带路吧！”

杨度与田中夫妇打过招呼后，两人一起出了门。

永乐园是一家女老板开的茶楼，以热情好客整洁清静闻名远近，从早到晚生意很好。杨度有时也与朋友们上这家茶楼喝茶聊天。

来到永乐园门口，一边一个妆扮艳丽的妙龄女郎早已向他们弯腰恭迎，一个清清秀秀的年轻人将他们带到二楼西头一个小单间。小单间正面墙壁上挂着一把硕大的绘图折扇，地面铺着青白色的席织厚层榻榻米，正中摆着一张三尺长的黑漆矮几，矮几上放着一瓶插花，在矮几四周的榻榻米上放着几块缎面棉垫。杨度和孙中山按日本人的习惯跪在棉垫上，隔着茶几对面相向而坐。一个侍女弯着腰提来一壶茶和两个雅致的小茶杯，又端来四个小碟子，碟子里放着瓜子、花生仁等食品。然后悄没声息地退至室外，跪下来，将纸糊的活动门轻轻拉上，小小的单间立即变得静谧了。

饮了两口茶后，杨度先开口：“中山先生，昨夜你说到在欧洲游学的时候，悟出了三民主义及五权宪法是救中国的唯一途径。你能否详细点对我说说？”

“当然可以，我今天正是要跟你谈谈我的这个政治主张。”孙中山挺直着上身跪在棉垫上，两只手平置于矮几，眼睛炯炯有神。“什么叫三民主义？三民主义即民族主义、民权主义、民生主义。最近，我将十年前兴中会初建时的誓言加以修改，归纳成四句话：驱除鞑虏，恢复中华，建立民国，平均地权。前两句即民族主义，第三、第四两句分别为民权主义、民生主义的简要概括。”

杨度插话：“先生说的民族主义，质言之，就是推翻满人的政府，是吗？”

“是的。”孙中山说，“二百六十年前，满人乘明末内乱之际强行入关，夺去了汉人的江山。满人是游牧民族，文化极低，根本不具备君临天下的条件。他们采取三个手段来巩固统治，迫使汉人服从。一是屠杀，使你怕他，不得不听他的。二是变服易发，强迫汉人向他靠拢，久而久之，使汉人忘记了自己的祖宗，从精神上摧毁汉人的民族意志。三是实行种族歧视。满人生下来就有落地银，一直到死，自己不要做任何事，全由国家养起来，并享有许多特权，树立满人高等民族的形象。相反，汉人则为他们做牛当马，交出大量的赋税养活他们。兵权和其他重要的职权，不管汉人多么能干，都不能插手。洪杨之后，清廷为保性命，不得不在兵权上放松一点，但仍对汉人时时提防。这几年列强侵凌，满人不但不奋力抵抗，慈禧那个老妖婆反而胡说什么宁赠友邦不与家奴。可见，在满人的心目中，汉人从来不是和他们平起平坐的兄弟姐妹，只不过是供他们驱使的奴才而已。二百多年来，我们汉人深受亡国之痛，积下的愤怒已忍无可忍了。所以，我认为实行民族主义推翻满人政权，乃是我们革命党人的第一要务。”

杨度仔细地听着，他觉得孙中山的话有道理，但不完全正确，几次想打断而发表自己的意见，出于尊敬，他总是压下去了，心里说：应该听完孙先生的政治主张的全部内容。

“先生讲的民族主义，我听明白了，民权主义是什么呢？”

“民权主义，即人民充分享受一切属于自己的权利。”中山两只手用力抵着矮几，面孔变得严肃起来。“自古以来，我们中国只有君王、贵族和大大小小的官吏们的权利，老百姓是没有自己的权利的，他们不但不能过问国家大事，就连自己的生养死葬都要受别人的管束。实际上，整个人类社会的主体是芸芸众生，君王、贵族和官吏们都是百姓所养活的。这不是太不公平了吗？赫胥黎说得好：天赋人权。人民自身的权利以及他们管理社会的权利，是上天赋予的，谁也不能剥夺。”

杨度发现孙中山的两眼里射出火一般的光芒，仿佛对几千年来中国社会这个极不平等的现象发布宣战书。“他是一个天才的统帅。”杨度在心里默默地想着。

“那么，请问民生主义呢？”

孙中山两只手松下来，重新平放在矮几上，语气也变得和缓了些：“我以为，一切政党，一切政府，最大最终的目标，就是要为百姓谋福利，让人民的生活过得幸福。我们今后所建立的民主共和国，一旦政权稳定下来，就要全力为中国老百姓的衣食住行而奋斗。政府要与人民协力共谋农业之发展以足民食，共谋织品之发展以裕民衣，建筑各式屋舍以乐民居，修建道路运河以利民行。”

“好，先生说得甚好！”杨度听得入迷，不觉以手轻击矮几赞叹。

纸门被轻轻推开，女侍者跪在门外，以柔软悦耳的语调说：“请问先生，要不要午饭？”

二人这时才发觉已是正午时分了。杨度看孙中山面前，不仅未动一颗瓜子，就连茶水都没有喝一口，正襟危坐，侃侃而谈三个小时，不倦不渴，神采飞扬。

“他是一位卓越的演说家！”杨度又在心里称赞起来。他吩咐侍者上两碗大米饭，两个面包，一份鱼，一份牛排，一份蔬菜，两杯威士忌，再加一份罗宋汤：中西结合。

吃完饭后，孙中山建议去街头走走。半个小时后，两个中国流亡政治家再次进入这个单间，将他们对未来中国的规划设想继续谈下去。

杨度说：“上午先生畅谈了三民主义，使我大长见识，下午我想再请先生讲讲五权宪法。”

“行。”被杨度心许的天才统帅、卓越演说家非常乐意宣传自己宏伟的建国构想。“五权宪法是在吸取欧美国家的成功经验和我们中国历史上长期实行的有效制度的基础上制定的。欧美各国普遍采取行政、立法、司法三权分立的办法来处理国事，使权力有一个制约的机制，不至于出现专制集权的现象，的确是非常成功的经验。在我们中国，长期以来存在着或叫御史台或叫都察院的监察机构以及纪律严明的科举考试制度，对国家政治起了重要的作用。因此，今后我们应当采取行政、立法、司法、监察、考试五权分立的制度，以确保国家政治的健康清明，这就叫五权宪法。”

杨度潜心各国宪政多时，对欧美的三权分立的政治制度赞赏备至，但他没有想到要以中国的长处来弥补西方的短处。孙中山增设监察、考试两权，对中国而言是一个继承，对西方而言是一个创造。

“他是一位伟大的政治家！”杨度又给大革命家上了一道徽号。

“不过，五权宪法的实施要经过一个过程。”孙中山对自己的建国方略加以补充说明，“我以为，中国建设的程序要分为三期。一曰军政时期。这个时期，一切制度悉隶于军政府之下，政府一面用兵力扫除国内之障碍，一面宣传主义，以开化全国的人心而促进国家的统一。二曰训政时期。凡一省完全底定之日，则为训政开始之时而军政停止之日。在训政时期，政府当派曾经训练考试合格人员到各省协助人民筹备自治。人口调查清楚，土地测量完竣，警卫办理妥善，道路修筑成功，选出奉行革命之主义者为县官，选出议员制定出本县宪法，这样的县就成为完全自治的县。三曰宪政时期。凡一省全数之县皆达完全自治之县，则此省可实行宪政时期。在宪政开始时期，中央政府当完成设立五院，以试行五宪之治，即行政院、立法院、司法院、监察院、考试院。"

这是一个完整的建国蓝图，它必定是经过多少年来精心思虑而设计成的，宪政专家杨度自愧不如，但他并不完全服气，他认为自己的一套主义和建国方案，虽不及孙中山的完备，却比他更符合中国的国情，现在该由他来阐述治国之策了。

"中山先生，你的三民主义、五权宪法给我许多启示。这些年来我也在摸索治理中国的方略，也有自己一套肤浅的看法，你能听我谈谈吗？"

孙中山恳切地说："皙子先生，许多中国留学生虽有一腔爱国热血，却没有明确的目标，出国之后，浮浮躁躁，无所适从，独你与众人不同，潜心于西方和日本的宪政研究，广采博收，孜孜不倦，并能运用所学的知识处理中国的实际问题。你的《粤汉铁路议》长达五万余字，精细严密，周到详尽，我读后拍案称奇者再而三，自认为海外留学生在这方面再无第二人可与你相比。久闻你有金铁主义的倡议，只是不得其详，今日难得相逢，就请你详详细细地说明吧！"

孙中山虚怀若谷的态度使杨度感动，他也很愿意在这位探讨中国国是十余年的政治家面前一展平生抱负。

"中山先生，你的救国理论我虽不能完全接受，但它自成体系，完整详备，令我佩服。我的想法还不成熟，零乱而不成章法，说出来尚请先生不吝赐教。"

孙中山笑道："你太客气了，人们都叫我孙大炮。何谓大炮，就是说我的性格就像大炮筒那样直通通的，绝不拐弯抹角。和人辩论起来，也和大炮一样火药味十足。你放心，我若觉得有不对的地方，立即就会说出来，那时还只有请你谅解，莫以我的直爽、火爆的脾气为意才是。"

“痛快！”杨度笑了笑，身子向前倾，胸部靠着矮几边缘，将他的理论娓娓道出，“我的所谓金铁主义，金者即黄金，即经济，铁者即黑铁，即军事。说明白点，即经济的军国主义，也可以用另一个名称，即世界的国家主义。然所谓经济的军国，究为何等国家，它包含哪些内容，这是主义中的重要问题，如果不加说明的话容易产生误解，我先画一个简表来说明。”

杨度将矮几上的碟盘移开。

“金铁主义，也即经济的军国主义，有它对内对外两层内容。”

说着，杨度用手指沾了茶水在矮几上画了一个表出来：

一，对内——富民——工商立国——扩张民权——有自由人民
二，对外——强国——军事立国——巩固国权——有责任政府

他详加解释：“侯官严复先生说过，国家分内因、外缘两大干。内因，言其内成之形质结构演进变化及一切政府用事之机关；外缘，言其外交与所受外交之影响。今后中国这个国家，对内来说是民富的，对外来说是国强的。靠什么来富民？靠的是工商的发达。靠什么来强国？靠军事的强大。这就是工商立国和军事立国的意思。要使国民的经济发达，必须要有国民的生命财产的安全保障。假若国民时时担心自己的生命财产受到威胁，那则万无经济发达的可能。欧美各国可以作为例子。英国民权最发达，则经济相应为全球之冠。美国次之，故经济亚于英。俄国无民权可言，故其经济亦薄劣不振。现在世界上专制大国，除俄国外就是中国，然而中国比俄国还恶劣。俄国政府可比之于明火执仗的强盗，中国政府可比之为鬼鬼祟祟的小偷。”

“比喻得很形象。”孙中山笑着插话。

“好比说，中国政府自诩二百多年来未向人民加赋，其实开捐抽厘，巧立名目的赋税多得很，这就是小偷的伎俩。”

“正是，正是！”孙中山点头赞同。

“中国政府只知道自己收赋税，根本不知保护人民的生命财产，如此，经济如何能发达？所以必须扩张民权。对外则须巩固国权，才能平等立于世界各国之中。现在的中国政府，根本不知国权为何物。内政之事，随处受人干涉而不知愤怒，也不知如何拒绝。某处放一官吏，外人干涉说不宜，则不放；某处辞一外人，外人说不可辞，则不辞。这样的事情太多了。所以巩固国权，对于今日的中国政府是太重

要的事情了。人民要有权力，首先在人民要有自由。专制国家，人民无自由可言。立宪国家，人民在遵守法律的前提下有他的自由。有国权的政府，必须是负责任的政府。中国目前的政府有许多弊病，而一切弊病的根源即不负责任。”

孙中山凝视着矮几上的简表，眉头慢慢地皱起来。杨度不理会孙中山表情的变化，声调越来越铿锵：“现在要挽救中国，只有走这条路，即从我的简表的后面向前面推移。”

杨度伸出右手食指来，在表上一步步地推动着。

“先建立一个负责任的政府，给人民以最大的自由，然后国权可逐步巩固，民权可逐步扩张，再继而大办军事，大办工商，最后达到国富民强的目的，金铁主义则付诸实现。”

杨度抬起头来望了望孙中山，见他仍在凝视简表，于是又加以强调：“英国政治家历史学家甄克思指出，人类社会都要经历三个阶段的进化过程，即由蛮夷社会进化到宗法社会，由宗法社会进化到军国社会。蛮夷社会无主义可言，宗法社会为民族主义，军国社会为国家主义。这个发展过程，乃极东西而通古今，无论哪个国家概莫能外。今西洋强国均已由宗法社会进入军国社会。我们中国，汉人由宗法社会进入军国社会，则自封建制度破坏后开始，至今已有二千多年了，但又不具备西方强国那种完全的军国制度。至于满蒙，则仍在宗法社会之中，有民族主义而无国家主义。所以中国从整体而言，是一个不完全的军国社会与宗法社会相混合的国家。”

孙中山的眉头皱得更紧了。在他看来，杨度的思维逻辑表述到这里，已出现了明显的混乱。他对当今中国社会性质的看法，显然是自相矛盾的。这说明他的主义有很严重的缺陷。这样的主义绝不是救中国的良方。以他素日的大炮性格，他要立即站起来痛加驳斥。但今日对面坐着的乃是一个享有很高声誉的宪政专家，且又是初次相会，他强压住自己的大炮火气，静静地听着。

女侍者再次悄悄地推开门，无声无息地端走了茶点，送来了晚餐。孙中山和杨度的谈话又进行了一整天。吃了晚饭后，孙中山建议晚上不谈了，去看看银座夜总会的艺伎表演，明天再谈。杨度欣然赞同。

翌日上午，还是永乐园，还是这个单间，两个政治家面对面坐在矮几两边。这次却由客人先开口：“皙子先生，昨天听你阐明金铁主义，你为富民强国所做的努力探索使我钦佩。你说中国目前所要做的首在于建立责任政府，在于给人民以自由。我请问你，如何建立责任政府，谁来给人民以自由？”

第三天的会谈，一开始的气氛便显得有些紧张。杨度对此却不感到意外，他知道自己的主义与孙中山代表的革命派主义有很大的不同。他希望能面对面地辩论。

杨度平静地说：“我认为应该通过这样的途径来实现，即各省各县选举优秀人物作为代表，由各省代表组成国会，由国会制定出宪法，并由国会推举对国家和人民有高度责任心和有杰出管理才能的人组成政府，在宪法的制约下，担负起一国的领道责任。责任政府就这样组成。这种政府理应给予人民最大的自由。”

“请问皙子先生，照你的主义，不必推翻满人的朝廷？”孙中山的身子向前倾，两眼望着杨度发问。

“如果满人朝廷同意开国会制定宪法，也可以不推翻。”杨度肯定地回答。

“不推翻满人的朝廷，也就是仍在慈禧太后、光绪皇帝统治下实行宪政？”孙中山再次追问。

“只要他们真心推行宪法，也未尝不可。”杨度的身子离开了矮几，不知是受不了孙中山咄咄逼人的气势，还是换一个姿势舒展一下。

“皙子先生，恕我直言，你的这个主张，我完全不能赞成，因为事实上在中国是行不通的！”孙中山放在矮几上的两个手掌突地变成了两个拳头，只是没有捶打而已，看得出来，他心里已憋满了怒气。他有意识地停一下，将自己的怒气压下去，待恢复常态后，他望着杨度说，“皙子先生，有一点你是清楚的，那就是统治中国二百六十年之久的满人，已经把中国拖到了民穷财尽、国将不国的地步。”

杨度点点头，表示赞成。

“一方是专门掠夺别人子女玉帛的强盗，一方是失去了人格尊严的奴隶，双方之间没有共同的语言。你要满人答复召开国会制定宪法，给汉人以自由平等么，这是绝不可能的事！早年入关的屠杀不去说了，就说七年前的戊戌政变吧。康梁谭嗣同等人并不要他们让位，只是希望他们开恩给汉人一点点好处。结果如何呢？慈禧是吃人的魔鬼，光绪也不是好东西，能对他们抱希望吗？要救中国，第一步就要推翻满人的朝廷，将他们投之荒坂之外，再不能让他们拱手垂裳坐在中国人的金銮宝殿上了。满人下台了，方可言宪政，否则什么都谈不上！”

孙中山气势雄壮的一番讲话，正如大炮筒一样：直截了当，火药味十足。

杨度一直带着微微的笑意听着，他等孙中山说完，用平静的口气说：“中山先生，满人是够糊涂够混账的了，但你将他们排斥在中国人之外，我不能同意这种说法。清取代明不是亡国，而是换朝，正像汉取代秦、唐取代隋一样。”

“你错了！”孙中山不能容忍杨度为满人做这样的辩护。“满人在关外自建清国，与明朝分庭抗礼，这在他们的文献中有明文记载着的。他们自己从来都不承认是中国的属下，你何必硬要将他们扯进中国人的行列！”

“这是他们震慑于中国君臣大义之说，乃自矫为一国，称中国为其所灭，逃掉以臣篡君的谴责。实际上努尔哈赤本人就受封于明朝的龙虎将军，这是史册上的明证。”

“皙子先生，你这是书生之见，努尔哈赤这样做，正是为了麻痹明朝廷，好为篡位做准备。”

孙中山揭露努尔哈赤的阴谋似乎一针见血，杨度一时语塞，稍停一下说：“这个问题有多半是属于学人之间的争论，且不说罢，我以为救中国的关键在立宪。若宪法可立，君主也可，民主也可，世界上有君主立宪优于民主立宪者，如英与法之比，也有民主立宪优于君主立宪者，如美与德之比。立宪又有彻底与不彻底之区别。彻底则国强，不彻底则国弱。比如英与德同为君主立宪，英强于德；美与法同为民主立宪，美强于法。其原因就在英、美立宪彻底，德、法的立宪还不够彻底。所以我认为，作为政体的立宪与专制，才是国家的实质，至于作为国体的民主或君主，那只是国家的形式而已。”

杨度的话不无道理，孙中山的语气和缓下来：“欧美国家的确是民主、君主国都有，也都把国家建设起来了。不过中国不同，中国不能走君主立宪的道路，姑不说慈禧、光绪这些君王是暴君昏君，即使再出现康熙、乾隆那样的能干人也不行了。这原因是今天的汉人都已明白不能再俯首听命于满人，满人再君临天下，汉人心不平气不服，都认为是民族的耻辱。在这种情绪下还能够去谈立宪吗？”

“好，孙先生谈事实，我也谈事实。从今日事实而言，中国不能无君主而行民主，假若行民主立宪，则有三大困难不能解决。”跪得太久了，杨度觉得两腿麻木，他从棉垫上站起来，孙中山也跟着站了起来，两人都离开矮几，各自慢慢踱步。杨度继续说，“一为满人的文化不能等于汉人。想要他们与汉人并立，五族平等，共选议员，共举大总统，这在他日或可行，在今日必不可行。既然不能，则汉人组织共和国，满人无复有土地可守，则必起而反抗，再有别族人效法而以民族主义闹独立，则中国分裂了。二为汉人的兵力不能骤及于蒙回藏地。因为旧政府初灭，新政府未强之时，其兵力必不能制服各族。蒙回藏建立的小国家，汉人也不能用兵力讨平。第三大困难最为严重。要推翻满人，必然要打仗，满人拥有军队，汉人没有，得边打边建，因此满汉之争，将是惨烈而长期的。中国人民已穷困到了极点，还受得了兵荒马乱的摧残吗？外国列强一向对我国虎视眈眈，总想瓜分豆剖，变为他们的殖民地。中国一旦内乱，则对外一点抵抗力都没有了，只能眼睁睁地看着他们的野心实现。古话说鹬蚌相争渔翁得利，今日形势正是如此。为中国谋利益者，不能没有此远虑。”

杨度刚一停口，孙中山便停止踱步，针锋相对地说：“皙子先生，你的三大困难均不能算作困难，尤其是前两点，完全是杞人之忧。君不见，汤武革命，浩浩荡荡，顺之者昌，逆之者亡，今日中国亦如此。汉人只要举起革命大旗，就能形成浩浩荡荡的大势，一切阻挡它的反动逆流，都将被它打倒，一切污泥浊水均将被它所扫荡。四万万人团结一心，其力量足可以移泰山填东海，其兵力可达百万千万，不要说国内的反对力量，就是英、美等大邦也不是它的敌手。汉高祖当年不过一亭长出身的专制帝王，尚且有‘大风起兮云飞扬，威加海内兮归故乡’的宏伟气魄，何况有四万万人作后盾的革命者！皙子先生，你多虑了。”

杨度虽不能为孙中山的道理所折服，却被孙中山吞吐宇宙的气概所震慑，他不自觉地停住脚跟，伫立恭听。

“至于你所说的第三点也不必担心。自古以来打仗总要流血死人，中国历史上战争一直绵延不绝，并未见中国灭族灭种。事实上每一次大的战争之后，中国社会就会向前推进一大步，况且我们的战争乃是为民族争权利，为人民争尊严，是天地之间最正义的战争，天道人心是在我们一边的。流血死人不要紧，我们中国人从来就有‘宁为玉碎，不为瓦全’‘宁愿站着死，不愿跪着生’的血性，为了民族和国家，即使死了也是值得的。佛教中有凤凰涅槃的故事，在血与火之中，凤凰获得了新生。我们中国也是一只凤凰，她也将在血与火中获得新生。这是多么壮丽的事业！外人固然在觊觎我们，虎视我们，企图瓜分我们的国土，那是因为我们处于萎靡软弱的状态。我们四万万人现在好比一头睡狮，革命排满将是一声惊雷。惊雷炸裂，睡狮猛醒，它将张牙舞爪，狂啸山林，哪个洋人还能在它面前扬武耀威，哪个强盗还敢取它的一根毫毛？皙子先生，我劝你丢掉这些不必要的顾虑，放弃君主立宪的空想，和我们一起高举革命大旗，共同为建设民主共和的新国家而斗争吧！"

孙中山说得激动起来，紧紧抓住杨度的手，那一股烈火般的热情，仿佛要把这位湘中才子熔化似的。

"两位先生，已到吃晚饭的时候了。"女侍者弯腰站在他们的身边，指着矮几说，"我中午给你们送来的饭菜，你们一点也没动，要不要我替你们热一下。"

女侍者轻柔的声音使两位中国汉子大为吃惊：什么？中午饭早就送来了？现在已经是吃晚饭的时候了？他们什么都没有察觉出来，时间如同在他们面前凝固了一样。

孙中山掏出怀表来，拍着杨度的肩膀笑道："已经是下午五点三刻了！"

"哈哈哈！"杨度也大笑起来，他转脸对女侍者说，"请把中午饭菜拿去热一下，再给我们一壶鹿岛老酒！"

一会儿，酒菜都端了上来。杨度端起两杯酒，将一杯递给孙中山，满怀敬意说："三日来，我与先生探讨国是，虽所见未尽相合，然平生畅快，未有过于此时。先生宏论伟议，渊渊作万山之响，汪汪若千顷之波，语言恳诚，气宇阔大，我遍视天下人才，无出先生之右者。虽然，我信奉君主立宪已久，不能骤改，橐鞬随公，窃愧未能。今日与先生约：我主君主立宪，必为之在中国实现而努力，若我的事业成功了，愿先生帮助我。先生号召民族革命，若先生事成，我将尽弃自己的主张，竭诚以帮助先生。"

孙中山为杨度光明磊落的气度所感动，接过酒杯，恳挚地说："皙子先生，关于中国应该建立民权发展民生，应当成为一个国强民富的新国家，我与你毫无二致，不同者在为达到这个目标所选择的道路而已。屈原说路漫漫其修远兮，吾将上下而求索，中国的富强之路是允许求索的。你刚才这样坦荡地表明态度，我十分钦佩。现在我建议，为你我二人牢记事成相助的誓言干杯！"

"干杯！"杨度将酒杯重重地碰过去，一口喝下。

"中山先生。"坐下后杨度想起一个人来，郑重地向孙中山提出，“我有一个同乡，姓黄名兴字克强，他和你志同道合，也主张排满革命，是一个胸怀四海、文武双全的伟男子，他可以成为你的好帮手。如果先生愿意的话，我乐意介绍你们认识。”

“啊，你说的是黄克强！”孙中山大为高兴地说，“我早闻他的大名，就是无缘相见，他现在也在日本？”

杨度点点头。

“那好，就请你明天带我去见他！”孙中山兴奋起来，一口气将一杯酒喝完。

第二天，杨度把黄兴引来。孙中山、黄兴二人一见如故，倾心交谈，对中国的现状和前途的看法完全一致，对排满兴汉的革命大业都充满了必胜信心，都认为起义的时机已经成熟，不能再等待了，必须立即行动。

孙中山提出，为了扩大力量，加强团结，统一步伐，兴中会和华兴会合成一个会。黄兴欣然赞同。孙中山建议，合并后的组织取名中国革命党。黄兴认为这个名字太招人注目了，不如叫作中国同盟会为好。孙中山思考了一会儿，同意了黄兴的意见。

一九〇五年八月二十日，光绪三十一年七月二十日，这是中国近代史上具有特殊意义的一天。就是这一天，在日本东京赤坂区一间简陋的房子里，中国同盟会召开了成立大会。以“驱除鞑虏，恢复中华，建立民国，平均地权”作为宗旨，出席会议的百余名代表一致推举孙中山为总理，黄兴为庶务，协助总理主持本部工作。从此，以推翻满清朝廷建立民主共和国为奋斗目标的中国第一个革命政党诞生了，中国近代史掀开了新纪元的第一页。

几乎就在孙黄筹建同盟会的同时，北京的紫禁城内，一个重大决策也在秘密酝酿之中。

十　袁世凯为宪政出了一个极好的点子

为争夺对中国领土的控制权，光绪二十九年年底，日本和俄国在中国东北同时宣战。一时间，房屋被烧，道路被炸，良田变焦土，两个入侵强盗挑起的不义之战使中国的老百姓蒙受了惨重的灾难，而懦弱无能的清廷，居然跟在其他各国的屁股后面，宣布对日俄战争保持中立！

战争进行了一年多，最后以俄国竖白旗乞降为结束。区区海岛小国，竟然战胜了横跨欧亚的沙俄大帝国，世界对日本刮目相看了。此事更引起了中国朝野内外的震动。有识者都认为，日胜俄非民族之胜而是政体之胜，是立宪战胜了专制。十年前的甲午海战，日本打败了清朝，实际上就是两个制度孰优孰劣的证明。只是那时人们普遍认为，中国之所以失败，是败在武器上，而不是败在政体上。现在同是洋人，同是坚船利炮，胜败的真正原因便清清楚楚地暴露出来了。尤其是在战败的俄国要求立宪的呼声四起之时，立宪也便成了中国政界的时髦字眼。

一批头脑清醒热心国事的高级官员，开始给慈禧太后直接上疏，对那个专制暴戾的老太婆谈起立宪来。驻法公使孙宝琦第一个从海外发来立宪之请，接着两江总督周馥、湖广总督张之洞、两广总督岑春煊也纷纷上奏请求立宪。大内传出消息：老佛爷看了这些奏折后没有动怒。于是，天津的直隶总督兼北洋大臣衙门里，近日来幕僚清客们也在四处查阅洋人书报，挖空心思要为主人做一篇胜过其他疆吏的大奏折。

这座北京城外最为烜赫的衙门的主人，就是正处盛年的袁世凯。他坐在这个李鸿章遗留下来的宝座上已经四年多了。这些年里，当大部分督抚们面对着巨变的形势而不知所措的时候，他率先在天津设立巡警局，尔后又开办巡警学堂，培养大批巡警，将巡警制度推行到全省各地。他整饬吏治，以高额养廉费来保持官员们的清廉，并设立官吏考验处、调查处。又提出开官智的口号，开办直隶法政学堂，聘请日本教官给官员们讲授各种法律知识。又规定凡直隶州县实缺官员须先赴日本游历三个月，参观行政司法各官署及实业、学校，然后方可任职。

他大力提倡实业，在天津创设直隶工艺总局，创办了一系列企业。较大的实业有机器造纸有限公司，滦州煤矿公司，电灯有限公司，济安自来水有限公司，北洋劝业铁工厂，北洋烟草公司等。其中最著名的启新洋灰公司有资本一百万元，年产水泥二十余万桶。

他设立铁路局，委派詹天佑为总工程师，亲自督修第一条由中国人自己设计自己建造的京张铁路。

他积极兴办教育，设学务处以加强领道，广筹资金，自己带头捐款二万银子。短短几年里，他在直隶创办了北洋大学堂等高等学堂二十余所，师范学堂九十余所，中小学堂二百余所，其中还有四十余所女子学堂，注册人数近十万。

就这样，直隶成了全国新政的模范省，袁世凯本人则成为名副其实的疆吏领袖，受到慈禧太后的格外器重。然而，所有这些都还不是袁世凯最突出的政绩。他倾全力投巨资经营的，乃是北洋新军的编练。

将门出身的袁世凯，对军权重要性的深刻认识，远不是同时代其他人所可比拟的。他从叔祖袁甲三与别的官员的比较中，更深一层地领悟到：指挥现成的军队与亲手缔造自己的军队，这中间是大有差别的。袁甲三指挥绿营，维系其间关系的只是朝廷的任命书，在职时威风凛凛，调动时一兵一卒不属于他个人。曾国藩建湘军，所有的将官和勇丁都是他的私人。他在位时固然由他调遣，他在籍守制时，朝廷指挥不动，他一纸手令，将士们为之千里驱驰。尽管反对他的人很多，但朝廷不得不用他。李鸿章建淮军，更是亲信僚属遍布各要津，确保了他二十多年任何人不可撼动的崇隆地位。

袁世凯不屑于走叔祖的老路，他要学曾国藩和李鸿章的样，建立一支完全属于他个人所有的军队。小站的新建陆军为他积蓄了经验和准备了将官队伍，朝廷令各省编练新军的圣旨为他造就了天时，直隶总督、北洋大臣的权力为他提供了丰足的饷银，雄心勃勃的时代骄子，绝心凭借这一切有利条件训练出一支崭新的无敌于天下的军队来。

袁世凯亲订募兵章程，又通过总结湘淮军的经验，建起了以镇为单位的新的军制，短短两三年时间，他组建了近八万人的六镇北洋新军。这六镇军队装备精良，训练有素，兵强马壮地雄峙于直隶境内。

袁世凯熟谙政治，工于权术。他吸取曾国藩防范满人猜忌的成功经验，建议朝廷设立练兵处，推荐受慈禧宠信的庆亲王奕劻总理其事。这一建议果然立获朝廷嘉许，任命奕劻为练兵处总理大臣，袁世凯为会办大臣，满人铁良为襄办大臣。表面看来，三个大臣，满人居二，兵权似乎在满族亲贵的手中，其实不然。练兵处下的各司要员全是袁世凯安排的，军令司正使段祺瑞，军政司正使刘永庆，军学司正使王士珍以及副使冯国璋、陆建章等，另加各司之上的总提调徐世昌，都是他的小站嫡系，故练兵处的实权仍由袁世凯所操持。

种种迹象都已表明，一颗璀璨的政治新星已升起在直隶上空。然而，这颗政治新星的外表虽然光彩夺目，其内心却有一份深深的隐忧。在灯火阑珊之际、夜半无人之时，这份隐忧便会常常冒出来，煎炙着他的心。

张謇像

袁世凯像

七年前，在那个风云剧变的日子里，他将帝后两方面的力量作了仔细的比较，审时度势，精明地选择了出卖皇帝倒向太后的决策。从此他官运亨通，步步高升，终于有了今日这番局面。但是，太后今年已有七十一岁了，皇帝只有三十五岁，一旦太后死去，眼下囚犯似的皇帝便会成为真正的生杀予夺的天子，当年的血海深仇他能不报吗？说不定太后驾崩之时，也正是自己的归天之日。袁世凯每每想到这里，便不由得心跳气喘，冷汗淋漓。他不能眼看着死日的到来而不采取防备的措施，他要预先防范。

当然，梁冀毒死汉献帝，也是一个可以仿效的先例。不过，他目前还不具备梁冀那样的条件，此法不可取。能够采取的最有效的办法，便是在中国实行君主立宪制度，使皇帝不可为所欲为。君宪制的实权掌握在内阁总理大臣的手上，纵使自己那时不能当上内阁总理，不管哪个出任这个职务，袁世凯相信，凭着他的能干，此人都将听命于他。对！非立宪不可，舍此再无保护自己的良法；何况立宪的呼声在国内越来越高，已渐成潮流，自己若顺着这股潮流，便可收事半功倍的效果。前几天，他突然收到了张謇的一封长信，更使他有一种意外的欣喜。

光绪十一年，袁世凯从朝鲜回国，在天津晋谒了李鸿章，受到李的赏识后，二十六岁的驻汉城淮军营务处会办颇有点得意忘形扬才露己的味道，令谦谦君子型的张謇很看不惯，于是写了一封信指责袁。袁世凯不接受张謇的批评，也不给张回信。自那以后二十年来，两人之间断绝了往来。后来张謇成了大魁天下的状元，大喜日子里恰逢父丧，他便回原籍南通丁父忧，从此不再出仕，在南通办起了以大生纱厂为首的一系列实业，名气越来越大，被江苏士绅们拥为领袖。他主张君主立宪制，相信实力人物的作用，眼看着自己昔日的学生已成为手握重兵的权臣，为了国家的前途和自己的主义，张謇捐弃前嫌，主动给袁世凯寄来了一封信。信上说：“公今揽天下重兵，肩天下重任，宜与国家有生死休戚之谊，顾亦知国家之危，非夫甲午、庚子所得比方乎？不变政体，枝枝节节之补救无益也。日俄之胜负，立宪专制之胜负也。日本伊藤、板垣诸人共成宪法，巍然成尊主庇民之大绩。论公之才，岂在诸人之下乎？望公力主立宪之议，以坚太后、皇上之心，四海绅民皆有望于公也！今世各国行君宪卓有成效者，有日、英、德、荷、比等强国，朝廷宜派员前往观摩学习，此等事应尽速建议实行。”

袁世凯把玩着张謇的来信，一只手不断地抚摸尾部上翘的德国式胡须，两只异常有神采的眼睛一直停留在那三页薄薄的信笺上，仿佛在凝神欣赏状元公龙飞凤舞的书法。

幕僚长阮忠枢轻轻地走到他的身边，弯下腰，恭恭敬敬地对着他的耳朵轻声地说："宫保大人，您要的折子已拟好，请过目。"

"好吧，先放在这儿。"

"是。"阮忠枢答应了一声，蹑手蹑脚地退出了签押房。

袁世凯一向办事干练，他放下张謇的信笺，拿起奏稿来。

"奏为立宪乃当务之急，宜速推行，恭折仰祈圣鉴事"。他将打头一句仔细看过之后，便一目数行三下五除二地很快把全篇奏稿浏览完毕。直隶总督衙门的幕僚们都是饱学之士，幕僚长更是文章老手，奏稿的立论冠冕堂皇，文句也敷陈得花团锦簇。就文论文，无疑是一篇好折子，但袁世凯不满意。因为关于推行宪政这个题目已经让孙宝琦、张之洞他们捷足先登了，文章做得再好也无多大的新意。袁世凯向来不喜欢跟在别人后面亦步亦趋，他看重的是另起炉灶，标新立异。二十年来的宦海生涯，步步高升，其诀窍主要即在此。他拿起笔来，在一旁重重地批下四个字：老生常谈，便把它推向一边，继续拿起张謇的信研究起来。

从心里来说，袁世凯很看重这位南通名士。二十多年前，刚过弱冠的他投在吴长庆帐下时，奉命来指导他读书作文的张謇也还不到三十岁。然而就是这个年轻人，上下古今、天文地理、经济军事、民情习俗无所不通无所不晓，令袁家寨里走出来的兵家子弟瞠目结舌，羞愧自惭。使他感激而钦佩的是，张謇却不讥笑他学问浅薄，反而看出他有治事之才。奉命出兵朝鲜的前夕，竭力推荐他襄办大军出发前的准备事宜，使得他的才能得以充分表现。吴长庆因此正式委派他办理前敌营务处事，成为他一生事业的发轫。尤其是张謇中状元后，不留在翰林院做书待子而致力于有利国计民生的实业，更使袁世凯对昔日的老师另眼相看。袁世凯的书读得不多，他也瞧不起那些青春作赋皓首穷经的文人，他注重的是实事。

"像张謇这样的状元，才配称得上真才实学！"他在心里称赞着，又一次捧起这封难得的书信。慢慢地，他的眼光停在一句话上："今世各国行君宪卓有成效者，有日、英、德、荷、比等强国，朝廷宜派员前往观摩学习，此等事应尽速建议实行。"

"对，将他的这个主意拿过来！"袁世凯立刻得到了灵感。

他将刚才那份奏稿拿过来，把打头的那一句划掉，另写了一行字："奏为请派亲贵大员考查东西各国宪政，仰祈圣鉴事。"然后叫侍从将原稿退回幕僚处，吩咐他们按此要求重拟一道折子。

几天后，这道折子经过内奏事处递到了养心殿东暖阁。慈禧太后斜倚在铺着黄缎龙垫的炕床上，微闭着眼睛听禀事太监朗读。光绪皇帝亲政前，凡重要折子她都自己过目。戊戌年再次听政时已六十四岁，虽然仍想逞强自己读折，但到底年老眼花，精力不济，无奈何只得由太监来读。她一边听，一边思考如何处置。近两年来，她自觉精力更差了，有时听着听着，居然在宽大的炕床上睡着了。当轻微的鼾声传出时，太监便忙停住嘴。不料嘴刚一停，炕床上的鼾声也便停了，随之而来的便是严厉的责问："怎么啦，念下去呀！"

禀事太监吓得两腿打战，忙不迭地将中断了的朗诵继续下去，心里不免嘀咕：前面念的，你听进去了吗？这样地听折处理政事，国家不乱才怪哩！

今天，炕床上一直没有发出鼾声，禀事太监知道老佛爷在认真听着。他不敢怠慢，一字一句念得十分清晰：

> 自古以来，我中国便有采四夷之长、纳诸藩之贡之传统。今泰西各国法规齐备，技艺精良，实有可供我借鉴之处。东洋日本与我同文同种，行君宪而跻身强国之列，尤堪效法。臣恭请派遣亲贵大臣出洋考查，实地观摩，汇集各国之优长，以备太后、皇上采择。

慈禧的确没有打瞌睡，她今天的精神比较好，袁世凯奏的事情也投合她的脾胃。作为一个亲手造成同治中兴的女政治家，慈禧的头脑是清醒的。国势颓唐，弊病丛生，祖宗传下来的许多成法不能适应剧变的局面，她心里的明白程度并不亚于她的侄儿兼外甥，那个胸有大志却无办事能力的光绪皇帝。所以，戊戌年变法之初，她并不加以制止，只是后来她天天听到满蒙亲贵的哭诉，说皇帝偏袒汉人，一脚踢开了他们，恳求她出面保护，她心里对皇帝的作为有了反感。她警惕起来了，暗中做了布置。待到一个小小的主事同日参掉了礼部六个堂官的消息传到她的耳中时，她震惊而愤怒了。快三十岁的人了，坐了二十多年的天下，尚且如此不成熟，简直把国事当成了儿戏！祖宗的江山交给这样轻举妄动的子孙，国家的前途寄托在这样一批浮躁狂妄的年轻人身上，能放得下心吗？当礼部尚书怀塔布年迈的福晋涕泪交加地哭倒在她的脚下时，她洒下怜悯的泪水。直到那一天深夜，她突然得到一个消息——维新党人要包围园子将其软禁时，她终于狂怒了，心中燃烧的是复仇的火焰。她连夜赶回紫禁城，毅然决然地将自己一手培育大的皇帝关进了瀛台，将谭嗣同等六人斩杀于菜市口刑场，将大清王朝至高无上的权力再次收回到自己的手里。随之而来的是八国联军入侵，北京陷落，她带着皇帝仓皇西逃。清廷立国二百多年来从未有过的奇耻大辱由她的失误而造成，刚强一世的慈禧太后为此而羞愧得无地自容。第二年，就在回銮的路上，她下诏变法自强，多少带有一点追悔的味道。回到北京后的这几年，她鼓励臣工们谈新政废科举奖新学办实业；被她废弃的百日维新，在中国实际上是重新推行了。

尽管如此，慈禧对光绪的怨恨并未化除，万民之主的天子依然是个囚犯，有时放出来，也只是做个摆设而已。近两年来随着身体的日渐衰弱，她更多地考虑到自己百年之后的事。这个好强寡情的老太婆，绝不能容忍皇帝在她死后对她生前的作为进行清算。她是想废除皇帝的，但形势逼迫她不能废。既不能废，则只有限制他的权力，最好的限制办法便是采纳眼下许多人所醉心的君主立宪制，利用宪法和内阁来牵制他。再说，革命党在海内外的影响日益扩张，不少人是因为对朝廷的失望转而同情革命党的，倘若朝廷效法日本和泰西各国，把宪政办成功了，赢得了人心，也就摧毁了革命党存在的基础。

就这样，慈禧和袁世凯基于对自身和自身所依附的集团利益的考虑，不约而同地看上了君主立宪。但既然是身后之事，慈禧生前并不情愿或不习惯看到这个政体出现，这就是对君宪一事，她既不反对也不准备实行的原因。面对着日益高涨的呼声，她总得有理由来搪塞，以达到拖延的目的呀，袁世凯这道折子正好给了她一个光明正大的借口。

折子念完了，主意也拿定了。她睁开眼睛，有气无力地问禀事太监：“小柱子，今儿个是哪位王大臣当值？”

“回禀老佛爷。”小柱子奏道，“今天当值的是醇王爷。”

“你去请他进来。”

“喳！”

一会儿，身着华贵的石青色亲王袍服的醇王进来了。

这一代醇王名叫载沣，是老醇王奕譞的第五子，今年二十二岁，

载沣像

徐世昌像

秋瑾像

宋教仁像

长得眉清目秀，举止斯文尔雅。载沣八岁时，老醇王去世。那时他的大哥三哥四哥都已夭殇，二哥载湉已做了十七年的皇帝，醇王的爵位便由他来承袭了。十八岁时，他与荣禄的女儿瓜尔佳氏完了婚，大媒便是伯母慈禧太后。这些日子里他很高兴，因为瓜尔佳氏已怀孕了，富有经验的王府女眷们都说醇王福晋怀的是个男孩，喜得小醇王天天在书房里哼着皮黄调儿。

他盼望福晋生儿子，除了给自己传宗接代继承香火之外，他还有一个秘密的想法：二哥当皇帝三十一年了，后妃成群，但没有哪一个后妃给他生下一男半女，看来二哥今生无子息之望了。按祖传家法，今后皇位的继承人应从最亲近的血统中产生，血统最亲近的莫过于他的儿子了。如此说来，儿子将有一天会做皇帝，自己也有一天会做太上皇。想到这里，年轻的醇王简直飘在半天云雾中了。他反复翻阅《康熙字典》，再三斟酌，终于给未来的儿子选定了一个吉祥的名字：溥仪。

他至今还没有一个正式的官职。十八岁那年，他奉派为头等出使大臣，领了一个屈辱的差使：为被虎神营击毙的德国公使克林德而赴柏林谢罪。后来他又经法国转英国，游览了巴黎、伦敦等地，再乘海轮回国。差使虽很窝囊，但小王爷却长了许多见识，回国后得到慈禧的喜欢，命他常在御前当值，以便学习政事。载沣也还勤谨，遇到当值这一天尚恪尽职守。他走进东暖阁时，慈禧已坐起在炕床上了。

“奴才载沣叩见老佛爷。”载沣将三眼花翎大红顶帽取下放在一旁，跪在绣花软棉垫上，向慈禧磕头请训。

“这是袁世凯上的折子，你看看吧！”

慈禧拿起放在矮几案上的奏折扬了扬，小柱子走上前，从慈禧手里接过奏折，再转过脸递给跪着的载沣。

载沣很紧张，背上冒出丝丝热气。通常情况下他没有看折子的权力，他其实只是一个高级跑腿的。他当值的工作是负责叫起。这一天内需要接见的大臣们都在朝房里坐着等待，载沣则奉太后之命来朝房叫唤。叫到名字的都站起来，尾随在他的身后前往东暖阁面见太后。这就是叫起。头班完了，他领他们出来，再到朝房叫二班三班。至于太后与臣工们的对话，他不能插一句嘴；递上传下的折子，他也不能瞧一眼。这是朝廷的规矩。

今天，太后为什么将袁世凯的折子给自己看呢？一定与醇王府有关！他怀着忐忑不安的心情匆匆把折子看过一遍之后，才完全安下心来。

“奴才看完了。”载沣禀报。

“载沣哪，”慈禧靠着矮几说，“你是去过西洋的，你说说，袁世凯这个折子说得有点道理不？”

“回禀老佛爷。”载沣揣摸慈禧近日有立宪的意思，便迎合老伯母的心意，“依奴才愚见，袁世凯所奏有道理。西洋国家确实有不少地方超过我们，尤其是德国、英国等君宪国家的政治更有可资学习之处。我们若要立宪，非派人去参观学习不可。如此，既可得其精髓，又可吸取他们的经验教训，少走弯路，少受挫折。”

“你认为去哪几个国家为好？”

“奴才以为德国、英国是必去不可的。”花园般美丽的柏林、梦境般迷人的伦敦，在载沣的脑中留下了深刻的印象，他不假思考地答了一句，又补充道，“日本近在一衣带水，素与我国同文同种，日本也应该去。”

慈禧对日本的兴趣更大，她顺手拿起一块白绢擦了擦眼角，又问：“派人出去一趟，要用多长时间？”

“回禀老佛爷，奴才那年从上海放洋，足足在海上走了一个半月才到德国。按这样算来，来往路上需要三个月，再观摩三个月，奴才以为需要半年时间。”

派人出去学习是个幌子，将立宪拖延才是真正的目的，慈禧希望出去的时间越长越好。她拉长着脸斥道：“三个月能学到什么！至少要半年才能看出点门道来。”

载沣忙磕头，连声说：“老佛爷说得对，三个月少了，至少待半年。”

“你去内阁传旨，要他们选定人员，择日出国，考查日本和西洋各国宪法，英国、德国当然要去，其他国家也去走走看看，不拘时间长短，以学到外国的立宪经验为止，并将此事通告全国。”

“喳！”

内阁的几个满汉大学士忙碌了几天，议出了五个热心宪政的大臣，他们分别为皇室成员镇国公载泽、湖南巡抚端方、户部侍郎戴鸿慈、兵部侍郎徐世昌、商部右丞绍英，并决定载泽与徐世昌、绍英一路去英、法、比利时、日本，戴鸿慈与端方一路去德、英、俄、意大利、奥地利等国，又拟定翰林院庶吉士熊希龄等三十八个随从人员的名单，定于七月启程。同时建议设立考察政治馆，以便延揽研究各国政治的人才。

这些拟议，慈禧都同意。隔两天，《京报》将这个消息登了出来，全国都知道朝廷将派五位大臣出国考察宪政，对主张立宪的官员和士绅们果然是一个极大的鼓舞。

于是，便有许多人到五大臣的公馆里去贺喜。有的恭贺他们此番肩负重任出国考察，今后便是大清朝的宪政权威，在未来的立宪政体中是靠得稳的顶梁柱。有的恭贺他们能够游览西洋诸强国，将大开眼界大长见识，真是得到一份上上等好差事。也有的恭贺他们能吃上法国大菜、英国牛排，饱餐泰西娇娃的秀色，甚至可以花几千两银子买个洋侍妾回来，享受这等艳福，也不枉此一生了。贺得五位即将出洋考察的大臣喜笑颜开。

兴奋了几天后，徐世昌的心头忽然冒出一股冷意来：差事固然美，但回来交差却是一件难事。他满肚子的四书五经，自从小站练兵以来又增加了不少军事学问，要写这方面的高论宏议可以挥笔而就，但关于宪政，关于西洋这个法那个法的，他却一窍不通。见人，出席宴会，语言不通，可以由翻译代劳，但谈起宪政来，自己既提不出问题，别人谈起，也会茫然不知所对。几个月的走马观花，到头来会连个花名也弄不清楚，还能谈得上花是如何栽培出来的吗？想到这里，几天来的兴奋荡然无存了，代之而起的是满腹忧郁。

夜晚，戴鸿慈来访。还没等徐世昌诉苦，戴鸿慈便把相同的苦恼和盘托了出来。两位汉大臣面对此难题都一筹莫展。隔壁胡同里，镇国公府邸红烛高烧，喜庆的筵席还未散，悠扬的笙歌不停地传进来，愈加使他们烦恼。

"镇国公不知想过这件事没有？"戴鸿慈皱着眉头问。

"他哪里腾得出心思想这些，喜酒还吃不赢哩！"徐世昌指了指国公府的方向说，"从十二日起夜夜闹到一两点，也佩服他有这大的酒量，这好的精力。"

徐世昌今年五十岁了，不能多熬夜，早年穷书生的苦寒、黑翰林的清贫，使得他没有灯红酒绿征歌逐舞的爱好，也看不惯官场尤其是满大员那种摆阔气讲排场挥霍浪费的作风。

"其实也用不着他想什么，到时他只一句话，'你们去拟个折子吧'，这事情就落到你我的头上了。"戴鸿慈苦笑了一下，望着徐世昌说，"菊人，你得想个办法呀！"

徐世昌背着手在屋子里踱步。办法倒是有一个，他昨天就想到了，只是觉得不十分体面，不想说出来。现在见戴鸿慈很着急，知道他没有更好的主意，于是停步微笑着说："实在没有法子想，只有一个馊主意，你别笑话。"

"说吧，馊主意总比没主意强。"戴鸿慈催道。

"太后如此重视立宪，如此器重你我，按理说我们回来后应该交一份泰西各国以及日本关于宪政的详细调查报告，为太后制定国策作参鉴，可我们没有这份能力。不说我们，就是满朝大臣也没有谁有这个能耐。"

这句话说得戴鸿慈直点头，因为既是实话，又给他挽回了面子。

"这非要精通各国宪政的大才不可！"徐世昌用斩钉截铁的语气加以肯定。"我想这事分两个方面来同时进行，出洋的管出洋，写禀报的管写禀报。"

"哦，我懂了。"戴鸿慈也是个聪明人，一点就明白了。"你是说请一个捉刀人。这主意很好，我也这样想过，只是这个高明的捉刀人很难请。"

"国内是没有，海外倒有两个。"徐世昌重新坐下来，端起了茶碗。"一个是你的广东老乡梁启超，你跟他有联系吗？"

"老兄，你别开玩笑了，我哪敢跟他有联系。"戴鸿慈忙摇手，似乎生怕与梁启超沾上一点边。

徐世昌冷冷地笑道："梁启超虽是在逃的钦犯，却的确是个人才，联系联系也无妨。你既然跟他无往来就算了。另一个是湖南人杨度。此人于宪政也很有研究，他也在日本。戊戌事变前我和他在小站见过一面，以后一直没有联系，现在也不知怎样跟他取得联络。"

戴鸿慈摸着茶碗盖，想了一会儿说："熊希龄是湖南人，他可能与杨度有联系。"

"好。"徐世昌高兴地说，"你去跟熊秉三说，干脆叫他去一趟日本，亲自会见杨度，务必叫他说服杨度写几篇文章。这几篇文章是这样的……"

徐世昌略停片刻，说："一篇叫作《东西各国宪政之比较》，另一篇叫作《宪政大纲应吸取各国之所长》，再写一篇《实施宪政程序》。留学生都很穷苦，可以先送他一千两银子，限他半年内写好，交稿时再给他一千两。"

"行，就按你的意见办。"戴鸿慈起身。"我这就告辞了，明天就去跟秉三说。”

徐世昌把戴鸿慈送到大门口，再叮嘱一遍：“少怀兄，你要秉三一定得说服杨度写，即使他要价再高点也接受。还可以告诉他，今后回国一定予以重用。”

“放心吧，秉三聪明过人，他会办好的。”戴鸿慈向徐世昌拱拱手，钻进了候在门外的绿呢大轿中。

十一、熊希龄东渡日本找枪手

在七年前那场政变所波及的一大批人物中，熊希龄算是其中最幸运的一个。当时朝廷给他的处分是：革去翰林院庶吉士，交地方官严加管束。他的原籍凤凰乃是湘西的一个偏僻小县，隶属常德府。当他发配到常德城里时，遇到的知府朱其懿是个爱才惜才的人。他早就闻得熊的大名，私下里对熊办时务学堂办《湘报》，启迪民智开发风气的举动甚为钦佩。湘西素来闭塞贫苦文化落后，能出一个这样的人才不容易，待到熊希龄以负罪身份来衙门报到时，朱其懿见他身材魁梧气宇昂扬，更是喜爱。朱存心保全，便不将熊发配凤凰，留在常德城里西路师范学堂当体操教习。后来又召熊谈了几次话，发现这个革职翰林果然学问优秀，见识超俗，有意将妹妹朱其慧许配给他。朱其慧对熊希龄也满意，只是还想测试一下，便传话要熊为知府衙门后花园题一副楹联。

熊希龄用心写了一副联语送去。朱其慧将联语一读：栽数盆花知世间冷暖，蓄一池水观天地盈虚。心中惊道：此人真有宰相胸襟！遂满心喜悦地答应了这门亲事。

第二年，朱其懿又以兴学有功向巡抚赵尔巽保荐他出国留学，熊希龄又得以东渡日本，一年后回国，继续在常德任教。朝廷赦免戊戌年政治犯，他开复了功名。今年春天又恢复了庶吉士的官职，熊希龄喜气洋洋地带着夫人晋京供职。他关心国事的热情和办事的才干很快得到内阁的赏识，这次被圈定为五大臣出国考察的重要随员。

熊希龄也正为这批尸居余气的考察大臣们犯愁：若叫他们去欣赏目迷五色的海外繁华或可胜任，要他们去考察政治，回来后还得递交报告，他们如何有这种才干！亏得徐世昌、戴鸿慈也料到了这一点，到底是翰苑前辈，能未雨绸缪。

熊希龄从上海搭坐山本丸，六天后便到了横滨。他不知道梁启超的住处，没在横滨停留，随即转车到东京。熊希龄办的是公差，清廷驻日本公使馆很客气地接待了他，又用小轿车把他送到田中亀太郎家门口。

汽车喇叭声把田中唤了出来，司机用日本话问："支那杨度先生还住在这里吗？公使馆有人找他。"

田中点点头。熊希龄从后座钻出来，胳膊里夹了一个大公文包，用不太流畅的日本话微笑着与老先生打招呼。当时小轿车在东京还不多，能够乘坐小轿车的都是达官贵人，清廷公使杨枢为摆阔气，高价买了一辆小轿车，为他和朝廷来日本的要员服务。田中心想，来找杨度的人虽多，但绝大部分都是清贫的留学生，从没有坐小轿车来访的客人。见熊希龄一派气宇轩昂的样子，估计可能是公使馆的公使，于是两手垂直放在膝上，深深一弯腰，极有礼貌地说："公使先生请进，杨先生在家。"

熊希龄说："我不是公使，我是他的朋友熊希龄。"一边对着室内说，"皙子，我来看你了！"

这天，恰好杨钧约了代懿来到哥哥处，三人正在说话，猛听得外面有陌生的中国人的声音，杨度忙出门。熊希龄赶紧迎上去，笑着说："还认得我吗，当年时务学堂的提调熊希龄。"

自从那年在时务学堂晤面以来，七年多了，杨度再也没有见到过熊希龄，不料今日在这里相见，杨度大喜过望，亲热地抱着他的肩："秉三兄，是你呀，快进屋！"

代懿和杨钧也出来了。代懿走上前说："熊翰林，多年不见了，什么风把你送到日本来了？"

杨度伸开手，对熊希龄介绍道："这是我的妹夫王季果，那年他和我一起去过时务学堂。"

熊希龄忙说："记得，记得，湘绮先生的四公子。"

又问代懿："老太爷有信来吗？身体还好吗？"

"托福，托福。"代懿连连点头，"家父身体还健旺。"

杨度指着杨钧说："这是舍弟杨钧，字重子，到日本来两年了，现在弘文学院攻读东洋美术。"

杨钧有点腼腆，红着脸说："熊翰林好。"

熊希龄握着杨钧的手，笑着说："芝兰玉树，俱生于贵府庭阶。"

大家都笑起来，一起进了屋，杨钧为客人斟上茶。

“秉三兄，你现在放了五大臣出国考察的随从大员，怎么有空到日本来，莫非为五大臣打前站来的？”待大家都坐下来后，杨度首先发问。

“五大臣出洋考察事，你们知道了？”熊希龄想，东京的消息真快，此事在国内除通都大邑外，一般州县都还不知道。

“这么大的事怎么能不知道，刚才我们还在谈论哩！”代懿说。

杨钧说：“熊翰林你好运气，可以免费周游列国。”

熊希龄说：“国内朋友们也这么恭喜我，我自己倒并不怎么得意，反而觉得这件差事不好办。”

“好办，好办。”杨度说，“你可以，也应该把这件差事办得相当漂亮！”

五大臣出洋考察宪政的事，三天前东京所有华人报纸都在显要位置上登了出来，还有好几家日文报纸也作了报道。东京中国留学生界这几天都在议论这件事，杨钧、代懿来此，也正是要和哥哥谈谈这件事。

杨钧一向淡于政治，对此事期许不高。代懿近来受革命党影响较大，对朝廷失望。只有杨度从里到外都对这件事有极高的兴趣。上次在武昌，张之洞告诉他国内有些重要的官员都倾向于君宪。现在看来，这种倾向已获得了慈禧太后的赞同，在国内政治中占了上风。对于一贯主张君宪的他来说，也意味着一个大可施展身手的时代已经到来。他甚至想到了立即回国，转念又想，像现在这样的身份回国算什么呢？算一个学成归国的留日学生？算一个宪政方面的专家？他下意识地摇了摇头，以如此身份回国，与素日的理想相差太远了。

他期望着自己在日本声名显赫，不仅为留学生界，也为日本政界所倾服，因此而声动九重，由慈禧太后、皇上亲自下诏书，派亲贵大臣或尚书、侍郎一级的高官前来东京，将他迎回国内，然后安车蒲轮载入紫禁城。太后、皇上率文武百官下阶迎接，宣读诏命，授予大学士，主持全国宪政事宜。那场面，就好比当年燕昭王拜郭隗、汉高祖拜张良一样。而现在呢，他明白地认识到自己还没有郭隗、张良那样的声望，不可能指望帝后拜为大学士，必须提高自己的名声。

这几天他设想过，要提高政治声望只有组建政党，为组建政党而做的最好准备，就是创办一份有影响的报纸，如同梁启超办《新民丛报》、孙中山黄兴办《民报》一样，在报上宣传自己的政治主张，招来和集结同志，以自己为领袖的政党便会很快建立。报纸的名字他也想好了，就叫《中国新报》。前几期的重头文章也有了，那就是分章刊登自己的皇皇巨论《金铁主义》。这个主义即为将要组建的政党的宗旨。它既区别于孙黄同盟会的三民主义，又不同于康梁保皇党的开明专制，它要以最适合中国国情的主义来赢得人心，扩大队伍，最终执掌中国政治之牛耳。办这个报纸并不难，自己胸中已积蓄了许多大文章要写，又有两万银圆在银行里作坚强的后盾。他把一切都设想得很美妙。激情澎湃的年轻政治家，沉浸在流亡岁月中最为亢奋最为狂热的日子里。

“难啊！”熊希龄叹了一口气。“皙子，你不知道，出洋五个大臣，除开徐世昌是个明白人外，其他四个，用我们湖南话来说，都是个‘宝’。”

“宝”，是湖南方言，含有待、愚、戆、自以为是、不明事理等多层意义。杨钧、代懿都笑了起来。杨钧说：“当大官的，哪个不是‘宝’？我看光绪皇帝，就是第一个大‘宝’。”

“所以章太炎骂他是‘载湉小丑，不辨菽麦’，骂得好极了。”代懿补充后又感叹一句，“梁启超号称会掉书袋，我看章太炎的书袋比他还掉得好，同盟会里的人才真是多！”

杨度说：“据说载泽是皇室中的开明派，端方是满人中的才子，应该是能办事的呀！”

“徒有虚名而已。”熊希龄摇摇头说，“我讲个事给你们听。那一天载泽在国公府里摆酒，请了不少皇家子弟和大官们吃饭。客人们纷纷向他敬酒。载泽举着杯子对大家说，在京城见到外国人，听他们讲话时咕噜咕噜的，我知道他们都是含了珠子在口里才这样。他们都是使官，我不好叫他们把珠子吐出来。这次到西洋后，我可以叫他们普通老百姓把珠子吐出来，让我看看到底是个什么样子，照他的样子买一颗含在嘴里，学外国话就容易了。你看看，这就是我们的贝勒衔镇国公、堂堂正正的黄带子的见识！”

杨钧、代懿哈哈大笑起来。杨度也觉得好笑，说：“这是别人编出来臭他的吧！”

“哪里的话！这是一个朋友告诉我的。他那天也去吃酒了，亲耳听见的。你们看，这样的人出去考察政治，能够考察个什么出来！”熊希龄的湘西官话气势很足，像是发怒似的。“另外，还有一个最大的荒唐，就是五个大臣中没有一个懂外国话的。话都听不懂，还能谈别的事吗？”

“秉三，你这就要求高了。我们国家当官的，可以说没有一个懂外语。如果以懂不懂外语作为标准的话，那就一个官员都不能派了，只能派留学生。”杨度马上反驳，“当年李鸿章遍访欧美十多个国家，他一句洋话都听不懂，还不照样把事情办了。这要靠翻译，靠你们这些随员呀！”

“皙子，你这话有道理。不过，李鸿章当年出访，公使馆事先把事情都办好了，他只是签字画押，出席酒会罢了。可这次是去考察，考察别人的政治、宪法，翻译和随员中也没有人懂这些。好比拿我来说，我日本话可以说，日本文字可以看，但日本数百部法典，我就一点都不懂，我就不算一个合格的考察随员。”

熊希龄坦诚的态度赢得了杨钧的尊敬。他说：“熊翰林，你是个明白人。我国官场中能明白地看出自己不足的人真是太少了，一顶乌纱帽戴在头上，就仿佛变得比别人都高明了似的，其实许多做官的，比起我们石塘铺的作田人还要蠢三分。”

“你说的也是实话。”杨度起身给熊希龄斟茶，自言自语似的说，“这次考察各国政治，是件很好的事情，全国全世界都在望着。它的成败，直接关系到今后君宪的成败。”

“皙子，正是你这句话，所以我专程来到日本找你，是想请你为此次考察宪政的成功帮一个大忙。”熊希龄站起来，恳切地望着杨度说。

“找我帮什么忙？”杨度问。这句话也提起了杨钧、代懿的兴致，他们都专心望着熊希龄，静听他的下文。

“我这次来日本，是奉了徐侍郎徐世昌的命。徐世昌说当今中国研究各国宪政的有两个专家，一个是梁启超，一个就是皙子兄你，两位都是不世之才。”

这“不世之才”四字是熊希龄临时糊的一顶高帽子，果然起了作用，杨度听了很得意，嘴上说，“徐世昌还晓得点事！”

代懿插话：“秉三兄，听人说徐世昌是靠了袁世凯的力量才当上兵部侍郎的，有这事吗？”

“这话有些道理，但也不全是。”熊希龄答，“当年徐世昌落魄的时候，袁世凯看出他是个人才，与他拜把结兄弟，又资助他进京会试，徐世昌一举中进士点翰林，靠的他自已的真才实学。进翰苑后官运不济，袁世凯邀他去小站。后来袁做了直督兼北洋大臣，保举他为国子监司业。从那以后便年年升官，先是商部右丞，后署兵部侍郎，又奉命在军机上行走，又正式授兵部侍郎，短短几年间，便由正七品升为正二品，官运之好，如有鸿星高照。”

代懿说：“你们看，这还不都是袁世凯起的作用？袁世凯现在是除了慈禧就是他了。”

“也不净是。”熊希龄笑着说，“徐世昌学问好，会办事，而且长得一表人才，修养、风度都是朝廷大员中数一数二的。听说袁世凯向慈禧推荐他时，慈禧说叫他来看看。一见面，太后便笑着对身边的人说，哟，这是个美男子呀！”

一句话，招得大家都笑了起来。杨度想起那年初见徐世昌时，也曾为他的仪表风度所吸引。

杨钧有意揶揄下，说：“徐世昌怕是张易之、张宗昌一类人物。”

“别瞎扯，徐世昌是正派人。他请皙子帮忙的事，还特地与袁世凯商量过。袁世凯也说，杨皙子是大才，就不知请得动不。”熊希龄借机又把袁世凯抬出来，再给杨度加一顶高帽子。“你们知道吗？派五大臣出洋的事，是袁宫保上的折子。”

“噢，是他上的折子！”杨度轻轻地说。袁世凯极力主张君主立宪，袁世凯称赞他是大才。这两件事，大大消除了杨度因戊戌政变而对袁的反感。

代懿说：“秉三兄，你绕了这多弯子，要害事还没说出来，你专程来日本，到底要请皙子兄帮什么忙？”

熊希龄笑着说：“徐侍郎要借重皙子的大才，代五大臣写几份回国后的禀报。”

杨钧忙说：“有这样的怪事，他们出国花天酒地，禀报却要别人来写？”转脸对杨度说，“哥，这种枪手的事不能做。”

杨度袖着手，冷冷地笑着，没有做声。

代懿说：“重子，人家秉三来一次也不容易，你先别一口否定。只是枪手不能白当，有什么报酬吗？”

“有哇，有哇。”熊希龄连连点头，“先送一千两银子暖笔，交卷后再奉送一千两。”

代懿叫道：“两千两银子，这事做得，皙子，答应下来！”

杨度在心里思忖着。假若以自己的名义写一部关于宪政的书，朝廷把它印出来发给各级官府，即使无一分银子的报酬，他也甘心乐意。但把自己的成果奉献给那几个混账不通的大官僚，尽管有两千两银子作为交换，他心里也很不情愿。本欲拒绝，转念一想，他很快同意了，对熊希龄说："行，我同意替他们做个枪手，不过要跟梁启超合作，他也写一部分。卓如住在横滨，明天我们两人到横滨去一趟。你不要开口，由我来说。至于报酬嘛，"杨度想了一下说，"两千两银子我也不要……"

"为什么不要？"代懿急道，"你不要，送给叔姬和重子也好嘛！"

杨度笑道："请秉三回去对徐侍郎说，要他们为我捐一个候选郎中放那里。需要多少钱我不清楚，少于两千两，他们沾了光，多于两千两，对不起，请他们补足，行吗？"

"行！"熊希龄一口答应。"不过，你可要认真写好哟，万一梁卓如不同意的话，你要一人独力承担。"

代懿说："我为你们做个中人，到时一手交卷一手交顶子。"

原以为要磨许多口舌，没有想到杨度答应得这么爽快，熊希龄很高兴，笑着说："季果做中人最好，此事就这样说定了，顶子包在我身上，文章就包在皙子身上了。等下我做东，请大家喝几杯，现在权且以茶代酒，大家碰个杯，祝君宪在中国成功。"

说着自己先举起茶碗，杨度、代懿都举了起来。杨钧心想：哥素日里口气大得很，动不动就是封侯拜相之类的话，却为何为一个小小的候选郎中卖出了自己的文章？他不想扫大家的兴，便也缓缓地举起手中的茶碗。四个人碰了一下，都笑了。

熊希龄望着墙壁上悬挂的《湖南少年歌》，对杨度说："皙子，你的书法真好，帮我写个条幅吧！"

杨度笑道："翰林熊秉三要举人杨皙子写字，岂不降低了你的身份？"

熊希龄诚恳地说："不是降低，是抬高。"

"写什么？"杨度问。

"是这么回事。"熊希龄说，"镇国公载泽那天喝多了酒，醉醺醺地要我给他写首诗以壮行色，我也糊里糊涂地答应了。这些日子一天到晚忙忙碌碌，无半点诗情，只得把早几年在关外填的一首小词翻出来，你帮我写张条幅，我带回去送给他。"

杨钧又不大乐意了，说："这些黄带子懂什么书法，给他们写字白费了神。"

"重子此言差了。"熊希龄正色道，"爱新觉罗家族中政治家很少，但会写字会画画的人却不少，且造诣颇高。载泽书画在宗室里虽不算高明，但鉴赏水平不差。再说，这位国公爷人是糊涂得可以，不过为人也有可称道的地方，凡别人有一技之长，他也不掩盖不嫉妒，好张扬别人的长处。”

杨度听到这里立时来了兴趣。他对自己的书法视之甚高，只可惜并没有墨迹传到最上层去，现在借这位好张扬别人长处的国公爷之口，在王公贵族中传播自己的名声，也是一桩好事。他眼前急需的就是名播九重！

“你来念词吧！”杨度已铺开了纸笔。

“浪淘沙。登吉林城。”熊希龄抑扬顿挫地念道，“一水几湾环，山势龙蟠，城楼高处且凭栏。晚渡夕阳风更紧，如此江山。时序已秋阑，转瞬严寒，塞鸿飞去不知还。寄语君休忘故国，恋恋江南。”

熊希龄刚念完，杨度的笔也停了。只见三尺余长的宣纸上，上下两片，字字精彩，是一种典型的学力和才情的结合品。翰林击掌赞道：“好一件精美的墨宝！”

“还有跋语吗？”杨度握笔问。

“写上几句吧！”熊希龄略加思忖，说，“国公爷索句，无新诗，以旧作小词一阕奉上。恰赴东京访老友杨皙子，久慕其书法，请为书写，皙子欣然挥毫，聊供国公爷哂之。”

杨钧听了心想：这位翰林先生原来是个巴结权贵的人物，又是“奉上”，又是“哂之”。你的词要奉献给他，这是你的事，我哥哥的字怎能聊供他哂之呢？这不有点媚味吗？他也不便做声，只拿眼睛看着哥哥。

杨度眉头有点皱，刚才的笑意也没有了。他望着手中的笔说：“这段话太长了，与词配起来，结构不匀称，不如这样写：熊希龄旧作，杨度新书。乙巳年初秋于东京。”

熊希龄正在迟疑，见杨度已经动笔了，只得勉强点头：“也要得，就这样吧！”

他意识到杨度不愿在载泽面前折腰的心态，怕误会了自己，遂说：“我是借这阕词提醒他不要迷恋洋人的花花世界而乐不思蜀，出洋在外要时时记得故国家园。”

杨钧对哥哥的态度很满意，笑着对熊希龄说：“我也看出来了，熊翰林送载泽这阕《浪淘沙》，也是有这么一层用心。”

熊希龄收起字，请大家出门吃饭。餐桌上，杨度和熊希龄各自谈起了自戊戌年分别后的经历，一直到深夜才回寓所休息。

十二、杨度道出借尸还魂的奥妙，终于说服了梁启超

第二天，杨钧、代懿仍回学校，杨度陪着熊希龄乘早班车来到横滨。

梁启超异国重逢老友，自然欢喜无尽，滔滔不绝地畅谈起来，话题很快就转到了近日的特大新闻——五大臣出国考察宪政事。杨度趁着这个机会，把熊希龄来日本的意图和自己已答应代笔的事告诉了梁启超，并且请他帮忙也做个枪手。不料这个舆论界的骄子一口拒绝：“秉三远道而来，若要我帮别的忙，任何事我都会尽力而为，只是这件事我不能做。”

话说得这样死，简直无任何商量的余地，熊希龄脸上很觉不自在，暗中责备杨度多事：你何不干脆一个人写算了。杨度却不生气，笑嘻嘻地说：“卓如，你这态度算什么老朋友！秉三奉命来日本，什么事都用不着你帮忙，唯一就这事找你，而且这里面也还有我一半面子。我何时得罪了你？”

“皙子，你不要误会，我不写，不是不帮朋友的忙，而是不能做不应该做的事。”梁启超一本正经地说，“你们二位对考察一事寄予很大的希望，尤其是秉三作为重要随员，更是满腔热情。我今天当着你们的面泼一点冷水，不客气地说，这其实只是一曲戏文而已，何来什么实际作用！”

熊希龄说：“卓如，你的话也不无道理。如果真的让载泽、端方这些人出去走一趟，朝廷就按他们回国后所说的来制定宪法，那确实有点像做戏。不过，提出这个建议的袁世凯和采纳这个建议的慈禧太后则不是做戏。”

梁启超陡然变色道：“秉三，你弄错了，这个戏的主导恰恰就是慈禧和袁世凯。”

稍停一会儿，梁启超以坚决的口吻说：“我这一生绝不为慈禧和袁世凯做事。”

话说到这般地步，熊希龄已在心里打退堂鼓了，好在杨度已答应，梁启超即使不写，他也会独立完成这几篇文章，自己的差使可以交了。他对杨度使个眼色，示意他不要再说下去了。

杨度装作没看见似的，笑了笑说："好个有骨气的梁卓如，袁世凯出卖了你，慈禧要杀你，你被迫羁旅异国他乡，你和他们两人结下了深仇大恨，不共戴天，所以发誓不为他们做事，志节可嘉可佩！"

梁启超听出杨度这几句话有点不大对味，说："我和慈禧、袁世凯之间并不是个人的恩怨，事关国家和人民的大是大非。不为他们做事，正是保持着我对国家和人民的赤子清白。"

杨度冷笑道："那么，何不学革命党的样，把慈禧、袁世凯暗杀掉，为国家和人民除害呢？"

"我向来不主张暗杀，暗杀只能除标，不能去本，根本的问题在于开化民智。"梁启超摆出素日里那副政论家、思想家的派头。

"此论高明至极，我完全赞同。"杨度立即接言，"既不行暗杀，那就只有等老天爷来收拾他们了。慈禧今年七十多岁了，老天收她为期不远了。袁世凯还不到五十，照这个样子，他在一人之下万人之上的位置还要坐二三十年，难道今后二三十年内你就不与朝廷有任何联系了吗？"

"皙子，你不要替袁世凯做说客，只怕是慈禧一死，他今日的位置也就没有了。"

梁启超的二郎腿在薄绸长袍下跷了两跷。康有为现在是把一切希望寄托在慈禧死后光绪重掌大权的那一天，梁启超并不像他的老师那样完全迷信光绪，但也相信只要慈禧这座大山一倒，中国就会有大变化。这一点，杨度和熊希龄都没有像他们那样考虑得深远。熊希龄一贯较为持重，不喜多讲话，且杨度已叮嘱过他，所以他只是自个儿喝茶，望着他们，静听两位才子的唇枪舌剑。

"卓如，你不要弄错了，我绝不是为袁世凯当说客。要说当说客，我今天是替四万万中国人当说客，游说你这个自诩的少年中国之少年，要为中国做一件实实在在的好事，不要摆名士的架子！"看来杨度有点动气了，声调提得很高，"慈禧死后，袁世凯保不保得了位置，那是以后的事情，我们也很难预测。你说你不为个人恩怨，而是为国家和人民，那么就不应该看这件事是谁在主办，而要看于国家和人民有无好处。若真是出以公心，只要于国于民有利，那就应当支持，因为你支持的是事而不是人，这里不涉及个人的清白不清白的问题。倘若以所谓保持个人的清白来反对或不参与，那就是以小私而害大公，为贤者所不齿。"

杨度这番话锋芒凌厉义正词严，熊希龄十分钦佩，连连点头：

"说的好，说的好！"

梁启超也觉得有点锐不可当，一向能言善辩的新政思想领袖一时穷于应对。杨度挟其气势，居高临下发起冲锋："我知道你飘泊海外七八年，备尝艰苦，办报纸，写文章，集会结社，联络同志，所干的这一切，莫不是为了人民的觉醒，为了国家的强盛，故而无论海内海外，人民都尊敬你爱戴你，视你为中华民族的灵魂。这个荣誉，我看你也当之无愧。"

梁启超笑着对熊希龄说："你看看，这个巧嘴滑舌的杨皙子，刚才说我是以小私害大公，为贤者所不齿，现在又说我是当之无愧的中华民族的灵魂。打了一巴掌又来安抚。就凭这点本事，袁世凯的位置就该让他来坐才是。"

杨度也笑道："袁世凯的位置，你就料定我坐不到是不是？到时候，说不定光绪皇帝下诏书请我去坐哩！"

熊希龄、梁启超都笑了起来。熊希龄说："好好，巴不得皙子早登相位，我们这些旧日朋友都沾点光。"

"到时再说吧！"杨度挥挥手，仿佛命运早已为他安排好了那一天似的。"现在还是来谈这件事。卓如兄，十年来你一直以提倡民权推行宪法为己任，到日本来这些年一直沉潜各国宪政的研究。你的宪政造诣为世所公认，就是最不愿居别人之下的杨皙子，在这点上也不能不承认你在我之上。这就是我和秉三特来找你，请你在此事上帮忙的原因。说句实在话，我虽不曾与慈禧、袁世凯有深仇，但当秉三提出此事时，我开始和你一样也不愿意，但转念一想，同意了。"

"你开始为何也不同意？"梁启超追问。

熊希龄也没想到杨度还有一个转变过程，瞪起两眼望着他。

杨度款款而道："要我杨某人替别人做枪手，我辛苦研究得来的成果被他们拿去作为自己向上爬的梯子，我如何肯甘心？"

"正是这话。"梁启超深表赞同。"这也是我不愿为的一个原因。"

"但后转念一想，他利用我，我也可以利用他。"杨度狡黠地一笑。"我给他来个借尸还魂！"

"借尸还魂？"梁、熊都觉得很有趣味。

"我杨度研究宪政为的是什么？难道是像阎若璩研究伪古文《尚书》、王懿荣研究甲骨文那样，纯为学术，纯为个人名声吗？不是的，我为的是实际，是在中国推行宪政。既为的是实际的推行，我冷静地想了一下：眼下，是我杨某人推行得动呢，还是慈禧、袁世凯、张之洞他们能推行得动呢？尽管说不定哪一天我杨某人的名位会在袁、张之上，但我要正视现实，现实中的我只是一个落拓的布衣，然而中国的宪政推行不能晚。”

杨度这番实实在在的话对梁启超很有触动，他轻轻地点点头，表示能理解。杨度见初战成功，信心更足了。

“卓如兄，我还有一种顾虑，秉三兄在这里，我当着他的面说一句不中听的话。所谓五大臣出洋考察宪政，就这件事本身来说其实是一场儿戏。他们能考察什么宪政，他们回国后能说出什么像样的东西出来？秉三兄是大才，但长处在理财而不在宪政，作为一个重要随员，怕也很难提出十分中肯的意见。”

熊希龄插话：“皙子说得对，我不懂宪政，其他人也无人真正懂宪政，有的爱说几句法呀律呀的，那都是附庸风雅而已，究其实一窍不通，哪及你们二位的百分之一。”

“我刚才说了，五大臣出洋是个儿戏，但这件事情所带来的后果，即在中国实行立宪，却不能视同儿戏。若全盘都是儿戏一场的话，不但我不会答应秉三所求，反而会劝秉三不要参与其事。正因为在中国立宪是件郑重的事，我杨度就非插手不可，我也愿意力劝你梁卓如非插手不可。”

杨度两眼逼视梁启超。梁启超摸着尖尖的下巴，恬然望着他，思路不知不觉地被他引上了轨道。

“卓如兄，你有没有想过，几年后中国推行宪政的蓝本是什么？会是你的《开明专制论》吗？会是我的《金铁主义》吗？都不是！它只能是五大臣回国后向太后、皇上所提出的建议设想。倘若他们在吃大菜拥洋姬之余，睡在松软的钢丝床上，将日本和西方各国的宪政胡编乱造一通，奏报上去，慈禧御笔一挥‘照此办理’，卓如兄，你想过没有，那将会把中国的未来弄成一个什么样子，这难道还不可怕吗？”

梁启超颔首说：“你说得有道理，这点我倒没想过。的确如此，中国的政治，有很大部分就败在这样一批庸劣的官僚身上。”

“正是这样。”杨度见梁启超的思路已被自己牵过来了，忙加以肯定。“但是现在这样一批庸劣的官僚我们无力去掉，五大臣考察也不能改成梁卓如、杨皙子考察，而我们又要对中国的立宪负责，希望将来推行的是真正的立宪制度，不是出自糊涂官僚的糊涂编造，我想来想去，就只有一个办法：接受秉三兄的请求，精心为五大臣撰写几篇宪政考察报告，为中国的立宪画出一个精彩的蓝本。卓如兄，早在戊戌年，你就被慈禧、袁世凯扼杀了，我杨某人也在癸卯年遭扼杀，但我们力图新吾中国救吾中国的精卫之魂，却始终顽强地浮游在天地之间。蒲松龄的《聊斋志异》中有不少借尸还魂的鬼狐故事，它实际上寄托的是蒲松龄自己的理想。我们今天也来个借尸还魂，即借五大臣之尸，还梁卓如、杨皙子之魂；也就是说借五大臣回国禀报之尸，还中国真正的立宪新政之魂。这样，今后慈禧、袁世凯、张之洞等人卖力推行的立宪政治，就是梁、杨之辈多年来所苦苦追求的理想。卓如兄，这么一件利国利民又利己的绝大好事，你竟然把它看成是在为慈禧、袁世凯出力而不为，是多么可惜可悯呀！”

熊希龄听到这里，方才看出杨度步步营构引导梁启超入彀的苦心，也看出杨度能言善辩的说客之才，心里感叹：古之苏秦、张仪恐亦不过如此！

梁启超哈哈大笑：“秉三兄，你看看这个杨皙子，简直如孙猴子耍弄猪八戒一样把我戏弄了一通。自己心甘情愿做别人的枪手不算，还硬要拖我上贼船。如果不上，又是以小利害大公的自私者，又是连利国利民又利己的大好事都看不出的傻瓜，看来我梁启超已无路可走，只有跟他上贼船了。秉三兄，你可要记住，明年五大臣考察回来，禀报受到老太婆表扬的时候，一定要重重地奖赏为他们出了大力的杨皙子哟！”

“那是一定的，一定的！不但要奖赏皙子，还要奖赏你梁卓如。”见梁启超已答应，熊希龄满心欢喜。把举世公认的两大宪政专家都请动了，无异于刘备既得卧龙，又获凤雏，自己为中国的宪政可谓立了一大功。

杨度也很高兴，说：“卓如兄，也不要你写多了，只写一篇，即《东西方各国宪政之比较》。东方无别的国家，只有日本，西方选几个主要国家，德国、英国、比利时等，把他们的宪政特点罗列出来，加以比较，再分别长短优劣就行了。你是日赋万言尚可睡懒觉下酒楼的怪才，这篇东西你不用三天就写好了。”

“皙子，你可不要乱说哟，日后传给子孙们听了，那我梁启超岂不变成唐伯虎、袁子才那样的人了。”梁启超虽否认“睡懒觉下酒楼”这句话，其实心里还是很以“才子”为得意的。

熊希龄说：“唐伯虎、袁子才有什么不好，我是想学都学不像。”

“我是羡慕死了，下决心要学像！”杨度笑了一下，又正正经经地对梁启超说，“卓如兄，我给你提个建议。用《东西方各国宪政之比较》这个题目做文章，可长可短，短则二三万字可以说清，长则二三十万字也无废话。你干脆写两份。二三万字的短篇作为五大臣考察回来的禀报上奏慈禧，二三十万字的长篇作为一本书印出来广为流布，既开化了官智，又开化了民智。你再花三百块大洋请我为你做一篇序言，将今日的这段来由详详细细地写上去。那时，普天下人都晓得，原来当初五大臣的禀报就是你梁老夫子的杰作。事也做了，书也出了，名也享了，五大臣暂借的宝贝也物归原主了。梁卓如呀梁卓如，那个时候看你拿什么来感谢我！”

“哈哈哈！”

陈旧矮小的横滨寓所里，近世中国三杰的爽朗笑声，简直要将年久失修的顶棚冲破！

第二章　丁未政潮

一　孙毓筠造反被捕，却意外地受到礼遇

熊希龄回国交差后，杨度开始为中国未来的宪政精心构思蓝图。他详细地分析了行君宪制度的几个主要国家的宪政，找出它们各自的长处。比较来看，他认为最适宜中国国情的是日本的宪政，中国的宪政应多采取日本的成法。又设想中国实施宪政应分为三个主要步骤：第一步召开国会，第二步制定宪法，第三步推行宪政。完成这三个步骤大致需要五年的时间。

正在这时，国内传来惊人的消息：五大臣启程的那天，车厢里发生爆炸事件，行刺者为安徽桐城籍革命党人吴樾。吴当场被炸死，载泽、绍英受伤，五大臣打道回府。杨度很担心考察之事因此而流产，写信给熊希龄，要他设法促使此事早日成行。两个多月后，五大臣再次启行。这次绍英不去了，以顺天府丞李盛铎代替。又因吴樾行刺一事，朝廷急建巡警部，袁世凯推荐徐世昌任该部尚书。于是徐也不去了，改以山东布政使尚其亨代替。杨度这才放了心。

不久《中国新报》正式创刊，杨度的《金铁主义》在该报上连续刊载，引起很大反响。《中国新报》办得有声有色，很快便成为与保皇党的《新民丛报》、革命党的《民报》鼎足而三的大报纸。杨度的名气更大了。到了这年十一二月间，日本留学生界里又出了一件大事。

十一月二日，日本文部省应清廷的请求，颁布了一份《取缔清国留学生规则》，限制留日学生的活动。同时，日本报纸还诋毁中国留学生“放纵卑劣”。此事激起了所有留日学生的公愤。全体留日学生团结一心，决定罢学回国。身为总会干事长的杨度认为全体罢学回国不合适，他一面以干事长的名义向日本政府递交抗议书，一面又以个人的名义与日本政府交涉，企图说服日本政府修改这个规则。

不久，留学生界领导层内部又出现了分歧。宋教仁、胡瑛、秋瑾等人成立了学生联合会，主张自办学校。以汪精卫、胡汉民为首的学生维持会主张忍辱负重，继续求学。

这时，有一个热血澎湃的青年，见分歧不能弥合，又感于国事多艰，决心以一死来唤醒国人的觉悟，遂毅然于十二月八日在东京大森湾蹈海自殉。此人就是《警世钟》《猛回头》的作者、华兴会同盟会的主要发起人之一、《民报》撰述人，三十一岁的湖南新化籍革命家陈天华。

陈天华愤然投海的事在日本在国内引起了巨大的震动，有些留学生埋怨杨度在这个事件中态度不够坚决，有人甚至扬言要杀掉他。杨庄姐弟得知后很担心，一再劝说哥哥暂时避避风潮。于是杨度离开东京城，到乡间住了两三个月，直到大家的心情都平静下来后才回到田中寓所。

转眼到了夏天，五大臣在海外游荡了七八个月，提着一箱箱装满了各式各样奇器巧具、衣料、皮鞋、首饰、香水，以及自己完全看不懂的洋文原版书报回到了上海。熊希龄再次东渡日本找到杨度。杨度的两篇文章《中国宪政大纲应吸取东西各国之长》及《实施宪政程序》，早已恭恭正正誊抄完毕。两篇文章加起来约有五万多字，博采众论，规划精详，熊希龄看了很满意。和杨度一起再去见梁启超，谁知这位梁才子根本还没动笔。杨度责备他爽约，他笑嘻嘻地说："不要紧，二位在横滨宽住十天，我把文章赶出来，绝不会比皙子的差。"

熊希龄啼笑皆非，然事已至此，再无别法，只有等他笔下出东西，但眼下如何向五大臣作交代呢？

杨度给熊希龄出了一个主意："你请载泽领头向朝廷上个折子，说东南士民得风气之先，于立宪多有卓识，宜应趁此机会用十天半月时间召集官绅会议，并深入里巷实地考察，为立宪多做一点实务。上海十里洋场，够他们花天酒地一些日子了。如果有雅兴，还可以到苏州、杭州一带走走，半个月时间他们只会嫌少不会嫌多。朝廷也会觉得他们言之有理，定会允准。待到梁卓如的文章一出来，你就赶快乘船送到上海去。"

熊希龄只得照此办理。十天后梁启超拿出了《东西方各国宪政之比较》，也有三万余字，洋洋洒洒，纵横自如，是一篇典型的饮冰体论文。熊希龄如获至宝，连夜乘船回国。

杨度期待着朝廷会按他设计的程序先召开国会，结果大失所望。慈禧太后毫无召开国会之意，却召开了一个御前会议，参加者为醇王载沣以及各位军机大臣、政务大臣、大学士，并特命直隶总督袁世凯参加。会议决定先改革官制，以廓清积弊明定责任为宗旨，待官制改定之后再议宪政事。

于是成立了一个官制编制馆，设在恭王府之朗润园，特派镇国公载泽，大学士世续、那桐、荣庆，贝子载振，大臣奎俊、铁良、张百熙、戴鸿慈、葛宝华、徐世昌、陆润庠、寿耆、袁世凯为编制大臣，又派庆王奕劻，大学士瞿鸿机、孙家鼐总司核定。阵营庞大，规格很高，可谓郑重其事。然而议起事来却十分棘手，因为衙门的存与撤，直接关系到该衙门官员去与留的切身利益。

先议军机处。坐在主位上的庆王奕劻及大学士瞿鸿机都是军机大臣，大家都不便开口，冷清的场面使得众位大员们都很尴尬。实在挨不下去了，左都御史张百熙首先发言打破僵局，说军机处乃雍正爷由内阁中分设，取其接近内廷，每日入值，承旨办事较为密速，相承至今尚无流弊，自毋庸改变。张百熙刚一说完，载泽、世续、那桐等人都表示同意，众人不好再说什么了。奕劻的儿子载振于是建议，改革官制有许多事要办，军机处不如暂不议，先议别的。众人也只好同意。

再议内务府。内务府大臣世续端坐不语，众人大眼看小眼，也不说话。大学士那桐说，内务府管的是大内事务，外官不清楚，不好议。于是内务府也不议。理藩院尚书寿耆说，内务府既然不议，太监事也不能议，因为它牵涉老佛爷和各位太妃、皇后、皇妃，臣子们岂能插嘴，此事宜由老佛爷来定。众大员一致同意。

工部尚书陆润庠说，内务、太监既不议，则还有一事不能议。大家问何事。陆润庠说，八旗牵连到所有的王公贵族，事关重大，弄不好得罪元老勋旧，老佛爷也会头痛。众人都说是。于是八旗亦不议。

状元出身的孙家鼐说，翰林院设于顺治元年，二百多年来沿袭不改，向为储才养望之地，更为大学士出身之所，为天下士人所仰慕，若撤了翰林院，会使士人寒心失意。翰林出身的瞿鸿机、张百熙、徐世昌、陆润庠等立刻拥护。翰林院遂亦不议。

就这样议了十来天，除了五不议外，什么名堂都没议出来。企图有番作为的袁世凯、徐世昌很着急，担心如此议下去会一事无成。他们寻思，必须有人提出一套较为系统的改革方案，才可能扭转会议的散漫习气。这天晚上，袁世凯邀请徐世昌、戴鸿慈、张百熙、葛宝华等人到自己的寓所商议。大家议出了一套初步方案。

次日会上，袁世凯先发言。他以一种带兵统帅的威严果断，一扫十天来的懒怠、松懈、客套、虚伪之风，开门见山地提出他的中央官制改革的设想，拟设军机处和十一个部。其中外务部、学部、吏部依旧，巡警部改为民政部，户部改为度支部，原财政部并入该部，原太常、光禄、鸿胪三寺并入礼部，原兵部改为陆军部，将练兵处、太仆寺并入该部，刑部改为法部，工部并入商部，改为农工商部，新设邮传部，专司轮船铁路电信邮政，理藩院改为理藩部。

大家议了一番，也提不出多大意见。有人建议将大理寺改为大理院，也通过了。

关键是官员的安排。袁世凯提出每部设尚书一员，侍郎两员，不分满汉。眼下这个时候再分满汉畛域，显然违背时代潮流，没有人敢发表反对意见。慈禧不愿意将满人的权利拱手让给汉人，她正要借不分畛域之机多安排满员，遂表示同意。

中央官制定了后，以铁良为代表的满人强硬派欲趁此机会削掉汉人的权力，鉴于各省督抚自湘淮军兴起后汉多满少的现状，力主削减督抚之权。身为直隶总督的袁世凯竭力反对。争争吵吵议不出个结果，最后不了了之。

清政府改革官制的举措遭到日本及西方各国的冷嘲热讽。革命党人坚信必须把这个不可救药的朝廷推翻掉，否则中国不可能有出路。

这个时候，最富有斗争传统的湖南又出现了有利于革命暴动的大好时机。

入夏以来，整个长江中下游地区阴雨连绵，洪水暴涨，尤以湖南遭受洪灾最为严重。湘中湘北一带一片汪洋泽国，淹死者三四万，灾及者四十多万，灾情之重，为有清二百余年来所仅见。地方官绅不但不赈灾，反而乘机哄抬粮价，囤积居奇，致使抢米风潮此伏彼起。积压在贫苦人民心中的怒火，已是一触即发了。

五月下旬，陈天华的遗体运到了长沙，同时运来的还有另一位湘籍青年志士姚宏业的遗体。二十多天前，他因愤于反动官绅阻挠筹办中国公学，在上海投黄浦江而死。两具烈士的遗体在素来重意气敬英灵的长沙古城引起了轩然大波，在省商会会长禹之谟的领道下，长沙阖城学生穿制服行丧礼，万余人整队送至岳麓山安葬，场面至为悲壮感人。

湖南官场一片惊骇，对禹之谟恨之入骨。一个月后，禹之谟参与湘乡学界反对盐捐浮收的风潮，湖南巡抚下令将禹之谟逮捕入狱。清政府与人民为敌的面目充分暴露了。去年马福益因再次筹备起义被官府逮捕杀害，早就想为大龙头报仇的哥老会众，图谋借此人心浮动的时候重举义旗。所有这些情况，为远在东京而密切注视湘省动态的黄兴、刘揆一等人所掌握。两人计议后，派刘道一回国联络会党并策划湖南新军一起行动。

刘道一回到湖南后，很快与哥老会头目龚春台和华兴会成员姜守旦联系上了，约定于旧历十二月底衙门封印时举事。不料，起义前夕，龚、姜之间出现分歧，互不买账。龚自号"中华民国革命军南军先锋队都督"，姜自号"新中华大帝国光复军都督"。刘道一运动新军一事，也未取得效果。

十一月上旬，龚、姜先后提前起义。义军声势浩大，战事顺利，很快占领了萍乡、浏阳、醴陵交界的几处重要集镇。消息传到东京，同盟会本部的领道人都很激动，动员骨干迅速回国支援。就在这批人陆续回国的时候，起义失败了，刘道一惨遭杀害。同盟会的革命家们悲愤已极，刘揆一更是痛不欲生。他痛定思痛，和泪写了八首哭弟诗，一并在《民报》上发表。兄弟情、战友义尽溢于篇中，人人读之皆怆然涕下。孙中山、黄兴等人也纷纷写诗挽悼。

杨度也接到家乡来信。信上还说，正在长沙周氏家塾读书的道一夫人曹庄，闻丈夫遇害后也自缢身亡。杨度读后唏嘘不已。他虽然不赞成革命暴动，但敬重刘道一为国献身的伟大精神，也深为其夫人殉夫殉国的义举所感动。他不顾《中国新报》不谈革命、只言立宪的办报宗旨，毅然在头版刊登了他自己写的挽诗，以表达对故人的悼念：

谁识捐躯士，温然孝友身。弟兄同许国，夫妇并成仁。
碧血遗千古，丹心照百伦。至今时事亟，黾勉后来人。

不少革命党人原来对《中国新报》在革命与保皇之间所持的中庸态度不满，看了这首诗后，觉得杨度还是自己的同志。

在回国声援这次萍浏醴起义的同盟会会员中有两个特殊的人物，他们是孙毓筠和胡瑛。离开东京之前，孙中山在牛込区寓所宴请他们，指示孙毓筠去南京运动江苏新军，胡瑛去武汉策动日知会。

孙毓筠现正担任同盟会总部庶务总干事。这个职务在同盟会初成立的时候为黄兴所任，其地位仅次于总理孙中山，在总理离职时可代行其职权。黄兴在年初离开日本去香港、新加坡一带，与当地同盟会支会商议在中国南部起义的事，于是庶务总干事一职便由原任评议部评议员的孙毓筠担任。

孙毓筠乃安徽寿州人。其先世为山东济宁州人，因荒年逃难来到寿州城外，见当地有一棵出奇高大的柳树，认定此地风水好，可发后人，便在此定居下来，将此地取名为大柳树村。孙姓逃荒者有两个儿子，他叫长子学做生意，叫次子读书。心里盘算着无论是发财还是做官，他家里都沾得上。

大柳树村的风水果然被相中了。长房以贩布起家，传到第三代便家道殷富，买了上百亩好田。二房代代读书，到了第四代，出了一个三年一遇的天下第一人，他就是状元出身的现任大学士孙家鼐，人称寿州相国，把个孙氏家族引进了清华高贵的门第圈。

孙毓筠是长房的第六代。他见族叔祖位高望重，十分羡慕，乃发愤读书，十八岁考中秀才。考了一次举人未中，孙毓筠便不耐烦再熬光阴，反正家里有的是钱，就纳资捐了个同知，有了个从四品的官衔。他还不甘心，又加码捐了个正四品道员。他寻思着只要哪里有缺，再送上二三千两银子，便是一个八面威风的现任道台大人了。久候无缺，他又在家里迷上了佛经。一部《楞严》《圆觉》迷得他如醉如痴，想起尘世的千般烦恼万种辛苦，他几次要披发入山做和尚。老母娇妻苦苦哀求，才不得不打消这个念头。

去年吴樾谋炸五大臣、杀身成仁的壮举赢得许多血气方刚的青年的称赞，人们视之为当代的荆轲、聂政。吴樾人虽死去，名声却播于九州。孙毓筠尽管是富家子弟，养尊处优，但社会的弊端，朝廷的腐败，他也看得很清楚。从吴樾虽死犹荣的舆论中，他看出革命是顺人心合潮流的正义行为，于是决定摒弃做满人官僚、释氏门徒的想法，一心一意去走革命之路。

孙毓筠一旦下了绝心，便采取断然的行动。他变卖家里的良田，在寿州办起了一座小学校，聘请老师向学生进行民主革命的教育。他生性挥金如土，从家里掏出大量银钱支援附近境遇困难的反清志士，从而结识了大批朋友。他又要妻子汪珏带两个儿子到日本求学。今年三月他自己也来到东京，参加了同盟会，并捐款十万银圆充作革命经费。孙毓筠对革命的热情，赢得了孙中山及同盟会其他领导人的尊重，大家都推举他为庶务总干事。

孙毓筠到南京后便设法与新军取得联系。当时江苏新军的番号为第九镇，里面有许多革命志士在活动，也有不少士兵和下级军官同情革命。孙毓筠见第九镇基础很好，放松了警惕，很快便暴露了身份，被官府抓了起来。

孙毓筠抱着一死成仁的心愿等待官府对他的审讯判决。但奇怪的是，官府却对他的待遇很好，将他安置在南京城内一个花园别墅里，身边还有两个人招呼。每天好酒好菜地送上来，还有一间书房供他读书写字，一切都不亚于寿州家里的贵公子生活。唯一不同之处，就是院墙外有人持枪守卫着，他不得迈出大门一步。孙毓筠好生奇怪，但从不问身边的人，每天看书写字喝酒吃肉，心里既不多想，便也活得安闲自在。

这样地过了将近一个月，孙毓筠成仁之念逐渐削弱，对生命对妻儿的眷恋日益强烈，然而他却不愿以自首来换取自由，他认为那是可耻的行为。他也猜想，这种非同一般的待遇中必有一个究竟，院墙之外或许正在进行着某种不平常的活动。

是的，孙毓筠的分析没有错。他的卷宗由南京巡防营呈送到两江总督衙门时，因出国考察宪政有功，刚从湘抚任上擢升为江督的端方便亲自审阅。

端方字午桥，是一个精于宦术的满洲正白旗人。庚子年，慈禧逃难到西安，那时他正做着陕西巡抚。他看准时机，对难境中的慈禧百般逢迎讨好，亲率军队日夜拱卫在她的身边。端方的忠诚赢得了慈禧的欢心，从此成了慈禧的亲信。出国、擢升，便都是慈禧后来对他的酬谢。

鉴于革命党排满行动得到汉人普遍支持的现实，考察回国之后，他给慈禧上了一道请平满汉畛域的密折，建议改定官制，除满汉缺分名目，撤各省旗人驻防，以示朝廷放心汉人；废止满汉不通婚的规定，允许满汉自由联姻，融合满汉为一家，使革命党无机可乘。他的这道密折，得到慈禧的默认。他尽力做到与汉大员保持较为友好的关系，并看出袁世凯是汉大员中最出类拔萃的人物，日后前途无量，便与袁私下订了婚姻，将长女许配给袁的第五子克权，一旦满汉不通婚之规定废止，便将女儿送进袁府。袁世凯自然也巴不得结下这门亲事，满口答应。

打开卷宗，孙毓筠的寿州籍贯，立即引起了端方的警觉：孙家鼐也是寿州人，此孙与彼孙是否为一家？他拍了一封电报给孙家鼐，问孙毓筠是否华族？回电很快到了南京，然则答非所问："此子顽劣异常，请严加管束。"

端方拿着这封电报仔细推敲："此子顽劣异常"这句话，显然是长辈指责晚辈的口气，无异承认了他们之间的同一家族的关系。"请严加管束"这一句貌似严厉，实际是叫他网开一面。因为对于煽动军队造反的革命党，早已超出了"管束"的范围，应判处杀头的极刑。到底是状元，电文回得既意思明白，又不落把柄，端方很是佩服，他要借此案来取悦这位汉员中的大佬。

就在这个时候，东京同盟会总部也在积极设法营救孙毓筠。有人提出，杨度为五大臣出国考察写禀报，端方为五大臣之一，他与杨度一定有往来。杨度既然能够在《中国新报》上发表悼念刘道一的挽诗，也一定会愿意请端方赦免孙毓筠。

孙毓筠离开东京后接替其庶务总干事一职的是宋教仁。黄马起义失败后，宋教仁从武汉逃到上海，在去日本的船上结识了杨度。宋教仁长相英俊，谈吐倜傥，二人在船上一见如故。于是宋教仁来找杨度，请他帮忙，并指出孙毓筠与孙家鼐的关系。杨度一口答应。

其实，杨度与端方毫无私交可言。原定的五大臣，他仅与徐世昌有过一面之识，后来徐并没有出国，真正出国考察宪政的五个大臣，杨度一个也不认识。杨度之所以答应给端方写信求情，有几层考虑。

一来同盟会乃是由于他介绍孙黄相识后的产物，东京总部的主要领导人都是他的好朋友，他对同盟会有感情。二来宋教仁亲来求他。杨度的性格，凡别人有急难之事来求他，不管自己有没有能力帮得了忙，总是先一口答应下来，再想办法。何况孙毓筠毁家办学兴教育，就凭这一点，杨度看定孙是一个胸襟不俗的人，他也乐意倾力相助。三来他要以此检验端方对他的态度，买不买他的人情，由端方的态度可以推测到其他四位出国大臣对他的态度，甚至还可以推测到整个清廷对他的重视程度。四则大学士孙家鼐是孙毓筠的族叔祖，这是一个可以利用的关系，且送一分情谊给他，日后保不了有可用之处。

杨度提笔作书，不谈孙毓筠加入同盟会的事，也回避他此番回国的目的，大谈特谈孙卖田产办小学的事，称赞他是响应朝廷废科举办学堂的号召，是爱国爱民的表现，且本人出身世家，学问优长，乃国家有用的人才。信的末尾说：

午帅自泰西归来，数上奏疏，恳请朝廷早日立宪，声望日隆，国人及海外留学生甚至有伊藤、坂垣之比。且午帅素惜人才，以识才护才为己任，向为士人所景仰。孙毓筠行事或有所孟浪，然心则在救亡图存。望午帅怜其年轻不更世事，宽免其罪，为孙氏留一顶门之柱，为国家存一可用之才。

端方接到这封信后很是高兴。杨度的才学他早已知道，见这个有学问的宪政专家将他视为伊藤、坂垣式的人物，便也就以这两位东洋名相自许，企图通过杨度和孙毓筠与海外留学生搭上联系，网罗其中的人才，组建自己的班底，日后好干一番大业。

端方怀着这种心思，亲笔给杨度回了封信："孙生文理通顺，门第清华，当秉高谊，求人于轻。"

正因为有如此复杂的外间交易，孙毓筠才得以舒适地生活在小院落里，而这种舒适的生活，又正是端方软化孙的斗志的一个重要手段。

这天午后，孙毓筠午睡刚起，一个五十来岁的中年人，满面春风地走了进来，对他说："小贵，你不认识我了吧，我是你的乡亲杜宗路呀！"

孙毓筠疑惑地看着来人，一口道地的寿州话是不错，但面孔却陌生得很，名字也未听说过，最奇怪的是，他怎么知道我的乳名？孙摇了摇头。

杜宗路在他身边坐下来，依旧笑着说："小贵，你自然不会认识我了。我离开寿州那年到过你家，你还只有七岁，一晃二十年过去了。我昨天从苏北回南京，听说午帅软禁的是你，大吃一惊。你虽然长成大人了，但五官轮廓还是跟小时候一个样，我一眼就认出来了。"

杜宗路滔滔不绝地讲着，孙毓筠的脑子里却总想不起这个人来："你认识家父？"

"岂止是识得，我们还是很要好的朋友哩！令尊比我大八岁，我一直把他当兄长看待。说句不好意思的话，我手里缺钱的时候，令尊大人还常常周济我，我至今仍然很感激他。"

孙毓筠的父亲为人慷慨，亲友们在银钱上凡有所求，都肯帮助，这个性格也传给了儿子。孙毓筠见他说得真切，相信他是父亲的朋友，说："这样说来，我该叫你杜叔了。"

“不敢当！”杜宗路说，“我行三，你就叫我杜三吧！”

“那怎么行！”孙毓筠说，“杜三叔，你现在哪里供职？”

杜宗路也不再客气了，笑着答：“因为乡试落第，我离开了寿州，经人介绍到祁门县衙门学做师爷，以后又去绩溪、青阳做师爷，做了十来年，不甚得意。后来听说午帅是满洲三才子之一，最爱才，于是就去投奔他。那时午帅还在直隶做道台。我办的第一件公文就得到午帅的赏识，从那以后跟了午帅已十年。每有机会，他都保举我，我现在已是五品衔的候补知府了。”

孙毓筠笑着说：“师爷做到这个位置也真不低了。”

“这全靠午帅的恩典。”杜老三说，“孙少爷，你何苦放着富贵公子不做，却硬要往枉死城里钻？这次幸好遇到怜才的端午帅，若碰到别人手里，早已没命了。”

孙毓筠已明白了，这个杜老三是端方派来的说客。假若这个说客是一个月前来的话，他会毫不客气地轰之出门。但现在，一种强烈的对生的渴望，促使他欢迎说客的到来。孙毓筠并不是一个卑污的小人，他不愿为活命而当叛徒。这些天来，他在心里盘算过，最好是既能走出囚室，同时又不失气节，只是他一时想不出一个好主意。

“我并不是一心要钻枉死城，因为国家弊病太多了，非要有人起来动员大家革除这些弊病不可！”

“孙少爷，你是一个忧国忧民的青年，我很敬佩你。我们这个国家的确弊病很多，要革除。”杜老三态度十分诚恳。“现在朝廷也看出了这个问题，从太后到令叔祖孙中堂到袁帅、午帅都在力求设法革除国家的弊病。午帅很欣赏你的志向，却为你所选择的方式而遗憾。”

孙毓筠不做声，静静地听着。杜三知他的心思在动，继续劝道：“孙少爷，午帅有心要保全你，他不能当面跟你谈，特为叫我来给你通个消息，只要你承认所主张的是政治革命而不是种族革命，午帅就会向朝廷奏请宽免你。”

孙毓筠说：“杜三叔，你可能不知道，政治革命、种族革命我都主张。在两种革命的次序上，我认为只有先进行种族革命，即推翻满洲人的朝廷，然后再进行政治革命。”

“小贵呀，你叫我杜三叔，我不敢当，但我毕竟比你痴长二十多岁，我今天以兄长的身份开导你，请你听我几句。”杜三轻轻拍着孙毓筠的肩膀，以一种亲切的父执态度说，“你是汉人，我也是汉人，你要从满人的手里光复汉人的政权，我何尝不理解？不瞒你说，二十多年前，我和令尊大人在寿州老家就经常谈满汉之间的问题，也谈曾国藩、左宗棠等人是不是汉奸的问题。满汉之间的民族冲突，从满人入关以来就一直存在着。二百多年来，汉人中的不少杰出人物，远的不说，近世如林则徐，如陶澍，他们都忠心耿耿地为满人的朝廷办事，又如令叔祖寿州相国也是朝廷的干臣，难道他们都是追求富贵而忘记了祖宗的叛臣孽子吗？不是的！小贵呀你还年轻，还不太懂世事，大哥我明年就五十岁了，见的事多了。大哥我对你说句实心话，皇帝由哪个民族的人做不是主要的，关键是要政治清明。满人中的康熙、乾隆，比起历代汉人中那些英明君主来说都不逊色，而汉人中的隋炀帝、明武宗也绝不会比同治帝、光绪帝高明。既然满人朝廷愿意立宪，我们为何不促使它一起把这件事办好，非要进行种族革命把它推翻呢？小贵，你想没想过，一旦行种族革命，双方必定是大开战争，遭殃受罪的还不是老百姓吗？”

孙毓筠的反满革命思想本不十分坚定，听了杜三这番话，也觉得有道理，口里没做声，头不自觉地点了几下。杜三高兴，继续说：“你知道吗？你的朋友杨度特为从东京写信给午帅，请午帅宽免你。”

孙毓筠在东京久闻杨度大名，但从未见过面，更无交往，谈不上朋友。不料杨度此时从万里之外致书端方，孙毓筠对杨度顿生感激之情，觉得杨度真正是个好人，难怪能在东京留学生界中有很高的威信。

“午帅说，像杨度这样的人才确确实实是为国为民着想的人。他只谈政治革命，不谈种族革命，他对天下大势的看法可以称得上真知灼见。午帅希望你不要辜负了好友的一番厚意。”

杨度致书说情一事给孙毓筠很大的震动。他对杜三说：“杜三叔，你去告诉端中丞，我要好好想想。”

“是要好好想想，什么时候想通了，就告诉大哥我一声，大哥一定替你帮忙。”

杜三说完出了门。

孙毓筠在舒适的小院落里整整想了一天一夜，他想了很多很多。

假若这次策划新军成功，起义发动了，把个南京城闹得天翻地覆，自己或战死或被捉杀头都值得，因为那将作为一个壮烈牺牲的暴动领袖而播于人口。而现在事情未成，就这样悄没声息地被处死，那就太不值得了。若能活下去，就应该力争活下去，政治革命也罢，种族革命也罢，总之都是革命。放弃种族革命而不放弃政治革命，也不能算背弃革命，因而也就不能算叛徒。既不变节，又能得宽免，为什么不干呢？再说，杜三的话也不无道理，并不一定非要行种族革命不可，政治革命或许才是中国真正的出路。今后出去了，一定要去拜见杨度，当面请教救中国的道理。想到这里，孙毓筠终于拿定了主意，他要身边侍候的人向端方禀告愿写供词。端方见杜三游说成功，立即派人送来一套名贵的文房四宝以示关怀。

孙毓筠花了十来天时间把自己这些年来的思想做了一番清理，写了一份长长的供词。他先叙述自己的家世，然后写由科举功名转向佛学研究，再由佛学研究转向种族革命，继而终于明白了政治革命才是救国的正确选择。最后他向端方建言，以改良政治来达到富国强兵的政治革命派，固然大有人在，而以推翻满人政权实行种族革命的人士也不少，为朝廷计，为午帅计，对行种族革命的人不宜株连太甚，否则将激起更大的反抗。宽赦革命党人，才是消弭祸变的办法。为了让朝廷和端方更加放心，他在供词的结尾部分表示，此番获释后，他将披发入山重新研究佛学，妻儿财产既无所恋，世事纷争亦不再与闻。

端方依照这份供词向朝廷报告，鉴于孙犯已改变立场，宜从轻处罚，判囚禁五年。实际上，端方在总督衙门后花园里收拾一间小房子，将孙毓筠安置在这里读书。杜三告诉孙毓筠，应将端午帅有意保全的良苦用心告诉族叔祖。于是孙毓筠写信给孙家鼐，详告一切。同时又给杨度写了一封信，向他致以谢意，并表示出去后一定拜他为师钻研宪政。而此时的杨度，正面临着生命航程中的又一次重大转变。

二　千惠子的眼泪，滕原勾画的蓝图，把准备回国的杨度的心迷乱了

自从清政府向中外宣示预备立宪以来，海内海外主张君主立宪的人得到很大的鼓舞。他们憧憬着美好的未来：宪法制定了，君权受到限制，民权得到扩大，政治得以改革，经济随之而发达，军事随之而强大，贫弱落后的中国很快就像日本、德国、英国一样地强盛起来了。他们更加自觉地鼓动民众拥护朝廷，劝说持革命排满主张的朋友放弃武装暴动，一道以和平渐进的方式促进国家的进步。不久，厘定后的新官制名单公布，十三个军机处大臣及部务大臣，满七蒙一汉

五，全国哗然，不少立宪党人也深为失望。但尽管如此，大部分立宪派仍盼望朝廷能将宪政推行下去。

立宪派的舆论领袖梁启超一面大量撰写关于立宪政治的理论文章，在《新民丛报》上接连刊登，一面联络同志组建新党。在蒋智由、陈景仁等人的活动下，一九〇七年夏季，一个名叫政闻社的党派成立了。梁启超写了一篇政闻社宣言，公开发表，向世人宣示他们所持主义的四大纲领。一曰实行国会制度，建立责任政府；二曰厘订法律，巩固司法权之独立；三曰确立地方自治，规定中央地方之权限；四曰慎重外交，保持对等权利。同时郑重声明，政闻社绝不干犯皇室的尊严，也绝不扰乱社会治安，只是履行立宪国家的国民有集会结社自由的公权。

政闻社反对革命讨好朝廷的态度激起了革命党人的愤怒，当他们在东京神田锦辉馆召开成立大会时，张继率领四百多个同盟会会员捣毁会场。有人脱下脚上的皮鞋击中了梁启超的脸，梁吓得夺窗而逃。会没开完就散了。

杨度虽然没有参加政闻社，并且对蒋智由等人在组党过程中谋私的行径多有不满，但对张继和同盟会中一部分人如此野蛮的行为非常反感。他愤而致书张继，谴责张带头破坏集会的本身便是违背宪法。杨度责问张继："如果让你们这样的人今后成了功，那岂不是以暴易暴，百姓还能有自由吗？"

张继笑杨度书呆子气十足，根本不予理睬，气得杨度和他断了交。

这时国内拥护朝廷预备立宪的团体也相继产生。江浙一带成立了宪政公会，广东成立了自治会，湖北成立了宪政筹备会。主持这些团体的人都是文化界或实业界的名流，在地方上有很高的威望，官场对他们也优礼有加。这一天，方表特来告诉杨度，梁焕奎、范旭东等人正在酝酿成立宪政公会，有拥戴杨度为会长之意，问他肯否回国筹办。方表字叔章，湖南长沙人，弘文学院的留学生，因常给《中国新报》投稿，鼓吹君宪，受到杨度的赏识，彼此成了好朋友。年初杨度发起建立了一个名为政俗调查会的组织，方表是会中的活跃分子。

杨度听到这个消息心里动了起来。这几个月里，他越来越觉得原先那个一回国便主持朝政的理想与现实脱离得太远了。

首先是《中国新报》令他沮丧。报纸刚创办时，由于他的《金铁主义》在每期上连载，引起人们的注目，读报买报的人不少，来势很好。但《金铁主义》一登完，再没有重头文章接着上，报纸的影响便立即下跌。稿件虽不缺，但好文章却不多。鼓吹革命的文章都投了《民报》，宣扬立宪的文章都被《新民丛报》搜罗。杨度自己要操办杂务，不可能腾出时间再写大文章，幸赖方表、陆鸿达、杨德邻等人还能时常有点够分量的文章，才使得报纸维持了下来，然而当初所希望的目标却没达到。由于销量不大，经费亏损厉害，古倭刀所换来的银圆用得差不多了。虽说只要开口，滕原先生一定会资助，但杨度不愿开这个口。

再就是政俗调查会也不兴旺。杨度办政俗调查会，名义上是调查日本的政治和民俗，实际上是把它作为推行金铁主义的政党来办。但是，留学生中那些热心政治愿意参加会团组织的人，不是被同盟会招去，便是被梁启超的宪政会网罗，投靠政俗调查会的不过寥寥十余人，根本不能成为一个党派。

看来在日本再待下去，也难以蓄养更大的名望，不如回国去为好。主持江浙鄂等省立宪会的人，如张謇、郑孝胥、汤寿潜等人都是大名士，若出任湖南宪政会会长，社会名望也自然不低。梁、范都是财力雄厚的实业家，依仗他们的财力将湖南的宪政会办起来，再出面联络各省，自己不就成了全国推动宪政的在野领袖么！想到这里，杨度激动起来，他觉得应该立即收拾行装买舟渡海。他轻轻哼起了杜少陵的诗句："白日放歌须纵酒，青春作伴好还乡。"诗圣当年渴望回乡的狂喜给他平添豪情。他走到墙边，将挂在墙上的《湖南少年歌》取下卷起。这是他寓居东京四年期间最得意的一部作品，他要将它带回国去，张挂于故乡的书斋里。卷着卷着，耳畔忽然响起了甜甜脆脆的少女的声音："爷爷，这篇歌行写得真好！"这不是千惠子的话吗？

几年来，每当自我欣赏《湖南少年歌》的时候，杨度的耳边便会响起这句话来，它给他无限温馨和美妙的回忆。每当这时，他整个身心都会沉浸在一种甜蜜的感觉之中。而现在要收起它回国了，这岂不意味着将要与千惠子永远地分别？富裕强盛的日本国，繁荣美丽的东京城，杨度可以一拔脚就离开，毫不留恋，因为它毕竟不是自己的国家；热情友好彬彬有礼的日本朋友，他可以鞠躬告别，不多牵挂，因为毕竟各有各的事业；共同战斗友谊深厚的留学生，他可以暂时分手，无须话别，因为毕竟不久尚可在国内重逢。只有她，千惠子，却令胸怀大志而又多情多意的留日学生会总干事长难以割舍。今后的岁月里，怎么可以见不到她的倩影，听不到她的笑语？这简直是不能想象的事！卷起的《湖南少年歌》又松开了，从手中掉落到榻榻米上，几分钟前激动狂热的杨度陷在不可解脱的痛苦之中。

杨度明白，他深深地爱着千惠子，千惠子也深深地爱着他，只是四年来谁也没有把这层纸捅穿罢了！有一天，不知是有意还是无意，田中老先生提到了孙女的婚事。他说千惠子姓滕原，是滕原家的人，滕原家的香火要靠她来传，因而她不能嫁到外国去。杨度听了心里一怔。多少次，杨度很想向千惠子说几句爱慕的心声，但一想起田中的那番话，便止住不开口了。再说，自己已有妻室。这些年来，黄氏对丈夫一片忠贞，对婆母竭尽孝顺，又为杨家生了儿子，休掉她，于情于理都不合；不休黄氏，能让千惠子做二房吗？对于一个豪富家族的千金小姐来说，这显然是不可思议的事。当然，留日学生中有不少像代懿那样跟所喜欢的日本女子苟且偷情的人，有的甚至还生下了儿女，但他们又并不负责任，说声回国了，一走了之，将风流债怨留在异邦。杨度是个情种，倘若遇上别的女子，他或许也会做出这等荒唐事来，然而在千惠子面前，他不愿意这样做。千惠子太可爱了，真是一块晶莹无瑕的美玉，一朵光艳照人的鲜花，杨度不能亵渎她，更不忍心伤害她，他非常乐意与千惠子保持着几年来这种纯洁的师生兼朋友的关系。感情奔涌的时候，他甚至甘愿与她如此厮守到永永远远！然而现在要回国去了，要离开这个心爱的少女了，杨度心中怅然若失。

听说哥哥准备回国了，杨钧这几天也是思绪万千。去年他在弘文学院师范班毕业后，在东京闹市区的一条小巷子口租了一个狭窄的门面，专门刻印章，取个名字叫作白心治印社。“白心”二字是他近来为自己取的别号，典出《庄子·天下》：“愿天下之安宁以活民命，人我之养，毕足而已，以此白心。”杨钧觉得这句话说的也是自己的志趣和襟怀，“白心”二字尤其内涵丰富，于是又把它作为这个小小的治印社的名称。白心治印社的生意很好，每天来治印者络绎不绝，也常有慕名而来的印人，或求师问道，或切磋技艺。杨钧性情宽和，待人谦恭，除艺术上的追求外，于人世别无所求，他成天在石块和灰屑之中怡然自乐。所得的酬金，他一不饮酒，二不嫖妓，一部分用来购买书籍字画，一部分送给哥哥。今年春天，姐姐姐夫一家离日本回国，他站在横滨码头上，望着远远消失的海轮，真想一道回去，但哥哥要他暂时留下陪陪自己，他没有犹豫，立即同意了。现在哥哥决定回国了，杨钧马上把白心治印社的招牌取下，他要与哥哥同船回去，回到他刻骨思念的母亲的身边，回到石塘铺的绿水青山之间。

然而，当他将简单的行李提到田中龟太郎住所时，除《湖南少年歌》被取下外，一切都照旧，似乎屋里的主人并没有要离开的意思。

杨钧惊讶了："哥哥，你怎么还没有收拾收拾，是不是推迟了日期？"

"噢，稍等等，等长沙来信后再说吧！"

杨钧发现，一向神采焕发的哥哥近来脸色苍白，精神不振。

"等长沙谁的信？"

"当然是梁焕奎、范旭东他们的信，征求他们对我回去的意见。"

"那还用问吗？方表说他们早就盼望你回去主持湖南宪政公会。"

杨钧觉得奇怪，哥哥办事素来我行我素，并不在乎别人的态度，这次为何如此反常？

单纯年轻的重子，哪里想得到哥哥此刻的心情！

前几天，千惠子来了，兴致勃勃地谈起这两个月所学的功课：起居室布置。她说自己已学会了不少布置厅堂房间的技巧。又说到年底就要毕业了，父母要为她的毕业举办一场舞会，让她自己挑选一个日子。

"皙子先生，你猜我挑了哪一天？"千惠子笑着问杨度，脸上洋溢着红扑扑的光彩。

"我想，你会挑选一个周末的晚上。"杨度心里有点隐隐作痛，但外表仍如往日的热烈。

"不对，你再猜猜。"千惠子歪着头，黑亮的浓发在杨度的眼睛中比平日更加迷人。

"我想，"杨度开始认真思考着。"我想，你会挑一个阳光明媚的日子，或许是一个大雪纷飞的日子，因为它们都是好天气。"

"也不对。"千惠子的头晃动了两下。杨度发现她的耳坠上吊着两串紫色的葡萄状耳环，往日匀称的身材似乎显得修长了些。

"那就难猜了。"杨度的心弦在微微颤动。他猜测到这个聪明的富家少女可能会有惊人之举。

"我告诉你吧，我定在十二月八日。"千惠子的眼睛里明显地流露出融融柔情，令杨度不敢对视。

“你为什么要选择这一天呢？”杨度不解地问。

“这一天是你的华诞呀！”千惠子惊奇地反问，“怎么，你连自己的生日都忘记了？”

“真的，十二月初八是我的生日，我自己都没有想起，你怎么知道的？”杨度又惊又喜。

“去年这一天叔姬姐烧了满桌菜，我恰好撞上了，一问才知道是为你祝寿，那天爷爷奶奶也都过来吃饭。你忘记了？”

噢，杨度想起来了！去年这一天，叔姬全家，再加上重子，还有千惠子祖孙三人，大家热热闹闹地高兴了一天。杨度对自己的生日从来很淡薄。过去在家，母亲总是记得，每年这天，要特别给他做点好吃的。自从离开石塘铺这些年来，他从没想起过自己的生日。去年，母亲托人辗转带来一封信，特为告诉女儿，要她在哥哥和弟弟生日这一天表示祝贺；又对小儿子说，你哥生性粗疏，只记大事不记小事，姐的生日只能由你来记住。叔姬于是牢牢记住了母亲的嘱托。现在叔姬回国了，想不到这个东瀛女子倒存了这份心。杨度从心里对千惠子充满了感激。

“谢谢你了，千惠子，只可惜到时这个舞会我参加不了。”

“为什么？”千惠子两只眼睛睁得大大的。

杨度避开她的眼睛，轻轻地慢慢地说：“我准备回国去，重子也一道走，以后，说不定，就不会再来日本了。”

“是不是家里出了事？”沉默了一会儿，千惠子问，声音有点发颤。

“没有。”

“你们的国家出了大事？”

“国家也没有出大事。”杨度望着千惠子说，“朝廷准备实行宪政，我的家乡湖南也准备筹建一个宪政公会，我想回去做一点实事，可能比待在日本更有作用。”

千惠子没有做声，嘴唇抿得紧紧的，眼皮渐渐低垂下来，望着脚底下的榻榻米。突然，杨度看见她的脸上滚动着两颗透亮的泪珠，他的心猛地抽搐起来。千惠子脸上的泪珠越来越多。他不由得跨前一步，握着她的双手，略带哽咽地说：“千惠子，你怎么哭了？”

千惠子仍在哭。杨度有点不知所措。蓦地，千惠子的双手从杨度手中挣脱出来，紧紧地抱住他的肩膀，喃喃地念道：“皙子先生，你不要回国，你不要回国……”

杨度的眼睛湿润起来，眼前的一切，慢慢地变得模糊了。一滴热滴在千惠子的脖子上，她的双手抱得更紧了。杨度再也不能控制自己，把千惠子紧紧地揽在怀中："千惠子，我实在不愿意离开你！"

"皙子先生，这里就是你的家，在日本你同样可以做出一番大事业的。"千惠子将脸紧贴在杨度的脸上，嘴里不停地说，"我爱你，我爱你，我不能没有你！"

杨度周身的热血在沸腾，从心灵深处呼喊着："千惠子，我也爱你，我实在太爱你了！"

"答应我，不回国，不回国。"千惠子继续喃喃地念叨着，"上次你离开日本三个多月，我生怕你不再来了，你今后再也不要回国去了，好吗？"

杨度的脑子晕晕的，心热热的，完全沉没在波涛汹涌的爱河中，仿佛一切都不再存在了，能感觉到的，只有他自己和千惠子。

就这样，两人紧紧地拥抱着，直到窗外传来田中老先生呼唤孙女的声音，两人才不得不松手。这天夜里，杨度通宵未眠，一闭上眼睛便是千惠子挂满泪珠的脸。第二天上午，千惠子依依不舍地回横滨去了。

这几天来杨度心神不宁，无法整理行装。昨天邮差送来滕原的信，请他到横滨家中一叙。

天未亮，杨度就醒过来了，辗转反侧，再也不能入睡。好容易挨到天亮，他起身盥洗，也不要弟弟陪他，独自乘早班车来到横滨。滕原在他豪华舒适的客厅里隆重地接待了杨度。看架势，滕原有要事商谈，谈什么事情呢？向来潇洒大方的杨度有点局促不安。

闲聊了几句后，他忍不住问："滕原先生，你有什么事情要跟我谈？"

滕原将杨度认真地看一眼，问："听千惠子说，杨君准备回国去，有这事吗？"

"是的。"杨度颇为小心地回答，脑子里紧张地推测着问话者的下文。

"准备什么时候动身？"滕原面色和悦地问，声音很轻柔。

"日期还没有最后确定下来。"杨度答。回程的确定本不难，正是因为千惠子的态度，使得他犹豫不决起来。

"噢！"滕原轻轻地点点头，举起手中的茶杯说，"杨君，请用茶。"

“谢谢。”杨度举起茶杯，上身弯了一下，表示谢意。

滕原慢慢地喝了一口茶，没有做声。杨度的心在紧缩。

“杨君，我今天请你来我家里，是有一件大事要跟你商量。”

滕原终于要说到正题了，杨度略微点头，瞪起两只明亮的眼睛望着这位头顶半谢面色红润的长者，聆听他的讲话。

“杨君智慧过人，才华焕发，又是我们滕原家族的有功之臣，我一直对你充满着钦佩和感激之情。”滕原放下茶杯，神色庄重地说，“这两年多来，你每有文章发表，千惠子都读给我听。你那篇关于粤汉铁路收回自办的长文，千惠子花了三个早上才用日文读完。我从这篇文章里更加感受到杨君处理大事的才能：在了解事件来龙去脉的基础上，提出若干种处理方案，又为这些方案找到充分的法律根据，同时指出各种方案的长短利弊，最后提出自己的最佳主意。思路如此缜密清晰，学问如此广博扎实，在今天日本的政界学界中尚不多见。”

杨度静静地听着，这位异国长者的这番知音之言，使他很受感动。

“我的女儿，也就是千惠子的母亲，早就想在大阪设立滕原分公司，只是因为没有一个合适的总经理，我一直没有同意。杨君如果愿意屈尊的话，我想聘请你做大阪分公司的总经理，至于你的职权范围和报酬，我都会从优考虑。”

原来滕原要跟他商量的是这样一件事情，这是杨度根本没有想到的。经商办实业，杨度也有很大的兴趣，并自认为也能办好。有时他也曾想过，若万一政治上不能得意的话，就去学陶朱公，赚来亿万黄金白银，然后再用这笔财产去为社会做番有益的贡献。这也是一桩极有魅力的事业。不过，眼下杨度一心想做陈平、赵普，并不想做陶朱公。

他将身子略向前倾了一下，极有礼貌地说：“先生这样看得起我，令我感激莫名，只是我多年来研究的是政治与法律，素乏经商之才，实在担负不起分公司总经理的重任，真是抱歉得很。”

滕原笑着说：“杨君过谦了。我在商界阅历近五十年，深知什么样的人经商最为合适。我聘请你为分公司的总经理，正是看中了你多年来钻研的是政治与法律。贵国古代大诗人陆游有两句诗，说是‘汝果要学诗，功夫在诗外’。这两句诗其实道出了世间一个大道理，即要想取得某一个专业领域的成功，还要依靠本专业之外的广博的知识作为基础。商场即官场、战场，成功的商人也可以做成功的政治家、军事家。日本商界的董事长、总经理绝大部分都出身于多年的经商者，他们的眼中只有经济而无其他，这是日本商界缺乏伟人的根本原因。一个公司的总经理，其业务的精通并不需要很长的时间，三五年也就差不多了，难得的是政治法律素质的培养。杨君，以我的经验预测，你如果肯经商的话，不出十年，就会成为最优秀的商人。”

滕原对经商之道的不同凡响的见解，给杨度很大的启示，凭着滕原的雄厚财力，凭着自己纵横捭阖的政治能力，说不定真有可能像滕原所说的，成为一个最优秀的商人。一瞬间，他几乎要开口答应了，但很快便清醒过来。湘绮师所传授的帝王之术，东瀛列岛上所发愤攻读的法政之学，难道就将它运用到商场上去吗？说到底，商场不过是方面而已，再优秀的商人也只是方面之才。当年曾国藩平定太平天国，武功那样辉煌，湘绮师还讥笑他“勘定仅传方面略”。假若自己留在日本做一个滕原分公司的总经理，老师不知会如何看不起，何况这也绝不是自己的平生志向。

想到这里，杨度以坚定的口气说：“先生对经商的高论令我钦佩，不过，我志在政法，不在商界，故实难从命。”

“哦！”滕原似乎愣了一下，手指慢慢地抚摸着茶杯，一时没有做声。过了一会儿，他仍旧平和地说，“杨君既然志不在商界，我当然不能勉强。你要做一个政治家，我也很欣赏。若你能答应我一件事，我可以全力支持你的事业，使你成为一个卓越的政治家。”

“什么事？请先生说明。”杨度两眼立即有了光彩，精神为之一振。

“你知道，千惠子很爱你。听说你要回国去，这几天来她心里很痛苦，一个人关在卧房里不吃不喝，也不去学校。我们全家人见她这样都很着急。昨天下午，她母亲对她说，你去上学，我们请杨君来横滨商量。她这才由母亲陪同去了学校。”

杨度心里沉甸甸的，这位异国女子的一往情深，此刻在他心里引起的是一种苦涩的负疚的情感。

“杨君，我现在以我们滕原家族的名义请你留在日本。你有志于政界，我可以协助你竞选议员，你今后一定会在日本政界有一番大作为的。你和千惠子互相爱慕，是天造地设的良缘。你们在一起生活，也一定会很幸福美满。滕原家族的传人只有千惠子一人，今后所有的产业都归于你们。杨君，你将会是世间最幸福的人。”

知心的佳人，庞大的财富，光明的仕途，滕原勾画的这一幅蓝图真是太美妙了，只要一点头，蓝图上的一切都将归于自己。世间千千万万的男子所毕生追求努力奋斗的理想莫过于此。皙子呀皙子，答应吧，答应下来一切都很美好。杨度的脑子晕眩了。

“杨君，我知道你是在顾虑你家里的太太和孩子。这些，我们也为你想好了。”见杨度闭口不语，滕原看出他内心的激烈思考。他以己心对杨度的心思加以测度，“杨君，我们知道你是一个很重感情的人，不过，男儿更重的应是自身的前途。家里的太太，我们可以送十万八万银圆给她。在贵国，这是一笔很可观的财产了。今后她无论是改嫁还是独自生活，都可以过得很好。至于你的公子，这更好办。贵国看重长子，我们日本人也一样。我们可以把他接到横滨来，送他上最好的学校，受最好的教育。杨君，你看呢？”

滕原热切的双眼盯着杨度。杨度的脑子很乱，一时间，他几乎不知说什么好。

门轻轻开了，一个服饰鲜美的仆人进来，向主人深深一鞠躬。

“有事吗？”滕原转过脸去问。

“东京商会总会长铃木先生来横滨了，请您到东亚大酒家去一趟，他有要事在那里等您。”仆人伸直了身子，恭恭敬敬地回答。

“铃木有什么事找我？”滕原边自言自语边起身，对杨度说，“真对不起，我要出去一下，过会儿就回来。”

杨度忙起身：“先生太客气了，您去吧，我在这里等您回来。”

滕原吩咐仆人：“好好招呼杨先生，带他去客房休息吧！”

说完又对杨度欠了欠身子，这才走出客厅。

仆人将杨度带进客房。进门后，杨度认出这正是三年多前住过的那间房子，而摆设之豪华气派更要超过当年，显示出主人这几年在生意场上很顺手。

仆人殷勤地端来一大盘饮料，有英国的威士忌，法国的白兰地，美国的咖啡，日本的酽茶。一会儿又端来一大盘时鲜水果，有泰国的芒果，菲律宾的香蕉，缅甸的荔枝，琉球岛上的莲雾。仆人向客人鞠了一躬，然后退出门外，反手将门无声关上。

杨度坐在松软宽大的西式沙发上，望着这些平日喜爱的精美食品，没有一点想吃的念头。他的脑子里一团乱麻，真个是剪不断，理还乱，他平生没有遇到过这样的困惑，这样难以拿定的选择。

对家里的黄氏夫人，与其说是爱，不如说是敬。杨度真心爱过的女人有两个，一个是静竹，另一个就是千惠子。十年前，与静竹短短相处的两天，在他心中刻下了永生不可磨灭的痕迹。二十四岁的才子胸中那个浩淼宽广的情感湖海，第一次被一个美丽多情的少女掀起了巨大的波澜。可是，静竹再好，她已撒手人寰，今生今世再不能相见了。而眼下这个千惠子，她活脱脱地在自己的身边。如此的明丽，如此的聪慧，如此的高洁，世间简直没有更美的形象能够与她相比；而她的纯情，她的痴心，她的深厚的爱恋，天地间任何有价的物品，似乎都在她的面前黯然失色。意气纵横、情感充沛的杨度如何能够割舍她？自从得知她要以毕业舞会的形式为自己祝贺生日，又因自己的突然要回国而失魂落魄之后，杨度对她的爱更是平添十倍百倍。他甚至想过，为她牺牲一切，包括理想、事业和自己的生命都是值得的，何况滕原所提供的又几乎是一条毫无缺漏的完美之路。他能拒绝吗？

但他又毕竟不是世俗间的寻常男子，除开女人、财富和名声外，他还有一腔宏伟的报国之愿，他要以自己的学问才智为祖国做一番事业，他的宽广的仕途应该建筑在神州大地上，而不是东瀛列岛！正因为此，他心灵痛苦，思绪纷乱，头脑膨胀。他终于在沙发上迷迷糊糊地昏睡了过去。

“杨先生，请用午餐。”

杨度睁开眼来，餐桌上已摆好了七八个碗碟。滕原家的仆人说：“杨先生，刚才藤原先生已打发人带口信来，他因为在与铃木商量一件重要的事情，暂时不能回家，请你一人先用餐，晚上他再回家陪你喝酒。”

“谢谢。”

杨度坐在餐桌边，丰盛的午餐没有引起他多大的兴趣。他慢慢地嚼着东洋的山珍海味，脑子里突然想到：何不去梁启超家里坐坐，将这件事与他商量商量。

杨度三口两口吃完午餐，留下一张字条在茶几上，带上房门，直奔山下町梁寓而去。

三 梁夫人轻柔地对皙子说：兄弟，一腔热血不洒在自己的国土上，算什么中华好男儿

“哈哈哈，皙子真是艳福不浅！”席地坐在对面的梁启超听完杨度的简略叙述后，不觉放声大笑起来。“你不是问我的看法嘛，依我之愚见，这样好的福气不能失之交臂，你还是留在日本，做滕原家的

上门女婿为好。”

“你真的这样认为？”杨度对梁启超的回答颇感意外。

“我真的这样认为。”梁启超收起笑容。“美女，财富，不用吹灰之力全都到了手，还可以顺顺当当地做个日本议员。皙子，你这是前三辈子修来的好命呀！”

梁夫人李蕙仙在里屋替儿子补衣服，听到丈夫的话后，放下手中的针线走了出来，对丈夫说：“人家皙子心里有事和你商量，你还拿人家开玩笑。”

她走到杨度身边，以大姐的身份轻柔地说：“兄弟，哪有堂堂中国男子入赘日本的道理！一腔热血不洒在自己的国土上，算什么中华好男儿？”

这句掷地有声的豪言壮语，竟然出自于一个纤弱的妇道人家之口，杨度顿时一怔。

“兄弟，卓如是和你说笑话的。早几天，我们就听说你要回湖南筹办立宪公会的事了。卓如说，皙子有眼光，是应该趁着这样的有利时机回国做实事为好，只可惜我有国不能回，我要在《新民丛报》上为皙子写篇文章，替他壮壮行色。昨夜写了一通宵，直到今天凌晨才和衣睡了一会儿，我去把这篇文章找来给你看。”

说罢起身进了屋。杨度看着梁启超，梁启超也不说话，只是诡谲地笑了笑。

梁夫人拿出一叠纸来递给杨度：“你看看吧？”

杨度接过，打头一行大字便是“为杨皙子回国送行”，接下去是密密麻麻的小字。果然是胸有八斗之才的大名士，信笔写来的草稿，几乎是文不加点，一气呵成：

吾闻杨皙子近日内将要启程回国，从事湖南立宪公会筹创之事，精神为之振奋，气宇为之昂扬，作此文为杨君壮行色。

夫皙子者，三湘有志之士也。吾初识于京华乙未年公车上书之时，订交于戊戌年长沙时务学堂教书之春。其人慷慨磊落，热心国事不在启超之下，启超与皙子及复生、秉三、霖生、松坡等人约：救国之途或有不同，救国之心永不改变。秋天，政局陡变，吾亡命扶桑，以为与皙子难速谋再见。孰料五年后，皙子亦因经济特科案避祸东京，寄诗与启超：“大道无异同，纷争实俱误。茫茫国事急，恻恻忧情著。”吾置诗于几案，叹曰：风尘混混中获此良友，吾一日摩挲十二回，不自觉其情之移也。四年来吾与皙子过从甚密，探讨立宪救国方略甚多。读其《黄河歌辞》《湖南少年歌》《金铁主义》《粤汉铁路议》，更知其有王佐之才也。尝自谓天于湘人独厚，不期自曾文正、左文襄之后又生此隽才，此乃湘人之幸，中国之幸也。

杨度读到这里，不觉脸红心跳起来。下面的文字转了内容，这位立宪派的精神领袖又借此事大谈起宪政来。杨度用不着看下去了。这段文章犹如一帖清醒剂，他一下子从迷乱中猛醒过来，深为这几天来思想走上歧途而羞愧。他放下文稿，以毅然决然的口气对梁启超夫妇说：“十八号下午，我在横滨港升帆起航！”

梁启超忙说：“皙子，古人说不知者不怪，我先前不知你有这么好的路子，千万莫怪我写得不好，你得三思而后行，我看还是做上门女婿为好。”

“胡说，什么上门女婿？”杨度握紧拳头在梁启超的面前晃了两晃，喊道，“梁卓如，你若再说一声上门女婿，我的拳头不认人了！”

“好好，不说了，不说了。”梁启超快活地抱起好友，“好样的，这才是湖南少年的英雄本色！”

梁夫人也笑着说：“兄弟，今天十二号了，十八号启程来得及吗？”

“来得及，我早就准备好了，重子在银座的铺面都已退了。”

“那就好，十七号，你和重子就到横滨来，住我家，嫂子为你们兄弟治席饯行！”

“谢谢！”杨度对这位贤惠的嫂夫人从心里充满了敬意。

从山下町再返滕原家中的杨度，数小时前的困惑迷乱的情绪已大为扫除，昔日倜傥豪迈的举止又恢复了。滕原已经回来，再三向他致以歉意。

重新在会客室里坐下后，不待滕原将下午的话题续上，杨度已先开口：“先生上午说的事情，我已作了认真的考虑。您的外孙女千惠子是位很可爱的女子，她的美丽和聪慧都是极为罕见的。三年多来，我和她名为师生，情同兄妹，我一直把她当成小妹妹看待。尽管我也很爱她，但我始终把情感定在师生与兄妹之间，并不敢超过。这不仅仅因为我是一个有妻室的人，更重要的是我已把自己的生命许给了我的祖国。我的国家跟贵国比起来要贫弱落后，所以，我国许多有志青年来到贵国求学。我两度来贵国，前后加起来有四年半之久。通过四年半的观察思考，我深为佩服贵国的君主立宪制度，认为它是一个较为理想的国体，这是我来贵国四年多的最大收获。而这个收获的最终价值，只有体现在应用于我自己的国家上，否则没有任何意义。”

杨度端起茶杯喝了一口，见滕原正在专心地听，于是继续说下去：“先生所讲过的滕原家族先祖去唐代长安留学的故事，给我很深刻的教育。令先祖为国求学的崇高的爱国精神，不仅是滕原家族的骄傲，也是大和民族的骄傲，同时也是我学习的榜样。我爱千惠子，也珍惜滕原家族用智慧和汗水换来的财产，但这一切都不能使我放弃一个中国人对自己国家的责任。滕原先生，作为一个挚爱祖国的遣唐使的后裔，我相信您能理解我的这番苦心，并能原谅我的失礼。”

说到这里，杨度模仿日本人惯常的礼节，将头重重地低下去，抬起头来时，两只眼眶里充满着激动的泪水。

滕原信宇被杨度赤诚的爱国之心所感动，他发现坐在对面的这位英俊的中国青年，浑身上下散发着一簇簇耀眼的光彩。滕原动情地说：“杨君，你是一位了不起的中国人，作为大和民族遣唐使的后代，我能够理解你，我更加欣赏你。贵国有你这样的青年，贵国一定会很快强盛起来。千惠子虽不能得到你做她的丈夫，但有你做她的老师和兄长，她也是很幸福的，她也应该满足了。她一时的痛苦，我们会慢慢开导，这痛苦不久就会过去的。杨君，你放心回国吧，祝你前程似锦！”

滕原信宇的通达使杨度如释重负。离开滕原家时，他对主人说：“与田中、滕原两家的友谊，将是我日本岁月中永恒的记忆，请转告千惠子，临走之前，我会再来看望她一次。我衷心祝愿她有一个理想的丈夫，一个温馨的家庭，祝她一辈子幸福快乐！”

当天夜晚杨度乘末班车回到东京，他没有对弟弟说起滕原家里的事情，只告诉他已经定好十八号由横滨启程的船票。

一连几天，杨度忙着做回国的准备。在《中国新报》上刊登了一则停刊启事，同时又写了二十多封向一些主要朋友告别的信。十七号上午，杨度兄弟再次向房东田中龟太郎夫妇告辞。二老泪水涔涔，杨度的眼圈也红了。他决定到横滨后就去滕原家，与千惠子再见一面，把手书的《湖南少年歌》作为纪念品留赠给她。但是，在东京开往横滨的汽车上，杨度改变了主意。他不忍心看千惠子悲伤过度的面孔，也害怕自己一时情感失控，做出日后想起来会后悔的事情。他要请梁启超帮帮忙，在船离开横滨港后代他去一次滕原家，把《湖南少年歌》转给千惠子。

梁启超的寓所里早已会集了十多个热心宪政的留日学生，梁夫人也准备了丰盛的酒馔，大家欢聚一堂，为杨氏兄弟送行，希望杨度回国后能为全国立宪活动的开展发挥重大作用。杨度应付着大家的盛情，一颗心却总在挂牵着千惠子。他真恨不得立即奔往滕原家，与千惠子抱头吻别，但理智总是压制着他。有情人近在咫尺不能见面，杨度内心有着不可名状的痛苦。横滨梁寓的日本羁旅生涯的最后一夜，未来的政治活动家辗转反侧，彻夜未眠。

四　千惠子轻轻一曲《上邪》，直唱得杨度五脏六腑都翻腾起来

十八日清早吃过早饭，大家簇拥着杨氏兄弟来到码头。三层楼房高的田崎丸稳稳当当地停泊在海岸边，船员们在忙忙碌碌地搬运食品，整理房间，清扫过道，准备迎接两百名前往中国的旅客。码头上行人拥挤，语声喧哗。杨度一面和大家说话，一面四处张望，他明知千惠子不会来，因为她不知道起航的日期。但情感仍驱使着他在人群中搜索，企望奇迹出现。

他失望了，横滨码头上根本就没有千惠子的踪影！

杨钧已提着木箱踏上登船的跳板。梁启超紧紧地握着杨度的手，再次叮咛："皙子，多多保重，记得常常给我来信！"

杨度也将梁启超的手握紧："盼望你早日回国！"

两个在异国为了祖国的明天而奋斗并有许多共识的战友互相对望着，久久难以分手。猛地，杨度想起了一件大事。

"卓如，我托你办件事。"

"什么事？"梁启超松了手。

杨度打开脚边的日式藤箱，将《湖南少年歌》取了出来。

"麻烦你下午到滕原家去一趟，将它亲手交给千惠子，请她原谅我未向她辞行。"

"怎么，你没有与千惠子话别？"同样是情种的梁启超睁大着眼睛，出于不可理解而责备，"皙子，你也做得太过分了，你叫我怎么代你解释嘛！"

杨度苦笑着说："这也是没有法子的事，只怪我禀性脆弱，过不得面对面的生死离别的关。"

梁启超正要从杨度手中接过《湖南少年歌》，却不料一个人来到他们身边，对着杨度弯下身子，说："杨先生，我家小姐请你过去说两句话。"

那人抬起头来，杨度看时，又惊又喜。原来此人正是滕原家里早几天负责招呼他的那个仆人。

"千惠子，是千惠子吗？她在哪里？你快带我去！"

就像堤岸被捅穿一个决口，久蓄的洪水从决口中冲出来，很快就将整个堤岸冲垮了，杨度再也不能控制住自己的感情，握紧《湖南少年歌》，顾不得身边的梁启超和脚下的藤箱，抓起滕原家仆人的手，一路奔跑叫喊。

不远处一棵高大繁茂的樱花树下，铺着几块奶白色的榻榻米，榻榻米上跪着一个美丽的少女，那不就是千惠子吗？

"千惠子！"杨度喊了一声，三步并作两步跑了过去。正是她，正是自己整个心灵千萦百绕团团围定的千惠子！

她穿着一身淡紫起黄色小花的缎面和服。杨度清楚地记得，三年多前他们初次见面时，千惠子穿的也正是这件衣服，但是今天的千惠子，头上脸上没有任何修饰，两只眼睛肿得很大，昔日光艳照人的神采全然不见了。

"千惠子！"杨度怀着极度的激动极度的歉意，向樱花树下的少女深深地一鞠躬，一时间竟然不知道再说什么为好。

"皙子先生！"千惠子站起来，凄然一笑。"还好，幸而没有开船，我们还能再见一面。"

"千惠子，请原谅我……"杨度语声哽咽，他只得稍停一下才说下去，"请原谅我没有和你道别，因为我怕你和我都受不了……"

"皙子先生，请坐吧！"千惠子紧抿着嘴唇，好久好久才吐出一句话来。

杨度跪坐在千惠子对面，凝神望着心中的恋人。只有几天不见，她憔悴多了；他心如刀割。千惠子也呆呆地望着杨度，文采风流的白马王子消瘦了，失神了；她柔肠寸断。世上男女之间深情至爱的表达方式，竟然无论古今，无论中外，都奇怪地惊人相似。北宋词人柳永的《雨霖铃》里所描写的场面："方留恋处，兰舟催发，执手相看泪眼，竟无语凝噎！"今天，在日本横滨码头边再次出现。杨度和千惠子互相对望着，仿佛海上田崎丸正在催发的现实都忘记了。

仆人从附近的茶楼提出一壶茶和两只茶盅，给客人和自家的小姐一人斟上一盅。

喝上一口茶后，杨度的心绪安宁下来。他先开口："我在日本四年多，结识的日本朋友好几百，唯独你，将终生以最美好的形象留在我的记忆中，令我魂牵梦绕。我正因为爱你最深，念你最切，所以才不告诉你启程的日期，拟在船上将我对你的思念记下来，给你一封长长的信。千惠子，我请求你能理解我。"

千惠子本是一个性格开朗坚强的姑娘，在经过前几天痛苦而冷静的思考后，她已经完全理解了杨度，见面时万般复杂的心绪现在也平静多了。

"皙子先生，三年多以前与你箱根赏樱花的那一天，我便偷偷地爱上了你。当我们滕原家族遗失了千年之久的宝刀，神奇般地通过你的手而回来的时候，我更相信，你是上天特为赐给我的；即使以后我知道你在中国有妻子，我也深信我们会结合。但后来我慢慢地感觉到，我的想法会落空，因为你的心总系念着中国，而滕原家族的利益又不允许我随你去中国。那一天，当我看到我为你精心选购的和服，你只试穿一下就脱下时，这种失落感便更强烈了，但我仍愿意有空便去东京，跟你相处一天半天。我以师长之礼尊敬你，而心灵深处爱你之情永远不可减退，我企盼着奇迹出现。当然，我的希望是彻底地破灭了。"

犹如淬了火的铁更硬似的，经历了感情上巨大痛苦考验的千惠子比往昔显得更坚强了，她叙述着自己心底的秘密是如此的平静，如此的坦白，令杨度异常吃惊。

"外祖父开导我，说我们的先祖滕原一夫当年去大唐求学，任长安城纸醉金迷美女如云，他老人家毫不动心，关心的只是大唐的律法，思念的只是自己的祖国和亲人。因此，他老人家受到了滕原家族世世代代的敬重。外祖父说，杨君也是滕原一夫式的人。美女，财产，地位，这些世俗人所追求的东西，都不能动摇他回国报效的心愿，这正是杨君的过人之处，可贵之处，你应当为此而高兴而自豪。外祖父的话说得很有道理，我想通了，我要高高兴兴地送你回国。一个小时前接到祖父的信，知你今上午就要离开横滨，我便急急忙忙地赶来了。上天保佑，终于见到了你！"

千惠子的这番话，把杨度刚刚安宁下来的心绪又掀得激动起来。

他真想扑过去，把她抱在怀里，亲她吻她，对她叙说着自己既爱她又爱祖国的万千衷情，甚至希望来世投生日本，做一个大和民族的美少年，与再为女人的千惠子在樱花烂漫的季节举行隆重的婚礼，恩恩爱爱，白头偕老！但杨度的身子并没有移动，嘴上抖抖颤颤的，好半天才说出一句话："千惠子，我真诚地感激你！"

千惠子拿起身边一个锦缎包的条形包包来，打开锦缎，里面是一个金碧辉煌的鲤鱼形盒子。她双手将盒子递过去，说："这是外祖父代表滕原家族送给你的一件小礼物。"

在日本，鲤鱼是吉祥的象征。许多家庭在喜庆的日子，门口都高高挂着鲤鱼形布缝或纸糊的笼子，风吹进来，把笼子鼓得满满的，左右摇摆，活像一条真鲤鱼在空中游戏。送人的礼物，如糕点，玩具等，也喜欢做成鲤鱼形，其间蕴含的是送礼者的祝福。杨度知道滕原先生的心意，双手恭敬地接了过来。

"请你压一下鱼眼睛，把盒子打开。"

杨度按千惠子所说的，用手压了一下鲤鱼两只金黄色的眼珠子，盒子从鱼腹处打开，里面平摆着一把腰刀。阳光照在腰刀上，刀刃发出刺眼的白光，刀柄闪着幽幽的蓝光。杨度立即想起了他送还给滕原家的那把腰刀，心里一怔，说："这腰刀是你们家的，怎么能退还给我？"

"不是的。"千惠子轻轻地摇了摇头，嘴角边微微地露出一丝笑容。杨度看得出那笑容依然是戚戚的，全不似往日的姹紫嫣红。

"外祖父说，杨君虽是文人，却是将门出身，来日本求学，仍不忘随身携带腰刀，可见他不忘家风的本色。现在腰刀还给了我们，我们不可让他空手回去见家人。于是外祖父请人照着原来的腰刀一模一样地再打造了一把，并在刀柄上也安上了七颗宝石。"

杨度低头看刀柄，果然上面也照着北斗七星的图形布上了七颗宝石。

"这七颗蓝宝石是外祖父年轻时在印度孟买带回来的。外祖父在孟买经商三年，积攒了十根金条。临回国时考虑到十根金条易招人注意，就把它换成十二颗蓝宝石，将它们藏在棉衣里面，安全带回了日本。外祖父说，这十二颗蓝宝石现在至少可以换得五十根金条，挑七颗嵌在刀柄上送给杨君，日后缓急之时可以派点用场。"

瞬息之间，这把腰刀在杨度的手里变得异常沉重起来。如此贵重的礼物，他觉得受之有愧，遂双手将盒子举过头顶，然后向千惠子平移过去，说："滕原家族的心意我只领了，但这个礼物我不能接受。"

千惠子盯着盒子，叹了一口气说："若是因为这七颗蓝宝石价值二三十根金条的缘故，你就不收这把腰刀，那你岂不是把金钱看得太重了吗？整个滕原家族的财产都不能动摇你的心，这区区二三十根金条算得了什么？它只不过是外祖父借此略表心意罢了！"

杨度听了这句话后心中十分羞愧，高举的双手不自觉地低垂下来："你说得对，我不应该拂逆了老人家的一片心。好吧，我收下了。"

这时杨度想起了自己要送的礼物，忙将身边的纸筒拿起，也用双手递了过去："这是素日挂在东京寓所的那幅《湖南少年歌》，你喜欢它。刚才见到你之前，我正拟托梁启超先生转送给你，现在我亲手送给你。今后，愿你见到它就如同见到我一样。"

千惠子将略为松开的嘴唇再次抿得紧紧的，一声不响地将《湖南少年歌》接过，拿起原先包鲤鱼盒的锦缎慢慢地把它包好。她端起茶盅来浅浅地呷了一口，说："刚才这把腰刀是外祖父送给你的，我匆忙之中没有给你准备礼物。那天我陪孙中山先生来看你，你给我唱了一曲中国古乐府，我把它牢记在心里。现在我唱一遍给你听听，也不知唱得准不准，权且表示我的一番心意吧！"

千惠子说完，轻轻地哼了起来：

上邪，我欲与君相知，
长命无绝衰。
山无陵，江水为竭，
冬雷震震夏雨雪，
天地合，乃敢与君绝！

这曲古老的中国乐府，此时此刻，此景此情，从一个东瀛纤弱女子的口中唱出，声调虽不太准确，旋律却分外的凄婉，真好比冬雷震震，夏雪霏霏，震天撼地，动人心魄。千惠子唱了一遍又一遍，如阳关三叠，如悲秋九重，直唱得杨度的五脏六腑都翻腾了起来，泪水再也不能控制，流湿了衣襟，流湿了膝边的榻榻米。泪眼模糊之中，美丽的千惠子与美丽的樱花树渐渐地重叠起来，再也分不清哪是千惠子，哪是樱花树了……

五 丁未年北京城，政界风潮迭起，动荡不安

田崎丸一路顺利抵达上海码头，杨度兄弟上岸后住进章土钊的译书局，拟在上海盘桓几天。谁知第二天午后，一个湘潭籍的小商人送来一封急信。这信原是托书局寄往日本给杨度的，出乎意外地在书局巧遇杨度本人。杨度拆开信一看，不觉惊呆了，原来是病了两年多的伯父十天前在老家去世了。伯父对杨度兄妹恩重如山，兄弟俩遂连夜离开书局，乘轮船经南京到汉口，再由汉口换小火轮过洞庭湖抵长沙。在长沙也没有歇息，第二天傍晚便心急火燎地赶到了石塘铺。兄弟俩在灵堂前向伯父遗容恭恭敬敬地跪着磕了三个头之后，杨度以杨府兄长的身份担负起料理丧事的重担，摆酒待客，开吊出殡，把丧事办得热热闹闹风风光光。

安葬伯父后，兄弟二人又去云湖桥拜会了老师。见湘绮师健朗如昔，弟子们心中喜慰。杨钧暂时留在家里陪伴母亲。杨度来到长沙，与梁焕奎兄弟以及长沙城里的头面人物谭延闿、胡子靖等人商量筹办湖南宪政公会的事情。大家公推杨度为会长，杨度爽快地接受了。

梁焕奎又礼聘他为华昌锑矿公司的董事，每月送他三百银圆。杨度想起多年飘泊无暇谋利，家中老母幼子的衣食都不可不管，于是也答应了。

不久方表也从东京回到长沙，又成为杨度的得力助手。杨度倾全副精力于湖南宪政公会的活动，同时又与江浙、湖北、广东等地的宪政团体积极联络，把长沙城里的立宪活动办得有声有色，在全国造成了很大的影响。他正欲北上京师，在王公贵族之间广为宣传立宪，谋求他们的支持，促使早开国会早行宪政的时候，不料京师政界发生了重大的变化。

这个变化的表象是两个重要的疆臣即直督袁世凯和湖督张之洞上调中央，而实质则是清廷政局的进一步混乱腐败。

清王朝从它入关建立全国政权的第一天起，就存在着一个一直没有解决的巨大矛盾，那就是满汉之间的民族矛盾。随着清末国势越来越危阽，满汉之间的矛盾也越来越尖锐。庚子年间的军机大臣刚毅有两句颇具代表性的话：“汉人强，满洲亡；汉人疲，满洲肥。”这说明满汉两族那时已处于水火不容的地步。当孙中山、黄兴等人组建会党，公开揭橥“革命排满”的旗帜，声势日益浩大的时候，满人已觉惶惶不可终日了。以慈禧为总代表，以醇亲王载沣、陆军部尚书铁良

等少年贵胄为急先锋的满洲亲贵大员，打着立宪幌子，借改良官制之机，力排汉人，引起了汉族官员的普遍不满，一时北京城各大衙门内满汉司员见面竟互不说话。这不仅是有史以来中国官场、甚至也是世界官场上从没有过的怪事！

载沣、铁良等人清楚地看出，有一个汉人实力强大野心勃勃，此人便是雄踞天津、身为直隶总督兼任北洋大臣练兵大臣的袁世凯。尤其使满洲少年亲贵害怕的是，袁世凯手中拥有六镇北洋新军。北洋新军有七万余众，装备精良，训练有素，是全国最为精锐的部队。这支军队在一个年纪不满五十岁的汉人之手，真正是满人江山的心腹之患。铁良刚任陆军部尚书时就指出，不能在陆军部之外再设练兵处，也不能再设练兵大臣。铁良的主张得到慈禧的赞同，袁世凯也知道不能硬顶，遂主动上折，请开缺练兵大臣之职，将驻扎在京城的京旗常备军即第一镇，以及驻扎在直隶省以外边区的第三、第五、第六镇归于陆军部管辖。袁世凯实在不甘愿将军权全部交出，以“八国联军未尽撤走，大局尚未安定，直隶境域辽阔，须赖重兵弹压”为借口，请求依旧管辖二、四两镇。慈禧接受了袁世凯练兵大臣的辞呈，命满人凤山掌管一、三、五、六四镇陆军，二、四两镇目前暂归直督训练调遣，但同时强调归陆军部统辖。

满洲少年亲贵与袁世凯的斗争初战告捷，袁世凯不甘心自己的失利，他除对风烛之年的慈禧竭尽恭顺之能事外，更加倍笼络他在朝廷中的重要靠山庆亲王奕劻。

奕劻乃乾隆帝之后，他的祖父庆亲王永璘是乾隆帝的第十七子，父亲绵性为永璘的第六子。绵性的侄儿奕綵因服中娶妾被革去了郡王爵位，绵性觊觎袭爵行贿钻营，事发，被流放盛京。绵性自知永无出头之日，便把儿子奕劻出继给无子的七弟绵为。过几年奕綵死了，无弟无子，奕劻被幸运地转房承袭爵位，绵性的目的通过迂回曲折的道路还是达到了。奕劻初封辅国将军，继封贝子，咸丰十年加封贝勒。

奕劻为罪亲之裔，早年亲历家庭变故，故纨绔习气较其他黄带子少。他也曾认真地读过书，能写出漂亮的楷书字，能画几笔虫鱼花草，这在宗室中就算是有才华的了。他住的地方正是慈禧娘家的府第所在地方家园。因为是邻居，也为了巴结，奕劻常去承恩公府，为慈禧的弟弟桂祥代写家信。这样，慈禧也就知道他颇通文墨。后来又与桂祥做了儿女亲家，便与慈禧的关系又亲了一大步。到了同治十一年，奕劻得以加郡王衔，授御前大臣。光绪十年，恭王与慈禧再度不

载振像

奕劻像

荣禄像

和，遭罢黜，奕劻趁虚补了总理各国事务衙门大臣的空缺。又过了七年，进封庆亲王。庚子变后奉旨与李鸿章同为议和全权大臣。《辛丑条约》签订，赏以亲王世袭罔替。光绪二十九年荣禄死后，奕劻入主军机处，成为满朝大臣的首领。

奕劻以非近支无军功的身份，享有这份少有的殊荣，获得这样显赫的地位，并非有过人的才干，而是一为运气好，二为深通结欢固宠之术。究其实奕劻丝毫不具宰相之才，若论其德操，则与小人无异。其品性上的最大特色是贪婪无厌。

奕劻一进枢垣，便把天下各府县的肥瘠贫富摸得烂熟，按等级索贿卖缺。有即将外放者来访，奕劻说："你稍等一下，马上就有富裕之地缺出。"来人明白，遂送来银子，奕劻视银子多少择地而放。他在王府中私设一个仓库，里面放的全是行贿者的金银钞票。隔几天他便统计一次，某人送了多少钱，某缺当由某人放。好几种野史都记载了这样一个故事。

奕劻将受贿所得的金银都存于京师外国银行，一则保险，二则保密。一天，英国汇丰银行的一个华人职员，因在妓院里与奕劻的儿子载振争风吃醋而受辱，决心报复他家。此人与御史蒋某为朋友，对蒋某说，早两天奕劻在汇丰银行存了六十万银子，银行里其他人都还不知道，这是索贿之财，你可上疏弹劾他，朝廷必会派人到银行查询。若奕劻要保名声，则不会承认这笔银子，那我们对半分掉，一夜之间都成为大财主；若他不做声，我们如实告诉查办者，那么奕劻将因此而罢枢要，你将因此得直声而名震天下，日后必获大用。蒋某闻之大喜，立即上疏。奕劻果然不承认，汇丰银行也查不到这笔款子，蒋某虽因诬告而去职，却获得三十万银子的巨款。

奕劻就是这样一个贪财好货之人。他这个弱点，正好为一心想谋取最高地位办最大事情的袁世凯所利用。

过去荣禄主军机处，袁世凯竭力巴结，但荣禄对袁总存有提防裁抑之心，曾对人说："戊戌年袁世凯虽泄了康梁一党的秘密，但其人雄鸷，未可全信。"话传到袁世凯的耳中，他很惊恐。袁怕荣禄，就像唐朝安禄山畏惧李林甫一样。袁在直隶说话办事，一向得看荣禄的脸色行事。后来荣禄病重，奕劻入主军机处的迹象已越来越明显的时候，袁派心腹藩司杨士骧带上十万两银票进京谒见奕劻。奕劻见了这样一张大银票，想接又不敢接，说："袁慰庭太费事了，我怎么能收他的钱？"杨士骧说："袁宫保知道王爷马上就要入主军机处了。在军机处办事的人，每天要进宫伺候老佛爷。老佛爷身边那些太监们都是缺钱的饿鬼，王爷少不得常常要打点他们。袁宫保说，这十万银子不过是供王爷初到任时的零花而已，以后还要特别报效。”

奕劻听了，也不再客气就收下了。没过多久荣禄病死，奕劻果然继任。杨士骧说的话也兑现。自从奕劻进军机处那月起，直隶总督衙门便将送银子给庆王府当作头号大事来办。月有月规，节有节规，年有年规，遇到庆王和福晋的生日，摆酒唱戏请客的一切费用都由袁世凯一手包下来，甚至王府的儿子结婚、格格出嫁、孙子满月周岁等所需开支，也都由袁世凯预先安排，不费王府一文钱。那情形完全是仿照各省的首府首县侍候督抚的办法，而出手之大方用心之殷勤，又更为过之。

源源不断的银子没有白花，换来的报酬是庆王成了直督的代言人。遇有重要事情，无不预先通声息，甚至连简放外省督抚藩臬这样的大事，奕劻也必商之于袁世凯，按他的主意办。然则袁世凯哪有这多不能报账的银子供他行贿呢?

原来，李鸿章任直隶总督时，曾将淮军银钱所的羡余之银八百多万两存入直隶藩库，未上交朝廷。这八百多万两银子乃是李鸿章带淮军数十年间由截旷、扣建而积存下来的。袁世凯继任直督，便也就继承了这笔巨款。这八百多万两银子完全由他一手支配，无须报朝廷审批。雄心勃勃的袁世凯将这笔银子主要用于两个方面，一是训练北洋新军，一是给当道者送礼，送给慈禧、庆王等人的重礼即出于此。

袁世凯有庆王做他的傀儡，对于载沣、铁良等人的嫉恨也不怎么害怕，他要伺机把失去的军权再夺回来。不久，便有了一个好机会。

这年秋天，盛京将军赵尔巽上奏，说东三省形势危殆，办事困难，请朝廷派重臣前去查看，共商要政。奕劻将此事与袁世凯商量。袁世凯寻思东北乃满洲发祥之地，朝廷一向十分重视，不如借此机会将陆军部夺去的四镇兵力分出一部分去东北，然后再将这部分兵力掌握在自己人的手里。这样做名正言顺，不露痕迹，陆军部有苦说不出。于是他建议改革东三省官制，盛京将军改为东三省总督，由徐世昌去担任。黑龙江、吉林、奉天均设置巡抚，由他的亲信唐绍仪、朱家宝、段芝贵去充任。这样，既夺回了被陆军部抢去的部分兵权，又把东三省变为自己的领地，真可谓一箭双雕。如同往日一样，奕劻全盘接受了这个建议。

过了几天，朝廷派出奕劻之子、贝子衔农工商部尚书载振及民政部尚书徐世昌为考查大臣出关。载振与徐世昌在东三省转了一圈，返回北京的途中在天津停了几天，以袁世凯为首的天津官场自然招待得无微不至。

二十多岁的贝子载振胸无点墨，完全是倚仗门第的高贵而位居尚书。与父亲的贪求银钱不同，他的爱好在声色犬马。一到天津他便被一个名叫杨翠喜的戏子给迷住了。杨翠喜十九岁，最善香艳之曲，又兼长相妖媚，在津门艺压群伶，价重一时。载振为其色艺所倾倒。

这事被正在天津的段芝贵看在眼里。段芝贵是袁世凯小站练兵时的旧人，因机灵能带兵受到袁的赏识。段芝贵只是一个候补道员，虽被袁告知将保举为黑龙江巡抚，但自度资格太浅，骤荐封疆，把握还不大，心里惴惴然。见这位贝子振大爷喜欢杨翠喜，计上心头。他用一万二千两银子将杨翠喜从其假母杨李氏手中赎出，又从天津商会会长王竹林处借了十万两银子。这天晚上，他把杨翠喜按新娘子打扮了一番，用一顶小轿子送到振大爷下榻的利德顺大酒楼，又恭恭敬敬地呈上十万两银票，说是送给庆王的寿礼。振大爷对十万两银子不在乎，却对杨翠喜的突然归之于己惊喜万分，将段芝贵大大地表扬了一番。回到北京，东三省的名单便公布了：徐世昌为总督兼管三省将军事务，唐绍仪为奉天巡抚，朱家宝为吉林巡抚，段芝贵为黑龙江巡抚。一如袁世凯所安排。

段芝贵以一候补道员出任巡抚，令官场骇然，便有人揭出了这中间的内幕。著名湖南籍御史赵启霖据此上疏，参了段一本，劾他以献妓送银而夤缘得巡抚之职，手段卑劣。同时也弹劾奕劻、载振父子受贿卖官的罪行，附带敲了一下袁世凯。

慈禧见了这份参折，大为震怒，当即撤了段的巡抚之职，命载沣和孙家鼐查办。载振少不更事，早吓慌了，忙跑到天津向袁世凯问计。袁安慰载振，只需把杨翠喜送回天津，这里自有他的安排，一切都可保无事。

当载沣、孙家鼐打发人来天津核查时，袁世凯早已料理妥当，他们到处查问后的结果是：杨翠喜根本就没有被送给载振一事，早在载振来天津前三个月，她就已经离开假母，成为王竹林的使女，并有字据为证，所谓用一万二千两银子从杨李氏手中购得之说纯属造谣。使者回京如实禀告载沣。

二十多岁的醇亲王很少出王府，对社会上的复杂离奇几乎一无所知，使者回来这么一报，他也就相信了。六十多岁的孙家鼐历尽宦海，对官场中的任何机巧都懂，但奕劻权倾朝野，段芝贵是袁世凯的亲信，何苦去得罪他们！于是亦不深究。结果以“查无此事”了结了这桩艳案，仗义执言的赵启霖反倒以“诬告亲贵重臣名节”的罪名褫职回籍。此事在京师引起公愤，一批以气节相尚的士大夫对赵启霖更示敬重。在赵离京的那一天，翰林院学士恽毓鼎为头在城南龙树寺发起了一个隆重的饯别会，到会者近三百人，大家挥泪赠诗为赵启霖送行。其中最有趣的一首诗，出自于两年前因参劾奕劻而获得三十万巨款的前御史蒋某：“三年一样青青柳，又到江亭送远行。我亦怀归归未得，天涯今见子成名！”他至今仍在为自己劾权贵却未得大名而遗憾，似乎三十万两银子并不足以与今日赵启霖革职回籍的风光相比拟！

杨翠喜艳案使奕劻父子声名狼藉。保帅只得舍车，奕劻指使儿子上疏自劾，请求辞去农工商部尚书之职。慈禧虽没拿到载振的把柄，但老于世故的她知道此事绝非空穴来风，于是接受了载振的辞呈。这是明显地表示奕劻的圣眷已经衰减。协办大学士瞿鸿机乘机与邮传部尚书岑春煊联合起来，决心挖掉奕劻这个导致政局腐败的大根子。

刚由两广总督任上改任尚书的岑春煊字云阶，广西西林人，其父乃同光之际的名臣岑毓英。岑毓英以平定云南回乱的军功，由县丞而升至云贵总督，死后赠太子太傅。岑春煊因父亲余荫补授光禄寺少卿，又迁太傅寺少卿。那时的岑春煊跅弛不羁，自负门第才望不可一世，黄金结客，车马盈门，花天酒地，胡作非为，与瑞征、劳子乔号称京师三恶少。岑虽为恶少，却有胆识。甲午中日战争爆发，他慷慨请求出关视察前线，在李鸿章等当政大臣心目中留下很好的印象。自此时开始他痛改前非，关心国事。光绪二十四年他外放广东做布政使，其时正当新政推行之时，与总督同城的巡抚均被裁除，广东巡抚没有了，岑的顶头上司就是谭延闿的父亲粤督谭钟麟。谭钟麟年老昏迈，宠幸劣员，岑联络广东商民与谭对抗，终于使谭革职。以一藩司而劾掉总督，为清代所少见，岑于是有了不畏权势的声名。岑后调任甘肃布政使，上任不到半年，庚子事变起，他不顾巡抚的犹豫，带着二千余人从兰州出发，昼夜疾驰，在昌平赶上慈禧仓皇离京的队伍。慈禧对岑的忠心奖励有加。岑护卫慈禧西行，竭尽忠忱，深得慈禧信赖，从此成为她的心腹，由布政使升巡抚，由巡抚升总督，不久前又调回京任邮传部尚书。岑对奕劻的行为亦十分愤慨，遂乐意与瞿鸿机结为同党。

岑春煊利用慈禧宠幸的有利条件，几次在老佛爷面前痛斥奕劻贪墨乱政，卖官竟到了内卖侍郎外卖巡抚的地步，说得慈禧也惊讶不已。与此同时，瞿鸿机指使他的门人汪康年在《京报》上连篇累牍地刊登文章，借杨翠喜一案大力攻讦奕劻父子，弄得奕劻坐立不安，指令亲信散布流言蜚语中伤岑、瞿，离间他们与慈禧间的关系。

这时，恰好闽浙总督松寿电告广东钦廉潮三府有革命党闹事，奕劻借此机会上奏，说此事关系重大，两广总督周馥人地未宜，恐难平定，岑春煊娴于军旅，堪胜剿抚之任，请调岑为粤督。慈禧最怕的就是革命党闹事，即刻下旨令岑赴粤。岑知此系奕劻的阴谋，到上海后便托病不再南下。慈禧颇为不悦。

这一天瞿鸿机当值，恰逢慈禧阅一奏章，又是弹劾奕劻的事。慈禧皱了皱眉头，自言自语地说了一句："奕劻年老了，还是退出军机处，回家养老为好。"瞿听了大喜，回家后不经意地把这句话告诉了夫人。第二天，汪康年的夫人来瞿府，瞿夫人便将此事告诉汪夫人，汪夫人回家后又告诉了丈夫，其时汪的朋友曾敬诒亦在座，曾又告诉他的朋友伦敦《泰晤士报》驻京记者马利逊。马利逊就以奕劻即将退休为题作为重要新闻电告《泰晤士报》发表。几天后，慈禧接见英国公使夫人。公使夫人以此事询问慈禧。慈禧否认，并迁怒于瞿。

奕劻得知后如获至宝，请袁世凯手下的笔杆子杨士琦拟了一篇言辞峻厉的奏疏参劾瞿鸿机，给瞿安上的罪名是暗通报馆，授意言官，阴结外援，分布党羽，又用一万六千两银子再加外放布政使的重价买通了一个御史上奏。

十分滑稽的是，这位御史不是别人，正是一贯以名节自矜，为赵启霖发起送行大会的恽毓鼎。龙树寺前他激昂陈辞，斥责奕劻父子贪赃误国，声称凡为御史者都应以赵启霖为榜样。不料一个月后他便经不起重贿的引诱，自食其言，出卖了名节。这真是晚清政坛的笑话，也是晚清政坛的悲哀！

慈禧正恨着瞿鸿机，接到这份劾疏，便罢掉了瞿的一切职务，将瞿去后所留下的协办大学士一缺，赏了瞿的政敌远在武昌的湖督张之洞。

瞿的倒台，是对瞿岑联盟的致命打击。奕劻要乘胜追击岑，一个一心想抱着权贵大腿向上爬的粤籍候补道蔡乃煌，为他们出了一个绝妙点子。

蔡乃煌精通照相术。他设法弄来了一张岑春煊的照片，又找到一张康有为的照片，将两张照片拼凑在一起，再拍一张岑康亲密合影的照片。奕劻将这张照片送给慈禧，说是获得了岑春煊与康党密谋策划拥戴光绪的铁证。这个小小的把戏，在今天谁都玩得出，绝不会被视作铁证，可是在20世纪初西方照相术还刚刚传进中国的时候，精明如慈禧者也没有识破，她竟然完全相信了。原本对托病不赴任的岑春煊就有不悦，这张照片正好比火上加油，一怒之下，慈禧将岑春煊也开缺了。

奕劻大获全胜。

奕劻的地位坚不可拔，袁世凯办事也便非常顺畅。段芝贵的巡抚虽没当成，袁世凯与铁良争夺军权的计划却在顺利进行。徐世昌莅任不久，便上奏说东北地当要冲，须加强军备，请调北洋第三镇驻扎黑龙江为防沙俄入侵，调第五、六镇两协来奉天镇守。慈禧准奏。于是铁良乖乖地交出了刚收回还来不及整顿的一半军队。这支军队的指挥权又回到了袁世凯的手中，而军饷还得由陆军部按月供应。满洲少年亲贵与袁世凯的第一场交锋便以吃哑巴亏而告终。

但他们并不甘心，不断地向慈禧吹风，说袁世凯如何结党营私，如何跋扈不臣，如何居心叵测。慈禧深知督抚权力太大则容易形成尾大不掉的局面，况且风吹得多了也对袁世凯存有戒备之心，便接受了载沣等人的建议，免去了袁的直隶总督兼北洋大臣的职务，任命他为外务部尚书、军机大臣。为消除袁世凯的怀疑，也为酬劳张之洞几十年来经营实业之功，同时还为了在中枢形成一种与奕劻、袁世凯制衡的力量，遂将张之洞晋升体仁阁大学士，与袁世凯一道内调京师任军机大臣。

七十岁的张之洞把入阁拜相视为圣恩优渥，感激涕零，接旨后即离开他惨淡经营了十多年的荆楚大地，入京履新。不到五十岁的袁世凯则洞悉朝廷明升暗降、明扬暗抑的机奥，令下之日，力辞再三。慈禧如何能够答应他？遂只得怏怏离开天津。临行之时，又保荐心腹藩司杨士骧为直隶总督。为稳住袁世凯的心，慈禧也答应了。

载振、段芝贵去官，赵启霖革职，瞿鸿机、岑春煊相继开缺，张之洞、袁世凯同时进京。一年之内如此重大频繁的人事变动，在清代历史上实为少见。这一年岁属丁未，人们称之为丁未政潮。

六　张之洞与袁世凯商议奏调杨度进京

张之洞与袁世凯是李鸿章、刘坤一去世之后疆臣中的两根柱石。

论清望，张之洞出身翰林，数任学政主考，为天下士大夫所尊崇，远在袁世凯之上；论实力，袁世凯首创北洋新军，广开名利之门，为海内英雄豪杰之辈、盗嫂屠狗之徒所趋骛，乃张之洞望尘莫及。张之洞少年高第仕途顺利，养成了他高傲自恃的脾性，到了晚年，功勋在世，名满天下，则更添几分倚老卖老、偃蹇散漫的作风。因此，张与袁第一次见面，就令袁颇不愉快。

那是五年前，袁世凯刚补李鸿章之缺升任直隶总督兼北洋大臣，驻节保定府。张之洞奉旨入觐，由武昌北上，途经保定。袁世凯很重视这次结识张之洞的好机会，早早地做好了一切准备，但张之洞却不把它当作一回事。

袁世凯那年尚只有四十三岁，比张之洞整整小了二十二岁。张高中探花的时候，袁还只是女人怀抱中的小儿。张出任山西巡抚时，袁不过是一个游手寄食的落拓青年。在张看来，袁是个不通文墨纯靠机缘的暴发户，一向目中无物的张南皮的心中根本就没有年轻的直隶总督的位置。

他原计划并不打算在保定城里停留，先天宿城外，第二天一早穿城而过，这样就免去了与袁的见面。不料离保定城还有三十里，袁世凯派出的迎接队伍便到了，恭恭敬敬地把张之洞一行安排在布置得豪华舒适的城中客栈。刚吃完晚饭，袁世凯便亲自来拜访。张心中不情愿，勉为接待，说不了几句话便在椅子上打起鼾来。袁虽不快，但想到他年纪已老，又经长途跋涉，兴许是累了，并不见怪，忙起身打躬，满脸堆笑地说："香帅辛苦了，早点歇息。明日中午晚辈在督抚花厅为香帅洗尘，请赏脸。"

张之洞含含糊糊应了两句，袁世凯告辞出门。

第二天，当簇新的绿呢大轿将张之洞抬到督署大坪时，高大的辕门已张灯结彩，衙门中门大开，袁世凯穿戴整齐，带着藩臬两司等一班高级官员恭迎在侧。张之洞走下轿来，鼓乐鞭炮齐鸣，袁世凯迎上去，弯腰作揖，请安道乏，让张走在前，自己在后面跟随，用的是晚辈迎接长辈、学生迎接老师的全副礼仪。然而张之洞对这种场面见得多了，受之当然，毫不动容。

袁世凯盛宴款待，山珍海味佳酿美酒摆满一桌子。他和藩司杨士骧分坐两旁，将张之洞奉在正中。席上，袁不断地亲自斟酒夹菜，寻找话题和张交谈，可张不理睬他，一个劲地与翰林出身的杨士骧谈士林逸事翰苑掌故，弄得袁一句话也插不上，心里甚是懊恼，表面上则依旧笑着不敢发火。吃完饭后，张拍着袁的肩膀说："慰庭老弟，没有想到你一旦做了总督，连杨莲府这样的人才都愿意做你的藩司。"

袁世凯听了这话很不舒服，当晚召见杨士骧，对他说："香帅既然这样看得起足下，足下不如干脆请调武昌算了。"

杨士骧知道这是袁白天在席上受张冷淡的气话，忙赔着笑脸说："慰帅说哪里话！白天香帅尽翻些陈年烂芝麻，我实在无意跟他谈这些，只看在他是前辈的分上敷衍着，让他面子上过得去。纵使香帅有这种意思，司里亦不愿侍候这等偃蹇上司，何况在司里看来，香帅不是做大事的人，他也无意调我去。"

人人都说张之洞是经天纬地的大才，为何杨士骧独说他做不成大事呢？袁世凯这样想过后，有意问："足下是如何看待香帅的？"

"我看香帅今日之情形，正与当年左宗棠西征得胜回师的时候一样。那时的左宗棠自以为不可一世，骄而蹈虚，伴食东阁，其实只不过苟延一时而已。香帅乃暮年之左宗棠，不足畏也。"

袁世凯听了杨士骧这番话，白天所受的窝囊气出了多半，但还是不能全然释怀说："香帅今日席上只与你一人说话，不理睬我，他是看不起我非翰林出身。"

正是这码事！聪明的杨士骧怎能不知，但他不能附和，脑子一转，嘴里说出一番很中听的话来："依司里看来，他不是在扬其长，而是在掩其短。香帅进入保定府，见北洋军军容整肃，号令森严，心存嫉妒，但又无可奈何。他知道谈武绝非慰帅对手，于是避开正事不提，专谈词曹旧事，实为掩其窘态。因此香帅不是轻视公，正是重视公，畏惧公。"

袁世凯肚子里的怨气全部化去了，笑着说："还是足下有眼力，能见人所不见。"

杨士骧乘机进言："当年曾文正公首创湘军，其后能发扬光大者有两人，一为左宗棠，一为李鸿章。左宗棠大言而不务实，自从平定新疆回部以后，供养京师，不能掌握兵柄，致使纵横十八省之湘军几乎成了告朔饩羊，仅剩一名词而已。李鸿章则不然，踏实做事，牢牢抓住淮军不放，所以后来尽管遭到四方攻击，他仍能维持周应于一时。今慰帅已有新建陆军之基础，如能竭尽其力，扩训新军，并能将军权掌到底，则朝野将仰望慰帅如岱岳，他日与曾、李争一日之长，非慰帅莫属。老气横秋之张香涛，岂能望慰帅项背！"

这一席话正说到袁世凯的心坎上，他转怒为喜，说："天下多不通之翰林，翰林而真正通的，我看只有三个半人，一个是张幼樵，一个是徐菊人，一个就是足下，张香涛只能算半个。”

说罢，两人相视而大笑。

第二天，袁世凯如无事一般，将已成暮气的张之洞礼送保定城外。

有一则野史说，在那天的酒席上，张之洞为嘲弄袁世凯，故意出了一句下联向袁求上联。张的下联为：御烟惹炉许久香。“许久香”三字既与“御烟惹炉”构成一句诗，又是当时一个翰林的名字。袁世凯对不出，很难堪。散席之后他对幕僚们说，有谁能对出上联，戏弄张之洞代他出气者，赏银一千两。所有幕僚都想得到这笔大银子，绞尽脑汁熬了一个通宵。第二天早上袁收到几十句上联，他很满意其中的一句，用信封糊好，将张之洞送出保定城门后当面交给了张。张之洞拆开一看，气得几乎要晕死过去。原来那上联写的是：图陈秘戏张之洞。对句的确工整而挖苦，但这多半是后人编造的文字游戏。以袁世凯之为人处世，他绝对不会用这种猥琐的语言去亵渎德高望重的张之洞。

张之洞在保定府如此轻慢袁世凯，而袁世凯居然毫不计较，倒使张之洞自觉有点不妥。后来袁世凯在直隶训练北洋六镇新军，办实业，兴教育，轰轰烈烈推行新政，将直隶建成全国的模范省。袁世凯的才干也使张之洞暗暗佩服，常对左右说：袁慰庭后生可畏。五年后的今天，二人同时进京入军机处，老态龙钟的张之洞见到神采奕奕的袁世凯时，不觉从心底里叹出一口气：老夫老矣，中国日后的戏只有让此人来唱主角了！

袁世凯对待张之洞，仍像五年前在保定城一样地执弟子礼，请安问候，恭敬得很。张为官较清廉，在京中并无房产，只得寓居先哲寺。冬天寒冷，入值极不便。袁世凯在紫禁城附近锡拉胡同购置一所宽敞的庭院，然后对张说，这是多年前买的一所房子，空着无用，请搬进去住，不图别的，图个上朝方便。张之洞正苦于先哲寺路远，便同意了。这个书生气较重的老官僚根本没想到，锡拉胡同寓所里的门房、杂役全是袁安置的暗探。从此，张的一举一动都在袁的掌握之中。

这天，张之洞偶翻《京报》，发现头版左下角登载一则新闻，说南方宪政运动进行很热火，湖南宪政公会会长杨度与湖北的汤化龙、江苏的张謇、福建的郑孝胥等人联合发表声明，建议朝廷在亲贵大臣中普及宪政知识，以便减少障碍，利于宪政推行。

“杨度什么时候回国了？”

张之洞放下报纸，自言自语。经济特科案和粤汉铁路自办案，使杨度在张之洞的心中留下了十分深刻的印象。前案使他确认杨度学问出众，后案使他看出杨度办事有方，他由此断定杨度正是当今国家所急需的人才，应当重用。

张之洞在两广两湖力办新政，成绩巨大，但他所办的多为铁路、工厂、教育等具体实业。在这些方面，张之洞认为应该虚心向外国学习，将外国的成功经验搬过来，至于中国的纲纪伦常及其指导思想周公孔孟之道，则是世界上最完美无缺的，不需改变，也不能改变。他把这种认识用“中学为体，西学为用”八个字作概括，得到朝野许多人的赞同。

这两年来立宪之风大昌，朝中不少大臣也附和，甚至太后也接受了。开始张之洞颇不满意，后来想到太后的接受也是有道理的。日本、英国、德国采取立宪制度，国家强盛了，这是事实，说明立宪制确有它的长处。何况现在革命派排满活动愈来愈烈，如果满人朝廷不让出一些权来，稳定一部分民心，那就有被推翻的可能。两害相权，只能取其轻。

既然太后下决心行宪政，做了大清帝国一世忠臣，晚年又登人臣之极的张之洞，能不按太后的旨意办事吗？不过，张之洞明白，关于宪政，他所知甚少，朝廷中满汉大员们绝大部分也不明究竟。要办宪政，首先要懂宪政；宪政既是个洋玩意儿，就只有让喝过洋水的人来讲，杨度是最好的人选。他已回国，何不调他进京，由他来主持一个宪政讲习班？张之洞如此思忖着，仆人报：“袁宫保来访。”

张之洞想，来得好，正要将此事与他说说哩。他起身来到大门口迎接。

袁世凯隔三岔五地便来锡拉胡同看看张之洞，有时是有事，有时是闲聊天，张之洞从不到大门迎接，顶多只站在书房门边等候，通常是坐着不动，待袁进来时，随便用手指指身边的矮凳子，懒散地说一句：“慰庭来了，坐吧！”这次亲到大门口，使袁世凯有点受宠若惊。

“哎呀，大冷的天气，老中堂您怎么到大门口来了！”袁世凯说着，快步走上前搀扶着张之洞。“快进书房吧，伤了风，晚生可担当不起！”

“坐吧！”进了书房后，张之洞指了指身边一张铺着猩红哈拉呢垫靠背椅，对袁世凯说。自己也在日常坐的那张旧藤椅上坐下。仆人很快端来一碗热茶。

进京尚只有两个月，比起在武昌来，张之洞显得瘦多了，也更加苍老了，长而稀疏的胡子白得一点光泽都没有。就刚才这样多走了几步路，他也感到劳累，略定下神，说：“慰庭呀，有什么好事吗？”

“没有什么事，晚生打算到醇王府去看看醇王，听说他这两天有点不舒服。路过府上，顺便来看看老中堂。这几天冷，您可要多多保重。”

袁世凯漫不经心地回答着。其实，他这次是专门来此打听一桩大事的。昨天夜里，张之洞寓所的门房悄悄来到东安门北洋公所，向袁世凯禀报：下午醇王来锡拉胡同，在张之洞的书房里谈了半个多时辰的话，具体内容不清楚。

袁世凯听了这个消息，一夜没睡稳当。满蒙亲贵，阖朝文武，袁世凯谁都不怕，他就怕醇亲王载沣。载沣才能平平，年纪轻轻，袁世凯为何独独怕他呢？这里面的关系很复杂。

戊戌年的宫廷政变，袁世凯知道自己有说不清白的干系，太后一日健在，他可保一日无虞，太后一旦死去，皇上亲政，那就危险了。因为如此，他力主君宪，欲借内阁来限制皇上。如若不行，到那一天他则请求开缺回籍，以丢掉权势来保全性命。这几年来，他得知皇上身患重病，心中暗自高兴，又用重金买通皇上身边的太监，以便随时掌握皇上病情的变化。前不久，他从一个贴身太监的口中得到一个惊人的消息：有一天太后和皇上谈起了醇王年仅一岁的儿子溥仪。袁世凯和他身边的心腹幕僚仔细分析这个情况后，认为这很有可能是关于立嗣事，即把溥仪立为大阿哥，在皇上去世后继承大统。溥仪这么小，继位后国柄当然落在其父载沣之手。载沣最嫉恨汉人掌军权，又要为哥哥报仇，一旦当国，自己将有可能成为他的俎上之肉。这个推测，在载沣进入军机处后得到确认。眼下军机处六人，世续向来颟顸，鹿传霖年迈昏聩，载沣只有援张之洞为党；倘载沣与张真的结为同党，那将足以与自己和奕劻的联盟相对抗。袁世凯这样细细地思索后，认为门房的情报非同小可，决定亲往张寓试探试探。

“醇王爷病了！昨天不还好好的吗？”

袁有心，张无备，一开口就为袁进一步追问提供了方便。

“老中堂昨天见到醇王爷了？”

“是呀！”张之洞一点也没觉察出袁世凯的奸诈。“昨天下午，王爷还到我这儿来了，我见他精神好好的。”

“哎呀，王爷真敬重老中堂，亲自登门求教。”袁世凯做出一副又恭维又艳羡的模样。

“也不是求教，还不是问问铁厂、织布局那些事。”对于醇王的亲临，张之洞也引为得意。

“老中堂在湖北筚路蓝缕，艰苦创业，成就了这样大的事业，也真是不容易，晚生也得好好向老中堂请教才是。”

袁世凯顺势给张之洞一顶高帽子，张心里高兴，说：“其实，昨天醇王爷来，主要还不是谈实业方面的事，他是听说汉阳城里有一个专治气虚的老医生，问我知道不，想召进宫来为皇上治病。”

“皇上怎么啦？”袁世凯装成一副大吃一惊的样子。

“醇王爷说，皇上这几天病势又加重了，他很着急，御医无能，想找民间有绝技的医生来为皇上瞧病。老夫说汉阳那个医生我知道，也只是徒有虚名，并无真本事，用不着召来。”

袁世凯佩服张之洞的精明。为皇上荐医治病是最冒风险的事，治好了嘉奖几句了之，治不好，迁怒下来则受不了，何况皇上已病入膏肓，再高明的医生也是治不好的，当然是不荐为好。

“老夫问王爷，太医院开的什么药，王爷拿出一张药单来。”张之洞起身，从抽屉里摸出一张药单来，说：“王爷将药单留在我这儿，要我找几个好医生来会诊一下，过几天再还给他。”

袁世凯接过单子。这的确是太医院开出的药单，知道老头子没有说假话，看来醇王昨天不是冲着自己和庆王来的。

袁世凯放心了，笑着说：“我听的是谣传了，醇王府我也用不着去了。您歇着吧，我走了。”

“再坐一会儿，有件事跟你商量。”

“什么事？请老中堂说。”袁世凯一副移樽就教的神态。

“现在南边一带民间闹立宪闹得厉害，江浙、湖南、广东等地都成立了立宪团体，你听说过吗？”张之洞摸了摸稀疏的白胡子，昏花的老眼望着袁世凯。

“晚生略知道些。”袁世凯两手放在膝盖上，腰板挺得很直。“不过，立宪是朝廷的事，用不着他们瞎闹。”

“话虽是这样说，但他们也有好的建议。昨天的《京报》登了一则消息，说他们建议在京师办一个宪政讲习所，向王公大臣讲授东西各国的宪政。现在考察政治馆已改为宪政编查馆，正愁着没有事做，不如让他们做这件事。”

“向王公大臣讲授东西各国宪政好是好。”袁世凯苦笑了一下，“老中堂，您是知道的，泽公手下的那些人有谁能担得起这副担子呀！”

袁世凯说的泽公，就是出洋考察的五大臣之首镇国公载泽。他的福晋乃光绪皇后的同胞姊妹，均为慈禧的侄女。因为这个缘故，载泽很受慈禧的信赖。慈禧同意预备仿行立宪，也与他的竭力主张大有关系。五大臣回国后，考察政治馆改为宪政编查馆，载泽做了该馆的督办。究其实，载泽对宪政一窍不通。宪政编查馆的人员倒不少，但都是这个王爷、那个贝子推荐来的三亲四戚，不是纨绔少年，就是甩手大爷，没有一个能办实事。好在慈禧并不真想立宪，宣布预备仿行立宪，建一个宪政衙门，都是做做样子的，载泽带着这班子人，光拿薪水不做事，倒也自在。

“杨度这个人，你听说过吗？”张之洞停住摸胡子，眼里射出少有的神采。

“杨度？”袁世凯略为提高声调，随即点头说，“知道知道。那年老中堂主持经济特科，第一榜他中了第二名，第二榜落第了。这几年听说到日本去了。”

袁世凯只提这件尽人皆知的事，戊戌年与杨度的见面和去年同意徐世昌找杨度为五大臣当枪手两件事他都不说。

“癸卯年的事本是冤案，老夫当时迫于压力，也只得那样做。”

对经济特科第一榜引起的那场风波，张之洞一直耿耿于怀，无奈是慈禧钦定的案，他不能公开将它翻过来。

“正是这话。说梁士诒是梁头康足，真是笑谈。梁士诒光绪二十年点的翰林，照特科的处理，岂不那次会试都要推倒重来！”

这句话说得铮铮有声，多少为经济特科案鸣不平的人都没有说出一句这样有分量的话来。张之洞本人也没有想到这一点，不料这个一直被他视为有术无学的官场暴发户说出的话如此之辣！看来此人真有点不同凡人之处。张之洞脸上露出难得的一笑：“老弟此话说得好！哪天老夫还要拉着老弟到太后面前再说一遍。”

“遵命。”袁世凯坚定地答应，“即使触犯了龙颜，晚生也要为老中堂，为那年受屈的士子们说句公道话。”

张之洞重重地点了下头，表示领了这个情。

“你刚才说政治编查馆里无人充当宪政讲师，我想不如调杨度来充当。这个人我知道，他是可以胜任这个角色的。”

关于杨度的宪政学识，袁世凯已从五大臣的考察报告中得知。一心想利用宪政来限制君权以求保护的袁世凯，也正痛恨王公贵族的反对，有人来京师讲宪政，甚合他的心意，于是说：“杨度做宪政讲师很合适。”

“那我们就联名上个折子如何？”

这样一件小小的事情，也用得着联名上奏？老头子未免太慎重其事了！他如此认真，我也正乐得做个顺水人情。袁世凯想到这里，忙起身说：“老中堂看得起晚生，晚生敢不从命！”

第三章　投身袁府

一　为接儿媳妇回家，老名士煞费心机

一个月后，一道上谕寄到长沙又一村巡抚衙门。抚台岑春蓂拆开看时，朱笔上谕写的是：据张之洞、袁世凯奏，湖南湘潭籍举人杨度留学日本多年，精通宪法，才堪大用，当此预备立宪时期，国家需才孔亟，特赏杨度四品京堂衔，着湖南巡抚咨送该举人入京充任宪政编查馆提调。

岑春蓂就是前不久败在奕劻、袁世凯手下的岑春煊的亲弟弟，当时看到这道谕旨，心中不免诧异：这个杨度凭什么通天本事，能得到张、袁的会衔荐举，皇上的特旨征调？岑抚台对湖南宪政公会的活动和杨度本人一向都很冷淡，他不相信他们能成事，可这道谕旨的下达，分明是杨度飞黄腾达的前奏。岑抚台不敢怠慢，他要将谕旨迅速转告杨度，并准备为之隆重饯行，赠送丰厚的程仪，借以弥补先前的冷淡，也为日后的巴结预留地步。

杨度这些日子不在长沙，他在石塘铺为弟弟主持订婚礼。杨钧今年二十六岁了，前两年母亲为他说了同县尹和白先生的长女。尹和白不喜功名，专好绘事，以画花鸟虫鱼闻名于乡里。女儿受父亲的影响，也喜欢书画。杨钧很满意这门亲事。

三个多月前，李氏听说儿子们要回国，便择定长子的生日即腊八节这天为次子办婚事。不想伯父突然去世，按礼制，作为亲侄儿的杨钧当守丧一年，但定好的喜期也不好改，便将这个日子改为订婚日。杨家父亲不在世了，订婚礼自然由兄长杨度来主持。

尹家来了老父亲和一个哥哥两个堂弟，杨家来了不少三亲六戚，订婚酒办得热热闹闹，大家都很高兴。尤其是李氏老夫人，为小儿子办成了这件大事，她最后一桩心事也了结了，成天忙进忙出，乐呵呵的。在一片喜悦之中，杨度却发现妹妹叔姬脸上隐隐有忧色。

订婚仪式结束后，代懿独自回云湖桥去了。代懿和叔姬结婚后不久，叔姬便发觉丈夫所写的诗文并没有刚见面时的那些诗文好，怀疑丈夫先前做了假，心里就有几分瞧不起。代懿在日本三年，读了几个学校，学军事学法律都没毕业。回国后，找事做又高不成低不就，弄得终日在家无所事事，自己也很烦，脾气也变坏了。叔姬在日本时就对丈夫有外遇而恼火，回国后见他如此不争气，越发瞧不起了。小夫妻常常争吵，叔姬多次表示要和代懿离婚，唬得公公叫苦不迭：自古来只有丈夫休妻，哪有妻子喊要离婚的道理，这都是留洋留出的结果！但媳妇是才女，他从心里喜欢，儿子也确实不上进，不能怪媳妇不爱他。每逢儿子和媳妇吵架，老头子总是责备儿子，从不说媳妇；遇到媳妇哭哭啼啼时，他还赔着笑脸去劝解。周妈免不了幸灾乐祸，时常对人说：媳妇敢在公公和丈夫面前翘尾巴，这世道真的是变了！

见妹妹不跟丈夫回家，杨度知道小两口又闹不和了，他来到妹妹房中，要跟她说说话。

叔姬不在，靠窗的黑漆木桌上放着一张花笺。这花笺用长约八寸宽约五寸的白宣纸裁成，上面画着两只淡墨小虾。杨度认出这是齐白石的手笔。齐白石每年过年的时候，都会给最要好的师长亲友送一件礼物，那就是一叠自制的信笺，他在信笺上画一点花或小动物。虽寥寥几笔，却气韵生动，深为大家喜爱。这几年齐白石的名气越来越大，画的画也越来越值钱，他送给别人的信笺也就越来越少了，非他所尊敬所亲密的不送。叔姬的才气为他所佩服，故叔姬每年可以从他那里得到三五十张白石花笺。叔姬没有几封信可写，她主要用来誊正自己最后吟定的诗词。

这张花笺上有一首诗。杨度拿起来看，墨迹未干，显然是刚刚写就的，题作《玉阶怨》：

新月艳新秋，闺人起旧愁。
宵长知露重，灯暖觉堂幽。
寂寞金屏掩，凄清玉筋流。
思心无远近，征骑日悠悠。

杨度看后心情沉重：叔姬不但心绪孤幽，更为可怕的是她至今尚记着“旧愁”，怀念不在身边的远人。这个远人，只有做哥哥的他心里明白，那就是供职翰林院的夏寿田。

“大舅！”澍儿喊着进了屋来，杨度亲热地抱起他，叔姬跟在儿子的后面。

“一年多没有读到你的诗了，你的这首《玉阶怨》，无论是遣词还是意境，都比先前大有提高了。”杨度指着桌上的花笺对妹妹说。

“哥，你看到了？我正打算请你指教呢！”叔姬从哥哥手里抱过儿子，澍儿在妈妈怀里待不住，挣扎着下地自个儿出门玩去了。

“哪里敢言指教！”杨度笑着说，“我现在忙得一塌糊涂，有时技痒想吟诗也吟不出佳句来。”

“吟不出诗才是好！”叔姬凄然笑了一下。“过去读书，对古人说的文章憎命达、诗穷而后工一类的话不能理解。现在我明白多了，好诗都出自苦命人的笔下，尤以女子为突出。”

“你这话过分了点。”

“不过分！你看薛涛、鱼玄机、李清照、柳如是这些为后人留下好诗好词的，哪个命好？前代那些诰命夫人，未必都无才，却没有一首好诗传世。”叔姬说得激动起来，清瘦的脸上泛出一丝红潮。

杨度知妹妹是在为自己的婚姻不幸而借题发挥，也就不再和她争论下去了。

“叔姬，我这几天很少看到你和代懿说话，前天你又让他一人回家了，是不是又顶嘴了？”

“我才不和他顶嘴哩！”叔姬噘起嘴巴，侧过脸去。“他过他的，我带着澍儿过我的。”

杨度也对代懿很不满意，为妹妹抱屈。但作为哥哥，当然只有劝和的责任，再没有拆散的道理。他对妹妹说：“代懿留洋三年，不为社会做点事也太可惜了。要不，我在长沙先给他谋个差事，试着干干。”

叔姬不说话，泪水悄悄流了下来。杨度劝道：“莫哭了，有什么事，你跟我跟湘绮师说出来，代懿心里对你还是好的，他的缺点就是不能吃苦。这也怪不得，满崽，师母从小宠惯了。贤妻帮夫成才的事例，古来多得很，不要动不动就分开过，这不是办法。”

杨度还想规劝妹妹：过去的事就让它过去了，不能老念念不忘，要正视现实，幻想不可太多。但总觉得这些话会伤了妹妹的心，话到嘴边又咽下去了。

“哥，姐，湘绮师来了！”杨钧喜滋滋地进屋报信。对老师亲来家门贺喜，他很激动。

杨度兄妹忙出门迎接，王闿运正迈步走进堂屋。老头子穿了一身簇新的衣服，笑嘻嘻的，与往日不同，今天周妈没有跟随在身后。李氏满脸堆笑地迎上去：“王先生，真正不敢当。小三这是订婚，所以没敢惊动您老的大驾。”

王闿运大声笑着说：“亲家母，这就是你的不对了，怎么能不请我呢，我也要来喝两杯酒嘛！”

李氏听了，笑得更开心了：“好，好，王先生，您老这样抬高小三，真正是给了小三大脸面，您老请坐，我这就去筛酒！”

杨度走上前去搀扶老师，叔姬在一旁说：“爹，您老也来了！”

王闿运望着儿媳妇，微笑着说：“你弟弟订婚，我能不来吗？本来前两天就应该来的，只是我安静惯了，受不了那个热闹，特意等客人走后再来，你们不会介意吧！”

叔姬说：“看您老说的，我们怎么会介意！”

“澍儿呢？”王闿运眼睛四处扫了一下，“几天不见了，爷爷很想他哩！”

叔姬答：“跟邻居的小孩子玩去了，等下叫他来见爷爷。”

杨钧腼腼腆腆地进来，叫了声“先生”，便不好意思多说话。

“重子，恭喜你了！”王闿运红光满面地笑着说，“你那还没过门的堂客我见过，人长得好看，又文静，还跟她父亲学了几笔梅花。那年我去她家，尹和白还叫她当面为我画了一枝哩。的确不错，你们真正是珠联璧合、比翼双飞了。”

杨钧喜得不知说什么是好。

王闿运从口袋里摸出一个红纸包来，递了过去：“重子，这二十块银洋，是我的一点贺礼。礼物轻拿不出手，你就看我的薄面收下吧！”

李氏忙说：“王先生，这怎么敢当？您老先收起，明年正式拜堂时，您老再赏给他吧！”

杨钧也不好意思伸手接。

王闿运说：“亲家母，这只是二十块银洋，贺他订婚的，明年拜堂，我老头子就是再穷，一百块也不能少呀！”

李氏感动地说：“王先生，您老越说越客气了。”

叔姬也说：“爹，您老就不要破费了。”

王闿运说：“叔姬，你是我们王家的媳妇，您要站在王家这边说话，怎么也跟你娘一样的客气！”

说着，硬往杨钧身上塞。

杨度对弟弟说："湘绮师一番好心，你就收下吧！"

杨钧只得说声"谢谢"收下了，对老师说："这里吵，您老到我的书房去坐坐吧！"

"好哇，我正想看看你的书房。"

杨度兄弟一边一个搀扶着老师走到后面一排屋。这里有四间房：靠东边两间住着杨度一家，靠西边两间是杨钧的，一间作卧房，一间作书房。来到门口，只见楹柱上贴着一副联语：圣人可弘道，君子不要功。

王闿运笑着说："这副楹联看来是重子自撰的，非皙子代拟。"

杨度问："何以见得呢？"

王闿运说："若是你写的话，下联必为'君子要建功'，如何？"

杨度笑了起来，说："先生说的是。"

"你们兄弟一母所生，性格却迥然不同，真是有趣。"

王闿运说着进了屋，看见书桌上摆着一本碑帖，顺手拿起来说："我道重子楹联的隶书为何写得这样清秀，原来天天在临帖。这本《石门颂》临了几遍了？"

杨钧答："有七八遍了。"

"还临了些什么帖？"

杨钧从书柜里托出一叠字帖来，王闿运翻了翻，问："都临过吗？"

"都临过，多的十来遍，最少的也有两三遍。"

"重子用功不浅！"王闿运合上字帖，认真地说，"学隶书自当多临汉魏两晋时期的碑铭，不过也不可盲目，要善识其长而辨其短。"

杨钧忙说："先生这话说得很好，我就是没有这个眼力，您老能给我指点指点吧！"

"我的字写得不好，但看帖还是下过工夫的。"王闿运重新拿起那叠字帖，一本本地翻着。"这些帖，我年轻时都仔细揣摩过。比如《石门颂》，它的长处在善收善变，而短处在端严不够；《张迁碑》字体俊秀，但笔势短蹇，不能发展；《衡方碑》结体谨实，但又显得笨拙，稍失空灵；《尹宙碑》美而不流，《曹全碑》巧而不朴，《孔宙碑》开张而不蕴蓄，《史晨碑》又恰好相反，蕴蓄而不开张，《白石神君碑》力度有余，但缺风致，《华山碑》则有风致而缺力度。依我看，学隶书当多临《孔羡碑》。《孔羡碑》能收能放，能实能虚，其结体承西京之纯静，其笔画则启北朝之强悍。此碑刻于汉魏之交，前有劲敌，复多时贤，故作书者极为构思，乃成此绝世佳作。多临《孔羡碑》，重子的隶书当可百尺竿头，更进一步。”

杨度说：“先生这番碑帖高论，过去在东洲从没听过。”

王闿运笑着说：“你是没有当我为书法家，从不问我，高论从何发起？”

大家都笑了起来。

杨度想起叔姬新吟的《玉阶怨》，何不借此机会请先生开导开导：“先生，叔姬这两天作了一首五律，诗不错，但情绪低沉了点，您老给她说说吧！”

原来，王闿运到石塘铺来，给杨钧贺喜是次要的，接媳妇回家才是主要的。前天，代懿一人回家，脸色忧郁，老头子就知道小两口又闹意见了，媳妇一定是赌气住娘家不回来。他问了儿子几句，又教训了一番。代懿哭丧着脸说：“爹，叔姬总是不理我，我拿她没办法。求爹帮帮忙，到杨家去一趟，把叔姬接回来吧！”

“哎！”王闿运重重地叹了一口气。生子当如孙仲谋，我怎么生了个刘阿斗！他真想骂儿子几句“混账”“无用”的话，但看到儿子那副可怜巴巴的样子，心又软了。也怪自己太爱才了，为代懿娶了个如此才高心也高的媳妇，代懿与她的确是不般配。早知这样，还不如给他找个平平凡凡的女子，他也就不会受这种窝囊气了。能怪儿子吗？做父亲的应该知道儿子是什么料，说到底，还是怪自己呀！王闿运狠了狠心，看在死去的夫人的面子上，再帮儿子一次吧！

听杨度这么一说，王闿运忙说：“叫叔姬把诗稿拿给我看看。”

一会儿，叔姬一手牵着儿子，一手拿着诗笺进来了。

王闿运伸开双手，慈爱地对孙子说：“过来，让爷爷亲亲！”

澍儿过去，王闿运把他抱在膝盖上，摸了摸孙子的脸：“几天不见爷爷了，想不想？”

“想！”澍儿口齿伶俐地回答。

“真乖，真是爷爷的心肝宝贝！”王闿运心里高兴极了，亲了孙子两下，说，“澍儿，跟爷爷回家好吗？”

小家伙望着妈妈不做声。

王闿运明白，对杨度兄弟说：“你们看，澍儿长得越来越像他妈妈了，一点也没有代懿的蠢气，他今后会为我们王门争大脸面的，过了年后我要亲自为他发蒙。”

叔姬听了，心里又喜又酸，眼角边悄悄地红了。

“叔姬，手里拿的是新作的诗吗？给我看看。”

叔姬递过去，轻轻地说：“随便写了几句，请爹指教。”又对儿子说，“爷爷有事，下去玩吧！”

王闿运松开手，澍儿从膝盖上下去了。诗翁接过诗笺，拖长着声调念了一遍。

“好！”他放下诗笺，望着媳妇说，“这首五律写得很好，若置于汉魏怀人诗中，足可乱真。尤其是‘宵长知露重，灯暖觉堂幽’两句，可追南朝梁人‘蝉噪林愈静，鸟鸣山更幽’的意境。”

“爹夸奖了！”听了公公这番评价，叔姬心里很是安慰。

“叔姬吟诗有慧根。”王闿运扫了一眼他的三个入室弟子，说，“你们三兄妹，可称之谓湘潭三杨，三杨之中又有别。皙子长于作论说文，剖析事理，广征博引，有种使人不得不服的气势，故我一向认为皙子可从政。重子之才在金石书画上，性情又笃实淡泊，可望成为一个有大成就的艺术家。叔姬灵慧，情感丰富，于诗词体味深。诗词非以学问取胜，它是才情的表露。”

一个小女孩端来一杯香茗，叔姬接过，亲自给公公递上。王闿运对儿媳妇这个小小的举动很是满意，喝了一口后，又说：“今天读了叔姬这首五言，我很高兴。关于诗，我想多说两句。”

三兄妹绕着先生身旁坐下，一齐洗耳恭听。

“我曾将诗文仔细比较过，看出文无家数，有时代，诗不但有时代，亦有家数。文分代，犹如语言分地域，钱塘话不似富阳，湘潭话不似衡阳。诗为心声，一人一声，故诗除时代外尚有家数之别，学诗当学大家。”

叔姬心细，见公公从进屋到现在还没吸烟，便从堂屋里找来一把铜水烟壶，又亲自将烟装好递给公公。王闿运正想着要吸烟了，接过烟壶，重重地吸了一口，果然精神大增。重子的书房变成了他的课堂。

“诗有两派，一五言，一七言。叔姬喜五言诗，我也于五言下过大力气，三十章《独行谣》费了我百日之功。今日专给你们说五言。”

王闿运又吸了一口，兴致大为浓烈起来。

“五言起于虞廷，兴在汉初苏李两家。苏诗宽和，李诗清劲。后世继承宽和一派的大家有曹植、陆机、潘岳、颜延之等人，继承清劲一派的有刘桢、左思、阮籍、谢灵运等人。到了唐代，五言诗融苏李之长，自成一种气象，陈子昂、张九龄、李白、杜甫、王维、孟浩然、韦应物、孟郊等都是大家。宋代以词为美，明代则专事摹拟。近世五言诗做得好的，当推邵阳二才子魏默深与邓弥之。”

王闿运这篇即兴之谈，令杨家兄妹都很佩服，尤其是酷爱诗词的叔姬在心里默默寻思：倘若真的与代懿离婚，到哪里去找这样好的老师？要想在诗词上再前进一步，没有像公公这样的大诗人指点，岂不是空想？想到这里，离开王家的心思一下子淡了许多。

“叔姬学五言诗，尚需多吟苏、李、曹、阮之作，自会日有长进。就拿《玉阶怨》来说吧，意境虽好，用字尚有可斟酌处。”

叔姬起身，拿起诗笺走到公公身边，说：“请爹帮我改改。”

王闿运接过，凝神屏气地又看了一遍，说：“比如说第二句吧，‘闺人起旧愁’，这个‘旧’字就值得推敲。旧愁，旧时有何愁？使人费解。”

叔姬脸唰地一下子红了。这个“旧”字，正是她这首诗的诗眼。全篇诗，说到底就是为这个“旧”字而作。她当然不能辩解，不过也从心里佩服公公的眼力。“爹看改个什么字为好？”

“我看改个‘远’字好些。这首诗说的闺人怀念出征在远方的丈夫，将‘旧愁’改为‘远愁’，与全诗的气氛更协调些。”

叔姬还在迟疑，深知个中况味的杨度忙说：“正是先生所说的，旧愁不应该再泛起，闺人心中只能是远愁。”

杨钧不明白诗外之意，说：“‘远愁’好是好，只是跟后面的‘远近’重了，一首五律只有四十个字，重了不好。”

“这不难，换换就行了。”王闿运思索片刻，说，“这样吧，‘思心无远近’改作‘思心无日夜’，诗人写的是月下怀念，也宜以‘无日夜’为好。”

“这‘日夜’的‘日’，又与下面的‘征骑日悠悠’的‘日’重了。”杨钧像是有意为难似的，又找出一个岔子。

“不要紧，干脆改到底！”这个小小的困难，对这位诗坛泰斗来说算什么，他不假思索地说，“‘征骑日悠悠’改为‘征骑岁悠悠’。”

“真是改得好！”杨度击掌赞道，“经先生这么一改，真可谓毫发无憾了！”

说完望着妹妹，叔姬红着脸盯住诗笺，一直默不作声。王闿运借着这个气氛，不失时机地兜出他来杨家的真实意图：“叔姬没做声，她还有不同的看法，我看也不能勉强。古人为一个字可吟断数根须，这几个字还可再斟酌。叔姬，明天带澍儿和我一道回去，我们还可以再商讨。你说呢？”

叔姬终于明白了公公为她花费多大的苦心。就凭公公今日这番诗论，也不能拂了老人家的意思，她轻轻地点了点头。王闿运如释重负。

这时，门外突然响起“噹噹”的锣声，接着又是一阵震耳欲聋的鞭炮声。王闿运对杨钧说：“一定又是哪位给你贺喜来了，你去看看吧！”

一会儿，杨钧激动万分地进来，对杨度说：“哥，你快出去，抚台衙门来了三四个报喜的人，说是皇上下了圣旨，要接哥进京做大官了！”

二 王闿运为进京做官的弟子准备了两份特殊礼品

杨度听了这话，不觉一惊，忙起身说了句“去看看”，便快步走出大门。

门外早已聚集了一大堆人，见到他出来，就有好几个人喊：“大公子，给你道喜了！”也有人抢着对报喜的人介绍说：“这就是杨大公子！”

报喜的捧着一个尺来长的大信封，走到杨度身边，双手递上，说：“杨老爷，岑抚台给你送来了皇上的圣旨，里面还有他给你的亲笔信。杨老爷，恭喜你高升了！”

人群中又有人高喊：“大公子高升了！”“大公子，你真了不起呀！”“大公子，你要请我们喝酒呀！”一片闹嚷嚷的。

真个是喜从天降，杨度心里乐融融的。他接过信封，说：“谢谢你们，辛苦了！”又问，“来了几个？”

“三个。”报喜的回答。

杨度转身对身后的弟弟说：“快去给三位弟兄一人十块银圆赏钱。”

李氏笑眯眯地拉着打锣的人说：“大兄弟，你们都是从省里来的吧，难为你们了，快进屋喝酒！”

杨度也对他们拱拱手说：“弟兄们进屋吃饭吧，我先去拜读圣旨。”

送信的人笑着说：“拜读圣旨是大事，你去吧！”

李氏说：“你去吧，我来招呼。”

黄氏也出来和婆婆一起招呼客人，又邀几个有点脸面的人进屋来陪着客人闲聊。

杨度捧着信封忙走进重子的书房，王闿运喜滋滋地起身迎上前去，笑着说：“真凑巧，让老夫赶上这个喜事了。”又问，“圣旨拜读了吗，怎么下的？”

叔姬也喜道：“快抽出来看看。”

杨度说：“正要和先生一起拜读。”

杨度抽出由内阁寄出的上谕，大致看了一下就递给了老师。叔姬也凑过来看。杨度这时才倚在先生的肩后，重新将上谕一字一句地仔细读起来。

“特赏四品京堂衔，着湖南巡抚速将该举人咨送进京，任宪政编查馆提调。”王闿运看着看着，不觉读出声来。“皙子呀，老夫可真盼着这一天了，一下子就授四品京堂，这可是异数呀，当年左文襄出仕之初，也只是五品知府衔哩！”

叔姬马上想起九年前谭嗣同从湖南进京，也是授的四品京堂衔。她很敬重谭嗣同，正想用谭嗣同的故事来称颂哥哥，却又想到谭毕竟结局悲惨，此时不宜提他，于是顺着公公的话：“正是爹说的，左文襄公后来组建楚军时的官衔也正是四品京堂。轰轰烈烈的大事业肇自四品京堂，哥，这是一个好兆头呀！”

“好兆头，好兆头！”杨度点头笑着说，“岑抚台还有一封信。”

他把岑春蓂的信展开念道：

皙子先生大鉴：

天恩优渥，潭州生辉。恭贺先生荣膺重任，建功立业。大驾何日启程，望速告知。弟当谨备安车，亲来湘潭迎接，并召湘中名流，为先生治酒饯行。敬颂台安！

弟岑春蓂顿首

杨度冷笑道："几天前我到巡抚衙门，请他见见我，商谈立宪大事。他打发一个三流师爷出来。那师爷跷着二郎腿，打着官腔对我说，抚台大人忙得很，一天到晚朝廷来的钦差大臣都见不赢，朝廷下的公文都看不完，哪有空闲见你。有什么事，跟我说吧。这会子就有空了，还要到湘潭来接我，好大的礼性！"

叔姬说："官场上的人就是这样子，只认纱帽不认人，快莫叫他来，这种官我见不得，见了就恶心！"

王闿运笑着说："不要说这个话，你哥如今也是官了，他听了不舒服。"

"我说的是实话。"叔姬坚持自己的看法，"官场这块地方，男人们个个都想挤进去。其实，当官有好处也有不好。未做官以前，好端端一个男子汉，一旦做了官就变坏了。"

杨度说："不能一概而论，有变坏的，也有不变坏的。伯父做了多年的总兵，到死也没变坏。你们放心，我不会变。"

"哥，这话是你今天刚接到圣旨时说的，我记住了，到时若沾染官场习气变坏了，我可会说你的哟！"

"美哉斯言！"王闿运击掌赞道，"叔姬真不愧为杨门才女、王家贤媳。有此见识，难得难得！晳子，你此去京师，我也为你准备准备。你离湘潭前到湘绮楼来一下，我要为你饯饯行。"

杨度说："学生心里正没有底，还望先生多加指教。过两天，我就会到您老府上来。"

公公今天旅途辛苦，又说了这多话，叔姬知道必定累了，便对公公说："您老先在重子床上躺一躺，过会儿我来请您老吃晚饭。"

七十多岁的王闿运的确是累了，见儿媳妇这般细心体贴，心里很是欣慰，更加怨儿子不争气。他起身对叔姬说："明天带着澍儿回去。代懿不成器，他不配做你的丈夫，看在澍儿的分上，到家里去住，你今后可以不做我的儿媳妇，且做我的女弟子。"

公公这样通情达理，叔姬很感动，她含泪点了点头。

三天后，杨度来到湘绮楼。在这座环境优美、藏书丰富的楼房里，师生二人多年来有过数不清的倾心交谈。他们谈学问，从上古的三坟五典八索九丘，谈到时贤的诗文著述；谈政治，从战国的远交近攻、合纵连横，谈到本朝的洪杨之乱、辛酉政变；谈世俗，从年岁的丰歉、社会的动乱，谈到度日的艰辛、家庭的复杂。

在学生的眼中，先生身历道、咸、同、光四朝，游历半天下，结交尽人杰，掌教席五十余年，著述数百万言，是当今最大的智者，从他的身上可得到无穷尽的知识。在先生的眼里，学生天资聪颖，文采斐然，胸有大志，气概不凡，是一块浑金，一枚璞玉，经陶冶雕刻可望成大器。今天的这次话别，无论是对将行的学生还是对在家的先生而言，都是一次非比寻常的会晤。

此刻，他们面对面坐在二楼的走廊上，中间摆着一个枣红色的雕花矮脚四方茶几。这是齐白石精心制作送给恩师的礼物。茶几上放着两碗茶。先生这边，茶碗边站着一个铜水烟壶。学生那边，茶碗边躺着一盒进口雪茄。太阳高悬在黛青色的天空，它明亮而温暖的光芒给残冬的湘绮楼带来蓬勃生机：深绿色的橘树叶片厚实饱满，黄褐色的迎春枝条柔蔓轻软，古铜色的腊梅树上布满了一个个饱满的蓓蕾，要不了十天半个月，它们就会迎着瑞雪怒放，用美丽的色彩和迷人的姿态装点广袤的素色世界。有一条梅枝穿过栏杆斜出在茶几之上，给师生的晤谈平添了若干诗情画意。杨度的心情犹如眼底的景色，亮闪闪，光灿灿，他兴奋地聆听先生的高谈阔论。

“皙子，我今年七十六岁了，能够看到你今日这份光荣，我很欣慰。”王闿运穿一件银狐皮长袍，外罩一件黑色贡缎马褂，斜斜地靠在藤椅背上，兴致极高地说，“你这次虽比不得姜子牙、诸葛亮出山为相，但以四品京堂征调，在本朝也算是殊荣了，这固然要得力于你在东洋的留学，也要感激张香涛、袁慰庭两位军机大臣的荐举。”

“先生说的是。”杨度点头。他今天戴了一顶镶嵌着红玛瑙的青呢瓜皮帽，脑后垂下的是一条这几天才装上的假辫子。两年前他在日本剪去了辫子，回家后李氏老夫人总看不顺眼。报喜的第二天，她兴冲冲地拿来一条辫子，对儿子说：“你要到皇上身边做官了，没有辫子不行，过两年头发长了就好了。”杨度想想也是，于是遵母命系上。李氏老夫人将儿子重新打量了一番，得意地说：“这才像个真正的男子汉！”今天一到湘绮楼，王闿运首先就注意到学生脑后这根辫子，对这个改变很满意，要周妈找根红布条给学生系上。想起两年前快刀剪发辫的情景，杨度觉得时光仿佛倒流了似的。

“皙子呀，历来做官的，无论大官小官，口头上都说以识拔人才为己任，但真正做到的是微乎其微。”王闿运感叹着，思绪开始不平静起来。“当年左文襄总督陕甘，拓土西域，朝廷倚重。我寄书与他说，天下之大，见王公大人众多，皆无能求贤者。今世真能求贤者，王某人也，而王某不在位，不与世事，无力推荐豪杰，因此知天下必不治。左文襄没有回信，他大概认为我太狂妄了，但这是实话。中兴时期的那些名臣，以知人著世，其实不然。胡文忠求人才而不知人才，曾文正收人才而不能用人才，左文襄能访人才而不能容人才，刘武慎能知人才而不能任人才，诸贤皆如此，何况其他人！这里面原因很复杂，并非一概是当道者的过失，也有世道、机遇、命数在内，所以自古以来怀才不遇的很多。你今日的境遇乃为幸运，你要珍惜，尤要感激张、袁二位，没有他们，你何能得到这道圣旨？”

杨度说：“张香帅推荐我可以理解，那年特科是他主的考，后来为粤汉铁路事我又去拜见过他，何况他又是先生的故人，爱屋及乌。至于袁慰帅，他又为什么要荐举我呢？我平生只和他见过一面，并未深谈，这些年来再没和他联系过，他能和张香帅会奏，使我难以明白究竟。”

王闿运端起铜水烟壶，点燃了一袋烟。他并没有立即回答学生的提问，嘴里咕噜噜地响着，似乎在全神贯注地品尝水烟给他带来的乐趣。一袋抽完了，他将烟杆抽出，把烟灰磕掉，又从花布绣包里拈出一个金黄色的烟丝球，装进烟杆顶端凹处，然后吹燃纸捻，重新眯起眼睛，神游于烟雾之中。知道老师在认真思考，杨度也摸出一根酱色雪茄，划燃洋火，从从容容地抽起来，头顶上立刻盘旋着一圈接一圈淡青色烟雾。

“袁慰庭这个人我见过。”

“先生什么时候见过？”

杨度对这句话颇为吃惊。他知道袁世凯从朝鲜回来后这十几年间一直在天津、济南、保定一带做官，而先生这些年来足未出湖南一步，从何处见到袁？

“那是三十六年前的事了。”

“三十六年前？”杨度睁圆了两只眼睛。“袁慰庭今年才四十八岁，三十六年前才只十二岁呀！”

“是的，那年他还只是一个小孩子。”王闿运放下铜烟壶，慢慢地抚摸着花白胡须，沉于回忆之中。“同治十年，我由京师南下，走的是山东、江苏一路，打算到江宁去会一会曾文正。刚进入江苏省，就听说曾文正已离开江宁，要来苏北阅兵。我于是乘船沿运河南下，以便在中途与他相晤。到了清江浦，正好和他相遇。他很客气地接待我，我将随身所带的几本近著送给了他。”

杨度问：“先生送的是哪几部书？”

“旅途中不便多带，当时送的是这样几部：《尚书大传补注》《禹贡笺》《穀梁申义》《庄子七篇注》《湘绮楼文》。”王闿运记忆过人，对三十多年前的事仍记得一清二楚。“曾文正笑着说，书写得不少嘛，我曾说李少荃是拼命做官，俞荫甫是拼命写书，看来这拼命写书的还要加上你王壬秋一个。我问他有新著没有，他苦笑着说，你看我还有时间做文人吗？身体衰弱到这般地步，还得扶病阅兵。壬秋呀，我真羡慕你。看他当时的神态，的确是疲弱得很，我相信他说的羡慕我的话不是假的。果然，五个月后他便与世长辞了。”

这是王闿运的最大特色，一说起曾文正、左文襄来，就气足神旺，滔滔不绝。杨度也很乐意听。

“曾文正说，我们好多年没有见面了，见一次不容易，但我又不能终日和你谈话。这样吧，委屈你住在我们船上，和我一起到徐州去，一路上我们可以尽兴地谈。我很感激他的真诚，住到了他的船上。我们一直谈了二十个夜晚，到了徐州后我再换船南下。以曾文正当时的地位声望，能对我这样礼遇，真是令天下读书人艳羡，我倒不以为然。我和他之间，本是二十年的朋友关系，岂能以世俗的爵禄地位来衡量？”

“先生说得好！”杨度从心里赞叹湘绮师这种以布衣交王侯而不卑不亢的骨气。

“在徐州分手时，曾文正送我一首五言诗，长达三十六句。不是应酬，句句发自肺腑。以他当时身体之差，事务之忙，苦心吟出这篇长诗来，不能不使我感佩。没有想到，这首诗竟成了他一生诗词的绝笔。曾文正这个人，自然有他的不足之处，但他的长处，却是万千人所不及的！”

为介绍与袁世凯的一次见面，竟然引出与曾国藩交往的这段故事来。对王闿运而言，半是怀念，半是自炫；对杨度而言，则是一次难得听到的言传，他从中看到了前辈人的风范。

“到江宁后，故人邀游莫愁湖。那时湖中有一个亭子新落成，同游的江南文人纷纷题联，无非夸江南的景致如何好，女子如何美。我本不想题，拗不过藩司桂芗亭的苦求，想想给他们开个玩笑，唱点反调也好，于是援笔题了一副，谁知使得这批江南才子们大为不满。”

“先生题的什么联？”这也是杨度最感兴趣的事，他迫不及待地追问，生怕湘绮师在这种关键之处走过场。

其实，老名士是在吊学生的胃口，故意引起学生的特别注意。他笑着说：“联语是这样写的：莫轻他北地胭脂，看画舫初来，江南儿女无颜色；尽消受六朝金粉，只青山依旧，春回桃李又芳菲。”

杨度笑道：“人人都说江南女子美，连杜老夫子都受了她们的引诱，说‘越女天下白’‘欲罢不能忘’。先生说江南儿女无颜色，他们自然会不服气。”

“正是，正是。”王闿运十分得意起来。“他们都说怎么能这样看轻我们，桂芗亭也来说，你的这副楹联，我们是要刻字的，但如此写就不敢刻了，他们会气愤得用泥巴涂抹掉，你还是改一下为好。我本是想调侃一下，哪里是真的看不起西施的后裔。于是说，行，改就改吧！我提起笔来，将‘无颜色’改为‘生颜色’，将‘青山依旧’改为‘青山无恙’。这下他们都鼓起掌来了。”

杨度对先生这种风流倜傥的韵致神往极了，笑道：“今日江南女子的颜色，原来都是先生的妙笔为她们生的！”

王闿运也乐得哈哈大笑起来：“好了，好了，不扯远了，言归正传吧！”

他重新摸着胡子，谈起正题来：“在江宁住了几天，我买舟西上，路过芜湖时，老朋友欧阳利见得知，硬要我上岸住两天。欧阳是好意，我也不拂他，就上了岸，住进了他的总兵衙门。这时正是九月中旬，他在衙门里摆起一桌酒，请来几个人作陪。他们是淮扬道刘威，总兵吴家榜、李兴锐，副将田恩来，在籍户部郎中曹耀湘，还有一个人，便是袁慰庭的嗣父袁保庆，他那时正做淮南盐法道。袁保庆还把嗣子袁慰庭带来了。慰庭与欧阳的儿子在一个私塾读书，他不是来喝酒，而是来找欧阳公子玩的。袁保庆很疼爱他，将他介绍给大家。那时的慰庭矮矮墩墩的，头圆眼大，一副很聪明很神气的模样，我也很喜欢他。我问他读了什么书，他说读了百家姓、千家诗、《论语》《孟子》。我问他三《礼》读过没有，他说那种书我不读。我问他为何不读，他说读三《礼》没有用处。我问他读什么书最有用，他说读《孙子兵法》《鬼谷子》最有用，今后可以指挥千军万马征服别人。袁保庆斥责，什么征服别人，胡说八道！慰庭见嗣父生气，便赶紧走了。我当时想，这孩子书读得不多，口气倒不小。

“后来我们开始喝酒谈话。我跟袁保庆虽是第一次见面，但彼此谈得很投机。他告诉我他是咸丰五年中的乡举，恰好和我是一年，我们便认了同年。那一夜秋高气爽，皓月当空，正是良辰美景赏心乐事四难并俱之时，大家都喝得非常开心。

“欧阳利见说，壬秋兄，你是诗人，作一首诗纪念今夜的盛会吧！我说，好哇，让我想想。半个时辰后我写出了一篇七言歌行，题作《淮浦夜饮歌》，还写了几句序言：九月望夜，从督府还泊平桥，欧阳总兵设宴于庭院，一时英俊聚会，欢饮甚豪，乘兴为歌……”

“先生，”王闿运正要将夜饮歌背诵的时候，杨度脑子里忽然冒出一个想法，他打断了老师的兴头。“学生有一个请求，望先生应允。”

“什么请求？”王闿运觉得奇怪，让我背完后再提请求也不迟嘛！

“先生，我想请您老人家进书房去，将这篇歌行写出来，好吗？”

“你是要我写出来送给你，好哇！我们一起进书房吧！”

师生二人走进书房。杨度为先生磨墨铺纸，侍立一旁，见先生笔走龙蛇：

纤云吐月淮浦秋，鸣笳吹作清夜游。
楼船衔尾组练静，岸草樯灯共清景。
上相观兵戎政闲，联翩剑舄来英贤。
时平高会各称意，未饮先论通夕醉。
三豪一举三百盅，欲醉不醉神从容。
刘侯伉爽贤地主，席前飞觥作花舞。
主人金垒相为倾，曹生半酲田王醒。
不酒能醒酒能醉，四坐观笑风泠泠。
白露女珠玉盘昃，船头鼍更莫催客。
自从吴楚翻江波，岂料今日同安和。
旧游新知乐莫乐，良夜重坚后夜约。
金山焦山在眼前，试持长瓢挽江烟。

“皙子，这篇旧作今日送给你，恰逢你奉旨进京，我不可无跋语。”王闿运写完了这篇夜饮歌，放下笔，手甩了几甩。

“先生，这篇歌行不送给我，送给另外一个人。”

“不送你，送谁？”

“送给袁慰帅。”

“送给他做什么？”王闿运脱口而问。

“先生，袁保庆既是您老的同年，那么袁慰帅就是您老的世侄。世伯多年没有见到世侄了，送这份秀才人情，也是世伯的一番心意呀！”杨度狡黠地笑了一下。

王闿运很快明白了学生的意图，他是要借这层旧交与袁世凯拉上关系。袁保庆的乡试在河南，自己的乡试在湖南，虽说是同一年中式，其实连面都没见过。同年云云，原不过酒席上的即兴之言，自己从来没有把它放在心上，对方又何曾会记得呢？何况两年后袁保庆就死去了，袁世凯尚未成年，袁保庆是绝对不会对嗣子说出“同年”之事的。退一万步说，即使说了，十二岁的孩童又怎会留意此等小事呢？以世伯自居，称他为世侄，他会接受吗？倘若袁世凯是个科第中人，重视这个，或许也会接受。但据说此人连秀才都未中过，靠银子捐了个监生作为出身，那又怎么会接受呢？又倘若地位互换一下，自己为军机大臣，袁为布衣，那他就巴不得了，但现实又不是变戏法。

这些想法，一瞬间都在王闿运的脑子里转过。倘若是通常的老头子，都不会同意学生这个近乎可笑的意见，可是王闿运不同。他是个自小好说大话、高自标榜的人，袁世凯今日身为军机大臣，勋名满天下，有个这样的世侄可为自己增价增色不少，何况此事并不是捏造，那夜一同饮酒的吴家榜、田恩来都还健在，可以作证，更何况能给自己寄予重望的学生提供一层接近的关系。游历于公卿宦门半辈子的王闿运对官场的路数摸得一清二楚，深知利用旧关系建立新关系乃做官的重要诀窍。未下宦海便已谙游术，看来皙子真可指望。

想到这里，王闿运笑道：“好吧，那就送给慰庭吧！我也得写段跋语。”

王闿运略为思考，提笔写着：

> 皙子吾弟奉旨即日赴京任职，与之闲聊往事，偶及三十六年前在平桥与同年都转笃臣公保庆夜饮吟诗之乐。皙子询当年余所吟歌行，因录之于上。余记忆最深者，席间与笃臣哲嗣慰庭世兄晤面也。其时世兄年方十二，英气勃发，出言不俗，余一见辄为之喜，因与笃臣言：“虎豹之驹，未成文而有食牛之气；鸿鹄之彀，羽翼未全而有四海之心。世兄气宇轩昂，当着意培植，日后必为国家栋梁也。”今世兄建丰功于域外，立伟业于海内，入枢府，掌军机，造福社稷，显

亲扬名，远比余当日所望为过也。笃臣都转当含笑于九泉。岁月倏忽，三十六度春秋过去，余老矣，世兄尚记当年否？是为跋，一并送慰庭世兄帐下。光绪三十一年暮冬，闿运记于湘绮楼，时年七十有六。

杨度读着这段文字，心中甚是欢喜：真不愧为老才子，一篇短短的跋语将意思表达得多么婉转得体，将自己的心思揣摩得多么透彻！是应该多向老师请教才是。

“先生，处京师，应如何立身为好？”

“你这次去京师是到宪政编查馆就职。宪政是新学问，我一窍不通，更谈不上教给你什么。不过，凭我年轻时在京师住的经验，有六个字你可谨记于心。”王闿运坐在书桌边，两手平放在桌面上，一副往日正经授课的神情。

“哪六个字，请先生赐教。”杨度正襟危坐，等候老师所赠的金玉良言。

“这六个字是这样的。”王闿运一字一顿地说，“多见客，少说话。”

杨度心里寻思：这好像不是先生平素的处世态度，为何送给我呢？

“敢请先生言其详。”

王闿运说：“多见客，指多结朋友，广通声息。为人不必都如此，要看做何事。倘若是读书做学问，不唯不能多见客，还宜少见客为好。夫学问之道，在潜心钻研，见客多，心气浮，则书读不进，何能索幽抉微，发人之所未发？故在京师候闱，只能居古寺，摈友朋，一颗心静如古井。你这次进京非候闱而是做官。所谓官者管也，即管理人事也。与人打交道，则需多了解人，各色人等都要有所接触，方才对人世有较深的认识。又做官需奥援，朋友多，奥援广，官就做得顺畅。不见客，朋友奥援从何而来？再说京师乃人才渊薮，其中也不乏有真才实学之辈，多联系，自然可访求得到。此乃‘多见客’三字之义。少说话，不是指沉默寡言，更不是指如泥菩萨一样的端坐不语。我向来喜说话，年轻时不识深浅，也说过一些后怕的话。中年以后，力戒这种毛病，但习性如此，改也难。于是我便尽量说些不着边际的话，不落把柄的话，要议论什么，也多用诙谐之语出之。世人都说王壬秋出言夸诞，既然都知我夸诞，便也不深究了。”

说到这里，他又想起往年的一件趣事来。

“那一年曾九帅做了两江总督，我好心去看他，他却摆起了大官的架子。我心里不舒服，不辞而别。曾九帅知道了，便立即派人乘快船从后面追，一直追到燕子矶才追上。来人说，九帅请您老转回江宁，他明天要亲自设宴为您老送行。我说不必了，我有急事要去武昌。来人说，先生一定不肯回江宁的话，九帅有一百两银子相赠。说罢拿出一包银子来。我接过银子说，谢谢九帅的厚赠，你带两句诗送给他，就算是收条吧。我提笔写了两句诗：试问上将功多少，且看长江水深浅。后来这两句诗流传海内，大家议论纷纷。有人说这是称颂九帅，说他功劳伟大，可以与长江相比。也有人说，这是讥讽九帅的，说他的战功也没有什么值得夸耀的，好比一江春水向东流，都已过去了。”

杨度说：“正是的，两种说法都可以。”

王闿运开心地笑道：“其实什么意思都没有！玩笑而已。他送我银子，我无东西回赠他。船边只有江水，顺便拿江水来做个人情，如此而已。因为话说得不着边际，不落把柄，所以什么意思都可以挨得上，也都可以挨不上。”

“照这样看来，我今后也多说些不着边际的话。”杨度的性格酷肖其师，要他少说话实难做到，不如学到先生的这个特长。

“这种话也不容易说。说淡了，无味，过头了又变成油滑。古人说刻鹄不成尚类鹜，画虎不成反类犬。说庄话好比刻鹄，说谐语好比画虎。所以凡师长教子弟，都要求说庄语，没有哪个要求说谐语的，其原因即在此。京师不比湖南，乃名利是非之地，一言不慎可招致奇祸。你年纪轻轻，阅世不多，且气盛而又自负，故初去京师，宜以少说话为好。”

杨度明白先生的一片爱护之心，点头说：“先生的话，弟子记住了。”

“今天晚上，我邀了白石、登寿等人一起吃饭，大家见见面，过会儿他们都会来，无暇说正经话。皙子，你此番去北京。我还有几句重要的话要跟你说。”王闿运摸着胡子，脸色凝重，杨度知道先生要说庄语了，遂挺直腰杆聆听。

“皙子，多年前在东洲书院明杏斋里，我跟你讲的帝王之学，你还记得吗？”

“记得。”杨度凛然回答，“那是您老一生学问的精髓，也是学生从您老门下所获益最大处，怎会不记得呢？”

“那么我要问你一句，帝王之学的要义何在？你能用几个字概括吗？”王闿运望着学生，两眼发出亮光。

杨度近年来在东瀛钻研的多为各国宪政及西洋圣哲的书籍，国粹反而搁置一边了，猛然间要用几个字来概括湘绮师所传授的帝王之学，他倒有点为难了，经过一番紧张的思索后说：“弟子愚鲁，对于这门深奥而变化无穷的学问，很难用几个字来概括，姑妄言之，请先生赐教。弟子想，是不是可以这样说：辅佐贤人，把握良机，出谋划策，建功立业。”

“说得不错。”王闿运微微点头。“你这四句话，把帝王之学的要领说出来了，即人、机、谋、功，这的确是几个关键所在，但严格地说，你还只是仅得其粗，未得其精。”

杨度聚精会神地望着先生，他要把帝王之学的精奥之处一一牢记。

“当然，精彩之处也是很难表达的。”王闿运端起书桌上的茶碗喝了一口，语气放得和缓了。“这一点，古代智者早已看出。庄子说：‘语之所贵者意也，意有所随，意之所随者，不可以言传也。’所以他视包括六经在内的所有著述都是前人的糟粕，而精彩处是无法言传的。比如斫轮之老翁，其数存之于心而口不能言其巧，所能言者乃规矩也。苏东坡也多次说过，他对古今许多微妙道理都懂，但只能了之于心而不能达之于口。这些的确是智者之言。人世间凡精彩处都不可用语言文字来表达，只能靠心去揣摩去领悟。所以，从这个意义上来说，你所归纳的四句话是可以的，精彩之处，我亦无法表达，暂且加上两个字：‘非常’。将你说的四句话改为：辅非常之人，握非常之机，谋非常之策，建非常之功。一切机奥，一切难以言传只可意会的精妙，便都凝聚在这‘非常’二字上。你懂吗？”

先生说的话虽然有点玄虚，但又的确是事实。他细细地咀嚼“非常”二字，觉得一时间有许多领悟，但又很难说得清楚，于是重重地点点头说：“先生说得很对，学生将慢慢体味。”

“有很多道理的确是要慢慢地体味，像老牛嚼草一样，吃下去后又翻出来，再嚼一遍，如此几番才能得其精。这是我今天要对你说的第一点，还有第二点。”

王闿运停顿了一下，似要起身，杨度突然想到先生有很长时间没有吸烟了，忙说：“您老坐，我去走廊把烟壶拿来。”

杨度从走廊上把先生的水烟壶和自己的雪茄都拿了进来，他替先生装好一袋烟丝，双手将烟壶递过去。当咕噜噜的烟水滚动时，他也给自己点燃了一支雪茄。古色古香的湘绮楼书房里开始飘浮着烟丝的醉人香气。

“你这次奉旨以四品京堂衔进京，按理说是君恩深重，你应当竭尽全力以报答。不过，我要对你说句大实话，也是我一生的观察所得，那就是满人气数已尽，无论是太后还是皇上，都不值得对他们效忠。”

湘绮师不满朝廷，杨度早已熟知。不过，时至今日，自己即将蒙恩赴任的前夕，他还要说这种大逆不道的话，却颇为出乎意外。

“这话早在五十年前我便说过，五十年来朝廷的表现更证明我说的不错。现在有革命党提出用武力来排满，并建立民主共和国。革命并非不可，商汤伐桀、武王讨纣都是革命，但由眼下这批欲图民主的人来实行革命，我却不太赞成。我研究史册六十年，一部二十四史都读烂了，越读越觉得中国只能独裁专制，无民主共和可言。这批人要么是无知，要么是借民主的口号来收买人心，达到推翻朝廷的目的，一旦他们掌了权，同样是要行专制的。知道你在日本未参加革命党，我很欣慰。”

水烟壶又咕噜噜地响起来，王闿运被烟水呛了一口，咳嗽起来。他定定神，略为降低嗓音说：“你此番到京师后，留意观察当今大员中是否有李渊、赵匡胤一类的人物。倘若有，我传给你的帝王之学或许还有可用上的一天；倘若没有，那也是天命，无可奈何，你就安心做满人的臣子，今后能做到张香涛、袁慰庭这般地步，此生也就满足了。”

湘绮师的肺腑之言，杨度听了很是感动。他明白老师的意思：可为则为之，不可为也不必蛮干。先生自己过去的道路就是这样走过来的。他郑重地表示：“先生这番寄望，学生记住了，一定好自为之，绝不辜负！”

王闿运微笑着，笑意中充满着企盼，充满着热望。这位刚过弱冠便有志于帝王之业的卓荦才子，可惜在他的风华茂盛的年代一直没有遇到他心目中的非常之人，他空有满腹奇计，却不能得以展布，他是怀着无限惋惜无限遗憾，不得已而转向杏坛名山之业的。岁月在流逝，躯体在衰老，然而，已成一代宗师的他仍不能忘情于年轻时的帝王之学。当年夏寿田中了榜眼，他却不把希望寄予夏，因为夏只能成为词臣之优，而不属于辅佐之才。今天，这个曾在明杏斋里共同探求古今兴衰多年的高足弟子，正要以四品高衔奉诏进京，在他的身上，王闿运依稀望见了成功的萌动，他心中欣慰无已。突然，他想起一件重要的事情。

“皙子，你去京师看袁慰庭有了见面礼，看张香涛的礼物准备了吗？”

杨度还没有想到这一层。老师既然这样提起，必定有他的准备：“还没有哩，先生有什么礼物，就让我代送算了。”

王闿运说：“刚才给袁慰庭写了一篇歌行，我想不能厚此薄彼，干脆也给张香涛一篇吧！”

杨度说：“最好，请先生就作一篇吧！”

“不要作，也有现成的。”王闿运起身，走到书架边，摸出一本自编诗集来，说：“正是见到袁慰庭的那一年，我在京师与张香涛有过一次愉快的聚会。那是五月初城南龙树寺的牡丹开了，恰好张香涛结束湖北学政之任携带新娶的唐氏夫人回京不久，潘伯寅侍郎为张香涛获良使之称返京接风，在龙树寺办了一个饮酒赏牡丹盛会，十多个京师耆彦躬临，我也幸侧其间。席上，大家对名花，饮醇醪，甚是畅意。潘侍郎带头，每人都作了一首诗。有的作了二十几句的歌行长篇，有的只吟了短短的五言绝句。这些人个个都有两榜功名，大部分供职翰苑，仅我一个举人布衣，越是这样，我越不能示弱。你这次也是以举人任事，所以我要特别指出这点。”

“先生提醒得好！”真是一座充满着学问和阅历的府库，里面有取之不尽用之不竭的宝藏，谈话之间的一个随便插曲，都这样富有哲理和实用价值。

“所以，我当时一口气做了两首五言古风，先从数量上压倒众人，继而从气势上占住鳌头。结果潘伯寅侍郎评判，今年牡丹诗会魁首王壬秋。”

说到这里，七十六岁的老头子乐呵呵地大笑起来，杨度从这得意的笑声中看到了一颗不老的童心。

“你可以先看第二首，这是专门为张香涛写的。”王闿运指着诗稿本说。

杨度从先生手里接过自订诗稿，兴致盎然地读起来：

良使闳儒宗，流风被湖介。

众鳞归云龙，潜虬感清唳。
拊翼天衢旁，嘉期偶相对。
陆荀无凡言，襟契存倾盖。
优贤意无终，依仁及所爱。
招要宏达群，娈彼城隅会。
从来京洛游，俊彦相推迈。
流飙逐颓波，倏忽陵往辈。
终贾无久名，音恭岂专贵。
飞蓬偶徘徊，清尊发幽噫。
金门隐遁栖，魏阙江海外。
聚散徒一时，弘望旋相代。
君其拔泰茅，人马远唐隶。
无曰四难并，弹冠俟林濑。

“这是最好的礼物。”杨度高兴得站了起来，握着诗稿本对先生说，“请您老也写一段跋语，我裱好后送给张香涛，他见了一定喜欢。”

“皙子，我还给你说件有趣的事。”王闿运也站起来，喜不自禁地在书房里边踱边说，“那天龙树寺的集会，我因故晚去了一步。张香涛那家伙指着我说，壬秋你来晚了，罚你对个对子。我说，这不难，什么对子我都对得出。张香涛说，先别吹，刚才伯寅侍郎说四书五经中的话均可制联，唯独《左传》有四个字无法制联。我说哪四个字，你说吧，我可以为他制联。他说，《左传》宣公二年上‘牛则有皮’四字，大家刚才对了很久都没对出来，你对得出吗？这时潘侍郎和其他人都笑望着我。我心里也犯难了，这四个字的确不好对，但大话已说出口，收不回了，只得硬着头皮想。”

杨度也在脑子里想着。他觉得这四个字似乎并不像老师说的那样难对，“牛”可对的多啦，“犬”呀“鸡”呀“雀”呀“兔”呀什么都行，“皮”也多有可对。老师为何如此神乎其神呢？看来这里必有一番奇趣。

“有了！”王闿运说着停住了脚步，那神情宛如当年龙树寺的翩翩衣貂举人。“可对‘焉哉乎也’四字。潘伯寅甚觉奇怪，说，壬秋呀，你这四个字是什么意思？其他人都莫名其妙，唯有张香涛拊掌大笑说，王壬秋呀，怪不得别人说你放浪，对这样的下联，你可要短寿的呀！我知道他明白了这四个字的意思，笑着说，你是假道学，这是人生第一大正经事，何放浪之有？我将它制成佳联，阎王爷会给我加寿哩！”

王闿运边说边笑，乐得白胡子乱抖。

杨度也和潘伯寅一样，根本就没有弄懂“焉哉乎也”这四个极普通的虚字连在一起有什么特别的含义，见老师如此乐不可支，他却笑不起来，禁不住问：“这四个字有什么奇特的含义吗？您老讲解一下吧！”

王闿运说：“这我就不讲解了，你自己去查《说文解字》吧！”

师生二人正说得兴起，齐白石、张登寿和其他几个同窗结伴进来了，大家都祝贺杨度。下午，湘绮楼摆起了一桌丰盛的酒席，同窗们频频举杯，对着杨度说了不少好听的话。杨度惦念着“焉哉乎也”四个字，不能开怀畅饮。他借故离席，溜进老师的书房，拿起《说文解字》一个字一个字地翻查着。原来如此！杨度恍然大悟，心里说：湘绮师湘绮师呀，世人都说你率性不羁如魏晋时人，真正是不假！

三 儿子的情人转眼间做了老子的姨太太

离别京师四年多了，再次踏进这座古老的都城时，杨度首先感觉到的是它的使人压抑的沉闷空气，不要说跟意气激昂的东京相比，就是跟上海、武昌、长沙比起来，这里也仿佛是另一个世界。这情景颇似上天所安排的气候一样，此时江南已是一派春草萌发春潮涌动的早春景象，而这里仍是冰封雪盖万物凝固的严寒季节。

宪政编查馆设在西单昙花胡同一座废贝勒的旧宅里。里面有大大小小四五十间房子，因年久失修，到处可见断了棂的窗户，正在结网的蜘蛛，布着绿苔的墙壁，长着杂草的瓦缝。这座百年宅院，已和它当年主人的后代一样衰微破败了。

主持宪政编查馆的大臣就是出洋考查五大臣之首镇国公载泽，连同该馆的前身政治考察馆算起，他上任一年多了，却没有到馆里来过一次。偶尔议及馆内的事，也只是招集有关人员到他豪华阔绰的府第里去，编查馆的大门朝南朝北他都不知道。

这个大门终年由一个姓史的老太监把守着。史太监在家里排行第七，大家都客气地叫他史七爷。史七爷六岁净身进宫，在宫里做了五十多年的苦役，老了，不能动了，就被打发出来，在龙树寺住了半年，被人介绍来了编查馆。史七爷很忠于职守，寻常人都不能进来，所以馆里更显得冷清。挂名宪政馆的有二十几个人，绝大部分都是只领俸禄不办事，常坐在这里值班的只有七人：编制局正副局长二人，统计局正副局长二人，庶务处采办一人，图书处委员一人，译书处译员一人。

与杨度同时征调进京的还有一个人，名叫劳乃宣。此人原是浙江省一个道员，奉命以三品京堂来宪政馆任左提调，位在右提调杨度之上。他早进京半个月，杨度进馆的第一天与他见了面。他告诉杨度，这里的一切都未走上正轨，所辖的二局三处的建制都全了，官也封了，就是没有事办。杨度问他要不要去拜见载泽，劳说不必了。他进京第一天便急着去见载泽，在大门口候了半天，门房带口信出来，说国公爷正忙着见客，今天不见了，先歇着吧，下次议事时再见。半个月过去了，一点响动也没有。劳乃宣对杨度说："你来了就好了，我对宪政一无所知，你是宪政专家，这里的事就由你来安排。我的《仪礼发微》还没完稿，还有半年多辛苦。这里名义上我在你之上，实际上都由你做主。"

杨度看着宪政馆的情景，听着劳乃宣的介绍，满肚子的热气给冲去了多半。

宪政馆里有的是空房子，杨度挑了一间较好的房子安顿下来。没有事可干，气氛又太冷清，他便常常去老友夏寿田那里闲聊天。

夏寿田已是从四品衔的翰林院侍讲学士。翰林苑本是个储才养望之地，清清闲闲，一年到头没有几件事做。夏寿田近四十岁，已发福了，白白胖胖的。和他一起生活的，除原配外，还有一个出自青楼的如夫人岳霜。岳霜善弹琴唱曲，又能画上几笔，很投夏寿田的脾性，他对岳霜宠爱些，妻妾之间于是常有争吵，家庭不甚和睦。好在夏寿田性格开朗恬淡，家事他一概不管，成天一个人做他喜欢做的事：读书，做诗文，写字，欣赏古董。翰林的俸禄并不高，但父亲给他积累了丰厚的家产，他不用为生计操心。因为有钱用，两个夫人虽然经常吵嘴，但吵后仍相安无事。

夏寿田笑着对老友说："我这十年的京官生活就这样过来了，间或有点小风小浪，但还是以风平浪静的时候为多。"

杨度说："还是你的福气好，清福艳福，你都享受到了。"

夏寿田说："只是没有洪福，官运不好。"

杨度说："过两年就有了！"

夏寿田问："嫂夫人什么时候接来？"

杨度说："以后再说吧，长安米珠薪桂，居大不易呀！"

夏寿田说："完全安定下来再接也好。嫂夫人没来之前，你就常到我家来吃饭，不要客气。"

杨度笑道："好哇，我就在你家订个长年吧！"

夏寿田说："我这里还有一间空房子，也为你准备一套被褥，晚上懒得走的话，就在我这里搭铺。"

杨度大笑："这你就一发成全我了！"

于是杨度常常去夏寿田家吃饭睡觉，如同自己的家一样。从夏寿田那里，杨度知道不少京师政坛内幕，也对会衔奏他进京的张之洞、袁世凯有更深入的了解。

过几天后，他去锡拉胡同拜会张之洞，把裱好的王闿运的诗送给张。张看了一下，随手放在一旁。张之洞虽是河北人，但在南方做了几十年的官，反倒对北方的严寒不能适应。这些日子哮喘病发作，成天咳嗽吐痰，人显得更瘦更无生气了。见了杨度很高兴，说了些勉励的话，又问王闿运身体如何。还说当年两人关系很好，一人长于学问，一人长于诗文，两人联合起来可以考博学鸿词科状元。多说了几句话，张之洞又咳起来，看样子病得难受。杨度不便久坐，遂告辞出门，心里想：这位大学士军机大臣身体衰弱到这般地步，如何能够应付国事？

杨度正拟去拜会袁世凯的时候，史七爷告诉他，这几天不要去，袁府正在办喜事，袁宫保又做新郎官了。杨度听了十分惊讶：袁世凯已有一妻七妾了，怎么还要讨小？

史七爷没有说错，袁世凯的第八个妾近日进了袁府大门。

袁世凯个人的生活其实并不太奢华，甚至有些刻板。长年军旅生涯培养了他极有规律的起居作息。不管冬夏春秋，他每天早上都是六时准点起床，七时办公，十二时休息，吃中饭，下午一时午睡，只睡一个小时，二时再办公会客，一直到六时。吃过晚饭后与妻妾子女散步谈天，晚上九时睡觉。

他的饮食也很固定。桌上的菜一年到头很少换，买菜的伙夫不必为此而多费脑筋。他喜欢吃炖鸭子、红烧肉、肉丝炒韭黄、白菜心，于是桌上天天只摆这几道菜。主食是一个馒头，一碗米饭，一碗小米稀饭，夏天则改为河南人都爱吃的绿豆糊糊。早上则永远是一海碗鸡丝面。他吃的东西是这样的单调，连桌上菜摆的位置也从不改变：鸭子总在中间，东边摆着肉丝韭黄，西边摆着红烧肉，北边摆着白菜心。除非他招呼，通常妻妾们都不陪他吃饭。山珍海味他一般不吃，但他长年累月嘴里嚼着鹿茸片和人参片，为的是提神养精。

他对穿着很随便，取舒适而不重外表。玩的方面，年轻时放荡过，以后随着地位的提高，一来要在下属面前保持尊严，二来也没有时间，便基本上不玩了。

他一生的嗜好只有两个：权力和女人。他不择手段地攫取权力，同时一个接一个地纳妾。早在十七岁时，袁世凯在家乡项城娶了本地大财主于鳌的女儿为妻。于氏家里虽有钱，但她本人却不识几个字，人长得不漂亮，又比丈夫大两岁。有一天，袁见于氏系了一条红色绣花缎子裤带，笑着说："看你这个样子，像是窑子里出来的人。"于氏听了大为生气，又哭又嚷，说："我清清白白的，你为何这样骂我。窑子里出来的人还能做大太太吗？只配做姨太太。"不料这句话却刺伤了袁，因为袁的生母是姨太太。他气得打了于氏一个耳光，从此不再和于氏同房。因此于氏除克定外，再没生儿女。

过了几年，袁世凯出外谋事。先去广东潮州，后去上海，都不如意。上海本是风流之地，单身住旅馆里的袁世凯很是寂寞，便去逛妓院，在妓院里结识了一个姓沉的妓女。沉氏苏州人，不仅漂亮，且有眼力。她见袁仪表堂堂，又是官宦人家出身，断不会落魄太久。沉氏鼓励他振作精神，又说男子汉大丈夫应以功名为重，宜去投奔军营，并表示只要袁争气，她可以资助，且自赎出妓院，一直等着他。袁在不得志时听到这话，十分感动，将沉氏视为知己。后来袁在汉城立下脚跟后，就将沉氏接了过去，做了他的第一房姨太太。

袁世凯在朝鲜帮助国王平定叛乱，朝鲜国王感激他，就将自己的表亲金氏许配给他，陪嫁的还有两位侍女吴氏、闵氏。袁则将三个女人一并纳为妾，按年龄大小将吴氏定为二妾、金氏定为三妾、闵氏定为四妾，均由长妾沉氏管教。沉氏一下子遇到三个情敌，妒火中烧。她明里不敢发泄，便借管教之机虐待三个朝鲜女子。这三个朝鲜女子很苦恼，尤其是金氏，本是皇亲，原以为是给袁做正室，现在不仅做了妾，而且地位还排在自己的侍女之下，金氏从此抑郁一生。

沉氏一辈子没生孩子，当金氏生下袁世凯的二子袁克文时，袁世凯便将克文过继于沉氏膝下，用以感激沉氏当年对他的恩情。

袁世凯在山东巡抚任上又娶了五姨太杨氏。杨氏是天津杨柳青人，出身于小户人家，以一双三寸金莲博得袁的喜爱。杨氏能言善语，且有办事能力，袁将家政全部委托给她，甚至连自己的保密财物也交给杨氏保管。不但如此，她后来还取代沉氏的地位管教后进门的姨太太。在直隶总督任上，袁世凯又先后娶了六姨太叶氏，七姨太张氏。

似乎每遇权力领域内发生变化的时候，袁世凯都要娶一个女人作为标志或纪念似的，进京当了军机大臣兼外务部尚书的袁世凯，近日又娶进一个姓郭的女人做八姨太。袁府里的人早已看惯了宫保大人的增房添丁，并不把它当作一条大新闻看待。府中只有几个人知道，这位郭氏的背后还有一段世间少有的故事。

二公子克文字抱存，号寒云，在袁世凯众多的儿子中天资最为聪颖，有过目不忘的记性，诗文书画都很好，深得父亲的宠爱。袁常招克文陪他吃饭，经常赏他一些珍稀古玩。这些都是包括嫡长子克定在内的其他儿子们享受不到的优待。克文的生母金氏自然疼爱他，而他比别人还多得到一层爱，那就是嗣母沉氏的溺爱。

沉氏因无出，又仅只克文一个嗣子，于是把克文当作命根子看待。对克文百般纵容，凡克文要的东西，沉氏想方设法都要满足他。在沉氏的惯纵下，克文从小放荡任性，十五六岁起便常在外面过夜，有时一连几天不回家。阖府上下包括生母金氏都不敢说他。

袁克文在外面认识了李莲英的侄儿李福坤。李福坤仗着李莲英的势力在天津成为一霸，谁都怕他让他。克文与李交上朋友后，便跟着李下戏院进窑子，吃喝嫖赌，样样都来。克文聪明，戏园子多进了几次，便能哼出戏文来。后来他干脆拜菊坛名伶为师学唱小生，居然唱得有板有眼，可以登台客串了。

十七岁那年，袁世凯带他进京去颐和园叩见慈禧太后。慈禧见克文面目清秀，伶牙俐齿，很是喜欢。对袁说："你家老二还没说亲吧，我有一个堂侄女和他差不多大，正好说给他。"

太后娘家侄女下嫁汉人，这真是皇恩浩荡，令多少人可望而不可即呀！但头脑精明的袁世凯早已看出皇室的衰微，却并不愿与皇家结亲，遂叩头奏道："请太后恕罪，犬子已说定了亲。"

"噢。"慈禧有点扫兴，随口问，"是哪家的女孩子呀！"

袁克文根本就没有说亲，刚才的奏对纯系谎言，这一问如何答得出？袁的背上一时冒出冷汗，定了定神，随便答了一句："是天津城里一个刘姓人家的女孩子。"

慈禧不再问了，袁赶紧牵着儿子告辞。一回天津，他就私下里四处托人为克文说亲，条件只有两个：一是姓刘，二是女孩子人好，其他如门第财富都可不论。

刘姓是大姓，天津城里仅官绅姓刘的便不下二三十家，于是很快便说定了天津道员刘尚文家的女儿，匆匆办了喜事。刘氏比克文大三岁，脾气又不好，克文不喜欢她。刘氏过门不到百天，克文便张罗着要娶妾。刘氏得知后又哭又闹，克文不睬她，她就到公公那里去告状。

妻妾成群的父亲怎么可能制止儿子纳妾？这也是刘氏气昏了头。果然，袁世凯对儿媳的哭闹甚为不悦，斥道："有本事的男人才可以三妻四妾，你要为丈夫的本事而高兴，不要吃醋。"

刘氏见公公不支持她，只好忍气吞声。但袁克文风流成性，妾过门没多久，便又烦腻，另求新欢。别看他只有十八岁，家里已有一妻二妾，京师的青楼妓院还时常见到这位袁二公子的身影。

两个月前，他奉父亲之命去苏州查一件苏州织造署的旧案卷。克文早闻苏州女子婀娜娇美，到了苏州，先不去查案卷，却走街串巷，寻找绝色女子，终于在吴娃院里觅到了一位姓郭的妓女。郭氏色艺双全，娇娇滴滴，深得克文的欢心。在苏州流连二十多天后，克文要回京复命了。临行前与郭氏啮臂为盟：一个月后一定派人来接她进京做夫人。郭氏则将自己的玉照赠送给如意郎君。克文将照片放在马褂口袋里，一路上常常掏出来看。

袁世凯的家规：儿子们派出去办事，回家后先得向他禀报，然后才可以回到自己的房间。克文一进府，就赶紧到父亲的签押房去禀报。他在父亲的面前跪下磕头，一时忘记了郭氏的照片正搁在马褂上面的小口袋里，头刚一着地，照片便从口袋里滑了出来。

"嗯！那是什么东西？"袁世凯厉声问。

袁世凯的儿子个个畏父如虎。克文此时又急又怕，然事已败露，无法遮掩，只得硬着头皮将照片递了上去。

"你这个不成器的家伙，又看上了哪个青楼女子？"

袁世凯脸色严峻地训斥儿子，同时细细端详着照片：这女子凤眼蛾眉，浓发小嘴，美极了！尤其令他动心的是那女子双眼中流露的娇媚之态，竟为他一妻七妾所没有！慢慢地，他的脸色缓和下来，眼角边透出一丝笑容。

克文的心怦怦地跳个不停，他偷眼看父亲的脸色有了变化，知道好色的父亲也看上了郭氏。克文本是个易于移情的人，心想，郭氏虽美，像郭氏这样美的人也还找得到，不如把她当个礼物送给父亲，今后可多得父亲的欢心。于是说："父亲大人，这是儿子在苏州为您寻访的一个美女，不知您中意不中意，特为把她的照片带来给您看看。"

克文这话正说到他父亲的心窝里，忙说："好哇，这女子还要得，难得你这份孝心！"

详细问明了郭氏的住址后，袁世凯赏给儿子一个西周青铜彝器，第二天便打发人南下苏州接郭氏。

郭氏见袁府来了人，自然以为是克文践诺来接她的，遂艳妆浓抹地打扮着，随来人进京。进京的当夜便洞房花烛，头巾揭开后，郭氏傻了眼：面前站立的，并不是风度翩翩的少年公子，而是大腹便便的半老头子。待问明情况后，郭氏泪流满面，悔恨上了薄幸郎的当。而袁世凯既已公开纳她进了门，也再无退还给儿子的道理。郭氏无奈，只得自叹命苦，忍辱做了袁宫保的第八房姨太太。

由袁世凯力荐而得以升任直隶总督的原藩司杨士骧得知这个消息，亲自进京送上一张十万银票作为贺礼，又向他报告，驻守在直隶境内的第二镇、第四镇弟兄们时时记住宫保大人的栽培之恩，随时愿替宫保大人效力。

新得到如花似玉的姨太太，又得到僚属们披肝沥胆的忠诚，因遭到明升暗降打击一度有些不舒心的袁世凯的精神大为奋发起来。他的脑子里甚至萌生了一个大胆的想法：万一太后哪天驾崩了，皇家若不客气的话，我袁世凯也可以做一番曹操、司马懿的事业！

他将自己的处境做了一番冷静的分析：目前全国各省虽号称组建了二十镇新军，其实大部分都有名无实，真正有战斗力的还是自己训练的北洋六镇。这六镇中管带以上的军官全是自己亲手挑选亲自任命的，军人最讲义气，想必他们不会这么快就忘恩负义。现在北洋新军名义上虽不在自己的管辖之下，但杨士骧的两镇、徐世昌的一镇二协，实际上与自己掌管没有多大的区别，其他几镇虽然镇的统领换了，但协统、标统、营管带是绝不可能都换的。这就是力量之所在。

眼下满人不得人心，革命党要排满，他们若一旦得势，自己无疑也会一道被排掉，当然不能支持。君宪派主张开国会，立宪法，建内阁制，既符合世界潮流，又为太后所接受，是应该支持的。倘若将这一派政治力量控制在自己的手里，则国内文武两方面的势力都掌握了，今后内阁总理舍我其谁！即使有朝一日逼着要做曹操、司马懿的

袁克文像

段祺瑞像

话，做起来也更顺理成章。

君宪派的头号领袖是梁启超。但梁至今仍仇恨在心，难以争取过来。梁之下在海外闹得最凶名气最大的要算杨度了，既已和张之洞会衔将他调进了京师，何不趁此机会将他牢牢地笼住，通过他与君宪派建立密切的联系，进一步而达到将这派政治力量控制的目的呢？

袁世凯将长子克定叫来说："你派人去宪政馆打听一下，看湖南的那个杨度进京了没有，若来了，你亲自去接他进府来，我要见他。"

袁克定今年三十岁，除开身材比父亲高点外，其余一切都跟父亲一个样，尤其是那双圆圆的大眼睛和那张厚厚的嘴唇，简直就像一个模子出来似的。像每一个中国父亲那样，袁世凯对长子寄予厚望，何况此子还是唯一的嫡出。因此，袁世凯对克定的态度，比对其他儿子都不同。

克定四岁时，袁世凯还刚到朝鲜不久，就念及到儿子的教育问题，把儿子从项城老家接到汉城，由沉氏哺养，聘请一位有学问的中国人为克定发蒙。待到儿子十岁的时候，袁世凯便亲自教他读《曾文正公家训》，完全采用曾国藩教子的一套办法来教育克定，希望他成为曾纪泽、曾纪鸿那样的人才。十五六岁后，除开读书外，袁世凯也常常让儿子看自己办事，有时也让他做点事，有意锻炼他的办事能力。袁世凯自己书读得不太好，故对儿子读四书五经的要求并不苛严，注重的是他的实际办事才能。在父亲的长期熏陶下，克定也养成了类似父亲的性格：热衷政治，权力欲望重，同时也从小便熟悉官场那一套虚伪机巧权诈的作风。

袁克定颇为自重。他懂得自己在家里的身份地位，注意检点。在父母面前他毕恭毕敬，就是对朝鲜时期的四个庶母也不缺礼数，对弟弟妹妹他也笑脸相待，关心爱护。因此，大公子在袁府上下有很高的威信。袁世凯对他很看重，认为他今后可以成大器，遇到一些棘手的事情，也常与他商量，有时他也的确能出些好主意。为了拉紧与奕劻的关系，袁世凯叫儿子与载振拜了把兄弟。载振时任农工商部尚书，便以右丞一职赠送给把兄。克定几乎不去农工商部办事，他的主要职务仍是父亲的私人代表兼机要参赞。

"父亲。"袁克定恭敬地请示，"杨度只是一个四品衔的小京堂，值得您亲自接见吗？"

"你不要小看了这个四品衔小京堂。"袁世凯将嘴边浓密的一字胡须摸了一下，动作很干脆，这是他的习惯，犹如他说话一样，简洁明快，绝不拖泥带水。“杨度虽年轻官卑，但他是一个政治派别的领袖，不能等闲看待，你按我说的去做吧！”

四 袁世凯要杨度转告梁启超，他不是戊戌政变的告密者

杨度正在为桌上的一封信发愁。昨天夏寿田转给杨度一封信，是华昌炼锑公司董事长梁焕奎写来的，说华昌公司经费拮据，运转不来，问杨度可否在京中想些办法。杨度心里苦笑，自己的正事尚一筹未展，京师各道门路还是一团黑，哪里有可能为华昌公司拉股份？

“杨老爷，有人找您。”干瘦的史七爷站在窗外，一边敲打窗棂，一边尖起半男半女的喉嗓喊。

“哪一个找？”杨度走出门问。

史七爷递出一张纸条：“这是他的名刺。”

杨度接过，那名刺上写着：农工商部右丞袁克定云台。心里一惊：这不是袁世凯的大儿子么？关于这个袁大公子，杨度早已从夏寿田那里听到不少。正要去拜访袁世凯，却不料他的私人代表先来了，真是好机缘！

杨度赶紧整了整衣冠，快步走出馆门，只见一个穿戴华贵的年轻公子正笑吟吟地望着这边。杨度忙拱手说：“想必是云台大公子吧，杨度失迎失迎。”

“哪里，哪里！”袁克定也拱起手来。“克定奉家父之命，特来看望皙子先生。”

杨度说：“不敢当。居处简陋，陈设杂乱，实在不敢接待大公子。既然大公子已光临，就请委屈进来略坐一会儿。”

克定笑道：“看皙子先生客气的，你都能住下，我还委屈什么！”

杨度心里想：袁克定这样的富贵公子，居然能说出这等话来，而且彬彬有礼，并无纨袴气息，真是难得。夏寿田说袁家少爷都是荒唐鬼，看来不太准确。他伸出右手来说：“大公子请！”

袁克定进了杨度的住房。杨度是个不大修边幅的人，且一个单身汉，无人整理内务，房间里很是零乱：写字台上书籍笔墨散开一桌，床上被子没有叠，天气很冷，屋里也没有生火。他指着屋子里唯一一把靠背椅对客人说：“请坐，请坐。”

待客人坐下后，他自己坐到床沿边。

“晳子先生是哪天进京的？”

“初五到的。”

“噢，十天了！”克定说，“恕我不知，拜访迟了。”

杨度说：“前几天就准备去谒见宫保大人，感谢他的提携之恩，只是因为贵府这几天在办喜事，故不敢造次。”

“什么喜事！”克定冷冷一笑。“不过新置办一个娘姨罢了，先生大可不必介意！”

杨度心里想：真正是一个嫡长子的口气！

克定又问：“去拜访过哪些前辈大佬？”

杨度笑道：“我不过南省一个举人，父祖辈亦无人在京师做过大官，哪里和前辈大老攀得上关系？”

克定道：“晳子先生谦虚了！癸卯年经济特科的初榜榜眼，天下哪个不知？我那时在保定也佩服得不得了。”又问，“见过镇国公了吗？”

“没有去。”杨度答，“镇国公传下了话，说不要去了，下次议事时再见面。”

“噢。”克定迟疑了一下，又问，“张中堂那里呢？”

“张中堂那里倒是去过一次。”

“他身体还好吗？”克定急着问。

“张中堂正闹病，我只略坐一会儿就告辞了。”

“哦！”克定又慢慢应了一声，眼睛扫了一下桌面，随口问，“近来读什么书？”

“前天在琉璃厂买了一本郑观应的《盛世危言》，这两天正看着。”

“这本书我也翻过，写得不错。”袁克定站起，将摊开在桌上的《盛世危言》翻了下，看见了印着“华昌炼锑公司”字样的信套。“晳子先生，听见你们湖南的华昌公司经费短缺，是这样的吗？”

杨度想：这个袁大公子怎么会知道华昌的情况？既然他主动问起，不妨告诉他，倘若他肯帮忙，华昌的经费就有指望了。

“正是这样。”杨度答，“华昌炼锑公司发展前途很大，只是公司经费不充裕，心有余而力不足。昨天公司董事长还给我来信，请我帮他们鼓吹鼓吹，多争取些人合作。现在国外需锑急迫，大规模开采冶炼后可以赚大钱，入华昌的股是一本万利的。”

“这话不错。”克定说，“不但外国，我们本国也需要大量锑。”

见谈话投机，杨度有意留袁克定多坐一会儿，吩咐史大爷去买点酒菜来。袁克定忙起身说：“皙子先生不要客气，我是特地奉家父之命来接你去寒舍坐坐，家父也想见见你。干脆请你动步，到寒舍后我们再边吃边聊如何？”

杨度正要去见袁世凯，于是说：“如此也好，就请大公子带路。”

克定来时，还带来了一顶空轿，两人各乘一顶，一前一后来到北洋公寓。

杨度带着裱好的王闿运的《淮浦夜饮歌》走进了袁府。克定将他安置在小会客厅里，然后进去向父亲禀报。

杨度将小客厅打量了一下：这是一间典雅的士大夫家的会客室，一色的红木明式家具，茶几上摆着矮松、云竹等盆景，四壁挂着名人字画，其中有两副联语特别引起他的注意。一副是袁甲三端庄的楷书：疏松影落空坛静，细草香生小洞幽。题为：录唐贤诗句赠保庆贤侄。另一副是曾国藩刚劲的行书：取人为善，与人为善；乐以终身，忧以终身。题为：与午桥兄共勉。小小的会客厅里充溢着一派高雅敦厚的气氛。

“皙子先生，十年不见了，你一向都好哇！”

杨度正在打量之际，门口传来一句洪亮的具有浓厚河南地方口音的问讯。原来是袁世凯来了。

又做了一次新郎官的军机大臣，今天穿着一身暗红缎面驼毛芯长袍，外罩一件皂色隐花纹锦面马褂。兴许正处蜜月期间，在杨度看来，袁世凯的气色比十年前还要好。他忙起身作揖：“晚生杨度参见宫保大人！”

“这是在我家里，不必拘礼。”袁世凯迈着强劲的军人步伐走了过来，用手指了指椅子，“请坐！”

跟在后面的袁克定附和着说：“皙子先生，你请坐。”

三人落座后，仆人进来献茶。杨度看到仆人摆在他和克定面前的是两个一样的白底青花细瓷带托盘茶碗，摆在袁世凯面前的则是一个墨玉方形大茶杯，杯子上没有任何雕饰，显得古朴厚拙，却熠熠发光，看来玉质非同一般。

杨度说：“十年前，晚生有幸在天津小站晋谒大人，十年后更有幸蒙大人推荐进京供职，早就准备来拜见大人，面谢提携之恩，只因府上有事推迟了。今天，大公子不嫌鄙陋，枉驾宪政馆相邀。大人又于百忙之中亲来接见，晚生不胜感激之至。”

说罢，又站起来鞠了一躬。

“哪来这多礼性，快坐下！”袁世凯乐呵呵地笑道，“十年前那一面，你就给我留下了深刻的印象。这些年你在日本积了一肚子学问，朝廷预备立宪，急需你这样的人才。听说你回国了，很想请你进京来。宪政馆缺乏得力人员，你正好借此施展一番。张中堂于你有旧恩，我和他商量此事，他也同意。这事就这样办了。”

袁世凯说话没有文绉绉的习惯，直言快语。话说得很诚恳，其实暗中在偷梁换柱，把张之洞为主他会衔的真相倒换了一个位置。

袁世凯摸了摸八字胡，关切地问：“北京的生活还过得惯吗？馆里的事接手了吗？”

杨度答：“晚生多年来四海为家，随便在哪里都能习惯，只是这宪政馆里的事好像没有一点头绪，国公爷说是要召见我和劳提调，但又一直没有召见。这里的事正不知如何动手才是。”

“不要急，慢慢来。”袁世凯端起墨玉杯，对杨度说，“喝茶吧，这是我项城老家的茶叶，没有你们湖南的好。”

杨度本拟趁此机会向袁世凯谈谈自己对实施宪政的想法，见他似乎对此并无太大的兴趣，便不做声了，端起茶碗来喝了一口。茶的味道相当醇厚，一向都以为好茶出在南方，却不料河南也能产这样的优质茶叶。杨度放下茶碗，突然看到袁世凯喝的并不是茶，稠稠的乳白色的，好像奶汁一样。袁克定既不喝茶，也不做声，端坐在椅子上专心专意地听。

“皙子先生，你在日本见没见到过梁卓如？”袁世凯放下茶杯，转了一个话题。

“梁卓如住横滨，我住东京，两地相距很近，常常见面。”杨度觉得奇怪：袁怎么问起梁来，他们不是生死对头吗？

“梁卓如是当今的大才，他和他的老师康有为有所不同，我对他很尊重。他对中国的政治研究很深。我真希望他能和你一样，为国家出力。”

作为梁启超的好友，杨度乐于听到这样的话。他说：“梁卓如是愿意回国效力的，只是太后不能容他。”

“嗯。”袁世凯略为点点头，说，“老佛爷的确心里一直恨着他，我也不敢在她老人家面前提起。近来有一天，老佛爷心情很好，跟我闲聊天。我说，老佛爷，您把康有为、梁启超、孙中山三人一同列为永不赦免之人，康、孙自然永不可赦免，但梁与他们不同。老佛爷问，梁与康、孙有何不同。我说，康是顽固地反对您，孙是革命乱党，梁都不是。梁是一心一意主张君宪，与朝廷的方针是一致的。老佛爷听了我的话后没有生气，看来心里接受了。你若给梁卓如写信，可以把这件事告诉他。他若愿意回国，不久以后就可以回来了。”

杨度万没想到，梁启超刻骨仇恨的袁世凯，居然会在慈禧面前为他说情。袁世凯是真的爱才惜才！忙说：“宫保大人这番好意，我一定尽快告诉卓如。倘若太后真的不再追究他，他一定会很快回国的。”

见袁世凯说话不咬文嚼字，杨度也丢掉了文人腔，打起白话来。

“我知道梁卓如一直记恨着我。皙子先生，你是他的好朋友，我今天把实情告诉你，你可以转告他，戊戌年的事，他们错怪了我。”

会客厅里的气氛骤然凝重起来。别后十年的初次见面，袁世凯居然会跟自己谈这样重大的往事，这是杨度始料不及的。关于戊戌年那桩事，杨度后来听到各方面的传说，都说是袁世凯背叛了皇上，出卖了维新党，袁也因这次告密而得到慈禧的信任，从而官运亨通，步步高升。梁启超本人则更是坚信这一点，一提起袁，便恨得咬牙切齿，骂袁是用别人的鲜血染红了自己顶子的无耻小人。杨度也基本上相信这种说法。但他一则毕竟不是那次政变中的受害者，二则他知道历史上那些干大事的政治家都不能过多地去追究本人的私德，所以他并不认为袁是如何的坏。现在，政变的当事人之一说世人错怪了他，并要道出当时的实情，这可真是一件大事，杨度不觉挺起腰板来竖耳恭听。

“梁卓如可能和别人一样，都以为皇上的密诏是我告诉荣禄的，荣禄得到我的密报后连夜进京谒见老佛爷，才有杀谭嗣同等六人的事出现。其实，我是受了天大的冤枉。”

袁世凯端起桌上的墨玉杯喝了一大口，然后将杯子重重一放，继续说：“真相是这样的。那年我寓居京师法华寺。八月四日深夜，谭嗣同不顾门房的阻挡，强行闯进我的书房，左手拿着一个簿子，右手拿着一把洋短枪，声音峻厉地对我说，太后下个月要带着皇上去天津阅兵，到时荣禄会将皇上囚禁，另立新君。你受皇上大恩，理应效忠皇上。皇上将处危难，你如何办？事情来得这样突然，我一时不知如何回答才好。于是说，我袁门三代受皇家大恩，皇上有难，我自然应起来保护。谭嗣同说，那好，这是皇上密诏，你看后签个名字，表示领旨了，说罢将左手拿的簿子递给我。我翻开看，上面写着：着袁世凯即回天津，捕杀荣禄，带兵进京围颐和园。此谕！我看后惊呆了，半晌才说，荣禄有罪，我可以奉旨逮捕。太后乃皇上母亲，离间太后与皇上，不但不忠，而且不孝，我不能奉命。谭嗣同举起洋短枪，枪口对着我的额头说，这是皇上亲书的诏命，你若不接受，我现在就开枪打死你。谭的声音很大，站在窗外的老家人听到后，吓了一大跳，说，谭大人不要发怒，有事好商量。我心里想，这种圣命绝不能领。主意打定后，心里安定下来，我坚决地说，请谭大人禀奏皇上，荣禄可杀，颐和园绝不可围。谭嗣同听我这样说，只得放下手枪，收起簿子走了。第二天皇上再次召见我，只谈练兵，并未提杀荣禄围园子的事。出宫后我想，谭嗣同昨夜的诏命是假造的，差点中了他的奸计。当天下午我乘火车出京，日落时到了天津，去见荣禄，告诉他朝廷情形十分危急，一批小人结党想作乱，皇上受他们蒙骗。皇上圣孝，若有什么事情发生的话，我们一定要保卫好皇上。荣禄说那是自然的。”

说到这里，仆人进来给杨度和克定斟茶。袁世凯停止说话。仆人退出后，他继续说下去：“我正准备将谭嗣同等人的密谋告诉荣禄，叶祖珪进来了，一会儿祐文又进来了，于是只得告退，约定明天再谈。第二天荣禄来访我，我告诉他谭嗣同有矫诏杀他的事，荣禄大呼冤枉。我忙申明此事与皇上绝无关系，如果累及到皇上的话，我唯有仰药而死。我和荣禄商量良久，苦无好办法。荣禄回到督署，再约祐文熟商。这天晚上荣禄派人请我去，说杨莘伯亦在座。我一进门，荣禄便面带喜色地从茶几上将刚收到的电报送给我看，原来老佛爷已于本日凌晨从颐和园回到宫中。”

杨度仔细地听着，心里在盘算：照这样看来，荣禄不可能连夜密报给慈禧，因为先天夜晚他并不知情，当他知道后，紫禁城里的政变已经发生了。但是世间都说袁回天津当天下午便告诉了荣，荣乘夜班车去颐和园的。是不是袁说的是假话，他在有意为自己开脱？既然袁主动谈起此事，何不趁此机会核实一下，这是一桩必将载之于史册的大案子，弄清楚是非常有意义的。

杨度说：“刚才听宫保大人说起十年前的那桩事，与晚生素日所听到的，也与梁启超当面对晚生讲的不一样。依大人所说，那么太后凌晨突然回宫，是另有人在此中起作用了？”

“皙子先生，我告诉你吧，这是载漪做的事。”袁世凯断然说，“不是载漪坏了事我才说他。他知道太后不满意皇上的一些作为，他就想要太后立他的儿子做大阿哥，所以出了那个点子。”

杨度想，袁世凯说的可能不是假话，后来慈禧果然要立载漪的儿子。倘若庚子年不起拳乱，说不定载漪的儿子早已登上大清皇帝的宝座了。

“皙子先生，我请你转告梁卓如，要他仔细想想，假若这事是我告的密，第一个要抓的便是谭嗣同，因为矫旨是他造的。为什么先只抓康有为、梁启超及康广仁等人，首犯谭嗣同反而在浏阳会馆平静地待了四天，直到第五天才被捕？谭嗣同不愿意逃，他若要逃的话，早逃之夭夭了。这不是咄咄怪事吗？”

袁世凯这几句话，说得杨度有一种梦醒般的感觉。是的，八月初六日凌晨政变发生，不出两个时辰，皇上就被囚禁于瀛台，梁启超当天就逃到日本公使馆，而谭嗣同的确是初十日才被抓的。这是明明白白的事实，为什么世人都没有去多想一下呢？自己也没有去多想，就盲目相信了大家的猜测。千百年来，总是独立思考的少，人云亦云的多。悲哀呀，这真正是人类的悲哀！

“皙子先生，我可以说句心里话，我绝不会同意谭嗣同他们杀荣禄围颐和园的主张，因为荣禄人才难得，是国家功臣。他无罪，为何要遭杀？太后更是国家稳定的柱石，大清王朝能维持到今日，全仗着太后的圣明。同时，我也不会同意世上所传说的利用天津阅兵的机会实行兵谏。当时我的兵只有七千人，聂士诚的武卫军、董福祥的甘军，人马和实力都比我强得多，我也不会行此冒险之举。另外，我也不会同意捕捉康、梁、谭等人。因为他们虽然浮躁孟浪，但毕竟还是想为国家做好事。我和荣禄商议着，也只是劝皇上摆脱他们，顶多将他们革职为民而已。”

杨度发现袁世凯那双极有神采的大眼里射出的是诚信的目光，他觉得袁的这番话是心里话。多年来因为戊戌政变一事对袁的人品的猜疑，顿时消去了十之八九。他郑重地说：“过去，听世人纷传，晚生也差点误信。今日听宫保大人这番话，往日疑虑一扫而去，我一定把这些都写给梁卓如，特别要把大人一片殷殷爱才之心转告给他。”

说到这里，他突然想起湘绮师的礼物还没转送哩，忙从椅子边拿起卷轴，站起来，双手捧着，递给袁世凯说：“晚生的老师王壬秋先生，三十六年前与令尊老大人有过一次愉快的聚会，彼此认了同年，还以诗志之。这次临来京时，壬秋老先生把三十六年前的旧作抄录一过，要我敬献给宫保大人。壬秋老先生还说过，那次聚会时还与大人晤过面，不知大人还记得不？”

听杨度这么一说，袁世凯还真的来了兴趣，笑着说：“真有这样的事吗？克定，你帮着皙子把卷轴打开，我来看看。”

袁克定过来和杨度一起，一人扶天，一人托地，将王闿运的字斜斜地悬在袁世凯的面前。袁世凯先是坐着看，看到一半，他站了起来，两手叉着腰，看完跋语后，叉腰的手松了下来，恭恭敬敬地下垂着，脸上现出极为欣喜的笑容。

“皙子先生，你送的这幅字是一件无价之宝，我领受了。”转脸吩咐儿子，“你把它好好卷起来，明天叫人把它悬挂在我的书房里。”

“是！”袁克定答应着，随即和杨度一起把字小心卷好。

三人重新坐好。袁世凯略带伤感地说：“岁月过得真快，一晃三十六年过去了。那天与壬秋老先生晤面的情景我还依稀记得。壬秋老先生尚能写出这样有劲气的字来，笃臣公却辞世三十四年了！”

客厅里一阵短暂的宁寂，很快袁世凯便恢复了常态，微笑着对杨度说：“烦你写封信给老年伯，就说他送的礼物我拜受了，老年伯如果有兴趣的话。请再到京师来住住，一切费用由我包下。”

杨度说：“大人美意，我一定函告湘绮师。”

袁世凯望着杨度，充满感情地说：“当年令伯父瑞生镇台与先嗣父笃臣公、先伯父文诚公都有过战场上的友情，我们两家算是世家了。现在我又知道，原来笃臣公与壬秋老先生还是同年，我们的友谊又多了一层。前辈如此友好，后辈不宜疏远，我虽然忝居军机，官职比你高，但你千万莫以此为障，有空常来我这里坐坐。”

袁世凯这几句话说得如此恳切如此真诚如此温暖，令杨度大受感动，说：“大人这样看得起晚生，晚生岂能不常来登门求教？”

袁世凯又端起墨玉杯喝了一口，说：“皙子先生，你不要再自称晚生了，瑞生镇台与先嗣父、先伯父是朋友，壬秋老先生又是先嗣父的同年，这样排来，我们是同辈人了。”

杨度忙站起，连声说：“大人客气了，晚生不敢当，实在不敢当！”

“好吧！”袁世凯略为思索下说，“我比你年长一大截，你不愿引为同辈，我可以理解。这样吧，克定和你上下相差不多，你们俩就认个兄弟吧！”

杨度赶紧说：“与大公子称兄道弟，晚生也不敢！”

袁世凯笑着挥挥手说：“什么敢不敢的，克定有你这样一个结义兄弟，是他高攀了。皙子，你报下生庚！”

杨度见袁世凯不是作假，又对袁克定的印象很好，便说：“晚生生于同治十三年腊月初八。”

袁世凯说：“你长克定四岁。”又对儿子说，“你向兄长作一个揖。”

袁克定抱起拳头，对着杨度说：“请兄长受小弟一礼。”说着就要弯下腰去。

杨度忙扶着：“大公子过谦了。”

袁世凯哈哈笑道：“好了，你们是兄弟了，大家是一家人了。”

杨度红着脸，心里总还有点别扭。

“皙子，听克定说，宪政馆的住处不太好，离那儿不远的槐安胡同里，我有一套四合院，闲着没人住，过两天收拾好后你就搬进去。另外，华昌炼锑公司的股金你也不用愁，我给南方几个省的督抚打个招呼，叫他们以官方的名义认几十万两银子的股份。今后公司分红了，他们也可以得个好处。你看如何？”

袁世凯是如此慷慨大度，急人之难，真让杨度受宠若惊，他感激万分地一再道谢。

五　杨度踏遍西山，下定决心要寻到静竹的墓穴

三天后，袁克定亲自将把兄接到槐安胡同。这是一座很典型的北京四合院。进得门来，里面有一块宽敞的土坪，土坪上长着两株高大挺拔的白杨树。白杨树之间有一个葡萄架。时正岁首，葡萄藤上的叶子虽然全落了，但褐黄色的枝干却粗壮光亮，显示着强大的生命力。可以想象得出，只待春风一吹，碧绿的叶片和晶莹的葡萄串便会慢慢地布满整个架子。挨着葡萄架边还有一个砌得精细的小花坛。花坛正中培护着一株矮矮壮壮的石榴，石榴枝干上还保留不少深绿色的叶子，最为有趣的是叶片丛中尚挂着几个饱经霜雪的小石榴。那些石榴红里透黑，显出一种苍劲的美。

朝南的正房有三间，一间布置为卧房，一间为书房，一间为客

厅，一色的新家具，连床上的被褥都铺好了。东西两边是客房、杂屋和厨房。整个院子里大大小小有八间房子，环境十分幽静，把院门一关，外间的杂音一点儿也不会进来。此地仿佛不是喧嚣闹腾的京师，而是一尘不染的山庄村舍。杨度十分满意，连连道谢。

袁克定笑着说："早点把嫂子接来吧，一个人住怪冷清的。"

原来，黄氏又怀着两个月的身孕了，长途跋涉，自然是生下孩子以后的事。夜晚，杨度躺在暖和的丝棉被里，很久不能入睡。从宪政馆的状况以及主管大臣的态度来看，朝廷对立宪似乎并无热情。今后的事情如何去做，他一点把握都没有。

慢慢来吧，大事业总得一步步去做。他自我安慰着。不管怎样，他对前途充满信心。他觉得湘绮师过去所传授的帝王之学，完全可以和自己在日本所钻研的君宪学问结合起来；或者说，君宪学就是传统的帝王学在今天的表现形式，而眼下应该说是迈开了实践伟大抱负的第一步。自己年纪轻轻，既无祖荫又无功勋，要办大事，必须先得依靠有力者的提携。

京师中有力而自己又可以依傍的人只有两个：一个是张之洞，一个是袁世凯。

张之洞本是杨度心目中的崇高偶像，可是这次再见这位年迈的大学士时，杨度却很感失望。他并没有对杨度表示格外的礼遇，接到老友所赠的旧诗，其态度也平平。杨度琢磨着，这是一种公事公办的姿态呢？还是年老体弱，已失去过去锐意进取的激情？

与张之洞相反，袁世凯所表现出来的热情大大出乎杨度的意外。关于袁世凯，京师口碑不一。有说他能干的，也有说他人品不好的，说人品不好的最重要证据就是指戊戌年出卖了皇上。十年后袁世凯说明了戊戌年的事情原委，杨度相信袁的话是真的。既然出卖皇上一事是冤案，那么他的人品就不是传说中的那么坏，倒是他这种爱才惜才礼贤下士的态度，真有当年信陵、平原之风。他以国士之礼待我，我也应以赤诚之心待他。

想到这里，杨度霍地起床，挑亮灯盏，铺纸磨墨，给梁启超写起信来，他要把袁世凯几天前说的话详详细细地告诉远在横滨的挚友。

又过了十来天，载泽才打发人将劳乃宣、杨度叫去。载泽懒洋洋地躺在暖炕上，一副没有睡醒的神态。他把馆中日常事务交给劳乃宣，叫劳召集馆员们多读宪政方面的书，以备太后、皇上垂询。书若不够，写信请驻外国公使馆代买，买回后再让人翻译出来。劳乃宣禀报馆里的房子都很破旧，需要全部修缮，大概要五六千两银子，请国公爷奏请批准。载泽不耐烦听这些，叫他以后少提银子的事。劳乃宣只得闭嘴。

载泽交给杨度的事很简单，只有一件，那就是草拟一份九年预备立宪清单，从光绪三十五年起到光绪四十三年止，逐年列出应该做的大事，待这些事都做好后方可言正式立宪。给杨度的时间也很宽裕，半年之内拿出就行了。至于宪政讲习所的事，要等太后召集王公大臣们商议后再说，行则讲，不行就不讲。杨度提出，九年的预备期太长了，现在全国要求立宪的呼声很高，预备期最好定为三年，顶多五年。载泽白了杨度一眼说，九年预备期，这是老佛爷提出的，谁能反对？你就这样去列吧！说罢长长地打了一个哈欠，劳乃宣和杨度只好告辞。

杨度一肚子立宪热情再次遭到冷遇，心里颇不是味道。他一面与南方各省的立宪组织联系，希望他们采取行动，促使朝廷下真决心实行宪政，同时也开始思考九年预备立宪的逐年安排。

日子过得清闲舒适。宽敞的四合院，的确如袁克定所说的，越来越显得冷清，他因此常常想起家乡的母亲、弟妹和妻儿。在缕缕不绝的思念中，更有一种特别浓烈的情思时常缠绕他的心，那就是对千惠子的怀念。

还是在刚回国的那几天里，他便充满激情地给千惠子寄去了一封长长的信。从那以后，他天天焦急地盼望着她的回信，终于在来京前夕，湘潭恒发商号给他转来了横滨的回信。但回信不是千惠子本人写的，是她母亲的代复。美津子在信上告诉他，千惠子已由表兄陪同赴美国求学去了，学商业管理，以便今后管理滕原家族庞大的商务。至于在美国哪所学校读书，何时毕业回国，信上一概未说。杨度心里甚是惦念。他知道千惠子也一定在惦念自己，但彼此的思恋却无法找到一只青鸟传递。他于是将千惠子所送的那把日本七星刀悬挂在书房壁上，不时把它取下摩挲着，思绪便又回到遥远的东瀛列岛，回到逝去的那些美好的日子里。

一天，夏寿田来访，二人畅谈往事，十分愉快。午贻问他还记不记得戊戌年游江亭题《百字令》的事，这句话，立时唤起了埋藏在杨度心中多年的一个甜蜜的记忆。静竹，那位美丽多情而又可怜的姑娘，重新浮现在他的脑海。他恨恨地责备自己：这几年来怎么能把她给忘记了！静竹为思念我而死，我既已来到北京，怎么可以不去凭吊她呢？他努力回忆当年亦竹讲的话，隐隐约约地记得静竹死后埋在西山。但西山的范围那样大，静竹的身份又那样低，一堆小小的荒冢，何处去寻找呢？

不，要去寻找！哪怕是踏遍西山的每一个角落，哪怕是拼上一个月两个月的辛苦，他也要去寻找，就像那年走遍北京城的街头巷尾去寻觅静竹的倩影一样。杨度相信，精诚所至，金石为开，他一定可以找到静竹的长眠之处！

他决定到西山去住一段时期，为此特为雇请一个老头子代他看家。老头子姓何，六十多岁了，京师人，青壮年时是个赶大车的能手，运过粮食布匹金银财宝，也走私过鸦片毒品火药洋枪。老头子一生走南闯北，见多识广，又认得几个字，为人豪爽讲义气。一个独生女儿十多年前跟着姑爷去了东北，前年老伴过世了，姑爷接他去东北他不去，他喜欢京师人熟地熟。杨度认为此人是个极理想的看门人，便用双倍的工钱把他从别处硬拉了来。何老头行三，杨度叫他何三爷。何三爷见杨度爽快大方，又一个人住，日常事务简单，也满心欢喜。

杨度在西山脚下找了一间小旅店住下。天气很冷，西山的风更比城里的风尖冷刺骨。杨度全然不顾，每天一清早出去，日头落山时才回来，一道道山谷，一片片山坡去寻找。尤其是那些荒凉野芜的乱葬堆子，他看得更为仔细。脸被北风吹裂了皮，手被枯草划出了血，整整半个月过去了，一无所获。但他痴心不改，无怨无悔，他还要继续找下去，直到把广袤的西山全部搜索一遍为止。

又是一个上午过去了，杨度苦寻苦问，毫无收获。中午他来到路边一家小伙铺吃饭。

小伙铺生意清淡，三张已变黑的木桌有两张空着，靠里边的一张桌旁坐着一个四五十岁的男子，面前摆着四个窝窝头，两碟小菜，手里端着一小杯白酒在一个人慢慢地喝，身边有一个旧柳条筐，筐子里有些小树小草，看样子是个挖药材的人。

杨度在一张空桌边坐下，店老板立即过来，满面春风地问要什么。杨度点了一盘卤牛肉，一盘豆腐干，一盘炒肉丝，再加三两白酒。一瞬间工夫，酒菜都齐备了，杨度独自吃起来。

小伙铺很清静。一会儿传来一个女人的声音："当家的，你说现在什么奇事没有！一个小户人家女孩子，被朝廷里大官的公子看上了，下千金聘礼要娶她，她却不嫁。这事奇不奇？"

杨度扭过脸去，只见厨房门边坐着一个中年妇女，正面对着店老板说话。听口气，是店老板的婆娘。

“真的吗？这事是奇了！”店老板说着，将铁烟锅死劲地往灶头上磕，发出很响的声音。“你说的是哪家的女孩子？”

“就是东王庄住的那两姊妹。”

“聘的是姐姐还是妹妹？”

“这还要问！”老板娘尖刻地说，“姐姐都二十七八岁了，又瘫在床，谁要？当然是妹妹，又年轻又漂亮，才会被官少爷看中，下那重的聘礼。”

“姐姐原来瘫了，难怪很久没有见到了。”店老板大悟似的，又问，“官少爷是哪家的？”

“听说是军机处袁大人的二公子。”

杨度一听“袁大人”三字，忙停下筷子。袁大人的二公子，不就是袁克文吗？一个月前，克定带二弟克文来过槐安胡同。克文长得白白净净的，鼻梁上架着一副金丝玳瑁眼镜，人极潇洒，谈起话来上下古今、诗词歌赋什么都懂。杨度很喜欢他。心里想，这个姑娘怎么回事，袁二公子都不嫁，这天底下她要嫁什么人？

“听说袁二公子很放荡，姐姐也不同意妹妹嫁给他。”

“那个姐姐叫什么名字来着？我一时记不起了。”

“叫静竹。”

静竹！杨度突然像被谁刺了一剑似的，几乎要从凳子上跌下来。静竹不是死了吗，怎么还活着？很快他平静下来。“静竹”这个名字并不冷僻，别的女孩子也有可能用。杨度依旧吃饭。

吃完饭后他想：找了半个月静竹的坟墓没有找到，现在遇到一个活的静竹，就冲着她叫这个名字，去看看她也好，何况她的妹妹连袁克文都不愿意嫁，必定是个有主见的女孩子，结识结识也值得。

“老板，请问刚才你们说的那两姐妹住在哪？”

“就住在东王庄。怎么，想见见她们？”老板娘挤眉弄眼地抢着回答，“向东走不到五里地就是了。”

杨度谢过店家，出店向东走去。走不多远，果然有一个小村庄。一个老头子反穿一件羊毛大氅，赶着五六只羊在前面慢腾腾地走着。杨度快步追上前去。

“老大爷，这里叫东王庄吗？”

“是的，是的。”老头子满脸深刻的皱纹里露出和善的笑容。

“这里是不是住着一户人家，姐姐叫静竹？”

“是的，是的。你找她们？”

杨度点点头。

“跟我来吧！”

老头子把杨度领到一间旧青砖瓦房面前，手指敲打着窗棂说：“闺女，有客人来找你们了。”

“刘大爷，什么样的客人？”屋子里传出一个年轻女子的声音。

“是个爷们儿，说是城里来的。”

“城里来的爷们儿？不见！”年轻女子的声音里带有一点气愤。

“亦妹，开门吧，哪有客人来了不见的道理。”屋里说话的是另一个女子的声音。紧接着这女子又提高嗓门，“刘大爷，您别见怪，我妹她就这个脾气。”

这时屋门打开了。牧羊老头对杨度说：“你进去吧，我走了。”

屋里走出一个青年女子，问：“客人您找谁？”

杨度看着这女子，觉得很面熟，一时又想不起来，愣了一下说：“我想见见静竹大姐。”

“我就是，您请进来吧！”刚才吩咐开门的那个女子说。

杨度进了门。这是一间较大的房子，地面上铺着青砖，桌椅板凳等家具简简单单，也还收拾得干净整齐，靠窗户那面墙边砌着一个土炕，炕上躺着一个女人，女人的眼睛上蒙着一条花手帕。

“亦妹，给客人泡茶。”

杨度在桌边坐下，望了一眼躺在炕上的女人，心里想：她也叫静竹，如果她真是我的静竹那多好！他不觉又看了一眼。突然，他发觉这个女人很有点像当年的静竹。眼睛虽然蒙上了，但那端正的鼻子，小巧的嘴唇，那张好看的瓜子脸，都与静竹一模一样。天下真有这样的奇事，名字一样长相也像，这一趟西山寻墓没有白费工夫！

“先生，您请喝茶。”开门的女子端来一杯茶。

杨度发现，这个女子也盯着他看了一眼。对她，杨度越来越觉面熟。他努力在记忆中搜寻着。“亦妹”，他猛地想起炕上的女子是这样称呼她的。如一道电光石火似的，他记起来了，难道眼前的她，就是四年多前诉说不幸消息的亦竹？有这样的巧事吗？

“姑娘，我想冒昧地请问一声，你的芳名叫什么？”杨度竭力控制自己的感情，彬彬有礼地问。

姑娘又将杨度盯了一眼，正要开口时，躺在炕上的女子代她回答了："她叫亦竹，是我的妹妹。"

"亦竹！"杨度蓦地站起来，激动地说，"亦竹妹妹，你还认得我吗？我就是杨度杨皙子呀！"

"什么，是皙子来了！"躺在炕上的女子惊叫起来。

杨度转过脸去，只见那女子死劲地扯掉了蒙在眼睛上的手帕，用力揉了揉眼睛，嚷道："皙子，皙子！"

模糊的双眼慢慢明亮起来，站在屋子里的这个男人清晰地出现在她的面前，五官端正的容长脸，不胖不瘦的中等身材，这不正是她多年来日思夜想时时刻刻不能忘记的心上人吗？

就在这时，杨度也看清了，这不正是自己的静竹吗？半个月来踏遍西山寻荒冢，原来她并没有死？她真的没有死，她活生生地在叫喊着自己的名字！杨度猛扑过去，抱住静竹，亲着她的面孔说："静竹，是我，是皙子回来了！"

静竹睁大着眼睛，将杨度看了又看。突然，她把杨度死死地抱紧："皙子，你终于回来了……"

一句话还没说完，静竹又闭上了眼睛，泪水涌泉般地冲破眼皮，沿着憔悴的面孔，流到杨度的衣袖上。

杨度喃喃地说："那年亦竹说你死了，我没有来得及凭吊，这次我在西山找了半个月，我下决心要找到你的归宿。原来你没有死，我太高兴了，太高兴了！"

他摸着静竹的脸，一边替她抹去泪水，轻柔地说："静竹，我的静竹，这些年你是怎么过来的，你为什么要和亦竹住在这荒冷的西山农舍，你告诉我吧，你把一切都告诉我吧！"

静竹把杨度抱得更紧了，泪水越抹越多。她一直默默地听着皙子的絮语，心海翻滚着汹涌的波浪，幸福痛苦酸甜苦辣全部混合在一起……

六　静竹做出异乎寻常的抉择

这些年来静竹的日子过得真不容易。离开了横塘院，也就断绝了财源，全靠着过去所积攒的一点银子度日。好在她和亦竹的手都很巧，小时候的苏绣功夫没有丢。一个偶然的机会，与大栅栏一家经营刺绣的老板联系上了。那老板十分欣赏两姐妹的手艺，与她们订下了长年合同，以二三成的代价收下她们的每件绣品，转手则获重利。静竹姐妹仍然感激他，因为她们再不愁手头的东西出不去。

吃穿虽能维持，然而精神上的苦恼却始终不能摆脱。静竹哀叹自己的命太苦了。不幸落入火坑，又背井离乡来到北京卖笑偷生。年纪轻轻的姑娘，心中有的只是酸辛，没有一丝欢快，唯一有过两天美好的日子，那就是与杨度在江亭和潭柘寺相处的时候。

杨度真可爱。他宛如一只羽翼刚丰的大鹏，很快便会展翅冲入云霄；他好像一株挺拔的新松，日后必定会长成参天大树。静竹真想立即委身于他。然而，在关键的一步上姑娘犹豫了。商人突然带她离开潭柘寺时，她本可以在纸条上再约一个会面的时间与地点，但她没有这样做，眼睁睁地失去了机会。

那以后到癸卯年的五年时间里，静竹一面思念杨度，盼望能再见到他，一面继续留意于其他的男人。要在污泥浊水中觅到清泉明溪是何等的艰难，莫说是英雄不可得，就是较为正派的人也很少啊！久处青楼的静竹慢慢地成熟起来了。她知道，男人可贵之处在于出众的才具，而更为宝贵的，则是有一颗真挚的心。故而当癸卯年得知杨度为她的死而晕倒时，姑娘在心里拿定了天塌地陷不能移易的主意：自赎从良，哪怕是做妾，此生也要跟他一辈子！后来得知杨度出国了，她又下了死决心：哪怕这一辈子孤身到老，也要等着他回来！

然而，漫长的岁月毕竟太难过了。潭柘寺定情的那一幕幕情景，就像刀刻铜铸般留在她的脑子里，每每浮现出来，令她流下半是幸福半是悔恨的泪水。她不知多少次在梦中见到皙子回来了。她叫着他的名字，紧紧地抱住他，不让他再离开，惊醒时却依然只见明月在天，孤身在炕，心上人无声无息，无影无踪，留给她的是更多的怅惘和冷寂！

三个月前，她突然得了一场怪病：好端端的，一下子双脚麻木，不能开步，只得躺在炕上。亦竹为她延医煎药，精心护理，但病情并未好转，她仍旧不能起身，躺累了，就在炕上坐一会儿。静竹心中更添几分痛苦：还不到三十岁就得了这种病，今后怎么办？痛苦得不能自拔的时候，她甚至想到了自尽。亦竹百般劝慰她，关心她，说："静姐，你怎么能那样想？杨先生还在日本没回来哩，你不想见他了？"

听到这句话，静竹点了点头，望着这个胜过同胞的手帕姊妹，她心里充满着无限的感谢。

苦难常使人心肠好。这些年来亦竹和静竹相依为命。她万分感激静竹将她救出火坑，一直将静竹当恩人看待，对于静竹心灵深处的忧思，她完全能够理解，很是同情。

亦竹今年二十岁了，出落得花儿朵儿似的。静竹常笑着对她说："你今后会找个好丈夫的。"亦竹自然盼望能找个好丈夫，但她却不愿意离开静竹。特别是这几个月来，静竹瘫在床上，亦竹更觉得不能出嫁了。但事情恰恰就出在这个时候。

上个月，丹花过生日，请她们去横塘院聚会。过去在院里的时候，小姐妹们谁过生日，大家都凑份子，摆桌酒公请寿婆。别看妓院里一天到晚笙歌笑语不绝，但那种欢乐都是做给嫖客们看的，出自内心的愉快少得可怜。只有小姐妹生日这天吃寿酒，大家脸上的笑容、口里的曲子才是从心里发出的。

离开横塘院后，除开小姐妹的生日这几天外，静竹亦竹平时就不再去了。丹花是她们的好朋友，这几年来她们每年这天都前去祝贺。这次静竹不能去，亦竹便一个人进了城。姐妹们见面非常亲热，谈起静竹的病又都叹息。吃饭的时候，一个名叫杏儿的姑娘带来一位客人。客人很年轻，长得也清秀，穿着特别考究。他举起酒杯，祝丹花生日过得快乐，又依次与各位姐妹碰了杯。在与亦竹碰杯的时候，他着意将她看了一眼。杏儿介绍说："这位姐姐早就离开横塘院了，她至今还是个黄花姑娘身子哩！"

说得亦竹脸红到脖子根上，气得狠狠地朝杏儿的肩上捶了一下。

谁知第三天，杏儿和丹花一起到西山专给亦竹说媒来了，求婚的居然就是那个年轻的嫖客。说出背景来，令两姐妹吓了一大跳，原来此人乃当朝军机大臣兼外务部尚书袁世凯的二公子袁克文。杏儿将这门亲事说得千好万好，家庭的烜赫自然不消说了，袁二公子本人是既风流多情又才气横溢，杏儿说得口水滴滴的，又叹息自己没有亦竹的漂亮，袁二公子看不上。她劝亦竹赶快答应，有个这样好的主家，真是前世修来的福气。丹花也说是个好主。但亦竹不点头。她主要是不愿意离开病中的静竹。静竹很感激，劝亦竹，人还是要嫁的，万不可因她而误了自己的终身，不过这事要谨慎，不能轻易应允。她托丹花打听清楚袁二公子的为人，半个月后再议。丹花答应了。

杏儿、丹花走后，两姐妹商量这事。对于出入妓院的男人，静竹了解得很多。她告诉亦竹，嫖妓院的世家少爷，十之八九是没有出息的纨绔子弟，对他们不能托以终身。这些人大多轻薄脆弱，而他们的家庭又自恃门阀高贵，不能容忍青楼出身的女子，杜十娘怒沉百宝箱的悲剧是很有代表性的。当然，天下万事万物都有例外，如果这个袁二公子真是个诚实人的话，那自然是三生有幸了。所以要托丹花打听一下。亦竹完全同意静竹这番话。

半个月后，丹花一人来了，她把所得知的情况一五一十地告诉了她们。果然如静竹所说的，这个袁二公子是个典型的纨绔子弟。他是八大胡同里的常客，戏园酒馆里的主顾，年纪虽不到二十岁，除开正妻外，大大小小的妾不知娶过几房了，再倾心的女子，过不了三五个月他便不爱了，又去找新的。亦竹一听连连摇头，说这样的人哪怕他家有金山银山，他的才有七斗八斗都不嫁。但袁二公子不死心，前几天又打发杏儿专程来，并送下一千两银票作为聘礼，无论如何要来迎娶亦竹。两姐妹正在为此事犯愁。亦竹不见城里来的爷们儿，也就是冲着袁家而发的。

昏黄的豆油灯下，简陋的泥土炕前，杨度静静地听静竹诉说往事。静竹很兴奋，满肚子的话总是讲不完，丹凤眼里流光溢彩，瓜子脸上红霞满布。陪坐一旁的亦竹惊异地发现，与素日苍白无神的面容相比，眼前的静姐已完全变成另外一个人。而在杨度的眼里，虽已十年过去，他心爱的姑娘却并没有变化，依然是江亭相遇、潭柘寺定情时那样令他心摇神动。

静竹从苏州说到北京，从横塘院说到西山，她向他解释潭柘寺爽约的原因，她向他说明死葬西山谎言的苦心，说得杨度热血在胸腔里激荡，热泪在眼眶里徘徊。十年了，整整十年，今夜他才知道静竹的家世身份，才知道静竹为他付出了多么沉重的代价！

“问世间情是何物，直叫人生死相许。”眼前的这位静竹，不就是又一个为情而生死相许的姑娘吗？她尽管出身卑贱，她尽管病瘫在炕，杨度依旧如当年般地爱她，并决心娶她过门。但现在自己不是十年前的单身一人，已有黄氏在室，她愿意做二房吗？杨度心里在犹豫着。

静竹更是全身心地在听杨度说话。听他讲戊戌年如何失望地离开北京，癸卯年又是如何在北京寻觅，听到她的死讯之后又是如何地悲痛，后来又如何因“梁头康足”之祸而匆忙离开北京，去日本前夕终于无可奈何地与黄氏结婚，以及在日本的岁月和这次的重来京师。杨度把什么都对静竹说了，说得是那样的情深意厚，那样的恳挚率真，听得静竹不时抹着泪水，绣花手绢湿了一条又一条！

这个令她铭心刻骨思念了十年之久的情郎，突然间仿佛从天而降似的来到西山。她甚至怀疑这不是真的，这是梦，这是千百个美梦中的一个。她不由得将杨度的手攥得紧紧的，再用手指细细地抚摩着。这不是梦幻！这是一只真实的强劲的滚动着血液的男人的手。人也没有变。尽管十年来风雨沧桑，他成家立业了，但他倜傥的风度，他纯真的情感，仍旧是十年前那个落第的举子，那个在佛祖面前立下宏誓的血性男儿。她热切地问他，那块绿绸包的拜砖带来了吗？杨度猛地一惊，是的，当年静竹如同掏出一颗心似的把那块拜砖送给了自己，回家后把它锁进了柜子，后来流亡日本没有带上，再以后就渐渐把它给忘记了。若不是静竹提起，他也许再也不会想起它，杨度觉得很惭愧，但他不愿说谎，只好告诉她拜砖一直珍藏乡下老家中。这句话却令静竹的心冷了好长一会儿。

他们整整谈了一夜，直到天大亮时，杨度才困倦地和衣在炕上躺了一会儿。亦竹也到另一个房间去睡觉了。静竹坐在炕上，望着身边熟睡的皙子，自己毫无睡意，她在思考着今后的日子……

中午，三人在一起热热闹闹地吃了一餐午饭。饭后，静竹对杨度说："皙子，你看亦妹这件事如何处理？"

杨度问亦竹："你自己的主意拿定了吗？"

亦竹坚决地说："我是绝不嫁那个花花公子的。"

杨度点点头说："你有这个决心就好。袁府一家我很熟，袁克文我也见过。他人很聪明，品性也不坏，只是生活上太放荡了，这是大家公认的，我也不主张亦妹嫁给他。"

静竹握紧杨度的手说："皙子，这事就求你帮忙了，你去跟袁家的人说，就说亦妹不愿意，请他打消这个念头。丹花硬留下的这一千两银票，就烦你退给袁府。"

静竹从枕箱里拿出那张银票塞给杨度。

杨度接过银票，把它放进口袋，思索片刻说："那袁克文是个任性的公子哥儿，他爱着的人要他放弃，不是容易的，这事还得想点别的法子。"

"还有什么别的法子呢？"听杨度这样说，亦竹心里又不好受了。

"莫着急，办法总是有的。"杨度安慰她。

"我倒有个主意，就不知亦妹愿意不愿意。"过了好长一会儿，静竹慢慢地说出一句话来。

"静姐，什么主意，你只管说，愿意不愿意，我们姐妹好商量。”亦竹催道。

静竹抿着嘴半天不做声。杨度望着她，只见她面容憔悴，两眼乏神。昨天谈话时那种照人光彩消失了许多。他心里怜恤道：“这十年岁月的确将她打磨得够苦了。”

“静姐，你说呀！”亦竹又催促。

“亦妹。”迟疑了很久，静竹终于开口了，“为了使袁家二公子打消念头，只有一个办法，那就是让他知道，亦妹是有主的人，这个主就是皙子。”

“你说什么！”杨度和亦竹同时吃了一惊。

“你们听我说。”静竹凄然一笑。“皙子可以对袁家的人说，四年多以前，你就用重金把亦妹从横塘院里赎了出来，当时因事出仓促而来不及完婚，这次来北京找了好久终于找到了。我可以为此事作证，若有必要的话，还可以请丹花也做个证人。亦妹既然是皙子的人，袁二公子大概也不好意思强抢了……”

“要不得，这个办法不好！”不待静竹说完，杨度立即反对。“这样的大事是不能说谎话的。我跟袁大公子是结拜兄弟，时常往来，他知道我欺骗他家，那会很生气的。”

“哟，你还跟袁二公子的哥哥是结拜兄弟，那这事就更好办了。”静竹又勉强挤出一丝笑容。“皙子，谁叫你欺骗袁家了！我说的是真话，你把袁家的聘礼退了后，就立即与亦妹拜堂成亲。”

“那哪儿行！”亦竹又羞又急，脸顿时涨得通红。“静姐，你盼杨先生盼了整整十年，好容易盼来了，怎么又不跟他好了？”

杨度也紧紧地把静竹的手握着，动情地说：“静竹，我要娶你，我要娶的是你呀！亦妹的事再想别的办法。”

静竹的手冰凉冰凉的，被杨度攥得发痛。她没有抽出，让他死死地攥着。她闭下眼睛，一行泪水汩汩流出，直流到杨度的手上。静竹出乎常情的神态，令杨度的心几乎碎了。

“皙子，我爱你，我也知道你爱我，但我们没有缘分呀！”亦竹给静姐抹去眼泪。静竹斜靠在墙壁边，叹了长长一口气，说，“戊戌年潭柘寺聚会，我本预备第二天把一切都对你说，不料第二天一早我不得不离开那里。那时我就想到，我们可能前生无缘。癸卯年，我打发亦妹在长郡会馆天天等你，却一直没有把你等到。又谁知突起变化，你跑到日本去了，再次失之交臂。好不容易把你盼回来了，我又病瘫在床不能起身。三次机会都不能使我们结合，这难道不足以证明我们之间没有缘分吗？”

“不！我们有缘，我们是千里姻缘一线牵！”杨度几乎喊起来，“你不要乱想，你还年轻，你会很快好的！”

亦竹也抱着静竹哭了起来，抽泣着说：“静姐，你不要乱想，你会与杨先生生活得很幸福的。”

静竹轻轻地摇摇头，泪水一串串地滚了出来：“这些年来，我信命了，我是个苦命人，皙子命大福大，我和他不能相配。”

静竹把手从杨度的手中死劲地抽出来，搂着他的脖子，两眼直直地望着他的脸，说：“皙子，实话跟你说吧，我不能配你，我是个出身青楼的女子，遭受过肮脏男人的作践，我不能为你生儿育女，我不能为你带来体面。倘若是三个月前，我的脚好好的，我可能下不了这个决心。但是现在，我不得不狠下心来了，我不能给你添麻烦，我不能害了你。皙子，我的好兄长，你能体谅我这颗心吗？”

杨度听到这番话心如刀割，他再也不能控制自己了，他抱着静竹大哭起来，连声说：“静竹，你不要说了，你不要说了，我们生生死死在一起！”

亦竹也伤心得哭泣不已。

好长一会儿，静竹松了手。她拿起身边的花手绢，温柔地给杨度擦去了眼泪，像大姐姐哄弟弟一样地说：“皙子，你不要哭，男儿有泪不轻弹。男子汉的眼泪是血，不像女人，女人的眼泪是水。女人哭了，心里就舒坦了。我现在好受多了。”

静竹硬着心，拼命地在脸上装出笑容来，温存地说：“我虽然不能做你的妻子，但我今生今世能结识你，我也知足了。自古以来烟花女都是男人的玩物，有几个能得到男人的真情？我一个平平常常的苏州女子，能在京师茫茫人海中遇上你；十年磨难，今日重逢，你依然还爱我。这些，已使我胜过古往今来千万个薄命女子了。我静竹能不满足吗？”

静竹说得太认真太动情了，病躯使她的一口气接不上来，亦竹给她抚抚心窝，杨度也在她的背上轻微地拍打。歇了一会儿，她又说：“皙子，我的好兄长，你听妹妹一句话，娶下亦竹吧，她是一个心地最善良的好人。虽然不幸也被卖到横塘院，但她至今还是一个干净的姑娘身子，是一个洁白无瑕的女孩子，我相信你不会亏待她！”

“静姐！”亦竹喊了一声，下面的话不知如何说下去。

杨度两眼直直地望着静竹越来越惨白的脸，也不知说什么是好。

“亦妹，你今年二十岁了，该嫁人了；若还不出嫁，今后少不了又会有这样的麻烦事来。我为你仔细考虑过，嫁个轻薄子弟，会毁了自己一生；嫁个高门大户，你毕竟在横塘院待过，那种家庭你难以安身。皙子的为人你也清楚，你和他结合，他会疼你一辈子的。再说我吧，我今后也就有了依靠。你若嫁给别人，我难道还能跟着你去吗？你嫁给皙子，我自然还是和你们住在一起，我们姐妹永远不会分离，我和皙子也可以天天见面。我的病若好了，我还能为你们照看孩子，操持家务。只是有一个遗憾，要委屈你做二房，这是最大的不足。自古人生难得周全，亦妹，咱们就认了命，缺这一点吧！凭你的贤淑，今后也能与大夫人相处得好的。”

“静姐！”亦竹哭喊着，一头栽倒在静竹的怀里。“我不嫁人，我一辈子照顾你！”

从心里来说，杨度也很喜欢亦竹。亦竹也漂亮，尤其是她与静竹相依为命的特殊经历，更令杨度珍惜。但不娶静竹而娶亦竹，这怎么能说得过去呢？“静竹，我们不谈这件事好吗？下午我就进城去，为亦妹的事去找袁克定，先把聘礼退了再说吧！”

“好。”静竹答应着，把亦竹从怀里拉起，揩掉她脸上的眼泪，浅浅地笑道，“亦妹，你真的福气好，恰好这时皙子来了，解决了这个难题。你应该庆幸，应该笑。”

亦竹定下神说：“静姐，你说得对，杨先生来的真是时候，退掉了这份聘礼，我一辈子都要感激杨先生。”

静竹说：“今天是我们重逢的大喜日子。亦妹，我们姐妹好久没有弹琴唱曲了，你把琵琶给我拿来，我弹，你唱一曲，既庆贺我们的重聚，又预祝皙子退礼成功。”

亦妹起身，从里屋抱出一个琵琶。她拿布将琵琶上的灰尘擦去，又将弦调了调，递给静竹。静竹接过，凝思一会儿，然后轻轻地弹起来。琵琶声时慢时快，时轻时重，飘柔细软如春风化雨，清脆铿锵如珠玉落盘。十年没有听到这样的声音了。当年，就是这优美的琵琶声把他召进了竹林，寻到了她。春江花月夜的如幻如梦的意境，静谧竹林中的如诗如画的聚首，这奇异的时刻，在一对情窦绽开的青年男女的记忆中，它的韵味，它的意蕴，要胜过自然美景的百倍千倍，而且随着时空的推移，在他们心中那块浩瀚的天地里，将会变得越来越圣洁，越来越回味无穷！

“亦妹，唱一曲吧！”静竹温软地对亦竹说。

亦竹微微点头。一曲引子过后，亦竹清亮的歌喉随着琵琶乐曲唱了起来：

彩袖殷勤捧玉钟，当年拼却醉颜红。舞低杨柳楼心月，歌尽桃花扇底风。从别后，忆相逢，几回魂梦与君同。今宵剩把银釭照，犹恐相逢是梦中。

杨度胸腔中的热血又重新涌动起来。

七 看到《大周秘史》的扉页题辞，袁世凯有意成全杨度

杨度一回城后，就打发何三爷送封信给袁克定。

袁克定虽然挂着个农工商部右丞的职务，但他对农工商一点兴趣都没有，一个月难得到部里去一两次，他的兴趣在政治上。

有一天，克定到槐安胡同聊天，问起王闿运。杨度与袁大公子谈起了自己的老师。讲叙老师是怎样在肃顺家当塾师，又怎样劝曾国藩自立为帝，晚年又怎样将他的帝王之学传给了自己。那天杨度的兴致极高，不仅高谈阔论历代王朝的兴衰史，还把去马王庙拜访胡道士的故事都翻了出来。说得袁大公子对帝王之学崇拜不已，临走时，又要去了那本《大周秘史》。他关起门来，在家里足足看了三天，觉得受益匪浅。尔后，袁克定又常常去槐安胡同，与杨度谈东西各国宪政。杨度滔滔不绝地讲叙宪政之学，从中国古代的大同思想讲到日本的明治维新，时而中文，时而日文，间或又搬出一本本砖头厚的硬壳洋文书籍来，熟练地从中为自己的立论查找证据。袁大公子对把兄的学问和辩才确实佩服。

听说二弟看中了把兄的情人，这真是一件有趣的事，袁克定笑着对杨度说："不要紧，放心吧，弟媳妇会还原成嫂子的！"

克定把事情看得太简单了。当他找二弟谈话，说明亦竹早已名花有主，不如放弃时，克文根本听不进。他倒要大哥为他说项，劝杨度放弃。克定摆出嫡长子的身份来教训二弟，但克文毫不买账。说到后来兄弟俩争吵了起来，不欢而散。

克文知道大哥在父亲眼里的分量，估计自己敌不过他，便去找嗣母沉氏。沉氏是长妾，又与袁世凯共过患难，在袁府中的地位仅次于夫人于氏。沉氏对克文向来是一味纵容，她安慰嗣子："不要紧，妈

给你做主，你喜欢的姑娘都娶不过来，还算袁府的二公子吗？”

趁着当夜值宿的机会，沉氏向袁世凯吹枕头风，说克文如何如何喜欢那个姑娘，做父亲的理应成全儿子。

袁世凯听在耳里，没有做声。克文的情人做了袁府的八姨太，做父亲的觉得对儿子有所亏欠。现在克文又看中了一个女孩子，他当然应该成全，并愿借此机会多送点珍宝，用以弥补先前的过失。但这女孩子又偏偏是杨度的人，袁世凯有点犹豫了。

第二天，克定果然来向父亲禀报，请父亲命令二弟收回聘礼，成全杨度和亦竹的好事。

“克文的性子你是知道的，他怎么会肯放弃呢？”

袁世凯嘴里含着一片人参，一边说一边慢慢地细嚼。这人参是保定军官学堂总办段祺瑞送来的礼物，它是真正的长白山野参，行家鉴定这棵参至少在山里长了五百年，不到一斤重，段祺瑞花去了两千两银子。袁世凯又添了一房娇妾，正需要这东西，这段时间天天不离口。

“父亲，二弟在这方面很任性，简直到了胡来的地步。”袁克定垂手侍立一旁，在《曾文正公家训》教导下成长起来的大公子，十分注重上下尊卑礼节，他跟父亲及生母于氏说话的时候从不坐，不管说多久的话都站着，而且不露一丝倦意。“您可能不知道，他从苏州回来不到四个月，就娶了两个妾了。第一个过门一个多月，他就把人家遣出去。第二个跟他也没过上两个月，就因为看上了这个亦竹，又嚷着要把她遣出去。他现在喜欢亦竹，用千两银子聘过来，新鲜个把两个月，又会不要了。这不是造孽吗？”

因为与父亲住在一起的缘故，袁克文极不情愿地赔去了正在火热中的郭氏，他吸取这个教训，借口北洋公所的房子不够住，在东条胡同买了一所房子，带着夫人刘氏和妾孙氏住在那里，所以他娶妾遣妾的事，袁世凯并不知道。当然，其他人都知道，只是怕得罪克文和溺爱嗣子的沉氏，而不敢告诉袁世凯。克定要为杨度帮忙，也恼火二弟的荒唐，不得不把这事捅出来。袁世凯果然生气了。

“这个浑蛋，怎么可以这样胡来？哪天我要抽他一百鞭子！”

对于犯事的儿子，袁世凯常常亲自拿鞭子抽打。发怒的时候，他甚至一连抽几十鞭子，把儿子打得遍体是血，在地上翻滚哀号，他也不怜恤。就因为这，儿子见了他，都如鼠儿见到猫一样。在他十多个儿子中，唯一没有挨过鞭子的便是克定。

“他喜欢哪个姑娘，要过来，跟人家一心一意过日子倒也罢了，像现在这般走马灯样地换人，家里怎么能赞同？何况杨皙子与这姑娘早已定了情，花了大银子将人家赎了出来，二弟快乐个把两个月就丢了，皙子却要痛苦一世，也太不合情理了！”

克定的话有道理。袁世凯略微点了一下头，问：“你这段时期与杨度交往，此人到底有没有真才实学，是不是那种徒有虚名的假名士？”

“父亲，儿子正要向您禀报，这个杨皙子是个极有才能的人。”

袁克定把在槐安胡同与杨度谈宪政的情况向父亲作了汇报。袁世凯不时摸一下硬挺的一字胡须，认真地听着。

“父亲。”袁克定压低了声音，弯腰对着袁世凯的耳朵说，“杨皙子得其师壬秋先生帝王之学的真传，依儿子看，他很有点房玄龄的遗风。”

“是真的吗？何以见得？”袁世凯侧过脸来问，他对儿子这句话很有兴趣。

“有一天，儿子问他王氏帝王之学是什么。他从先天下午一直说到第二天凌晨，将其师的帝王之学说得精彩至极，令儿子怦然心动，暗思今日房玄龄已降世，可惜不见唐高祖。”

袁克定表面恭敬礼让，犹如谦谦君子，其实野心大得很。六年前，袁世凯为他和克文聘了一个扬州人方地山为家庭教师。此人十岁中秀才，是个早发的神童，但后来试场中却不得意，并未中举人、进士，于是进了北洋武备学堂当教习，同时也为天津的《大公报》写文章。方地山的文章写得好，文名也便越来越大，终于被袁世凯看中延为西席。方地山饱读经史诗文，自视绝高，但文人习气极重。他一面自诩为管乐诸葛之才，一面又诗酒风流，放荡不羁。他的这两个方面深刻地影响他的两个同父异母秉性悬殊的学生。其放浪形骸传给了克文，其政治野心感染了克定。有一次，他曾经十分认真地对克定说：“我熟研史册，默观世事，深觉今天的天津就是当年的太原，宫保大人乃唐公李渊，大公子即秦王世民，愿好自为之。”此话被克定牢牢记在心中。看着父亲的事业越来越红火，他也越来越相信老师的预测，暗中隐隐以李世民自期。当然，这种期许只能藏在心底深处，包括父亲在内，他没有向任何人透露过半点。今日灵感忽至，他有意泄露半句，以窥父亲的态度。袁克定说完后，目光注视着父亲。

袁世凯停止了口中的咀嚼，两只眼睛发出闪亮精光，一只手紧捏着丰厚的下巴，沉吟片刻，突然霍地一下站起，盯着儿子厉声喝道："谁说没有唐高祖，时机不到而已！"

袁克定又惊又喜地答道："父亲说得对，只要时机到了，天会降唐高祖，百姓也会拥戴唐高祖。"

袁世凯在书房里"笃笃"走了两步，重新坐下，对儿子说："自古至今，具有开基立国本事的人，朝朝代代都有，只是革故鼎新的时势不易具备罢了。一旦时势具备，便自有应时而出的人物。唐高祖、宋太祖等人固然是人中之龙，但也并不是那样高不可攀的。你读史书，要从这些个道理上用功。当然，今天是我们父子家里私谈，你不能对外面乱说。懂吗？嗯！"

"懂吗"这两个字，常常是袁世凯对下属晚辈训话时的结束语，有时在"懂吗"后面再加一个"嗯"字。凡说这种话的时候，听者不能有丝毫的疑问提出，必须不折不扣地去坚决执行。克定熟谙父亲的脾性，明白这句话的分量。他战战兢兢地回答："儿子懂。"

"你知不知道，王壬秋的帝王之学是一门并没有成功的学问？"袁世凯从口袋里又摸出一片人参来放进嘴里。

袁克定从书案上捧起墨玉杯，双手递给父亲。袁世凯喝了一口，将杯子放在一边的茶几上。

"王壬秋早年游说诸侯的事，儿子也略知一二，那天儿子也问过杨皙子。他说其师的帝王之学，作为一门学问来看，是了不起的，作为一番事业来看，的确没有成功。原因不在学说的本身，而在没有遇到合适的人。无论是肃顺还是曾国藩，都不是值得辅佐的人。"

"哼！"袁世凯从鼻孔里冲出一个字来，像是冷笑，又像是讥讽。"杨皙子现在奉行乃师的这个学说，就会遇到值得辅佐的人吗？"

"杨皙子对儿子说过，他的帝王之学比起其师来有发展，他把洋人创造的君宪制加了进去。他说，改朝换姓，是一场翻天覆地的变动，没有重大的天灾人祸作为背景是难以成功的。他不主张革命，认为中国目前不具备革命的条件，孙中山、黄兴也难说是命世之主。若行君宪则顺天应时。君宪制的内阁总理其实就是一国之主，但名义上却未变换朝代。杨皙子说可惜其师年轻时，君宪学说未传入中国。若当初以内阁总理来游说肃顺、曾国藩，则会成功，因为他们可以免去篡逆的罪名。所以，杨皙子说，他的学说是王氏帝王之学加西洋君宪学，也可以称之谓新帝王学，而此新帝王学在今天的朝廷里是有可值得辅佐的人的。”

“他具体说谁了吗？”

“没有。”克定知道父亲的心思，但杨度并没有说出“袁宫保”三个字来，他也不好捏造。“父亲，杨度还有一本从卜者手里得来的奇书，名叫《大周秘史》，是当年吴三桂手下的一个大臣，在大周政权失败后偷偷写下的一部史册。儿子看过，受益不小。儿子想把这本书推荐给父亲看，见父亲这一向很忙，故未提起。”

袁世凯一向崇尚实干，不把太多的时间用在读书上，但出身书香门第的他绝不是武夫莽夫。小时候在父祖辈的严格督促下，他也曾认真读过四书五经，练就一手端正的楷书，也能写得出通顺的文章，做得出规矩的律诗。他因此也看重读书人，尤其是那些有经济之术的读书人。于军政有用的书，他也间或读读。吴三桂这个历史人物，袁世凯对之有浓烈的兴趣，特别是他身边人所写的秘史，其中一定有许多外人不知的东西。袁世凯正需要这种书，他吩咐儿子：“你去拿来，我翻翻。”

袁克定从自己房间里拿来《大周秘史》，双手呈给父亲。袁世凯接过，前前后后地看了看，又翻开内页来仔细瞧。“这是一本年代久远的书。”他以行家式的口气做出结论，然后郑重其事地打开第一页，赫然见扉页上题着一段短文：

世人皆曰吴三桂为叛臣逆子，吾独谓三桂一时人杰也。观其少封通侯，雄踞边关，明廷倚重，满人畏惮，当是时，昂扬乎一代名将也。当李闯发难，崇祯自戕，中原无明君，关外有英主之时，三桂独能审世变，识时务，引满洲铁骑入关，速平内乱而宁静华夏。其多次规劝满主重汉人，复唐制，用旧官，慎杀戮，实安邦之良策，治国之佳谟。后多尔衮氏屠城焚室，血洗江南，乃满人野性之暴露，初非三桂本意也。

有鉴于此，三桂移居云南，阳受藩王之封，做朝廷顺民，暗中招兵买马，铸钱囤粮，欲图汉人复兴大业，虽兵败垂危，楚歌四面，犹登台祭天，建号改朔，其事败则败矣，然大周一朝，孰能从史册上抹掉？即此一举，非大英雄能为乎？何况国丈席上，识真美人于风尘之中；千里驱兵，救爱妾于敌军之手；十里笙歌鼓乐，通宵香花灯烛，迎圆圆于血火战场之上。古今中外，有如此之真男子如此之真名士乎？吾谓吴三桂一时之人杰，当不为故作高论耸人听闻也。

杨哲子识于抚剑观书阁

袁世凯笑道："杨度不人云亦云，倒也难得，看来此书对吴三桂有些不同流传的记录，我翻翻看。"

袁克定说："儿子看杨哲子这人有过人之识，日后有可能成为父亲身边的房、杜。"

说到这里，他瞟了一眼父亲，见父亲的嘴角明显地抽搐了一下。他心里高兴，忙回到主题："儿子想，父亲不如卖个人情给他，命令二弟收回聘礼，成全他的好事。二弟的性格我知道，他顶多难过十天半个月，待再遇到一个漂亮女人，就会把一切都忘记了，而杨哲子却会感激一辈子。您看呢？"

"行！"袁世凯不再犹豫了。"你去告诉克文，人家的女人不能强要。"

"是！"克定高兴地答应，正要转身离开书房，又被父亲叫住。"你还要正告他，今后要老老实实地读书，学习做事，若再这样今日一个明日一个地换小老婆，看我不打断他的脊梁骨！懂吗？嗯！"

"儿子这就去告诉二弟！"

八　即使是秉承士为知己者死的古训，杨度也甘愿为袁世凯驱驰

当袁克定把他父亲的决定告诉杨度时，杨度对袁世凯充满了发自内心的感激，迫不及待地赶到西山，把这个喜讯告诉静竹和亦竹。亦竹满心欢喜。静竹则是又高兴又痛苦。她深深地爱着皙子。多年来，皙子是她整个生命的支柱，而现在她却不能和皙子结为夫妻，她能不为此悲伤吗？

"静竹，这两天收拾一下，我回城去叫一辆大马车来，把你和亦竹都接到城里去。槐安胡同的房子很宽敞，住城里到底比住西山好些。"杨度兴致勃勃地说，"亦竹这下解脱了忧虑，慢慢地，我再替她寻一个婆家。静竹，你安心把病治好，病好后我们就完婚，今后再不分开了。"

杨度这番深深的情意，使静竹十分感动。杨度愈是这样地爱她，

她愈觉得自己要为心爱的人着想。病得这个样子了，不但不能给他带来欢乐，反而要给他增添很多麻烦，静竹心里如何能安？她下定最大的决心，要以最恳切的态度来说服杨度。

静竹握着杨度的手，双眼噙着泪花说："皙子，我和亦竹这就搬到槐安胡同去，但你必须接受我的要求，否则我就不去。"

"静竹，我曾经对着佛祖起过誓要娶你，况且这十年来你为我吃过许多苦，现在我怎么能因为你的病而背弃自己的诺言呢？我绝不能那样做！"

见杨度仍是这般痴迷，静竹不得不把话说得更明白了："皙子，你聪明过人，却为何在这件事上如此的不明白！我静竹这一世，不管与你完婚不完婚，我的一颗心早就给你了，我也早就认定自己是你的人了。不要说眼下病瘫在床，就是今后好了，恢复了健康，我也不会离开你，永永远远和你在一起。"

杨度高兴地说："这就好，这就好，我们再不分离了。"

停了一下又说："静竹，既然这样，那你为何总要我跟亦竹结婚呢？"

静竹嗔道："你真是一个呆子！亦竹这样一个漂漂亮亮的姑娘，你难道不喜欢？"

"喜欢！"杨度立即说明。这是他的心里话，那年在庙会上远远地看见她，就喜欢她了，她的身段和静竹一样美。

"你喜欢她，就由我来做媒，把她嫁给你。我是她的姐姐，姐姐嫁妹妹，原是理所当然的事。再说，这样做也是为了我自己。"静竹揉了揉眼睛。前些日子害眼病，那天见了杨度后心里欢喜，又流了不少眼泪，眼睛居然好多了。她将泪水擦掉，说，"皙子，这些年来我与亦竹可以说是相依为命，我们两姐妹谁也不想离开谁。假若你不娶亦竹，亦竹很快就要嫁人，我们姐妹就会分开了。我现在病在床上，正需要照顾，亦竹一走，就只有全靠你了。你一个大男人，有许多大事要做，我能忍心看着你为我耽误吗？"

见杨度轻轻地点了一下头，静竹握紧他的手，脸上泛起一阵红晕，悄悄地无限柔情地说："皙子，以后我的病好了，我同样可以服侍你，做你的女人呀！"

杨度的心一下子豁然开朗了：静竹这样的安排，是既没有舍弃她，又成全了大家，而自己却一时间获得了两个女人。杨度抱着静竹，在她的脸上重重地吻了一下，欢天喜地地说："静竹，我明白了你的苦心，我谢谢你了！”

见杨度这样的快乐，作为一个女人，静竹心里又隐隐地冒出一丝酸意！

嫁给杨度，亦竹自然是愿意的，何况她不愿离开静竹。这件事就这样定了。

几天后，静竹姐妹从西山搬进槐安胡同。两个女人的来到，给空寂的四合院顿添无限生机，连看门的何三爷都觉得生活中增加了许多情趣。

杨度的伯父对他们兄妹有父亲般的慈爱和关怀，于理于情，杨度都不能在伯父去世周年未到便办结婚喜事，遂将婚期推迟到中秋节后。他写信禀告母亲，又将此事的详细过程函告妻子黄氏，请求她同意。杨度是四品衔京堂，在石塘铺乡下人看来，已经是了不起的大官了，年纪轻轻的一人孤身在京城，娶个妾，情和理上都说得过去。母亲和夫人来信都表示赞同。接到信后，槐安胡同的三个人都放下心来。

杨度请夏寿田给他们当证婚人。夏寿田和他的两个太太都对这段传奇般的姻缘感叹不已，很乐意为他们操办此事。接到夏寿田代他们发出的婚帖后，在京的知旧们纷纷送来礼物。还有过去不曾相识但慕杨度之名的人也借此机会道贺送礼，杨度又结识了许多新朋友。张之洞还给他们亲笔书写了一副贺联，为杨度脸上增色不少。尤其是袁克定代表他父亲送来的礼物，更令杨度见后感叹不已。

这是一套明宣德年间产自江西景德镇的八宝瓷瓶，袁克定向杨度讲叙了它的来历。

这套八宝瓷瓶原是和珅家珍藏的宝贝。和珅深得乾隆皇帝的信任，权倾朝野，他搜罗了天下许多奇珍异宝，还建造了一座仅次于紫禁城的豪华大府第，令京师王公大臣们眼热。乾隆晚年，众多的阿哥们都眼巴巴地盯着那张被老爹坐了五十多年的宝座。二十五子颙琰才干出众，得父亲的宠爱。经过无数次明里暗里的你争我夺，凡有可能被立为大阿哥的阿哥们都败在颙琰的手下，颙琰的劲敌只剩下十七阿哥庆王永璘了。颙琰决定跟他的这位异母兄摊牌说明白。永璘知道颙琰大势已成，争也争不过他，不如干脆得点实惠，便说：“二十五弟，大阿哥的位置就让给你吧，只是你做了皇帝以后不要忘记我就是了。”

颙琰说：“除开皇位外，你要什么，我都给你。”

永璘说："好哇，你说话算数？"

颙琰说："当然算数。周成王桐叶封弟，我今天来个桐叶封兄。"

"那你把和珅的宅子送给我。"

颙琰心里一惊：这小子野心倒不小，居然要起和珅的宅子来！这和珅的宅子是他自己建造的，又不是父皇赐给他的，即便是父皇赐的，也不能收回呀！况且他权势熏天，如何能把他的宅子夺来送人呢？

见颙琰在沉吟，永璘笑道："怎么样，做不到了吧！"

颙琰想：还没有当皇帝，就说话不算数，今后皇位还能坐得稳吗？无论如何也要兑现这句话，于是咬紧牙关说："就把和珅的宅子送给你！"

乾隆六十年是弘历登皇位的一甲子周年，为了表示对祖父的崇敬，他不愿意自己在位时间超过康熙纪年，遂宣布在这一年退位当太上皇，由颙琰继位。颙琰即位后，改年号为嘉庆。

嘉庆皇帝主政后考虑的第一桩大事，就是寻思着如何把和珅的宅子拿过来。但有太上皇在，和珅并不买皇上的账，嘉庆帝没有办法。三年后太上皇死了。和珅贪赃枉法，本积怨甚多，这下靠山倒了，大家不怕了，便纷纷上奏弹劾。嘉庆帝抓住这个机会，将和珅革职抄家，没收和珅的财产折合白银二亿二千多万两，相当于五年多的国库收入，嘉庆帝得到了一笔巨大的财富，老百姓编了一个歌谣，说是"和珅跌倒，嘉庆吃饱"。于是永璘也如愿以偿，搬进了垂涎多年的和珅之宅。嘉庆帝还格外开恩，凡和珅书房里的一切摆设均赏给永璘。这样，永璘还得到和珅的几万卷图书和摆在书房里的珍宝。这套八宝瓷瓶即是其中之一。后来永璘死了，宅子归长子绵慜。绵慜死后，其嗣子奕綵犯罪革爵。咸丰帝收回宅子，将它赐给六弟恭王奕䜣。奕綵无子，堂弟奕劻继承了长房。奕劻靠着他的本事和机遇终于袭了永璘的庆王爵位，掌了军机处领班的大权。奕䜣的孙子恭王溥伟为了讨好他，把当年和珅书房里所留下的一切又转送给奕劻，于是这套八宝瓷瓶又回到了庆王府。那年袁世凯费心思帮载振摆脱了窘境，奕劻便将这套八宝瓷瓶作为酬谢送给了袁世凯。

"大公子，这样贵重的礼物，我如何担当得起，请你回禀宫保大人，就说我深深拜谢了，宝瓶不敢收。"当杨度听完了这套瓷瓶从和珅到永璘到奕劻再到袁世凯的非凡经历时，他惊讶得连连摆手。

“皙子兄，你这就见外了。”袁克定笑着说，“古董珍宝再贵重，它也只是身外物，不能跟情谊相比，顶多只能作为情谊的表示。今日娶嫂夫人，这就算我们袁家所表示的一点情谊。二弟孟浪，使嫂夫人受惊了。因此家父还说，这也是袁家所表示的一点歉意，务必请收下。”

杨度见袁克定说得这样恳切，只得收下了。袁克定拿出一本装帧精美的簿子来，说：“这是当年从和珅府里一道传下来的八宝瓷瓶的图册，你可以将它和瓷瓶一一对照，了解它们的详细情况。”

杨度打开翻看着。图册上有八幅图，用彩色绘出八个瓶子，旁边配着文字。这八幅瓶图与八个瓷瓶一一应照，它们分别为凤尾瓶、美人醉瓶、石榴瓶、柳叶瓶、玉壶春瓶、天球瓶、胆瓶、蒜瓶。

他一边看着图册的介绍，一边仔细地欣赏这一套价值连城的宣德名瓷：凤尾瓶喇叭口，长颈鼓腹，下敛，底外撇，形似凤首，造型雍容端庄。美人醉瓶长颈削肩，丰胸收腹，以色泽如牡丹般娇艳的红釉烧成，宛如亭亭玉立的美人春日醉酒，显得格外妩媚动人。石榴瓶翻口短颈，高脚，中部圆鼓，以粉彩装饰，酷似一只石榴。柳叶瓶形如柳叶，质白如玉，胎薄如纸，上面以墨彩绘着一幅灞桥折柳送别图。用折柳图来隐寓瓶形，设计者的心思也够巧了。玉壶春瓶敞口细颈圆腹圈足，形体变化含蓄柔和，线条委婉饱满，上下贯通一气，令人想起王昌龄那两句名诗：“洛阳亲友如相问，一片冰心在玉壶。”天球瓶长颈下连接着一个大大的圆球状的肚子，肚子上彩绘着天河、北斗、日月星辰，呈现一幅壮观的天象图。胆瓶造型如悬胆，蒜瓶宛如蒜头，均线条和谐含蓄，色彩晶莹透亮。

一向酷爱古董的杨度抚摸着这套绝世珍品，爱不释手。袁克定在一旁笑道：“这八个瓷瓶，六个置于你的书房，另外两个是专为送给嫂夫人的。”

“哪两个？”

“一个是美人醉瓶，它是嫂夫人的写真。”

“噢，是不错。”杨度笑道，“另一个呢？”

“石榴瓶。”

“为什么？”

“这里有个典故。”诗文虽作得不太好，但书却读过不少的袁大公子掉起书袋来，“《北史》里有一个故事，说的是北齐安德王延宗纳赵郡李祖收之女为妃，一天安德王的父亲齐帝到李宅赴宴。宴后，妃母宋氏献二石榴于帝前。大家都不知道宋氏的用意。齐帝起身后没有带上。李祖收说，请皇上带进后宫，石榴多子，愿陛下龙子龙孙多如石榴。”

杨度明白了袁克定的意思，哈哈大笑起来。

入京三个多月来，杨度得到袁世凯的关照厚爱真是太多太大了。尤其是将儿子的所爱剥掉，成全一个年轻下属的好事，此举不仅在近世中国无有先例，就连古今中外也罕有其匹。一个位高权重出将入相的大官员能做出这种事来，令杨度铭心刻骨的感激。现在又打发大公子亲自送来这一套传世珍宝表示祝贺和歉意，也使包括夏寿田在内的所有杨度的朋友们惊异不已。莫说袁世凯雄才大略，是出于为朝廷早立宪政之心而延揽人才，就是纯粹为了一己私利而网罗亲信，秉承士为知己者死的古训，杨度也甘愿为这样的人所驱使。更何况当他得知袁世凯激赏《大周秘史》，以及袁克定对帝王之学表现出异乎寻常的热情之后，已隐隐约约地从袁氏父子的身上看到了曹氏父子、司马氏父子、李氏父子的影子。满人气数已尽，汉人久屈必伸，主九州浮沉者，难道将是袁氏父子吗？杨度想到这里万分兴奋，他仿佛看到了帝王之学的买主！

第四章　山雨欲来

一　大喜之夜，杨度和亦竹双双来到静竹的房里

八月十五日这一天，天上月圆，地上人圆，在家家团聚的中秋之夜，杨度与亦竹在槐安胡同举行了隆重热闹的婚礼。袁克定带着三弟四弟五弟、劳乃宣率领宪政馆一批同僚、夏寿田夫妇以及十几个湘籍京官都前来祝贺。龙凤烛光下，望着妆扮得如同天仙般的亦竹，杨度心里充满着无限爱意，同时也愈加感激静竹为他所做出的牺牲。他知道，作为一个女人，静竹为她自己的选择付出的代价是多么的巨大，尤其是她——一个苦苦等待情人十年之久的女人，其代价更不是人世间任何东西可以比拟的。客人们都散去后，杨度和亦竹双双来到西厢房静竹的房间。

几个月来，杨度延请京师良医为静竹治病。经过精心的治疗，静竹的病情有所好转，但仍不能起床。上午，在别人为亦竹盛妆艳抹的时候，她挣扎着自己坐了起来，背靠着墙壁，梳了一个鹊尾头，选了一支粉红色松花玉簪插上，又换了一件大红底绣着飞蝶恋花图案的上衣。梳妆好后想了想，又拿起剪刀，找来一张金黄色的彩纸，剪了一个大大的“囍”字。中午何三爷送饭来时，她请何三爷把这个“囍”字贴在窗棂上。

当隔壁房间里充溢着欢歌笑声的时候，静竹独自躺在床上，望着窗棂上的“囍”字，心中百感交集。她默默地为杨度、亦竹祝福，同时也为自己的薄命而深深叹息。她为当年在风尘中结识了一名真正的男子而庆幸，又渴望自己能早日恢复健康，与杨度、亦竹一起共享生活的乐趣。她企盼杨度今后能成为一品大员，她和亦竹都能得到皇上的封诰，又有点担心杨度显贵后会看不起毕竟是出自青楼的她们姐妹，或是再纳妾讨小，分去了对她们的感情。

静竹就这样独自躺在床上胡思乱想，竟然想得心思沉重泪水涔涔起来。

“静姐，你哭了？”杨度和亦竹一道进门的时候，亦竹一眼就看到挂在静竹脸上的泪珠。

“不，不，我这是高兴！”静竹显得有点慌乱，她忙拿起枕边的手绢，挣扎着要坐起，一边说，“我恭贺你们大喜！”

“静姐，你快躺好！”亦竹赶紧走过去，将手绢从静竹手里拿过来，坐在床沿上，替她轻轻地揩去泪水。

“客人们都走了？”

“都走了！”杨度答道，顺手拖过一把椅子坐下，真挚而动情地说，“静竹，今天是我和亦竹的大喜日子。有这么一天，完全是出自你的安排。我知道你这样做是苦了自己而为我好，为亦竹好。今夜，我要当着亦竹，对你说几句肺腑之言：我今后会好好地爱着亦竹，一生一世护卫着她，让她一辈子生活得幸福快乐。”

亦竹又喜又羞地低下了头，将热得发烫的双手捂着静竹冷冷的手。

静竹忙点头说：“皙子，我相信你一定会这样做的，这就是我为什么要把亦竹送给你的缘故。女儿家是一朵花，是一根藤，它要靠园丁爱护，要靠大树做主心骨。当然，美丽的鲜花也会给园丁带来喜悦，青翠的蔓藤也能使大树姿态婆娑。亦竹贤惠能干，她也会给你一生带来乐趣和温馨。”

诗一般的语言，“水晶”一般的心，使杨度的热血冲动起来。他不顾亦竹在一旁，也不顾今天是他们的大喜之夜，他双手捧起静竹美丽而带着憔悴的面颊，从心底里喊道：“静竹，我爱亦竹，我更爱的是你，不管你病得如何，哪怕是一辈子都起不了床，你在我的心中永远是美丽的。从十年前江亭初次见面的那一时刻起，我就深深地爱上了你。这份爱，一直到老到死都不会改变！”

滚烫奔涌的男儿热血，铜打铁铸的男儿心声，给静竹无限的感动，无限的满足，无限的幸福。她，一个苦命的曾陷火坑的弱女子，有一个这样的男子对她说出这样一番情深意重的话，她这一生还希求什么呢？尽管现在她不能与他同床共枕，或许今后永远也不能与他缔结连理枝。但是她，一个虽不幸沦落烟花却曾经受过诗书熏陶而又钟爱人生的聪慧女子，比世间许许多多女人更能懂得，床笫之乐并不意味着男女真心相爱，超越肉体的心灵深处的爱恋，才真正是人世上男女之间生死不渝的爱情！

热泪再次从她那双丹凤眼里悄悄流下。她深情地凝望着心上人，说：“别，皙子，我知道你的心。从今天起，亦竹就是你的妻子了，你应该全副心思地爱她。”

亦竹握紧静竹的手，颇为激动地说：“静姐，皙子今夜说这番话，我不但不会妒忌，我会更爱他。你常对我说，男人最怕的是朝三暮四，喜新厌旧，最难得的是痴心不改，一往情深。皙子这样爱你，正是最为难得的男儿情。他越是这样，我越是爱他！”

“好妹妹，你真是我的亲妹妹！”静竹反握着亦竹的手，十分动情地说。“亦妹，今天是你的大喜，姐祝福你，送你一件小礼物。”

“你送我什么礼物？”亦竹高兴地问。

静竹弯过手臂，从枕头底下摸出一个方方正正的小盒子来。小盒子以火红色的丝绒装饰着，显得精致华贵。静竹把它打开，出现在大家眼前的是一对淡绿色的玉手镯。手镯小巧玲珑，晶莹夺目。

静竹对亦竹说：“你将它对着烛光看看。”

亦竹好奇地拿起手镯，对着红光闪烁的蜡烛看着。她惊异地发现：两只手镯里面似乎都有数不清的小鸟在飞翔。“静姐，你这是哪来的宝贝？”

“这对手镯，就是当年潭柘寺里那个暹逻商人送的。”静竹转过脸望着杨度说，“那个商人在横塘院里看上了我。他原先是想带我在潭柘寺里玩几天后再赎我出来，然后把我带回暹逻去做小妾。在遇到你之前我也动过心，干脆远走高飞算了。江亭见到你后，我打消了这个念头。那个商人送我这对玉镯，说这是用一种名叫飞鸟玉的极为名贵的玉制成的，带在手上，可以保护手臂不致因跌倒而折断。也不知这商人说的话是真是假，但玉镯中有小鸟在飞却是真的，白天对着太阳看，还可以看得更清楚些。”

杨度说：“好玉带在手上，可以防止跌断骨头，这话我从小就听人说过，应是不假。”

亦竹非常喜欢这件礼物，她试着戴在手腕上，刚好合适。她感激地说：“静姐，这礼物太珍贵了，我哪里受得起呀！”

“傻妹子，说这话做什么？姐姐我今后还要依靠你哩！”

“静姐！”亦竹激动地说，“我的父母早已去世，也没有一个兄弟姐妹，你就是我的亲姐姐，我心甘情愿服侍你一辈子。”

静竹听了这话，眼泪禁不住又流了出来。

亦竹继续说：“静姐，我说句心里话，皙子本就是你的人，你为了我好，让我嫁给了他，我很感激你这一片心意。我真心祝愿你早日治好病，早日复原，到那时，我把皙子再还给你。”

静竹笑了起来："傻妹妹，哪有这个说法！"

"静姐，我说的是真话。"亦竹急着说，"要么这样，到了姐姐康复的时候，我来为姐姐举办婚礼，让皙子再做一次新郎，与姐姐拜堂成亲。做大官的人人都三妻四妾，皙子再娶一房也算不了什么！"

说罢，拿眼睛看着杨度。杨度傻笑着，不做声，心里惬意极了。

静竹真喜欢亦竹这句快语，她不作肯定也不作否定，把话题岔了开去："亦竹，你说皙子今后会做大官，这话倒是说到正题了。那年在潭柘寺，我就希望皙子今后大有出息。十年了，皙子果然不负我的希望，再到京城来做官了。"

她转而问杨度："潭柘寺里那块拜砖，你托人从老家捎来了吗？"

"前几天一位回湘潭省亲的老朋友把拜砖捎来了，这几天忙乱，忘记告诉你了。"

"皙子，你今夜与亦妹办了大事，以后我对你也没有别的请求了，我只求你一桩事。"

"什么事，你只管说，我都做得到。"杨度恳切地说。

"这也不是难事。"静竹用手将头发略为拢了两下，说，"你把那块拜砖放到我的房间里，每天不拘什么时候，你到我的房间里来一趟，坐坐，说说话，再看一眼这块拜砖，回忆一下你在观音殿里向菩萨许下的诺言。行吗？"

"行！"杨度满口答应。

亦竹问："皙子当年向菩萨许下了什么诺言？"

静竹笑着说："你问皙子吧，要他再说一遍，看他还记得不？"

"怎么不记得？我一辈子都不会忘记。"杨度不假思索地说，"当年我是这样对观音菩萨许下宏愿的：菩萨在上，我杨度今生若不做出一番轰轰烈烈的伟业来，我就不是天地间一个男子汉！"

"皙子，你明白我要你天天来我房间的用意吗？"静竹望着杨度，柔和的目光里饱含深情。

"我明白。我不会忘记在菩萨面前说过的话，也不会忘记你的一片期待！"

静竹满意地点了点头，亦竹也兴奋地点了点头。

从第二天起，杨度果然每天都要到静竹房间里去几次。那块拜砖被静竹恭恭敬敬地供奉在梳妆台的正中。他每次看到那块拜砖，便似乎增添一份力量。

他开始认真思索九年预备立宪的程序，翻阅了所有东西方立宪国的资料，又特别仔细地研究日本宪政的得失。他要把自己的一切宪政知识都用上来，制定一份超越世界各国的最为完美无瑕的立宪程序来。中国立宪，这是破天荒的大事，自己为未来九年所做的构思，实际上就是为大清王朝未来九年描绘一幅建设宏图。无疑，这份程序将要垂之史册，作为这份程序的制定者，也必将名垂史册。想到这里，杨度迸发出极大的热情。他的书房里，一份九年预备立宪程序慢慢趋于成熟了。

他设想，在第一年里要筹办各省谘议局，即各省议会。这是一件顶重要的事情，应由各省督抚去办。另外，还要颁布城乡地方自治章程，调查户口章程，清理财政章程。这些由民政部、度支部去办。还需编辑简易识字课本、国民必读课本，以便扫除文盲，提高国民文化程度。此事应交学部去办。还要修改刑律，此事交法部办。

第二年，选举各省咨议局议员。颁布资政院章程，并选举该院。各省筹办地方自治，并颁行自治章程。同时调查各省人口总数、每年收支总数。将新编识字课本颁发全国，在州县创设简易识字学塾。

第三年，召集资政院议员开会，继续办理各省自治，复查各省岁出入总数，厘订地方税收章程，完备厅州县的巡警制度。第四年，会查全国年收支总制，厘订国家税收制度，实行文官考试，筹办乡镇巡警。第五年，各城镇乡地方自治粗具规模，颁布户籍法，颁布新定内外官制，推广乡镇巡警。第六年，实行户籍法，试办全国预算，设立行政审判院，实行新刑律。第七年，试办全国绝算，颁布会计法，试办新定内外官制。厅州县地方自治一律成立，人民识字者达到百分之一。第八年，确定皇室经费，变通旗制，化除畛域，设立审计院，实行会计法，乡镇初级审判厅一律成立，人民识字者达到百分之二。

第九年，正式宣布宪法，宣布皇室大典，颁布议院法、上下议院议员选举法，同时进行选举，确定年度预算绝算。新定内外官制一律实行，人民识字者达百分之五。

第九年，也就是光绪四十二年，古老的中华民族，广阔的神州大地，将诞生出一部崭新的治国大纲。这就是汇集了全国人民自下而上的智慧，代表全体人民意志的大清宪法。中国将从此走上君主立宪的康庄大道，国势将一步步走向强盛，人民将一年年变得富裕。九年预备立宪程序的起草者，陷于了极大的兴奋之中。

这时候，在张之洞、袁世凯等人的倡议下，办起了亲贵大臣宪政讲习班。各部尚书、侍郎及都察院、大理寺、翰林院、詹事府的高级官员，还有一部分满蒙王公贝勒贝子等，都去轮流听课。杨度、劳乃宣担任主讲。开始几次，听讲的有二十多个，以后便越来越少了。有的人刚坐定，便打起呼噜来，还有的王爷们连烟床都抬到讲习厅，边听课，边眯着眼睛躺在床上，由跟从小厮侍候着烧鸦片过瘾。

面对着这种场面，主讲官杨度、劳乃宣都很气闷，但仍得耐着性子讲。杨度有时想，中国要有生气，大概首先得罢掉这一批尸位素餐、老气横秋的大官僚才行。

就在全副心思为中国宪政操劳的杨度时而兴奋时而气闷的时候，中国政局突然之间发生了惊天动地的巨变。

二　临终前夕，慈禧为中国选择了最后一位皇帝

早在今年夏天，年迈的慈禧太后便时常觉得身子骨不舒服。十月十日是她七十四岁诞辰。这一天，颐和园举行了穷奢极欲的祝寿典礼，价值连城的珍宝堆积如山。“万寿无疆”的呼声震耳欲聋。慈禧欢喜，多吃了两筷菜。这天半夜便开始拉肚子，过了两天转为痢疾，病势顿时加剧了。虽然名义上有个正当盛年的皇帝，但他身为囚徒被锁瀛台已经整整十年了，加之一贯羸弱多病，最近一两年益发病得厉害，几乎什么事都不过问，真正威断乾坤的人，正是这个得了重病的老太婆。阖朝文武大臣，或为国家大局，或为切身利益，莫不忧心忡忡，忐忑不安。京师传说纷纷，各种谣諑不胫而走，真有点山雨欲来风满楼的气氛。

这时，一个惊人的消息传到了病中的慈禧耳朵里：军机大臣袁世凯正在运动王公大臣们，拟废掉光绪帝，拥立奕劻的儿子载振为帝。这个消息使慈禧大为震怒。

她一生刚绝强悍，只能在人上，不能在人下。从辛酉年到现在，她总揽朝政、太阿独断已经整整四十七年。中国历史上除了武则天，再无第二个女人可与她相比。这些天，御医院里的御医几次悄悄对她说，皇上已病入膏肓，药物不济了，请太后早定大事。现在袁世凯居然要立载振为帝，难道他已知皇帝病危？又欺负自己病重，迫不及待地要做今日的霍光吗？是可忍，孰不可忍！慈禧在病榻上思考了很久后，终于强扶病体，连下几道懿旨。一是立即打发奕劻去东陵查看她的陵墓——菩陀峪万年吉地；二是将段祺瑞的第六镇从京师调往涞

水，让八旗子弟组成的第一镇独自坐镇北京，以防不测；三是召载沣、世续、张之洞三位军机大臣深夜进宫。

当管事太监来到锡拉胡同传达密旨时，张之洞已经入睡了。夫人侍候他穿戴整齐接罢旨后，他坐在软藤椅上定下神想了好长一会儿。

夤夜传旨进宫，必定有大事，联系到两宫病重的现实，张之洞估计十之八九是商量立嗣的事。皇上无子，立何人继承大统呢？他把王室近支中的几个主要人物一一列了出来。皇上是载字辈，同治帝也是载字辈，均无子，要立嗣，自然当立溥字辈，这样方可一身而兼祧。溥字辈中现有恭王溥伟、端王溥伦，一为奕䜣之孙，一为奕谆之孙，均为道光帝之嫡曾孙。血统虽亲，但在探花出身的张之洞看来，都不过樗栎庸才而已。溥字辈无人，只得求其次，从载字辈来找了。载字辈中最亲的自然是皇上的几个亲弟弟载沣、载涛、载洵，另外还有贝勒载瀛、镇国公载泽，均为道光帝的嫡孙。这些也是皇位的合法继承人。但国家正处多事之秋，靠他们能扭转时局吗？想想他们的品性才具，张之洞摇了摇头。他记起十年前，好友兵部侍郎徐致祥南下广州路过武昌时，两人把酒畅谈的往事。

那天，徐致祥喝得半醉了，突然放下筷子叹道："香帅，我说句不该说的话，咱们大清朝的王室真的衰微了。"

张之洞惊问："何以见得？"

徐致祥说："我身处朝中四十年，遍识近支亲贵。因为异日御区宇握大权者皆出其中，我于是用心观看，察其器识，没有发现一个可当军国之重任者。由此看来，大清皇图之永固怕很难了。"

今夜，张之洞将徐致祥十年前的这句话对照这批溥字辈、载字辈的天潢贵胄来看，不觉惊叹老友的预见英明。究竟当立谁呢？他拿不定主意，且看老佛爷本人的属意吧！

张之洞抱着病躯，由两个家人扶着上了绿呢大轿。前面四盏灯笼开路，摸着黑穿街过巷。绿呢大轿在景运门口停下，张之洞由侍卫扶着进了门。大内灯火稀疏，在茫茫夜色中显得空空荡荡冷冷清清的。这里曾是张之洞二十多年前经常出入的地方，想起灯烛辉煌气象兴旺的当年，一个可怕的疑问突然跳进他的脑中：大清王朝真的是气数已尽了吗？

一个太监头目慌忙提灯走上前来，对张之洞说："中堂大人，老佛爷在养心殿里，醇王爷、世大人都来了，正等着您哩！"

张之洞本想问一下老佛爷身体如何，想想一会儿就见到了，何必多言！便不做声，跟着太监头目转过西长街，跨过遵义门，然后屏声静息地走进养心殿。殿内正厅里端坐着载沣、世续，见张之洞来了，都起身打了个招呼，再面色端凝地重新坐好。一会儿，里面传出慈禧拖得长长的声音："叫他们进来吧！"

贴身太监掀开黄缎帘子，载沣领头，世续尾随，张之洞殿后，三人鱼贯而进。叩头行礼毕，三人在慈禧的床沿边跪定。张之洞悄悄地看了一眼老佛爷。

自万寿日之后，他再也没有见过她了。灯光下，往日神采飞扬不可一世的老佛爷干瘦枯皱气势虚弱。她头上扎了一条黑棉带子，上身披着一件宽大的绣龙黄袍，齐腰部以下盖着一床松软的龙凤丝棉被，斜倚在龙床栏杆上，目光无神地望着跪在地上的三个军机大臣，说："都来了，我想和你们商量件事儿。"

"都来了"三个字，表示今夜召见的只有这么三个人。张之洞想，往日军机处六人都是全班召见，为何今夜只三人呢？鹿传霖病得不能起床，没来可以说得过去。奕劻是到东陵去了，无法来。还有袁世凯呀，为什么不见他呢？事情看来有点蹊跷！他静静地聆听老佛爷的纶音。

"皇帝已经不行了。"

慈禧这句有气无力的话，对三位跪着的大臣而言，却是一声炸雷。皇上今年只有三十八岁，虽然早知他患有重病，但毕竟还刚进中年。"不行了"这话暂时还轮不到他呀！尤其是载沣，皇上是他的亲哥哥，骨肉之情更令他骤然一阵惊愕。他强忍着悲痛听下去。

"我也快不行了。"

慈禧喘了一口气，两个太监忙走上前。一个手里端着一只小银碗，给她喂了一小勺汤汁。另一个用雪白的丝手绢为她揩了揩嘴唇。随后又有一个小宫女捧了个黑漆木盘走过来，木盘上放着一大一小两个白瓷碗。小碗里盛的是温开水，供慈禧漱口用，大碗是空的，用来接她吐出来的水。慈禧伸出手来摆了一下，示意不用，小宫女忙退下。

"皇帝没有儿子，今儿个特召你们来商量，这嗣皇帝立哪家的孩子为好。"

果然没有猜错！张之洞低着头，用两目余光瞟了一下载沣和世续，见他们也都低着头，一片悲戚的神色。他们两人不开口，张之洞自然不能先开口。因为他们中一为皇上的亲弟，一为宗室大臣，立嗣这种既是国事更是家事的头等大事，他一个汉人如何能随便进言？

事情来得突然，载沣和世续都没有充分的准备。脑子乱过一阵子后，载沣先安静下来。他想，要说当皇帝，自己最合适：道光帝亲孙，咸丰帝亲侄，光绪帝亲弟，且年过弱冠，位居军机，无论从血统从履历来看都最具资格。但一则他不能在老佛爷面前自荐，二来他也知道国家正处内忧外患之极点，皇帝这个宝座也不好坐，所以闭口不说话。

世续一向思维迟钝，木讷寡言，他之所以被选进军机，也正是仗着这个特点。慈禧看中他的忠厚谨悫顺从听话，军机处里也要一个这样的宗室人物为好。世续的脑子现在还是乱糟糟的。近支王公贝勒们的身影在脑子里重叠出现，平时失于留心，此时一下子竟分不出一个长短优劣来。他半眯着眼睛，紧张地思索着。养心殿后阁，顿时死一般的沉寂，只有西洋自鸣钟在咔嚓咔嚓地响着，益发增加了气氛的凝固沉闷。窗外一片漆黑，深秋的西风裹着寒冷吹进大内，吹进养心殿。值班的太监们一个个卷紧棉衣缩着脖子，游魂似的在走廊里移动着。此刻，无论殿内殿外都是一段肃杀难挨的时光！

“想好了吗？”

慈禧仿佛从睡梦中醒过来似的，半天才吐出一句话。三个大臣更紧张了，世续的额头上冒出了细细的汗珠。不料，老佛爷正点了他的名：“世续，你先说说吧，你看哪家的孩子合适呀？”

世续愣了一下，忙抬起头来。他确实没有想好，一时语噎，不自觉地扭过脸去左右看了看。猛然间他情急智生，变得聪明起来，身旁不就有一个人吗？不管老佛爷同意不同意，当面推荐他，至少可以博得他的欢心。

“老佛爷，奴才以为有一个人最合适。”

“谁？”慈禧将身子伸了一下，眼光也仿佛亮了一点。

“醇王爷载沣。”世续提高嗓门说，“论血统，他是道光爷的亲孙子，在亲贵中他的血统最亲近道光爷。论资历，他做了一年多的军机大臣，当值勤勉，没有过失。论年龄，他今年二十五岁，正是精力最旺盛的时候。眼下国家多事，政务孔亟，且老佛爷春秋已高，立嗣君不宜再效当年故事，应以年长者为好。”

说罢，将头在青砖地上重重地碰了一下，以此表示他所奏的恳切，但慈禧听后并没有做声。

载沣见状，忙抬起头来说：“奴才年幼无知，德行凉薄，不足以君临天下，请老佛爷选择贤能者。”

“载沣这孩子本分，我向来喜欢。”慈禧终于开口了，“世续说的也有道理，我也很想立他为嗣皇帝。不过，穆宗大行后，皇帝继位时，我曾经说过，待皇帝生子，即承祧穆宗。现在若让载沣继嗣，又怎么能兼祧穆宗呢？”

说到这里，慈禧想起十九岁就去世的儿子来，心中十分难受，不觉老泪纵横，语声哽咽起来。宫女忙过来给她揩去泪水。慈禧就这一个儿子，三十四年前，大婚后亲政才一年多，连棵苗儿也没留下便撒手走了。那时，作为亲生母亲的慈禧太后心里有多么大的痛苦！三十四年来，每逢三月十三日儿子生日这一天，午饭时，她都要在饭桌上摆一碗长寿面，总要轻轻地说一句：“淳儿，额娘为你盛了一碗生日面，你吃吧！”说着说着，泪水便流了下来。每逢十二月初五日儿子忌日这一天，她都要罢食中饭，一个人躲在房子里，捂着面孔偷偷地哭泣。儿子小时爱玩的一只小白玉兔，她常年放在枕边。闲暇时，她会学着儿子小时的模样，将小白玉兔捧在怀里，慢慢地抚摸着，有时她甚至会呆呆地摸上一两个小时。尽管是这样地思念早逝的儿子，她却从来没有因此而耽误国事，眼泪更是没有当着外臣们的面流过。今夜，兴许是感觉到病已很重不久人世了，或是又一次碰到立嗣的难题，一生刚强的老太太，居然当着军机大臣们的面流下了深情的思儿之泪。

载沣第一次见老佛爷这样伤心，连连磕头说：“一定得为穆宗爷承祧，奴才不能继嗣，请老佛爷在溥字辈中选一个吧！”

慈禧停止哭泣，转而问张之洞：“你看立谁好呢？”

眼前这一幕，张之洞已看得十分清楚了，慈禧要立的是溥字辈，但溥字辈里也实在找不出一个人选，况且也不知她看中了哪一个，一旦说出个不恰当的名字来，既不合老太太的意，又得罪了醇王爷，都不合适。精于宦术的张之洞选取了中国官场中最不负责任，却同时又是最保险的传统方法。他先叩了一下头，然后挺直身板郑重其事地说：“太后召臣等商议立储大事，为社稷万世计，此太后周文武之心也，老臣肝脑涂地，不足以报答太后依畀信赖之厚恩。然臣以为，自古来立储大事，不宜外臣多议，专赖圣君宸断。谁当立为储君以承大统，太后心中自有明识，老臣一听太后安排。”

慈禧点了点头，对张之洞这个态度甚是满意。她慢慢地说：“载沣聪明本分，我极喜爱，若不碍着为穆宗立嗣一事，我定然立载沣，只是现在必须从溥字辈中挑选一个了。载沣为人如此，其家风自然朴厚，我看就立其长子溥仪，你们看如何？”

在三位大臣，尤其是在载沣看来，老佛爷这种安排的确是既向着醇王府又兼顾了自己儿子的一种两全其美的安排，再没有什么话可说了。然而他们不知道，这中间还包括老佛爷心底深处一段最隐蔽的衷曲。

五年前，载沣定下了亲事，未来的福晋是江宁将军希元的女儿。慈禧知道后命令退掉这门亲。载沣的生母刘佳氏一听着急了，进宫恳求收回成命，说：“希元的女孩子都已向我磕过头了，若退了，她还有脸面活吗？”慈禧横蛮地拒绝了。刘佳氏无奈，只得退婚。结果，希元的女儿又气又愤，仰药而死。慈禧亲自为载沣选了一个女孩子，这女孩子是荣禄的女儿。原来，慈禧为的是让荣禄做上皇亲。现在又立溥仪为嗣皇帝，就是要让荣禄成为皇上的嫡亲外祖父。慈禧为何如此偏爱荣禄呢？此中有一桩世所不知的秘密。

荣禄为满洲正白旗人，初以父祖余荫赏主事，屡迁至户部侍郎兼管内务府大臣，那时尚不到三十岁。荣禄长得雄壮英俊，有满人骑士的风度，又善察言观色，机灵能干，充当内务府大臣时与内宫交通颇多。当时寡居的慈禧也不过三十来岁，见荣禄一表人才，少年高位，私心甚爱之。但她身为太后，母仪天下，岂能随心所欲？她总是强按捺春心，然每次与荣禄见面，心情就格外兴奋。

以荣禄之乖巧，慈禧的女人之心他怎能不会觉察！于是，他便借管内务府的机会，极力靠近巴结慈禧。有事多去，没有事借故去，常常和慈禧东拉西扯，眉来眼去，逗得慈禧喜欢得不得了，赏赐他太子少保衔。荣禄益发往西边去得勤快了。这事让东太后慈安看在眼里，手上捏着一把汗，生怕慈禧荒唐，做出有损皇家尊严的事来。但慈安软弱，慈禧厉害，平日小事慈安尚不敢指责慈禧，何况这样的大事？慈安心里着急，却想不出一个良策来。

这时，荣禄又被慈禧升为工部尚书兼署步军统领，地位愈加显赫了。他仗着有慈禧做后台，野心更大，竭力谋进军机处，便攻讦沉桂芬，企图排挤沉而后取而代之。谁知沉桂芬也不示弱，联合李鸿章、翁同龢一起上章弹劾荣禄。慈安见机会来了，便以调停为由，将荣禄改任西安将军，远调陕西。慈禧见好几个汉大臣竭力反对他，怕招引满汉不和，便只得割爱，屈从慈安的安排。荣禄这一调便是二十年，直到光绪二十年才再次进京谒见慈禧，这时彼此都老了。慈禧念及旧情，把他调回京师，重授步军统领。荣禄感慈禧之恩，对她俯首帖耳。中年时期的那段情史在慈禧心中刻下了永远不忘的痕迹。她从来就是个恩怨分明的人，仇必报，恩必酬，情必偿。不过几年工夫，荣禄直线上升，擢尚书，晋协办大学士，再晋文渊阁大学士，入军机，位极人臣。戊戌年帝后之争中，他坚定不移地站在太后一边。庚子年拳乱时他又护驾西行，成为慈禧患难中的忠臣。回銮后，慈禧便把北洋军权授给他。六十多岁的老太婆把三十年前的旧情人直当作她的护甲金神看待了。谁知荣禄福高寿却不高，先她而去，慈禧悲悼不已。她要让往昔心中的如意郎君在阴间享受着人世间的崇高祭祀，这便是溥仪被立为皇嗣的最深层的原因。这种妇人心底里的秘密，哪里是跪在床沿边的三个男人所能猜得到的。他们都叩头领旨。

“张之洞。”慈禧气息微弱地叫了一声。

“臣在。”张之洞答应着。

“你去拟旨吧。”

“喳！”

张之洞起身，退出后殿，来到中厅，早有小太监侍候着笔墨。他想了想，写出两行字来，捧着再进后殿。

“臣已拟好，请老佛爷过目。”张之洞将所拟高捧过头顶。

“你念吧！”慈禧闭着眼睛吩咐。

“喳！”张之洞念道，“朕奉慈禧皇太后懿旨，醇亲王载沣之子溥仪着在宫内教养，并在上书房读书。”

慈禧默默地听着，心里想：溥仪还不满三岁，祭告祖宗，登上九五之尊，就是这几天的事了。一个还不能离开奶娘的孩子如何治理国家？已经调教过两个娃娃皇帝了，现在轮到了第三个。大清国的国运怎么会如此艰难，爱新觉罗家族怎么会如此不兴旺？她心里很悲哀，而这一次的三岁小儿，自己已无能力调教了。想到这里，她更感到无比的悲苦凄怆！但这是无可奈何的事，她咬紧牙关，睁开眼睛，望了一眼清瘦文弱的载沣：这绝不是一个能担负江山社稷重任的领袖人物，不要说远古时期的周公旦，就是开国之初的多尔衮也要远远地强过他。唉，这真是没有法子的事，既然叫他的儿子做皇帝，摄政监国的事，不交给他，还能交给别人吗？他不是周公旦、多尔衮那份材料，眼下的局势也要把他推到周公旦、多尔衮的位置啊！

“张之洞，你再拟一道旨。”慈禧深深地却又是毫无力气地叹了一口气。

“臣遵命。”

“醇亲王载沣着授为监国摄政王。”

载沣正为自己的儿子当上皇帝而高兴，同时又顾虑着这么小的儿子如何做皇帝，自己的位置如何摆的时候，猛地听到这道懿旨，不禁喜上心头，暗暗钦佩老佛爷的英明。他赶紧叩头，声音响亮地应了一声：“臣领旨！”

“你们去吧。”慈禧无力地摆了一下手，三个大臣再次磕头，起身，面朝着太后后退。

望着三个缓步后退的顾命大臣，一个黑影蓦地出现在慈禧的眼前。此人脸上露出恭顺的笑容，眼睛里却射出两道火一样的光。这眼光射得生气已尽的老太太心神不宁。她闭目养了一会儿神，一个决定断然形成了。

“载沣！”慈禧拼着力气叫了一声。

“奴才在！”

载沣立即就地跪下。这时世续、张之洞已走出帘外，听到这一声喊，也不自觉地停住脚步，一颗心惴惴地望着帘子。

“你过来一下！”

“喳！”

世续、张之洞知道老佛爷要单独跟摄政王说话，转身走出了后殿。

“载沣。”慈禧望着即将成为皇帝本生父的年轻侄儿，把原本低沉的声音再压低，“袁世凯要立奕劻的儿子载振为帝的事，你听说了吗？”

“奴才不知。”载沣紧张地回答。

这样大的事情，他居然不知道，如此懵懂的人，能当好摄政王吗？慈禧心里倒抽了一口冷气，但事已至此，再别无选择了，她不得不扶他上马，并为他扫除拦在马头的那块大障碍。

“这件事是不是真的，没有查实，但无风不起浪，总有点来由。”已走到生命尽头的老佛爷，头脑的清晰、办事的果决仍不减丝毫。“袁世凯这个人，我观察多年了。此人貌似大忠，实为大奸，他不但是你们父子日后的敌人，也可能是我们整个满洲的敌人。”

载沣明白过来了，今夜的召见，何以没有奕劻和袁世凯的参加。他对袁早已嫉恨在心，听太后这么一说，立即气势汹汹地接话：“袁世凯阴险桀骜，奴才也早虑他久后必生变异，以后一定要狠狠管束他。”

载沣想到自己已是摄政王了，只要皇上、太后一死，他实际上就是大清王朝的皇帝了，到那时，袁世凯还能不听他的？

慈禧吃力地摇了一下头："你不是袁世凯的对手，你管不了他。"

"那么奴才将他削职为民，解除他的一切权力，看他还能有什么作为！"载沣虽然对太后这句话不服气，但他不敢反驳，只得再拿出一招来。

"载沣！"慈禧皱了一下眉头，说，"你要记住汉人的一句古话：量小非君子，无毒不丈夫。这是一句至理名言，我一向很服膺。对付袁世凯，不是罢官就可以了却的。你执政之初，便要寻一个借口，将他杀掉，为你们父子，也为我们整个满洲去掉这个隐患。"

"喳！"载沣惊得合不上口，他没有想到垂死的老伯母还有这种大丈夫式的魄力。

"你赶快回府去，把溥仪抱进宫来。"慈禧又一次无力地扬了扬右手，补了一句，"要记住我的话。"

"奴才记住了！"似乎顿添了无穷勇气，年轻的摄政王唰地站起来，迈开有力的步伐，一步一步地退出了养心殿后阁。

一个时辰后，中国末代皇帝溥仪被一顶大轿抬着，躺在奶娘的怀里，含着乳头，半睡半醒地离开醇王府，在十六盏大红宫灯的导引下，通过大清门进入紫禁城后宫。

三　徐世昌来到袁府，为把兄弟划策渡难关

第二天早朝时，世续向阖朝文武大臣宣读召溥仪进宫、授载沣为摄政王的圣旨。一股浓重的阴影罩在大家的心头：皇上一定是生命垂危了！

清朝从康熙晚年开始传下一道规矩：不预立太子。当皇帝处于弥留之际，从皇帝身上掏出遗嘱，并开启藏于乾清宫正大光明匾后的金匮，将金匮所贮藏的继位人名与遗嘱一起对照，无误后当众宣布。光绪皇帝无子，现在将溥仪接进宫，又授其父为摄政王，无疑溥仪就是大阿哥，无疑皇上也到了弥留之际。

大家都心头沉重，有一个人除沉重外，比众人还多一番恐慌，他就是袁世凯。听了这两道圣旨后，他第一个意念就是：怎么能和大家同一个时刻听到？事前怎么能不知一点内情？袁世凯当然知道，自从

雍正朝设立军机处后，军机处就成了国事的最高决策机构，军机大臣就是国家的当政者。国家大事，没有一件不是和军机大臣商量的。立大阿哥这样的头等大事，他，一个军机大臣，居然事先一无所闻，事后与普通大臣一样，由宣召而得知，岂非咄咄怪事！眼下朝廷的权力将移交到载沣的手里，联系到社会上广为流传的戊戌年告密案，这不明摆着是载沣在有意排斥吗？老佛爷还没有死，他们便动手了；老佛爷一旦山陵崩，那刀不就会架到脖子上了吗？袁世凯想到这里，不觉周身凉透了。他呆呆地坐在书房里，望着墙壁上悬挂的那副“清也吾所望，贫者士之常”的联语出神。这是生父袁保中特为他而书写的。大富大贵、红得发紫的袁世凯，此刻似乎从这副联语中领悟到了平时不曾想到的深远含义。

“爹。”不知什么时候，袁克定进来了，对父亲说，“梁士诒昨夜告诉我一件事。”

“啥事？”袁世凯警觉地问。

“城里这两天都在说，爹要拥立振大爷继位。”

“混蛋！”袁世凯重重地拍了一下案桌。他突然明白了，自己为什么没有参与立嗣的大事，一定是这个谣传刺激了老佛爷。他气得嚷道：“这些烂嘴烂舌的家伙，非千刀万剐不可！”

“爹，听说召醇王府的溥仪进宫了，那未来的皇上不就是他吗？”袁克定悄悄地问。他知道，今早发生的事，与昨夜听到的流传，对父亲是多么不利。他特为来向父亲献一条解救之计。见父亲黑着脸不做声，他小心翼翼地说，“儿子刚刚路过什刹海，见醇王府门前车水马龙，冠盖如云，贺喜的人填满了王府门前的几条胡同。儿子想，爹和摄政王同为军机大臣，是不是也去一趟醇王府呢？”

去醇王府，借道贺为名，与载沣好好地畅谈一番，向他解释清楚，当年置皇上于很不利的政变案，根本不是自己向老佛爷告的密。对他说明白，自从杨翠喜事件发生后，自己对载振的看法大变，载振根本不是做大梁的料子，这两天京师里的谣传纯属无稽之谈。说得投机时，再给载沣塞张百万两银票。不要说儿子即将当皇帝，老子就不愁没银子了，老佛爷富有四海，但她的开支仍由内务府安排，她也常常愁银子不够开销，指望臣工们给她送礼，何况还没掌实权的年纪轻轻的醇王爷！对，一贯相信钱能通神而且将此道运用得十分圆熟的袁世凯，决定接受儿子的意见去试一试。

“好，你去准备下，我过会儿就去。”

“是。”袁克定见自己的主意被父亲采纳，心中得意，他转身出门。

儿子刚出门，袁世凯转念又想，万一载沣那小子新恶旧怨交织一起，加之今日的无上权势，摆起臭款来拒不相见，那岂不太失面子了，不如让克定先去试探一下。他把儿子叫进来吩咐道：“你先去醇王府递个片子，见到摄政王后当面告诉他我晚上去拜会。”

“也好。”袁克定十分机灵，他立时明白了父亲的用心。

袁克定带上一个书童，兴冲冲地赶到醇王府。这里仍然是车水马龙，人声鼎沸，比起半个时辰前来似乎还要热闹了。袁大公子亲自来到王府门前，在门房头目的手里塞了一张百两银票，请他快点进去通报。

门房头目见袁大公子出手如此阔绰，早笑得两眼眯成一条线，忙给他倒茶递烟。安排好后，自己亲自进府禀告。

袁克定跷起二郎腿坐在门房里，见那些郎中、员外郎等中级以下的官员们都被拒之门外，尚书、侍郎等高级官员也只是进去之后不过几分钟光景便出来了。拦在门外的人面孔沮丧，参谒出来的人则趾高气扬。袁克定看着这一幅趋炎附势图，心里骂道：“哪一天，我也要叫你们这些奴才们到我袁府门口来表演表演！”

袁克定正在得意时，不料门房脸色尴尬地对他说：“袁大公子，实在对不起得很，王爷他太累了，传令说免了。”

袁克定没想到，载沣居然不见他。作为一个普通的农工商右丞，位在侍郎之下郎中之上，处在今天这样的时候，原在可见可不见之间。但是他，军机大臣袁世凯的大公子，载沣不见，显然是拒绝了袁世凯的讨好。

“袁大公子，这会子王爷的确忙得不得了，赶明儿个人少一点再来吧。那时王爷再忙，也不能怠慢了袁大公子您呀！”接了袁克定一百两银子，门房头谦卑地哈着腰，编了几句话来安慰着。

袁克定只得快快起身，回家后向父亲说明。醇王府的拒绝，使袁世凯心中更添三分不安。就在他苦无对策的时候，天崩地裂的事情发生了，而且来得异常突然，异常离奇。

第二天傍晚掌灯的时候，从宫内传出噩耗：在位三十四年、年仅三十八岁的光绪皇帝驾崩瀛台涵元殿。所有王公大臣、六部九卿翰詹科道一律缟素戚容，跪在乾清门外，恭听慈禧太后懿旨：“前因穆宗毅皇帝未有储贰，曾于同治十三年十二月初五日降旨：大行皇帝生有皇子，即承祧穆宗毅皇帝为嗣。现在大行皇帝龙驭上宾，亦未有储贰，不得已以摄政王载沣之子溥仪着入承继穆宗毅皇帝为嗣，并兼承大行皇帝之祧。现承时事多艰，嗣皇帝尚在冲龄，正宜专心典学，着摄政王为监国，所有军国政事，悉禀承予之训示，裁度施行，俟嗣皇帝年岁渐长，学业有成，再由嗣皇帝亲裁政事。”

文武大臣们跪在萧瑟秋风中聆听圣旨，心中莫不满腹哀思。都说皇帝至高无上，主宰一切，而这位光绪爷载湉，却是一个令人怜悯的帝王。

他四岁进宫，便在所谓的亲爸爸慈禧太后的严厉管束下，在大内后宫那一块窄狭的天地里请安、读书、吃饭、睡觉，既无父母的亲情疼爱，又无兄弟姐妹的手足嬉乐，那一种刻板、单调、冷漠、乏趣的环境养成他内向、孤僻、抑郁、懦弱的性格。长大成人后，又迫于慈禧的淫威，立一个他并不爱的女子为皇后，自已喜爱的妃子却不能亲近，到头来还要眼睁睁地看着她被慈禧推下井去淹死。亲政没有几年，又逢戊戌政变。从此便囚禁瀛台，失去自由达十年之久。他自叹不如汉献帝。其实这样的帝王，人生的乐趣，简直不如一个乡野的牧童，一个云游四方的流浪汉。许多大臣们想到这一点，莫不为他们的大行皇帝流下真情的泪水，怜恤他短暂的悲惨的一生。更有年老的王公们，想起从咸丰十一年来，四十七年里，亲眼看见了三个冲龄登基的天子，两个无儿无女寿不及中人的大行皇帝，他们从心里哀叹大清国运的多灾多难。然而，他们万没料到，还不到一个对时，近半个世纪来一直支撑着朝政、七十四岁高龄的慈禧太后崩于仪鸾殿。

两天内连丧两宫，不仅清朝立国二百六十年来绝无仅有，在整个中国封建帝王史上也鲜有先例。一时间紫禁城里白雪铺地哀乐震天，一切国事几乎停办。上自军机处，下到国子监，京中各衙门的大小官员都投入了空前未有的国丧之中。京师街头巷尾、酒肆茶楼，各种说法都在私下里流传。大家都对这件事感到奇怪：年轻的皇上前脚刚走，年迈的太后便后脚跟上，阎王爷怎么安排得这样巧？有一种传得比较广的说法，说是慈禧病重，袁世凯害怕慈禧死后光绪帝掌权，于已不利，于是向太后进谗言：皇上知太后病重有喜色，并对身边的太监说出头之日到了。太后听到后大怒，说我不能先他而死。二十一日这天，慈禧自知死期已至，命太监给光绪皇帝进毒药。光绪帝吃了毒药后立即死去，当天晚上托噩梦向太后索命。慈禧惊吓，第二天就死了。

这个传说通过袁克定传入袁世凯耳中，真令他有口难辩。他十分清楚，这无疑是在他的背上又捅了一刀子，前途对于他来说，真个是险之又险！

内宫里摆着两具梓宫。乾清宫里摆的是光绪帝的，皇极殿里摆的是慈禧太后的。从二品以上的大员们轮流日夜在两处守灵。

这些天里，袁世凯每一见到载沣时便有些害怕。载沣阴沉着脸，两只眼睛冷冷的，似乎含着凶恶的杀气。他知道大祸不远了。但是他，一个从小便不安本分敢于闯荡江湖的将门之后，一个青年时代便出生入死立功异域的骁将，一个这些年来训练北洋六镇并有意在其间培植亲信安插死党藏有远图的枭雄，怎肯束手就戮，眼睁睁地看着死之来临？他要与监国摄政王做一番较量。

他苦苦地思索着，烦恼、焦躁夹杂着几分恐惧，使他终日心神不宁，连平日最有兴趣的事都废弃了。这些日子里，他夜里独处卧室，九房妻妾，一个都不召幸。袁世凯的反常，给袁府上下带来一片惊疑。妻妾儿女谁也摸不透他的心思，唯有大公子袁克定知道父亲的心事有多重。他也在挖空心思想主意，要为老头子分忧解愁。

他背着父亲找过民政部侍郎赵秉钧、学部侍郎严修、陆军部侍郎荫昌、农工商部侍郎杨士琦及其兄直隶总督杨士骧。这些人都是他父亲的心腹，或蒙其拔擢，或受其恩惠，素日里与袁克定的关系也很亲密。但这些人既不知溥仪登基、载沣监国的内幕，表面上局面也还稳定，大家除叹息当此外患内忧之际两宫同崩，少主践位，今后诸事更加难办外，也都说不到点子上来。袁家大公子又不好自己把底揭开，只能搓手干着急。

这天，袁世凯接到东北总督徐世昌从奉天发来的信，说他即日动身回京吊谒梓宫，到时会到府上来，与老友把酒畅谈时局。袁世凯看完信后心里一亮，徐世昌是生死之交，他今天的地位可以说完全是自己送给他的，何不向他兜兜底，听听他的口气。

五天后的一个傍晚，徐世昌出现在袁府大门口。当了一年多总督的徐世昌明显地发胖了。他本来身材修长，皮肤白皙，现在更显得气度雍容，不同凡俗。因为是国丧期间，他身着黑色布袍布履，脑后的长辫子上系着一根白布条。当门房传出“徐大人来访”的话后，袁世凯忙丢下手中的雪茄，快步走出书房，亲自来到大门外。

“菊人兄，一年多不见，你越发富态了。”袁世凯十分亲热地拉着徐世昌的手，满脸都是笑容。

“都说我发胖了，发胖不是好事，还是瘦一点的好。”徐世昌也很高兴，诡谲地望了老朋友一眼，轻轻地笑着说，“老弟，听说你又给我娶了一房弟媳妇，还是个苏州美人哩！你真艳福不浅呀！”

袁世凯倒是毫不顾忌，爽朗地一笑：“过会儿就叫她来拜见你这个老大哥！”

“好哇，我正带回一张上等貂皮，就送给九弟妹做件坎肩吧！”

“哎呀，劳你费心了。”

两人说说笑笑走进小客厅。袁克定亲自张罗茶水，他恭恭敬敬向徐世昌递上一杯茶，知道他们有要事商谈，说了声“徐老伯请用茶”后便轻轻地退出了。

“克定这孩子很懂事！”望着袁克定的背影，徐世昌感叹地说。

“哪里，比起你的那几位世兄来差远了。”

袁世凯嘴里谦虚着，心里面对这个长子是满意的。正因为此，他始终保持着对于氏夫人的礼遇。还真是靠了这个结发妻子，给他生了个在众多兄弟中很有威望的嫡长子，这是今后维系这个大家庭的重要因素。

“唉，我那几个孽子要是赶得上克定的一半，我就心满意足了。”徐世昌从心里发出叹息，他的确对自己的几个儿子都不满意。

“说来说去，我家里也就一个克定强点，其他都不行，尤其是克文，至今不成器，伤透我的心了。”袁世凯捧起墨玉杯喝了一口，那杯子里照例泡的是人参汤。

“克文那孩子聪明过人，我看他今后会成为一个大名人的。”

“什么大名人，顶多不过是一个会做几句歪诗的风流浪子罢了。成天跟女人、戏子们混在一起，有哪点出息！”袁世凯说得嘴顺，他根本没有想到，克文的好女色，完全是老子的一脉相传。

中年好友相聚，儿子们的读书成才一类的事，常是他们的重要话题。这两位国家重臣，遭此大变之际，谈起话来仍不能免去这个俗情。

正说得兴起，按着父亲的吩咐，克定带着两个仆人推门进来。一个仆人在茶几上布下两只酒杯，两双玉筷，一壶伏牛山老窑酒。另一个仆人用漆木盘托着六碗菜，在茶几上一一摆开。

袁世凯拿起筷子指点着说：“菊人兄，知道你要来，早几天就叫克定通知厨房，特为你准备了几道下酒小菜。你尝尝看，合不合口味。”

“好，好。”徐世昌边说边端起了酒杯。

“这是炒驼峰。这碗熊掌前天就炖起了，你看烂没烂。”袁世凯用筷子敲着碗边说。

“慰庭，你太奢费了，我们老兄弟聚会，你弄这些个名贵菜做什么？”徐世昌有个贪杯之癖，但多年清贫的缘故，对于下酒菜倒并不讲究。这十年来虽渐膺显贵，饮食习惯却并无大的改变。他的筷子没有伸向驼峰熊掌，却从一个鱼碗里夹了一条鱼丝放进口里，嚼了一下说：“这鱼味道好，其实就只这碗鱼就足够了。”

袁世凯笑着问：“你知道这是什么鱼吗？”

徐世昌盯了一眼答：“像是鲤鱼。”

“不错，是鲤鱼。你知道这鲤鱼出自哪里吗？”

“这我就不知道了。”徐世昌放下了筷子。

“这是孟津的黄河鲤。”袁世凯的筷子在火红的鱼鳞上点了点。“只有孟津的黄河鲤才有这么红的鳞片，别处都淡些。”

“孟津离北京有二千多里，这鱼运来不都坏了吗，如何保得鲜？”徐世昌惊问。

当年周武王兴兵讨伐商纣王，在孟津渡黄河时，有一条大鲤鱼跳进他的舟中，周武王视之为吉祥之物。李白的诗：“黄河三尺鲤，本在孟津居。点额不成龙，归来伴凡鱼。”其典便出于此。于是，孟津一带的黄河鲤就成了一味美馔。“我的一个本家在孟津做事，前些日子他来北京，送给我一个木箱子。我问他这是什么，他笑而不答。打开箱子一看，原来是一箱子猪油。我说你送这东西干什么，京师又不缺。他说别着急，好家伙在里面。他用手往猪油里掏，居然掏出一条鱼来，说我给你带来五条孟津鲤鱼，用这个办法保鲜。活脱脱的鱼往猪油里一塞，四面封好，不怕六月炎热，也不怕贮存三个月五个月，什么时候要吃了，从猪油里摸出来，除开不会再游水外，其他都与一条活鱼没有区别。”

“有这样好的保鲜法？难怪鱼的味道这样好！”徐世昌又夹了一块鱼，称赞着。

“不过，我倒并不稀罕。”袁世凯放下筷子，脸色陡地阴沉下来。“我对本家说，以后不要劳这个神了，我马上就要回河南老家了，我就在孟津搭一个茅棚子住下，做个黄河钓徒，天天都可以吃到活跳的孟津黄河鲤了。”

“慰庭，你这是什么意思？”徐世昌压根儿没有料到袁世凯会说出这种话来，他把筷子往茶几上一放，瞪大眼睛望着这个在机巧权诈方面万里挑一的老把弟，大惑不解。

“哎，菊人兄，你不知道，我现在的处境难着哩！”袁世凯的背向后一靠，一副愁容不展的神态。

“为何？”徐世昌的酒兴顿时消失。

“皇上和老佛爷一时都去了，醇王监国，过去都说戊戌年的事是我出卖了皇上，这下子醇王要代皇上算那笔老账。老佛爷不在了，荣中堂也不在了，无人替我做主，我自己的分辩，他能信吗？”

戊戌年政变那时候，徐世昌正在小站营务处协助袁世凯训练新军，谭嗣同找袁以及袁回津后告诉了荣禄这些事，徐世昌都知道。徐与袁抱同样的看法，即谭此计万不可采纳，维新党的这个荒唐的计划也必须告诉荣禄，否则今后干系太大。至于荣禄当夜进没有进京，徐并不知道。第二天一早政变发生了，世人纷纷传说袁出卖了皇上。徐时常为袁捏着一把汗，怕万一慈禧先死，皇上再度亲政，相信了世间的传说，那袁就难办了。想不到天遂人愿，皇上倒先一天走，徐这些日子来一直为袁庆幸。

“慰庭，这件事你大可放心，我这次来府上，正要告诉你这一点，皇上先太后而去，对于你来说正是大好事。你想想，假设皇上还在世，他来追查戊戌年旧事，你怎么办？据我所知，醇王多年来不和兄长亲而和伯妈亲，他不会为难你的。”

“菊人，你只知道一面，不知道另一面。我实话对你说吧，这次老佛爷临崩前商量立嗣大事，我没有参与。”出于对这位微时把兄的真诚相信，袁世凯亮出了这块心病。

“有这事？”徐世昌大为惊讶。

袁世凯点点头。

“这事就奇了。”徐世昌站起来，在客厅里踱步。作为一个深谙朝政的老官僚，他深知此事非同小可，一个军机大臣没有参与立嗣大事，至少新皇帝登基后，这把军机处的金交椅就会转给别人了，难怪袁世凯做了回籍垂钓的准备。“商讨立嗣一事的有哪几位大臣？”

“除醇王本人外，还有世续、张之洞。”徐世昌有智多星之称，袁世凯希望这位智多星能在此事上帮他一把。

“庆王也没参与？”徐世昌问。

“先天去查看太后墓地去了。”

“这是有意打发他出京。”徐世昌立刻做出判断。“朝中不少人都说庆王和你关系密切，看来这不是偶然的巧合。”

“哪里是巧合！”袁世凯苦笑道，“我还告诉你一件事吧。就在那几天里，不知从何处冒出一个谣言，说我要立载振为帝。这真是无稽之谈！我再蠢也不会做这种事呀！”

“这两桩事是联系在一起的。”徐世昌重新坐下，严肃地望着袁世凯，说，“这样看来，事情严重了，若再有小人挑唆的话，慰庭兄，不是我危言耸听，那时你就麻烦了。”

袁世凯的身子不由自主地颤抖了一下。徐世昌说的是大实话，和他自己的估计差不多。“菊人兄，你能想出个好法子来吗？”

徐世昌脸色峻厉，他越来越觉得事态严重了。他想，在载沣的眼里，你袁世凯无异于是抢他儿子皇位的敌人，他现在大权在握，能轻饶你吗？

眼看这位智多星也陷入困境，袁世凯一时失望了。他脑子里瞬时间闪过一个念头：一不做，二不休，与其等死，不如杀出一条血路来，李渊、赵匡胤不也是人吗？先试探一下徐世昌，摸摸他是如何看待的。

“菊人兄，你还记得三十年前，我们两人在寒舍结拜时对天许下的大愿吗？”

“慰庭，年轻时的戏言，你还拿它当真？”徐世昌听他说出这句话来，心里急了。对天许愿的事，他怎么会不记得？

那年袁世凯提出要和徐世昌结为兄弟，落魄文人徐世昌满口答应。袁郑重其事地摆好案桌，燃起蜡烛线香，和徐跪在案桌前，各自报了生辰八字，望天拜了三拜。拜完后，把兄徐对天发誓：愿效刘关张桃园三结义，今后有福同享有祸同当。把弟袁接下说：老天爷在上，今后我袁世凯若做了皇帝，一定让义兄做宰相。徐世昌一听，吓了一大跳。“做皇帝”这样的话，岂是随便说的，万一被人告发了，是杀头灭族的事！但那时正是徐有求于袁的时候，哪里敢斥责，又想袁还年轻，只不过说说而已。却没料到，三十年后，做了军机大臣的把弟还记得那档子事！

徐世昌也不是迂腐的理学信徒。他从满人皇上那里所求得的只是个人的荣华富贵，很少想到要为这个皇上去效忠尽节。这些年来，革命党闹得汹汹嚷嚷，大清朝气数将尽的种种迹象都已暴露无遗。凭着他的精明，他也知道改朝换代已为时不远了。眼前的把弟三十年来的经历，足以证明有着非同常人的魄力和才具，难保今后新朝代的主子就不是此人。自己若促成这事，宰相的位子也少不了。三十年前的戏言倒真有可能成为现实。不过，眼下尚不是时候。

想到这里，徐世昌平和地对把弟说："慰庭，你刚才的话，勾起了我对三十年前那一幕的记忆。三十年来你自强不息，得到今天的地位真不容易，我这个把兄也仰仗你才做到总督，想起来，也是皇天不负有心人。我们是结义兄弟，我不能不对你说实话，你能听得进吗？"

袁世凯屏着气说："自家兄弟客套什么，我正要听你的心里话，菜都凉了，我们先喝两口酒再说吧！"

两人对酌了一杯酒后，徐世昌放下筷子，正色道："当年，我听你对天许下的那个大愿，心里以为那只是一时的戏言。今天你再次提起，我倒是觉得可以认真考虑这件事了。朝廷腐败，国乱民危，许多人都在做问鼎的梦，难道就不许你袁慰庭也问一问吗？"

袁世凯两眼开始放出光芒，听得入神了。

"不过，老弟，我要给你浇一盆冷水，眼下时机未到，这关键的一条，是北洋六镇的军权不直接掌握在你我手里，没有刀把子，就不能做问鼎的梦。"

这几句话，说得袁世凯的头脑清醒过来。是的，北洋六镇虽是自己所训练，但现在并不是自己可以调动得了的，这个时候怎能轻举妄动！他下意识地点了点头。

"慰庭兄，我对你说句心里话，载沣不是当国的材料，他身边也没有得力的帮手。朝廷的罅漏处处皆是，正应上了'百孔千疮'这句老话。这些年来之所以没有散架，全是靠的老佛爷的手腕。现在载沣的本事不及她的百分之一，乱子又添得更多，朝廷大局，他维持不了。依我看，大乱就要到来，你不妨耐心等一下。"徐世昌端起酒杯来，一饮而尽，心情颇为激动地说，"昔游珂里，弟为府主，我为宾朋，今在王城，弟得腰玉，我获弹冠。三十年来，愚兄承贤弟恩惠之多，江海之水不足以喻之。愚兄报弟之日方长，期弟之心甚大，只是不欲水到而渠不成，蒂落而瓜不熟，以偾大事。一旦时机成熟，出面佐弟以成千秋大业，虽赴汤蹈火亦在所不辞。皎皎此心，可盟息壤！"

袁世凯一时热血沸腾起来，紧紧握着徐世昌的手说："今日听大哥这番话，真令我感激不已。还是三十年前那句话，弟与兄，富贵与共，生死同归，有渝此盟，天雷相殛。来，干一杯！"

两只酒杯碰了一下，各自将酒喝完。徐世昌说：“古人云：危邦不入，避地以观。我看，这是你目前所要选择的最好办法。”

“你是要我主动奏请开缺回籍？”袁世凯揣摸着徐世昌的意图。

“正是这样。”徐世昌点头。

“暂时离开一下京师也好，只怕是如你所说的，欲求黄河钓徒而不得。”袁世凯忧心忡忡地说。

“我想办法总是有的。”徐世昌端起空酒杯，沉吟良久，慢慢说，“载沣这人胆子小，做事多顾虑。他若真要拿你开刀的话，会要和有关的人商量的。现能帮你渡过难关的有两个人。”

徐世昌伸出两个指头来。

“快说吧，哪两个？”袁世凯将身子向前倾去。

徐世昌笑笑说：“古话说得好，同舟共济。同舟才能共济，你要把这两个人拉上与你坐同一条船，一个是张之洞，一个是段祺瑞。”

“噢！”袁世凯似有所悟。

“慰庭，我们来好好计议下。”

两颗大脑袋靠得更紧了。小客厅里的灯火，一直亮到鸡叫三更。

联系段祺瑞的事交给了袁克定。

小站练兵时的旧人，与袁世凯的私交都很深，尤其是段祺瑞，更得袁的赏识器重。段祺瑞是安徽合肥人，十九岁即赴北洋陆军学校读书。袁在小站练兵，早期的军事教官大半来自北洋陆军学校。段祺瑞被袁看中，征调小站。段祺瑞与袁世凯一样，其聪明才智主要体现在办事能力上，读书玩笔杆子则不是他的长处。袁世凯采用德国、日本提拔军官的办法，升任各级军官都要考试。他有心提拔段祺瑞当统制，但又怕他考试成绩不佳，便在考前偷偷把试题告诉段。考完后段得第一名，顺利提拔为统制。段于是非常感激袁，忠心耿耿予以报答。后来袁任直隶总督，建议在朝中设立练兵处，统一领道全国的新军训练。朝廷同意，任命奕劻为总办大臣，袁为会办大臣，铁良为襄办大臣。奕劻自然是挂名的，练兵处的实权操在袁的手里。袁任命清一色的小站旧人为练兵处各级头目，段祺瑞为军令司正使，地位最为重要。凭着过人的机巧权变，段慢慢在北洋新军中隐然坐上了第二把交椅，在北洋将领中颇有威望。武夫们的思想一般比较简单，讲义气，重实惠。袁克定找到段祺瑞，请他出面与北洋众镇的高级将领们打个招呼，协助袁宫保渡过难关，日后一定有福同享，然后塞了一大把银票，共一百五十万两，要他分送给兄弟们买碗酒喝。段祺瑞二话没说，拍拍胸膛，爽快地接受了。袁克定高高兴兴地回家复命。

负责说动张之洞的徐世昌却很为难。张之洞身为大学士军机大臣，位极人臣，官位不足以动他；他早年充任清流派领袖，一生以清廉自居不贪钱财，金钱不足以移他；他年过古稀，体气衰弱，女色不足以诱他；他天资卓异，宦历丰富，诡计不足以骗他。要游说这样的人，真正是难上加难呀！徐世昌苦苦地盘算着，简直找不到下手之处。

就在这个时候，醇王府里的闹剧传了出来，为徐世昌提供了一个难得的机会。

四　醇王府里，母子夫妻兄弟为争权夺利吵得不可开交

载沣与光绪皇帝虽为亲兄弟，却不是一母所出。光绪帝生母叶赫那拉氏为慈禧之妹，当年由咸丰帝做媒，嫁给老醇王奕譞为正福晋。那拉氏生育三个儿子，长子、三子早夭，光绪帝为其次子。后来奕譞又纳刘佳氏为侧福晋。刘佳氏生有四子：载洸、载沣、载洵、载涛。载洸在光绪十年间死去，所以醇亲王的爵位后来便由载沣袭封。载洵出继为瑞郡王奕誌为嗣子，后封贝勒。载涛出继为钟郡王奕诒为嗣，后亦封贝勒。老醇王奕譞是个没有多少才学识见的人，京城里流传这样一桩故事，也不知是真是假。

那年载沣患病，奕譞召吴兴名医凌初平进府医治。凌在王府住了半个月，直到载沣病愈才出府。凌每天见奕譞在府内，除吃喝玩乐外无所事事。时常见到一个年老的太监跑到他的面前说："王爷，你应小解了。"奕譞点头。老太监提一个马桶过来，奕譞于是解小便。过会儿，老太监又说："王爷，你应大解了。"奕譞又听话解大便。天天如此，令凌初平捧腹不止。这个名医根本没有想到，充当御前大臣的堂堂醇王爷，在王府里竟如三岁小儿一般地听人安排解大小便。

奕譞从小生长于深宫之中，养育于妇人之手，性格极为懦弱。当年慈禧立他的儿子载湉为帝的时候，他竟然痛哭得昏厥过去。儿子做皇帝，本是天大的好事，奕譞为何这等悲痛呢？原来，懦弱的老醇王深知慈禧性情凉薄寡恩，一怕儿子受她的严酷管束，二怕慈禧今后把自己看作争权的对手。儿子进宫的第二天，他就上了一道可怜巴巴的折子，请求开缺一切职务，只留一个世袭罔替的亲王虚爵。

奕譞这个懦弱的禀赋不幸恰恰传给了他的两个担负大清国重任的

儿子——光绪帝和监国摄政王。光绪帝窝窝囊囊地做了三十四年皇帝，终于到黄泉之下会见老子去了，留下一个窝窝囊囊的摄政王，国家还没来得及监理，王府后院却先闹得不可开交起来。

载沣的生母刘佳氏性格与丈夫相反，是一个争强好胜的女人。正福晋在世的时候，两个女人争风吃醋，常常斗气。那拉氏有姐姐的威势，刘佳氏斗不过她，气只得往肚子里怄。后来那拉氏死了，刘佳氏便统治醇王府。到了丈夫去世后，她在王府里的地位便真的至高无上了。现在，她的亲孙子做了皇帝，亲儿子做了摄政王，她也想过一过老佛爷的瘾。

载洵、载涛两个贝勒没有任何才能，却又偏偏禀承着母亲的性格，权力欲望重得很。好了，现在侄儿做了一国之主，哥哥做了监国，兄弟俩的第一个想法是，这国家已是他们的了，紫禁城不过一个象征，真正的朝廷已转移到醇王府。

刘佳氏、载洵、载涛母子三人结成了联盟。

若仅仅只这个联盟，载沣的处境还单纯些，不料醇王府里还有另外一个强者。此人便是他的福晋，荣禄之女瓜尔佳氏。

瓜尔佳氏酷肖其父，向来有男子汉之风，现在身为皇帝之母了，她何尝不想也做一番慈禧的事业。看着丈夫素日那副胆小谨慎的模样，她恨不得冲出王府，自己顶着丈夫上朝议事，下马断政，只可惜上天没给她一个男儿身。她决心把娘家的兄弟侄儿们弄出来，结成一个实力雄厚的后党。

这样，小小的醇王府里就形成了载沣、载洵和载涛、瓜尔佳氏三派势力。载沣既畏福晋的雌威，又惧以母亲为后台的两个弟弟，执政还没有几天，日子便不好过了。

这天上午，载沣刚下朝回府，外褂还没脱下，一个丫鬟过来禀道："太福晋请王爷过去，有要事商量。"

"什么事，这么紧紧忙忙的，也不让人有个喘气的空儿。"瓜尔佳氏见太福晋的邀请中没有她，心里不高兴，嘴里嘟嘟囔囔的。

"我这就去。"载沣把脱下的帽子重新戴好，整整衣服就要出房门。

"慢点。"瓜尔佳氏朝里面喊，"冰儿，把王爷的银耳羹端来！"

"来了。"

随着一声答应，从里房走出一个如花似玉般的丫鬟，袅袅婷婷的，手里捧着一个小小的荷叶边鎏金铜碗，碗里斜搁着一把银匙。这丫鬟小名冰儿，是瓜尔佳氏的随嫁侍女。

冰儿是个汉家姑娘，今年十八岁。在载沣的眼里，冰儿不仅脸蛋长得比瓜尔佳氏漂亮，尤其是她身上那种温婉宁馨的气息更令这位年轻王爷着迷。这一点，不但瓜尔佳氏缺乏，包括他的母亲刘佳氏在内的大多数满洲女人都缺乏。特别是这一老一小的两位福晋发起怒来时，更令载沣又惧又厌。此时将冰儿与她们对比一下，简直更有仙魔之分了。

载沣多时想把冰儿收进房，但慑于河东狮吼的威风，一直不敢明说。前些日子他有意当着瓜尔佳氏的面摸了冰儿一下，立即遭到了瓜尔佳氏的白眼。瓜尔佳氏对丈夫的居心一清二楚，丈夫要纳妾，她虽嫉恨，但也无法制止，与其在外面讨个女人进来，还不如把娘家陪嫁丫鬟给他，能更加笼住他的心。瓜尔佳氏不是不愿意让出冰儿，她是有意暂不松手，吊吊丈夫的胃口，逼他出高价来换取。前天，她的哥哥长麟捎信来，要她跟妹夫说说，将海军大臣一职送给他。瓜尔佳氏想想拿冰儿换来一个海军大臣，这个买卖做得。

这会子，眼见身着孝服的丈夫对冰儿望得眼睛都不眨一下，瓜尔佳氏又忌又喜。她从冰儿手里拿过银耳羹，似笑非笑地说："王爷，这是冰儿专给你熬的，你不吃了它再去吗？"

"好，好，我吃了再去。"载沣接过小碗，坐下来。汤正热着，他边吹边吃。

"王爷，太福晋催你快去！"先前传令的丫鬟又来了。

"是不是火烧眉毛了？"瓜尔佳氏瞪了那丫鬟一眼。"王爷上了半天的朝，连碗羹都不让他喝完？"

那丫鬟吓得不敢回话，慌忙走了。

载沣匆匆喝完，忙出门，穿过庭院中的鱼池假山，来到西边母亲住的上房。刚一进门，便见载洵、载涛与刘佳氏正聊得兴起。载沣向母亲请了安，又说："六弟七弟，你们甚时过来的？"

载涛笑着说："怎么，被内当家的缠得脱不得身？"

载沣笑笑，没有做声，挨着母亲身边坐下。刘佳氏朝着门外喊："给王爷上茶。"

丫鬟端上茶来。载沣问："不知额娘有何吩咐？"

"外面怎样了，给太后的封号定了吗？"刘佳氏问儿子。一个丫鬟过来，在她的背后轻轻地捶着。

“大学士们商议了两天，拟了几个封号，儿子认为‘隆裕’二字较好，额娘看呢？”载沣答。

“就按你定的，叫隆裕太后吧！”刘佳氏识不了几个字，封号字面上的含义她不去讲究，只要叫起来顺口就行了。“这些日子办事，她没有刁难你吧！”

“还好，都商量着办哩！”载沣端起茶碗喝了一口。

“都是那个老太婆多事，生怕她死后娘家人没权，临走了还要扔下一句摄政王与太后共同禀政的浑话！”载洵气呼呼地说。

“自古天无二日，民无二主，今后麻烦事儿总有的是！”载涛接话。

“今儿个叫你来，是想我们娘儿四个商议一下，有件大事得马上办。”刘佳氏转过脸对载涛说，“老七，这事是你提的，就由你说吧！”

“四哥，是这样的。”七贝勒载涛生得身材高大，浓眉长眼，神态之间隐约保存着祖先的剽悍之气。“你现在身为皇上的本生父，不叫你太上皇，你也是太上皇了。皇上小，一切事都要你拿主意，不必事事都去与太后商议，她一个妇道人家有几多见识。未必姑妈掌了我们爱新觉罗氏大权四十多年，她这个侄女又要来学样不成！”

“七弟，你说的就是这档子事？”载沣望着不大驯服的小弟弟，不知怎的，心里总有几分怕。

“不是，他有大事要跟四哥说哩！”载洵插话。

“老六，你还是让老七自个儿说吧！”刘佳氏边说边指指大腿。那丫鬟蹲下来，半握着两个拳头，在老太太的大腿上轻轻地捶打。

“昨天，毓朗、铁良到我府里，我们谈了一个下午。他们说现在老太婆已死了，四哥当国了，大家要协助他，把咱们大清江山弄得中兴起来才是。”

毓朗也是个贝勒，他除了声色犬马之外，也好读点书，过问点朝政，号称宗室中的翘楚。铁良毕业于日本士官学校，位居陆军部尚书，一向被公认为满人中的后起之秀。

听了这句话，载沣颇为感动地说：“难得他们二位有这个心。怎么个中兴法，你们有什么好主意吗？”

“这正是我要跟四哥说的。”载涛挺起腰杆，侃侃而谈，“咱们祖先从关外进关内，从李自成手里夺下这片江山，靠的什么？靠的是咱们八旗子弟的铁骑刀枪。这二百多年来巩固这片江山，靠的是什

载涛像

载洵像

么？也是靠的我们八旗子弟的铁骑刀枪。圣祖爷当年在木兰狩猎时谆谆告诫：骑射为我满洲传家之宝，子孙后世不可丢弃。从嘉庆爷那代起，我八旗子弟开始沾染汉人柔靡之气，慢慢丢弃了骑射这个传家之宝。后来白莲教作乱，不得不依靠汉人的绿营。再后长毛造反，连绿营都不行了，只得依靠曾国藩的湘军。小时候听老王爷说，幸而曾国藩老实，多少人劝他造反，他都不动心，他若动了心，说不定这江山就是他的了。”

这句话，载沣也亲耳听父亲说过两次，今天由比他小四五岁的弟弟口里说出，他觉得味道有点儿不大对劲。

“铁良说，曾国藩虽没造反，但他却开了一个很坏的头，湘军淮军成了汉人的私家武装。而现在又有一个人步曾、李的后尘，却比曾、李还要做得过分。毓朗干脆点明了这个人。”

载洵接过话头：“我知道，他们说的是袁世凯的北洋军。”

载沣默默点头，开始明白过来，他的六弟七弟今天就是冲着袁世凯而来的。慈禧的临终遗嘱他死死地记住了，但袁世凯身为军机大臣，外务部尚书，要杀他，没有一个正当的理由，能服得了满朝文武吗？载沣为此踌躇不绝。再说，现在百日国丧期未满，无论如何不能做这种事。再急，也要让皇帝登基、百日丧除之后。不过，铁良等人的支持也是很重要的。

他问七弟：“陆军部这一年多来，把北洋六镇管住了吗？”

载涛答：“哪里管得住！除第一镇本是咱们京师八旗子弟外，其他五镇，名义上属陆军部管，其实骨子里还是听袁大头的。”

载洵说：“各镇想换换协统、标统，都差不多换不下去，他们都抱成一团儿。铁良说，前些年流行的那句北洋军只知有袁宫保，不知有大清朝的话，看来不假。”

载沣听了这话，心里沉重起来。如果真这样的话，杀了袁世凯，不会激起北洋军兵变吗？

载涛说：“四哥，你不是说过德国亲王的十六字真诀是强干弱枝之本吗？从前碍着那个老太婆的疑心不好实行，现在不正好办了吗？”

载沣点头表示同意。那是七年前《辛丑条约》签订之后，中国方面除了在北京城为毙命于义和团事件中的德国公使克林德建纪念碑外，另遣专使前往德国谢罪。这个专使便是醇王载沣。载沣到德国后，目睹德国皇室的权势强大，十分羡慕。他向德国亲王威廉亨利请教。威廉告诉他：欲强皇室，须掌兵权；欲强国事，须修武备。载沣将这十六字奉为金科玉律，回国后屡次向他的兄弟们提起。载沣不敢明奏，他怕慈禧怀疑他想夺取军权。

“七弟，你是说要建立一支咱们自己的军队。”载沣目光灼热地望着母弟，心里想：到底是亲兄弟，心总是向着自家人的。

“北洋新军当然不能解散，但不能倚为心腹，我们要在一镇之外再建立一支皇家御林军。”载涛显然是早已成竹在胸了，他条理清楚地说，“这支御林军全由我们纯血统的八旗子弟充任，初步计划招一万人。它有两个责任，一为禁卫京师，二为各省新军培养中级以上将领。我们将在一万人中培养两千名军官，全国二十镇新军，每镇分一百人，管带以上的军官全由御林军中派出的人充当。这样，全国二十镇新军就全部掌握在我们的手里了。四哥，你看呢？”

二十岁的涛贝勒神气活现地看着他的哥哥，仿佛这个宏伟的计划顷刻之间便可实行似的。毫无一点实际经验的摄政王也被七弟的这个计划说得兴奋起来，连连称赞：“好，好得很！”

刘佳氏忙笑着说：“老七，你真出息了，比起老爷子当年来强多了。”又转脸对载沣说，“我看你兄弟的主意很好，就叫他做御林军总管大臣吧！皇家的军队，还只有自己的亲兄弟掌管才放得心哩。”

载沣对母亲这个口谕没置可否。一来他觉得七弟从没挨过军事的边，年纪又这样轻，既无才干，又无经验，一万御林军，能统率得了吗？二来这样大的事，得开亲贵大臣、六部九卿会议商讨才行，退一步说，也得跟隆裕商量商量呀！

看到哥哥在沉默，载涛大不耐烦了，冷下脸来问：“额娘的话，你到底说行呢还是不行？”

对于这个被母亲娇宠惯了的老幺的脾气，载沣是知道的。他赔着笑脸说：“七弟，你对军事一向接触不多，一下子当统领，吃得消吗？”

对于哥哥的小看，载涛很气愤，大声说：“四哥，这点你放心，我可以叫铁良和毓朗帮我维持一段时间，我到德国留半年洋，回来就行了。”

说着站起身来，拍打着胸膛：“咱们努尔哈赤的后代，天生的将才。四哥，我向你保证，不出三年，咱们的御林军要强过袁世凯北洋军十倍！”

刘佳氏忙趁热打铁：“老七，行，像个天潢贵胄的样子！有你的这支军队在，你侄儿的位子就是铁打的了，你哥也省了好多心。”

这分明是再次催载沣认可。他心里琢磨着：皇家是要掌握一支强有力的军队，带领这支军队的人也只能是自己的兄弟，何况这个建议又是载涛自己提出来的，这个总管不给他又给谁呢？论能力的确是不够，先让铁良、毓朗帮他一把，让他历练历练也说得过去。再说，若是不答应的话，额娘的面子上也过不去。但是，总得要跟隆裕太后打个招呼吧！

“七弟，这事我还得和隆裕太后商议一下。”

“她一个妇道人家知道什么？”载涛火了起来。“咱们爱新觉罗氏的家不能再让外姓人来当了！”

刘佳氏一向对光绪皇后冷淡，现在她更反感隆裕来干涉她的儿子们的好事，便也附和说：“老四呀，你要拿出男子汉的派头出来。现在才开始，你就这样软软沓沓的，事事都要和她商量，日后她就不会把你放在眼里，那咱们大清朝就得又供养一位老佛爷。看你二哥生前那副窝囊劲，我就作呕。你们父子若像他那样，听凭一个女人安排，我不如干脆死去，眼不见为净。”

刘佳氏这番话给载沣很大的刺激，他想了想也是，便说：“好吧，御林军的统领大臣就由你来做，叫铁良、毓朗做你的助手吧！”

刘佳氏笑道：“这才是我生的儿子！”

载洵坐在一旁一直没有做声，眼看着老七抢走了一项好差事，心里火辣辣的。趁着他们讨价还价的当儿，他把朝廷各部的肥瘠掂了掂，他要择肥而噬。

这是个典型的公子哥儿，从小在保姆丫鬟丛中众星拱月般地捧大，纵逸放肆，一无所长，却又自以为是天之骄子，无所不能。他记得小时候跟着父亲去大沽口巡视北洋水师，那些西洋进口的兵舰威武雄壮，开动起来，在大海上奔走如飞。不要说舰上的管带了，就是一名普通的水手都神气得不得了。假若做一名指挥全国所有兵舰的大臣，那可真了不得。既有兵权，又比那些土里土气的刀枪棍棒要时髦百倍。好，就把这个差使要过来。想到这里，他很兴奋。

待到涛贝勒的交易刚刚做好，洵贝勒开口了：“四哥，组建御林军是桩很好的事，任命老七做统领更是重要。不过，还有一件迫不及待的事，四哥你太忙了，眼下还没有想到。”

“六弟，我的确是忙，许多事都顾不上，正要你们来提醒我。”载沣望着老六，不知这位胞弟肚子里藏着什么花招。

"四哥，咱们亲兄弟，我也就不兜圈子了。"像母亲一样长得矮矮小小的，毫无一点军人气质的洵贝勒说，"甲午年，北洋水师之所以全军覆没，关键的原因是朝廷没有一个专管水师的部，把这样一支重要的军队交给一个总督去办，太轻率了。我们大清国海岸线几千里长，过去吃亏就吃在没有一支强大的海军，洋人欺侮我们，主要在海面上。四哥，现在你来当国了，咱们再不能受洋人的欺侮，咱们要建一支强大的海军。"

载洵说得慷慨激昂起来，俨然是一位热情的爱国者。载沣频频点头："六弟说得对，大清朝不能没有一支强大的海军。"

载洵直截了当地表明了自己的目的："要建海军，先要筹备海军部。四哥，你把这事交给我吧！"

载沣还没开口，刘佳氏又开腔了："老四，你看你多福气，刚做监国，两个兄弟就自愿来做你的左右手，老七管陆军，老六管海军，一对金刚忠心耿耿地护卫你们父子呀！"

载沣心里明白，老六是想抓海军的权。设海军部不错，别人也提过，他自己也想过，但海军大臣让老六来做太不合适了。除开小时候跟父亲去过一次大沽，这十多年来，他连海水都没沾过，更不要说驾驶战舰指挥海战了。让老六做海军大臣，岂不会让朝中文武笑掉牙！但自己只有两个亲兄弟，要想把兵权掌握在皇家手中，又只得依赖他了。再说，老七捞了个御林军统领，如果不让他做海军大臣，他如何肯依？老额娘的态度也很明确，陆、海两支军队，一个儿子抓一支。作为监国来说，兵权要抓在皇家；作为兄长来说，两个弟弟，不能厚此薄彼。载洵再不合适，也别无选择了。

"好吧，海军部就由老六来筹建吧，再给你配个助手萨镇冰，他是英国皇家海军学校毕业的，海上的一切都懂。"

"老六老七，你们还不快站起来，谢过你四哥！"刘佳氏笑着对两个儿子说。她的意思很明白：道过谢了，这事也就算是敲定了，哪怕就是王公亲贵、六部大臣，甚或是隆裕太后不同意，您老四也要认这笔账！

当两个贝勒起身道谢时，载沣慌忙说："自家兄弟，不要言谢，祖宗传下来的江山，日后还要靠二位兄弟来护卫哩！"

军权到了手，刘佳氏和她的六儿七儿的目的也达到了，母子兄弟闲扯了一番家常后，载沣向母亲告辞回到东府。

去西府这么久，瓜尔佳氏早等得不耐烦了，不待丈夫跨进门便问道："什么事留了这长时间，该不是你那老额娘又为你寻了一房姨太太吧！"

载沣笑着说："你说到哪里去了，要说姨太太，这会子也不行呀！"

"什么这会子不行？"瓜尔佳氏冷笑道，"你们这些男人，尽是些伪君子，表面上道貌岸然，心底里想的尽是那档子事。我说王爷呀，你如今是摄政王了，要更加威风点，真的看中了哪个娘们儿，我做主替你娶进来，只是暂不请客不摆酒罢了，谁知道你讨了小！"

载沣知道瓜尔佳氏有所指，脸上尴尴尬尬的，嘴上仍硬着："莫瞎扯了，国丧期间说什么纳妾讨小，让下人听了多不好！"

瓜尔佳氏换上笑脸，一边帮丈夫脱外褂，一边问："刚才说着玩儿的，老六老七都来了，你们娘儿四人到底说的什么机密大事？"

无论国家大事还是日常琐事，载沣向来不敢瞒着这位厉害的福晋，于是把建御林军、海军部的事说了说。

瓜尔佳氏一听傻了眼，哥哥正瞅着筹建海军部弄个海军大臣当当，谁料小叔子抢了先。她急着问："这么说，老六想当海军大臣了？"

载沣点点头。

"你就答应了？"瓜尔佳氏更急了。

载沣点过头后问："怎么啦？"

"大哥今上午来了，建海军部的事，他想了很长时间了。这倒好，让小六子抢去了！"瓜尔佳氏气得脸红红的。

"长麟来了，你为什么不早说？"

"哪有时间说呀，你不一进门就被他们叫去了吗？"瓜尔佳氏又急又委屈。

载沣为难了。无论才具还是资历，长麟都要远胜载洵。长麟今年四十五岁，在北洋水师里当过管带、翼长，又在英国留过学，他倒真是一个合适的海军大臣，况且海军掌握在皇帝娘舅的手里也一样的放心。但话已说出口，怎么收得回呢？

"老六怎么做得了海军大臣，他怕连只木船都管不了！"瓜尔佳氏走到丈夫身边，扶着他的肩膀，声音变得比往常大为轻柔了，"王爷，你再去跟老六说一下，叫他另外挑一个部吧！"

"这怎么行呢？老六那人的个性你不是不知道。"载沣两道眉头皱得紧紧的。

“可我也答应了大哥呀！”瓜尔佳氏知道这事要改变也难了，但她既想步慈禧的后尘，这培植娘家势力的第一步就不能告吹。

冰儿从内房出来，给载沣端上一碗茶，然后嫣然一笑，又进房里去了。这一笑，直把载沣的魂勾去多半。瓜尔佳氏看在眼里，决定今天就把冰儿抛出去。

“王爷，你既然这样喜欢她，干脆就把她收了房吧！”瓜尔佳氏的嘴巴向内房努了努。

“你说什么？”载沣简直不敢相信自己的耳朵，真的是太阳打西边出来了！

“男子汉大丈夫，忸忸怩怩的，我最看不惯了。你不是成天说冰儿逗人喜欢吗？今儿个我把冰儿送给你了！”

“真的？”载沣大喜过望。

“我几时骗过你？”瓜尔佳氏一副居高临下的派头。

“不过，”载沣刚升起的热血冷了下来。“过两个月吧，现在还是国丧时期哩。”

瓜尔佳氏笑道：“我说呀，你们这些须眉丈夫没有一个是真君子。真正为大行皇帝服丧嘛，一个人搬到书房里睡去，不要再跟娘们儿睡一张床！”

载沣不好意思地傻笑着。

“冰儿侍候你，我不说，谁敢道半个字儿？”

“那我就谢谢你了，我的好福晋。”

“拿什么谢？”瓜尔佳氏很得意，钓饵选择在这会子抛出，真正太是时候了。

“你说呢，什么都行！”载沣的神态很慷慨，大有点不爱江山爱美人的味道。

“我也不要你谢别的，你就把海军大臣的差事给我大哥吧！”

“这？”载沣犹豫起来。

“行不行呀！”瓜尔佳氏紧逼着。

“好！”载沣下定决心，宁肯得罪老弟，不能丢掉美人。

载沣重新穿好衣服，硬着头皮出了门，穿过假山，向西府走去。正好老六还没走。

“六弟，海军部的事暂缓一下吧！”

“为什么？”载洵的眼睛睁得大大的，明显地充满了火气。“刚到嫂子那里待一会儿就变卦了，敢情是她娘家的人也要这个差事？”

“你知道了？”载沣很惊异。

其实载洵并不知道，不料一句话就诈出来了。“是长麟，还是长麓？”

“长麟。”载沣低低地说，“你嫂子已先答应他了。”

“岂有此理！我去找她！”洵贝勒抬脚就向东府奔去。

“六弟，你等等！”摄政王在后面喊。他知道这个火爆脾气的弟弟与他那同样坏脾气的福晋，一旦面对面争论，定然会大吵起来。

载洵根本不理睬后面的呼喊，飞快地跑着。

“嫂子！”载洵一个大步跨进东府的门槛，朝着里面高叫一声。

“六爷，什么事急得这样？”瓜尔佳氏从内房出来，见载洵满脸怒气，已知小叔子的来意，却故意问他。

“海军大臣这个差事，四哥已经许给我了，你凭什么要抢给你娘家人？”洵贝勒两手叉着腰，一副兴师问罪的架势。

趾高气扬惯了的瓜尔佳氏，根本不买这个在她看来无才无德的小叔子的账。她带着讥讽尖声说：“哎哟，我说是什么事呀，六爷，你自己掂掂，海军大臣这个差事你拿得下吗？这可不是去广和楼听戏，到昌平去放鹰呀！”

明摆着这是嘲笑小叔子只会听戏放鹰，没有做大臣的本事，从小在奉承声里长大的洵贝勒如何听得了这话！他顿时火冒三丈，也不顾嫂子的显赫出身，冲上前去一步，指着她的额头说：“你敢嘲笑咱无能吗？你的大哥又有几分能耐？”

瓜尔佳氏毫不示弱，回敬道：“我的大哥虽没有多大本事，他到底做过炮舰管带、水师翼长。你呢，六爷，你知道炮舰是什么模样吗？海水是咸的还是淡的？”

载洵气得全身发颤，脱口骂道：“你这个臭婆娘，想用枕头风来坏爷们的美差吗？没门！”

瓜尔佳氏从小到大娇生惯养，连慈禧太后面前她都敢撒娇使嗔，慈禧还得用好话哄着她。长到二十多岁了，谁也没有半个字对她不恭。今日自己的儿子做了皇帝，她成了真正的皇太后，居然有人骂她为“臭婆娘”，这口气她如何咽得下！

她大哭起来，发疯似的向载洵冲去，骂道：“你这瘟猪咬疯狗拖的东西，你敢骂我！”

这时载沣赶来了，后面跟着刘佳氏。她拄着拐杖，颠着两只小脚，跑得气喘吁吁的。

两叔嫂竟然扭打起来了。堂堂摄政王府怎能出现这等事，载沣吼了一声：“你们都松开手，这成何体统！”

载洵、瓜尔佳氏都不听他的。载洵破口大骂：“贱种，骚货！”两手抓着嫂子的肩膀向后推。瓜尔佳氏骂道：“瘟疫死的，草席埋的！”一边拿头向小叔子撞过去。

刘佳氏听到儿媳妇用这样刻毒的语言咒骂她的宝贝儿子，又伤心又气愤。见载沣不能制止，她甩掉手中的拐杖，一屁股坐到地上，大哭大闹起来，嘴里喊道：“老王爷呀，你睁开眼睛看看吧，这是什么世道啊！家里都成这个样子了，我对不起你，我不活了，我去陪你算了！”

一边喊，一边拿头碰地，碰得鲜血直流。载沣见母亲急成这个样子，忙扶起她，高声唤仆人。几个仆人过来，将老福晋抬起。载沣冲进屋里，打雷似的叫道：“额娘都快要死了，你们还在这里胡闹！”

载洵见母亲嘶哑着喉咙在号叫，满脸是血，忙松手，跑到院子里去看娘。载沣望了妻子一眼，恨恨地说：“都是你惹出的祸！”

瓜尔佳氏知道婆婆已经盛怒了，自己闯祸不小，便干脆扑倒在地上，滚来滚去，放声大哭，喊爹喊妈的，吓得冰儿等一班丫鬟老妈子们忙过来劝说搀扶。

载沣在母哭妻闹中如一根木头似的呆立着，竟不知如何是好。

五　锡拉胡同与肃王府的密谋在同时进行

醇王府里这一场叔嫂、婆媳之间的闹剧很快便传了出去，不少王公大臣听后都摇头叹息。有的说，老佛爷在世时虽然是大权独揽，但她公私还是分得清楚的。她娘家里的人也只能得个承恩公的虚爵，并没有出任实职。方家园里储存的金银珠宝不少，但国家政事却不敢干预，慈禧本人也从不把国事与她的兄弟们商量。醇亲王监国还没有几天，国家的重器要缺，简直成了王府家宴上的鸡鸭鱼肉了，朝廷还有什么体面？

海军大臣一职，叔嫂双方都不肯让步，载沣也无法调停，便只得暂时搁下，先宣布筹建御林军，授载涛为专司训练大臣，毓朗、铁良协助。

此事立即在朝中引起议论。联系到那次家庭争吵，许多大臣也看清了载沣的用意，都很失望。尤其是张之洞，这么大的一件事，也没与他这个老相国商量商量。陡然间，他心中升起一股浓重的失落感。就在这个时候，徐世昌带上一支尺把长的长白山野生全参来到锡拉胡同看望他。

张之洞向来不受馈赠，但他眼下实在体气太弱，这样大的长白全参实在罕见，是补中益气的好药。徐世昌是翰林出身的总督，在张之洞的眼中不是俗人，经不住徐的诚恳劝说，张破例收下了。

从保养身体到学问文章，徐世昌很得体地说了不少奉承话，七十二岁的老头子听得很舒心。话题自然谈到了朝政。张之洞的口气里，明显地流露出对载沣的不满和对时局的忧虑，气氛与徐世昌的要求甚为相合。徐世昌是做了充分准备而来的，又从一批激进的皇室后生中揽到了一些消息，忧心忡忡地叹了一口气，说："老相国，古话说得好，治国非倚重老成典型不可，老佛爷历经咸、同、光三朝，于极重极大之内忧外患中保住了大清朝的江山，真不容易。其关键所在，即倚重老臣。同治年间依靠曾、左等人平定长毛，光绪一朝，靠李文忠公和您才度过甲午年、庚子年那样的大灾大难。"

"哎，别提了，曾、左、李都走了，我也待不久了，还是闭了眼清静些。"张之洞颓丧地说。

"说哪里话！老相国，新主冲龄，监国年轻，大清朝还要靠您这根顶梁柱呀！"徐世昌就势激一下。

"说得好听，顶梁柱！"张之洞冷笑一声。"柱子老了，年轻的急着要顶上来哩！"

"是呀，"徐世昌赶紧将谈话引入轨道。"这次筹建御林军，用的全是一班二十几岁的毛头小伙子，朝内朝外议论的多啦！"

"菊人，我老了，又生着病，平日里很少出去，你听到些什么议论，拣几条主要的说给我听听。"几十年与政事息息相关，只要两只眼睛没有闭上，张之洞便不能一天不过问政事。这给徐世昌提供了进言的良机。

"我是个外臣，这一年多里朝廷的事也了解不多，近半个月来住京师，只偶尔听到一些老友们说说而已。他们都说摄政王监国会有一番区别于老佛爷的动作，从筹建御林军一事看，这番动作已露端倪了。它有两个特点：一是用皇族，二是用年轻人。"

张之洞没有反响，只是半眯眼睛听着。

"老相国，"徐世昌有意将声音压低，"我听人说，这些日子来醇邸、肃邸和世府特别忙碌，一班亲贵少年日夜出入其间。摄政王、肃亲王和他们的态度大体一致，世续老中堂则较为持重，他不喜欢这班子轻浮少年的狂妄躁进。”

“这班子人究竟要做什么，你听到点风声吗？”张之洞显然对此很关注，半眯的眼睛突然睁开了。

“老相国，我这是道听途说，算不了数的，但事态看起来的确是严重的。”徐世昌脸上露出忧郁的神色。

“说吧，在我这里还有什么不能说的话。”张之洞伸了伸腰。他这些天也听到些风声，说是铁良、良弼等人活动频繁，他要在徐世昌这里得到证实。

“老相国，听说满洲亲贵中现在冒出一批激烈的年轻人，他们在酝酿一个大的计划，那就是要通过这次新旧更替的机会废除军机处，建立一个以皇族和满人为主体的新内阁，将汉人从一切要害部曹里赶出去，以便对付国外排满的革命党和国内的仇满势力。”

“狂妄！”张之洞抑制不住而愤怒起来。“大清国将会断送在这批乳臭未干的小儿们的手里。”

“我早两天见到袁慰庭，谈起时局来，他也唯有叹息而已。他说他已做好了准备，回河南黄河岸边做一个蓑衣钓徒。”

“哎！”张之洞似有满腹的话要说，但“哎”了一声，却不见下文。原来，这句“蓑衣钓徒”的话，蓦地激起他一股与袁世凯命运相连的感情。

张之洞一向瞧不起行伍出身的袁世凯。举国上下对袁的新军新政一片恭维的时候，唯独张没有一句赞辞。张认为湖北的新政远在直隶新政之上，湖北的新军也不亚于北洋军，至于袁为办军政而不择手段的行径，则更为素以理学名臣自居的张所鄙夷。但他们却同时调进军机处。张明白，他和袁的同时进枢府，背后的目的不去谈，表面上至少显示了慈禧太后对新政的认同，对汉人有为者的依赖。袁在张进京后做出了一系列殷勤的姿态，这之后，张对袁的鄙夷之心渐渐减弱，相反，同舟共济之心渐渐增强。今天，种种迹象都已表明，那些不谙世事狂妄躁进的轻薄少年正在咄咄逼人地抢夺权力，首当其冲成为他们障碍的就是作为汉人代表的他和袁世凯。慈禧临终前夕议嗣的情景又浮现在眼前，他突然感觉到袁将有不测之祸。一股兔死狐悲的凄凉心绪，浸漫了这个衰朽老者的心。他终于含着不尽的深意，对徐世昌说了一句话：“你去告诉袁慰庭一声，要他处处留心一点。”

张之洞的估计没有错。就在锡拉胡同张徐会晤的同时，东城肃王府里，一场重大的密谋已从下午进行到深夜。

肃王府的主人善耆，是清太宗皇太极的长子武肃亲王第八代孙，四十出头，矮矮胖胖的。公车上书那年，他结识了康有为，戊戌期间与康梁维新派关系火热，善耆因此而得罪了慈禧，贵为亲王，只做些管理雍和宫、理藩院事务等闲职，不得重用。善耆自知从政无望，转而侧身优伶间。慈禧最喜欢看戏，临死前几年，几乎每日必看。善耆声音洪亮，京戏唱得有板有眼，他常常粉墨登场，博取慈禧一笑。慈禧见他沉迷梨园，知无大志，反而放心了。去年徐世昌调东北，他便接替徐做了民政大臣。等到慈禧一死，载沣掌权，善耆意识到大展抱负的时候到了。他的身份地位和久被压抑的处境，使得他自然而然地成了急于攫取权力的皇族亲贵中的少壮派首领，载洵、载涛、毓朗、铁良、良弼等人隐然把他奉为盟主。时至半夜，肃王府议事厅内的话题开始集中到一个人的身上了。

“咱们大清的军权旁落，从曾国藩那时起到现在已经五十年了。收回军权，这是新朝政纲中最为重要的一条。”

说话的是陆军部大臣铁良。此人二十一岁，长得鹰眼雕鼻，满脸凶鸷之气，虽为贵族子弟，却无纨绔气习。他毕业于日本士官学校，门门功课优秀，胸腔里跳动的是一颗执掌全国军队的勃勃野心。

“我领陆军部一年来，深感北洋新军中有一股与朝廷离异之心。”

“铁良说得对！”良弼立即接话，这位也只有二十来岁的皇族青年，长得仪表堂堂，文才武功，均为满蒙大臣子弟之冠。他尖锐地指出：“造成军队和朝廷离异的始作俑者为曾国藩，而把它推向危险边缘的则是袁世凯。从小站练兵开始一直到直隶任上训练北洋六镇，他采取的手法是网罗亲信，培植死党，广行私恩，效忠一人。国家花费巨资，训练出来的却是他袁世凯一人的军队。他的狼子野心已昭然若揭。”

“大家都说北洋军只知袁宫保，不知大清朝。”毓朗补充。

铁良阴沉沉地说：“老佛爷洞悉袁世凯的居心，去年撤了他的直督调进军机处，原是为了削去他的兵权。现在他虽然不能调动北洋军了，但多年来培植的亲信死党已安插在各个镇协标营中，根本无法清洗掉。他灌输的那一套绝对服从他一人的教育，也很难从那些头脑简单的兵油子里去掉。袁世凯的确是咱们大清朝的心腹大患。依我看只有一个办法，才能彻底根除这个隐患。”

“杀掉他！”载洵、载涛几乎同时叫出口。

“对！”铁良死劲地把手中的瓷茶碗往大理石桌面上一叩，薄胎茶碗立即破成两半边，茶水流满一桌子。

“各位都说得很好。今天议事议到这个地步，可算是议到窾要上了。”善耆的口气与他的盟主身份甚是相合。“我看袁世凯就是今天的庆父。庆父不除，鲁难未已。当年他出卖新政诬告先帝，以此骗取了老佛爷的信任，借别人的血染红了他的顶子。”

说到这里，善耆想起自己因此而多年受屈，心情甚是不平静。他提高大嗓门说：“但是老佛爷毕竟英明，到了晚年，终于看出了谁是忠臣，谁是奸佞。嗣立今上的那次重要会议，就没有叫袁贼参与。这是老佛爷对袁贼的一个严重警告。假若她老人家不归天，今日也要对袁贼采取断然措施的。”

善耆这几声“袁贼”，把会议的火烧得更旺了，使大家顿时明白大清朝与袁世凯简直到了不共戴天的地步。

铁良又冒出惊人之语：“袁世凯是与革命党暗中勾连的奸细。”

众人觉得这句话来得突兀。良弼问：“这倒没听说过，宝臣兄一定有根据。”

“你们难道一点都不知道吗？”铁良阴鸷的眼光将大家扫了一眼。“袁世凯和张之洞会衔保奏一个神秘的人物……”

“你是说宪政馆的杨度？”善耆打断他的话。

“正是。”铁良点头。“老佛爷上了他们的当。我在日本留学时，对杨度这个人的底细很清楚。他第一次在日本期间，就鼓吹骚动，攻击朝廷。第二次逃亡日本，又与孙文、黄兴等革命党徒交往密切。这样一个人，根本不能用，袁世凯却奏调进京，还叫儿子与他拜把兄弟，又送他房子，送重礼贺他讨小老婆。袁世凯这样做是为了什么？就是想通过杨度这座桥与孙黄革命党徒取得联系，一旦时机成熟，他就会成为孙黄的内应。”

“真是一条大蛀虫！”良弼愤怒地拍打桌面。

“张之洞也是个老糊涂！”毓朗骂道。

“杀掉袁世凯，勒令张之洞回家养老！”载涛嚷道。

“大家都安静点。宝臣这点提醒非常重要。”善耆用手压了压。“明天我要好好地跟摄政王说说……”

“肃王爷，你明天跟他说话，第一条先说海军部的事不能变！”载洵急急地打断善耆的话。

“洵贝勒，你放心吧，你的海军大臣飞不走。”善耆笑着说，“我把今天大家所议的归纳成这么几条，诸位看还有没有遗漏的。”

众人点头，催他说下去。

“第一条，撤军机处。第二条，设内阁总理制。第三条，内阁的重要部曹都要在咱们的手里。第四条，为戊戌年新政平反，为谭嗣同等六人昭雪。”

“这一条不能跟我四哥说。”载涛打断善耆的话。“先帝在时，四哥常说，皇上遭囚禁，全是康梁等人害的，若没有他们的那一套乱政，哪有两宫失和皇上受罪的后果。大清朝绝不能为康梁平反。”

“涛贝勒说得对，大清朝不能为康梁平反。”毓朗附和。

“好好，这条取消。”见载涛、毓朗坚决反对，想必载沣也不会接受，善耆不再坚持第四条了。“我再说下去。第五条，这是顶重要的，杀袁世凯！”

毓朗说：“还要补充一条，撤宪政馆，不准再玩什么君主立宪之类的花样。”

“行！”载洵、载涛兄弟立即附和。

“这不行。”良弼说，“立宪是世界大势所趋，也是保存咱们大清江山的唯一出路。如果连立宪都取消了，革命党造反就更有借口了。况且，不行立宪，又哪来的内阁总理制呢？”

良弼的话有道理，对政治和立宪一无所知的两位皇叔只好红着脸不说话了。

“杀袁世凯是重要的，但是，”铁良沉吟一会儿，说，“袁身为朝廷重臣，若无一点借口就把他杀了，恐怕会引起朝野震动。再说，也要提防北洋军。”

“宝臣顾虑的是。”善耆点头同意。“大家一起凑凑看，想个什么主意。”

这些亲贵少年们夺权的心情虽很紧迫，但真正论起出谋划策来却腹中少见识。大家沉默着，一时不知如何是好。

还是良弼有了个点子。他把这个点子说出后，大家都满意。善耆笑着说：“今天大家辛苦了一整天，我准备了一道小小的菜为诸位佐酒，好好来个宵夜。”

“什么菜？”这些吃遍了天下山珍海味的少爷一齐问。

“清炖嵩山金钱豹子胎！”

当肃亲王轻描淡写地报出这个菜谱时，众亲贵们的眼睛早已瞪得圆鼓鼓的了。

六　张之洞巧叙前朝旧事，救了袁世凯一命

光绪三十四年十一月初九日，让阴霾晦气充满了半个月之久的紫禁城，突然间光鲜明亮起来。殿堂内外张灯结彩，廊庑前后披红挂绿。文武百官脱下死气沉沉的丧服，换上蟒袍玉带，一大早便依着爵位、品级、职务，排列在太和殿前的广场上。翎顶辉煌，珠玉耀眼，他们在等候着新皇帝登基仪式的开始。

由本生父监国摄政王载沣抱着坐在宝座上的溥仪，今天全身龙帽龙袍。缩小的九条五彩金龙在云雾江海之间翻腾跳跃，张牙舞爪地拱卫着这位年不满三岁、高不及两尺的人间真龙天子。这位小小的天子从来没有见过这种壮观的场面，虽坐在父亲的怀抱里，仍不免心里害怕。待到净鞭响过，炮声雷鸣，鼓乐震天，群臣山呼万岁时，他却由害怕到恐惧，突然哇地一声大哭起来。皇上登基大哭，这可是亘古未有的奇闻。跪在前面的听到了哭声，个个惊慌失措，不知如何处置；跪在后面的虽听不到哭声，但见前面乱了程序，也不知发生了什么事情，跟着乱了套。载沣心急如焚。他毫无办法制止三岁小儿的啼哭，只得连连哄道："不要哭，快完了，快完了！"

摄政王的原意是登基仪式快要结束了，不料慌不择言，说出一句最不吉利的话来。跪在前面的亲贵大臣们听到这话后都吓得惶惶不安。

溥仪登基后，改明年为宣统元年，尊光绪帝为景皇，庙号德宗，上皇太后徽号为隆裕。王公大臣都蒙恩赏，袁世凯也加太子太保衔。不见祸害，反得重赏，正当袁世凯怀着侥幸的心理暗自庆贺的时候，御史王景纯的一道参劾折被递到摄政王手中。

这道奏折以亢厉的辞气、扎实的证据揭露袁世凯在山东巡抚和直隶总督任上目无朝廷，擅用职权，靡费钱财，挪用公款，结党营私，勾结洋人的种种不法情事，及投机钻营，首鼠两端，媚上欺下，阳奉阴违等恶劣的品性。恳请悬袁世凯之头于正阳门外，以安先皇久抑不伸之屈志于九泉，谢臣民宿昔积压之愤怒于天下。

原来，这正是善耆、铁良、良弼等人为倒袁夺权而精心策划的第一步。

载沣捧起这道参劾折，长久地玩味着。不要说袁世凯出卖德宗，

挑起两宫不和的滔天大罪，也不要说袁世凯营建自己的私人军队，严重威胁祖宗江山的叵测居心，扒掉这些公愤不提，光从私仇这一点上，载沣就和袁世凯势不两立。

那是袁世凯刚接替李鸿章当上直隶总督的时候，才过不惑之年便身居制台高位的项城新贵，决心在直隶这块京畿重地做出些名堂来，将声名烜赫的李文忠公压下去。他对直隶各项政事都勤勉努力，给人一种励精图治的形象。袁对近年来直隶举办的新政尤加关注。

那时直隶的采矿业较各省都为发达，其中以临城和开平两家煤矿最为著名。临城煤矿由李鸿章试办，后来移交给钮秉臣督办。钮与比利时人沙多私自草约，将该矿产业房地统交沙多管理，名为合办，实为盗卖。袁查出这中间的弊端后，立即废除草约，派唐绍仪、梁敦彦先后与沙多重订中外合办章程，将主权收回了。事情办得顺利，袁世凯也因此赢得了爱国、精明等美誉。

开平煤矿的情况与临城煤矿类似。但处理开平一案时，袁却遇到了麻烦。

开平系由李鸿章委托唐廷枢开办，唐死后由张翼接任矿局督办。庚子年八国联军入侵时，张翼图谋私利，与德国人崔德琳、英国人墨林相勾结，签订条约，将煤矿转为中外合办，在英国注册。袁上任后亲临开平视察，发现该矿及矿区范围的河道、口岸、土地等均落入英国人之手，大为恼火，亲自约见英国驻华公使，与之辩论，同时严厉责问督办张翼。张矢口否认卖给英国，声称已派律师赴英国控诉，采取拖延的手段对付袁。袁上奏朝廷，指出口岸、河道、土地乃朝廷疆域，绝不能任人私相授受，请朝廷饬外务部向英国声明开平煤矿及矿区范围内的土地等断不能属于英国。朝廷准奏。勒令张翼两个月内收回。但半年过去了，一点动静都没有。原来，张翼不是钮秉臣，他有过硬的后台。这后台便是醇王载沣。

张翼原是醇王府里的小吏，因聪明能干、善于奉迎而深得载沣的欢心，保举他步步高升，最后竟升到侍郎高位，再由侍郎改任督办。张出事后便去找老主子载沣，载沣也居然替他向袁求情。袁这时才知道这一炮打错了人。但事情已闹开，各方都很关注，慈禧因不知内情还夸奖袁实心办事。袁一心要抱慈禧的大腿，同时也想把爱国美名弄得更光彩，于是不买载沣的账，坚决要毁掉私约，重立公约。载沣恼怒起来，暗中鼓励张与袁顶着干。结果，尽管袁再度参劾张，但直到袁上调军机处，此案并未了结，而袁与载沣的私仇已成死结了。

“袁世凯可恨！”载沣将劾折重重地往桌上一甩，下定决心要借这份奏疏来执行老佛爷的遗嘱，为了祖宗的江山，也为了他个人除掉这个可恶又可怕的敌手。

载沣将折子批给内阁，指示交《京报》刊登出来。第二天，《京报》赫然登出了劾折全文。本来就动荡不安的京师局面变得更加混乱了。袁世凯的对头们、嫉恨者，以及一批好事之徒们都在拍手叫好。袁的亲信则预感到大祸已临头，人人自危。更多的人则冷眼旁观，估计朝廷内部将有大事出现。

袁世凯本人见到《京报》后更是惶恐不安。凭着几十年的官场经验，他已看出一场对着他而来的有预谋有计划的行动已拉开了序幕，令人恐怖的后果正在等着他。他不能坐以待毙，严峻的现实迫使他不能不冷静思考对策。他想起徐世昌送给他的锦囊妙计。妙计虽好，但还得借助一个人帮忙，这个人只有奕劻最合适。这天深夜，袁克定奉父命溜进了庆王府。

第二天一大早，年过古稀的奕劻坐轿来到醇王府。须发皆白的庆王以谦卑恭顺的礼节向侄儿载沣请安作揖后，便大骂袁世凯是个伪君子，多年来以假面目欺骗他，前天看了《京报》才知竟是这般恶劣，就凭这一点，杀头亦不过分。接下来，奕劻恳切地对载沣说，杀袁世凯不是小事，弄不好就会出意外，此事必须谨慎。一要与张之洞商议商议。张为三朝元老，国之柱石，在文武大臣中德高望重，处一言九鼎之地位。二要先与北洋各镇统制、协统打个招呼，安定他们的心，否则闹出兵变来，那娄子就大了。

奕劻这番好心好意的进谏果然很起作用，载沣全部采纳了，一心要把此事办得妥帖周到。他吩咐内阁拟一份谕旨：据御史参劾，袁世凯罪情严重，拟革职查办，交法部严惩。用军机处的名义发给北洋六镇，要各镇统制、协统发表意见。同时，他本人亲自打轿来到锡拉胡同张寓，做出一副敬老尊贤的姿态，当面征询张之洞。

张之洞见摄政王亲临，颤颤巍巍地走出大门外跪地恭迎。载沣双手扶起张，诚恳地说：“老相国礼节过重，实不敢当。”

“王爷亲临寒舍，老臣不胜荣幸。”张之洞弯着腰将载沣迎进客厅。他知道载沣已不同过去，摄政监国，日理万机，非有极端重要之事是不会亲自来的。上过茶后，他吩咐家人关好房门，不准任何人再来打扰。

询问了一阵张之洞的身体状况之后，载沣立即进入正题：“老相国，《京报》上的参劾折您看到了吗？”

载沣的语气尽管很温和，但张之洞听了，却似乎感到有一股压力正在向他压来。从立嗣会议没有袁世凯参加那夜起，他就预感到袁的困境即将到来，现在不证实了这个预测吗？多方面的形势对袁已是极不利了，只是他目前还弄不清楚载沣本人的意图，而这，却是关键中的关键。他打起精神答道：“老臣已看过。”

载沣本想以这句话引发起张对此案的看法，却不料张只说了这五个字，便闭着嘴不做声了。客厅里炭火烧得很热，但载沣却感受到一丝寒冷。他只得自己先开口：“袁世凯世受国恩，老佛爷和德宗在世时也对他备加器重，调入枢垣，倚为长城。皇帝践位，即加太子太保，殷望他与老相国等老成大臣们一道，辅佐朝政，共图中兴大业，却没有想到他竟是这样的不堪信任，颇令人寒心。”

载沣说罢，搓着双手，做出一副很惋惜的样子。张之洞专注地倾听载沣的话，脑子里紧张地思考应对。

载沣去年进军机，原是慈禧为抵制奕劻而做出的仓促决定。那时奕劻鉴于四方攻讦过多，心萌退志，但他又不甘心交出权力，想以儿子载振入军机来替代自己。他在慈禧面前流露出这个意思。自从杨翠喜案发生后，慈禧对载振就没有好感。她不便明拒，便以慰留的口气对奕劻说：“时事日艰，老成不可轻去，让载沣跟你学习一两年后，你再回家享清闲去吧！”

奕劻知慈禧不同意载振入军机，从那以后便不再言退字。不久，载沣奉命入军机。接着，张之洞也由武昌来京师。军机处共事期间，载沣对张之洞倒是客气得很，口口声声老相国，并不摆王爷的架子。张之洞也喜欢他。认为像他这样的年轻人，只要肯虚心请教，不自以为是，还是可以造就的。一年相处下来，张之洞越来越失望了。这位天潢贵胄除态度谦和外，其他地方，也并不比别的黄带子强多少。军机处讨论国家大事，他一般都不发言，硬要他讲话了，也讲不出一句精彩中肯的话，提不出一项可行的措施。张之洞时常想起徐致祥的那番话，为皇室乏才而深自叹息。却不料就是这样一个驽骀庸才，却偏偏在慈禧死后，一夜之间便成了国家的最高主宰者。张之洞期待他与自己商议军国大事，以便让他能够担起这副重担，谁知这些日子来他却陷于一班子亲贵子弟的包围圈中。在张之洞看来，载沣已经昏头昏脑了。又是建御林军，又是要废军机处、建总理内阁制，心躁气浮，毫无章法。刀已经抽出来架到袁世凯的脖子上了，再来试探，这还有什么用呢？

张之洞深深地叹了一口气，然后慢吞吞地说："袁世凯也是够不争气了。不过，老臣离死期也不远了，这些事也不想多过问了。"

载沣听出张之洞的弦外之音，忙说："老相国，您怎么能这样说，您是三朝元老，历多识广。皇帝年幼不懂事，我也还年轻，阅历不多，朝廷还要靠您来掌舵哩！"

载沣这几句话，说得张之洞心里舒坦多了，满是皱纹的脸上开始露出一丝笑容。他仰起头来问载沣："王爷，王景纯的话已说明白了，他是要杀袁世凯以谢天下，您认为如何呢？"

载沣没想到张之洞反客为主，倒先问起他来，想了一下，说："老相国，袁世凯为官几十年，要说没替国家办事，也说不过去，但他结党营私，尤其是在新军中培植个人势力，乃奸臣之作为。朝廷处新旧更替之际，必须采取严厉的措施，否则压不住民心。我想，严惩一下袁世凯，借他的头来树立新朝的威信，也不是不可以考虑的。"

说罢，两只眼睛盯住张之洞。载沣这种异样的眼光，使张之洞的心不安起来。一向没有主见的载沣竟断然说出这种话来，一定是有一股强大的势力在支撑着他。这股势力无疑正是包括徐世昌在内许多朝廷大臣所指的亲贵少壮派。张之洞深感事态已非常严重了。

张之洞是一个忠实的儒家信徒，安社稷济苍生，从来就是他的胸怀志向。张之洞又是当今汉人第一臣，他清醒地看出杀袁的背后是一场由来已久的满汉权力之争的激变，保护受伤害的汉大臣，是他义不容辞的责任。张之洞也是一位精于自卫的官僚，从袁的遭遇，他很自然地联想到自己今后的处境。所有这些，都使得他认为，此时此刻是自己应该站出来说话的时候了。载沣既然不是一个很有主见的人物，他相信自己可以说服其悬崖勒马。

张之洞费了很大的劲，将身子尽量挺直点，肃然问："王爷，您今番来老臣这儿，是来告诉您的决定，还是来垂询老臣的？"

载沣赶紧答："我特为来与老相国商议此事的。"

张之洞又问："王爷，您是要老臣说假话，还是要老臣说真话？"

"当然请老相国说真话。"摄政王突然想起史书上所记载的那些敢于与君王抗争的骨鲠之臣来，他觉得对面的这个老头子很有点古风。深宫长大个性脆弱的监国感受到了一种无形的压力。

"好，既然如此，那老臣今天就与王爷说几句真话。"张之洞不能过久地支撑挺直的身躯，他只得又松弛下来，靠在椅背上，喘了一口气，定定神，说，“王爷，御史王景纯的参劾并没有经朝廷大臣查核落实。从来当御史的都可以风闻奏事，不必件件查实。王爷，您难道没有想过，据一道未经核实的奏疏就杀掉一个军机大臣，此事不太草率了吗？我给王爷说一段前朝掌故吧！”

张之洞慢慢地端起茶碗，浅浅地喝了一口，又慢慢地放好，摆出一副老成持重的宰辅神态来。

“当年，左宗棠不过一湖南巡抚的佐幕师爷，永州镇总兵樊燮告他欺凌朝廷命官，湖广总督大学士官文也上章弹劾。文宗十分愤慨，骂左是劣幕，提起朱笔来在官文的奏章上批了四个字：就地正法。放下朱笔后，文宗觉得不妥。心想：这两份奏章说的都是一面之辞呀，凭一面之辞就下这样的命令未免武断了点。于是又提起朱笔，在前面添一句话：饬湖南巡抚核查，若果有其事，将左宗棠就地正法。到了夜晚临就寝时，文宗又想起这件事。心里寻思：饬湖南巡抚核查，毕竟还是将这个案子交给地方处理，必然会陷于各种人事纠纷中。于是他吩咐宫女拨亮灯，重新拟了一道旨：着都察院速派一名正直御史前往湖南调查左案。文宗自认对此案的处理是很周到全面了。第二天早上一觉醒来，又觉得还不够慎重。上朝后命内阁拟旨，分寄正带兵在前线打仗的曾国藩、胡林翼，征求他们对左案的处理意见。就因为文宗爷这样慎而又慎，终于保全了左宗棠的性命，后来才有一个人物舆梓出关，为国家收复了一片广阔的失地。”

这件咸丰帝与左宗棠的旧事，是一段广为流传的佳话。载沣小时候便多次听父辈们谈起过。今天由张之洞的口中叙出，用来规劝他，真可谓恰到好处。载沣不由得脸红起来，暗自想：凭一份御史参劾就杀掉一个军机大臣，这事让人说起来也是草率了。

“老相国，您刚才这段掌故说得好。袁案的确是一桩大事，不能操之过急，是要派几个人到济南和保定去查一查。”

“王爷，您这样虚怀若谷，令老臣感动。”张之洞语气和缓下来。“王爷，恕老臣不恭，再说句实话，即使王景纯所参的那几条都属实，王爷此时也不能杀袁世凯。”

“为何？”载沣惊问。

“王爷，眼下是什么情形啊！”张之洞又叹了一口气。“皇上冲龄即位，国内人情汹汹呼喊立宪，海外革命党磨刀霍霍欲图暴乱，各国政府也在冷眼旁观新朝的举措，真可谓主少国疑，内忧外患。当此之时，安抚人心犹恐不及，岂能诛戮大臣？”

“老相国，您多虑了。”经张之洞的提醒，载沣也想起了前朝旧事。“早年，文宗爷英年崩殂，肃顺充当顾命大臣之首，跋扈嚣张，无视两宫太后，老佛爷毅然杀肃顺等人，那时穆宗也只六岁，江南长毛正在造反，不也正是主少国疑、内忧外患之时吗？”

载沣很以自己的灵感忽至而得意：这段旧事重提太妙了！皇帝便是当年的穆宗，自己就是当年的老佛爷，袁世凯就是当年的肃顺。老佛爷杀肃顺，建立了威望，自己不也正好可以借袁世凯之头来建立威望吗？

张之洞一眼看出了载沣引这则旧事的用意。辛酉政变那年，张之洞已经二十五岁了，做了九年解元的才子十分关注时局，何况其堂兄张之万又在朝中做了大官，那时的情形，张之洞十分清楚。他心里冷笑道：你也想做当年的慈禧，真个是痴人说梦！不要说政治才能不及慈禧的百分之一，就是现在支持你的载洵、载涛、毓朗等人，也比当年的奕䜣、文祥诸人相差太远了。

对面坐着的这个不知天高地厚的年轻人毕竟是监国摄政王，张之洞再心气高傲，也不能挖苦他，便强压下心中的情绪，以和悦的口气说：“王爷，恕老臣说直话，除穆宗与皇上都是冲龄践位这点相同外，其他情形，今天与当年都大不相同。尤其不同的是，袁世凯非肃顺可比。肃顺虽跋扈，但他从来没有带过兵，更没有一支长期掌握于其手的军队。所以恭王奉命抓他，犹如老鹰抓小鸡一样。处以死刑，他也只得骂骂而已，再不能有其他的危害。袁世凯就不同了。二十多年来，他基本上未与军队分开过，北洋六镇是他一手招募训练而成的。尽管他现在没有调兵的权力，但他的势力在北洋军中根深蒂固。袁世凯一人不足恤，倘若因此而引起北洋军的兵变，倘若变兵再和海外革命党连成一气，王爷，那时的局势就复杂了。”

载沣经此指点，醒悟了许多，他低头沉思不语。

“王爷，老臣今年七十有二了。十六岁中解元，二十六岁中探花，由巡抚到总督到军机大臣、大学士，位极人臣。所有这一切是谁给的，还不是朝廷的恩典、老佛爷的赏赐吗？老佛爷临终之前，召老臣议立嗣大事，托孤之情，令老臣每思之便涕泪交加。老臣自知多病多痛，在世之日不久了，今生更无奢望，只求在生一日，尽力协助王爷辅佐皇上一日，只求大清江山安稳一日，到了哪天老臣闭了眼去见老佛爷的时候，能对得起她老人家。”

说到这里，张之洞动了真情。他对慈禧，真有说不完的感恩戴德。不要说慈禧给了他一生可与曾国藩、李鸿章媲美的荣耀，单就那年的会试来说，就够他感激慈禧一辈子了。

张之洞领解后，因遭父丧及迴避(堂兄张之万为会试同考官)之故，失去了三次会试机会。同治元年会试告罢，同治二年再度会试，榜列一百四十一名贡士，殿试得一等一名，张之洞心中得意。复试时笔走龙蛇，放言高论，却不料因言辞过激而引起争论，多数考官议置于三甲之末，独大学士宝鋆叹为奇才，力排众议，置二甲第一。试卷进呈两宫，慈禧特别赏识张之洞，擢为一甲第三。这样，张之洞便由一名令人惋惜的传胪突变为受万千士子歆慕的探花。当张之洞后来得知个中原委时，对慈禧真个是千恩万谢。

“老佛爷和德宗同时撒手走了，留下这副万钧重担在王爷您的肩上，您的一举一措都关乎社稷江山，遇事当三思而行，权衡利弊而动，切不可轻听不负责任之言草率从事。杀袁世凯一人固然是小事，若引起动乱，引起老佛爷和德宗陵寝不安，则是大事了，望王爷慎之又慎！古人说：人之将死，其言也善。我是个快要死的人了，您要相信，是绝不会说出不利国家的话的。”

说着说着，他觉得两眼越来越昏花了，便抬起手来擦拭。张之洞的至诚令载沣颇为感动，他起身告辞说：“老相国，您的心情我都理解了，您好好保重。袁世凯的事情，我会仔细考虑的。”

载沣回到王府，独自一人将张之洞的规劝反反复复地咀嚼了几遍，深觉他的话有道理。

过几天，北洋六镇都回了急电。除第一镇统领马龙标语气模棱外，其他五镇反对杀袁的态度都很明朗。第五镇统领吴凤陵、第六镇统领赵国贤甚至表示，若要杀袁，请先免掉他们的职务，以免士卒哗变，致负天恩。接到这批回电后，载沣更不敢杀袁世凯了。但袁毕竟是一个凶恶的敌人，从北洋六镇的反响中更可看出此人的可恨可怕；不杀他，也要罢掉他的一切官职，将他驱逐出京师。载沣下决心要为国为己除掉这个毒瘤。他亲自拟了一道谕旨：

军机大臣外务部尚书袁世凯，夙承先朝屡加擢用，朕御极后复予懋赏，正以其才可用，俾效驰驱。不意袁世凯现患足疾，步履维艰，难胜职任。袁世凯着即开缺，回籍养疴，以示体恤之至意。

当这道谕旨在《京报》上刊出的时候，离袁世凯获新皇帝加太子太保衔“懋赏”尚不到十天。宦海风云之变化莫测，令所有官场中人震栗！

七　冷冷清清的前门火车站，前来给袁世凯送行的只有严修和杨度

与这道谕旨在《京报》面世的同时，各种关于袁世凯的飞短流长也在京师显要们的客厅里、大小衙门的休息室里，在茶楼酒肆、街头巷尾间广为传播。顷刻之间，一位不可一世的烜赫大员，变成了一介众矢之的的罹罪平民。求职寄食打秋风之辈不再来了，趋炎附势之徒不敢沾边了，更有胆小怕事的人，连北洋公署的大门口都不敢过了。往日冠盖如云的袁府，眼下冷寂到门可罗雀。

这是白日里的现象。一到夜幕降临的时候，便有一个个黑影鬼也似的从小门闪进去，然后又匆匆地从侧门边消失掉。这些人都是十余年间，被袁世凯提拔安插在中央或直隶、山东各衙门以及北洋六镇中文武官员的私人代表。他们本人不敢到这里来，因为朝廷会在北洋公署的四周布满暗探，这对他们今后的仕途是十分不利的。然而，这位袁宫保过去的确于他们有恩，今日倒霉了，连一个安慰都没有，似乎于良心上说不过去。于是他们或打发自己的子弟，或派遣下属仆人趁着黑夜来一趟。一般都没有信函，带来的是口信，表示他们的殷切关注，希望袁宫保回籍后放宽胸怀，好好保养，有朝一日再度出山。所有这些人都给昔日的恩人送上一张银票，多至数万，少则数千。最多的一张是直隶臬司张镇芳送的，整整四十万两。张是袁的表弟，由袁一手提拔，累任肥缺，家里积蓄了几百万两银子。张镇芳一向出手阔绰，对表兄遭此不测之祸既愤慨又同情，四十万两银子所表达的正是这一份深厚的情谊。

袁府内室这些日子里一片乱糟糟。于氏夫人成天哭哭啼啼，各房姬妾们手足失措。袁克文也无心去勾栏瓦舍鬼混了，缩在家里读书。一大群少爷小姐们则随各自的生母忙着收拾行李。整个袁府上上下下，几乎无人明白这场飞来横祸的背后原委。

与此相反，这座宫保府的主人的心境倒还安宁。他知道，由于自己的精明强干，业绩丕著，必然招致别人的嫉妒；由于自己多年来手

操重权，处理过不少大事，必然得罪了一些权贵显要；由于戊戌年流播甚广的传说，必然引起今日身为监国的载沣的怨恨报复；由于训练了兵强马壮的北洋六镇，必然遭到满蒙亲贵的猜忌。所有这些，过去都因为有慈禧太后那座保护伞才得以安全无恙，现在山陵已崩，对头当国，囚禁杀头、抄家灭族，什么事都有可能发生。在如此险恶的局势下，居然能保住首领和全家的平安，真是万幸万万幸了。袁世凯不由得从心底里感激徐世昌给他出的主意，感激张之洞和北洋六镇的昔日袍泽们在这生死关头时对他的支持。他相信这是袁氏先祖的庇佑，于是每天早晚高烧红烛，对着高祖以下的历代祖宗牌位无比虔诚地磕头谢恩。

在全家忙忙碌碌收拾金银细软的时候，他在思索着：回河南后，究竟选择何地为自己的休憩之所？对于一般人来说，这本不是一个要考虑的问题。他是项城人，毫无疑问应回项城去，但袁世凯却不愿回项城。项城对于他，既是生之育之的故园，又是怀有深深隐痛的畏地。原来，这是因为有一场鲜为人知的家庭恩怨之故。

袁世凯的生父袁保中，在夫人刘氏生了长子世昌、次子世敦后娶了一个妾，妾也姓刘。这位刘氏妾生有四个儿子，即三子世廉，四子世凯，五子世辅，六子世彤。六年前，袁世凯在直督任上时，生母去世了。袁世凯对母亲感情很深，接到讣告后立即赶回家，为母亲操办丧事。当时在家主持家政的是他的异母二哥袁世敦。这个袁二老爷守着袁氏诗礼传家的家风，为人拘谨迂腐。入葬的时候，袁世凯提出要将母亲与生父、嫡母合墓。袁世敦不同意，搬出妾不合墓的家训来反对。袁世凯大为光火，心想自己身为一品大员，为袁家挣得了十分风光，却不能为母亲赢得一个与丈夫合墓的死后地位，于脸上太不光彩了。袁世凯与他的二哥争吵起来。袁世敦寸步不让，说："不怕你官做得再大，回到家里，你仍然是我的庶弟，你得听我的，服从家规家训。妾不合墓，这是祖宗传下来的规矩，不能由你来破坏。"莫看袁世凯的本事可以移山填海，在这件事上，他就奈不何他的嫡兄，而项城那些本家居然也都站在袁世敦那边。母亲终于不能与父亲合墓，堂堂一品总督气得离开老家，发誓今生今世再也不回项城。

袁世凯与嫡兄闹翻之后，与自己的同母兄弟更显亲密了。三哥世廉得知四弟革职为民的消息后，即刻乘火车来到北京。这些年来，世廉靠了这位四弟，由经商发了大财，在汲县买了三百多亩土地，建起了一座豪华庄园。世廉对弟弟说，彰德府北门外有一个洹上村，相传伊尹佐商汤时，遭谤在此隐居三年，后来商汤王亲自来洹上村迎他回朝。此地山水秀丽，还有一座旧王府，原是前明一个藩王的府第，乾隆年间一个致仕的尚书将它修缮后，在此颐养天年。现在虽已荒芜，但略加修整后便可居住。

袁世凯对洹上村十分满意。山水、王府均为其次，重要的是这里曾经居住过一位遭谤避隐而又获大用的前代名相。他希望自己就是三千多年前的伊尹，隐退只是暂时的，东山再起应为期不远。

他决定自己先带一部分人去汲县住一段时期，打发袁克定去洹上村买下那座旧王府，并查看地形，做出修复扩建的计划。京师府内的善后事情还很多，他留下能干的五姨太杨氏全权料理。

这是光绪纪年终止的前夕，北京城正处在岁暮的严寒时节。连日阴云密布，北风呼啸，大风卷起灰沙尘土在半空中飘舞着，将这座古老的京师搅得昏天黑地，给人一种末日即将来临的感觉。昨夜下了一场鹅毛大雪，清早雪停了。袁世凯推开窗门，一股冷气迎面扑来，他不由得打了个寒战。往日，白茫茫的雪景常能激起他的豪迈之气，今日这无边无际的大雪，在他的眼里，无异是上苍降下的一件硕大无朋的丧服。

吃过早饭后，去汲县的人都来到正厅。他们中有夫人于氏，六姨太叶氏，八姨太郭氏以及他们所生的子孙，大大小小有二十多个，另外还有十多个男女仆人。正厅中央高高地竖着九块牌位，上面写着袁世凯的曾祖父耀东及曾祖母郭氏，祖父树三及祖母吴氏，生父保中及嫡母刘氏生母刘氏，嗣父保庆及嗣母牛氏。在烛光和香烟中，袁世凯率领妻妾子孙跪在父祖牌位面前，行三跪九叩大礼。袁世凯喃喃地祈祷着，求祖宗保佑回乡顺利，早日起复。然后起身出门，登上大马车。没有鞭炮，没有鼓乐，马车队默默地黯然离开北洋公署，悄没声息地驶向前门火车站。

袁家包了一节车厢，众人都在忙忙碌碌地搬运行李，袁世凯独自坐在靠窗的位子上，不言不语面无表情地吸着雪茄。往事杂乱无章地浮现在他的脑际。一会儿是儿时的袁家寨，一会儿是朝鲜半岛的汉城王宫，一会儿是初练新军的天津小站，一会儿是停放太后梓宫的仪鸾殿。明明是光天化日之下，他却仿佛如在梦中。人生真如一场梦吗？几十年来步步高升春风得意，他从来没有想起这个地老天荒的疑问。今天，命运冷酷地把这个疑问推到他的面前。

前后的车厢都有送行的亲友在与远离者互道珍重，“一路平安”“沿途保重”“早日归来”等声音不绝于耳，更有至亲骨肉、恩爱夫妻不忍分离的，抱头痛哭，依依不舍，挥泪登车后又下到月台。那是一片人间真情。可是，袁家包的这节车厢，却冷冷清清，死气沉沉，没有一个人前来送别，没有一句欢喜的话语。想当初，前后呼拥，左右恭维，仪仗辉耀，八面威风，而今罢官回籍，竟然一个故人都不见了。这人世间的冷暖炎凉，怎么会是这样的泾渭分明，毫厘不爽！一向不太动感情的袁世凯不觉大为伤感起来。

就在这个时候，他突然看到了一张熟悉的面孔。此人正踏着积雪冒着严寒向前门火车站走来，向袁家包的这节车厢走来，向他坐着的这个窗口走来。此人好像是杨皙子！

不错，来的正是杨度。

九年预备立宪章程刚拟好初稿时，两宫便同时晏驾了。宪政编查馆的总办大臣载泽是慈禧太后的内侄女婿，比起别的载字辈黄带子来，他又多了一层亲属关系，故对办理丧事特别起劲。宪政馆本是个清闲衙门，大部分人无事可做，于是载泽就给馆里全班人马加派一个临时差事——办理国丧。

办国丧是个肥差。往昔，或死一个皇帝，或死一个太后，办丧事花银子都像淌海水似的。现在，皇帝、太后同时死去，两场国丧一起办，开销便简直是无底洞了。所以国丧的参与人员，上至总管的王公大臣，下至走脚跑腿的办事人员，个个都想从中发一笔财。宪政馆里的人无不踊跃参加。杨度对此等事原无兴趣，但大家都积极，他也不能落后，这一个月来便泡在没日没夜的繁忙事务中。

看到《京报》上登出王景纯的参折后，他先是不以为然。御史参劾大员是常有的事，这里面的情况很复杂。有的确实是激于公愤，伸张正义。也有的意不在弹劾别人，而在为自己博取名声，越是官位高、声望大的人，他们越是要触犯，采取的是颇类“附骥尾而行千里”的手法。还有的御史则纯是被人收买受人唆使，那是些用文字做刀枪的杀手。

王景纯这个人，杨度不认识，不知属于哪一类。不过像袁世凯这样的人，遭御史攻击也算不了特别奇怪的事。他办事留下的把柄很多，且地位高影响大，公敌私敌都很多。御史要对他来一手，从哪个方面讲都说得过去。转念他又想，两宫刚死，便有人来参奏，这里面会不会有更复杂的内幕呢？比如说，戊戌年的事，摄政王一上台便修旧怨呢？联系到刚加赏太子太保衔，又觉得似乎不太像。

前几天，他突然看到袁世凯罢官回籍的上谕赫然登在《京报》头版上，才明白王景纯的参劾是大有来头的，摄政王果然是弟报兄仇。当夜他到了夏寿田家。两个老友就当前朝廷局势谈了很久，杨度对袁世凯所处的险恶环境有了更多的了解。他到北洋公署去了两次，两次都是大门紧闭，门前阒无声息。他想：袁世凯或许是遵循大臣削职后不与外人交通的古例，既借以自保，亦以此不拖累别人。但这位于自己昔日有知遇之恩而今日又倒大霉的人，在离开京师之前，连一面都没有见，杨度很觉于心不安。他料想袁世凯出京时的场面会是冷清的，决定自己去送行，给失意人一点暖意。袁克定兄弟这几天也见不到了，他只得打发何三爷从别的途径去打听。昨天下午，何三爷从火车站处得到确讯，袁世凯明天上午离京回河南。夜里，杨度与静竹、亦竹谈起这事。她们也主张杨度去送行，哪怕再没有第二个送行人，也应该去，即使为此丢了官也不在乎。人世间总还得要有几个不把利害关系置于第一位的人的，否则，这个世界真的没有必要存在了。

当杨度来到月台上东张西望寻找时，袁世凯终于忍不住，叫了声："皙子，你来了！"

杨度循声望去，只见袁世凯夹着雪茄的手在窗口动了两下，然后伸出半个脸来。

"袁宫保！"杨度惊喜地喊着，快步向窗口跑去。

刚登上车厢，袁世凯已经站到对面了，伸开粗短的双臂将杨度紧紧地抱住，不自已地说："皙子，就你一个来送我，你真是我的患难知己！"

抱了很长一段时间，袁世凯才松开手说："皙子，咱们坐下聊聊。"

杨度将车厢扫了一眼。车厢里很零乱，杂七杂八地摆着各种行李，几个仆人正在满头大汗地整理着。于氏夫人和几房姨太太的眼睛红肿肿的，孩子们惊疑地挨着各自的母亲坐着。远处一角坐着三个抱长枪的兵士。他心里一惊："这不是步军统领衙门的人吗，难道还要动用兵士押解回籍？"

他很快镇定下来，无事般地在袁世凯的对面坐下，问："大公子呢，没来？"

"他到彰德府去了。"袁世凯说，"我们先去汲县暂住一段时期，夏天搬到彰德府洹上村去，他到那里购置房子去了。"

杨度点点头，望着这位遭贬的大员。只见他脸孔明显地黑瘦了，益发衬出嘴唇的厚大，两鬓现出了不少白发，神情有点疲惫，但两只圆大的眼睛仍然光亮，仿佛在告诉人们，他胸中的锐气并未减杀。杨度略觉一丝宽慰。

相对沉默了一阵，杨度说："我几次来府上探望，见大小门都关得紧紧的。直到昨天下午，才得到您今天离京回籍的消息。"

袁世凯苦笑了一下，说："削职为民，无公事可办了，关起门来还可以减少些闲言碎语。"

杨度扭过头瞥了一眼后面的三个兵士。大概今天起早了，车尚未开动，他们便已打起瞌睡来了。杨度轻声说："那三个家伙好像是步军衙门的。"

袁世凯看了他们一眼，说："是的，明为护送，实是监押。"

"可耻！"杨度咬紧牙关骂了一句。

"轻点。"袁世凯以手压了压。"皙子，你要知道，我这已经是不幸中万幸了，差一点脑袋就丢了。有他们押送还好些，我还真的怕半途有人行刺，不明不白地死掉。"

"真的，是要留神点。"这句话提醒了杨度，他突然想起《水浒传》中野猪林的故事来。

"你放心，我早做了准备。"袁世凯拿手拍了拍腰间。"这里藏着家伙哩！"

说罢，"嘿嘿"地笑了两下，露出一排大而黑黄的牙齿来，又指着刚刚走过去的两个男仆的背影说："他们棉袍里都有英国的短毛瑟。"

"这就好！"杨度点点头，心想：不愧是戎马出身的新军统帅。

"皙子。"袁世凯亲昵地叫了一声。"这次多亏了张中堂的帮忙，几次想去登门致谢，但又不便。你来了很好，麻烦你代我去一趟锡拉胡同，就说袁某人这辈子不会忘记他的恩德。"

"我明天就去。您还有什么别的话要转告张中堂吗？"杨度常听人说，张袁二人面和心不和，他希望能由此了解一点袁对张的看法。

"也没有什么别的话要说了。"袁世凯想了想。"张中堂才学阅历都要大大超过我，平时办事又谨慎，不像我，留给别人的把柄很多。不过，依我看，朝廷会有一系列大举措出来，罢袁某人的官职只是开始，你不妨转告张中堂，请他多留个心眼。"

"行，我一定把您的意思转告给他。张中堂过于耿直，摄政王大概也不会很亲近他。"

"摄政王，哼！"袁世凯的鼻子里冲出一股气。他抬起眼又看了下那三个抱枪的兵士，见他们睡得正熟，说，"他现在相信的是一班子本家子弟，那些人中居然有人说我是曹操。皙子，早知如此，我不如干脆做曹操还好些。"

杨度瞪大着双眼望着这位贬归原籍的军机大臣，不料他今日说出这等话来。然而就是这句话，仿佛一道电光闪过，使他突然看出了这个人物内心中的秘密。多年来醉心帝王之学，努力寻找命世之主的候补四品京堂，心扉陡然为之一开，大有一种"那人正在灯火阑珊处"的感觉。然而，他此刻正在走麦城，能有东山再起的一天吗？

"是的！"杨度断然点头附和，说，"历来都说曹孟德是奸雄，其实他才是汉末真正的英雄。统一北方，稳定汉室，保护刘氏孤儿寡妇的正是他。不瞒您说，我最欣赏的就是他那句毫不矫饰的自白：'若非孤，正不知几人称王，几人称帝。'"

"曹操说的是一句大实话。"袁世凯插话。杨度接着说："别人都可以称王称帝，他曹孟德为什么不可以做皇帝？何况他本人到死都没有登基，做皇帝的只是他的儿子。要是我，根本不会等到儿子那一辈，我自己早就篡位了。"

袁世凯夹雪茄的手轻轻地在杨度的肩膀上拍了一下，笑着说："痛快，皙子，咱们是心心相照！"

杨度就势问："袁宫保，您能对我说说此番回乡后的打算吗？"

"皙子，偌大一个京师，今日我只有你一个贴心人了。我跟你说句真心话吧，你听着就行了，不要对别人说。"袁世凯的神态凝重起来。"我此番回河南，奉行的只有八个字：怡情养性，以待时变。"

杨度进一步试探："您认为时变会很快到来吗？"

"皙子，古人说：月晕而风，础润而雨。时变的种种迹象都已出现了。"袁世凯盯着杨度的脸，正色道，"依某之见，迟则三五载，速则一两年，中国必然大变。"

杨度蓦地将袁世凯的手握紧，神色庄重地说："宫保大人，杨度今日真正地看到了您才是中国的梁柱，无故遭贬而英气不杀，令杨度敬佩，对时局的看法又不谋而合。宫保大人，您放心回去怡情养性吧，谢安回朝的一天不会很久的。"

袁世凯也紧紧地握着杨度的手，激动地说："皙子，在我倒大霉的时候，你能对我说出这样一番话来，我真正地感谢你。若不嫌我给你带来麻烦的话，请常去洹上村走走，看看我这个落难的朋友。"

严修像

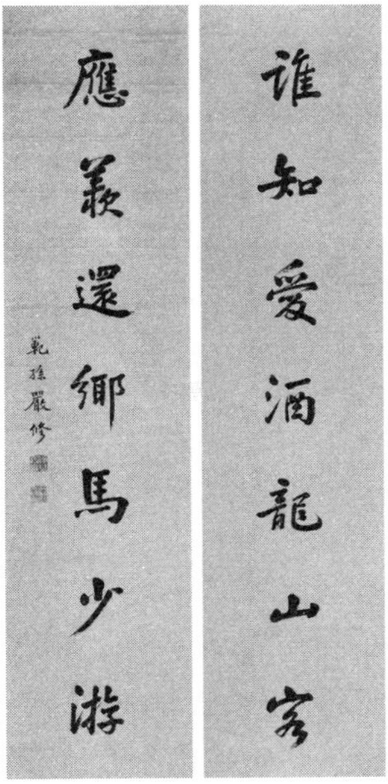

严修书法对联

杨度说："您在北京有什么事，尽管吩咐我。亦竹她也总不忘大人的宽宏大量。"

"说哪里话，我那个老二真不成器，她和你才是真正的一对。什么时候生了个胖儿子，不要忘记向我报一声喜！"

"那是一定的。"

"哎呀！"袁世凯忽然喜滋滋地指着窗外说，"皙子，你看那好像是范孙来了！"

杨度顺着袁世凯的手势看去，果然是范孙。

"范孙是个拘谨的人，刚才那些话不要对他说。"

就在袁世凯叮咛之际，范孙已走近了。

范孙是严修的表字，时任学部侍郎。严修，直隶人，二十四岁即高中二甲进士入翰林院，是个学养深厚、品行端方的读书人。袁世凯做直隶总督时，他任直隶学务处总办。袁在直隶大办新政，新军、洋务、教育，三大项目齐头并举。袁敬重严修，常和严商量兴办教育的大计，虚心听取严的意见，委严以重任。严修感激袁世凯的知遇之恩，为直隶的新学兴盛竭尽全力。后来袁又保举他进朝廷，直到出任学部侍郎。这次袁遭贬，朝廷内阁、军机处、六部九卿、翰詹科道、直隶总督衙门无一人替袁世凯说话，唯独严修抗言上疏，历数袁之功绩。尖锐指出，以足疾罢黜大臣，将贻后世子孙以笑柄，请朝廷收回成命。这份书待子气极重的奏疏，当然不会得到摄政王的理睬。

"范孙，我在这里！"袁世凯忙起身，对着窗外招呼。

"慰庭兄！"严修边喊边进了车厢。

杨度也站起与严修打招呼。大家刚坐定，月台上响起铃声。

袁世凯说："火车就要开了，两位的高情厚谊，袁某人心领了，请赶快下车吧！"

"不要紧，我送你到卢沟桥再下车。"严修坐着未动。他今年四十九岁，比袁世凯小一岁，但人长得单瘦，又配上一副圆框东洋近视眼镜，看上去，倒比袁要大五六岁。

"皙子，那你就先下车吧！"

"我和严大人一起送你到卢沟桥。"

"好，最好！"

袁世凯显得很兴奋，吩咐家人拿出两瓶酒来，于氏夫人又将随身带的干牛肉、花生仁拿出。袁世凯亲手斟满三杯酒，动情地说："有句老话：一生一死，乃见交情。袁某今日被贬回籍，无故遭难，两位先生不怕受牵连，冒着严寒前来车站送我，又要陪我到芦沟桥。此情此义，袁某一生一世不会忘记。倘若天不绝袁氏，还有出头一天的话，必当重报。苍天在上，这杯酒为证。”

袁世凯说罢，将茶几上的酒杯端起，再举平头顶，然后略微弯腰，把这杯酒洒在脚边的绒毯上。杨度赶紧给空杯再斟上。三人碰了一下杯子，都一饮而尽。

正在这时，车头拉起了一阵震耳欲聋的鸣叫，紧接着是一声“哐啷”巨响，火车启动了。在沉重的车轮与铁轨的辗压声中，这辆拖着四节车厢的蒸汽火车，缓缓离开前门车站，向西南方向驶去。袁世凯望着渐渐消失的正阳门，心中涌起一股强烈的失落感。

严修见袁世凯的面孔阴晦沮丧，知他心里难受，安慰道：“慰庭兄，想开点，伊尹蒙诬，周公负谤，重臣受一时之委屈，不久终将大白天下的例子，自古来数不胜数。好生回籍休养一年半载，朝廷圣明，澄清小人构陷后，必当重新起用。”

袁世凯说：“我能想得开。当年先叔祖在前线带兵与长毛作战，流言恶语几乎每日不断，朝廷也存有疑心，但先叔祖还是挺过来了。先嗣父为官期间，也常有不顺心之事。看来我袁家的人，上天给予的磨难要比别人更多些。袁某我自己招来的祸自己承担，原无所恤，只是范孙兄你为此受连累，我心中不安。满朝文武，过去自称是我朋友的不知有多少，遇到出事了，都噤若寒蝉，唯有你仗义执言，抗疏上奏。范孙兄，你不愧为今天的古君子！”

“别说这些了。纠偏扶正，本是臣子侍君的应尽责任，何况慰庭兄在直隶期间对我的一片诚意，今日上疏，也是义不容辞的。”严修摘下眼镜，用手擦了擦深陷的双眼。

“严大人，您的奏折发下来了吗？”杨度问。他对这位满身书卷气的学部侍郎充满敬意。

“淹了。”严修叹口气说，“我又拟好了一道折子，请乞骸骨归里。今日送慰庭兄回籍，过几天我也要回老家去了。”

“这都是我牵累的。”袁世凯的眼圈有点红了。他从衣袖袋子里掏出一张花花绿绿的纸来，说：“范孙兄，这是一张八千两银票，请你收下。”

严修连连摆手：“你这是做什么？”

说罢，脸上现出很生气的神色：“我刚才的话，是向你叫苦来的吗？”

袁世凯忙说："范孙兄，你莫生气。我知道你长期来做学官，没有额外的进益，加之廉洁自守，日子本来就过得清贫。倘若回籍，一大家子人如何过？我虽然也罢了官，但银钱上比你好些。你不要推辞，收下吧！"

严修敛容道："慰庭兄，我上疏请朝廷收回成命，乞骸骨请归故里，均为道义所激，不存利害之心。你今日拿八千两银子来，硬逼我收下，岂不坏了我的清名！"

袁世凯听了这话，只得将银票依然放进袖袋，说："好，范孙兄，我敬重你的志向，但我还是要劝你一句，不必太固执，哪一天生计有困难了，修一封书到洹上村来吧！"

杨度过去只听说过严修的大名，没有见过面。今日见他这样，方知是一位狷介可敬的长者。"严大人，像您这样一位忠贞体国的贤臣，若真的也被罢官回籍的话，那朝廷算糊涂到家了。"

严修凝视杨度片刻，缓缓地说："皙子老弟，眼下朝廷的气候，真是阴晴难测呀！"

一句沉重的话说得大家都缄默起来。过一会儿，袁世凯对严、杨说："克定的农工商部右丞一职尚未撤掉，他还得常住北京，请二位今后多多照应。"

严修点头。

杨度问："克文、克良他们呢？"

袁世凯说："暂时还住北京一段时期，明年秋天后再随他们的母亲一道去洹上村。"

略停片刻，袁世凯突然问："皙子，湘绮先生有信来吗？身体如何？"

"上个月湘绮师来过一封信，说他依然天天抄书著述，身体也如常。"

"皙子先生，听说令妹诗词做得很好，是个颇有名气的女才子。"严修问。

"严大人听谁说的？舍妹不过是喜欢吟几句诗罢了，离女才子还差得远哩！"杨度笑着说。

"皙子。"袁世凯接过话题，"说起令妹，我倒想起一件事，请你去封信问问她。"

"什么事？"

"令妹有曹大姑、班婕妤之才，我早已闻名。"袁世凯说，"我家里女孩子多，想请一个女先生来教她们读书识字，令妹是个很合适的先生。不知她肯不肯做这个事，愿不愿意到洹上村那个冷清地方去。”

杨度说：“这好办，我去封信问问她。她跟丈夫不很融洽，说不定她会接受的。她一向不慕热闹，冷清不冷清她不在乎。”

袁世凯说：“那好，只要她愿意屈就，馆金我出双倍。”

“叔姬淡于名利。只要相处得好，馆金多少她不会计较。”

正说着说着，火车速度放慢了，窗外出现了古老的芦沟桥。

袁世凯起身说：“芦沟桥到了，二位请下车吧！此情此谊，袁某会永远铭记的。”

杨度、严修也起身，与袁世凯再次抱了一下肩，然后下车。袁世凯送他们到车门口。

严修说：“慰庭兄，多多保重！”

杨度说：“袁宫保，东山有期！”

袁世凯拱着手说：“天气严寒逼人，二位也多多留心！”

一会儿，车头又鸣起汽笛，继续向南驶去。杨度、严修肃立在站台上，一直到轰隆隆的响声完全消失在凛冽的北风中，才踏着积雪，缓慢地离开芦沟桥车站。

八　江亭再题《百字令》：昨宵一梦兼春远，梦里江山更好

袁世凯削职为民一事很快传到海外，海外维新党人莫不欢欣鼓舞，额手称庆。正在东南亚一带活动的康有为坚信这是载沣为其兄报仇的结果，并认定载沣果毅有为，一定会继承其兄戊戌年之事业。流亡异国十多年了，终于盼到了回国做帝师的这一天。他与张之洞过去有两次交往，便从檀香山给张寄了一信，请张转交摄政王。张之洞一时看不准时局的发展趋势，把信锁进书柜，既不呈交摄政王，也不给康有为回信。

与此同时，梁启超也采取了行动。去年，梁启超接到了杨度为袁世凯澄清戊戌年告密一事的信，他将信将疑。不久，袁世凯在慈禧面前告了政闻社一状。慈禧愤恨，将政闻社强行解散，对其骨干严予惩处。政闻社是一部分立宪党人组成的一个以速开国会建立责任内阁为宗旨的团体，后台便是梁启超。袁世凯此举使梁启超甚为恼怒，他也因而彻底不相信杨度信上讲的事情。早在戊戌年时，梁便与善耆相交

往。这时，他写了一封长信给善耆，说“袁恶已去，人心大快，监国英断，使人感泣，从此天地昭苏，国家前途希望似海”。接下来历数袁世凯甲午、戊戌、庚子等年对国家的祸害，又建议此案不要牵连多人，同时广拔贤才，申明政纲，颁发大诏，以示朝廷励精图治，与民更始之意。还具体指出，大诏之语须极沉痛，务使足以感人等。善耆看后颇为感动，将它转给载沣。载沣不予理睬。

又有人上书，说应当给谭嗣同等六君子平反昭雪，给当年德宗之师翁同龢恢复名誉等。载沣同意撤销对翁的处分，开复原官，算是为翁恢复了名誉。但对康、梁、谭嗣同等人则仍维持原议。张之洞悄悄把康有为的那封信烧了。

就在这段时期里，载沣将军权掌握在皇族手里的计划次第推行。他终于敌不过额娘和六弟的强悍，只能得罪福晋，把海军大臣的美差送给了洵贝勒，并打发他立即去欧洲各国考察海军，以便让老六增加点海军常识。接着又借三岁小儿之口，任命自己暂时代理大元帅，并先行设置军咨处，命毓朗、载涛管理。于是全国陆、海军都掌握在皇家手里了。载沣自以为军权巩固，大清帝国之皇权可以万世不易了。

为了笼络国内的立宪党人，载沣摆出了一副热衷立宪的架势。先是仿效立宪国家由国务总理副署负责制，规定谕旨须由军机大臣署名。接下来，又特发一道谕旨，宣示决心立宪的态度。随之，各省民意机构——咨议局相继成立。不久，朝廷资政院也成立。又派溥伦、载泽为纂拟宪法大臣，饬令宪政编查馆加快草拟宪法的步子。这期间，载沣又革去奏阻立宪的陕甘总督允升和玩误宪政筹备的甘肃布政使毛庆蕃。载沣这些举措的目的无非是借立宪之名遮蔽天下耳目，从而保住皇族的大权不致外落。不少立宪党人被他的表面现象所迷惑，以为载沣是个宪政热心者，便发起了一次又一次的国内请愿活动。

先是江苏咨议局议长张謇以“外侮益剧，部臣失策，国势日危，民不聊生，救亡要举唯在速开国会，组织责任内阁”为由，通电各省谘议局，又派人赴各地游说，不久，便有江苏、浙江、安徽、江西、湖南、湖北、福建、广东、广西、山东、河南、直隶、山西、奉天、黑龙江、吉林十六个省的谘议局各派代表三人集于上海，组织了一个“国会请愿同志会”，约定直到国会正式成立才解散。代表们从上海北上北京，由直隶咨议局议长孙洪伊领衔，将请愿书递交都察院，请都察院转呈摄政王。又遍访王公大臣，请求赞助。载沣拒绝他们的请求。这是请愿的第一次。

过了两个月，各省咨议局的代表又联合各省政团、商会及海外侨商，组织了一个“国会请愿代表团”，推举孙洪伊等十人为职员，一面留代表驻京办理请愿事务，一面派人到各处演说鼓吹。但是，由都察院代奏的十起请愿书，统统遭到载沣的冷酷拒绝。

到了中央资政院成立的时候，请愿代表团又向资政院上书，请资政院提议设立内阁，立即召开国会。资政院多数议员的主张与各省咨议局一致，于是议决上请。此时各省督抚或受咨议局的影响，或被似是而非的中央集权制所苦，也盼望中央有一个像样的责任内阁出现。因此也联合起来致电军机处，建议内阁、国会从速同时设立。载沣见各省督抚都提出了这样的要求，害怕一口拒绝会引起地方上的分裂，于是接受了部分请求，下诏将九年预备期缩短，将在宣统五年召集国会，在国会未开之前，先将官制厘定，设立内阁。

这样，请愿代表团中一部分人认为朝廷接受了请愿，便不再活动了。唯有湖北的汤化龙、湖南的谭延闿、四川的蒲殿俊等几个议长还守着“速开国会”的宗旨不放，准备第四次请愿。

正在此时，东三省又来了许多请愿代表。载沣不能再容忍了。他命令民政部和步军统领衙门将东三省代表递解回籍。又将活动最厉害的天津籍议员温世霖发成新疆，并下令各省督抚弹压请愿代表。这第四次请愿胎死腹中。大清国的国会，一直到它的覆灭始终没有开成。

杨度是坚决地站在国会请愿派这一边的。他与张謇、汤化龙等人频繁接触，为他们出谋划策。为配合国内请愿派的活动，他在《顺天时报》上发表《布告宪政公会文》，申言自己力主速开国会、以救危亡的一贯态度。并尖锐指出，外人图谋瓜分灭亡中国，乃今日中国最为危险之事。同时又强调，只有实行君主立宪制，才是中国救亡图存的最好出路，而自己“本最初救国之怀，负天下安危之责，不以一时毁誉得失而易往昔之宗旨”。这以后他又上了一道速开国会折，大声疾呼“非速开国会不足以救国势之危”。奏折递上去后杳无音讯。他愤而交《帝国日报》公之于世，表示对国会请愿活动的公开支持。

以载沣为首的朝廷对宪政假热心真反对的态度，内外国事的日益艰难，使杨度的心情甚为抑郁，这期间虽有亦竹生女，静竹瘫痪渐有起色之喜，也没有给他带来更多的快乐，而张之洞的病逝和夏寿田遭家祸请假回籍，又给他增加几重忧愁。

刚办过七十二岁寿筵的张之洞便病入膏肓了。临终的这天中午，长子仁权慌忙上报朝廷，被国事搅得昏头昏脑的载沣这时才想起要去看看他。张之洞从武昌调到北京后，一直处在衰病之中，这次病情急剧恶化，其原因正是来自载沣。

半个月前，张之洞扶着病躯亲登醇王府，指出载沣执政以来许多不妥之处，其中最大的失策在于专用亲贵。兄弟连翩掌陆、海军大权，实为先朝未见，望改弦易辙。载沣不但不听，反而叫他只宜静心养病，不要多管国事。张之洞身任疆吏数十年，早已养成了颐指气使的骄慢气习，现在做了领班大学士、军机大臣，一片好心为了国家的安危而不顾自身的安危，这个被他视同孙辈的年轻人，居然可以摆起监国的架子，教训他？张之洞当面不敢顶撞，回到寓所后捶胸打背高声叫道："不意受此等气，今日始知军机大臣不可为也！"连叫两声后，大口大口的血便不可遏制地吐出来，从此一病不起。中外名医迭进方药，均告无效，病势日渐危险。但他头脑依旧清醒。见载沣来了，他仍想以儒臣的一片诚意，对这位年轻摄政王作最后一次规劝，使之明了亡国危机已迫在眉睫，从而猛然醒悟，振作朝纲。

当载沣来到病榻前时，张之洞勉强睁开眼睛说："惊动王爷，心实不安。"

载沣说："老中堂公忠体国，卓有名望，好好保养。"

张之洞十分吃力地说："公忠体国，所不能当，廉政无私，不敢不勉。"

谁知这几句话大大地刺伤了载沣的自尊心。因为张之洞上次力谏他不该让两个兄弟做陆、海军大臣，其理由便是应避徇私之嫌。

载沣很不高兴地起身说："老中堂，你病得很重，不宜多说话。有什么话，等病好了再说吧。我很忙，先走了。"

张之洞想得好好的一番正言谠论无法说出来，气得闭上眼睛不理载沣。

载沣刚走，小皇帝的师傅陈宝琛进来探视，问："监国刚才说了些什么？"

张之洞轻轻地摇摇头，叹道："他什么话也没说，也不让我讲话，大清国的国运已走到尽头了！"

张之洞将子孙唤到床边，吩咐仁权执笔，在他早已写好的"勿负国恩，勿坠家风"的遗训上再加几行字："吾生平学问行十之四五，治术行十之五六，心术则大中至正。"

就在这天夜里，一代名臣张之洞带着无穷无尽的遗憾永远地闭上了眼睛。

张之洞死后不久，夏寿田的父亲，陕西巡抚夏时，被御史以贪污罪名弹劾革职。夏时六十五岁了，受此打击，旧病复发，卧倒西安寓所。他怕再也见不到儿子，修书一封到北京。夏寿田得书，立即请假赶赴西安。夏时在儿子的安慰下，加之医治得当，病渐渐好了。夏时执意要回桂阳老家。夏寿田对老父千里之遥的归途不放心，便向翰苑请了长假，一路护送回桂阳。

自从夏寿田离京后，杨度觉得京师的生活比往昔孤单多了。他从夏时的回籍想到袁世凯的革职，从袁世凯的革职又想到张之洞的去世，有时很有点时世苍凉、人生短促之感叹。

不料正在这个时候夏寿田回到了北京，当他突然出现在槐安胡同时，杨度一家真是惊喜万分。

夏寿田这次利用回湖南的机会，特地到了湘潭，看望了恩师，也看望了杨度的老母和重子、叔姬等人。又带来了一大包杨家捎带的土产。

杨度知道，夏寿田去湘潭，看望恩师自然是一大目的，他的另一个目的是要去看看叔姬。当然，杨度不会去点破这一层，但心里有点责备夏寿田孟浪了。叔姬和代懿关系冷淡已经几年了，他这一去，会给叔姬带来更大的痛苦，冷漠的家庭生活将会因此而更加冷漠。听着夏寿田笑嘻嘻地谈论这次湘潭之行的欢乐，杨度心想：说不定此刻，多情而内向的叔姬正在伏枕哭泣哩！

夏寿田建议，为庆贺他回北京，中秋节那天他做东，两家结伴游江亭。亦竹一听忙拍掌附和，杨度和静竹的脑海里蓦地激荡起波浪。是的，一晃十二年过去了，江亭真值得旧地重游！

几天来，静竹的双腿好像顿时好多了。她每天自己支起两根拐杖在院子里走来走去，痛得满身流汗也不休息。静竹的精神显得异常的昂奋，她每天坚持走三四个小时，似乎也不太觉劳累。

中秋这天一大早，夏寿田便雇了一辆双驾马车来到槐安胡同。夏寿田的夫人陈氏没有来，说是病了，其实这两天她又跟如夫人岳霜闹意见了。见夏寿田宠着岳霜，她心里嫉妒，不愿来。杨度和亦竹搀扶着静竹上了马车，接着大家都登车。两家五个大人，连带未满周岁的莺儿，一共六人，由两匹铁灰色蒙古马拖着，有说有笑地向宣武门外奔去。

江亭一带仍是十二年前的老样子。那一片空阔的低洼地依然是芦苇丛生，野凫出现，很是荒凉。古老的慈悲庵墙破瓦缺，摇摇欲坠。

不时从里面传出几下钟磬撞击声，好像那不是在做佛事，而是在证明这个破败的古刹中还有僧人住着。围绕慈悲庵四周，似乎多了几间茶肆酒馆。

今天是中秋节，游客比往日要多，茶酒店里生意很好，有几家还请了艺人说书唱曲。原本到这里来是图个清闲的，却也弄得跟王府井、大栅栏一样的嚣嚣闹闹。夏寿田见了直摇头。好容易觅得一家，高高挑起的布帘上写着“闹中静茶室”五个字。夏寿田说：“这个名字取得好。”

茶室不大，布置得颇为雅致。门前摆着数十盆菊花，黄黄白白的，正迎着秋风开得旺盛。杨度说：“就这家吧！”

大家进了茶室。店家十分殷勤，忙擦拭桌凳，端来一大壶菊花香茶，又摆开满桌糕点，正中一盘芝麻月饼。店家特别说明月饼是应节的，奉送不收钱。岳霜称赞：“你这个老板会做生意！”

店家两眼笑得眯成一根线，说：“太太过奖了，大过节的，老爷太太们光临我这个小店，真是赏光了。不瞒老爷太太们说，小人也读过几句书，在琉璃厂做过多年的书生意。年岁大了，不耐吵闹爱清静。我见这江亭是个清静的地方，八年前在这里开了一个小茶室，不图赚钱，只图个幽静。不想这茶酒店多了，也不安静了。看来这天子脚下找不到一块安静的地方呀！”

夏寿田见这茶博士很有点个性，心里喜欢，便问：“老板高姓？府上哪里？”

店家忙答：“不敢，小姓司马，单名一个起。祖上是正定人氏，从老爷爷起进的京师。到今年，咱们司马家做了八十八年长安客了。”

杨度觉得司马起说话不俗气，也顶喜欢的，笑着说：“八十八年，那是道光初年的事了。”

“是的，是的。”司马起哈着腰。“老爷爷是道光三年进京的。当初单身一人来京师混碗饭吃，到现在，我们司马家子子孙孙加起来有七十多号人了。自古来都说人丁兴旺是好事，咱倒有点蠢想，这人多不是好事。”

亦竹插话：“为何不是好事？”

司马转过脸，望着她说：“太太，你们是大富大贵的人，大概不做这般想。我们小户人家，人一多，糊口就是难事。小的有时常想，老爷爷当年若不进京，就在家里种地的话，如果家里有十亩地，老爷爷算是好过了。但是传到现在，七十多号人，这十亩地如何养活得了？京师一年到头不知有多少人在讨饭吃，那都是家里人多地少的缘故。依小的看，这人多不是好事，反倒是坏事了。”

杨度点头：“你说的也有道理。”

正在这时又进来几个人，司马忙说：“小的到那边招呼去了。小店虽是茶室，其实酒饭都有，需要的话，说声就行了。”

夏寿田说：“正好，中饭就在你这里吃。”

待司马老板离开后，杨度对夏寿田说：“这个茶博士有几分头脑。”

夏寿田说：“是的。天底下其实有很多能人，或是家境不好，或是机遇不顺，沉沦下层，埋没一生，真是可惜。”

杨度说：“正是这话。侯门多纨绔，草莽藏英雄，自古如此。”

岳霜尝了一块月饼，连说味道好，又问亦竹：“静竹呢？”

亦竹向门口望了一眼，说：“刚才她说门口那几盆菊花开得好看，要去看看。嗳，怎么不见了？”

杨度起身：“不能让她一个人走远了，我去找找！”

就在大家跟茶博士聊天的时候，静竹借口看菊花，一个人支着两根拐杖走出了闹中静茶室。

她怎么能关在茶室闲聊，她要好好地看一看江亭！这个略显冷清的旅游地，在京师众多的名迹胜景中，它显得很平常。它既没有燕京八大景那样的山水风情，也没有万里长城、雍和宫、西山那样的地位名望，然而在她——一个苦命的女人的心中，却有着无与伦比的分量。正是十二年前在这里，她偶遇了皙子，从此揭开了她生命中崭新的一页。尽管她为此付出了极大的代价，但她终于等来了心上人。作为一个曾经身处火坑的女人，静竹不但不后悔，她反而万分庆幸。在她的眼里，荒凉的洼地是美的，惨冷的慈悲庵是美的，整个萧瑟秋风中的江亭都是美的。唯一感到一丝遗憾的是，皙子似乎没有把江亭看得像她这样重。来到这里了，不好好单独陪她旧地重游一番，反倒和茶馆里老板聊得那么起劲。

“静竹，你怎么一个人出来了！”

正在遐想时，静竹听到杨度在后面叫她。是他一个人来了！看来他没有忘记。静竹心里立时腾起一种极度的幸福感，脸上荡漾着红扑扑的光彩，甜甜地笑着说：“皙子，你还记得此地吗？”

“怎么能不记得！”杨度兴奋地指着远处一间茶楼说，“十二年前，就在那里，你拿着一把扇子过来，要我把题在江亭壁上的那首《百字令》写在扇子上。”

“皙子，岁月好快啊，一晃十二年过去了。”

静竹轻轻地充满感情地说。杨度听得出，那后面的几个字简直是从喉咙里挤出来的。

“是的！”杨度点点头。

“皙子，你扶着我，咱们慢慢溜达溜达，好吗？”静竹抬头望着杨度，眼睛里射出热烈的光芒。

“好！”杨度扶起静竹，两人慢慢地边走边看。

“静竹，那一年我们好像是五月初在这里第一次见面的。”

“不对，是五月十二日。”静竹纠正。

“你记得这样清楚？”杨度颇为吃惊。

“这样重要的日子，我能不记得吗？”静竹笑了一下，现出两个浅浅的酒窝，嗔道，“你们男人的心总是粗得很！”

“不，日子虽然记得不精确，但那天的情景我是记得清清楚楚的。”

“是吗？”静竹侧过脸来望着杨度。“我考考你，我那天穿的什么衣服？”

“这还用考吗？”杨度笑道，“到老到死我都记得，你那天穿了件浅绿色的上衣，深绿色的长裙，连脚上的鞋子也是绿的。这一身打扮一直铭刻在我的记忆里，以致后来在街上看到亦竹误认是你，就是因为她也穿了一套绿色的衣裙。”

杨度这样细致的描绘，使静竹很满意，她又一次甜甜地笑了。

“静竹，你那天真美，我好像觉得先前从来没有见过像你这样美的女人。”

“那都是过去的事了。”静竹感叹起来，“现在我一点都不美了，还要靠两根拐杖走路，我是个丑女人了。”

“不，不！你依然很美，跟十二年前一样的美！”杨度赶忙说。

“皙子，你好好地看看我。说句真话，我还美吗？”静竹的两只长长的凤眼盯着杨度，目光显得很灼热。

明亮的秋阳照在静竹的脸庞上，乌黑的头发，瓜子般的脸形，娟秀的五官，跟十二年前没有一点差别。但是长期来疾病的折磨，使她的脸上明显地失去了往昔那迷人的光辉，仿佛当年是一颗挂在树枝上的娇娇嫩嫩的蜜桃，而今却是一个摆在盘子上的蜡做的寿桃。尽管这样，在杨度的眼里，静竹仍然是很美的，甚至要超过亦竹。

杨度与亦竹结婚三年了，静竹与他们一起生活也三年了。三年来大家相处得很融洽，杨度对客人介绍，都说静竹是亦竹的亲姐姐。知道这中间原委的仅仅只有夏寿田。夏寿田常来槐安胡同，见静竹生活得如此安详自如，也暗自称奇。杨度每天至少要到静竹房里去一次，跟她谈谈外间的新闻和家里的琐事。静竹总是含着微笑静静地听着，或是和他一起絮谈。后来，静竹可以下得床了，她也常走到书房里和杨度聊聊天。亦竹生了女儿，静竹视同己出，一天到晚把婴儿搂在怀里亲个不停。偶尔夜深人静时，她也会为自己的薄命而悄悄哭泣。但到第二天一早，她的心情又平静了。她把精力和时间用在读书、吟诗填词上。三年来在皙子的指点下，她在这方面进步很快。她知道湘潭有个诗才极高的姐姐，她盼望叔姬早日进京，与她做个互相吟唱的诗友。她觉得自己比上不足比下有余，虽不能和皙子同床共枕，做一对恩爱的夫妻，却可以和他朝夕见面，做亲如同胞的兄妹。这也是一种少有的人间幸福。

静竹这种人生态度，与十二年前他们在潭柘寺观音菩萨面前定情的誓言完全不一样。在杨度看来，当年那是一种美好的人生追求，而现在这也是一种美好的人生境界。他深深地感觉到，在这个平平凡凡的女人身上，有着一股美的魅力。

"静竹，你真的很美，你永远是我心中的西施、玉环！"杨度轻轻地说着，仿佛自言自语。同时，右手紧紧地将静竹的左臂夹紧。静竹感到一股强大的暖流，从身旁这个男子的手臂中流出，再通过自己的手臂流遍了全身。她沉浸在巨大的幸福之中。

他们就这样紧紧地依偎着，都不再说一句话，让深深的恋情在默默之中交流融会。好久好久，静竹才温存地问杨度："皙子，你知道我现在想什么吗？"

"我想你一定想了很多很多。"

"是的。"静竹喜悦地说，"我第一个想法是，我的腿要快点好起来，明年这时我们一起去潭柘寺。"

"对，潭柘寺，潭柘寺！"杨度激动起来。"你的腿会很快好的，我们一起去潭柘寺！"

"明年去潭柘寺，还是我们两家一起去。"

杨度和静竹回头一望，原来是夏寿田正站在旁边插了一句话。

"我知道你们俩在此地有许多终生不忘的回忆，我有意带着岳霜去画芦苇、野鸭，又叫亦竹给她帮忙调颜色。”夏寿田指着后边说，“她们正画得起劲哩！”

顺着夏寿田的手势，杨度看见岳霜站在一棵小松树边，面前支起一块画板，正在聚精会神地画画，亦竹一只手抱孩子，另一只手给她递彩笔。万里无云的碧空下，她们三人正是一幅美妙的图画。这幅图画是夏寿田的杰作。夏寿田就是这样一个人，他总是热心而不露声色地帮助别人，仿佛别人的乐趣就是他的乐趣似的。难怪叔姬当年会倾心爱上他，而且十多年来痴心不改，痴情不断。

“他是一个值得女人爱的男人！”杨度在心里默默地说。

“午贻，谢谢你了！”静竹满怀感激地说。

“走吧，咱们进江亭去，看看当年题的那两首《百字令》还在不在。”夏寿田建议。

“最好，旧地重游，旧作重见，真是人间一桩乐事。”杨度欣然赞同。

“我帮你们找！”静竹也很兴奋，又说，“看谁的词还在，谁的彩头就好。”

“那一定是皙子的词在，我的词不在了。”

“为什么？”静竹不解地问。

“皙子这几年是既得佳人又得高官，当然是彩头好。我家是倒霉透了，哪有彩头的。”

杨度安慰：“否极泰来，厄运一过，一切都会好的。”

三个人慢慢地来到江亭。谁知不进还好，一进顿时心情都沉重起来。先是江亭衰朽的建筑令他们颓丧，继而是壁上的那些游人题词更令他们抑郁。那些字句，或诗或词，或文或句，无不充塞一种伤时感世的气味。他们慢慢地看，慢慢地寻找。蓦地，几行遒劲的草书吸引了他们：“湖广熟，天下足。而今是湖南无粮，长沙抢米，饥民如蚁，饿殍满野。载沣小儿，你自问该当何罪？”

发生在今年春天的长沙抢米风潮震撼全国。杨度、夏寿田从家乡的来信中知之更详。

湖南因为上年水灾歉收，本已粮食奇缺，加之官商囤积居奇，哄抬粮价，更使得街市上不见谷米。长沙城里一卖水人家因买不到米，全家投水自杀。这个惨案激起全城百姓的公愤，当夜米店被饥民所抢，第二天全城罢市。湖南巡抚下令开枪镇压民众，当场打死二十余人。民众愤极，焚烧了巡抚衙门和大清银行，捣毁外国领事洋行。外国军队配合清军镇压暴动的百姓，死伤数百人，全国舆论哗然。朝廷被迫罢去巡抚的职务，出示平粜，风潮才告平息。

长沙风潮居然在江亭这块旅游之地留下如此深的痕迹，而且这样赤裸裸地向摄政王宣战的口号赫然书于墙上，竟然无人刷掉。人们对朝廷的不满到了何等地步！

两位湖南籍小京官在这几行狂怒的字迹前伫立良久，心绪愈发变得沉甸甸的了。

静竹心里也不好过，她扯扯杨度的衣袖："咱们到那边去找吧！"

三人默默地四处寻找，努力追忆当年题词的那面墙壁，却始终见不到一字一句的残迹。

"没有彩头，看来我们都没有了彩头！"杨度嘀咕。

"国家都衰亡了，还有什么彩头不彩头的！"

一个素不相识的中年男子朝他们望了一眼，操着浓重的东北口音说完这句话后便走出了亭子。

杨度正想回敬他一句，夏寿田说："这个人刚才是在看壁上那首诗，我们也过去看看。"

杨度随着夏寿田走过去。此处原来题着一首七律：

车走雷声不动尘，千门驰道接天津。
杜鹃九死魂应在，鹦鹉余生梦尚新。
抱瓜黄台成底事，看花紫陌已无春。
汉家陵阙都非故，残照西风独怆神！

没有署名，也没有日期。诗写得不错，在江亭壁上数以百计的题诗中可谓上乘。诗中忧国忧民的情绪十分浓烈，看来是一个失意而不失忠诚的文人写的。眼下又是西风落叶的时候，看着面前颓废的慈悲庵，陈旧的江亭，四壁上那些令人不忍卒读的游人题辞，联想到处于颠簸危殆之中毫无一丝指望的国家政治，以及多年来负笈东游求得的学问，殚精竭思设计的立宪宏图都将一无所展，杨度一时百感交集，心胸郁闷，方才与静竹共忆初恋时的美好心态被扫除得无影无踪。

"老爷，题首诗吧！"一个十一二岁的小男孩站在杨度的面前，带着乞求的腔调望着他说。

小男孩黑瘦得吓人，上身披着一个破烂麻袋，下身穿一条破旧单裤，赤着脚，一只手端着个缺边瓷碗，碗里有些墨汁，碗边上横着一支粗糙的毛笔，一只手提着个黑木桶，桶里装着石灰水，插一个旧扫把。

京师里的穷孩子成千上万，有讨饭乞钱的，有拾荒捡破烂的，有帮人做各种小工杂活的，但用这个办法来赚两个小钱的苦孩子还从来没见过，杨度和夏寿田对望了一眼，又心酸又哀痛。

“好吧！”

“谢谢，我来刷墙！”小男孩高兴极了，忙将扫把沾满石灰水，要把壁上的这首七律刷掉。

“莫刷这里。”夏寿田赶紧制止。

“老爷，你要题哪里？”小男孩停住扫把，大眼睛骨碌骨碌地望着夏寿田。

“刷这里吧！”夏寿田指了一块文句庸鄙字迹粗劣的地方说。

“行！”小男孩三下两下刷出一块白壁来，又将笔蘸上墨，给杨度递了过去。

杨度接过笔，凝思着。

静竹说：“既然过去的《百字令》找不到了，那就再题一首新《百字令》吧！”

杨度沉默地点点头。一股从居庸关外吹来的北风破窗而入，吹得他脖子后颈冷飕飕的。他皱着眉头，绷紧面孔，久久地伫立不动。突然，手中的墨笔靠近了尚未全干的灰墙，一行行浑厚遒劲的碑体字出来了：

戊戌年，余与午贻同赴礼闱。余罢第，午贻高中一甲第二名。离京前夕结伴游江亭，时所谓承平岁月也，实大祸已暗伏，国人多未窥几而已。予赋《百字令》：“西山王气但黯然，极目斜阳衰草。”此意已寓其中。不久变生肘腋，随之帝后播迁，而今则烽烟四起。一十二年来，国事日非，无可救也。今与午贻、静竹重游旧地，欲觅昔日所题而不可见。秋风萧瑟，汉陵不见，余再题《百字令》一阕，以纪此游。

朋侣携手，觅当年旧迹，尘土掩了。废寺危亭卧寒雀，更接无涯枯草。惹祸博鸿，匿影扶桑，又赴洛阳道。尧都远矣，何来自取懊恼！

谁付伊周重托，神州宏图，由尔展描？昨宵一梦兼春远，梦里江山更好。南疆水清，北国原莽，西域昆仑豪！醒来依旧，西风频吹人老。

静竹轻轻地诵读了一遍，说：“好是好，但未免太消沉了点。你今年才不过三十五岁，难道西风就把你吹老了？”

杨度苦笑着，不做声。

夏寿田说：“当年我们是一人一首，今天也不能让你专美。”

夏寿田从杨度手中取过笔。在杨度题壁的时候，榜眼公已经打好腹稿了，他不假思索，飞快写了起来：

戊戌年与皙子共游江亭。皙子叹时事多艰，余言朝政无阙，小有外侮，足以惕在位，不宜遽作亡国之音，失哀乐之正。和词云“万顷孤蒲新雨足，碧水明霞相照”，意以矫之，亦喻朝廷宜礼贤用才，以人治国。曾湘乡谓朝气不难致也。乃未几政变狱起，继以拳祸，两宫西狩，几致亡国，始叹其见微。今与皙子再游江亭，皙子重题《百字令》，有“西风频吹人老”句，静竹惜其消沉。然国事日非，余又遭家难，心绪或许比皙子更消沉也。

一纪过后，正黄花初开，霜打野草。废苑菰蒲新又雨，作得秋声不了。雁字南飞，声断燕岭，回望帝京渺。万里长城，犹如灰线曲绕。

弹指光阴流逝，功名无望，更兼文章夭。旧年一腔书生气，渐被岁月磨消。国难当头，家祸突兀，人世多烦恼。不如狂饮，一壶浊酒醉倒。

静竹也把夏寿田的《百字令》轻轻吟诵了一遍，叹道：“十二年了，想不到国家不但无一点起色，反而越来越坏，也怪不得你们消沉。”

这时，岳霜跑过来说：“店老板把饭准备好了，快去吃吧！”说着就来扶静竹。

静竹也说：“苦吟了半天，也该去吃饭了！”

“走吧！”夏寿田拉起杨度衣袖就走。

“老爷，赏我几个钱吧！”

侍候笔墨的小男孩站在一旁可怜兮兮地说。

“哎呀，你看我们都忘记了！”杨度一边掏口袋，一边对夏寿田等人说，“你们先走。”

杨度从口袋里掏出一把钱来，约有三四十文，都送给了那孩子。小家伙欢天喜地地鞠了一躬走了。

杨度正要转身，却忽然看到慈悲庵里走出两个出家人来：前面是一个年岁较长的和尚，后面跟着一个中年尼姑。二人来到大门外，都停了脚。

和尚双手合十说：“师妹留步，过两天我再来。”

中年尼姑久久地望着和尚，好久才说了一句：“师兄好走了。”

杨度被这一僧一尼的情景所吸引，怔怔地望着出神。那和尚转过脸向江亭这边望了一眼，又朝着尼姑身边走去。就在这个时候，杨度看清了这位和尚，原来竟是多年不见的故人！

“寄禅法师！”杨度惊喜地喊了一声。

和尚停步，扭头一看，也喜道：“原来是皙子！我正要找你，不料你也到江亭来了！”

当杨度和寄禅一起来到慈悲庵大门口时，寄禅向尼姑介绍：“这是我的俗家朋友杨皙子施主。”又指着尼姑说，“这是我的师妹净无法师。”

杨度向净无弯了弯腰。他瞥见这个尼姑的脸上略有点不自在。净无右手摸着胸前的念珠，左手竖起，停了好一会儿才说：“请杨施主进庵里叙话。”

寄禅忙说：“师妹，我看不必了。”又转过脸对杨度说，“皙子，我今天有件要紧的事去办，就不在这里说话了。我在法源寺里挂单，明天夜里我在寺里等你，我们再好好叙话。你一定要来！”

说完，又望了净无一眼便走了。净无也不再和杨度搭腔，赶紧转回庵里，把大门关了起来。倒是杨度一个人在庵门外默默地站了很久，他看得出寄禅和净无之间的关系非比一般。

九　悟宇长老指明朝廷亡在旦夕的三个征兆

法源寺是北京城内年代最老、规模最大的寺院，位于宣武门内法源寺前街。它创建于唐贞观十九年，当时叫作悯忠寺。后来宋钦宗被金兵从汴梁掳至燕京，就囚禁在这里。明代改名为崇福寺。清雍正年间改建后更名为法源寺。

寺内共有五进院落。第一进为天王殿，第二进为大雄宝殿，第三进为观音阁，第四进为毗卢殿，第五进为藏经楼。法源寺最引以自豪的便是这个藏经楼。它藏有唐人和五代人的写经，以及宋、元、明、清各种刻本，还有用西夏文、回鹘文、傣文、藏文、蒙古文书写的佛经，是我国寺院中藏经最多、版本最珍贵的藏经楼之一。藏经楼一楼左边有一间收拾得很干净的客房，专为接待国内各寺院的高僧，寄禅就是以浙江天童寺住持、著名诗僧的身份住在这里。杨度进了法源寺，略一打听，便有一个小沙弥把他带进这间房子。寄禅早已沏好了名贵的天童茶在等候他了。

自从光绪二十九年杨度第二次东渡日本以来，他们已经整整七年没有见面了。这期间只有智凡法师在他们中间充当过一次青鸟。这次法源寺重聚，杨度没有询问寄禅这几年来的行踪，却抓住慈悲庵的那一幕师兄师妹别情来打趣他。

“想不到大法师也有儿女私情。真佛面前不烧假香，你今天当着我这个真正的师弟面前，把那个假冒的师妹的根由说清楚。否则，我就把她公之于十方丛林，让他们晓得原来得道高僧，竟是个风流情种。”

说罢哈哈大笑起来。

寄禅赶紧制止：“皙子，这里是法源寺，不是湘绮楼，怎能这样放声大笑，惊动了长老，会把我们赶出去的。”

杨度笑道：“莫拿这个来打岔，快好好交代。做个风流诗僧有什么不好？曼殊法师就是一个顶顶有名的风流诗僧。在日本时我最喜欢和他交往，倒是那些一本正经只晓得打坐数念珠的和尚，乏味极了。曼殊年少，法师年老，一老一少，相映成趣。哪一天我过得不如意了，也祝发入空门。我们三人，一老一少一中年，鼎足三立，做三个风流诗僧闻名于世。”

杨度越说越得意，寄禅也跟着笑了起来，说：“不瞒你说，我也喜欢曼殊法师，只可惜无缘与他谋面。”

“不要紧，听梁卓如说他就要回国了，我来介绍你们认识。”

“那好，我多时想结识他了。”寄禅真诚地说，“大家都说我是诗僧，其实，当今真正的诗僧要数他。他的诗有一种佛门韵味，我写了一辈子的诗，自认不及他。看来这不关乎苦吟，而是关乎慧根。最近我在《南社丛刊》上读到他的一首诗，真是妙极了。”

“这诗怎么写的？”杨度兴致勃勃地问。

寄禅拖长声调背道：“春雨楼头尺八箫，何时归看浙江潮？芒鞋破钵无人识，踏过樱花第几桥。”

背完后又情不自禁地赞叹：“齐己、皎然皆不如，堪称我禅门第一诗人。”

“噢，这首诗我早几年在日本时就读过。”杨度说，“你知道，他这首诗是为谁而作的吗？”

寄禅摇摇头。

“他是为日本一个名叫百助媚史的艺伎而作的，此人是他眷恋多年的情人。”杨度说到这里忙刹住。“我不和你扯远了，还是好好交代你的慈悲庵的师妹吧！”

“真拿你没办法！”寄禅苦笑道，“这事既然让你撞见了，我也只得跟你说一点了。其实，师兄我一生所缺的正是这‘风流’二字。若多一分风流，也就不会苦了净无了。”

杨度插话：“看来大法师与那位女菩萨真有一段动情的故事了。”

“唉，这都是过去的事了。”寄禅收起笑容说，“光绪十年，我第三次去雪窦寺，谒见悟宇长老。长老那时正在讲授《心经》，四面八方都有僧尼前来听讲。我也在寺里住了下来，早晚两次听长老的课。有一天，突然有个年纪轻轻的女尼走进我住的禅房，说是听人讲我爱写诗，要看看我的诗。我那时只有三十多岁，血还很热，见有人要看我的诗很高兴，便把诗稿拿出来给她看，又详详细细地把每一首诗讲给她听。这位女尼很爱诗，隔两天又来看，于是我又讲。这样一来二往就很熟悉了。她的法名叫净无，是杭州城外覆舟庵的，来此挂单半年了。我问起她出家的缘由。才知她原是旗人，父亲是杭州旗营一个小把总。后来父亲病故，家里无钱运柩北归，便把她嫁给浙江臬司做小老婆。这臬司也是旗人，过门那年，已是七十三岁的老头子了。两年后臬司死去，大老婆容不得她，将她赶出家门。她无法生存，无可奈何地进了覆舟庵，削发做了个尼姑。净无的身世很苦。我们都是苦出身的，彼此互相怜悯。一个月后，她突然对我说：师兄，我们一起还俗吧！我听后大吃一惊，说：我已在阿育王寺舍利塔前烧去了两指，立下了海誓，如何能背叛还俗？净无再没说二话，便出门了。第二天上午没有见她听讲经，到了下午我一打听，才知道她回杭州去了。两年后我去杭州，特地到覆舟庵去找她。庵里的女尼告诉我她到京师去了。我想，她原是旗人，一定是还俗回籍了。从此便不再想这件事了。前几天我来京师，住在这里，与轮浆大法师谈起京师丛林中的僧人。他盛赞慈悲庵的净无法师禅学精妙。我心里想，这个净无是不是二十多年前的那个净无？怀着这个念头，我那天去了慈悲庵。一见面，果然是净无！我们惊喜极了。净无说，二十多年来，她常常记起我。遭到我的拒绝，她心里很凄苦，便只有一心礼佛，以钻研佛经来摆脱那层俗念。我听了心里直难受。”

杨度插话：“既然你难受她记念，再一起还俗也不迟呀！”

“我都六十岁了，净无也快五十了，还还什么俗！”寄禅的眼神黯淡起来，慢慢地说，“若是真有缘的话，来世再圆这个梦吧！”

杨度笑道：“大法师，我现在明白了，你的诗没有曼殊那股韵味，确如你所说的，关键不是慧根不够，而是情缘不足。倘若你一边做和尚，一边又和净无月上柳梢头人约黄昏后的话，那样作出的诗绝不会在曼殊之下。诗源乎性灵情感，源头枯窘了，何来涓涓流泉，浩浩江水！”

寄禅笑着说：“皙子呀，你说这话，当心佛祖报应你。”稍停又点点头说：“你说诗源乎性灵情感也有道理。最近得知日俄协议签订、日本吞并韩国等消息，对国事的感愤，激发了我的诗情。我写了几首小诗，自认为还不错，你不想看一看吗？”

“怎么不想看？”杨度说，“到法源寺来会你，就是要来看看你这几年写的诗。”

寄禅从布包袱里拿出一本簿子来，上面题着“八指头陀诗稿之十”的书名。他翻了几页，递给杨度。杨度看那上面写着“感事截句附题冷香塔并序”。序文为：“余既题冷香塔铭，活埋计就，泥洹何营？一息虽存，万缘已寂。忽阅邸报，惊悉日俄协约，日韩合并，属国新亡，强邻益迫，内忧法衰，外伤国弱，人天交应，百感中来。影事前尘，一时顿现，大海愁煮，全身血炽，得七截若干章。师恩未报，象教垂危，髑髅将枯，虚空欲碎。掷笔三叹，涓矣长冥！”

杨度说：“忧时如此，看来大法师情缘并未尽。”

于是轻轻地吟起来：

落月哀猿不可听，声声欲唤国魂醒。
莫教遗恨空山里，谁认啼鹃望帝灵？

修罗障日昼重昏，谁补河山破碎痕？
独上高楼一回首，忍将泪眼看中原。

杨度惊道：“大法师，你哪里像个出家人，分明与我辈一个心情嘛！”

又念下去：

联盟无奈岛夷绝，合并何堪属国亡！
欲巩皇图凭佛力，白头垂泪礼空王。

茫茫沧海正横流，衔石难填精卫愁。
谁谓孤云意无着，国仇未报老僧羞。

“好！”杨度击案。“真一个空门陆放翁！风流诗僧你不算，爱国诗僧当之无愧。”

诵诗的声音提得更高了：

法运都随国运移，一般同受外魔欺。
踏翻云海身将老，独立人无泪自垂。

万事都归寂灭场，青山空惹白云忙。
霜钟摇落溪山月，唯有梅花冷自香。

杨度合上诗稿，叹道：“到底是出家人吟的诗，吟到后来，都自我解脱了。”

“你道我是真正解脱了？”寄禅冷笑道，“若是真正解脱了，前面那些诗是如何吟出来的。”

杨度点点头说：“说得也是。我倒要请教法师，是法师本身修炼的功夫尚不到家呢，还是说到底，佛门也不可使人自我解脱。”

寄禅盯着杨度看了半天，说：“晳子，我看你这几年还不是谈这个题目的时候。我跟你订个约：圆寂之前，我将这一生在佛门中修得的禅理与你做一番长谈，如何？”

杨度说：“好是好，万一没有机会怎么办？”

寄禅道：“自从那年我与你同去沩山密印寺，我就觉得你与我佛门有缘分，若是我没有看错的话，这个机会就一定有。若是没有这个机会，便是我看错了。你说呢？”

“对。”杨度说，“这大概就是佛门所说的随缘自化吧！”

“说得好！”寄禅高兴地说，“皙子，你的禅性极高，我们缘分不浅，那一天一定会有的。”

杨度笑道：“大法师，说了半天的话，还不知你这次到京师来究竟为了何事哩！”

“你一直不问我，总缠着师妹不放，我哪有空隙说这事呀！”寄禅也笑道，“我这次来京师，正是来找你帮忙办一件大事的。”

“找我帮忙？为什么大事？”杨度很惊讶：我能帮出家人办什么？

“是这样的。”寄禅喝了一口茶说，“我们准备成立一个全国佛教总会，已拟好了一个章程，请你帮忙递给朝廷。”

杨度觉得奇怪：僧尼们也要立会建党了，这不是怪事吗？“你们这个总会，与自立会、光复会是不是一样的？”

“你扯到哪里去了！”寄禅打断他的话，敛容道，“我们出家人不过问政事，你怎么想到会党上去了！”

“那你们成立全国总会做什么？”

“佛教全国总会是为佛事设立的。”寄禅慢慢解释，“全国寺院有近万处，僧尼有十余万人，有一个统一的组织就有很多好处。现在日本及南洋各国都有佛教总会，唯独我们中国没有。好比说，总会成立后，我们就可用总会的名义召集一批高僧重新校勘佛经，在此基础上将一批重要经典重新刻印。还可以办一个佛教学校，将全国一些大寺院的住持、监院、维那、知客等高级职事人员轮流招进学校念经书，请高僧传授。还可以联合起来保护佛界本身利益。比如说，现在各地寺产被人侵占得厉害，毁寺毁佛的事屡有发生。佛教总会成立后，就可以为他们说话。”

杨度说：“如此说来，成立佛教总会也是一桩功德。”

“阿弥陀佛！”寄禅郑重其事地念了一句佛，将一叠纸递过来说，“你就做一件好事，积这桩功德，设法将这份章程送给朝廷，求朝廷批示同意，我们才好名正言顺地去建会。”

“好。把这份章程递上去不难，难的是谕旨同意。”杨度接过章程，放在桌上，说，“法师想想，现在国事这样艰难，摄政王时刻担心江山保不住，他哪有心思考虑你们出家人的事，只怕是见到‘会’

这个字，他便早已心存戒备了。”

“试一试吧！”寄禅叹口气说，“净无也说过类似的话，我想总要试一下才安心。还是你刚才说的，随缘自化，勉强也是不行的。”

“我尽量争取。”杨度又拿起章程翻了一下说，“若是前两年张相国、袁宫保都还在，这事又好办些。现在朝廷简直没有一个做事的人，只会争权夺利。”

“哼！”寄禅冷笑一声。“眼下的中国，正如一条大海中漂荡的破船，船底已烂得灌水，船上的人还在为鸡毛蒜皮互相打斗。师兄我不是危言耸听，你也要好自处之，满人的这个朝廷总在这一两年内就要彻底完了。这是当年悟宇长老圆寂前对我说的。”

“就是雪窦寺的那个悟宇长老？”杨度惊问，“他既是一个得道的高僧，一定见到了常人见不到的几微。他说了些什么？”

“悟宇长老的确非比等闲人，他是道光皇帝亲赐的进士出身。”

“噢，有这样的事？”杨度大吃一惊，“道光帝死去已五十年了，悟宇长老有多大年纪？”

“悟宇长老圆寂时八十二岁。他三十一岁中的二甲三十六名进士，分发广西贵平县。刚要赴任，老母死了，他便只得在家守制。”寄禅停住嘴，端起了茶杯。

“十多年寒窗苦读，好容易盼到一个官位，却又做不成。”杨度惋惜。

“正是你这话。”寄禅接着说，“悟宇长老当年也是这样想的。谁知两年后，洪杨在贵平县金田村起事，焚毁衙门，杀尽官吏。消息传来，悟宇长老惊愕不已，暗思这真是老母保佑，倘若去了贵平，岂不全家罹难？世事真难以预料。到了三年制满，天下更加大乱，加之老父病重，悟宇便决计不再出仕，在家读书侍亲。长老从佛经中得到了许多启示。后来其他书都不读了，一心钻研佛典。到了四十五岁那年夫人辞世，他心里悲痛，且儿女都已成家立业，无牵无挂了，便干脆到雪窦寺祝发，穿上袈裟，完全脱离了尘世。悟宇长老资质聪颖，学问高深，很快便成了佛界第一高僧。”

“真是一位了不起的人物！”杨度叹道，“说不定哪天我也会走他的路。”

“好！如果我还活着的话，我来为你剃度。”寄禅笑道，“只怕你娇妻爱妾的，下不了这个决心。”

“这个决心是难下，那非要到对世事心死如灰的程度不可。”杨度也笑道，“先不说这个吧，法师你还是说下去，悟宇长老凭什么断定朝廷的寿命只有两三年了？”

“悟宇长老说了许多原因，有些是大家都看到的。比如说强邻欺侮，国势颓弱，官吏腐败，百姓饥寒等，都不说了，长老说了三个特别的征兆。”

“特别的征兆？”杨度的兴趣大为高涨起来。

“第一个征兆是，”寄禅平静地说，“当年的摄政王多尔衮护卫六岁的顺治帝入关。进北京城的前夕，在青龙桥头遇一卜卦者，他的卦摊上高悬一对联：眼盲能明古往今来事，手残善断痴男怨女情。多尔衮走近一看，卜卦者乃一瞎眼残臂的老头。心想，此人的眼睛瞎了，看不见我的强大军容，当然也就不知道我的身份，如此方可说真话实话。遂问卜卦者：‘据说关外的军队要进城了，他们能成气候，建朝立国吗？’卜卦者答：‘他们能坐天下。’多尔衮高兴，又问：‘皇上的天下能坐多久？’卜卦者答：‘得之于摄政王，失之于摄政王。’多尔衮身为皇叔，功劳最大，本有篡位之意，听了这话，心里暗自得意，又问：‘此话当真？’卜卦者说：‘当真。还有一句话：得之于孤儿寡妇，失之于孤儿寡妇。’于是多尔衮相信天下是他的，坚定了篡位之心。其实他理解错了。”

“是的，卜卦者的话应的是今天。”杨度立时明白过来。“眼下不正是摄政王当政，孤儿寡妇当朝吗？”

“第二个征兆是，”寄禅淡淡地说下去，“十年后顺治帝亲政，蒙古高僧哲布尊丹巴胡图克图来北京祝贺。顺治帝本是极尊佛的，对这位蒙古高僧十分礼遇，向他问大清朝的国运。蒙古高僧答：‘我身不缺，我国不灭。’顺治帝听后不解，但碍于至尊的面子，不便追问。于是又问：‘我朝可以传到多少代？’高僧答：‘十帝在位九帝囚，还有一帝在幽州。’顺治帝听后很高兴，对母后孝庄太后说：‘我朝可传二十代天子。’其实，顺治帝也理解错了。”

杨度说：“蒙古高僧的话很费解。我身不缺，我国不灭。这话是什么意思？十帝，九帝，再加一帝，是二十帝也不错呀！”

“看，难住了你这个才子了吧！”寄禅笑道，“我身不缺，乃指‘我’字不缺笔，若不缺笔，则国就不灭。反过来，若缺了呢？那就灭了。”

杨度边听边思索。蓦地，他明白了，笑道：“法师，你听我说，看对不对。当今皇上名溥仪，‘仪’字右下角为‘我’字。因为不能犯讳，所以凡书‘仪’字，当在右下角‘我’字下缺笔。按蒙古高僧的意思，‘我’字现在缺笔了，国家当灭亡了。”

“对，对，不愧为才子。”寄禅笑着称赞。

“不过，法师，下面的话就不好理解了。照高僧所说的，那就还得传几代。”

“不是传二十代，你犯了顺治帝的错误。”寄禅说，“这是指满清入关后会有十个皇帝在位，而第九个皇帝被囚禁。至于一帝在幽州的话，长老说，可能指的是第十个皇帝会逃出北京，回到关外老家再度称帝。因为古时的幽州，除直隶北部外，还包括今天奉天的南部。”

杨度插话：“我知道了，这被囚的是指光绪帝，他被慈禧太后囚禁了整整十年。从顺治到宣统，正是十位皇帝，皇祚到此也就终结了。”

寄禅点头。

“那第三个征兆呢？”杨度急着问。

“北京做了元、明、清三个朝代的都城，面南的三个大门恰恰都应了亡国那一朝的年号。”

“这样巧吗？”杨度不禁一惊，随即扳着指头数着，“中间是正阳门，左边的是崇文门，右边的是宣武门。”

“不错。现在我来问问你这个饱学之子，元代亡于哪个年号？”

“亡于至正二十八年。”杨度顺口答。

“这不应了正阳门的‘正’字？”

“哎呀，真的！”杨度接着说，“明代亡于崇祯十七年。”

“应了崇文门的‘崇’字了吧！”寄禅用食指敲了敲茶碗。

“真是奇事了！”杨度两眼瞪得大大的。“不要说了，这宣统的年号恰恰应了宣武门的‘宣’字了。”

“皙子你看，这三个征兆都应在宣统帝身上，大清朝还不亡吗？”寄禅看着杨度说，“还有一条，悟宇长老没说，是我看出来的。”

“法师慧眼看出什么了？”杨度觉得今夜学到了许多过去不曾接触到的学问，收获真是太大了。

“你注意到了吗？同治帝冲龄即位，无子而终。光绪帝也是冲龄即位，也是无子而终，现在宣统帝又是冲龄即位。三世冲龄登基，两世无子而终。爱新觉罗的家族和气运到了这般地步还不灭亡，那就天理都不容了！”

法源寺的暮鼓重重地敲了三下，远处传来隐隐的鸡鸣声。寄禅将碗里的余茶一饮而尽，说：“三更了，睡觉吧。佛教总会的章程，你明日再帮我好好看看，润色润色。至于递不递上去也无所谓了，这个朝廷反正要亡了。”

说罢，倒在禅床上，很快便呼呼入睡了。

杨度却久久不能入睡。满清的亡国趋势看来是不可逆转了，没有必要再为它效力了。生于末世，命运如此，也无可奈何，只是这满腹帝王之学没有施展的天地，未免太可惜了。寄禅的事可以移到新朝去办，而自己在新朝中算得什么呢？新朝自有它的一班子佐命大臣，还会给自己留下一席之地吗？

几天后，杨度通过载泽将佛教总会章程递给了载沣。此时的载沣正在为立宪制下的第一任内阁的权力分配弄得焦头烂额，哪有心思管这档子事！他看都没看一眼，便塞进了废纸篓。寄禅在法源寺等了半个月，自然是泥牛入海无消息，只得回天童寺去了。

不久新内阁公布。设总理大臣一人，由奕劻出任。协理大臣两人，由徐世昌、那桐担任。另设外务、民政、度支、学部、海军、陆军、法、农工商、邮传、理藩十部。十三个国务大臣中满人占了九个，九个满人中六个是皇族，于是国人讥新内阁为皇族内阁。

载沣借立宪加强皇族势力的真面目暴露无遗，海内外热心立宪者尽皆失望，革命派在各省发起的武装起义前仆后继，硝烟弥漫四境，枪炮声此起彼伏。这座由关外满人搭起的已历二百六十八年之久，既演出过雄奇壮丽的喜剧，也演出过辱国病民的悲剧的大戏台，已经朽烂殆尽摇摇欲坠了。

终于，武昌楚望台响起了震动人寰的炮声，悟宇长老的预言证实了，古老的中华民族的史册盼来了它辉煌的一页！

第五章　洹上私谋

一　奉内阁总理之命，杨度连夜奔赴彰德府

在那个全国各地到处充满愤怨和仇恨的年代，武昌起义的爆发是不可避免的事，但是它的仓促而起，却又带有很大的偶然性。

自从一九〇五年经杨度的介绍，孙中山和黄兴携手合作，将兴中会和华兴会合并成同盟会以来，同盟会先后组织领道了九次武装起义。这些起义，或在乡村，或在西南边陲，皆不在国家的腹心部位。当年时务学堂的学生、而今已成为著名革命家的刘揆一与宋教仁及另一位湘籍老资格同盟会首领谭人凤等人，鉴于国内的形势，改变方针，建起中部同盟会总部，领道长江中下游一带的革命活动。九省通衢的武汉三镇成了他们活动的重心。很短的时间里，日知会、共进会、群治学社、振武学社、文学社等革命秘密团体相继建立，它们都以新军作为运动的主要对象。九月底，端方带领湖北两标新军前往四川镇压保路风潮。革命党担心新军被继续调离武汉，削弱革命力量，遂临时决定十月十六日起义。

十月九日，汉口一个秘密机关突遭破坏。革命党内部纷纷传说党人的名册已落入官方之手。在面临即将全部落网的危险时刻，大家都认为只有提前起义，才是唯一出路。

十月十日下午，革命党人较多的新军第十六协工兵营里气氛更为紧张。夜里，值班的士兵和排长因口角而相互扭打。营房本已如同一座火药库了，这根道火线一点燃，便即刻爆炸起来。士兵们连夜涌向楚望台军火库。几乎没有费一点力气，楚望台便被拿下。驻守武昌城里的军政官员们早已是惊弓之鸟，事变发生后，他们只顾自己仓皇逃命，并未作任何抵抗。第二天清早，黄鹤楼头飘扬着革命党人秘密制作的十八星旗。一个崭新的纪元，真个是一夜之间便来到了。

新成立的武昌革命政府，推举毫无一点革命意识的黎元洪为都

督。这位仪表堂堂的前清军协统，被大多数革命党人和同情革命的立宪党人，公认为最适宜坐这把交椅的唯一人选，这是武昌起义中最为奇特而发人深省的怪事。

中南第一重镇一夜间丢失的消息震惊了北京。摄政王载沣慌忙命陆军部大臣荫昌亲率北洋军两镇南下讨伐，并令海军提督萨镇冰派遣海军协同作战。

内阁总理大臣奕劻却不相信荫昌能担当得起这个重任。荫昌从来没有打过仗，只是仗着满人的血统和留德学军事的身份而进入皇族内阁执掌军事大权，通常的军人都瞧不起他，何况北洋军！他手下的两位统领冯国璋、段祺瑞向来不把他放在眼里，紧急之间又如何会听从他的调遣？奕劻把自己的想法给两位协理大臣徐世昌、那桐一说，两位立即附和："王爷老成谋国，所虑极是。"

荫昌不是合适的统帅，那么谁又是恰当的人选呢？能指挥得动北洋军，能让冯国璋、段祺瑞服帖的人，还能是别人吗？当然只是那个隐居在洹上村已两年多的袁世凯。三个人的想法其实都是一致的，只是一时间大家都不好开口。除开袁世凯为摄政王所痛恨这点外，各人心里都还有一层顾虑。

奕劻贪婪成性。这两年多来袁世凯虽削职为民，但给庆王府的进贡却一如既往，未减丝毫，此事难保没人知道。由他提出起复袁世凯，会不会招致弹劾，说是银子买通的结果呢？

徐世昌是袁世凯几十年来的好友，完全是仗着袁的力量，才有他的今天，这是官场上尽人皆知的事实。自从袁出事以来，徐总是小心翼翼地将自己与袁分开，明里没有任何往来，在载沣面前，徐更是从不提起袁。若是换一个稍有魄力的摄政王，或是换一个稍许平静点的时代，任他如何谨慎检点，都不可能再处高位。无奈载沣软弱无能，也无奈这是一个多事之秋，毫无秉国才干的年轻监国还得依靠几个老成宿望的人，徐因此不但没有丢掉高位，反而升了协揆。徐常常庆幸得之于祖宗保佑。他在心里盘算：倘若提出起用袁世凯而因此得罪了摄政王，那将是一件划不来的事。

那桐和袁世凯是儿女亲家，他的孙女与袁的十三子早已定了亲。亲家亲家，关起门来是一家。由自己出头保袁，会不会被人说是徇私呢？

三个人都有顾虑，然而三个人又都热切地希望袁世凯能出山。于公于私，袁世凯都应当复出呀！

见徐、那许久不开口，奕劻终于不能再等待了。他苦笑了两声说："我看你们也不要再装糊涂了，这世上除了袁慰庭，再没有哪个能去武昌和革命党打交道了。这点，你们心里比我还清楚，只是一为老友，一为亲家，怕别人说闲话而已。我看呀，这事咱们谁也别一个人出头，干脆我们三人联合递个折子给太后和摄政王，奏请朝廷命袁慰庭出山，南下平乱好了。"

"王爷说的是。"徐世昌和那桐几乎同时说出这句话。

稍停一下，那桐说："叫慰庭出山，总得给他一个头衔吧，加什么头衔好呢？"

奕劻想了想说："正好瑞澂的湖广总督丢了，就叫慰庭去顶这个缺吧！"

徐世昌想：一个湖广总督的缺，大概不会引起袁世凯多大的兴趣，不过现在也只能如此了。他点点头说："行。不过，先得打发人到彰德去一趟，与他通个气，听听他的想法，方才显出朝廷的诚意。"

"菊人说得对，是得先派个人去彰德。"那桐立即表示赞同，转而又问，"派谁去为宜呢？"

镶黄旗籍的那桐是个典型的福官。他一生仕途亨通，由主事升学士，升侍郎，升大学士，又做军机大臣，两个月前又授内阁协理大臣。几十年来几乎是直线上升，没有受过挫折。他的为官诀窍就是不想事，没有己见，也不得罪人，故而升官没有障碍。因为不想事，他的脑子里多为糊涂账。派谁去，他的人才夹袋里找不出一个人来。

"菊人，你说派谁去为好？"奕劻也想不出一个人来。

"这个人既要和慰庭私交好，又要不太引人注目。派谁呢？"其实，徐世昌心里早就有了一个绝好的人选，只是故意磨蹭一下，不直接说出来。

"是的，既要是慰庭的朋友，又不要太招人显眼，哪一个好呢？"那桐搔着肥大的脑门，做出一副焦急思考的模样。

"王爷，那中堂！"徐世昌好像突得灵感似的。"你们看杨度行不行？"

"你是说宪政馆的杨皙子？"那桐问。

徐世昌点点头。

"杨度口才不错。早几天资政院续议新刑律，他在会上作了演说。据说掌声雷动，朝廷派往资政院演说的官员，还从来没有哪个像他这样出风头的。”奕劻将一个精致的琥珀鼻烟壶拿到鼻子边嗅了嗅。“好，那就这样吧，叫他马上出京，今夜坐夜班车去彰德。”

杨度得知这道紧急命令时，他正在修改一篇文章。这篇文章的基本内容，就是几天前他在资政院议论新刑律的演说中所阐述的，化为论文时，他可以将道理说得更深刻些。他准备将这篇文章送给《帝国日报》去发表，以便让国人都知道这部新刑律与旧刑律的最大区别是什么，为此他给这篇文章标了个醒目的题目：论国家主义与家族主义之区别。

杨度记得，几个月前，法部侍郎沉家本邀他参加制定新刑律时，明确地指出，中国的旧刑律，其立足点在家族主义，所谓夷三族诛九族等，皆以家族为本位，而新刑律的立足点应放在国家主义上。杨度十分赞同沉家本这个观点，认为这样的刑律与西方先进国家的刑律相接近，才有时代的气息。但有不少人反对，劳乃宣便是反对最烈的一个。他说，中国数千年来的礼教乃天经地义不能移易，有之则为中华，无之则为夷狄；有之则为人类，无之则为禽兽。中国的刑律须以中国的礼教为基础，礼教首重君臣父子之伦，所以刑律不能舍家族主义。沉家本鼓励杨度等人不要受劳乃宣之辈的干扰，把新刑律制定好。经过几个月的努力，一部大异于历代旧刑律的新刑律制定出来了。为了取得资政院的通过，主要制定者杨度受法部之托，作为政府特派员向资政院的议员们演说。

杨度在大会上滔滔不绝地演讲了两个小时，将刑律不能不改良的理由以及新刑律与旧刑律的异同之处作了详细的说明。他特别强调指出，建筑在家族主义基础上的旧刑律非改革不可。按理说，一国之官吏应该对国家负责，而中国过去则不然。一个人做了官，一定要为他的家族谋利益，如此官员一定贪污。因为只有贪污，他才能给家族带来实利，他才是家族的孝子贤孙。今日中国各种弊病的根由，都是缘于这样的孝子贤孙太多，而忠臣太少。因此，要救中国必须大力提倡国家主义，日益削弱家族主义。此乃新刑律的精神之所在，即与旧刑律的根本区别之所在。

杨度的演说博得大多数议员的理解，掌声经久不息。新的刑律就这样顺利地通过了。

想起那天通过新刑律的情景，杨度至今仍很激动：总算为中国的法律建设做了一桩实事。他本欲把国家主义对今日中国的重要性再深刻地论述一番，但现在不行了，他非常清楚此番使命的特殊意义。

武昌出事的消息，他是午后看到《帝国日报》才知道的。放下报纸后，他想了很多。

事变的发生，他一点也不意外。自从两宫同时死去以来，国家几乎没有安定过一天。广州的黄花岗暴动，长沙的抢米风潮，都闹得全国沸沸扬扬，尤其是近来湖南、湖北、四川、广东四省的保路运动已成风潮。在四川，居然全省绅民团结一致，罢课罢市抗捐，军队都镇压不了。由于皇族内阁的建立和对和平请愿团体的驱逐，使得朝廷人心丧尽。京师茶馆酒肆，公开骂朝廷的话都可以放心大胆地说了。人们普遍地意识到，现在是全国到处都铺满了干柴，只要一点点火星，便可以引起燎原大火来。说不定武昌这起事变，就正是投在干柴上的火星！

不过，这起事变是由新军挑起的，而且一夜之间就轻轻易易把省垣占领了，这两点又大出杨度的意外。早就听说，朝廷花大力气训练的新军里混进了不少革命党。看来，这个传说是有根据的。军队是维持朝廷的支柱，支柱已被挖空，朝廷还能维持得下去吗？一个处于腹心地带的大省省垣，几声炮响后就变了旗帜，地方政府的控制力的虚弱，不是暴露无遗了吗？杨度想到这里，陡然有一种大树将倒、大厦将倾的预感。奕劻等人直到这个时候才想起袁世凯，大概为时已晚了。

那年冬天送别袁世凯后，杨度即给妹妹去了一封信，转述袁世凯欲聘她为袁府内眷教师的意思。叔姬不愿意跟袁世凯打交道，回信拒绝。杨度也不勉强。这两年多里杨度一直与洹上村保持着密切的联系，联系的纽带便是袁克定。袁克定的职务仍是农工商部右丞。他原本就是挂个名字，只领薪水不办事的，自从父亲罢职后，他更是只顶个虚名了。

袁克定常年住在北京城里，表面上从不与官场往来，和他过从较密的多是些梨园艺人。他和克文一样极为爱好京戏，但此中兄弟俩又大有不同。克文与合得来的梨园弟子称兄道弟，自己也常常粉墨登场。小生、花旦，他都会唱，而且唱得在行。克定在与艺人们往来中，时刻保持大家贵公子的清醒意识，十分注意彼此之间的等级分寸。他只是欣赏别人的唱腔做工，自己是绝对不下海的。对于那些年轻漂亮的女戏子，他也从来没有轻薄的举动。他因此获得了艺人们的尊敬。其实，混迹菊坛乃是一种掩护，袁大公子真正关注着的，始终是京师的政坛。他家中有一处秘密电台，随时向洹上村的电台报告京师的一切，同时也接受父亲的各项指示。

袁克定这两年来对杨度很是亲热。这不仅是因为自己家门遇到不幸，大公子的气焰大为降低，而且也因为他从这场变故中，看出杨度的为人大不同于其他官场中人。父亲及他本人的官场旧时朋友，尽管大部分与他都尚有联络，但他们的态度是小心翼翼的，方式是间接的。只有杨度仍和过去一样，大大方方地出没于他的家门，毫无顾忌，也从不避嫌，并且常常说袁宫保一定会东山再起的。其实，杨度说这种话的时候，自己也并没有多大的把握，只是朦朦胧胧的感觉而已，不料今日真的应验了。他来不及到大公子家通个信息，只是简单地和静竹、亦竹交代几句后，便连夜登上南下的火车。

二　野老胸中负兵甲，钓翁眼底小王侯

京汉铁路行至河南省境内的第一个大站是个非同寻常之处。三千多年前，商朝的一代名君盘庚将都城从曲阜迁到此地，从此开创了商朝蓬勃发达的新时代。传到了纣王手里，由于残忍无道，招致天怨人怒，终于引起了周武王的革命，纣王自焚于鹿台，八百年的商朝灭亡了，二百余年的繁华都城也随之烟消云散。天旋地转，岁月流逝，它慢慢地变成了一座废墟。后来，又因为此地乃晋冀鲁豫四省交汇要冲，为车马必经之孔道，兵家必争之重地，渐渐地又人烟稠密，商贾辐辏，形成了一座热闹的城池。它便是今日的豫北重镇彰德府。

自从铁路从这里经过后，这些年来彰德府更是日新月异地变化着。府城的北门外有一条小小的河流，由西向东静静地流淌。老百姓叫它洹水。洹水上有一座年代久远的大木桥，名叫圭塘桥。踏过圭塘桥，是一个有着百来户人家的村落，几百年世世代代传下来的老名字，叫作洹上村。洹上村里有一处占地二百多亩的前明藩王府，虽荒芜多年，但架子还在。那一年，袁克定奉父命将它买了下来，大兴土木，整整修建了半年，把废王府改造一新。

新修的袁府，从外面看是一座城堡式的建筑。四周是厚实的高墙，高墙四角上筑有坚固的碉堡，显得森严恐怖。墙里则完全是另一种气氛。

这里面辟有菜园、果园、瓜园，还饲养着一大群猪羊鸡鹅。林木之间有九个院落，每个院落都自立门户，均有一条鹅卵石小道通向府内的大花园。花园里堆着假山，建有楼台亭阁，还有一个十亩大的池

塘。池塘里种着荷莲，喂着鱼鳖。塘边柳树旁还常年系着几条小渔船。前年秋天，袁世凯带着庞大的内眷队伍从汲县迁到这里。他特别喜欢这个大花园，亲自命名为养寿园。九个院落分别安顿着主人的九房妻妾和各自的儿女。但不久，院落便从九处增加到十处，因为袁家长长的姨太太行列里又加进了一个。

世间都说袁世凯每逢一次变迁，就要置办一房姨太太作为标记。袁世凯好像着意要证明这个传说并不虚假似的，来到洹上村不满一月，五十一岁的养寿园主第十次做了新郎官。他这次娶的是彰德府里一个泥瓦匠的十七岁女儿刘氏。

袁世凯过去纳妾从不张扬。傍晚时分，一顶小布轿将姨太太抬进府里，当夜就入洞房。第二天，袁家老老小小聚会一堂，袁世凯将各人介绍给新姨太，又依身份等次不同给每人一个价值不同的红包，然后阖家吃一顿丰盛的酒席。这就算办了一桩喜事。但这次却大不一样。袁世凯在养寿园里足足摆了三天酒席。

第一天请的是彰德府各个衙门的大小官员。他亲自给客人敬酒，多谢他们的照顾，一再表白自己要做一个彰德府的良顺子民。第二天请的是洹上村的乡邻代表。他也向他们敬酒，表示此生要在洹上村终老，今后有麻烦各位高邻之处，望能多多包涵。

第三天是自家的老老少少，连男女仆役也一个不漏地上了席。袁世凯向他们约法三章：一是彻底放下往昔官衙架子，二是不管谁都不能与彰德府各衙门私相往来，三是要与四邻友好相处，不准招惹是非。

这三天的酒席吃下来，彰德府城内城外上上下下都对袁世凯有一个良好的印象：削职回籍的前军机大臣过的是谦退冲和、颐养天年的平民生涯。

但载沣对这个平民是不放心的，他命令步军统领衙门盯住袁氏一家人。于是，护送出京的步军外委袁得亮和他手下的两个兵士便奉命长期住在洹上村。

老于此道的袁世凯对朝廷的用心十分清楚。他对袁得亮三人殷勤热情，为他们安排了最好的住房，另配一个厨子专门为他们做饭。袁府账房先生按月给两个兵士一人十两银子的辛劳费。一个普通兵士，一个月不过三四两饷银，天天啃窝头咸菜，还得流汗费力地操练。来到洹上村，吃香喝辣，屁事都没有，饷银却多拿两三倍，天底下到哪里去找这样的美差！袁宫保真是活菩萨。这两个兵士感激都来不及，还谈得上什么监视不监视！

至于袁得亮，袁世凯更把他笼络得牢牢的。袁得亮是热河人，与项城相隔千把里，袁世凯却和他认了本家，每月给他的辛劳费是五十两纹银。袁得亮自是欢喜无尽。

有一天，袁世凯在花园里散步，见袁得亮一双眼睛死死地盯着府里的几个丫头，知道这家伙想女人了，便暗地打发人为他在彰德府里找了一个私娼。袁得亮隔三岔五到私娼家里过夜，袁府的人每月跟私娼结一次账。

这袁得亮得了这么多好处，真是做梦都不曾想到。他没有别的可以报答袁宫保的恩德，便只有用向步军统领衙门大说好话来酬谢。尽管袁府考究的垂帘马车不断地在彰德车站接送南来北往路过的达官贵人、富商巨贾、江湖浪人、会党头目，尽管袁世凯的小书房里经常亮着灯光，许多不明身份的人与他频繁接触，彻夜密谈，尽管袁世凯私设电报房，清晰的发报声几乎没有一天间断过，袁得亮和他的两个兵士对这一切都视而不见，充耳不闻，半月一次的密报信件，照例都是几句现成的话：袁家上下安分守己，种菜养猪，过的农家生活；袁世凯闭门读书，足不出户，与外间毫无联系。

就这样，袁世凯在洹上村两年多来安然无事。看起来他真的是不出大门，与外界断绝了一切往来。其实，朝廷的细末，京师的动向，天下的大事，统统都在他的心里装着。

武昌的事情，他昨天就知道了，心里很有点快慰之感。他当然不是站在革命党人一边，快慰他们的胜利，而是快慰在天下大乱面前焦头烂额束手无策的摄政王的狼狈相。

"载沣呀载沣，这个摊子看你如何来收拾！"袁世凯越想越得意。到了吃中饭的时候，他吩咐多上几个菜，他要和前些日子从项城老家赶来的三哥好好地喝两盅！

袁世廉和袁世凯是一母所生的同胞兄弟，但外表上却没有多少相似之处。袁世凯眼大唇厚，袁世廉秀目薄唇；袁世凯长身短腿，袁世廉窄肩细腰；袁世凯精气充沛，袁世廉伛偻疲倦；袁世凯即使穿上布衣芒鞋，也有一股豪杰之气；袁世廉即使身着蟒袍玉带，也抖不出半点威风。然而，袁世凯对这个胞兄很亲切。因为小时候在家里，他们曾受过嫡出的大哥、二哥的欺侮，共同的命运将他们常常联为盟友。儿时的这份情谊，老来似乎更显得珍贵。

"三哥，早两天我们兄弟照的相片已经印出来了。"喝了几口酒后，袁世凯微笑着对世廉说。

“哦！”袁世廉异常惊喜，忙放下筷子说，“放在哪儿，快拿出来给我看！”

袁世廉有生以来还从未照过相片，知道有照相这回事，也还是前两年听别人说的。他觉得既新鲜有味，又叫人不可思议。“咔嚓”一声，人的模样就不走分毫地留在纸上，洋人发明的这玩意儿真叫绝！听侄儿们说彰德府新近开了一家照相馆，世廉就想去照一张试试。

“三哥，不要进城了，叫照相的到洹上村来吧！”

袁世凯很能理解三哥的心情，真的把照相师招到洹上村来了。那天袁世廉很是兴奋，在书房，在树下，在花前，认认真真装模作样地照了好些张。最后，袁世凯说：“三哥，我和你一起照一张吧！”

“中！我也正是这样想的，日后好带回家给你嫂子侄儿们看看。”世廉心里很快活。

老兄弟俩一起走到养寿园，又登上一只渔船。

袁世凯说：“三哥，我们俩化个装吧，都穿上蓑衣，戴上斗笠。你化装个架船的，站在后面撑篙。我化装个钓鱼的，坐在前面垂钓。中吗？”

“中，中！就这样照最好！”见老弟有如此雅兴，世廉欢喜极了。

化好了装，正要照了，袁世凯又叫人提个渔篓来放在身边。于是两兄弟煞有介事地摆好姿势，照相师忍住笑按下快门。

袁世凯从口袋里掏出几张照片来。世廉兴致勃勃地看着，激动地说：“老四，你看上面的人还真像我哩！”

“是你自己照的，不像你像谁呀！”袁世凯笑道。

“还是这张好！”袁世廉最后指着兄弟俩的化装照，眯着眼睛说，“还真像回事哩！这艄公，这钓翁，都是真的。不说明白，哪个知道是我兄弟俩！”

“哈哈哈！”望着照片上自己的神态，袁世凯开怀大笑起来。

“三哥，我这两天还专门为这张照片写了两首诗哩！”

“哟，还写了诗？”袁世廉忙放下照片，说，“给我瞧瞧。”

袁世凯从小起，为了应试，也做过不少八股文，写过不少试帖诗，不过他不乐于此道，尽管挂了两个诗社社长的名，诗却始终没有做好。以后当军队统帅，做督抚，办不完的大事小事，他干脆再也不吟诗了。偶尔需要应酬时，幕僚中自有高手代笔，无须他费神。这两年住洹上村，毕竟空闲了，有时读点唐诗宋词，也便萌动了附庸风雅的念头。他于是邀请彰德府里有点名气的文人常来走走，和他们谈诗论文，自觉此中亦有乐趣。不知不觉间居然留下了百来首诗词。袁克文最是热心做诗人。父亲每有所作，他都奉和。又把父亲的诗、自己的奉和诗，以及常来养寿园聚会的清客文人的诗都收集起来，端端正正地录在一个簿子上。袁世凯见了高兴，给它取个名字叫《圭塘酬唱集》。拟再有百把首后便把它刻印出来，散发给亲朋好友，让他们知道自己不仅能做事，而且也会吟诗，是个文武双全的人物。

袁世凯又从口袋里掏出一张纸来。世廉打开一看，写的是两首七律，题目叫作《自题渔舟写真二首》。他饶有兴趣地吟道：

身世萧然百不愁，烟蓑雨笠一渔舟。
钓丝终日牵红蓼，好友同盟只白鸥。
投饵我非关得失，吞钩鱼却有恩仇。
回头多少中原事，老子掀须一笑休。

“有意思，有意思！”袁世廉连连点头称赞，又念第二首：

百年心事总悠悠，壮志当时苦未酬。
野老胸中负兵甲，钓翁眼底小王侯。
思量天下无磐石，叹息神州持缺瓯。
散发天涯从此去，烟蓑雨笠一渔舟。

“这首诗还要写得好些。”袁世廉放下诗笺，正正经经地说，“慰庭，不是三哥讨好你，你在洹上村写的诗，比三十年前在项城老家写的诗好多了。”

“三哥，你这话我喜欢听。”袁世凯笑着说，厚厚的嘴唇咧开着，益发使两撇八字胡显得浓密粗硬。

他端起酒杯喝了一口，用手抹了抹胡须说：“三哥，昨天克文对我说，他有一个江湖朋友能画烟画，问我要不要他表演表演。”

“烟画是什么？”袁世廉对这些世俗趣事极有兴致，忙插话。

“就是用烟来画画。我也没见过，克文把他吹得神乎其神。既然三哥也有兴趣，就叫他来表演表演吧！”

“中，中！”袁世廉边说边端起了酒杯。

袁世凯吩咐叫二公子带他的朋友上来。一会儿，袁克文带着一个三十多岁的黑瘦汉子进来了。那汉子背后斜着一个长长的布袋子。

“克文，这就是你说的会画烟画的朋友吗？”袁世凯指着客人问儿子。

“是的。”克文垂手回答。

“叫什么名字？”袁世凯问客人。

“在下名叫薄祖德。江湖上都叫俺薄烟杆。”

袁世廉听了心里发笑：这个绰号取得好，他既会用烟画画，又黑黑瘦瘦的，活像一根老烟枪。

“哪里人？”

“小人世居南阳府，家就在卧龙岗不远。”

“克文说你会用烟画画，你画个画给我们看看。”袁世凯不再多问话，向薄烟杆努了努嘴。

“在下献丑了。”

薄烟杆将背后的布袋子解下来，从里面取一杆黑溜溜的烟筒。烟筒有两尺来长，看起来也是普通竹子制成的，只是顶端的铁烟锅大得出奇，就像一个吃饭用的小碗。薄烟杆给烟锅装满一锅黄黄的烟丝，再取出火镰打火，烟点着了。他猛地一吸，烟锅里出现红红的火光，屋子里立时充满了浓浓的烟香。袁世凯觉得这香气比他的雪茄味好闻多了。

薄烟杆不停地吸烟，不停地吐气，但满嘴的烟却没有吐出一点。看看烟锅里的火光渐渐地熄了，他丢下烟杆，从克文手里接过一杯白开水。喝完白开水后，他闭住嘴，双手在腹部来回揉了几揉，然后张开嘴，从喉咙里吐出一团白白的烟雾。

大家都拿眼睛死死地盯着这团白烟。只见这团烟雾在空中飞快地旋转扩散，一瞬间便化为两只淡淡的却形体周全的仙鹤。这两只长颈长脚的仙鹤相对飘舞，俨然一对恩爱的夫妻。袁世凯兄弟不觉看得惊待了。正在烟鹤渐渐淡化的时候，薄烟杆又从嘴里吐出一团白烟出来。这团烟比刚才的更浓更大，它在屋里旋转几次后，竟然化出十多只小仙鹤在空中飘舞。一时间群鹤飞翔，姿态各异，令观者眼花缭乱。

“中，中！”袁世廉情不自禁地鼓掌喊起来。

正在这时，薄烟杆猛地一吸气，所有的小仙鹤一齐向他靠拢，争先恐后地飞进他的喉咙。整个空间立刻变得清朗如昔，仿佛刚才什么事情都没发生过似的。

“不错！”袁世凯赞道。“你这种功夫是从哪里学来的？”

“从小父亲教的。”薄烟杆回答。

袁世廉忙问：“那么你父亲的本事又是谁教的呢？”

“爷爷教的。在下家的烟画，已经传了四代。”

“哦，你这是祖传绝技。”袁世凯笑着问，“除画仙鹤外，你还能画别的吗？”

“能。”薄烟杆应声答道，“日常所见的动物，虎豹牛羊鸡鸭猪狗，都可以画。”

“那你再画一只老虎看看！”袁世廉如同一个孩子似的又叫起来。

“行！”薄烟杆重新向烟锅里装烟。

就在这时，一个仆人进来，轻轻地对着袁世凯的耳朵说：“有远客来访。”随即将手里的名刺递过去。

袁世凯接过名刺，瞟了一眼，立即起身，对袁世廉说：“三哥，你继续看下去，我要去见一个远来的客人。”

说着便大步走出餐厅。

三 张謇私下对袁世凯许愿：倒掉皇族内阁后由你来做总理

“皙子，什么风把你吹到彰德来了？”

杨度刚踏上会客室的阶梯，袁世凯便从侧面豆荚棚里穿出来，大声向他打招呼。

“宫保大人。”杨度仍用先前惯常的称谓笑着说，“从京师来彰德，当然是北风吹来的哟！”

“我看不是北风，怕是南风吹来的吧。”袁世凯已走到杨度的身边，伸出一只大巴掌来拍打着他的肩膀。

杨度一愣，很快便回过神来说：“您知道我是为武昌的事来的？”

“两年多了，你也不来彰德看看我，武昌一出事你就来了。不为它，还能为别的事吗？”

“真是精明过人。”杨度心里说着，嘴上嘿嘿地笑了两声。

“先不说这个，请屋子里坐吧！”

袁世凯把杨度让进会客室，仆人跟着端了一碟瓜果进来。袁世凯拿起一块递给杨度："尝尝这块菜瓜，这是我亲手种的。"

"这真是您亲手种的吗？"杨度不无怀疑地问。

"不信？"袁世凯笑着说，"我已削职为民，没有公事可办，不种瓜种豆，这日子怎么打发得了？"

杨度咬了一口："这瓜比京师的脆多了。"

"静竹、亦竹好吗？孩子长得好吗？"

袁世凯亲切地跟杨度拉起了家常。杨度也问他这两年来身体如何，日常读点什么书，脑子里则在思索着该怎样切入正题。见袁世凯再也不提武昌的事，也只得敷衍着。

"车子还顺畅吗？坐了多少个钟点？"袁世凯点起一支雪茄，悠悠闲闲地抽起来。

就从这里切进正题吧！杨度想了想，说："车子通畅得很，准时到达彰德。"

"噢！"袁世凯略表惊讶。"平时晚几个钟点是常事。"

"这趟车它不敢误。"

"啥？"袁世凯将雪茄从嘴里摘下，神情开始凝重起来。

"这趟车上坐了几十个陆军部遣往武昌前线的特派员。"

"哦。"袁世凯点头。"皙子，你昨天在正阳门车站看到调兵的迹象吗？"

杨度见已把袁世凯引入了正题，遂十分严峻地说："京师已是满城风雨了，正阳门贴出了告示，从明天起等闲人都不得坐火车，所有车厢都用来运南下平乱的军队。"

杨度以为袁世凯会顺着话题说下去，谁知他突然笑道："皙子，你大概还没吃饭吧！先吃饭，路上辛苦了，睡一会儿，下午三点请你到书房来，我们好好地谈一谈。"

刚才因为急于要传命，不觉肚饿，经这一提醒，杨度顿时觉得又累又饿，于是说："我也就不客气了。"

"来人！"袁世凯提高嗓门喊了一声，立时有一个干练的年轻人走了进来。

"你带杨先生去吃饭吧！"说着起身，握了一下杨度的手说，"我就不陪了，他会把一切替你安排好的。"

"谢谢！"

待杨度跟着那位仆人走出会客室后，袁世凯立即召来电报房的工役，命速与北京大公子联系。

自鸣钟刚刚敲过三下，那位干练的年轻仆人便有礼貌地走进客房，请杨度去袁世凯的书房。

袁世凯的书房设在五姨太的正房三楼上。袁世凯的众多妻妾，最受他宠爱的是五姨太杨氏。不是杨氏格外漂亮，她其实容貌平平；也不是杨氏娘家有势力，她出身天津杨柳青一个小户人家。杨氏之得宠，是因为她的贤惠才干。

杨氏最会照顾袁世凯的生活，细心体贴，无微不至。袁世凯对此甚是满意。除大太太于氏外，袁世凯一年到头轮流到每个姨太太房里睡一个星期。这一个星期内，夜里固然是当值的姨太太照顾，但每天早起，却非要杨氏过来侍候他穿衣洗脸不可。新过门的姨太太刚开始觉得很别扭，日子久了也就渐渐习惯了。

杨氏极有管家的才能。她略识几个字，脑子聪明，办事果断，颇有几分大观园里王熙凤的味道。袁府后院人口众多，杂事如麻。于氏是个懦弱无能的人，管不下；大姨太沉氏欲望很大，才却不足以副之；二、三、四姨太都是朝鲜人，本身都无这个能力，即使有，袁世凯也不会把家政交给她们去管。五姨太过门后，袁世凯就发现她才干过人，家事交给她，果然件件办得好，以后六、七、八、九各房姨太太先后进来，杨氏手中的权力始终没有转移过。袁世凯给杨氏以高度的信任，他有些不能让别人知道的贵重物品，也委托杨氏保管。搬进洹上村后，他把书房安在杨氏的院落里，更给这位五姨太很大的脸面。

当杨度走进三楼书房时，袁世凯已经坐在软垫红木矮脚椅上等他了。杨度扫了一眼书房。这是一间完全按中国传统文人习气布置的书斋。古色古香的书架上，几乎是清一色的线装书。书桌大而厚重，上面摆一台足有一尺见方的石砚，大号鼎形仿古青铜笔筒里，竖着十来支粗壮的毛笔。这一切都似乎跟书房主人的性格外貌十分接近。四壁悬挂几幅山水画。临窗的墙边挂一幅字。杨度认得这是主人的手迹。书法虽不算好，但一笔一画遒劲有力，写的是一首题作《登楼》的五言绝句：“楼小能容膝，檐高老树齐。开轩平北斗，翻觉太行低。”

“这诗真有气魄！”杨度赞道。

“见笑，见笑！”袁世凯高兴地说，“登高赋诗，我是外行，聊以抒怀罢了。”

“开轩平北斗，翻觉太行低。这两句非大英雄不能吟。”杨度笑道，“当年横槊赋诗的魏武帝，看来在您的面前怕也要略输一筹了。”

“哈哈哈！”袁世凯十分快活地大笑起来。“皙子，你真会说笑话。”

杨氏亲自端着茶点笑吟吟地进来，温婉地招呼杨度用茶，然后轻轻地把门带上，不出声地下楼去了。

“宫保大人，我这次是奉庆王爷、徐中堂、那中堂之命来彰德的。他们要我禀告您，想请您出山。”杨度不想再多说闲话了，开门见山地把此行的目的抖了出来。

“出山做啥呀？”袁世凯明知故问。

“请您带兵南下武昌。”杨度盯着袁世凯那张似笑非笑的圆胖脸回答。

“不是好好地叫荫昌带兵吗？”袁世凯习惯地点起一支雪茄，又指了指烟盒，示意杨度自己拿。

杨度掏出一支来，边擦火柴边说：“荫昌哪是这块料。”

袁世凯从鼻子里喷出一股烟来，冷笑道：“不是这块料，他当什么陆军大臣呀！”

“听说荫昌也有自知之明，他不想出京。”

“庆王要我出山，给我什么名义呀？”袁世凯将雪茄在烟灰缸上轻轻地磕了一下，灰白的烟灰散落在黑红色的缸子里，犹如加上一层薄霜。

“顶瑞澂的缺，放湖广总督。”杨度已经摸清了，袁世凯并不拒绝出山，他是在看价码。

“皙子，麻烦你回去告诉庆王，我足疾未愈，不能奉命。”袁世凯将未抽完的半截雪茄扔在烟灰缸里，鼻子里重重地冲出一股气。

两年多前，载沣以患有足疾的名义罢了袁世凯的官，其实袁世凯根本就没有足疾，他现在以“足疾未愈”来回敬朝廷，显然一是发泄愤恨，二是嫌湖督的价码低了。杨度来彰德，并非有心当内阁的说客，他主要是来看看袁世凯，尤其想听听袁对当前形势的分析，至于湖督一职，他也觉得是低了点，暂不接受也好。

杨度笑了笑说：“是的，足疾未愈，怎能出山，让它先乱一乱再说吧。宫保大人，我想请教您。依您看，国家这台戏，到底会唱出一个什么结局？”

袁世凯重新点燃一支雪茄，慢慢吞吞地说：“这个问题，按理要我问你才是。我已是一个野老钓翁了，国事于我如浮云。你身为堂堂京官，又在为朝廷制定宪政，你说呢？”

杨度摇摇头，苦笑着说：“谈什么制定宪政！国家乱得一塌糊涂，哪里是制定宪政的时候？就算制定出来了，条文列得再好，又有谁来执行呢？谁来监督呢？还不是一纸空文而已！”

他设想前不久通过的新刑律，最后的命运必定也会是这样的。自己全副心力去投入，也可算是知其不可为而为之吧！

“你说的是实话。”袁世凯端起他的墨玉杯喝了一口，说，“再大的法都要靠人来执行。我从来不相信什么有宪法就能治好国家那一套，有能人才有治世。”

袁世凯这句话与杨度的思想有相通之处，也有不相通之处。此时当然不是辩论的时候，杨度不想就这个问题再说下去，他望着袁世凯说：“宫保大人，您不要把自己当作野老钓翁了，全国上下都把您看作是国家真正的柱石哩，连洋人都说中国离不开袁大人。”

杨度这话不是杜撰出来讨好袁世凯的，而是说的真话。自从前年袁世凯开缺以来，英国、德国、美国、日本等国的报纸就常常有意识地登出赞扬袁的文章，说他是中国真正的能人。东交民巷的公使们在抱怨中国朝廷办事疲沓时，常不免捎带一句话：“袁大人做外务大臣时就不这样。”弄得载沣兄弟很难堪。两年多来，载沣之所以不再加害袁世凯，洋人支持也是很重要的一个原因。

袁世凯捻了捻八字须，微笑着，这句话说到他的心坎里去了。他比谁都清楚，对中国的官场而言，国人的一万句话，抵不上洋人的一个字！

他突然想起一件事，对杨度说：“皙子，我给你说一桩事，你不要传出去。”

“什么事？”杨度被袁世凯这种突变的神态弄得精神亢奋起来。

“三个月前，张季直进京前夕，到洹上村来过。”袁世凯的眼神蓦地光亮起来。“他与我足足谈了四五个钟头的话，直到半夜才送他回到火车上。”

张季直就是张謇，当年大魁天下的状元，今日南通大生纱厂董事长、江苏咨议局议长。三个月前他去北京办事，原定七月十二日进京，资政院和京师商界组织人去车站迎接他，杨度那天也去了。谁知这位实业家不喜欢热闹场面，提前一天悄悄进京了。张謇在北京住了一个多月，因为同主君宪制，杨度和他谈得投缘，见面不下五六次，但张守口如瓶，只字未提见袁一事。

这老名士胸中的城府真够深的了！杨度心里想，遂问："季直先生跟您说了些什么？"

"皙子呀，你知道吗？张季直三十年前做过我的先生。"袁世凯没有直接回答杨度的提问，却扯起他和张謇非比一般的交往来。

"我听人说过，那是您和他同在吴军门帐下的时候。"张謇在吴长庆幕中教过袁世凯读书这段历史，知道的人很多，十余年前杨度就听人说起过。

"季直这个人是有眼力的，他知道我能办事，向吴军门推荐我，我一直感谢他。但他太爱面子了，器量又窄，说我原来称他先生，后来升了官就不再称他先生，称他季直兄，他写了一封二三千字的长信骂我忘恩负义，说什么我的官职愈高，他的身份就愈低。你说这种酸腐气好笑不？他只比我大五六岁，做过我两三个月的先生，我叫他季直兄，自认为也没有多大的不敬。我见他太小肚鸡肠了，犯不着向他解释。就这样，我们二十多年里断了往来。"

袁世凯说到这里，轻松地笑了笑，拈起一块核桃仁放到嘴里嚼着。杨度听得很有味道，他也觉得张謇的心眼是小了点。不称先生改称兄，也够不上忘恩负义，何况在幕府里指道诗文的先生，与正式磕头拜师的先生究竟还是不同的。

袁世凯继续说下去："那天，我突然接到他从汉口发来的电报，说十号下午车过彰德，欲下车与我见面，叫我莫外出。季直这人也难得。我当督抚军机大臣时，他不与我往来，现在我倒霉了，他来看我，够朋友！我亲自去车站把他迎来洹上村，二十多年的隔阂一杯酒给冰释了。"

"痛快！"讲交情重朋友的杨度觉得自己身上的血都滚动起来。

"叙了旧，又说了他这些年办纱厂的酸辣苦甜，还说起了立宪和咨议局的事。"

杨度挺直腰杆听着，心想张謇来洹上村，绝不只是叙旧释嫌，看来谈局势才是他真正的目的，说："季直先生虽只是江苏一省的咨议局议长，其实是各省立宪派众望所归的领袖。他在京师跟我说过，非要倒掉皇族内阁不可。"

"他也跟我这样说。"袁世凯诡谲地眨了眨眼睛说，"皙子，你想他还对我说了些什么话？"

"什么话？"

“他说倒掉皇族内阁后由我来做内阁总理。这不是异想天开吗？”

哦，杨度明白了，原来立宪派的领袖早已许了他内阁总理，怪不得他对湖广总督不屑一顾。不过，张老夫子的话也是实话，倒掉了皇族内阁后，当今天下能任总理的，除开他袁慰庭，还会有谁更合适呢？眼下这乱糟糟的局面，怕是哪一个都驾驭不了！

“这不是异想天开，除季直先生外，据我所知，湖北的汤化龙、湖南的谭延闿、四川的蒲殿俊、直隶的孙洪伊，他们可能都会拥戴您出任总理大臣。”

“皙子，你看以庆王为首的这个皇族内阁什么时候会倒呢？”袁世凯侧着脑袋问。

皇族内阁遭到普天下的反对，杨度也认为它非驴非马，一定命不长，但什么时候倒台，他却没认真想过。寻思一会儿，他忽然灵机一闪，兴奋地说：“宫保大人，叫它眼下就倒如何？”

“眼下就倒？”袁世凯睁圆了两只大眼睛。“可能吗？”

“完全可能！”杨度断然说，“现在早倒迟倒，就凭您一句话了。荫昌是绝对办不了武昌的事的，摄政王只能求助于您。暂不出山，坐观虎斗，到时您就提出，非责任内阁不能应付这个局面。皇族内阁不就倒了吗？”

“皙子，你这是要挟朝廷呀！”袁世凯站了起来，大声笑道，“庆王派你到彰德当说客，想不到你却拆他的台。”

杨度知道自己这个主意已经完全得到了袁世凯的赞同，也高兴地站起来说：“我不是庆王一人的说客，我要对国家负责，为天下苍生着想！”

“说得对！”袁世凯对这句话大为赞许，“皙子，你到窗口边来看看！”

杨度跟着袁世凯来到书房大窗边，顺着他的手势向外面看去。哟，窗外的气象果然不俗。

近处，袁府的养寿园亭阁巍巍，碧波粼粼，几只小渔舟在水面上轻悠悠地浮动。稍远处，洹上村的农舍屋顶上炊烟袅袅，一排排笔挺的白杨树枝繁叶茂，三五只雪白的绵羊在树底下啃着青草。放眼远眺，雄伟的太行山余脉依稀可见。那青青淡淡的山影，仿佛是神仙画在天幕上的杰作，既气势壮阔，又幽深静穆。忽然，一道强烈的红光把眼前的一切照得通明透亮。这是即将落山的太阳穿过了最后一片云层所发出的余晖。夕阳真美呀，它又大又圆，血红血红的，四周的云层被它照耀得五彩缤纷、鲜艳斑斓。它在暂时告别世间的时候，竟然表现得如此辉煌，如此壮观，真使人觉得它无比崇高，无比伟大！

“皙子！”正当杨度陶醉在洹上村晚景之中时，袁世凯又拍了他一下肩膀。“你看到了吗？那太阳就在我的窗户之下。我这首登楼的五绝，结尾两句原来就是写的眼下的这个景象。”

“怎么写的？”杨度急切地问道。

“凭轩看北斗，转觉夕阳低。”

“好！”杨度脱口说，“这两句比现在的好得多，为什么要改它？”

“克文说这两句太招人显眼了，建议改为现在这两句。我觉得也可以，太行山在我的窗户底下，也是吟的实景。”

“啊！”杨度点点头，拖长着声调说，“都好，都好！”

杨氏轻轻推开门，走了进来，对着袁世凯的耳朵悄悄说：“朝廷派人送来了谕旨。另外，到武昌去的冯国璋统制正在会客室里等你。”

“哦，华甫来了。”袁世凯似乎并没有理会谕旨，倒是对过去的老部下冯国璋表示极大的兴趣。他起身对杨度说，“皙子，你在我这里多住几天，好些事，我都想和你商量商量。前天杏城托人送来了一部德国电影片子，晚上叫他们放给你看看。”

说罢走出书房，楼梯上随即响起一串沉重的脚步声。

吃了晚饭后，电影房专门为杨度放了一场德国电影，内容是关于德皇威廉一世巡视波恩城堡的事。那时电影在中国还是极其罕见的，京师除少数几个王府外，其他人家都没有。袁府里的电影房，也只为贵宾的到来而开放。看完电影后回到客房，虽然夜已很深，但杨度却毫无睡意。

他隐隐约约觉得眼下武昌城里的暴动，将会为自己与洹上村的主人提供一个新的合作环境。三十六岁的宪政馆提调杨度，这几年虽一直在为中国的宪政而孜孜探求，但他一时一刻也没有忘记湘绮师传给他的帝王之学，没有忘记自己平生所追求的辅佐明君一匡天下的人生理想。四品京堂，在石塘铺的乡下人看来，真是高不可攀的大官，而在京师官场中却是微不足道的芥末籽儿。倘若在清明时代，杨度相信凭着自己的才具和勤奋，十年八年后做个侍郎尚书也不会有多大的困难，那时作为国家的栋梁，自然可以一展抱负。可是现在，朝廷昏庸，局势混乱，自己的满腹宪政学问并无多少用武之地。像这样下去，何年何月才有出头之日？国家要改观，需要一番大的变动；人要出头，也要一番大的变动。武昌的暴动显然是革命党发动的，旨在推翻朝廷，建立民主共和国。变动固然是翻天覆地的，但一则自己一向不主张民主，二来这些年与革命党中的老朋友已断了联系。革命党即使成功，自己也成不了什么事，何况多少次暴动都没有成功，这次能否得手也很难说。眼前这位洹上村的主人即将结束蛰居生涯，东山再起，再次担当重任。尽管朝野对他的为人处世多有指责，但不管怎样，面对这突发的巨变，还只有他能扶危定倾稳住乾坤。想到这里，杨度十分庆幸自己早在十多年前便看出此人是官场中的凤毛麟角，在他最倒霉的时期里仍与之保持联系，为自己预留了一条仕途捷径。现在，自己要充分利用这些有利条件，在时局处于重大转折关头，为这位目前系天下安危于一身的人物分析形势，出谋划策，帮助他登上中国政坛的最高点，然后自己也就有了实现理想的可靠保证。

杨度精神亢奋起来，点燃一支雪茄，进入了下一步深层次的思索。

四　杨度没有料到，袁世凯居然想当大总统

全中国的视线都被武汉三镇吸引过去了。这里所发生的一切都牵涉着所有关注国事的人们的心。表面看来，位于江北的汉口成天硝烟弥漫，炮声不绝，其实，战事没有丝毫的进展。革命军虽然热情很高，但组织松散，战斗力不强。黎元洪名为都督，心底里仍在观望，并未切实履行职能。北洋军武器精良，训练有素。按理说，革命军不是北洋军的对手。但北洋军的统帅荫昌无实际指挥能力，一直缩在北京不敢南下。第二军统领段祺瑞还正在赴任途中，前线的指挥官为第一军统领冯国璋。

这位当年小站核心人物对昔日的主子仍忠心耿耿。那一天，当他出现在洹上村的时候，袁世凯又惊又喜。谈旧情，谈形势，二人足足畅谈了两个多钟头。冯国璋告辞时，请袁世凯指示机宜。袁送他六个字：慢慢走，等着瞧。冯对这六个字背后所包藏的内容心领神会。他让副手带着军队先走，自己则借口查看军备，走走停停，五六天后才到达孝感。冯国璋将指挥部设在孝感城里，便再不南下了。

武汉战场出现了奇怪的外紧内松的局面。与此同时，一场没有枪

炮硝烟的权力争斗，却在紫禁城与洹上村之间外松内紧地进行着。

袁世凯接到授他为湖广总督立即出山督师的谕旨后，马上给朝廷回了一个电报。先说了一段面子话：世受国恩，愧无报称，捧读诏书，弥增感激，值此时艰孔亟，理应恪遵谕旨，迅赴事机。再来一番戏弄：旧患足疾，尚未大愈，又牵及左臂，时作剧痛，情形困顿，实难支撑。

载沣接到这个电报后哭笑不得，只得硬着头皮又下一道谕旨，劝他以国事为重，力疾就道。袁世凯回电讨价：赤手空拳，无从筹措，请俯允就地招募一万二千名防军，拨银四百万两，并请调王士珍、倪嗣冲、段芝贵等人同赴武昌。载沣明知袁世凯是在要挟，也只得一一答应。但袁世凯仍在养寿园里吟诗垂钓，并不出洹上村一步。载沣急得拿不出主意了，只好请来奕劻商量。奕劻已从杨度的密报中摸到了袁世凯的心思，但自己不好代他说出，于是打发徐世昌亲自到彰德去一趟，让徐世昌来充当袁世凯的代言人。

与此同时，袁世凯当年的僚属旧友，从京师，从各地纷纷来到彰德。他们中有的是原就暗中有联系，但不敢明里走动，现在已没有这个顾虑了，赶在袁世凯出山之前来加重情谊，求得更进一步的高升。有的这两年间怕招引麻烦，完全断绝了往来，眼看袁宫保又要重抖威风了，便急着来巴结，叙旧表心迹，求取日后的看顾。一时间，从彰德车站到洹上村的大道上，车马奔驰，尘土飞扬，达官大员们如朝圣似的前来拜谒，把个安安静静的洹上村弄得汤沸火爆般的热热闹闹，煞是认真地又演出了一幕人世间冷暖炎凉的喜剧。不管什么人，袁世凯一律热情接见，笑脸相待，让他们有求而来，满意而去。对于那些真正的心腹，则留他们住下来，让他们参与军机赞画。一个小小的极不起眼的洹上村，在中国历史新纪元即将揭幕的最初那些日子里，几乎成为全国真正的政治中心。

“皙子，菊人明天上午就要来了，你说我该如何应付他？”傍晚，袁世凯邀杨度一起在养寿园散步。走着走着，他突然停下来问杨度。

“宫保大人，这两天我有些想法，您实在太忙了，没有工夫听我说。”杨度指了指附近停泊着的小渔舟说，“我们坐到船上去说吧！”

“行！”袁世凯高兴地答应。

杨度走到船边，扶着袁世凯上了船后，解开缆绳，拿起竹篙，轻轻地对着岸边的石头一抵，小渔舟便平平稳稳地向池塘中心前进了两三丈。

袁世凯说：“皙子，你原来还是个撑篙的能手啊！”

“湖南人天生都会驾船，不然何来威震天下的湘军水师？”杨度不无得意地说。他把竹篙放下，坐到袁世凯的对面，任渔舟在水上漂浮。

“菊人这次来，无疑是来催我的。你说载沣他能出多大的价？”

袁世凯坐在渔舟中，双手扶着一根藤手杖。袁世凯的左腿在朝鲜时受过伤，治好后并没有留下多大的痕迹，平时走路与常人无异，只在快步前进时才可看出不太灵活。先前他从来不用手杖。载沣以足疾为名开缺他回籍，他庆幸自己没有被杀头，为了表示对朝廷的恭顺，从那以后他一直拄着一根藤手杖，俨然真的患有足疾似的。

“依我看，只要您不坐他们父子俩的位子，载沣什么价都可以出。”杨度答得甚是痛快。

“皙子，你说说，我该提出哪几点？”袁世凯十分认真地问，藤手杖在船板上“噔噔”响了两下。

杨度神情昂奋起来。这几天他对政局想了很多很深。

“有几点，我想您一定早已想到了，既要出山做事，权力和银子两样东西必不可缺。”

袁世凯点了点头。他三十年来在官场上之所以能一帆风顺，左右逢源，根本诀窍就是用好了“权”和“钱”这两个字。杨度一语道破天机，他不觉暗自佩服。

“从权力这方面来说，可以提出组织新内阁。以庆王为首的皇族内阁遭到普遍的攻击，您提出这个要求来是顺应人心的。”

“这个可以提，新内阁成立后，不一定我做总理大臣，让菊人出面也好。”袁世凯似乎很诚恳地说，“我只要有指挥全国军队的权力就行了。”

杨度心里冷笑，脸上却严肃地说：“宫保大人乃众望所归，新内阁由您出面这自然是没有话说的。徐中堂他也应付不了这个场面。至于军费方面，那一定要有充分保证。”

“国库这两年大概也被他们掏空了，银子看来要向洋人借，有几个外国银行已经对克定表示这个意思了。”

袁世凯这句不经意的话，令杨度十分吃惊，眼前这扶杖踞坐的半老头子，真不愧是个斫轮老手，他已经不声不响地在经办最现实又最棘手的事情了。

“还有一个更重要的事情需要您考虑，不知想到没有？”

“啥？”袁世凯把藤手杖收回胸前，专注地听着。

“人心。”杨度将身子向着袁世凯倾斜，说出一番他思虑至深的话来。“宫保大人，十多年前，我在小站初次会晤您，便知道您是一位见识通达、胸怀大志的英雄。我想，您一定不会反对我说的这句话：武昌的事是朝廷逼出来的，革命军不是乱党，他们的头领是爱国者。”

袁世凯沉吟着，没有做声。突然，他哈哈大笑起来：“皙子，我总算知道了，你为何要把船撑到这水塘中心来，原来是怕别人听到你这番反叛朝廷的话，你难道就不怕我告发吗？”

杨度反问：“一个小小的四品京堂，也值得您去告发吗？”

“说下去吧，杨京卿！”袁世凯笑着挥了挥手。

“以载沣、庆王为首的朝廷实际上已经失去了人心，倘若他们稍微听得进几句忠言，早开国会，早行宪政，也不至于闹到今日这个地步。革命党的头面人物，我和他们都有过接触。尽管我不赞成他们用暴力手段改变国体，但我确信他们都是热情的爱国者。”

“听说孙文、黄兴都是你的朋友？”袁世凯盯着杨度，两只眼睛里包含着不可测试的深意。

“不错，他们都是心地坦诚的大丈夫，我与他们虽然政见不同，但私交都很好。”杨度坦然承认。“但是我不主张暴动，中国虚弱已极，经不得大战争了，一旦全面开仗，马上就会亡国。”

“为何？”杨度说得这般严重，倒使袁世凯觉得意外。

“战争一开，国内就会大乱，外国列强觊觎已久，早想瓜分吞并。中国一乱，正好借维持和平为名，明目张胆来干涉内政，进而把锦绣河山据为己有。因此我以为武汉的战争，绝不能让它扩大，只宜迅速解绝。解决的办法宜和不宜战。要和，就能先收揽人心。宫保此次出山，揭橥这面旗帜，使武昌之事不战自平，则于社稷苍生功莫大焉！”

杨度说得激动起来，胸腔里充满真诚：“当前最能得人心的事，莫过于速开国会，解除党禁，倘若能进一步提出宽免此次肇事人员，则战事的平息将更容易。”

袁世凯思忖片刻说：“皙子，天下事大概没有这样简单。我告诉你吧，据可靠消息，湖南、江西、陕西、山西、云南以及江浙一带的革命党，在武昌的影响下都已蠢蠢欲动，随时都有宣布独立于朝廷的可能，假使他们联成一气，便会造成半壁江山易帜的局面。到时候，人心，就不是几句空话能够收拾得了的。”

武昌之火可以在全国燃成燎原之势，这一点，杨度心里是有数的。看来这位洹水钓翁真的是全局在胸。他一时语塞，不知如何说下去。暮色已笼罩了养寿园，水中的亭台楼阁，岸上的花木山石在若显若隐之间，使得四周的景致更加迷人。

袁世凯猛地站起，发出感叹：“皙子，你看这洹上村多么闲雅舒适，我何必要多管闲事。国家也不是我袁某人的，我看我还是终老此处算了！”

天天会见各方宾客，时时与武昌前线保持联系，又是招募军队，又是伸手要银子，连外国银行都已在联络了，却为何又突然发出此番感慨？真让杨度摸不透此人的胸中城府。

“国家也不是我袁某人的。”他突然从这句牢骚中联想到被换掉的“凭轩看北斗，转觉夕阳低”的诗句来。这诗不仅有魏武帝横槊夜吟的气概，也有宋太祖“赶却残星赶却月”的豪迈。难道说，这位洹上村野老连内阁总理也不能满足其胃口，他要做曹操、赵匡胤？蓦然间，明杏斋火烧烟熏的那个夏夜的情景又浮现在杨度的脑中。历史真是惊人的相似，面前坐着的这位袁宫保，不就是五十年前的肃中堂吗？比起当年的肃顺来，袁世凯手里掌握着强大的北洋六镇新军，这是肃顺的实力不及之处，而现在的隆裕、载沣又未得半点慈禧真传。湘绮师苦苦研求的帝王之学，可惜找错了对象而不能成功，但不久的将来，则可以由他的学生来付诸现实了。

杨度一阵狂喜，激动地说：“宫保大人，您干脆把这个国家接过来如何？”

“我？”袁世凯瞪大着眼睛，“皙子，你今天并没有喝醉酒呀，为何讲起胡话来？”

“这不是胡话。”杨度平静下来，“满人气数已尽，已不能有任何作为了，江山早应归汉人之手，无论是孙文还是黄兴，我看都不是坐天下的人物，这座动荡的江山，还只有宫保大人您才能坐得稳。”

“皙子，你不要再说了，这是杀头灭族的事。我袁家世受国恩，只有尽忠朝廷的道理，何况从孤儿寡妇手中取天下也不光彩。”袁世凯一本正经地说，“再说，眼下革命党口口声声要建民主共和国，个个都想当大总统，又哪能允许我袁某人称孤道寡。”

这话说得不错。杨度心里想：革命党要建民主国家，不再允许有皇帝存在，倘若袁世凯一旦称帝，必然会与革命党有一场你死我活的争斗，国家马上就会大乱，外人立即会干涉。看来不行！

“皙子，跟你说句笑话吧，假使革命党推举我当大总统的话，我也不妨和他们合作合作，在中国试办一下民主共和国。”

袁世凯这句话，使杨度深感惊讶，他压根儿也没有想到这位自称世受国恩的袁宫保还有当大总统的念头！

袁世凯的心机哪里是书生杨度所能摸测到的。就在两年多前，袁世凯刚削职回籍的时候，他担心朝廷不会轻易放过他，决定来个先下手为强。他打发一个忠诚仆人持着他的亲笔信，悄悄地去日本找革命党，表示愿意与他们合作。当时同盟会东京本部将此事报告了黄兴，黄兴对袁的这种反常态度甚表怀疑，没有同意。于是，中国民主革命派与袁世凯的合作推迟了三年。

袁世凯的这个离奇想法，杨度难以接受。中国只能实行君主立宪而不能实行民主立宪，这是他多年来所坚持的政治信仰，但由爱新觉罗氏来行君宪，不仅全国人心通不过，且这几年的所作所为，使杨度也很失望。此时若换一个君主，又会引起天下大乱，也不行。若真的由革命党来推举袁做大总统，则战乱马上可以平定，国会马上可以召开，宪政马上可以建立，这的确不失为眼下一个最可采纳的方案。但革命党会同意吗？京师里那个五岁小皇帝又摆到哪里去？杨度觉得这些事都很难办。

“皙子，你与革命党的头领都很熟，我委托你与他们联系一下如何？”

“行。”杨度一口答应下来，“不过，眼下跟谁联络呢？孙文，据说在美国，黄兴在香港，刘霖生在日本，都无法和他们接上头。”

“武昌的头面人物中，你有朋友吗？”

“我只认识一个汤化龙，但他不是革命党。其他人都不认识。”稍停一下，杨度又说，“对了，有一个胡瑛我认得，刚从监牢里出来，当上了外交部长。不过与他相交不深，且他在革命党中威望也不够，左右不了局面。”

杨度使劲地搜索着自己过去所结识的革命党中的朋友，要么不在国内，要么地位不高，一时间居然找不出一个合适的人来。忽然，他想起了一个。

“您知道一个叫汪兆铭的人吗？”

“知道。他不就是去年谋刺载沣不成而被关在牢里的那个革命党吗？”

“正是，正是。”杨度连连点头。

“你与他关系如何？”

“我和他在日本法政大学里是同班同学，很要好。此人在革命党里极有威望。您不妨先要载沣放他出牢，然后我再去看他。”

“行。”袁世凯下意识地摸了摸胡须说，“皙子，你也不忙着回北京见汪兆铭，还安心在我这里住几天，看看局势的发展如何，我们再定下一个步骤。今天就说到这里吧，明天菊人来，我还有些事情要安排。”

中国的历史车轮在那一段短短的时间里，以旷古未有的快速度在前进着，几乎每一天都有举世瞩目的大事发生。

十月二十日，徐世昌匆匆来到彰德会晤了袁世凯。二十一日，朝廷全盘接受袁世凯所提出的六个条件：一、明年即开国会；二、组织责任内阁；三、宽容参与此次事变的人；四、解除党禁；五、委以指挥水陆各军及关于军队编制的全权；六、给予十分充足的军费。二十二日，湖南宣布独立，共进会员焦达峰被推举为都督。二十三日，九江宣布脱离清政府，新军标统马毓宝被立为都督。二十四日，陕西独立，士官生出身的新军管带张凤翔为都督。二十七日，姗姗来迟的荫昌被朝廷从武昌召回京师，袁世凯被任命为钦差大臣，全权节制全国水陆各军。当天，袁世凯指示冯国璋发动攻击，汉口大智门被北洋军夺取。

二十八日，黄兴、刘揆一、宋教仁等人分别从香港和日本赶到上海汇合后抵达汉口。二十九日，山西独立，阎锡山被推为都督。同日，驻在河北滦州的第二十镇统制张绍曾联合第三镇协统卢永祥、第二混成协协统蓝天蔚、第三十九协统伍祥祯、四十九协统潘榘楹通电朝廷，要求在本年内召开国会，起草宪法，废除皇族内阁，重组责任内阁，朝廷若不答应，将进京兵谏。三十日，在这道最后通牒的威胁下，载沣不得不以皇帝的名义下罪己诏。又下令释放戊戌政变以来一切政治犯，命资政院连夜起草宪法。载沣担心张绍曾真的兵谏，不仅不指责他，反而下令嘉奖，又授张侍郎衔，派为长江宣抚大臣。

载沣的朝廷已到了摇摇欲坠的地步了。

十月三十一日，西南边陲又爆出新闻：云南独立，蔡锷被推举为都督。

蔡锷从日本回国后，先是在江西、湖南军事学校任教职，后来到了广西，历任新军总参谋官兼总教练官、陆军小学总办。蔡锷以卓越的军事才干和严格自律的品德，在新军中享有很高的声誉，升迁很快，二十七岁便升为协统。今年年初奉调赴云南，任驻滇新军十九镇三十七协协统。在武昌起义及湘赣秦晋等省纷纷独立的影响下，他在昆明率部拥护革命，被部下一致推举为军政府都督。

得到云南独立的消息已是半夜了，载沣连夜急电洹上村，几乎以哀求的口气请袁世凯捐弃前嫌，火速出山。同时告诉袁，只要他一旦受命，奕劻内阁即刻辞职。

第二天清晨，见朝野内外一切时机都已成熟了，袁世凯这才公开宣布出山视事。

如同皇帝出巡似的，从洹上村到彰德车站，沿途摆开了异乎寻常的隆重仪式。披红挂彩的专车在站台上发出高昂的鸣叫，从德国进口的全套西洋军乐器奏起凯撒得胜曲。临登车时，袁世凯握着杨度的手说："皙子，我到汉口停留几天后就会回京师去，麻烦你先期会见汪兆铭。新内阁里我已经给你留了一个位置。"

第二天下午，杨度回到了北京，袁世凯在彰德车站的许诺给了他无比的喜悦。想起再过几天后，自己就是新内阁的成员了，一股踌躇满志的激情全身涌动。他觉得这次彰德之行为自己人生目标的实现，已跨出了关键性的一大步。他无暇与静竹、亦竹道别后的离情，他要马上找到汪兆铭，和这位老友商量关系中国前途和命运的大事，而此时的汪兆铭还蹲在刑部大牢里。

五　茶叶蛋里的四字情书：忍死须臾

同盟会在东京成立时，汪兆铭便以法政大学生的身份参加它的活动。法政大学毕业后，他并没有回国，成了一名职业革命家。他奉行激烈的革命排满主义，与杨度君主立宪的主张截然相反。汪兆铭少年气盛，爱憎分明，没有杨度那种兼容并蓄的气度。因为政治信仰不同，他后来不愿意跟杨度多往来。杨度几次主动找他，他的态度都很冷淡。于是二人虽同在东京，却几乎断绝了联系。

出身师爷家庭的汪兆铭，从小练就了一手好文章，口才也极好，说起话来有条有理滔滔不绝。当他的文章和论辩以革命大义充实起来后，便格外的气势磅礴锐不可当。他因此受到了孙中山、黄兴的特别器重，担任同盟会三部之一评议部的部长。又主办《民报》，与梁启超的《新民丛报》展开针锋相对的斗争，一时间弄得饮冰子在他的面前相形见绌。

汪兆铭在《民报》上发表文章时以“精卫”二字作笔名，时间久了，大家都叫他汪精卫，本名反而不多叫了。“精卫”二字无疑来自《山海经》中“精卫填海”的典故，意欲效精卫鸟衔西山之石以填东海之水。但汪兆铭其实不是这种性格的人。他渴望一举成大名，只想做轰轰烈烈声动四海的大事，受不了默默无闻持之以恒的艰难磨折。他多次对人说，革命好比煮饭，火和锅共同使得生米变成熟饭。火的功能在一烈字，炬火熊熊，光焰万丈，但很快就熄了。锅的功能在一恒字，水不能蚀，火不能融，水火交迫，皆能忍受。火如同革命党人的一往无前，舍生取义。锅如同革命党人的百折不挠，再接再厉。汪精卫自认缺乏恒心耐心，他愿做火，燃出夺目光焰来，随即很快毁灭，也是很荣耀的。

在这种思想的指道下，他极为仰慕古代的荆轲、聂政，视“流血五步，伏尸二人”为最为壮烈的事业。那个时代持汪这种思想的人并不少，暗杀之风因而在革命党人中盛行。万福华行刺王之春，吴樾行刺出洋五大臣，徐锡麟刺杀恩铭，都是轰动一时的大案。当同盟会内部闹矛盾，章太炎攻击汪精卫只可做白面书生而不配做革命家时，汪久蓄于胸的豪气顿发。他决计离开香港北上，马上去做一番真正革命家的豪壮事业。

汪精卫有几个志同道合的好朋友。一是四川隆昌人黄复生，一是四川内江人喻培伦。还有一个女士，原籍广东番禺，出生在南洋槟榔屿的陈璧君。

陈璧君的父亲为南洋巨商，思想颇为开明。她的母亲倾向革命，参加了同盟会。在这种家庭里长大的陈璧君迥异于一般女子。她热心国事，胸怀大志，虽身处异乡，爱国之心却十分强烈。当汪精卫在南洋鼓动革命宣传排满时，陈璧君和她的父母都去听演讲。汪精卫充沛的革命激情，口如悬河的辩才，吸引了陈氏一家。尤其是汪精卫的堂堂仪表翩翩风度，更是紧紧地勾住了这位待字闺中的少女芳心。为了国家，为了爱情，陈璧君毅然舍弃富裕的家庭、平静的生活，跟着汪精卫做起时时都有杀头危险的革命家来。他们几个人组成一个暗杀集团，暗杀的对象是满人大官。

那时两江总督端方是革命党人的大敌，他正奉命移督直隶。汪精卫估计他会从南京坐船到汉口，然后再坐火车北上。于是来到汉口，选择大智门车站下手。谁知端方不走此路，而是从南京到上海，再坐海轮到天津。汪精卫失望之余，转而决定去北京。汪精卫抱着一死成仁的决心进京，他咬破指头给挚友胡汉民写了八个字：我今为薪，兄当为釜。要胡在他死后交《中兴日报》发表。又给在南洋的同盟会员写信："弟虽泣血于菜市街头，犹张目以望革命军之入都门。"

到了北京后，会照相术的黄复生在和平门外琉璃厂火神庙开了一家守真照相馆，作为掩护。他们就在照相馆里住下来，做各种准备工作。

汪精卫把目标选定为奕劻。但奕劻每次出王府都前呼后拥，警卫森严，无从下手。后来恰逢载洵、载涛从欧洲考察海军回来，他们便到前门车站等待。又不巧，载洵兄弟随从极多，他们从未与两位皇叔见过面，认不出谁是载洵兄弟，也只得作罢。最后，他们决定一不做，二不休，干脆擒贼擒王，杀掉满人第一号头目——载沣。

几经周折后，他们看中了离醇王府只有几十步远的银锭桥。这里清静，又是载沣入朝的必经之路。去年四月的一天夜里，喻培伦和黄复生偷偷来到银锭桥。他们先把炸弹安在桥上，然后再去装电线。谁知事先没有测准确，临时才发觉线短了几尺，只好把线收起。正准备取出埋在土中的炸弹时，看到有一个人蹲在桥边，于是只得暂时避一下。就在这个时候，王府大门打开，走出几个打灯笼的人。黄、喻怕被发觉，就离开了银锭桥，打算明晚再来取炸弹。待到第二天晚上再去取时，炸弹已被人挖走了。

汪精卫分析有两种可能。一种可能是被王府的人取走了，那必定会兴师动众，闹得满城风雨。另一种可能是被老百姓取走了，老百姓一般都不会报案，则无事。一连过了四五天，风平浪静，一点事都没有。汪断定炸弹是落在老百姓手里了，便派喻培伦、陈璧君去日本再取炸药来北京制造炸弹。

谁料他们判断错了。炸弹当夜即被王府那几个打灯笼外出的人取走。王府严密封锁消息，将炸弹送到外国使馆去鉴定。洋专家鉴定后说："炸弹威力很大，中国造不出，必定是外国造的。外壳大而粗糙，应是就近制的。"

王府依据外壳的线索，找到了制造这颗炸弹的铁工厂。又由铁工厂的老板带着便衣侦探在琉璃厂附近认出了黄复生。这样，黄复生连同照相馆的所有伙计都被抓了起来。汪精卫本住在另一个地方，伙计中有一个人曾给汪送过饭，于是汪也没躲过。

当报纸将这一特大案子公布于世时，海内海外都震惊了。在日本的陈璧君悲痛欲绝，立即就要只身入京营救，被孙中山、胡汉民等人劝止。同盟会决定设法救援，但一时却无从下手。然而，汪精卫、黄复生命大，他们遇到了一个较为开明的审判官，此人便是肃亲王善耆。

善耆时任民政部尚书，案子落到了他的手里。善耆知道人心同情革命党，为收揽人心，他主张从轻发落。又模仿西方对待政治犯的态度，审讯时让汪精卫站着说话，而不按通常的跪着的方式说话。汪精卫既然抱定杀身成仁的决心，便毫不害怕，在公堂上并不乞求宽免，而是侃侃高谈革命排满的主义，又替黄复生开脱，把一切责任都往自己身上拉。羁押期间，他料定自己必死无疑，在狱中作了四首五言绝句。有敬佩他的狱卒将这四首诗带了出来，一时广传人口，交相称誉。尤其是其中第三首“慷慨歌燕市，从容做楚囚。引刀成一快，不负少年头”，更是光彩耀人，足可以跟谭嗣同的就义词媲美。汪精卫刺杀摄政王的壮举和他视死如归的革命气节，使得他成为全国人人景仰的英雄。无论是革命党还是立宪党，无论是官场还是市井，只要提起汪精卫，大家都敬佩不已。

不久判决下来，汪精卫、黄复生终生监禁。消息公布后，革命党人松了一口气，陈璧君更是大喜过望，现在可以来从容设法营救了。陈璧君和胡汉民等分头募款。陈母拿出四千块私房钱，她自己更是翻箱倒箧，凡可动用的全部拿出，打点上上下下管牢狱的人员，请给汪、黄生活上以照顾。然后再去官场活动，希望能给予减刑，但钱花了不少，进展则不大。

前几天，皇帝下了罪己诏，并宣布要赦免戊戌政变以来的政治犯。陈璧君欣喜异常，她寻思着要把这个消息告诉大牢中的情郎。挖空了心思，她终于想出了一个主意。昨天她煮熟了十多个鸡蛋放在一个竹篮里，请一个打了几次交道的牢卒送给汪精卫，又悄悄地塞给这个牢卒五块银圆。牢卒接过钱，仔细看了看篮子，见除鸡蛋外的确再无其他东西，便带了进去交给汪精卫。

汪精卫接过鸡蛋，心里很高兴，他剥开蛋壳吃起来。鸡蛋用盐茶五味煮过，很好吃。他一连剥开几个。忽然，他发现其中一个蛋壳像是经人剥开过。他小心地将这个鸡蛋的壳子剥开，意外地看到里面夹着一张小小的纸条。纸条上写着四个字：忍死须臾。不用多看，他一眼就认出这是陈璧君的笔迹。汪精卫欣喜若狂。这四个字分明告诉他，只要再稍微忍耐一下，便有出狱希望了。

想起马上就可以获得自由，马上就可以见到一直在外面关心、援救自己的心上人和革命同志，汪精卫兴奋得彻夜不眠，他要准备一件珍贵的礼物来回报情深意厚的恋人。望着铁窗外流泻清辉的明月，他一字一句地填出了一阕《金缕曲》：

别后平安否？便相逢凄凉万事，不堪回首。国破家亡无穷恨，禁得此生消受，又添离愁万斗。眼底心头如昨日，诉心期夜夜常携手。一腔血，为君剖。泪痕料渍云笺透，倚寒衾循环细读，残灯如豆。留此余生成底事，空令故人僝僽，愧戴却头颅如旧。跋涉关河知不易，愿孤魂缭护车前后，肠已断，歌难又。

快要天亮的时候，他蒙蒙眬眬地睡着了。醒来时已是日上三竿，夜间填的《金缕曲》又浮上心头。他觉得这首词情意是再深切不过了，但是不是略显得伤感了一点，应该把调子提高些才好。正在琢磨着，狱卒打开铁门进来了："汪兆铭，随我出去，有一个老爷要见你。"

汪精卫从地铺上爬起来。狱卒走上前，拿出钥匙来打开他手上和脚上的镣铐。汪精卫感到奇怪：坐牢一年半了，多次提审，从来都是戴着镣铐的，这个老爷是何许人？

汪精卫随着狱卒走到一间简陋的会客室。刚进门，一个服饰考究的中年人忙起身走前几步，一边说："精卫，你受苦了，还认得我吗？"

这不是杨度吗？五六年没有见到他了，他怎么会来牢里看我？汪精卫正在寻思着，杨度已走到他的身边，双手握着他的手，将他上上下下仔细地看了看，面色悲戚地说："你瘦多了，来，坐下说话。"

说着，扶他在桌边坐下。杨度诚恳的关心，使汪精卫颇为感激。他问："听说你在朝廷做了大官，为何要来这里看我？"

杨度笑着说："这些事以后再说。我今天特为来告诉你，你明天就要出狱了，恭喜你！"

"明天，明天就要出狱了？"尽管接到陈璧君"忍死须臾"的纸条，他已估计到坐牢的日子快要到头了，但绝没有想到明天就可以出狱，更没有想到前来告诉这个消息的，不是典狱官，而是多年来已无交往的杨皙子。

“是的，明天就出狱！”杨度双手压着汪精卫放在桌面上苍白干瘦的手，点着头说，“法部的特赦令明早就会宣布，我刚从法部出来，亲眼看着他们盖了印后，赶紧来到这里告诉你。”

“你在法部亲眼看了他们盖印？”汪精卫怎么也不可能想到自己的案子会与杨度联系在一起。自己是推翻朝廷的革命党，杨度是朝廷的官员，虽说过去曾经是好朋友，但因政见不同早已分道扬镳了，坐牢一年多，也没听说他问过，怎么会突然管起自己的事来，真不可思议。“这么说，是你帮忙放我出牢的？”

“另有人在帮你的忙，我不过走脚跑腿罢了。”杨度依然笑着说。

“谁帮我的忙？”汪精卫追问。

“过几天我会告诉你的。”杨度松开手，说：“宣武门外大街小羊角胡同里，已为你准备了一套四合院，明天中午会有一辆大马车来接你。你先住进这套院子，若不满意再换。”

“皙子兄，你能不能通知到陈璧君，要她明天来接我。”汪精卫顾不得细问杨度为何为他准备房子和马车，便急着提出了这个要求。他太想念陈璧君了，他盼望出牢门第一眼见到的便是令他魂牵梦绕的情人。

“陈璧君是谁？”汪精卫的案子里没有陈璧君的名字，杨度不知道她的身份，“她住在哪儿？”

“陈璧君是我的同志，又是我的女友。”汪精卫的眼睛里放出了亮光，随即又摇摇头说，“不过，她住在哪里，我也不知道。”

听说是汪的女朋友，杨度立刻说：“不要紧，不管她住在哪里，我都会找到她。明天马车先去接她。”

“谢谢你了，皙子！”汪精卫脸上开始露出笑容，又问：“黄复生呢，他明天出不出狱？”

“明天和你一起离开这里！”杨度答得很干脆。

“太好了！”汪精卫又笑了起来，“出牢后我和他一起住。”

“行。”杨度说着，从衣袋里取出一张银票来说，“这是八万银圆，你收下。”

“你这是做什么？”汪精卫大吃一惊，下意识地推了一下。

“你听我说。”杨度把银票再推过去，“你在牢中吃了一年多苦，身体摧残得很厉害，出狱后要好好滋补滋补，疗养疗养，这就需要钱。另外，你现在是一个全国闻名的大英雄了，出狱后各方人员都会来拜访你，你也得回拜回拜。这些应酬最要钱花，你先拿着用。”

“皙子，我怎么能用你的钱，你发财了？”汪精卫还是不接。

“这样好了，你觉得用这钱过意不去，暂且算我借你，以后你有钱了再还给我。”说着拾起银票硬往汪的手里塞。

汪精卫想想一出牢门就要钱用，而自己身上不名一文，到底不行，于是收下银票说：“好吧，先借我，以后再还你。”

杨度起身说：“我走了，你也回牢去准备一下，过些日子我再去小羊角胡同看你。”

第二天中午，当汪精卫一脚踏出牢门时，陈璧君喊了声“精卫”，便向他扑过来。一对患难情侣紧紧地拥抱着，半天说不出一句话来。汪精卫心里感激杨度的美好安排，也佩服他的本事：茫茫京师，他从何处这么快就把璧君找到了？

汪精卫出狱的消息，第二天便在各大报上刊登出来。人们敬仰这位活着的荆轲，都想一睹他的英姿。革命党人更是纷纷前来慰问。一时间，小羊角胡同车马不断，热闹非凡。

出狱后，汪精卫便和陈璧君同居了，另一间房子住着黄复生。陈璧君出身富商家庭，从小用钱大方，又喜欢讲排场，何况郎君光荣出狱，名动天下，一切安排自不能寒酸。置衣物，买补品，摆宴席，会宾客，钱如流水般花去。多亏了杨度这张银票，它真是饥中食，雪中炭。汪精卫想到这里，再一次涌起对杨度的感激之情。不过他也深感纳闷：皙子为何这般眷顾，是倾心结纳，还是别有所求？

就在汪精卫出狱的前前后后，中国境内惊天动地的大事一天也没有停止过。

十一月三日，资政院将宪法十九条议绝奏上。载沣即刻公布，并择期宣誓太庙。同日，上海独立，同盟会会员、上海青帮大头目陈其美被推举为都督。四日，浙江独立，咨议局议长汤寿潜被推为都督。同日贵州独立，新军教练官杨荩诚被推为都督。五日，江苏独立，苏抚程德全被推为都督。七日，广西独立，提督陆荣廷被推为都督。九日，广东独立，胡汉民被推为都督。至此，已有十三省独立，大清江山已被革命党人夺去一半多。

这时，石家庄又出现一件意外之事：第六镇统制吴禄贞被刺杀。

吴禄贞原本想联合山西都督阎锡山、二十军统制张绍曾等乘武汉交战之机攻打北京。谁知事机不密，大业不成身先死。载沣面对着这样一副危机四伏的烂摊子实在无能为力，便只得拱手让权。袁世凯受命后立命冯国璋全力攻打汉阳，务必尽快拿下，然后带着一班子人马北上回京师。回京的第二天，便宣布新内阁名单。袁世凯没有爽约，给杨度安排了一个学部副大臣的职务，同时把法部副大臣一职送给远在日本的梁启超。

杨度虽有点失望，想想副大臣也就是侍郎了，比起四品宪政馆提调来已经是连升四级，应该满意了，于是欣然接受。但梁启超却随即拍来电报，断然拒绝。袁又再去电相邀，但梁始终不受命。法部副大臣的位置便成了空缺。

杨度将遵命安置汪精卫的情况向袁世凯作了汇报，袁世凯叫他明天晚上带汪精卫来相见。

六　袁世凯隆重宴请刚出牢门的汪精卫

小羊角胡同整天宾客如云，高朋满座，汪精卫春风满面地接待各方朋友。听说杨度来访时，他立即亲往大门口迎接，将杨单独带到书房。刚落座，陈璧君便端着茶进来。汪精卫忙介绍：“璧君，这就是杨先生。”

“哦！”陈璧君一惊，说，“精卫总在说你，我们太感激你了。”

“哪里，哪里！”

杨度说话间将陈璧君仔细地看了一眼。这位大革命家的女友是个典型的南国女郎：中等个子，略显得有点瘦，黑黝黝的面孔上五官端正，没有过多的打扮，举止干练洒脱，真有几分巾帼英豪的风度。

陈璧君并不回避，放下茶杯后便挨着汪精卫的身边坐下，大大方方地参与男人们的谈话。

“皙子，我这几天一直在盼望你来。你怎么突然关心起我的案子来，又是租房子，又是派马车，还有八万银子，这到底是怎么回事？”

汪精卫抛出一连串的疑问来。他只有二十七八岁，正是生命力最旺盛的时候，精神上充满着胜利者的喜悦兴奋，生活上有陈璧君的精心照料，出狱还不过几天，往日那个风采倾人的美男子形象便又恢复了。杨度在心里暗暗赞道：天地造化太偏爱他了，简直齐全得令人不可挑剔！转而又羡慕起坐在一旁的陈璧君来，一个女人能嫁得如许郎君，真正是百世修来的福气！

“看把你急得这样！”杨度笑了起来，“我告诉你吧，这些都不要记到我的头上，是另一个人在关心着你！”

“谁？”汪精卫急切地问。陈璧君一对清清亮亮的眸子也在望着杨度。

“袁世凯。”杨度有意压低声音。

“袁世凯！”汪精卫看了一眼陈璧君，转过眼来疑惑地问杨度，“他是满清的总理大臣，他为何要关心我？”

陈璧君的神态也颇为困惑。

“精卫，这不奇怪。”杨度端起茶杯，平静地说，“袁世凯虽然不赞同你行刺摄政王的举动，也不赞同你革命反满的主张，但他爱你的才华，尤其钦佩你为自己的信仰视死如归的气节。古往今来的大官员中，像袁世凯这样爱才重德的人也不少哇！”

汪精卫点了点头说：“倒也是的。如此说来，我要谢谢他才是。”

转脸对陈璧君说：“璧君，你说呢？”

陈璧君说：“谢谢他也是应该的。”

杨度忙说：“袁世凯正要见你，你去当面向他道谢吧！”

“好，那你给我引见引见。”汪精卫快活地说。

“明天晚上我来接你。”说罢，杨度起身告辞。

第二天晚上，北洋公署袁府大门口悬挂起八盏大红宫灯，门前又移来四五十盆花木：应时的秋菊开得茂茂盛盛，经霜的石榴红红艳艳，牛眼大的金橘黄黄澄澄，四季常青的松柏苍苍翠翠。大公子袁克定，二公子袁克文，三公子袁克良率领一班子幕僚清客，齐刷刷地站在门外恭候。

马车夫摇起轻脆的铃声，胶皮大轮平稳地在门前停住。袁克定穿着簇新的长袍马褂来到车门边，微微弯腰，高声说：“请汪先生下车！”

汪精卫没有料到袁府的欢迎场面如此隆重，正不知对站在车旁的这个人如何称呼时，杨度忙介绍：“这就是袁大公子芸台先生。”

又指着克定身后的两个人说：“他们是二公子寒云先生、三公子规厂先生。”

见袁府三位公子迎候在旁，汪精卫颇为感动。他双手抱拳，边下车边说：“不敢当，不敢当！”

袁克定扶着汪精卫的手说：“家父极为钦佩汪先生，愚兄弟更是对汪先生崇敬不已。今日汪先生光临寒舍，乃我袁家的光荣。”

袁克定的话说得如此诚恳，令汪精卫心中暗自惊讶。这些天来他的双耳灌满了称颂之辞。革命同志的颂扬自在预料之中，普通百姓的赞扬也可以理解，袁府是什么人家？袁大公子是什么人物？居然也说出这样的话来，实在大出意外。

一起走到门边，正要跨进大门，只听见一声高喊：“汪先生到！”

喊声刚落，从门里左侧便房中走出一个人来。但见此人头大腿短，膀阔腰圆，脸上红光满面，双眼精光明亮，上下罩一身烟灰色长袍，粗粗一看，简直如同大钟寺里那座浑圆的古钟。

汪精卫正观望着，克定轻轻地说：“那就是家父，他从不到大门口迎接客人，今日为汪先生破例。”

汪精卫一听忙趋前一步，叫了声：“袁大人！”

袁世凯伸出双手，握着汪精卫的手，两眼将他上下打量了一番。

汪精卫今夜着一身浅灰色条纹西服，系一根红底起花软绸领带，脚蹬白色雪亮皮鞋。俊雅的仪表，配上这一身崭新的洋装，在一大群暗色古朴的马褂长袍面前，真像仙鹤来到群鸡之中。

袁世凯发自内心地叹道：“久闻汪先生有潘安、何晏之美，老夫总有怀疑，勇烈如先生者，怎会是那样的容貌？今日一见，果然名不虚传，在先生面前，小儿辈皆成寒鸦了。”

汪精卫连说：“袁大人过奖，过奖！”

袁世凯以这般隆重的礼仪迎接汪精卫，这是杨度所没有想到的。一个刚从牢房里放出来的谋刺摄政王的政治要犯，见上一面，对袁世凯这样身份的人来说已经是出格了。如此重礼相待，也不怕官场说闲话？这样敬重汪精卫，是真心，还是为了笼络利用？猛地，杨度想到汪精卫要杀的是载沣，载沣不是他的死对头吗？他要借礼遇汪来发泄对载沣的仇恨。是的，一定是这样！

众人一起走进袁府餐厅。这里，新安装的电灯正放出雪亮的光芒，大圆桌上早已摆满了山珍海味、玉箸银杯。袁世凯对汪精卫说：“今夜此宴特为汪先生而设，请上坐！”

若是换了别人，一个二十多岁的小子，无官无爵，谁敢领这个情？可是汪精卫毕竟是革命党人，又自视甚高，推辞几下后便大大方方地落座在上席。待袁世凯坐下后，袁氏兄弟、杨度等也依次坐下。

汪精卫说："这些日子里，袁大人对我照顾备至，非常感激。这次来府上，是专门为道谢的，没想到大人这般客气，我愧不敢当。"

袁世凯说："汪先生人品气节，老夫甚是尊敬，小小一点意思，不足以言谢。来，喝酒吧！"

袁世凯举起酒杯，大家都抿了一口。放下酒杯，袁世凯又命克定给汪精卫夹菜。席上，袁世凯绝口不提"革命党"三字，也不说南方的战事，一个劲地和汪谈家事，谈读书，又问汪有妻室没有。汪将陈璧君介绍给袁氏父子。袁世凯听后连连说："难得难得，好一个奇侠女子。"又说，"我有十多个女儿，没有一个像样的，以后得便，还得请陈女士光临敝舍，让我的女儿们见见她，也让她们开开眼界。"

袁世凯这样夸奖陈璧君，汪精卫心花怒放。他觉得袁与一般陈腐官僚大不相同。

吃完饭后来到茶室喝茶。克文、克良告辞，克定和杨度陪坐。闲谈几句后，袁世凯说："听汪先生刚才所说，老夫方知汪先生也是书香宦门出身，又抱着一腔爱国之心，自与江湖上打家劫舍的草寇不是一类人。世上以为老夫身为总理大臣，会坚决反对革命党，其实他们看错了，我只不过是厌恶那些混入革命党内部的青皮强盗而已。"

汪精卫大吃了一惊，心里想：袁世凯竟然不反对革命党，此话从何说起！

"老夫三十多年来为国家办事，深知国事弊端重重。"袁世凯继续说，"汪先生年纪轻，可能不知道。早在康有为初到北京的时候，我就为他代递过变法奏折，以后又参加了强学会。两宫回銮后，我和张文襄公一起上变法三疏。后来在山东在直隶练新军办新政，这一切为了啥？还不都是为了国家的富强！"

袁世凯说到这里，拿眼睛盯了一下汪精卫。汪精卫感到这眼神里有一种威慑力量，似乎又藏着很深的潜台词。

杨度插话："是的，宫保大人为中国的新政办了很多实事。好比前年全线通车的京张铁路，就是宫保大人在直督任内委任詹天佑修建的，全部铁路完全是我们中国人自己设计自己施工的。老百姓都说，这条铁路长了我们中国人的志气。"

杨度这段话说得袁世凯很高兴，接着这个话题说："汪先生那时

唐绍仪像

詹天佑像

在日本求学，可能不太清楚。这条铁路虽只有三百多里长，但中间经过居庸关、八达岭，穿山过水，地形复杂，工程浩大。洋人说，中国修造这条铁路的工程师还未出世。我鼓励詹天佑大着胆子干，要什么东西，我为他采购，经费我提供，别人说闲话，我给他支撑。也是詹天佑争气，到底建成了。詹天佑就是当年曾文正公派出去的留美幼童。曾文正公很有远见，为国家培养了很多人才，少川也是这批人之一。”

少川是唐绍仪的表字。他是袁世凯在朝鲜时的老部下，袁很赏识他的才能。袁回国在小站练兵，又调他在营务处办事。袁做直督，调他做天津海关道。以后历任外务部侍郎，沪宁和京汉铁路总办，邮传部侍郎，奉天巡抚，去年任邮传部尚书。这次袁组阁，又任命他为邮传部大臣。

詹天佑修造京张铁路，这事汪精卫知道，但其中细节他不知道，听了袁这番话后，他想袁这个人还真的会识人用人，有领袖群伦的胸怀。于是说：“詹天佑做成这番事业，也多靠了您的支持信赖。”

袁世凯微微笑了一下说：“凡是有真才实学，愿意为国家出力的，老夫一向都支持。革命党如果真正是为了中国在办事，如果行民主办共和真的能使中国富强的话，老夫也一定支持。”

热情年轻的革命家被总理大臣说得激动起来，兴奋地说：“袁大人，您若真的支持中国行民主办共和，这是中国人的幸运。我相信我们革命党人也会乐意与您交朋友的。”

“谢谢。”袁世凯摸了摸胡须，说：“那就请汪先生把我这个意思转告给贵党的领袖们，尤其要赶快告诉在武昌的黄克强先生。”

“好！”汪精卫满口答应。

“我还想请汪先生你帮我一个忙。”袁世凯伸出一只粗短的手臂来，将肥厚的手掌扬了扬，“关于民主共和方面的学问，老夫一无所知，想请汪先生给我传授一下。”

听说袁世凯要向他请教关于民主共和的学问，汪精卫的情绪大为高涨起来。他有满肚子这方面的知识，可以不做任何准备，接连讲三天三夜不会重复。多年来他在海外华侨之中卖力宣传的，也主要是民主共和的学说。汪精卫清醒地知道袁世凯在今天中国政坛上的地位和作用，心想：倘若通过自己的宣讲，使得袁接受民主共和，将会避免许多流血牺牲，革命道路将要因此而变得大为通畅。他太乐意做这种事了。“袁大人，什么时候开始讲？”

袁世凯略为思考了一下，说："白天，我事情多，实在抽不出空。这样吧，每天晚上十点到十一点，你给我讲一个小时，三个晚上把民主共和的要点讲完，行吗？"

"行！"汪精卫满口答应。

"那就从明天开始，我派车接你，请汪先生准时前来。"

汪精卫知道袁世凯忙，便起身告辞。袁又亲自将汪送到大门口，杨度陪汪上了车，离开袁府。

袁克定随着父亲回到房间。袁世凯对儿子说："你明天去找几本革命党人写的小册子来，我要看看，你们兄弟也要看看。"

"爹！"袁克定大惑不解，"您真的对民主共和感兴趣？"

"克定呀，你今年三十三岁了，一直在我身边长大，怎么就不多用点心思学学呢？"袁世凯皱起眉头，一脸正经地对儿子说，"民主共和，你想想我会行民主共和吗？中国又能行民主共和吗？但现在革命党闹事，半个中国都响应，能用武力镇压得了吗？唯一的一条路，是与他们和谈。他们口口声声讲民主讲共和，我若一点都不懂，如何与他们谈话？"

袁克定说："哦，我懂了，爹是为擒虎子而入虎穴。"

袁世凯指了指自己的脑袋说："你还是这里不开窍。"

袁克定又疑惑了：明明你刚才说的是这个意思嘛，为何又不是？在袁大公子的心目中，他的这个老子真是不可企及。十七八岁开始，他就立志要做父亲这样的实力人物，甚至还想超过。十多年来，他亦步亦趋地向父亲学习，细心观摩，用心揣测，希望把老子的一套学到手，但他又觉得与老子之间的差距太大了。父亲的心思、手段，真是可望而不可即。不过他从不灰心，他相信总有一天会青出于蓝而胜于蓝。

"请父亲指点。"袁克定恭敬地垂立在父亲身旁，一副虔诚的领教神态。

袁世凯对儿子们管教甚严，总盼望他们能成大器，今后能接他的班，但这些年来他渐渐失望了。年岁小的且不去说，已长大成人的几个：二公子克文风流放荡，甘愿做个诗酒文人，他不喜欢；三公子克良成天嘻嘻哈哈，傻小子似的，他也不喜欢；四公子克端性格古怪孤僻，他担心这个儿子有神经病；五公子克权热衷在书斋里做学问，六公子克恒、八公子克轸都想办实业，七公子克桓一门心思想赚大钱，都令他不满意，比来比去，还只有老大勉勉强强。克定天性好谈国事，袁世凯认为此子有大志。克定也的确有时能给他出点主意，替他办些事情，故他也对这个长子素来看得重。尽管袁克定不是他理想中的接班人，但十五个儿子中，今后也只有指望这个嫡长子了。复出以来，他更有意对克定加以培植，自己心里想的一些事情也常跟克定说说，企盼儿子更快成熟。

“克定，你想过没有，眼下的战事会如何结局呢？”袁世凯盯着儿子问。

“儿子没有很好地想过，请父亲赐教。”其实袁克定想过，而且想过很多，只是他不便说，他要先听听父亲对这桩大事的看法。

“结局不外乎这么几种。”袁世凯从茶几上的烟盒里拿出一支雪茄来，克定忙划燃洋火，帮父亲点燃。喷出一口烟后，袁世凯继续说下去，“一种是革命军将汉口再夺回，冯华甫、段芝泉他们败在黄兴手里，然后河南、山东、直隶、东三省都学南方的样，宣布脱离朝廷独立。那时，朝廷完了，我们袁家也完了。”

袁克定说：“不能这样结局。”

袁世凯浅浅地笑了一下，说：“第二种是冯、段立即把汉阳、武昌拿下，再派出十几路大军征讨已独立的各省，将革命党一一荡平，还一座完整的江山给皇上。”

袁克定摸了一下后脑门说：“这是一件挺难的事。”

“哼！”袁世凯从鼻孔里重重地喷出一口浓烟，“岂止是难，而且我也不情愿，我犯得着为他载沣出这个力吗？天下无事，把我削职为民，天下有事了，又要我来带兵上前线。他想要我做第二个曾国藩，打错了算盘。我袁某人不是曾国藩，也不想做曾国藩！”

袁克定心里有点惊讶：父亲这样明明白白地表示不愿效忠朝廷的话，这还是第一次。他点点头说：“是的，载沣欺人太甚。他不值得我们袁家替他卖力。”

“眼前只剩下第三条路了，与革命党谈和。”袁世凯将小半截雪茄掐灭在烟灰缸里，从沙发上站起，把两手叉在腰间，那神情分明表示他的决心只下在这步棋上。

袁克定小心翼翼地问：“既为和谈，双方就都得接受对方的条件，爹准备接受革命党人什么条件呢？”

“我接受他们的民主共和！”袁世凯以斩钉截铁的口气说，“他们不是说民主共和是他们的最高目标吗？我就接受这个最高目标。”

“爹提出什么条件呢？”袁克定最关心的是这个。

“他们也得拿最高地位来酬劳我。”

“他们的最高地位是大总统。”

“对，叫他们让出大总统来。”袁世凯摸了摸横在鼻子下的胡须，似笑非笑地望着儿子问，“你爹做中国第一个大总统如何？”

“好极了！”袁克定高兴得几乎要跳起来，“孙文、黄兴哪里是做大总统的料子，全中国也只有爹才能做大总统。”

稍停一会儿，袁克定又提出一个问题：“爹做了大总统，皇上怎么摆呢？一个国家，能既有大总统，又有皇上吗？”

“这是个难题。”袁世凯重新坐到沙发上，说，“所以我要你去找革命党人的小册子来看看。要皇上嘛，想来革命党人不会同意。不要皇上嘛，我袁家毕竟世受国恩，今后有人说袁某人欺负寡妇孤儿，不仁不义，我也不愿背这个恶名，要找个两全其美的法子才好。”

袁克定想不出什么法子来，呆呆地站着。袁世凯一时也没有好主意。他对儿子说：“克定，你去跟皙子商量一下，看他有什么好点子没有。你也要皙子向汪精卫透个风，看我提出的这个条件，他们接受得了不。”

“儿子遵命。”袁克定满心喜悦地答应了。

七　杨度和汪精卫联合发起国事共济会

一连三个晚上，杨度陪着汪精卫准时到达袁府，开始讲民主共和制，十一点准时离开。汪精卫最擅长言辞，又激情满怀，把个民主共和说得千好万好，完美无缺，如同天女散花似的把他的美好理想洒向在座的三个听众。

袁世凯听得很认真，也很少插话，雪茄烟一支接一支地抽，两只圆鼓鼓的大眼睛没有合过一下。大公子显得有点心不在焉，常常走出去吩咐仆人办事。他俨然是府里的大总管，一时一刻都缺不了他，坐在这里听讲，纯粹是因为遵父命。杨度一丝不动地坐在椅子上听。汪精卫说的这些对他来说都不新鲜。关于民主共和，他懂得并不少。在听讲的过程中，他发觉汪精卫有点夸夸其谈，言过其实。有时不像是在解决中国的现实问题，而是着重在描绘一幅超凡脱俗的美妙宏图。相比起来，孙中山、黄兴、刘揆一等人的民主共和理论要朴实得多。杨度甚至觉得，孙、黄才是真正的务实革命家，而汪精卫的才子诗人的气息太重了点。

到了第三个晚上快要结束的时候，袁世凯对汪精卫说，如果不嫌弃的话，你和克定换个帖子吧。汪精卫没有料到袁世凯有这么一手，仓促之间也不便拒绝，于是两人成了结拜兄弟。克定长汪精卫五岁，汪按袁家的排行叫他大哥，克定按汪家的排行称汪为四弟。袁克定随即端出一个碟子大的灵芝来送给四弟，又捧出一件精制貂皮大氅送给四弟妹。汪高兴地接受了。

袁克定又悄悄地告诉杨度，说他父亲对战事的处置立足在一个“和”字上。又讲了愿以民主共和制和大总统作为互相交换的条件，请杨度将此风透露给汪精卫。

接到这个使命后，杨度自己作了深刻的思考。民主共和也并非不好，事实上世界上也有行民主立宪制成功的国家，美国、法国就是明显的例子。但中国不具备美、法等国的条件，国家穷，人口多，不识字的老百姓占十之八九，而且几千年来都习惯于在专制制度下生活，骤然在一夜之间改行民主，民主如何行得起来？其结果必然是大家都想做主，实际上没有主，国家更会四分五裂，一盘散沙。何况中国是满汉蒙藏回五族共处，只是靠一个真龙天子才聚合在一起，倘若一旦天子没有了，谁成为赖以结合的核心？这四族一与中央离心，必定是满投日本，藏投英国，蒙回投俄，中国就真正地被洋人吞没了。民主立宪，说起来美好，一旦真的实行起来，则隐患四出，但现在能反对革命党人的这个主张吗？不要说革命党人的主张得到老百姓的普遍拥护，眼下明摆的事实是大半个中国已转向了革命党，真要实行君主立宪，还得指望袁世凯去平息叛乱，挽回局势，这实在是太不现实了。

首先，满人的朝廷这几年的假立宪，已使得绝大部分立宪派心灰气沮。从君宪这个角度来看，载沣真是一个扶不起的刘阿斗。汉民族仇满排满的心理已经形成，满人的皇帝已不能像日本的天皇那样成为大和民族的象征。其次，若要实行君宪，必然要与行民宪的革命党武装斗争，其结果是国家和老百姓受苦。不主张暴力行动的杨度不希望流血的现实再延续下去。最后，也是根本的一点是，真正有实力在中国行君宪的人自己并不愿行君宪，反而转为拥护民宪。现在，倘若要坚持君宪的话，在杨度的面前只有一条路可走，即脱离袁世凯去做一个维护自己信仰的洁身自好的布衣。

但这条路杨度不能走，他不能脱离袁世凯。无论是袁世凯对他个人的知遇恩德，还是这些年来与袁家所结成的患难之交，都使得他不能离开袁世凯。尤其是这些日子里，他从袁世凯东山复起的烜赫气势及主宰天下的实力上，看出此人大大地超过历史上那些倒而复起的大臣。

杨度一天也没有忘记过湘绮师所传授的在他的心中已是根深柢固的帝王之学。杨度不甘于寂寞，他也不能忍耐寂寞，倘若在寂寞中做平民百姓，他杨皙子不如死去。袁世凯既然想做大总统，如果辅佐他成就了这番事业，老师的帝王之学不就在自己的手里成功了吗？

杨度想到这里，早已热血沸腾。没有别的路子可走了，也不需要再走别的路子，眼下跟着袁世凯走，帮助袁世凯成大事，就是一条充满光辉与成就的大道！杨度血气奔涌，一跃而起，便要立即去找汪精卫。

刚一起身，他又想，中国是行君宪，还是行民宪，是件关于国家体制的头等大事，应该诉之于国民公意才是。如何诉诸呢？他摸着脑袋想了很久，终于想出一个办法来：发起一个团体。这个团体由君宪和民宪两党组成，各自吸收会员参加。由君宪党请愿朝廷，由民宪党请愿武昌军政府，双方先停战，再开国民会议，由国民会议公绝国体。

他觉得这个主意很好，自己充当君宪党的代表，汪精卫充当民宪党的代表，马上在报上公开宣布。杨度寻思，主张民宪的会居多数，因为独立之省已达十四个，未独立之省只有八个，十四省中产生的代表必定要超过八省所产生的代表，这样自己由君宪转民宪，也就从里到外都合情合理、冠冕堂皇了。

杨度越想越得意，他来到静竹的房间里，把自己的构想告诉她。

这一年来静竹的病大有好转，在院子里走路已不用拐杖了。亦妹去年又生了一个男孩，家里也没有再添女佣，她便和亦竹一起照料两个孩子。在静竹的心目中，这一男一女两个孩子就如同她自己所生的一样。看着他们稚气的欢笑，听着他们的哇哇啼哭声，她从心底里感受到一种生活的乐趣。

皙子没有辜负她的期望，真正是大有出息了。来家里的朋友，哪一个不称赞皙子的才华！她也常从报纸上读到皙子的文章。这些文章多是议论宪政的，她有些看不大懂。她喜欢皙子间或发表的诗词歌赋。她仿佛天生对这种文字有灵感似的，看起来悦目，读起来赏心。父亲在日，她在父亲指导下做过一些诗词。父亲去世后，她沦落风尘，就再也没有心情吟咏了。这两年，她常常有种诗情萌动。写出来，皙子给她略加润色，居然也很像个样子。日子过得这样安宁而有情趣，苦命的静竹已经很满足了。

但亦竹却总感到欠了静姐一笔很大的债，这个幸福的家庭原本是属于静姐的，自己有点鸠占鹊巢的味道。她多次跟静竹说，要亲手张罗，为皙子和静竹完婚。每一次，静竹都摇头拒绝。前几年，静竹也还存着这个念头，一旦自己的病好后，就跟皙子圆房，让多年梦寐以求的理想变为现实。这两年来，这个念头她慢慢地打消了。她首先为远在湖南老家的那位黄氏大姐着想。大姐在家侍奉婆婆，抚养儿子，多么不容易。亦竹已经分了她的爱，如果再增加一个，不要又分出一份吗？作为一个女人，静竹知道，哪一个女人都不愿意把本属于自己的一份完整的爱分割出去，黄氏大姐同意杨度在京师娶亦竹，一方面固然是贤惠，另一方面也是无可奈何。静竹觉得应当早日把石塘铺乡下的祖孙三代接到京师来一起住。还有那位叔姬姐一家，如果也能一起来就更好了。叔姬姐才学好，将会是自己的好老师。她们来后，自己以亦竹姐姐的身份而不是以皙子如夫人的身份，在整个家庭中相处会显得自然些。

再者，静竹也为自己着想。她知道自己今后很可能不会生育。一个女人有丈夫而不能生儿育女，那会更难受，也会遭到各方的闲言冷语，不如干脆不嫁人，心里反而清静得多。就这样，静竹说服了亦竹，又要皙子接黄氏大姐母子进京来。

静竹比亦竹有见识，也关心国家大事。许多事，杨度常常和她商量，听取她的意见，她也的确会给他一些帮助。为朝廷制定宪政是件很麻烦的事，宪政馆里的同寅大多是无聊之辈，杨度常常心烦。静竹就劝他，要他看看拜砖，想想当年妙严公主礼佛的恒心。杨度常能因此而增添一份力量。

当杨度把组织国事共济会的想法说出时，静竹笑了起来："这不是办的书呆子事吗？战争打得你死我活，哪有心思来开国民会议！再说，就是开，也要袁宫保和黄克强他们为头倡议呀，你和汪精卫两个人都无兵无权，发起这个会，谁听你的？"

杨度说："打仗归打仗，一个省推几个代表开会还是可以的，至于倡议人，当然要局外者合适。袁宫保和黄克强都在局中，不宜做发起人。"

静竹说："你和汪先生的两党代表，都是自封的呀，别人承不承认呢？"

"谁说是自封的！"杨度一本正经地说，"精卫是同盟会的要员，又名满天下，他难道还不够资格充当民宪党代表？我主张君宪六七年，我的宪政纲领，各省君宪派都奉为圭臬。我做君宪党的代表，谁还有异议！”

静竹扑哧一声笑起来：“我说皙子呀，我不是给你泼冷水，也不是说你无资格代表君宪党，但愿你的设想能得到大多数人的支持才好。只是目前这种开会呀，请愿呀，大概都没有作用。你不记得上半年那些请愿吗？哪一个成了事！”

静竹说的不错，但她不能理解自己的深层用意。先办起来，日后再慢慢跟她说吧！

杨度再次去小羊角胡同找到汪精卫，把袁世凯的想法透露给他。

汪精卫说：“袁项城支持革命派的主张，办民主共和，那是再好不过的事了。只是他想做民国的大总统，革命派内部能不能通得过就不知道了。”

袁项城就是袁世凯，对于有地位有名望的人物，不直呼其名而称其籍贯，乃是一种尊崇的表示。

杨度说：“我也知此事不大容易，但假设革命派不让出总统来，袁项城他又怎会支持民主共和呢？”

汪精卫说：“这也是的。不过，革命党人流血奋斗而换来的国家，竟由满清的总理大臣来当总统，这在感情上总说不过去。”

“这有什么说不过去的。”杨度说，“湖北军政府的都督黎元洪不就是满清的协统吗？除开上海的陈其美外，哪个独立省的都督不是过去的大员？湖南的焦达峰就因为资望浅了坐不稳，还得由贡元出身的议长谭延闿来做才行。看来，民国的大总统还只有让袁项城来做才镇得住，别的人暂时还没有这个威望。这个道理还请精卫兄向贵党的同志们讲清楚，先写封信给黄克强传递信息，要他出面在贵党内部协商。”

汪精卫这些日子里得到袁的不少好处，又见袁是一副真心拥护民宪的架势，对袁很有好感。同时，现实摆在这里，袁也是总统的最合适人选。于是答应给黄兴写信。

杨度又将联合发起国事共济会的事与汪精卫商量。汪立即意识到，杨度是想通过这个会来表明自己是君宪党的领袖，日后转而支持民主，民国政府就得用高官为酬劳，暗自称赞杨想得深远。既然他可以借此来确立自己的领袖地位，我何不也借此来显示自己在民宪党里的领袖地位呢？于是也答应了。

几天后，一份由杨度起草、汪精卫略作修改的《国事共济会宣言书》在《经纬报》上登了出来。

宣言书说，中国自有立宪问题出现，国内就分为君主立宪和民主立宪两党。君主立宪党认为，中国以满汉蒙回藏五族人集合而立国，蒙回藏人之能与汉人同处一个政府之下者，全恃满洲君主的羁縻，若满洲君主一旦去位，则汉、蒙、回、藏即刻分离，洋人则会乘机瓜分中国。若要中国不被瓜分，非留现今君主名义不可。民主立宪党认为，别国可行君宪，中国则不能。不是说君主为满人，必欲以种族相仇之见而排除，而是因为君民之种族不同，则人民之权利必为君主所吞没。故君主一日不去，则宪政一日不能确立。

宣言书又说，两党相争在民主、君主这一点上，其他方面，如行宪政，发挥民权，国家领土不得分裂，满汉蒙回藏必须在同一政府之下等等则是共同的。两党的最后目标，即建立宪政国家以救亡图存是一致的。

宣言接着说，现在革命军兴，东南响应，北京政府与武昌军政府各以重兵相持，两不相下，不管谁胜谁负，都必然使得民生涂炭，财力困穷。若以保一君主为目的而使全国流血，君宪党人不忍为。若以保一民主为目的而使全国流血，民宪党人不忍为。两党都不愿眼看南北相斗而让外人得利的后果出现。

宣言书最后说，两党之政见何去何从，非两党所自决，必也诉之于国民公意。因而两党人联合发起国事共济会，意在使民主、君主这一问题不以兵刃而以和平解决，故发起国民公议，以国民之意公绝之。无论所绝如何，两党都必须遵守，不服从者即为国民公敌。实行本会宗旨之时，其对于北京政府之行动，由君主立宪党任之；其对于武昌军政府之行动，则由民主立宪党任之。

宣言书之后，又附了一个国事共济会的简章。

宣言书登报第二天，方表来杨度家，表示愿意入会。杨度很高兴，马上封他一个干事，拿出五百银圆出来，叫他到天津闹市区租一间房子，挂牌办公。自从杨度离开湖南后，方表几乎成了一个失业者，没有经济来源。现在好了，他怀揣着五百大洋，兴高采烈地赴天津走马上任。

汪精卫对此事本不热心，他有许多事要做，登过报后，便不再过问了。

杨度则希望有很多人来参加国事共济会，把这个会办得热热闹闹。他又起草一个致资政院陈情书，请资政院议绝具奏请旨，召集临时国民会议以绝民主、君主问题。又起草一个呈请内阁代表书，请内阁代奏皇上，明降谕旨停战，开国民大会。

谁知七八天过去了，方表从天津来信说，天津本会无一人前来申请入会，问北京进展如何。杨度看到这封信后，心里只有苦笑。登他的门的人虽有，但都不是前来入会的，而是来指责他的。指责他凭什么自封君宪党代表，又讥笑他是哗众取宠，想出风头，这一纸宣言书于时局有何用？张謇、汤化龙等人则来电说，他们原来主君宪，而现在早已和民宪党一起干了，劝杨度改弦易辙。接下来是资政院根本就不开会讨论他的陈情书，内阁也不替他代奏。社会各界是如此的不合作，令杨度大为扫兴。

汪精卫来槐安胡同告诉杨度，武昌那边对他这个宣言书反对甚为激烈，一批同盟会的老战友甚至大骂他出狱后被朝廷收买了。同志们批评他，宣言书上说什么“以去一君主为目的而使全国流血，此民宪党所不忍为也”，这种话居然出自一个同盟会评议长之口，岂不是彻底背叛了同盟会的革命宗旨？推翻满虏君王就得流血，不流血，满虏小皇帝会自动退位吗？革命党人就是要以流血牺牲来唤起人民的觉醒，来驱逐满虏君王和他的大大小小的走狗，中国只有经过一段时期的流血后才会有新生的到来。关于国体的事，没有什么公决不公绝的。老百姓昧于长期的君主制度，不知民主为何物，很多人只会赞成君主而不会赞成民主。革命党人是先知先觉，应当教育后知后觉。还有人怀疑此事不会是汪兆铭做的，汪兆铭的大名被杨度盗用了。

于是汪精卫对杨度说，取消这个会算了吧，没有一点实益，徒招无穷口舌。杨度说看看吧。又过了七八天，入会的没有增加一个，说风凉话的越来越多。看来这国事共济会是绝对共济不出一个名堂来了，杨度无奈，只得吩咐方表摘牌回京。他自己写了一段简短的解散宣言，说几句“今者武汉血流，兵事方殷，和平解绝之难已为天下所共见，共济会之所主张已归无效，特宣告解散，唯天下伤心人共鉴之”一类的话，交《民主报》发表了事。

杨度想：既然君宪党人不愿意与他合作共济国事，自己日后跟着袁世凯改行民主立宪，他们也没有资格指责自己背弃主义了。公开的目的虽没有达到，私下的目的则已达到了。

北京的国事共济没有任何收效，武昌对袁世凯却做出了出人意外的接纳。

已独立的十四个省都有一个共同的愿望，即尽快组织一个临时政府，以便联合对付清廷。这个建议首先由湖北军政府都督黎元洪提出，电请革命军各省区派代表来武昌商量。

由于当时交通混乱，这个电报八天后才到上海。早在六天前，江浙两省都督就已经联名致电上海都督陈其美，建议在上海召开独立省代表大会，讨论组织全国性的统一机构问题。第二天江浙两省的代表就到了上海，并致电各省，派人来上海开会。不久，各省代表陆续到了上海，通过代表大会组织提纲，规定每省派两人作为该省的代表，其中一人为都督指定，另一人由咨议局指定。黎元洪的电报到达上海后，各省都尊重武昌的首义地位，认定武昌为中央政府所在地，每省的两位代表中一人去武昌参加会议，一人留在上海专事联络。

代表们到了汉口后，正值武昌城里战火激烈，于是借汉口英租界顺昌洋行召开各独立省区第一次代表会议，公推谭人凤为议长。谭人凤与黄兴、刘揆一、宋教仁等人关系亲密。黄兴接到汪精卫从北京托人带去的信后，与谭、刘、宋等人商量。大家都认为从实力来说，民军远不如北洋军，战争继续下去，将对革命党极为不利，停战和谈是最好的办法。尤其是袁世凯赞成民主共和，则更是难得。谭人凤对袁的突然转变立场尚有点怀疑，黄兴等人则以两年前袁向东京革命党输诚一事证明袁早有民主倾向。至于黎元洪，他觉得由袁来领道这场革命，比起革命党中任何一个人来，无论从哪方面来说都要对自己的胃口，他力主让袁世凯做未来的大总统。黄兴等人则认为让大总统给袁世凯可以，但必须有条件。革命党当前最高的目标是推翻朝廷，袁世凯要以推翻朝廷作为换取大总统的先决条件。谭人凤同意将此事交代表大会讨论。

与此同时，袁世凯又通过英国公使朱尔典指示该国驻汉口领事葛福向代表施加压力。

早在袁世凯任驻朝鲜通商大臣的时候，朱尔典便是英国驻汉城领事。从那时起两人便结下了友谊。二十余年来，朱尔典一直以英国代表的身份支持袁世凯，这也是袁世凯走红官场的一个重要原因。葛福受命向会议代表转达北方提出的两个和平方案。一个是全国性的和平方案，由袁内阁代表清政府与一个能代表全部独立省区的组织谈判。一个是局部性的停战方案，由北洋军在武汉方面的最高统帅冯国璋与湖北军政府都督黎元洪进行以湖北地区为限的停战谈判。

葛福在转达这两个和平方案后，又代表朱尔典透露了大英王国政府对中国战事的看法：希望早日停战，由袁世凯妥善处置善后事宜。

英国明摆着支持袁世凯，这给与会代表很大的心理压力。既然革命党的核心人物也都同意停火，并以推翻朝廷作为条件同意袁世凯为大总统，而与会的各省代表们又何尝不想战火早熄，新政府早日成立，以便在中央政府或在省政府里获取重要的职务？遂一致通过了“虚临时总统之席以待袁君世凯反正来归”的决议案。

决议案由黄兴亲自派人送至北京交给汪精卫过目，汪立即转给杨度，杨又连夜告诉袁世凯。袁自然很高兴。但这是一个非常大的问题，尚有许多具体事情要考虑，要商谈。独立省区推出伍廷芳为和谈全权代表，又推举汪精卫为伍的参赞。

伍廷芳为广东新会人，年轻时即赴英国留学，得法学博士学位。后经张之洞推荐，历任出使美国、西班牙、秘鲁等国钦差大臣。伍廷芳长期受西方文化影响，对民主宪政甚是景仰，为革命党人所尊敬。恰好他三年钦差大臣期满回国，幸运地担负起历史所付予他的重任。

袁世凯任命他的老友唐绍仪为总代表，又要杨度充当唐绍仪不公开的助手，秘密斡旋南北议和。

八　杨度对革命党人亮了底牌：袁世凯不是曾国藩

杨度的学部副大臣其实没有做多久便被免去了，袁世凯许诺将有要职相委。学部是个冷清的衙门，杨度对它本没有多大的兴趣，更何况是个副职，因此他并不在乎。他要为即将诞生的新国家建立更大的功劳，以便在未来的内阁中占取一个更重要的席位。

由袁内阁邮传大臣唐绍仪率领的北方谈判团，气势庞大排场阔绰地乘坐专车南下，杨度不是代表团的正式成员，而是作为一个宪政专家身份随团出发。专车开得很慢，每到一个较大的车站，便有当地的官员们在站台上等候，恭请赏脸下车休息。谈判大员们也不谦让，大吃大喝一顿，然后再带着大箱大箱当地土产上了车。有的甚至还提出要看看名山胜水，观赏前朝古迹，说是机会难得不可错过。唐绍仪觉得在路上耽误太久，毕竟与目前的形势不相宜，不得不扫扫这些大员们的雅兴。杨度很气闷：这些人的心目里简直没有国家的概念，让他们去担负着如此重要的谈判，岂不是笑话！

一路上走走停停，五天后才到达汉口。武汉三镇的战事虽早已停止，但一个月来的战火已把这座中南重镇烧得不成样子了。映入眼帘的尽是断垣残壁、废墟荒冢，街道被炮弹炸得坑坑洼洼，大部分店铺都关了门，市面一片萧条。到处可见流离失所的市民，蜷缩在墙边树下，架起铁锅烧火煮饭。杨度看在眼里，很觉得过意不去，心想：这便是战争造成的后果，倘若不用这种暴力革命就达到立宪救国的目的，岂不可以免去老百姓的许多苦难？战火不能再起了，更不能蔓延！

昔日繁华的汉口镇居然找不到一家像样的客栈来接待谈判团，北洋军前线统领冯国璋只好将他们安置在英国租界内。因为风闻孙中山将挟巨资从美国回国，前一向在汉口开会的代表们都离开汉口，乘船东下上海去欢迎孙中山，顺昌洋行空了下来。于是北方谈判团就住进去，填补了他们留下的空缺。英租界没有受到战争影响，洋行里又全是西式摆设，从北京来的大员们很觉得满意。

次日上午，湖北军政府都督黎元洪派原共进会领袖、现军政府军务部长孙武过江来迎接。人们盛传孙武是孙文的弟弟，谈判大员们也信以为真。大家都怀着好奇的眼光仔细端详这位大革命家的兄弟，纷纷向他献殷勤，套近乎。后来得知孙武就是汉口人，与孙文毫无关系，于是又都很失望。

武昌阅马厂原咨议局衙门，现在成了湖北军政府办公之地，黎元洪在这里为北方谈判团举行了隆重的接风宴席。尽管武昌城许多老百姓已断粮断炊，但接风宴席上却是山珍海味应有尽有。鄂省的头面人物，无论是革命军中的新贵，还是原主君宪的咨议局议员，以及革命起后没有来得及逃离转而拥护军政府的前朝命官，都济济一堂。大家不分革命先后，也不分南方北方，频频举杯，互相敬酒，预祝会谈成功。仿佛干戈早已化为玉帛，南北已经亲善，融为一家子了。

谈判的地点选定在上海，且黄兴等人已离开武汉，黎元洪又是一个武人，一向不善言谈，武昌起义的领道人孙武、张振武、吴兆麟等人在革命党中原本没有多高的地位，所以武昌的会见实质上只是应酬而已。吃过饭后随便聊聊天，闲谈闲谈，轻轻松松地将一个下午打发过去了。晚餐又是大鱼大肉地嚼了一顿。黎元洪派人四处找戏子来唱堂会。打了一个月的仗，戏园子都关了门，找不到名角，便只得拉了几个唱楚剧的来应付。这楚剧是江汉一带的地方戏，如何能跟京师的皮黄相比，谈判大员们一个个听得没精打采。有年轻的随员耐不了寂寞，便悄悄地打听还有没有正在做生意的妓院。军政府的接待人员满脸堆笑地答应："好说，好说。那种地方人多眼杂，不太方便，武昌城里漂亮的女孩子多的是，明晚去叫几个来陪陪各位大人。”

杨度见此情景，忙对唐绍仪说：“少川兄，武汉不要久留了，最好明天就开船。”

“这里是不能久停，明天走吧！”随从们的表现和已独立的武汉的面貌都使唐绍仪很失望。“皙子，这次谈判不能指望他们那些人，你我都是项城的老朋友了，即使不为国家，就为酬答项城的知遇之恩，也不能像他们那样。你与革命党的领袖们都熟，到上海后，我这个总代表一切都还要仰仗你。”

杨度说：“我会尽力而为的。”

航行顺利，两天三夜后抵达上海码头。着一身深色西服的伍廷芳率领一批人早已恭候在黄浦江码头上。伍廷芳虽然六十多岁了，却红光满面，精神很好。

上海城的光复似乎来得很容易，只在制造局打了半天的仗，革命军便控制了上海的局面。除几个大衙门换了人马外，其他一切依旧。城市完好无损，市面繁华如昔。老百姓没有受任何惊骇，一夜之间便从奴仆变为主人了。只不过是光复一个多月了，除开革命军中的大小头目们分到了革命成果外，这些主人公们似乎还未得到丝毫实惠。

北方谈判团下榻在外滩一家豪华的法国人开的大饭店里，享受着高规格的接待。在各处观光了几天后，南北两个谈判团开始坐下来，在英租界市政厅举行会谈。

杨度不参加正式谈判，而是私下频频拜访革命军中的旧日朋友。有时他也和汪精卫一起去，但通常都是他一人单独前往。

南北会谈并不顺利。由伍廷芳牵头，有汪精卫、王宠惠、钮永建、胡瑛参加的南方谈判团是一个强有力的会谈团体。他们个个新学知识丰富，能言善辩。以唐绍仪为首，由杨士琦、章宗祥、傅增湘、张国淦等人组成的北方谈判团，不是谈判桌上的对手。他们知道袁世凯有独断专行的个性，便常常用电报请示远在北京的总理大臣。这样一来，既降低了他们自己在谈判桌上的信誉，也使得整个谈判进行得艰难。

南方谈判团提出和谈的基础在于双方都赞成实行民主立宪制度。唐绍仪说他个人赞同，袁项城也不反对，但国体问题重大，宜召开国民会议绝定。南方同意唐的意见。于是唐电请示袁。袁请皇上颁旨召开国民会议，但载洵、毓朗等皇室成员坚决反对。此事便胶住了。

以后，南北双方还进行过四次会谈，涉及了一些具体问题。例如，谈判期间清政府不得提取已借定之洋款，亦不得再借洋款，以及国民会议代表的组成方式等。但会谈成果不明显。

与南北会谈同时进行的，是革命军内部权力重新分配的激烈争斗。南京光复后，独立各行省留沪代表召开会议，议决以南京为临时政府所在地，选举黄兴为临时政府大元帅，黎元洪为副元帅，并由黄兴负责组织中华民国临时政府。在汉口的代表得知后，认为留沪代表无此权利，对选举结果予以否定。待到在鄂代表与在沪代表同时抵达南京后，又决定将正副元帅颠倒位置，即由黎任大元帅，黄任副元帅，因为黎在武昌，便由黄来代替。又有人公开表示，黄兴在武汉战役中指挥失误，丢失了汉口，乃败军之将，无资格充当中华民国的领袖。黄兴十分生气，宣布无论是大元帅还是副元帅，他一概不就。

这样，为了一个领袖的问题，竟弄得中华民国几乎不能诞生。幸而这时孙中山由美国回国。孙是众望所归的大革命家，大家公推他为中华民国临时大总统。十二月二十七日，在南京的十七省代表，十六票投给了孙中山，只有谭人凤将代表湖南省的一票投给了他的多年老战友黄兴。同时确定南京为中华民国首都，明年元月一日，在南京举行临时大总统就职仪式，向全世界宣布中华民国正式成立。

袁世凯得知这个消息后勃然大怒。他一心一意在等待南北双方一致推举他为大总统的喜讯，却不料让刚刚回国的孙文抢了去。他先是恨黄兴等人玩弄了他，继则埋怨唐绍仪无能，便来电指责唐越权办事。唐引咎辞职，袁随即批准，同时给杨度一个密电，要他务必疏通南北，莫负使命。

杨度接到密电后，既感觉到使命沉重，又不免有几分得意感。

决定南北会谈伊始，他就认为北方谈判团的总代表应以自己最为适宜。因为他不仅具备总代表谈判的才能，还因为他与革命军的要员们都有着非比寻常的友谊，而一直为朝廷官员的唐绍仪缺乏这种条件，他不明白袁世凯为何不将这个重任交给他而交给唐绍仪。好了，现在事实证明唐谈判失败了，下一步看我的了！

杨度决心把这件事情办得相当漂亮，让南北两个政府里的人都知道世上有个杰出的人才。他仔细地分析当前的形势：在袁世凯方面，只要让他当大总统，其他条件估计他都会接受。至于革命党人方面，通过这些日子的多方接触，杨度隐隐看出内部似乎有两个派别。一个是以孙中山为首的粤派。这派的主要人物有胡汉民、汪精卫、王宠惠等。另一个是以黄兴为首的湘派。这派的骨干有谭人凤、宋教仁、刘揆一等。湘派早已明确表态同意袁做大总统，而现在孙被推出来，必定是粤派人在各省代表中活动的结果。要改变这个现实是不可能的了，唯一能做到的，是说服孙公开表示，他做总统只是暂时的，以后一定把这个位置让给袁。若这样，袁必定满意，南北会谈也就达到了它的预期效果。离孙中山赴南京就职只有三天了，时间是如此的仓促，该怎样办才好呢？杨度想，无论如何得见一见孙先生，见面之前必须做好充分准备，以期一举成功。

他先找到汪精卫。自从孙中山回国后，汪便做了孙的私人秘书。此时的汪在孙心目中地位甚高，孙每件大事都跟汪商量，由汪草拟的文件，孙也基本上不加修改便签发。汪本人自是赞同袁做大总统的，在孙未回国之前，他在各省代表中也替袁说了不少好话。杨度对汪说明了自己的想法。

汪精卫说："孙先生这几天忙得吃饭睡觉都没有时间，他能抽得出空吗？"

杨度说："这就要请你帮忙了，务必请孙先生在百忙之中抽出点时间来。另外，我想你一定不会忘记袁项城的知遇之恩，在孙先生面前多多为袁项城美言美言，促成孙先生做出这个决定。"

汪精卫说："那是自然的。我也认为在目前的形势下，以袁项城做总统更合适些，孙先生做一个过渡时期的大总统。"

杨度说："还请精卫兄也给胡汉民、王宠惠两位先生说说这个意思，让他们也帮着说几句话。"

汪精卫说："我会说的，但他们二位会不会同意，就很难说了。"

出了汪宅后，他又去找刘揆一。对刘揆一说："霖生，你还记得那年我们在时务学堂饮酒时，对着神明起的誓言吗？"

"记得呀！"已过而立之年的刘揆一依然是一副胖墩墩的娃娃脸，给人一种大孩子似的感觉。"当时我们举杯说，今后不论是谁，只要他做的事有益于中国，我们大家就都支持他。"

"是的。"杨度很欣慰，这位如今亦被视为中华民国开国元勋之一的革命家，没有一点胜利者的骄矜之气。"眼下你们倡道的民主立宪得到大多数人的拥护，我放弃自己多年的君宪主义支持民宪，我应该是履行了自己的诺言吧！"

刘揆一笑着说："你这种识时务的态度很可贵。"

杨度说："现在袁项城也识时务了，转而支持民主共和，前向你和克强、遯初都认为只要他真心转变，并推翻朝廷，就拥护他做大总统。我想，你们的这个主张也必定是为了中国的最大利益而生发的。”

“当然是这样。”刘揆一正色说，“我们与袁项城都无私人关系，何况从私人感情来说，我们都不喜欢他。再说大总统吧，谁不想做？我刘霖生也想，但我自知够不上。现在革命党人中，论威望孙中山够，论功劳黄克强够，论品德汪精卫够，论才华宋遯初够。要论条件，无论从哪方面来说，他袁项城都不够。但从国家利益来考虑，袁又比谁都够。”

杨度拊掌道：“霖生你这番话真是深明大义之言，同时也是恳挚实在之言。我希望你也对各省代表说说。现在孙中山被推举为临时大总统，袁项城有怀疑，这对国家不利。”

刘揆一爽快地对杨度说：“行，我要把这个利害关系给大家说清楚。”

第二天下午，汪精卫告诉杨度，孙先生同意今夜在寓所会见他。

宝昌路四〇八号原是法国人屠榭的房子，现在是孙中山先生在上海的下榻之处。这是一座绿瓦红砖西式小洋楼，上下两层。上层为书房、卧房、办公室，下层为会客室、餐厅、厨房。洋楼四周种着树木花草，黑白相间的鹅卵石铺出一条环楼小路。一道一人多高的围墙将它与街市隔开。围墙内一片安宁、幽静、高雅的气氛，与不远处的喧嚣、浮躁、庸俗的十里洋场仿佛是两个世界。自从孙中山五天前住进来后，这里便成了各独立行省乃至整个中国的灵魂所在。正当革命派内部因为领袖的推举而陷于僵局的时候，孙中山从国外及时赶回来了。大家庆幸革命航船有了掌舵的人，中华民国有了公认的领袖。历史在这里再一次证明，威望素著众心拥戴的领袖，对一个欲成大事的政党来说是多么的重要，在一定的时候，它甚至可以决定这个政党的聚散成败。

连日来，无数大事小事都涌进这座楼房，等待它的主人做出决断。即将上任的中国有史以来的第一位大总统，以超人的智慧和精力有条不紊地处理这一切。过度的劳累使他的面孔更加黑瘦，然而两只洞察秋毫的明眸，却比往日益添炯炯神采。

是的，孙中山的心情确实亢奋异常。从就读于博雅医院与朋友私谈推翻满清到考察北方形势图谋大举，从组建兴中会到周游世界各地在华侨中宣传革命募集款饷，从蒙难伦敦到创办同盟会，从单一的民族革命发展到三民主义学说，从密谋袭取广州的失败到黄花岗七十二烈士的捐躯，二十多年来走过的是一条多么艰难曲折充满流血牺牲的道路！不论在多大的困难面前，不论处何等挫败之下，也不管周围同志们的急躁气沮误会乃至内讧，孙中山始终对革命的胜利满怀信心，永远保持高昂的斗志。他高瞻远瞩，成竹在胸，他豁达大度，不谋私利，长期苦难的革命生涯，为中华民族锻造了一位真正的领袖和伟人。今天，当他看到为之奋斗二十多年的民主共和的构想已为大多数的中国人民所接受，当他看到大半行省已脱离了满清王朝而宣告独立，当他看到中华民国即将成立，两千多年的封建专制就要彻底覆没的时候，这位伟大的先行者的内心该是多么的快慰无比！

但是，就在这短短的几天里，孙中山睿智的目光已看出了一片胜利中所潜伏的隐患。

革命酝酿运作的时间是那样的漫长而痛苦，但革命胜利的一天居然来得如此快捷而突然，这是孙中山所没有预料到的。这固然是好事，但随之而来的问题则很多。

真正的由革命党人领道的独立行省没有几个，许多所谓的独立只是换了一个招牌而已，军政府的人依然是先前巡抚衙门的原班人马，或者是只换一两个首脑，其他人都照旧。孙中山革命的目的不仅仅在于改换一个朝代，而是要建立一个全新的社会秩序。这个全新的社会秩序，能依靠那些全然不懂三民主义，满脑子封建陈腐，昨日巡抚统制今日都督的人去建立吗？除开旧官吏外，各省军政府里还有不少会党头目和投机看风向的士绅，这些人都不是真正的革命者。即使在革命党人内部，眼前的局部胜利，也使其中不少人头脑昏昏意气飘飘。他们认为革命成功了，多年的辛苦应该得到酬劳了，为官位为地盘而争斗甚而火并的事不断发生。还有人高喊革命军兴革命党消，居然要取消革命党了！另有不少人在为新生的省军政府和中央临时政府的前途担忧。他们一则畏惧袁世凯的实力，二则对银钱的匮乏束手无策，许多省的藩库空空如也，不但军饷，就连军政府工作人员的薪水都发不出。有些省的代表之所以投孙中山的票，是因为听说他携巨资回国。孙中山苦笑着说：“我身上实一文不名，带回的只有革命精神。”他们于是很失望。对于革命队伍中的这种企盼，孙中山也失望。

孙中山一脚踏上黄浦码头，就听说黄兴和在鄂各省代表有“虚位以待袁世凯”的议决，心里甚是不快，对身边的人说：“克强同志怎么能这样做！多少烈士生命换来的革命果实，如何能拱手让给袁世凯？”

这几天接触多方人员，与他们倾心交谈局势和前途，才发现多数人都同意黄兴等人的观点。孙中山虽然对这种妥协情绪极不满意，但知道已无法扭转。他清醒地认识到革命并未成功，仍需继续努力。因而，临时大总统也无须久当。昨天汪精卫告诉他，袁世凯对他即将就任颇为不满，袁的私人代表杨度想前来拜见。孙中山也想进一步了解袁的态度和北方的实力，何况杨度又是老朋友，尽管他忙得废寝忘食，但还是决定接见杨度。

傍晚时分，杨度在汪精卫的陪同下来到宝昌路四〇八号。刚进大门，孙中山便从房间里走出来，伸开双臂迎上前，用洪亮的广东官话打招呼：“皙子先生，你好哇，我们又见面了！”

杨度快步走上前，抱住孙中山的双肩，笑着说：“中山先生，我特为前来祝贺你。后天，你就是中华民国的大总统了，你是伟大的中国的华盛顿！”

“谢谢你，你过奖了，我哪能与华盛顿相比。”孙中山松开双臂，端详着杨度说，“五六年没有见面，你发福了。”

杨度也仔细地把孙中山看了看，说：“你比在东京时瘦了些。”

“是吗？”孙中山哈哈笑道，“做革命家没有发胖的福分。”

汪精卫说：“我们都进屋吧！”

考究的会客室里已亮起了柔和明亮的电灯光。三人坐在松软的牛皮沙发上，喝着香甜的美国咖啡，闲聊起来。正要转入正题时，胡汉民、王宠惠进来了。

胡汉民与杨度是东京法政大学的同学，老熟人了。多年不见，彼此都很高兴。王宠惠虽与杨度是第一次见面，但神交已久。那年为粤汉铁路收回自办一事，王宠惠作为留美学生的领袖，致信东京留日学生会总干事长杨度，承认杨度兼作留美学生代表的身份。杨度回信给王宠惠，表示不负大家的期望。因为有这层关系在内，彼此也可以算是老朋友了，所以也很亲热。

孙中山笑着对大家说：“都是老友重逢，难得！皙子今夜要多谈些北方的事，展堂、亮畴也一起听听。”

胡、王说：“正要听皙子谈谈北方，这是当前的大事。”

杨度心里想：粤派的主要人物都到齐了，这是一个很好的机会，便放下咖啡杯，开始谈起正事来：“关于北方对局势的看法，想必诸位已经从南北会谈中了解了一些。”

王宠惠说：“南北谈判，精卫兄和我都参加了，只是北方的代表谈得并不详细，总理刚回国，展堂兄前天才从广州赶到上海，他们都想多了解些北方的内情。皙子先生，你既是清廷的要员，又是我们的朋友，你要多提供些绝密消息哟！”

杨度笑了笑说：“哪有绝密消息可提供，只不过是和老朋友们随便聊聊罢了。”

胡汉民烟瘾很大，因为孙中山不抽烟，前两天在这个会客室里不敢抽。正在烟瘾发作的时候，他有了一个借口：“我记得皙子是喜欢抽雪茄的，总理，让我陪他抽几支吧！”

孙中山笑着说：“你这个烟鬼，我就知道你熬不过了。好吧，算是招待多年不见的老朋友，我批准你陪皙子抽。”

胡汉民忙掏出一盒从日本进口的雪茄来，递一支给杨度，自己也叼起一支。屋子里顿时冒出一股香喷喷的烟味来。

抽了几口雪茄后，杨度的精神更足了，他侃侃而谈：“对待南方的相继独立，北方政界大致有三种态度。一种是主张坚决镇压，一定要维系以大清王室为首脑的君主立宪国体。另一种是游弋观望，看到底谁的实力强，再决定倒向哪方。还有一种是倾向于民主立宪，但出于各种因素的考虑，目前还不能公开表明态度。”

孙中山插话：“皙子，请你坦率地说，据你所知，北方目前究竟有多大的力量。”

杨度又抽了一口烟，说：“说句不客气的话，假若北方真的要跟南方打硬仗，南方不一定打得过。”

“何以见得？”胡汉民似乎不大乐意听到这样的话。

“我们先来看看军事上的力量。”杨度将大半截雪茄搁在烟灰缸上，以便腾出右手来打手势。“目前北方尚有新军八镇八协一标约十三万人，旧巡防营二十七万人，新募巡防营七万人，另有八旗兵二十二万五千人，绿营兵十三万五千人，总计八十万出头。南方独立各省的新军为六镇十二协三标近九万人，参战的会党和民众都不能算作正式的作战力量，他们今日来，明日散，只能助声势，不会听调遣。仅从兵力来说，北方的兵力便是南方的九倍左右，即使把其他参战人员算在内，也不足北方的一半。”

孙中山默默地听着。全国各省新军的分布他心里是有数的，杨度的分析大致符合事实。说句实在话，各省独立的成功，决定的因素是人心所向，并不是战场较量的结果。倘若在战场上作一番殊死的搏斗，大部分的独立省军政府未必能维持得下去。当然，最后的胜负还是要取决于人心所向，但那必定是在长期的流血奋斗千百万人的牺牲之后的事，国家和人民怎能经受得起那场浩劫！

“从装备上来说，”杨度看到他们都在认真听他的话，很有兴致地说下去，“南方新军的装备大多为八八式毛瑟枪和汉阳造，机关枪很少。火炮也都是老式落后的。北方的新军，尤其是北洋六镇是袁世凯的嫡系，都是一色的德国八九式步枪，而且配备了相当数量的马克辛重机枪与麦德森轻机枪。”

杨度对军队的装备掌握得这样清楚，颇令孙中山吃惊。他一向在革命党的思想建设、组织建设，对民众的宣传鼓动和对今后民主共和国的规划设计上倾注了大量的精力，至于军事方面，尤其是指挥战争、调配武器弹药等具体事项上，他考虑得不太多，也不太擅长。军事上，黄兴是革命党中的第一号大将军。胡汉民也是文人出身，这一个多月当都督，职务所迫，使他对军事情况了解得多些。他插话说：“克强对我说，汉口和汉阳的陷落，关键的原因是北洋军拥有机枪和子母弹，而我们没有。”

王宠惠也说：“各省代表都说，武器是个很大的问题。过去清廷从洋人那里买来的武器都优先装备了北洋六镇，然后再分一点给直隶巡防营及八旗驻防兵。南方各省新军领的都是从前湘淮军留下的老旧破枪，汉阳造对他们来说就是新式武器了。”

胡汉民说：“广东新军里的汉阳造步枪，连发两三百发子弹后枪筒就烧得烫手，要冷一两个钟头才能再用，真的打起硬仗来，汉阳造也不管用。”

“这是讲军事方面，至于财政方面，北方也仍旧占有优势。”杨度继续说，“清廷虽说帑藏空虚，但为了保命，还是可以挤出几千万两银子来的。前两年连续借了三千一百万两外债，紧急时都可以挪用来鼓舞士气。四国银行已公开表示，只要清廷今后与他们友善合作，他们愿意维持这个政府，马上提供七百万两贷款。再加上关税盐税，清廷短期还可凑出七八千万两银子。重赏之下必有勇夫，那些毫无政治头脑只知升官发财的丘八们，会为打赢这场战争而拼死上前的。”

杨度端起咖啡喝了一口。他发现革命党的领袖们个个面容严峻，知道他们的内心在紧张地思考。他不愿意被他们看作是清廷的说客，于是说：“我说的都是实际情况，并无半点夸大不实之处。我和各位都是相知多年的老朋友，深知各位革命的目标是为了国家和人民。我真诚地认为，当前南北议和是为国家和人民的福祉所做的最大好事。”

“我们是愿意和谈的。南北和谈谈得好好的，为什么少川先生突然要辞职呢？”孙中山目光锐利地望着杨度问。

谈话已进入实质阶段了。杨度放下杯子，郑重地说：“我说穿了吧，唐少川的辞职，其实已意味着南北和谈的破裂。南北和谈破裂的真正原因在于袁项城知道了中山先生已被推举为大总统，袁认为革命党人不相信他。”

孙中山笑道：“原来是这样！我这个大总统是临时的，什么时候都可以不当。我孙某人几十年奔走革命，从来没有想到要由自己来做新国家的总统。革命是危险的事，随时都有可能牺牲，若为一己利益着想，我早就不革命了。”

转过脸对他的战友们说：“我们革命党人都没有为个人谋利益的想法。比如说精卫同志吧，他去刺杀载沣前，连以身殉国的血书都写好了。”

汪、胡、王都笑了笑，点了点头。

杨度说：“革命党人这种舍身为国的精神，深为国人敬仰，也为我本人所敬仰。但袁项城，尤其是袁项城手下的北洋军将士们，却没有这种宽广的胸襟。他们放弃了自己奉行多年的忠君思想转而拥护民宪，若个人无好处，他们会干吗？”

王宠惠问：“皙子先生这些年与袁世凯的关系较深。他到底是个什么人，值不值得相信，我想请你以一个老朋友的身份对我们说实话。”

孙中山也说：“亮畴刚才提出的问题，不只是他个人的疑问，革命党中有不少人都有这个疑问。袁世凯早些日子还一再公开表示，要留存满虏小皇帝，要为君宪而效力，为什么又突然转而赞成共和呢？”

杨度笑笑说：“要问袁项城是个什么人，我可以一言以蔽之，乃一识时务之俊杰。从他一贯主张变法维新、训练新军、力办新政可以看出，他思想绝不陈腐守旧。这次出山前向清廷提出的六条要求，比如明年即开国会、组织责任内阁这两条，从施政大计来看，均与革命军的方针无多大区别。第三、第四条，宽容参与此次事变的人，解除党禁，很明显地表现出同情革命党。诸位可以从这里看出袁项城绝不是一个冥顽不化的旧官僚，也绝不是一个一心要与革命军为敌的人。”

胡汉民说：“我看袁世凯不会死心塌地为满虏效力，削职为民的前嫌他哪里会忘记得了。”

汪精卫说：“要说袁项城识时达变也还说得过去。我出狱之后，他就请我给他上民主立宪的课。我接连给他讲了三个晚上，他也听得进，最后还说：看来行民主宪政也不是坏事。”

胡、汪的插话无疑为杨度提供了论据。他接着说下去：“至于袁项城前些日子还说要行君宪的话，我想诸位应体谅他的处境。他身为朝廷的内阁总理大臣，在公开的场合不说拥护朝廷拥护君宪的话，他的总理大臣能当得成吗？因为他识时达变，他能看得出民主立宪是为多数人所接受的国体，所以他的内心是赞同这个国体的。这点他跟我说过，也跟精卫说过。”

孙中山问：“虽有削职前嫌，但袁家毕竟三代受满虏之恩，他自己也是靠满虏的赏赐才位极人臣，亲友故旧全是满虏的高官大员，要他彻底背叛满虏，能做得到吗？”

杨度冷笑了一下，断然说：“世受国恩、忠于皇上这一类的话，只是曾国藩那样的人的信条。我今天向孙先生和各位亮个底牌吧，袁项城绝不是曾国藩，他也绝不想做曾国藩……”

“先生，有紧急电报。”

杨度正要说下去。一个身着西服的年轻秘书进来，扬起手中的纸片对孙中山说。

汪精卫起身接过纸片，迅速地瞟了一眼，赶忙递给孙中山。

“威胁，这是威胁！”孙中山气愤地将纸片丢到茶几上。

胡汉民从茶几上拿过电报，王宠惠也凑过去，轻轻念道：“据北京消息：冯国璋、段祺瑞等四十八个北洋军高级将领将联名通电全国，全力捍卫君宪，誓死抵抗共和。”

杨度心里暗自得意。他估计此电必是出自袁世凯的授意，这个老练的政治家真有过人的精明和手腕。此时此刻这个电报到达此处，对他的帮助太大了。他做出一副早知内情的神态说：“在汉口前线，冯华甫、段芝泉便对我说过，他们只知有君宪，不知有共和。这些军人脑子僵化，拿他们真没办法。”

汪精卫说：“这些人都是袁项城的袍泽，对袁的影响很大。”

杨度接过汪精卫的话说：“正是这样。我刚才说袁项城的本意是不想做曾国藩，为清廷效力尽忠。但如果他手下的这些将领坚决不同意共和，怂恿他维护君宪，那也可能将他逼上曾国藩的道路。倘若袁项城做第二个曾国藩，凭借北方的军事和经济的实力，南方能不能取胜还很难说。”

“哼！”孙中山突然愤怒地站起来，大声说，“北洋将领誓死抵抗也好，袁世凯做第二个曾国藩也好，大不了战争重新打起来，我孙某人奉陪到底！”

会客室的空气一下子紧张起来。孙中山从上衣袋里掏出一块白绢擦着嘴唇，面孔绷得紧紧的。胡汉民、王宠惠拿眼睛望着，一时都不说话。汪精卫起身，对孙中山说：“总理，莫发怒，坐下吧！”

说着便扶着孙中山坐到沙发上，又端起咖啡杯递上去。孙中山接过喝了一口，脸色开始缓解下来。

汪精卫轻言细语地说：“正如总理所说的，北洋将领此举无疑是对我们的恫吓威胁，不过，若真的战事重开的话，我们会面临着武器和经费方面的严重困难。这尚在其次，更重要的是南方各省的老百姓将要承受战争给他们带来的巨大痛苦。”

杨度立即附和：“还有一点，中国若长期内战，正好给洋人以可乘之机。洋人若一旦介入战争，中国将有可能四分五裂，后果不堪设想。”

“现在看来，即使损失很大，仗也是非重开不可，难道我们还能屈服于冯国璋这批北洋将领的压力不成？”孙中山余怒未消，说起话来仍火气很大。

“北洋将领的情况我知道。”杨度说，“他们最关心的并不是国体政体，而是自己的官位权力。只要有官有权，至于行什么体制他们并不在乎。多年来北洋军习惯于听袁项城的话，所以大家都说北洋军是只知有袁宫保不知有朝廷。他们所谓的誓死捍卫君宪制，那只是一个幌子，实际上要捍卫袁项城的地位。我可以担保，假若临时政府公开宣布，将大总统一职给袁项城，北洋将领们什么捍卫君宪反对共和的高调就绝不会再唱了。”

汪精卫忙接着说：“皙子这几句话倒是说到冯段等人的心底里去了。”

经此点破，孙、胡、王也很快明白过来。但袁世凯只是表示他拥护共和，并没有具体行动，凭他这句空话，就把大总统让给他，革命军岂不太软弱了？

这时年轻秘书又进来了："先生，张季直先生有要事禀报。"

"请他进来吧！"孙中山的心情已基本平静下来，他微微扬了扬手说。

将近花甲的张謇身穿一件金花黑底缎面长袍，拄一根时新的弯头文明竹杖，迈着方步跨进会客厅。江苏独立时，张謇以省咨议局议长的身份首先响应革命。前几天，他和原江苏巡抚、现江苏军政府都督程德全，革命元老、光复会会长章炳麟一起组建统一党。张謇集名士、实业家、统一党党魁于一身，又年居长辈，孙中山对他非常尊敬。

见他进来，会客厅所有人都站起迎接。孙中山走上前，双手扶着他，把他送到沙发边，客气地问："直老有何贵干？"

张謇分开两腿坐在沙发上，两手扶着支起在两腿之间的文明拐杖，俨然一副长者的派头，也不向四周的年轻人打招呼，只面对着孙中山一个人说话："前几天，袁慰庭给我来了一份电报，问我今年夏天对他说的话还算不算数。"

"直老夏天对他说了什么话？"孙中山问。

杨度心里想，是不是袁说的江浙立宪派抬他出山的事？遂倾耳恭听。

"夏天我进京时，特为在彰德下了车，去洹上村看了看袁慰庭。我们二十多年没见面了。他那时革职乡居，心情有点颓废。我打他的气，说大家都希望他早点出山收拾残局。"

胡汉民笑着说："直老有远见，那时就知道他会复出。"

"不是在你们这些后生子面前吹牛皮。"张謇扫了四周一眼说，"我张某人别的能力没有，要说看人，倒是八九不离十。二十多年前，袁慰庭不过一落拓无赖，吴军门若不是看在故友的情谊上，根本不会收容他。我观察一段时期后，发现这小子不是等闲人，便推荐给吴军门，要吴重用。吴将他带到朝鲜，这以后才有慰庭的发迹。好了，这些老话不说了。"

张謇端起杯子，看了看，摇摇头说："孙先生，你这是什么洋东西，我喝不惯。"

孙中山忙从他手里拿过杯子，对着门外说："阿桥，你去给直老换一杯好龙井茶来。"

张謇双手在拐杖上下摸了摸，说："我今天特为来告诉孙先生，我们统一党上午开了一个会，会上议决要袁慰庭办一件事。"

“什么事？”众人异口同声地问。

“要慰庭劝皇上退位。只要皇上一退位，我们统一党就举他做大总统。大家推我拟一个电文。我给慰庭吃一颗定心丸：甲日满退，乙日推公，东南诸方一切通过。”

大家一齐看着张謇，愣住了。杨度简直想冲上前去拥抱这位倚老卖老的大名士，正是他这句话，给南北会谈由破裂转向实现预期效果提供了一条好途径。胡汉民和王宠惠心里突然对这个老头子生出反感来。如此大事，居然不先征求一下已被推举为临时大总统的孙先生的意见，就擅作主张，甚至还用什么“甲”呀“乙”呀“一切通过”呀这类字眼，这不明摆着将统一党置于同盟会之上，置于中央临时政府和孙大总统之上吗？太狂妄不自量了！太讨好巴结袁世凯了！两位年轻的革命家顿时愤慨起来。

孙中山听了，一股悲凉之感油然而生。这件事充分说明了革命军中许多人还只知一个民族革命而不知其他，以为只要推翻了满洲皇帝，中国的一切问题便都解决了。革命意识浅薄得可怜。同时也充分说明革命阵营中原本存在的山头派性，将会随着暂时的胜利而愈加明朗对立，即将诞生的中央政府会很难有一个统一的意志，统一的行动。杨度所分析的军事财政两方面南北力量悬殊也是实情。一个决定已在孙中山的脑子里慢慢形成了：让位给袁世凯，用武昌起义和十四省独立来换取满洲皇帝的退位也是一个重大的胜利，真正的民主共和再靠尔后的斗争来获取。

想到这里，孙中山断然对张謇说：“我同意统一党的意见，只要满虏退位，我就把临时大总统一职交给袁慰庭。”

又转过脸对杨度说：“烦你也给袁慰庭拍个电报，一是把我刚才说的话告诉他，二是请他转告冯段等北洋将领，要以国家和百姓的利益为重。中国的出路只有民主共和，舍此之外别无前途！”

九　静竹的鼓励，自我的检讨，使杨度相信自己的转变没有错

两天后，中国的纪元是宣统三年十一月十三日，而在世界大多数国家里则是新一年的元旦。就在这一天，孙中山在南京宣誓就任中华民国临时大总统。孙大总统的就职誓词很短：“倾覆满洲专制政府，巩固中华民国，图谋国民幸福，此国民之公意，文实遵之，以忠于国，为众服务。至专制政府既倒，国内无变乱，民国卓立于世界，为

列邦所公认，斯时文当解临时大总统之职。谨以此誓于国民。”

刚就职就提到解职，而且信誓旦旦地公之于世，这可能是全世界所有总统就职典礼上没有过的怪事。与此同时，北京各大报纸刊出了冯段等四十八个北洋高级将领抵死捍卫君宪的通电。孙中山不得不亲自致电袁世凯：“文虽暂时承乏，而虚位以待之心，终可大白于将来，望早定大计，以慰四万万之渴望。”

这些现象使中国老百姓明显地看出，以孙中山为首的民国政府是很虚弱的，真正的中国之主乃是北洋军的首领袁世凯！

杨度圆满地完成了袁世凯的使命，高高兴兴地离沪回京。袁大公子代表他的父亲来到车站迎接，并转告他父亲的话：“皙子能干，今后还要多多借重。”杨度听了更是得意。

他想起袁世凯一旦做了总统，自己也就是民国政府的大员了。自己过去一向主张君宪，上个月与汪精卫联合发起国事共济会，隐隐地做了全国君宪党的领袖。一下子改做民国的大官，不是背叛了自己的主义吗？应该把这个转变向社会说清楚。国事共济会已解散，不如找几个原先也持君宪主义的朋友，再发起一个会，来一篇宣言书。

他把这个想法与薛大可、刘鼒和、王赓等人商量。这些人近来看到袁世凯都赞成共和，知君宪已无出路，正寻思着要改换门庭入民宪，杨度这个想法正合他们的心思。遂一起计议，干脆激进点，定这个会为共和促进会。

宣言书仍由杨度起草。文章说，前主君宪，乃以救国为前提，而并非以保卫君位为目的，乃为促政治之进步，而绝不愿以杀人流血来勉力换取君位。现在发起本会，是应时势之要求，鉴国民之心理，尽匹夫报国之责。文章最后说：“生民涂炭，已濒水深火热之域；外侮方殷，行见豆剖瓜分之惨。求内部之统一，免外人之割裂，安危存亡，系此一举。凡我同胞，奋袂兴起，以尽国民之义务。”

大家看了这篇宣言书，都称赞文章做得很好，把众人一片为国家利益而牺牲个人主义的公心说清楚了。薛大可便将它拿到《帝国日报》上去发表。

这天傍晚，全家人围着饭桌吃饭。杨度对家人谈起外间的事。说袁项城现在很为难，制定了一个优待皇室的条款，又不敢给太后和摄政王看，怕他们骂他背叛朝廷。又说朝廷中有一部分人组织了一个宗社党，坚决反对皇上退位，要与南边拼命。

何三爷说：“昨天我在长兴茶楼上听茶客们说，袁宫保就是今天的曹操，欺负孤儿寡妇，明明有力量可以制服革命党，但他偏要和谈，借革命党来压朝廷。”

杨度说：“也不能担保袁宫保就一定可以制服革命党。革命党不是长毛，袁宫保做不成曾国藩。”

静竹说：“既不能做曾国藩，做曹操也可以，何况满人的孤儿寡妇也没有一定要保卫的道理。他们没有治理国家的本事，让有本事的来治理有何不可，凭什么这江山就永远是他一家一姓的？”

亦竹平素一向不谈国事，这时也插话了：“皇上是个六岁小孩子，哪里知道管理国家？说句什么话都是圣旨，别人都得听他的，真好笑。前天我去酱园打醋，听一个家里有人在宫中做太监的大哥说，有天皇上玩得兴起不愿睡午睡，总管太监哄他去睡。他讨厌太监扰了他的兴致，突然对身边的小太监说：‘传我的旨意，把他杀了！’吓得那个老太监连连磕头饶命，皇上就是不准，非杀不可。小太监赶紧禀奏隆裕太后，太后慌忙过来制止了。假若小皇上死命都不同意呢，那个老太监不就丢了命？”

说得大家都笑了起来。

亦竹得出了结论：“我看这君主制是要不得，革它的命是对的。”

静竹说：“皙子，昨天《民视报》上登了一封给你的公开信，骂你不该放弃君宪转向民宪。”

“是吗，报纸在哪里？”杨度放下碗筷。

“在我房里，放在梳妆台上。”

杨度忙起身离席。

杨度找到《民视报》，报上的公开信是两个不相识的人写的。信上说他前不久还标举君宪，一下子忽又变为共和，好比一个得一夜之欢就改变贞节的寡妇。这个比喻，让杨度看了很觉恶心。他气得把报纸扔到地上。想一想，又捡起来看下去。

信上的语言真是刻薄极了。说什么若真有见地，不为利害所动，则无论持君主还是持民主，其人可贵而其言可信。假使那年从日本回国后不受朝命，不拜官爵，始终和革命党携手合作，那么今日名不在孙黄之下。又如事变刚起就与政府断绝关系，投身民党提倡共和，虽蒙寡妇再醮之嫌，尚不得与娼优并论。如今朝三暮四，反复无常，是自取其辱而为社会所轻。

公开信甚至还说，中国之所以闹到这般地步，正是因为士大夫轻节义，毁廉耻，倾危反复，追逐一己之名利的缘故。现在这些人又见风使舵，往共和政府里钻。若共和今后在全国建立，这些绝无心肝绝无廉耻之徒充塞其间，那中国的前途真堪痛哭。

下面还有几段话，杨度实在无力看下去了。他的手脚已发软，背上冒出冷汗，终于瘫倒在静竹的床上。过一会儿，略觉好些了，他坐起来细细地咀嚼着这封信。他发现这封信里有不少似是而非的东西，他想写篇文章答复，又难以着笔。上海回来后满肚子的热情，被这勺冷水一浇，差不多去了多半。

杨度心里怏怏的，一连几天打不起精神。谁知破船偏遇打头风。湖南传来消息，一个新成立的名叫国民协进会的团体通电全国，说杨度在武昌起义后奔走南北，比附满酋，力请袁世凯出山，是一个大汉奸。按照他们的会章，判处杨度死刑，并没收他在湖南的家产，拘捕他的妻子儿女。

杨度得知此事，又气又急，赶紧给杨钧拍个电报，要他把嫂子和侄儿女暂送到湘绮师那里躲避一下，以后再接他们进京来住。

幸好第三天，胡汉民、汪精卫便在南京联名发出通电，为杨度说情。孙中山也亲自致电湖南都督谭延闿，请他派兵保护杨度的家属。

原来，国民协进会是几个激进的革命党人组织的团体。他们绝对排斥满人，排斥为满人做过事的旧官僚。杨度那年为粤汉铁路事得罪了一批湖南士绅，他们向该会进谗言。这个会的过激言行得不到人们的拥护，没有几天便自行解散了。所谓判处杨度死刑一案，自然也没有人去执行。

但此事又给杨度一个刺激。放弃君宪转向共和遭人讥嘲，协调南北和谈成功也遭人诬骂，为国家办事真是艰难呀！

杨度意志消沉下来。他关起门来读诗练书法，一天到晚几乎不说一句话，烟灰缸里的纸烟头堆得高高的。静竹、亦竹看在眼里，疼在心头。十来天过去了，杨度的情绪仍未好转。静竹实在忍不住了，这天午后她走进书房，只见杨度又在闷头吸烟。她轻柔地叫了声“皙子”后，便在他的对面坐了下来。

“心里还不舒畅吗？”静竹美丽的丹凤眼里满是爱怜。

杨度微微点了点头，没有做声。

“不要老是这样。”静竹软软柔柔地劝道，双手托起他的下巴，细细地端详许久，“皙子，这些天来你瘦多了。”

这双纤纤的女人手里似乎蕴藏着炽烈的热源，情绪冷落的前秘密使者顿时浑身温暖起来，疲软的身躯里像是灌进了一股强大的气流。他紧紧地抓住静竹的手。他已经很久没有这样握过她的手了。静竹心头滚过一阵幸福感，略显憔悴的面孔上荡起一层浅浅的红晕。很长时间，两人就这样手握着手，眼望着眼，不说一句话，彼此都觉得心灵在沟通，情感在交融。杨度感到自己的心情突然变得开朗起来，半个月来的抑郁被驱散了不少。

“晳子，你不要老是这样。”静竹又轻柔柔重复了一句。她解开左臂下的衣扣，从棉衣口袋里取出一个绿绸包来。“晳子，这块潭柘寺里的拜砖，你已经很久没有看它了。看看它，想想妙严公主吧！”

杨度从静竹手里接过绿绸包。打开绿绸，那块小小的三棱形砖头露了出来。他凝视着它。十二年前同游潭柘寺的情景又出现在眼前。观音殿里，如花似玉的静竹郑重地捧起这块拜砖送给他，希望他今后以妙严公主那样的恒心对待自己的事业。就是在那一刻，杨度的心中升腾起对这位沉沦底层的陌生女子的敬重之情，也就在那一刻，奠定了他们之间心心相印的永久爱情。杨度的眼睛慢慢地湿润了。

“晳子，说实在话，你过去致力君主立宪，我心里总觉得不甚妥帖。这个满人朝廷，大家都说它气数已尽了，已走到头了。我老是在想，我们志大才高的晳子为什么总要维护这个小儿朝廷呢？只因为这是男人的事业，所以我们姐妹并不干扰你。眼见得这几个月来你转而支持民主共和，为使国家和民众少受苦难，劳累奔波，促使南北和谈成功，我们心里欣慰得很。我几次和亦竹说，晳子支持共和，这条路走对了。国家是民众的，民众是国家的主人。这是天经地义的。为什么千千万万的人都要听一个人的呢？难道皇上一个人就比千千万万的人都要高明吗？正如那天亦竹所说的，六岁小儿懂得什么？他一旦登上龙位做了皇帝，一国就都得听他的，他说浑话都是圣旨，这合道理吗？晳子，行民主共和，这一定是对的，你放心大胆做下去，不要怕别人说闲话。报上登的公开信，你就当它是混账话好了。说不定那些人正是从朝廷那儿得到了大大的好处，反过来说别人是为利而变节。这些人的心地最卑鄙龌龊，你完全可以鄙视他们。湖南那班子人自己都散了伙，你还管他什么？明年开春了，京师暖和了，叫何三爷到湘潭去，把母亲、嫂子都接过来住好了。晳子，要学妙严公主那样，看准了目标，就坚持不懈地走下去，莫为闲言闲语动心。”

静竹这段细声细气的贴心话，真如同一股春风吹化了压在杨度心口上的霜雪。他又一次紧紧抓住静竹的手说：“静竹，多亏你提醒了我。你说得好，应该要有当年妙严公主那种恒心。倘若遇难便止，不思奋斗，的确是干不成大事业的。”

“好了，听到你这句话，我心里真像喝了蜜糖似的。这就好了，今夜好好睡一觉，明天一早还我一个生龙活虎的皙子！”

静竹站起来，弯腰在杨度的额头上甜甜地一吻，又嫣然一笑，走出了书房。

疾病的折磨，精神上的抑郁，使得静竹过早地进入中年，当年那婀娜多姿的体态、轻盈优美的步履已不复存在，唯有这嫣然一笑，仍是江亭、潭柘寺那两天的静竹。她给杨度带来无限甜美的回忆，也夹杂着韶光易逝的深重惆怅！

杨度的精神大大振奋起来。他认真地对武昌事变以来自己的行为做了一番检讨。

自从第二次日本留学回来后，杨度通过对各国宪政的研究和对中国国情的分析，认定虚君立宪是中国最宜采用的国体。回国三四年来，他一直在为中国第一部宪法的制定和促使国会早日召开而努力。不料，革命党排满激进的救国方略得到了多数人的拥护，武昌起义赢来了十四个省的独立。尽管各省独立的背景不尽相同，大部分都督亦非革命党人，但厌倦满人朝廷的情绪则是一致的，人心向着民主，向着共和，已成了时下中国的政治潮流。

面对着这种巨大的一夜之间发生的突变，杨度有几种选择。一是固守一贯的主张，坚持虚君立宪，与革命军势不两立。二是守“道不同不相与谋”的古训，在革命党民主共和大行天下的时候退出政坛，不闻世事。三是放弃自己的主张，投入民主共和的时代潮流，在此潮流中再展身手。

战火已起之时，势不两立者，必定鼓动以暴力对暴力，其结果只能给国家带来内战之祸，置百姓于水火之中，启列强瓜分吞并之心。主义可贵，但国家和人民更可贵，不能将主义置于国家和人民之上。第一种选择他不愿采取。

假若换一个功名事业心淡泊，只想做研究政治学的书生，或者是年高体迈心有余而力不足的老者，因为所抱主义不同，他可以不卷入争斗漩涡，退而在书斋里著书立说，传诸后世；或者连名山事业也不做，隐居山林，混迹于渔樵之间，像陶渊明那样“采菊东篱下，悠然见南山”。杨度不是那样的人。

帝王之学的忠实信徒，其内心深处有一股强烈的建功立业的躁动。他自己很清楚，这股渴望建立功业之心要超过对主义的信仰。主义可以改变，功业却非建立不可。历史上那些做出轰轰烈烈大事业的人，且不说苏秦、张仪朝秦暮楚，就是备受人们赞扬的魏征、刘基，不也是改变了原先的主义才有日后的大业吗？

三十六岁精力充沛热衷国事的杨度，绝不愿做那种为了坚持主义而老死山林的隐逸之士，他要奋进，他要闪光，他要出人头地，他要做热热闹闹的大事业，他要做王氏帝王之学的成功传人。如此，在他的面前就只剩下一条路可走了，那就是弃君宪而拥护共和，汇入当前这股汹涌澎湃的大潮流中去，佐袁世凯去做一番民主共和的大业。

正在这时，有一件事使他矛盾痛苦的心灵获得了安慰。前两天，梁启超在日本公开宣布拥护民主共和政府，他痛痛快快地承认君宪在中国行不通，应该改行民主共和。梁启超既不为自己鼓吹宪政的过去遮掩，也无半点改变主义的愧疚，他大言不惭地宣布，他常常是不惜以今日之启超攻昨日之启超，因为这是为了追求真理。只要得到了真理，一己的名声可不必顾惜。

梁启超说得有道理。杨度想，君主立宪也好，民主立宪也好，关键在立宪。世上有君宪成功的国家，也有民宪成功的国家。国体应由国情绝定，而全国多数人的选择就是国情。今天中国多数人拥护民宪，那就意味着国情宜于民宪，自己过去的君宪主张不合国情，应当抛弃。梁启超可以这样改变，我为什么不能改变呢？还有张謇、汤化龙、谭延闿等人，他们过去都是高唱君宪调子的，现在都转而支持民宪了。他们可以转化，我为什么不可以转化呢？想到这里，杨度平添了胆气，他深为自己这十多天来的虚怯而羞耻。

杨度的这番自我检讨，究竟是体现了中国士人顺应潮流的明智呢，还是体现了中国士人缺乏力量的悲哀呢？这是一个很难说得透彻的问题。只是杨度经过这番自我调整，失衡的心态重新获得了平衡。他铺开纸张，奋笔疾书，理直气壮地申明自己转变主义、支持共和的缘由，叫何三爷立即送《民视报》发表，作为对攻讦者的公开答复。

十　南下就职前夜，北京城闹起了兵变

宣统三年十二月二十五日，对于大清皇室和一切忠于大清皇室的人来说是一个最痛苦最屈辱最不堪回首的日子。这一天，六岁小儿皇帝溥仪向全国人民颁布退位诏书，统治中国大地二百六十八年的清王

朝正式宣告结束。对于广大的中国人民来说，这一天则是最值得庆祝最值得纪念的日子，因为这不仅仅是一个丧权辱国的清王朝的结束，同时也是沿袭了两千多年之久的整个封建社会的最终了结。

与历史上所有被迫退位的帝王的诏书一样，溥仪的退位诏书里写的也不是他本人想说的话，那些话都是逼迫者借他的口气说的。早在一个月前，袁世凯就密电张謇代拟一份退位诏书。

状元张謇当然是最有资格写这种东西的，但他太忙，实在抽不出时间，受命后就将此事交给他的朋友杨廷栋。杨廷栋是江苏吴江人，中过举，又留学过日本，张謇器重他的文才。

杨廷栋躲进苏州阊门外的维瀛旅馆，花了三天三夜的工夫，逐字逐句地斟酌考虑，写出了一份初稿。初稿誊抄后，他的一个名叫曾奋的好友又作了修改，最后由张謇审阅定稿，派曾奋送到北京。袁世凯看完后很满意，只在其中加了一句话："即由袁世凯以全权组织临时共和政府，与民军协商统一办法。"

这个被张謇视为不会读书作文的内阁总理大臣，恰恰在这篇由张本人定稿的历史文献上，添上了最为重要最为关键的点睛之笔。有了这一笔，袁世凯的大总统之位便是得之于清皇室的禅让，而不是革命派的转送。他既可以不受欺负孤儿寡妇的指摘，又可以不必感激革命派的恩德。张謇当年真是低估了学生的文才，没有看出不喜为文的袁世凯其实是做大文章的高手！

南京的临时政府见袁世凯真正把皇帝逼下了龙庭，当然不能失信，但以孙中山、黄兴等人为首的革命党人，总对这位在满虏官场中混了三十多年，几个月前还一再声称在中国应行君宪不能行民宪的袁世凯很不放心，他们决定要对他实行一些制约。独立省区的代表们在皇帝未退位之前，几乎都一致认为把大总统一职让给使皇帝退位的袁世凯是应该的，现在真的要让他做总统了，大多数代表又担心起来。他们怕袁世凯说话不算数，会剥夺他们既得的权利地盘，更怕他哪天翻脸不认人，对他们打击迫害。于是紧急开会，制定条款，试图给袁世凯套上枷锁，令套上枷锁的袁大总统始终不敢偏离民主共和的轨道。

第一条款，是匆忙制定《临时政府约法》。临时约法规定国家的政体为内阁制，内阁总理及各部总长称为国务员，中华民国以参议院、临时大总统、国务员、法院行使其统治权。第二条款，中华民国的首都定在南京，不得改变。第三条款，临时大总统辞职后，俟参议院举定新总统亲到南京受任之时，临时大总统及国务员始行解职。

孙中山的临时政府实行的是总统制，没有设总理，各部总长直接向总统负责。宋教仁热衷于政党内阁，刘揆一附和他的主张。各省代表便以为宋教仁有做总理的野心，结果，不仅总理内阁制被否定，连宋教仁的内务总长也被否定了。现在袁世凯要做总统了，为要制约他，又将总统制改为总理制，以便分他的权。北京既是清廷的都城，也是袁世凯的地盘，革命党人怕袁在北京，他们管不了，便坚持南京的首都地位不能改。再来第三条款加以限制：不来南京不交权。

袁世凯老于宦术，见南京又要出这几道把戏来，心中大为不快。他将唐绍仪、杨度叫去，指着刚收到的电报质问："你们看看，孙文他们来这一手是什么用意？"

唐、杨把电报看了下，一时做声不得。

"他孙文做总统就不要总理，我袁某人做总统，就来个总理牵制我，这像话吗？"

唐绍仪在上海办谈判，谈到中途，以越权之咎被免去了总代表的职务。他一回到北京，袁世凯就对他大加抚慰，说明了此中原因。唐绍仪当然能体谅老上司的苦衷。他见电报上写着总理制，心里颇为兴奋，因为只要设总理一职，他自度此职就非他莫属。他要促成总理制实施。

"慰庭兄，关于总理内阁制，你不妨接受，只是加上一条：不能行政党内阁制。因为若行政党内阁制，内阁总理则由执政党产生，明摆着总理便落到南边去了。不行政党内阁，则总理由总统提名，那么事情就好办多了。"

杨度本是最早提出政党内阁制的，但现在显然不能再提这码事了，况且他也有一丝做总理的念头。他知道袁世凯喜欢独断专行，话便说得委婉些："中国目前的情况，其实最宜行美国式的总统制，不宜行法国的内阁制。不过，南方坚持要改内阁制，也犯不着为此事而影响大局。正如少川刚才说的，只要坚持总理由总统提名，则总统制与总理制实际上是一回事。"

"哦，我明白了。"经唐、杨这么一指点，袁世凯马上就通了，只要不行政党内阁制，设一个总理对自己并无坏处，假若总理敢唱对台戏，罢免他就得了。"好，这一条接受，附上一个条件，内阁是超党派的，不能行政党内阁。"

他拿起电报又看了一下，皱着眉头说："到南京去就职，是想要我到他们的地盘上去做傀儡，我袁某人从来要自己做主办事。与其做革命党的傀儡，我不如做清廷的内阁总理大臣。这南京是万万不去的，你们看有什么好主意可以对付？”

唐绍仪一心巴望新政府早登场，生怕再出乱子，于是劝道：“我看首都设在南京也不错。南京龙盘虎踞，六朝旧都，明代的开基发皇之地，做首都是个好地方。只要权在手里，到哪里都不会做傀儡。”

唐绍仪的机心远不及袁世凯，袁心中的名堂他如何猜得透！在南京与在北京大不相同之处，三言两语也说不清楚。袁世凯望着唐绍仪苦笑了一声说：“南京这么好，干脆你去那里就任大总统好了。”

这句挖苦话说得唐绍仪面色尴尬，竟不能再开口了。杨度在心里谋划了很久，总想不出一个两全其美的法子来。正在这时，一个贴身副官进来禀报：“民政大臣赵秉钧有要事求见。”

袁世凯起身，对唐、杨说：“我到隔壁去见见智庵，你们再帮我想想。”

说着出去了。一会儿袁世凯进来，一屁股坐在沙发上，生气地说：“王府井一家珠宝店被抢了这点小事也来问我，抓起来杀头就是了。对付这些人，只能用曾文正公的办法，重刑重典，宁可失之于严，不可失之于宽！”

正当革故鼎新之际，北京城比过去更显得混乱，打家劫舍的事时有发生。一到天黑，老百姓都不敢出去，家家户户把大门关得紧紧的。“有了，就从这点上做文章！”杨度猛地灵机一动。

“有法子了！”他兴奋地对袁世凯说出一个主意来。

“皙子能干！”袁世凯听后满口称赞，当即做出绝定。“行，就按你说的办！”

第二天，袁世凯向南京回电：一切依照参议院决议办事。

于是南京参议院开会，接受孙中山的辞呈，十七张选票全部投给袁世凯。两个多月前，革命领袖孙中山当选为临时大总统时，还只得了十六票。现在前清总理大臣袁世凯却真像美国的华盛顿一样，获得了全票！这真是一件令千千万万革命党人难以预料的怪事。

南京参议院绝定派出一个高级别的专使团，前往北京专迎袁大总统南下就职。专使团以革命元勋蔡元培为首席专使，宋教仁、汪精卫、魏宸组、钮永建四人为专使组成，即日离宁赴京。专使团到达北京时，袁世凯命唐绍仪代表他在前门车站迎接，又特为打开正阳门，以当时最为崇高的礼仪将蔡元培、宋教仁等人请进北京城，下榻在贤良寺里。

当夜，袁世凯设盛宴于六国饭店，为专使团洗尘。袁频频举杯向专使们一一敬酒，又极力称赞他们襄助孙中山创建临时政府的功绩，尊他们为中华民族的伟大功臣。说得书生气极重的蔡元培感动不已，连连说："袁大总统不愧为中国的华盛顿，中华民国有袁大总统领道，此乃民国政府和中国人民之福。"

第二天，唐绍仪率领一批人来到贤良寺，与专使团正式会谈。

唐绍仪郑重其事地拟定了袁世凯离京的日期，规划南下的路线及临时休息的落脚点。蔡元培也把南京城里住所的安排作了说明，又带着歉意地说，袁大总统内眷多，目前南京临时政府所在地原两江总督衙门里面房子可能不够，先将就着住，以后再专款修造。

下午，唐绍仪对专使团说，上午所讨论的已报告了大总统，大总统对南京方面的安排甚为满意。蔡元培等人放心了。于是又商量就职典礼定在哪一天，请哪些外国公使参加等。双方谈得很顺利很投机很融洽，毫无一点芥蒂。专使团里五位专使，除汪精卫见过袁世凯外，其他四人过去都未与他谋过面。他们长期为一介平民，对前清官场，对袁世凯多少有些敬畏。这两天来亲见袁平易近人，态度诚恳，唐绍仪及其助手们也都谦和有礼，很好说话，专使们的心里装满了好感。

夜晚的项目是在吉祥大戏院看时下京师最走红的花旦梅兰芳的《宇宙锋》。

这梅兰芳其实是个男人。他家祖传三代唱皮黄。祖父梅巧玲不仅唱花旦，也唱青衣，最得慈禧的喜欢，是同光年间著名的十三名伶之一。梅兰芳今年才十八岁，却有十一二年的戏龄。他身材窈窕，扮相俏丽，祖传的绝技再加上本人的聪慧勤奋，使得他年纪轻轻便已压倒群芳，在京师菊坛旦角界独步一时。一曲《宇宙锋》真正唱得甜润清亮、缠绵婉转，这几个南方籍的专使听得如醉如痴。三十岁湖南才子宋教仁眼睁睁地盯着台上那个如弱柳娇花的旦角，他简直不能理解，一个大男人怎么会比一个美女还要妖媚迷人！

正看得出神，戏园子里突然嘈杂起来，只听得有人大声说了句："不好了，闹兵变了，丘八们要打进戏园子来了！"

就这一句话，把大家弄得惊慌失措起来，纷纷离席向太平门奔去，吵闹声、哭骂声、喊叫声混在一起，好端端的戏园子如同来了瘟神，遭了火灾，老板在台上苦苦哀求他们安静，坐好，但没有一个人听他的，戏园子里乱得一塌糊涂。

坐在前排的专使团起先还想保持点威仪，坐着不动，后来眼看越来越不行了，心里也慌起来。陪着看戏的唐绍仪一面稳定他们的情绪，一面吩咐担负保卫职责的巡警们务必保护专使们的生命安全。五六个巡警架起亮晃晃的刺刀，大声地在前后左右吆喝，把挤在旁边的听戏者赶开，护送他们出了大门，又送上马车。三辆马车上分坐着唐绍仪和蔡元培等五位专使，每辆车上再加派一个荷枪实弹的巡警。车夫扬起鞭子，马车离开吉祥大戏院向贤良寺奔去。

此时还不到九点钟，街上便一点灯火也看不见了，漆黑得如同天地都死去了一样，坐在马车里的专使们心里都忐忑不安。突然，他们看见前面不远处有一堆亮光。再向前走十几丈后才看清楚，那是一群火把。火光照出三四十个人来，一个个身上穿着凌乱的军装，手里拿着刀枪棍棒，凶神恶煞地敲门打户，高声喊叫："有值钱的家伙都扔出来，老子要破门杀人了！"

喊声中，只见窗户里不时抛出些东西来。有一家当铺门被撞开了，里面传出惨痛的呼叫声。专使们目睹此情景，吓得毛骨悚然。唐绍仪忙对车夫说："左转，向左转，从那个小胡同里穿出去！"

三辆马车驶进一个只有丈把宽的小胡同里，天又黑，路面又不平稳，马车东拐西扭颠颠簸簸的，专使们坐在里面，好像五脏六腑都要从喉咙里涌出来似的。还没走出一里多路，又见一队人群，比刚才的人要多得多。他们中许多人的胳膊里挟着包袱，肩膀上扛着箱子，又对空放枪，哇哇乱叫。显然这也是一批已饱掠财物的兵痞子。

"真的是闹兵变了！"蔡元培神色不安地对坐在身边的唐绍仪说。

"这两个月来北京城就没有安定过。"唐绍仪的嘴巴也有点抖，"这两天因为专使们来，已派了几千个巡警加强警戒，都没有压住。不知这又是哪一部分的兵在闹事。"

唐绍仪边说边指挥马车夫再拐弯。没有走多远，又远远地看见一队敲门打户乱喊乱叫的兵痞子。马车夫赶快避开。这一行车队在漆黑一团的胡同小街里转了一个多小时，碰见了七八起明火执仗打家劫舍的兵变队伍。犹如行走在深浅不明死生不测的魔窟中，专使们时时刻刻都在心惊肉跳。好容易回到贤良寺，一个个早已面色惨白，气喘吁吁。唐绍仪说了好多句抱歉的话后，告辞走了。

正庆幸终于逃离了险境，谁知外面又是一阵喧闹响起。隔着窗棂看时，一群歪戴军帽斜背刀枪面目狰狞的人，举起烟雾腾腾的火把，站在矮墙外的大门边。“开门，开门！”凶恶的喊叫声伴着沉重的敲打声，专使们听了直吓得气都不敢出。

一个管理贤良寺的低级官员赶紧走过去，隔着门大声说：“老总们请不要吵闹，这里住着南方来的专使团！”

“什么专使团不专使团，老子不管这多！”

“爷爷们几个月没关饷了，拿钱来，万事罢休，没有钱就莫怪爷爷们乱来了！”

“叫专使团出来，先专（捐）几千两银子给老子再说！”

门外七嘴八舌地吵作一团，专使们不知如何应付才好，心里都在嘀咕：北京城里怎么乱到这种地步？

那小官员又说：“老总们别吵了，这些南方专使都是袁大人请来的客人，得罪了他们，袁大人那一关可不好过。”

吵闹声停下来，一个为头的人说：“既然是袁大人的客人，那就算了，弟兄们，咱们走吧！”

看到一只只火把渐渐远去，专使们才重重地出了一口气，脱衣睡觉。躺在床上，还不断地听见外面的枪声和隐隐传来的喧闹声。整整一个夜晚，北京城里就这样闹腾着。

第二天上午，唐绍仪和赵秉钧来了。专使们忙问昨夜到底发生了什么事。赵秉钧告诉他们，昨夜北洋第三镇闹兵变，有两千多士兵上了街，一直闹了一夜，打劫的民舍有三四千家，具体损失还不清楚，巡警正在安定城里秩序。唐绍仪怀着歉意对专使们说，今天要协助大总统处理兵变的事，会谈中止一天。蔡元培连连说：“好，好，处理兵变要紧，赶紧安定人心，维持好秩序。”

专使们整天待在贤良寺里不敢出去。待到下午又传来消息：兵变蔓延到天津、保定、通州一带，百姓受害惨重。次日上午，革命党派驻北京的密谍来贤良寺报告情况，说变兵全是第三镇的。又说第三镇的统制曹锟是个布贩子出身，为人粗鲁不讲军纪，手下军官良莠混杂，士兵更多流氓无赖。他本人因为是小站期间的骨干，故深得袁世凯信任，也只有袁才约束得住他。这次闹事的原因是因为有几个标统克扣战时特别军饷。密谍还告诉专使团，东交民巷的外国公使馆昨天召开紧急会议，鉴于北京发生的兵变，害怕再出庚子年的事，决定调兵进京保护使馆区。日本最先行动，已发出命令，调山海关及南满驻屯军一千五百人火速来京。

下午收到的京师各报，均以特号标题刊登北洋第三镇兵变的消息，并报道北京、天津受害情况。《帝国日报》还刊登了英国公使朱尔典的讲话。朱尔典说兵变的原因是传闻袁世凯要南下就职，英国政府支持中国实行民主共和制度，但为了中国局势的稳定，希望袁氏在北京就职，不要去南京。

南方专使们看了朱尔典的讲话后商量着。他们都认为朱尔典的讲话，实际上代表所有驻华外国公使们的意见。新生的中华民国，当务之急是要得到世界各国，尤其是英、美、德、日等列强的承认。若因袁世凯的南下就职而引起北方的动乱，使得列强们不承认中华民国，那就将因小失大。

正计议间，唐绍仪来贤良寺，对蔡元培等人说："这两天实在抱歉得很，总统日夜忙于处理兵变，我也被支使得团团转。总统命令曹锟务必严肃处理。刚才曹锟禀报总统，说克扣军饷的两个标统都已拘捕了，闹兵变的首要也抓起了几十个。总统气得大骂曹锟，说我还没有离开北京，你们就闹成这个样子，我若南下了，你们不要把北京闹翻了天？曹锟请求总统不要去南京，说不定北京城里真的会出大乱子。总统命令曹锟，将扣饷的标统和为首的闹事者一律就地正法。"

蔡元培忙说："好，好，袁大总统有魄力，兵变的事绝不能再出现。"

唐绍仪说："总统本来要亲至贤良寺与各位商谈，因为出此意外，不能来了，特命我来接各位到他那里去，委屈各位放驾。"

蔡元培等五人登上马车，随唐绍仪来到北洋公署。原袁内阁一班子人马：外交梁敦彦、民政赵秉钧、度支严修、陆军王士珍、海军萨镇冰、学部唐景崇、法部沉家本等都齐斩斩地随着袁世凯在门口恭迎。

大家进了会议室。坐下后，袁世凯十分诚挚地说："各位革命元勋亲来北京迎接，世凯实不敢当。少川已代表我与各位协商了南下各项细节，我也已将南下就职之事公之于众。不料曹锟约束不严，士兵闹饷，不但骚扰京津市民，更惊动了各位革命元勋，世凯心里十分过意不去，已命曹锟将为首肇事人员依法惩处。现不得不推迟南下日期，今特邀各位商量此事。"

袁世凯的话刚落，原陆军大臣王士珍说："第三镇闹事实因克扣军饷的缘故，而克扣军饷的不只第三镇，第一镇、第二镇、第四镇中都有此类情事，士兵们早憋了一肚子气。尽管这次对肇事者作了严肃处理，但难保以后不出事。陆军部希望总统不要南下，就在北京就职算了。”

原海军大臣萨镇冰接着说：“我们海军部的看法与陆军部完全一致，恳请总统不要南下。这两天的情形专使们都看到了，望专使们能体谅，并向孙文先生婉达此意。”

其他人都说：“北京不可一日缺总统，总统绝不能南下！”

袁世凯拈须微笑，看着部属们你一言我一语，他自己再不说一句话。

蔡元培、宋教仁等你看看我，我看看你，心里都在想：看来袁世凯的本意是不愿南下，自己不好开口，叫部下们说出来，但奉命专来迎接，又怎好同意他这个主意呢?

汪精卫也揣摸到了袁的心理，见袁正看着他，分明是示意他先开口。他略为思忖一下说：“北洋军竟然敢于在北京城里如此寻衅闹事，这的确是我们没有预料到的。我们奉命迎接袁大总统南下，原是为了让南北早日安定，国家早日进入治世。若因袁大总统南下而造成北京动荡，并引起外交使团的惊疑，则殊与我们的最高使命不符。但中华民国首都定在南京，此为各省代表所议定，亦不宜轻率更改。我看是这样吧，鉴于目前的时局，从权处理此事。袁大总统先在北京宣誓就职，待北方局面稳定后，再将政府迁移南京。”

汪精卫这几句话，虽未在专使团里形成共识，但大家初步的看法也差不了多少。作为首席专使，蔡元培总觉得未完成使命，心里不安，但一时又拿不出更好的主意。宋教仁也有同感。这位华兴会副会长、同盟会庶务、南京临时政府法制院院长，虽年纪轻轻，却革命资历深长，富有政治谋略。他也知道目前要袁南下就职是不可能的，但不能完全迁就，必须要有另外的条件来挽回南京政府的影响，同时也得为专使团争一点面子。他想出了一个主意。

“南北一家的民主共和国必须尽早向全世界公布，因此，袁大总统就必须尽快就职。北京的时局既不宜袁大总统离开，那么在北京宣誓也可以，但袁大总统的内阁组织必须通过南京参议院的同意。袁大总统在北京宣誓后，即委派所任命的总理去南京，将内阁名单与南京临时政府协商，然后交参议院通过。最后向全世界公布：袁大总统的内阁在南京组成。”

这的确是个好主意。学者出身的蔡元培十分佩服这个比自己小十多岁的湖南青年的聪明灵活。他以首席专使的身份表态：“就这样吧，袁大总统在北京宣誓就职，待时局安定后再将政府迁移南京。新内阁总理随我们一道去南京，在南京组织并宣布新内阁的成立。”

袁世凯在心里冷笑：这班毛头革命党，既无实力又爱面子，想要老夫入你们的圈套，还嫩了点！只要我做总统，这个政府就只能在北京，内阁名单在南京宣布与在北京宣布还不是一回事！脸上却带着真诚的笑意说：“世凯真心感谢各位专使的宽宏大量。内阁总理一旦确定，即遣之赴南京，与南京方面妥商各部总长、次长。北方局势略为安定后，世凯即率全体内阁成员南下江宁，永奠共和之基！”

一九一二年三月十日，在有南方专使团参加的盛典中，中华民国第二任临时大总统袁世凯在北京宣誓就职，向全中国全世界宣布“愿竭其能力，发扬共和之精神，涤荡专制之瑕秽”。

杨度献兵变密计，成全了袁世凯不南下就职的心愿，原以为袁会将内阁总理一职酬谢给他。谁知，这个职务却让唐绍仪如愿以偿了。

上次上海游说革命党人的成功和这次对付专使团的绝妙好计，杨度的政治才华和谋略既让唐绍仪钦佩，也使他嫉妒。唐绍仪赴宁前夕，袁世凯给他开了一张内阁名单：陆军段祺瑞、外交陆征祥、内务赵秉钧、财政熊希龄、海军刘冠雄、教育杨度、交通梁如浩，这些都是重要部门，袁世凯要抓在自己手里。另外还有三个部：司法、农林、工商，则交给南方革命军，让他们自己绝定。

内阁人员的安排，唐绍仪当然只能听袁世凯的。但他看到杨度列名教育总长时，心里有点不舒服，但又没有理由直接否定。沉吟片刻，他想出了一个好主意：“总统，这个内阁名单我很拥护，只是有两点小小的看法。”

袁世凯说：“内阁总理是你在做，有什么不同的意见，你只管说。”

唐绍仪说：“第一点，总统留给南方的几个部，由南方自己来决定，这是很尊重南方的做法。不过，以后这几个部的总长就不会感激总统，他们只会感激自己的党派。不如干脆也由总统提名，当然提的是革命党。这样，他们本人就会感激总统了。”

袁世凯笑道：“少川，你竟然这样精明，将来可别用总理的职权来算计我哟！”

唐绍仪一惊，随即笑道：“哪能呀，到时若不称你的意，你一句话不就免了我的职！”

袁世凯收起笑容，说：“好，不说闲话了，就依你的办。我来提几个名字，你斟酌。”

袁世凯摸了摸胡须，思考了一会儿，说："你上次从上海回来后说王宠惠年轻有为，北洋大学法科毕业后又在美国得法学博士，那就由他来当司法总长吧！宋教仁这个后生子，我看他骨相清奇，不同流俗。他长期在革命党内任要职，这次又是专使，就让他做农林总长吧！"

唐绍仪忙恭维道："总统这两个人选都提得好，尤其是宋教仁，他上次的内务总长未获南方政府通过，这次总统提他的名，他一定感激得很。"

"革命党中有一个陈其美，上次孙文组阁没用他，其实此人值得一用。他是革命党，又是青帮大头目，上海商会被青帮控制，他掌握了青帮，商会也就在他的手里了。中国的工商，上海要占三分之一，让陈其美当工商总长是最合适的。"

袁世凯对陈其美的了解，令唐绍仪大为惊讶。因为陈其美在革命党的头面人物中并不很出名，唐绍仪自己就不知道陈的青帮大头目的身份。这位老上司的政治才能真不可企及。唐心悦诚服地说："总统识人用人之才，绍仪万不及一。陈其美比起张謇来又有超过之处。"

袁世凯颇为自得地说："少川呀，领袖群伦的要诀首在识人用人。这方面，近世唯曾文正公做到家了。你以后当总理，也是行政领袖了，要好好读读《曾文正公全集》。这书能给你很多教益。"

唐绍仪说："总统的话实为金玉良言，《曾文正公全集》我过去浏览过一遍，没有细读，今后要遵照总统指示，好好读通。"

"少川，刚才我们所说的，都算是第一点，你的第二点看法呢?"

"总统，绍仪想内阁十个部，南方只占三个，他们可能会嫌少。教育部是个冷衙门，我们不如大方点，让给他们算了，而且南方有一个现成的教育总长，极孚人望，舍掉他不用也可惜。"

"你是说蔡元培吧！"袁世凯摸了摸刮得铁青的脸颊说，"我看蔡元培的确有一种雍容静穆的学者气度，身为革命党，能有这种禀赋，的确难得，且翰林出身，当教育总长自是很好的。只是杨度也出了不少力，应当重酬。他以前是学部副大臣，现在出任教育总长也合适。他这人书生气很浓，做别的总长都不宜，也只有出长教育，算是人地两宜了。"

唐绍仪说："杨度长教育当然不错，但若与蔡元培比起来，资历上则差多了。蔡是前清的翰林，又做过学堂的监督，这些都比皙子强。另外，最重要的是，南方肯定认为三个部少了，要增加，如果他们提出要长陆军部怎么办？据说南京方面是要竭力推出黄兴做陆军总长的。”

唐绍仪这几句话打动了袁世凯。袁世凯用人，向来看重出身资历，翰林出身的蔡元培的确要高过只有举人功名的杨度。况且要让出一个部的话，也只有教育了。不仅陆军部是命根子不能让，其他海军、外交、内务、财政、交通都是要害部门，一个都不能让。好吧，只有委屈皙子了。

过几天，唐绍仪和南方专使团一起来到南京，通过参议院认可后，正式向国人公布南北联合的新内阁。

杨度看到内阁名单，大为失望。尽管袁世凯向他作了解释，并以四十万元作为酬劳，他心里仍然怏怏的。他用二十万元在青岛买了一座洋人造的豪华别墅，留下何三爷在槐安胡同看家，带着静竹、亦竹和儿女们到这座别墅里度假去了。

就在杨度离开北京的时候，他的一个老朋友正千里迢迢跋山涉水来到京师，此人即天童寺住持寄禅大法师，现已成为佛教界第一号人物的八指头陀。

傳記文學

楊度

唐浩明 著

下册

人民东方出版传媒
東方出版社

目　录

Contents

第一章　一拍即合

一　八指头陀笑道：和尚如此厌倦红尘，何不出家

经过一两年的多方联络苦心筹划，中国有史以来第一个佛学界联合会终于在上海成立了。天童寺住持寄禅大法师以他精深的佛学造诣，传遍方内方外的诗名，童子身出家的资历以及严守佛家规矩的修炼功夫，得到了全国佛门子弟的衷心爱戴，名山宝刹，十方丛林，一致推举他为中华佛教总会第一任会长。上海静安寺里举行的会长就职仪式庄严肃穆，气派宏大，其郑重程度，完全可以跟皇帝登基大典相比。中华佛教总会设本部于上海静安寺，设机关部于北京法源寺。

那时，孙中山虽辞去了临时大总统职务，但仍住在南京。寄禅怀着对民主共和的拥护和对孙中山本人的崇敬，前往南京敬谒孙中山。孙中山在革命期间也曾得到过佛学界人士诸如苏曼殊、月霞等法师的支持，尽管他本人并不相信佛教，却对佛门颇有感情。

寄禅禀告中山先生，各省都有军队强驻寺庙不撤，使得寺中出现僧尼反倒无处栖身的现象，又说寺产被地方侵夺的事也很普遍，希望民国政府保护僧众的利益。

孙中山对寄禅说，僧众的利益理应保护，只不过民国政府已经北迁，临时总统已是袁项城，法师宜去北京求助于政府。应寄禅的请求，孙中山又给分管此事的内务部写了一封短笺。

于是，寄禅便赍着这封短笺一路辛苦来到了北京，依旧挂单法源寺。法源寺的老住持去年圆寂了，换了一个较为年轻的住持，法名道阶。道阶是寄禅的嗣法弟子，对寄禅执礼甚恭。寄禅在法源寺里住下来，草拟中华佛教总会章程及请求保护寺产的报告，同时又与京师的佛寺方丈、监院等执事人员协商筹建中华佛教总会北京分会的事宜，又经常接待各地仰慕者，他们多为喜作禅诗的文人居士。寄禅与他们谈禅论佛，甚为相得。空闲时则编纂修改四十多年来积累的两千多首

诗作。

老友杨皙子这一年来在政坛上很活跃，穿梭于南北政府之间，为南北合作出了不少力。但从上海到北京，这位方外法师也听到不少关于这位由君宪忽转共和的老朋友的闲言杂语。寄禅很想与皙子见见面，说说话，无论是谈政治还是谈佛典，他与皙子都有很多共同的话题。很可惜，皙子到青岛去了，且等他回京师再说吧！

除开皙子，这位六十二岁被佛门视为真正的六根清静的老法师还惦记着一个人，那就是净无。别人都不知道他还有这段凡缘，甚至连他本人也弄不明白，他对她的这份情义究竟有多重。

每当夜阑更深他一人枯坐青灯下，或者中宵黎明他辗转在冷硬的禅床上，那个时候，净无听他说诗时的欣悦的面孔，以及拒绝她的要求时失望伤心的眼神，便会从他白天静如枯井的脑中浮出，晃动于他的眼前，他会感觉到一种格外的温馨，也伴随着一种强烈的自责。四大皆空的说教，焚指礼佛的决心，在那个时刻里便统统不能再起作用了。这种折磨会一直到晨钟敲响众僧起床时，才会慢慢地消失。

多少年来，这份痛苦悄悄地侵蚀着他的心。他不能对任何人说起，也包括净无在内。来到京师一个多月了，他时常寻思着要去慈悲庵会一会净无。但一想起那年与净无分手时，她那种恋恋不舍的黯然神情，他又打消了这个念头。以心度心，他知道那一次短暂的聚会，一定将给净无的心灵带来很长时间的不平静。算了吧，何苦再给她增添烦恼呢！

这天午后，道阶兴冲冲地跑来说："师父，咱们法源寺出宝贝了！"

"出了什么宝贝？"

"这几天阳光好，我要管藏经楼的大醒法师把经书搬出来晒一晒。大醒法师偶然在装唐朝写经的木柜里发现了一个夹层，打开夹层看时，里面藏着一张古画，是吴道子画的关公爷的像。"

"吴道子的画？"寄禅站起来说，"去看看，若真的是吴道子的画，那的确是个宝贝。"

寄禅随着道阶来到藏经楼下，大醒把他的重大发现呈献给会长。寄禅眯起老花眼仔细地端详这幅画。画上是一位身着戎装的将军在一支蜡烛照耀下，一手拿书，一手抚须，作漏夜读书状。看那将军粗眉长眼，正气凛然，的确是传说中武圣关公的模样。画的上首题着：蜀汉壮缪侯秉烛夜读图。下首题着：吴道子熏沐斋戒敬绘开圆十五年毂旦。

画面上标明的是吴道子。常言说，曹衣出水，吴带当风，是说曹不兴画的衣袖就像刚从水里浣洗出来一样的清新鲜丽，吴道子画的系带就像能被风吹起似的轻柔飘逸。寄禅凝视关公身上的袍带，果然有飘飘欲起的样子。他初步断定是真迹而不是冒牌的赝品。心里想，可惜齐白石和杨钧不在这里，他们一精于绘画，一精于考古，一定可以行家的眼光做出鉴定。于是对道阶说："我看多半是吴道子画的，但不能确定。你不妨送到琉璃厂去，请一位古董名家鉴定一下。"

道阶亲自持画去琉璃厂。怕画丢失了，又亲自守在一旁。经过三个专家鉴定，一致认为是吴道子画的无疑。这下，法源寺出了吴道子真迹的消息便不胫而走。短短几天里，有许多人来法源寺看画，弄得道阶、大醒等人忙忙碌碌的。幸而寄禅到正定县福延寺主持佛事去了，没有卷入这股热潮中。

大醒向道阶建议："住持，眼见得来看唐画的人会越来越多。我倒有个主意，可让这个宝贝给寺里带来实惠。"

道阶问："带来什么实惠？"

大醒说："这两年来寺里收的香火钱越来越少。南北打仗，国家不安宁，往年喜欢外出化缘的僧众也不敢出去了，寺里近百号大小和尚个个都要吃饭穿衣，寺里的经费很困难。"

大醒这番话说到道阶的心坎里去了。作为一寺之长的住持，道阶坐镇法源寺，别的事情都应付自如，唯独对生财一道颇费心机，而这又是寺里的第一件大事，除泥塑木雕的死菩萨外，老老小小的活菩萨们每天要吃饭。和尚们尽管天天念经拜佛，但凡俗之心似乎并未减少几分，针头线脑的小利也斤斤计较寸步不让。因为多吃少吃一口饭，多分少分一文钱，而引起的争吵、眼红、诅咒、陷害之事常常在寺内发生，弄得道阶十分头痛。有时他想，倘若突然在寺里挖出几斤黄金来的话，那一切争斗都会平息了。大醒居然能为他分忧，主动为解决寺里经费难题而献策出谋，真让道阶感动，他急切地问大醒，生财之道在哪里？

"就从这幅唐画身上打主意。"大醒诡谲地笑了笑。"我们学隆兴寺的经验。隆兴寺那年铁树开花，观者如云。后来寺里规定，凡进寺观看者一律交十文钱。洗机法师那老家伙很厉害，连京师各寺院的僧尼都没有优惠。铁树花一连开了四十天，隆兴寺净赚了一千两银子。"

“你是说我们也收钱？”道阶明白了大醒的意图。

“正是。我们把这幅唐画好好裱起来，做一个木框框好。腾出一间空房子来，把它挂在墙壁上，派两个人守在门边，交十文钱才可以进去看。”

“好主意。”道阶拍拍大醒的肩。“收十二文吧，百物都涨了价，我们也涨两文。”

“行，就收十二文。”大醒见住持采纳了他的建议，很高兴，眼珠子转了两转，又说，“还有个生财之道。我们再腾出几个房间来，放几张床。有些远道来看画的人，一天回不去，就让他住这儿，每床每晚收二十文，这又是一笔收入。”

“你真有办法！”道阶笑道，“年底结算一下，若收入好，奖你十两银子，明年提拔你做个监院。”

想起又是发财又是升官的前程，大醒笑得两眼眯成一条缝。

大醒的主意果然好。一个月下来，看画和住宿两项收入加起来，足足有一百五十两银子，几乎为半年的香火钱。同时，这个月的香火钱也格外旺盛，福田箱里的钱比上个月要增加一万多文。大醒也不去打扫藏经楼了，天天管收钱。道阶比往日辛苦多了，稍有点地位的看客来了，他便要亲自迎来送往，陪着他们看画谈话。一到夜晚，就要和大醒及另一个管账目的和尚结账，常常要弄到一二更天才能上床安歇。忙虽忙，他心里高兴。

这天一早，内务部一个小职员来到法源寺，叫寺里赶快准备，过会儿，总长赵秉钧赵大人要陪同德国公使来看吴道子的画。

总长陪洋大人来法源寺看画，这可是给法源寺很大的脸面。道阶忙下达命令：一是上午不接待任何前来看画的人；二是打扫道路，整理画房，准备茶水；三是洋大人看画时，不准盯着他看，凡无关之人，一律待在禅房做功课。道阶下达命令后，又忙着到各处检查落实。

一个小时后，赵秉钧陪着一个身材高大金发碧眼神态傲慢的洋人进了法源寺，身后跟着一大群随从。道阶蹿前蹿后地招呼，紧张得满头大汗。洋大人看画看得很细，叽里咕噜地说了许多话。道阶自然是什么都听不懂，只好吩咐端茶水上来，表示法源寺的欢迎之意，但洋大人却不喝。见洋大人不喝，赵总长也不喝。见赵总长不喝，所有随从也不敢喝。道阶辛苦准备的顶好香茶，一口也没动。洋大人看完画后又去大雄宝殿溜达溜达，自然又是赵总长及一大群随从跟着。道阶被随从们挤出队伍之外，上前也不是，后退也不是，站着也不是，离开也不是，弄得十分尴尬，急得浑身衣服都湿透了。幸好洋大人要走了，道阶跟着随从们送他到大门外。赵总长陪洋大人上了马车，道阶赶紧合十弯腰。

随从中一个中级官员穿着的人走到道阶身旁说："公使说你们法源寺这幅画很好，他很喜欢。"

道阶听了这话后喜得心花怒放，说："阿弥陀佛，洋大人喜欢，这是敝寺的荣光。"

直到这支庞大的队伍走了很远后，道阶才转身回寺院。这时，他早已累得四肢酥软了。

吴道子的画给法源寺带来银子，带来风光，但随着也给寺里带来了不少麻烦。

先是京师各寺院的头儿们闻讯后都赶来看画。大醒犯难了，收不收钱呢？收钱嘛，过去他们都给法源寺不少帮助，如今来看个画，还要钱吗？不收嘛，所有各寺院的师兄师妹们都会来看样，损失就太大了。还有政府里的官员，往日来寺里较勤的名流居士，收不收钱？收，怪不好意思的；不收，援例的又太多。又有本寺僧众的俗家亲属来看画，收不收钱？不收，减少了收入；收了，僧众们会说，自己寺里的画，这点情分都没有？

大醒实在难办，他请示道阶。道阶想了想，说："一律照收。"

没有多久，寺里寺外到处都是指责声。许多居士不登门了，不少寺院断了往来。寺里一个老和尚的亲弟弟来看画也出了十二文钱，那个老和尚向来脾气暴躁，竟然指着大醒的鼻子破口大骂。

大醒受了委屈，气得哭了起来，不愿意去管画房了。道阶也是一天到晚耳朵里装满了闲话，心里早烦了，便干脆下了一道命令：把画收起来，不展览了。

法源寺里的唐画不再展出一事，反倒更加刺激了京师人的胃口。有人猜测是画被人盗了，展览不成了。还有的说偷儿就是本寺的和尚。也有人说画其实是假的，被识者认出来了，法源寺不敢再挂出骗钱了。甚至有传得更离奇的，说那天德国公使看了后，喜欢得不得了，出一百万马克巨款买走了，法源寺的穷和尚们发大财了，住持独自吞了十万，僧众每人打了一个紫金化缘钵。一时间闹得沸沸扬扬，弄得道阶百口莫辩。

展览也要听闲话，不展览也要听闲话，道阶为这幅画苦恼极了。

这天，寄禅从正定回到北京。闲聊几句后问起了吴道子的画，道阶便将这段时间的情况一五一十地告诉他。最后，哭丧着脸说：“师父，你看这如何是好？事真难办，人真难做呀！”

寄禅津津有味地听完弟子的诉说，觉得有趣极了。他笑道：“和尚既然这么烦恼，何不出家？”

道阶听了这话，先是莫名其妙地一愣，随即顿悟，不觉哈哈大笑起来，连声说：“师父说得对，说得对，和尚要出家，要出家！”

二　八指头陀向杨度讲授佛家哲理：人世好比一个圆圈

秋凉时，杨度带着一家子从青岛回到北京。与何三爷闲话京城时事，何三爷便把法源寺的唐画告诉了他。杨度最是个爱古董爱字画的人，法源寺出了吴道子的画，既是名画又是古董，怎能不去观赏一番？

杨度兴冲冲地来到法源寺，进得山门，来到藏经楼前，只见十余个僧人围着一株枯树站着，其中有两个年轻力壮者各拿一把斧头，像是要砍树的样子。杨度走上前去观看。

这时，从禅房里走出一个身材高大白须飘胸的老和尚，拄着一根满是疙瘩的拐杖，分开众僧，来到树边。这不正是两年多不见的寄禅法师吗？杨度正要走过去与他打招呼，却见寄禅扬起手中的拐杖，对着枯树轻轻地敲打几下，又抬起左手，伸出指尖紧并的手掌，口中念道：“摧残枯木倚禅堂，阅尽风霜岁月长。识得菩提本无树，纵加刀斧亦何伤。咦！满眼清爽秋光好，不妨别借一枝栖。”

寄禅念完后，两位壮僧挥舞起手中的利斧，只两三下便把枯树砍倒了。

“好！”随着枯树倒地声，围观的僧众情不自禁地高呼起来。

砍伐一棵枯树也要做如此郑重的仪式，杨度觉得佛门生活怪有趣的。他跨过倒地的枯树，对着已转身回房的老和尚喊了一声：“寄禅法师！”

寄禅回过头来见是杨度，又惊又喜，忙停住脚步说：“皙子，什么时候回京的，你怎么知道我在法源寺？”

“我哪里知道你在法源寺，我是冲着吴道子的画来的。”杨度边说边来到寄禅的身旁，“你来京师多久了？”

“四五个月了。”寄禅答。又问，“听说你一年来红红火火的，怎么会有空闲到青岛度这么久的假？”

“那些事慢慢说吧。听说法源寺里藏着一幅吴道子的画，真的吗？”

“真的，我陪你去看！”

寄禅打发人叫来道阶，两人陪着杨度走进已关闭多时的画室。杨度站在关羽像前仔仔细细地看了很久，又离开几步，远远地瞧着，越看越兴奋，越看越心痒。

“国宝，这是真正的国宝！”他猛地在一边陪着的道阶肩上一拍，将这位住持吓了一跳。“怪不得轰动了京城。这是一幅真正的吴道子的画，你看那衣带飘得有多逼真！”

尽管已确知是国宝，道阶听了这话仍然很高兴。因为杨度是名士，是行家，而且道阶还知道他与袁大总统私交极深，由此人嘴里说出这句话，自然与旁人不同。杨度情不能已地问：“法师，若有识货的要买你这幅画，你卖吗？”

“卖呀！”道阶眼睛一亮。

“要多少钱？”杨度认真地问。

“起码十万银圆。”

“十万银圆。”杨度在心里琢磨着：值是值，只可惜一时拿不出这多银圆来。买房子剩下的二十万，这几个月在青岛用去了近万圆，寄给弟弟一万圆，给湖南华昌锑矿公司投资十二万圆，身边只剩下六万圆了，且母亲下个月将会带着妻儿和叔姬来北京居住，需要钱用。只怪自己钱少了！杨度在心里叹息一声，不再存别念了。

见杨度沉吟，道阶试探着问：“杨居士，你看这个价是不是开高了？”

“不高，不高！”杨度忙说，“确实值得十万圆。若有人来问价，你只管上抬，再不要下压了。”

“谢谢！”道阶对这幅画的价值心里更有底了。

出了画室，寄禅陪杨度走进自己的禅房。两人边喝茶边叙谈。谈起这一年多来国家的巨变，杨度对雪窦寺悟宇长老预言的很快验证，感叹不已。寄禅也称赞老友的顺应时势，为国家做了好事。一谈起国事，未入阁的隐痛又被引发了。杨度不愿多谈及，他转了话题：“法师最近在忙些什么？”

寄禅指了指书案说：“我想把这几年的诗作再汇编一次。皙子，不瞒你说，我今年虽只有六十二岁，却总有活不长的感觉。你说怪不？”

杨度笑道：“你身体这样结实，又清心寡欲，只怕是活到一百岁还会赖着不走，哪里就会想到圆寂这码子事。”

寄禅浅浅笑了一下，说：“即使活了一百岁也是要走的，我们佛家视此事很平常。万物行行，此生彼灭，灭生灭死，亘古循环，刻刻变迁，轮回不息，在物则为成坏，在人则为生死，实则世间物体只有变化，并无生死。无始无终，无生无灭，不增不减，不去不来。物物如是，人亦如是，释迦牟尼如是，我亦如是。”

杨度见寄禅将生死说得如此高深，自己顿时像明白了一点儿什么似的，一时又表达不出来，只是一个劲儿地点头。

寄禅喝了一口茶，继续说：“话虽如此，我在人世间还有一些事要了，其他事已基本办好，仅这本诗文集还未最后定稿，心里放不下。另外，前几天衡阳居士喻昧庵将应道阶之聘编纂的《新续高僧传》送来了，要我写一篇序。喻居士是我多年的朋友，这部书也还编得不错，这篇序我不能推辞，况且我也想借此说几句话。”

说着将案头上堆得高高的一叠稿子指了指。杨度拿下一部分稿子，随手翻了翻目录。原来这部书是据明末沙门如惺所撰《明高僧传》推而广之，上起北宋下至清末，共有六十六卷。喻昧庵将梁沙门慧皎之《高僧传》称为初集，唐释道宣之《续高僧传》称为二集，宋释赞宁之《宋高僧传》称为三集，将自己编的这部书称为四集。他认为这四集《高僧传》把中国数千年佛教人物都包括进去了。

“法师，我看当今第一高僧应该是你了。”杨度放下书稿，笑着说。

“不能这样说。”寄禅平淡地说，“皙子，你以为高僧应是什么人？”

杨度想了想，说：“所谓高僧，当然是精通佛典的僧人。”

寄禅点点头说：“你说的不错，但这只是高僧的第一义，即普通高僧。”

与当时许多大知识分子如梁启超、章太炎一样，杨度对佛学也有很大的兴趣。只是这些年来忙于宪政，忙于国事，无空闲钻研佛典，现在有一个这么好的法师在面前，何不向他请教呢？于是问：“真正的高僧，还应当具备什么条件呢？”

寄禅说：“皙子，我一向认为你有慧根，你若皈依我佛，日后必定可成正果。你我相交，亦是缘分，我今天对你讲点儿佛法吧！”

杨度高兴地说："法师，佛祖说度己还须度人，度人即为度己，你今天就度一度我这个俗人吧！"

"阿弥陀佛，善哉斯言！"寄禅拿起挂在胸前的念珠，虔诚地说，"学佛说法，教理通达，由识求智，戒行圆明，此乃高僧第一义。知无法可说，无佛可学，明法即非法，佛即非佛，此乃高僧第二义。"

杨度听到这里，莫名其妙：刚才还在讲学佛说法，现在又讲无佛无法，这是怎么回事？

他学着寄禅的样子，做一副虔诚的模样，只是胸前无念珠可数，双手似觉无处可放。

"法师，弟子于高僧之第二义，颇觉费解，敢请法师详明指示。"

听到杨度以"弟子"自称，寄禅干脆摆出素日大法师讲经的神态来，半眯着眼睛，一字一句地说道："若以说法而名高僧，则法与不法邪正殊观，法见未除，斯法执以起。若以学佛而名高僧，则佛与非佛圣凡异视，佛见未除，斯我执以起。二见二执，皆为心障。斯障不治，何云高僧？"

杨度似乎明白了一点儿，继续听法师说下去："所说之法与能说之人，所学之佛与能学之人，皆以一心成二相。此皆自心差别，不从外来，善恶相对而成，迷悟相同而成，有则俱有，无则俱无，一念不生，万缘俱寂，故无法无佛，方为高僧，此为第二义。"

从有到无，原本是心境的变幻导致的结果。这真是一门高深莫测的学问。杨度再问："高僧还有第三义吗？"

"有。"寄禅又数起念珠，继续说，"一切万法起于因缘，成于对待。本来无法，因非法而有法；本来无佛，因非佛而有佛。去妄所以显真，妄去亦无真可显；明空所以破有，有破亦无空可明。故高僧第三义，必能于无法可说而为说法，所说者即无可说之法；无佛可学而为学佛，所学者即无可学之佛。"

杨度听到这里，忽然拊掌笑道："法师，弟子终于明白高僧之义了。先是学佛说法，继则无佛无法，三则于无佛无法中再来学佛说法，好比在一个圆周上转了一圈，最后又回到出发点。"

"正是这样。"寄禅松开手睁开眼，说，"皙子，我说你有慧根，果然没有看错。实话对你说吧，我十七岁出家，在佛门度过了四十五年，直到最近几年我才真正明白，世上其实没有佛，佛即是最高智慧，最高领悟。世间就如同你所说的，是一个圆圈，用我们佛家的话来说即一个轮回。两个人站在圆圈的同一点，一个人是没有绕过圆圈走的，另一个是绕了一个圆圈后又回到原地，表面上看来，两人处在同一位置，其实从心境上来说，两人乃有天地之别。又如我们中国有两句成语：愚昧无知，大智若愚，两句成语都是说的‘愚’，然则此愚与彼愚大不相同。哲子，你在人世间还只走了半个圆圈，尚不甚明了其中的道理，待再走完那半个圆圈，就会一切都明白了。今天我还有点儿事要出趟门，就说到这里吧。你有空常来法源寺走走，能度你这个绝代才子，也是我佛门一幸。”

这一番话，说得杨度颇有智慧顿开之感。半个月内，他接二连三去法源寺，与寄禅谈佛说法，收益甚多。

这天下午，道阶突然来到槐安胡同，心急火燎地对杨度说：“居士，快到寺里去，法师病危了，请你赶快去见最后一面！”

如同突然响起一声霹雳，杨度惊懵了：“这是怎么回事？大前天我去看他还好好的，如何一下子就病危了？”

他吩咐何三爷赶紧套马车。

道阶说：“先上车吧，上车后我再告诉你。”

何三爷扬起马鞭，在空中清脆地响了几声后，大青马便拉起载着三个人的轿车，向城南法源寺飞快奔去。车上，道阶把这几天发生的事情详细地告诉了杨度。

前天，寄禅将保护寺院条款誊正稿亲自送到内务部礼俗司。这个条款是寄禅用了四个多月的时间反复斟酌修改而成，其中也含着南北众多僧尼的心力。佛教总会盼望内务部审查后再以民国政府的名义作为法律颁布，借以保护全国各地寺院的合法利益。

承办此事的礼俗司司长杜开达，就是那天陪赵秉钧和德国公使来法源寺观看吴道子画，临走时特地与道阶打了声招呼的那个中级官员。他那天边看画边寻思：这幅画若是我的就好了，今后得想个法子把它弄到手。看到德国公使和赵总长都艳羡不已，他转念又想：把它弄过来送给赵总长，再由赵总长转送给德国公使，如此既讨好了赵总长，又巴结上了洋大人，今后的好处会说不完。心里琢磨了很久，但一时又想不出个好主意。

看到寄禅递交上来的保护寺院条款，他眼珠子一动，一个好主意立时浮上心头，暗自得意：这真是佛祖送来的好机会！他传令请寄禅进来，自己亲自接见。又吩咐给寄禅上香茶。寄禅虽没有喝他的茶，心里却很舒服，想起两年前在前清礼部衙门遭到的冷遇，不禁很有感慨：到底是民主共和了，办事的官员真是和气，再也没有过去那种老爷气十足的派头了。

“请问法师在京师住哪座寺院？”杜司长端起盖碗茶，一边揭盖子，一边和颜悦色地问。

“贫僧挂单法源寺。”寄禅不卑不亢地回答。

法源寺！杜司长心里一阵欢喜：这下好了，再也不要绕圈子来提吴道子的画了。他脸上绽开了笑容，又问，“法源寺的道阶住持一定与法师很好？”

“他是贫僧的嗣法弟子。”寄禅身子骨直直地挺着。

“道阶住持前些日子在寺内发现了一幅唐朝的古画，法师听说了吗？”

“知道。”寄禅又习惯性地抬起左手，一粒一粒地数起念珠来。

“这真是个宝贝！”杜司长露出一副垂涎欲滴的神态。

“在人世间或许是宝贝，在我们佛家子弟看来，这些东西都是无所谓的。”寄禅平静地说着，脸上无半点儿惊喜之色。

民国政府的礼俗司司长原是个在前清官衙里混得精熟的师爷，擅长应对，善于察言观色。听了这话，马上接言：“法师真是个道行高深的出家人，把俗世的一切都看淡看透了。其实，法源寺是个打坐拜佛的地方，吴道子的画挂在那里本就很不协调，而且这幅画也不可能提高法源寺在佛教界里的声望。”

寄禅一听，心里警觉起来：这话什么意思？遂聚精会神地听这位官员的下文。

“法师今天送来的这个保护寺院条款很好，民国政府是为国民办事的，僧尼也是民国的国民，民国政府毫无疑问要为他们办事。赵总长一定会将它呈送给袁大总统，袁大总统也一定会批准公布的。”

寄禅没想到事情竟会办得这样顺畅而完善，令他大喜过望。他忙合十道：“贫僧代表全国僧尼感谢杜司长，感谢民国政府。”

“这是我们的职责，不必言谢。”杜司长笑容可掬地说，“政府要为国民办事，国民也要给政府帮忙。有件事，我想请法师妥为转告法源寺住持道阶上人。”

因为有刚才的警觉，寄禅立时想到杜司长要打吴道子画的主意了，他脸色凝重起来。通常这时要说的话是“请问什么事”，他却有意不说。

杜司长觉察出这个老和尚脸上的变化，见他并不接言，心里颇有点儿不快，遂收起笑容，一本正经地说："现在政府也有困难，一是缺银子，二是缺武器。法师知道，德国是洋人中的强国，既有钱又有好枪炮。政府想从德国银行贷款，又想在德国买一批新式枪炮来，这都要靠德国公使从中周旋。那天，勒兰特公使看了法源寺的古画后激赏不已。赵总长对我说，假若把这幅画送给他，那么从德国贷款买武器就不成问题了。刚才法师说得好，古画对佛门来说是可有可无的东西，但现在对政府来说就将起大作用了。政府帮佛门的忙，下达保护寺院令；佛门也帮政府的忙，捐献那幅古画。这样大家都好。法师你说呢？"

怪不得杜司长这么客气，怪不得保护条款会这么顺畅地获准，原来都是冲着这幅吴道子的画来的。说得好听，捐画是为了政府，其实都是为了他们自己。这种事前清官场比比皆是，没有想到新成立的民国政府竟然与倒台的前清朝廷是一丘之貉！

想到这里，一股闷气涌上寄禅的心头。他压住怒火，冷冷地说："古画是法源寺的寺产，与中华佛教会没有关系。杜司长要古画，老僧做不了主，老僧得与道阶商量。"

说着起身。

杜司长忙跟着站起，说："法师不要误会，杜某人自己决不要那幅古画，古画是送给德国公使的。杜某人这个建议纯是为了政府，请法师回去好好跟道阶住持说明，佛门也要以国家利益为第一才是。"

寄禅气愤地回到法源寺，把这件事告诉道阶。年轻气盛的道阶一听，立即怒火中烧，嚷道："什么为了政府，都是为了他自己，他好借这幅画攀上洋人，为自己找靠山！"

法源寺里的和尚们都在做把画卖十万银圆每人分两百三百的美梦，听到这个消息，也个个愤怒，都围着道阶七嘴八舌地说，古画是法源寺的公产，人人有份，谁都无权把它送人！也有人对寄禅说，宁可不要政府颁布保护令，也不把古画送出去！还有人不客气地说，政府就是颁布了法令，顶个屁用。他们自己还没站稳脚跟哩，哪有能力管佛教界的事。到头来，我们得到的是一纸空文，他们倒实实在在地拿去了十万银圆！

傍晚，法源寺里来了一个低级官员，专门来找寄禅法师。守门的老和尚是个盼望得银子最心切的人。他已经七十多岁了，俗家亲戚只有一个侄儿。他对侄儿说死后要埋到父母身边，要侄儿替他了却这个心愿。但侄儿不愿意，说要花一笔钱，家里拿不出。看门老和尚想，若把画卖掉后自己分得百把块银圆，侄儿就不会不办了，死后就可以跟父母长眠一起了。下午得知内务部要古画的事，他也是闹得最厉害的一个。当听说来访者是内务部的官员，也不管他的官大官小，劈头盖脑地发了一肚子牢骚，归结为一句话：画不能出寺门，要的话，拿十万银圆来买！那官员听了，心里冷了半截。找到寄禅后，寄禅也以实相告。那官员匆匆离开法源寺，把这些都向杜司长做了禀报。

昨天寄禅法师又去内务部打听消息，看条款是不是批了。到了礼俗司见不到杜司长，坐了半天冷板凳后，一个姓白的副司长出来接见。

白副司长绷紧着脸打着官腔："老和尚，你不去寺里吃斋念佛，来我们这里做什么？若是化缘的话，那你走错了地方，我们民国政府的衙门是从不打发和尚什么东西的。"

这几句话，说得寄禅一肚子火。这位八指头陀，多少年来以自己的德行和诗才，享受着僧俗两界的广泛尊敬，何曾受过这种奚落？他本想跳起来将这个混账官僚臭骂一顿，想想与自己会长的身份不合，咬咬牙，将唾沫咽了下去，瞪起眼睛将白副司长看了好长一会儿才说："你不要弄错了，我不是来化缘的，我是中华佛教总会的会长，我是来问送上的保护寺院条款批了没有。"

"噢，"白副司长拖长着声调说，"你是问那个条款嘛，我们多少大事还忙不过来，哪有空闲管你们和尚、尼姑的事，你们自己去管自己吧！"

看着白副司长这副模样，寄禅心里又上气了。他再次压住，说："昨天杜司长说得好好的，民国政府要为国民办事，保护寺院这种事也要管的，为什么现在又不管了呢？"

"噢，"白副司长又拖长了声调。"那是昨天说的话，今天上峰又有新的指示：出家人的事政府不管。"

"你们上峰怎么会有这样的指示？"寄禅不自觉地把嗓门提高了。"我在南京拜会了孙大总统。他说，不管是谁，只要是中国人，国民政府都有责任保护他们的合法权益。"

说罢，拿出了孙中山的便笺，说："这是孙大总统的亲笔函。"

白副司长对孙中山的便笺正眼都不瞧一下，冷笑一声说："和尚，你不要再看老皇历了。现在已不是孙大总统威风的时候了。现在是袁大总统的天下，我们都听袁大总统的。他孙大总统有本事，先保住自己的位置再说。台都下来了，还写什么条子来指示我们，笑话！”

寄禅对孙中山满怀崇敬之情，见他这样嘲笑孙中山，满肚子怒火再也不能忍耐了。他霍地站起，指着对方的鼻子骂道：“你真正是小人得志！你算个什么东西，也敢对孙大总统不恭？”

原来这位白副司长正是个得志小人。他本是赵秉钧身边多年的跟差，走脚跑腿，端茶递水，侍候得好。赵秉钧为酬劳他的忠顺，出长内务部时，就叫他在礼俗司做个科长，上个月才提拔的副司长。当了堂堂副司长的白跟差，发迹后最忌讳的就是“小人”二字。寄禅的这句话激起他满腔仇恨的怒火。他捋起衣袖，劈脸就给寄禅一个耳光，口里骂道：“打掉你这个老秃驴的蠢气！”

这位年过花甲名满天下的高僧，如何能受得了这个侮辱，当即气得晕倒在地。待到他醒过来时，发觉自己已躺在内务部的大门外，周围无一人在身旁。他挣扎着站起来，一路扶着墙壁回到法源寺。他睡在床上，将在内务部的遭遇一一告诉了自己的嗣法弟子。道阶又气又恨，泪流满面。快到天亮时，道阶发现师父的呼吸艰难，气色渐渐不对了，心里万分着急。他紧紧地握着寄禅的双手，那双手已经冰冷了。

“师父，师父！”道阶一声声轻轻地呼唤。

“道阶，你替我跑一趟槐安胡同，请杨居士来一下，我有要事对他说。”寄禅吃力地睁开眼睛，对一直守候在身旁的嗣法弟子说。

“师父，弟子打发一个人去吧，弟子守着您。”道阶哭泣着说。

“我要请杨居士办大事，你亲自去郑重一些。放心吧，我这两天还不会死的。”

寄禅的手微微动了一下，似乎要从道阶的手里挣扎出来。道阶松开手，吩咐大醒守在一旁，自己则飞奔槐安胡同杨宅。

杨度听了道阶这一路上的叙述，心里又闷又焦，一句话也说不出来，只管叫何三爷打马快走。进了法源寺，他三步并作两步直奔禅房。

才几天不见，红光满面器宇轩昂的老朋友便突然变得面黄肌瘦气息奄奄了。他悲愤地喊了声“法师”，就气堵于胸接不上话来。

寄禅睁开眼睛，见杨度坐在一旁，脸上微露一丝笑容，轻轻地说：“皙子你来了，好，好。”

又对道阶说：“你给我喝两口茶。”

道阶泡了一壶酽酽的天童茶，将师父扶起，靠在床背上坐着。喝了几口茶，寄禅略觉精神好些，失却光彩的双眼望着杨度，慢慢地说："这几天发生的事，道阶都对你说了吗？"

"都对我说了，法师，你要想开点儿。"杨度安慰老朋友。

"没有想到这袁大总统的民国政府跟前清官场一个样。"寄禅长长地叹了一口气。"贫僧出家四十多年，世人之意气仍未去得干净，终于不能受此奇辱而自戕至此，这也算是一段孽缘吧！"

道阶在一旁愤怒地插话："礼俗司这样对待师父，是因为他们没有得到古画的缘故，都是让这幅画害的。我看干脆把它烧掉算了！"

"道阶，千万莫这样，与古画何干。"寄禅气喘喘地说，"我死之后，你们把画再藏到夹板中去。不管礼俗司如何来纠缠，也不能让他们得到。还定下一条寺规：不到太平盛世，决不能让此画再见天日。记下我的话了吗？"

道阶含泪点头："弟子谨记在心。"

"这事不说了。死生有命，何况我们佛门无生无灭，你们也不必悲伤。皙子，我把你请来，是想最后跟你说几句话。"

杨度将身子前倾过去，悲戚地说："请法师讲吧！"

"皙子，自从光绪二十一年认识你，到现在已有十六七年了。你志大才高，用世之心强烈，老衲虽是方外人，却也可以理解到。"寄禅将右手从被子里抽出来，杨度赶紧用双手握着。"你眼下虽有点小小的不顺意，但大体上还是得志的，日后也可能还会做出更大的事业。这事业值不值得去做，老衲的看法或许与你有些不同。尽管如此，你还是努力去做，做到哪一步算哪一步吧！我今天要跟你说的是，尘世茫茫，苦海无边，唯有我佛门才是了却一切烦恼的极乐世界。佛家经典博大精深，佛家子弟胸襟空灵。皙子，哪天你觉得尘世的苦恼有不可解决之时，望你遁入空门，皈依我佛，将可一了百了，同升化境。"

杨度十分感激地说："我一定遵循法师的指示。"

"还有一件事，我想请你帮个忙。"

"什么事，你说吧，只要是凡俗人可以办到的，我都会尽力去办成。"杨度极为诚恳地表示。

"不必说得这样严重。"寄禅脸上露出一丝苦笑。"对于你来说，此事并不难。我的诗文集自己虽编了一下，但未完工。我死后，这些诗文全部交付给你，你帮我清理汇编出来。若遇得机会将它刻印两三百部，分送给我生前的师友们。师友名单，我都开列了。”

杨度立即答应：“法师放心，我一定会把此事办得好好的，一定会刷印出来，分赠佛界诗界。”

“好，我谢谢你了。”寄禅的双眼里似乎增添了几分生气。“皙子，我之所以请你来编，是想借重你的大才。你是知道的，我念书不多，学问浅陋，诗中若有写错了的字，用错了的典，请你帮我改过来，莫让八指头陀遭后人讥笑，更莫让八指头陀贻误后世读者。”

苦苦修炼了四十五年，仍然没有把传名之心泯灭，临到终期，尚如此郑重地交待自己的诗作，可见人之本性是多么的难以移易！杨度边想边说：“法师乃今世之齐己、皎然，诗作不独佛界之绝，即使置于文坛，亦不愧为大家。倘若真有个什么瑕疵，我一定会妥善修补的。”

“好，好。”寄禅缓缓点头。他环视一眼禅室，见道阶仍恭侍一旁，便对他说，“我这会子好多了，你去佛堂料理吧，不必守在这里。”

道阶是个灵泛人，他知道师父一定是有腹心话要跟老朋友说，便悄悄退出禅房。

“你还记得两年前我对你说过的净无师妹的事吗？”当房间里只剩下两个人时，寄禅问杨度。

“记得，记得。”净无并非寻常师妹，她与寄禅的那段故事，已深深地印进了杨度的脑中。

“净无喜欢我的诗，我也专心为她写了几十首诗。这些诗写在另稿上，并没有编进我的诗集中，而是搁在枕箱里。”寄禅指了指身旁的一个小黑漆长木盒，说，“麻烦你将它取出来。”

杨度搬过枕箱，打开来一看，里面整整齐齐地摆着一叠诗稿。那个时代，男人枕箱中所放的，或是朝夕诵读的经书，或是田产地契贵重文书，或是开启钱财之锁的钥匙。给净无的诗稿存放在枕箱中，杨度的心不觉为之一动。他看到诗稿的封面上题了三个字：复舟集。旁署：三影和尚。杨度想：从没听人叫过他三影和尚，这个名字是怎么回事？他轻轻翻开下页，寄禅有一段题词：

余诗有“夕阳在寒山，马蹄踏人影”，“寒江水不流，鱼嚼梅花影”，“林声阒无人，清溪鉴孤影”。净无激赏之，曰有此三影，足可在诗坛上占一席地位。余感净无盛情，自号三影和尚，然此名不公之于世，仅为净无而署也。

这几句话，足见两人相知之深。杨度不再看下去了，以后再慢慢寻味吧！

“我本想叫人去慈悲庵请净无来法源寺，今生再见一面，但怕净无情感脆弱，哭哭啼啼的，人多口杂，传出去诸多不好。你抽个空去一趟慈悲庵，把这本《复舟集》送给她。诗稿既然交给了你，你自然可以看，若是看出点儿什么来，请莫对世人道及。”

听寄禅这么一说，杨度的心痒痒起来。他下意识地翻开一页，映入眼帘的是一首七绝，题作《怀慈悲庵主》：

寒灯燃尽情未消，芒鞋何惧路迢遥。
明日即奔江亭去，桃李花开踱石桥。

这诗写得真好！这本《复舟集》中所袒露的，或许才是这位高僧的真性情。杨度怀着欣喜的心情把诗稿包好，说：“法师，我一定会将它交给净无，也一定不会对外人道及此事。你就放心吧！”

说着说着，他突然看见寄禅的头偏向一边，眼睛已经闭上了。他赶紧将法师抱起，平放在床上，然后叫道阶。道阶进来，摸摸师父的脉搏，眉毛皱得紧紧的。寄禅再也没有睁开眼睛，半夜时分，他终于在昏迷中圆寂了。

中华佛教总会为他们的第一任会长举行了隆重的悼念仪式，北京及各地一千多僧尼怀着无限的悲痛前来参加。慈悲庵主净无却没有来，她正云游五台山尚未回京。遵照寄禅生前愿望，火化后由道阶等人奉龛南归，葬于天童寺前青龙冈冷香塔苑。

丧事过后，杨度将寄禅所遗诗稿带回槐安胡同，正拟整理，恰好李氏老太太带着媳妇黄氏及长孙公庶、次孙公兆及叔姬一大家子来到京师。人员突然增加很多，关系又添几重复杂，幸而老夫人通达，黄氏贤惠，亦竹谦抑，静竹则跟着叔姬读诗论文不管家事，一家人相处还算和气。风云变幻的政坛则如磁石般地吸引着杨度，他始终不能静下心来整理八指头陀的遗稿，后来干脆将此事搁置下来了。

这期间，中国政治舞台上令人眼花缭乱的闹剧，正在一幕接一幕地上演着。

三　袁世凯巧妙地逼迫熊希龄在解散国民党的命令上副署

先是为王芝祥任直隶都督一事，内阁总理唐绍仪与总统袁世凯出现分歧。袁世凯本来同意王任直督。后来想到王是靠近同盟会的军人，让他来掌直隶兵权不放心，遂改任他为南方军宣慰使。

宣慰使是个有名无实的官职。对于革命党要人，袁世凯既要笼络，又不愿给实权，便设了诸如宣慰使、筹边使、屯垦使、经略使等官职相送。章太炎也得了个东北筹边使的职务。他是个学者革命家，不懂袁世凯的权术，把这个职务很当一回事，抱着宏大的计划去东北筹边。谁知东三省官场根本就不买他的账。他要召见的人都不来见他，气得他大喊大叫："本使是政府大员。他们不肯来见本使，就是目无本使；目无本使，就是目无政府。"一时传为新官场上的笑话。

唐绍仪见袁世凯出尔反尔，不免发了几句牢骚，两个老朋友之间闹得很不愉快。袁透出风来，除非唐辞职，否则总统与内阁难以协调办事。唐绍仪深知袁之为人，便不得不辞去了总理的职务。从三月底任职到六月中旬辞职，唐绍仪只做了不到三个月的总理。中华民国的第一任内阁总理任职时期竟是如此之短促，国人大为惊讶。

接任的是陆征祥。陆当上总理后提出六个阁员的补充名单交参议院审查。各位参议老爷见陆演说时提不出任何政见，又说什么补充阁员好比开出一个新菜单的话，便断定他是一个庸才。他所提出的六个阁员候选人全部被否定。这个外交家总理吓得住进医院，死也不肯再出来了。还是袁世凯有办法。他指使北洋袍泽们发通电，写匿名信，打电话，散传单，使出各种手段来威胁议员们。这些文人出身的议员老爷们文的不怕，就怕武的，经军人这么一闹腾便吓慌了。第二次提出的六名阁员统统予以通过。国人于此看出，所谓民主，其实是假的，左右中国政坛的真正力量还是枪杆子。

这期间又穿插一个黎元洪借刀杀人的政治阴谋血案。

当年黎元洪被革命党人从床底下拉出来，原是颤颤抖抖地当上首义总头领的。却不料洪福齐天，武昌起义成功了，短短一年多时间里，他就先后做了两任临时副总统。黎元洪对人谦和，不摆架子，大家对他印象都很好。到了酝酿正式大总统时，他又公布一个电报，说自己决不做大总统。大总统一职，袁世凯、孙中山、黄兴做都可以，又将他们三人与自己一一做了比较："沉机默运，智勇深沉，洪不如袁项城；明测事机，襟怀恬旷，洪不如孙中山；坚苦卓绝，一意孤

陆征详像

黎元洪像

杨士琦像

行，洪不如黄善化。”

这封电报传颂海内外，都说黎元洪谦退无野心。其实黎也并不是一个谦诚君子，革命元勋的桂冠戴在头上，他自知有愧。当他眼看着那些真正的圆勋们在他的面前恃功而骄的时候，他便有一种巨大的压迫感。给他这种压力最大的要数张振武。

二十九岁的原武昌共进会头领、现武昌军政府军务部副部长张振武一向看不起黎元洪，常常当众藐视他。黎怀恨在心，想出了一个计策。黎叫张去北京，说是中央政府有要职委任。当张兴冲冲地带着几个人进京的时候，黎又给袁世凯一个密电，说张在武昌煽惑军队，请袁在北京逮捕张就地正法。袁对革命党头领本是一百个不放心，黎的电报正中下怀。

张进京后，袁命北洋军高级将领轮流设宴招待张，又亲自在六国饭店大宴在京革命首领，张振武也被邀请出席。不料次日一清早军警部便逮捕了张振武一干人马。当天审讯，当天判决，当天便执行枪毙。速度之快，匪夷所思。黎正在庆幸袁为他不露声色地除去对头时，袁却公开宣布，此举系按黎之密电办事，将黎置于万分尴尬之中。

过不了多久，北京又闹得热热火火起来。原来是闻名中外的三个大人物：孙中山、黄兴、梁启超相继入京。

梁启超半个月前才从日本回国。两年前，还是载沣当国的时候，杨度给载沣上了一折，说方今筹备宪政之时，应当启用人才；梁启超学识渊邃，冠绝等伦，宜赦其罪而用其才。还说倘若梁启超被赦后或有不利于国之行为，请皇上杀他以为不忠之诫。谁知此折上去后，不但没有赦免梁启超，连他自己都差点儿被抓了。梁启超拥护民主共和制，见袁世凯做了民国的总统，也便捐弃前嫌，应袁之邀进京。

袁世凯对孙、黄、梁一律待之以国家元首的礼仪，将自己乘坐的金漆朱轮双马车饰以黄缎迎接他们，又打开正阳门让他们进城。北京市民万人空巷，前去瞻仰他们的风采。袁世凯更是执礼甚恭，把他一向擅长的拿手好戏演得淋漓尽致，无懈可击。孙、黄、梁对他都有极大的好感。

此时同盟会与国民共进会、国民公党、共和实进会联合起来，组成一个大党，名曰国民党，推举孙中山为总理，黄兴为协理。黄兴邀请袁世凯加入国民党，又多次动员杨度也参加。

袁世凯觉得黄兴真正是天真可爱，他笑着问杨度：“皙子，你看我像个革命党吗？”

杨度望着袁世凯直笑，不知说什么好。

袁世凯收起笑容说：“他们国民党提倡政党内阁，我是坚决不同意的。君子不党，我这个总统以天下为公，怎么能结党营私呢？晳子，我劝你也不要入国民党。”

当年孙中山劝他入同盟会，他没有答应。现在他正跟着袁世凯做事，袁反对政党政治，他自然更不能参加国民党。他对黄兴说：“除非你们放弃政党内阁，我就加入国民党。”

黄兴对杨度有条件入党的态度很不满意，遂不再提起此事。而杨度这句话却惹怒了一位人物，此人即宋教仁。

三十一岁的宋教仁是一个热情焕发才华横溢的政治活动家，他醉心于法国的政党内阁制度，同盟会联合国民共进会等组成国民党，便是宋教仁活动的结果，只是因为资望不及孙、黄，他只能坐第三把交椅。其实，他才是国民党的真正党魁。他设想由国民党获得议会的多数，然后组成清一色的国民党内阁，他自己出任总理，把总统袁世凯架空，将他的一套治国大计在全国推行。因此，他以极为高昂的政治热情游说各地，肆无忌惮地鼓吹他的政党内阁方案。宋教仁滔滔雄辩的口才，出色的组织才能，使得他的政党内阁制赢得了许多人的理解和支持。然而正因为如此，他成了袁世凯的大敌。袁世凯感觉到宋教仁正在强有力地威胁着自己至高无上的权力，必须拔掉宋！

就这样，宋教仁先后在长沙、武汉、南京等地发表竞选演说，取道上海回北京的时候，突然在上海车站遭人枪击，第三天即气绝身亡。当时内阁总理已由陆征祥换成了赵秉钧。凶手不久后即被抓获。经审讯，事情牵连到赵秉钧和袁世凯。但宋案后来不了了之，而国民党则从此与袁世凯结下了不共戴天之仇。

随即袁世凯解除了国民党籍的江西都督李烈钧、广东都督胡汉民、安徽都督柏文蔚的职务。李烈钧不服，在江西组织讨袁军，黄兴也接着在南京组织江苏讨袁军。袁世凯派兵镇压，很快便把各路讨袁军打了下去。于是袁世凯的地位空前巩固，许多人都把袁世凯当作中国真正的救世主。

因为宋案的缘故，赵秉钧又做不下去了，总理一职落到熊希龄的头上。熊希龄此时是进步党的骨干。自从国民党成立后，参议院中另一些议员们就商议着也要合成一个大党。仿照西方议院中两党对立的样子来互相竞争互相监督。这样，共和党、统一党、民主党便联合起来，组成一个名曰进步党的党派，推举黎元洪为理事长，梁启超、张謇等人为理事。熊希龄做了内阁总理，梁启超便积极为他出谋划策。

熊希龄雄心勃勃，想组建一个第一流的人才内阁。他请梁启超做他的财政总长，杨度为交通总长，前清驻英、德公使汪大燮为教育总长，张謇为农工商总长。梁、杨、汪、张均为海内第一流人才，熊希龄自认他的内阁将是名副其实的第一流人才内阁。但袁世凯却不认为梁启超是合适的财政总长，他只能任司法总长，财政总长宜由周自齐出任。进步党又不愿意放弃财政总长一职，他们想出一个法子，让熊自兼，这样旁人便无话可说了。周自齐则出任交通总长，熊希龄想让杨度改任教育总长。交通部是个实力很强的部，杨度想借此来施展自己的抱负。失掉这个总长，他心里颇为不快。

熊希龄劝他："皙子，你帮忙改任一下算了。"

杨度随口答道："我帮忙不帮闲。"

因为交通总长是忙职，教育总长是闲职。这句俏皮的话传出去后，大家都称赞杨度的机敏。袁世凯见杨度第二次入阁又未成，便特任他为政治会议议员。

那时总统府已由铁狮子胡同搬进中南海。袁世凯特地安排杨度住进他的办公楼居仁堂附近的纯一斋，以便早晚和他商量事情。杨度丢掉了交通总长的职务，却住进了中南海，令北京官场一片艳羡，有人甚至认为他才是真正的国务总理。

袁世凯的临时总统已做了一年多，他对"临时"二字颇不满意。但当时代替宪法的临时约法只能产生临时总统，要变临时为正式，则必须先由国会制定宪法，再依宪法选举总统。宪法的制定非一朝一夕之事，于是有人建议先制定总统选举法，选出正式总统来，再制定宪法。这个建议当然符合袁世凯的心意，总统选举法很快便制定出来了。

经过三轮投票，袁世凯才勉强当选，比起十七张选票都投给他的当年来是大不相同了。袁世凯对议会很失望。他便想借国民党几个月前组织讨袁军与他对抗的事，下令解散国民党。国民党一旦解散，国民党籍的议员则不合法，没有了国民党籍的议员，议会便也名存实亡了。他将此事征求内阁总理熊希龄的意见，熊颇觉为难。因为对于一个民主宪政的国家总统而言，他无权解散一个合法的政党。袁世凯探得了熊希龄的心思后并不做声，几天后他再次召见。

熊希龄走进居仁堂会客厅，袁世凯客客气气地接待，两人坐下谈话。刚说了两句，一个人进来报告："英国公使朱尔典前来递交国书。"

袁世凯对熊希龄说："朱尔典是我的老朋友，他要来递交英国国王的亲笔信，我不能不接待他。你先到隔壁房间稍坐一下，朱尔典很快就会走，我们再接着谈。"

熊希龄起身说："不要紧，总统先接见英国公使吧！"

一个侍卫将熊希龄带进隔壁小房间。熊希龄将房间打量了一下，见里面布置得简单而雅洁，他的目光被桌上摆着的一个信套所吸住。走近一看，信封上写着：呈大总统阅。左上角有袁世凯亲笔写的两个字：绝密。什么事这般"绝密"？出于好奇，熊希龄将信封拿起，从里面抽出一张纸来。熊希龄一看，不觉脸色陡变。原来上面写的是：参劾熊希龄盗窃热河行宫珍宝事。熊希龄匆匆看了几行。劾文揭发熊窃取了行宫中大量秘珍奇宝，其间尤以字画古董为多。看着看着，熊希龄两手抖了起来，终于不敢再看下去了，颤颤抖抖地把纸塞进信封里，颓然坐在沙发上发待。

原来，熊希龄在未出任总理之前，正是在热河做都统，热河行宫在他的管辖之下。热河行宫是清代帝后的避暑山庄，嘉庆皇帝、咸丰皇帝都死在这里。行宫里收藏数不清的国宝，清王朝复灭后，这里的管理人员换了人，原有的一套宫禁被破坏了，行宫中时常有国宝失盗的事发生。据分析，多为监守自盗。

熊希龄做热河都统时，有意整顿行宫。他亲自去行宫查勘，制定许多规矩。在行宫住了半个月后，他启程回府。回到都统府里，马弁抬来一口木箱子，说是行宫送的当地土产，熊希龄没有在意。晚上，朱氏夫人打开木箱子看时，除枣梨等土产外，另有一包用油纸包好的卷轴。去掉油纸，展开卷轴，却原来是三幅北宋宫廷字画，它们分别为宋徽宗、黄山谷、米南宫的作品。翰林出身的熊希龄本极喜好前贤字画，仔细把玩这三幅作品，真正是满心喜悦，爱不释手。他知道这一定是藏在行宫中的真迹，是行宫监守人员贿赂他的。有心退回去，又太舍不得了，脑子里翻来复去地斗争了许久，终于还是悄悄地领了这份情。当然，从那以后，整顿行宫的条规也便成了空文。有时熊希龄想起此事，心里也有点愧疚，但随之很快释怀。不料这块心病居然被人揭了出来，并由此而给他堆砌了许多不实之辞，又居然告到总统这里来了，心中有鬼的熊希龄吓得虚汗直冒，脸色惨白。

这时，侍卫进来请他出去，说英国公使已走，总统要继续与他谈话。

熊希龄再次走进会客厅时，袁世凯立即关切地问："秉三，你怎么啦，脸色不对头，哪里不舒服？"

袁世凯这几句话问得熊希龄愈加心慌，忙答："没有什么，没有什么！"

袁世凯亲自端来一杯水给他："喝口水吧，刚才让你久等了。"

说着递过一张纸："秉三，你看看这个，若无意见，请你副署。"

熊希龄一看，正是前两天说的解散国民党的事，袁世凯已命人拟好了解散令。此时的熊希龄，已再无勇气与袁争辩了，看都没看完，便将自己的名字歪歪斜斜地签上。

袁世凯立刻公布命令，明文取消国民党，追缴所有国民党籍议员的证书、徽章，连李烈钧起事前已声明脱离国民党的人及跨党分子也不能例外。这些议员必须限期离开北京，并具五人以上保结，担保他们离京后不反对政府。不久，袁世凯又正式下令解散国会，这个命令也同样由熊希龄副署。

一天清早，熊希龄起床后随便翻阅报纸，赫然见那份参劾已登载在报纸上。熊希龄不能再无表示了，他函请内务部转告警察厅查究其事。警察厅并不查究，将原信转到热河地方检察厅。热河检察厅居然在熊希龄的信上批了"饬具诉状，原件却回"八个大字。一个地方检察厅竟然敢对内阁总理如此无礼，熊希龄终于明白自己其实是一个毫无能力的傀儡，他只好辞职。袁世凯派他的亲家孙宝琦代理总理，名流内阁也随之解散。民国第四任内阁的寿命只有半年。

从一九一二年三月到一九一四年二月，两年时间里，新成立的中华民国，便走马灯似的换了四任内阁。于是，国人一提起民主共和便摇头叹息，他们不知不觉地怀念起前清王朝来。不少有见识的人都说：中国的国情大概不适宜于民主，还是专制合适些，因为中国的国民，无论是百姓还是官员，都缺乏民主共和的素养。

杨度眼见得国家动乱的政局和人们的叹息失望，他常常在思考一个问题：两年来的现实，是不是证明了民宪这个体制并不适合在中国施行，而自己多年来所追求的君宪制度或许正是中国走向稳定强盛的康庄大道呢？

这一天，杨士琦来到纯一斋，与杨度闲聊天。

"宪法马上就要公布了，总统即将根据新宪法撤消国务院而改设政事堂了。”杨士琦是前清继袁世凯之后任直督的杨士骧的弟弟，他以擅长谋略和文辞而得到袁世凯的信任。这两年来，他一直没有在内阁任职，只是作为袁世凯的私人参谋活跃在政坛，颇有点类似杨度的处境。他知道废国务院设政事堂，其目的是在集权。政事堂不对国会负责，只对总统个人负责，犹如前清的军机处。正因为如此，政事堂的国务卿就可以用私人。论私交，他和杨度都是袁世凯的老友，都可能是国务卿的人选。杨士琦是一心巴望着这个职位的，故先来试探杨度的口风。

杨度也想做国务卿，只是近来在与袁的接触中，他还没听出袁有让他出任国务卿的意思。他没有猜到杨士琦的内心活动，因为在他的眼里，杨士琦的才干尚不足以充当民国“军机处”的领班。

杨度随口答道：“是呀，不知谁来做这个国务卿。”

“皙子，我对你说实话吧！”杨士琦干瘦的脸上露出一副诚恪的模样。“辛亥年南方闹革命的时候，我就看出项城并不忠于清室。他家世受国恩，不便直接从清室取政权。他的打算是利用同盟会和革命军的力量来推翻清室。清室一推翻，项城和革命党的合作关系失去了纽带。以他的性格，必然要排斥革命党而独霸天下。所以这八个月来罢赣、皖、粤都督，出兵宁赣，解散国民党，解散国会，都是意料中的事。现在项城的目的达到了，他可以不受任何约束来办事行政。目前摆在项城面前的是两条路，一是维新，二是守旧。维新就得起用新人推行新政，守旧就要把从前的旧官僚找出来，恢复旧制度。你在项城的夹袋中是新人的魁首。我看项城维新的可能性大些，你要早做准备，担当大任。”

杨度想起从甲午、乙未年来，在前清官场中，袁世凯一直是维新派的首领，现在做了总统，无疑会行新政。既行新政，必然要起用新人才。杨士琦说得对，自己是当然的新人才的魁首，是应该早做准备。他兴奋地说：“杏城兄，倘若项城叫我当国务卿的话，我一定请你做我的左丞。”

杨士琦听了这话后心里酸溜溜的，肚子里说，这个不自量力的杨皙子，他真的以为国务卿就是他的哩，美梦别做早了，口里却说：“好哇，皙子兄若看得起我，我当然会尽力相助你。”

杨度起身，一边收拾文书一边说：“就这样说定了。我今晚还有点儿事，明天再聊吧！”

第二天，杨士琦主动跟袁世凯谈起国务卿人选来，袁世凯也正在考虑这事，很想听听这个智多星的意见。杨士琦说，国务卿不外乎从维新和守旧两种人员中挑选，维新人员多为少年新进，心高气浮，骄悍难御，往往成事不足，败事有余，不如从守旧派中挑选器识明达、老成持重的人担此要职，方为可靠。

袁世凯鉴于国民党和国会的闹腾，对新派人物很是反感。杨士琦这番话正合他的心意。他没有理会杨士琦背后的用心，而是从守旧派中挑选一个地位最高与自己关系最深的人出来担任国务卿。此人便是国变以来一直隐居青岛不仕的前清内阁协理大臣徐世昌。

二杨的美梦都落了空。杨士琦虽没有做成国务卿，还得了一个左丞，聊以自慰。杨度一无所获。

为南北统一，为袁世凯取得中华民国大总统立下了汗马功劳，但从唐内阁到孙内阁，五届内阁中却一席未占，眼看着最为合适的国务卿一职却又被与民国无涉的徐世昌夺去了，杨度气闷已极。难道此生就只配在幕后出出主意，不能亲自执掌国柄吗？难道湘绮师所传授的帝王之学，又要在学生一代再成泡影吗？杨度陷入了深深的苦恼之中。他百无聊赖地拿起久已不翻的《大周秘史》，试图从中获得答案。看来看去，也并没有什么收获。

叔姬到北京后，很快就被京剧优美的唱腔所迷住。她与代懿之间的裂缝越来越深，来北京，主要是为了离开代懿，因而听戏正是她消磨日子的最好方式。她不但自己去看，也常邀静竹、亦竹一道去看。黄氏因为听不懂，去过一次再不去了。无事可干的杨度便也干脆加入她们的行列，常常和她们出入四喜、春和、天桥、吉祥等大剧院，正走红京师伶界的杨小楼、余叔岩、梅兰芳的唱功演技使他们倾心佩服。为前途而苦闷的兄长，为婚姻而苦闷的小妹，都在高雅脱俗的京剧艺术中得到了暂时的慰藉。

四　袁克定决心效法太原公子

这天晚上，杨度和妹妹、如夫人在广和楼看杨小楼主演的《秦王李世民》。正看到太原留守府里李世民劝李渊起兵反隋的时候，一个穿戴阔绰的俊秀青年走到身边，弯腰轻轻地问：“请问您是杨皙子先生吗？”

杨度点头：“我就是杨度。”

俊秀青年说：“我家大公子有请。”

杨庄正看得起劲，不悦地说：“你家大公子是谁，看完戏以后再说吧！”

“我家大公子想与皙子先生说几句话。”

亦竹掉过头插话：“你家大公子在哪里？”

青年指了指后面：“就在楼上包厢里。”

杨庄知道包厢里坐的都是大富大贵之人，她对那些有权有势就任意指使别人的人素来反感，便皱着眉头说：“你家大公子要说话，他自己不可以下来吗，为何叫别人上他那里去？”

俊秀青年颇觉为难。杨度起身对她们说：“不要紧，我去去就来。”

刚走进包厢，一个戴墨镜的中年男子忙站起，说：“皙子，没有想到是我吧！”

说着，取下了墨镜。

杨度一看，惊喜道：“芸台兄，原来是你呀！”

又见袁克定身边坐着一个打扮得十分娇艳的女人，却并不是夫人吴氏，一时不知如何称呼她，只望她笑笑。

袁克定介绍：“她是周四小姐，票友世家出身，我请她看戏，图的是她在一旁给我指点。”

周四小姐大大方方地与杨度打招呼：“杨老爷，请坐吧。大公子是开玩笑的，他是个大行家，哪里要我指点。”

杨度坐下来。刚才那位青年端来了一杯香茶，杨度接过，说：“好久不见大公子了，近来忙些什么？”

“还不都是为了老爷子在忙。”袁克定笑着说，“不说这些了。皙子，你看今晚小楼这个李世民演得如何？”

杨度说：“我家小楼的戏自然没话说，把个文武全才的小秦王真的演活了。”

“万世英主唐太宗，其最为英明的时候就在这一刻。”袁克定指着戏台说，“皙子，你听。”

戏台上，还是太原留守府里，李世民正在向李渊恳切陈词：“父帅，不要再犹豫了，千秋大业就在此一举。太原城里三万健儿都在企盼父帅一声令下。孩儿剑已磨，马已备，誓为父帅作前驱，率兵攻打洛阳城！”

李渊端坐在虎皮椅上，一手扶着几案，一手抚着膝盖，双眉紧锁，面色严峻，正在紧张地思索着。整个广和楼鸦雀无声，所有观众都被台上的表演吸引了。

戏园子里又响起李世民刚劲决断的声音："父帅，杨广无道，弑兄篡位，鱼肉百姓，残害忠良，天怨人怒。十八方豪杰，六十四路烟火，无不是冲着洛阳城里的皇位而来的。皇位别人能夺，我们李家为什么不能夺？父帅，为天下苍生，为李氏家族，您就下这个决心吧！孩儿这里跪下求您了！"

说罢"扑通"一声跪在李渊面前。

"英雄！李世民真是一个有远见卓识的英雄！"袁克定情不自已地叫起来。杨度也被这一幕深深迷住了。

"皙子，我请你来，是给你看一篇文章。"袁克定从身边拿出一本杂志来递给杨度。"这是最近东京出版的《富士山》，上面有一篇文章，你拿回去看看。后天下午我派车来接你，从德国回来后我们兄弟俩还没好好叙一叙。嫂夫人还在等着你陪她看戏哩，我就不久留你了。茂顺，你代我送皙子先生下楼去。"

说罢起身，周四小姐也站起来，含笑与杨度告别，名叫茂顺的那个俊秀青年仆人恭恭敬敬地将杨度送回座位。

杨庄悄悄问哥哥："是哪位大公子？"

"袁克定。"

"哦！"杨庄回过头去向包厢望了一眼。灯光昏暗，她什么都没看清。

看完戏回家已半夜了，杨度没有看袁克定推荐的文章。第二天上午吃完早点后，他进了书房，翻开了那本《富士山》。这是一本创办不久的日本刊物，他留学日本时还没出现。拿在手里有一种沉甸甸的感觉，印得也精美，看来刊物的背后有强大的经济实力在支撑。他扫了一眼目录，多为政论文章。其中有一篇上画了一个红圈：访太原公子袁克定，署名为有贺长雄。有贺长雄是日本著名法学家，杨度在东京法政大学读书时，还听过这位大学者的课。他翻到那篇文章，见里面还夹杂着两张纸，原来是中文译本。显然这是袁克定叫人翻译印刷的，为的是让不懂日文的中国人读。杨度不需要翻译，他流利地读着原文。

有贺长雄以采访的方式介绍袁克定，从人品学问、文韬武略等方面将克定大大称颂了一番。文章最后说，中国现在已是民主宪政国家，由袁大总统在一手治理，他的嫡长子袁克定是他的左右手。依中国的国情和对中国的研究，作者宁愿看到坐镇北京的不是总统而是皇帝。袁大总统应有勇气做唐高祖，他的嫡长子袁克定无疑是今天的太原公子李世民。

想起昨夜看的《秦王李世民》及与袁克定的巧遇，今天又读到这样一篇文章，杨度的心灵受到极大的震撼。他两眼久久地凝视着这本日文杂志，脑海里思绪澎湃，风急浪涌……

毫无疑问，这篇文章是袁克定借有贺长雄的笔来赞扬自己的。之所以选择在日本刊物上发表，而不在中国报纸上登出，决不因为有贺长雄是日本人的缘故，而是袁克定并不想让过多的人知道他就是今天的太原公子，他是有选择地将这篇文章送与人，试探对方的心思。杨度又想起昨夜袁克定的话："万世英主唐太宗，其最为英明的时候就在这一刻。"劝父帅造反称帝，在袁克定看来这是李世民最有见识的一着。这样说来，袁克定是有意步李世民的后尘，父亲称帝，自己日后好以太子身份顺利登基。明天叙谈的话题很有可能就在这里，得好好思索思索。

杨度起身，在屋子里背着手慢慢踱步。这两年来动荡不安的政局究竟说明了一个什么问题呢？中国究竟宜民宪还是宜君宪呢？这些疑问，近几个月来反反复复地在杨度的脑子里出现。他颇为后悔当初没有坚持多年来的定识，被热闹一时的民主共和的潮流所迷惑，弃君宪而主民宪，以致招来别人的指责，指责很多，归结起来不过"见利忘义"四字而已。然而两年来，自己究竟得到了什么利益呢？既未入阁，更无阁揆之望，说来说去，仍不过一幕僚罢了。当初放弃信仰面对现实，说穿了，其实是为了获得一个高位，然后凭着这个高位去从容展布平生之学，做出一番大事业来，既为国家苍生谋取福祉，也为自己挣来生前死后之盛名。这其实也不错。一个士人，不凭借"位"和"势"来做事，他又靠什么来实现一匡天下的抱负呢？共和两年了，国家既未得一日之安宁，自己又未获一席之地位，是不是应该迷途而知返，改邪而归正呢……

正当杨度在槐安胡同里这般思来想去的时候，小汤山别墅里，袁克定的心绪也不安宁。

小汤山在昌平县境内，离北京城有百里之遥，乃是个有名的温泉区。因为南京有个汤山温泉闻名国内，此地规模小一点儿，便依其名而叫小汤山。

小汤山有两处温泉，即使是三九寒冬，这两处泉眼里冒出来的水都不低于摄氏五十度。泉水中含有多种矿物质，对治疗湿疹、神经炎、颈椎病、腰椎病、风湿性关节炎有奇效，而且水量大，一年四季日日夜夜涌流不息，附近几十里的百姓们从这两处温泉中获益甚多。

温泉的好处后来被皇室知道了，他们认为天子脚下的这块风水宝地不能让寻常百姓占用。明代中叶，此地被辟为皇家禁苑，只供皇室成员享受，别人不得染指。到了康熙晚年，这里建起了一座温泉行宫，并凿池蓄水，筑成大大小小的浴池，供皇室成员休闲疗养。好大喜功的乾隆将温泉行宫大为扩建，分前宫后宫，还新建澡雪堂、漱琼室、飞凤亭、汇泽阁、开襟楼等亭台楼阁。夏天鱼游荷塘，柳垂碧水，十分清幽。到了寒冬季节，到处都是冰天雪地，此处却可见青青叶片、零星小花，仿佛南国冬景一般。庚子年八国联军驻扎在这里，行宫被野蛮践踏。之后，随着满人气数耗尽，小汤山也日渐冷落荒芜。

清朝复没，皇家禁苑自然也不再是禁区了。这两年有些遗老新贵便在这里占地起屋，作为休养之所。袁克定早就看中了这块宝地，他花重金建起了一座精致的别墅。他的别墅院落里除花木山石外，最为别致的就是一所西洋式的浴池。浴池建在室内，长有十丈，宽为五丈，全用进口磨砖砌成。南头将温泉水引进，北头将水放出，一天到晚水是流动的，既控制在一个温度上，又干干净净。

浴池旁边放着各种款式的皮沙发和躺椅，茶几上摆着各式洋酒、咖啡和绿茶等饮料。袁克定常常带着他所喜欢的人来这里沐浴，浴后则躺着饮酒聊天。

袁克定有一妻二妾。夫人乃有名的金石学家，是曾做过湖南巡抚的吴大澂的女儿。二妾也长得漂亮。但袁克定并不太贪女色，而另有癖好。他患的是断袖癖。断袖风历代都有，到了晚清官场此风特炽。许多官宦人家都养着面目姣好的男童，在家寸步不离，外出则跟随一旁。尤其是戏班子那些演技又高长相又好的伶童更受垂青，或出高价买之置于室，或常招之饮于堂。跟随在袁克定身旁的茂顺便是他从三喜班里买来的宠伶，而小汤山温泉则是他和京师宠伶们饮酒作乐之处。这位袁大公子固然有断袖之癖，然则他的最大癖好尚不在此，而是在权位上。

袁克定从小跟在父亲的身边长大。当年袁世凯到朝鲜后很快发迹，他信守诺言，把沉氏从上海妓院赎出接到汉城。沉氏不能生育，袁世凯则派人去项城老家接克定来朝鲜。于氏知丈夫不爱她，抵死不肯放克定。经袁氏本家又是开导又是威胁，才不得已忍痛放儿子远去。袁世凯本想要克定认沉氏为嗣母。但年仅四岁的克定却很懂事，牢记母亲的教道，只叫沉氏为姨娘，绝口不叫母亲。沉氏灰了心。袁世凯于失望中看出儿子重血缘的天性和执拗的脾气，他倒很欣赏儿子这两个特点，遂不再强迫儿子认沉氏为母，并着意加以培植。克定一直在朝鲜长到十六岁才随父回国，以后跟着父亲辗转济南、保定、天津各地，也没有去应试，只是后来挂了个农工商部右丞的虚职。这两年来，连这个空衔也不要了。多少年来，袁克定基本上充当父亲贴心帮手的角色。年年月月官场的熏陶，尤其是亲历父亲罢而复起的政治风波后，袁克定深知“权位”二字的重要。对此中三昧，他远比一般人咀嚼得深透。

自从父亲做了民国的大总统后，袁克定的身份更加不同了。“大总统”这个称呼，对于绝大部分中国人来说很陌生，他们叫不顺口听不习惯，叫得顺听得惯的还是传了两千年的“皇上”。万民之上的统治者，薄海之内的第一人，不就是皇上吗，叫什么大总统呢？尤其是称呼袁克定，更加为难。仍旧叫大公子吗，似乎不能突出天下第一大公子的地位；总统之子，外国又没有什么特殊的称谓传进来，于是不少人干脆沿袭旧时的称呼，叫他太子。

袁克定初时还有点儿不好意思，听久了也就自然了。但袁克定知道，他其实并不是太子。这中间最大的区别是，太子为法定的继位人，根据民国的宪法，他不是。倘若哪天他的老子死了，不仅他们全家得搬出中南海，他本身所享有的一切特权也会失去，就连父亲几十年来一手培植出来的北洋将领都不会买他的账。有两件事很令袁克定气沮。

徐世昌从青岛来北京不久，袁世凯在总统府居仁堂设家宴为之洗尘。席上，袁命儿子给徐把盏敬酒。大概是蛰居多年重登政坛心情特别兴奋，也可能是多喝了两杯有几分醉意，当袁克定再次为他斟酒时，他拉着袁克定的衣袖说：“克定呀，想不到一晃三十多年，你也是快四十的人了。”

袁克定说：“是呀，过两年就四十岁了。”

徐世昌说：“难怪我不能不老，当年那个穿开裆裤尿了我一身的小家伙也快四十了！”

说罢哈哈大笑，袁世凯在一旁也乐得大笑，弄得袁克定脸红红的，很不好意思。

笑完后，徐世昌又说：“那年你还不到三岁，吃饭时站在我旁边。我说克定呀，你给伯伯磕个响头，伯伯给你一个虾肉丸子吃。话刚说完，你就趴在地上磕了一个大响头。我说乖孩子真听话，马上夹一个丸子给你，一个大丸子把小嘴塞得鼓囊囊的。还记得吗？”

这几句话说得袁克定愈加难为情，忙说：“不记得了，不记得了！”

“不记得了？”徐世昌摇摇头说，“来，老伯告诉你。当初你是这样跪着的。”

看着袁克定呆呆地站着，没有任何表示，徐世昌急道：“快呀，快跪下来呀，老伯好指点呀！”

袁克定仍站着不动。他已经是快四十岁的人人尊重的大公子了，怎么还能像两三岁的懵懂小孩那样呢？这个徐老头子，莫不是让几杯酒给灌迷糊了？袁克定老大不情愿。袁世凯好不容易请出徐世昌，为不让他扫兴，对儿子说：“你就给徐老伯再跪下磕个头嘛！”

袁克定一向对父亲恭顺，见父亲这样命令他，只得跪下，将头触到地面。

徐世昌快乐极了：“不错，不错，那年也正是这个样子。乖孩子，真听话，看在你已是大人的面子上，老伯不再赏你吃虾肉丸子了，快起来吧！”

袁克定忙站起，心里为这事郁郁了几天。他从来就不认为徐世昌有多大的本事，当年在翰林院里十多年不迁一职，不得一差，是一个倒霉透顶的黑翰林，以后的飞黄腾达，完全是父亲一手提携的结果。他不思感激袁家的大恩大德，还一个劲儿地在自己面前装模做大。袁克定对徐世昌怎么也尊敬不起来。这几年，他口口声声要做大清的遗民，义不食民国之粟，隐居在青岛。但一旦父亲叫他做国务卿，他又出山了。声称是帮忙不受俸禄，然父亲略施小技，说每月四千大洋不是政府开支而是从总统特支费里支出，他便欣然接受了。总统特支费是哪里来的，还不是政府的钱？一想到这些事情，袁克定便对这个老头子简直有点儿鄙夷了，真是一个既要权和利，又要名和望的典型的伪君子！

徐世昌毕竟是袁世凯几十年的拜把兄弟，且在醉意中，袁克定在大不舒服之后尚可略作宽谅，而段祺瑞的倨傲不恭，则令他不能容忍。

近几个月来，身为陆军总长的段祺瑞不知因何事，常常不参加总统召集的会议，每次只打发副手徐树铮出席。徐树铮这个人阴阴地，总是用斜眼看人，开会时多半一言不发，板起面孔笔挺挺地坐着。袁世凯总觉得此人不大对劲，有时回到家里，不免在儿子面前嘀咕两句："芝泉这人怎么啦，总打发姓徐的出面，他自己干什么去啦！"

袁克定看着徐树铮，心里总有几分怯态，又认为段祺瑞不参加会议是毫无道理的。有次他到段家去，就直截了当地问段为何不参加会议。

谁知段祺瑞的脸色马上变了，本来就有点歪的鼻子更加歪得难看，冷冷地说："芸台，这事你不要管。要问，也只能轮着总统来问我。"

袁克定碰了一鼻子灰，脸涩涩的，很久不能恢复自然。他真想跳起脚来将段骂一顿，但又找不出恰当的理由来。是的，他是陆军总长，要说他，也只有总统才有这个权利。此话并没有错，但话中之话，则是再明白不过了。袁克定哑巴吃黄连，有苦说不出。

段祺瑞是袁世凯的老部下，又娶于氏夫人的干女儿做太太，真正的与袁克定是同辈人。袁世凯还健在，便这样不把大公子放在眼里，一旦死了，他袁克定还能从段祺瑞那里讨得一杯残羹吗？袁克定越想越气，也越想越怕。

所有这一切都因为只是大公子而不是太子的缘故，倘若是名分已定的太子的话，包括徐世昌、段祺瑞在内，哪一个不应该在他的面前诚惶诚恐俯首称臣！

思前想后，袁克定愈来愈看清楚了，必须效法当年的太原公子李世民，务必说服父亲乘此国民党已全部被打垮，民国建立还只有两三年百姓仍留恋皇帝的时候，及时改国体登帝位，把一座锦绣江山揽在自己的怀抱中！

能把父亲说动吗？工于心计的袁克定细心地观察了一段时期，他从许多迹象中看出，父亲的心思与自己是十分接近的。

徐世昌一到北京，袁世凯便称他为老相国。袁这么一叫，上上下下便都叫徐为老相国，徐也以此称谓而自喜。徐既然是相国，那袁不就是皇帝了吗？

相国府里最先恢复端茶送客的礼仪，接着京师各衙门纷纷效尤。再接下来各省都督传人用令箭，行程用滚单，下属求见时呈递手本履历，这些都与前清官场一模一样。各省都督向政事堂行文都用"呈"字，只有前后任过直隶都督的冯国璋、赵秉钧对政事堂行文用"咨"。这也完全是援引前清直隶总督视军机处为平级机构的老例。

许多官吏都认为民国官远不如前清官的尊严，建议将部长改称尚书，都督改称总督，民政长改称巡抚，县知事改称县正堂。不少地方，官吏出门乘坐绿呢、蓝呢大轿，鸣锣开道，前呼后拥。卸任后勒令百姓送万民伞，立功德碑。丁忧守制、回避本籍的事也屡有出现。所有这些，袁世凯都知道。他不但不制止，还时常私下里称赞，说民国的制度不像个样子，还是过去的规矩好。

有一天，袁世凯的胞兄世廉的儿子从河南项城老家来，对叔叔说："袁氏祖坟去年冬天培坟添土时，突然发现一条大赤蛇。隆冬天气，蛇是不会出洞的，何况这样通身红透的大蛇，不说冬天，就是大热天也见不到。堪舆家都说，咱们袁家要出皇帝了。"

袁克定这时看到父亲面色极为兴奋。为了验证父亲究竟想不想做皇帝，他想出了一个主意。他把平时白天侍奉袁世凯起居的一名丫环叫来，赏她二十块大洋，叫她如此如此。

第二天午后两点钟，该是叫醒袁世凯午睡起床的时候了。那丫环端着袁世凯常用的墨玉杯来到床边。她轻轻撩开蚊帐，忽然"哇"地大叫一声，墨玉杯掉在青砖地上打得粉碎。袁世凯被惊醒，呼地爬起，见心爱的玉杯破碎在地，怒道："怎么回事？"

那丫环结结巴巴地说："我看、看见一、一样东西了。"

"什么东西？"袁世凯的怒气未消。

丫环神色安定下来，话也说得流利了："我看见床上盘着一条龙，金光灿灿的。"

"什么？你说什么？"袁世凯又惊又喜，瞪起两只精亮的大眼睛，声色俱厉地追问。

"我看到了一条龙盘在床上。"丫环重复了一句。

"看清楚了？"

"看清楚了，的确是一条龙。"

"好！"袁世凯顺手摘下蚊帐挂钩上的白兔玉坠递给丫环。"这个赏给你，拿去吧。刚才的事情不能对任何人说。"

"是。"

丫环接过晶莹的玉坠，心里高兴极了，走出袁世凯的卧房后，马上把这一切报告大公子。

袁克定因此确信父亲是极想做皇帝的。

父亲的儿子有十多个，倘若真的做了皇帝，这皇位能不能确保传给自己呢？对此，袁克定充满信心。在诸多兄弟中，他是唯一的嫡长子，有着别人不可企及的地位。况且那些庶弟们不是年岁小，便是才具平庸，也不是他的竞争对手。唯有二弟才华出众，五弟器识开朗，也能得到父亲的欢心，但老二放荡，老五志在实业无政治野心，袁克定相信父亲也不会把皇位传给他们。只有一点，颇令一心想由太子而登皇位的袁克定感到遗憾，这便是他的仪表上的缺陷。

袁克定的仪表本来长得不错，并不妨碍他领袖人伦。去年春上，他正在洹上村闲住着，忽然父亲急电他速回京师。为赶火车，他骑上一匹快马飞奔彰德车站。袁克定的骑术本不高明，且心里焦急，快到车站时他从马背上跌了下来，昏死过去。众人将他急救过来后发现右腿已断裂，右手掌也被沙石擦得血肉模糊。北京的医生们尽了最大的努力，也没有使袁克定的右腿恢复正常，走起路来一拐一拐的。袁大公子成了袁大瘸子了。右手掌虽然愈合，但留下一块很大的疤痕，十分显眼。在公开的社交场合里，袁克定不得不戴上手套遮丑。秋天，他专程去德国治腿。在柏林医院住了四五个月，虽大有好转，但走起路来仍然有些跛。袁克定有时很苦恼，因为在他的印象中，中国历史上似乎没有过瘸子皇帝。自己成了瘸子，今后还能够做皇帝吗？不过，转念一想，他又释然了：只要名正言顺地登了基，就无人敢拿这点来指责，没有先例，难道不可以自我而始吗？

方方面面的情形都想妥帖之后，袁克定便下定决心要做那个敢作敢为的太原公子，力劝父亲正位当皇帝。他知道办这样的大事要有许多人相助，这些日子来，他与朱启钤、段芝贵、周自齐、梁士诒、张震芳、雷振春、袁乃宽等人透露这个意思，他们都积极支持，愿意为恢复帝制效力。这些人固然都是能干之辈，但袁克定觉得他们在社会上声望不够，影响力不大，还得找几个更得力的人辅佐才行。前天，他得知广和楼正上演《秦王李世民》，很想从中再获得某些灵感。正在观看之际，无意间发现了杨度，他心里忽然一亮。皙子向来主君宪之说，且多年研习帝王之学，一肚子纵横捭阖之策，社会声望很高，此人不正是一个可利用的绝好人才吗？

袁克定又想起那年读过的《大周秘史》，书里有许多方略值得借鉴。是的，还得把这本书借来，再好好地读一遍。

正在遐想之时，茂顺进来，柔声禀报：“大公子，杨先生来了。”

“快请他进来！”说着连忙向大门口走去。

五　今日的太原公子与未来的房玄龄一拍即合

“一路上辛苦了！”

袁克定一边打着招呼，一边将杨度迎进客厅。客厅里摆的全是德国进口货，连桌上的啤酒和喝啤酒的杯子都是从德国来的。

杨度坐在宽大的黑黄色牛皮沙发上说：“你这辆小汽车坐着真舒服，不知不觉就到了。”

“你知道吗？”袁克定坐在杨度的对面，颇为得意地说，“这是德皇威廉二世自己的坐车。他硬要送给我，怎么也推不掉。”

清末，北京城里的小汽车极少，除开外国公使们偶尔坐坐外，中国的大官员们都不坐。一则是没有车，更主要的原因是他们觉得坐八抬大轿体面威风。与中国的百姓一样，中国的官场也没有时间概念。他们压根儿就没有想到要节省时间，提高效率。坐在八抬大轿里，悠悠闲闲地，舒舒服服地，不管多远，都这样慢条斯理地由人抬着，前呼后拥地走去。一天走不到走两天，一个月走不到走两个月，日升月落，岁月有的是。

皇家最早的小汽车是直隶总督袁世凯从英国买来进贡给慈禧太后的。慈禧觉得稀罕，叫人开着送她到颐和园里去。她见往日一天的路程现在一会儿工夫就到了，很高兴，回宫的路上她忽然不自在了。原来开车的司机大模大样地坐在她的前头，她不能忍受，训斥道：“你是什么人，怎么能坐在我的前面？”司机吓得脸色陡变，马上停车，下车来给老佛爷跪着。但他跪在路上，车子却不能前进，这也不是个法子呀！李莲英聪明，忙说：“老佛爷，洋人不懂礼仪，造的车子，开车的就坐在前头，这次让他跪在座位上给您开回宫去吧。下一回，咱们自个儿造一部车，让老佛爷坐在前头，开车的坐后头。”慈禧也没有别的办法了，只得叫司机跪着开车。从那以后，她再也不坐汽车了。她等待着由她坐前头开车的坐后头的车出来，然而这样的车没有造出来时她便死了。民国替代了清王朝，但官场的习气基本没变。这一年多来绿呢、蓝呢大轿全面复兴，袁克定这辆德国小汽车，在京师中国人眼中，仍然是稀罕之物。

“难怪这么快！式样又好看，真正的好车。”杨度颇为羡慕地说。北京城里的车虽少，但杨度在日本见过不少车，也坐过车，他有经验。看着袁克定起身拿雪茄的时候，杨度想起自从进屋来就没有见过他用拐杖。“芸台，你的腿真的好多了，连拐杖都丢了。”

袁克定高兴地摊开双手，笑着说：“我现在基本上不用拐杖了。人家洋人就是厉害，中国医生都说拐杖丢不了，洋医生就硬是丢掉了我的拐杖。你说人家洋人行不行？”

“这次德国之行，你真是大有收获。”杨度点起一支雪茄抽起来。“又治好了腿，又开了眼界，又得了这么好的一辆小汽车。说说德国吧！”

“这次德国真没白去。”

袁克定也喷出一口烟，客厅里充塞着香气浓烈的烟味。他将在德国的所历所见，挑些重要的说了个把小时，说者听者都兴趣盎然。

“皙子，我觉得德国最好的还是它的国体。”袁克定有意将谈话引到主题。“德皇威廉二世有至高无上的权力，全体臣民都听他的。国家在他的领导下，万众一心，步伐一致，真正做到无坚不摧，攻无不克。我最佩服的就是这一点。”

杨度点点头说：“世界行君宪最成功的，在东方是日本，在西方是德国。日本我是亲眼看到的，德国我虽没去，听了你的介绍，也知所传不假。他们的成功经验是值得世人学习的。”

“我临回国的时候，威廉二世设宴招待我。席上，德皇对我说：‘袁先生，我实话对你说吧，一个德国已不够我治理了，我要在整个欧洲试一试锋芒。’皙子，你看这个德国皇帝多有魄力。”

袁克定神色飞扬起来，两眼放出亮光。袁世凯对德国的军事力量一向倾仰，在小站练兵的时候便以德国军营规矩训练新军，并在军中开设德国学堂。那时袁克定还只有二十多岁，在德文学堂里学德文。袁克定极聪明，两三年工夫便把德文学得精熟。在德国期间，他可以不用翻译与德国人交谈。

“看来，威廉二世有称霸整个欧洲的雄心。”杨度从来就崇拜英雄，日本的明治天皇和德国的威廉二世在他的心目中有崇高的地位。

“我对威廉皇上说：‘看到贵国的强盛，我很惭愧，敝国贫穷落后，人民一盘散沙，不知何年何月才能如同贵国一样的强盛起来。’皙子，你说威廉皇上怎么对我说？”袁克定放下跷起的二郎腿，挺直了腰板问杨度。

“怎么说？”杨度的注意力也高度集中起来。

“威廉皇上说：‘袁先生，我实话对你说吧，贵国人民智力低下，素质差，教育很落后，民主共和是不行的，贵国非帝制不能自强。清廷的垮台不是因为国体不好，而是皇帝无能，若再出汉帝、唐皇、康熙、乾隆，贵国一定会强盛的。’”袁克定说到这里停住，把眼睛盯着聚精会神聆听的杨度。

杨度的心情突然异常兴奋起来，激动地说：“威廉二世真的这样说了吗？”

“真的这样说了。”袁克定十分肯定地回答。“而且还说，假若我国实行帝制的话，他们德国将全力支持，要钱给钱，要武器给武器，要将官给将官。”

“哦！”杨度不禁站了起来，在客厅里走了两步。停下后他问袁克定，“德皇这些话，你都告诉总统了吗？”

“我都原原本本对家父说了。”

“总统怎么说的？”杨度急着问。

“家父出自内心地赞叹：‘德国这个威廉皇帝真是位了不起的人，既有魄力，又有眼光，他把中国的问题看透了。你给他写信时代我向他致意，谢谢他对中国的关心，就说我们会认真考虑他的建议。’”袁克定也站起，在屋子里踱起方步来。他从杨度表情的变化中看出，这几句话已打动了这位著名的君宪专家。“皙子，你长期研究君宪制，你说说，威廉皇上的话有没有道理？”

袁克定没有看错，德国皇帝的话像一只强有力的手，将杨度灵魂深处那根琴弦重重地撩拨起来。他一贯研究君宪，君主立宪制曾经是他向往憧憬的最完美最理想的国家体制。但是两年多前，他又公开表示拥护民主共和，并为这个制度的建立而奔走效劳，那时已遭到了不少指责，这下若又转回去再倡君宪，世人将会怎样看待自己呢？不会被骂作毫无定见的政客、反复无常的小人吗？

杨度的心里矛盾极了，见袁克定两眼直瞪瞪地逼着他，只得随口答道：“有道理，是有道理。”

袁克定和他父亲一样，从来就没有什么信仰、主义，也不太计较自己前后的话有什么抵牾之处。他的眼睛只盯着一个目标，那就是利益，至于获取利益的手段是否正当，自己的形象是否高尚，后世人如何评价等，他并不很在乎。杨度的迟疑心态，袁克定已经看出，他知道这是自己的钓饵还没有下去的缘故。

这时，茂顺进来说：“大公子，饭菜已准备好了。”

袁克定说：“好，皙子，咱们吃饭去，吃完饭后我请你沐温泉浴。”

杨度高兴地说：“正要好好体味一下你的温泉浴。”

餐厅里摆下了丰盛的酒席。待杨度坐下后，袁克定对茂顺说：“皙子先生也不是外人，把大家叫来一块儿吃吧！”

一会儿进来四五个年轻的男人，一个个笑容可掬地围着餐桌坐下。袁克定一一做了介绍，这个是花工，这个是浴工，这个是厨师，等等。杨度看着他们，觉得似乎一个比一个俊俏，皮肤白白的，嫩嫩的，眼睛水灵灵的。介绍到最后一个按摩师时，杨度发现此人的脸上和脖子上都扑着白粉，嘴唇艳红艳红的，像是涂着口红。杨度猛然想起傅粉涂朱的何晏、张昌宗来，觉得甚是有趣，心想：袁大公子的别墅里怎会养了这么一群活宝？

吃饭时，袁克定不断地与这些活宝说说笑笑，还亲自夹菜给他们吃。吃完饭后，花工又唱了一段“苏三起解”。那动作，那腔调，都活脱脱一个迷人的女性。杨度心里暗笑不止。

略作休息后，袁克定带着杨度去沐温泉浴。杨度跳下水。水不冷不热正合适，一股淡淡的硫磺味刺激着鼻孔，摸摸皮肤，有一种滑溜溜的感觉。泡了几分钟后，通体舒服极了。那边，陪同吃饭的活宝们也都笑嘻嘻地下了水，一边互相浇水，一边互相逗笑。袁克定远远望着他们，脸上荡漾着笑容。杨度见他们一个个泡得白里透红，亮光光的，煞是可爱，脑子里突然冒出《长恨歌》里的两句诗来：春寒赐浴华清池，温泉水滑洗凝脂。

洗完澡后，袁克定陪着杨度躺在皮椅上，喝着咖啡，聊着闲天。“这位大公子可真会享受！”杨度心里不免暗自羡慕起来，又想：倘若让静竹在这里疗养一年半载，天天泡温泉，说不定她的两只腿会很快好起来的。

“皙子，家父总是称赞你的才学，尤其不能忘记那年罢职离京时，你和范孙先生远送卢沟桥的情谊。又说南北调停时你立了大功。”袁克定披着厚厚的德国绒睡袍，一手夹着雪茄，一手端着啤酒杯。

听了袁克定这几句贴心话，两年多来一直坐冷板凳的杨度心里暖融融的。同时，素日拼力压住的委屈感又升起了。他略带酸意地说：“唉，不提这些了，我也是命运不济，辜负了总统的栽培。”

“不能这样说，几次组阁时，家父都有意让你当总理。这次国务卿一职，最初也是你的，只是后来改变了。”

袁克定看了一眼杨度，只见他的脸色顿时阴沉下来。袁克定清楚杨度的性格，内心里的或喜或忧，总是会很快地在脸上表露出来。

“皙子，你知道家父的主意为何一再改变吗？”

杨度摇摇头。

“我实话告诉你吧，家父身边围着一群老家伙，都是他们坏的事，我也最讨厌他们了。”想起徐世昌和段祺瑞、徐树铮等人，袁克定真诚地表示出愤怒。

“你也讨厌他们？”杨度吃惊地问。

“你不知道，家父用人最重资历，有两种资历他特别看得重。”袁克定放下啤酒杯，郑重地说，“一种是小站练兵的资历，一种是前清大员的资历。”

杨度平时不大注意，经袁克定这一指破，他猛然意识到的确是这样。唐绍仪、赵秉钧、陆征祥、熊希龄、徐世昌这些人，或是在前清做大官，或是在小站练新军，或是两者兼备。怪不得自己不得重用，原来缺乏的正是这两种资历！照这样说来，这一辈子在袁世凯手下是永无出头之日了。杨度不免沮丧起来。

“我常对家父说，用人当学曾文正公，取其才而不论其资历。家父口头上也承认应该如此，但他就是改不了这个成见。本来想让你当政治会议议长，都差不多就要公布了。谁知李经羲一进京，他便变卦，说李经羲在前清做过云贵总督，能压得住人，皙子到底资历浅了，别人会不服，结果又让那个老家伙做了议长，我反对也没用。”

杨度苦笑道：“假若让你来做总统就好了。”

袁克定正要套出这句话来，赶紧接着说：“倘若我做总统，第一件事便是任命你做国务卿。国事都交给你，使你的平生才学能得到充分展布，做中国的伊藤博文、俾斯麦。”

“做中国的伊藤博文、俾斯麦”，这个久蓄于胸而近年来几乎被视为不可兑现的理想，今天居然由袁大公子再次提出来，杨度胸中冒出一股既兴奋又失落的复杂情感来。但眼前这个对美男子很有兴趣的公子哥儿，他能当总统吗？按照宪法来选举，他的可能性怕永远只是零！杨度下意识地轻轻摇了摇头。这个举动被袁克定看在眼里，心里不觉一惊，但很快，一股务必要做太原公子的欲火更炽烈地燃烧：正因为不能做总统，所以才决心要做太子！他不想再绕圈子了，决定开门见山，把自己的意图和盘托出。

“皙子，抽支雪茄吧，我慢慢对你说。”

袁克定起身，亲自把一支雪茄递过去，又亲自给杨度把烟点着，然后回到皮躺椅上，浅浅地连抽几口，脑子里在紧张地思考着。杨度望着袁大公子少有的皱眉凝思的神态，知道他要说出一番重要的话来，遂不做声，让他自个儿慢慢地思索。

又抽了几口烟后，袁克定掐灭了雪茄，终于开口了："皙子，实话对你说吧，我是想当总统的。想当的原因，不是因为总统的地位至高无上，权力至大无边，我个人可以从中得到许多好处。

家父这两年当总统，我亲眼看见他一天到晚有办不完的公事，有诉不尽的苦恼。他为国家所付出的心血，他为百姓所承受的痛苦，别人大多不知道，唯有我这个做长子的才看得一清二楚。就这样，他还要蒙受许多不白之冤，尤其是革命党那批人，现在已是与家父势不两立的生死对头了，天天在骂他咒他，暗中组织人马，想用武力推翻他。看着父亲一天天衰老下去，我心里在叹息：这是何苦而来？当初不出山，在洹上村饮酒吟诗，垂钓观花，岂不十倍百倍胜过今天？我有时跟父亲聊起这事，他每每叹气说：'这是没法子的事。当年曹孟德说得好，倘使孤不在，正不知几人称王几人称帝。如果我不出山，当今的中国还不知有多少个草头王哩，国家能安宁吗？百姓能安宁吗？'我听了只得点头。家父这番话我深有同感。大概我们袁家天生就是这样要为国家和百姓操劳。这真是没有法子的事，逃也逃不掉。"

袁大公子的正题开场白十分成功，把杨度紧紧地吸引住了。他瞪着两只乌亮的眼睛，一动不动地望着袁克定，倾听袁的下文。

"尽管亲眼见到家父这么多难处，我还是想接替他的职务干下去，为的不是自身，而是咱们这个国家。过去我也知道咱们国家很弱，百姓生活很苦，但还只是坐井观天，不知外面的世界。这次去了德国，又看了欧洲其他几个国家。唉，皙子，不瞒你说，我难过得好多夜晚睡不好觉，好多白天吃不好饭。跟人家比起来，我们的国家像个什么样子，简直是个垃圾堆；我们的百姓过的什么日子，简直就是猪狗不如。作为一个中国人，尤其是作为一个中国总统之子，我心里有多痛苦呀！"

袁克定得袁世凯的真传，他的演戏功夫，其神情之真挚，做工之圆熟，比起老子来有过之而无不及。他的这番表演深深打动了杨度。杨度想起自己在日本生活了多年，虽时时眼看着别国好而怜恤祖国的贫苦，但究竟不若袁大公子这般深切，遂怀着尊敬的心情说："你说得对。在日本时我也常有这种感觉，总渴望着自己的国家也跟人家一样就好了。"

“正是这话。”袁克定立即加以肯定，并接过话头。“我在柏林时，曾对着莱茵河立下过宏誓，一定要为国家的强盛而奋斗，哪怕累死苦死也心甘情愿。所以明知总统一职于己无利，但我还是要做，为的是要取得一个为国家办大事的最有利的地位。”

杨度听到这里，不觉重新将眼前的大公子打量了一番。与他交往了多年，还真的没有看出，他竟然与自己的心思这般接近！

“皙子，咱们兄弟说句真心话，你说我有接替父亲当总统的可能吗？”袁克定两眼射出灼人的光芒，逼视着杨度。

怎么说呢？说他不可能嘛，会扫了他的兴头；说他可能嘛，又实在有点儿违心欺人，而且他也不会相信，杨度想了一下说：“我看可能性不大。”

“说得对！”不料袁克定倒十分高兴起来。“皙子，我就知道你是一个真心人，这正是我相信你的根本之处。你还是说得委婉了点儿，其实可以干脆说白了：绝对不可能。中华民国的大总统绝对轮不到我袁芸台来做。为此我感到遗憾，因为我坚信家父的这一套是治不好中国的，必须改弦易辙。”

“为什么？”杨度很乐意听这样的话，他要引导袁克定说下去。

“这是因为家父的头脑里守旧的思想根深蒂固。当然，这也难怪他，毕竟他做了三十几年的前清官吏，对过去的那一套习惯些，但结果却是对国家不利。比如说，他用人，就几乎全用的前清大员，他对宪政其实是不热心的，他对内阁制是不能接受的。他热衷权力，事必躬亲，不能放手让别人去干。”

杨度觉得此时的小汤山温泉浴室，仿佛已成了两院议会，一个在野党的党魁正在尖锐地抨击执政党的首领。他同时不得不佩服这个抨击者对时局的症结看得准确，与自己的观点十分吻合。正因为重用前清大员，自己才遭到冷落；正因为不热心宪政，一个真正能导引国家富强的根本大法才至今未修好。抨击者重视内阁制，自己今后才有可能做伊藤博文和俾斯麦。这几句话，句句打中了今日政局的要害，也说出了自己的心愿。杨度对眼前的袁大公子另眼相看起来，他莫非真的有治国大才？他莫非真的就是那夜戏台上的太原公子？

“芸台兄，你说得真好，我真要设法运动议员们选举下届总统时投你的票。”杨度出自真心地说。

“不！”袁克定断然拒绝了杨度的好意，最终亮出了底牌。“皙子，总统我是不可能当的。为了国家的强盛人民的幸福，为了我能处于一个最有利的治国地位，为了能实现你的一匡天下的抱负，我请你相助我。”

“如何相助？”杨度从藤躺椅上站起，掐灭手中的半截雪茄，仿佛就要为朋友拔刀上前的样子。

“我和你相约：今日你相助我做成太原公子，促使家父登基恢复帝制，日后我一旦继位，就拜你为相。那时我做唐太宗，你做房玄龄，再在中国造一个贞观之治如何？”

“行！”杨度激动地不假思索地伸出一个手掌来。

“我们击掌为定！”

“啪！”袁克定结着一块大疤的右手掌在杨度的手掌上重重地一击，十分高兴地说，“走，咱们再到餐厅去喝它个一醉方休！”

袁克定的酒量并不大，三杯中国白酒喝下去，便醉醺醺地被茂顺扶到卧室里去了。杨度却还只有四五分酒意。他躺在别墅精美的客房里，听着窗外温泉流水的汩汩声，身上燥热不安。他干脆披衣起床，燃起了一支雪茄。

杨度今夜太激动了。

他首先想到的是，在中国政坛上整整闯了十年，一心想借一个人的力量来实现自己治理天下的宏伟抱负，然而十年来所看准的袁世凯其实并不是一个理想的人物，真正的理想人物是其子袁克定！辅佐袁克定比辅佐袁世凯有利之处居多。

袁世凯是一代枭雄。他雄才大略，斡旋乾坤；他老谋深算，机巧权变；他手揽大权，独断专行。在他的身边，只能充当他的工具，不能左右他的意志；只能为他服务，没有余地让你施展。袁克定则大不相同。他有崇高的地位而无坚实的基础，他有雄心而无长才。他治理国家必须要依靠别人，就如同当年骆秉章在湖南做乱世巡抚必须依靠左宗棠一样。他一旦即位，就拜自己为相。这话不会是空头许诺，因为他不得不如此！

猛然间，杨度想起了那年与曾广钧、夏寿田游碧云寺数五百罗汉的往事，又想起秋雨秋风中与湘绮师访马王庙时胡三爹的即兴拆字，都说自己今生有宰相的福分。现在看来，拜相的希望已不再渺茫了。二十年了，醉心帝王之学的湘军将领后裔，看到一展胸中之学的这一天终于要来到的时候，他怎能不激动不兴奋？他甚至想面向南方，遥望着云湖桥大喊一声：“湘绮师，弟子就要圆你老的梦，将你老的学说变为现实了！”

接着他又想到，相助袁克定恢复帝制，其实就是把一条通往富强的光明大道重新铺展在中国面前。杨度相信自己多年信奉探索的君宪制度应当是拯救中国的唯一道路。自己原本看得清清楚楚：中国民智低下，二千多年来一直是皇权统治，只有虚君立宪制度才与国情最为接近，实行民主宪政，必定给国家带来混乱。两三年过去了，现实证明自己原来的分析完全正确。目前袁大总统健在，尚能控制局势，一旦哪天死去，必定会由争总统而引起内战。不要说国民党将会兴风作浪，就是政府内部，觊觎这个宝座的人还少吗？而最乐意看到中国兴起内战的，莫过于外国列强了。他们正好趁火打劫，乘机瓜分豆剖。这个局面不久就会到来，人们都在迷糊之中而没有看出。

一旦帝制复辟，这种危局就不会出现。因为皇位的合法继承人只能是皇帝的兄弟子侄，别人不能存此非分之想。这就从根本上杜绝了野心家的邪念，堵塞了动乱的源头。至于皇室内部的争斗，毕竟是小范围内的，况且只要皇帝在生时交代清楚，储君有力量，则基本上不会有大乱子出现。只要不起内乱，再制定出一部好宪法来，大家都依法行事，国家自然会很快强盛起来的。

做这件事一切都是对的，唯一不妥之处就是自己又得挨一次骂。当年由君宪转共和，报上登了不少文章将自己臭骂了好一阵子，弄得里里外外很不自在。如果这一次又变回去，将会招至更多的谩骂。

杨度气塞了一会儿后，很快便通畅了。既然有志于从政，还怕别人骂吗？商鞅、霍光、王安石、张居正，千百年来骂他们的人史不绝书。凭心而论，他们为国家所做出的贡献，无论怎样诋毁都是否定不了的。就算自己反复无常出尔反尔吧，如果真的为国家谋求了一条通向富强的道路，后人自然会谅解的，甚至还会赞扬。退一万步说，毁了自己一人而换取了整个国家的利益，这个“毁”也是值得的。当年曾文正公办天津教案，不就是一个毁了自己而成全国家的先例吗？他的苦心，世人以后也越来越看清楚了。一个政治家要的就是这种富于自我牺牲的博大胸襟。

一定会有人说，杨度这几年没有做成内阁总理，主张恢复帝制是为了自己好做宰相。让他们说去吧，我就是要做宰相，又如何呢？士人要实现自己的政治抱负，没有职权能行吗？有百里之抱负，必须有县令之职权；有天下之抱负，必须有宰相之职权。人微则言轻，位卑则力薄，一个林泉之逸士，草莱之野民，能谈得上有政治建树吗？还是袁大公子说得对，有最高的职权，才能为国家和百姓谋最大的利益，也才能使自己的满腹经纶得到最好的施展。

杨度咬了咬牙根，决定不顾一切地这样做去！

夜色很深了，万籁俱寂，唯有温泉的流水声却越来越清脆，越来越响亮。杨度毫无睡意。夜风把酒热全部吹去，雪茄使头脑更为清晰。他想起这些年来在政治上的摸爬滚打，几乎可以说没有成效，其关键的原因是自己的奥援不够，朋友虽多，有力者却甚少。这次要做大事，必须实实在在地组建强有力的班底，要利用袁克定这个条件，将自己的人安插进去。他仔细地将挚友们排了排队，有几个耀眼的名字跳进了脑海。对，办大事不能离开他们的帮助！

一股寒风吹进来，杨度打了一个冷颤，倦意袭上心头。他脱衣上床，满怀着对未来的无限憧憬进入了梦乡。他做了一个很甜美的梦：袁克定的登基典礼刚结束，一颗硕大的宰相金印便由四驾朱轮马车护送到槐安胡同。杨度手捧相印指挥百官，宰理天下。文武百官都听从他的号令，依照宪法办事。不到二十年，中国真正地强盛了，西方列强纷纷前来取经，又一次"万邦衣冠朝冕旒"的盛大仪式，正由他亲自主持在隆重地进行着。

仪式还刚刚开个头，他便被"当当"自鸣钟敲醒，睁眼一看已经七点整了。正要起床穿衣，袁大公子已笑微微地走了进来。

小汤山别墅里，今日的太原公子和未来的房玄龄又亲切地会谈起来。

六　夏寿田对亡妾的深情眷恋，使叔姬心里很不是味道

接到皙子的信后，夏寿田日夜兼程从西安回到北京。

清王朝被推翻了，翰林院自然也就解散了，夏寿田家里有钱，也不太计较饭碗被敲掉。他久慕西京古迹。茂陵秋风，灞桥垂柳，早勾起他绵绵思古幽情。如夫人岳霜一向喜爱关中形胜，极想西行写生。两人意趣相投，便张罗着去西安。夫人陈氏对丈夫偏爱岳氏，心里一直怀有醋意，恰好收到家中来信。信上说母亲病重，思女情切，陈氏借机带着一对儿女回贵阳老家去了。岳霜去掉了争宠者，快快乐乐地陪着丈夫，一路画画一路吟诗来到了西安。

尽管关内关外烽火弥漫，他们却流连于雁塔碑林之间，徜徉于骊山渭水之畔，吊先人之遗迹，览山川之奇景，过了一年多优游欢乐的日子。谁知乐极生悲，岳霜不幸在西安染病不起，夏寿田怀着极大的

悲痛将爱妾葬在香积寺旁。他则在香积寺里租了一间禅房，天天礼佛念经，在爱妾的香冢边整整地守了一百天。百日满了，他还不想离开西安，遂在陕西都督衙门里做了一名幕僚。平时，繁杂的文案簿书可以暂时驱散心中的忧思，到想极了的时候，又能去香积寺上坟。夏寿田打算就在西安待下去算了，秋凉时再把夫人和儿女从贵阳老家接出来。就在这时，他收到了杨度寄来的急信，要他进京，京师有高位等他来就。

夏寿田跨进槐安胡同的时候，正好杨度先天去了小汤山别墅。男主人虽不在，但室内的女主人们个个都是熟人，夏寿田以世侄之礼参拜了李氏老太太后，便和叔姬、黄氏和静竹姊妹一起叙话。

谈话之际，叔姬不时细细打量这位她早年心灵深处的恋人，心里生出许许多多的感慨来。

从那年归德镇初次见面到现在已经整整二十年了，当年十七八岁的少女而今也快四十了。人们都说四十岁的女人豆腐渣。好强的叔姬虽不这么认为，但每天对镜梳妆，她又不得不承认眼角的皱纹越来越多了，人越来越显老了。

叔姬这十多年来的岁月是不太幸福的。做了王家的媳妇之后，她的确是拜了一位很卓越的老师，诗文长进很大。公公对她很疼爱，甚至超过了亲生儿女。诗文做得再好，公公对她再好，对于一个女人来说，都不能替代夫妻之间的情感。而叔姬最大的不足之处，便是丈夫不能令她满意。

代懿一直深爱着叔姬，除开在日本有一段短时期的拈花惹草的不良行为外，结婚十多年来，他也没有外心。在叔姬面前，也总是客客气气的。留学回来，他也在省里和湘潭县衙门里做过事。尽管没有一个正式官衔，也有一般的社会地位，至于养家糊口，那是决没有问题的。倘若是一个寻常女子，守着这样一个丈夫，一辈子也过得去了。叔姬不然，她是一个心气高傲的女才子。她盼望自己成为李清照，也希望夫君是赵明诚。她理想的夫君，应是在外面做着大事业，回到家来，跟她谈古论今，诗文酬唱。若有这等夫君，她甘愿如易安居士那样为他相思得“人比黄花瘦”。但代懿没有干出大事业来。她常常说丈夫：“你看看人家蔡松坡，都一起在日本学军事，人家现在已是云南都督了，你也不害羞。”把个代懿奚落得满脸无光。

就说吟咏之事吧，代懿也比乃父差得太远了。自从那次代懿承认《学步集》中的诗文大部分出自父亲之手后，叔姬足足气了两个月。

后来她想点拨点拨丈夫，谁知代懿就是不争气，再怎么指点也达不到她的要求，她彻底灰心了。

大事业没有，诗文酬唱的乐趣也没有，叔姬对代懿真是失望已极。夫妻间经常为小事打嘴皮仗。一吵架，她就回娘家。每一次都是代懿赔着笑脸来接她回去。一进湘绮楼，公公总是哄着她，数落儿子的不是。老是重复那两句话："代懿不配做你的丈夫，你就看在我这块老脸皮上，做我的女弟子吧！"就是冲着公公这两句话，叔姬才勉勉强强地维持着这个小家庭，没有散伙。

越是对自己的婚姻不满意，叔姬就越是怀念初恋的情人。眼前坐着的夏郎，应该有四十七八岁年纪了，身体发福了，两鬓可略见霜花。细心的叔姬发现，从前那两只聪明灵动无忧无虑的眼睛似乎不太亮了，眼神里有一种饱经世态后的成熟与稳重，或许是失妾的缘故吧，还明显地带有几分忧伤和痛楚。

"唉，都变了，人生若是永远年轻该多好！"叔姬在心里深深地叹息了一声。

"代懿没来京？"夏寿田转过脸来，特意与叔姬聊聊天。

"他没来。"叔姬苦笑着回答。

"好多年没有见到他了，还好吗？"

"他还不是那个老样子！"

夏寿田见叔姬说到丈夫时提不起精神，又见代懿没一起来，心知他们夫妇一定是闹不和了，便换了一个话题："我想这些年来你一定作了很多诗文，我会在你家住一段时期，我要好好地听你谈一谈。"

古话说"文章憎命达"、"诗穷而后工"，叔姬这些年来婚姻生活的不如意，反而成全了她的诗文创作。她有许多闺怨要诉诸文字，她也有许多闲工夫去反复推敲，将近不惑之年的女才子，诗词歌赋已锻炼到炉火纯青的地步了。代懿不堪与之对谈，哥哥忙于政事无暇细谈，黄氏、亦竹不懂诗，静竹虽然兴致很高，但到底才学浅了一些，如同庄子巴望见到惠施似的，叔姬是多么希望有一个高才硕学者与她风雨细论文啊！现在来了一位大才子，何况这位大才子曾经占有过她的整个心灵。她欣喜地说："夏公子有这个兴趣，我会天天向你请教的。"

"夏公子"！这个久违的称呼，历经沧桑的夏寿田今天听起来是多么的亲切，多么的动情。望着叔姬扑闪扑闪的眼睛和脸庞上微微透露出来的红晕，二十年前归德镇总兵府里那个聪颖纯情的杨小姐的形象，一下子浮现在他的脑海。一股甜美的回忆伴随着对青春的怀念之情顿时涌上心头。那是多么美好的春光，多么美好的少男少女时代啊！如果时光能够倒转，一切都恢复到那个已经逝去的环境该有多好！

“好哇，听你谈诗，我是最有兴趣了。”

何三爷过来招呼大家吃饭。

饭后，夏寿田被领进西头一间小厢房。房间布置得朴素、淡雅、舒适：银白色的床单，奶黄色的被面，蛋青色的枕套，平平整整地铺放在一张不大宽的木床上。靠窗户边是一张暗红色的书桌，上面文房四宝一应俱全。一只长方形小瓷瓶里插着几朵欲开未开的茉莉花，给小房间内添加了一股淡淡的清香。一壁墙边摆着两把矮脚木沙发，沙发上端挂了一幅齐白石的《虾趣图》。

夏寿田饶有兴致地站在画前，细细地欣赏起来。画面上五六只大大小小的虾子游在水草边，生动逼真，形态各异，尤其是虾子头上那两根长长的触须，又细又硬又活脱，比真正的虾须要好看十倍。上次回湖南时，夏寿田在湘绮楼见过齐白石一面。他真难以理解，那样一个土头土脑、笨拙俭吝的农家木匠怎么会有如此慧心巧手！

看了齐白石的画，夏寿田又想起爱妾的画来。岳霜好画，有些画也画得不错，但比起这幅《虾趣图》来自然相差太远了。倘若岳霜还活着，他真要把白石请到北京来，指点指点她。以岳霜的聪明，一定会获益良多。可惜呀，夏寿田想到这里，悲戚之情又冒了出来。

他打开从西安携来的木箱子，箱子里存放着十几幅岳霜的画，是她病中亲手挑选出来的，交给丈夫永久保存，其他的她都付之一炬了。有一张《灞桥柳絮图》，岳霜自认是她的得意之作，夏寿田也喜欢。他把这张画取出来，摊在桌上，反复观赏。

灞桥是西安城东灞河上的一座古桥。汉唐以来，灞桥两岸便栽种着数以万计的垂柳。人们送东去中原的客人多到此为止，然后折一柳枝赠别。柳是“留”的谐音，取挽留惜别之意。“杨柳含烟灞岸春，年年攀折为行人”，写的就是这种情景。每到阳春季节，无数长满绿叶的枝条一齐垂向河面，把灞桥两岸打扮成一个绿色的世界。微风起时，柳絮满天飞扬，犹如雪花一般地散落在水面田间，散落在游人的身上，形成西安一大景观。人们都喜欢到这里来踏青春游。折柳赠别的古风也还保存着：朋友远行，送到桥边，然后折一枝垂柳相送，互道珍重，洒泪而别。

去年春天，夏寿田和岳霜就在灞桥边看到这个情景。漫天飘舞的柳絮之中，一对年轻夫妻在灞桥边分手，妻子折下垂柳送给丈夫。夫妻相对无语。岳霜看在眼里，大为感动。回到家中立即铺纸作画。夏寿田在一旁为她研墨。灞桥、垂柳、柳絮，再加上这对夫妻，组成了一幅既美丽又悱恻的画图。画好后，人见人夸。谁知岳霜不久就病了，这幅《灞桥柳絮图》竟成为她的绝笔。想到这里，夏寿田决定把这幅画张挂起来，让它天天对着自己。

他回顾房间，只有挂《虾趣图》这块地方最为合适，心里轻轻地说："白石仁兄，只有请你委屈了，这个地方就暂时让给岳霜用几天吧！"边说边取下《虾趣图》，将《灞桥柳絮图》端端正正地挂好。

挂好画后，他又取出一个小木相框来，相框里嵌着他和岳霜的合照。他将相框摆在书桌上，自己坐在床边细细端详。看来看去，觉得这个相框还只有摆在小瓷瓶处最为适当。他便将插着茉莉花的瓷瓶拿开，将相框放在那里。

正在这时，叔姬提着一把茶壶轻轻地推开房门。她正要叫一声"夏公子"，却突然看见墙上的《虾趣图》不见了，换上的却是另一幅画。她蹑手蹑脚走过去，没有惊动背对着她的夏寿田。她看到画的左下角有四个字：岳霜学画。她明白了，这幅画是他的如夫人画的。叔姬心里不自在了。原来，这幅《虾趣图》是她从齐白石家里拿来的。白石还没有题字，她便带到北京来了。听说夏公子要来，并要在家里住一段时期时，她特地把这幅画挑了出来，送到店里去裱好，当作一件礼品挂在这间屋子里。想不到夏公子竟把如夫人并不高明的画来取代这幅杰作！

再一转眼，叔姬更不愉快了。她为夏公子摘下的茉莉花连同装花的瓷瓶都不见了。茉莉花是她最喜爱的花，这个小瓷瓶还是小时候父亲送给她的，她一直珍藏着，如今为了心爱的夏公子她才拿出来。居然被他毫不经意地移到别处，替代的却是他和岳霜的合影。叔姬心里很不是味道。

她依旧提着那把茶壶，悄没声息地退出房间，回到自己的卧房，痴呆呆地一人独坐良久。她渐渐地明白了，夏公子的心里只有岳霜，自己是不可能也不应该再插入他们的情感世界。她拿起笔，信手写下几句诗：

春风杨柳时，汉上客何之。

何须绕梁曲，只此已堪悲。

她放下笔，长长地叹了一口气，企盼与夏公子谈诗论文的兴趣已减去了多半！

第二天，杨度从小汤山回来。一对挚友重逢于京师，自是欢快。杨度劝慰午贻丢开对岳霜的思念，因为这种思念对逝者无益，只会徒增生者的悲苦，不如打点精神去做一番大事业，将来功成名就，追封亲人，或许是对逝者一种更好的纪念。夏寿田当然能理解老友的好心。

杨度对午贻说，内史监正在物色一名能干的内史，半个月前，他通过袁克定把午贻的履历送了上去。袁世凯极重出身，见夏寿田是戊戌科的榜眼，已很满意，又见是巡抚夏时的儿子，更是高兴。原来袁世凯与夏时有过一面之交，对夏时印象很好。既是榜眼，又是世交，袁世凯正要用这样的人，遂亲批：调夏寿田进京，任内史监内史，月支大洋三百圆。

内史监相当于现时的机要秘书处，是一个非常重要的机构。已有三名内史，月薪分别为一百圆、一百五十圆、二百圆不等，夏寿田一来便支三百圆，足见袁世凯对他的器重。夏寿田很满意这个职务，无论从地位还是从待遇来说，不仅远非陕西都督府幕僚可比，也比当年翰林院侍读学士要优越。他很感激老友的提携。

略为休息几天后，杨度领着夏寿田去见内史长阮忠枢。在去总统府的马车里，杨度将从袁克定那里听来的关于这位内史长的一则故事讲给新来的内史听。

早在袁世凯做直隶总督时，阮忠枢就是督署的幕僚长。此人没有功名，但学问文章极好。他每天过着晨昏颠倒的生活。白天蒙头睡大觉，傍晚时分才起床，吃完饭后躺在炕上抽上个把钟头大烟，然后进屋办公事。他精神亢奋，思路敏捷，不管有多少公务，有多难下笔的书信奏折，他一夜里都可办好。第二天清早，他把料理好的事情一件件地摆在案桌上，自己外出玩乐去了，别人按他的吩咐去办，决不致误。因而袁世凯尽管不喜欢他抽大烟、日睡夜作的不良习气，但还是重用他。

有一天，阮忠枢告诉袁世凯，说他看中了保定艳香院的姑娘雁儿，打算赎她出来做一房小妾。袁世凯沉下脸来训道：“堂堂督署里的幕僚长，怎能娶妓女为小老婆？你打消这个念头吧！”

阮忠枢见上峰这样坚决反对，只好作罢，但心里怏怏的。从那以后，他精神总提不起来，文章也没有先前的光彩了。

这天，袁世凯对阮忠枢说："跟我到天津走一趟吧！"

到了天津，袁世凯说："今天夜里，我的一位朋友办喜事，你和我一起去吃喜酒吧！"

夜晚，两顶轿子抬进一条僻静的小巷。刚一下轿，鞭炮声、鼓乐声就响起来了。阮忠枢一踏进门槛，一群婆娘就高喊："新姑爷进房了！"阮忠枢莫名其妙，问身旁的总督："新姑爷是谁呀？"袁世凯笑道："就是你呀，快进洞房吧，新娘子等你一天了。"阮忠枢将信将疑地走进烛光辉煌的洞房，只见一个浑身红衣红裤的女人坐在床沿边，头上罩一块金光闪闪的大红披巾。袁世凯在一旁怂恿："快揭开呀！"阮忠枢犹犹豫豫地揭开大红披巾，不觉惊呆了：这不是雁儿吗？她怎么会坐在这里？他擦了擦眼睛，再细细地看：不错，真的是雁儿。他欣喜若狂，抓着雁儿的手问："你怎么到这儿来了？"姑娘羞答答地说："袁大人把我赎出来，又送到天津，说你在这儿等我。"

阮忠枢立即明白了一切。袁世凯为他筹备的这场喜事，用心是何等的深远！这位好色的幕僚长激动万分地对着他的上峰说："袁大人，你真是我的再生父母，忠枢这一辈子死心塌地地跟着您了！"

夏寿田听到这里，哈哈大笑起来，他觉得这位内史长是个十分有趣的人物，而袁大总统对下属的体谅，也为古今所少有。

阮忠枢出来与他们见了面。因为临近中午，正是他要睡觉的时候，所以精神特别不好，满脸阴阴黑黑的，连连打哈欠。他有气无力地与夏寿田拉了拉手，说："刚才大公子亲自打电话来关照了，明天起内史监直接与总统本人打交道的人就是你了。好好干吧，大总统不会亏待人的。"

夏寿田忙弯腰说："今后还要仰仗您多多照顾！"

"彼此，彼此。"阮忠枢打了个哈欠，问，"你住哪儿，家眷来了吗？"

杨度代为回答："暂时住在我家，家眷还在湖南。"

阮忠枢对夏寿田说："先住个把两个月吧，我会在中南海里给你找间好房子的。"

阮忠枢实在挡不住瞌睡的攻击了，忙草草收了场："好吧，今天就聊到这里，明天你提前一个小时，七点整到内史监来，我会把你的工作安排好的。总统八点准时进办公室，你就得开始忙碌了。”

夏寿田才华出众，却又没有通常才子那种散漫自负的习气。他谦虚谨慎，勤勤恳恳。不管刮风下雨天气多么恶劣，他从来不迟到不早退。不管有多少公务事，他从来没有怨言，总是兢兢业业地做好。两个月下来，不仅阮忠枢喜欢他，袁世凯也很满意，认为他是一个很理想的内史人才，对他日渐器重。

有一天晚饭后闲聊天，杨度若无其事地问夏寿田：“近来总统府里有什么新闻吗？”

夏寿田随口答道：“昨天大总统与徐相国闲谈。大总统说，当年小站旧人现在大多暮气沉沉了，尤其是段祺瑞自以为资格老功劳大，开会常常不到，真不像话。徐相国说，陆军总长干脆换一个人算了。大总统说，我也想起用一个新人，改造一下北洋新军，一时找不到合适的人。”

杨度一听，心想这可是袁世凯的一个大举动。袁对段不满，非止一日，要撤段的陆军总长职务，可能存心已久，但一直没有确凿消息，幸而夏寿田在袁的身边，才能得到如此快而准的信息。他不由得暗自佩服袁克定的精明，正是他提出来的安排一个人在老爷子身边的建议，才有夏寿田今天的位置。

“他们谈到一些人选吗？”陆军总长一职非比等闲，谁坐了这把交椅，谁就掌握了全国的武装。杨度起身提茶壶给老友续水，以便将自己刚才这番思索的表情遮掩过去。他现在还不能把夏作为一个暗探安置的目的说出来。因为他知道昔日的同窗是个规矩人，并无多大的政治抱负。若对他明说了，他反而会害怕，甚至有可能辞职不干。

“他们提了几个人，湖南的谭延闿，山西的阎锡山，警卫军统领陆建章。”

杨度在心里一一掂量着这几个人，遗憾的是他们都与自己没有关系。

“还有云南的蔡锷。”停了一会儿，夏寿田又报出一个名字来。

“蔡锷！”

杨度心里猛地一动，脑子里立刻浮现出那年在时务学堂八个人一起举杯起誓的情景，其中年纪最小的便是蔡锷。瘦瘦精精的，眼睛不大却极有神采，个头不高却很稳重的时务学子，当时就在杨度的脑子里留下很深的印象。尤其是十年前横滨的再次见面，蔡锷已是一个英气勃勃的军人了。他激动地朗诵《湖南少年歌》，对自己的由衷敬佩，使杨度永记在心。十年来，蔡锷脚踏实地，埋头练军，以突出的成绩在军界崭露头角。难能可贵的是，蔡锷为人正派，持身谨严，因而广获时誉。辛亥年领导昆明新军响应武昌起义，被一致推举为云南都督，今年才三十二岁。这样一位德才兼备的年轻都督，在当今的中国真如吉光片羽。倘若把他引荐来北京，执掌陆军总长大印，那无异于引来一尊今后政治生涯中的护甲金神。凭着过去的友谊和今日的推荐，杨度相信，热血汉子蔡锷会成为自己心腹的。

想到这里，杨度异常兴奋起来。他笑着对夏寿田说："午贻，我昨天从一个朋友那里借来了一架留声机，放一段戏给你听听。"

"好哇，放哪段？"

"放一段尚和玉的《长坂坡》吧！"

杨度轻轻地摇动把手，唱片旋转起来，书房里响起尚和玉高亢有力的唱腔："赵子龙掉银枪再入重围，救幼主，扶汉室，我赤胆忠心……"

杨度半眯着眼睛，左手合着节拍击打桌面，不知不觉地头也跟着动起来，腿也跟着点起来。他仿佛觉得蔡锷就是当今的赵子龙，而自己无疑将会是流芳千古的诸葛亮！

七　杨度和梁启超都把宝押在蔡锷身上

兵马司胡同里有一座宽大的四合院，这是大公子袁克定在城内的别墅。袁克定的住宅在中南海内，他的一妻二妾带着子女常年住在那里。于氏夫人因为年轻时就失宠于丈夫，除克定外再无生育，因而克定和克定的子女便成了她的心肝宝贝，她一生的希望就寄托在克定身上。无论在哪里，她总是跟克定一家住一起。因为爱之太深，也便关心过分，儿子做什么事她都要过问。克定很烦，便干脆将兵马司胡同当作家，常常三五天不回中南海。宽大的四合院里，他照样豢养一批伶童，但往来更多的仍是他事业上的朋友。

夜很深了，杨度急急地敲开兵马司别墅的门。袁克定刚宽衣睡觉，知杨度这么晚来，必有急事，忙将杨度唤进卧室。

杨度将夏寿田透露的情况告诉袁克定。还没等杨度说完，他便激动地插话："段歪鼻子太可恶，早就该撤职了！"

接着，杨度又将袁世凯与徐世昌所议到的几个人名提了出来。

袁克定说："陆建章本是和冯国璋、段祺瑞一气的北洋旧人，用他来改造北洋，那不可能。阎锡山这个人，听说一身土气，地方观念很重。谭延闿去年闹过独立，不可靠。倒是蔡锷可以考虑。他也是湖南人，你跟他有交往吗？”

克定和自己的想法一致，这使杨度很高兴，遂将与蔡锷的多年交往简略地说了一遍。袁克定听了，拍着杨度的肩膀说：“皙子，你与蔡锷有如此交情，还说什么？就这样定了，我们共同设法，促使老爷子调蔡锷进京。”

从第二天起，袁克定就在等待时机向父亲进言。恰好这一天袁世凯召集例会，段祺瑞又没出席。中饭时，袁世凯又气得将段说了几句，侍立在一旁的袁克定忙插话：“段芝泉恃功而骄，带了一个坏头，若各部总长都像他那样，总统府就没威信了。他既然长期生病，父亲何不干脆叫他辞职，安心养病算了。”

这话说到袁世凯的心坎里去了：若不对段祺瑞加以惩处，总统的威信何在？他问儿子：“你看谁可以接陆军总长这个职务？”

“云南都督蔡锷。”袁克定不假思索地回答。

“你对他熟悉？”袁世凯放下筷子，认真地问。

“儿子至今未见过蔡都督的面，只是听许多人都说他很能干。”袁克定弯腰禀答，“据说他二十二岁便在日本士官学校以第二名的成绩毕业，与蒋百里、张孝准并称士官三杰。回国后历任江西、湖南军事学堂教官，后任广西新军总参谋官、陆军小学总办，混成协统，训练军队很有一套，广西巡抚张鸣岐、云贵总督李经羲都很器重他。又听说蔡都督事事以身作则，严于律己，不扣军饷，不图享受，在西南新军中很有威望。”

袁克定把早已准备好的一段话对父亲叙说了一遍。

其实，袁克定说的这些，袁世凯大都知道。不过，袁克定这番话还是有作用的，因为他从儿子的口中获知京师有许多人都在称颂这个远在西南的年轻都督。一个人能有如此口碑不容易，但蔡锷还不是袁世凯心中最合适的人选。这主要有两方面的原因。

一是去年宁赣之役时，有人揭发蔡锷与宣布独立的重庆方面有暗通款曲的嫌疑。二是蔡锷是梁启超的学生。袁世凯对梁表面笼络，内心一直深怀戒备。在他看来梁、蔡师生二人一文一武，倘若结合起来，就有可能成为一股动摇国本的力量。必须对蔡锷再做一番了解。

“克定，蔡锷这个人，你只是听别人说起，自己到底未见过本人。还有哪个很值得信任的人了解他吗？”

“有哇。”袁克定马上回答，“杨皙子与蔡锷同是湖南人，与蔡有十多年的交情，可以说是看着他长大的。父亲不妨问问他。”

“好吧，”袁世凯抹了抹嘴巴。“下午，叫杨度来一趟。”

下午二时，袁世凯准时结束午睡起床，然后拿起镶有铁托的藤手杖，从二楼下到一楼办公室。一路上手杖点在楼板上，发出“笃笃”的响声。楼下的人知道总统下楼了，全都屏息垂手侍立。下到最后一级楼梯，他似咳非咳地“哦”了一声。这是他的习惯，意在告诉大家，他要进办公室了。夏寿田赶紧过来打开办公室的门，他没有像往常那样立即进门，而是问：“皙子来了吗？”

“他早已在会客室里恭候了。”夏寿田恭敬地回答。

袁世凯转身朝会客室走去。

“大总统！”当袁世凯矮壮而笔挺的身躯出现在门口的时候，杨度立即起身迎接。

“皙子你来了，坐吧！”

袁世凯招呼杨度坐下后，自己也在对面沙发上坐下。刚落座，一个年轻的内史进来，给他端上一小杯乳白色糊汁，同时给杨度递来一杯清茶。自做总统后，袁世凯每天上班时照例要喝一杯这样的糊汁。这是按宫中一个老御医开的方子，用鹿茸、人参、虎鞭、蜂蜜等补药熬成的。就靠着一天两小杯糊汁，他外应繁杂国事，内应列房娇姬，始终保持旺盛的精力。“好久不见了，近来还好吗？”

“托总统洪福，近来一切都好。”杨度说的是实话。这两年多来他自认对袁世凯有功，但频遭冷遇，心里总不太舒畅。自从与袁克定小汤山会谈以来，他才真正看到了光明的前途。夏寿田的被重用和蔡锷的即将进京掌重权，更给他以初战告捷的喜悦。

“好，好。”袁世凯的关心显然只是一个形式，他并不多问下去，随即转入正题。“今天请你来，是想问问你，云南都督蔡锷这人如何，据说你是他多年的朋友。”

对于袁世凯这种不多说客套话，总是单刀直入的谈话作风，杨度是熟悉的，他也不转弯抹角：“回禀总统，我是在戊戌年春于长沙时务学堂里初次认识蔡锷的。那时他才十六岁，但已经做了三年秀才。听说蔡锷出身贫寒的农家，自小天资过人，胸有大志，最能吃苦。他进时务学堂，是一个人徒步从邵阳老家走到长沙的，在学堂里年纪最小，但成绩最好。”

袁世凯认真地听着。“出身贫寒的农家”这句话引起了他很大的兴趣，他知道这种人对格外之恩比较容易接受。

“后来蔡锷到了日本学军事，我那时也在东京，与他有过交往，舍弟与他关系也很好。”杨度知袁世凯对梁启超有戒备，有意不提蔡去日本是为着投奔梁的原故。“在日本的中国留学生，多数较为放荡，但蔡锷与他们大不相同。他从不进酒楼歌厅，也不与任何女人往来，一心一意学习日本的军事，因而成绩非常优秀。毕业时，士官学校有意留下他，但他执意要回国报效。”

袁世凯习惯地摸着胡须。他的胡须原来蓄的是八字式，自从克定从德国回来后，他便模仿德皇威廉二世的样子改蓄牛角式，即两端尾部向上翘，如水牛之角。袁的须式改变引起连锁反应，官场上下纷纷蓄起牛角式胡须来。官场的爱好又影响社会的风尚。一时间，京师男子汉，几乎人人嘴上都长起两只小牛角来。袁世凯心里在寻思：这样一心一意为事业的人真难得，但他不图享受不贪女色，拿什么东西来套住他呢？

“蔡锷回国后，他的军事才能很快就受到了各方的重视。”

“晳子，据说蔡锷是梁启超的得意学生，是这样的吗？”

“蔡锷在长沙时务学堂读书时，梁启超教过他的书，梁对他是很欣赏的。不过在日本时，我并未见过他们之间有特别亲密的关系。”

时务学堂里的师生关系是无法回避的，只得实说，至于在日本的情况，杨度料想袁世凯也不清楚，他一句话将梁蔡之间亲密的交往给抹掉了。

“梁启超这个人始终不肯和我们同心，蔡锷是他的学生，假若我把蔡调进京来委以重任，你看蔡能为我们所用吗？”

“大总统，这点您请放心。”杨度坚定地说，“师生之谊只是一段时期的，并非牢不可破。当年梁启超与其师康有为的关系，可以说是古今少有，但后来因为信仰不同，几如水火，这是尽人皆知的事。蔡、梁之间只是一般的师生关系，并无深交。何况蔡出身贫寒，出身贫寒的人都知感恩。倘若大总统对他予以格外恩宠，蔡锷一定会感恩戴德，乐为大总统所驱驰。”

杨度这个康梁先合后分的例子举得很好，大大消除了袁世凯对蔡锷的疑虑。至于去年的事，是不能也不应该询之于杨度的，且无真凭实据，暂搁下，先把他调到北京来，考察一段时期，可用则用，不可用则以一虚职把他拴在身边，岂不比虎在深山更好！

袁世凯就这样决定了。

蔡锷即将进京的消息，很快就传到了梁启超的耳中。

去年秋天，熊希龄组阁，梁启超入阁做了司法总长。入阁之初，他还存着一番志向，试图制定一个司法制度，将从未有过严格法律意义的中国司法引入正途。但很快他就失望了。熊希龄并不是有作为的政治家，袁世凯更无意于各项建设。对大总统来说，当务之急乃是如何巩固政权，用强力将反对派压下去。熊希龄辞职后，他也辞职了，袁世凯改任他为币制局总裁。这更是一个有名无实的职务，不过月支五百大洋而已。

进步党成立，梁启超被选为理事。理了一段时期的事后，他也看出，这些所谓的议员们大部分都是图一己名利的政客，口头上说的一套，心里想的又是一套，而且对政党政治一窍不通。袁世凯解散国民党，收缴国民党籍议员证书，大多数进步党议员们为消除政敌而拍手叫好，并落井下石。梁启超看到这个局面很痛心。国会是两党组成的，不能一党唱独角戏，没有了国民党，进步党还有什么存在的必要？果然，国民党籍议员被取消后，国会开会不成，很快就解散了。进步党失去国会这个合法斗争的场所，也就名存实亡了。

梁启超终于彻底看清袁世凯不是行民主共和的人物，对两年来的追随颇为悔恨。同时，他也看出袁世凯之所以能这样为所欲为，其根本的力量在于袁的手里掌握着北洋军。梁启超要成事，进步党要成事，非要有自己的军队不可。因此，他把希望寄托在自己的高足蔡锷的身上。杨度根本不知道，回国十年来，蔡锷一直与梁启超保持着密切的联系。蔡锷发自内心地敬重名满天下的恩师，梁启超也十分器重依畀这个年轻有为的学生。蔡锷与梁启超的情谊远远超过了杨度。现在得知袁世凯要调蔡锷进京，授其军事重权，梁启超如何不高兴，忙修书一封寄往昆明，盼望学生将滇事妥善处理后速来京师。

蔡锷收到杨度的信后两天便收到了总统府的调令。他生性沉静稳重，虑事深远，并不认为到京师去是一件好事：素与北洋军系没有瓜葛，京畿一带从来就是北洋军系严密控制的地方，孤身进京，能有什么作为？弄得不好，反而入了牢笼，今后欲求脱身都很难。都督衙门里的僚属们却都主张他去。大家说，云南毕竟是边隅之地，影响有限，应该有坐镇北京号令全国的雄心大志。又表示云南永远听都督的，倘若今后有什么事要云南办，只要一句话，滇军将赴汤蹈火，在所不辞。

正在犹豫不决时，蔡锷接到恩师的信。他不再迟疑了，遂打点行装启程。

袁世凯本想让蔡锷先当参谋总长，以取代从不到部的黎元洪。因为黎一边做着副总统，一边还兼着这个职务，尽管他身任两个总领全国的要职，却始终不肯离武昌一步。待蔡锷做了一段时期的参谋总长之后，再调任陆军总长，进而取代段祺瑞。不料左丞杨士琦的几句话，使袁世凯取消了这个安排。

就在蔡锷进京的前夕，他跟杨士琦谈起这事。杨说："北洋军系是长期来形成的，要骤然改变不可能，只宜行之以渐。北洋军系都是北方人，若用一个南方人来做他们的总指挥，会引起他们的不睦。况且蔡锷年轻资历浅，不易弹服，容今后慢慢物色更合适的人为好。"

袁世凯对长军事之人本来就看得很重，他认为杨士琦的话有道理，尤其是用南方人来指挥北方人确实有点不妥。

蔡锷进京的那天，袁世凯派人用隆重的礼节迎接，又在棉花胡同装饰了一套豪华的住宅让蔡锷居住。过了几天后封蔡锷为政治会议议员、约法会议议员、参政院参政，再过几天又封他为昭威将军。头衔很多，就是没有具体职务。

蔡锷在棉花胡同住下后，先去拜访老师梁启超，之后又看望了杨度。杨度带着他到小汤山别墅。袁克定在这里设盛宴款待，又特意送蔡锷一件紫貂皮袍。说是北京冬天冷，对于一个初进京的南方人来说，御寒当为第一要务。蔡锷将皮袍试了试，大小长短刚好合身，他很感激袁大公子的美意。

为了将兵权收回到自己手中，袁世凯想出了一个好主意。他在总统府里设置一个名曰陆海军大元帅统率办事处，掌管全国军事，将段祺瑞、王士珍、程璧光、荫昌、萨镇冰等陆、海两军及参谋部巨头都安置在办事处做办事员，所有重大军事决策都在由他亲自主持的办事处会上决定。这样，陆军部、海军部便都成为名存实亡的机构了。到后来，他干脆逼段祺瑞辞去陆军总长的职务，由王士珍接替。蔡锷的陆军总长计划彻底告吹了。

袁克定、杨度一心想把蔡锷送进最高军事决策机构。经过多方运动，袁世凯终于同意让蔡锷进统率处做办事员。

蔡锷虽未做成陆军总长，但以一个南方人又非北洋军系的年轻都督而挤进统率处，令军政两界都刮目相看。大家皆认为蔡锷已成为袁世凯最信任的红人，作为一颗军事新星，他已经璀璨地升起来了。

蔡锷自然感激袁克定和杨度的大力推荐，梁启超也感激他们。由于蔡锷的关系，这两年因各人忙自己的事而显得疏淡了的梁、杨关系又变得热火起来。他们都把宝押在蔡锷的身上，企盼这位年轻的军事奇才能做实现自己政治理想的得力工具。

这天，蔡锷因母亲和妻儿来到北京，在东来顺酒家设宴招待师友。邀请了梁启超、杨度赴宴，同时还特为将在家赋闲的熊希龄及刘揆一也请了来。虽同处京师，平日也难得聚会，今日相聚一堂，大家都格外珍惜。

梁启超想起十六年前时务学堂的那次聚会，想起紧接着的轰轰烈烈的维新变法，想起随之而来的风云突变、六君子的遇难、自己和南海师的出逃，想起海外十多年的奔波鼓吹，又想起前年回北京时的满城轰动，这两年的入阁组党亲办政事的艰难和失望，一时间沧桑变化的万千感慨都涌上胸间，本来海量的他，只喝了几杯酒便觉得头晕了。

三十六岁的刘揆一已有些发胖了。前年和去年，他当了八个月的工商总长。时间虽短，却是两度入阁。在陆征祥内阁待了两个月，在赵秉钧内阁里待了半年，因宋案而愤然辞职。民国未建立时，刘揆一作为血气方刚的职业革命家，为推翻清廷建立共和，出生入死不屈不挠。民国建立后，他做过阁员级大官，反而意志大为衰退了。

袁世凯做总统后，同盟会要建政党内阁，为抵制袁世凯所主张的超然内阁，同盟会籍的蔡元培、宋教仁、王宠惠、陈其美四总长退出内阁。袁为讨好同盟会，提出由刘揆一接替陈其美的工商总长一职。为调和矛盾，消除党争，黄兴劝刘揆一先脱党后入阁。刘揆一很想利用总长一职为国家做点实事，于是宣布脱离同盟会，进而做了陆内阁的工商总长。这下招致了同盟会中激烈派的坚决反对。他们指责刘为了谋取高官而叛党。又因刘任职后委任共和党的向瑞琨为次长，而刘在议员讨论时获得了共和党的全数票，于是不少人说刘做总长是交易。刚上任的刘揆一便四处挨骂。全国政局混乱，党争激烈，谁有心思办实业？刘揆一一肚子经济改革的计划全部化为空文。到了辞职的时候，工商实业无一举措，经济建设无一业绩。这一年来刘揆一颇为消沉，他没有想到革命成功后的中国竟然是这个样子！

熊希龄辞去总理后，在香山买了一座房子住下。热河盗宝案的公布，使他既感委屈又有口难辩，他对袁世凯恨惧交集。想想当了五个月的名流内阁的总理，除开把袁由临时总统扶为正式总统、副署解散国民党和国会外，一件实事都没有做。清夜扪心，深觉惭愧。熊希龄认识到自己不是干政治的料子，不如做点实事更有益于社会。夫人朱其慧很赞同丈夫的意见。她一向富有同情心，每见孤贫无援的老人和流离失所的孩子便觉心里难受，于是她和丈夫商量筹办社会福利事业。熊希龄深为赞许。眼下，他已在开始做这件事了。

当一个蹩脚的政治配角，给他带来的是羞惭；做一个拯弱扶贫的慈善家，得到的是社会的广泛赞誉。几度宦海浮沉过来的湘西俊才，终于寻到了自己的最佳人生位置。为此，他心里充实，心情也很开朗。他端起酒杯，喝了一口，说："松坡，当年时务学堂的学生，就数你的出息最大了。"

"熊先生过奖了。"蔡锷谦虚地笑了笑。"我没有做什么事。霖生兄领导同盟会在海外艰苦奋斗，武昌首义时又亲冒矢石，他才是缔造共和，有大功于国家和人民的英雄。"

"松坡取笑了。"刘揆一苦笑着说，"我哪里配得上有功，真正有功的还是卓如师。他这十多年来所撰写的数百万字文章，不仅开启了今天的民智，而且对子孙后代都有不尽的启示。"

刘揆一说的是心里话。一年多来，他在对革命成功后的中国现状的痛苦反省中，深感这一切都是由于国人的文化素质太差的缘故。这种差，是全民族性的，不仅仅是市井小民、贩夫走卒，包括国会的议员、内阁的总长次长，甚至也包括自认为是先知先觉的革命党人在内。一场剧烈的暴动可以推翻一个朝代，改换一个政权，但对民智的提高、素质的改善，基本上不起作用。中国真正成为强国，要靠全民族文化素养的提高；而提高文化素养，靠的是教育。刘揆一认为，梁卓如先生是这方面当之无愧的大师。他举起酒杯，由衷地对着梁启超说："卓如师，学生敬你一杯！"

梁启超捂住酒杯说："我头有点儿晕了，我不能喝了。"

刘揆一说："卓如师，我说一句话，如果我说得对，您喝一口表示赞同，说得不对就不喝。"

"你要说句什么话？"梁启超来了兴趣，众人也都来了兴趣。

"卓如师，您的文章风靡中国，启发了千千万万人的心智，我从心底里尊敬您。我想，您应该把自己的一肚子学问拿出来，精心培养一大批教师，让他们也去写文章传播知识。如此，一个任公就变成了几十个几百个任公了。卓如师，你说我的话有道理吗？"

"我明白了，霖生的意思是要我去当教授。"梁启超松开捂在酒杯上的手说。

“不是当一般的教授，是当教授的导师。”刘揆一强调指出。

“霖生说得好，我也认为我适宜去学校当导师。好，这杯酒我喝了！”梁启超举起酒杯，把剩下的酒一口喝完。

刘揆一见梁启超赏他的脸，十分高兴，便把自己的酒杯斟得满满的，一口喝了。

蔡锷说：“卓如师去当导师的确是好事，只是嫌早了点儿，十年后再去吧，现在的政坛还离不开先生。”

杨度赶紧说：“松坡说得对，干十年实事后再说。”

梁启超感慨起来：“就我自己的愿望来说，我什么政事都不想干了，不独这个币制局长不做，就是给我一个国务卿也不做。这几年的国事真让我厌了。不过，每当我想起复生、佛尘，想起许许多多为中国的新生而付出生命的朋友，我便不得不打起精神干。国家是我们自己的国家，若我们都图个人的安逸，隐居避世，不负责任，这个国家交给谁？”

梁启超这话说得沉痛，也说得实在，酒席上的每个人都是对社会对国家有强烈责任感的热血汉子，对这话都从内心里表示赞同。

“十六年过去了，十六年前那次在时务学堂的聚会，我始终不能忘记。”梁启超又满怀感情地说。

“我们都不会忘记。”大家异口同声地说。

梁启超说：“所幸十六年过去了，除复生、佛尘为国成仁外，我们活着的人都在努力，也无愧于岁月，尤其是松坡，在云南练出了一支劲旅。国家还未走上正轨，安定乾坤，还得靠真刀实枪。”

蔡锷感激恩师对他的殷切期望，说：“卓如师放心，学生练出的军队决不会成为谋取个人私利的工具，一定要使它成为安定国家保卫百姓的长城。”

“壮哉！松坡，我敬你一杯。”熊希龄举杯。

“不敢当。”蔡锷说着，先将自己杯中的酒一饮而尽。

在座的人都是国之英才，杨度极想他们都能成为自己未来宏伟事业的支持者。他大声说：“刚才任公说我们十六年前痛饮时务学堂的事。诸位是否还记得当年我们对着天地神明起下的誓言么？”

“如何不记得？”蔡锷回忆道，“当年是复生先生带头说的，我们都碰杯赞同的。他说，我们几个人今后不论做什么事，从政也好，练军也好，治学也好，都要为了救国救民这个大目标。又说只要为了国家和人民，不论谁有事，我们其他人都要尽力帮助。”

刘揆一也说："我也记得，复生先生是这样说的。"

熊希龄笑着说："我打算办一个慈善机构，收留孤寡老人和无父无母的儿童，你们哪位或是发了大财或是掌了实权，希望资助资助我。"

众人都说："办慈善机构是大好事，理应支持。"

杨度立即表态："舍弟重子日前来信，说华昌炼锑公司赚了点儿钱。秉三兄，只要你挂牌办事，我就以华昌公司的名义捐赠十万大洋！"

"好！"熊希龄起身。"皙子，我敬你一杯。"

在大家的鼓掌声中，杨度豪迈地喝下了这杯酒。

梁启超被杨度的豪气所感染，充满感情地说："从来乱世多英豪，我不幸生当乱世，也有幸于乱世中结识众多英豪。南海师，中山先生，并世两圣人，都是几百年间才出一个的人物。戊戌年遇害的六君子以及后来的佛尘兄，也是古今少有的慷慨烈士，还有克强、宋卿、季直、组庵及在座诸位都是与历代开国名臣相并列而无愧的英杰，都是后世子孙笔下的人物，趁着我们都还健在，要把档案材料留下才好。"

"是呀，"翰林出身的熊希龄忙接言，"历朝历代都有国史馆，我们何不向总统提议设立一个国史馆。"

"对，我也正是这个意思，我估计项城也会同意的。"梁启超用手理了理垂下来的长发，说，"建国史馆不难，难的是找一个主持国史馆的人。"

刘揆一拍了拍手掌说："现有一个绝好的人物在，只要他肯屈就，定要使前代所有国史馆的主持人黯然失色。"

梁启超笑道："是个什么人，让我们霖生这样推崇备至？"

众人都竖耳聆听。

刘揆一笑着说："卓如师，您的太老师您忘记了？就是王湘绮老先生呀！"

梁启超连连点头："是的，是的，王老先生果然是极好的国史馆主持人。"

熊希龄说："要说让湘绮先生来京主持国史馆，那自然没得话说的。只是老先生一生不愿做官，过去在曾文正公馆中，也只是做一个来去自由的客人，不肯接受官职。现在八十好几了，他肯放弃素志来做官吗？况且还不知他身体如何，北京冬天又冷，他能适应吗？"

刘揆一说："老先生身体倒还硬朗。前向我的一个叔伯兄弟来京，说亲眼看见他老人家在湘潭街上走，不用人扶，也不用拐杖，腰板还挺得直直的。就不知他肯不肯屈就了。"

蔡锷笑道："要请动王老先生，这个本事只有皙子先生才有。"

大家都看着杨度。

杨度一直在听大家的议论，没有插话，心里却想了很多。他首先想到的是，设立国史馆的建议很好。它的好并不在于收集民国史料，而在于它是一个较为合适的可以请来湘绮师的机构。杨度知道，湘绮师绝对不会屑于做一个国史馆的馆长，但他却乐意做帝王之师。老人家研习一辈子帝王之学，年轻时不曾付诸现实，垂暮之年若有所展布的话，他也会感到高兴的。不过这还在其次。因为他毕竟年事已高，不可能身任艰巨，况且现在的时势已与六十年前大不相同，他无西学，也未见得能把国家治理得好。杨度其实并不指望王闿运真正做帝王之师，他期待的是老先生能以其并世无双的特殊阅历和一代文宗的名望，来做他本人正在进行的这番事业的谋士和后盾，帮助他将帝王之学付诸实践。

杨度相信为帝王之学奋斗了一生的恩师姻丈是不会失去这个千载难逢的良机的，于是慷慨允诺："诸位放心，我一定会把湘绮师请来北京的。"

蔡锷乐道："我今天请客，原是为家母和贱内来京邀大家聚一聚，却不料为国家办成了这样一件大好事，真是荣幸已极。来，让我们为国史馆的筹建，为湘绮老先生的来京，预先干个杯，祝愿这两件事都顺利办成。"

"说得好！"大家都兴高采烈地举起杯子，为无意之中提出了一条好国策而干杯。

八　湘绮楼庭院，王氏祖孙三代赏月联诗

八十三岁高龄的湘绮老人近来心情特别舒畅，这是因为远嫁贵州的七女棣芳回娘家省亲来了。

棣芳出阁将近二十年了，只回过娘家两次。一次是嫁后三年，抱着刚满两岁的儿子和丈夫丁体晋一道回云湖桥看望老父。湘绮老人见女儿的家庭生活美满幸福，乐得合不上嘴。棣芳在家里住了两个月，老人天天逗弄着外孙子，和女儿说说家常，也帮女儿改改诗，日子过

得很是惬意。女儿一家回贵州后，老人长时间闷闷不乐。第二次是四年前，正当中年的丁体晋忽然得急病死了，棣芳哭得死去活来。王闿运也很伤心，写信要女儿回娘家住一段时期。棣芳带着十二岁的女儿少春回到娘家，父女见面抱头痛哭。老人安慰女儿，死生有命，不必过于悲伤，要好好地活下去，要把儿女抚养成人。为了冲淡女儿的悲痛，老人天天给女儿讲诗文，少春也在一旁听。少春像母亲小时一样的聪颖好学，老外公很疼爱她，亲自教她吟诗填词。

棣芳借文字遣散愁思，写了不少诗，老人细心替她修改，帮助她提高。在娘家住了半年后居然成诗一百余首，加之做闺女时写的七八十首和出嫁后十多年的两百多首，共有四百来首诗了。老人要兑现嫁女时的诺言，也为了给新寡的女儿添一种慰藉，拿出三百两银子来，请了一个好刻工，足足刻了一个月，为女儿刻了一个诗集，取名《念云诗草》。念云，就是怀念棣芳的生母莫六云。这两个字，寄托了父女二人共同的情思。《念云诗草》刷印了二百册。竣工那天，老人摆了六桌酒，请来四乡文人，把女儿的《念云诗草》介绍给大家，又每人赠送一册。老父深厚的慈爱，令棣芳感激莫名。八个月后，棣芳心情已趋平和，湘绮老人这才同意她们母女回贵州。

上个月，棣芳带着女儿第三次回娘家。这次回娘家的棣芳与上次大不相同，心情好多了。尤其使她宽慰的是，去年十七岁的儿子在全县学堂考试中取了第一名。湘绮老人乐呵呵地对女儿说，丁家后继有人，这全县第一名就是案首，在前几年也就是进学的秀才了。又看着长得亭亭玉立的外孙女少春，居然诗词做得很不错了，老人益发高兴，逢人就说，我的外孙女也是个才女哩！棣芳远道回来探亲，姐姐娥芳、帅芳、蒲芳，妹妹锦同都从婆家回到娘家。姐妹们一起叙别情，聊家常，湘绮楼里洋溢着一片欢快的气氛。

正是初夏季节，草木葳蕤，百花盛开。吃过晚饭后，王闿运在庭院里抽烟，周妈给他端了一杯茶来。周妈也是快六十的人了，显得比先前更胖，但手脚仍很灵便，服侍老人比以前还要周到细心，无微不至。王闿运几乎一刻也不能离开她，随便到哪里，哪怕是到女儿家做客也要把周妈带上。上上下下的人免不了说闲话，指背心，只有铁匠弟子张登寿理解他，替他掩盖，说："八十老人出则杖策，古礼有之。周妈，不过是湘绮师的'策'而已。"王闿运对张登寿这话大加称赞："张铁匠的古书真是读活了。"又借题发挥："现在的人没有把古人的书读活，所以国家越弄越糟。"

老先生对这几年的国事是极不满意的。他从来就不赞成民主共和制，国只有一个主，那便是君主，民怎么能做主呢？民一旦做了主人，那主人就多了，最后势必政出多门，其结果是无主。而且还会给野心家们带来口实。他们也是民，他们也要做主干预国事。这样一来，国家不乱才怪哩！他常对弟子们说："你们看民国才三年，国务总理就换了五起，现在干脆好了，连总理都不要了，又改叫政事堂。不断换宰相，这是乱世的特点。这都是民主共和带来的乱子。"发完牢骚后又叹息："袁家老四当这个家也不容易，他身边没有能人给他出主意，为他掌舵。杨皙子在北京，他不用。不过话又说回来了，杨皙子还没有磨练出来，做宰相还嫩了点儿。可惜，我又老了！"

于是众弟子都恭维："先生不老，只要袁大总统请先生出山，这天下就太平了。当年姜子牙出山，不也是八十多岁吗？"

说得老人开怀大笑。

今夜月色很好。王闿运抽了几口烟，喝了几口茶，心情很悠闲。望着月光下的云湖桥影影绰绰，朦朦胧胧，似乎比白天更美，不觉诗兴大发。又想起棣芳爱诗，棣芳的女儿也爱诗，这真是得王门书香一脉之传，且众女儿都回家了，良辰美景，只差赏心乐事了。何不学古人联句遗风，今夜来个王门诗词大联句，补上这一则赏心乐事，也给后人留一段诗坛佳话。

王闿运想到这里，心情格外兴奋，忙对周妈说："把棣芳姊妹都请出来，各人都带上一条凳子。"

一会儿，棣芳带着女儿少春，娥芳、帅芳、蒲芳、锦同等人都来到庭院，围在老父的身边，问："爹爹叫我们出来做什么？"

"都坐下吧！"王闿运笑眯眯地招招手，女儿们都在父亲的身边团团坐定。

"棣芳带着女儿千里迢迢回娘家很是难得，你们其余几姊妹虽说都在附近，但一年到头也难回来一两次，尤其是姊妹们团聚在一起更难。我刚才想了一个主意，大家在一起乐一乐，不知你们愿意不？"王闿运说完，用慈祥的眼光望着众女儿们。

"愿意，愿意！"棣芳率先回答。

"爹爹，你老想了个什么好主意？"锦同问。

王闿运捋着白胡子笑道："诗是我王门的家传，我王门小姐个个都会吟诗，难能可贵。今夜我们父女、祖孙三代来个诗词大联句如何？"

众女儿都拍手叫好。少春从来没联过句，急道："外公，我联不好，我不参加！"

王闿运嗔道："那不行，你不参加，那就只有两代联句了，缺了整整一代怎么行！"

大家都笑了。

看着外孙女一脸窘迫的样子，王闿运乐道："好，对你优待，一是你联最后，二是允许你多想一会儿，实在想不出了，可以请妈妈帮忙。"

准许妈妈帮忙，少春的胆子壮多了，遂点头同意。

锦同向来调皮。只见她高声嚷道："爹爹，我看也要有赏有罚才好。"

"好！"王闿运笑道，"你们都是女儿家，不罚酒，也不赏钱。这样好了，联完句后大家品评，评上第一的，爹赏她一段花纺绸，最末的，罚她给爹做一双新鞋！"

"好，好！"众女儿都欢呼。

王代懿听到庭院里热热闹闹的喊叫声，忙出来看。锦同有意作弄哥哥，便对父亲说："爹，要说吟诗，我们家第一号女诗人要数四嫂。现在四嫂去了北京，由四哥代替。"

王闿运正为代懿、叔姬两口子不和而担忧，听了锦同这话，他立刻想到这是个好主意，让代懿代叔姬联句，以后再叫锦同给四嫂写封信告诉她，叔姬看了信后会对代懿生发好感，说不定能回心转意。于是对儿子说："你也坐这里，代叔姬联句，好好运神，莫在姐妹面前丢了脸。"

代懿思念妻子，很想为她献献殷勤，忙说："要得要得，爹就放心好了，我连姐妹们都赶不上，还算什么男子汉！"

棣芳道："先别吹牛，末了还有大家品评哩！"

锦同催道："爹，你老先出句吧！"

王闿运端起铜水烟壶，把壶嘴送到口里，咕隆隆地响过一阵后，吐出几口白烟来，随之吟道："地远山馆静，气澄天宇明。嘉慈庭兰秀，迟彼月华临。"

王闿运开头这四句从庭院吟起，描绘出一个宁静恬美的月夜来，为整个大联句定下一个基调，也为众女儿拓开一个供她们驰骋才华的广阔天地。大家听了老父的这四句诗，都在细细地品味着，一时不知由谁来联为好。

王闿运见状说："从年纪大的到年纪小的依次联。娥芳先连，你在这里数最大。接下来依次为岑芳、帅芳、代懿、棣芳、锦同，最后为少春。"

于是娥芳低头苦想。娥芳是蔡夫人的长女，在姊妹中排行老大，丈夫是名诗人邓辅纶的儿子邓国瓛。娥芳生性敦厚，在父母公公的熏陶下，能做得出很好的诗文。她想自己第一个联，一定要联好。

娥芳凝神思考后联道："良宵胜秋夕，闲居散玉簪。绛火摇花影，清醥洗尘心。"

"联得好，下面轮到岑芳了。"王闿运对大女儿的联句很满意。

岑芳也是蔡夫人生的，在姊妹中排行老三，她嫁给常家，夫婿是曾做过湖北巡抚的常大淳的族孙，也是一个簪缨官宦之家。她想了想，吟道："图案列珍骰，高咏屏凡音。赋诗岂慕昔，欢侍良在今。"

"不错，不错。"诗词见性情。岑芳的联句里流露的是一片孝顺之情，王闿运很满意。

接下来是帅芳了。帅芳是莫六云的长女。莫六云生了六个女儿，就是没有一个儿子。她是一个争强好胜的人，王闿运戏称之为"半山"。半山是拗相公王安石的字，王闿运认为六云的个性有点像王安石。因为没有儿子，她死都不瞑目；也因为没有儿子，她将女儿当儿子一样教育，总是督促她们读诗文，故而帅芳的诗也做得好。

帅芳略作思考后接道："兴超情易愉，意惬乐非湛。秦隋故无赏，轩唐常可寻。"

"帅芳这后两句吟得好。"王闿运放下烟壶，又补充一句，"有古人风！"

帅芳得了老父的称赞，很得意。

该轮到代懿了。他本想把前面三个姐姐的诗都压下去，但在"秦隋故无赏，轩唐常可寻"这两句面前却步了。只得硬起头皮念道："采菱江路淹，飞蓬霜露深。且歌涧阿美，何伤时序侵。"

王闿运点点头道："也马马虎虎说得过去，只是男子汉的气概不足。"

大家都笑起来，代懿被弄得很不好意思。

棣芳要为哥哥解窘，立刻吟出"露垂风入槛，瑶宫桂已林。隐隐碧云合，寥寥鸿雁深。"

"很好，很好！"王闿运拍打着座椅扶手，大声赞扬。

这四句诗确实做得好，超过了以上四人的联句。老人之所以要大声赞扬，除此外还有另外一层原因：他特别怜恤这个才貌出众的七女。年纪轻轻便守了寡，历代才女都命薄，孰料棣芳又成了一个例子！今夜即使棣芳诗做得平平，老父也要把鳌头美誉送给她，何况做得如此出色！

爽朗的锦同说："大家都听我的：登高眺北渚，碧水映南岭。芰荷不可望，天风吹我襟。"

棣芳说："八妹的诗有点男儿气派。"

转脸又对女儿说："想好了没有？该由你结尾了。"

少春望着母亲，脸涨得红红的，显得有点儿紧张。

代懿在一旁打气："不要紧。想出一句念一句，实在念不出了，四舅帮你。"

少春说："不要帮忙，我自己联。"

几个姨同声夸道："有志气！"

少春转了转两只乌溜溜的眼珠，鼓足勇气吟道："黄鹤凌霄翥，蜻蜓向阶吟。无为翳罗袂，回帷调素琴。"

少春这几句压轴诗一吟出，众皆惊呆了，暗思：小小年纪，怎么能想得出如此佳句？

王闿运喜不自禁，走到外孙女身边，拍着她的头说："乖孩子，有你这个外孙女，外公这一世心满意足了。好好努力，前途不可限量。"

棣芳在一旁听了，高兴得眼泪直流。

锦同嚷道："今夜这个鳌头，我们这些做姨做舅的都莫想了。"

大家都欢笑表示赞同。

这时周妈颠着两只小脚急急忙忙走过来说："老头子，县衙门送来了一封公文，还说是总统府来的哩！"

"什么，总统府来的？"王闿运又惊又喜。"袁家老四怎么会想起我这把老骨头来，一定是午贻和皙子他们说了些什么？"

王闿运离开庭院来到书房，代懿、棣芳、锦同也都跟着进来了。周妈把油灯挑得亮亮的，又将老花镜拿来。王闿运戴上眼镜，打开公文，宽大的淡黄色信笺天头赫然印着"中华民国总统府"七个鲜红色隶书字。他轻轻地念道：

壬秋老先生道席：

丈人学界泰山，文坛北斗，世凯久慕盛名，因忙于政事，未及拜访，深以为憾。今政府设国史馆，贮建国史册，传功勋大略。丈人负一时之望，四方推荐，特聘为国史馆长，速来京履任为盼。

中华民国总统袁世凯顿首

王闿运念到信末，却不太高兴起来。他心里想：袁世凯原来是要我到北京去当国史馆长，为他做搜集史料树碑立传的事，这小子怎么这等看轻老年伯？请我去北京，理应做他的老师，做中华民国的老师才对。袁老四应向前清摄政王学习，在中央设一个弼德院，请我去当弼德院的院长才是。

王闿运把袁世凯的信搁在一边，拿起水烟壶抽起烟来，一句话不说。

周妈听说袁大总统要老头子去北京做官，笑得合不拢嘴。北京是皇帝住的地方，花花世界，什么好吃好看的东西都有，她想去北京。她知道老头子离不开她，老头子若去，一定会带她去。于是一个劲地怂恿："袁大总统就是皇帝，他请你去北京做官，这个面子比天还大，有什么犹豫的，选个好日子就上任吧！"

代懿寻思正好跟父亲到北京去看叔姬，与她重修于好，于是也劝道："爹，去吧，修史可是一件大好事呀！"

棣芳却不太赞成。父亲八十多岁了，还到北京当什么官？不如在家里安享天年最好。她说："我看爹不必去北京，北京冷，爹怎么受得了？"

锦同也不想爹外出，说："听说北京那个地方没有米饭吃，又没有辣椒吃，天天吃杂粮。爹这大年纪了，哪里吃得惯！"

周妈说："要吃辣椒好办，我明天就剁它几坛子豆豉辣椒带去。"

锦同一向不喜欢周妈，白了她一眼，顶道："辣椒可以带，稻米呢，你能带几担去？"

周妈被顶得脸涩涩的，嘴里嘟囔着："皙子、午贻也过得哩，叔姬老娘也过得哩，为何老头子过不得？"

她怕锦同骂她，边说边退出了书房。

王闿运吐出几口烟，问代懿："县衙门送公文的人走了吗？"

代懿答："夜深了，没让他走，今夜就睡家里，明早回城。"

"你去对他说，要县衙门派个人去长沙省衙门，代我拍个电报给袁四少爷，就说我领他的情了，只因年老体弱，不能受命。”

代懿听了心里发凉。爹不去北京，他也就见不到叔姬了。他求道：“爹，你老还是去吧，别人求都求不到哩！”

锦同忙说：“四哥，爹叫你去你就去，别再啰嗦了。”

代懿怏怏地出去了。

王闿运没料到，只过了七天，袁大总统拍来的回电就到了他的手里。这封回电，让老人越读越熨帖：

> 壬秋老前辈座下：
>
> 方今民国肇造，百废待兴，时局维艰，内外忧患。世凯谬承推举，总揽中枢，实德薄才浅，不堪胜任，唯有倚仗四方英杰，共度难关。老前辈海内人望，硕学大德，雄才伟略，前受曾文正之青睐，后蒙丁文诚之倚重，为国为民多所建树。当此承启之际，亟盼老前辈不嫌愚陋，移驾京师，以便世凯早晚趋谒，朝夕请训。倘蒙俯允，民国之幸也，世凯之幸也。
>
> 袁世凯叩首

这封回电，连呼几声“老前辈”而不用前信的“老先生”，这点儿改动很让王闿运舒心。王闿运一生有一个大缺憾，便是未中进士点翰林。他二十二岁中的举，以后相继参加四次会试均未中，自尊心受到很大的打击。最后一次在光绪初年，他以“不愿向五六岁的小儿皇帝叩头，故意不把文章做好”来为自己掩饰，从此后不进礼闱了。到了光绪三十四年，中举五十四年高龄七十六岁的王闿运，终因盛名而被朝廷特赐进士出身，授翰林院检讨。王闿运不仅圆了进士、翰林的梦，还获得一份殊荣。因为从前朱彝尊、毛奇龄等人虽不由会试但还是通过了博学鸿词科考试后才得以入翰苑，而王闿运不须考试直接授翰林，对于一个布衣而言，这真是异数。

但此时翰林已不如过去那样清贵了，许多留学回国有一技之长的人，朝廷也赏他们翰林的称号，如牙科翰林、染织翰林等，而正经以文学入翰苑的，他是有清一代最后一个。于是他撰联自嘲：“愧无齿录称前辈，幸有牙科步后尘。”

后进翰林院的称先进的为前辈，若先两科，则称老前辈，只论科第先后不管年龄。王闿运因为是最后一个正经翰林，所以他说很惭愧，再没有人叫他前辈了。现在袁世凯称他为老前辈，尽管袁未点过翰林，但贵为总统，自然胜过翰林，称他一声“老前辈”，他何能不喜？

接下来使他舒心的是，电文提到曾国藩青睐他。王闿运最喜欢别人将他与曾国藩的名字列在一起。时至今日，中兴名臣凋零已尽，与曾国藩做过朋友的，普天之下只他一人了。他能不荣耀吗？

最后，回电的署名没有冠以“中华民国总统”的字样了。这点也让他看着亲切。在王闿运的眼里，袁世凯是世侄，世侄给年伯写信，岂能冠以官衔？有儿子给父母写信，落款也带上官衔的吗？

不过，说来说去，这些都还是次要的，最重要的原因是这封回电不再提“特聘国史馆长”了，而用的是“趋谒”“请训”一类字眼。如此说来，袁世凯是要请他去做国师，而不是以官职羁縻他。王闿运想，以这样的身份去北京，才符合自己的夙志。

正在自我陶醉地欣赏这封回电的时候，他又收到了杨度的一封长长的来信。

杨度在信中向老师详细禀报了京中的政局。又告诉老师，自己的宏伟事业已有了极好的开端，将一定有辉煌的成就，恩师能亲眼看到毕生追求的理想付诸实践，必欣慰无已。他和午贻都盼望老师能早日来京师随时指教，以匡不逮。信的最后说叔姬在京一切都好，只是夫妻分居，究不是长久之策，请恩师携代懿一同前来，促使他们夫妻和好。

杨度的这封信，使王闿运陷入了沉思。这三四年来，中国的政局居然会起这样大的变化，沿袭了两千余年的帝王制度竟然一夜之间就被推翻了。王闿运难以思议。尽管他不喜欢这个制度，但这个制度毕竟出现了。帝王已不复存在，自己研究了一辈子的帝王之学究竟还有没有用处，这些年连王闿运本人都无把握了。但看来皙子这个书痴还在痴迷着这番事业。今天这样一个混乱的局面，他一个书生能有什么作为？话虽这样说，王闿运对弟子忠于帝王之学的精神还是很嘉许的。弟子决心把它付诸现实，作为传授这门学问的老师，在弟子需要帮助的时候，能袖手旁观不问不管吗？且老让叔姬一人住北京，儿子和媳妇长期分居也不好。从儿子着想，也宜到北京去。

王闿运终于改变了原来的主意，决定以耄耋之年北上进京。

九　进京途中，王闿运为旧时名妓书写《洛神赋》

湘绮老人要进京做民国政府的官员了。这个特大新闻很快由云湖桥扩散到四乡，又传进县城，传到省里，经长沙报纸的着意渲染，使得全国都知道了。过些日子，湖南省都督衙门下来公文，询问老人何日启程，以便安排沿途照顾，省城也好做迎接的准备。又说袁大总统已特派一支军队在汉口等候，护送老人进京。

消息传出，更增添湘绮楼主此番进京的身价。于是，官场熟人，诗文朋友，门生晚辈，乡邻野老，都纷纷登门拜访祝贺，都说老人就是当年的姜子牙，现在要出山辅佐袁大总统安邦定国经世济民了，把个老人喜得白胡子翘得高高的。

湘绮楼上上下下一片喜气洋洋。

代懿甚是欢喜，忙着给叔姬准备各种好吃的东西，还特将叔姬最喜欢的那件镶有孔雀毛的披肩也带上。

周妈比代懿还要兴奋。就要跟着老头子进京见大世面了，能够亲眼看到皇宫、御花园了，她心里几多甜润：这次呀，一定要老头子带我多见一些贵人，多吃一些山珍海味，也不枉我实心实意服侍他二十多年！

周妈的儿子周大来了，悄悄找到母亲，要母亲无论如何带他到北京去。周妈很为难，她自己生的儿子，她当然愿意带去，但儿子不识字，粗俗蠢倔，老头子会同意他去吗？他去北京又做什么呢？

周大见母亲没有答应，便说："你若不带我去，我就投水死掉算了！"

周妈一听吓慌了。丈夫，她虽不爱，前几年死时她一滴眼泪都没流，但儿子是她的亲骨肉，儿子若有个三长两短，她就活不下去了。二十多年来，她偷偷地从王家捎去不少钱物给儿子，养成了儿子依赖她的习惯。她知道儿子倔得很，若不带他去，投水寻死的事真做得出。周妈只得硬着头皮试探一下。

这天晚上，王闿运送走最后一班贺客回到卧房，周妈忙端来一盆热水，先给老头子洗了脸，然后又帮老头子脱下衣服，用热毛巾替他擦着背。已是仲夏天气，王闿运还穿了夹衣，背上有点毛毛汗，经周妈一擦一搓的，觉得十分舒服。擦完背后，她又端起脚盆来，换一盆水，弯下腰去，将老头子的鞋袜脱下，然后撩起水来给老头子慢慢地洗脚。

王闿运一天的疲劳，经周妈这么洗洗擦擦，去掉了许多。他望着蹲在脚盆边的周妈，心里生出不少感慨来。自从蔡夫人和六云过世以来，这许多年多亏了周妈的照顾。论才貌人品，周妈当然远不能望蔡、莫之项背。但论服侍得细致周到，不嫌脏不嫌累来说，周妈却要超过蔡、莫。这是周妈的长处。对于一个风烛之年的老人而言，这种长处更显得重要。二十多年来也没给她一个名分，就让她这样不明不白地处于妾婢之间，她也认了。想到这里，王闿运觉得对她有亏欠，这次带她去北京，正好借以补偿一下。

“你也辛苦了，坐坐吧！”当周妈倒了洗脚水再进房的时候，王闿运招呼她。

见老头子表现出难得的客气，周妈想这是提儿子事的好时候，便一边擦手，一边在王闿运的对面坐下来，说：“豆豉辣椒，我已剁了两坛子，你看还要不要再剁点儿。”

“两坛子要吃两三年哩，够了够了。”王闿运连连点头。

周妈又说：“周大说湘潭的熏腊肉哪里都比不上，到了北京吃不到，特地为你熏了五十斤腊肉，你看要得不？”

“要得，要得！”王闿运喜欢吃腊肉，这正投其所好。“周大一向懵懵懂懂的，怎么这下变得聪明起来了。北京是买不到腊肉，亏他想得到。”

其实，周大哪里想得到腊肉的事。“熏五十斤腊肉”，这完全是一句假话，是周妈突发的灵感。周妈见这个马屁拍到点子上了，心里很高兴，说：“你不晓得，周大看起来懵懂，心里并不蠢，肚子里鬼花样还不少哩！”

王闿运随口答：“是吗？平时看不出。”

周妈见火候到了，问：“老头子，你进京打算带哪些人去？”

“头一个自然要带你，你是我的拐杖。”王闿运笑道。“代懿要带去，让他和叔姬团聚。”

周妈对叔姬一向没好感，现在要讨好老头子，忙说：“那是的，那是的，代懿一定要带去。你也要劝劝叔姬，小两口吵架不记仇，不能总这样下去。”

“还有良儿，我想把他也带到北京去。”王闿运沉思了片刻，缓缓地说。

良儿是代丰的儿子。代丰那年跟着父亲在由成都回湖南的途中去世了，还不到三十岁，留下一子一女。王闿运非常伤痛次子的早夭，对这两个孙儿女格外怜爱。代丰的遗孀也没改嫁，带着两个儿女一直在婆家住着。王闿运对她母子三人的待遇一切从丰。

“良儿这孩子可怜，从小就没有父亲。这次带他到北京去住住，也让他开开眼界，长长见识。还可以给我帮帮忙，抄抄写写的，做个助手。他也好借此历练历练，日后我死了，自己带着老婆儿女也能生活得下去。”

周妈很不情愿把个王家孙子也带到身边，对她来说，又多添一分麻烦，多一个障碍。但她深知老头子对良儿爱之深切，何况自己要带儿子，便马上说：“是的，良儿也是可怜，从小跟着爷爷长大，爷爷出远门，他也会想念的，是应该带他去。”

周妈这句话又说得好，她摸到老头子的心坎上去了。孙子依恋爷爷，不愿爷爷离开自己，这是每一个做爷爷的都想得到的一份天伦情趣。八十多岁的王闿运何能例外！他点点头说：“良儿这孩子也逗我喜欢。”

周妈心里想：说了半天，也只是说到他自己的儿子和孙子，没有半点挨到周大的边。她不能不开口了：“老头子，你这次进京开办衙门，办事的官员自然少不了，不过，杂役工仆也不能没有。官员是袁大总统给你配，不用操心，杂役工仆可得自己带。用外人不知底细，不放心，倘若弄个什么贼盗进来，怎么得了！最难防的是家贼。哪个做官的不带几个自家人出去做事，为的是放得心。”

衙门里的工役多为官员的私人，这是通例，既可以放得下心，又为做事的人谋一份稻粱。王闿运没有做过官，但这个通例他是知道的。但京官不是地方官，用的工役少，所以他还没有想到这点。经周妈提醒，他点头说：“是的，你说得对。”

周妈见话很投机，忙说：“好比说，门房第一是要个靠得住的人。这么多人吃饭，厨房的事很多，油盐柴米酱醋茶，天天都要人去买。这也是要顶靠得住的人。若用外人，他买一个钱的东西报两个钱的账，你还事事去查？再说，扫地的呀，挑水的呀，夜里巡逻的呀，也得要人。”

周妈这番话说得王闿运兴致高涨起来，笑着说：“我常说你有陈平之才，果然不错，你虑事周到。你说说，这门房带谁去为好？”

“依我看呀，这门房和扫地挑水的可以用一个人。早晚没有人来办事，门房就扫地挑水。采买和巡夜也可以一个人兼起来。上午去街上买东西，下午无事睡觉，夜里起来巡更。”

王闿运拍着大腿称赞道：“你这个安排好！用一个人，派事就要给他派足，不能让他吃闲饭。今后到了北京，这个内务就由你来掌管了。你说说，门房兼挑扫的带谁为好。”

周妈装着一副秉公办事的模样说："干脆带周大去吧，别人去，我怕管不了，他若敢调皮，我拿擂锤棍打他的脑壳！"

王闿运看出了周妈的私心，但他已决定要弥补周妈这二十多年来的辛劳，这件事上照顾她一下也好，反正是要人的，便立即答复："行，就叫他去，你要管紧他。"

老头子一口答应了，这颇有点儿出乎周妈的意外。她料定老头子心情很好，此时就多提点要求也不碍事。干脆，肥水不流外人田，把女婿也带去，这也是一碗水端平，免得日后女儿说闲话。

"我说老头子呀，这采买兼守更的事就让细藕的男人赖三去好了。赖三识得几个字，能记账。那东西是个夜猫子，每天有事没事都要二更天才睡，叫他巡夜不会误事。"

说着，拿眼睛死死地盯着王闿运，看他的表情如何。

王闿运心里暗想：也太过分了点儿，儿子去了，还要女婿也去，王家的人还不知会怎样议论呢？

见老头子在犹豫，周妈自动让一步："周大、赖三都是我家的人，我想你是怕别人说闲话。我也不过是带他们出去开开眼，工钱多少好说，我看他们两人就拿一个人的工钱。你看呢？"

王闿运心想：我今年都是八十多岁的人了，北京的这个京官还做得多久，干脆人情做全算了。

"赖三也让他去吧，做一份事就拿一份工钱，也莫说二人拿一份的话，我就是那号小气人？"

"哎呀，阿弥陀佛，老头子，你真是大福大寿大气量的人，袁大总统有了你做他的帮手，这国家大事他不知要省几多心！"周妈拍打着手掌兴高采烈地说，"我明天就去告诉他们，说王大人，不，王国师同意他们去北京，叫他们赶紧做准备。"

一声"王大人"，一声"王国师"，喊得王闿运高兴得大笑起来。

半个月后，浩浩荡荡的北行船队在湘潭码头启碇扬帆了。这支船队由五条大船组成。王闿运带着周妈及儿子代懿、孙子良儿坐一条船，周大、赖三等男工女仆等七八个人坐一条船，另外三条船装的是行李箱。这些行李箱里放的既不是金银细软，也不是华贵器皿，它一半是王闿运喜欢读的书、喜欢看的古玩字画，另一半是王闿运喜欢吃的湘潭土特产，如腊肉、豆豉辣椒、酱油、灯芯糕、红薯粉丝；等等。

船过长沙，湖南都督汤芗铭亲往码头迎接，又在玉楼东酒家设宴款待。在长沙城里住了三天，会见各方宾客后，汤都督又亲自将他恭送到码头边。

船队鼓帆北进，过洞庭湖下长江，一路顺利地来到武汉三镇。袁世凯指派的护送军队前往码头迎接，将王闿运一行安置在黄鹤楼客栈。王闿运见湖北都督段芝贵并没有亲来迎接，心里颇为不快，他想戏弄一下这个自以为了不起的都督。

夜里，他对周妈说："湖北都督就是我那年对你说过的那个段大少爷。他用十万银子买了一个妓女送给庆王爷的儿子，换来一个黑龙江巡抚，结果闹出一场大纠纷来。这位段大少爷，你想不想见他？"

"想见呀，只要是大人物，我都想见。"

这周妈虽是个乡下老妈子，却好奇心强，胆量也不小，毫无半点怯场的心态。这点倒使王闿运暗暗称奇。

"那好，明天我带你去会他一会。"

第二天一早，王闿运特为叫周妈将清廷赏给他的翰林朝服找出来。他自己整整齐齐地将这套朝服穿上，又叫周妈也打扮打扮，再叫一乘小轿子。两人坐进小轿，直奔阅马厂湖北都督衙门。

走到半路，王闿运想起得先叫人通报一下段芝贵，让他亲到大门口迎接才是，于是招呼停轿。叫轿夫到附近店里买来了一张大红纸，又借来笔墨。他拿起笔在轿子里写下"前清皇上钦赐翰林院检讨袁大总统特任官湘潭王闿运壬秋"一行大字，吩咐轿夫持着这张大红纸先去都督衙门报信，另外再从街上临时雇一个人来代替这个跑腿的轿夫抬轿。

都督衙门门房将这张红纸交由副官送到段芝贵的手里，段芝贵差不多要笑出声来：天下哪有这样的名刺，摊开来遮掉了半个桌面！

应该说，段芝贵也可以在昨天亲去码头迎接王闿运的，但这位段大少爷向有趋炎附势之癖好，却无礼贤下士之雅量。他寻思王闿运不过一蛰居乡间的名士而已，自己身为湖北都督，若到码头上去接，将有失身份，遂决定今天下午到客栈拜访。见王闿运已先来拜访，便起身到督署大门外迎接。

一乘小布轿在辕门不远处停下，从里面先走出一个胖胖的老妈子。老妈子因打扮不得体而愈加显得土气十足，她伸出一双手从轿门口接出一个瘦瘦高高的须发皆白的老头子来。站在门外的段都督猛然间见这个老头子的穿戴，不觉大吃一惊。原来，此老头戴伞形红缨大盖帽，脑后垂一条小小的白发辫子，身穿绣有鸂鶒补子的七品翰林院检讨朝服，脚踏一双粉底黑缎高靴，胸前还挂着一串长长的朝珠。瘦高的老翰林由矮胖的老妈子搀扶着，昂首挺胸地朝督署衙门走来。

段芝贵早就听说过不少关于这个老名士的有趣传闻，估计来者必是王闿运无疑，便迎上前去，向老头弯了弯腰，说："您就是王老先生吧，我是湖北都督段芝贵，特为在此迎候。"

王闿运头也不点地说："鄙人正是王闿运，有劳都督亲迎。"

王闿运说完后转过脸笑着对身旁的老妈子说："周妈，这就是我对你说过的段大少爷。你过细看看，他长得体面不体面？"

周妈点点头说："噢，这就是段大少爷，是长得不错，高高大大的。"

这一问一答的，弄得段芝贵老大不高兴。这成何体统？当着众僚属的面，初次相会，便在大门口与一个老妈子，用如此轻佻的口吻来谈论八面威风的堂堂都督。段芝贵窝着一肚皮闷气看了王闿运一眼。他终于找到了一个报复的机会。

"王老先生，满人早已推翻，民国已建立四年了，您如何还穿着这身胡人衣服？"

段芝贵想当众羞弄一下老名士，却不料王闿运随口答道："段都督，我这身穿戴是胡服不错，你不看看自己，你那身穿戴不也是胡人装束吗？"

听王闿运这么一说，段芝贵不自觉地低头看了一眼自己的衣服。他此时正穿着西服，系着领带。平时不觉得，经此老一点破，恍然大悟：这不是典型的洋装吗？说胡服，这才是真正的胡服。

一个八十多岁的老头子，反应如此敏捷，纨袴出身的段芝贵也不由得佩服起来。一次没难倒，他的心里冒出第二难。

"王老先生，听说您一辈子都不愿做官，何以到了晚年又要做官了，是不是做官还是要比做老百姓好些呢？"

"段大少爷，这便是你的不晓事了。"王闿运一本正经地说，"当年李少荃说得好，世上最容易的事就是做官，一个人若官都做不好，那就一无用处了。过去我年富力强，有许多大事难事要我去做，现在老了，无用了，便只有去做官。"

说罢，哈哈大笑起来，笑得段芝贵脸上极不自在。他知道打嘴皮官司，自己不是这个老头子的对手，便也以大笑来掩饰刚才的窘态，同时伸出手来让道："王老先生，请进门吧，晚辈已略备薄酒为您洗尘。"

酒席上，王闿运大谈中兴时期与曾、左、彭、胡等人的交往，令湖北都督衙门那些新贵们肃然起敬，纷纷向他敬酒。他每次都只把杯子朝嘴唇上碰一碰，并不喝，表示领情而已。

回到黄鹤楼客栈，王闿运一觉睡到下午四点多钟才醒过来，见书桌上已摆满了各式各样的大红请帖：有湖北民政长的，有两湖书院的，有汉口商会的，还有不少过去的学生现在的头面人物的，王闿运看后全搁置一边，他对这些邀请都无兴趣。他努力在脑子里追索，武汉三镇还有什么旧日朋友吗？想来想去，他猛然想起一个人来，立即决定亲去拜访。

此人不是达官贵人，也不是学界耆宿，而是一个年老色衰的妓女王金玉。

王金玉早年是个有名的汉剧正旦，后来嗓子坏了，不能再唱戏了，便专门接待慕名来访的各方名流，遂由名伶变成名妓。王金玉长得并不漂亮，她之所以吸引人，一则是因为她的戏唱得好，再则是她的为人品位高。

她虽在娼门，却并不纸醉金迷，家里布置得淡洁高雅。来她家的人，她一杯清茶接待，与客人聊家常，聊世情，聊艺坛掌故，娓娓而谈，终日不倦。那些有闲的文人雅士们，觉得坐在她家与她谈话简直是一种莫大的享受。她为人又极讲情义。客人若有急难，她尽力帮助，并不希图报酬，其行事远远高出寻常妓女。

二十年前，王金玉正当风姿绰约之时，有一个山西籍候补知县赴湖南候差，路过汉口，听人说起王金玉，便去拜访。这位候补知县听金玉说话听得入迷了，干脆住进她家，天天与她谈话。候补知县也是个博洽多闻的人，两人情投意合，甚是相得。相处一个多月后迫于差事，候补知县不得不离开汉口，临别时两人依依不舍。谁知此人到长沙后不久即身患重病，临危时寄书金玉以后事相托。金玉得书即赴长沙，此人已死，并无余钱。她便拿出自己的钱来买棺材办丧事，又请来开福寺的尼姑们为逝者念超度经。

一个妓女能有这种侠义之举真不容易，此事立即被长沙士人们传扬开去。那时王闿运恰好在长沙主持碧湖诗社，就近住在开福寺，他为金玉的行为所感动，亲去拜访，与之交谈。谈了一个上午的话，王闿运十分赏识这个妓女的谈吐。接连几天，他都去看望金玉。

后来，王金玉又亲自将灵柩护送到那位候补知县的山西老家。两千多里路程，耗资巨大，这笔债务全由她一人背起来。于是人们都称

段芝贵像

易顺鼎像

金玉为侠妓，与她交往的名流更多起来。

王闿运想：二十年没音讯了，也不知她情况如何，还住没住汉口？他记得那年金玉说她住在汉口法租界长青里，便对周妈说要过江去。

周妈说："我陪你去吧！"

王闿运说："我去见一个故人，你去不合适。"

周妈想：见都督都带我去，还有什么别的人不合适？开玩笑说："哪个故人我见不合适，莫不是你过去的旧相好吧！"

王闿运笑道："你说对了，正是我的旧相好，才不叫你去。"

说着就要出门。

周妈急道："你一个人出去，我们怎能放得下心？不叫我去，叫良儿陪你去吧，一路上也有人照应。"

王闿运刚才被一股热血冲动，要去会见昔日相好的妓女，觉得带一个人去不方便。周妈这一说，他猛然醒悟过来似的，哑然一笑，心里说：都八十多岁的人了，见一个老妓女，还能做出什么风流事来，倒是让一个人陪护是顶重要的，就说："好吧，叫良儿一起去吧！"

刚走出客栈，又回过头来对周妈说："若有人来找，就说我到汉口找王金玉叙旧去了。"

良儿陪着爷爷东问西问，终于问到了长青里。在巷子口略为打听，便有人热心地带到王家的门口，开门的正是金玉本人。老名士的突然来访，令她又惊又喜。王闿运打量着王金玉：当年的侠妓也老了，发胖了，走路的脚步也迟缓了，只是神情仍如过去一样，没有多大的改变。

王金玉的家有四五间房子，除卧房客厅外还有一间很大的书房。良儿无兴趣听他们的谈话，便进了书房自个儿看书。客厅里，老名士和老妓女兴致浓厚地聊起天来。

"这次是袁大总统请您到北京去做国史馆长？"金玉用精致的托盘茶盅给王闿运泡上神农架云雾茶。

王闿运喝了一口，直浸透心脾，比昨天都督衙门里的洋酒好喝多了。听了金玉的问话，他觉得奇怪："你怎么知道的，家里还常有客人来吗？"

"都老成这个样子了，谁还愿意到我这里来？"金玉苦笑了一下，说，"报纸上都登着哩！"

"你也看报纸？"王闿运又觉得奇怪。

"我订一份《帝国日报》，看看时事，也看看花边新闻，不过是解闷而已。”

“是的，袁家的世侄要我去给他帮帮忙，你说我能不去吗？”王闿运斜靠在椅背上，轻轻松松地说。仿佛他此行不是去北京做民国政府的官，而是去河南项城给袁世凯家办私事似的。

“我说壬老呀，”金玉以特有的娓娓细细的口吻说，“倘若袁大总统真拿你当姜子牙看待，你就把平生的本事拿出来，帮他把国家治理好。”

“金玉，你说说，这要把国家治理好，该先办哪几件大事？”王闿运好像就是当今的袁大总统，而金玉倒成了湘绮楼主，开始了金殿问策。

金玉想了想说：“依我看，这第一是朝野要息党争，大家都要以国家为重，精诚团结。你看这几年又是暗杀案，又是血光团，又是解散这个取消那个，又是地方闹独立讨伐中央。至于中央呢，也可笑得很，国务总理三个月换一个，五个月换一个，耍猴子把戏一样。一个家这样折腾都会败掉，何况一个国？”

这个普普通通的老妓女对国事看得这样深刻，令王闿运大为佩服。他连连点头说：“你说得对。第一要团结，自古以来没有争权夺利私斗不止而能把国家治理好的。”

“这第二，依我看就是要为百姓办实事。”金玉端起茶杯来抿了一口，说，“国家是由老百姓组合起来的，只有老百姓的日子好过了，这个国家才算建好了。这几年当官的只图巩固自己的权力，完全不把老百姓的死活放在心上。去年春天，黄陂、孝感闹春荒，十多万人涌进汉口。一个个面黄肌瘦，不成人样，饿死病死的成千上万，湖北军政府也没有一个人出来问问。当这样的官，对得起天地良心吗？”

这番话说得王闿运心情沉重起来。岂但是湖北，湖南不也一个样吗？这几年有谁来问问种田人的生活？长年居乡间的王闿运对农人有一种天然的情感。他轻轻地摇摇头，似对这个现状表示无可奈何。

“我是一个老百姓，不懂治理国家的大道理。依我看，国家要整治好，这两条是务必要办到的。壬老，你见了袁大总统一定要说服他做到这两点。如果这样，你这个国师就当好了。”金玉用细细的长眼睛满怀深情地望着他所爱戴的老前辈。“壬老，假若袁大总统不听你的，你不如不住北京，干脆住乡下养老还好些，免得后人骂你与他们同流合污。”

“同流合污我是决不做的。”王闿运坚决地说，“我年轻时都不愿意与当权者同流合污，何况现在，黄土埋到了脖子上了，我还会自毁一生的清白吗？”

“壬老，你听说了吗？据说袁大总统要当皇帝哩！”金玉又浅浅地喝了一口茶，突然转了一个话题。

“没有呀，我一向住乡下，孤陋寡闻，你说给我听听。”王闿运眯起两只眼睛细细地打量着眼前的这个老妓女。昏昏花花的眼神里，他又似乎觉得金玉没有变什么，还是二十年前的风姿绰约，还是二十年前的热肠可爱。

“我也是前不久听一个北京来的老朋友偶尔说起的。”金玉从大襟衣开口处抽出一条素色手绢来在嘴巴和鼻子之间擦了擦，说，“也不知是真是假。现在袁大总统不就和先前的皇帝一个样吗，他要做什么皇帝呢？想做皇帝，无非是想为子孙谋皇位而已。壬老，这两千多年来的皇帝幸而被推翻了，再也不能复辟了。把天下看作一家一姓的私产，子孙相传，这是最坏的心思了。假若再出刘阿斗、晋惠帝那样的蠢皇帝，国家不会弄得一塌糊涂吗？”

王金玉说到这里，“扑哧”一声笑了，她赶紧把手绢拿到嘴边。王闿运想起那个“乐不思蜀”的刘阿斗和“没有饭吃何不吃肉糜”的晋惠帝，也不觉笑了起来，说：“这子孙的贤与不肖真的与父祖没有多大的关系。你看刘玄德多英明仁厚，偏偏生出一个蠢宝后主阿斗。司马懿何等奸诈权变，却不料后代又出个白痴司马衷。就说曹操家里也这样，那个让国与司马氏的曹奂，跟祖父比起来，简直无半点曹家的血统。”

说起曹家之事，王金玉猛地想起二十年前一件旧事来，说：“壬老，你还记得那年在长沙答应我的一件事吗？”

“何事？”王闿运一点儿都不记得了。

“你说你用小楷给我抄一篇曹子建的《洛神赋》。在长沙那几天事多，你没有工夫，说以后再给我写。二十年了，你也没写。”

“噢，我想起来了，是有这回事。”王闿运拍拍脑门子。“不过，二十年来我这也是第一次再见到你呀！”

“那你还践不践诺呢？”金玉有意逗弄一下。她心里想：八十多岁的老翁了，还能作小楷吗？

“君子一诺重千金。”王闿运说，“我现在就给你写。”

“真的就写？”金玉笑着问。

“真的就写。”王闿运义无反顾地回答。

“好，我给你磨墨。”金玉进书房拿文房四宝。

“金玉！”王闿运喊道，“我没带眼镜来，你给我找一副老花镜，还烧几根大蜡烛。”

金玉摆好纸笔后，又兴致勃勃地拿来一副眼镜和两只大红烛。

“这是我平时看报用的眼镜，您戴戴看合适不？”

“正好，正好。”王闿运一边戴一边说。

王金玉将大红蜡烛点燃，小小的客厅里顿时充满了融融的烛光。她一边磨墨一边问：“要我把《昭明文选》找来吗？”

“不要，我记得。”

“这么大年纪了，您还记得？”金玉惊讶地问。

王闿运笑着说：“要说四书五经，我倒真有不少已经背不出来了。若说这些艳诗绮文，就好像刻在我的骨头上似的，只要骨头不烧成灰，就始终在上面。”

老名士这句坦诚的爽快话，使老名妓欢欣不已。她帮他将纸摊开，拿来一条铜尺压着一头，又怕光线不足，再点起一支红蜡烛，自己用手擎着，站在一旁随时移动。

王闿运拿起笔来，默默地运了运气。这充满了书卷气息的妓女香巢，这温馨艳丽的大红烛光，这虽年过半百却风韵犹存的烟花侠女，使得王闿运热血涌起，情绪大增，他仿佛觉得自己人未老，心犹壮，仍如年轻时的风流倜傥，仍有年轻时那股浓情艳恋，细细的笔杆在他手中不颤不抖，多年不作的小楷字一笔一画，一字一行，笔酣墨饱，齐齐整整地出现在白纸上。王闿运写一句，金玉抑扬顿挫地念一句：

> 其形也，翩若惊鸿，婉若游龙，荣曜秋菊，华茂春松。仿佛兮若轻云之蔽月，飘飖兮若流风之回雪。远而望之，皎若太阳升朝霞；迫而察之，灼若芙蕖出绿波。

烛光下，老名士与老名妓一写一念，配合默契。曹子建笔下那美丽多情的洛神，那神人相交的幻境，将他们带入了另一个世界。他们觉得在这个世界里彼此间更为情投意合，灵犀相通。

“爹，你原来在这里，害得我们找得好苦！”王代懿突然闯了进来，气喘吁吁地喊着。

良儿听见四叔的声音，忙从书房里出来。

“喊什么？”这么难得的佳妙气氛，猛地给代懿扰了，王闿运很是恼怒。他瞪了儿子一眼，斥道，“什么事这般心急火燎的，让我舒心地玩半天，你们都不容许？”

代懿见父亲发火了，便垂手侍立一旁，低声说：“段都督今夜九点钟来客栈回拜，已打发人来通知了。”

王闿运松了口气说：“我说多大的事！你就对来人说我爹不在，免掉回拜算了，要这样到处找我做什么？”

代懿急道：“段都督要回拜，我怎么能挡他的驾。爹，快回去吧，还来得及！”

“好吧！”王闿运无可奈何地说，“还有几句话就完篇了，你等着吧！”

又转脸对金玉说：“继续来，我写你念。”

王金玉又将手中的红蜡烛高高举起。王闿运接下去写着，金玉轻轻地诵读：

> 浮长川而忘反，思绵绵而增慕。夜耿耿而不寐，沾繁霜而至曙。命仆夫而就驾，吾将归乎东路。揽骓辔以抗策，怅盘桓而不能去。

“写完了！”王闿运停下笔，兴致犹未尽。

代懿终于长长地吁了一口气：“爹，可以走了吧！”

“慢点，我还得写段跋语才是。金玉，你说呢？”王闿运又拿起笔来。

“壬老肯留下一段跋语，那真是太给我面子了。”金玉欢快地说，忙拿起剪刀来将烛芯剪好，室内的烛光亮多了。

代懿作不得声，只得暗自叫苦。

王闿运略作思考后，写道：

> 仲夏，闿运应世侄之邀，北上京师，路过汉口，寻访二十年未见面之侠女王金玉。喜其风采不减当年，晤谈至欢。金玉向余索还二十年前之旧债，余慨然允诺，为之书陈思王《洛神赋》。盖金玉，亦余心目中之洛神也。

当金玉念到“盖金玉，亦余心目中之洛神也”一句时，两只眼睛已滚动起泪花来，说：“壬老之情谊，金玉生生世世不能忘怀。”

王闿运放下笔，对儿孙们说：“我们回客栈去吧！”

王金玉送他们祖孙三代出门。走出十多丈远了，王闿运还回过头来满目含情地望了金玉一眼，只见老名妓仍倚在门框上，正痴痴地望着他。

十　老于应对的袁世凯，面对周妈，不知如何称呼为好

当火车徐徐开进前门车站时，在贵宾室里等候已久的欢迎人群走上月台。这中间自然少不了王闿运的两名高足杨度和夏寿田，另外还有两位要人，他们是大公子袁克定和内史长阮忠枢。此外，湘绮老人在京的诗友和学生以及慕名前来欲一睹风采的各界名流数十人，把个宽敞的月台挤得满满的。

周妈扶着精神矍铄的王闿运走下火车，杨度和夏寿田忙迎上前去向老师请安道乏。

王闿运高兴地问杨度：“皙子，你如今做的事业有多大？”

杨度一时不知如何回答，只好笑笑地说：“事业要等你老来做，我只能做帮手。”

王闿运哈哈笑道：“我都八十三岁了，还做什么事业！”

又转过脸对夏寿田说：“午贻，你现在的地位在前些年是从二品的内阁学士了。”

夏寿田笑道：“我只为大总统做些跑腿传话的事，哪里有那高的官衔。”

这时，一位矮瘦的中年汉子正移着快步向他走来，右腿明显地跛着。杨度忙向老师介绍：“这位就是袁大总统的长公子芸台先生。”

“噢，噢。”王闿运点着头打招呼。

“久仰王老先生大名，今天能在北京见到您，我很荣幸。”袁克定说着，伸出一只套着雪白手套的右手来。

王闿运一向不习惯行握手礼，他通常使用的是双手抱拳式。尤其是见袁克定带着手套来握手，他颇为反感，心想：是嫌我老头子手脏？这样一想，脸上便没有了笑容，两只手松松地抱着，随便抬了抬，说：“免了吧，免了吧！”

王闿运当着众人面的这个举动，颇令大公子难堪。杨度见此情景，忙把阮忠枢介绍出来：“湘绮师，这位是大总统派来的代表，内史长阮忠枢先生。”

“忠枢奉大总统命在此恭候王老先生。”阮忠枢见王闿运不与袁克定握手，便改行抱拳式。

王闿运见面前的这个内史长一脸黑气，骨瘦如柴，心里老大不舒服，暗思：袁世凯怎么用一个这样的人做内史长！嘴里随意哼了哼：“好，好！”连手都没有举起，眼睛却在欢迎的人群中寻找故人。

此时，一个五十多岁的胖老头子在人堆中边挤边喊：“壬老，壬老！”

王闿运循声望去，脸上立刻满是笑容，便不再管身边的大公子和内史长，迈开长步走过去，一边也喊起来：“哭庵，你也来了！”

哭庵是易顺鼎的号。易顺鼎是湖南龙阳人，字实甫，中过举，做过道员，现正在总统府印铸局做代理局长。哭庵是个成名很早的诗人，八九岁时诗就作得很不错了，十三四岁便诗名满三湘，与曾广钧平分秋色。王闿运很赏识他俩，称曾为神童，易为仙童。哭庵才子气十足，不仅与樊樊山一道领京师诗界风骚，又和一批贵公子一起做了京师票友会的首领。他喜捧名角，尤爱捧名坤角。每当长得漂亮又唱得好的女戏子出场时，他就会在戏园子中大喊大叫，大声鼓掌。知道的，说他是个不拘形迹的老才子；不知道的，说他是一个令人讨厌的老癫子。

易顺鼎喘着气来到王闿运的身边说：“壬老，终于把你盼来了。明天我在萃华楼做东，请了樊樊山、鲜灵芝等一班人来作陪，你老一定得赏脸。”

“鲜灵芝是谁？”樊樊山的大名，王闿运是知道的，但鲜灵芝是何等人，他从来没听说过。

“鲜灵芝是当今京师第一大名坤，人长得漂亮，戏也唱得好。”易顺鼎眉飞色舞地说，“我叫她干娘，她叫我师父，彼此两相抵消。”

人群中有人发出笑声。

“她多大年纪，你叫她干娘！”王闿运笑着问。

“二十五岁，二十五岁。”易顺鼎连说了两声。

“你这家伙，真正的老不死，二十五岁的女人你叫她干娘！”王闿运在易顺鼎的肩膀上重重地拍了一下后大笑起来。他其实是很喜欢这个才子兼癫子的脱俗性格。

易顺鼎咧着嘴笑了笑，说：“壬老，京师菜馆里作料都好，就是酱油不行。湘潭酱油，全国第一，你老带酱油来了吗？”

王闿运说："别的东西没带，酱油倒是带了一坛子。"

"那就好，那就好。"易顺鼎一时灵感上来，说，"壬老，我送你老四个字：湘潭出酱。但此酱非彼将。"

王闿运立即接上："哭庵，我也送你四个字：龙阳出相。但此相非彼相。"

易顺鼎先是一愣，接着便捧腹大笑起来："壬老，你老厉害，这多年没见面了，一见面就骂我。"

随着易顺鼎的笑声，人群中许多人也笑了起来。有些人还摸不着头脑，不知他们在笑些什么。原来，王闿运借用一个典故在戏谑这位老顽童。

战国时魏王有个男宠，封为龙阳君。人们对男宠另有一个称呼：相公。易顺鼎为龙阳人，所以王闿运说"龙阳出相"，然此"相"乃相公之"相"，非宰相之"相"。正与易顺鼎的"酱"乃酱油之"酱"非将领之"将"针锋相对，而骂得更尖刻。

八十多岁的老头子，应对是如此机敏快捷，令月台上所有欢迎的人惊叹。

阮忠枢走前一步说："王老先生，袁大总统有要事不能亲来，他将他的座车专为派来接你。请上车吧！"

顺着阮忠枢所指的方向，王闿运看见一辆黑得发亮的小轿车停在那里。众人莫不为总统对他的特殊礼遇而面露艳羡之色，不料王闿运却回过头来问杨度："皙子，你是坐轿还是坐马车来的？"

杨度答："我是坐马车来的。"

王闿运对阮忠枢说："阮大人，这洋车我坐不惯，我还是坐皙子的马车到寓所去，烦你和大公子将车开回去，转告慰庭，就说我领情了，他忙，改日我去拜会他。"

阮忠枢颇觉为难：专门来迎接的，又怎么能开空车回去呢？袁克定已从不少湖南籍京官中略知老先生的古怪脾气，便说："一切就您的便，我们不勉强。家父说了，后天在总统府设宴为您洗尘。"

王闿运扭过头对站在身后的周妈说："总统府你知道在哪里吗，就在皇宫里。"

周妈兴奋地说："那我们后天就可以看到皇宫了！"

"是的，可以看到皇宫了。"王闿运笑着，又郑重其事地对袁克定说，"芸台先生，烦转告你父亲，后天请我时一定要容许我把拐杖带进去。"

袁克定不明白他的意思，说：“您带不带拐杖都没有关系，我会安排人搀扶您的。”

“不劳你安排人，我有我的专用拐杖。”王闿运指了指周妈说，“这根拐杖就是她。”

袁克定这时才注意到老头子身后站了一个又矮又胖又土又丑的老妇人，不觉傻了眼。月台上的众多欢迎者同时发出哄堂大笑。

王闿运一行被安排在西单牌楼武功卫二号，这是一个很大的院子。

第二天，杨度陪着母亲和叔姬来看望老师。代懿见叔姬来了，欣喜异常，把从湘潭带来的土产都搬出来，又拿出那件镶有孔雀羽毛的披肩。代懿的殷勤，叔姬仿佛没看见似的，她只跟公公说说话，对其他人，包括代懿在内都很冷淡。代懿心里很难过。吃过晚饭后，李氏老夫人起身告辞，叔姬也跟着起身。大家都劝她就住这里，不要再去槐安胡同了。叔姬坚决不肯。

王闿运见此情景，知儿子与媳妇之间裂痕已深，得慢慢弥合，急不得，便对叔姬说：“好吧，过几天代懿去看望你们。”

代懿递给叔姬一大包土产，叔姬没有接，只把那条披肩带走了。代懿目送着叔姬一行渐渐远去，心里空荡荡的。

晚上，总统府来人下帖子。帖子上写着明天中午大总统在居仁堂为湘绮老人接风，并没有提到周妈。

周妈对王闿运说：“老头子，明天你一个人去吧，我不去了。”

“为何？”王闿运问。

“袁大总统没有请我呀！”

“不要紧。请不请是他的事，带不带是我的事。”

次日十点多钟，周妈便搀扶着王闿运出门了。他也不穿翰林官服，也不穿做客礼服，仍是日常家居的模样：戴一顶青布小帽，穿一件黑布长衫，着一双圆口厚底布鞋。老头子仗着对当年皇宫的熟悉，不要别人送，自个儿叫了一辆马车，上了车直奔景运门。前清时代，外官通常由这道门进宫。

马车来到景运门，只见两扇宫门关得紧紧的。原来这道门已经封死了，不得已另外再找门。好不容易找到一道大门，门口停了几顶绿呢大轿，又有几个持枪守卫的兵士站在那里。王闿运知道这里可以进总统府了，便携着周妈的手，一男一女，一高一矮，一瘦一胖，都昂着头向里面走去。

“站住，干什么的！”门卫中一个操山东口音的大个子高声喝道。

“出去，出去，你知道这是什么地方吗？瞎闯胡冲的！”另一个操北京土音的小个子兵也过来，白了一眼两个不速之客。“你们是第一次进京的乡下人吧，也不问问就乱走。若不看你们是老年人，早抓起来了。”

北京小民说话一向啰嗦，这个小个子北京兵连呵斥人都说了一大通。

王闿运并不愠怒，笑着说：“我是谁，你们还不知道？值班的统领没有告诉你们吗？我是你们的总统、我的年侄请来的客人。”

两个卫兵见老头子笑嘻嘻地说出这通话来，一时都不知如何是好。小个子兵灵泛些，说：“不管是真是假，先好好接待他们。若是真的，怠慢了，那就不好交待。”

大个子兵说：“你说得有道理。”

于是两个卫兵换成笑脸，将王闿运和周妈请进门房里，又给他们倒了两杯清茶。

小个子兵说：“您宽坐，我到里面去问问。”

王闿运跷起二郎腿，细细地品着茶，用湘潭土话和周妈聊着家常。大个子兵干瞪眼望着他们，一句话也听不懂，心想：八成是假的，大总统是河南人，老家有时也来人，说的话大多听得懂。这两个人说的什么话，一个字都听不懂，哪会是大总统老家的亲戚？

大约过了半个钟头，只见夏寿田大步流星地走了出来，大声问大个子兵：“湘绮老人呢？”

大个子兵见夏内史亲自出来接，方知的确是总统请来的客人，忙毕恭毕敬地走进门房，向王闿运行了个军礼，说：“刚才慢待了，请老人家宽恕。”

这时夏寿田也进来了，说：“湘绮师，你老怎么自己来了，皙子专程去接你了。”

王闿运说：“五十多年前，我来过皇宫不下十次，谁知现在变了样，差不多进不来了。”

夏寿田说：“不要说五十年前了，就是与五年前比也大不相同了。”

王闿运又说：“现在是什么规矩，大总统请客，卫兵居然不知道。当年皇上请的客人一下轿，监军齐刷刷地跪在地上迎接，真是今不如昔。”

夏寿田心想：你老若是坐洋人的汽车来或是坐绿呢大轿来，他们也会客气的。嘴里说：“他们不懂事，你老莫跟他们计较。”

见周妈在一旁，便跟她打了声招呼，心里又想：老师真的老糊涂了。总统请客，又不是民间的走亲访友，即使是夫人没有请都不能带，何况这样一个上炕老妈子！将这种人带进中南海，岂不污坏了这里的红墙碧瓦、玉柱丹墀？他也不好讲什么，只得对王闿运说：“你老进去吧！”

进了中南海，周妈对眼前的一切都备觉新奇，不断地牵动王闿运的衣角，指指点点，问这问那。王闿运不厌其烦地讲给她听。问的答的兴致都极高，如同游山逛水似的，全然不把总统府的威严肃穆放在眼里。旁边路过的官员们都疑惑地望着他们，远远地指着他们窃窃私语。夏寿田看在眼里，虽觉得不成体统，却也无可奈何。

进了居仁堂，先在茶室喝茶。一会儿杨度匆匆忙忙地赶了进来，听老人说起进门的趣事，不觉捧腹大笑。笑声中，梁启超和蔡锷两师生穿戴整齐地进来了。他们也接到请帖，专门来陪王闿运的。

王闿运还是第一次见到梁启超，显得很亲热，一个劲地称赞他年轻有为，艰苦卓绝。又问起康有为的情况，表示出很热切的关心。十多年前那种对康梁篡改孔子鼓吹民权的憎恶心绪似乎全部消失了。王闿运又夸奖蔡锷是少年英雄，功名早达。在梁蔡面前，这位老人分明是宽容大度奖掖后辈的良师。

正说话间，夏寿田悄悄地告诉老师：“大总统来了。”

袁世凯身穿一套德国式黄呢军便服，着一双黑色牛皮长马靴，“噔噔噔”地走了进来。夏寿田、杨度、梁启超、蔡锷都刷地站起来迎接。周妈见此情景慌得不知所措，站也不是，坐也不是，屁股扭来扭去，十分不自在。王闿运依旧悠悠闲闲地坐着，直到袁世凯快要走到大家的面前时，他才缓缓站起。

夏寿田走过来对着袁世凯介绍：“大总统，这位就是从湘潭来的王壬秋老先生。”

“噢，噢。”袁世凯脸上露出笑容，伸出一双手来，客气地说，“王壬老，一路辛苦了，请恕袁某没有亲到车站迎接。”

王闿运满以为袁世凯一进来就会亲热地叫他年伯自称年侄的，谁知只叫他“王壬老”，自称“袁某”，他有点不大高兴起来，就说：“大总统忙，王某只是乡下一老迈之舌耕夫，哪里敢劳动大总统迎接。”

袁世凯并没有觉察出话中的讥讽味，说：“袁某今天特为请王壬老进府来叙谈叙谈，并邀请梁卓如先生、蔡松坡先生以及您的两位高足作陪。”

“叨扰了大总统。”王闿运说。低头见周妈依然脸色尴尬地坐在沙发上窘迫至极不知所措，便急中生智，替她解围。“周妈，你不是说要好好地看看袁大总统吗？这位便是大总统本人。”

周妈忙站起，也不知说什么为好，只是咧开大嘴笑着，露出两只特大的门牙。

袁世凯在官场混了近四十年，中外达官贵人的夫人小姐，他见过成千上万，什么复杂的情况他都能应付裕如，不料此时倒让一个乡下老妈子把他给难住了，他不知如何处理才好。这是个什么人？今天无论主客陪客都没有她。什么身份？若是侍婢，不应该当面介绍；若不是侍婢，老先生又为何给她这个脸面？袁世凯左思右想，不知如何向她打招呼才算合宜。

杨度、夏寿田在一旁也着急，他们当然知道这中间的底细。但一个上炕老妈子，能在总统面前提起吗？老师带一个上炕老妈子进总统府，还要与总统同桌吃饭，这不是对总统尊严的亵渎吗？两个聪明绝顶的才子，也被眼前的这一幕给难住了。

倒是王闿运一点儿也不在乎，笑笑地对袁世凯说：“她叫周妈，是我的拐杖，我走到哪里都必须带着她，否则寸步难行。”

又转脸对周妈说：“从湘潭到北京，一路上时时说要瞧瞧袁大总统是什么模样。这下好好看清楚了，袁大总统到底哪些地方与一般人不同。”

周妈狠狠地盯了一眼袁世凯后说：“袁大总统的头特别大，难怪洪福齐天。”

王闿运哈哈笑起来。袁世凯没有笑，眉头皱了一下。旁边梁、蔡等人想笑又不敢笑。

过了一会儿入席，袁世凯压住心中的火气，勉强装出一副笑脸来对王闿运说：“请王壬老上坐。”

又对众人说：“大家都坐吧！”

王闿运也不讲客气，一屁股坐到上首，周妈挨着他坐下，其他几个人谦让了一番后也都坐下。

一道道的菜相继上来，多为河南名菜，如黄河红鲤，伏牛山猴头，嵩山薇菜，驻马店野鸡，等等。周妈心想这就是御宴了，不能轻易放过，于是拼命吃，大口大口地嚼，却并没有感觉到有什么特别的味道。王闿运吃得津津有味，全无老态。

梁启超说："太老师，您的食欲真好，令我们做晚辈的佩服。"

王闿运说："过了八十后差多了，八十以前完全可以跟年轻人比食量。"

又对袁世凯说："四十多年前，令尊任江南盐法道时，有一夜我和他豪饮，两人一人喝了十杯古井贡酒都没醉。那一次你也去了，你还只有十二三岁，还记得吗？"

"记得，记得。"袁世凯点头。

"令尊要你叫年伯，你那时乖得很，连叫两声年伯，这事你还记得吗？"

叫王闿运年伯的事，袁世凯也记得，但他却说："这倒记不得了。"

王闿运心里又不高兴起来，说："叫我年伯，我是当得起来的，我比令尊要大两岁。只是现在你是总统，我不要你当着大家的面叫我年伯了。"

说罢哈哈大笑起来，大家也笑起来，袁世凯觉得不太好意思。

吃完饭后，袁世凯招呼大家都进茶室喝茶，他自己照例喝的是人参枸杞汤。

"王壬老，这次请您进京，是想借助您的大名办好民国国史馆，委屈您领衔当个馆长。"

袁世凯一开头便提馆长的事，使王闿运不舒服。他希望的是借国史馆长的名义请他进京，然后以帝王之师的礼仪款待他。吃完饭后，袁世凯应单独向他请教国事，就如同前代皇帝单独见宰相一样。可现在当着这多晚辈的面，随随便便跟他谈国史馆的事，分明与他进京前自己的想法相差太远，便说："我老了，做不得馆长了。"

袁世凯说："国史馆也不过是收集点史料保存着，有哪位大老去世了，找出来，给他做篇传记罢了。平时没事，也不要您自己动手。你提出个名单出来，给您配几个助手。事情让他们去做，您在家养着就是了。"

既没事干，叫我来做什么？到北京来养老？王闿运肚子里憋着气。在由汉口开往北京的列车上，王闿运回味着王金玉的话，深觉她的话有道理。自己应该以姜子牙那样的身份向袁世凯剀切指陈时弊，并提出一整套国策来。关于国策，他想了很多，除金玉所提出的息党争、利民生之外，他还想到要强军队、奖农桑、兴教育、薄赋税等，历朝历代行之有效的措施都要逐步地提出来。可是，这位当年的年侄而今的大总统，却似乎根本没有把他当作国师来看待，只是把他作为一个大文人供养在北京，提高国史馆的身价而已。

“天气好，您身体也好的话，想到哪里去玩玩，只管叫皙子和午贻告诉我一声就行了，款项就从国史馆经费里开支。身上哪里不舒服，总统府里有医生，外国的中国的都有，您可叫午贻安排他们去……”

袁世凯不断地开出优惠条件来，作为接待老名士的见面礼，而年虽老雄心犹在的老名士却越听越烦，双眼慢慢地合上了。

袁世凯见王闿运已打瞌睡，便停住了口。他自己每天必须午睡，通常情况下都不破这个习惯，何况下午还有德国、美国两国公使要接见，陆海军大元帅统率处还有重要军务要商讨，这些都比与国史馆长聊天要重要十倍百倍。他起身对大家说：“王壬老年纪大了，到底精神不济了，你们扶他到客房去休息，我也睡午觉去了。”

又特为对杨度说：“王壬老年纪老了，我也很忙，不能多过问，国史馆的事，能做到哪步就到哪步吧！”

说着“噔噔噔”地离开了茶室。

待大家送袁世凯出门后再返回时，王闿运早已睁开了眼睛。蔡锷上前说：“你老睡醒了，大总统刚走。”

王闿运说：“我刚才睡了一会儿，做了一个梦，你们猜我梦见谁了？”

杨度问：“你老梦见谁了？”

“我原想去梦见周文王，谁知梦见的却是宋相公。”

大家都不大懂王闿运话里的意思，只有杨度明白老师是对袁世凯不满意，袁世凯在老师的心目中不是礼遇姜子牙的周文王，而是自以为是的宋相公。但杨度相信，老师只要在北京住上一段时期后，是会改变对袁世凯的看法的。何况他的宏图大业还没有好好地向老师陈述，垂暮之年的老师若是知道自己奋斗一生的理想就要变为现实，难道还不会全力支持弟子的行动吗？

被辉煌的明天所激荡的杨度，决心以他整个生命作为代价，义无反顾地在中国政坛上实施他的这番宏图大业！

第二章　筹安会首

一　日本公使夜进居仁堂

就在蔡锷、王闿运进京后不久，欧洲爆发了一场长达四年对世界影响极为深巨的战争，历史学家们把它称之为第一次世界大战。交战的一方为德国和奥匈帝国所组成的同盟国，另一方为俄国、法国、英国所组成的协约国。

战争爆发后，袁世凯既不想得罪他所崇拜的德国威廉二世皇帝，也不想得罪世界第一强国英国和他的多年好友朱尔典公使，他宣布中华民国政府对欧战保持中立态度。日本政府看准了西方列强正在欧洲打内仗无暇顾及亚洲的大好时机，决定趁火打劫，排斥西方各国，将中国作为自己独占的殖民地。

这年秋天，日本出动海陆两万多兵力，加上少数英军，组成英日联军，宣布对德作战。这支联军不去德国，也不去欧洲其他国家，却向侵占中国胶州湾的德军进攻。两个月后，日军攻下青岛，俘虏德军两千多人，德国总督华德克被押到东京本愿寺监禁，将德国强占十七年的青岛据为己有，并将整个山东当作日本的国土。在日本军国主义政府的计划中，这只是第一步，他们将借此步步进逼，最后达到吞并整个中国的目的。

日本公使日置益探听到袁克定的政治秘密，向首相大隈重信做了报告。大隈指示公使，必须充分利用这个机会为大日本帝国立下盖世功勋。日置益通过私人渠道向袁克定透露：中国应当有皇帝，就如同日本应当有天皇一样，若中国恢复帝制，日本一定支持。

袁克定获得这个消息后异常兴奋，托人转告日置益，过些时候将约他面见大总统。

几个月来，袁克定为他的宏大的理想付诸实现做了许多努力，也收到了不少实效。除杨度外，他在自己的身边聚集了一大批智囊人

威廉二世

朱尔典像

物。他们或为他出谋划策，或为他制造帝制舆论，或为他筹集资金。在各省，他也得到了一些行政长官的支持。尤其重要的是在军界拉拢了一批实力人物，如湖南将军汤芗铭、陕西将军陆建章、山西将军阎锡山、奉天师长张作霖都表示坚决效忠袁大公子。

趁着袁世凯多次对段祺瑞、冯国璋等人托大和一大批北洋旧将领的暮气恼怒的时机，袁克定在智囊团的帮助下，及时提出了建立模范团的建议，袁世凯立予接受。袁世凯也想借此给儿子培植一批势力，便有意安排袁克定做模范团的团长。当他征求段祺瑞的意见时，段一口否定，弄得他下不了台，只得自己兼任，调赤峰镇守使陈光远为副团长，命王士珍、袁克定为办事员。此事令袁克定对段祺瑞又增一分恨意。

袁世凯当然是挂个名，陈光远、王士珍也知趣，基本上不插手，模范团实际上成了袁克定手中的军队。袁克定有意撇开由段祺瑞控制的天津武备学堂，而从保定军官学校和陆军速成学校的毕业生中挑选优秀者为模范团的军官，又从北洋军各师中抽调一批中下级军官充任模范团的军官和士兵。全体官兵入团的第一天对着袁世凯的画像宣誓："服从命令，尽忠报国，诚意卫民，尊敬长上，不惜性命，言行信实，习勤耐劳，不入党会。"

袁克定计划办五期。每期半年毕业，毕业时每人赠军刀一把，再提升一级回到原部队。一期一千人，五期则训练了五千人，可以配备十个师的各级军官。袁克定盘算着：这样自己手里就掌握了十个师的兵力，那时就是真正的李世民了。当然，要做李世民，最关键的一步还是要父亲先做李渊。在几次闲谈中，袁克定有意把帝制自为的意图透露出来，袁世凯对此明显地表现出很大的兴趣。不过，善于揣摸父亲心思的袁克定也从中看出，他父亲尚有两个顾虑：一是怕外国列强不赞成；二是怕国内反对。现在亚洲的第一大强国、与中国关系最密切的日本帝国表示支持中国恢复帝制，这对消除第一个顾虑是大为有利的。

这天晚上，袁克定陪着日本公使日置益进了中南海居仁堂。

日置益五十岁出头，瘦瘦小小，干尖的鼻子下蓄着一团仁丹胡子，时常快速转动的两只小眼睛上罩着一副金丝玳瑁镜片。这个毕业于东京帝国大学法科的高材生是一个语言天才，他精通英语、德语、法语，又从小受家庭的熏陶，不仅汉语流利，且对汉学颇有研究。他的这个才能很快得到了政府的赏识，派往智利、阿根廷等国出任使节。庚子年他来到北京，任日本驻华使馆头等参赞。他参赞的第一件大事就是八国联军镇压义和团。日置益在中国一住便是十四年，熟悉中国国情，且与袁世凯打过多次交道，对这位清朝的权臣、民国的总统也甚为了解。

“你好，公使先生！”袁世凯迈进会客室，冲着日置益伸出了手。因为德日之间正处于敌国状态，故袁世凯脱掉了平日常穿的德式军便服，换上了黑色中式长袍。

“晚安，大总统先生！”着一身浅灰西服，系一条蓝地白纹领带的日置益迅速站起，先是两手垂直，深弯下腰鞠躬，然后再伸出右手来，与袁世凯握着。在煤球似的中国大总统面前，日本公使活像一支进口卷烟。

“请坐，请坐！”袁世凯笑容可掬地指了指沙发，亲自从茶几上的小铁盒里抽出一支雪茄来，请日置益抽。日置益礼貌地谢绝了。袁世凯转过脸对站在一旁的儿子说：“克定，你亲自去给公使先生泡一杯好茶来。”

“不敢，不敢。”日置益脸上露出一种谦和的职业笑容。“大总统忙了一天，我又来打扰，实在对不起。”

“哪里，哪里。”袁世凯自个儿抽起雪茄来。“我们是多年的老朋友了，我很高兴见到你。今晚我们是朋友之间的闲谈，用贵国的话来说，与朋友聊天是最好的休息。”

日置益笑着说：“对，对，能与大总统随便聊天，这是一件非常荣幸的事情。”

“公使先生来中国已经十多年了吧。”袁世凯吐出一口烟，随口拉开了话匣子。

“整整十四年了。”日置益眨了眨眼睛回忆。“我来贵国的时候，正遇上义和拳闹事。那时大总统正在山东做巡抚，你坚决镇压闹事暴徒的魄力至今仍令鄙人敬佩。”

“义和拳是愚民，愚民弄出些神神鬼鬼的东西出来不足奇怪，奇怪的是当年老佛爷的身边竟然有一班辅国大臣也相信，真是荒唐！”袁世凯摆出一副先知先觉的神态来。“我多次奏请老佛爷，对拳匪只宜镇压，不能纵容。我在山东对他们就决不留情，所以山东没有乱。”

日置益忙恭维：“我还记得李鸿章先生当年有一道奏折，说那时的情形是幽燕云扰而齐鲁风澄，对山东社会秩序的平静大加称赞。正因为此，第二年李先生去世前夕上疏给朝廷，说环顾天下人物，无出大总统之右者，建议大总统继他为直隶总督。李先生是慧眼识英雄，自他之后，清朝的天下实赖大总统支撑。”

袁世凯听了心里很高兴，嘴上却谦虚地说：“公使言重了。张香帅德高望重，他才是国家的支柱。”

“当然，张之洞先生也是贵国的干城，只不过他那时年岁已大，又多病，心有余而力不足，国家的重担实际上都压在大总统您一人的身上。”日置益见火候已到，便有意将话题引入已定的轨道。“鄙人有幸当贵国鼎革之际一直住在北京，亲眼目睹了这场大变动。这三四年来，鄙人既庆贺贵国经过一番大乱后，终于认定了大总统是国家的领袖，各党各派都一致拥戴大总统，但鄙人冷静地观察了许多年，又为贵国的前途深为担忧。”

袁世凯取下口里的雪茄，认真地问：“公使先生，你担忧什么？”

“我担忧贵国的祸乱并未止息。”日置益望着袁世凯，以十分诚恳的态度说，“大总统年富力强，在位之时还很长，本不应言身后事。但我们是老朋友了，就不必忌讳这些，这一天总会有的，何况大总统身为国家之主，讨论这件事，更不是对大总统本人的不敬，而是对国家负责。”

袁世凯坦然笑道：“我不忌讳这件事，你就放心明说吧！”

“大总统不愧为真英雄！”日置益习惯地扶了扶眼镜，神态严肃地说，“这个祸乱的根源恰恰就是目前贵国所实行的总统制。尽管已明文规定应从大总统所书写的三人中选出继任者，但这是不可靠的。”

日置益说的是刚公布的经过修订的大总统选举法。新选举法的主要内容有：大总统任期十年，可连选连任。选举之前，大总统推荐三名候选人，书于嘉禾金简，钤盖国玺，藏之于金匮石室，开金匮之钥匙由大总统掌管，开石室的钥匙由大总统、参政院长、国务卿分执其一。袁世凯认为这个办法是可行的，它可确保选出的继任者必是自己所定的人。他甚至还想过，可以把三个候选人都写上他儿子的名字，比如说写上袁克定、袁克文、袁克良，那么无论谁当选，都是他的儿子做总统。日本公使却说出了不同的意见来。他很重视这位外国人眼中的不同看法。

“请公使先生说得详细些。”袁世凯显得谦和可亲。

“大总统先生，执掌金匮石室钥匙者除总统外尚有参政院长与国务卿，倘若他们在总统死后于嘉禾金简上做点儿手脚，不就很轻易地将继任者的名字改变了吗？”

一句话使袁世凯猛醒过来。是的，人死之后的事怎么能保得了，历朝历代篡改遗命的例子举不胜举。金匮石室，就能保证绝对秘密吗？

“大总统的宝座谁都想争夺，势必造成战争，从对国家和人民来说将大为不利。这是其一。”日置益阴冷的目光穿透玳瑁片盯着袁世凯黧黑色的肥胖脸。见袁世凯神情肃然，他加重了语气。“其二，对大总统本人也很不利。贵国有句古话：人在政存，人亡政息。大总统辛辛苦苦开创的事业，指望有人继承发扬。大总统一生为国家所做出的丰功伟绩，也指望后人能铭记感戴。但大总统身为英雄，自然得罪的人不少。倘若继任者为大总统的对头，其人一上台，将会把大总统制定的各项制度全部推翻，对大总统本人则会竭尽诬蔑诋毁之能事。说不定大总统日后在贵国的史册上就不是一个英雄，而是一个罪人。”

本来天气就冷，听了日置益这几句话后，袁世凯直觉得背脊都凉了。袁世凯虽然书读得不太好，但他毕竟出身书香世家，一部《二十四史》，他也读过不少，日置益这番话，若说要在中国历史上找例子，那是俯首可拾的。

“公使先生，你有什么好主意能对中国的总统制予以完善吗？”袁世凯问。其实关于这方面，他心里已思考过很久了。他从来就不赞成民主共和的制度，只是辛亥年的形势迫使他转了向，既然做了民国的正式大总统，也只好维持。这几年来，他努力将民主共和的成分削减，而将专制独裁的成分不断增加。解散议会，改国务院为政事堂，废省设道等等举措，都是为了这个目标而采取的。

“没有任何好的办法可以对贵国现行的制度予以完善，该采取的，大总统都采取了。但恕我直言，这些办法都不是长治久安之策。”日置益端起茶杯来，很有教养地呪了一口，稍停一会儿说，“这原因有许多，最主要的一点就是大总统一开始所提到的，贵国人民尚在愚昧之中，不仅老百姓如此，高级官员也如此，庚子年的事是一个极好的证明。请大总统原谅，鄙人决不是恶意攻击贵国，这是事实，而且敝国也是一个样。敝国与贵国同文同种，长处短处大致相同，敝国的人民和官员同样是愚昧的。所以，敝国要富强，也不能实行西方的总统制，而只能是行之有效的天皇制度。”

日置益这番话，袁世凯是从内心深处表示赞同的。国家大事只能由圣君独裁，倘若君不圣，则由贤相主宰，相若不贤则换之。所以为君之道在于慎选宰相。从来没有用开大会的方式，七嘴八舌的议论来处置国事的。民国以来的这些议员们，自以为是有学问有谋略、关心国家立身清高的正人君子，其实大多数人是用重金便可收买，用枪杆子便可以吓倒的伪君子、胆小鬼。袁世凯早已看穿了他们的灵魂，对这批议员们极为鄙视。老百姓骂他们为“猪仔议员”，袁世凯是完全赞同的，故而他要解散国会。为了敷衍局面，只得又成立一个参政院。这实在只是欺人耳目而已，他从来不把参政院放在眼里。他已知道日置益今夜拜访的目的了，不如干脆把藏在心里的这个念头挑明，探一探日本对此事的态度。

他又从小铁盒里摸出一支雪茄来，一边划洋火，一边以不经意的态度说：“公使先生，照你的说法，中国最好也像贵国一样，不行总统制而恢复帝制。”

“正是这话！”日置益立即予以明确的肯定。“敝国政府极希望贵国能早日出现一个与敝国相同的国体，并且希望大总统能顺天意人心登上皇帝之位。鄙人已奉令向大总统表示：只要将来的中华帝国与日本帝国保持友好亲善的关系，日本帝国将尽全力支持大总统先生的一切举措。”

原来，日本公使是来表明这个重大态度的，对正在向往天子宝座的袁世凯来说如同旱天之甘霖，他真想站起来抱住日置益，向他，并通过他向日本政府表示衷心的感谢，还要说明有了日本国的支持，他一定会很快地将国体转变过来的，那时再希望得到更大的支持。

但五十五岁的民国大总统，热血虽在炽烈地燃烧，头脑却还冷静。他知道，倘若向日置益表明了这番态度，无疑是向全世界公布了帝制自为的企图。自己曾经宣誓过永远捍卫民主共和制度，怎么能自己打自己的耳光呢？此事得从长计议。

袁世凯压住心头的喜悦，平静地说：“中国已实行总统制三四年了，不能再恢复过去的帝王制，且本人年纪也大了，也没有做皇帝的念头了，谢谢公使先生和贵国政府的好意。”

坐在旁边一直未开口的袁克定是深知父亲的为人的，人前演戏是他的拿手本领，对跟随自己多年的部下都难得说真心话，何况一个外国公使？日置益代表日本政府当面向他表明这个态度，此行的目的就已达到了，不必马上等他的态度。

袁克定含笑对日置益说："公使先生的友好态度很使我们感激，中国是应该多多向贵国学习的。公使刚才提出的建议，家父是会认真考虑的。"

日置益明白袁克定的话中之话，遂起身告辞。

送走日本公使后，袁氏父子俩促膝谈心。

袁世凯向儿子交了底："中国行共和制是不行的，必须行君主制，这一点我心里是明白的。但现在共和制已行了三四年，有许多人从中得了好处，若改变国体，会招致他们的反对。另外，我们有一个大敌人，那就是国民党。现在孙文、黄兴等人都在国外，他们随时都会伺机报复。不要小看了革命党，他们的力量很大。洋人，我和他们打了几十年的交道，深知他们的一举一动都是为了自己的利益，友谊之类的话都是假的，是引饵。日本公使的话不可全部相信。再说还有英、德、法等国，不知他们态度如何。国内各界的态度怎么样，你清楚吗？"

袁克定答："大致试探了一下，军政两界绝大多数人都盼望父亲早正大位。"

袁世凯含着雪茄想了很久，说："有两点，我要对你讲清楚。"

袁克定挺直胸脯说："哪两点？请父亲赐教。"

"第一点，此事急不得。"袁世凯深深地吸了一口雪茄，再缓缓地吐出来。"要先造造气氛。"

袁克定点头说："父亲指示得对。有贺长雄博士是日本最有名的宪政专家。他有一篇《论天皇制》在《东京日报》上登了出来，有人向我推荐，说此文对中国恢复帝制大有帮助。我准备叫人翻译过来，在国内几家重要的报纸上登一登。"

"哦，可以。"袁世凯的左手在沙发上轻轻地拍了一下。

"还有，美国著名政治学家古德诺博士下个月来中国。他是主张君主制的，我请他专门写一篇关于这方面的论文，也在报上登出来。"

"好！"袁世凯又在沙发上拍了一下。"古德诺是美国人，写这种文章比日本人更有说服力。不过，专用外国人不行，主要还得靠我们自己的人来做。"

得到了父亲的赞同，大公子兴趣大增："我想这事叫杨皙子去做。"

“杨度这个人书呆子气太重，何况他已改变了过去的君宪主张了，现在又退回去，也不知他愿不愿意干。”

“他愿意干。”袁克定兴奋地说，“杨皙子的书呆子气是重，但他的官瘾更重。我跟他开玩笑，说帝制成功了，让他做宰相。他这段时期真的就以房玄龄、杜如晦自居，好像已经做了宰相似的。”

袁世凯笑了笑说：“杨度聪明，但有点聪明过头了。情绪易波动，兴致来了，热得可以烧开一壶水；兴致去了，冷得可以结成一块冰。上次让他住进纯一斋，他以为是要当国务卿了，每天给我上一个条陈。后来菊人做了国务卿，据说他关门谢客一个多月。杨度用用可以，当宰相不行，他不是大器之材。”

“父亲教导得对。像杨皙子这样的人才多得很，哪里就真的让他做宰相了。”袁克定说，“父亲刚才说的第二点是什么？”

“第二点，我不出面，这事由你去办。不到万事俱备，我不会公开宣布接受帝制，而且我还得时常否认有帝制自为的想法。这点你明白不明白？”袁世凯盯着儿子问。

袁克定没有父亲纵横捭阖的才具和吃苦耐劳的习性，却学到了父亲机巧权诈翻云复雨的手段，对父亲的这第二点他心领神会，忙说：“父亲考虑得是。这件事，父亲完全不要出面，由儿子指使杨皙子、梁燕孙他们去办。到时候，父亲只管登上龙椅，接受文武百官的朝贺就行了。”

父子俩心心相印地谈了大半夜，为未来的袁氏王朝勾画了一幅美好的蓝图。

二　从秦汉到前清，哪个办大事的人不想做宰相

事情果然如袁世凯所料。不久，就是这个日本公使日置益，再一次面见袁世凯。这次他给袁世凯带来了一份礼物——他和他的政府所拟定的《中日友好条约》。

袁世凯将条约草本翻看了一下，条约共分五号。第一号四条，规定日本享受德国在山东的一切权益，其他国家不能再插手山东的事。第二号七条，规定旅顺、大连租借期和南满、安奉两铁路交还期均延九十九年。第三号二条，要求汉冶萍公司由中日合办。第四号一条，要求中国不得将沿海港口、海岸、岛屿租让给他国。第五号七条，要求聘用日本人充任政治、财政、军事顾问。全部条约共二十一条。

袁世凯看完这二十一条后，脸色大变。他清楚地知道，同意这个二十一条，就意味着同意中国沦为日本的殖民地而不再是一个主权国家，他自己就变成一个日本卵翼下的儿皇帝。

日置益从袁世凯的脸上已看出他内心的为难，微笑着说："大总统先生，日中两国亲善友好，这是贵我两国的共同愿望，但友好是要用实际行动来体现的。敝国政府将全力支持大总统先生在贵国恢复帝制，大总统也应该为敝国提供一些方便。倘若大总统不能签订这个条约，那只能说明大总统先生不要日中友好。如果这样，我们大日本皇军将奉命用武力来获取我们应该享有的权利。"

日置益的话再露骨不过了。假若不同意这个条约，不但不能取得日本对帝制的支持，而且还会导致日本向中国宣战。日本的军事实力，强大得连德国、俄国都不是对手，更何况中国！北洋水师全军覆没的前车之鉴，袁世凯记忆犹新，李鸿章正是因此而弄得晚景萧条。若是一旦再与日本开战，他苦心经营了二十年的北洋军队就将被日本彻底打败。没有了这支军队，他袁世凯将凭什么统治中国？他的仇敌国民党一个早晨就可以将他驱逐出中南海，把他五花大绑推上断头台。不能得罪日本！

袁世凯正想表示接受这个二十一条时，转而又想，如此自己不就变成出卖主权的卖国贼吗？千秋万代让后人骂自己是秦桧式的人物，也是极不光彩的。他将条约再看了一下，细细地想：一、二号的十一条都是前清签订在先，不过是转换国家和延长期限，罪过不大。第三号中日合办公司，不能算卖国。只是第四号、第五号中的八条有点太过分了，简直是将整个江山都交给了日本，这件事不能做。对，跟他们讨价还价，有限制地签订。

想到这里，他对日置益说："这是一件需要磋商的大事，请贵公使先和我国外交部商谈吧！"

正当日置益与中国外交部秘密商讨此项条约的时候，一家美国报纸获知这个消息，率先公之于报端。中国人民得知后无不义愤填膺，纷纷向政府提出严厉责问，并很快在全国发起空前规模的抵制日货运动，连北洋军内部也对此事表示不满，冯国璋联合十九省军事长官发表通电，请缨为国御侮。

袁世凯一面公开辟谣，一面绞尽脑汁，设想万全之策。他最后指示外交部将第五号七条与本项条约脱离，日后再议。第四号一条改为中国政府在"巩固国防建议案"中宣布。经过反复商讨，日本政府接受了这个修正案。五月九日这一天，算是中日双方都认定了这个“友好条约”。

先一天，袁世凯召集了政府高级官员们，把条约讨论的过程告诉他们。他在会上声泪俱下，一副万般无奈为国委曲求全的模样，表示决不做亡国之民，要求全体官员都把这次条约的签订视为中国的奇耻大辱，本卧薪尝胆之精神，做奋发有为之事业。会后，他又将这次讲话写成两道密谕发给各省文武长官，叫他们不要忘记五月九日这个惨痛的日子。又授意丁佛言撰写题为《中日交涉失败史》一书，印五万册秘密存放于山东。袁世凯对身边的人说，这次我们吃了大亏，将来翻了身，再公开发行这部书。

袁世凯的这番精彩表演迷惑了一部分政府高级官员，却没有得到中国人民的认可，大家都把五月九日定为国耻日，把袁世凯定为卖国贼。在日本的中华民国的真正缔造者孙中山，通过此事更加看清了袁世凯的真面目，他组建中华革命党来代替已经分裂的国民党，决心彻底推翻这个卖国的袁世凯政权。

在国内外中国人的一片指责反对声中，袁世凯反倒更认识到独裁专制的重要，他和一心要做太原公子的儿子心贴得更紧了，决定尽快推行帝制。

这时，美国哥伦比亚大学政治学教授古德诺在《亚细亚日报》上发表了《共和与君主》的论文，提出世界国体实以君主为优的论点，又着重论述了中国非行君主制不可的原因。一个实行民主宪政已有一百多年历史的美国政治学家，公然认为民主不如君主，这对刚刚离开君主尚只有三四年的中国遗老遗少们来说，无疑是一帖强有力的兴奋剂。一时便有不少人，或公开发表文章，或公开演讲，鼓吹还政于清室，掀起一股复辟清朝之风。

国史馆编修、王闿运在四川尊经书院的得意门生宋育仁在这股复辟风中最活跃。肃政厅的官员们弄不清这股风究竟源于何处，他们只得公事公办，上个建议，要求弹压复辟谬说。还政清室本不是袁世凯的意图，于是他把这个建议批给内务部查明办理。内务部便依令查办宋育仁，做出“议论荒谬，精神瞀乱，应遣回原籍，发交地方官察看”的决定。就这样，宋育仁被递解出京。

内务部调查处分国史馆的编修，居然连国史馆长也不打个招呼，令这位八十三岁的老人心里极不愉快。送宋育仁离京的时候，王闿运握着门生的手，老泪纵横，令所有送行的人怆然。王闿运由此而对袁世凯更增一分反感。

驱逐了宋育仁后，复辟风一时沉寂，报上又大谈起拥护民主共和来。袁克定见此情景不对头，给杨度出个“君宪救国”的题目，要他就此做一篇大文章。为便于更好筹办帝制，袁克定又送杨度一所房子。这所房子位于宣武门边的石驸马大街上，是上下两层的西式洋楼，很是宽敞阔绰。此时恰好黄氏刚生一个女儿，亦竹又挺着大肚子，即将临盆，家里又是请奶娘招呼，又是请裁缝给婴儿做衣服。静竹老病复发，医生也常来号脉送药。槐安胡同一片人马喧腾。杨度正思觅一个安静之处，遂欣然接受。

房间里的一切都布置得好好的，袁克定又将自己以前用过的一个漂亮小厮安排在这里，照顾杨度的生活起居。杨度觉得住在这里很惬意。他早就想写一篇大文章了。过去钻研多年的君宪，本就有许多话要对国人说，再加上这几年实行共和以来混乱的政治秩序，更为中国的君宪制提供了许多有力的反面佐证。无论是为国还是为己，作为一个研究有素的宪政专家，杨度觉得面对着中国国体这个大问题，自己应该有比洋人更为深刻透彻的分析。中国人对自己的国家选择何种体制都没有一份高水平的研究成果，还得仰仗洋人的鼻息，岂不可笑！

不过，杨度在酝酿这篇文章的同时也颇为脸红。自己虽然多年主张君宪，但在辛亥年那样一个关键时刻，又并没有挺身而出勇敢地捍卫这个真理，反而发表共和倡议书，又积极为袁世凯谋取民国大总统而奔走斡旋，从而招致别人的讥讽咒骂。时隔三四年，又改变共和的立场，重弹君宪老调，外间如何看待此事呢？不会说自己反复无常投机钻营吗？更有知内情的会说自己卖身投靠袁氏父子，甘为袁氏王朝的婢妾。想到这里，杨度不免又心虚起来。

他点燃一支洋式卷烟，又叫小厮给他倒一杯英国威士忌。他喝了一大口，将发虚的心强压住。心绪慢慢安定之际，他的脑子里再次浮现出碧云寺夜数罗汉的情景，浮现出明杏斋里师生对坐研究帝王之学的岁月，浮现出马王庙胡三爹的三次测字，他认为自己无论从才具，从命数，还是从机遇来看，都应有宰相之分。从唐内阁到孙内阁，之所以没有掌阁，乃是时候未到，时候一到必为宰相无疑。现在，应该说时候已到了。古往今来一切大事都是人做出来的，而人要做出大事，必须先要有其位，谋取宰相之位正是谋取为国家办大事的必备条件。有了这个位子之后，才可以从容施展自己的平生抱负和学问，将导致中国富强的宪政实行出来，将能执行这套宪政的人才起用出来，这不就是为国家做出了伟大的贡献吗？对于一个政治家来说，衡量他的价值，最终应当以他对历史做出的贡献为标准，至于这中间所使用的手段以及所夹杂的个人目的，是不应该作为主要的因素的。何况变更主张，其手段并不恶劣，至于想做宰相，这个目的也决不卑鄙。从秦汉到前清，哪个办大事的人不想做宰相？诸葛亮、曾国藩那样的圣贤都还想做宰相哩！

这样一想，杨度又想通了。他拿起笔来，郑重地将题目写好：君宪救国论。

"皙子，大作写得如何了？"袁克定满面春风地从外面进来。

"还没有动笔哩！"杨度指了指摊开在桌面上的稿子。"刚刚才把心里的结解开。"

"心里有什么结？"袁克定觉得奇怪。见小厮正给他端茶上来，猛然想起，心里说："是的，真正是我粗心了，世间的男儿都爱美女，像我这种爱俊男的毕竟不太多。我应该给他安置一个妙曼美女才是。"

他接过茶杯，笑嘻嘻地说："不要有什么结，安下心来写好这篇大文章，我再给你寻一个开心吧！"

杨度没有明白袁大公子的话中话，说："我已解开了，不必再寻开心了，我们来谈谈这篇文章该如何写吧。"

"我正是为这个而来的。"袁克定得意地说，"我昨天突然想到了一个好方式，这篇文章采用枚乘体如何？"

"你是说用答客问的形式来写？"

"正是的。"袁克定放下杯子说，"近来报上登的那些谈论国是的文章都是死死板板的，从开篇到结尾议论发到底，一副铁着脸皮硬着喉咙教训人的姿态，让人见了生厌，读来乏味。昨天偶读枚乘《七发》，顿觉兴味大增。我想，皙子就是今日的枚乘，也来做一篇《七发》吧。我做客，提问；你做主，回答。一问一答，把个君宪救国的大道理通俗地说透彻，如何？"

"太好了！"杨度兴奋得神采飞扬，刚才谢安式的宰相庄重弃之脑后，露出枚乘式文人的本性来，"就开始，就开始，提哪几个问题，你想好了吗？"

杨度忙提起笔来，正要写，又放下："芸台，你干脆坐到我对面来。"

"行！"袁克定高兴得一时忘记了大公子的尊严，自个儿端起椅子坐到杨度的对面。“我想好了几个问题，都是大家所关心的。没有提到的，你再补充。”

“好，你说吧！”杨度重新提起笔。

袁克定将思路略为梳理下，摇头晃脑地说：“我先这样问：皙子先生，民国成立迄今四年，赖大总统之力，削平内乱，捍御外侮，国已安定，民已苏息，自兹以往整理内政，十年二十年，中国或可以谋富强，与列强并立于世界吗？你就说：不然。若国家不思改弦更张，则富强无望。我再问：何以故？你再答：此乃共和之弊也。中国国民好名而不务实，辛亥之役必欲逼成共和，中国自此无救亡之策矣。我便惊问：何以如此？然后，你就将自己胸中的学问抖出来，大谈共和为何会使中国富强无望的道理。怎么样，枚乘老先生？”

“真有你的！”杨度大喜道，“我就这样回答你：共和以平等自由为基础，自由平等影响一切政治，尤以对军事影响最大。军事只能讲绝对服从，没有自由可言，一共和，则无强大军队，故强国无望。又共和将引起争夺大总统的动乱，数年一选总统，则数年一乱。国家一乱，富从何来？故共和富强无望。”

袁克定拍掌道：“答得好。我又问：那么共和立宪有望吗？”

“也无望。”杨度断然答，“中国人民智识低下，十成之中九成九的人不知共和为何物。中国百姓如同散沙，只有靠强有力的君主才能将散沙凝结起来。现在行共和制，中央无威望，官吏们皆存五日京兆之念。老实者但求无过，贪狡者乘机狗盗鼠窃以裕私囊。元首一职因常换人，故在位者亦无长久之心。这样一种泄泄沓沓的局面，何望能立宪？故立宪无望。”

“好啦，话说到这里就可以转弯了。”袁克定俨然一个老八股塾师似的。“共和否定得差不多了，下面再把君宪推出来。我来问：这也无望，那也无望，中国不就亡国了？你就答：不然，一行君宪则都有指望。”

杨度笑道：“正是这话，行君宪则国家有救了。中国数千年来政体皆为专制，但因为无好宪政，故积弱至此。此时若有英主出现，确立宪政，以与世界各国争霸，实空前绝后之大事业。那么此人即中国之威廉第一、明治天皇也。”

袁克定端起茶杯，一边饮，一边想。他想到自己的切身利益。“我再提一个问题：刚才说因为争夺大总统一位，国内将起战乱，现在约法规定大总统候选人已从三人之中挑一。如此则不应有内战。你如何回答？”

“这个也好答。”杨度不假思索说，“之所以定三人，就说明没有一个众望所归的人，若有，一人就行，何须三人？而我们现在放眼看中国，倘若大总统龙驭上宾，举世滔滔，还能再找出一个像大总统这样的人吗？没有一个这样的人，必然是你不服我，我不服你，三人之间必起争斗。历史上这样的情况多得很。而君宪则无此种现象出来。因为君王死了，只有太子即位。哪怕这个太子再不济事，但他身份所在，别人不敢觊觎。故皇位接替之时，国家大致安定，其原因就在此。所以中国一定要行君宪制，不能再行共和制。”

这几句话说到袁克定的心窝里去了，他霍然站起说：“皙子，这篇文章就这样写，我也不再提问了，下面由你自个儿提自个儿答吧！五天以后我来取。我相信你这篇文章必定会是一支百万雄师，将一切反对者镇压住，确保帝制顺畅通过。我一定为你在大总统面前请功。”

说完兴高采烈地离开了石驸马大街洋楼。

袁克定走后，杨度开始正式写作。他精神亢奋，思路泉涌，一肚子君宪学问，如同决堤的河水一样滔滔不绝地宣泄在纸笔之间。他把与袁克定的对答的几个问题加以拓宽掘深，以奔放而又严谨的文字将它们固定下来。然后再来几个一问一答，指出清室的立宪是假立宪，结果是悬立宪之虚名，召革命之实祸。民国初创的立宪完全操在民党之手，而民党之立宪也是假立宪，他们是借立宪为手段来达到革命之目的。又说，他与不少革命党首领交谈过，他们也认为今日中国人的智识程度不宜多行民权。既然如此，革命党是明知故犯，是欲借宪政来削弱政府的权力，使之不能统一全国，好为他们的第二次革命做准备。从南京政府取消到湖口起事，民党的一切行为皆是为达此目的。故前清之立宪弊在不诚实，民国之立宪弊在不正当。今后行君主立宪制，其立宪必要诚实正当。中国当今人民智识程度既然不高，则民权必然不可太大，要跟人民讲清这个道理。我们所奉行的应该是宁可少与，不可欺民。

杨度对自己所创造的“宁可少与，不可欺民”八个字十分满意。他认为自古误国者有两类。一类是腐败昏庸。这类误国显而易见，众皆愤恨。另一类是高调清谈。这类误国不大容易看出，有时还被认为是爱国。其实，将一种看似美好而根本不能实现的虚幻强加于国人的头上，只能使国人或坠入迷惘，或变为虚伪，其误国害民甚是不浅。

作为一个政治家，诚实最为重要，欺骗最为不道德。望着这个杰出的“八字”创作，杨度仿佛觉得自己是古往今来最诚实的政治家。他十分得意地挥笔完成了全文，然后痛饮半瓶威士忌，陶醉在自我设计的“君宪救国”的梦境中！

三 发生在云吉班里的风流壮举

第五天上午，袁克定准时来到石驸马大街，杨度还睡在床上没有醒。桌上摆着一大叠手稿，这就是分作上、中、下三部分的万余言长篇论文《君宪救国论》。袁克定没有惊醒这位宪政专家，拿起手稿看起来。

杨度的字习的是北体，厚实大方，虽是手稿，却并不难认，不到一个小时，袁克定就将文章读完了。“真正是绝妙好文！”他从心里发出赞叹。

在这位太原公子看来，要在已实行四年之久，得到举国响应的民主共和制下再来谈君宪救国，简直是一桩大难事。这篇文章若是由自己来做，不要说五天做不好，就是五十天也做不好。因为这不仅需要渊博的世界性的宪政学问，而且还要具备像战国时代的策士们那样的巧舌如簧的辩论技巧，而这两者自己都没有。

睡得正香甜的宪政专家，他鼻梁的端正，唇沟的深陷，嘴唇的棱角分明，似乎比往日显得更为突出。袁克定心里想：看他这个模样，不像一个奸诈阴险的人，让这种人做宰相，君王用不着担心被欺蒙架空。倘若真的有朝一日登基做了皇帝，也不妨叫他做一任宰相试试。

“芸台，什么时候来的？”杨度醒了过来，一眼看见袁克定正望着自己。

“我来了一个多钟头了，你睡得好熟啊！这几天辛苦了。”袁克定将父亲笼络人心的那一套学得精熟，说起这种话来，言辞、神态都能用得恰到好处。

“文章已打好了初稿，你先看看吧！”杨度边说边穿衣服。

“我早拜读完了，真是好极了！可以说是民国建立这几年来第一篇好文章。”袁克定把散在书案上的文稿亲手拢了一下，以示对它的珍重。“皙子，我明天叫一个抄手来帮你誊抄。先在报上登出来，再印一万份单行本，发给政府官员们人手一册。不过，今天不谈这事了，我要兑现那天说的话，要重重地犒劳犒劳你。”

“请我上哪个酒楼去吃饭？”杨度来了兴趣。

“吃饭还在其次，我要送你一件妙不可言的礼物。”袁克定眉飞色舞地说。

“什么礼物妙不可言？”杨度已穿好衣服，神采奕奕地站在穿衣镜边整理衣帽。

“上车吧！我在车上对你说。”

袁克定将杨度带上一辆精美的胶皮双轮车，这是他在城内使用的专车，里面铺垫得舒适豪华。车上，袁克定将礼物做了介绍，原来这礼物乃是八大胡同里新来的一名美妓。

袁克定虽然并不太贪女色，但却是八大胡同里的常客，花酒席上的佳宾。这是因为他的许多朋友经常泡在这座温柔窟里，而此处的老少女人们对这位京师第一公子殷勤献媚的水平，也大大超过了他家中的妻妾婢女。所以袁克定经常到这里来，一则会朋友，既说闲话，也谈政事；二则此处所特有的人间缱绻，亦能给他的心灵带来一种在别处得不到的舒坦感。

那天他看到杨度一人独处石驸马大街洋楼，就想到要给这位宪政专家觅一绝色青楼女子。他知道静竹、亦竹都出自八大胡同，料定杨度也有狭邪游之癖好，送这样一件礼物，是会得到非常感激的。

袁克定来到八大胡同，跟鸨母们打听。袁大公子要姑娘，哪个鸨母不来巴结，便都拖着他去看人。袁克定在几个胡同里转了十来个院子，看到的姑娘十之八九都平平常常，少有几个漂亮的，最后在云吉班里，他看中了一个十八岁的姑娘。姑娘是山东青岛人。青岛自古出美女，姑娘的确长得美，而且清纯雅洁，真像一支出污泥而不染的荷花，使那些浓妆艳抹、狐媚妖娆者在她的面前显得粗俗不堪。将这样的女子送给诗人才子，那真是天作之合。袁克定看好了，只要杨度满意，或包或赎，钱都归他出。

杨度一听，哈哈大笑起来。与他的风流老师一样，美丽的女人与宏伟的事业，在这位才子型政治家心目中从来都有同等的地位。他认为一个有学问有抱负又耽爱女色的男子与世俗间的嫖客是大不相同的。后者对女人，只把她看作玩弄的对象；而前者对女人，是把她作为情爱的伴侣。在杨度过去的岁月里，有两个他挚爱的女人。一个是至今仍瘫痪在床的静竹，一个是七八年来音讯杳然的东瀛女郎千惠子。

他爱千惠子的美丽、聪慧，在与千惠子相处的三四年间，他和她一直保持着最纯洁的友谊。正因为太爱她，而又不能娶她为妻，所以他不能刺伤她纯真的心灵。而静竹，则是第一个闯入他心中的女人。她以出众的美貌，超群的识见，使他倾倒，使他迷恋；更以她坚贞不渝的品格，使他爱怜，使他敬重。自从与静竹重逢那一天起，他就把静竹当作自己最亲爱的人看待。他对她的情感，要远远胜过发妻黄氏和如夫人亦竹。只是由于静竹的坚决拒绝，他才未与她正式拜天地，结为夫妻，然而在杨度的心目中，静竹才是他真正的妻子。至于静竹，则更是把杨度当作自己的整个生命。杨度对静竹又爱又怜又敬，他实在不愿意让她心灵上冷落孤寂。在静竹身体好的时候，他会到静竹的房里去，与她同床共枕，缠绵恩爱，静竹当然欣喜。亦竹也认为这是情理中事。黄氏进京后，得知静竹为丈夫苦苦等候十年终成痼疾的往事时，她明白静竹为自己的男人付出的有多大，她也同样怜她敬她，视她如同亦竹一样，对丈夫与她之间的关系也从不干涉。

杨度生活在这样贤惠通达的三个女人之中，感受到幸福满足。这些年来他从没有踏过八大胡同一步，也从不拈花惹草。此刻，坐在太原公子身旁的杨度，当八大胡同的旖旎香艳展现在他的眼前时，他仿佛看到了新朝宰相的尊荣重权也正在向他迎面扑来，他迷乱了，痴醉了，他的心飘飘荡荡地进入了另一个世界。

“袁大公子来啦！”当袁克定带着杨度刚踏进云吉班门槛，守门的老妈子便异常兴奋地喊起来。

“哎呀，大公子来啦！”班主翠玉急忙从屋里走出，满脸媚笑地说，“大公子，你终于来了，我家姑娘的眼睛都望穿了。”

又对着杨度说：“这位老爷就是您说的杨老爷吧！”

“是呀，是呀。”袁克定点头，“正是杨老爷杨皙子。”

翠玉两眼放射光彩，将杨度很快打量了一番，笑着说：“杨老爷，您真是一表人才，我家姑娘跟上了您，真正是她三世修来的福气！”

杨度见这个班主年纪在四十岁上下，浑身穿金戴银，耀彩发光，脸胖腰圆，只是五官倒也还端正，看得出年轻时颇有几分姿色。

翠玉将他们带进一间精致的雅舍，又是泡茶，又是上糖果瓜子，忙得脚底生风。

袁克定笑道：“别瞎忙乎了，正事都让你给耽误了，快叫姑娘出来吧！”

“好，我这就去叫！”翠玉说着，亲自出门叫去了。

袁克定对杨度说："云吉班你以前来过吗？"

"没有来过。"杨度说，"其实八大胡同我也只是十多年前来过一次，这些年虽住北京，一直没有来过。"

"噢，是的吗？"袁克定有点儿不大相信。"我告诉你吧，这云吉班目前是八大胡同里最叫得响的妓院。这里还有一位姑娘名叫小凤仙，人虽算不得特别美，但聪明可是绝顶的，尤其是歌唱得好，听她歌一曲，如同听仙乐。"

正说着，翠玉把姑娘领进来了。那姑娘对着袁克定鞠了一躬，娇娇柔柔地叫了声："袁大公子好。"

袁克定忙指着杨度说："这位就是杨老爷。"

姑娘腼腆地对着杨度笑了一下，也鞠了一躬："杨老爷好！"

杨度起身回礼，正眼看了一下姑娘。就这一眼，便被她吸引住了。这姑娘匀匀称称的，着一件浅绿色的上衣，笑时神态嫣然。杨度越看越觉得像初次见面时的静竹。时光仿佛倒退了十七年，江亭初会静竹的那一幕又出现在眼前。杨度不由得再看一眼：瓜子形的脸蛋，圆圆的眼睛，细细的眉毛，白白的皮肤。他突然又觉得这姑娘很像千惠子。十年前在东京田中寓所里见到千惠子时，她也正是这副模样。这时他恍然大悟，这姑娘之所以有如此的美丽，是因为她既有静竹的长处，又有千惠子的优点。杨度立时喜欢上她了。

老于观人的翠玉已从杨度的神态中窥视出他心中的情感，高兴得忙对姑娘说："坐下，好好地陪杨老爷说话，杨老爷喜欢你哩！"

又转脸对袁、杨说："二位宽坐，我去招呼厨房预备酒菜。"

姑娘挨着杨度坐下。

杨度问："姑娘叫什么名字？"

"富金。"姑娘略为娇羞地回答。

"富金！"杨度轻轻地呼了一声。"好名字，谁给你取的？"

"翠妈妈给我取的。"多说了几句话，富金不再羞怯了。

"多大了？"

"十八岁。"

杨度心想：正好跟当年的静竹一样大。问她："认得字吗？"

"认得几个字。"

这时翠班主进来，忙插话："富金不但认得字，还喜欢写字哩！"

"真的？"袁克定吃惊地说，"这么漂亮的富姑娘想来字一定写得好，拿来给我们看看，这位杨皙子老爷可是鼎鼎有名的书法家哟！”

“我去替她拿。”班主要讨好大公子，忙又起身出门，一会儿抱了一大叠纸来说，“这都是富金写的。”

袁克定和杨度一页一页地翻看。袁克定不懂书法，见一个妓女也能写这样规规矩矩的字，已是很不错了，一边翻一边说：“写得好，写得好。”

杨度细细地看着：字虽写得不太好，但一笔一画都还扎实，看得出是临过帖练过字的，难得一个沦落风尘的烟花女有这样的雅兴。他从心里赞道：“不错，不错，再练练就可以跟柳如是媲美了。”

富金不知柳如是是谁。杨度告诉她，柳如是是明末金陵秦淮河上的名妓，不独长得漂亮，诗词歌赋更是作得好，字也写得有功夫。富金重重地点了点头，表示记下了。杨度看出这是一个好学的女孩子，心里对她又添一分喜爱。

富金说：“杨老爷，您是大学问家，又是书法家，您送我一副联语吧，我的房间里正缺一副哩！”

杨度说：“好哇，写什么呢？”

富金托腮思考。

袁克定说：“就来个嵌字联吧，将富金姑娘的名字嵌进去。”

富金喜道：“那太好了！”

“行。”杨度满口答应，心里琢磨着怎么写。一会儿，他说，“拿纸笔来吧！”

富金忙回房拿来纸笔。杨度蘸上墨汁，在洒金玉版纸上写下两行字：我富才华卿富美，兼金身价断金交。

袁克定念了一遍，惊道：“皙子真有七步之才，一下子便写出两个‘富金’来！”

富金想：人家嵌字联只嵌出一个名字，这位杨老爷却同时嵌出两个名字来，真了不起，而且对联中还表示出对自己的看重。又见杨度长得仪表非俗，心里甚是高兴，便靠紧杨度，一边仔细欣赏，一边说：“杨老爷，您的字有北魏碑体的风味，您一定是临过很多碑的吧！”

一股淡淡的清香向杨度袭来，他的脑子有点儿晕晕眩眩的了，眼前的姑娘似乎比新朝的宰相更有吸引力。他抬起头深情地望了富金一眼，说：“你能看出我的字有北魏碑体的风味，可见你看过不少字帖。”

翠玉插话：“正是杨老爷您说的，我们富金姑娘的闺房里有一大堆字帖哩！其他姑娘没事时绣花说闲话，富金则有滋有味地看帖写字，好像要考翰林似的。”

翠玉说着大笑起来，富金也不好意思地笑了。

翠玉又说：“就这样，富金看字帖的事就传了出去，便有人来云吉班兜卖字帖，富金一见好的就买。有次一个客人说他家有一帖叫做什么《韭花帖》的，是真迹，要卖给富金，他开的价吓死人。”

翠玉停了一下，问大家：“你们知道他要多少钱吗？”

不等别人开口，她伸出三个指头说：“三万银圆。”

富金“咯吱”一声笑了，说：“这位先生以为我是大富豪，居然开得这样的口，我哪里买得起，我连三百圆都拿不出呀！”

袁克定不屑地说：“不要理睬，这些人都是骗子！”

杨度问富金：“富姑娘，你知道《韭花帖》吗？”

富金说：“我看过一篇介绍字帖的文章，说《韭花帖》是天下第五行书。”

“《韭花帖》的地位这么高，我倒是不知道。”袁克定惊道。又问富金，“排在它前面的四大行书是哪些？”

富金想了想说：“第一自然是王羲之的《兰亭集序》，第二是颜真卿的《祭侄稿》。第三、第四我记不得了。”

“第三是苏东坡的《黄州寒食诗帖》，第四是王珣的《伯远帖》。”杨度补充。

“是的，是的，还是杨老爷的学问大。”富金拍手称赞，以一个小学生似的纯真态度问杨度，“杨老爷，《韭花帖》我没见过，那位客人开的价那样高，我也不敢叫他拿出来看。您一定知道《韭花帖》为何这般珍贵。您给我们说说吧！”

袁克定也说：“皙子，你就说说吧，我也不知道哩。我只知道《兰亭集序》呀，《玄秘塔》呀，没有听说过《韭花帖》。”

翠班主也来了兴致：“一幅字帖值三万银圆，一定很不简单。”

杨度喝了一口茶，说：“这幅《韭花帖》是五代人杨凝式写的。他有一天午睡刚起来，觉得肚子有点饿。这时恰好皇上送他一盘韭花。杨凝式感激不已，随手写了一封谢折。谁知这封只有六十余字的短短谢折，后来竟成了传世之宝。”

翠班主“啧啧”两声后插话：“六十多字值三万银圆，一个字差不多值五百块银洋了。今天若再出一个这样的人，他赚的钱会堆成山。”

袁克定笑道：“这你就不知道了，写字画画这玩意儿，都是人死后才值钱，人若活着，他的字画就卖不起价。”

又转过脸对杨度说：“杨士琦早几天送我一幅中堂，夸口说，这幅中堂若拿出去卖可卖一千块银圆。我说值是值一千块，不过得有个条件。他问什么条件。我说你得赶快去死，死了说不定就可卖一千块银圆了。他听了我的话后哈哈大笑。”

众人都跟着袁克定笑起来。

“大公子的话是有道理的。”杨度继续说，“人死了，不能再有新的出来了，原有的就值钱了。越到后来流传下来的就会越少，那就越值钱。当然，本身要好，这是先决条件。这份《韭花帖》就恰好具备这两个条件。”

杨度又端起茶杯。富金起身，亲手拿起茶壶给他续水。她的柔如胰脂的手指碰着杨度的手背，杨度突然有一股浑身酥软的感觉，说起话来情致更浓烈了：“杨凝式是五代的名书法家，官做到少师少保，人称杨少师。为人狂放不羁，故又有一个绰号叫杨疯子。他的字写得好，但轻易不作。五代时战乱频繁，安心读书习字的人本来就不多，有大成者就愈少，即便有一些好字画，也遭战火焚毁，流传下来的极少。所以作为五代字的代表，杨凝式的字就显得愈加珍贵。杨凝式传世的字也仅只这幅《韭花帖》。到了宋代时，这幅帖就有很高的声望了。苏东坡称赞他的字笔力雄奇，有二王颜柳之余韵，为书中之豪杰。”

袁克定说：“既然这样珍贵，那就压点价把它买过来吧！”

杨度说：“就不知此人收藏的是不是真迹。”

富金说：“杨老爷，听人说名贵字画，后人都喜模仿，所以辨别真假最是困难。这个帖子是不是真迹，您怎样辨别呢？”

杨度尚未答话，翠班主坐不住了，说：“那个兜卖的人就住在这里不远，我打发人去叫他带来，请杨老爷来辨别。你们先坐在这里喝酒说话吧！”

袁克定笑着说：“早就该上酒了，你快去张罗吧！”

很快，一桌丰盛的酒席摆在雅舍里。富金趁着上菜的空隙回房换了装出来。只见她头上加了一支大号黄金凤头簪，上身穿一件黄地金花织锦衣，显得很有点儿珠光宝气。翠班主让富金陪他们喝，自己去安排人叫卖字帖的。

“杨老爷，我刚才问您的事，您还没回答哩。”富金一边给杨度斟酒一边说。

杨度望了望喝了两口酒后面孔微红的姑娘，觉得她真的就像一朵盛开的牡丹，脑子里蓦地浮起李白的“云想衣裳花想容”的名句来，眼前的富姑娘恰是一位百花想容的美人。她有一种静竹、千惠子所缺少的艳丽之美。如果说当年静竹、千惠子那种清纯之美，与胸怀大志而无官无爵的一介书生正好相默契的话，那么富金的这种艳丽之美，则恰好符合一心想佩相印握重权的新官僚的需求。

杨度将富金斟的酒一饮而尽，富金赶紧又给他斟上。他又端起一口喝下，富金却不给他斟了。

杨度问：“你为何不斟了？”

富金略带嗔容地说：“我怕你喝醉了，不给我说《韭花帖》了。”

杨度笑道：“这才喝了几杯，就醉了？我是武松，酒越喝得多，劲头越足。”

说着顺手抓着富金的手臂说：“快斟，快斟！”

袁克定见状乐道：“皙子是海量，喝不醉的。”

富金无法，只得给他斟上。他喝了一半，放下杯子说：“鉴别字画，这里的学问大着哩！你一时半刻也听不出个名堂来。只是这《韭花帖》的流传中有一段故事，所以容易鉴别。”

听说还有一段故事，大家都来神了。富金有意将凳子移过去，紧靠在杨度的身边，又掏出一条用浓香熏过的绣花手帕来为杨度擦嘴唇。

袁克定打趣道：“还没喝交杯酒哩，就这样亲热了，也不怕冷落了我！”

富金说：“我去把小凤仙叫过来陪大公子。”

袁克定忙摇手：“不要再叫人了，我是开开玩笑的。还是听皙子讲故事吧！”

杨度见富金对他格外的殷勤，一颗春心早已荡漾起来，含情脉脉地望了一眼又媚又娇又温柔的姑娘，神采飞扬地说：“五代结束后，赵匡胤坐了天下。赵匡胤是个莽夫，不喜欢字画，可他的儿子、有名的八贤王却酷爱与文人交往，对金石书法篆刻都有兴趣。杨凝式的孙子为讨好八贤王，将祖父的《韭花帖》送给了这位王子。八贤王一见非常喜爱，重赏了这个不肖子孙。后来八贤王的堂弟登了基，八贤王又将它作为贺礼送给了堂弟。从那时起，《韭花帖》就被锁进深宫，成为只能供皇帝一人赏玩的御宝。尽管王朝更替，都城迁移，《韭花帖》一直作为宫中珍品被很好地收藏着，后来传到清朝乾隆皇帝手上。这位乾隆爷是个文治武功俱佳的十全帝王。他爱吟诗作赋，一生写了十万余首诗。又爱书法，走到哪里就在哪里题字。因爱书法，便爱字帖。他在乾清宫里专辟了一间小房子，取名为三希堂。他常在三希堂里观赏临摹历代名家法帖。那时上书房里有个名叫蓝筠的翰林精于书法，专门替乾隆收管字帖。他最珍爱杨凝式的这幅《韭花帖》，久而久之，便起了窃为己有之心。”

富金听到这里，心头为之一缩，说：“皇上喜爱的东西，能窃为己有吗？他就不怕杀头？”

杨度说：“要是让皇上查出来了，不但是本人要砍头，而且还要株连到别人。这个蓝翰林当然明白此中的干系。他不能明盗，只能采取偷梁换柱的办法。他天天临摹《韭花帖》。十多年后，他临摹的《韭花帖》已到了形神兼备足可乱真的地步。趁着乾隆晚年不再常练字的时候，蓝翰林便偷偷地以摹本换下了杨凝式的真迹，把它偷运出宫，藏于自家。从那以后《韭花帖》又回到了民间……”

“杨老爷，收藏《韭花帖》的先生来了。”翠班主进来，打断了杨度的故事。

大家都转过脸来，只见翠班主身旁站了一个三四十岁的中年汉子。那汉子双手捧着一个薄薄的小木箱，颇有点派头地挺立着，并不向两位坐着的显赫人物弯腰打躬。

杨度问那汉子：“是你要卖《韭花帖》？”

那汉子答：“是的。我因做生意折了本，想卖掉它再起炉灶。”

杨度又问：“你的《韭花帖》是真迹？”

“当然是真迹。”那汉子不屑地说，“不是真迹，我敢开三万银圆的价吗？两位老爷想必是行家，你们可以鉴定。”

袁克定说：“把它取出来给我们看看吧！”

那汉子走前一步，将小木箱打开，从中取出一幅装裱得极为精致的字帖来。袁克定、富金、翠班主都围拢去看。

杨度仍坐着不动，继续问那汉子：“先生贵姓，你这幅字帖是从哪里得来的？”

那汉子回答：“我姓冯，这幅字帖是祖上传下来的。听先父说，家曾祖有个极要好的朋友。这个朋友晚年无儿无女，穷困潦倒，全靠先曾祖周济他。临死时，为感谢家曾祖，他将祖上传下的这幅《韭花帖》送给了先曾祖。先曾祖爱字画，懂得它的价值，珍藏在家中，不让外人知道。又叮嘱子孙，说这是传家之宝，不要轻易出手。我若不是走投无路，也不会三万圆就卖了它。”

杨度又问：“你知道你曾祖的那个朋友姓什么吗？”

冯姓汉子答：“听说姓蓝。姓蓝的祖上是翰林，所以家里有这东西。”

袁克定、富金一听“姓蓝”、“祖上是翰林”的话，便都会心地望着杨度一笑。

杨度说：“咱们看字吧！”

大家又都细细地看起来。这字帖为麻纸，长宽约在八寸左右，共七行，帖子的前后都盖满了各种各样大大小小的印章，有的已看不清楚，有的则清晰可辨。

富金端详了许久。字是写得好，但到底好在哪里，使得它有这么高的身价，她却说不出。她对杨度说：“杨老爷，你给我们讲讲吧！”

袁克定也说：“皙子，我不懂字，但我看王羲之的《兰亭集序》，一看就知道好，但这幅帖我看了半天，也看不出它怎么好法，你来启发启发吧！”

杨度笑了笑说：“《韭花帖》初看时，的确不能得其神妙，但越看越会觉得韵味无穷。我给你们略为说说吧！”

杨度右手食指在字帖上轻轻地指点说：“《韭花帖》首在章法好。书法上的章法基本要求是知白守黑，疏密有致。这幅字行距字距都较疏，但字体结构紧密。这是其一。另外，字本身也讲究虚实。比如说，‘寝’‘蒙’这两个字是上虚下实，‘翰’‘报’两字右虚左实，这种用白醒黑的手法，使全篇产生了一种开阔空灵的意境。”

富金按杨度的指点再来对照看时，果然觉得全篇疏密相间、虚实相生，意境真的显得开朗而灵动。于是忙点头说：“正是正是。杨老爷，经您这一指点，我是看出味道了。还有什么别的妙处吗？”

杨度见富金稍经指示便能入境界，很高兴，分析书法的劲头更足了：“《韭花帖》还有一个妙处，便是善于变化字的结构。包世臣说少师结字善移部位，他讲的就是这个结构变化。比如这个‘谢’字，是左中右结构的字，一般的写法是三部分均衡，而杨少师却把左边的

‘言’写得很大，占了一半的位置，而中间的‘身’与右边的‘寸’收缩得很紧，也只占了一半。这样，在打破均衡之后，变成了一种不均衡之美。这种不均衡，若运用得恰当，则比均衡更显得美。”

富金把“谢”字再细细地看了看后，拍手笑道：“果然这个‘谢’字比通常的‘谢’字要好看得多。《韭花帖》的味道真的出来了！”

杨度说：“还没有哩，你要将它置于案头上，慢慢地看它一年半载，才会体味出来。”

卖主一听这话，忙说：“这位杨老爷真正是法眼，把《韭花帖》的章法结构分析得再好不过了。的确，不要看它只有六十来个字，里面的奇奥无穷无尽，每天看它一遍都有新的收获。姑娘，你就买下吧！”

富金笑道：“看看罢了，我哪里买得起！”

杨度问：“富姑娘，你真的喜欢吗？”

富金说：“这样的宝贝，我怎能不喜欢？”

卖主见有了眉目，便说：“姑娘若真的喜欢，看在这位老爷是行家的分儿上，我少收二千，就作二万八吧！”

杨度说：“不要你少，就三万，我买了。富姑娘，送你做个见面礼吧！”

富金一听，瞪大了眼睛：“杨老爷，你不是说笑话吧，三万银圆买这帖子值得吗？”

“值得，值得。”杨度神态自若地说，“只要姑娘喜欢就值得。”

卖主大喜过望：“杨老爷，您是一个大豪杰，我冯某敬重您！”说着便向杨度深深地鞠了一躬。

袁克定心里也吃了一惊。连他这个挥金如土的大公子都觉得昂贵了，杨皙子的这个气概他简直难以想象。

话刚一出口，杨度便立即想到眼下手头还没有三万银圆的现金哩。但既已在心爱的姑娘面前说了，就不能反悔，现在只能拍电报去长沙，叫华昌公司速汇三万圆来。

杨度给卖主立下一张字据，叫他半个月后来石驸马大街取钱。卖主信任地留下了《韭花帖》。

富金这时才看出，眼前的这个杨老爷，真是个不惜万金买笑的伟男子。这一夜，杨度便宿在富金的绣房里。云吉班里的头号红牌姑娘，使出千万种风情来款待这位不平常的嫖客。

不久，杨度以三万圆买《韭花帖》送妓女的风流壮举便传遍京城，有人戏谑他为“杨韭花”，他也洋洋自得地接受了这个雅号。

后来，这桩风流壮举越传越远，终于传到了蓝翰林的家乡浙江金华县。蓝翰林的后人得知后哑然失笑。原来，蓝翰林当年冒着杀头之险偷出来的《韭花帖》一直珍藏在他们蓝家，传了六代而至今完好无损，杨度花三万圆买下的不是真《韭花帖》而是假《韭花帖》确凿无疑。蓝家后人写了一封信寄到石驸马大街，杨度看后也并不怎么后悔。他认为真真假假、半真半假、以假冒真的事世上多得很，全在于当事者如何看待。只要富姑娘相信它是真的，它便是真的，即便它千真万确是假的也无所谓。三万银圆买了一幅假字帖，而换来姑娘的一颗真心，这就值得！

杨度只要有空便去云吉班和富金相会，把云吉班看成是自己的家，至于槐安胡同那个真正的三代同堂的家庭，他反而淡忘了。前几天，袁世凯任命他为国史馆副馆长。能与老师一起长国史馆，杨度很得意。这天，他正在云吉班和富金打牌闲聊天，小厮余三兴冲冲地走进来，笑着说：“杨老爷，大喜了，刚才总统府来人，说总统给您颁了一块大匾，马上就会派人送来，快回去接匾吧！”

“真的？”杨度一跃而起，“咱们赶快回去！”

说罢连招呼也来不及打一声，便急匆匆地出了门。富金见他有了总统的匾便忘记了她，心里顿觉冷冷的。

四　袁世凯题赠的金匾高高悬挂在杨度的厅堂上

杨度刚回到石驸马大街洋楼，门外便响起“噼噼啪啪”的鞭炮声和“噹噹”的报喜锣声，接着是一队豪华的马车驶近。从马车队里相继走下政事堂左丞杨士琦、总统府秘书长张一麟、内史夏寿田等人。两名政事堂低级官员托着一块高约二尺、宽约四尺的亮堂堂的大匾。杨度站在大门口迎候，老远就看见了匾上四个錾金大字：旷代逸才。大匾再向前移两步，杨度又看清了左下角的一行小字：袁世凯题。“题”字下面还有一方端端正正的白文篆印。杨度知道这是袁世凯亲笔题赠的，心里欣喜异常。

杨士琦跨前一步，张一麟、夏寿田紧随在后，走到杨度的面前。杨士琦大声说：“国史馆杨副馆长接令。”

杨度一听，不自觉地双腿跪下，就像当年臣子恭接圣旨似的。

杨士琦展开策令，朗声念道："国史馆副馆长杨度多年来勤劳国事，研习宪政，于国于民，多有贡献。兹特授该副馆长勋四位，并颁赠'旷代逸才'匾额一方，以酬劳勚而策激励。此令。中华民国总统袁世凯。"

杨士琦念完后，弯下腰来双手扶起杨度，满面堆笑地说："晳子，恭喜你了。大总统亲笔题赠匾额给你，这在民国尚是没有先例的事。用一句前清老话来说，这真正叫做异数殊恩啊！"

说罢打着哈哈笑起来。

杨度望着杨士琦干瘦的黑脸上浮起的奸笑，想起他在袁世凯的面前进谗言，坏了自己国务卿美梦的往事，心里顿起厌恶，暗暗地说：杨士琦，想不到也有你到我面前来送匾的一天吧，有朝一日我做了宰相的话，连个侍郎都不会给你！

想到这里，他昂起头来傲然地说："杨左丞，辛苦你了，就请你将大总统的这方匾挂在我的厅堂正方吧！"

说完也不理他，亲热地和张一麟、夏寿田打起招呼来。

杨士琦心里虽不是味道，见袁世凯如此器重他，也不便得罪，便命令抬匾的人进厅堂挂匾。他略为坐了一下，自觉趣味不大，便拉着张一麟先告辞出门。杨度留下夏寿田，细问袁世凯赠匾的原由。

原来，袁克定将《君宪救国论》拿走后，马上呈送给父亲。袁世凯将这篇万言策论仔细地读了一遍，激赏不已。杨度说出了他心底里想要说的话。他要说的话，一则不能说出；二则也难以自圆其说。然而在杨度的笔下，理论充足，说服力强，堂堂皇皇一片为国为民的苦心，简直令人肃然起敬。他当即决定由段芝贵在武汉印二万份，装订成小册子，县以上的官员人手一册，并由政事堂发个秘密通令，命令他们好好研读，写出读后体会，上交给各省巡按使，由各省巡按使再将情况综合上报政事堂。为了表彰杨度所做的贡献，除特授勋四位外，袁世凯还亲笔写了"旷代逸才"四字，命政事堂制成大匾颁赠。

袁世凯自知书读得不好，轻易不舞文弄墨，但偶尔灵感来了，也有惊人之作。他在山东巡抚任上时，费县有个年轻的女子，过门不久丈夫便得了病，后来病势日趋沉重，只剩奄奄一息了。这个女子决定跟丈夫一起去死，便吞下金块。第二天女子死了，却不料丈夫从那天起病情大为好转以至于痊愈。这位年轻女子的事迹被乡民四处传扬，地方官又上报省城。袁世凯得知后也颇为感慨，心里寻思着要为她挂一块匾，遂叫身边的幕僚们拟字。幕僚们拟了三四条，都是些陈言套话，他不满意。最后，他自己提起笔来，写下“一死回天”四个大字。这四个字确实用得好，幕僚们都自愧不如。

袁世凯为颁赠杨度匾额的题字也想了很久。“旷代逸才”这四个字，既表达了他对杨度才学的高度赞赏，也甚合杨度此时国史馆副馆长的身份。

杨度望着经过修整加漆而变得颇为大方庄重的这四个大字，心情很是激动。他感激袁世凯对他的《君宪救国论》的高度评价，更从这种评价中看到未来的辉煌前景。前清时期臣子得到皇上封赏时照例要上谢恩折，而今的大总统很快就要变为皇上了，也应该以谢恩折来表达自己的一片忠心。想到这里，杨度提起笔来写道：

为恭达谢忱事。奉大总统策令：杨度授勋四位，给予匾额一方。旋由政事堂颁到匾额，赐题“旷代逸才”四字，当即敬谨领受。伏念度猥以微材，夙承眷遇，受命于危难之际，运筹于帷幄之中，愧无管、乐之才，幸遇于唐、虞之盛，谬副史馆，方惭溺职，忽荷品题，唯祓饰之愈恒，实悚惶之无地。幸值大总统独膺艰巨，奋扫危疑，度得以忧患之余生，际开明之佳会。声华谬寂，反躬自疚弥多；皮骨仅存，报国之心未已。所有臣感激下忱，理合恭呈大总统钧鉴。

写完后，他重读一遍，自觉通篇措辞得体，只是在“所有臣感激下忱”一句上停留片刻，最后还是将“臣”划掉，换上自己的名字。眼前不称臣，似乎更合宜些。

正在玩味之际，余三过来说：“有两位客人来访。”

“是什么人？”杨度随口问。

现在，前来道喜祝贺的人络绎不绝。聪明的人都知道，袁世凯这一空前之举，已将杨度抬到迈越一切人的地位上。杨副馆长的超擢已是迫在眉睫了。略知内情的人更清楚，杨度与袁克定之间有非同寻常的结合。这种结合，必将给未来中国以最大的影响力。所有这些人，都要赶在此刻奔趋杨府，为自己日后预留地步。想起前些年的门可罗雀到今日的门庭若市，帝王之学的传人更痛切地感受到权势的重要性。

五　孙毓筠为即将建立的机构取名筹安会

“皙子，老朋友来了都没有空见面了吗？”

还没等余三来得及回答，两位客人便高声说着话大摇大摆地走了进来。这两人，一个是孙毓筠，一个是胡瑛。

九年前，孙毓筠因人告密，被两江总督端方逮捕，杨度从东京寄来托保信。孙毓筠因此而感激杨度。辛亥革命爆发后不久南京光复，孙毓筠被释放，立即被安徽革命党人迎回皖省任都督。孙毓筠的皖督没有做多久便被免职。免职后孙毓筠来到北京，又在杨度的安排下和袁世凯见了面。袁世凯与孙家鼐很熟悉，一向对这位状元宰相表示钦佩。孙毓筠既然是孙家鼐的族孙，在袁世凯的心目中，他便与其他革命党人不同，又加之杨度从中关说，见面交谈之后，孙毓筠便取得了袁世凯的信任。约法会议成立时，袁世凯任命孙毓筠为议长，后又任命为参政院参政。去年，孙毓筠组织宪政研究会，致力于宪政研究，与杨度往来更为密切。

胡瑛在辛亥革命后自封湖北军政府外交部长。因为他为革命立过功，坐过牢，又口才极好，军政府对他的自封予以承认。于是二十三岁的胡瑛便成为中国有史以来的第一任外交部长。胡瑛做了革命政府的外交部长后却并不剪辫子，大家很觉奇怪，问他。他说革命尚未成功，我留下这条辫子大有用处，说不定我哪天去北京充当刺客还少不了它哩。南京临时政府成立后，孙中山任命他为山东巡抚。胡瑛乃一介书生，没有自己的军队，在山东待不下去，无奈只得交出鲁督一职。袁世凯把他召进北京，先任命他为陕甘经略使，后又任命他为新疆青海屯垦使，都是些徒有虚职而无实权的名目。胡瑛借考察日本垦政之名再次去东瀛。国民党二次革命时，他因在日本没有参与，袁世凯打发一个亲信到东京请胡瑛回国。胡瑛在日本也没有混出个名堂来，便回到北京再领新疆青海屯垦使虚衔。胡瑛回京时，杨度专门派人去迎接他。他们之间断了多年的友谊又续上了。

胡瑛尚不到三十岁，对这种身居高位而无实权的处境颇不满意，仍然渴望干一番轰轰烈烈的事业。孙毓筠虽年过四十，但他平生抱负极大，也不甘于此时名曰风光而实为寂寞的高级幕僚生涯。胡瑛和孙毓筠两人相同之处很多。除同为不满现状极思作为这点外，他们都是革命党元老，都为革命吃过苦，坐过牢，辛亥革命后都做过一省都督，又都没有参加国民党的二次革命。这些共同点使得孙胡二人成为新时期的知交。

他们常常在一起交谈，有许多共同的认识。他们都认为辛亥年的革命虽然把满人推翻了，但没有满人皇帝的这几年，中国并没有进步。革命党不能控制全国局面，被视为最有力量的袁世凯也不能控制全国局面。革命成功后，革命党内部分裂，党人争权夺利，曾使他们十分失望。而袁世凯当大总统的这几年，政治上的混乱，各省将军、巡按使的跋扈坐大，一点也不亚于满人当权的年代。革命前所盼望的民主宪政制度的建立、国家的安定富强，不是越来越近，而是变得越来越遥远模糊了。

冷寂的政治处境，再加上对国家的担忧，使这两个老资格的革命家心境颇为苍凉。他们都看出了眼下这个大一统局面的维持，全靠的是袁世凯个人的威望和他的铁腕，倘若袁世凯一旦死去，国家便会立刻陷于群龙无首互不买账的分裂之中。热心国事，喜当天下大任的禀赋促使他们常常思考一个问题：如何才能防患于未然，到底用什么办法能使中国真正走上富强的道路？

前天，他们都得到了一本印装考究的小册子，这就是杨度所写的《君宪救国论》。他们认真地读完之后，都觉得杨度此时重提君宪救国旧话，并非完全没有道理。

近年来已成为宪政专家的孙毓筠深刻地认识到治理国家的关键，在于尽快建立完善的宪政制度，并且切实地遵循宪政制度办事。至于这个国家是民主制还是君主制，并不是关键。也就是说政体才是一个国家的实质，而国体只是外在的形式。选择哪种形式作为国体，则要依据这个国家的国情而定。中国实行了两千多年的君主制，老百姓习惯于在真命天子的神圣光环照耀下过日子。这种国情与日本最为相似，故中国最宜学日本的天皇制。共和以来的各种混乱，恰恰证明失去神圣天子后百姓心态的不平衡。

孙毓筠的这个观点得到胡瑛的赞同。两位革命家一致认为，辛亥年的革命也是对的，没有错，因为这场革命把满人推翻了。满人不能再做汉人的皇帝，这是全国人民的心愿。如果还是由满人做皇帝领导宪政，这个宪政是不能建立的，因为人民在情绪上不能接受。要实行君宪制，这个君王也只能由汉人来做。

昨天，由袁世凯亲题“旷代逸才”的匾额颁赐到杨府的消息传开后，长期活跃在政坛的两个朋友已看得非常明白了：杨度的这篇大作是奉袁世凯之命而写的，所谓的君宪救国，其实就是由袁世凯做皇帝来救国。

既然中国宜实行君宪制，既然这个君王只能由汉人来做，那么环顾当今天下，除开袁世凯，还有谁够资格充当这个角色呢？他们决定在事情尚未完全明朗的时候，便去表示自己的支持态度。他们相信，凭着自己革命元戎的身份，既可以使恢复君宪这个设想得到大多数曾拥护革命的人的理解，又可以在君宪制建立后取得新朝的重要位置，改变眼前冷落的政治处境，而在自己取得高位实权后，又势必能为宪政的建立做出重大的贡献。于国于民于己都有利的事，为什么不干？

杨度正思量着如何报答袁大总统的破格褒奖，并尽快地把袁氏王朝筹建起来的时候，得到这两位资格又老功勋又大的革命家的支持，他心里该有多么的高兴。他突然想到，应该赶快建起一个机构！

“就叫做筹安会吧，取为国家的安定筹谋划策之义。”孙毓筠兴奋地说。

“行，这个名字好！”杨度立即赞同。

胡瑛也表示同意。

杨度思考片刻后又说：“这个会仍按我过去倡办的国事共济会、共和促进会的形式来办，即进行学术性的讨论，号召全国关心国事的人来探讨究竟是民宪好还是君宪好。我们当然是主张君宪的，但也要容许别人发表不同的意见。”

胡瑛说：“既然是学术讨论会，那还得请一两个有名望的学者来参加。”

“经武说得有道理。”杨度点头，又问孙毓筠，“少侯，你说呢？”

孙毓筠说：“应该，应该。”

胡瑛说：“当今最有名望的学者，首推严几道先生，而且他多次说过中国不宜共和的话。”

“严先生如能参加，自然会给筹安会大为增色。”孙毓筠说。

“还有一个人，此人名叫刘师培。如果他也能参加，那筹安会的学术味会更浓。”

刘师培虽只有三十一二岁，却是一个声名久播的人物。刘师培字申叔，号左盦，江苏仪征人，从他曾祖父那代开始世代治《春秋》《左传》，又研究训诂音韵。到了刘师培的手里，这两门学问的研究达到了集刘氏家族大成的地步。他十九岁中举，曾充任学部咨议官。刘师培醉心种族革命，曾改名光汉，在报刊上发表过许多排满的文章，影响很大。他参加过光复会，与蔡元培、陶成章、章太炎的私交都很好。一九零七年，刘师培夫妇东渡日本，一起参加了同盟会。后来又转而信仰无政府主义，再后又与两江总督端方搭上了关系。第二年，刘师培夫妇回国，端方聘请他为两江督署文案兼三江师范教习。端方奉命赴四川镇压川民的保路风潮时被所统士兵枪杀，刘师培则为资州军政分府拘留。

辛亥革命成功后，章太炎发表保刘宣言，称他为方孝孺式的读书种子。蔡元培亦发表赦刘通信，赞扬他学问渊懿，通今知古。于是孙中山致电资州分府，叫他们释放刘师培。刘师培被释放后，立即受山西都督阎锡山的聘请充当晋署顾问。阎锡山又向袁世凯保举，袁世凯便邀刘师培进京，任命他为教育部编审，参政院参政，授为上大夫。刘师培从资州被释后便倾大力于学问，著作一本一本地出版，成为京师著名学者。

孙毓筠补充："我在端午桥督署里多次与刘申叔谈过话。此人虽不修边幅，又性情偏激，但学问真的做得好，我很佩服。"

杨度对孙毓筠说："那好，你既是申叔的老朋友。他那里，就由你去说。严几道先生那里，我去征询意见。"

胡瑛说："我也有一个朋友，湖南安化人。上海光复时做过淞沪总司令，民国成立后，孙先生又任命他为光复军北伐总司令。"

"哦，我知道，你说的是李燮和。"孙毓筠插话，又问胡瑛，"他现在也在北京吗？"

"他正在北京赋闲。"胡瑛说，"前几天我们还见过面，他对我发牢骚，说现在是谁也不服谁，还不如再捧出一个皇帝来，反而服帖了。"

大家都笑起来了。

"这是英雄所见略同。"杨度说，"这样说来，李柱中那里，就归经武去联系了。"

第二天，杨度将与孙毓筠、胡瑛发起建立筹安会讨论国体的想法告诉了袁克定。袁克定很支持，并表示立即上报总统，又说三个人少了，还要多联络几个志同道合的同志。杨度又提出了严复、刘师培、李燮和。

袁克定说："这三个人都是有影响的人物，尤其是严复，若能把他请来，你们这个筹安会的名望就会大为提高。不过，这老头子性情既高傲，脾气又古怪，只怕是不大好讲话。皙子，这可就要看你的本事了。”

杨度说：“我从未与这个老头子打过交道。我也听人说他自视甚高，认为自己是当今中国第一号西学人才，包括张香涛、郭筠仙、王紫诠、郑陶斋等人都不能与他相比。”

袁克定说：“此老脾气也怪得很，最喜欢与人抬杠。大家都说东，他就偏说西；待到大家都说西了，他又偏要说东。”

杨度笑了起来。

袁克定接着说：“就拿他与家父的关系来说吧！家父在直督任上时，他在北洋水师学堂任总办。家父看重他的西学，想延揽他进直督幕府。他却说，袁某人算什么，他怎么配延请我！此话传进督署，大家都很气愤，倒是家父度量大，说自古来才子都有几分狂妄，我也不跟他计较。那一年家父无故削职，举世都是攻击，他却盛赞家父是国家的栋梁之才，清廷此举乃自毁长城。家父知道后说，又陵先生此时能说这样的话真不容易。待到民国成立，革命党要推举家父做总统时，他又发怪论了。说家父练军纪律不严，没有练出一支强大的军队，只养出一批骄兵悍将，又说家父无科学头脑。民国二年宁赣作乱，黄兴、李烈钧对家父发难时，他又说话了，说当今之世，平情而论，只有袁某人能当元首，别人还坐不稳哩！你说这老头子怪不怪？”

杨度笑着说：“是个大怪人，不过也是一个大直人。他说大总统培养了一批骄兵悍将，这话也不错，冯国璋、段祺瑞这些人也的确是悍将。”

袁克定素来讨厌冯、段，他对这话没意见，便说：“所以总的来说，家父还是很看得起他的，你一定要把他延揽进来。”

为了投合严复的脾性，也为了不在他的面前说外行话，杨度把过去读过的严译名著《天演论》《群学肄言》《原富》等又重新翻阅了一下。又找出一些十多二十年前的旧报纸，如《直报》《国闻周报》《新民丛报》等，将严复发表在这些报纸上的文章泛览了一遍。准备充分后，杨度穿戴整齐，去国子监周学胡同严宅游说这位又陵老先生。

六　严复说华风之弊，八字尽之：始于作伪，终于无耻

在中国近代史上，严复可算是一位有着重要地位的人物。他是福

建侯官人，祖上世代业医。十四岁父亲病故，家贫不能再读书，遂去报考沉葆桢创办的福建船政学堂，以第一名的成绩录取，被目为神童。四年后毕业，被派往军舰上实习。二十四岁那年，他和萨镇冰、刘步蟾、方伯谦等三十人一同被派往英国海军学校留学。三年后回国，被李鸿章调到天津，任教于新创办的北洋水师学堂。在该校先后任总教习、会办、总办等职整整二十年。

庚子年，严复避八国联军之难去上海，参加了由唐才常等人发起的保国会，并担任副会长。以后历任京师大学堂附设的译文局总办、复旦大学校长、教育部名词馆总纂。辛亥革命前一年，清廷赐严复文科进士出身，又赏海军协都统衔。民国成立后，袁世凯先后任命他为京师大学堂总办、总统府高等顾问、约法会议议员、参政院参政。

严复的最大功德是翻译了以《天演论》为代表的一大批西方名著，把“物竞天择”“适者生存”等一整套西方理论引进中国，对中国思想界有着振聋发聩的作用。当时几乎所有有志之士都如饥似渴地阅读严译名著，这些译书使他们的视野为之开阔，耳目为之一新，生气勃勃的西学知识给了他们认识中国改造中国的最新工具。

中年时代的严复严厉地批判中国的传统学问和传统制度，但近十余年来他逐渐地改变了过去的偏激态度，对传统的学问和制度有了一个更高层次的认识。历世愈久，他对中国的国性民质愈看得深刻。

他今年六十三岁了，因患气喘病，常常住进洋人医院治疗。他身体虚弱，很长时间不能执笔为文了，通常的消遣是看书、打麻将。这些日子里，他寻思着要给儿孙留下一个遗嘱，将自己一生的摸索所得留给后人。

要留下的话很多。作为一个全面引进西学的思想家，一个曾经猛烈抨击中学的叛逆者，他认为首先要留给子孙的应是这样的信念：中国必不亡；旧法可损益，必不可叛。这个信念是他深研中国和外国、中学和西学几十年后所最终确立的，后人一定要记住，以免重走弯路。《天演论》的译者到了晚年却要立下“旧法不可叛”的遗嘱，看起来似乎不可能，然而它却真实地存在着。

盛暑来了，别人都觉得炎热难耐，严复反而比平时要舒畅点。气喘病怕的是寒冷，越热越不碍事。他把卷读了一会儿杜诗，忽觉自己也来了诗兴，便放下书，抽出一张水印花笺来。望着对面墙壁书架上摆着的一大排凝聚了自己毕生精力的西学著作，想起这些年来的国事蜩螗，晚年所面临的现实竟与中年时期投身翻译事业时的抱负相距是

严复像

刘师培像

章太炎像

如此的遥远，他真有点儿心血白费之感，本来略为宽松的心境又凝重起来。他沉思良久，终于写下一首七律：

四条广路夹高楼，孤愤情怀总似秋。
文物岂真随玉马，宪章何日布金牛？
莫言天醉人原醉，欲哭声收泪不收。
辛苦著书成底用？竖儒空白五分头。

他放下笔，把诗再念一遍，不觉轻轻地摇了摇头。

“爹，有人来访。”长子严璩走到父亲身边，随手递过去一张名刺。

严复看那名刺上写着：国史馆副馆长参政院参政勋四位湘潭杨度哲子。他把名刺往桌上一放，吩咐儿子：“你对他说我气喘病又犯了，不能见客，请他原谅。”

严璩知道父亲的脾气，不再多问，便出了门。

严复虽与杨度同处京师，同为参政院参政，却从未见过面。这是因为严复这些年来一直多病，深居简出，很少外出。袁世凯给他的职务，诸如高等顾问、约法会议议员、参政院参政等，他的态度是统统接受而不参与其事。不过对于杨度其人，他还是了解的。正因为了解，所以他对杨度没有好印象。倒不是他看不起杨度无才学，也不是看不起杨度辛亥年背弃自己过去的学说转而趋附时尚，严复本人也有过否定自我的经历，对此他可以理解。他是认为杨度太热衷于名位了，把权势看得太重了。

严复一生对名位权势很超脱。戊戌年，他对康梁的维新变法是支持的，并当面向光绪帝直陈变法自强、出国考察的建议，但政变后祸未及于他，他依然做他的天津水师学堂总办。这原因是他未进入维新新贵们的官场。袁世凯罗致他，他不去，也是因为他不想与权位沾上边。杨度争当交通总长、想做国务卿这些事，严复都有所风闻。他觉得杨度与他走的是两条路，道不同不相为谋。

一会儿，严璩又进来说：“客人讲他有祖传秘方专治气喘病，请爹允许他进来见一面。”

严复为气喘病苦恼甚久，听说杨度能治病，马上改变了主意，要儿子让他进来。

杨度在客厅里刚坐下，见里屋走出一位皮肉松松胖胖、鼻梁上架一副金边镜片、嘴唇上蓄着一字形黑白相间短髭的老头子，便知道这就是名满天下的又陵老人了。他站起来恭敬地说："杨度拜见严老先生！"

严复随便挥了挥手，面无表情地说："坐下吧！"

什么寒暄也没有，待杨度刚一坐下，严复便说："杨皙子先生有治气喘病的祖传秘方，请说说，是什么方子。"

杨度其实根本没有什么祖传秘方，他只是借此进门，好与严复攀谈。他扯了一个谎："家母十年前也患有很厉害的气喘病，后经一个族叔的治疗，现在基本上断了根。这位族叔开的方子乃是我杨家祖传的，只因我不喜医道，故未详细过问。今日方知老先生您也有气喘病，我一定去把这个秘方讨来。"

"你的族叔在哪里？"严复见杨度自己并不知这个祖传秘方，心里已有三分不快。

"族叔在湘潭乡下老家。下个月我有一个亲戚要回湖南，我叫他带封信去，请族叔把秘方寄到北京来。"杨度煞有介事地回答。

严复心里想：这小子原来是在耍弄我，于是板起面孔说："这么麻烦，算了吧！老朽体弱，不耐久坐，杨先生见我有什么事，就请直说吧！"

杨度暗思：这老头子果然不大好打交道。他是早作了准备的，便压下心中的不悦，做出一副笑脸来说："也没有什么大事，只是最近又将老先生的译著《天演论》重读了一遍，依然如十多年前读时一样，触动很大，获益良多。"

到严复面前来谈读《天演论》《群学肄言》体会的人太多了，严复也听惯听腻了，遂淡淡地说："这都是过去的事了，老朽现在为病所苦，对此一点儿兴趣都没有了。"

"《天演论》的价值没有过去，它仍在启迪着关心国家命运的中国人。"杨度不为严复的冷淡而在意，兴致浓烈地说，"物竞天择，永远是宇宙间的真理，亿万年都不会变。我们中国人倘若自己不争气，最后也逃脱不了被淘汰的结局。最近我重读《天演论》，又加深了这个认识。"

见杨度的态度挺认真恳切的，严复不便立即下逐客令，只得敷衍两句："你是什么时候初读这本书的？"

"不怕老先生见笑，我读这本书已经较晚了。"杨度微微笑了一下说，"我是在光绪二十九年秋天第二次去日本时，在横滨梁启超寓所里读的。一读之后我就被它迷住了，与梁启超讨论了好几天。梁启超也是极佩服老先生的。”

严复欣赏梁启超，见杨度谈起这段往事，便问：“你是什么时候认识梁启超的？”

杨度答：“早在光绪二十一年，我在京师会试时参加了康梁发起的公车上书，那时就与梁启超结识了。光绪二十四年，梁启超来长沙办时务学堂，我又专去长沙看望他，还就《公羊传》中的一些疑问与之切磋。”

严复斜靠在红木圈椅上，头略微点了点。

“我今天来拜谒老先生，是想就《天演论》里的一个问题向您请教。”严复一副提不起神的样子使杨度颇为沮丧，倘若在以往他必定会立即告辞了，但眼下负有重大使命，不管这个老头子是如何的冷淡，他也要想办法使他变得热乎起来。他要将这几天钻研《天演论》的一个大发现说出来，他相信这一定会引起严复的兴趣。

若是十年前来家请教《天演论》，严复一定会很高兴地和来人高谈阔论，但这几年来，一则对世事的灰心，二则身体衰弱，严又陵先生对这种谈话并不热心了，他应付式地问一句：“你要谈这本书里的什么问题？”

“严老先生，我虽不懂英文，但我在日本读过日文的赫胥黎的这部著作，日文版的书名叫做《进化论与伦理学》，与您译的‘天演论’一名有区别。”

“你说得不错。”严复说，“赫胥黎这书的原名是日本人所译的这个意思。”

“我先前不理解为什么您用‘天演论’作为书名而不采用原名，后来我渐渐地明白了。”杨度黑亮的眸子放射着光彩，这情形颇像二十年前坐在东洲明杏斋里似的。“我后来读过达尔文的《物种起源》和斯宾塞的《群学肄言》，发现赫胥黎是一位忠诚的达尔文主义者，但他又与达尔文的思想有所不同。他赞同达尔文的自然规律，却不同意把这种规律引向社会伦理关系，他认为人与动植物有着大不相同之处。人能征服自然，人能胜天。而这一点，老先生您是不能全部赞同的，您更趋向于斯宾塞的社会达尔文主义，斯宾塞将达尔文主义普遍化。您对斯宾塞很崇敬，但又不能完全接受他的观点，因为斯宾塞的理论为一切侵略者的行为作袒护。您是一位真诚的爱国主义者，您译西人的著作，其目的是在于唤醒中国人，为了中国的独立和富强。您不能容忍列强侵凌中国瓜分中国的强盗行为。所以您最终还是更趋向于赫胥黎，把他的书译过来，并加上自己的按语，启示国人，又指出赫胥黎的不足之处。并有意不用其原名，也就是不赞成赫胥黎将自然界和人类社会分割开来，故用‘天演论’三字来包括这两部分的内容。老先生，我这个理解对吗？”

严复用心听完了杨度这段长篇陈述，心里暗自惊奇：《天演论》出版二十年了，不计其数的人和自己谈过这部书，但像杨度这样通过书名的比较来看出自己翻译过程中的良苦用心，并通过达尔文、赫胥黎、斯宾塞的比较来窥探自己思想的读者，还从来没有一个。这个杨皙子，真不可小看，难怪有这么大的名气，难怪他一心想当国务卿。看来此子不是凡才。

严复不自觉地将腰板伸直了一下，精神显然有所增加：“你刚才说的话有些道理。赫氏颠倒了一个本末关系。他认为人之所以相互结为群体，是因为人心善的原故。其实不然。人之相结为群体，是天择的结果。在漫长的岁月中，结为群体的人的力量增强了，就存在下来了。反之，不结成群体的人抵抗不住自然灾害，就淘汰了。在物竞过程中证明了群体的重要，然后才有巩固群体的道德观出现，即善心的出现。所以，竞争、优胜劣汰、适者生存的自然进化规律同样适用于人类种族和社会。不过，赫氏也有他非常可取的一面，即人毕竟还是有别于动植物之处，通过自立自强是可以改变现状的。所以我还是最看重赫氏这部书。”

得到了老头子的赞同，招来了他的兴致，杨度游说的第一步成功了。他有意再将老头子的兴致提高：“老先生，您能同意我的看法，这是对我的极大鼓励。我们中国人目前需要的正是这种认识，既看到优胜劣败的严酷事实，同时又要相信自己是可以转劣为优转败为胜的。我最喜欢《天演论》最后的那几句诗，您译得真是太好了。”不待严复的答话，杨度便自个儿背起来，“挂帆沧海，风波茫茫，或沦无底，或达仙乡。二者何择，将然未然。时乎时乎，吾奋吾力。不竦不怂，丈夫之必。”

这几句诗一背，果然大大引发了严复的兴头。毕竟是自己一生心血结成的最为得意的硕果，面前的这个后辈既对这部书如此的珍重，又有这么强的思辨能力。作为一个睿智而深刻的思想家，一个热情而冷静的爱国者，严复能拒绝与优秀后辈的深谈吗？他正要打起精神与杨度好好谈下去，却不料一阵咳嗽，使他的胸部又疼痛起来。严璩忙从书房里出来，帮助老父抚胸擦背。

杨度见状，忙起身说："老先生，我的秘方虽一时不能寄来，但我有一个医术极高明的德国医生朋友。我明天请他给您瞧瞧如何？"

严复信西医胜过信中医，德国医术之精是他素所佩服的，遂点头答应。

第二天上午，杨度通过袁克定，将袁世凯的保健医生德国人希姆尔博士请来严宅。希姆尔久闻严复大名，对他很尊敬，且两人又能用英文流利交谈，更增添了几分亲切感。希姆尔仔细地对严复进行诊断，给他打了一针，又留下一小瓶药丸，约定三天后复诊。

三天后，杨度又陪同希姆尔来了。希姆尔又给严复打了一针，又留下一小瓶药丸。就这样，杨度陪着希姆尔来了五次，给严复打了五针，吃下五小瓶药丸。严复的气喘病大为好转，精神也奋发多了。这次，他主动约杨度，愿与他做一次深谈。

杨度应约而来，严复亲自泡了一碗上等武夷岩茶招待他。

"老先生，二十年前您在《辟韩》那篇文章里说，苟求自强，则六经且有不可用者，况夫秦以来之法制。前两年您又积极提倡读六经。您为什么到了晚年又改变了中年时的看法呢？"寒暄几句后，杨度有意将话题引进自己所设下的圈套。

比起半个月前来，严复不仅气色好多了，而且兴致也浓烈多了。他爽快地回答了杨度提出的问题："二十年前，我看到西方文明进步的一面多些，对中国传统学问中的精微一面看得少些。随着时间的推移，尤其是去年欧洲爆发的大战，我愈来愈看清了，欧洲三百年来之进化，其实只做到'利己杀人寡廉鲜耻'八个字。再对照看看孔孟所倡导的仁义道德，在人格培养方面，西方和中国相比简直有天壤之别。西方在技艺方面的进步确乎大大超过中国，但他们忽视人格的培养，而人格的培养才是最重要的。我提倡读经，意在以孔孟之教来化育中国民众的人格。"

"哦，我明白了，老先生，您是把人格的培育置于技艺研习之上的。"

"对于个人而言，可以用'人格'二字来表明其人的特性；对于一个国家而言，数万万人合起来则形成一种特性，我近来用了一个名称来表达，叫做国民性。"

"国民性"，杨度掂量着这个新名词，觉得这三个字组合得很好。

“国民性即大多数国民所表现出来的一种共性。”严复补充说明。“我跟你说一件事。光绪三十一年，张翼以开平矿务局的讼事约我一起去了趟伦敦。孙中山先生那时刚好在伦敦，听说我来了，就来拜访我，跟我大谈排满革命。他把革命描绘成救中国的万应灵药，我不以为然。我说，以目前中国国民品格之劣，智识之卑，即使用革命来除弊病，从甲身上除掉了，又会在乙身上发生，从丙身上泯灭了，又会在丁身上出现。当今之急务不是革命，而是普及教育。教育普遍了，民品变优了，国家的面貌才会从根本上改变。孙中山先生说，俟河之清，人寿几何。你是思想家，我是实行家，我是决计要实行革命的。”

杨度插话：“巧得很，也是光绪三十一年，我在东京与孙先生也有一场辩论。孙先生主张暴烈革命，我主张渐次改良。孙先生主张民主共和，我主张君主立宪。我们辩论了三天三夜，谁也说服不了谁。老先生，听说您也是不主张民主共和的。”

“是的，我素来不提倡民主共和。”严复将头上黑白相间的长发用手指梳理了一下，说，“民主共和是要在一个国民性相当优秀的国度里才能实行得好。打个比方来说，人要长大了，成熟了，才能判别是非，独立办事。年幼时不成熟，没有独立处事的能力，就只能依靠有才干的大人来呵护，来指导。美国、法国这些国家国民性比较优秀，他们可以行民主。中国的国民性低劣，好比不懂事的小孩子，君王是带领他们的大人。故中国不宜行民主，只宜行君宪。”

见严复自己钻进了圈套，杨度很高兴，忙说：“老先生真不愧为中国人中的先知先觉，您真是把中国的国情看得入木三分。我一向主君宪制，辛亥年全国民情汹汹，都说要行民主共和，我那时拗不过大家，改变立场也主共和。共和实行了四年，国家没有起色，更谈不上立宪。袁大总统深谙中国民情，知民主不行，但又不能拂逆一部分人的好意，遂明行共和，暗取专制。这其实是在作伪。”

严复说：“二十年前我就说过，华风之弊，八字尽之：始于作伪，终于无耻。”

杨度忙说：“您概括得精辟。这样作伪下去最终必变为无耻。我和几个朋友商议，与其假共和真专制，不如干脆行真专制，摘掉民主的假面具，重行君宪制。”

严复吃了一惊：“你说什么？”

杨度说得更明白了：“我说我们主张改国体，变民主共和制为君主立宪制。”

严复摇摇头说：“这怕不行。民主共和制已行了四年，皇帝早已废除，这时又来再提君主立宪，岂不是笑话？国事非同儿戏，岂容一变再变。”

杨度说：“我们先在学术上研究，发动大家来讨论，什么意见都可以发表，赞成也行，反对也行，各抒己见。”

“在学术上讨论讨论，那倒不是不可以的。”严复拿起茶儿上的一把折扇，打开来轻轻地摇着。“我向来主张学术上要宽松。战国时期就是因为环境宽松，才有诸子百家出来，奠定了中国文化的基础。以后历代统治者钳制学术自由，文化上也就没有多大发展了。即使是民主共和制有千般万般好处，有人说它不宜，要行君宪制，也要让人家说话。”

“对，对，正是您这话！”杨度见谈话很投机，忙趁热打铁。“袁大总统很赞成我们组建一个团体来讨论国体问题，还特地说严又陵先生中西学问都很渊博，德高望重，一定要请他参加。我这是奉袁大总统之命，特来恭请您参加这个团体的。”

书生味十足的严复直到这时才明白，为何杨度过去从不往来，这段时期如此殷勤，原来是奉了袁世凯的命来请我参加他们的团体的。他心里颇为不快。倘若杨度不抬出袁世凯来，他或许会参加，现在他反而不愿参与了。

“这些事还是你们后生辈去弄吧，我今年六十三了，又衰病如此，怎么能参与？假设我年仅天命，又或者虽过花甲而未病，我跟着你们再风光一回，即使杀身亡家也无所谓。”

杨度说：“大家都说您是烈士暮年壮心未已。听了您刚才的话，我更有这种感觉。我们其实不敢多劳动您，只要您肯赏脸参加，赞同行君宪，就是给我们很大的支持了。”

严复不明确表态，却提出一个问题来：“你们要改用君宪，一定是心目中有了一个英明的君主。这个君主是谁呀！”

这还要问吗，这老头子是真不明白，还是故意装傻？杨度这样想过后，认真地回答：“当今中国，还有谁能坐这把黄龙交椅呢？当然是袁大总统了，这是天心所归民心所向的呀！”

严复的脸色刷地变了，坚决地说：“袁项城做总统还勉强说得过去，做立宪制的君王，他不够格。”

杨度没料到老头子会如此坚决地反对袁世凯做皇帝，愣了一下问："老先生，为什么袁大总统不能做皇帝呢？"

严复严肃地说："若是让袁项城做历史上的一般帝王也未尝不可，但现在要让他做立宪制的君主，他不是那块料。不是说他没有宪政方面的学问，那不要紧，你们这班子人可以帮他制定。我说的是他没有宽阔的胸襟和容人的气度。"

"袁项城不行，什么人行呢？"杨度试图以此来堵住老头子的嘴。

严复说："要说中国的皇帝料，上上之选是汉光武帝、唐太宗，降格以求，则曹操、刘裕、桓温、赵匡胤也还算可以，其他人就不配论了。"

杨度心里冷笑道：老头子说的这些都是不着边际的话。这等迂阔的人，想必也不能办成什么事，倘若不是看在早年的名声上，根本犯不着在这里磨嘴巴皮。心里虽这样说，口里的话还是客气的："老先生，您的话固然不错，但汉光武、唐太宗毕竟历史上不多见，宋、元、明、清都没有出过这样的皇帝，王朝也照样建立，照样巩固。何况许多人都说过，袁项城就是今天的桓温。按您的标准，他也可以做个中等君王，为何不可以辅佐他做个皇帝呢？"

严复冷笑："袁项城比起桓温来不啻差之千里！"

说着又摇起折扇来，一副十足的老名士派头。

杨度跟不少大名士打过交道，知道对付这种人一是捧，二是镇，双管齐下，方可奏效。

他于是挺直腰板，敛容正色道："严老先生，二十年来，随着《天演论》的广泛传播，您也名满海内外，千千万万有志于国事的读书人，从《天演论》中学到了许多古来所未有的新知，因而对您的崇仰，近世以来几无第二人可比。我当年在日本留学时，留学生们都说出国前所有的新学知识几乎都是从严译名著中得来的，又说无侯官严先生，则无中国之新学。于此可见您对中国的影响之大。"

杨度说到这里注意看了一眼严复，只见他停止了摇扇，脸上露出微笑。显然，他是爱听这种话的。

"严老先生，"杨度接着说，"中国之有立宪，完全是受西方的启示。中国要想强大，亦非得学习西方走立宪的道路不可，舍此别无出路。但不幸的是，四年前革命党惑于对中国国情的了解，大部分国民甚至包括袁大总统在内，出于对朝廷的失望和对革命党的信赖，匆匆忙忙地在中国选择了民主共和的国体。此国体实行了四年，有识之士都已看出它不符合中国的国民性，然既已实行，再要改变是非常困难的事，但我们几个人决定为了国家的长远利益迎难而上。老先生负西学泰斗之望，一言九鼎，且早已英明地看出中国不宜行共和。所以我们恳请老先生以国事为重，以自己的信仰为重，不嫌我们人微言轻，不惧世人不负责任的指责，参加我们发起的这个学术团体，并出任理事长，随时给我们的行动以指导。”

严复说：“老朽说话办事，向来只认真理不恤人言。明说吧，你们发起的这个团体，我并非不愿参加，只是我不愿意捧袁项城为帝。”

杨度心想，只要他肯列名筹安会便是胜利，于是说：“袁项城身为总统，多少人想巴结尚且找不到门路，您受他的格外器重，却不愿违心地讨好他。您的这种风骨令我钦佩。”

杨度再捧了严复一下后郑重地说：“老先生，请恕我说句直话，您若因为不同意袁项城为皇帝便不参加选择国体的讨论会，晚辈以为这与您几十年来以国家民族为重的一贯态度略有背离。中国应改变国体行君宪制，与拥立袁项城为帝是两回事。首先要解决国体问题，其次才来谈拥立谁为皇帝。国体的选择是个大是大非的问题，至于立谁为帝还可以再讨论。在大是大非上老先生一向态度分明，我们也希望老先生在晚年再为国家和人民做件好事，明确表示自己的态度，以廓清民众的疑惑而坚定智者的心态。定下君宪制后，我们再来商讨谁为君主的事。我看袁项城固然可成为候选人，孙中山、梁启超、黎元洪、徐世昌，甚至严老先生您，都可以成为候选者，到那时再取决于国民的公意。”

严复笑起来了，说：“皙子先生你真会说话，老朽连官场都不愿进，还想做皇帝吗？老朽最相信曹孟德那句话，做皇帝等于被架到火炉上受燎烤，那日子是绝对不好过的。当然，老朽不想做的事，天底下想做的人多得很，那时再看天命属于谁吧！”

杨度说：“老先生这话最是说得好，天命不可违。天命属于谁，我们就尽力拥戴他；天命不予，强推也是空的。”

严复说：“皙子先生，今天话说得很多了，我也累了，要休息了。你们如果硬要老朽参加你们的团体，那就列个名。不过我得事先声明两点：一是我决不做什么理事长之类的头领；二是你们开会也好，其他活动也好，我都不参加。这没有别的原因，因为老朽重病在身，无力应付，尚望各位见谅。”

杨度起身说："老先生肯列名，已是我们的光荣，也是国家的大幸了。至于其他一切，我们都完全遵照您的意见。"

七　梁启超公开宣布：复辟帝制一事，哪怕全国都赞成，我也断不能赞成

孙毓筠游说刘师培的事进行得十分顺利，几乎是一拍即合。刘师培是个聪明绝顶的人，也是个图实利不重节操的人。他在北京虽有许多头衔，却无一实职，著书立说又卖不了几个钱，经济上比较拮据。刘师培的老婆爱交际好打扮，花费很大，常抱怨丈夫没本事，使得她在人前人后无脸面。

刘师培这些年是够气沮的了。他十八九岁便投身政治，前前后后弄过不少名堂，先是醉心秘密暗杀，后来又参加革命排满，再后来又办社会主义讲习所，最后又鼓吹无政府主义，皆一无所成。他与别人共事也难以协调。他与章太炎因为既是革命者又是学问家，原本很好，后来因为章说了他老婆的闲话而两人闹翻了。他对孙中山起先很是尊敬，不久又参与倒孙活动，大肆对孙进行人身攻击。他很早就参加光复会，以后却又和光复会首领陶成章大闹别扭，甚至暗中对陶进行盯梢侦察。到了最后好不容易看准了端方，谁知端方死于非命，自己也冤里冤枉地被关了起来。

自认为负绝世之才，混迹政界十多年，却一无所得，眼见别人一个个高官厚禄趾高气扬，刘师培已够自惭了，经老婆这样一抱怨一奚落，他更加颓丧。孙毓筠一说起筹安会，刘师培立刻敏锐地意识到这是在为袁世凯做皇帝鸣锣开道了，而袁的皇帝是一定可以做得成的，到那时新朝建立，论功行赏，至少可以入阁做个实权在握的总长。刘师培满口答应。他只提一个要求：从筹安会开办费中预支五万银圆，他要用这笔钱去讨好自己漂亮的老婆。孙毓筠说这好办。刘师培便这样进了筹安会。

比起刘师培来，李燮和的进入，则让胡瑛多费了些口舌。

李燮和曾是一个勇敢的革命家和激烈的反袁派。早在十一年前，三十刚出头的湖南安化人李燮和参加了黄兴的华兴会。华兴会失败后，李燮和流亡上海，结识了陶成章，参加了光复会。不久李去了日本，在黄兴的介绍下加入了同盟会。刘道一等人发动萍浏醴起义时，李燮和与胡瑛、孙毓筠一样也回到国内，准备参与这次起义。起义很

快失败了，他辗转去了南洋。在南洋以教书为业，并在华侨中秘密从事反清活动。在陶成章掀起的倒孙风潮中，光复会南洋支部负责人李燮和也积极配合倒孙。广州起义中，李燮和捐弃前嫌，热心为黄兴募款，并回国欲参加起义。但起义旋告失败，他逃回湖南老家。不久武昌起义爆发，受黎元洪之命，他前往江南策划湘籍军警起义。

李燮和与上海青帮大头目陈其美一起发动上海起义。上海光复后，他被推举为起义军临时总司令。他原以为可当上沪军都督，却不料此职被陈其美夺去了。李愤而去吴淞，自称吴淞分府都督，不受陈其美的辖制。那时江苏一省同时出现五个都督。章太炎建议李去都督号，改称光复军总司令，李接受了。

南京临时政府成立，孙中山任命李燮和为光复军北伐总司令。那时正是南北议和之时，革命党中无论是同盟会还是光复会的首领们，都倾向于拥立袁世凯为推翻清廷后的民国大总统，独李燮和坚决反对。他在《时报》上发表一封给孙中山的公开信，指出革命党不应与北方停战议和，议和已使革命党内部出现了争权夺利的不良现象。此风若蔓延，将有可能使革命党重蹈洪秀全的复辙。李燮和还明确指出，从甲午之战、戊戌维新、义和团运动到目前的武昌起义，这一段历史已充分证明袁世凯是一个玩弄权术反复无常的小人，决不可信任。

然而后来时局的发展完全与他的愿望相反，孙中山退位，袁世凯当上了大总统，他的北伐理想也成了一场春梦。总司令当不成了，他再次回湖南。宋教仁血案后，他从湖南来北京参与调停。袁世凯聘请他为总统府高级顾问。

袁之不计前嫌的举动，使他颇为感动，孙中山的退位使他失望，黄兴、李烈钧的二次革命也使他失望。李燮和比较来比较去，还是认为袁世凯才真正具备干大事的气概，能够稳定中国局势的目前还只有袁一人。

胡瑛对他说起筹安会，准备再推出一个皇帝来，李燮和感到突兀，不想参与。后来想到，若是拥戴袁做皇帝成了功，向袁求个湖南巡抚，整个中国管不了，把家乡湖南按照自己的意愿来治理也不错。有个十年的时间，湖南一定可以治理好。

他把这个想法跟胡瑛说。胡瑛拍拍他的肩膀，笑道："老兄的胃口不算大，当个湖南巡抚是绝对没有问题的，包在我身上！"

但李燮和对袁世凯并不信任，要求袁给他一个十年湘抚的亲笔字据。胡瑛觉得为难，告诉杨度。杨度与袁克定商量。袁克定说我来替他写。于是袁克定给李燮和立了个字据，偷偷地将老子的印章盖上。李燮和得了这纸保证，放心了。他怀着做十年湘抚的美梦参加了筹安会。

现在是六个人了。孙、胡、李是民主革命的元戎转而支持帝制，这是有相当号召力的。严复是中国第一号西学大师，拥有千千万万的崇拜者，他也支持帝制，可见帝制应推行。刘师培的名声虽不太好，但他的学问大得很，如此大学问家支持帝制，可见帝制是有根据的，这些人袁克定都满意，但他还想再添一个人。此人便是袁大公子一向崇敬的梁启超。

梁启超的才气、学问、识见、资历自然是不用说了，除这些之外，他现在还是进步党的领袖，拥有一个实力很大的政党。若梁启超也支持帝制，那这个帝制是绝对无疑可以在中国恢复了。袁克定跟杨度商定后亲自给梁启超发出一封请柬：定于七月七日乞巧之夜在小汤山宴请文化界名流，恳请任公大驾光临，并有专车接送。

梁启超一向不大与袁克定往来。在他看来这位大公子并无真才实学，却又热衷政事，他心里有点儿瞧不起。但袁克定的特殊身份，又使得同样热衷于政事的梁启超不敢得罪。何况这次大公子出面是邀请名士饮酒谈风月，他怎好不去？

傍晚时分，德国小轿车载着梁启超来到小汤山，杨度出来迎接。自从袁世凯向杨度颁赐“旷代逸才”匾额后，梁启超更看出了杨度与袁家的关系。此时此地见到杨度，他并不觉得意外。刚进客厅，袁克定便出来热情地打招呼，大家坐下喝茶聊天。一会儿，一个服饰鲜美貌如倩女的男仆出来，请大家入席。梁启超有点儿纳闷：其他人呢？他们怎么不出来见个面打个招呼呢？来到后花园，只见花木丛中有一张圆桌，桌上已摆满了各种杯盘菜肴，桌边有三张高背红木靠椅。袁克定客气地请梁启超入座。

梁启超奇怪地问：“其他人呢？”

袁克定笑道：“没有其他人了，我只邀请你和皙子两人。”

梁启超想：皙子如今已成了袁家的人了，这么说来，他今夜就只邀请我一人了。这位芸台公子请我来做什么呢？

袁克定举起酒杯说：“今夜是七月七日，传统的乞巧日。月色明媚，风清气朗，二位都是当今的大才子，大忙人，平时难得有空，今夜我做个东请二位来小汤山休憩片刻，谈谈天，叙叙旧，也是一番人生美好的情趣。来，我们先干了这杯，再慢慢地边喝边聊。”

大家都一口喝了杯中的酒。

梁启超笑道：“大公子如此雅兴，真令人高兴。你的小汤山别墅我还是第一次来，楼阁如此精美，花园如此清幽，又配上这月色佳肴，今宵可谓良辰美景俱全。”

杨度说：“我与卓如有两次难忘的饮酒，一次是戊戌年在长沙，一次是癸卯年在横滨。”

梁启超说：“是呀，提起来仿佛如在昨天，却都是十多年前的旧事了。岁月过得真快呀！”

袁克定说：“二位是多年的至交好友了，但愿今夜是你们之间第三次难忘的饮酒。”

“只有在一起饮酒谈话，才最令人难忘。”梁启超说，“怪不得李白说古来圣贤皆寂寞，唯有饮者留其名。”

三人都笑起来。

杨度说：“我们前两次饮酒，蔡松坡都在场。这次芸台兄不知道，不然今夜也请他一道来就好了。”

袁克定说：“是呀，我可是不知道蔡松坡与你们二位还有这么一段情谊。不然的话，今天非把他请来不可。”

“松坡不善饮。”梁启超说到这里，突然想起了什么，略停片刻后说，“何况这些日子他心情不好，说不定请他，他也可能不来。”

“他遇到什么事了？”袁、杨一齐问。

“他们夫妻吵架了。”

袁克定说：“据说蔡夫人最是贤惠，她怎么会跟松坡吵架？”

“不但夫妻吵架，连母子都闹翻了。老夫人站在媳妇一边，指责儿子的不对。”

“这是为什么？”杨度放下了筷子，好奇地问。

“哎，这是松坡自己不检点。”梁启超以师长的口气说，“松坡过去一向持身甚严，不料进京后被一班子阔少带坏了，最近常常去八大胡同，说是给云吉班一个名叫小凤仙的迷住了。”

小凤仙交上了蔡锷，怎么没听富金说起过？杨度在心里说。

“哦，这真是新鲜事，想不到松坡这小子外表正正经经的，骨子里也懂风流。”袁克定乐道。他对此等事最有兴趣，且按下正题不说，先听听这段艳事吧！“任公，你是他的先生，他与小凤仙的事，你一定清楚。这里没外人，说出来给我们听听！”

梁启超点起一支烟，一只手慢慢地理着稀疏的长发，脸上微微地笑着。原来，蔡锷混迹八大胡同结交小凤仙，完全是他们师生共同策划的一场大戏的前奏。

蔡锷来到北京后，并没有达到袁克定和杨度所预期的效果，他遭到了北洋系权要的排挤，袁世凯也对他不太信任，虽处统率办事处办事员的高位，实际上并无一点儿权力。时间一久，他发现自己待在北京，如同一只被锁在金丝笼里的鸟雀，心中十分苦闷。梁启超很能理解这位抱负不凡的学生的心情，劝他毋烦毋躁，安心供职，等待时机。不久前，他得到了一册《君宪救国论》。读了这篇文章，再联系到京师其他动向，他已经摸到了当前政治的最敏感处。就在这个时候，梁启超也读到了《君宪救国论》。梁启超以他特有的敏锐，早在此文出来之前，便已从各种迹象中看出袁世凯有帝制自为的企图。今年春天，他回广东为父亲祝寿，回京时绕道去了南京，与冯国璋谈起这事。冯对袁想做皇帝的心思甚是不满，并表示，倘若袁做了皇帝，他们之间二十多年的交谊就算断绝了。从冯的态度中梁启超看出，袁一旦称帝，北洋旧系就会分裂。袁早已结怨革命党，之所以仍能站稳脚跟，就凭着北洋系。到那时，革命党就会以一个最好的借口来报昔日之仇，北洋旧人也不会支持，外遇强敌，内遭分裂，袁世凯还不彻底垮台吗？

师生两人在这件事上取得了一致的看法。梁启超为学生谋划：必须尽快离开北京这个是非之地回到云南去，但要袁放其出京，决不是一件易事，先宜以放浪形骸自甘堕落来消除袁的猜忌，然后趁放松戒备时伺机出京。于是便有了蔡锷逛八大胡同的事出来。

蔡锷结识了小凤仙后，发现小凤仙不仅色艺双全，且通情达理，善解人意，很多方面超过了自己的妻子。蔡锷爱上这个风尘女子，假戏真做起来。这样便招致了蔡夫人的不满，老夫人也看不惯。蔡锷不能向她们泄露天机，又想到借这个机会把她们逼回湖南去更好。自己孤身一人在北京，遇到合适的时候抬脚就走了，也省得有后顾之忧。

当梁启超看到今夜只有他们三人时，他便猜到了宴饮的真正目的，他正要借此模糊蔡锷的形象，为下一步的行动铺下道路，便笑了笑说："松坡本来对戏院妓寮从没兴趣。有一天几个朋友对他说，你住北京，不看京戏，不逛八大胡同，等于白住了。松坡到底年轻，血气正热，禁不起别人的诱惑，先是去园子里听戏，不料一听就上了瘾，赞不绝口，说京戏是最好听的音乐。那些朋友说，你去去八大胡同吧，去了你就知道，八大胡同的女人是最好玩的女人。”

袁克定禁不住插话：“松坡怎么看？”

梁启超答：“自从结识了小凤仙，他真的就完全赞同了这些朋友的说法。其实，这是他的见识不广。”

袁克定笑道：“正是的。咱们任公见的女人多了，自然不会像蔡松坡这样死心眼儿。”

一句话说得大家都笑起来。

袁克定无意中说了一句实话。一代人杰梁启超在这方面也并不是很检点的。流亡日本时，有几个既艳丽又有才情的东瀛女子倾慕他，常与他往来。近来他又与一个名叫花云仙的名妓关系密切。夫人比他大好几岁，对此事采取宽容的态度，所以夫妻之间从来没有发生过争吵。

见引火烧身了，梁启超忙转移话题。他望着杨度说：“晳子，我好久没有去看壬老了，听说他对国史馆不满意。你这个副馆长要好好相助恩师。”

杨度说：“湘绮师近来常发脾气，有两件事他最恼火了。”

“两件什么事？”梁启超问。

“一是许多人都要往国史馆里钻，或是托人关说，或是毛遂自荐，狗屁不通的人，一个个都自吹有马、郑之学，韩、欧之才，弄得湘绮师哭笑不得，说一个清华之地倒变成名利渊薮了。外面的人钻山打洞要进来，已延聘的一批编修却又不安心在馆里做事。因为财政部每个月都不按时拨款来，等到十天半月后来了，又总要短三成五成的。这便是湘绮师的第二个烦恼。他说编修们天天向他讨钱，好比县太爷向差役索求逃犯似的，八十多岁的人了，还受这个耻辱，何苦来着！”

湘绮老人这个自嘲的比喻打得新奇，把大家都逗乐了。

袁克定说：“我听人讲，国史馆的权都握在壬老的女仆周妈手里。晳子知道吗？”

杨度当然知道老师与周妈的关系，也知道周妈贪财好货的脾性，但他不能在外人面前说起这些有关老师的不光彩的事，便摇摇头答：“我这个副馆长只是挂挂名而已，从来不去，也不知究竟。不过，想必湘绮师不会让周妈插手馆里的事。”

梁启超笑道：“晳子不要为老师辩护了，壬老与周妈之间的关系，可是眼下京师文人们茶余饭后最为时髦的谈资啊！”

袁克定也听到了不少有关这位老名士与周妈的绯闻，但话题若转到这上面，只怕是说到天亮还说不完，煞费苦心地把梁启超请到小汤山，尽说些这种风流艳事，岂不是舍本逐末？必须就此打住。他举起酒杯，对梁启超说："不要难为皙子了。他一个做学生的，岂能议论老师的房闱之事？喝酒吧！"

又对杨度说："来，不要误了喝酒的大事。"

杨度明白，喝了一口后问梁启超："卓如兄，你近来在忙些什么？"

"还不是忙着为《大中华》杂志撰稿的事。"今年正月，中华书局筹办的《大中华》杂志出版，聘梁启超为总撰述，与之签订了三年的契约。梁启超估计袁克定会有什么事要他办，他是不愿卷入袁氏帝制自为的旋涡中去的，便预先打下埋伏。"陆费逵这人精得很，尽想从我身上多榨油水，稿子安排得紧紧的，弄得我一天到晚脱不了身。"

陆费逵是中华书局的总经理，袁克定、杨度与此人也很熟。

袁克定说："陆费逵前不久来约皙子写一篇关于国体的文章，眼下关于国体的事众说纷纭。"

"共和国体已实行四年了，不是很好吗，为何还要议论国体呢？"梁启超故作惊讶。

"共和国体虽已行四年了，但弊端丛生，有识之士皆认为中国不宜将共和制推行下去。"袁克定转脸望着杨度说，"皙子你是这方面的专家，你跟任公说说。"

杨度说："早在日本时我们一起研究中国的制度，大家都认为中国应向日本学习，走君主立宪的道路。想必卓如兄一定还记得。"

梁启超说："我一向是主张君宪制，不赞成革命的，这点与皙子的看法一致。但辛亥年革命成了功，共和制度既已建立，全国都接受了这个选择，我当然只能服从民意，故回国来相助大总统。皙子，你对共和的拥护比我积极得多哩，又是发表宣言，又是南北奔走，你是共和的功臣。"

梁启超有意点出辛亥年杨度的表现，杨度听了脸上一阵发烧，幸而月光底下大家都看不清。他喝了一口酒，压住心头的羞惭，说："我那年赞成共和，也是一时失了定见，随了大流。现在看来，共和实行了四年，正好反过来证明我们过去的主张是对的。"

梁启超做出一副诚恳的神态问杨度："请问共和制有哪些弊

端呢？”

杨度从口袋里掏出一本《君宪救国论》来递了过去：“我近日写了一本小册子，里面分析了共和之弊，君宪之优，还请卓如兄你巨眼纠谬。”

梁启超双手接过，装出从来没有见过的样子说：“皙子真行，什么时候写了这部大著，我得好好拜读。”

袁克定说：“还是皙子对国事研究得深，我从这本书里得到不少启发。”

杨度说：“共和弊病，简言之，一为不可能建立强大的军队，二为不可能建立有威权的政府，三为野心家开启了竞争最高首脑之门。总统选举之年，必将是国家大乱之年，数年一选举，数年一大乱，中国则永无宁日。第四，国家一乱则给外国列强干预中国提供了口实。”

“哦！有这样严重吗？我可没有想过哩！”梁启超像是自言自语。

袁克定望着梁启超说：“卓如先生，你是中国第一号政治学家，家父一向推崇你。今日请你来此晤面，也就是想当面问问你，你对当前的形势如何看，中国究竟宜行共和，还是宜行君宪？”

酒席吃到这个时候，主菜终于上来了。梁启超觉得这个态他很难表。他当然是反对推翻共和复辟帝制的，因为这是逆人心而动，必不会成功。但他又知道袁氏父子做皇帝心切，杨度也在一心谋取新朝宰相之位。此时给他们头上泼冷水，定遭他们的反感，万一像前向拘囚章太炎那样将自己秘密扣押，就会影响与蔡锷商定的大计。

想到这里，梁启超举起杯子放到嘴边，慢慢地说：“你们知道，我一向是研究政体而不甚致力于国体的。我认为一个国家的关键在立宪，真正有一个好的宪政，不论是共和制也好，君主制也好，都可以导致国家强盛；反之，若不能立宪，则无论哪种国体都是空的。目前中国的症结不在哪种国体，而在于速行宪政。”

袁克定逼问：“任公，你说说，欲保证中国速行宪政，是行共和制好呢，还是行君主制好呢？”

面对着大公子咄咄逼人的气势，梁启超颇难招架。他放下酒杯，摸了摸宽阔光亮的前额，看着早已变凉的满桌山珍海味，迟疑良久后说：“这样吧，我回去好好读读皙子的这本大著，然后我再公开表示自己的态度。”

“也好。”杨度知梁启超心里为难。他不想追逼，因为这不是一句口头上的承诺就可以起作用的。他对梁启超说，“卓如兄，近来我和严又陵先生、孙少侯、胡经武、李柱中、刘申叔几个人发起了一个研讨国体的学术团体，亟盼我兄也能参与。”

“行，行。”梁启超忙说。“皙子是提倡君宪救国的，又陵先生也公开说过共和制不宜中国，想必其他几位也是和你们持相同主张。我回去后一定细细读你的大著，如果你说服了我，我当然会参加你们的学术团体。你还记得那年在时务学堂的举杯明誓吗，只要有利于国家，我们都要互相支持。”

杨度笑道：“痛快！我一向知道卓如兄是一个痛快人，筹安会等着你来领导哩。”

袁克定知道再硬逼，梁启超也不会明确表示态度，他心里生出一个主意来：“春上任公回粤为令尊大人祝寿，据说寿典很隆重热闹，我事先不知道，也没有送礼，很是对不起。令尊高寿几何，身体想必很康健？”

梁启超说：“多谢大公子关心，家父今年六十六岁。托大总统洪福，身子骨尚好。”

袁克定说：“六六大寿，是人生一大喜事，我这个做晚辈的应当补礼。”

梁启超说：“不敢当，不敢当！”

袁克定起身走进内室，一会儿出来，手里拿着一张支票，对梁启超说：“这是一张二十万银圆的支票，请任公不要嫌少，就算我的一点儿心意。明年把老先生接到北京来住，我为他老人家祝寿。”

梁启超不料袁克定有此举，背上冒出一层冷汗，他收也不是，不收也不是，只得说：“大公子盛意我只领了，家父生日已过，就不必再破费了。若大公子执意要表示的话，待明年家父到了北京，我请大公子在小汤山别墅家园里办几桌酒如何？”

袁克定说：“明年的事明年再说。这张支票，任公务必请收下。”

杨度也劝梁启超收下，梁启超只得勉强接过。

这一夜，小汤山袁宅客房里，梁启超一夜没合眼。心里想：袁克定、杨度拉自己入伙的心迹已暴露无遗，贼伙不能入，贿赂不能收，而且还要在报上公开发表一篇堂堂皇皇义正辞严的声明，与他们划清界限，我要做顺应时代潮流的功臣，决不做倒退复辟的罪人。

第二天一早，梁启超将二十万支票扔在枕头上，然后坐上德国小轿车回到城里。他在天津有一座宽绰的洋楼，当天下午，便带着家小离京去了天津。

几天后，梁启超一生中最为光彩的文章之一《异哉所谓国体问题》在《京报》上赫然登出，力斥帝制之非，表示即使四万万人中三万万九千九百九十九万九千九百九十九人赞成，他一人也断不能赞成的斩钉截铁的坚决态度。同时又发表一篇《上大总统书》，规劝袁世凯决不可行帝制做皇帝，否则背信弃义，必为友邦所讥，为国人所诟。但愿袁以一身为开中国将来新纪元之英雄，不愿袁以一身作中国旧奸雄之结局。

《异哉所谓国体问题》及《上大总统书》两文如同两颗重磅炮弹炸在中国政坛上，在全国各地引起惊天动地的轰鸣。冯国璋特地从南京赶来北京，当面问袁世凯到底有没有改国体自做皇帝的打算。

袁世凯断然否定，十分诚恳地说："华甫，你我都是自己人，你还不了解我？我是绝对不会做皇帝的。你想想看，我如今和皇帝有什么区别？说穿了，做皇帝无非可以传子孙，而做总统只一代为止。我根本没有把位子传下去的想法。我的长子是个残废人，六根不全，还能登九五之尊吗？老二想做名士，只好吟诗作赋，给他个排长我都不放心，还能把国家交给他吗？老三是个土匪，老四是傻子，老五只够做个教书匠，其余那些儿子都年幼不懂事，哪一个都不是管理国家的料子。华甫，你是读书人出身，应该知道中国历代的帝王家都是没有好下场的。明崇祯临死时愿世世代代不投生帝王家，是所有末代王朝皇帝的心里话。我每读史至此都很恻然。我今年五十七岁了，我袁家从曾祖开始，连续三代没有人活过六十岁的，我还有几年在世上可活，我会将这份罪孽留给子孙吗？"

冯国璋说："总统说的是肺腑之言，只是将来您功德巍巍，到了天与人归的时候，推也推不掉。"

袁世凯坚决地说："我决不会做那种傻事。我有一个儿子在英国伦敦读书，我已叫他在那里置一点儿产业。如果到时有人硬逼我做皇帝，我就出国到伦敦去，从此不问国事。"

冯国璋见袁世凯说得如此恳切，就不再说这件事了。

袁世凯拍拍冯国璋的肩膀，亲热地说："华甫，你现在中匮乏主，我家里的女教师周砥学问好，人品端正，正好做你的内主，只是已过了三十，年纪稍大点儿。你如不嫌弃的话，就娶过去吧！"

冯国璋早就听说袁府内眷有一个长相好文章也做得好的女教师，他去年死了太太，也是需要一个主妇，听了袁世凯这么一说喜不自胜，满口答应。冯国璋离开北京后，逢人便说袁项城一定不会做皇帝，现在有人提倡君宪救国，那不是他本人的意思。

袁世凯打发冯国璋后，随手批了一张八十万圆取款单作为筹安会的开办经费。梁启超和进步党的反对并没有起什么实际作用，袁克定和杨度依然我行我素。

八月的京师秋高气爽，正是一年中最好的时节。这一天，“筹画国家治安会”的招牌，正式在石驸马大街洋楼大门上悬挂起来。有袁大公子的暗中支持，有八十万圆巨款作为后盾，筹安会的成立仪式举办得隆重而气派，不仅杨度本人过去所发起的“国事共济会”“共和促进会”不能望其项背，就连这些年来京师商界的集会也远不可比拟。政事堂以下各部各院各局无一缺漏地送来了贺匾贺联，张作霖、倪嗣冲、段芝贵、阎锡山等一大批拥有实力的地方军阀都打来了贺电，前来祝贺的达官贵人、巨商富贾，各界名流、报刊记者络绎不绝，把个宽阔的石驸马大街堵得水泄不通。特为从长沙前来就职筹安会办事处主任的方表，指挥一个庞大的招待系统应付各方来客，忙得团团转。除严复外，筹安会发起人中的其他五位都出席了成立仪式，在一片热气腾腾中接受大家的恭贺。

下午，春华楼、京华楼、萃华楼三家酒楼全部被筹安会包了下来，各路嘉宾在这里品尝荟萃了全国各地特色的珍馐美食，在觥筹交错醺醺欲醉之中高谈共和制的不适宜、改行君主制的必要和紧迫。入夜，大家又都涌向吉祥戏院，京师时下最走红的花旦鲜灵芝主演的《玉堂春》吸引了满座酒醉饭饱的看客。诗癫易哭庵多次带头鼓掌喝彩，时不时地站起来高喊“干娘”“干娘”的，出尽了风头，招来众多的笑骂戏谑，也使筹安会成立之日的兴头达到了沸腾的顶点。

第二天，京师各大报均以头版头条位置发表《发起筹安会宣言书》。宣言书一打头便说：“我国辛亥革命之时，中国人民激于情感，但除种族之障碍，未计政治之进行，仓促之中制定共和国体，于国情之适否不及三思。一议既倡，莫敢非难，深识之士虽明知隐患方长，而不得不委曲附从，以免一时危亡之祸。故自清室逊位，民国创始，绝续之际，以至临时政府正式政府递嬗之交，国家所历之危险，人民所感之痛苦，举国上下皆能言之。长此不图，祸将无已。”

接着举了近来南美中美共和各国始于党争终成战祸的例子，又引用古德诺的话：世界国体，君主实较民主为优，而中国尤宜采用君主国体。

宣言书最后说："我等身为中国人民，国家之存亡，即为身家之生死，岂忍苟安默视坐待其亡，用特纠集同志组成此会，以筹一国之治安。望国中远识之士鉴其愚诚，惠然肯来，共相商榷，中国幸甚。"

过了几天，京师各报又在显著位置登载了一则筹安会启事。说本会成立以来，要求入会者繁多，形势迫不及待，故简化入会章程。又推举杨度为理事长，孙毓筠为副理事长，严复、刘师培、李燮和、胡瑛为理事。

筹安会成立之始这一系列非同凡响的举动，在京师官场学界引起了许多人的疑惑：中国的学术团体向来都是冷冷寂寂的，除开圈子里的几个人自命清高自我陶醉外，社会照例是不大理睬的，无任何气势可言。这个筹安会既是个发挥学理的团体，何来如此气焰，怎么可以这等阔绰？

国史馆里的众编修们也如此悄悄地议论着。这批饱学而不失几分迂腐气的书生，常常有倡办学术团体切磋学问的想法，无奈银钱短缺人心不齐而又常常告吹。对于那位挂了副馆长的名而从不到馆视事的筹安会理事长，编修们个个是既艳羡又眼红。这个神秘莫测的旷代逸才，究竟凭着什么本事赢得袁大总统的如此垂青？

这背后的一切，只有年迈而精神依旧矍铄的馆长心里清楚。学生眼前所做的事业，正是他几十年心血凝成的学问的重大实践。只差一步，他本人一生孜孜以求的崇高目标，就要由弟子来达到了。本来，作为帝王之学的研究大师，作为平生以管、乐、诸葛自许的国士，湘绮老人应当为杨度今天的出息而由衷欣慰，并应全力支持。但是，他没有这样，他正在为学生的狂热的行动捏着一把汗。在他看来，学生面临的并不是成功的高峰，而是失败的深渊！他寻思着要对这个书痴做一番规劝。

八　国史馆的饷银居然被周大拿去赌博

王闿运来北京充任民国政府的国史馆长已有三四个月了，这些日子里他做了几件事。

一是罗致了七八名前清翰林出身的宿学，如宋育仁、柯劭忞、曾广钧、钱筠等人为编修，再加上五六名进士、举人出身刻印过诗文集的为协修，这十几个人都是他认可的人才。他将他们的简历上报，请总统任命。袁世凯照他的呈报全批了。其他上百个各方推荐的人物，他一概拒之门外，既不接见，也不作答复。这些人天天眼巴巴地望着国史馆的回信，既急又怨。

二是委派办事员。周妈为办事员头目，周大负责门房打扫，赖三负责采买巡夜。后来采买事多了，赖三不愿再巡夜，便由周妈引来一个跛脚孤老头子打更守夜。跛子守夜，遇到盗贼，如何追捕？这是周妈的打算。因为跛老头不要工钱，只要有三顿饭吃就行了，周妈把这份工钱据为己有。

三是给所有人员定薪水，给馆里定开支，然后据此造概算，每月约费九千二百圆。周妈说干脆来个整数一万吧。于是他向财政部上报，每月需拨经费一万圆，必须在初三前送到馆里。

办完了这几件事后，他就觉得无事可做了。

编修、协修们第一次开会，大家兴头很足，纷纷表示要不辜负总统和馆长的厚望信任，要把平生学问都抖出来，为修好中华民国的国史尽力。末了，大家恭请老馆长谈谈自己的意图及安排。

王闿运一直咕隆隆不停地吸水烟，不说一句话，脸上时不时地露出几许冷笑。这时，他捧着那把跟了他近一个花甲的铜水烟壶，慢慢吞吞地说："各位老前辈，各位先生，老朽请你们来，一是因为各位都是才学满腹的人物，我们好天天见见面，在一起谈谈诗文，谈谈学问。二是我看各位在国变之后，大多数都失去了先前的俸银，银钱上都很拮据，藏八斗之才而有饥寒之迫，天道于斯文太不公。我请诸位来，是为你们支一份薪水，谋一个饭碗。"

内中的确有好几个编修、协修正是缺衣少食之辈，听了这话，便都向老馆长投来感激的目光。

"至于馆里的事，我看诸位不必多想。民国成立了几年？有几件史料值得收集？有几件事值得记之于史乘？除开争权夺利、寡廉鲜耻之外，无事可记。"

众人都瞪着大眼望着这位老名士，心里无不嘀咕：老头子怎么说出这样的话来？他既然是如此看待民国的，又何必出山当民国国史馆长？大家都觉得不可理解。

王闿运站起身来说："瓦岗寨、水泊梁山也值得修史吗？诸位今后想到馆里来就来，不想来就在家里读书睡觉，每月初五来领薪水就是了。”

中华民国在它的国史馆长眼里，竟如同瓦岗寨、水泊梁山一般，倘若此话传到袁大总统的耳朵里，他不暴跳如雷吗？不要做事又拿薪水，天下到哪里去寻这等美差？众人听了王闿运的话，既好笑又舒坦。

从此以后，编修、协修们再不提收集史料、撰写文章之类的话了。曾广钧便常常找易哭庵去听戏饮花酒，也常常去碧云寺找虽年老但精神尚好的演珠法师，和他谈禅说诗。柯劭忞便在家一个劲地写他的《元史》，他下决心要将自己的名字挤进班固、范晔、陈寿的行列中去。其他人或在家诗酒自娱，或出外游山玩水，几个月过去了，关于中华民国的国史竟没有一个字。

这个情况不知由谁报到袁世凯那里。袁大总统传出话来，定于月底来国史馆视察，届时要将各种材料都展示出来。编修、协修们慌了，一齐来到馆长书房，请馆长火速出题目，他们加班加点也要赶出几篇文章来搪塞。

王闿运见他们一个个急得这样，笑了笑说："各位都回家去，平时做什么依旧照样做，袁大总统那里我自有办法应付。"

大家只得退出书房，心里都忐忑不安，尤其那几个将国史馆视为衣食父母的老夫子更是着慌：倘若大总统怒而撤销国史馆，到哪里去寻一份养家糊口的俸银？

王闿运背着手在书房里踱了半天步，终于想出个主意来了。他提起笔给袁世凯写了一封信：

> 项城大总统世侄阁下：
>
> 近闻有人建议总统亲来国史馆审查国史，此鲰生之议也，窃以为不可。昔唐文宗欲观《起居记注》，起居舍人魏謩谏曰："《记注》兼书善恶，陛下只需尽力为善，不必观史。"元文宗欲到奎章阁看国史，编修吕修诚阻曰："国史记当代人君善恶，自古天子无取观者。"唐文宗、元文宗皆因谏阻止步，史官赞之。大总统英明智慧远胜两文宗，望能弃小人之愚见，行明君之公义，罢国史馆之行而尽力为善。千秋史册，自当有大总统一页佳录。
>
> 闿运顿首

袁世凯看了这封信，觉得王闿运说得有道理，倘若此事传扬出去，本来是正常视察，却变成逼迫国史馆隐恶扬善文过饰非，反为不美，遂传令取消。

整个国史馆都松了一口气，但馆长王闿运的气却没有全松。因为今天已是十四了，八月份的薪水还没拨下。开馆三四个月来，没有一个月是按时拨款的，总要七八天后才姗姗来迟，而且无一月是足薪，拿到八成就算大吉了。

每过初五，老夫子们便来馆里索薪，经管此事的周妈很烦，就像欠了他们的债似的。王闿运一生自己从不理财，更不借债。这国史馆长，好比前清翰林院掌院学士，虽然没权，却是最为清华高雅之职，没料到反倒成了负债的头儿。你说王闿运恼火不恼火？

来到京师后就大失所望了，又加之这一着，更使他心灰意冷。明天就是中秋节了，许多人都等这份薪水去过节，脾气暴躁的钱筠已向馆里讨过几次了，昨天还口出不逊。周妈转告给王闿运，他听了越发不舒服。

正在这时，周妈面带喜色地进来说："老头子，财政部派人送薪钱来了！"

"你收下了吗？"王闿运略为宽慰地问。

"收下了。"周妈点头。

"送来多少？"

"只有五千，比上个月还少一千。"

"财政部真是混账！"王闿运气得骂起来。"小小的国史馆每个月只要一万圆，还要月月短缺，没有钱就莫办馆，装这个门面做什么？"

"老头子，财政部的差役还等着要收条哩！"周妈提醒。

"不给收条！送半截钱，还好意思要收条吗？"别看王闿运八十三岁了，发起火来依旧调门很高。

周妈呆呆地站着，不知如何是好。

"好吧，你叫他进来吧！"停了片刻，王闿运气色和缓多了。

周妈出门把财政部的胖差役领了进来。

"你们周总长要我给他写幅字，说了好久了，你今天给他带去吧！"王闿运慢条斯理地说着，一边铺纸提笔。

"是，是。"胖差役哈着腰说。

王闿运想了想，在一张两尺多长六七寸宽的宣纸上写下了白居易的《暮江吟》："一道残阳铺水中，半江瑟瑟半江红。可怜九月初三夜，露似珍珠月似弓。"

王闿运写完后自己折好交给胖差役，说："你拿去吧！"

"王馆长。"胖差役接过后恭恭敬敬地说，"部里招呼过，请您写一张收据。"

"这就是收据。"王闿运指着胖差役手里的《暮江吟》。

"这就是收据？"胖差役大惑不解。

"你回去告诉周总长。"王闿运听了胖差役的话，想想也是，民国政府的总长们有几个是脑子开窍的，说不定这个周总长也弄不明白此中的含义，不如干脆点破。"国史馆的薪水是一万，他给了我五千，我回他个'半江瑟瑟半江红'，表示已收下了他的一半，并提醒他还欠了我的一半。九月初三，请他连下个月的薪水一道补给我。"

胖差役替财政部送了几年的银钱，从没有接过这样的收据，这真是一个古怪而有趣的大名士。他也不好和王闿运争辩，只得收下这幅书法去向部里如实禀报。

周妈拿了支票带着赖三取回五千圆银洋，正打算一份一份地分开。周大过来了，悄悄地说："娘，我跟你商量个事。"

"什么事？"

这个与他糊涂爹一个样的儿子，从来不懂礼貌，说话都是粗门大嗓的，没有这样秀气过。想是周家祖坟开拆了，突然变得斯文起来。周妈觉得很稀罕。

"这五千银圆先借我十天，我保证十天后还你，一个子不少。"周大颇为神气地拍了拍胸脯。

"这不行。"周妈断然拒绝。"这是馆里的薪水，已经迟发十多天了，那些老夫子们天天来讨。明天又是中秋节，怎么能再迟十天？"

"要么，借我五天。"周大贪婪地望着这堆银圆，不忍离开。

"五天也不行。"周妈望着儿子发呆的眼神，问，"你借去做什么用？告诉娘。"

周大说："我一个朋友爱好赌博，过去老是输。最近他托人从外地做了一副装有机关的骰子，百呼百应，跟别人赌，包赢不输。我不相信，他当面试了几次，次次都灵。他对我说：周大，我现在就是没钱，你借我一笔钱，越多越好，我赢了钱和你三七开。昨夜我借他五十圆钱，他果然赢了。那小子讲义气，不但把五十圆本钱还给了我，还当场给我十五圆。娘，如果这五千圆借给他做本，不要几天，我就能坐得一千五百圆，多好的机会呀！不过要快，再过几天，那小子的机关被人一识破就弄不成了。娘，借我五天吧，五天我也可以赚七百八百的，到时我孝敬你老一百圆。”

周大这番话把周妈说动了。只借几天，就能赚回七八百，的确是难得的好机会。财政部拨款，月月推迟，明天就说款子未到，迟五天发下去也不碍事。于是把五千银圆全部借给了儿子，千叮万嘱要他五天后一定如数归还。周大捧着这堆白花花的银洋，欢天喜地跑到赌友那里去了。

不料隔墙有耳，娘儿俩的合计让跛脚老头听见了。跛老头讨厌周家母子。周大老是欺负他，在他面前凶神恶煞似的。周妈则尽量克扣他，一天三餐给他的是残汤剩水。守了两个月的夜后，他想问周妈要点儿零花钱。话刚出口，周妈就劈头盖脑地骂他贪心，得寸进尺，若再开口要钱就走人。跛老头能走到哪里去呢？只好忍气吞声地待着，心里却记下了仇。

听了她们娘儿俩的话后，跛老头喜上心头：“好哇，拿馆里的钱去赌博赢钱，我要告发！”

第二天一早钱筠又来索薪水了。周妈不耐烦地说：“就你问得急，财政部不拨款，我哪里有钱？你家里是不是有人等着钱去买药吃呢？”

大过节的，受周妈这一骂，钱筠好不晦气。他是前清翰林院编修，放过两任乡试副主考，也算威风过的，怎么受得了这个乡下老妈子的气？加之他对王闿运用上炕老妈子家里的人做办事员早就很反感，于是借这事与周妈争吵起来。吵了几句，钱筠觉得自己身为编修与一个老婆子吵架有失身份，便憋着气走了。跛老头偷偷跟上去，对钱筠说：“钱老爷，财政部的饷昨天就发下来了。”

“真的？”钱筠停住脚步。

“我还敢骗您吗？我昨天亲眼看见财政部的胖差役送来支票，周妈和她的姑爷把银洋取了来。”跛老头有根有据地叙说。

“那周妈怎么说没有发？”钱筠肚子里的气又上来了。

“实话告诉您吧，钱老爷。”跛老头压低声音，在钱筠耳边说，“财政部里关下的饷银让周大拿出赌博去了。”

“岂有此理！”钱筠咬着牙关叫起来，他真担心，万一赌输了，怎么办？“你知道周大在哪里赌吗？”

“知道。就在蛐蛐胡同里一个绰号叫破天星的家里赌。”跛老头说完后又四面瞧瞧。“钱老爷，您可不要说是我讲的。”

钱筠心里狠狠地骂道：“拿财政部发的饷去赌博，不仅害了我们，也犯了国法，我不能容他们！”

他赌气跑到巡警部一个做副司长的老熟人那里去告发。巡警部立即派了三个巡警赶到蛐蛐胡同，正遇到他们赌得起劲，便将周大、破天星及另外两个赌徒连同赌注一齐带到巡警部。

断黑时周大还没回来，周妈着急了，便打发赖三到蛐蛐胡同去打听。周围邻居告诉赖三，破天星家给端了，人都带到巡警部去了。

周妈这下吓呆了，既担心儿子坐班房，又担心五千银洋被没收，一向狐假虎威的周妈此时什么主意都没有了，唯有哭哭啼啼地向王闿运交代一切，求老头子救一把。

王闿运听了后，真是又气又恨又急。国史馆出了这等事，岂不丢人现眼？周大坐牢活该，王闿运不怜恤，他着急的是怕五千银圆被没收。倘若真的被没收了，他如何赔得起？万般无奈，他记起了巡警部里有个做司长的是自己学生的学生，便只得叫代懿持着他的名刺去找找看。

这个再传弟子也还顾太老师的面子，几经调停后，将五千圆薪水发回国史馆，主犯破天星罚款两千圆，看在王闿运的面子上，周大从轻发落，罚款三百圆。

出了这件事后，王闿运的心绪更坏了。又听人说，巡警部的罚款少部分上交国库，大部分落入了私人的腰包。所以他们抓赌博积极，一律以罚款处置，搜出的钱多则多罚，实在榨不出油水的只好少罚。关押禁闭一类的刑罚，他们早就不用了。没有钱进，还得天天照看，岂不自找麻烦？

后来又得知是钱筠告的密，王闿运甚是生气，他没有想到一个翰林出身的编修竟卑劣至此，便寻了个借口将钱筠辞退了。那钱筠离了国史馆后，大讲国史馆被悍妇村夫所控制一类的话，弄得王闿运在京师的名声颇为不好，他渐萌退志。

前些日子，杨度专门来国史馆与老师谈了半天话，历数共和制度之不宜，决心复辟君主制，又将发起筹安会的事也跟老师说了，请老师指点。王闿运一向是不赞成民主共和的，但现在要复辟君主，显然是抬出袁世凯来做皇帝。对这个世侄总统，王闿运失望得很，连个国史馆的薪水都要扣成迟发，哪是一个发皇粮的政府模样？做总统，已经积怨甚多，再来个帝制自为，岂不授人以柄？

王闿运面对着一肚子热情的学生不好多说什么，只送给他四个字：少静毋躁。又郑重其事地指出：不要老往八大胡同里钻，要时常回家去看望老母妻儿，家里对他已是大有抱怨了。这些情况是代懿告诉父亲的，代懿这段时期去了几趟槐安胡同看叔姬。王闿运真想好好教训教训杨度，但话到嘴边又停住了。

杨度迷恋富金久不归家的秘密终于保不长久，给揭穿了。那是上个月的事。

九 静竹为皙子亵渎了他们圣洁的爱情伤心

这一天，静竹对亦竹说："今年老琴师过八十大寿时不在北京，不知现在回来没有，你抽空到丹花那里去一下。若回来了，就约几个先前的姐妹一起去给老人家补个寿。老人家这一生也怪可怜的。"

十多年前，正是跟着这个老琴师去江亭玩，才邂逅皙子，结下这段缘分。老琴师后来也亲自教亦竹月琴琵琶，亦竹也感谢他。十年前，老琴师离开了八大胡同，在西直门外一所乡间茅舍住下，靠过去的微薄积蓄生活，日子过得清苦。间或也有几个旧日弟子去看看他，老人见到她们很高兴。

每年过生日那天，亦竹便会约了丹花等人一道去给他做寿。只要身体略好点儿，静竹也跟她们一起去。这一天，老琴师总要捧出那把跟随他几十年的磨得亮光光的琵琶来弹着，她们便倚声唱曲，尽拣些欢快的曲子唱。吃过寿面后一起围着桌子说话，尽挑些当年横塘院里的喜乐故事讲。老琴师和她们都是苦命人，苦命人难得的是欢乐。平时不见面，好容易寿庆日子重相聚，还能再把苦水倒出来吗？哪怕是明日的痛苦会紧接着昨日的痛苦，今日也要让它隔断一天！

丹花在二十七岁那年也从良了，嫁的是一个五十多岁的从山东逃荒来到京师的补锅匠。补锅匠人倒不坏，就是脾气差，又爱喝酒。只要这天多赚了两个钱，便会喝得烂醉，醉迷中便会诉说他心中最苦恼的事：丹花嫁给他几年了，居然一男半女都不给他生下。说得气极时便要打丹花。丹花不能告诉他自己的过去，只有哭，哭得伤心的时候会晕倒过去。待到补锅匠酒醒了，又去劝丹花不要哭了。两个落难人便这样时醉时醒、时哭时笑地凑合着过日子。

"亦竹，恭喜你了，你家皙子做了大官，听说又要讨小了。"丹花热情地接待昔日的小妹妹，说了些闲话后，突然冒出了这样一句。

“你听哪个说皙子又要讨小了？”亦竹大为吃惊地问。

“怎么，你们还不知道？”丹花见亦竹这副神态，知道杨度是瞒着她们的，心里不禁后悔起来：不该多嘴！

“好姐姐，你告诉我，皙子又跟谁相好了？”亦竹央求着。

“我也是听人家说的，说皙子跟云吉班里现在挂头号牌的富金姑娘打得火热，也不知是真是假。”丹花说得吞吞吐吐的。

亦竹心情非常痛苦，她已无心再跟丹花谈为老琴师补寿的事了，匆匆赶回家，把这事告诉静竹，静竹也大感意外。过了一会儿，她说：“我想皙子不是那号人，也可能是别人瞎说的，你明天自己到云吉班去问问。”

第二天，亦竹急急忙忙赶到陕西巷。她离开这块地方已有十来年了，班子里的人都不认得她了。她随便问了一个看门的老婆子。刚提起杨度的名字来，那老婆子就大谈起杨老爷是如何的大方慷慨，用三万银洋买了一幅字帖送给富金姑娘的故事来。老婆子说得眉飞色舞，唾沫四溅，却不料一字字一句句像无数根钢针般刺着亦竹的心。

这一夜，静竹、亦竹瞒着黄氏夫人和老太太，抱头痛哭了半夜，又各自瞪起眼睛失神了半夜。亦竹为丈夫抛弃家庭另求新欢而痛苦，静竹则为皙子亵渎了他们之间圣洁的爱情而伤心。失眠的时候，静竹想起了很多很多。

她想起了十七年前他们的江亭初识、潭柘寺定情。她想起接下来的五年暌违，她虽然时常想念那个湖湘才子，却又不敢相信他是真心地爱着自己。不料五年后心上人再次出现在北京，他的痴情，他的纯真，熔化了姑娘那颗本来滚烫却被世俗冷却了的芳心。一个沦落风尘的美丽女子，金钱和地位对她来说都不是贵重的东西，她无比爱恋无比珍惜的就是男人的这段情，因为这恰恰是她的生活中所缺乏的。为了酬谢这段真挚的爱情，她心甘情愿洗去铅华，远离锦绣，为她的心上人守一辈子空房。

老天有眼，终于让他们重逢在西山。情意深厚的郎君又接受了她的安排。她虽然没有正式的名分，也没有正常的夫妻欢乐，但她知道她的心上人也是把她放在心上的。名分是次要的，床笫之欢也是次要的，一个女人，尤其是一个曾被别人当作玩物的女人，难道还有比获得了一个男人的真心相爱更幸福的吗？

她其实并不盼望皙子做什么大官，也不盼望皙子做出什么惊天动地的大事业，潭柘寺里说的那几句豪言，不过是对失意中的情郎一个鼓励罢了。她唯愿的就是这样天长地久地厮守着，直到白头。但是近半年来，皙子变了，变得对家人越来越没有情感了，对她也冷淡多了。他跟袁家大公子打得火热，一天到晚做他的新朝宰相梦，并常自豪地声称他为中国寻回了走向富强的最好道路。静竹早就听说过袁家兄弟都不是好东西，现在果然被这个大公子引入了邪路。先是长久地不回家，现在居然公开去八大胡同与别的女人鬼混，还用三万银圆买一幅字去讨那女人的欢心。而家里，从老太太到小女儿，哪个不是过着节俭的日子？

“皙子呀，你变心了，也变庸俗了，你辜负了我对你的一片深情，也辜负了我为你所做出的常人不能理解的牺牲！”静竹心里这样默默地念着。

第二天清早，叔姬打开信箱，意外地收到了胡汉民给杨度一封未封口的信。叔姬看后气晕了。

对袁世凯恨之入骨并在日本和广东聚集倒袁势力的胡汉民，以十分尖刻的语言对杨度倡导君宪救国、办筹安会等做了讥讽斥骂。胡汉民称杨度为卑劣愚谬的嗜利之徒，拥袁称帝如教猱升木，将必不能逃民国之诛。信的末尾几句更是尖锐：“夫卖文求禄曲学逢时，纵其必得，犹为自爱者所不屑，况由足下之道无往而非危。民国确认足下为罪人，袁家究不以足下为忠仆。徒博得数十万金一时之挥霍，而身死名裂，何所取哉！”

叔姬没想到她的亲哥哥她心中的偶像，竟会遭到别人如此的奚落。她痛恨胡汉民的无礼，也为哥哥的处境而忧虑。她近来从报上看到了筹安会的宣言，也听到了一些有关复辟帝制的风声。她对国体没有研究，凭着直觉，她认为共和既已实行了三四年，也没有必要再退回去了，何苦为别人做皇帝去拼命卖力？她对代懿一直不冷不热，却对夏寿田的单恋越来越深了，她很想跟夏公子单独说说话。

静竹也看到了胡汉民的信。她读后脸热心跳，痛楚地想着：皙子呀皙子，你混迹于污垢之中，剪断了联结我们纯洁爱情的纽带，成了爱情的背叛者，此事尚属小；你为袁家效力，无视国民的共同抉择，沦为国家的罪人，这事可就大了！

但杨度既然不回家，也就不知道家人为他的担忧。即使他回家去，此时静竹的规劝也好，叔姬的担心也好，都不能使他勒马转舵，他的自我感觉非常良好：大丈夫办事，贵在看准了目标，便要力排众议奋勇前行，哪怕眼前困难大如山，危险深似海，也要跋涉过去。先生已是八十多岁的风烛老人了，当年用志天下的豪情有所减退自可理解，且让他老人家去颐养天年吧，帝王之学看我来替他付之现实！

肃政厅里也有不明白的人，上章纠劾筹安会。劾章送到总统处，袁世凯亲自批曰：“筹安会乃学术团体，以研究国体为宗旨，不必干预。”这道批示下来，就是最迂腐的人也知道筹安会的背景了。

忽而又有人在筹安会办事处门前大骂六君子是违背民心嗜利乞权的政客，帝制决不能复辟。一派义愤填膺的架势。

杨度一打听，原来此人是李燮和的胞弟，新近从湖南来到北京，住了半个月尚未觅到谋食之处，遂借骂筹安会出怨气。杨度对李燮和说：“令弟来会里做个办事员吧，给方表当助手，月支大洋一百五十圆。”

李的胞弟一听立即不骂了，当天便上任，鼓吹帝制的劲头比乃兄还要大。

杨度看穿了大多数反对帝制的人其实是出于眼红，不愿眼睁睁地看到头功被别人夺去而已。他反而因此更坚定了非要成功的信心。

也有不少人洞悉时局，不甘心功劳都让筹安会抢去。于是便有梁士诒联合张镇芳等人成立全国请愿联合会，有段芝贵联合龙济光、汤芗铭等十四省将军密呈袁世凯，请速正大位。

梁士诒为交通银行总经理，与外国财界有密切联系。他财力雄厚，党羽众多。张镇芳也是家财万贯。他们可以提供丰厚的金钱，袁氏父子自然欢迎他们参与。袁克定常常出席他们的会议，与他们商定策略。很快，袁大公子与请愿会的关系大为密过筹安会。

至于段芝贵等十四将军的密电，袁世凯更视之为真正的力量。袁克定给他们回电，应允帝制成功后将予重爵重赏。

杨度、孙毓筠等看到他们一凭金钱，一凭刀枪，势力强大，咄咄逼人，自思若不采取紧急有效的措施，到时头功真的会让别人夺了去。于是筹安会加紧在京师及各省发展会员。此策很得力，短短半个月，由六个理事所发起的小会便扩大为有万余会员的大团体了。不能再按正常程序作学术讨论了。绝顶聪明的刘师培建议干脆来个投票表决，最为简单快捷。杨度认为此法甚好，立即采纳。投票结果，全体筹安会会员一致赞成速行帝制。

这个局面的出现使杨度非常兴奋，便亲自起草，向代行立法院的参政院上请愿书，请求不开国会而设一时机较速权限较大的民意机关，以此来解决这个国体问题。上了请愿书后，没几天，他又在报上公开发表第二次宣言书，再次鼓吹废共和行君宪为中国今天唯一正确的道路。

鉴于筹安会内部投票表决之简易可行，他想到不如来个全国民意大投票，一下子便把这个问题解决了，岂不最好？但全国的投票，必须在各省将军、民政长的领导下才可以操办，筹安会如何能办此事呢？筹安会乃学术团体，也没有这个权力支派各省的文武大员呀！此事必须有袁克定的支持才行。

杨度来到大公子府第。家人告诉他，大公子这几天正在跟一位异人查勘皇城风水，此刻要找到他，只可上正阳门一带去。

这是个什么异人，杨度也想去见识见识。

十 正阳门城楼上，郭垣对袁克定谈北京王气

雄壮的正阳门城楼上，一个矮矮小小的中年汉子正在指点皇城，对着踌躇满志的袁大公子侃侃高谈。此人正是绍兴日者郭垣。

郭垣祖上三代都做师爷，但他却无意做刀笔吏，一门心思沉醉于占候卜筮之学，浪迹江湖三十年，广结天下各色人等。去年经人介绍，郭垣攀上了袁克定。袁克定对他的这一套学问很是看重。

筹安会万余会众一致赞同帝制，十四省将军密电拥戴，全国请愿会的建立，以及从各地传来的拥护君宪的消息，使得袁世凯相信帝制自为的宏伟计划正在顺利地进行。他已在心里考虑新王朝的一系列大事了：国名、年号、都城等。

国名就叫中华帝国。这是杨士琦的建议，只需将中华民国的“民”字改为“帝”字即可，既简单又准确。杨士琦有过人的聪明，这个建议很好，袁世凯欣然采纳。年号拟了几个，但都不太理想，尚须从容考虑。至于都城，当然就是北京了。袁世凯对北京有特殊的好感，他不愿离开北京。但许多人都说北京城的王气正在泄漏，应该赶紧补救。袁世凯一向相信命数气运，他认为此说有理。倘若不是王气泄漏，满人的皇帝为何做不下去了？是应该查勘一下，泄漏王气的地方在哪里。袁克定将郭垣的本事告诉了父亲。袁世凯为了验证，要儿子带这个日者去看看项城袁氏祖坟。

为了严格保密，也为了测试的准确，袁克定突然将郭垣带上火车。在漯河车站下车时，袁克定都没有告诉郭垣要到哪里去。第二天

一早坐上马车前往项城老家。直到第三天上午出现在坟山上，袁克定才告诉郭垣是来看祖坟的。

袁氏祖坟是一个气势庞大的陵园。袁甲三大发时，朝廷封赠他曾祖、祖、父三代为大夫，他趁此机会大修祖坟。他死之后亦归葬祖茔，规格更高。自袁甲三之后，袁家世代簪缨，子孙繁盛，故而坟墓也很多。袁克定命族人把所有墓碑都遮盖，叫郭垣看坟气。郭垣在袁家祖坟上上下下前前后后看了三天，最后指着一座规格并不高的坟墓说："此坟有异象，墓主人之子贵不可言。"

"什么样的异象？"袁克定问。

郭垣说："此坟外形来脉雄长，经九叠而结穴，且每叠山上都有加冕。"

"何谓加冕？"

郭垣指着远远的山峰说："大公子请看，从那座兔耳似的山峰数起，到此坟最近处的馒头形山峰止，每座峰上都有一堆突出物，犹如峰上之顶。这种峰上之顶在地学上称之为加冕。"

袁克定顺着日者的手指望去，果然见每座山峰顶上都有凸出部分，有的是岩石，有的是土堆。

郭垣继续说："此种景象正应九五之象。大公子请再看来脉的两边，左右护卫，层层拱立，犹如藩王诸侯侍立两侧，形成此坟的天子气象。如若不信，还有一个检验处。此坟底下有一道流泉，汇于明堂，此为龙泉。《诗》曰'相彼阴阳，观其流泉'，建都重流泉，筑墓亦重此。你们可在周围五丈处掘下去试试看。"

袁克定吩咐族人在坟边挖掘。当掘到一人深的时候，果见一股泉水冒出来。族人惊异，忙揭开墓罩，原来此墓葬的正是袁世凯的生母刘氏。

当袁克定把此事原原本本禀报父亲时，正在做皇帝梦的袁世凯惊讶不已。他要儿子亲自陪着这位异人查看皇城。

此刻，袁克定正在仔细地听郭垣的议论。

"中国的王气由塞外分两支入中土。一支发自东北长白山，蜿蜒西行，由山海关进入内地，结穴北京，于是有辽、金、元、明、清八百年皇运。一支发自祁连山，蜿蜒东行，由嘉峪关进入内地，结穴秦中，于是有长安六百多年皇运。余气向南，凝聚在洛阳，成东周、东汉、北朝之皇运。现在长安王气已绝尽，北京王气已疲沓，中国王者立都最好在洛阳。若在洛阳建都，当有三百年天下，然目前不合适。

北京王气尚余，可先在北京登基，再迁都至洛阳。目前宜在洛阳建立陪都，况且五岳以居中之嵩山最为贵重。袁家起自嵩山之东南，正宜在嵩山之西北建都为宜。”

袁克定心想：在洛阳建陪都，工程浩大，目前无力举办，好在北京尚有正气，先登基再说，至于建陪都一事，且留待子孙去办吧！遂点头说：“郭先生说的是，不过眼下北京要办的事是哪些呢？”

郭垣答：“眼下最要紧办的就是我们所站的这座正阳门。”

“正阳门建筑得牢牢实实，看不出有哪些需要改造的。”袁克定疑惑地看着这位神仙似的异人。

“大公子有所不知，这正阳门，关系着北京的气运最为紧要。”

“哦！”袁克定的全部精神都被这句话给吸引过去了。

“中国城府之气运，关键在城门。城门建筑得宜，则气聚、气畅、气旺；若建筑失宜，则气散、气滞、气衰。北京作为皇城，城门更显重要。我遍勘内外各门，关系皇家气运者，首在正阳门。”郭垣面色严肃地说，“正阳门非国丧不能开，开则泄气。”

“为何国丧开时又不泄气呢？”袁克定对气数之学一窍不通，但又很有兴趣，想借弄清这个疑问来入门。

“人死之时，都有一团黑气笼罩全身，凡人此气薄，帝后死后此气要比凡人浓厚十倍百倍。若在平时，正阳门打开，则皇气外泄。国丧时，帝后梓宫运出正阳门，其黑气浓厚，如同一团大棉絮似的将门洞堵住。梓宫一出门，立即封门，皇气不会外泄。”

“哦！”郭垣解释得很有道理，袁克定明白了。他还想就“气”这一点再请教。“郭先生，请问这种气随处都有吗？”

“是的，大公子说得对，随处都有。”郭垣认真地给他解释，“山有山气，地有地气，人有人气。比如说，前面的一座山包，其中有无珍宝，脚下踩着的这块地，适宜建何类房屋，眼前站着的一个人，他的吉凶祸福如何，都能从气上辨明，但这种气通常人都看不见。”

袁克定被他说得动了心，问：“要怎样才能看得见呢？”

“这就难了。”郭垣凝视着袁克定。袁大公子觉得他的两眼中射出的是不可测试的目光。“简单地说，一靠禀赋，二靠师传，三靠修炼，四靠学问，五靠阅历。”

“要这么多的条件！”袁克定脱口而出。

“是的，正因为如此，故能成大事者极少极少。就像我，也只是在过了四十五岁后才渐渐地看得明白，断得准确。大公子要是有兴趣，我今后慢慢对您说。”

这门学问绝对深得不得了，当然不是一两句话就能说清楚的，袁克定想想也是，便说：“好，言归正传吧，请你继续说正阳门。”

“因为怕皇气外泄，所以正阳门不开。前清皇帝最敬重的是西藏的达赖、班禅，就是他们来了也不开门，只是高搭黄轿，让他们越过女墙而进。”郭垣继续说，“我接连几天三更时分登上正阳门，发现新朝与正阳门关系更大。”

“为何？”袁克定顿时警觉起来。

郭垣郑重地回答：“我站在正阳门城楼上遥望南方，红光贲起，直压北京。正阳门为北京正南门，挡住南方红气全靠的是它。眼下南方红气如火如荼，正阳门必须改造，否则压不住。”

袁克定不自觉地向南边眺望。眼底下除鳞次栉比的房屋、纵横交错的街衢、熙来攘往的人流外，他没有看到一丝红光，但他相信郭垣的话是对的。因为复辟帝制最大的反对者是革命党，革命党的领袖大部分都是南方人。就连非革命党并久已驯服的梁启超都公然反对帝制，梁是道道地地的粤人，可见南方的红气确实对北京的皇权压力很大。

袁克定想到此，急切地问：“如何改造法？”

“首先宜改造外郭两偏门，将它们移入内城，于内正门两旁洞开两巨门，以便出入车马，紧闭内墙正门，使之不接南方旺气。”郭垣转过脸来，以手指着北方说，“其次，宜增高正阳外城前门敌楼。明清两代敌楼门洞设有七十二炮眼，合七十二地煞之义。炮眼东西南北四出，有镇压四方之意。但地煞之旨虽备，天罡之理却无闻。现在宜在南向正面最高处洞开两圆眼，直射南方，此为天眼，专灭天火。明年圣主登基，大公子再来楼上看看，南方红光必然大为削弱。”

袁克定心想：南方的红光我一点都没看出来，更无论增强削弱了，不过既然自己看不出，也只有相信他了。

“第三，”郭垣接着说，“宜将正阳门所有门扇、窗棂、楹柱全部由红色改漆成黄色。”

“这又何故？”袁克定不解。

郭垣一本正经地说：“民国尚红，故其红黄蓝白黑五色国旗以红居首，所谓以火德王也。民国建自南人之手，南方丙丁火，红气旺烈，故遥望南方红气勃勃。由民国改为帝国，宜以黄代红，即以土镇火。前清立国二百六十余年，正阳门两次遭火，都给国家造成大动乱。乾隆四十五年火焚正阳门城楼，乃有嘉庆、道光白莲教之变，用兵二十年，灾及数省。到了咸丰朝又出现长毛、捻、回之乱，祸害东南半壁河山，再加之列强入侵京师，帝后逃奔热河。前清王朝因为这把火而由盛转衰。光绪二十六年，正阳城楼再次遭火，义和拳民大乱北方，八国联军蹂躏京师，帝后又一次出逃。这把火终于导致前清由衰到亡。按之史册，复之当今，火实在关系北京王气太密切。正阳楼改漆黄色，以土镇火，乃当务之急。”

郭垣此番话讲得有根有据，合情合理，不由得袁克定不相信。他正要再问下去，一眼瞥见杨度走上城楼，忙打招呼：“皙子你来了，我正与郭先生在查看正阳楼哩！”

杨度见郭垣人虽瘦小，但两目精光四射，知他不是俗辈，便笑着说：“我正要见见郭先生，听听郭先生的高论。”

袁克定向郭垣介绍了杨度。郭垣说：“杨先生习的是孔孟大学问，我这是旁门左道，想必杨先生不能包容。”

“哪里，哪里！”杨度说，“占候卜筮之学，若是没有根底，想学都学不到哩！”

说到这里，他想起夏寿田曾对他说过史册上记载南海地势尚有不足之处，但不足处在哪里却并没有讲，且问问这位郭先生，也可试探试探他的深浅，便问道：“郭先生，前人都说南海形势最好，宜建正殿，你认为如何？”

郭垣转向北面，朝紫禁城方向望了一眼，说：“南海位置上应天躔，青龙白虎朱雀玄武四围包括，理气井然。以峦头论，青龙方面似嫌微略，宜培高东面小山，使之与西边白虎湖水相对称，则全福无遗了。”

杨度听了这番话，心想此人真有学问，不可小觑，正想问问他帝制复辟是否一定成功、复辟之后国运是否隆盛等大事，只见政事堂一个年轻低级官员从城楼脚爬上，对袁克定说：“总统要找大公子和杨先生议事。”

杨度本来是想跟克定商议各省请愿事，现在见总统召见，不如干脆请示总统更好。

袁克定对郭垣说：“今日郭先生对改造正阳门和南海所献方略都很好，请先生先回馆休息，夜间我们再谈。”

道别之后，袁克定和杨度匆匆下了正阳门城楼，直奔中南海。来到居仁堂，见袁世凯与张謇正在高声谈话。在张謇面前，克定、杨度都是晚辈，便在一旁坐着听。

张謇笑着说："克定和皙子来必有要事，我就不多谈了。我只想问一句，眼下京师流言纷纷，都说你很快会将共和改为君宪，自己穿上龙袍做皇帝了，真有这事吗？"

袁世凯漫不经心地端起桌上的杯子说："季直先生，我们相交三十年了，你还不相信我，我会做那种事吗？中国不宜于办共和，应该改行君宪。这个看法，中外不少人士都有。美国的古德诺博士、日本的有贺长雄博士都是在世界享有盛誉的政治学家，一处在共和制下，一处在天皇制下，他们都认为对中国而言，君主胜过民主。在我们国内，严又陵先生号称西学大师，孙少侯、胡经武、李柱中等人都是革命元戎，他们也认为欲求中国长治久安，非君主不可。但这些话都让他们去发表好了，我受诸位委托办共和，已郑重宣誓过，我怎会改变？"

杨度猛一听这话，心里一紧：难道大总统换了主意，不变国体了？便肃然谛听下去。

"季直先生，辛亥年你来洹上村找我，叫我顺民意出山。我就说过在中国办共和也是可以的，如今我做了四年总统，还能出尔反尔，废掉共和吗？"袁世凯以一副至诚的面孔说，"季直先生，你我相交数十年，我对你说句心里话吧！若万一人心改变，四万万民众都厌弃共和主张君宪，那我袁某人当然也只得顺从大家的意愿，将国体改回去。但有一句话必须讲在先：皇帝宝座，我是决不登的。"

张謇说："国体既然改回去，你由总统转皇帝，也顺理成章，你为何不做？"

"季直先生，你这话不对，不能说顺理成章。"袁世凯正色道："若以传统一系，好比罗马教皇那样，则中国的皇帝应属孔子之后，七十六代衍圣公孔令贻最适宜，退一步而说，混成旅旅长孔繁锦亦可。若以革命排满而论，则中国的皇帝应属大明朱家之后，内务总长朱启钤、直隶巡按使朱家宝、浙江将军朱瑞都有做皇帝的资格。"

张謇已听出，这位平素以严肃著称的大总统正在跟自己开玩笑，不如索性顺着他的话将玩笑开得更离奇些。老状元公笑着说："要说让朱家人做皇帝的话，岂只他们几个，还有专治偏头风的郎中朱友芬，擅长演风骚女子的伶人朱素云，他们都有许多支持者，也有做皇帝的资格。"

袁世凯拍着手掌大笑道："说的好，说的好，凡姓朱的都可以做皇帝。倘若有人说张邦昌那个儿皇帝也做得不错，要寻他的后人继位的话，那季直先生你就是顶合适的了！"

袁世凯这个突发而来的灵感令张謇虽不舒服，亦无从发怒，只得附和着袁世凯的笑声大笑起来。

张謇告辞出门后，袁世凯脸上的笑容已一丝不见了。他对着儿子和杨度说："你们刚才听出来了吗，这个老头子其实是反对君宪制的。你们不要以为改行君宪会很顺利，像张謇、梁启超这些大名士都是很有影响的，他们很能蛊惑人心，不可掉以轻心。我今天特意找你们来，就是告诉你们一件事。有人告发，蔡锷常常去天津找梁启超，而且棉花胡同近来有不少形迹可疑的人出现。皙子，你要去劝蔡锷与其师划清界限，顾全大局。蔡锷长期在西南军界，他在那边有势力，要注意他与那边的联系。张、梁等人再有影响，只不过动动嘴巴，摇摇笔杆，做的是秀才事，成不了大气候；倘若蔡锷怀有异志，动起刀枪来，那才是真正的祸害。"

袁世凯这几句话，说得杨度紧张起来。蔡锷是他推荐的。原本是要这位年轻的将军做护法尊神，若反而站到反对帝制一边，那岂不要坏了大事！于是说："总统放心，蔡锷这人我了解，我担保他决不会唱反调。"

"你凭什么担保？"袁世凯盯着杨度问。

"蔡锷在日本时，明确地对我说过，他心目中最理想的国体就是日本的天皇制。他出身农家，为人正直重感情。多次对我说过，总统这样器重他，以国士之礼待他，他一定要尽忠报答总统。他说的是真心话。"杨度见袁世凯的脸色略有松弛，接着说，"蔡锷的实力在云南，而云南将军唐继尧已经在段芝贵的密电上签名拥护帝制，这表示云南军界支持总统，同时也说明蔡锷是拥护帝制的。"

袁世凯轻轻地点了点头："你说得也有道理，但棉花胡同近日出现的人仍使我怀疑。你不妨叫在京的滇人去试探一下蔡锷的心思。"

"好，我立即去办。"杨度答应。他想起了自己的事，说，"有一事想请示总统。"

"啥事，你说吧！"袁世凯挥了挥手。

杨度说："改变国体，用开议会的方式不妥，因为各省议员来京聚集，很费时日。"

袁克定插话："还有一点，那些议员老夫子都是倾向共和的，请他们来投反对票，是自找麻烦。”

“正是这话。”杨度继续说，“不如再组织一个国民会议，采取筹安会内部投票的方式，以投票来表决国体。不过，国民会议要各省重新推选人员，筹安会不能下命令给各省将军、巡按使，故请总统下命令。”

袁世凯说：“我这个做总统的怎能下这个命令，你没有听到我刚才跟张季直说的话吗？这样吧，克定，你去办，你给各省打个招呼。”

袁克定忙答应。

袁世凯又说：“重开国民会议也难，不如在各省开国民代表会议，就在本省投票好了，这样省事。”

杨度立即说：“如此最好，事情会办得又快又圆满。”

这时夏寿田进来对袁世凯说：“严范孙先生特为从天津赶来，说有要事觐谒总统。”

“哦，严先生来了，好！”

袁世凯对严修极为敬重。那年他罢官回籍，百官都回避，唯独严修与杨度亲到车站送行，一直送到卢沟桥。袁世凯是个恩怨分明的人，民国成立后，教育总长的人选，他第一个就要安排严修。但严修以正在天津办教育实业为名婉言谢绝。袁见他不就实职，又送他参政院参政头衔，严修又不受，理由是：他与总统乃知交，不在乎职务有无；民国初建，有许多人在巴望着名位，总统宜以名位笼络这些人，他就不占这个名额了。这样一个一清如水的故人，袁世凯怎能不尊重？

当夏寿田正要转身出门时，袁世凯问：“严先生下榻何处？”

夏寿田答：“住在六国饭店。”

袁世凯略停片刻说：“午贻，你亲自坐我的金轮马车去六国饭店接严先生。就说按理我袁某人应去六国饭店拜访他，只是惊动太大，反而不便，委屈他来居仁堂一见。我要好好和他叙叙旧。”

夏寿田遵命出了门，杨度赶紧告辞，他要趁着这个机会，和夏寿田一起坐总统金轮马车去与严修见面。

十一　八大胡同的妓女为中华帝国取了一个动听的年号：洪宪

十天前，云南派出一个极为机敏可靠的年轻人来到北京棉花胡同，将一份密电码交给了蔡锷。凭着这份密电码，蔡锷与昆明方面联系了几次，确知他一旦到了昆明，云南军界全体人员将听从他的指挥，为保卫民国而高举义旗。蔡锷内心万分激动，外表则从容平和，一如既往。

接受梁启超的意见，他自己不再去天津了，改派一个十六七岁的小厮为他往来京津之间传递密信。梁启超为他制定了一个由北京到天津，再由轮船绕道日本，从越南进入云南的路线，叮嘱他务必稳定情绪，以平安离京为最高目标，为了国家和人民忍辱负重，虎口脱身。

蔡锷生性沉静稳重，这桩天大的事情藏在他的心里，表面上却像没有丁点儿事一样。

老母和夫人已被气回湖南老家去了，棉花胡同宽大的四合院除开主人外，只有一个看门的老头、一个做饭的伙夫和一个采买兼信使的小厮。在这三个下人的眼里，蔡将军是一个位高名重却胸无大志的军人。他顶喜欢的是八大胡同的姑娘小凤仙，常常带着那年轻的小妓女四处逛荡，上馆子，进戏园，一个堂堂总统府陆海军办事处的办事员、昭威将军、参政院参政，一个三十四岁前途无量的少年高官却不知爱惜自己的地位名声，也不知收敛点儿隐晦点儿，经常大模大样地携带妓女招摇过市，这三个下人很不能理解，他们暗中议论过，发出由衷的惋惜。

蔡将军还嗜好打麻将，常常邀人来家里打，一打就是一通宵，而且他的麻将伙伴经常换。这三个下人也不能理解：蔡将军的麻将打得并不高明，输的时候多，赢的时候少，却为何如此兴致不衰?

有一天深夜，蔡锷独自一人从八大胡同回家。进了棉花胡同后，发现前面有两个巡夜的更夫在穷极无聊地说话。一个说，蔡锷身为将军，除开嫖妓女打麻将外就没有别的事做了，这种人处高位，这个民国真没有指望。另一个说，袁大头身边尽是一批这样的人，听说他还要做皇帝，真是癞蛤蟆想吃天鹅肉。先前说话的那个更夫笑起来了，说，老弟，你说得对，袁大头我见过，腿短腰粗头圆，就是一只活脱脱的癞蛤蟆。到了家门口，蔡锷高叫门房开门，那两个更夫回来一看，吓得一溜烟跑了。

但蔡锷很高兴，这说明他的装扮成功了，也说明袁世凯的帝制不得人心。

昨天晚上，云南在京将校举行联谊会，他也参加了。联谊会开到一半，有人主张上书总统府，拥护将共和制改为君宪制。蔡锷地位最高，大家请他第一个签名。蔡锷不假思考，欣然在请愿书上签下了自己的名字，接下来六十多个云南军官无一遗漏地签了名。蔡锷将这份请愿书带回了寓所，准备将它呈献给总统。

看门的老头进来禀报："杨皙子先生来了。"

蔡锷听了，略作番思考后走出房间，径直奔向大门，正好迎上了杨度。

"皙子兄，好久不见，今天怎么想起到我这里来了。"蔡锷十分热情地打招呼。

杨度笑道："时常想起要来，总是瞎忙，抽不出空。"

二人在会客室里坐下，蔡锷向杨度递了一支进口洋烟，自己也点燃了一支。

杨度问："一向还好吗？"

蔡锷边吐烟边答："我一天的生活七字可概括：听戏游玩打麻将。"

说罢大笑起来。

杨度也跟着笑，说："过去军旅生活太辛苦了，休息一段时期也好，说不定不久又要大忙了。"

蔡锷听出了杨度话中之话，接过话头说："皙子，到大事成功时，你可要给我派点儿实事哟！"

蔡锷这句有意说的玩笑话，却不料让杨度听后热血沸腾起来。日本士官学校的三杰之一，成就卓著的云南都督，大总统格外赏识的年轻将军，今天竟然说出这样的话来，分明是将自己看成是未来的开国宰辅了。

筹安会理事长不觉飘飘然起来，大言荦荦地答道："松坡，以后叫你做个陆军大臣如何？"

见蔡锷笑而未答，又补充道："要么干脆设个国防部，陆海空三军都管起来，你就去做第一任国防大臣！"

"好，好！皙子，你说话要算数！"蔡锷爽朗地笑起来。

"当然算数！"杨度自豪地说，"假若当不了国防大臣，你只管找我算账。不过，松坡，你也要表示表示。"

蔡锷忙说："我正要给总统献上一份礼物哩，你来了最好，就托你带给他。"

"什么礼物？"杨度问，"总统富有天下，还要你的礼物吗？"

蔡锷从内室里拿出一张纸来笑着说："他虽富有天下，这个礼物还是会要的。”

杨度接过一看，原来上面写着“云南军界请改共和为帝制上袁大总统书”。他心里高兴，再看后面一大堆字迹各异的签名，排在最前头的是两个醒目的大字：蔡锷。笔力刚劲洒脱，可见签名者当时毫不犹豫，且对此事的成功充满信心。

杨度拍着蔡锷的肩膀说：“松坡，这真是一件好礼物，大总统现在要的正是它。有了这个，国防大臣是绝对跑不了啦！”

蔡锷十分兴奋，说：“皙子，你今天有空吗？”

杨度说：“我本来没有空，但你若有什么事，我会抽空帮你办。”

“不要你帮我办什么事，我想请你玩一天。”蔡锷将烟灰轻轻地弹进精致的鱼形玻璃烟缸。“明天是小凤仙的生日，我们今天为她暖暖寿。你如果愿意的话，马上派一辆马车去云吉班，把小凤仙和富金一起接出来如何？”

杨度有三天没有去八大胡同了，正想着富金哩，何况他还从来没有跟小凤仙一起玩乐过，蔡锷有这等美意，就是再忙也得奉陪呀！

他笑着说：“我今天算是来得巧极了，赶上了凤姑娘的暖寿日。这样吧，不要叫她们过来了，我们过去！”

“这样更好！”蔡锷说完便招呼车夫套马。

云吉班的看门人早就熟悉了蔡锷的马车，车子刚到陕西巷口便高喊起来：“蔡将军来了！”马车走近门口，见蔡锷后面还有杨度，又高喊：“杨老爷也来了！”

院子里的小凤仙和富金两人都听见了喊声，忙对着镜子拢了两下头发，便快步走出门来。翠班主也笑容满面地迎上去。

皮肤略显得黝黑的小凤仙虽说不上很漂亮，却自有她的动人处。她挽着蔡锷的手，对杨度说：“杨老爷，你好几天没来了，富金都望穿秋水了！”

富金挥打着手帕，嗔道：“你以为别人都像你，蔡将军一天不来你就吃不下饭！”

蔡锷笑着说：“你们都是情种，怪不得皙子和我都被你们迷住了。我们一起先到小凤仙的屋子里坐坐吧！”

于是四人都到了小凤仙的房间。房子不大，收拾得很整洁，窗台上两盆茉莉花开得正旺，满屋里飘浮着一股淡淡的清香，除妆台衣柜外，这间房子里有一件别的姑娘家绝没有的东西：正面墙壁上斜挂着一把宝剑，长长的红丝绦从剑柄一直垂到木地板上，给这间红粉闺房增添了一股英武之气。

杨度指着剑赞道："早就听说凤姑娘有侠女之称，果然不错。"

小凤仙舒心地笑了，漾起两只小小的酒窝。她走到宝剑边，轻柔地托起红丝绦，充满着爱意地说："这是蔡将军送的，我最喜欢它！"

蔡锷说："凤仙说她最景仰梁红玉，我就送她这把剑。"

富金拍着手掌笑道："凤仙是梁红玉，蔡将军就是韩世忠了！"

蔡锷说："富姑娘说得好，皙子即将成为卫国公，那你就是红拂女了。"

富金说："我没有凤仙的福气。"

杨度走到富金的身边说："你怎么没有这福气？我看你的福气好得很，过些日子我就把你从云吉班里赎出来。"

"那太好了！"富金就盼着这一天，转念又说，"翠妈妈会要很多钱的。"

"不要紧，随便她要多少钱都给她！"杨度英雄气十足地说。

小凤仙也想赎身，但蔡锷目前怎么能赎她。他怕小凤仙也就势提出此事，忙转过话题问小凤仙："你知道皙子今天到你这儿来是为了什么？"

小凤仙望着富金说："杨老爷哪里是到我这儿来的，他是来看我们富姑娘的呀！"

杨度说："别这样说，我今天来云吉班，主要不是为了她，而是为了你。"

小凤仙笑道："哟，杨老爷居然给我这大面子！"

蔡锷说："凤仙，明天是你十九岁生日，皙子和我特地来为你祝寿的。"

富金对小凤仙说："正是的，还是你的面子大，皙子还没有替我做过寿，倒先替你做起寿来了。"

杨度说："明年六月，我和松坡，还有凤仙，一起来为你做寿。"转脸对小凤仙说："寿星婆婆，你说这个寿如何做法？"

小凤仙托着腮帮子想起来。

蔡锷说："我提议，先到牛街清真馆去吃烤全羊，再去听戏。广和楼现正唱的《汾河湾》，谭鑫培的薛仁贵，王瑶卿的柳迎春，当今中国的第一对好搭档。"

小凤仙说："全羊太腻了，不如到虎丘阁去吃苏菜，清爽些。"

富金说："《汾河湾》没看头，到三庆班去看梅兰芳的《贵妃醉酒》吧！"

蔡锷说："好好，都依你们的，先吃苏菜，再看《贵妃醉酒》。"

杨度说："吃饭听戏都是好主意，但我还得给寿星婆送件礼物才行。"

小凤仙眼睛一亮："杨老爷，你要送我什么礼物？"

杨度说："上个月我就许了一件貂皮大衣给富金，今天我们一起先到大栅栏去，买两件貂皮大衣，一件送寿星婆，一件送富金。"

小凤仙、富金一齐起身说："最好最好，我们赶快去吧！"

四个人分坐两驾马车，一路叮叮当当地来到前门外大街，路过瑞蚨祥绸缎铺门前，杨度猛然想起一件事，忙吩咐停车。

富金说："这是瑞蚨祥，不卖皮衣。"

杨度说："下车吧，我带你们去看一样东西。"

蔡锷带着小凤仙也下了车。

四个人一起走进瑞蚨祥。店伙计见来的两个男人气宇轩昂，两个女人珠光宝气，知不是一般人，忙殷勤招呼。

杨度问："你们老板呢？嗯？"

店伙计连连打躬，说："老板在楼上，我这就去叫。"

一会儿，一个五十多岁肥头大耳衣着考究的人从楼上慢慢走下，那伙计跟在后面。

这人走到杨度面前说："鄙人姓孟，是这里的老板。先生有什么事？"

杨度说："大总统的袍服在哪里缝制，你领我去看看！"

孟老板一听这话，两只小眼睛睁大起来，停了一会儿说："对不起，先生，朱总长有命令，大总统的袍服不能让外人看。"

杨度说："外人不能看是对的，我不是外人。"

说着掏出一个大红小折子出来，递给孟老板。孟老板接过，打开一看，上面有一行烫金字：中华民国参政院参政杨度。

啊！此人就是筹安会理事长杨度！孟老板大吃一惊。他是个与高层人士广有联系的商人，知道眼下的筹安会是个炙手可热的机构，它的理事长杨度是个通天大人物。孟老板不敢怠慢，双手递回大红折子，连连说："杨大人，小人有眼不识泰山，刚才多多得罪，请进客厅喝茶。”

杨度指着蔡锷介绍：“这位是蔡将军。”

蔡锷面无表情地点点头。

孟老板并不知道蔡将军是个什么人物，但既然是与杨大人一起来的将军，也绝非等闲。他对着蔡锷鞠了一躬，说：“请蔡将军赏脸，一道进客厅喝茶。”

大家都进了客厅。孟老板亲自给四人沏了茶，十分热情，又连连赔不是。

闲聊了几句，杨度说：“领我们去看袍服吧！”

孟老板将大家带进一间绣房里。绣房中间是一张大绣床，绣床上四五个清秀的年轻女郎围坐在一件硕大的袍服边。孟老板叫女郎们暂时出去一下，对杨度等说：“这就是大总统的袍服。”

大家注目细看。这件明黄色缎面料袍子上已用五彩丝线绣满了红日、海水波浪，正中一条金黄色飞龙昂首翘尾，五爪张狂，双目奕奕，鳞甲辉煌。

富金失声轻叫道：“呀，这不是龙袍吗？都快完工了。”

孟老板说：“前身基本绣好了，正在赶绣后身。杨大人放心，不会误期的。”

蔡锷一直盯着，没有做声，心里想：龙袍都偷偷地在做了，袁大头是看准皇帝一定做得成了。

小凤仙说：“皇帝不是早就推翻了吗，还做什么龙袍？”

孟老板没有理会小凤仙的话，指着龙袍说：“无论面料里料，还是各色丝线，都是选的全国最好的材料，连刚才那几个绣女，都是专门用高价从苏州聘来的。龙袍上的一千零八十颗珍珠全是从暹罗进口的。”

又特意指着绣龙的两只大眼珠说：“暹罗还没有这样大的珍珠，这两颗是从波斯进口的。”

大家顺着孟老板的手指看龙的眼睛。两颗珍珠，大如鹅卵，的确非凡品。蔡锷出身农家，一向节俭，看在眼里，骂在心里：这两颗珠子不知要花多少钱，就凭这点也不能让他做成皇帝！

杨度问蔡锷：“龙袍绣得如何？”

蔡锷点头说：“绣得好，比前清皇帝穿的还要阔气。”

孟老板得意地说：“蔡将军好眼力！瑞蚨祥为清廷做了几十年的龙袍，没有一件比得上这件的。”

这件龙袍是袁克定叫内务总长朱启钤负责监制。杨度听说内务部和瑞蚨祥的老板合伙做假，龙袍上的珍珠多是赝品，那两只眼睛是从日本买的假珠子。

杨度死死地盯着龙眼睛，但他看不出假在哪里。孟老板看着杨度的神态，心里发虚，背上渗汗。

“孟老板，这龙眼睛大概有问题吧！”杨度盯了半晌，板起面孔冒出一句话来。

孟老板一惊，很快又安定下来，满脸堆笑：“杨大人，您说这珠子的问题在哪里，是小了，还是颜色不对，您指出来，我去换！”

杨度一听这话，心里已明白八成，冷笑道：“问题在哪里，你们自己清楚，要是聪明的话，早早换掉，下个月我再来看。”

边说边出了绣房。孟老板弯着腰跟在后面，一个劲地说：“杨大人不满意，我一定换，直到换到您满意为止。”

“好吧，我们走了，你们好生绣吧！”

“请杨大人和蔡将军稍稍留步。”

孟老板说着，走进一扇小门里。一会儿出来了，手里捧着两个小小的圆形金丝绒盒子，笑着说：“两位夫人亲来敝店视察，敝店不胜荣光，这点儿小礼物请两位夫人赏脸笑纳。”

说着将盒子打开，每个盒子里放着一对金戒指一对金耳环。小凤仙和富金都不敢接。孟老板再三请她们收下。

杨度说：“既是孟老板的好意，你们就收下吧！”

小凤仙、富金这才收下。孟老板一直把他们送出大门口。

杨度说：“对面是全聚德烤鸭店，我们先去吃烤鸭吧，吃了烤鸭再去买衣服。”

大家都同意。走进全聚德，店小二把他们带进一个整洁的单间雅座，很快便将酒菜端了上来。

蔡锷笑着对杨度说：“这个孟老板是初次见面，他为何送这么重的礼物？”

小凤仙也说：“我们今天沾了杨老爷的大光了。”

杨度边喝酒边说：“你们知道，做这件龙袍的预算是多少钱吗？”

两个妓女都摇头。

“八十万。”

包括蔡锷在内，三个人的六只眼睛都瞪得跟刚才的龙眼珠一样大。

“光那对龙眼睛就是三十万。”

杨度轻轻的一句话，再次将众人镇服。

“有人告发，说这两颗珠子是假的，只用了三万圆，内务部庶务司的人和瑞蚨祥的老板把余下的二十七万贪污瓜分了。”

“啊，有这等事！”大家不约而同地叫起来。

“我今天就是去看看这假珠子的，但我看不出，只敲了一下，老板的神色不对，肯定是假的。这两个小盒子就是敲了一下的结果。”

杨度夹起一片焦黄嫩肥的烤鸭塞进嘴里。

小凤仙问：“他们还会换真的吗？”

杨度冷笑道：“钱都让他们私分了，哪里还能换真的？过会儿孟老板就会跟内务部的人商量对策，待到我下次再来时，老板多半会对我说，龙袍已经内务部验收珍藏起来，不在瑞蚨祥了。”

富金问：“那你还会去查看吗？”

杨度放下筷子，说：“我哪里还会去查看！何况我又不是内务总长，这事不归我管。”

小凤仙问：“杨老爷，你会向总统告发吗？”

杨度哈哈笑道：“凤姑娘，你真天真，我又没有真凭实据，告发什么呀？告发不成功，反将朱启钤和内务部的人都给得罪了。再说又岂止一个内务部，哪个部哪个衙门不贪污中饱？财政部向外国银行借款，洋人给他们塞红包，一塞就是一百万二百万的，利息便从三分变成四分，九五交款就变成九零交款，比贪污两颗珠子的钱多得多哩！况且总统制龙袍的八十万又是哪个的钱？还不是老百姓的血汗钱！八十万全部用在他一人身上，和他用一半别人贪污一半有什么区别？”

蔡锷边听边点头，心里想：就这几句话说得中听。看来皙子还没有糊涂到顶，今后还有救。便说：“皙子说得对，何必多管闲事。”

“是呀，我正事还办不完，哪有闲心管他们。”说着，略带醉意地望着富金说，“真有空，我还不如陪着富姑娘打牌听曲子哩！”

小凤仙和富金都笑了起来。

蔡锷说：“我倒想起有几件正事，皙子你要认真考虑下，以备总统的垂询。”

“什么事？”杨度又端起了酒杯。

蔡锷用小银勺慢慢搅动桌上的鸭骨汤，说：“比如哪天总统问起你来，皙子呀，咱们这个朝代的年号叫什么呀？咱们登基的金銮殿叫什么呀？还叫太和殿吗？你这个宰相怎么回答？”

蔡锷学着袁世凯的口吻问着，小凤仙一旁抿着嘴笑。

杨度说：“松坡，你想得还挺周到的嘛！年号叫什么，这是件大事，至于太和殿要不要改名我倒还没想过，看来你是宰相的好料子。”

说着大笑起来。

蔡锷说：“宰相都是文人做，没有武人做宰相的。”

富金说：“你们俩一文一武，正好辅佐袁大总统登基做皇帝。”

杨度忙举杯说：“富姑娘这话说得好。松坡，我们俩干了这一杯，今后一文一武精诚团结，做袁大总统的左右手，做中华帝国的两根顶天柱。”

蔡锷心里冷笑，嘴上说：“将相和，国家兴。干杯！”

一杯酒喝完后，都放下杯子，富金给他们斟满。

“年号叫什么呀，你心里有数吗？”蔡锷又挺关心地提出了这个大问题。

杨度说：“我还真的没想好哩。”

富金说：“现在街头巷尾的小孩子们唱儿歌，说什么‘家家门口挂红线’，我看不如就叫‘红线’最好，听起来顺耳，而且也让孩子们给叫熟了。”

杨度笑道：“真是女儿家说的话，哪有朝代用‘红线’二字做年号的，岂不让人笑掉大牙！”

富金不服气地说：“红线怎么啦，难道红线就只有女儿家喜欢，男人不喜欢？袁大总统龙袍上的太阳还不都是用红线一根根绣出来的？倘若他真的能像我们女儿家一样，用红线给国家绣出一派明媚阳光来，才是好皇帝哩！”

蔡锷说：“不要小看了富姑娘，她这话说得很在理。‘红线’这个字是好。不过皙子说的也有道理，年号用这两个字的确不大方。我有个主意，用这两个字的音，换两个别的有派头的字。”

富金很高兴：“蔡将军，你说该用哪两个字代替？”

蔡锷想了一下说：“这样吧，‘红’字用副总统黎元洪的‘洪’字。‘线’字最好替代了，我们拥立皇帝的目的是为了君宪，干脆用君宪的‘宪’字。”

“洪宪。”杨度念了一遍。蓦地，脸上放出光彩来，欣喜地说，“松坡，你这两个字换得最好了。‘宪’字绝妙不要说了，这‘洪’的意义也好极了。”

蔡锷说："我只是随便说说，不及细想，皙子是学问家，你把'洪'字朝深里给我们讲一讲。"

杨度正正经经地说："《洪范》五行之义，为帝王建号之基。天数五，地数五，五百年后必有王者兴。大明洪武开国以来至于今日，恰好合五百年之数。此五百年中，为外族与汉族消长之运。前有洪武驱胡圆，后有洪秀全抗满清，辛亥年武昌起事，由黎元洪副总统领率，而清人禅位，汉人江山光复，此大功实由袁大总统合成。今大总统改国体建年号，'洪'字乃最吉祥之义，故'洪宪'二字最好，我明天就将此二字呈献给大总统。"

富金快乐极了，大声说："若是总统采纳了，皙子，你一定叫国史馆的人记上一笔，就说这个年号是我和蔡将军两人共同取的。"

蔡锷赶忙说："不要写上我的名字，这是富姑娘一人的创造。"

小凤仙一直没开口，见三人都笑得很开心，她冷冷地抛出了一番话："你们为何这样热心再捧出一个皇帝出来？皇帝是开金口落圣旨的，说的话再也不能改变。倘若你们今后哪天遇上他生气了，说声砍你们的头，那时我看你们如何对待。是让他砍了算了，还是叫他收回成命？若是你们甘心做奴才，让他砍了也算了；若想平平安安过日子的话，我劝你们最好不要捧他出来做皇帝。"

如同一杯滚水里掉进一块冰，众人的情绪骤然冷了下来。蔡锷白了一眼小凤仙，小凤仙扭过脸去不睬他。杨度起身说："好了，烤鸭也吃了，闲话也说了，我们给寿星婆买衣服去吧！"

大家走出全聚德，进了一家俄国人开的皮衣店。小凤仙的情绪立即高涨起来，她和富金兴致勃勃地挑了半天，最后杨度付出一张三千银圆的支票，为小凤仙买了一件黑褐色貂皮长衣，为富金买了一件银灰色狐皮短衣。下午在虎丘阁吃了苏菜，夜里在三庆班听了梅兰芳的《贵妃醉酒》。

夜深分手时，蔡锷握着杨度的手说："皙子，谢谢你今天给小凤仙的生日带来快乐。请转告大总统，不管东南西北哪个地方有反对帝制者敢于闹事，蔡锷将带兵前去征讨。"

杨度从蔡锷硬挺的手中感受到一种真正的力量：军人的力量。

十二　袁克定破釜沉舟，要把帝制推行到底

第二天日上三竿，杨度才醒过来，吃完早饭后，他郑重拿起笔来

给袁世凯写了一封信。一则建议年号定为洪宪。二则建议将前清的三大殿太和、保和、中和改为体圆、承运、建极。三则建议总统府改名新华宫，中华门相应改为新华门。

正写着，一男一女匆匆走了进来，杨度抬起头来一看，原来是夏寿田和杨庄。他心里暗自奇怪：叔姬不和代懿一起，怎么倒和午贻一起到我这儿来了？猛然间想起当年叔姬为午贻所赠宫花而病了半个月的事，难道他们之间旧情未断？

没等杨度开口询问，夏寿田神色慌急地说："皙子，大事不好，总统改变主意了。"

"什么！总统改变什么主意？"杨度已意识到是帝制事，但嘴上却不自觉地发出疑问。

"哥，夏公子说总统要取消帝制的打算了。"叔姬对即将五十岁的夏寿田仍用"夏公子"来称呼，饱含着她对铭心刻骨的初恋的一往深情。"嫂子们都说，你最好再到日本去避一避风头。"

这是怎么回事？杨度丈二和尚摸不着头。他急着催夏寿田："你快说说！"

叔姬代哥哥给夏寿田泡了一杯茶。她端起茶杯走到夏寿田身边，温柔地说："你把今早在我们家里说的话，再细细地说一遍吧！"

夏寿田喝了一口茶，心绪平静下来。他不时转换目光，一会儿看着杨度，一会儿看着叔姬，将这几天总统府里的事叙述出来。

大前天，他用袁世凯的专座金轮马车将严修接到中南海，袁世凯在纯一斋亲热地会见了这位多年不见的故友，夏寿田坐在一旁陪同，以便随时照应。

严修近六十岁了，瘦瘦的中等身材，清癯的面孔上架一副黑边深度近视眼镜，给这位品行方正的教育家增添了几分学术威严。他并不多寒暄，话说不了几句便进入正题。

"慰庭兄。"袁世凯已经做了四年大总统，这位不通世故的学究仍用先前的称呼叫他。袁世凯抽着雪茄面带微笑，他显然对这个称呼不恼怒，甚至还觉得亲切。"近来我在天津常听人说，你要废除共和制，恢复君主制，自己登大位做皇帝了。我来见你的目的，就是要当面问问你，究竟有这事没有。"

袁世凯平和地说："这都是谣传，没有这回事。"

严修扶了扶眼镜，说："听你亲口否定这种说法，我就放心了。慰庭兄，说心里话，我在一姓天下生活了五十多年，官也做过二十多年，要说再行帝制，对着新皇帝山呼万岁，我并不反对。从我个人来说，还习惯些。”

袁世凯笑道：“你说的是实话，我也和你一样，对过去那一套总觉得顺些，现在许多事都别扭，做起来碍手碍脚的。”

严修从袁世凯这两句话中，已摸到了老朋友的内心世界。“慰庭兄，不是我当面捧你，要说做皇帝，今天中国只有你最合适。”

袁世凯忙摇手：“范孙兄，你这话言重了。我无德无才，岂敢南面称孤？”

严修浅浅一笑：“但可惜的是，你没有抓住好时机。”

袁世凯停止抽烟，身子向着严修前倾几分，专心听着。

“第一个好时机是辛亥年复出时。当时革命军在东南数省组织政权，已夺去了满人的半壁江山，那时排满复汉是全国人民的呼声。你蒙冤遭贬，隐退洹上，人心大多同情，复出之时，举世瞩目。”

冷冷清清凄凄惨惨离京回籍的那个风雪之晨，又浮现在袁世凯的脑中。就是在那样的时候，眼前的故人顶着巨大的压力前往车站送行，他心里再次涌起感激之情，因而对严修的话也就格外听得入耳上心。

“当时你拥有强大的北洋军，又乘破汉口克汉阳之军威，举手之间武昌可下。夺回武昌后再挥师北上，驱逐胡虏，光复汉家山河，开基立业，建一代新朝，那是一件顺天心合民意的大好事。全国拥戴，绝无异辞，即使有人不满，也不过螳臂当车，不堪一击。”

袁世凯的心动荡起来：严修的话不错。南克武昌，北攻京师，号令天下，建立新朝，并非难事呀，当年怎么啦，竟没有这样做，是让共和迷住了心窍，还是不愿背欺侮孤儿寡妇的奸雄的恶名？

“当时没有这样做，此为失机一。”严修不紧不慢地继续说，“癸丑年，正是大乱初平人心思定的时候，黄兴、李烈钧等人却为了一党私利挑起战争。你居政府合法首脑的地位，坚决果断一举削平了宁赣之变，底定长江，慑服四方，那时你的民望达到了顶点。倘若趁热打铁，改国体，践帝位，也定然会得到万众拥戴。但可惜，此机又未抓住。”

袁世凯的心再次摇荡。他后悔当年没有强行将严修从天津接到中南海来，置之以三公之位，待之以国师之礼，朝夕商讨国事，拨乱纠误，也免得这样一个好机会又白白丢掉了。

“民国成立至今已历四载，你多次向世界和国人表示坚决推行共和，不使帝制复辟。此种思想已深入人心。”严修接着说，“近闻杨度等人办筹安会，鼓吹君宪，还玩什么投票表决国体的把戏。这哪里是在筹一国之治安，实在是无事生非乱国害民！杨度等人真是一批包藏祸心的蠹虫。慰庭兄，你应像当年对待革命党那样，对筹安会这班人严厉处置，绳之以法。”

袁世凯凝神听着，默不作声。严修有点儿动气了，他又扶了扶眼镜，歇了一会儿继续说：“我只听说自古以来建国立朝，皆举兵以得天下，未闻以文章而得天下的。有这个先例的，只一个新莽，然很快就消亡了。现在杨度等人打着筹安的幌子，挟芸台以蒙蔽你，外人不知道，还以为这都出自于你的主意。看在我们相交二十多年的分上，我特地从天津来规劝一句：共和必不能否定，帝制决不能复辟。这不只是为中国，首先是为了你，为芸台，为袁氏子孙的平安无事。慰庭兄，我告辞了。”

袁世凯送走严修后，独自一人在办公室坐了很久。天快黑时，他诚恳地对夏寿田说：“严范孙是我的患难之交。他一生研究学问，致力教育，人品正直，不慕名利。别人的话我都可以不听，他的话我不可不听。午贻，看来筹办帝制的事要停下来。”

夏寿田听了，半晌作不得声。他第一个想法是要把总统的这个思想转变马上告诉杨度。

次日上午，夏寿田在南海边小石子路上遇到政事堂秘书长张一麟。张一麟悄悄地把夏寿田拉到一棵老槐树下说：“杨皙子是你的好朋友，你要他赶快停止筹安会的事，总统昨夜心里很乱。若杨皙子硬要逼他下火坑，一旦出了事，杨皙子就准备做晁错，以一人头谢天下吧！”

夏寿田惊道：“有这样严重吗？”

张一麟说：“怎么没有，你以为我是在吓唬他？杨皙子现在是热昏了头，连袁寒云的小妾都不如，她的头脑还清醒些。”

夏寿田听出他的话里有话，便问：“仲仁兄，你听说袁府出了什么事吗？”

“我告诉你一件事吧，袁寒云的小妾薛丽清前两天离开了袁府。”

“就是那个唱昆曲的戏子吗？”夏寿田说，“听人说，她长得很漂亮。”

“她不但漂亮，还给袁寒云生了个儿子。”张一麟压低着声音说，“袁寒云将薛丽清带进袁府，刚开始薛丽清觉得这是过去帝王住的地方，很稀奇，住了一年后她厌倦了，因为府里只有规矩没有生气。上个月，袁寒云诗兴发作，写了一首名为《感怀》的七律。”

夏寿田问：“诗是怎么写的？”

张一麟略为想了一下后吟了起来：“乍着微棉强自胜，阴晴向晚未分明。南回塞雁掩孤月，西去骄风动九城。驹隙留身争一瞬，蛩声吹梦欲三更。绝怜高处多风雨，莫到琼楼最上层。”

“诗写得不错。”夏寿田赞道。

“诗是写得不错，但祸事接着就来了。”张一麟向前后左右望了一眼，见四处无人，才继续说，“这诗传到芸台的耳中，芸台说寒云这首诗是讥讽父亲的。”

“怎么会是讥讽总统的呢？”夏寿田不明白。

“芸台说，要害在最后两句。最上层是什么，不就是皇帝吗？莫到最上层，就是要袁家莫做皇帝。理由是高处多风雨，隐喻政局不稳。芸台到总统面前一挑唆，总统生气了，将寒云禁闭半个月。薛丽清说，还没有登基做皇帝哩，亲兄弟之间就起坏心眼了，倘若有朝一日大公子登了位，那还有克文的命吗？自古来皇子内部的残杀比普通人还厉害，不如早点儿离开为妙。薛丽清就这样离开了中南海。你去告诉杨皙子，把皇帝捧出来后，不但对中国有害，可能对他自己也不利。”

杨度听完夏寿田这段详详细细的叙述，吓得心惊肉跳。

夏寿田说：“昨天我找了你一天不见人，今天一大早就到槐安胡同去找你。叔姬说你多时不回家了，就把我带到这里来了。”

叔姬说：“哥，袁克定与袁克文的冲突，不就是当年曹丕曹植的旧事重演吗？伴君如伴虎，还是离他们远远的为好。”

杨度木然坐着，不发一声。

夏寿田说：“你看如何办，要不要先去找一下克定。我只请了半天假，我要回总统府去了。”

杨度说：“谢谢你了，你回去吧，我再想想。”

又对妹妹说：“你也回去叫大家放心，我是不愿做晁错的，也不会再到日本去。”

待夏寿田和杨庄走后，杨度将自己关在房间里，一支接一支地抽烟，脑子里紧张地思考着。

这几年与袁世凯接触多了后，杨度渐渐看出袁世凯原来是个官场上最好的戏子，他可以将与内心深处截然相反的神态表演得真诚动人，不露半点破绽。关于帝制，他先后对冯国璋、张謇等人所表示的态度就是属于此类的杰作。而夏、张所说的这两天袁世凯的心思纷乱，杨度相信，这很可能是表里一致的反应，也就是说，严修以其品德和雄辩打动了袁世凯。袁很有可能会接受严的劝告。倘若如此，这几个月的心血就白费了。新朝宰相也便没有了，多年来钻研的帝王之学再次变为泡影，不但将给历史留下一段遗憾，而且还会给后人增添一个笑柄。应该让袁世凯信心坚定地把帝制推行下去，不能因严修的几句话就改变了主意。杨度想到这里，霍地起身，要去面见总统，陈述自己的政见。

但就在掐灭烟头的瞬间，他又猛然想起，万一帝制遭到普遍反对，袁世凯一定会推卸责任，抛出替罪羊，那么自己就会真的成为晁错。他颓然坐下，又慢慢地重新点燃一支烟。他默默地抽了很久，最后决定采纳夏寿田的建议，把这个情况告诉袁克定，由大公子出面去劝说乃父。对！这是个两全其美的主意。

袁克定此时正在小汤山。杨度雇了一驾两匹马套的快车，风急火燎地赶到小汤山。当他把这个突变慌慌张张地告诉袁克定时，不料袁大公子淡然一笑地说："皙子，不要紧，我自有办法保证家父不会改变主意，该做的事，你们依旧去做。"

看到袁克定这副镇定自若胸有成竹的神情，杨度的情绪顿时安定了许多，便把年号和改名的事简略地说了下。袁克定高兴地说："'洪宪'这两字做年号很好。有人对我说，用文定或武定，我对他们说，现在是商量大总统的年号，轮到我登基时，再用'定'吧！"

说罢大笑起来，杨度也跟着笑了，心里想：袁克定这样能沉住气，看来是个干大事的人，莫非他真有储君的福分？

袁克定从抽屉里拿出一叠纸来，对杨度说："你看看吧，这是几个省国民代表大会打来的拥戴电。"

杨度接过来一一翻开看。这些拥戴电是湖南、湖北、山西、云南、浙江、安徽、黑龙江、河南、广东、江西十个省的国民代表大会打来的，一致表决拥护帝制，取消共和。看到这些电报后，他心里更加安定了。筹安会成立尚不到两个月，就有差不多一半的省以全省人民的身份支持君宪制，这是多么令人兴奋的现象。难道这十个省的人民的意志，还抵不过一个书生的议论吗？怪不得大公子稳坐钓鱼船！

不过，当他仔细欣赏这些电文时，却有一丝不快涌上心头。原来，这十份电报的结尾都是相同的："谨以国民公意，恭戴今大总统袁世凯为中华帝国皇帝，并以国家最上完全主权奉之于皇帝，承天建极，传之万世。"十份电报全都以这四十五个字为结束，一字不差。显然，这是照抄不误的一段公文。这段公文是谁发下去的呢？是梁士诒的国民请愿会，还是袁大公子本人？杨度深以此种做法不妥。这些都是历史档案，倘若后人查阅起来，岂不露出了马脚？这明摆着是由上而下的命令，而并非由下而上的请愿嘛！

袁克定全然不把这点儿当作一回事。他笑道："怪不得你的老师说你是书痴。这些东西留什么档案，到时付之丙丁，一把火烧了省事！"

杨度总觉得不妥，但既已如此，也就罢了。他把电报还给袁克定，说："这就是你保证总统不改变主意的根据吗？"

袁克定说："这只是一个方面，还不是主要的。"

"主要的呢？"

"到时再告诉你吧！"袁克定神秘地一笑。"咱们坐车进城吧，我明天要采取紧急行动。"

第二天，一个凶神恶煞般的汉子推开六国饭店严修的住房，对这位斯斯文文的教育家厉声训道："我奉袁大公子的命令警告你，你在总统面前大放厥词，干扰国策，已犯了大错。若还要在北京作乱的话，大公子决不会轻易放过你。"

说完也不留下名字就走了。

严修先是吓懵了。待人走后，他细细一想：这是袁克定派来的人无疑，因为不行帝制，他就不可能当太子，所以要迁怒于我。哎，原是为了他们父子好，想不到反而恩将仇报，何苦来哩，让他们自作自受吧！严修悄悄离开六国饭店，望着宫殿巍峨的中南海叹道："袁慰庭呀袁慰庭，你一世英明，可惜栽在自己的亲生儿子手里！"他匆匆搭午班车回天津去了。

与此同时，中南海居仁堂总统办公室里，袁氏父子正在密谈。

袁克定对他父亲最为清楚，十省国民代表会议的表决固然给他带来欣慰，但严修一席话给他造成的心病，不是这帖药可以彻底医治好的。袁世凯最看重的是洋人的态度，洋人中他又迷信德国、英国和日本。德皇威廉二世关于帝制的建议是他动心的起因，与英国公使朱尔典的亲密友谊，使他相信可以通过朱尔典得到英国政府的帮助。对于日本政府所提出的二十一条无理要求，委屈接受的最终目的也是为了换取这个东洋强国的支持。德国现正忙于打仗，自顾不暇，无心管中国的事，这是袁世凯所知道的，近一段时期，他关注的是英国和日本对此的反应。袁克定的手里正是拥有此法宝。

一件是德国驻英国使馆代办，袁克定那年在德国治腿病时所结交的好友施尔纳，日前给他的一封私人信件。他拿出给父亲看。袁世凯不识德文，叫儿子把大意讲一下。袁克定说，施尔纳的信是这样写的：英国国会议员向外交部提出责问，说外交部对华政策不妥，不应插手中国目前关于共和与帝制之争。外交部发言人说，袁世凯的中华民国政府是得到人民拥护的合法政府，它正面临着国体重新选择的问题，大英帝国政府严守一贯的立场，即尊重他们的选择，政府没有今后也不会插手其间。

克定告诉父亲，施尔纳通报这个情况后指出，这是英国政府支持中国改行帝制最明朗的外交语言。果然，袁世凯听了这话后脸上露出了一丝笑容。

第二件是前两天收到的来自日本的《东京日报》。袁世凯在朝鲜十二年，略识日文。他拿过报纸自己看。头版头条登的是日本首相大限重信最近对新闻界的讲话。大限重信说：中国国民的政治思想极为贫乏，对于究竟应该实行君主制或共和制，均在所不问，只要国内和平生活安定即可满足，因而大多数人民对于恢复帝制事必不反对。又说袁世凯不失为中国现代一大伟人，其皇帝自为，任何人亦不致引以为怪。

德国代办的信和日本首相的讲话给袁世凯一颗定心丸。他对儿子说："英国、日本的支持是至关重要的。不过，严范孙先生的劝告也有道理。我今天上午已命杨士琦去参政院宣读了我就时局对全国的宣言，其中主要说的就是国体一事。这是宣言的副本，你可以看一看。"

袁克定拿过副本迅速地浏览了一遍。大部分话都是老生常谈，实质性的话只有几句："改革国体，经纬万端，极宜审慎，如急遽轻举，恐多障碍，本大总统有保全大局之责，认为不合时宜。"

"父亲，"袁克定说，"儿子以为这不碍事。宣言尽可公之于报端，到时各省都一致投票表决赞成帝制，那时父亲再发表一个宣言，说服从民意，顺应舆论，不得已勉为其难做皇帝就是了。"

袁世凯的顾虑基本上打消了，他吩咐儿子："你们去办吧，要多注意国际动向。"

有了父亲这句话，袁克定的气势更壮了。他想：严修的话只是对父亲当面说的，影响不大，影响大的是杨士琦在参政院代读的时局宣言。如果此时不表示一个破釜沉舟的坚决态度，那么筹安会、请愿联合会以及各省的心腹们便会由怀疑而产生动摇，由动摇而导致分裂，即将到身的龙袍便会给吹走。不行！必须消除不良影响，鼓舞士气，乘胜奋进，直到把中华帝国建立起来为止！

第二天，袁克定召集杨度、孙毓筠、梁士诒、张镇芳等人在北海离宫开会。袁克定在会上慷慨激昂地说："中国办共和办了四年，弊病丛生，国不安宁，有识人士在碰壁后终于明白君宪才是中国真正应当选择的国体，筹安会诸君子发起学术讨论，经过辩论，道理越来越清楚。请愿会诸君子发动京师各界及普通百姓行动起来，为请求君宪早日实行而敦促政府诸公。各位都很辛苦了，都取得了很大的成果。不料在我们并力奋进之时，有心怀叵测之徒攻击君宪，危言耸听，企图混淆是非，扰乱视听，死命保住共和僵尸。这些人不唯是总统的敌人，也是我们全体人民的敌人！"

袁克定说到这里，气上胸头。他站了起来，戴着白手套的右手支在精光闪亮的德国造不锈钢拐杖上，左手挥舞着："杨士琦在参政院代读的宣言，不是对君宪制的否定，而是总统对我们的告诫。告诫我们要审慎，不能轻举妄动。大家要理解总统的心情。总统受全民所托，肩负国家的安全，这副担子有多么沉重！何况国体是一国之本，牵涉到全局，不仅于我们自己切身有关，而且世界各国也都在密切关注着。总统怎能不慎而又慎？"

杨度、孙毓筠不住地点头，梁士诒沉着脸，张镇芳悠闲地抽着雪茄，其他人都懔然听着。

"所以，大家不要被宣言书上的话所疑惑，以为总统改变了主意。我明确地告诉各位，总统昨天亲口对我说，他是全国人民的公仆，他尊重全国人民的意愿，倘若全国人民都要求实行君宪，都要求他做皇帝的话，他一定要接受这个意愿，改行帝制，亲登大位。"

杨度脸上露出了笑容，其他人也都松了一口气。

袁克定加大嗓门继续说："我告诉大家两个好消息，一是已有十个省打来了电报，这十个省的人民一致赞成君宪，拥戴总统登位。二是英国政府和日本政府都有权威讲话，支持中国自己的选择，不干涉中国内政。"

"哦，原来他手中的法宝是英日两国的支持！"杨度明白了袁克定最终说服父亲回心转意的原因，他的心更加踏实了，决定明天就去把富金赎出来。云吉班的翠班主把富金当作一棵摇钱树，又见杨度是个出手大方的大红人，开价要四十万银圆。杨度一时拿不出这多钱，八十万的筹办经费顶多只能挪用十五万，再七凑八凑可以凑出五万。翠班主说杨老爷马上就要做宰相了，先拿二十万把富金带出班，当了宰相后再交二十万。开会前杨度还在犹豫，万一帝制办不成，今后二十万何能补齐，不如暂不赎。现在他已下了决心，明天上午先交二十万，把富金从陕西巷接出来，既兑现了诺言，又能天天和她在一起。宰相美人，全归了自己，其乐何比！

这时，胖墩墩的张镇芳从口袋里掏出一封信，走上前递给表侄，说："克定，你看看，这是早两天在请愿会里发现的匿名信。"

袁克定接过看了一下，脸色立即变得铁青。他将信撕碎摔在地上，厉声叫道："这一定是革命党弄的鬼，不要被他们吓唬住！说什么若行帝制没有好下场，取消帝制，就可保袁氏子孙无事吗？一派胡言乱语！帝制已到了这个地步，谁要是能担保取消帝制袁氏家族永远没有危险，则姓袁的不做此皇帝！"

说着，袁克定瞪大眼睛盯着大家，又扬起手中的钢拐杖吼道："试问，谁能担保？"

大家面面相觑，都不知说什么为好。

袁克定心想：一不做，二不休，今天干脆使点儿绝活出来，让那些反对帝制的人心里也有个怕惧。他将钢拐杖朝青砖地狠狠一戳，叫道："我袁克定改帝制是改定了，谁也不能阻挡。哪个敢来试试，我就这样对待他！"

说完，猛地提起拐杖走到窗户边，将窗户上的五彩玻璃一块一块地捅碎。破碎的彩色玻璃片掉到青砖地上，发出一阵阵使人心悸的声音。大家都被大公子此举给镇住了。

张镇芳走过去，拉住他，以表叔的身份劝道："克定，不要生气了。革命党都是无赖之徒，不要跟他们一般见识。"

谁知张镇芳越是劝，袁克定越是来劲。他推开表叔，抄起桌上那只一尺多高明代弘治年间烧制的青花瓷瓶，朝着对面那座大穿衣镜掷去，嘴里嚷道："革命党无赖，老子比你还无赖！"

随着嚷叫声，离宫里发出"哐啷"一声巨响，明代传下的瓷瓶和日本进口的穿衣镜同时变为粉碎。帝制心腹们都吓得颤抖抖的。

杨度与袁克定相交近十年了，一向都以为这位大公子温文尔雅，没有想到他发起怒来也有这等霹雳手段。是的，外柔内刚，刚柔相济，才是做大事的材料，袁克定人才难得。与别人的颤栗相反，筹安会的理事长对未来的太子投射的是赞赏的目光。

十三　哲子，早日奉母南归，我在湘绮楼为你补上老庄之学

北海离宫会议澄清了帝制派心腹们的疑虑，大大增强了他们成功的信心。

杨度和筹安会诸人关起门来，开始草拟各种诏书。

梁士诒和请愿会的同人们则大筹资金，并走入社会，广为发动各界组织各色请愿团，士农工商自不必说了，就连下九流也不放过。继盐商、酒商、布商、珠宝商请愿团成立后，京师乞丐请愿团、娼妓请愿团也堂而皇之地举起小旗子在大街上游行，表示拥护帝制，拥护袁皇帝，令过路行人掩口哂笑不止，酒楼茶馆又增添了绝好的谈资。

内务总长朱启钤也不甘落后，他干脆办起了一个名曰大典筹办处的组织，公然操办起筹备登极大典的各项事宜来。皇帝龙袍在日夜赶制，皇后、皇妃、皇子、公主的袍服也在赶紧设计之中。瑞蚨祥的孟老板打出五十万圆的红包来，上自朱总长，下至走脚跑腿的职员一一打点遍，把所有宫廷吉服制作的业务全部揽了过去。当年那个气死八指头陀的礼俗司白副司长则用重金买通总长，包办了烧制宫中御用瓷器的任务。他借口用前代瓷器为蓝本，将原清廷文华殿中所藏的不少珍贵古代瓷器运出，在江西景德镇烧制了大批宫中日常使用的瓷碗、瓷杯、瓷砖。以后他又将宫中原瓷器卖给洋人。这位白副司长由此发了横财。

至于总长朱启钤更是获利无数。朱启钤的第三个女儿是个追逐时髦喜好招摇的人，仗着父亲的权势，在京师极为活跃，俨然为轻薄女郎的领袖。在朱三小姐的带领下，一批官家女公子争艳斗侈，竞尚奢靡。袁世凯对这种风气看不惯，暗中授意肃政厅批评。于是肃政史夏寿康秉承旨意，上了一道名曰“奏为朝官眷属妇女冶服荡行越礼逾闲，宜责成家属严行管束，以维风化而重礼制事”的呈文。袁世凯原拟借此整饬官府，却不料被王闿运看中，引作自己离京避祸的护身符。

王闿运一到京师，便对袁世凯貌似礼遇、其实冷淡的态度不满，采取一种玩世不恭的对策来办国史馆，后又遇到国史馆经费不能按时

发足的尴尬局面，加之宋育仁无故遭遣等事，他的心情很不愉快。前向周妈母子私自用饷银赌博牟利惹出案子来，王闿运更是恼火。眼下京师为复辟帝制事闹得沸沸扬扬，而出头操办此事的人，又是自己寄予厚望的学生。王闿运坐在国史馆里冷眼看世界，越看越不对味。他曾经叫代懿把杨度找来，希望学生不要走得太远了。杨度对帝制成功信心十足，并怂恿老师以耆宿硕望的身份带头上劝进表。湘绮老人对此哑然失笑。

在王闿运看来，帝制已不可能再复辟，袁世凯也将当不成皇帝，而他又不能劝说这个年侄总统回心转意，甚至连自己一手培养出来的学生都不能悬崖勒马，再加之这个国史馆长做得如此窝囊。既然这样，还留在京师做什么，不如回到云湖桥去，眼不见心不烦，岂不安宁多了。何况近来身体也常有不适之感，已是八十四岁的人了。古话说，七十三，八十四，阎王不请自己去。随便哪天都有自己去的可能，何苦要双脚伸直在京城，让儿子们费尽千辛万苦再运回老家？

一想到死，湘绮老人心里又不平静起来。八十余年人生岁月，转眼就将这样过去了。“高堂明镜悲白发，朝如青丝暮成雪”，真正是一点儿不假呀！虽说是学富五车，著作等身，桃李满天下，诗名传海内，但老人平生的志向岂在此！安邦定国，拯世济时，像管仲那样九合诸侯一匡天下，像魏征那样辅佐贤君整治世道，那才是他的人生抱负、处世理想。然而生不逢时，一次次的努力都以失败告终，好不容易为帝王之学找到了一个志大才高的传人，而这个门生却又天性沉稳不足躁竞有余，更重要的是他也没有碰到一个好的时代，没有遇上一个可成大事的非常人物。

帝王已被推翻，想恢复帝制的人又不得其时不得其人，看来帝王之学永远只能是一门束之高阁的学问了。“哎！”湘绮老人长长地叹了一口气。

赖三送来一封家信。这是大儿子代功写来的。信上说，湘绮楼遭了秋雨，又添了不少罅漏。这两天天气好，齐白石正带着几个木匠泥瓦匠在修理。又说《春秋诸侯表》一书终于完成了，等父亲审订后拟请人雕版印刷。

看完信后，湘绮老人又增一番感慨：还是齐璜这人本分厚道，已经是出了大名的画师了，仍不改木匠本色，空闲时总是拿锯握刀地做细木活。自己也是五十多岁的人了，在老师的面前依旧是谦卑恭侍，不像皙子这样自以为可以做宰相了，老师的话也听不进了。先前总以为杨皙子、夏午贻这些人是光大师门的高足，看来，真正成就一番大事业的，或许还是这个木讷其外灵秀其内的齐木匠！

《春秋诸侯表》一书终于成功了，也亏代功多年来孜孜不倦的努力。这个题目是他给儿子出的，本来他自己可以写，但他有意让给儿子，希望儿子写成这本书，并通过这本书的写作摸索出一套行之有效的治学路数来。湘绮老人很高兴，儿子总算争了气。代懿、良儿这几个月也都有进步。儿孙们向学上进，这是垂暮之际的湘绮老人唯一的自我安慰了。

前几天，老友吴熙从湘潭城里寄来一封信，对他开玩笑说，四十多年前，曾侯去世时，你送的挽联曾袭侯不愿挂出来，然而上千副挽联没有一副有你的实在公允。现在我也给你写了一副挽联，也有不恭之处，但自认为恰如其分，想趁着你未死之前过过目，点个头，好让代功他们挂出来。挽联是这样的：文章不能与气数相争，时际末流，大名高寿皆为累；人物总看轻宋唐以下，学成别派，霸才雄笔固无伦。

湘绮老人轻轻地读了一遍，浅浅地笑了。挽联的确做得不错，气势奔放，评价也客观，不愧为出自相知多年的好朋友笔下。老人一生写过数不清的挽联，对于平民百姓，他不惜说几句好话，挣得死者家属的欢心，但越是对那些名大位高的人物，他越是慎重对待，力求实事求是，不媚不谄。所以他的挽联自成一格，高标时俗。老人自信，就凭那些挽联，他的名字也可以传下几十百把年。

他知道自己一旦作古，亲朋好友、门生故人的挽联也会不少，但此中能有几副挽得恰到好处就难说了，不如自己生时先来挽一下，也算是对这个世界作个最后的交代。

湘绮老人端起铜水烟壶抽起来，半眯着眼睛认真构思。他没有半点儿自挽的悲哀，心中充塞的是诗人的才气和志士的执着。他要向世人说出自己作为逝者的遗憾和对来者的殷切期许。他终于放下铜水烟壶，拿起玉管羊毫在白纸上写出两行字：春秋表已成，幸赖佳儿传诗礼；纵横计不就，空余高咏满江山。

昨日又传出风声来，说明年圆旦将举行登极大典，所有政府官员、参政、大夫以上者皆须称臣上颂表，并到太和殿行三跪九叩之礼。王闿运实在不愿给那个年侄总统行君臣之礼，他急着要寻一个理由立即辞职南归。今天看到政事堂公布夏寿康这道整饬官眷风规的呈文，耄耋老翁突然来了常人不及的灵感。他想起“君子不苟洁以罹患，圣人不避秽而养生”的古训，决心效古之自爱者以秽德自掩的故事，将夏寿康这道呈文借来为己所用。他思索了一下，提笔写了一份辞职书：

> 呈为帷薄不修妇女干政无益史馆有玷官箴应行自请处分祈罢免本兼各职事。闿运年迈多病，饮食起居需人料理，不能须臾离女仆周妈。而周妈遇事招摇，可恶已极，至惹肃政史列章弹奏，实深惭恧。上无以树齐家治国之规，内不能行移风易俗之化，故请革职回籍，以肃风纪。

写完后他又看了一遍，自己还满意。前几天《日知报》载文讽嘲他将国史馆大权拱手让与周妈，现正好以此为由，离开这座乌七八糟的京城。承认有玷官箴，谅那个年侄总统既不好指责又不能挽留。

他把周妈唤进来，要她三天之内将行李准备好，以便回湘潭去。

周妈惊问：“老头子，官做得好好的，为什么要回去？”

王闿运笑着说：“这官做得有什么好？”

“又不要做事，又能支薪水，还能给我们母子郎崽谋一份收入，到哪里去找这样的官做？”

周妈挤眉弄眼神秘兮兮地说：“老头子，你知道吗，满城都在传说总统明年要做皇帝了，要大赦天下，大赏功臣。你是他的年伯，说不定他要封个侯给你哩！”

王闿运见这个村妇愚昧得可爱，便笑着说：“好哇，我们先回湘潭过年，过了年后再来北京讨封吧！”

周妈笑逐颜开地收拾东西去了。

行装且由周妈去整理，自己可不必管，但馆务总得交待一下吧。他又提起笔来，拟了一个条谕：本馆长有事回湘，馆中事务拟令门人杨度代理。如杨不得暇，则请曾老前辈代理；如曾老前辈不暇，则请柯老前辈代理；如柯老前辈不暇，则请颜老前辈代理。好在无事可办，谁人皆可代理也。此令！

停下笔后，他自己也不觉失声笑了。语句看起来有点儿调侃的味道，但每个字都落在实处。杨度身为副馆长，当然应该代行馆长职务。但杨度现在忙于扶袁世凯登基，哪有时间过问国史馆这个冷曹，那自然只得请曾广钧、柯劭忞、颜念渊等人代理了。曾、柯、颜都是光绪朝点的翰林，比自己钦赐的翰林早好几科，不称他们为老前辈称什么？至于“无事可办”一句，更是大实话。

代懿要守着叔姬，盼望她回心转意，不愿跟老父回家，良儿也不想离开繁华的京城，王闿运只得带着周妈母子郎崽回去。他原打算悄悄地一走了之，不想与杨度、夏寿田告别，但他的辞呈既要送给总统，就自然不能瞒过内史夏寿田。夏寿田将此事告诉杨度，杨度也深为奇怪，两人一齐来劝说老师收回辞呈。但王闿运去志已决，断不改变，他们也无可奈何。

于是叔姬也来看望公公，叮嘱老人家一路多多保重。王闿运见代懿、叔姬总不能和好如初，心里老结着一个疙瘩。当后来他得知午贻常去槐安胡同，又联想到午贻至今仍单身一人，并不接夫人儿女来京师，老人猛然间悟得了什么。他本想就此事问问叔姬本人，但他太疼这个才华少见的媳妇了，不忍心刺伤她。

叔姬把一大包路上吃的点心送给公公。老人接过，伤感地说：“叔姬，我这次离开北京回湘潭，说不定就是我们翁媳之间最后一面了。”

叔姬忙说：“你老人家怎么说这样的话？硬硬朗朗的，有一百岁的寿哩！”

“我也不想活那么久。”王闿运摇摇头说，“我对你说句心里话，在四个儿媳妇中，我最疼爱的是你，想必你也知道。”

叔姬点点头，眼圈有点儿红了。

“代懿不争气，没有出息，他配不上你，这点，爹心里明白。”王闿运的语声有点哽咽了。“不过，代懿心不坏，他是实心实意对你好的。看在这一点儿上，也看在你们儿子的分上，我死之后，你莫和他离婚。”

叔姬的眼泪簌簌流了下来，想起远在湘潭的儿子，心中异常的痛苦。王闿运两只昏花的老眼一直盯着媳妇，盼望她表个态。叔姬本想和代懿离婚，但看着年迈的公公这副乞求之相，她终于软了下来，心里说：没有办法，这就是命！她无可奈何地点了点头。

“好孩子！”王闿运无限欣慰地说，“这我就放心了。”

十二号傍晚，王闿运就要离京回湘了。这天中午，杨度、夏寿田做东，在四如春饭庄为先生置酒饯行。代懿叔侄要监督行李上车不能来，叔姬身子不舒服也没来。王闿运穿着一件枣红色缎面开气长棉袍，在周妈的搀扶下赴了学生的酒会。

他刚一落座，便对杨度、夏寿田说：“我老眼昏花，看字不清什么？至于“无事可办”一句，更是大实话。

代懿要守着叔姬，盼望她回心转意，不愿跟老父回家，良儿也不想离开繁华的京城，王闿运只得带着周妈母子郎崽回去。他原打算悄悄地一走了之，不想与杨度、夏寿田告别，但他的辞呈既要送给总统，就自然不能瞒过内史夏寿田。夏寿田将此事告诉杨度，杨度也深为奇怪，两人一齐来劝说老师收回辞呈。但王闿运去志已决，断不改变，他们也无可奈何。

于是叔姬也来看望公公，叮嘱老人家一路多多保重。王闿运见代懿、叔姬总不能和好如初，心里老结着一个疙瘩。当后来他得知午贻常去槐安胡同，又联想到午贻至今仍单身一人，并不接夫人儿女来京师，老人猛然间悟得了什么。他本想就此事问问叔姬本人，但他太疼这个才华少见的媳妇了，不忍心刺伤她。

叔姬把一大包路上吃的点心送给公公。老人接过，伤感地说：“叔姬，我这次离开北京回湘潭，说不定就是我们翁媳之间最后一面了。”

叔姬忙说：“你老人家怎么说这样的话？硬硬朗朗的，有一百岁的寿哩！”

“我也不想活那么久。”王闿运摇摇头说，“我对你说句心里话，在四个儿媳妇中，我最疼爱的是你，想必你也知道。”

叔姬点点头，眼圈有点儿红了。

“代懿不争气，没有出息，他配不上你，这点，爹心里明白。”王闿运的语声有点哽咽了。“不过，代懿心不坏，他是实心实意对你好的。看在这一点儿上，也看在你们儿子的分上，我死之后，你莫和他离婚。”

叔姬的眼泪簌簌流了下来，想起远在湘潭的儿子，心中异常的痛苦。王闿运两只昏花的老眼一直盯着媳妇，盼望她表个态。叔姬本想和代懿离婚，但看着年迈的公公这副乞求之相，她终于软了下来，心里说：没有办法，这就是命！她无可奈何地点了点头。

“好孩子！”王闿运无限欣慰地说，“这我就放心了。”

十二号傍晚，王闿运就要离京回湘了。这天中午，杨度、夏寿田做东，在四如春饭庄为先生置酒饯行。代懿叔侄要监督行李上车不能来，叔姬身子不舒服也没来。王闿运穿着一件枣红色缎面开气长棉袍，在周妈的搀扶下赴了学生的酒会。

他刚一落座，便对杨度、夏寿田说：“我老眼昏花，看字不清相差几千里，说什么迁徙云云，真个是胡扯。是袁崇焕的后人就可以做安稳皇帝了？”

杨度听了老师这番话，脸上涩涩的，很不自然。

谁知老人喝了几口酒后，谈兴甚好，又笑着说：“冯梦龙的《笑史》上有一则笑话，你们看到没有？”

杨度忙问：“什么笑话，先生说给我们听听。”

王闿运抹了抹满是胡须的嘴巴，说：“那一年陈嗣初太守家居无事，有一个慕名者来访，自称是林和靖的十世孙。陈嗣初笑了笑没有做声。说了几句话后，他取出《宋史·林逋传》来，叫客人看。那人读到‘和靖终身不娶，无子’这句时脸红了，起身告辞。陈太守说慢点儿走，我送一首诗给你：和靖当年不娶妻，如何后代有孙儿？想君自是闲花草，不是孤山梅树枝。”

满座大笑。王闿运即席发挥：“袁崇焕根本无儿子，只有一个女儿，又哪里会拱出个第三子迁项城的事来？如此说来，袁慰庭不也是闲花草了吗？”

“新莽门”、“闲花草”，八十多岁老人的创造力联想力之强，令杨度由衷佩服，不过他也很纳闷：为何亲自将帝王之学传授给自己的先生，现在竟然如此反感帝制，如此揶揄即将登位的年侄总统呢？一定要请他将心里话都倒出来。

杨度想到这里，双手举起手中的酒杯，起身说：“先生，我敬你老一杯，祝一路顺利回到云湖桥。”

王闿运坐着不动，只是把杯子略举了一下说：“我抿一口，领了你的情，你坐下吧！”

杨度坐下后说：“先生，你老今晚就要坐车南归了，学生今后想经常求教也难了。有一件事，学生心里一直不十分明白，请你老赐教。”

王闿运放下酒杯：“什么事，你说吧。”

“先生，”杨度庄重地说，“二十年前，学生从京师罢第回乡，和午贻一起拜在先生门下，先生将王门的最高学问帝王之学传授给学生。从那时起，一直到光绪二十八年首次东渡日本止，八年期间，学生追随左右，刻苦钻研，在先生亲炙下渐渐走进帝王之学的堂奥。先生对学生期望甚高，而学生也自以为得了先生的真传。后学生再次东渡，在日本又一住四年，努力学习西学。学生将先生所教和东瀛所学冶熔汇合，终于确立了君主立宪的信仰，虽在辛亥年受潮流所迷而有过动摇，但这几年随着中国政局的变化，对君宪信仰更趋坚定。学生正欲将一生学问付之实践，既可导中国人富强之路，又可将先生平生抱负变为现实。学生本企望在此关键时刻能得到先生鼎力支助，却为何先生反而对此事表现冷淡，甚而反对呢？学生心里颇有点委屈之感。学生是宁可遭事业不成之责，也不愿负背叛师门之罪。望先生鉴此诚心，为学生拔茅开塞，拨雾指迷。”

王闿运伸出一只干瘦的手来，缓慢地梳理着已全部变白了的稀疏胡须，注目看着周妈将枣泥和肉末一匙一匙地舀进他面前的瓷碟中，长久不开口，席上的气氛顿时冷了下来。

“皙子把话说得这样郑重。”沉默一段时间后，王闿运满是皱纹的脸上微露一丝笑意，终于开口说话了。“你们难道没看到这半年多来，我是如何办国史馆的吗？”

杨度、夏寿田都觉得先生虽然没有接触到刚才的提问，但显然他的这句话将会引出一段有趣的内容，于是以极大的兴趣听着。

“你们知道我是如何处世的吗？老子说挫其锐，解其纷，和其光，同其尘。庄子说树大木于无何有之乡广莫之野，彷徨乎无为其侧，逍遥乎寝卧其下。和光同尘，逍遥无为，这是老庄处乱世之方。千百年来，此方颠扑不破。唉！”王闿运叹了一口气说，“也怪我过去关于这方面的学问没有对你们讲过。”

王闿运用筷子挑起一点枣泥在口里细细地嚼着，说：“我王某人其实有两门最高学问，即帝王之学和逍遥之学。世事可为则奉行帝王之学，世事不可为则奉行逍遥之学，用汉儒仲长统的话说就是，逍遥一世之上，睥睨天地之间，不受当时之责，永保性命之期。二十年前，你们都还年轻，老夫虽然年过六十，早已奉行逍遥之学，但仍对寻觅帝王之学的传人痴迷不悟。故对你们，尤其是皙子，总是导以帝王之学，不言逍遥之学。毕竟帝王之学功在天下苍生，逍遥之学只为一己之葆真养性而已。现在看来，倒是我应该多给你们传授些老庄养生全性的学问了。可惜我又要回湖南了。”

夏寿田说：“不要紧，总统批示的是准你老回家过年。如果你老愿意，过年之后天气暖和了又再来；即使不来，我们明年再请假回湖南，那时再听你老传授老庄的学问。”

“行，我等着你们回来听我讲老庄。”王闿运满含深情地说，“我近来常常梦见我们师生当年在东洲切磋学问欣赏湘江桃浪的情景，梦境的四周总是碧波荡漾桃花灼灼的，你们也一个个都是英气勃发的翩翩美少年。”

杨度被老师的一片深情所感染，说：“是呀，我这一生最美好的岁月就是在东洲度过的，真想时光倒流才好。”

好容易轮到周妈可以插上一句话了，她咧开大嘴笑道：“那时候我的精力也好，天天为你们煮饭烧茶也不觉得累。皙子一来明杏斋就和先生高声谈话，一通宵不睡觉，老头子那时也和年轻人一个样。”

夏寿田感触地说：“杏坛讲学，洙泗诵书，那情景才是人间最圣洁最高尚的图画。这个世界，无论官场还是商场，都难找一块干净之地。”

“午贻这话说到我心坎里去了。”王闿运无限欣慰地说，“不过，话又要说回来，对年轻人只能授帝王之学，老庄逍遥之道也是要到中年以后才能接触，我的教授方法并没有错。我这半年办国史馆，用的都是逍遥之道。说穿了，就是不做事，不做事才是唯一可取的，越做事则离正道越远。有的事，任你怎么努力也不能成功。我原希望你们，尤其是皙子能效法我，但没有做到，于是只有采取冷漠的态度。”

“先生，”杨度插话，“照你老刚才所说，学生这几个月来做的事，抑或是背离了正道，抑或是毫无成功的可能？”

王闿运端起桌上的茶盅，喝了一口，思索片刻说：“皙子，你也是不惑之年的人了，这些年又活跃在枢要之间，你应该比老朽要懂得更多。老朽对当今政局所要发表的意见，大概都是隔靴搔痒的废话。”

夏寿田、杨度一齐说：“正要听先生的指教。”

“要说你们改共和为帝制，我原本没有什么不同意之处。我一向对你们说，中国只能行专制，不能有民主。人人都做主，实际上是人人都做不了主，这个世界就一定会乱得一塌糊涂。”

这几句话甚合学生们的胃口。杨度破例为老师夹了一块酥软的蛋糕。

“但可惜，你们也和做先生的我一样，是不逢其时，不遇其人。”王闿运转了语气。“所以，我估计你们的努力是白费的，我甚至担心会惹起众怒。”

“惹起众怒，”这是张一麟“当今晁错”的另一种说法，杨度已不感到惊恐了，只是有一点他始终不能明白，共和转君宪，总统变皇帝，既有军队的拥护，又有各省国民大会的拥戴，再加之有德国、英国、日本的支持，为什么湘绮师总觉得此事必不可成呢？他想起戊戌年老师在东洲小岛上对几千里外京师政局的惊人判断，尽管现在老师衰老了，但他有丰富的政治阅历，而且身居京师，他一定有其特别的看法。痴情于新朝宰相的帝王之学传人，仍需要老师的智慧。

王闿运又一次拿起毛巾擦了擦双眼，继续说："胡汉民在报上发表文章，说袁慰庭是个反复无常的小人。严范孙面谏慰庭，说他坐失了两个好机会，而现在共和已深入人心。胡、严可谓反对帝制的代表人物，他们的理由也有代表性，但是他们都没有看出一个最要害的原因。正是因为它，才使得袁慰庭做不了李渊、赵匡胤。"

一向有惊世骇俗之论的湘绮师，看来又要发表异于常人的高论了，两位弟子凝神听着。

"要说这个最大的障碍的设置者，还得要追溯到曾文正。"

这话怎么说起，杨度、夏寿田都不明白。

"当年曾文正拯乱世，扶倾危，天天处在争斗之中。那时他身边有一个绝顶聪明的幕僚，此人不是我湖湘才俊，而是江苏智者赵烈文。他看出了曾文正在十分的争斗中只有三四分是与长毛斗，倒有六七分是在与祖宗成法斗。"

与祖宗成法斗？杨度、夏寿田都瞪大了眼睛。

"这个祖宗成法是军权财权归于朝廷，各省不能分润。曾文正办湘军，兵由将挑，将由帅定，粮由饷买，饷由自筹。这种做法完全与祖宗成法背道而驰。但事急势危，不得不如此，曾文正把朝廷的权夺到自己的手里。到了战争后期，湘军各路统帅个个仿效，遂形成了军中之军的局面，不但朝廷不能调遣，连曾文正本人也指挥不动了。到长毛平定论功行赏时，全国十八个省有十三个省的督抚是湘军将领，而这些督抚都有自己的军队，俨然一个个独立王国。赵烈文看出了这个局面所带来的恶果，悲叹藩镇割据又会重演了。到了后来，李少荃的淮军有过之而无不及。经过几十年的演变，渐渐地成了定制，也就酿成了中国政治的最大弊病。"

王闿运喝了口茶，歇一口气后接着说：

"袁慰庭办北洋军，用的也是曾文正、李少荃的老法子。二十年下来，他手下的主要将领，如冯国璋、段祺瑞等人也都形成了自己的气候。而且中国现在的军队并不全是北洋派系，张之洞在湖广，刘坤一在两江，岑春煊在两广都练了新军。后来，在辛亥之役、癸丑之役中，各省都督又都乘机建立了自己的武装力量。从湘淮军以来，各省行政长官都有自己的军队，这已是见怪不怪、常规常例的事了。袁慰庭明为北洋派的鼻祖和统帅，其实他能调动的军队已经很有限了。在共和制度下，大家都名为主人，或可相安无事，一旦他要做君父逼人家做臣子的时候，这些人便服不下这口气了。皙子、午贻，你们明白了吗，袁慰庭做不成皇帝，其原因乃在萧墙之中。我老了，不愿再在北京亲眼目睹这场残杀，我要回湘绮楼去读我的《逍遥游》去了！”

王闿运发下的这通大论，把两个弟子镇得无言可说。夏寿田顿增一番历史知识，杨度则仿佛有大梦初觉之感：先生说的这个道理，自己压根儿都没有想到呀！“宪法之条文，议员之笔舌，枪炮一响，概归无效”。自己的这句名言，眼看就会在各省军阀的枪炮声中兑现了！

代懿进来说，行李都已装上车，卧铺也已安置妥当，请父亲大人到车上去休息。大家于是离开酒馆，上了马车，来到前门车站。在众人的簇拥下，湘绮老人登上了开往汉口的夜班车。

薄暮降临的时候，站台上亮起了昏暗的煤气灯。突然，车头响起巨大的轰鸣，在一声拖长的鸣叫声中，笨重的铁壳车厢开始移动了。湘绮老人猛地从卧铺上爬起，将头伸出窗口外，用沙哑的嗓音对着月台上挥手告别的杨度喊道：“皙子，早日奉母南归，我在湘绮楼为你补授老庄之学！”

杨度被先生的这番情意深深地感动了。他重重地挥着手，大声回答：“你老多多保重，我会回来的！”

冒着冲天烟雾的蒸汽车头拖着灰黑色的长长的车厢，“呼哧呼哧”地向南方驶去，杨度呆呆地站在月台上目送着。很久很久了，他仿佛还看到老师那颗须发皆白的脑袋依旧挂在窗外，似乎还在声声叮嘱他：“皙子，早日奉母南归……”

第三章　小红低唱

一　千年前的《推背图》上便已载明袁克定要做皇帝

王闿运离京后，帝制活动日甚一日地开展起来。眼看着新的一代王朝就要在中国诞生了，拥有巨大财力的梁士诒、张镇芳等人，极不情愿让杨度、孙毓筠等一群书生夺去拥戴新主的头功，他们抛出大量金银，驱使鬼神为之推磨。全国请愿联合会机构庞大，会员众多，没有多久，它的气焰就大大超过了筹安会。

被世人戏称为六君子的筹安会六个发起人，其中严复的列名本是极为勉强的，筹安会成立后的一切活动，他概不与闻。刘师培近来在音韵研究上忽来灵感，他废寝忘食于书斋中，急于把灵感变为成果，会中之事他也尽量不接触。胡瑛、李燮和更习惯于大轰大嗡，细致琐碎的事不耐烦多做。于是，只剩下杨度和孙毓筠两个君子在忙忙碌碌。为了表明他们对立宪的重视及与一班趋炎附势的政客相区别，他们两人又合计着在石驸马大街洋楼大门口加挂一块牌子：宪政协进会。筹安会中的大型活动减少了，加之请愿联合会又着意引诱，于是筹安会的会员们便纷纷改换门庭，摇身变作请愿联合会的人。

大典筹备处的朱启钤、袁乃宽等人更是卖力，继用八十万圆缝一件龙袍之后，又用五十万圆做了一顶平天冠。冠上四周垂旒，每根旒上悬珍珠一串，冠檐缀大珠一粒。用十二万圆刻新朝玉玺一颗。玉玺四寸见方，上镌“诞膺天命，历祚无疆”八个字。用六十万圆制金印五颗，用四十万圆做雕龙御座一把。另外还制有御案、古鼎、古炉、宝屏、宝扇等。他们声称为了节省开支，登极及祀天所用的仪仗、卤簿等就不重做了，临时向前清皇室借用。就这样，他们造的报账单上各项开支加在一起共有两千万圆。明眼人都知道，至少有一半的银圆落入到各个环节办事人员的腰包中去了。

在热热闹闹的鼓吹、挥金如土的筹办的同时，民国政府中一批要员都采取了不合作的态度。国务卿徐世昌以患病为由请求辞职，袁世凯不准，他便干脆迁出中南海移居蝴蝶胡同，声称养病不办公事。清史馆馆长赵尔巽以闭门家居表示不满。教育总长汤化龙、总检察长罗文干、参政院参政熊希龄等纷纷辞职出京。在他们的带领下，一时间北京官员们以辞职、请假为风气。政府不得不派出巡警把守前门车站、交通孔道，对出京官员严行盘查。

京师这种倾向，使杨度心里颇为不安，而尤为不安的是，近日来他在《顺天时报》上看到日本朝野对政府支持中国行帝制事普遍反对。反对派说袁世凯并没有全盘接受二十一条，不是日本的朋友，且此人一贯反复无常，言而无信，即使他接受的部分条款，今后也不会兑现，何况中国国内对帝制复辟的看法不一，袁世凯也不一定做得成皇帝。《顺天时报》是日本外务省在中国办的一家华文报纸，在新闻界影响很大，袁世凯很看重它，每天都要浏览一下。

日本的支持，是袁世凯帝制自为的一个重要原因，眼下日本朝野的反对，会不会使他动摇呢？倘若袁世凯本人不想做皇帝了，那么一切不都是瞎忙乎吗？杨度终于耐不住性子了，他来到兵马司胡同找袁克定商议。

"皙子，你不要担心，老爷子根本不知道这些。"当杨度说出《顺天时报》上的文章时，被帝制美好前景鼓舞得飘飘然的太原公子，笑拍着杨度的肩膀说：

"你将《顺天时报》封锁了，不让它进中南海？"杨度知道袁世凯从不外出，只要报纸不进总统府，他就无从得知。

"那怎么行！中国人办的报纸，他可以不看，有时还说办报的人是无事找事。但这份日本报纸他却是每天非看不可，而且对报上的文章很重视。"袁克定边说边给杨度端来一杯咖啡。

"总统既然天天看，那怎么可能不知呢？"杨度颇为疑惑了。

"你想想看，这是为何？"

袁大公子跷起二郎腿，脸上浮起一股难以测度的笑容。前些日子，他用二万银圆私自铸了一颗镌有"皇大储君"四字的玉印，材料用的是碧润温滑的和阗玉，三寸见方。这件事，他不但没有跟老子说，连杨度、梁士诒等人也都瞒了，是袁乃宽替他一手包办的。袁克定之所以不张扬此事，这中间有一个缘故。

替袁府公子做皇子服的瑞蚨祥绸缎铺的孟老板，设计了几种不同的款式。每种款式中的十六套皇子服，无论是嫡长子袁克定，还是不到两岁的庶幺子袁克有，只有大小的区别，没有花样的不同。袁克定看后心中不舒服，暗思自己是当然的太子，太子的服饰怎能与其他皇子的一样呢？他自己不好挑明，便把这几种款式送给父亲审看，并特意指出，同一种款式中应有所区别。袁世凯同意儿子的看法，他亲手圈定了一种款式，并指明长子、二子、五子的胸前图案为麦穗形，与其他的十三套胸前的牡丹形图案不同。

袁克定见了父亲这个批示，心里冷了好长时间。无疑，在父亲的心目中，储君的候选人有三个，联系到父亲常说自己是六根不全的残废人，袁克定猜想未来皇位的继承人很可能是二弟克文、五弟克权两人中的一个。想到这里，袁克定不觉对这两个庶弟仇恨起来：自己辛辛苦苦谋来的这座江山，最后竟然落到没有出一点儿力的别人手里，这口气能咽得下吗？

袁克定知道，自古以来这样糊涂的父皇是不少的，李渊不就是一个吗？要学太原公子就一定要学到底！于是袁克定私自刻下这颗玉印，表示志在必得的决心，并且要在适当的时候向克文、克权摊牌：识相的，自己让开；若不识相，李建成、李元吉就是榜样！

"我想不出。"杨度想了一会儿后摇了摇头。与这位袁大公子相处几年了，杨度知道此人鬼点子不少，更加之他身旁有一大群智囊帮他出主意，谁知道会弄出个什么鬼点子来瞒过他那位精明过人的老子的。

"你看看这个吧！"袁克定得意地从抽屉里拿出几张报纸来递给杨度。

"这不就是《顺天时报》吗？"杨度一眼看见了报头。

"你仔细看看，跟你平时看的《顺天时报》有什么不同。"

有不同？杨度深为奇怪，都是《顺天时报》，还能有不同吗？他细细地看了起来。先看报头，没有发觉丝毫不同之处。再看编排式样、字体，与平日所看的《顺天时报》也都一样。他想起昨天的第一版上有一块大文章，是陆军部一个名叫村山五郎的大佐写的。文章用激烈的言辞，对大隈重信首相暗地支持中国复辟帝制的行径进行抨击。正是因为看了这篇文章，才急于要跟袁克定谈《顺天时报》的事。杨度找到了昨天的报纸，前前后后看了两三遍，都见不到这篇文章，见到的反而是陆军部支持首相决策的言论。杨度大为纳闷起来："这是怎么回事，难道有两份《顺天时报》？"

"你说对了，是有两份。"袁克定笑着对杨度说，"老爷子看的是这份，北京城里那份他根本看不到。”

“这份报是怎么来的？”

“我告诉你吧，只是你一定要替我保守秘密，什么人面前都不能透露一丁点儿。”

袁克定对杨度说出了这个秘密。

半个月前的一天，深得袁克定信任的绍兴日者郭垣喜气洋洋地来找袁克定。他一进袁克定的房间，便马上把门窗都关得严严的，神秘兮兮地小声说：“大公子，你一定可以做成皇帝，这在一千多年前就已经定了！”

“这话怎讲？”袁克定一时摸不着头脑。

“《推背图》上早就写明了呀！”郭垣从衣袋里摸出一本薄薄的发黄的书来，一边说，一边翻。“四十三象里说得清清楚楚的。”

《推背图》是一本在中国民间流传了很久的书，相传是唐朝袁天罡、李淳风两人合编的。一段一段地写，每段配一个卦名，一个图像，再加上几句话。因为有图像，所以一段也叫做一象。编到第六十象时，李淳风推了推袁天罡的背说“算了吧，不要再编了”，袁天罡就此止住，并给这六十象取个总名叫《推背图》。据说《推背图》上的话，在后代都一一得到应验，因而这本书在民间很有神秘性。

“四十三象是怎么写的？”袁克定兴致高昂地看着郭垣一页一页地翻。

终于翻到了四十三象。只见上面画着两个人，一大一小，像是赶路，又像是逃难。像下有几句话：君非君，臣非臣，始艰危，终克定。

“克定！”袁克定一眼看到了自己的名字出现在书上，又惊又喜。

郭垣神情肃然地说：“袁、李二位千年前所预料的一幕正在当今上演。君非君，指的是，大总统明明是君，却又不叫皇帝，这就是君非君。同样的，百官也就臣非臣了。恢复帝制一事，刚开始会遇到一些艰难，最后则整个江山都属于大公子克定您了！”

袁克定听后心怦怦跳着：看来这是天意了！他紧紧地抱住郭垣的肩头，激动地说：“郭先生，大功告成后，我一定重重地酬谢你！”

郭垣说：“大公子有什么事要我办，我赴汤蹈火不辞。”

《顺天时报》这几天接连登了几篇日本朝野反对中国帝制的文章，袁克定正为此事而不安，他深恐父亲因此而动摇帝制自为的信心。于是请郭垣帮忙出主意，如何消除《顺天时报》将有可能造成的对袁世凯的影响。当得知袁世凯每天一定要看这张报纸时，郭垣出了一个主意：再造一份《顺天时报》，一切都与真的那张一样，当天报上所有的文章都照登，只把不利于帝制的文章删去，空缺部分补上自己写的拥护帝制的内容。

袁克定虽觉得此举颇为冒险，一旦识破了，将有欺父欺君之罪，但在"终克定"的鼓舞下，他决心铤而走险。不说假话，怎能办成大事！

从第二天开始，中南海里所有的《顺天时报》，便全部是由袁克定所控制的印刷厂里发出来的，真正的《顺天时报》一份也不能进去。在一篇篇虚假的拥戴文字的糊弄下，袁世凯帝制自为的感觉十分良好。

"真有你的！"杨度在佩服称赞之余，不免在心里想着：中华帝国，真的可以用欺骗蒙哄的手段建立吗？

"皙子，你来得好，有一件事正要你来办。"

"什么事？"杨度放下手中的假《顺天时报》，瞪着双眼望着面前这个胆量并不亚于当年李世民的今日太原公子。

"全国各省区的国民代表大会对国体的投票已经结束，一千九百九十三张票全部赞成君宪。过几天参政院将受各省国民大会的委托，向大总统恭上推戴书，推戴书的草稿已拟好了，你先看看。"

袁克定将散乱在茶几上的《顺天时报》整理好，重新放进抽屉里，随手将推戴书的草稿拿了出来。

杨度接过后很快浏览了一遍："这是哪个才子写的？写得不错嘛，我看可以用，不需做什么改动了。"

"这是杨士琦写的。"袁克定淡淡地说，"好是好，但较空洞，没有把总统的丰功伟绩写出来。这尚在其次，最主要的是没有讲清楚总统对国体的转变态度。那年就职誓词上说抵死捍卫共和，永不让帝制复辟，现在为什么又接受拥戴登基做皇帝，这个过程没有写清楚。"

杨度想，这的确是个大事，誓词上那番向全国全世界宣布的话，距今不到四年，真可谓墨汁未干，言犹在耳，现在又来自我否定。这该怎么向世人解释呢？

"杨士琦是写不好这个过程的，因为他自己没有这个亲身经历，而你可以写，因为你当初也是积极主张共和的，现在又积极主张帝制。你自己是怎么转变的，清理清理，写出来就行了。你说呢？”

袁克定盯着杨度看了一眼。这一眼，把杨度的心看得急跳起来。他似乎觉得袁克定在审讯他，审讯的潜台词是：你自己是怎么出尔反尔、变化无常的？一种羞惭感在他的心里慢慢升起。

自己是怎么改变的？一半是出于对国家和人民的负责，一半是想捞取新朝宰相的资本。这种心思已经是不能和盘托出了，至于袁世凯，他的心思只有一种，即建立他个人至高无上生杀予夺的威权，建立万世一系的袁氏王朝。而这，能公之于世吗？

杨度颇觉为难地说：“杏城写的这个推戴书也是费了很多心血的，何况他位居左丞又死爱面子，不用他的，他会不高兴的。”

“用，他这份推戴书一定用。”袁克定果决地说：“皙子你饱读历史，应该知道自古帝王即位都是三推三让的。总统登基，怎么可以只有一次推戴呢？杨士琦的这份算是一推，总统就来个一让。这第二次推戴就由你来写，总统再来个二让，接下来再三推三让，最后才是总统祭天践位。这才堂堂皇皇，光明正大。皙子，再没有谁的文章能超过你了，你就写吧，三天内写好。除写清楚转变过程外，还要敷陈总统的功绩。”

文章是不好做，但既要当新朝的宰相，再难做的文章，也要做它个锦团绣簇，否则今后怎么能服得了众呢？

回到石驸马大街洋楼后，杨度便关起门来构思这份第二次推戴书。他要把自己这几十年间所练就的做文章的浑身解数都使出来，做好这篇为新朝奠基的雄文。

他设想文章分为两个部分。前半部分为袁世凯唱颂歌，后半部分为袁世凯做辩护。前半部分颂歌又分两部分，即功业和德行。

袁的功业是显赫的，这部分好写。他很快便写出经武、匡国、开化、靖难、定乱、交邻六大功业来。至于德行方面，他难以下笔了。世间都说袁世凯是借革命党来压清室孤儿寡妇，又借清室孤儿寡妇来邀功于革命党的奸佞。杨度心里十分清楚，袁世凯正是这样一个人。称之为奸雄，可以当之无愧，表其盛德则纯为欺世。欺世就欺世吧，事情做到这个地步，也只得如此了。

杨度咬断了几根笔杆后，终于也写出了后半部分来。称赞袁世凯对清廷洵属仁至义尽，而终于不能保全，乃历数迁移，非关人事，至于为皇室争得了优待，实为“千古鼎革之际，未有如是之光明正大者”，把袁世凯打扮成为一个比商汤、周文还要高尚的圣君。

最难着笔的是辩护词了。他冥思苦想，没有其他更好的托词，只能从循民意这个角度来入手。凑来凑去，他也写出了一段文字来：

至于前次之宣誓有发扬共和之愿言，此特民国元首循例之词，仅属当时就职仪文之一。盖当日之誓词，根于元首之地位，而元首之地位，根于民国之国体，国体实定于国民之意向，元首当视乎民意为从违。民意共和，则誓词随国体为有效；民意君宪，则誓词亦随国体为变迁。今日者，国民厌弃共和趋向君宪，则是民意已改，国体已变，民国元首之地位已不复保存，民国元首之誓词当然消灭。凡此皆国民之所自为，固于皇帝渺不相涉者也。

当时以共和为国体是民意，现在改以君宪为国体也是民意，元首唯民意是从，至于责任，则由国民自负。文章是做得圆滑，但杨度心里明白，所谓国民公意，究竟代表了几成国民，那就很难说了。

终于把这份第二次推戴书写成了，犹如卸掉了一副千斤重担，杨度长长地舒了一口气。他觉得这是平生做得最为艰难的一篇文章！倘若第三次推戴书再要自己来写，即使绞尽脑汁、搜索枯肠也难以对付了。幸而袁世凯读了这份推戴书后十分满意，他无意仿效古礼，不需要第三次推戴，便同意接受民意。

杨度得知后很是兴奋，他赶紧告诉孙毓筠。孙毓筠也很激动，便提出由他们二人以宪政协进会正副理事长的名义，上一道促袁世凯登极折。

自然，这道折子也由杨度来写。这种文字好写，不要具体内容，拣些好听的话铺排起来就行了，杨度略作思考便一挥而就。其中几句，如“汉高即位于戎衣方卸之时，明祖登极于兵事未平之日。临朝受贺，丕开王会之图；定分正名，益见天心之眷。盖欲昭南面垂裳之治，当速行北辰居所之仪”等工整的对偶句，直让前任革命圆勋赞叹不已。

杨度兴犹未尽，想起湘绮师虽已离京，但仍挂了国史馆长的名，也应该有一份劝进折。尽管老先生不赞同袁世凯做皇帝，但现在大势已成，以他的名义上个折子，他知道后也不会骂人的，倘若新皇上今后封他一个侯伯爵位，说不定他还有大慰平生之感哩！

袁克定既然相信《推背图》，想必他的老子也相信谶语。杨度翻箱倒箧找出了一本二十年前在天桥书摊上买的《明谶》，从中觅到了一句“终有异人自楚归”，又在劝进折里加以解释：“项城即楚故邑，其应在公。”袁世凯看了这份劝进折果然高兴。

民国四年十二月十二日，经过二推二让后，中华民国的大总统袁世凯终于接受了参政院的推戴。短短的几天里，他颁布了一系列重大的决定：定国号为中华帝国，改明年为洪宪圆年，太和殿改名为承运殿，中和殿改名为体圆殿，保和殿改名为建极殿。

又申令旧侣黎元洪、奕劻、载沣、世续、那桐、锡良、周馥，故人徐世昌、赵尔巽、李经羲、张謇，耆硕王闿运、马相伯等十三人不称臣。其中徐、赵、李、张四旧友并特颁嵩山照影各一张，名曰嵩山四友。这四友除不称臣外，还享受乘朝舆、肩舆、临朝设矮几、每人岁费两万圆，赏穿特种朝服等优礼。

又封黎元洪为武义亲王，封冯国璋、段芝贵、张勋等为一等公，封汤芗铭、阎锡山、唐继尧等为一等侯，封曹锟、靳云鹏等为一等伯，封朱庆澜等为一等子，封许世英等为一等男。

杨度虽没有得到五等爵位之封，但他不失望。他知道自己的大封是在太子登位之时，而不是此刻，此刻是要让那些老朽及兵痞子们得到好处，用以换取他们对帝国的支持，自己今后一匡天下的日子还长着哩！

正当袁氏父子和杨度沉浸在帝制成功的喜悦中时，西南边陲一道通电敲响了短命的洪宪帝国的丧钟！

二　看到蔡锷拍来的独立通电后，袁世凯大骂杨度是蒋干

袁世凯接受帝位十天后，夏寿田将一封由云南将军唐继尧、巡按使任可澄署名的特急电报，送到了即将登基的洪宪皇帝眼前。袁世凯看完电报，不觉大吃一惊。原来这封电报用坚定而恳切的口吻规劝袁世凯改变主意，不要食言背誓。否则，此间军民痛恨已极，万难镇抚。并赫然列出杨度等十三名祸首来。除筹安会六人外，其余七人为大典筹备处及国民请愿会中的头目朱启钤、段芝贵、周自齐、梁士诒、张镇芳、雷震春、袁乃宽，请大总统将此十三人明正典刑，以谢天下。限二十四小时予以答复。

云南乃边隅之地，滇军不过万余之众，袁世凯在一阵惊慌之后立即镇定下来。当年黄兴、李烈钧以革命党之气焰煽动宁赣数省闹独立

尚未成功，何况区区唐、任之辈能成得了什么气候！袁世凯命令夏寿田以政事堂的名义复电云南：“此电想系他人捏造，未便转呈。”

三天后，从昆明再来一电，宣告云南独立，公然指责袁世凯乃背叛民国之罪人，已丧失元首资格。公开独立之事已让袁世凯痛恨了，更使他痛恨的是这封电文的署名中除唐、任外，还加上一个名字：蔡锷。

袁世凯气得甩掉电文，在办公室里来来回回快步走着，粗重的皮靴声震得整座大楼在发颤。他一辈子都在戏弄别人，几乎次次得手，从来没有人能够戏弄过他。而现在，他身为一国之尊，却让一个比自己儿子还要年轻的湖南蛮子成功地戏弄了，他怎能不火，怎能不恨？“蔡锷呀蔡锷，抓起你来，我非要食肉寝皮不可！”袁世凯在心里狠狠地骂道，牙齿咬得格格作响。蔡锷是杨度介绍进京的，可见杨度不是好东西。袁世凯想到这里，不觉将仇恨转到了杨度的身上。他大声对夏寿田吼道：“你把这道电报交给杨度，这家伙，简直就是蒋干！”

杨度看完这封电报后，人几乎要瘫倒在地。他压根儿也没有想到，蔡锷竟然会玩出这样一场把戏来。

上个月，蔡锷亲自去了一趟天津，与梁启超一起制定了一套周密的计划。一天午后，蔡锷雇了一辆黄包车，带着小凤仙在北京街头闲逛。黄昏时他悄悄溜进前门车站，这时梁启超的家人已早买好车票在等他了。一出天津站，梁府家人便把他带到日租界同仁医院一间预约的单人病房里。几天后，他和留日本时的同学、士官三杰之一的张孝准一道乘船赴日本。

到了日本后，蔡锷给袁世凯写信，说近年来喉头时常发炎，受日本友人之邀已来日本就医。又说先与友人游览几个地方，并借以选择医院。蔡锷写了十多张明信片，明信片上一一载明行程，交给张孝准，叫张在日本旅游，每到一处，则给袁寄一张。明信片尚未寄完，蔡锷便乘船经香港、河内进入云南。

云南滇军内部早已被袁的倒行逆施所激怒，只是苦无威望素著的领袖出头。蔡锷一到昆明，便受到滇军的热烈欢迎。唐继尧、任可澄都曾是蔡的部下，自然拥护他。这时，李烈钧及贵州都督戴戡等人也都到了昆明。他们决定在昆明首倡义旗，捍卫神圣的民主共和制。蔡锷提出先礼后兵，这便是二十二日以唐、任名义的规劝电。遭到袁的拒绝后，大家义愤填膺。蔡锷激动地说：“我们与其屈膝而生，不如断头而死。我们起兵讨伐袁贼，所争者不是个人的权利地位，而是四万万同胞的人格。”

滇军全体将士一致表示服从蔡锷的指挥，为四万万同胞的人格与袁世凯决一死战。滇军遂改称为护国军，分为三军，第一军总司令蔡锷，第二军总司令李烈钧，第三军总司令为唐继尧。第二天，蔡锷便带着第一军共三千余人北上四川战场。一路上士气高昂，连战连捷。

蔡锷的这个意外动作太令杨度沮丧了。他赶到馆娃胡同，要已赎身离开妓院的富金速去云吉班一趟，把小凤仙找来问明情况。富金回来后告诉他，小凤仙早在半个月前便请长假回东北老家去了，临走时给班里留下一句话：请转告杨老爷，不必为洪宪皇帝过于卖力，说不定费力不讨好。

听了富金这番话后，杨度如梦方醒。原来沉迷妓院、打牌听戏、积极拥护帝制、去日本养病，这些统统都是蔡锷精心安排的假象。这些假象不仅迷惑了自己，也迷惑了袁世凯，从而使得他能轻易地从袁的囚笼中飞出，顺利潜回云南。蔡松坡呀蔡松坡，老谋远虑、深藏不露居然到了如此地步，你真正了不起！想着，想着，杨度竟然对蔡锷发自内心地敬佩起来。

敬佩之后接下来便是恼怒。想当初，和袁克定计议保举蔡锷由滇入京，原是为了让他执掌军权，希望他在由共和向帝制的转变中，做平叛镇乱的金刚，充捍卫新皇的长城。谁料到，他竟然不做金刚做恶魔，不为长城为洪水，首揭反旗，倡乱天下，而且全然不顾多年的交情，竟敢把自己列名为十三太保之首。蔡松坡呀蔡松坡，你真正是翻脸不认人，心肠比铁还硬比冰还冷！

杨度又想，蔡锷走上这一步，自然是受其师梁启超的影响，但袁对他将信将疑，到后来还暗地指使人借故搜查他的家，无疑更把他逼上了反路。倘若袁世凯坚信不疑，引为心腹，给他陆军总长的实职，将全国军队都交付给他，蔡锷何至于离心离德远走云南！显然，错不在引进，错在未予重任。杨度决不承认自己是蒋干，而且他相信蔡锷以云南一隅来对抗中央，是绝对成不了事的。

然而，袁世凯和杨度都错看了形势，低估了蔡锷和他的护国军，低估了全国人民厌弃专制的情绪。

袁世凯派往西南的中央军队并不能遏制护国军节节胜利的军威，护国军伸张正义的行动受到人民的普遍敬仰和支持。一个月后，贵州宣告独立。与此同时，梁启超在日本人的帮助下，历尽风险，由海路经香港、越南进入广西。几天后，广西宣告独立，原广西将军陆荣廷自任广西都督兼两广护国军总司令，任命梁启超为总参谋。

贵州、广西的相继独立，不仅给袁世凯以重大打击，而且也震撼了北洋军内部。坐镇南京的江苏将军冯国璋，早就对袁世凯帝制自为一事强烈不满。他的不满，一是因为袁世凯耍弄了他。去年，他曾很认真地就此事当面问过袁，袁也很认真地表示永不做皇帝。冯当时完全相信了袁的话，并广为袁做辩解。可是不到一个月，袁便背信弃义，冯如何不气？二是冯也暗暗做过民国总统的梦。袁在日，他自然不敢僭越。袁死后，北洋系中他便是老大了，总统当然非他莫属。现在改为帝制，他便永远只有做臣子的份了。对袁这个贪心不足的举措，冯早就老大不高兴了。眼看着蔡锷的义旗越举越高，这个高足便仿效他的老师，将袁辛亥年的故伎来一番重演。

冯国璋与江西将军李纯、浙江将军朱瑞、山东将军靳云鹏、湖南将军汤芗铭取得联系，用联名形式致电袁世凯，劝他取消帝制，惩办祸首。冯国璋将他的小集团置于中央政府与护国军之外的第三方，他本人则成了第三方的领袖，一面凭借蔡的影响来压袁，提高自己的声望，一面又利用袁的力量来压蔡，组建自己的帮派。冯欲扩大小集团，将五人联名的密电拍给直隶将军朱家宝。不料朱家宝却将这封密电交给了袁世凯。

自从云南出事以来，一向健壮的袁世凯便感到身体不适了。先是精神懒散，食欲不振，继而对姨太太们的兴趣也越来越淡薄了。他早就患有膀胱结石症，这些日子开始频频尿血。想起袁家自曾祖以来连续三代寿不过六十，五十七岁的洪宪皇帝心里顿生悲凉。朱家宝送来的联名密电，简直如同一把利刃直捅他的心窝。蔡锷反叛，他并不害怕；滇、黔、桂三省独立，他也不害怕；他害怕的是北洋内部的分裂。北洋军是他的命根子，命根子上出了问题，便一切都完了。一世枭雄突然发觉自己没有力量了，他用冰冷的双手抓起侍立在一旁的夏寿田的手，有气无力地说："午贻，我昨夜看见一颗巨星掉了下来，这是我生平所见的第二次。第一次是辛丑年，不久李文忠公便死了，这次轮到我了。"

夏寿田望着双目失神的袁世凯，安慰道："陛下放心，冯华甫跟随您二十多年了，他是不会背叛您的；即算是他们同情西南，还有十多个省哩！"

袁世凯的手慢慢地恢复了热气，沉吟良久，说："有一件事我始终不明白，《顺天时报》天天登日本朝野支持我们行帝制，为什么日本公使和俄、英、法三国公使一起要求我们缓办帝制？周自齐到日本去，本是说得好好的事，为何他们又改口呢？”

夏寿田也觉得奇怪，他也弄不清这里面的跷蹊在哪里，只得说：“日本政府向来狡诈贪婪，也可能他们是想借此捞取更多的利益。”

袁世凯轻轻地摇着头说：“内外都不支持，看来这个帝制还是不办算了。”

夏寿田心想：眼下这个乱局，怕不是不办帝制就可以平息得了的。嘴里却依旧安慰：“陛下放心，一切都会好的，据说陈宧的军队早几天还打了一场胜仗哩！”

“唉！”袁世凯长长地叹了一口气，微微地闭上了眼睛。

夏寿田将手从袁世凯的手中抽出来，轻轻地退出了办公室。

夏寿田刚走，三小姐叔桢拿着两张报纸走了进来。叔桢是三姨太金氏所生，今年十七岁了。她长得漂亮，又聪明伶俐，颇得父亲的喜欢。袁世凯办公时，是决不允许内眷进办公室的，妻妾子女们也都严守规矩，从不来打扰。但今天，叔桢要向父亲禀报一个重大的发现，便顾不得这个规矩了。

“你怎么来了？”三小姐刚走到身边，袁世凯便睁开了眼睛，不悦地说，“我在办公，你出去玩。”

“爹，我有件要紧的事对您说。”叔桢在父亲身边站着，神色颇为认真。

“什么事？”袁世凯觉得奇怪，她会有什么要紧事情？女儿家最关心的莫过于终身大事。叔桢早已定好了杨士琦的侄子杨毓珣。毓珣很知上进，现正在日本帝国大学读书，常有信来，杨家也时常走动。这件事是不需叔桢本人费心的，除开这，她还会有什么别的事呢？

“爹，给您看一样东西。”叔桢将一张满是皱痕的报纸递给父亲。

“这是《顺天时报》，我天天都看的。”袁世凯瞟了一眼，没有伸手去接。

“我知道您天天看这报，我请您看我这一张嘛！”叔桢撒娇似的把报纸硬塞给父亲。

袁世凯对儿子们要求很严，在儿子面前他很难有笑脸，儿子们见了他都很害怕。但他对女儿们则较宽，常说女儿在娘家是做客，不要太苛刻。他聘请有学问的女教师住在家里，教女儿们读书，但她们读得好不好，却从不过问。他对女儿们只有一个要求，不准随便外出，硬要出家门的话，则要由兄弟们陪伴。

袁世凯将女儿塞过的《顺天时报》扫了一眼，头版头条的大字标题是：袁氏帝制四面楚歌。他大吃一惊，看日期，是前天的。前天的报纸他记得，那上面是绝没有这篇文章的。袁世凯刷地起身。

“爹，你是去找报纸吗？”机灵的三小姐已经猜到了父亲的心思，忙把手中的另一张《顺天时报》递给父亲。“不要去找了，我已经核对过了。这是总统府里发的前天的报。”

袁世凯一把抓过报纸，先看看日期，不错，正是前天自己看的那张，明明白白没有这篇文章。再看其他内容，却又都一样。他颓然坐下，问女儿：“你这张报纸是从哪里弄来的？”

“是春兰从外面带回来的。”

春兰是服侍金氏和叔桢的丫环，北京本地人。袁府的规矩，家在北京的丫环，每个月可回家住一个晚上。

“春兰昨天回家去看爹妈，我叫她带一包五香酥蚕豆给我。今上午她回来，给我一包用报纸包的蚕豆。我吃了几颗，突然看见了这篇‘四面楚歌’的文章。我吓了一跳，怎么，居然有人敢骂起爹爹来了？读了几行，心里想，这样的文章从没见过呀，一看报头，是前天的《顺天时报》。我把前天的《顺天时报》找来一对，没有这篇文章。我给弄迷糊了，这是怎么回事，为什么同一天的《顺天时报》会不同？有人在报上骂爹爹，这还了得，所以我要急着告诉你。”

袁世凯听了女儿的话后，心里甚是恼怒。这明摆着是两张不同版面的《顺天时报》，联系到日本公使的态度和拒绝周自齐赴日一事，显然从外面带来的那份是真的，府里这张是假的。是谁有这样大的胆子，敢造假报来哄骗我？查出来，非要砍掉他的头不可！他努力压住心头的怒火，对女儿挥了挥手说：“我知道了，你出去玩吧！”

叔桢走后，袁世凯按了一下电铃，夏寿田应声进来。袁世凯阴着脸说：“午贻，你看看这两张同一天的《顺天时报》吧！”

夏寿田拿起报纸看了看，立即看出了问题，惊问：“这两张报纸怎么会不同？”

“府里的《顺天时报》每天是谁送来的？”

“过去都是报馆雇的当差送的，这段时期是大公子家的茂顺送的。”

莫非是克定弄的鬼？袁世凯马上意识到这点，命令夏寿田：“你快去把克定叫来！”

一会儿，袁克定急匆匆地走进父亲的办公室。见父亲板起面孔坐在桌边，桌上摊着两张《顺天时报》，袁克定立时胆怯起来，两条腿不由自主地抖着，嗓子似乎也不顺畅了：“爹，您，您叫我有，有啥事？”

看到儿子这副神态，袁世凯完全明白了。他怒火冲天，用力一拍桌面，大声吼道：“你看看，你做的好事！”

说罢，手一抹，两张报纸被推出桌面，直落到袁克定的脚跟。袁克定低头一望，正是《顺天时报》。他颤颤地拿起来一看，脸立即黑了。他知道事情已经败露，要想取得父亲的宽恕，只有认错知罪，蒙哄推卸是绝对不可能的了。

“儿子错了，儿子该死！”

“你这个畜生！”

袁世凯顺手抄起身边的藤手杖，朝着克定劈头盖脸地乱打起来。三十九岁的袁大公子低着头，笔挺挺地站在父亲的面前，任凭父亲的毒打，既不躲避，也不申辩。

“你这个瞒天欺父的家伙，老子宰了你！”袁世凯一连打了七八下，仍不解恨，继续死劲痛打儿子，口里骂道，“你这个毁家坏事的丧门星，袁家要败在你的手里！”

打着打着，袁世凯忽然一阵头晕，脚一软，跌倒在地。

“爹！”袁克定十分恐惧，顾不得自身的疼痛，忙把父亲抱起放到躺椅上。

“爹，爹！”袁克定失声喊道。

袁世凯睁开眼睛，见儿子满脸泪水跪俯在身边，心里生出一股疚意来。他有气无力地对儿子说：“去把徐老伯请来，我要撤销承认帝位案……”

三　究竟是人生不宜久处顺境呢，还是顺境原本就是诱人堕落的陷阱

袁世凯以为他宣布不做皇帝，西南方面便会止戈息兵，全国也会再一致维护他的国家元首的地位。岂料护国军并不买他的账，提出了几条和议条件：袁世凯退出总统之位，可免去一死，但须逐出国外；诛帝制祸首杨度等十三人以谢天下；大典筹备费及用兵费六千万，应

查抄袁及帝制祸首之财产赔偿；袁之子孙三世剥夺公民权。袁世凯自然不能接受这种条件，于是战争并没有停息。

不久，浙江宣布独立。一个多月后，袁世凯寄予重望且与袁克定拜过把子的陈宧在四川宣告独立。几天后，湖南将军汤芗铭又宣布独立。袁世凯立即派唐天喜率部前去镇压。唐天喜跟随袁世凯几十年，是袁的忠心家奴。唐临行时向袁表示要誓死効忠总统。谁知一到湖南，他见民情激奋，汤芗铭的力量比他强得多，便立即投靠了汤。消息传到中南海，袁世凯如遭五雷轰顶，连叫数声“唐天喜反了，反了”后，便昏迷不醒了。

袁世凯已卧床一个月了，近来又连续五六天不能导尿，身体已虚弱至极。袁克定见父亲昏迷过去，知已无望了，便赶紧要夏寿田将徐世昌、黎元洪、段祺瑞、杨士琦等人请来，安排后事。夏寿田说：“皙子说他好久没有见到总统了，很是惦念，也叫他来与总统最后见一面吧！”

已从太子梦中醒悟过来的大公子点了点头。

杨度的心绪十分苍凉悲哀，他窝在槐安胡同家里，已经整整两个月足不出户了。自从袁世凯宣布撤销帝制，杨度对荡平护国军维护帝制的期望便彻底破灭了，但他君宪救国的信仰却并没有破灭。两个月来，他对自己近年来的行事做了一番细细的反思。他坚信不是君宪制不对，而是袁世凯非行君宪的明君。袁的最大错误是逼走了蔡锷。倘若重用了蔡，哪来的云南反对；倘若云南不闹事，何至于有今天？他也坚信自己一番为国为民的苦心，终究会得到世人的认可。他在辞去参政院参政的呈文中，一面表明自己的心迹，一面发泄对袁的无可奈何：“世情翻复，等于瀚海之波；此身分明，总似中天之月。以俾斯麦之霸才，治墨西哥之乱国，即令有心救世，终于无力回天。流言恐惧，窃自比于周公；归志浩然，颇同情于孟子。”

这篇呈文公开发表后，便有《京津太晤士报》的记者来槐安胡同采访。他神态安闲地对记者说：“政治运动虽失败了，政治主张绝无变更。我现在仍是彻头彻尾君主救国之一人，一字不能增，一字不能减。中国之时局，除君宪外，别无解纷定乱之方。待正式政府成立后，我愿赴法庭躬受审判，虽刀锯鼎镬，其甘如饴。”

这个谈话披露后，更招致舆论界一片痛诋，都骂杨度是一个冥顽不化十恶不赦的帝制余孽。甚至有人主张立即予以逮捕，枭首示众，以为至今仍坚持帝制者之儆戒。杨度心中虽有些恐慌，但知道毕竟还是袁世凯在做总统，决不会有人闯进槐安胡同来抓他的。谁知强壮如虎的袁大总统，一说病，便马上不可收拾了。

杨度怀着十分复杂的心情来到中南海居仁堂，这里的气氛阴冷凝重。夏寿田把他领进袁世凯的卧室，病榻四周站着十来个人，一律肃然，房子里一点儿声音也没有。德国医生希姆尔正在给袁世凯打针，镊子碰撞铁盒子发出的声音，显得格外尖厉刺耳。谁也没有去理会杨度，只有杨士琦用阴暗的眼光瞥了他一眼，他立时觉得身上有一块肉被刀切掉了似的。

他悄悄走到床边。袁世凯闭着眼睛躺在床上，原先圆胖的脸已经消瘦了，肥厚的嘴唇也变成干瘪瘪的，唯独两撇黑白相间的牛角胡须依旧粗硬地翘起，仿佛不愿倒下总统的威风似的。望着袁世凯这副模样，杨度心中甚是悲怆。戊戌年小站初次晤面，至今已是十八年过去了。十八年间，就是病榻上的这个人，凭借手中的军队，升巡抚，晋总督，入军机处，又因为这支军队而招嫉遭贬。三年后奇迹般地复出，位居总揆，斡旋南北，捭阖朝野，居然当上了民国的总统，又过了八十多天皇帝瘾。真可谓挟风雷，驱鬼神，是当今中国的第一号强人。十年来跟着他，试图凭借他的力量施展平生抱负，这原本是没有错的。倘若他能重用自己，由自己来组阁主政，从从容容，用十年二十年的时间把宪法实施好，把国家治理好，到了国家强大了，百姓富裕了，那时总统功德巍巍，天下归心，再由自己出面，率领百官，恳请他为了国家的长治久安金瓯不缺，将共和改为帝制，那将是水到渠成、瓜熟蒂落之事。国体虽变，政体不变，上下相安，四夷不惊，岂不甚好！只可惜他用庸才而不用人才，使得大公子不安，自己也有怨气，匆匆忙忙地把事情提前办了，弄得天时不遂，人和不成，好事反而变了坏事！袁项城呀袁项城，你精明一世，只因为不用我杨度而弄到如此结局，也害得我今后难以处世为人。这些尚在其次，最主要的是使国家失去了一个不可复得的机会！你撒手走了，留下这个即将大动荡大分裂的烂摊子如何处置？

“总统醒过来了！”有人轻轻地说了一声。

杨度见袁世凯睁开眼睛，目光无神地将围在四周的故旧僚友们都看了一眼，脸上无任何表情。杨度看到袁世凯的目光望着自己了，他真想喊一声“总统”，但又叫不出口。他觉得袁世凯在盯着自己时，嘴巴微微动了一下，好像有话要说。一会儿工夫，目光又转过去了，袁世凯望见自己的嫡长子袁克定了。袁克定走前一步，正要握着父亲

梁士诒像

朱启钤像

唐继尧像

任可澄像

的手，只见袁世凯吃力地将右手略微抬起，无目的地指了一下，嘴巴又动了动，终于轻微而又清晰地吐出一句话来：“他害了我！”

袁克定一惊，不敢把手伸过去。他意识到父亲至死也没有忘记《顺天时报》的事，这句话中的“他”，一定指的是自己。

杨度也猛然一惊，总统莫不是在说我？是我把蔡锷竭力引荐到北京来的，最终反掉帝制气死总统的恰恰是这个蔡锷。“他”，不就是被总统骂作“蒋干”的我吗？

徐世昌、黎元洪、段祺瑞等人也都吃了一惊：这个害死了大总统的“他”，究竟是谁呢？是不是也有我的一份？

本来就令人窒息的气氛中更增添了几分恐怖。

说完这句话后，袁世凯又闭上了眼睛，从此再没有开口了。延至第二天上午十时，他终于永远闭上了双眼，为袁家寿不过六十又增加了一代人证。

袁克定给父亲穿上了准备登基用的龙袍朱履平天冠。袁世凯生前没有做成正式皇帝，死后却穿上帝王服去向阎王爷报到。继任的黎元洪则以大总统的礼仪，为袁举行隆重热闹的丧典。在上千副挽联中，有一副竟丈贡缎上的挽联最为引人注目，它以笔力浑厚的书法、措辞微妙的内容，向世人表达了挽者本人的一腔怨愤：

共和误民国，民国误共和？百世而后，再平是狱；
君宪负明公，明公负君宪？九泉之下，三复斯言。

挽联左下角署名：湘潭杨皙子。

袁世凯死了，护国军方面自然不便来北京鞭尸焚柩，只得把惩办帝制祸首十三太保的事再次提起，并声言如不拘杀这十三个人，决不与北京政府达成和议。

黎元洪本来就讨厌袁世凯称帝，他拒不接受武义亲王之封，就是对帝制的公开反对。对惩办祸首之事，他自然赞同。正准备按护国军提出的名单一一捉拿，却不料说情担保的电报一封封飞到他的桌上。

首先是袁克定从洹上村墓庐打来电报，为他的表叔张镇芳和他父亲的老部下雷震春讲情。黎元洪既然礼葬袁世凯，自然也不便拂逆服中的大公子的意，回电准予将张、雷二人从帝制祸首名单中划去。接下来，冯国璋为段芝贵、袁乃宽讨保。冯现在是北洋系的老大哥，黎要巴结他，当然要给他这个面子。于是段、袁的名字也划掉了。然后，李经羲打电话给黎，说严复、刘师培人才难得，不宜关进牢房。严复的名望素为黎所知，刘师培的学问也让黎的幕僚们佩服，这样，严、刘也不通缉了。

黎元洪见四方都来保人，想想自己也要趁此机会保几个才好。寻思本人乃是靠着革命党的力量才有今日的尊荣，又何况革命党潜在的力量很大，说不定哪天一声喊，会又从四处冒出，须预先留个后路。他便以己身做保人，将李燮和、胡瑛的名字划掉，本想连孙毓筠的名字也一块去掉，只是孙为副理事长，目标大，保不得。

十三太保，去掉了八个，其他的如梁士诒、朱启钤、周自齐、孙毓筠四人都有人出来为他们讲情说好话，唯独杨度，普天之下无一人为他说话，相反地，报纸上连篇累牍地刊登骂他的文章，斥责他由骚动的进步主义的鼓吹者一变为君宪制拥护者，再变为民主共和的策士说客，三变为帝制复辟的祸首，真是个反复无常、卖身变节的无耻文人。有的文章还揭发他一贯嫖娼宿妓，多年前就从八大胡同里拐走了两个女人，如今又仗势霸占云吉班的红牌姑娘。为了讨好这个烟花女，竟然贪污公款，用三万银圆买了一件冒牌字帖送给她，还用四十万圆赎出来金屋藏娇，千真万确是个无品无行的风流荡子。又申讨他在全国一片反对声中，仍然坚持帝制不改，与潮流为敌的罪行，是一个不折不扣十恶不赦的头号祸国贼首。“杨度”二字，已被钉死在耻辱柱上。

这样一个人，还有谁敢来为他讨保说情呢?

槐安胡同杨宅，满天阴霾，死气沉沉。

李氏老太太和黄氏夫人向来不看报纸，也基本不外出，对世事的变化不知其详。但西南边打仗、洪宪年号取消、袁世凯死了这些大事还是知道的，又见皙子两个多月不出门。婆媳俩也知道杨家遭到厄运了。李老太太便一个劲地烧香拜佛，祈求菩萨保佑。黄氏则在心里念叨着，盼望丈夫平安无事。亦竹知道丈夫已陷在逆境之中，她也不会说太多的宽慰话，便只有事事顺着他。作为这个大家庭的实际主妇，十来个人的吃穿日用都由她做主，她一天忙忙碌碌的，也没有多少时间去苦恼。这个家庭中有两个女人的内心最为痛苦，一个是叔姬，一个是静竹。

叔姬本不太过问国事，在与代懿感情破裂独居哥哥家的这几年里，她只是借书籍诗词来抚慰心上的伤痕，来抒发她那似乎永远是可望不可及的既遥远又近在咫尺的幽怨的爱情。但这段时期来，她却密切地关注着外部政坛风云。她叫何三爷把京中所能见到的报纸都买下，凡是指责哥哥的文章，她一篇都不放过，读后再剪下来分类保存。叔姬是个聪慧而情感专一的女人，又是一个胸怀较窄而执拗的女人，她看准的路她要顽强地走下去，她看定的人，她要固执地维护着。在这个世界上，她的心中只有两个男子。她初恋的情郎夏公子，她终生不渝地偷偷地爱恋。她心中的偶像亲哥哥，她排斥一切地全盘信任。她并非认为哥哥的事业一定伟大，相反，她并不太赞成帝制复辟，也从不羡慕达官贵人的权势气焰，她只是对哥哥有一种深厚的骨肉之情，她希望哥哥顺遂发达，希望社会能容许哥哥尽情地展示自己的才智。她不能容忍有人用恶毒的语言诅咒哥哥，甚至连一句批评的话都容不下。她知道哥哥正当心事沉重之际，无情绪做事，于是自觉地替哥哥收藏档案，哥哥总有一天会用得上的。

至于静竹，则更是沉陷在极度的伤感中。静竹的伤感是复杂的。皙子的事业没有成功，他固执己见地走上了一条与潮流不合的道路。当年改变君宪信仰，转而支持共和时，他也面临着世人的指责，从而引起苦恼。作为一个普通女人，静竹绝没有什么政治信仰，她也绝对谈不出该以什么方式来救国的大道理。但是，作为一个从苦难中熬过来的薄命人，她从本能上感觉到共和要比专制好，至少老百姓在名义上算是国家的主人。这几个月里，皙子却狂热地从共和功臣又退回到君宪老路上去了。眼下，在他碰得头破血流神情沮丧的时候，尽管在理智上，静竹也知道应该去劝慰劝慰他，但在感情上，她已经唤不出当年那份温馨了。在她看来，自从皙子迷上帝制复辟后，不仅在政治信仰上入错了门，而且从人生价值的取舍上来说，他也走上了邪道。在静竹的心目中，皙子是一个清清纯纯重情重义的男儿，他在这个世界上是会靠自己的人品才具做出一番事业来，他会珍惜自己的初衷，会始终如一地爱自己曾经爱过的人，同时也会爱惜自己这个用爱情建立起来的家庭。即使做官，也会清清白白堂堂正正地做一个好官，在外面为百姓办好事，回到家里来是个好丈夫、好父亲。槐安胡同这个特殊家庭组合的前些年，皙子基本上是静竹想象中的正派书生，但这一年来，他几乎完全变了样。

这种变样还不只是表现在沉溺于云吉班，以及后来为富金赎身置为外室，这尚在其次，在静竹看来，主要的是皙子的心变了。他的心里已没有她们姊妹的重要位置了。这明显地体现在他对亦竹的冷漠，对自己的疏淡。

静竹记得，这一年来皙子几乎没有跟她亲亲热热说过几次话。偶尔回家来了，也只是在她的房间里站一会儿，既不关心她的病情，也不多谈外间的情况，只是一个劲地说他忙，说了几句不冷不热的话后便匆匆走了。至于梳妆台上那块绿绸包的拜砖，他甚至连眼角都没有瞧一下。

静竹每每夜半醒来，想起这些事，便会揪心般的难受，眼泪止不住地会浸湿大半个枕头。这时，她常常会打开绿绸，拿出那块拜砖来，失神地看着看着，脑子里杂乱无章地遐想。她真的不明白，为什么先前那样一个满腔抱负满腹才情的书生，一旦在官场得意，便会很快晕头转向，甚至连自己对着佛祖起下的誓言都会忘记，连自己倾心所爱的女人都会抛弃。究竟是官场这个地方不能进呢，还是皙子本人经不起权势的蛊惑？究竟是人生不能久处顺境呢，还是顺境原本就是一口诱人堕落的陷阱？

有一点，静竹是很清楚的，那就是她平生所追求的理想破灭了。既然如此，活在这个世上也没有多大的意义了，还不如离开为好。她借口病已好，停止吃药几个月了，她自己心里明白，她的生命力正在一天天地减弱。这一点，包括亦竹在内，槐安胡同的其他人都没有觉察出来。

当然，槐安胡同里痛苦最大的，莫过于他的主人杨度了。袁世凯死了，袁克定带着一大群孤儿寡妇回洹上村守丧去了，袁氏王朝的谋士们或被通缉，或龟缩蜗居，已经风流云散销声匿迹了，帝制复辟是彻底失败了。作为帝制余孽中的首犯，杨度一直在痛苦的反省之中。

面对着眼前的现实，一个巨大的疑惑使他始终难以解答。积极鼓吹帝制，固然有想当新朝宰相的一层原因在内，但扪心自问，想为国家谋求一个长治久安的国体的愿望也是很强烈的呀！只要是一个正视现实的人，几乎都不会否认这样的事实：皇帝退位共和诞生这四五年里，中国一天也没有安宁过，不要说宪政没有建立起来，就是连维持社会正常运转的起码秩序都没有建立起来。过去都说只要把满人的朝廷推翻了，中国就一定会强盛起来，但这几年没有皇帝了反而更乱。袁世凯讨厌革命党，革命党更仇恨袁世凯，那些不属于革命党体系的人也不服从中央政府。这不明摆着是中枢缺乏应有的震慑天下的权威吗？恢复皇权正是恢复权威，而由汉人来做皇帝，正是又有权威，又从异族的手里摆脱了出来，岂不是两全其美！杨度相信，正是因为如此，才会有筹安会的宣言得到各省当政者的支持，也才会有全国一致地拥戴袁世凯做皇帝。但是，为什么当蔡锷在云南那么一喊，便会引起举国震惊呢？蔡锷手下只有三千多人，整个滇军也不过万把人，为何他们就敢与中央为敌，又居然屡败前去征讨的北洋劲旅呢？还有，陆荣廷、陈宧、汤芗铭这些人为何那么快就宣布独立响应云南呢？蔡锷是不得重用，积怨在胸，陆、陈、汤这些人都是极受器重而又铁心赞成帝制的呀，人心之变为何如此迅速？

在国外方面，日本的态度也使他百思不解。明明是竭力劝袁世凯行帝制，为何转眼之间又坚决反对呢？一个自己行君宪而强大的帝国，却不愿它的邻国仿效，难道说日本政府存心不愿意看到一个强大的中国出现？难道说当初的劝说，是设下的圈套，有意引起中国的内乱吗？

当初说行帝制，袁克定一倡议，举国都拥护；而今说捍卫共和，蔡锷一发难，又举国都赞同。莫非说，中国各省的当政者都无头脑，只知人云亦云、看风使舵？抑或是中国的政坛上还有另外一些深层奥妙，自己压根儿就没有摸到过？投身政治活动二十余年的帝王学传人，在这场滑稽剧般的变局中，几乎懵懵然了。

不久，由新总统黎元洪签署的通缉令发表了，原来的所谓十三太保去掉了八个，只剩下五个，又莫名其妙的加上三个，他们是原内史监内史夏寿田、原大典筹备处办事员顾鳌及《亚细亚报》主笔薛大可。此八人“均着拿交法庭，详确鞫讯，严行惩办，为后世戒，其余一律宽免”。

夏寿田见了这道通缉令真是哭笑不得。在整个帝制复辟期间，他只不过是一个忠于职守得总统信任的内史而已，既非策划者，亦非活跃分子，像他这种身份的人都要被通缉的话，那通缉令上的名单至少要列百人以上！他来到槐安胡同诉苦。

杨度苦笑着说：“这是因为你的内史一职是我推荐的，别人又都知道你是我的多年挚友，把你列进来，无非是要加重打击我罢了。这也是落井下石的一种。”

夏寿田明白这中间的究竟后，心情平静下来，说：“皙子，那我们该怎么办呢？”

杨度说：“你一人在京，现在又因我丢了官职，我看你干脆搬到这里来住算了。我这里人多，热闹点儿。”

夏寿田尚未答话，一旁的叔姬听了忙说：“这样最好，夏公子你明天就搬过来吧！”

先前天天去总统府办事，忙忙碌碌的，晚上一人看看书，听听留声机里的西皮二黄，也不太寂寞。这段时期无事可干了，天天一人闷在家，十分冷清，见叔姬这样热情欢迎，夏寿田向她投来感激的目光。叔姬见到这道火热的目光时，心里怦怦跳个不停。

杨度接着说："午贻，你在我这里住着，不必理睬他们，我一人去法庭投案，并向法庭说明你与帝制事毫不相关，通缉你是没有道理的。"

夏寿田感动地说："要去我们一起去，大不了坐几年班房。我们一起坐，又可以像当年在东洲那样，同处一室，早早晚晚谈诗论文了。"

叔姬听了这话，心里激动极了，暗暗地说，夏公子，有你这句话，我这二十多年来的单相思就算得到酬谢了。她噙着泪花说："你们都不要去，看他们怎么样，未必就到家里来抓人不成？真这样的话，到时我去跟他们理论，第一要抓的就是袁克定。帝制成功了，他就是太子，得的好处最大。他最积极，为什么不去河南抓他？其次要抓的是各省将军，他们都通电拥护，袁世凯还没登基，就给他们一个个封公封侯的，为什么不去抓他们？你们来抓两个书生，不明摆着是欺侮书生无权无势吗？"

叔姬这番话真是说得有理有据，杨度、夏寿田都点头称是。好在黎元洪也不像真要抓他们的样子，通缉令发出好些天了，也不见有人来槐安胡同执行公务。

安静几天后，杨度猛然想起富金来。好久不见她了，心里真的很想念，也不知她近来怎样了，看了通缉令后又是如何想的。他决定明天去馆娃胡同看看。谁知不去还好，一去让他气晕了。原来，他的藏娇金屋近日里已换了主人。

四　落难的杨度依旧羡慕宋代宰相赠妾与人的雅事

在大典筹办过程中，内务部礼俗司白副司长通过盗卖国宝获得数百万银圆。这个奴仆出身的民国副司长，除爱钱爱权外，还爱女人。拥有这笔横财之后，他的第一个愿望就是要玩遍八大胡同的所有漂亮婊子。他一天一个，两天一双，居然脚踏实地地向这个目标努力。

白副司长在云吉班里玩到第四天的时候，翠班主终于看准了这是一个为女人舍得花大钱的嫖客，她要在这个嫖客身上敲出一笔大货来。

“白老爷，你可惜来晚了一步，我们云吉班里两个最有名的姑娘，你玩不到手了。”翠班主亲自给白副司长斟上茶，有意将酥软的腰子往他的肩膀上轻轻地一擦，一股浓香把他的脑子熏得晕乎乎的。

“哪两个姑娘，你说说！”白副司长伸出一只手来，死劲地搂着翠班主的软腰。

“这两个姑娘呀，她们出名，一是长得漂亮得不得了，”翠班主就势向白副司长紧挨过去，媚态十足地笑着说，“二是都有一个名气大的好主顾。”

“什么大名气的好主顾？”白副司长另一只手端起了茶杯，眯起两只细眼，不知天高地厚地说，“这世上有名的好主顾，还能超过我白某人吗？”

“一个是蔡将军！”翠班主忍住笑，有意提高嗓门。

“蔡将军？”白副司长惊道，“是不是在云南起兵的蔡锷？”

“正是他。”翠班主乜着眼睛问，“有不有名？”

“有名，有名！”白副司长心里想，原来蔡锷也是一个好色之徒！嘴上说，“那姑娘一定是跟他到云南去了。”

“没有。”翠班主的腰子离开了白副司长的手，再提起茶壶续上茶，说，“蔡将军是一人去的云南。”

白副司长猛地站起来，对着翠班主大声说：“这姑娘在哪里，你给我叫出来，蔡将军一夜花多少钱，我出双倍！”

“好样的！”翠班主赞道，“可惜，这姑娘回东北老家去了。”

“噢！”白副司长扫兴地坐了下来。

“不着急，白老爷。”翠班主笑吟吟地说，“还有个姑娘比那个姑娘更漂亮，他的主顾也有名。”

“谁？”白副司长又来了兴头。

“就是通缉令中那个头号祸首杨度。”与刚才一口一声“蔡将军”的神态大不一样，翠班主的口气里明显地带着鄙夷。

“是杨度那个家伙。”白副司长轻蔑地说，“他现在完蛋了，他的那个姑娘叫什么名字？还在北京吗？”

“姑娘名叫富金，曾经是我们云吉班里的头号红牌。她现在虽在北京，但白老爷你却见不到她了。”

“为何？”

“杨度将她赎出去了。”翠班主扭了扭屁股，在白副司长的对面坐下。“不过富金还没有跟班子里具结，杨度还欠了一半的银圆哩！”

见还有希望，白副司长的血冲上了脑门，瞪起眼睛问：“富金的赎金多少钱？”

“四十万。杨度只交了二十万。”翠班主把话点明，“富金其实还不是他的人。”

漂亮的婊子，白副司长已经玩得不少了，但这样有名气的婊子还没玩过。白副司长心里明白，他虽有钱，但名却没有。京师里有名的人儿多啦，谁知道他一个礼俗司的副司长，何不借名婊子的名声来出名？今后京师官场商场上，人们准会议论杨度曾经相好的婊子现在归了内务部礼俗司的白副司长！如此，我白某人岂不就是人人尽知个个皆晓的大名人了！想到这里，白副司长兴奋极了。他一把抓起翠班主胖乎乎的手，斩钉截铁地说：“就照刚才说的价翻一倍，杨度用四十万圆赎出的富金姑娘，我出八十万买下。麻烦你，三天之内把手续办好。三天后，我一手交钱，你一手交人。”

“好！说话算数！”翠班主真是喜出望外。

“老子说话还有不算数的？三天之后我不交八十万银圆，你把我的‘白’字倒写起！”白副司长站起来，色眼迷迷地望着翠班主，“若是三天之后你不交人，那就对不起，你翠班主今后就得白白地陪老子睡觉，老子一个钱也不给！”

说罢，甩手走出了云吉班。

翠班主略微打扮下，拿起一块丝手帕捏在手里，兴冲冲地叫了一辆黄包车，直向馆娃胡同奔去。

富金这段时期，日子过得又冷寂又难受。洪宪皇朝破灭了，皙子的前途也给毁了。皙子再也没有过去的风流豪放了，在一起的时候，总是心事重重。这两个月来，他干脆连门都不登了。起先，富金很恨小凤仙和蔡锷，认为皙子是上了他们的当，到后来，她对皙子也有了怨气。

这怨气，首先来自于对孤寂的难耐。长年的妓院生活，使富金习惯于笙乐歌舞灯红酒绿，一旦冷清，她就不舒服。刚从云吉班里出来时，杨度常常带她赴宴看戏，晚上陪着她，听她弹琴唱曲。那时她觉得还不错。但后来她经常独守空房，便越来越对杨度不满了。她怨他太把事业功利看得重了，把情意看得太轻。她时常想：人生在世，只有短短的几十年，为什么不抓紧青壮年时期好好享受呢？吃喝玩乐是享受，男欢女爱是享受，心气平和地在家里待着也是一种享受呀。她最怨皙子的就在这里，事业失败了，官位丢了，到外面酒宴歌舞不行了，难道不可以在家里读书写字，一起说说话散散心吗？为什么新朝宰相做不成了，就非要这样丧魂失魄似的厌弃一切呢？

她由此想到，皙子其实并非真心爱她，她住的这间房子其实并不是他的家。他缩在槐安胡同里，生活在他的妻妾儿女身边。槐安胡同，才真正是他的家。

富金猛然醒过来了，她其实不过是他的玩物。在他功名得意的时候，他需要她陪着玩乐，为他的生活增加色彩；当他失意的时候，也就失去对她的情绪，她也就理所当然地被他抛弃了。既然这样，还有什么必要死守着他呢？前几天，富金看到报上登载的通缉令，知道杨度不久就要被抓坐班房了，今后不但无人陪伴，就连吃饭穿衣的钱也断了来源。房东已经来催过几次，要付房钱。往后的日子怎么过呢？

就在这时，翠班主来到了馆娃胡同，给富金提起了白副司长。一个劲地夸白老爷有地位，有名望，家里堆着金山银山，人又长得英俊懂风情。若是跟着他，这一辈子荣华富贵享不尽。富金犹豫片刻后同意了。

三天后，翠班主将白副司长带到馆娃胡同。白副司长从头到脚装扮一新。富金见他虽没有皙子的倜傥潇洒，却高挑健壮，年纪也不大，比起许多嫖客来还要强几分，心里已自满意了。翠班主向白副司长夸奖富姑娘爱好高雅，喜欢临帖写字，还说起杨度用三万圆买《韭花帖》送给她做见面礼的事。白副司长当场拿出一张十万银票来送给富金，说这是见面礼，日后还送你几十万做私房钱。又说爱临帖那更好办，乾清宫三希堂里堆满了乾隆爷生前喜爱的宝帖，过些日子带你去看，只要你喜欢，我都有法子弄出来送给你。这种通天本事，令富金大为惊讶。白副司长随即拿出八十万银票交给翠班主。就这样，富金归了白副司长，当夜他就宿在馆娃胡同了。

接连三天，白副司长为此广宴宾客。对所有的来宾，他都得意洋洋地介绍，这新娶的如夫人，就是过去杨度宠爱的云吉班头号红牌姑娘。来宾们便立即对这位白副司长另眼相看，称赞他艳福齐天。富金得知后，心里却泛起一阵隐痛。

富金毕竟真心爱过皙子，与他有过几个月恩恩爱爱的夫妻生活。今天，当看到皙子满脸忧郁地来到馆娃胡同时，富金的内心里有着深深的歉疚。她以加倍的柔情和皙子说着话，关心地询问他的身体和心情，劝他想开点儿。又特意问到他的家人，从李氏老太太一直问到刚出生不久的小女儿，尤其对黄氏和亦竹更问得细致。杨度心里很奇怪，过去富金从不问起他的家人，对于他的妻妾更是绝口不提。杨度知道这是女人与天俱来的妒心的原故，所以他也小心翼翼地不在富金的面前说起他的妻儿。然而今天，富金主动地说起这些事，他有一种不祥的预兆。果然，富金终于说到了正题。

“皙子，看到报上的通缉令后，我心里很难受。你一直不到我这里来，我还以为你被政府抓起来了。翠妈妈也是这样认为的，她说杨老爷坐牢去了，家产都要被查抄，亏欠云吉班的二十万看样子是还不了啦。原先以为这二十万是绝对少不了的，所以她把新起的房子规模弄得很大。现在房子起好了，欠了很多钱，就等着这笔钱来还债。翠妈妈心里很着急，内务部的白副司长自愿拿出二十万来补这个亏空。翠妈妈感激他，要我在你坐班房的这两年陪陪他。我也没有别的法子可想了，只好答应。皙子，请你宽恕我，待你出了牢房后我再陪你。”

富金这番话，完全是翠班主编出来教给她的。她觉得用这样的话哄哄皙子，总比直说要好点儿，皙子听了也不会太难受。说完后，富金心里一阵悲伤，抽抽泣泣地哭起来。

杨度听了这话，惊愕得半天做不了声。真正是祸不单行，一个人倒起霉来，怎么就这样灾难接踵而来？连一个用重金赎出来的妓女都保不住了，还要眼睁睁地看着她投入别人的怀抱！一时间，杨度仿佛觉得天旋地转，浑身上下一丝气力都没有了。他将双臂支在桌面上托住腮帮，勉强使自己没有倒下去。

富金见状，哭得更伤心了，良心责备她不应该在此时此刻说出这样的话来。

突然间，杨度大梦初醒。富金算是自己的什么人呢？她本是袁克定在八大胡同里结识的妓女，由袁转而介绍给自己的。说是赎出来的嘛，四十万只交了二十万，也没有跟云吉班具结。自己既然交不出那二十万，别人代出了，她陪那人也说得过去。好比说去店铺买东西吧，带的钱不够，别人钱多，那就只得归别人，有什么值得特别难受的呢？

“富金，不要哭了，我不怪你。”

就在一边哭的时候，富金心里也在一边自我宽慰：这都是翠妈妈的安排，我能有什么法子呢？白副司长出得起钱，我也只得归他了。

“皙子，翠妈妈说，叫那个白副司长出四十万，把你那二十万还给你。”

进了鸨母手中的钱，好比送给猫嘴里的鱼，还有出来的吗？何况那钱本是筹安会的公款，从翠班主手里再拿出来，必定会弄得满城风雨，到时还是会被没收。杨度苦笑了一下，摇了摇头。

富金也知道那二十万翠妈妈是绝对不肯拿出来的，于是说：“那副《韭花帖》我还给你吧，你去把那三万元换回来。”

那副《韭花帖》早已被蓝翰林的后人证实为赝品，还值得三万元吗？何况那小子也早已无影无踪，上哪儿找他去？杨度又苦笑了一下，说：“送给你的东西哪有退还的理，留下做个纪念吧！”

富金心里充满了感激，自思这的确是个男子汉，可惜不该栽了跟斗，有心留他再住一夜，又怕白副司长来了不依，便说：“皙子，我到厨房去炒两个菜，陪你喝几杯酒，再唱两个好听的曲子给你听吧！”

猛地，杨度想起了宋代范成大赠妾给姜夔的故事来。有一次，著名词人姜夔将他自制的最为得意的两首歌词《暗香》《疏影》送给时为参知政事的范成大。范成大读后很称赞，命侍妾小红依曲而唱，姜夔自己吹洞箫伴奏。小红歌喉清亮，婉转动听。姜夔目不转睛地望着这个漂亮的小女子，竟然忘记吹箫了。范成大笑着说：“你这样喜欢她，老夫就送给你吧！”姜夔喜不自胜，连连磕头道谢，后来又作诗道：“自作新词韵最娇，小红低唱我吹箫。”

这段赠妾佳话久传文坛，被历代文人们津津乐道。落魄到了这种地步的杨度，还羡慕着当年范老宰相的风流豪举，心里想：我何不写它几首曲子来，让富金唱一唱，日后传出去，也是一段故事。宰相做不成了，且凑个赠妾曲，让后人将它与范老宰相赠小红的佳话相提并论，也算得上一种风光。

想到这里，杨度强压住心底深处的失落之痛，对富金说：“酒倒不必喝了，老歌子也不要唱了。你去化化妆，打扮得漂亮些，我在这里写几支新歌子，一会儿你唱给我听。我们好来好去，就这样分手吧！”

富金听后，心里又涌出一丝悲酸，点点头说：“好吧！”

厅堂里，杨度铺纸蘸墨，托腮凝思，酸辣苦甜，千百种情感一齐涌上心头，写写停停，停停写写。

卧房里，富金在换衣梳头，描眉敷粉。她知道今天是与皙子的最后一次聚会了，她要装扮得漂漂亮亮的，唱得甜甜润润的，以此来酬谢哲子几个月来对她的疼爱，来略为弥补点儿自己的过错。

半个时辰后，杨度的歌词写好了，富金也装扮停当了。她捧出一把月琴，光彩鲜亮地坐在杨度的对面，看了看歌词后，她挑了一个最为哀婉缠绵的调子配上。

“唱吧，富金，人生能有几回欢乐，咱们来个欢乐而别吧！”杨度硬起喉咙说着，努力从脸上挤出一丝笑容来。

富金满眼泪水，轻轻地点点头。随着一阵柔软的琴声响过，馆娃胡同宅院里飘起了富金绕梁不绝的歌声：

生长姑苏字小红，每歌红豆怨无穷。
落花自与枝头别，不任花枝只任风。

杨度端起茶杯，注目望着富金，眼前唱曲的，正是又一个传名千载的姑苏小红。富姑娘，宽心去吧，恶风吹来，一朵娇娇小小的花朵还能抵挡得住吗？

折花随意种雕阑，蓦地秋风起暮寒。
不信兴亡家国事，果然红粉尽相关。

过去读《长恨歌》，读《桃花扇》，多少次为红粉与国家之间的奇异相关而感慨唏嘘，想不到今日我杨哲子又为国乱香销添一个活生生的例证！

啼罢无端说旧盟，旁人窥视浅深情。
莫因别后悲沦落，犹念天涯薄幸人。

杨度放下茶杯，想起当初与富金说过的话：有朝一日做了新朝的宰相，要仿效汉武帝为陈皇后金屋藏娇的故事，建一座既豪华又清幽的香巢。可而今，自己竟然与“沦落”“薄幸”联在一起了。世事风云变幻，人生祸福难测。唉！

合浦还珠事已难，飘蓬分离两悲酸。
此行记取烟波路，岁岁年年梦往还。

富金唱到这里，语声哽咽，泪流满面。她再也唱不下去了，丢掉月琴，扑到杨度的怀里，大声嚷道：“皙子，皙子，我们还有团聚的一天吗？”

杨度也禁不住流下泪水来。他抚摸着富金满是首饰的头发，久久说不出一句话来。

第四章　由庄入佛

一　杨度在迷惘困惑中为恩师撰写挽联

杨度真正陷入了困境。首先是一切经济来源被断绝了。成了政府的通缉犯，自然也就没有俸银了。先前，供应他庞大开支的主要还不是俸银，而是湖南华昌炼锑公司汇来的红利。这一年来公司不景气，赢利极微，每次汇来的红利都是勉强凑起的。自从蔡锷在通电中宣布杨度为帝制祸首后，公司的股东们就趁这个机会不给他寄钱了。杨度对此亦毫无办法。一家老老少少十来个人，每天的开支不少，东拼西凑到了眼下，已经是走到山穷水尽的地步了。

再就是报上天天登谴责他的文章，敦促政府迅速逮捕帝制余孽，切不可心慈手软。还有一些小报的记者、茶楼酒肆里的有闲好事之徒，常常登门来问这问那，弄得杨度天天烦躁不安。更有一些不懂事的邻里小孩子，在仇人的教唆下，对着杨宅整日里大喊大叫，什么帝制祸首啦，袁氏走狗啦，真是不堪入耳。

杨度如处荆天棘地之间。他想离开北京。青岛原有一套房子，袁世凯一死，房子便被当地政府没收了。此外他再无其他房产。当然可以去买房，但现在一家人的日常开支都难以为继，哪有大宗的款项去买房子！这个时候，杨度不由得佩服起袁世凯来。袁当年罢职回籍，一大家子百余口人生活得优游自在，靠的就是他平日积累的庞大的银子在起作用。倘若当初那二十万银圆不去赎富金，而是以杨钧的名义存入湖南的银行里，此时就派上大用场了，现在则是人财两空。荒唐，真是荒唐！

百无一策之时，他想起了千惠子临别时赠送的腰刀来。当时千惠子说过，滕原家族的这把特制腰刀，刀柄上的北斗七星是用七颗名贵的宝石镶嵌的，缓急之间可以变卖做个用途。

自从离开日本后，转眼间将近十年过去了，除开收到美津子的那

张勋像

封信外，杨度再也没有得到千惠子的一点儿消息。他猜想，千惠子一定是嫁给陪她出国读书的那个表哥了，那表哥大概也不错。既然已成家，出于对丈夫和小家庭的忠诚，千惠子也不想旧事再提、旧情重萌。杨度能够理解这种心情。无论是对千惠子本人，还是对滕原家族，对田中龟太郎老夫妇，以及对千惠子的小家，这种举措都是明智的，得宜的。杨度在心里始终深深地爱着千惠子。爱她，就要为她着想，希望她一生幸福。正是因为这，杨度也不再托人到东京和横滨去打听千惠子的近况；也因为这，杨度一直珍藏着这把腰刀，就是到了今天这般田地，他仍不愿意把这把腰刀拿出去变卖。

天无绝人之路。杨度在落难之时遇到了救星。这救星是个与他素无往来的人物——安徽将军张勋。

张勋是江西人，出身贫贱，小时做过曾国藩的朋友翰林学士许振祎家的书童。因为犯事，被许家赶了出来，无奈何在长沙投军吃粮，隶属于湘军宿将苏元春部下。打了几年仗，升了参将，后又被袁世凯看中，调到小站，充工兵营管带。再后随袁到山东，因镇压义和团卖力而升至总兵。又调北京宿卫端门，多次扈从慈禧太后。张勋虽不通翰墨，却长得仪表堂堂，很得慈禧的欢心。慈禧临死之前升他为云南提督。辛亥革命前夕，他任江南提督，驻浦口。革命党进攻南京，他死守雨花台不放，战败后逃到徐州。朝廷不但没有撤他的职，反而升他为江苏巡抚兼署两江总督、南洋大臣。以一书童出身的武夫而做到封疆大吏，张勋对朝廷感恩戴德。尽管民国建立了，大总统袁世凯对他信任有加，但他和他的武卫前军的大小官兵们一律不剪辫子，以示对清王朝的忠诚。于是，他的武卫前军被人们称之为辫子军，他本人则被称为辫帅。他对这种称呼欣然受之。

看到民国建立后这几年政局混乱人心不稳，张勋一直存着复辟清王朝的梦想。他设想着，若由他之手将被推翻的清王朝再扶起来，既报答了慈禧太后的恩德，又能操纵朝廷。作为一个功臣，将流芳百世；作为一个权臣，可以与伊尹周公媲美。那时，他在历史上的地位，必将超过孙中山、袁世凯。

张勋把这个复辟大业构想得十分美妙，因此他对主张君宪者素有好感。在全国都申讨帝制余孽的时候，他以前清大臣、洪宪一等公爵、安徽将军的贵重身份公开发表谈话。说无论主君宪还是主民宪，无非是一种政治主张罢了，既然是民主共和国，公民都有发表自己政治主张的权利，故筹安会等人无罪，不应该在帝制失败后追究他们的责任。他呼吁政府取消对杨度等人的通缉。

张勋的谈话在报上公布后，给杨宅老小及寄居在此的夏寿田带来很大的安慰。就在这时，张勋又以个人名义给杨度寄来一信，盛赞他是宪政人才，只是时运不济，无法施展。又请他入幕赞相军务，还说天津有一座空宅，可以搬到那里去住。

处于政治失意、经济困顿之际的杨度，对张勋此举真有说不尽的感激。他回信给张，说接受好意，将家小迁到天津，但心绪不佳身体不好，暂不能赴徐州就任。张勋很大方，立即派人进京，将杨度一家接到天津海河边一座很有气派的洋楼居住，每月送三百圆薪金，并不要求他去徐州。杨度一家连同夏寿田便在天津住了下来。

那时的北京政府，正是乱得一塌糊涂的时候。对外面临着与德国绝交的大问题，对内则既忙于与南方的军务院谈判，又忙于应付国会内部的派系纠纷。黎元洪的总统府与段祺瑞的国务院也因争权夺利而矛盾重重。在这样一个乱糟糟的政局中，谁还会认真对待那几个早已无权无势又声名狼藉的帝制余孽？抓起他们坐班房与让他们住在家里，于国家有什么不同？还有不少人心里嘀咕：这几个人拥戴袁世凯做皇帝固然不好，但现在这些共和制的执政者们又好在哪里呢？这样一来，人们对帝制祸首、帝制余孽的厌恨之情便大大减杀了。于是，有钱的梁士诒回到他广东三水老家，过着养尊处优的日子，发了大财的朱启钤在青岛别墅里逍遥自在，能讲一口流利英语的周自齐出洋周游列国，大家公子孙毓筠在寿州依然阔绰风光，好读书的顾鳌、薛大可在北京四合院里把卷吟诵，而杨度、夏寿田则在天津洋楼里平安无事地闲度岁月。

深秋的一天上午，杨宅收到一封来自湘潭老家的信。信是杨钧写的，向大家报告一个沉痛的消息：湘绮老人以八十四岁高龄，在云湖桥无疾而终。易箦前夕，老人依然深情地惦念远在北国的学生和媳妇，希望皙子和午贻切不可因政治失意而消沉，人生的真趣是多方面的：适逢其时，得遇其主，风云际会，轰轰烈烈地做一番经天纬地安邦济世的事业，固然是人生的幸运；若时运不济，未遇明主，平生抱负不得施展，或设帐授徒，或著书立说，或躬耕田亩，或优游林泉，尽皆人生的好选择；天伦之间，夫妻之间，师生之间，友朋之间，自有生命的真性情之所在；朝看旭日东升，夜观满天星斗，夏日泛舟荷莲，冬月踏雪寻梅，都可悟造化之精神，沐宇宙之惠泽。天地人群之间，处处都饱含着人生的极大乐趣，愿皙子、午贻好好体味。曾文正说得好，处世办事，全仗胸襟。有一个阔大的胸襟，则无论是处顺境还是处逆境，无论是得意还是失意，无论为将相公卿，还是做樵夫钓徒，都能享受到人生之乐；反之，尽管荣华富贵，也必有许多解不开的结，摆不脱的愁，郁郁闷闷地过了此生。老人十分遗憾不能为学生补上老庄之学了，期望他们自己研读《道德经》和《南华经》。又特为要杨钧转告叔姬，希望她也和哥哥、夏大一起读读老庄，扩大胸襟，夫妻能和好如初。

读完这封长信后，悲痛弥漫了整个杨宅。当天下午，杨家正厅为他们的姻丈恩师搭起了灵堂。李氏老太太、黄氏夫人、亦竹、静竹都在灵堂里向老人鞠躬默哀。叔姬换上重孝，为公公的突然去世哭泣不止。杨度、夏寿田穿上素服，在灯烛香烟之中对着灵牌跪拜叩首，祈祷老人在天之灵平静安妥。然后通宵坐在草垫上，为恩师守灵。

杨度悲伤地望着尺余高的暗红灵牌，二十多年来走过的道路，一幕一幕梦幻似的展现在他的眼前：

东洲书院明杏斋，湘绮师对初来投奔的学生讲叙王门的三种学问——功名之学、诗文之学、帝王之学；衡州城里马王庙，湘绮师带着弟子接过胡三爹托付的《大周秘史》；又是明杏斋书房里，一个蚊香薰得呛人的夏夜，湘绮师回忆了祺祥政变时期那些惊心动魄的往事；还是明杏斋，那个秋风秋雨愁煞人的通宵，湘绮师演说爱新觉罗家族的兴衰史；进京前夕，湘绮楼上，先生为荣任四品京堂的学生书写给袁、张的昔日诗篇；中南海里，湘绮师梦见宋相公的调侃；离京那天在四如春餐馆里，湘绮师有意将新华门念成新莽门；前门车站，列车启动，先生在声声叮嘱：早日奉母南归，我在湘绮楼为你补上老庄之学……

由传授帝王之学到补上老庄之学，由力荐进京做官到敦促奉母南归，杨度就这样跟随着恩师走过了二十多年。今夜海河畔洋楼灵堂里，他对这二十多年来的历程深沉地反思着。

重子所传达的恩师临终前的这番话太有启发了。人生的真趣是多方面的，获得这种真趣，关键在于胸襟。这的确是仁者之言，智者之言。但杨度摆脱不了事业对他的困扰。护国战争期间，袁世凯去世之时，他仍然坚持君宪可以救中国的政治信仰，不是君宪负袁氏，而是袁氏负君宪。现在，当他将追随先生二十余年历程的起点和终点对照着思考时，不禁又有点茫然了。二十多年前，先生满怀期望把自己引入帝王之学中，又为自己跻身政坛最高层创造条件。二十多年后，先生戏弄当今的帝王，轻轻地抛弃了毕生探求的绝学，又叮嘱传人远离京师，回归江湖。这究竟是什么缘故？是帝王之学未遇必备的天时人和，还是帝王之学本身已不合时宜，为之奋斗了一辈子的先生心里早已明白，只是不愿自我否定罢了？

杨度在迷惘困惑中提起笔来，为恩师撰写了一副挽联：

旷古圣人才，能以逍遥通世法；
平生帝王学，只今颠沛愧师承。

他决定从明天起，遵师嘱，与午贻、叔姬一起就在灵堂里开始对老庄之学的研习。

几天后，从上海传来噩耗：中华民国的缔造者百战功高的黄兴，突然间胃大出血，溘然病逝沪上。杨度大为惊骇。黄兴才四十二岁，素日强壮，怎么会在这时离开他患难中的战友和真诚热爱的祖国？尽管宁赣之役后，黄兴与杨度彻底分道扬镳，但杨度对这位多年好友的品格和才干始终是尊崇景仰的。他并不以自己待罪之身和为革命党人所恨为嫌，向上海黄克强丧事筹办处拍去了发自内心深处的惋惜：

公谊不妨私，平日政见分驰，肝胆至今推挚友；
一身能敌万，可惜霸才无命，死生从古困英雄。

唁电刚拍出，却忽然又响晴天霹雳：蔡锷在日本福冈医科大学附属医院，因喉病不治身殒。消息从东洋传来，震动了神州大地。

蔡锷眼下是四万万中国人民心目中最为伟大的英雄。正是凭借他的弥天大勇，西南边隅首举义旗，粉碎了袁世凯的帝制复辟梦，捍卫了神圣的民主共和国体，也捍卫了四万万中国人的人格尊严，人们敬慕他，爱戴他。他才只有三十四岁，英姿飒爽，风华正茂，中国的前途将要寄托在他的身上，他不应该离去呀！一时间，从京城到边徼，从都市到乡村，从立朝的政府高官到在野的革命党人，从士绅商贾到愚氓野民，举国为蔡锷英年早逝而悲恸，为中华民族失去了一个优秀儿子而洒泪。

杨度的心情极为复杂。蔡锷是他最为赏识的有为青年，他一心希望这位同乡做君宪制的护甲天神，却不料正是此人坏了君宪大事，起兵造反之时，还要把老友列为十三太保之首。这些，杨度都可以谅解：政见不同嘛！令他不能宽容的是，蔡锷反对帝制，可以公开表示，为什么要用一连串的假象来欺蒙耍弄一个多年好友、一个满腔诚意的荐举者呢？现在，固然共和是保住了，而国家并未走上坦途，人民并未得沾实惠。松坡呀松坡，百年之后我还会与你在九泉下做一番推心置腹的论辩。他也为蔡锷写了一副挽联：

魂魄异乡归，如今豪杰为神，万里山川皆雨泣；
东南民力尽，太息疮痍满目，当时成败已沧桑。

有小报登载，在北京的公祭大会上，小凤仙素衣白花，哭倒在蔡锷的遗像前，给她心上的蔡将军送了一副挽联：

万里南天鹏翼，直上扶摇，那堪忧患余生，萍水姻缘成一梦；
几年北地胭脂，自惭沦落，赢得英雄知己，桃花颜色亦千秋。

小凤仙特殊的身份，以及她与蔡锷配合默契，共同设下的那一环扣一环的迷袁圈套，给戎马英雄增添了许多艳丽的传奇色彩。这副挽联被广为传诵，在悼念蔡将军的成千上万副挽联中独领风骚，甚至连孙中山、梁启超的挽联都不能盖过它。杨度自知作为与蔡锷对立的帝制祸首，他的挽联是决不能公之于世的。他吟罢叹息无写处，只能记在自己的心里。

二　临终前，静竹劝杨度读读佛经

杨度天天与夏寿田研习老庄学说。老子的《道德经》，庄子的《南华经》，他们早在求学时代就读过多遍，而今在历尽世事功业受挫的时候再来读这两部空前绝后的巨著，更有许许多多的感慨。尤其是三十三篇《南华经》，意义深邃奇崛，行文汪洋恣肆，读来不仅能使胸襟开阔，并能时时感到一种美的享受。

这期间，徐州的张勋幕府常有信来，与杨度商讨君宪问题，并请他撰写有关君宪的文章。杨度认为张勋既有实力又主君宪，或许今后可以成为刷新中国政治的领袖人物，本已平静下来的心潮又开始躁动了。他给张勋幕府去过不少信，谈宪政，谈对国事的看法，有时也叫筹安会时的好友方表去徐州代他参加一些会议。

早在袁世凯死后不久，张勋就利用各种条件和机会，在徐州召开了有十三个省军政头领参加的结盟会议，张被推为盟主。这个徐州联盟俨然成了中央政府与西南军务院之外的第三个政治势力。张勋的辫子形象早就引起了康有为的兴趣。康有为这几年在上海主编《不忍》杂志，继续鼓吹他的保皇理论，又自任孔教会会长。康梦寐以求溥仪复位，这时便把期望寄托在辫帅身上。康与张一拍即合。张称康为文圣，康称张为武圣，相约以复辟清王朝为他们共同的圣人之业。经过长时期的酝酿准备，一个好机会终于让他们等来了。

黎元洪与段祺瑞的矛盾越来越激化，在国会的支持下，黎终于免去了段的国务总理之职。段不买账，通电各方，宣称免职令未经他副署，不能生效，由此引起的一切后果概不能由他负责。

几天后，安徽督军倪嗣冲首先通电宣告脱离中央。紧接着奉督张作霖、鲁督张怀芝、闽督李厚基、豫督赵倜、浙督杨善德、陕督陈树藩、直督曹锟相继宣布独立。张勋趁此机会以十三省联合会的名义电请黎元洪退职。

黎元洪陷于困境，请徐世昌进京调和。徐提出得先解散国会，否则不可着手。黎又请梁启超帮忙，梁以“退处海滨，与世暂绝”答复。众议院议长汤化龙辞职，许多议员不出席会议，国会已成瘫痪。新任命的国务总理李经羲因此也不敢就任。黎元洪一筹莫展。这时，张勋托人传话给黎，说只要请他进京，一切问题都可解决。黎遂邀张进京。

张勋的目的不在调停而在复辟。在勒令黎解散国会后，张带领五千辫子军开进北京。过几天，文圣康有为带着一大沓早已为溥仪代拟的古文诏旨进了京师，住在张勋的私宅里。

张勋进了北京后电邀杨度进京。杨度风闻康有为是这次行动的主谋者之一。康是一心要为爱新觉罗家族效忠的死硬派，与杨度的君宪主张并不完全一致。杨度和夏寿田商量后，决定暂不进京，在天津静观北京政局的变化。

康有为进京的第三天，北京城里一夜之间忽然挂满了龙旗。老百姓们都惊疑不安：已经五六年不见的大清国旗怎么又挂出来了，莫非皇上又要坐龙庭了？

正是这样。七月一日凌晨，在张勋、康有为等一班文臣武将的簇拥下，十二岁的溥仪再次登基做皇帝，宣布正式复辟。同时，一道道的复辟诏令接连颁布：改国体为君宪制，改国号为大清帝国。废止西历，奉夏历为正朔，改民国六年七月一日为宣统九年五月十三日。废除新刑律，恢复宣统元年颁布的旧刑律。

新内阁也公布了。张勋为政务总长兼议政大臣，洪宪帝制骨干张镇芳为度支大臣，雷震春为陆军大臣。接着便是委派各省巡抚、提督，授徐世昌、康有为为弼德院正副院长，授瞿鸿吪、升允为大学士，封张勋为忠勇亲王，封黎元洪、冯国璋、陆荣廷为一等公。所有大清王朝一切礼仪概予恢复。

黎元洪原以为张勋是帮他调和政局的，却不料辫帅来这么一手，他写了一道起用段祺瑞为国务总理的命令，并责成段举兵讨逆，派秘书火速送到天津段的手里。在总统府里召开了一个应急会议后，黎化装躲进了日本公使馆。段祺瑞偕同梁启超连夜来到天津南郊马厂召开紧急军事会议，决定成立讨逆军总司令部，段自任总司令，梁等任总部参赞。

北京的这场变局不仅得不到杨度的支持，反倒使这个研究宪政十余年、一再声称忠于君宪信仰的旷代逸才猛然间清醒过来。张勋玩弄的这场君宪把戏，无非是借一个皇帝的名号来为自己取得宰割天下的合法权利。他以遍地皆是的大大小小的官职满足那些利禄之徒的欲望。至于废止公历，一切采用旧仪，起用一大批行尸走肉般的旧人，则完全暴露了张勋等人逆时代潮流而动的愚昧无知。这哪里是在行君宪，这简直是一场丑剧闹剧，是一次历史的大倒退，是野心家们挂羊头卖狗肉的大暴露。失败是毫无疑问的。

前清的君宪由于满人的极端狭隘自私而付之流水，洪宪的君宪由于袁世凯的用人错误而毁于一旦，这是第三次了。君宪制在英国、德国、荷兰取得了卓越成就，在日本更赢得了无比的辉煌，但在中国却是三次失败的记录。

回忆三次失败的历史，杨度对中国的君宪彻底失望了。因为张勋这段时期来与自己的特殊交往，他担心随着政变的失败，人们又会将矛头指向他，怀疑他在背后策划，应该在他们闹得最凶的时候公开表示自己的态度。

杨度给黎元洪、李经羲、冯国璋、陆荣廷及各省督军、省长以及张勋、康有为发了一个电报，指出由共和改君宪，其势本等同逆流，必宜以革新之形式进化之精神，才能得到中外之同情国人之共仰，使举世皆知此改变为求一国之治安，不为一姓之尊荣。而这次事变，完全与革新进化背道而驰，本人决不能赞同。最后，他以极为沉痛的心情向世人宣布：

> 所可痛者，神圣之君主立宪，经此次之牺牲，永无再见之日。度伤心绝望，更无救国之方，从此披发入山，不愿再闻世事。

他又将这份电报发给最近在广东成立的护法军政府首脑孙中山、岑春煊、唐绍仪、章士钊等人，向革命党人表示自己与陈腐势力彻底决裂的心迹。

正如杨度所预料的，张勋和他的辫子军根本不是段祺瑞和讨逆军的对手。双方只打了两次仗，前者便彻底败给了后者。溥仪傀儡小王朝仅只在中国历史上生存了十二天。七月十二日，北京城的龙旗重新让位给五色旗。

共和虽然再次战胜了帝制，但中国的政坛一点儿也没有平稳。围绕着黎元洪的总统、段祺瑞的总理、程璧光的海军总长、伍廷芳的外交总长等一系列人事问题，政坛上又展开了惯常的争斗倾轧。中国的政局，令中国四万万百姓头痛，也令世界文明国家的人民不可理解。杨度由极度的伤心终于到了完全的绝望，而这时静竹的病情又日趋恶化，更令他寝食俱废。

这一年多来，静竹因心情抑郁病情一天天加重了。自从湘绮老人死后，杨度开始研读老庄，心境平和多了，对静竹的关怀也多了。静竹心里得到不少安慰。但终因病势太重，药力不能济事，这一个月来她完全卧床不起了。在几次昏迷之后再度醒过来的时候，她回顾二十多年来与皙子之间的悲欢离合，分析皙子的才情性格，寻思着要为皙子在今后的岁月里挑选一条合适的道路。

静竹太爱皙子了，爱得铭心刻骨，爱得生死不忘。尽管皙子为他们之间的爱情生涯多添了一段不愉快的插曲，尽管她曾经哀叹圣洁的爱情之花已经凋谢，甚至想到以死了结。但现在面临死亡的到来，静竹却分外地眷恋生命，珍惜人间爱情，直至宽谅皙子的过失，希望他后半生不再受挫折，不再走弯路，平平顺顺，快快乐乐。

仔细思索很久之后，在一个万籁俱寂的夜晚，她用枯干的双手久久地拉着皙子，用深陷乏神的双眼久久地凝望着皙子，气息微弱地对皙子说："我已经不行了，得离开你，离开亦妹和孩子们，离开老太太、太太和叔姬姐了，我真不愿意离开呀！"

说着说着，静竹两眼中泪水涌泉般地滚出。

杨度死劲地握着她的双手，流着泪说：“静竹，你不要这样想，你不会离开我们的，你还不到四十岁，今后的日子长着哩！”

“皙子。”静竹止住眼泪，轻轻地说，“我还不老，本来是应该留下继续陪你的。但我知道，我身上的元气已经耗尽，活不得几天了。我和亦妹说过好多次了，叮嘱她，在我走后一定要好好地照顾你。当然，这话是多余的，亦竹对你的爱，并不亚于我。”

杨度点了点头。

“不过，”静竹略停片刻，又说起来，“亦妹这人我了解，在生活上她会很好照顾你的，但对你心上的事，她却体贴不够。因为她比较粗心，平时总是做的多，想的少。”

真可谓患难知己，静竹对亦竹的长短了解甚深。见静竹说话费力，杨度给她倒了一杯温开水。静竹喝了一口，又慢慢地说：“这一年多来，你心上有极大的苦痛，我因病没有好好地与你多说话，现在想起来很觉难过。”

杨度想起那年由君宪转共和时，心里矛盾重重，就是因为静竹那番轻轻柔柔的话，使他重新获得勇气和力量。经过冷静反思后的杨度心里明白，这一年来静竹的冷淡，不是因为她的疾病，而是自己在错误中陷得太深的缘故。

他怀着真诚的歉意对平生真心所爱的女人说：“静竹，我对不起你。那年在潭柘寺，我对着菩萨起下了誓言，今生今世要做个干出大事业的伟男子。可是二十多年过去了，由于我信仰的是一套在中国行不通的主张，白白耗费了心血，浪费了光阴。到头来，对国家无益，自己也一事无成。尤使我难受的是，没有让你看到我的誓言变为现实，给你带来安慰，带来幸福……”

杨度嗓音哽咽起来，几乎不能说下去。他想起静竹、亦竹独居西山苦等他五年，想起这十年间，她一直疾病在身，自己蹭蹬政坛，也没给她丝毫风光。杨度沉痛地说：“静竹，这二十年来，你为我吃尽了苦头……”

生命垂危的静竹感受到一股巨大的温暖，她承受不了这种突发的喜悦，只觉一阵难耐的晕眩，几秒钟后才睁开眼睛，清清亮亮的泪水从她虽失去光彩却依然美丽的丹凤眼中奔涌而出。二十年来的痛楚，有这一句话就足可慰藉了。心地善良的她反而对前向的冷淡自责起来。

“皙子，你不要这样说，何况我也没有受过多少苦；即使受苦，为了你，我也心甘情愿。我知道你一直为你自己信仰的失败而痛苦，其实这大可不必。”静竹又喝了一口水，继续慢慢地说，“男人的政治信仰，我们女人弄不太明白，但我有时想，这中间或许并没有什么对与错的区别。那几年我和亦妹在西山绣花。有段时期，我们绣的都是大红大紫、富贵吉祥的图案，自以为好卖，结果买的人少。于是我们改绣山水兰竹一类淡雅图案，买的人多了，但过两个月又不行，先前绣的大红图案又时兴起来。看来，不是图案本身的高下，而是逢时不逢时罢了。男人的政治信仰大概也差不多，逢时就行得通，不逢时就行不通。皙子你说呢？”

静竹把绣花和治国放到一起来比较，从女人的角度来看待男人的事业，话说得很有道理。天下事，无论大小，道理都是相通的，所以老子说治大国好比烹小鲜。只要禀赋聪慧，又勤于思索，就能从小事中悟出大道理来。一个多么聪颖的女人啊，可惜偏偏这般命薄如纸！

杨度抚摩着静竹冰冷的手说：“你说得对。我近来读老庄的书，心思开窍多了，我都想通了。正如你说的，大红大紫也好，淡淡雅雅也好，君主立宪也好，民主共和也好，无所谓好看不好看，中用不中用，全在逢时不逢时，逢时就好，不逢时就不好。我先前的折腾，就是因为没有看穿这点，我以后再不会那样了。”

“我知道你现在遵照湘绮师的教道，在补上老庄之学。叔姬姐来京后，也教我读过老庄，但我不太懂，倒是早年你讲的妙严公主诚心礼佛的故事给我很深的印象。好多年了，我总在想，妙严公主是金枝玉叶，想要什么有什么，她为何还要去拜菩萨读佛经呢？我后来请教过一些习佛的人，他们说读佛经拜菩萨时可以忘记世上的烦恼事。我想妙严公主虽是龙子龙孙，心里也一定跟我们普通人一样有烦恼，所以她要去拜佛；也一定在拜佛时心里安宁了，所以能几十年不间断。于是我在烦恼的时候，也便学着妙严公主那样不断念佛，果然心里要安静些。尤其是以后戴上密印寺法师送给你的那串念珠，再念阿弥陀佛时，心里越发有一静如水的感觉。”

“啊，有这样好？”杨度略带惊讶地说。他一时想起许多往事：密印寺，法源寺，总持寺，寄禅，智凡，道阶，还有慈悲庵里的净无。有一次，他很得意地拿出珍藏多年的那串松花玉念珠来，给静竹、亦竹讲起觉幻长老赠珠的故事。静竹高兴地说，这串念珠送给我吧！于是松花玉念珠就到了静竹的手里。原来以为只是拿它玩玩，殊不知她真的挂着它参起佛来，而且居然起了作用！

“皙子，我劝你今后不妨研习研习佛经，它一定可以解除你的烦恼。”

杨度突然记起那年觉幻长老说的一句话来。当时觉幻长老是这样说的：佛家与皇家，看似有天地之遥，其实不过一步之隔。居士年轻，趁着懵懂之年去放胆干一场吧，王霸之业做得疲倦了，再坐到佛殿蒲垫上将息将息，或许能于人世看得更清楚些。初听到这话时，杨度感到惊愕，现在回想起来，这个觉幻仿佛是先知先觉似的，他竟然早就看出了自己所做的事，都是懵懂之年的作为，而且一定会疲倦。现在，王霸之业果真做得疲倦了，何不到佛殿上去坐坐蒲垫，从佛家的角度来看透皇家呢？杨度点点头说：“好，我听你的。”

静竹的脸上现出很久以来没有的欣慰的笑容。说了这么久的话，她太累了，闭着眼休息一会儿，她终于鼓起最大的勇气，望着神情疲惫双鬓已生白发的心上人说：“皙子，有一句话我一直不敢说，我怕你伤心。现在已到了这般地步，我不得不说了。”

“什么话？”一阵阴影罩住了杨度的心。

“皙子，我死之后，请你按佛门规矩，把我化掉，将骨灰装到一个瓦坛子里去，什么哀悼的仪式都不要，只将当年江亭题词的那把绢扇和潭柘寺里那块拜砖放进瓦坛子里，有绢扇和拜砖陪伴着我，我的灵魂就会安妥了。今后遇到方便，将我埋到我的父母身边，他们的坟墓在苏州阊门外……”

静竹再也说不下去了，眼泪一串串地流淌着，她干脆闭上了眼睛。杨度越听越心颤，他终于抱着静竹枯瘦的身躯失声痛哭起来。

三　八指头陀的诗集将杨度引进佛学王国

几天后，静竹在病榻上安宁地与人世分别了。杨度悲痛欲绝，亦竹哭得死去活来。杨宅老小都对这个奇女子苦难的一生表示深深的痛惜。遵照静竹的遗嘱，她的遗体火化。亦竹从那套袁家所送的八宝瓶中挑出最漂亮的美人瓶来，把静竹的骨灰装进去，又从箱底寻出那把早年杨度题词的绢扇，去掉扇骨，用扇面包了那块拜砖，一同放进美人瓶里，然后用泥封死，就放在她的卧房里，以后再觅便带回苏州。

静竹死后，杨度精神恍恍惚惚很多天，脑子里时时刻刻都是静竹的影子。一会儿是江亭，静竹笑吟吟地坐在他的身边，看他在绢扇上题词，一边说："我看重的是词，不是榜眼。"一会儿是潭柘寺，他们俩在观音像前定情，静竹激动地说："皙子，你一定可以做出一番大事业！"一会儿是西山茅舍，静竹冷静地做出了最大的自我牺牲；一会儿是槐安胡同书房，静竹像哄孩子似的抚平他心上的愁结。

就在这样恍惚的时候，他的脑子里也浮现出东瀛的千惠子，浮现出云吉班的富金。这两个女人都曾经让他倾心过。千惠子美丽高洁，对他一往情深，但她终究拗不过她的家族，不愿为他做出牺牲。他们之间没有命运的联系，时过境迁，哪怕今后就是再见到她，大概也不会有太激烈的情感冲动。富金也美，也爱他，但她只是一个世俗妓女，连接他们之间的纽带不过是金钱权势而已。一旦无权无势了，她也就不是他的人了。这样的女人，即使先前再令他倾心，现在也没有挂牵的必要了。杨度越来越看得明白，在这个世界上，真正把全部爱情给了他，为他牺牲了一切，时时刻刻关心着他，与他同命运共荣辱的，正是这个出身低贱而骨格清纯的静竹。想到这里，杨度真心觉得对不起她。

二十年来混迹政坛，不要说帝王之学已成泡影，就是连一桩实实在在于国于民有益的小事也没有办成，离一个伟男子真正有十万八千里之遥。静竹她也有希望，也有理想，但屡受挫折，历尽磨难，然而她都能淡泊处之，不怨不尤，莫非正如她所说的，是心中有佛的缘故？湘绮师一面研习老庄之学，一面热衷帝王之业，可见老庄不能使人归于淡泊。这几个月里努力奉行老庄清静逍遥的说教，口口声声说丢掉帝师王佐之念，但成天这样唠唠叨叨的，可见此念并未在心里泯灭。觉幻劝我在蒲垫上将息，寄禅说我有慧根，何不舍老庄而入佛学呢？即使是出于对静竹的爱，也应该坐到菩提树下呀！

杨度的这个想法，大家都赞成。

拜了一世观音菩萨的老太太连连说："早就该这样了。人活在世上，靠谁保佑？别的都靠不住，只能靠菩萨！"

黄氏夫人和亦竹都附和老太太的意见。

夏寿田说："佛学是门大学问，只有钻研深透了，才会更好地信仰它。我看先得研读佛经。"

叔姬赞同夏寿田的观点。

杨度说："我们一家连同午贻在内都做佛门居士。母亲和仲瀛、亦竹做修行的居士，我和午贻、叔姬做修心的居士。修行派不必读经，我们修心派则要像当年在东洲读孔夫子的书样，从今以后摒弃一切闲书，闭门攻读内典。”

大家都说好。

亦竹说：“你们闭门读经，我不反对，但饭总是要吃的，家里银圆不足一百了，今后怎么办？”

自从辫子军复辟失败后，张勋便躲进外国使馆不露面，他的幕府无形中便散了，房子也好，每月三百薪金也好，都无人过问。亦竹又一次感到经济拮据了。

夏寿田说：“我还有点儿钱存在一家英国人开的银行里。我偷偷到北京去一次，取两千块钱来。”

杨度忙说：“不要去，万一被他们看到怎么办？你住我家，再没钱也不要你开支。我早想好了，八宝瓶还剩下七个，或当或卖都可以，够吃一两年的。”

过几天，亦竹将那七个瓷瓶卖了五千块银圆，解了燃眉之急，大家的心都放宽了。于是，杨度、午贻和叔姬放下手中的《老子》《庄子》，在天津租界洋楼上，闭门读起佛经来。

刚拿起一本《华严经》，杨度便想起一桩大事来，这便是寄禅临终所托付的诗稿整理事。过去忙，无暇及此，现在正可以借这个机会，在这位佛学大师禅诗的导引下进入佛的王国。

杨度从柜子里拿出保存了七八年的寄禅的诗稿来。打开这些诗稿，他才发觉此事并不好做。一是杂乱。寄禅留下的诗两千多首，除已编好的《白梅集》《嚼梅集》《餐霞集》，其他的诗都还没有清理、分集命名。二是稿面不整洁。寄禅早年失学，字写得差，错字别字很多，到处是涂涂改改的。尽管如此，杨度仍觉得整理这位天才诗僧的遗作是学佛生涯中的美好享受。

世间万事万物都入了寄禅的诗，正如万事万物都入了齐白石的画一样。不同的是，万事万物在齐白石的画中都被赋予了生命的灵性，而万事万物在寄禅的诗中则都披上了神圣的灵光。杨度决定不以分集而以系年的形式，将法师两千多首诗编辑起来，标个总题：《八指头陀诗集》。他细细地阅读每首诗，改正其间的错字别字。偶有平仄韵律不协之处，他为之吟正；也间或有用典不妥之处，他为之改正，尽量做到无罅无漏。感觉到疲劳时，他便挂起那串松花念珠，按静竹所说的不断念“阿弥陀佛”。说来也真的奇怪，这串在沩仰宗祖庭待过一百多年的念珠真的得了灵气，数了几百粒，念了几十句后，他便神清气爽起来。

诗集编好后，他又请午贻和叔姬分头誊抄一遍。二人都很仰慕八指头陀，欣然从命，把此事当作学佛的一门重要功课对待。

至于《三影集》，杨度则一人整理，一人誊抄，也不将它编进《八指头陀诗集》中去。他要为好友，也要为佛门保守这一段秘密。他想，今后这本《三影集》只能给一个人看，此人即净无；当然也要随缘，不可持着它去慈悲庵找净无。

就和当年研究帝王之学一个样，杨度对佛学的研究也抱着极为认真的态度，并立志要很快弄清各宗各派的经义，并在这个基础上创造出一门超越任何宗派高出历代佛祖的新佛学来。这门新佛学不仅可以为自己一人摆脱烦恼，而且能让世人都接受，都摆脱烦恼。如果这个目的达到了，对人世间的贡献则远远大于帝王之学的实现。

他为自己取了个虎陀禅师的法名。小时候，母亲给他取的乳名为虎伢子，盼望他虎虎有生气。四十年后，学佛时再用这个名字，他希望自己以学佛参禅来觉迷去伪返璞归真。他还给自己定下几条戒律：一不喝酒，二不抽烟，三不打诳语，四不动怒，五天明起床，静坐一个钟头。杨度一本正经地带着克己复礼式的虔诚，潜心于佛典的汪洋大海中。

当年去沩山途中，八指头陀给他讲的中土佛教史，他还大致记得，知道佛教传入中国后产生过许多宗派，其中天台宗、净土宗、律宗、密宗、三论宗、慈恩宗、贤首宗、禅宗等都曾经显赫过，后来所有宗派都日渐衰落，独禅宗长盛不衰。为了精研佛学，并为创立自己的新佛学打下基础，他决定先从已经衰落的其他宗派入手。

他将天台宗的经典《法华经》、净土宗的经典《无量寿经》、三论宗的经典《中论》《十二门论》《百论》、贤首宗的经典《华严经》、慈恩宗的经典《成唯识论》、律宗的经典《四分律》、密宗的经典《金刚顶经》都找来，日以继夜地一一攻读。

这些经典大都不好读不好懂，杨度耐着性子一页一页地啃。半年过去了，他虽然懂得了不少佛学知识，但于佛学的最高境界——无我，自觉仍有很大的距离。人世间一切矛盾、纠纷、争斗、仇杀，说到底无非“我见”“为我”而引起，倘若人人泯灭了“我见”，摒弃了“为我”，则所有这些不该有的现象，统统都会自然而然地消除，人人欢喜，个个安乐，极乐世界不就在眼前吗？

杨度想，以自己的灵慧和虔诚，学佛这么久了，尚不能进入无我境界，可见这些经典并没有给善男信女们提供一道通向无我的法门。

这道法门在哪里呢？他在苦苦地思索着。

正在这时，北京政府鉴于各方吁请和自身的困难处境，做出了取消通缉政治犯的决定，发布了一个将“所有民国五年七月十四日及六年七月十七日通缉杨度、康有为等之案均免于缉究”的特赦令。也就是说，民国成立后两次帝制复辟活动的要犯们都不再受到法律追究，恢复他们民国公民的权利。这道特赦令给杨宅带来了很大的喜悦，他们决定立即迁回北京，因为无论从哪方面来说，北京都要强过天津。夏寿田自然和他们一起走。

这一夜，杨度又梦见了静竹。自从静竹去世后，杨度多次梦见她，但每次都影影绰绰的，也没有说话。这次却不一样。他梦见自己仿佛进了一座大山，已经是夜晚了，满天星斗，他仍在赶路。突然前面现出一盏灯火，走近一看，原来是一座小寺院。他心里想，这下好了，今夜就宿在这里吧。他敲了敲门。门开了，一个留着长发的中年女人出现在面前。这女人很漂亮，两只丹凤眼里满是亲密的笑意。哎呀！杨度猛地认出来，这不就是静竹吗，怎么会在这里遇到？他一把抱住静竹，静竹也紧紧地抱住他。静竹告诉他在此地带发修行已经半年了，天天盼望他来。他问这是什么地方。静竹说这是庐山，这座寺院叫做彻悟庵，你来到这里后，就一切都大彻大悟了。正说得高兴，他蓦地醒了过来。

杨度披衣而起，细细地回味这个梦，心里甚觉蹊跷。

天亮后他对亦竹说起，亦竹说：“这是静竹托的梦。她的骨灰没有安葬在父母身边，她的魂魄就没有安妥。这件事我总挂在心头，要不我干脆回苏州一趟。我离开苏州二十多年了，也想回去看看，静竹的事也早办早妥。”

杨度想了一下说：“也好，你把孩子也一起带着。母亲早就想回湖南了，我要仲瀛陪她回去。以后我也不住北京了，我和你一起住苏州。”

长住苏州，当然是亦竹的心愿，不说别的，柔软温和的吴音就比北京土语好听呀！

“搬过家后，我要到庐山彻悟庵去寻静竹。”杨度凝视着装有静竹骨灰的美人瓶说。

“什么，你去庐山寻静姐？”亦竹睁大眼睛反问。“皙子，那是梦呀，静姐哪里还可以寻得到？要是能寻到，我和你一起去寻！”

“我也知道，静竹已死，不会在庐山。但这个梦太怪了，说不定这是静竹在启示我，要我到庐山去一次。当年慧远邀集十八贤士在庐山东林寺结白莲社，创立了净土宗，陶渊明常去东林寺和慧远谈佛，我去朝拜一下净土宗的祖庭也是应该的。”

亦竹知杨度怀念静竹甚深，去庐山，无非是借以慰藉相思之心，当年他不是为祭奠静竹，一人在西山寻了半个多月吗？静竹是皙子的初恋，也是自己的恩人，亦竹当然不会有平常女人的醋意，反而为皙子的这种痴情而欣慰。

在搬家的事大致料理清楚后，亦竹带着孩子和那只美人瓶南下苏州，杨度则和母亲、仲瀛、叔姬及午贻回到北京槐安胡同。

一个月后，杨度离京远赴江西庐山。

四　一个万籁俱寂的庐山月夜，杨度终于领悟了佛门的最高境趣

庐山是长江边的名山。杨度过去多次乘船路过九江，都没有闲暇登山一游。他原本是一个极爱山水风光的人，但宦海颠簸，让他呛足了水，年轻时的豪情已十去八九，且此次来庐山带着的是浓厚的伤感情绪，与寻常的登山览胜有天渊之别。

杨度怀着一股无法排遣的惆怅，踏上了庐山的山道。正是仲夏天气，庐山树叶繁茂，一片新绿。流泉淙淙，鸟鸣嘤嘤，给静穆的大山增添了生气和欢乐。时时可见奇峰怪石突兀在眼前，刚走过几十丈远，回头望一下，它又突然幻化为线条柔美的层峦叠嶂。东坡居士那首咏庐山的名诗：横看成岭侧成峰，远近高低各不同。不识庐山真面目，只缘身在此山中。确确实实地道出了庐山峰岭的奇特。然而此时的杨度却丝毫感觉不出东坡诗中的意境来，他脑子里时时浮现的是二十年前的那桩往事。

二十年前，也是仲夏天气，他应静竹之邀赴西山潭柘寺之会。那时的他，青春热血为美好的爱情所激荡，可瞻的前途因崇高的憧憬而辉煌。“嘚嘚”的马蹄声如鼓点在欢快地跳跃，葱绿的西山如仙境般出现在眼前。青春、爱情、理想，人生最可宝贵最为闪光的东西交织在一起，组成了天地间最美妙的图画，最动听的乐章。

而眼下呢，同样是仲夏，同样是名山如画，同样是因为静竹而来，但今日与昨日相比，真可谓恍若隔世！

杨度就这样心事重重，脚步沉沉，目光呆滞，神情颓靡地走了一

整天，四百旋山路只走了三分之一，便早早地借一个猎户人家歇息了。

次日一早再上山。临行时向老猎人打听彻悟庵，老猎人想了半天后摇了摇头。杨度也知道彻悟庵是没有的，但又对它怀着一线希望。常言说心灵相通魂魄入梦，说不定静竹的魂魄真的来过庐山，知道庐山有一座彻悟庵。果真寻到了彻悟庵的话，一定要在庵中住下来，夜夜与静竹的芳魂相会！

又是一天的攀登，杨度来到了牯岭。牯岭俨然一个集镇，店铺房屋不少。杨度落下脚后即向人打听彻悟庵，问了几个人，都说不知道。旁边一个读书人模样的中年汉子说："庐山没有彻悟庵，倒是有个小寺院叫做泽惠寺。居士是不是听白了音？"

泽惠，彻悟，音的确有点儿相近，莫非是梦中听白了？杨度大喜道："是的，是的，就是泽惠寺！请问在哪里，离此地多远？"

中年汉子说："泽惠寺在香炉峰半腰上。香炉峰就是当年李谪仙看瀑布的那个山峰。"

汉子说到这里，竟摇头晃脑地吟起李白那首《望庐山瀑布》的诗来："日照香炉生紫烟，遥看瀑布挂前川。飞流直下三千尺，疑是银河落九天。"

"就在香炉峰上，那太好了！"杨度情不自禁地说。

"香炉峰离此不远，半日工夫就到了。不过，从山脚走到山腰，也要走半日。"中年汉子热情地介绍，"泽惠寺，是明朝中期建的。据说是一个商人来庐山参拜东林寺，在菩萨面前许下愿，说是若发了大财，则在香炉峰上建一座寺院。后来此人果然发了大财，便还愿建了一座寺院，取名泽惠寺，感谢菩萨恩惠了他。先前规模不小，年久失修，现在破败了。寺里住着一老一小两个和尚。老和尚早年也闯过江湖，中年后削的发。居士若去，他们会高兴接待的。"

杨度很感激这个博闻的汉子。在牯岭睡了一夜，次日早上带了些干粮，踏着茅草丛生的羊肠小路，朝香炉峰走去。

这一带更加冷寂。在到达山脚的整个途中，杨度没有遇到一个人，连远远的一个樵夫的背影也望不见。一路上走着，他时常有一种遗世独立之感。经过一番艰难的攀援，傍晚时分，来到一座小小的古旧的寺院面前。抬头一看，长满苔藓的青黑砖壁上有着三个墨迹暗淡剥蚀的字：泽惠寺。杨度又惊又喜，果然有这样一座寺院，若是今夜在这里遇见静竹就好了。

寺门虚掩着。刚要推门，一个十三四岁的光头小男孩走了出来，见到他，仿佛见到天外来客似的欢喜雀跃，很热情地请他进门，又对着里面高喊："师父，有施主来了！"

喊声刚落，从里屋走出一个清清瘦瘦的老和尚来，满面笑容地对杨度说："施主光临，请坐，请坐！"

"谢谢！"杨度说话间将四周略微打量了一眼。

这是一间小小的佛殿。正前方有一尊被香烟熏得黑黑的泥塑阿弥陀佛像，像座上有一横排大字：南无阿弥陀佛。杨度想：到底是净土宗的祖庭之地，现在还继续着净土宗的香火。除开这尊泥塑菩萨和几个香炉烛台蒲垫外，佛殿里几乎再无别的东西了。

空落干净一尘不染的佛殿，面带微笑慈眉善目的和尚。与尘世相比，这里的确有另外一番境界。

"施主是来庐山游玩的？"老和尚轻轻细细地问。

"不是。"杨度答。

"那么是来烧香的？"老和尚微觉奇怪，又问了一句。其实，从杨度进门的那一刻，他就看出来人不是香客。

"也不是。"

"哦！"老和尚大为不解地吃了一惊。

说话之间，小和尚端来一个粗泥碗，碗里盛着刚烧开的茶水，漂浮的茶叶又大又粗。杨度接过喝了一口，味道醇厚清香。

"法师，我借宝刹住几天，行吗？"

"行！"老和尚一口答应。"只是我这里没有东西可招待，吃的是红薯，咽的是腌菜。施主是富贵场里来的，怕住不惯。"

"我不是富贵人，住得惯，你们吃什么我吃什么。"

小和尚用瓦盆端来几只刚煨好的红薯，又从盐水缸里夹出几块腌泡的萝卜片来。老和尚说："我与徒儿已经吃过了，你走了一天的路，想必很饿了，将就吃点儿吧！"

的确是饿了。杨度也不讲客气，大口大口地吃起来。好久没有吃过这种煨红薯了，他吃得很香甜。

吃完饭后天色全黑，老和尚燃起一支松枝，佛殿被扑闪扑闪的火光照耀着，增加了几分虚幻缥缈的色彩。闲聊了一会儿话后，杨度在小和尚的床铺上睡下。小和尚则在隔壁与师父挤一张床上睡。

也许是昨天太劳累了，天明时杨度醒来，发现昨夜睡得又沉又死，什么梦也没做。他有点儿遗憾。

杨度穿衣起床，走出寺门外，只见香炉峰被乳白色的晓岚环绕，显得既美丽又神秘。茅草绿叶，都像是刚从山泉里捞出来一样，青翠鲜亮，水珠欲滴。空气清新得使人心旷神怡。杨度在心里叹息：这么好的地方，除开两个和尚外再无人来居住享受，造化空将这一番情意赠送给人类了。又想：一个人若在这种地方住久了，世俗间的欲望自然会摒除得干干净净的。寺院多建在山上，看来原因就在这里。

吃早饭时，小和尚居然端出一瓦罐米饭来，又有竹笋、野菌等几个菜。杨度知道，准备这样一顿饭菜，于这对师徒来说是件很不容易的事。深山方外人的淳朴好客，使尘世竞技场上的失意客格外感动：应该以诚对诚！

吃完饭，老和尚并不再问起他来此地的目的，杨度却主动地告诉和尚。他没有说出静竹的名字来，只用“亡妻”一词代替，因为如此可以省去许多不必要的表叙。静竹在生时从来没有享受过这种名分，死后，杨度倒时时刻刻觉得自己这一生真正的妻子应该是她。

“施主，你是人世间少有的丈夫！”

只因死去的妻子的一个梦，这个汉子便从北京千里迢迢来到庐山，不怕劳累，不怕冷清，寻到这座一年到头几乎无人过问的破寺败院里来，都说这世界已经没有“情义”二字了，看来并不尽然。老和尚从心底里生发出对面前施主的敬重。但他很快又摇了摇头，说：“施主这番诚心虽可感，不过，这都是空的。”

“我也知道这是空的。”杨度不好意思地傻笑了一下，说，“我想我的亡妻大概是要我来庐山寻求某种启示。”

老和尚听了这句话后，凝神望了一眼杨度，点点头说：“庐山是座灵山，历代名士如陶渊明、李白、钱起、苏东坡都来此寻求灵气，但他们寻求的是世俗间的灵气。庐山又是一座佛山，历代高僧及居士们都来此寻求佛性。不知施主来此，是寻求世间的灵气，还是祖庭的佛性？”

“我来求佛性。”杨度立即回答。

“哦！”老和尚面露喜色，又问，“居士在家也读过佛经吗？”

“不瞒法师说，多年来我便在沩山密印寺、北京法源寺里接触过内典；这大半年来，什么事都不做，什么书都不读，专门读佛经，各宗各派的经典读过几十部。当然，在法师面前，这是班门弄斧了。”

“哪里，哪里！”老和尚很是高兴地说，“居士原来是位佛学广博的高士，善哉，善哉！老僧说来惭愧，佛经其实读得少。居士多年来与我佛门多有联系，想必认识八指头陀寄禅大法师？”

“认识，认识，他是我的同乡挚友。”

杨度将他与寄禅的交往简单说了一下。

“居士功德无量，功德无量。”听说杨度已为寄禅编好了诗集，和尚合十致礼敛容说，“居士既是寄禅大法师的挚友，又为我佛门立此大功德，老僧理应敬如上宾，只是泽惠寺寒伧得很，有辱居士光临。”

“法师客气了。”

杨度想，这个老和尚过去也是个闯荡江湖的人，世间的富贵繁华辛酸苦辣一定都经历过，现在能守着这个大山中的荒寺，心如死灰，真是非同寻常，想必他能给我以启示。

“法师，我来庐山是诚心诚意想得到佛性的启示。能在泽惠寺见到您，也是缘分，法师能给我以指点吗？”

“阿弥陀佛。”老和尚郑重其事地问，“居士有何见教？”

“法师，弟子少年时起便攻读孔孟之书，长大后习王霸之业，欲图一番大事，但屡屡遭挫，无尺寸之功可言。退后反思，深叹今世社会不自由不平等，一切罪恶无非我见，反身自问，也无一事不出于我见。弟子想，世间大事，最大的莫过于救人，而救人则须先救己，救己又首在无我。从此来考查孔学。孔子主张己欲立而立人，己欲达而达人，人我二相，显然对立。孔学不是无我之学。以此来考查老庄。庄子齐是非，一生死，仅能等视外物，无择无争，处于材与不材之间，保全一身小我，仍非无我之义。老子则以无为作有为，立用而不立体，纯是术家者言，与身心无关。早就听人说，佛学是主张无我的，弟子遂由孔转庄，由庄入佛，然学佛良久，亦未得无我之法门。请问法师，无我法门应该如何进？”

老和尚谛视杨度，静静地听完他这番长论，沉吟良久，说：“居士苦衷，老僧能够知道。老僧年轻时也有用世之心，皈依佛门之后，方知世事皆空，用心全无必要，于是下定狠心，一刀斩断命根。从此万缘皆尽，万念皆息。”

杨度心一动，说：“法师刚才说得好，一刀斩断命根。如能这样，的确断绝了一切俗缘，连同自我也会同时断绝，但这一刀如何下呢？”

“明空。”老和尚说，“即明白世间一切皆空的道理。”

见杨度尚未醒悟过来，老和尚说：“今天我们就说到这里，你去好好琢磨一切皆空、斩断命根的话。夜半子时，我们再接着谈。”

杨度心想，为什么要等到夜半子时才谈呢？他想起了《西游记》中孙猴子的师父半夜传道的故事，颇觉有趣，遂点头答应。

下午，老和尚小和尚或打坐参佛，或挑水劈柴，各做各的事。杨度一人独坐在寺外石头上，呆呆地望着莽莽苍苍的匡庐群峰，心里反复默叨着“一切皆空”“斩断命根”的话。也不知念了多少遍，到夜晚临上床时，他仿佛有种领悟之感。

“居士，请醒醒！”

也不知什么时候了，杨度被老和尚推醒，他赶紧穿衣起床。

老和尚说：“我们到外面走走吧！”

杨度随着老和尚走出了泽惠寺。

啊！这是到了什么地方？杨度被眼前的景象弄懵了。近处，古树老藤青草杂花，都在若隐若显似有似无之中；远处，白天可以看得见的牯岭天池，都被一层青灰色的绸纱所罩住。抬头看，一轮圆月正从云层里缓缓移出，满天星斗仿佛伸手便可以摘到。明月的清辉洒在庐山的各个角落。再定睛一看，又似乎觉得牯岭、天池依稀可见。四野无声，万籁俱寂，杨度仿佛觉得自己的一颗心与天地星月山石树木紧紧地贴在一起，又觉得它们也都有一颗心，与自己的心在一起跳动。慢慢地，他好像感到明月的光辉笼罩了自己，星斗的亮闪围绕了自己，香炉峰乃至整个庐山都在伸出千万双手臂来拥抱自己。天和地在渐渐靠拢，自身也渐渐地与它们——星月山石树木天地融为一体。杨度突然感觉到自己的灵魂在起跃，在升华，在腾飞，如罪人之出狱，如游子之还乡，如久病之痊愈，如大梦之初觉……

“居士，你要仔细领略，这就是世界，这就是宇宙，这就是时间，这就是人所能感受到的一切。它是色，又是空；它不是色，又不是空；它是心能把握的，又不是心能把握的；它是所有，又不是所有……”

“法师！”杨度四十余年的心智蓦然大开，心扉猛地透亮，胸臆间如同点燃起万道明烛，照耀着千道霞光。瞬时，他什么都明白了，什么都贯通了。“我懂了，佛已经启示了我。法师你听我说吧！”

灵颖、灵慧、灵性、灵光一齐汇集在他的脑中。他对着朗朗夜空、茫茫庐山，高声诵道：“无心于事，无事于心，以无心之心了无事之事。行无所行，止无所止，作无所作，息无所息，来无所来，去无所去，生无所生，灭无所灭，心无所为，无所不为。一刀直下，斩断命根，前缘已了，后患不生。无心之境，境中无物，皓月当空，大彻大悟。”

老和尚拊掌大笑：“居士，从此刻起，命根已被你一刀斩断。你已经脱去凡胎，立地成佛了！”

“是的，是的，我已经成佛了，成佛了！”杨度也拊掌大笑，对着夜空喊道，“静竹，你安息吧，我已经在庐山成佛了，我为你吟一首歌吧！”

一会儿工夫，香炉峰四周回荡起杨度幽冷的歌吟：

随缘游兮！世何途而不坦，身何往而不宜？放予怀于宇宙，视万物而无之。本无心于去住，实无择乎东西。或策杖于山巅，或泛舟于水湄。临清流以濯足，凌高风而振衣。听春泉之逸响，挹夏木之清晖。枕溪边之白石，仰树杪之苍崖。柳因风而暂舞，猿遇雨而长啼。随白云以朝出，乘明月而夕归。藉苍苔以憩卧，采松实以疗饥。随所取而已足，何物境之可疑。仰天地之闲暇，觉人世之无为。吟长歌以寄意，欲援笔而忘词。

老和尚听了这段歌吟后十分高兴，说：“居士是个绝顶聪明的人。许多礼佛的高僧一辈子尚不能参透此中奥妙，居士能见月明心，因空悟性，实在是前生有慧根。老僧也送居士一偈：六根六尘，清静圆明。即心即境，无境无心。所谓成佛，即见本心。汝心既见，汝佛斯成。”

杨度喜道：“法师，我真的成佛了？”

“真的成佛了。”老和尚正色道：“佛即智慧，佛即顿悟。居士慧心灵性，早已立地成佛。”

二人遂并肩在月光空濛的香炉峰山腰上漫步。老和尚给杨度讲以空破有、有即是空的佛学大道理。杨度四十多年的酣梦仿佛彻底苏醒了。

为了穷究这门世界上最大最高的学问，杨度决定在庐山住一段时期。从次日起，老和尚便陪着他在东林寺住了下来。他一次也没有梦见过静竹，但万物既空，那么静竹及与静竹的情爱也是空的，梦不梦见，对于他来说已经无所谓了。他天天和老和尚及东林寺的高僧们探讨古今佛学精义，没有多久，便觉得自己已一通百通，不但完全从世俗中超脱出来，而且对传统佛学的研究有了新的突破。他认为自己已具备创立一门超越前人的新佛学的条件了。如同二十年前刚步入政界，便立志要做王佐之才一样，刚跨进佛学殿堂的杨度，便决心横扫历代佛祖，做中土佛学界的第一人。

秋风吹动庐山迎客松的时候，杨度告别了泽惠寺和东林寺，启程回京。临别时，他为众僧口占一偈：我即是佛，我外无佛。身外无心，心外无物。声色香味，和成世界。时无先后，地无内外。三世当时，十方当地。时间空间，一念之际。差别相起，名曰心囚。一切扫却，平等自由。此心无为，而无不为。天然一佛，无可言思。

杨度又对自己二十年来的经历做了一番清理，深为自己当年的执迷不悟而可笑，于是提笔写了两首诗分赠给泽惠寺的老和尚和东林寺的住持。

世事不由人计算，吾心休与物攀缘。
穷通治乱无关系，任我逍遥自在天。
成是侯王败匹夫，到头归宿总丘墟。
帝师王佐都抛却，换得清闲钓五湖。

两位法师对他的偈语甚是满意，看了这两首诗后却在心里摇头：还在惦念着穷通治乱、帝师王佐，看来他的内心深处仍没有脱胎换骨！

正当庐山的杨度自以为已证大道的时候，京师槐安胡同里，他的两位志同道合者却陷在情感的煎熬中。

五　叔姬把五彩鸳鸯荷包送给了心中永远的情人

当帝王之学的传人步着其师的后尘接二连三惨败的时候，出嫁二十年重返娘家的杨氏才女，却在寂寞之中得到了意外的收获。已届不惑之年的叔姬，这一两年来心中常常有一股微微的暖意在滚动，仿佛逝去多年的青春朝气又重新萌发了。她时时觉得生活中有一束阳光在照耀，抑郁多年的心胸又显得开朗起来。她心里明白，这一切都是因为有夏郎在身边的缘故。

从总统府内史沦为帝制余孽的夏寿田，一直保持着心态的平静。他本是一个没有多大事功欲望权力欲望的人，他的最大兴致不是做官，而是吟咏于诗书之中，寄情于山水之间。先前做内史，他无意利用这个重要的职务为自己谋取什么，现在丢掉了这个职务，他也没有觉得损失更多。将近五十岁的前榜眼公，历尽国乱民危、父丧妾死的人世沧桑后，更为自觉地服膺道家清静无为的学说，并自号天畸道人。皙子由庄入佛后，邀请他和叔姬陪伴，他也欣然依从。儒、道、释三门学问，历来是三峰并峙。前面两座峰都已入山探过宝，岂可置第三座于不顾？何况与他一起游这座西天灵峰的，还有一位世间难觅的才女。

夏寿田很是佩服叔姬的才华。当年东洲岛上，叔姬一曲《玉漏迟》压倒须眉的往事，一直深深留在他的记忆中。后来彼此南北暌违，联系不多，然心里总记得。三年前，夏寿田从西安回到北京，与叔姬久别重逢，二人都很快乐。以后夏寿田常去槐安胡同，与皙子谈国事的时候少，与叔姬谈诗文的时候多，越谈越觉得叔姬并非等闲。有时，他们也谈起婚姻，谈起家庭。夏寿田对叔姬心中巨大的悲苦甚是同情，他甚至为此感到内疚，因为叔姬和代懿的结合，是他第一个提出的，他后悔那时对他们两人都了解不够。

是敬佩叔姬的才华，是怜悯叔姬的处境，是救赎当初的过失，抑或是别的什么微妙的心思？夏寿田自己也弄不清楚究竟出于何种原因，他一直没有把陈氏夫人接到北京来，而槐安胡同却有一股强大的力量在吸引着他。

洪宪帝制失败后，他居然神差鬼使似的，没有在杨宅墙壁上再挂岳霜的《灞桥柳絮图》，也没有在案头上再摆上爱妾的玉照。这个细微的变化，杨家所有人都没有觉察出来，却给叔姬以极大的抚慰和满足。就冲着这，叔姬仿佛觉得照顾体贴这个落难的男子，是自己应尽的责任。

叔姬心里清楚，跟代懿结褵二十年来，不要说这些年了，就是刚结婚的那几年，她也没像一般多情的少妇那样，对自己的丈夫爱得疯狂，爱得深沉。她的脑海里总抹不去夏郎的丰采，心灵里总割不断对夏郎的绵绵思念。从日本回国后，夫妻关系中有了一道深刻的裂缝，叔姬更是常常捧起夏寿田送给她的那朵大红宫花，痴痴地望着它，晶莹的泪水悄悄滴在花瓣上。有时她也会从陪嫁的红木箱里翻出少女时代绣的五彩鸳鸯戏水荷包来，轻轻地抚摸着那两只游戏于莲荷中的鸳鸯。在万千愁结越结越紧时，她只有以抚枕痛哭来做一番暂时的解脱。

也真是老天不负有情人，十多年后，哥哥竟然与夏郎同官京师，而母亲又决定与嫂嫂同行北上，叔姬不顾丈夫的请求、公公的劝阻，毅然随母嫂来到北京，她要努力寻觅当年的温馨。然而，她失望了，因为夏寿田那时并不在北京，为一座孤坟而滞留西安。

好了，夏郎终于返回北京，能常常和自己叙旧聊天、谈诗论文了。尤其是这次的逃避通缉，从槐安胡同到海河洋楼，又从海河洋楼回到槐安胡同，叔姬感觉到夏郎是完全回到了自己的身边，因为那道由岳霜的遗物而筑起的樊篱已经拆除了。

代懿离开北京回湘潭前夕，一再请求叔姬和他一道回家。叔姬尽管很想念儿子，但还是硬着心拒绝了。儿子快二十岁了，不太需要她的照顾了，而夏郎却令她缱绻缠绵，难舍难分。

多少个旭日东升的清晨，叔姬对着窗外，凝视小庭院里的夏郎在屏息静气地练太极拳；多少个人静更深的月夜，叔姬披衣走进隔壁的房间，为灯下的夏郎添水续茶，叮嘱他早点儿安歇；多少个神清气爽的上午，叔姬和夏郎相向而坐，读佛经，参禅理；多少个暮色苍茫的黄昏，叔姬伴着夏郎，散步柳枝下，议汉文，说唐诗。在这种时候，叔姬心里充溢着甜蜜和幸福。她感激上天终于酬答了她二十多年的苦苦相思。她有时朦朦胧胧觉得过去的一切都是梦幻，而眼下才是真实的。她应该是从未嫁给王家做媳妇，夏郎也从未有过别的女人，才高气傲的叔姬和风神俊逸的夏郎，天地同时诞育他们的目的，便是为了让他们能比目遨游，比翼齐飞。有了这，今生还求什么！

秋风起了，葡萄架上的青叶渐渐变黄，叔姬惦念着远去庐山的哥哥，盼望他一路平安早日归来。这时，她忽然发现葡萄架边正一前一后飞着两只蝴蝶。前面的那只是黑褐色的，翅膀较大，上上下下的，飞得潇洒自如。后面的那只是粉白色的，翅膀较小，左左右右的，飞得飘逸优美。小庭院里很难有蝴蝶飞进来，何况时序已是初秋！

叔姬饶有兴趣地观看，看着看着，她的双眼模糊了，迷濛了，面前出现了另一番景象：阳春三月，百花竞开，归德城外，山青青，水粼粼，一个少女在嬉笑着，奔跑着，追逐一只少见的蓝黑相间的大蝴蝶。一会儿，一个英俊青年帮着少女扑捉。他逮住了这只蝴蝶，但他跌倒了，满手掌都是血。少女从他手里接过蝴蝶，发现他的辫子异于常人的黑亮。就在那一刻，少女的心中涌起一股浓浓的春情，仿佛造化所孕育的迷人春意，瞬时间全部贯注了她的胸臆。

啊，二十多年了！二十多年的时光一眨眼便已过去，二十多年前的此情此景却永远不会忘记。为了留住青春年代的美好回忆，为了纪念那段铭心刻骨的情怀，叔姬决定精心精意地填一阕词。她选择了姜夔自制的音律最美的《疏影》作为词谱，标题定为《秋蝶》。

叔姬因身体多病，多年来已不做诗词了。她今天兴冲冲地铺纸磨墨，将词名写好后便托腮凝思起来。夏寿田一早便到琉璃厂寻书去了，母亲在厨房里帮黄氏嫂子洗菜做饭，何三爷早在去天津前就辞退了，故而大门一天到晚都关着。小小的四合院，静静的，一点儿声响都没有。

慢慢地，云层越来越厚，天色变得灰暗了。一阵北风吹来，夹杂着飘飘雨丝，洒落在地上，将几片枯萎的葡萄叶一起带下。沟边砖缝里的小草在寒风中抖索着，犹如乞儿似的可怜。定睛看时，那两只蝴蝶却不知何时不见了，庭院里顿觉冷落。叔姬觉得有点儿凉意，她赶紧将那件镶着孔雀毛的披肩披上，却依然不敌寒气的侵袭。她明白了，这寒气原来是从心里冒出来的，再厚的衣服也抵御不了。她想起易安居士晚年的作品来。那诗词中的意境与早年的迥然不同，尽是“寻寻觅觅，冷冷清清，凄凄惨惨戚戚”的味道，即便是“元宵佳节，融和天气”，她也会想到“次第岂无风雨”。唉，宇宙间的春天已经过去，人生的春天也早已逝去，再美好的回忆亦只是回忆而已，它哪里能够代替活生生的现实！现实是徐娘半老，血气已衰，再也不会是采花酿蜜的春蝶，而是躲风避寒的秋蝶了！

想到这里，一股无可奈何的悲哀感再也排遣不掉，笔底下流淌的竟是满纸淡淡的怨愁：

> 看朱又碧，叹四时荏苒，佳景非昔。纤影徘徊，似喜还愁，无言也自堪惜。娇娆意态宜妍暖，争忍听寒风萧瑟。暗销魂，粉退金残，恨入修眉谁识？　　凄寂青陵旧见，丝丝嫩柔柳，时又飞雪。本是无情，自解翩翩，忘却去来踪迹。当年幸入庄生梦，自不管露红霜白，且漫夸冷菊夭桃，一任春华秋色。

写完后，叔姬再吟诵一遍，竟然完全不是动笔前的初衷了。她叹了一口气，倒在床上昏昏睡了过去。

午后，夏寿田回来了。他今天在琉璃厂访到了一幅北魏碑的拓片，进门便径直向叔姬的房间里走来，要与她共同欣赏。

房门虚掩着。他推开门，只见叔姬睡在床上，正要退出，一眼瞥见书案上摆着一张诗笺。夏寿田拿起一看，正是叔姬上午所填的《疏影·秋蝶》。看完后心想：叔姬多年不做诗词，今日所吟，分明比过去更深一层意境，尤其这番“一任春华秋色”的道家真意更是难得。不要冷淡了她的秋兴，我来和她一首。

回到自己的房间，当年的词臣踱步沉吟半个时辰后，也以《疏影》为谱填了一阕《秋蝶》，分别在前后写上“庄大士吟正”、“天畸道人奉和”等字样，将它送到叔姬房间的书案上，与前阕《秋蝶》并排放着。

叔姬起床后，想把上午填的词再修改修改，走到书案边，立即被夏寿田的和词所吸引。她又惊又喜，拿起来念道：

> 疏阑一角，正晚烟欲起，凉梦初觉。幺风独归，似识空阶，多情还近珠箔。海棠春半初游冶，直数到销魂红药。料越罗褪尽，金泥不分，秋来重着。　　夜夜杜陵双宿，年时待追忆，风景非昨。只有丛芦，舞遍荒汀，乱点无人池阁。玉奴解领繁霜意，定不怨粉寒香薄。纵画屏误了牵牛，犹有桂林前约。

不愧为二十年前的蟾宫折桂者，一阕《疏影》珠圆玉润，音协律美，读起来满颊芬芳，叔姬爱不释手，连诵了两遍，最后将目光紧紧盯在结尾的那两句上。

“纵画屏误了牵牛，犹有桂林前约”，这是什么意思呢？难道说夏郎当年也有那个心思，因为错过了时机，造成了终生的失误？而今天仍愿赴丹桂之秋约？想到这里，叔姬下意识地摇了摇头。归德镇时，夏公子与哥哥从早到晚说的是男儿大事，从没有一句涉及儿女私情，与“误”搭不上界。那么是现在的追悔？时至今日方才领悟到过去的婚姻是一种“误”？眼下牵牛虽已早谢，仍有桂子在飘香，他要以秋实来弥补春华之不足？叔姬又不自觉地摇了摇头。夏郎寄居杨家一年多了，彼此虽融洽，却从没有出格的表示。这样说来，他只是在填词，在奉和，在咏秋风中的蝴蝶，此外别无深意？

心思细密、才情充沛的叔姬坠入了自己织就的情网之中。她决定测试测试。

四十出头的杨庄着意将自己打扮了一番。脸上薄薄地施上一层白粉，再搽一点浅浅的胭脂，涂上口红。眉毛很好，无须再描了。白皙的耳坠上配上一副素雅的梅花形珍珠耳环，光洁的头发上再插一把深红色的环形牛角梳。再换上一件朱紫色夹衣，披上那袭镶着孔雀毛的披肩。打扮停当后，叔姬对着穿衣镜前前后后打量了一番，心里颇为满意。除开眼角边有几道细细的鱼尾纹外，浑身上下，似乎跟二十年前刚出嫁时没有多大的差别。一股失去多年的自信心顿时涌出。

接下来，她又把房间收拾了一下，书案排得整整齐齐的。整个房间，充溢着一种淡雅和谐宁馨温暖的气氛。看着这一切，她心情甚觉愉悦。蓦地，她想起了两件重要的东西，忙从箱子底层翻了出来：一是夏郎送的那朵大红宫花，一是做女儿时绣的五彩鸳鸯荷包。二十年了，它们都依然光彩如新。抚摸了很长时间后，她将宫花搁置在书案正中，而将荷包藏在抽屉里。

夜色降临人间时，夏寿田应邀来到叔姬的房里。明亮的烛光中，一向朴素矜持的叔姬今夜光彩照人，含情脉脉，令夏寿田又惊讶又激动。谁说四十岁的女人是豆腐渣，此刻的叔姬，不正是一朵依然迷人的鲜花吗？他真想大声地说一句“你真美”，嘴唇动了几下，终于没能说出口。

“夏公子，你请坐！”

从归德镇初次见面时起，一直到现在，无论夏寿田的身份官衔如何变化，叔姬总以“夏公子”三字来称呼他。夏寿田最喜欢听这种称呼，它亲切脱俗，而且让他听后总有一种青春焕发的感觉。

“叔姬，今上午在琉璃厂，我觅到了一幅北魏碑拓片，虽是残缺，却弥足珍贵，我想请你看看。推开你的门，你正在午睡，我刚要退出，瞧见了你新吟的《疏影》，读后情不自禁地和了一首，还望你赐正。”

吃晚饭时人多，夏寿田不便多说话，刚坐下，便兴奋不已地说了一大串。

叔姬微笑着说：“你是词臣出身，填的词，我哪敢赐正呀！有你的这阕《秋蝶》，我的《秋蝶》大增光彩了。”

夏寿田听了很高兴，说：“历来咏春蝶的多，咏秋蝶的少，可惜翰林院早撤了，不然的话，这两阕秋蝶词会在翰苑诸公中传诵开的，特别是你的那句‘当年幸入庄生梦，自不管露红霜白’，真是词坛佳句。”

叔姬笑道：“再好也比不上你的‘纵画屏误了牵牛，犹有桂林前约’呀！”

叔姬说着认真地看了夏寿田一眼，只见他脸上微露一丝不自然的笑容，于是揶揄道：“夏公子，你这大概是借蝶自喻吧。谁是你当年的牵牛，如今的桂林又在哪方？”

叔姬今夜的特别喜悦，使夏寿田有点儿出乎意外。将近五十岁的前榜眼公饱阅世事，练达人情，从踏进门槛看到叔姬精心打扮的那一刻，就发觉她心绪非比往常。相处一年多了，唯独今夜不同，显然是因为这阕和词的缘故，而和词中的诗眼正是“纵画屏误了牵牛，犹有桂林前约”这两句。如此说来，长期与丈夫分居的她，与自己震荡的心灵有所共鸣？

这两句词究竟写出了一种什么心态呢？是无端揣测，还是借物喻志，词人自己也难以说得清楚明白。可能是咏秋蝶至此，必须要有这两句才能在肃杀秋风中增添一点儿暖意，也可能是神遣灵感，道出了自己近年来的一段隐衷。似乎此时夏寿田才发觉，他其实早就偷偷爱上了这个志大才高却命运多舛的女子。不然，何以渐渐淡忘了对岳霜的怀念？何以一直不接夫人来京？又何以三天两日往槐安胡同跑？一个大男子汉，又何以心情怡然地长住友人家？什么理由都难以解释清楚，唯有这句“纵画屏误了牵牛，犹有桂林前约”才能说明一切。

然而，这话怎么说呢？聪明敏捷的前内史窘住了。他四顾左右欲言他。猛地，他发现了书案正中摆着一朵鲜艳欲滴的大红宫花，似觉面熟。啊，想起来了，这不是那年托皙子带回送给叔姬结婚的那朵宫花吗？它居然被主人珍藏到今天，它今夜居然被主人置于书案上展现在送花人的面前。这中间蕴含的深意，还需要再问吗？

“叔姬，这就是那年我送的宫花吗？”夏寿田没有回答叔姬的提问，而是用手指着书案，转移了话题。

“是的。”叔姬的情绪骤然冷下来，“这是你送我的结婚礼物，但我一次都未戴过。”

“为什么？”夏寿田吃了一惊，“难道洞房之夜也没戴过？”

“没有。”叔姬轻轻地摇摇头，刚才的喜悦欢快完全从脸上消失了。

“你不喜欢它？”夏寿田明知不是这回事，嘴里却不由自主地说出这句话来。

“怎么会呢？”叔姬凄然一笑，收下这朵宫花后整整在病床上躺了半个月的情景至今仍在眼前，叔姬多么想对这位心中永远的情郎，痛痛快快地叙说当年悲喜交集的心情，但她到底不能这样，万语千言全都压下去了，只回答了一句，“因为我太喜欢它了。”

夏寿田心一紧，一股热血猛地涌起，他鼓起勇气说：“叔姬，二十年了，你都没有戴，我真没有想到。假若今夜我给你戴上，你会愿意吗？”

叔姬没有做声，红着脸微微点了点头。

夏寿田起身走到书案边，拿起那朵宫花走到叔姬面前。夏寿田仿佛觉得手里拿的不是一朵宫花，而是万钧黄金。不，它比万钧黄金还要贵重，它是一个情感深沉的女子，用毕生的情爱铸成的一颗不能称量的心！夏寿田感觉到自己的心在怦怦跳动，他也感觉到了叔姬的心在怦怦跳动。叔姬半低着头，微闭着双眼，默默地让夏公子把花插在她的鬓发上。夏寿田本可以就势抱住因戴上红花而显得更为俏丽的叔姬，但他迟疑了一阵子，终于没有这样做，依然回到原来的椅子上。

“谢谢。”停了好长一会儿，似乎经过激烈的内心思索终于拿定了主意，叔姬说，“夏公子，二十年前你送我这朵宫花，我感激你的盛情，总想着要送你一件礼物回报，但又总没有合适的东西。今夜，你为我亲手戴上了这朵花，了却了我杨庄今生今世最大的心愿。我没有别的东西可以酬答，只有一个荷包，略表心意。”

叔姬从书案抽屉里拿出那个五彩鸳鸯荷包来，托在手心里，眼望着手心，轻声说：“我们湘潭未出嫁的女孩子，在绣嫁衣时都要绣一个鸳鸯荷包，定婚那天送给未来的丈夫。我也绣了一个，却没有送给代懿。不是说我那时就不喜欢他，而是早在三四年前，在归德镇的总兵衙门里，便有一个人完全地占住了我的心。代懿虽是我认可的丈夫，他也不可能取代此人在我心中的地位。”

夏寿田的心被这几句话牢牢地揪住了。“早在三四年前，在归德镇的总兵衙门里”，这话里的那人不就是自己吗？热血在他的胸腔里沸腾着。尽管已年近半百，这股热血依旧像年轻人一样的激荡奔涌。他双手接过荷包，感情再也不能控制，紧紧地抓住叔姬的手，嗓音颤抖地问：“叔姬，你说的是我吗？是我吗？”

叔姬含着泪水点了点头。

“叔姬，我也同样很爱你。桂林前约，就是指的你与我呀！”夏寿田的手抓得更紧了。“叔姬，我们结合吧，我们相依相伴，一起走过后半生吧！”

对自己的婚姻很不满意，对理想中的爱情执着追求的杨庄，多少年来，一直在渴望着这样一个时刻的到来，在倾听着这样一句从夏郎心窝里发出的语言。盼望了二十多年，这个时刻终于来到了，这句话终于听到了，幸福的泪水夺眶而出，她激动地说：“夏公子，你这话太令我感动了，我谢谢你！”

叔姬将手从夏寿田的双手中抽出来，转过脸去，抹了抹眼泪，又从书案上端起一杯茶来递给夏寿田，说：“喝口茶吧！”

夏寿田接过茶杯，喝了一口，心情缓和下来，颇以刚才的孟浪而惭愧。

叔姬也给自己倒了一杯水，喝了两口后，她平和地说：“二十多年来，我有两个愿望一直耿耿在心。一是将我做女儿时绣的荷包送给你，一是想听到你对我亲口说一句‘我爱你’的话。我常常为这两个不近情理的愿望而自我讥笑。我早已是王家的媳妇，你也早有自己的女人，这两个奢望，不好比上天揽月下海捉蛟吗？真正是精诚所至金石为开，今夜，这两个愿望都实现了，我杨庄心满意足了，别的企望我不敢有，也做不到。”

见夏寿田仍是一副痴迷的神态，叔姬叹了一口气，说：“我名义上仍是代懿的妻子，你桂阳老家还有贤惠的夫人，这就决定我们不能结合。陈氏夫人为你生儿育女，含辛茹苦，你也不应该休掉她。倘若因我而休掉陈氏夫人，不仅陷我于不仁，也陷你于不义。代懿对我并不错，这我心里明白。我和他分居，他自知理亏，尚可以谅解我。倘若我和他离婚，便会给他带来痛苦，这种事我也做不出；何况我还有儿子，我也不能让儿子指责我。夏公子，这是我们的命运，命运让我们这一生只能相爱，而不能结为夫妻，愿佛祖保佑我们来世吧！”

叔姬的平静态度感染了夏寿田，心里不住地说，是的，叔姬的话是对的，不能结合固然痛苦，倘若打乱这一切以后再结合，将会更痛苦。他望着叔姬说：“你的这番情意我三生报答不完，你让我用什么来酬谢你呢？”

叔姬淡淡地一笑说：“你就这样长住槐安胡同不走，天天陪我读佛经说闲话，这就是对我的酬谢了。”

“好。”夏寿田忙答应。“和你在一起读书说话，也是我后半生最大的愿望。”

“如果有空的话，你给我帮一个忙。”

“什么事？你只管说。”夏寿田重新握住叔姬的手。

“在誊抄寄禅法师诗稿的时候，我冒出一个想法，也想把自己过去的诗文词整理一下。”

“那很好呀！”夏寿田忍不住打断她的话。“我来做这本诗文词的第一个读者。”

“不只是做读者。”叔姬笑着说，“我还要借你写给天子看的一笔好楷书帮我誊抄一遍。”

叔姬的书法端正娟秀，且有的是时间，她却要夏寿田为她誊抄，此中心意，夏寿田当然明白。他颇为激动地说：“能为当今的易安居士誊抄诗文，实在是我夏寿田的福分。它要比我过去在翰苑为皇上抄写起居注、日讲疏贵重十倍百倍，我一定会倾注全力写好。”

叔姬听了这话十分感动，说：“那我就先谢谢你了。”

“你这话见外了。”夏寿田松开手，问，“整理得怎么样了，可以让我先看看吗？”

“大致差不多了。”叔姬起身，从书柜里捧出一大叠纸来。

夏寿田接过翻看着，不少诗文上都有湘绮师的亲笔批点，益发显得可贵。第一篇《诸葛亮论》，开篇之语便戛戛独造：“古之人臣，朴讷而安邦国者有之，若夫任智以自济，矜己而不虚，亏中道而能成事者，或未闻焉。观夫诸葛亮之为政，其亏中道乎？”

读了这几句，夏寿田已不能罢休了。他接着读下去：

天下未定之时，耀兵尚武之日，当将相合同，以规进取，检御诸将，俾竭其能。李平虽非王佐之才，以先王之明，应无虚授，既并受顾命以匡少主，岂以其位侔势并而致之于徙者乎？何不如相如、寇恂能致兴于赵、汉也。及后出师斜谷，并用延、仪，各有骁勇之姿雄豪之略，怀才抱器，自逞其私，而亮始无善御之方，嗣有激成之衅，以至争权尚勇，绝道槎山，羽檄交驰，有如敌国。

夏寿田连连点头称是，不觉读出声来：

辅庸弱之君，摄一国之政，功业未著于当时，卒遭轵道之祸者，岂非法晏婴之余智，而微周召之遗风乎？以此言之，蜀汉之倾危，亮之过也。后之君子咸称其为贤相，岂资谲道取之哉？

夏寿田放下稿纸，深情地望了一眼正在灯下挥笔改词的叔姬，心里叹道：过去总以为叔姬之才在于吟咏上，却不料在用人行政上她也能发出这等不同凡俗的议论来。诸葛亮千古贤相，这已是不刊之论，叔姬却偏偏可以指出他的最大失误之处。深刻也罢，苛刻也罢，总是独出机杼，不人云亦云，实在难能可贵。

叔姬转过脸来问："夏公子，你看这些东西也值得整理眷抄吗？"

"岂只值得，真谓字字千金。"夏寿田真诚地说，"我刚才粗粗看了一遍《诸葛亮论》，深以为你不仅是位女才子，而且是一位女良史、女贤相，可惜你不该是个女儿身呀，不然真可为国家做出大事业来。"

谁知叔姬听了这话，半晌没有做声，过了好久才缓缓地说："夏公子，你和我哥一个样，大半辈子都走在一条迷途上。其实，文章做得再好，议论发得再深刻，于当政秉国都无用。当政秉国另有一套办法，与作出来的文章大不一样；若一味按文章中的正理去做，绝对挤不进当政秉国者行列之中，即使侥幸进了，也做不成大事。我这一生若是个男子汉的话，最后也必然会落得个我哥哥这般的结局，那时我心里反多一层抑郁，还不如做个女儿身，只把诗文当作消愁解闷的自娱为好！"

叔姬这番议论，让饱读诗书的前侍读学士听了愕然不知所对。

六　虎陀禅师为信徒们开传法会

当卢沟晓月照着桥面霜花的时候，杨度从庐山回到了北京。三个月不见了，在家人的眼里，他俨然成了另外一个人。出门时瘦瘦的，现在胖多了，也结实多了。先前一天到晚眉头紧锁、思虑重重，现在一天到晚平平和和的，仿佛万事都不在心上。他把家中过去所张挂的名人字画全部下掉，换上他手书的条幅。他给母亲房里挂的是："或有于佛光明中，复见诸佛现神通。"给夏寿田的房里挂上："佛身如空不可尽，无相无碍遍十方。"给叔姬的房里挂上："菩提树下成正觉，为渡众生普现身。"给自己房间里挂的是："皮肤脱落尽，唯余一真实。"在餐厅的正中，高高悬挂的是一首七言诗：

世上心机总枉然，不如安分只随缘。

旁人若问安心法，饿着加餐困着眠。

他每天早上一个时辰晚上一个时辰，挂着觉幻长老所送的那串松花玉念珠，低首盘腿，一个人在书房里默默地坐着，风雨无阻，雷打不动。

李氏老太太见状，对黄氏媳妇说："阿弥陀佛，皙子这次庐山回来，真正成了佛门中人，只差没有剃发了。"

黄氏笑着说："娘，我看皙子一天到晚有点儿傻乎乎的样子。"

李氏老太太说："这就对了。这世界坏就坏在'聪明'二字上，皙子先前是聪明过人，所以自找苦吃。这样傻里傻气下去，说不定可成正果。"

叔姬与夏寿田商量："我哥这次想必在庐山取回了真经，我们向他求教求教吧！"

夏寿田说："好哇，我参了大半年的佛了，多有不解，正要向他请教哩！"

杨度知道后满心喜悦地对大家说："我参的是大乘佛学，不仅要度己，更要度人。明天上午我为你们开一个传法会，有什么疑问都可以提出来问我。"

第二天上午，杨度的书房临时成了讲经堂。他换了一件干净灰布长袍，颈上挂着那串传了四代高僧得了佛门灵气的念珠，盘腿坐在一个旧棉垫上。李氏老太太、仲瀛、叔姬和午贻都坐在他的对面，一个个态度严肃，表情认真，那气氛与寺院里做法事并没有多大区别，只差几尊佛像几根香烛了。

"佛像一时不好找，香烛家里有，点上吧！"李氏老太太吩咐媳妇。

仲瀛建议："碗柜里还有一只多年未用的老磬，拿出来敲几下吧！"

杨度摆摆手说："佛像不要，香烛不要，钟磬也不要，这些形式都不重要，重要的在心。"

叔姬笑着对夏寿田小声说："看来我哥修的是禅宗中的不学佛派。"

夏寿田笑了笑，没有做声。

杨度端坐棉垫上，默默地数着念珠。念珠数过三遍之后，他开始说话了："十方居士，红尘信徒，虎陀禅师今日在槐安胡同开设讲经堂，诸位于佛法和世事有不明之处尽管问来，本法师依超度众生之大经大法，一一给你们解惑破谜。”

沉默片刻，夏寿田最先发问：“虎陀禅师，弟子有一事不明，请法师赐教。”

叔姬和仲瀛见夏寿田做出这副神态来，都悄悄地笑了。

杨度望了老朋友一眼，一本正经地说：“天畸道人心中有何疑问？”

夏寿田说：“昔者印度名僧菩提达摩来到我中国传佛法，特开禅门一宗，衣钵相传，至于五祖弘忍。弘忍将传心法，令诸弟子各呈一偈。神秀偈曰：身是菩提树，心如明镜台，时时勤拂拭，莫使惹尘埃。五祖说神秀未能见性。慧能偈曰：菩提本无树，明镜亦非台，本来无一物，何处惹尘埃。五祖说慧能亦未见性，但半夜密召他入室，为他说《金刚经》。慧能顿悟，遂传衣钵而为六祖。此段公案传之千余年，世间佛子但知崇信，莫敢疑义。弟子想，传法因缘，由于一偈，何以五祖说慧能亦未见性？若未见性，又如何传法？此义难明，请为开示。”

杨度答：“善哉此问！天畸道人能明佛法第一义谛。六祖‘菩提’一偈，虽说以空破有，却未能即空即有，虽说去妄显真，未能即妄即真。六祖呈偈之时，尚未透过末后一关，故其偈意偏空，未彻圆明实性。五祖夜半密传心法，直指本心，使六祖顿明自性。非空非有，非妄非真，空有全消，妄真双泯。众生无垢，佛亦无净，众生无减，佛亦无增，一切众生，本来是佛，不假修持，自然是道。此时六祖自见自心，自明自性，生死一关直超而过，永离三界，立见如来，俄顷之间即成佛道。”

夏寿田点点头，叔姬似有所悟。李氏老太太莫名其妙，但对“生死一关直超而过，永离三界，立见如来”这几句很有兴趣。她今年六十多岁了，常常不自觉地想到了死，心中不免有些恐惧，若能通过学佛法闯过生死关就好了。

仲瀛大半没有听懂，她惦念着中午的菜还没有着落，应该到菜市场去买点儿菜来才是，否则，午饭如何对付？再见心明性，饭总还是要吃的吧！想着想着，便有点儿坐立不安了。

这时，叔姬发问了，她也学着夏寿田的口气：“虎陀禅师，你刚才提到末后一关，既曰末后，则必有前面。请问一共有几关，又学佛之人过关与未过关有何差别？请法师一并指明。”

杨度将自己近来的研究成果与当年从寄禅那里学来的高僧三义融为一体，正正经经地对她这个与自己一样的聪明过人，也一样的坎坷过人的妹子说："禅家所谓末后一关即为生死一关。一切佛子，不度此关，不成佛道。详其次第，则有三关。本来众生皆有佛性，自心自迷，遂生魔境。于是佛因魔生，魔因佛起，佛高一尺，魔高一丈。多一分理解即多一分情识，多一层戒行即多一层孽障。将心治心，反成心病，只能渐修，未能顿悟。故其学佛难于登天，而其成佛易如履地。学佛必经多劫，成佛只在须臾。学佛始于渐修，成佛终于顿悟。修为顿中之渐，悟为渐中之顿。离顿无渐，不能舍悟而见修；离渐无顿，不能舍修而立悟。修时凡佛皆魔，悟后凡魔皆佛；修时佛魔对立，悟时佛魔对消。这顿悟即为第一关。"

叔姬点头，问："那第二关呢？"

虎陀禅师继续传法："由此而进，则如遍地皆机，忽然而遇，一念回光，大梦立觉。一切心魔，渺无踪影；一切世界，粉碎无余。多生情识一旦销亡，生死命根一刀两截，一了万了，更无余事。本来无佛，亦无众生，一念不生，万缘俱寂。此为第二关。"

仲瀛听到这里，大为不解起来：既然本来就没有佛，还说什么佛法，建什么寺院，入什么佛门，拜什么佛祖？这一切不都是瞎闹腾吗？想起再不去买菜，大家的午饭都吃不成了，她忙起身，去厨房里提个菜篮子出门去了。

讲经堂里，从庐山取回真经的虎陀禅师还在兴致酣畅地传授禅宗的最高机趣："由此而进，则如死去活来，别一世界，立地承担，即我即佛，心如虚空，无在不在。一心超前，无前无后，无内无外，无有时间，无有空间，三世止于当时，十方止于当地。三世十方，备于一念，出世入世，无界可分，顿悟即是菩提，生死即是涅槃。六生即佛，佛即我心。心、佛、众生三无差别，上与诸佛同怀，下与众生同体，一切平等，一切自由，万相庄严，一心圆寂，不着不离，无牵无挂。一切世法，皆为佛法；行住坐卧，无非佛土；吃饭穿衣，无非佛事；时时皆佛，处处皆佛。世间佛子到达此种境地，便已入西天极乐世界。这就是第三关，也即末后一关。"

李氏老太太依然没有听出个究竟出来，但得知顿悟之后便可进入西方极乐世界，于是仍有兴味听下去。

叔姬听后心里想，这不是与庄子齐是非一死生差不多了吗？原来修佛修到禅宗的最高境界，便也和老庄之学一脉相通了。这可真是

《易传》所说的“一致而百虑，殊途而同归”了。前人说大道无古今，看来大道不仅无古今，亦无学派之分。突然间，她心里似乎有一种一通百通之感。

夏寿田也听出个道道来了，说：“昔日五祖传法留此疑案，流传至今无一能破。今日虎陀禅师所言，了却禅宗千年公案。”

杨度心里得意，说：“当年神秀有一偈，道的是第一关。六祖之偈道的是第二关。今日虎陀禅师道出了第三关，不可无偈，尔等听着。”

杨度提高嗓门，一字一顿地念着：“身是菩提树，心如明镜台。尘埃即无物，无物即尘埃。”

夏寿田、叔姬皆点头。李氏瞪起眼睛望着儿子竭力记下，但偈语听完后，她一个字也没记住。

叔姬说：“弟子听了吾师传这三关之法后，有所启发，试加以归纳。不知对不对，请吾师指点。”

叔姬超乎常人的颖悟力，杨度一向是知道的。他想让她来提炼一下也好，日后再对别人传法时便可简洁一点儿，遂鼓励道：“庄大士尽管说来。”

叔姬想了一下，说：“佛法有三义。心法即是佛法，此为第一义。无心无法即是佛法，此为第二义。无法之心，无心之法，即是佛法，此为第三义。如此三义皆为心法，又皆为佛法。故此弟子亦有一偈：佛佛传心法，无心亦无法。心心无法心，法法无心法。”

杨度听了心里一惊：叔姬果然非凡夫俗子。遂说：“庄大士三义归纳得好，此偈亦将为佛门名偈。”

刚才儿子的偈句没记下，不料女儿又凑出几句来，既像绕口令，又像打哑谜，李氏全然不懂。诚心拜了一世观音菩萨的老太太，觉得这种佛法太高深难懂了，她有点儿坐不住了，厨房里飘来饭香，她想应该过去帮媳妇择菜洗菜了。

这时，叔姬又问话了：“虎陀禅师，照这样说来，世上也无所谓佛与佛法了，是吗？”

杨度立即答：“正是这话。佛即凡夫，极其平常，人人可成，只须将一切妄念去掉，归到极平实的地步，便是成佛。学佛的最高一义，乃并圣念而去之，故达摩对梁武帝说廓然无圣，禅宗僧人们常说我不学佛，皆是这种意思。更有过激的甚至说，佛来，打杀喂狗！”

李氏听了这话，吓得一颗心直跳。她站起来对儿子说：“阿弥陀佛，造孽造孽，若是让佛祖听见，还不知要降下什么祸灾！你这佛法不要讲了，我也不听你的了。”

老太太边说边走出了讲经堂。

叔姬和午贻都笑了起来。杨度却无事一般，依旧微闭着眼睛，平心静气地数念珠。

夏寿田想起好友痴迷了二十余年的帝王之业，去了一趟庐山之后便如此彻底抛弃了，真让人难以理解，便有意诘难：“世人都说帝王之学最可贵，做成了可为将相。请问虎陀禅师，这佛门之学亦是一学，它比帝王之学若何？”

杨度盯着夏寿田，说：“帝王之学是末学，佛门之学是大学。帝王之学成了可做将相，佛门之学成了可为大丈夫。”

夏寿田追问：“大丈夫的气概表现在何处？”

杨度答：“一刀斩断命根，岂非大丈夫之所为？”

夏寿田穷追不舍：“问讯禅中虎，心轮日几回？不曾求解脱，本自没疑猜。任染孤明在，无修万行赅。明明生灭处，随分见如来。”

杨度不假思索，随口答道：“我是禅中虎，心轮自在回。一生无解脱，万事不疑猜。我法双双灭，神通色色赅。一真为极乐，即此是如来。”

午贻语塞，再也提不出问了。叔姬接着上：“请问吾师，今日所传佛法为禅门何宗？”

“无我宗。”虎陀禅师答。

叔姬、午贻都很奇怪：禅门五宗七派，从没有听说过无我宗的。两位信徒一齐发问：“此宗何来？”

“自我所创！”杨度大言荦荦地回答，“本法师精研各家各派，而后明白各家各派均不能真正解脱人生，遂取三论宗之中道二谛以明平等无对，取法相宗之诸法无我以明自由无习，取最上乘禅宗之无性无相，直指本心，以明无我自由平等，合三为一，成无我宗。须知世间一切罪恶，莫非因我而生，习本法师之无我宗，小则救一己，大则救世界。所有从前佛学中难以解决之问题，无我宗都能全部解决，实为佛学界开辟一个新纪元。本法师之无我宗，一不念佛经，二不拜佛像，三不入佛门，四不行佛戒，五不长修炼。一日有我，一日凡夫；一日无我，一日成佛。尔等明白否？”

于是叔姬、午贻鼓掌起立，笑着说：“我们都入了虎陀禅师的无我宗，半日无我，便做了半日的佛。”

仲瀛进来招呼大家吃午饭，讲经堂即行撤去，又恢复成往日的书房。

自那以后，杨度致力于他的禅门无我宗学说的完善，常常写些文章送到报馆去发表，向世人公布他的开创佛门新纪元的贡献，居然也引起了社会的注意，连来华考察佛教的美国哲学家贝博士也慕名前来槐安胡同。杨度与他高谈心外无物、物外无心、万缘若息一念不生、十方三世尽在吾心、世界只在一心、心外别无世界、我即是佛等无我宗的大道理。他广征博引，中西合璧，口吐莲花，唾如珠滴，把个无我宗说得千般美妙，万般神奇。贝博士听得入迷了，一连三天来槐安胡同请教，然后写出大块文章向世界宣布：中国前筹安会首帝制头号余孽已经大彻大悟立地成佛，并创立了一门可以即刻解除罪恶进入佛国的禅门新学派。

贝博士是个极有影响的洋哲学家，经他一宣传，佛学家杨度的名声大噪，甚至有压倒帝制祸首的趋势。

冬天里，李氏老太太因感风寒生了一场大病。春暖花开时，她的病好了。她害怕哪天一病不起，老死异乡，坚决要回湘潭老家，并要女儿和媳妇护送。仲瀛最孝顺，一口答应。叔姬却陷于两难之境。

陪着母亲回去吧，则要与夏公子分离，这一别数千里，说不定永远不会重聚了。不陪母亲吧，找得出什么理由呢？做媳妇的都愿离开丈夫送婆婆回家，一个做女儿的，何况丈夫不在身边，不陪能说得过去吗？家里人会不会怀疑自己与夏公子之间有暧昧不清的瓜葛呢？年逾不惑有夫有儿的杨庄决不可能忍受社会在这方面对她的指责，她只有把巨大的痛苦压抑在心里。

听说叔姬要回湘潭了，夏寿田也十分痛苦。但他知道眼前的状况是不可能长久维持的，迟早总要改变，心里早有准备，幸而叔姬的诗文词誊抄得差不多了，再辛苦两天就可竣工。

杨度则将一切都已看破了，他甚至希望大家都早点儿离开，他要一个人飘泊东西，浪迹天涯，在漫游四海之中去进一步领悟人生的真谛，去尽善尽美地营造无我宗的殿堂。

这天下午，夏寿田捧着装订得整整齐齐的诗文簿来到叔姬的房间里。叔姬正在无端凝思，见夏寿田来了，忙起身招呼。

“叔姬，你的诗文稿我已誊抄好了，你可以带着它回湘潭。”

叔姬木然接过，心里千头万绪，一时不知从何说起。相对无言多时，她才轻轻地说了句：“夏公子，我走后，你要多多保重。”

夏寿田点点头。

叔姬仔细地望了夏寿田一眼，说："你近来脸色不太好看，哪里不舒服吗？"

"没有。"夏寿田摇摇头。

叔姬打开诗文稿，一股特殊的气味扑鼻而来，她略觉奇怪。看字迹，个个端正，行行整齐，她心里感谢不已。

突然，她发觉这些字的墨色都不太黑亮。她疑惑地望了夏寿田一眼，只见夏寿田的脸上颇有一种难言的羞涩。叔姬一惊，一个念头闪电般出现在她的脑海里，难道墨汁里掺有他的血！不少虔诚的佛教徒和居士，往往以掺有自己指血的墨汁抄写佛经，以表示礼佛的诚心。有的甚至因此而早逝，他们也心甘情愿。叔姬是见过这种佛经血抄本的，因为掺有血，字迹都显得暗暗的。她慌忙将诗文稿对着窗户展开。在明媚的春日阳光下，原来不太黑亮的墨色里明显地透出一种暗红色的痕迹来，果真是血！

她放下诗文稿，情不自禁地抓起夏寿田的两只手，只见他的十个指头上满是针眼的疤痕，叔姬无限疼惜地说："夏公子，你怎么能这样，你让我如何承受得起！"

夏寿田将两手拼命地从叔姬的手里挣脱出来，口里喃喃地说："这没有什么，你不要介意，不要介意！你对我的情谊，我无法报答，我只有这样才能表达我的心意！"

叔姬重新拿起诗文簿，将它紧紧地贴在胸口上。泪水一串串地从眼眶流到脸上，从脸上滴到诗文簿上，好久好久才重重地吐出一句话："老天呀，你为何不将时光倒退二十五年！"

夏寿田终于不能强制自己了，他紧紧地抱着叔姬，说："别哭了，叔姬。秦少游说得好：两情若是久长时，又岂在朝朝暮暮。只要两心相印，不在乎山隔水离。世间有许多人，一辈子没有得到过别人真心的爱，而我们俩互相爱慕能有如此之深如此之久，我们也算是幸福的人了。"

叔姬默默地将下巴靠在夏寿田的肩膀上，凝望着窗外那一轮如血如火的夕阳。它是那样的鲜艳，那样的炽烈，仿佛象征着她和夏公子之间历经岁月沧桑后，更为纯洁更为深沉的真挚爱情！

第五章　中山特使

一　禅意发挥到极致，原本与艺术的最高境界相通

叔姬和仲瀛护送母亲离京回湘了。临走前，仲瀛一再招呼丈夫让亦竹早日回北京。杨度是给亦竹去了信，但不是叫她回京，而是要她在苏州定居下来，他已决定只身飘荡江湖。叔姬走后，夏寿田无心再在槐安胡同住了，便应直隶督军曹锟的邀请，去保定做了督军衙门的秘书长。从此，槐安胡同就只剩下杨度一人了。

仅仅只在两三年前，这里还是京师权贵要员密谈国事、士绅名流纵论诗文之处，整日里车马盈门，冠盖如云，而今已彻底冷落下来。除偶尔有几个佛子居士前来走动外，大门一天到晚紧闭着，附近街坊还以为这个四合院里早已无人住了。

杨度天天做着自己规定的功课：晨起打坐一个时辰，然后读佛经，中午午睡一个时辰，下午撰写参禅心得，夜晚临睡前再打坐一个时辰，中间穿插一些诸如莳花、练字等项目作为调剂。他戒掉了烟酒荤腥，一日三餐素食粗茶。他常常陶醉在这种自我营造的氛围中，觉得无思无虑的日子真是过得无忧无愁，倘若普天之下的人都这样皈依了禅门，则一切纠纷、争斗不就自然而然地止息了吗？

白天如此悠闲自在，但夜半的梦寐却常常将他带回过去的年月：乙未年慷慨悲愤的公车上书，东洲小岛上湘绮师授课时的炯炯目光，扶桑国寓所留日学生对救国方略的激烈争论，改朝换代那些日子里的南北奔波，总是或断或续或隐或显地出现在眼前。每当这时，他不得不披衣而起，或枯坐床头，或游弋庭院，在夜风吹拂中，在星光注视下，他感到孤独、惆怅、痛苦、茫然，有时甚至会生发出无端的恐惧。次日早晨打坐时，则往往会心猿意马，难以安定。是修炼功夫尚未达到泯灭一切的程度，还是无我宗其实也不能真正地做到无我呢？白天与中宵间的两极反差，使这位先前的帝王学传人、今日的佛门居

士，陷于不能解脱的困境。

一天午后，有一个人突然出现在槐安胡同。杨度没有料到，来者竟是分别多年的胞弟重子。仿佛空谷足音似的，离群索居的虎陀禅师欣慰不已。兄弟俩对面而坐，一杯清茶聊起了家常。

这些年来，杨钧一家一直住在省城长沙。尽管世局风云激荡，变幻莫测，湖南境内兵连祸接，杨钧却不闻不问，潜心于他的艺术世界中。天赋的灵慧，加之持久的勤奋，使他获得了旁人难以企望的成就。他的绘画治印，声名卓著，即使时处乱世，登门来求印画者仍络绎不绝。杨钧便靠着这个收入来养家糊口。空闲时，夫人尹氏也会画上几笔梅花兰草。老岳丈尹伯和先生一月之中，总会从乡下来长沙住上十天八天的，与女婿切磋绘画技艺。一家人在对艺术美的追求中清贫而和乐地生活着。

杨钧为人随和、热情，朋友们都喜欢到他家坐坐，聊聊天，走动得较勤的几个好友中有一个便是齐白石。

“哥，齐白石来北京卖画已经三四年了，你见过他吗？”

“什么，齐白石到北京来了三四年？”杨度颇为惊讶。“我怎么从没听人说起过？”

杨钧笑道：“妈说你这几年已成佛了，俗世的事都不过问。我一直不相信，看来倒是真的。”

“那我们去看看他，你知道他住在哪里吗？”

“住在法源寺。我这次来北京，主要就是来看看他在北京的卖画情况究竟如何。若是好的话，我也将白心印画社搬到北京来。”

从小和大哥很亲热，把大哥当作师长、榜样尊敬的胞弟，来北京主要不是为看大哥，而是为了看齐白石，杨度在欣喜之余，不免生出一丝悲凉来。

第二天上午，兄弟俩一起来到法源寺。

前些年，寄禅法师挂单这里的时候，杨度常来法源寺与他谈诗论禅。寄禅圆寂后，他的弟子道阶亲自护送骨灰到浙江天童寺安葬。道阶被天童寺僧众挽留，做了该寺的住持。道阶不在，法源寺再无熟人，杨度也就不来了。

几年不见，法源寺显得冷落了。来到寺门，打听到现在的住持竟然就是当年碧云寺的演珠上人，杨度为之一喜。

他清楚地记得，二十多年前，他和曾广钧、夏寿田一起在碧云寺里数罗汉、讲湘绮师年轻时的风流韵事，喜欢吟诗的演珠对他们招待得很是殷勤。第二天临别时还拿出纸笔来恭请他们留诗作为纪念。二十多年光阴，弹指之间便过去了，当年罗汉的预示却并未兑现，这虽是遗憾事，但故人重逢，自己这几年又走上礼佛之路，无论是叙旧，还是谈今，都有许多共同的话题，见见面应是乐事。杨度暂不去齐白石处，带着弟弟先去方丈室拜见住持演珠。

演珠已过了古稀之年，依然红光满面，精神矍铄。杨度很高兴地与他打招呼："演珠法师，你还认得我吗？"

不料，演珠却对面前这个身着布衣的清瘦俗客摇了摇头。

"我就是二十多年前与曾重伯翰林一起游碧云寺的杨度杨皙子呀！当时还有一个年轻人名叫夏寿田，戊戌科的榜眼公。"杨度竭力唤起演珠的记忆。

"哦，哦，我记起来了，原来你就是杨度。"

杨度满以为演珠认出了旧友之后，会像当年一样对他热情备至。谁知演珠并无特别表示，平平淡淡地说："你们坐吧！"

演珠的冷淡，出乎杨度的意料，他拉着弟弟一起坐下。

"施主前些年很出了些风头，这几年躲到哪里去了，听不到一点儿消息？"演珠并不看他，低头数着念珠，俨然与他从未有过交往似的。

"我这几年在家参佛，读了几百卷内典，明白了许多道理。"

"施主也参佛？阿弥陀佛！"杨度正想将自己这段时期的体会对这位上人好好说说，孰料演珠极不礼貌地打断了他的话，"依施主你的德性，在老僧看来是参不成佛的。那年，老僧知道施主是一门心思想做大官，为不让你扫兴，故意说你今后会做宰相。其实，你数的那个罗汉，背后靠的是白云。天上的白云飘来飘去，最无定准，老僧那时就料死你做不成大事。官做不成，佛就参得好了吗？"

杨度无端受了演珠这番奚落，心里很不舒服，本想回敬两句，想起万般皆空的道理，强压住愤懑说："法师当年若是照直说就好了，免得我半生瞎闯。"

演珠冷笑了一声，问："施主来法源寺做什么？"

"与舍弟一道会一会寄住寺里的老朋友齐白石。"

"就是那个卖画的瘦老头子吧，"演珠略带鄙夷地说，"没有人来买他的画，他早搬走了，你们到西四牌楼寻他去吧！"

杨钧见齐白石不在法源寺，又见这个老和尚很冷淡，便拉拉哥哥的衣袖，示意离开。杨度早已不耐烦了，刚要起身，只见演珠的眼神忽然明亮起来，他望着门外满脸笑容地高喊：“张师长，你老光临敝寺，贫僧未能远迎，该死该死！”

杨度转过脸去。原来方丈室门外站着一个全身黄呢军装满脸横肉的中年军官，身后跟着两个马弁。趁着演珠点头哈腰之际，杨度兄弟急忙离开了方丈室。

出了法源寺，杨钧气愤地说：“什么住持高僧，比俗客还要趋炎附势。他的冷淡，是因为哥没有做成宰相，假如你今天是国务总理的话，他会向你跪下磕头的，决不会说什么背靠白云之类的鬼话！”

杨度的胸臆间闷闷的，默默走着，一句话也说不出来。

来到西四牌楼，正不知如何去寻找齐白石，杨钧眼尖，发现路边一棵老槐树上钉了一块白木牌子，上面写着：白石画屋，二道栅栏六号。靠着这块小木牌的指引，杨氏兄弟很容易地找到了白石画屋。

这是间门面不大的小平房。门边的墙壁上贴着一张白纸，纸上有几行字：尺纸银币圆半，扇面银币两圆。原来是画的润格。杨钧心想：这价码并不高呀！

一个年约二十岁的少妇抱着一个不满周岁的小孩走过来，操一口四川口音问：“客官是买画的吗？”

杨钧随便点了点头，那少妇便很客气地领他们进屋。进屋后尚未落座，又见对面墙壁上贴着一张同样的润格。

“客官要画点么子？”一句浓重的湘潭土话从里面屋子里传出。随着一阵“叮当叮当”的金属碰撞声，一个瘦高老头子从里屋走出。正是齐白石。

杨度有点儿奇怪，齐白石走路，身上为何发出“叮当叮当”的响声？杨钧却听惯了。从那年东洲书院第一次见面，到以后的每次相聚，齐白石随便走到哪里，“叮当叮当”的声音就会跟着他到哪里，因为在他的腰间裤带上总挂着一大串铜钥匙。

这个怪木匠，到了京师还这样，也不怕贻笑大方！杨钧正在心里嘀咕着，只见齐白石一眼就认出了他们，快乐地大声打招呼：“这不是皙子先生吗？重子，你是何时来北京的？”

又对刚才的少妇说：“快泡茶，稀客来了！”

少妇转身进了厨房。杨钧知道白石带了一个儿子和一个孙子在北京卖画，便指着少妇的背影轻声问：“这是你的儿媳妇吗？”

“哪里，哪里！”齐白石忙摇头，“她是我的副室胡宝珠。”

听说是妾，杨氏兄弟都瞪大了眼睛：这哪里像是妾，简直可以做孙女了！

齐白石坦然说："这是我老伴春君给我从湖南送来的。春君舍不得乡下那点儿田和屋，不愿跟我住北京，又担心我没有人照顾，刚巧遇到从四川逃荒来湘潭的宝珠，便把她领到北京。我见她比我整整小了四十岁，刚开始不同意，春君劝我收下，宝珠也情愿服侍我，也就同意了。难得宝珠这份心，愿意服侍我这个糟老头子，去年还给我养了个满崽哩！"

齐白石讲到这里，咧开嘴巴大笑起来。

杨度十多年不见这个奇特的木匠画家了。他虽然满脸皱纹，头已秃顶，下巴留着几寸长的稀疏胡须，但从说话走路看来，精神体气都很好。六十多岁的人了，尚能生儿子，看来比湘绮师晚年还要活得潇洒。齐白石的情绪感染了杨度，演珠上人带给他的不快，已经在不知不觉间飘散干净了。

这时宝珠用托盘端出三杯茶来。杨氏兄弟带着好奇心仔细地看了一眼：脸庞清清秀秀的，四肢也无任何残缺。她居然肯跟着一个比她大四十岁无钱无势的老头子，这也真是齐木匠前世修来的福气。

"宝珠。"齐白石郑重吩咐小妾，"这两位先生是我的同乡老友，又都是王湘绮先生门人，我今天要留他们在这里吃饭，你到厨房里去准备一下。"

"不要麻烦了。"杨钧知道齐白石向来节俭吝啬，看这架势，在北京也还没有闹出个气候来，即使他十分真心真意地请客，这餐饭也吃不出个味道来。"白石兄，今天我们兄弟请客，先在这里喝茶谈天，到时我们到胡同口上那家饭馆去吃顿便饭。"

"也好，也好。"齐白石马上答应，"那家饭馆是个山东人开的，听街坊说人还地道。"

杨度说："不是重子昨天来到北京告诉我，我还不知道白石兄已在北京住三四年了。"

齐白石说："我刚来北京那一年，正碰上你到天津避难去了，后来也不知你什么时候回的北京，又不知你住在哪里。北京这么大，又不像在湘潭城里，一出门就碰得到。你今天若不来找我，只怕是还住十年我们也见不到面。"

"说得也是。"杨度点点头，"我记得白石兄是从不出远门的，这次怎么舍得来北京住这么久？"

杨钧笑着插话："这十年里，白石师兄是大不同从前了，走了天南海北许多地方。湘绮师称他是足迹半天下的人了。”

“真的？”杨度十分惊讶，心里想：这十来年世道变化的确是大，连这个刻板的木匠画师也改变过去的老一套了。他饶有兴味地问，“都到过哪些地方？”

“我这十年里，有五出五归。”齐白石伸出满是老茧的粗大巴掌来，很有力气地左右翻转了一下。“那一年，寄禅法师对我说，古人讲读万卷书行万里路，是扩大胸襟的最好途径，他几十年来坚持实行，收益很大。寄禅说他作起诗来如有神助，就靠的读书行路。又说我光读书不行，还要行路，以后画起画来也就有神助了。我仔细体会，这话说得在理。恰好郭人漳带兵驻扎西安，来信叫我到西安去住几个月。”

那一年冒失鬼万福华在上海借了张继的手枪刺杀王之春，结果王之春没有打中，他自己反被抓起坐了牢，还连累了黄兴。正是靠的郭人漳的军官身份，才使得黄兴无事释放。杨度那时恰好在上海候去日本的船票，因此知道郭人漳。杨度心想：齐木匠与大军官郭人漳也有交道，看来这些年是出大名了。

“关中号称天险，山川雄奇，西安又是著名的古都，的确该去看看。于是我告别父母妻儿，做第一次远游。足足走了两个半月才到西安，一路上我看到了许多好风景，也画了许多画。其中最好的有两幅，一幅是洞庭看日图，一幅是汉陵西风图。等会子我拿给你们看。”

齐白石说得兴起，端起杯子喝了一大口茶，放下杯子继续说：“在西安，我看了不少古迹，大雁塔呀，曲江呀，茂陵呀，碑林呀，这些地方我都去看了看。郭人漳要我去拜见陕西臬台樊樊山。樊樊山是大官，又是大名士，我怕去见他。郭人漳说，不要紧，樊臬台最重才，况且你现在也是名士了，去见他，他会高兴的。我想，去见见也要得。我没有什么礼物送给他，就刻了五方印章带着。谁知第一次去臬台衙门，门房瞪着眼睛盘问了半天，最后说臬台大人巡查去了，不在衙门里。我白跑了一趟，心里有点儿不舒服。回来告诉郭人漳。郭说，你一定没有送门包，门房不给你通报。原来见臬台还要送门包，我的确不晓得。我问要送多少银子，心里想若是要送许多银子的话，我就不去见了。郭笑着说，不要送银子，下次带我的片子去，门房就会给你通报。隔几天，我带着郭人漳的名片去，果然门房通报了。樊臬台很客气地接见了我，与我谈了许多画画作诗上的事，还问起湘绮师。我把印章送给他，他拿出五十两银子给我。我吓了一大跳，说不要不要。樊臬台说，你靠卖画刻印为生，怎么能不收银子呢？我说，即使收，也不要这么多呀！樊臬台说，一半是作为买你的印章，一半是送你的。我碍不过他的大面子收下了。他又说，你在西安卖画刻印，别人不知道你的名声，可能来买的不多。我来为你写一张润格，自然就会有人来买了。樊臬台拿张纸出来，提笔写着：湘人齐白石来西京卖印画，樊樊山为之订润格。画，尺纸银一两，印每字钱五百文。我心里又吓了一跳：这么高的润格，会有人来吗？心里这样想，嘴里没有说。第二天我将这张润格贴出去，果然许多人围着看，都说樊臬台亲自为此人订润格，此人的印画一定不错。于是生意一天天好起来。后来樊臬台用五十两银子买我五方印的事传了出去，生意就更好了。我在西安住了三个月，足足赚了两千两银子。我很感谢樊臬台，临走时特意向他辞行。他说，不要回去了，五月份我要进京见慈禧太后，太后喜欢字画，宫里有个云南寡妇叫缪素筠，给太后代笔，吃的是六品俸禄。你的画比缪寡妇的好多了，你跟我去北京，我向太后推荐，太后一定会留你在宫中，至少也吃六品俸。我对樊臬台说，我是个没有见过世面的人，叫我去当内廷供奉，怎么行呢？我这一生没别的想法，只想画画刻印，凭我自己这双手，积蓄几千两银子，供养父母妻儿，就心满意足了。我谢了樊臬台的好意，背起画袋回家了。”

杨钧记得齐白石第一次谒见湘绮师时，答话也是这样有根有叶的，虽然有点儿啰唆，但话实在，也不乏风趣，听起来有味。现在已是很有名的画家了，依然保持着这种农人的土气，着实可爱。

杨度也听得有味，笑着说：“这是一出一归。”

“是的。”齐白石点点头，继续说，“隔年，湘绮师邀我和张铁匠、曾铜匠一起游南昌。湘绮师过去在豫章书院教过书，这次是旧地重游了，我和张铁匠是第一次来洪都。曾铜匠是江西人，但过去也没来过南昌。湘绮师带着王门三匠出游的事，在江西传为美谈，有许多大官名流都来看望他老人家。张铁匠和曾铜匠忙着招待，也从中结识了不少阔人。我平生怕见生人，更怕见阔生人，便躲起不见。七夕那夜，我们师徒四人住在南昌寓所，一起喝酒。湘绮师说，南昌自从曾文正去后，文风停顿了好久，今夜是七夕良辰，不可无诗，我们来联句吧。说完自己先唱起了两句：地灵胜江汇，星聚及秋期。我们三人听了都觉得好，但一时联不上，大家你看看我，我看看你，觉得很不体面。幸而湘绮师大度，说联不上就不联了，我们喝酒吧！这件事给我很大刺激。我想我够不上一个诗人，过去诗集上署个‘借山吟馆主’，看来这个‘吟’字要不得。从那时起，我便把‘吟’字去掉，成了借山馆主了。”

杨度兄弟都大笑起来。

“第三次是到广西。那时蔡松坡正在桂林巡警学堂，他要我去给他的学生讲画画课。每个星期讲一次，一个月送三十两银子做薪金。蔡松坡这是看得起我，但我是土木匠出身，哪里能够到洋学堂里去上课呢，何况那些洋学堂里的学生都是学军事的，爱闹事，哪点不如法，说不定会轰走我。我谢绝了蔡松坡的好意。桂林的山水有甲天下的美誉，我在桂林确实看了不少一世都记得的好山好水，以后一画山水，脑子里就想起漓江那一带的模样。我在桂林遇到了一件最有趣的事。”

齐白石来了兴致，站起叉着腰说：“有一天，我在一个朋友家里见到一个和尚。此人长得浓眉大眼、虎背熊腰的，不大像个修行和尚的样子。他跟我说话不多，匆匆忙忙的，好像正在办什么大事。他给了我二十块银圆，要我替他画四幅条屏，我给他画了。离开桂林前一天，这个和尚特来朋友家送我，对我说已预备了一匹好马，要送我出城。我谢谢他，心想这个和尚待朋友倒是蛮殷勤的。到了民国初年，有次在长沙遇到那个朋友，朋友指着报纸上‘黄兴’两字问我，你见过他吗？我说黄兴是个了不起的大革命家，我一个卖画的哪里配认得他。那朋友笑道，你谦虚了，在桂林时要用马送你出城的和尚就是黄兴呀！哎呀，那和尚就是黄兴，我真是有眼不识泰山，怠慢了大英雄！”

杨钧为齐白石的奇遇开怀大笑起来。杨度则因黄兴、蔡锷而想起了过去的事。现在一提起黄兴、蔡锷，举国上下谁不敬仰？作为他们当初的挚友，相比起来，简直判若天渊。一时间，即空即有、心外无物等无我宗信条失去了力量，一股强烈的失落感、羞愧感震荡着他的胸膛。

“第四次去了广西梧州、钦州，第五次去了广州、香港，再坐轮船到了上海，由上海坐火车去了苏州、南京。”

见杨度的情绪瞬时间由热烈转向木然，聪明的齐白石估计很可能是某句话无意触及了这个在政坛上屡屡失意的同门的伤心处，便很快结束了他一生中最为得意的五出五归。

杨钧也感觉到气氛有了变化，便起身说：“我们吃饭去吧！”

三个人来到山东人开的小饭铺，叫了几个菜，杨钧又要了一壶酒。杨度戒酒多时了，今天兄弟老友聚会京城，颇不容易，经不起弟弟几句劝，他也端起杯子喝了两口。他觉得脑子里有点儿晕乎乎的，这几年来一直萦绕心头的一桩憾事，乘着多时未有的酒兴泛了起来。

“白石兄，重子，湘绮师病笃的时候，你们都守候在他老人家的床头，只是我流落京津，既未成就一番事业，又未替他老人家送终，真正是王门的不肖弟子。”

杨钧听了这话，心里想：哥并没有成佛嘛，过去的抱负没有遗忘，老师的恩情也还记得，依旧是人世间一个纵横策士！

齐白石说：“直到湘绮师病危时我才得知消息，赶到云湖桥，老人家正闭着眼睛，我以为他过了，立刻大哭起来，喊了声湘绮师，齐璜来晚了。不料他睁开了眼睛，轻轻说，不晚，阎王爷还没有收我哩。我赶紧拉起他老人家的手，手是热的。湘绮师望了我很久，说，你来了，很好。我的得意学生，大部分都看到了，只有皙子、午贻正在缉捕之中，看不到了。我说你老多多保重，说不定明年皙子、午贻会回来看你老的。湘绮师说，我是要他们回来的，我答应在湘绮楼给他们补上老庄一课。”

昏黄的灯光下，火车缓缓启动了，湘绮师从车窗里伸出头来一再叮嘱“奉母南归”的情景，仿佛就在眼前。杨度凄然望着小桌上的杯盘，他后悔当初没有听从恩师的劝告，奉母南归，现在自己究竟算个什么人呢？佛门居士，失意政客，还是落荒草寇？

齐白石接着说：“我握着湘绮师的手说，过几天你老人家好了，我来为你老画一幅山居授课图。湘绮师说，好，画三个人，添上皙子和午贻，桌上摆一本《南华经》。过一会儿又说，齐璜呀，你现在出大名了，我看我的门人中今后为我老脸增大光彩的只有你了。皙子和我一样，是生不逢时。”

齐白石转述的这几句话，重重地刺激着杨度的心。湘绮师至死都在惦记着自己，惦记着传授给自己的帝王之学未逢其时，他心里痛苦万分。虔诚修炼了两三年的佛门学问，在这种师生情、事业结的冲击下，竟然溃不成军，完全失去了抵抗力。他喃喃自语：“我那年是应该跟着湘绮师回去的。”

齐白石又说下去：“湘绮师过世后，我一边哭，一边画画。就按着他老人家生前的意愿，画了三个人，除他外，还有你和午贻，桌上摆一本《南华经》。我把这幅画裱好，在灵柩前焚化，对着老人家的遗像说，皙子、午贻还没回来，你老就走了，齐璜为你老画了山居授课图，你老今后在梦里教他们读老庄吧！”

齐白石的至情使杨度感动不已，胸腔里涌出万语千言，却说不出一句来。

杨钧也动情地说：“湘绮师病重的时候，也多次对我说，现在是乱世，霸道吃香，王道不兴，帝王之学看来是要绝了。告诉你哥，今后若还想办大事，只有走新路；要不，干脆回家读书吟诗算了。”

杨度望着弟弟，微微点了点头。

杨钧知道哥哥在认真听他的话，便趁机点出他来京的真正目的：“哥，白石师兄自从漫游天下后画风大为改变，现在是技进入道了。大家都说，白石师兄今后的成就一定会超过石涛、徐文长。你现在有空闲了，何不跟着白石师兄学学画。”

齐白石听了这话，心里很高兴。他知道湘绮师一生最器重的学生便是这个杨皙子，他自己也一向佩服杨皙子的学问文章。他从报上知道杨皙子现时正在学佛。他明白像杨皙子这样一类人的心思：得意时则拼命做官，不计后果；失意时逃庄逃佛，表示已经看破红尘，与世无争。其实是自欺欺人，内心里一定痛苦得不得了，逍遥也好，不争也好，都是装出来的。他心里可怜杨皙子，倘若能让杨皙子通过学画而重新获得生活的乐趣，倒真是做了一桩好事，修了阴骘，便笑着说：“我过去画画，画的是工笔，看了关中、桂林的山水后，深觉工笔不能画出造化的神奇，于是改为泼墨写意。这一改变后很受大家的喜欢。也有人说我现在画出的东西不太像了。我说画画的诀窍就在这里，不似则欺世，太似则媚俗，妙在似与不似之间。”

木匠画师的这几句话太富有哲理味了，杨氏兄弟于此都有所领悟。杨钧想，不仅是画画，所有的艺术的确都要在似与不似之间才有意味。杨度则想到整个人生大概都要作如是看才行。好比说，为人不可不随大流，否则将为世所弃，这就是“似”的一面；但又要保存自我，要有自己的个性特色，否则将无存在价值，这就是“不似”的一面。如此推下去，还可悟出更多的道理来。

“我的泼墨画先前不着色，”齐白石不去管杨氏兄弟的遐想，依旧说他的画，“前不久，陈师曾先生看了我的画后说，京师人喜欢艳丽，你的画太冷逸了。我于是创造出一种红花墨叶的新画境。师曾看后说很好，你的画一定可以在京师红起来。”

杨钧一听来了神，说："看看你的新画风！"

杨度也说："好久没有看白石兄的画了，去看看你是如何改变的。"

齐白石大为高兴，立即起身说："走，回家看画去！"

杨钧付了款，三人回到白石画屋。

齐白石将他最近所创作的十多幅新画拿了出来，一一展开，杨氏兄弟立即被眼前的画面惊呆了：火红的石榴、山茶，粉红的牡丹、荷花，淡红的梅花、桃花，艳红的玫瑰、蕉花，一朵朵莫不剔透晶莹，鲜嫩欲滴，再配上或浓或淡或深或浅的素墨叶片，真个是生机蓬勃天趣盎然，满纸洋溢着动荡翻滚的气韵。它是人们眼中常见的花卉，又不全像自然所生的花卉。应该说，这不是用纸笔在作画，而是用灵慧在捕捉造化的魂魄！

禅意发挥到极致，原本与艺术的最高境界相通。杨度在凝视这些全新的泼墨花卉时，似乎突然从中领悟到了生命的本源。他真诚地对齐白石说："白石师，从今往后，我每逢初五、十五、二十五，都来白石画屋向你学画，就如同当初在东洲书院，逢五去明杏斋听湘绮师的帝王之学一样。"

杨度将齐白石抬到与王闿运一样的高度，令这个淳朴本分的木匠画家受宠若惊。他激动地说："皙子先生，你这份情谊我担当不起，我们都是湘绮师的门人，互相学习。从今往后，我先一天，逢四到你的府上去，拜你为师，请你给我讲解诗文。"

杨钧拊掌大笑："好，你们二人互为师生，我则做你们两位共同的学生，向白石兄学画学印，向哥学诗学文！"

二 梅兰芳几句俗家之言，无意间触及到了佛门天机

杨钧在槐安胡同住下来，给冷清的四合院增加了几分热气，逢四逢五的学诗学画，又给虎陀禅师单调的参佛生活增添了几分乐趣。不知不觉间，无我宗的创始人又慢慢地由佛门踱回到俗世。通过齐白石，杨度结识了许多画界的朋友，像陈师曾、瑞光和尚等都是极富天才的艺术家，尤其令他高兴的是，他还在白石画屋结识了梅兰芳。

梅兰芳尚不到三十岁，却已在京师戏台上红了十多年。他的唱腔，他的演技，他的扮相，令戏迷们如醉如痴，不知有多少大姑娘小媳妇，宁愿不为人妻，甘心给他做妾做丫环。前些年，杨度看过梅兰

梅兰芳像

吴佩孚像

芳的戏不下百场，却没有见过一次卸装的梅派大师。

十五日这天上午，杨度照例来到白石画屋学画。刚坐下，齐白石笑着对他说："等会子有个人来我家，他也是来跟我学画的，我介绍你和他认识，我想你一定乐意认识他的。"

"哪一个？"

"梅兰芳。"

"梅兰芳！"杨度大出意外。"你怎么会认识他？"

"是齐如山介绍的。"齐白石颇为自得地说。

齐如山是个戏剧家，杨度听说过。

"上个月，齐如山对我说，梅兰芳讲过几次了，要来拜你为师学画画。我说，梅兰芳拜我为师，我不敢当。齐如山说，梅兰芳为人最是谦和，他是因为太忙，一直抽不出空到你家来。今天他要和我商量件事，我们一起到他家去吧。我听人说梅兰芳生得比女人还要妖媚，下了装比化装时还要好看。他要拜我为师，为人又谦和，先去拜访他也要得。我和齐如山一起到了前门外北芦草园梅公馆。梅公馆很阔气，一切装饰都很讲究，尤其是庭院里种了许多花木，光是牵牛花就有上百种，开着碗口大的花。我还从没有见过这样的牵牛花。梅兰芳见我来了，忙出来迎接。梅兰芳真的生得好，等下你眼见为实。他恭恭敬敬地叫我白石师，把我让进他的名叫缀玉轩的书斋。我特为他画了几朵大牵牛，他很高兴，亲自为我理纸磨墨。收下后，他为我清唱了一段《贵妃醉酒》。还说过几天空闲了，要到白石画屋来行拜师礼。过了四五天，他真的由齐如山带着来了。"

杨度为齐白石的得意神态所打动。画牵牛花，唱《贵妃醉酒》，能想象得出当时的氛围一定美极了，与自己过去在小汤山与袁克定一道谋划帝制复辟相比，绝对是两个天地，两种情感，两样心态。

"最令我感动的是梅兰芳的人品。他不势利，不媚权贵，看重的是艺术，是才华，他是一个真正的艺术家。月初，有一个议员过生日，他因为爱我刻的印章，硬要请我去。我碍不过他的面子，去了他家。他家客厅里坐的都是穿绸缎衣服的阔人，只有我一个人穿布袍布鞋。那些阔人都看不起我，不理我，我一人坐在一个角落里，后悔不该讨此没趣。想不到梅兰芳来了。他一见到我，便快步走到我的面前，恭恭敬敬地喊了一声白石师，又和我很热情地聊了几句话后才跟别的人打招呼。满厅人都被梅兰芳的这个举动弄糊涂了，他们都以为我一定是个很了不起的人，都纷纷过来跟我没话找话说。我很感激梅兰芳，回家后画了一幅雪中送炭图送给他，还题了四句诗。”

齐白石拉长着嗓门，用浓厚的湘潭土话摇头晃脑地念了起来：“曾见前朝享太平，布衣蔬食动公卿。而今沦落长安市，幸有梅郎识姓名。”

正吟得兴起，胡宝珠过来说：“梅老板来了！”

齐白石赶忙起身，向门口走去。杨度本欲和齐白石一起去迎接，想想梅兰芳只是一个不满三十岁的青年，第一次在朋友家见面便跑到门口去接，未免有点儿失身份，遂端坐不起。

齐白石很殷勤地将梅兰芳从胡同里陪着进门了，杨度一看，此人果然名不虚传：清秀而颇近标致的五官，方正而略显条形的面容，不高不矮不胖不瘦的身材，配上一身华贵的衣袍，真个是仪表非俗，尤其那两只经过特殊训练的眼睛，美丽精亮，顾盼生姿，可以使人相信，当年的虞姬、杨玉环长的就是一对这样的眼睛。下了装的梅兰芳果真比舞台上的戏中人更有魅力。

杨度正想起身打招呼，梅兰芳却抢先一步：“皙子先生，今天能在白石画屋里见到您，真是荣幸！”

杨度知道这一定是齐白石已做了介绍，便双手抱拳说：“梅先生，我看过很多你演的戏，就是没有见过下装的你。听人说，你下装比上装更有风采。今日一见，果然如此。”

梅兰芳高兴地说：“在台上是演别人，在台下才是自我，不是更有风采，而是自然本色。”

到底是有学养的名伶，说起话来就是不一样。杨度发自内心地赞道：“梅先生年纪轻轻，能有这样大的名气，真正不容易。”

梅兰芳谦虚地说：“这都是戏迷朋友们的错爱，我很感谢他们的捧场。我自己其实没有什么特殊的能耐，要说比别人强一点儿，这主要得力于我的家庭。从祖父起到我这一代，已是连续三代唱皮黄了。一代代的熏陶，或许要比别人略胜一筹。”

这话说得既谦逊又在理，杨度点点头说：“你刚才说的是天赋一面，对艺术家来说，这是十分重要的，但还要靠自己的努力。听票友们说，梅先生在勤奋好学这方面也是过人的。你很忙，又有很大的名气，还来跟白石兄学画，我想这决不是为了消遣，而是通过绘画来进一步培养自己的创造性和艺术鉴赏力，从而把戏唱得更好。因为各类艺术，从本质上来说都是相通的。”

“皙子先生，您真是哲人，这话说得好极了。”

梅兰芳说完将自己带来的画展开，齐白石和杨度都来看。梅兰芳画的多为兰草梅花，虽只寥寥几笔，却也生动，看得出画者的聪明机灵。

齐白石对梅兰芳说："画得不错，我拿到画室去再细细地看。你和皙子都是大名人，一见面就很投缘，你们先聊吧！"

说着带上画进了小画室。

梅兰芳说："皙子先生，前几年您为国事奔波，这两年又皈依了佛门。不少人说，您参佛参出了天机。哪天有空，我要请你上我家做客，给我传授点儿佛门机奥。"

杨度笑道："你也想得到佛门天机？好哇，我以后给你讲讲无我宗。"

梅兰芳认真地说："我对佛学懂得很少，但有兴趣。我是个唱戏的，若要我不唱戏，专门去参佛，我做不到，也不想那样做。社会还是要有人唱戏的，就好比需要有人做工，有人经商，有人做官一个样。这些事都不做了，都去礼佛，那社会就不成为社会了，和尚们也没有饭吃，没有衣穿，没有香烛供佛祖了。若把佛学作为修身养性的学问来研究，能像佛那样做到破除妄念，静心澄虑，则无论对从事何种职业的人来说，都可以净化其人品，精进其技艺。只是如何能做到破除妄念，静心澄虑呢，我却不知道。皙子先生，你是佛学专家，您一定探出了它的法门，我想请您给我传授这个天机。"

杨度听后，一时沉默着说不出话来。眼前的这个翩翩美少年，无疑是个绝顶聪明的人中之杰。他是个艺人，不是哲学家，更不是佛学家，这几句普普通通看似站在佛学门槛外的俗家之言，却给自称是无我宗创始人的虎陀禅师以巨大的启示：艺人以唱戏为本职，学佛只是为了去妄念净思虑，如此可把戏唱得更好。对一个政治活动家来说，同样也可以通过学佛来去妄念净思虑，从而把国事办得更好呀！为什么一参起佛来，就非要遁避世界看破一切不可呢？唱戏和参佛可以并行不悖，并借参佛来促唱戏，那么政治和参佛也应该可以并行不悖，并借助参佛来促进从政。这两三年来的行为，是否有点矫枉过正、走火入魔了呢？

"哥，家里来了两个客人，说是从南边来的，有要事找你。"

杨钧突然出现在白石画屋门口，将杨度的思路打断了。他正要把这个重大的思路好好理一理，便借着这个机会暂时中止谈话。他把杨钧介绍给梅兰芳后说："梅先生，你方才这番话说得很好。我研究佛学多年，看来并未得佛门天机，倒是你的这几句话挨到了边。今天来了远客，恕我不陪了，过几天我去拜访你，我们专门来谈谈这个天机。”

梅兰芳的脸上露出动人的笑容，说：“晳子先生，您太谦虚了。下次我在正阳楼订一桌酒席，请贤昆仲和白石师赏光，那时您一定得把佛门天机传给我！”

杨度和齐白石打声招呼后，匆匆离开了白石书屋。一路上想，南边来的客人会是谁呢？找我有什么大事呢？近来孙中山先生在广东再次就任大总统，莫非是中山先生派人来与我联系？这样的念头刚一闪过，便马上又自己否定了：我现在身负帝制余孽、佛门居士两个与革命相差万里的身份，中山先生有事也不会来找我呀！不是中山先生，又会是谁呢？难道南边最近又出了别的大事？

三　尚拟一挥筹运笔，书生抱负本无垠

其实，杨度没有猜错，南边来的人正是孙中山派出的。

孙中山在张勋复辟之乱平定后，由一部分忠于他的海军护卫着从上海南下广州，并邀请黎元洪及被解散的国会议员一道南下，在广东重新组织政府。孙中山揭橥的旗号是维护民国元年制定的临时约法。孙中山的基本军队，是前海军总长程璧光和现任第一舰队司令林葆怿所掌握的海军舰队。黎元洪没有南下，原国会议员陆续来到广州的有一百五十余人。于是以这批议员为基础召开国会非常会议，通过了一个名叫《军政府组织大纲》的条例，选举孙中山为大元帅，两广巡阅使陆荣廷、云南督军唐继尧为元帅。军政府设财政、外交、内务、陆军、海军等六部。这样，中国又出现南北两个政府了。

以正统自居的段祺瑞政府当然不能容忍广州的军政府，他想通过控制湖南来征战两广。于是，南北两方在湖南摆开了大战场，结果北军失利，导致段内阁倒台，总统冯国璋委任北洋元老王士珍为国务总理。王士珍只当了三个月的总理，便又被段祺瑞挤下台，段再次复出就任总理。这时，进攻湖南的曹锟及其部下吴佩孚屡屡获胜，段封曹为川粤湘赣四省经略使。曹锟督直而经略四省，成为民国以来地方官员权力最大的人。吴佩孚也被授予孚威将军、援粤军副总司令。吴原以为打下了湖南，可以做湘督，但湘督却让张敬尧抢去了，心中不快，虽挂了个援粤军副总司令的名，但安坐衡阳，并不南下援粤。段

陈炯明像

曹锟像

祺瑞武力征服南方军政府的目的未能达到。半年后，段又下台。北方政府的总统换成徐世昌，总理换成钱能训。

南方的军政府内部也不团结。陆荣廷、唐继尧并不是孙中山的同志，不情愿处于孙之下。孙除部分海军外并无其他军队，敌不过陆、唐。于是，军政府由大元帅制改为七总裁制。这七个总裁是：陆荣廷、唐继尧、孙中山、唐绍仪、伍廷芳、林葆怿、岑春煊，由岑担任主席总裁。孙中山遭排挤，遂离开广东来到上海。

居住上海期间，孙中山致力于革命政党的改造，将中华革命党改组为中国国民党。在“国民党”的前面加上“中国”二字，为的是区别于民国元年的那个国民党。他又撰写出版了《孙文学说》一书，阐述革命理论，为国民革命的下一步发展奠定了重要的基础。

这时，随着曹锟、吴佩孚实力的加强，他们与段祺瑞派的矛盾越来越激烈。曹锟是直隶人，曹派被称作直系。段祺瑞是安徽人，段派被称作皖系。北洋军便正式裂变为直、皖两系。在东北，土匪出身的张作霖已迅速崛起，成为东北三省的土霸王。张作霖是辽宁人，张派被称为奉系。曹锟与张作霖联合通电讨段，奉军入关，直奉联合打败了皖系。不久，直奉之间又因分赃不匀火并。结果奉系大败，退回关外。

南方军政府也因为派系矛盾，随着孙中山、唐绍仪、伍廷芳相继辞去总裁终于全盘瓦解。

中国实际上已处于无政府状态。于是不少省倡导联省自治，即像美国联邦自治一样，各省由本省自己管理，在省之上有一个松散的联盟组织，用以对外。这个倡议以湖南叫得最响，还居然制定了一个湖南省宪法。当然，这个省宪也只是一纸空文而已。

此时，在广东省崛起一个年轻的军事实力人物，此人名叫陈炯明。他一九零九年加入同盟会，两年后辛亥革命成功，年仅二十四岁的陈炯明便做了广东省的副都督，不久又做了都督。一九一三年国民党发动二次革命，陈炯明也参加了，失败后逃亡海外。一九一五年，陈回国参加讨袁行列，组织粤军，自任总司令。袁死后，陈公开拥护孙中山。

革命成功前的老同盟会员，两次反袁的经历，使得孙对陈很是信赖，引为自己的革命同志。当陈炯明的军队控制了广东的政局后，电邀孙中山回粤，孙欣然离沪回穗。

其实，陈炯明并非中山信徒。他邀孙回粤，只是想利用孙的崇高威望为自己撑脸面。孙中山回到广州后，立即着手重新组建政府。陈是赞成联省自治的，他一心只想做广东王，对孙中山统一全国的主张甚为反感。但他拗不过孙，只得勉强同意。在二百二十个非常国会议员的拥戴下，孙中山再次当选大总统。于是中国大地上又有了两个总统：一是北方的徐世昌，另一是南方的孙中山。

孙中山的政府也只设六个部，六个部的部长只有四个人，伍廷芳外交兼财政，陈炯明陆军兼内务，陈一身任两部外，还兼任广东省长及粤军总司令。孙中山决定北伐，在广西桂林组织大本营，委朱培德为滇军总司令、彭程万为赣军总司令、谷正伦为黔军总司令、李烈钧为参谋长、胡汉民为文官长。

控制着广东实权的陈炯明对北伐很冷淡。为保证北伐的后方供应，孙不得不撤去了陈的广东省长及粤军总司令的职务，任命伍廷芳为省长。陈因而怀恨在心，秘密与吴佩孚及同属直系的赣督陈光远联络声息。当许崇智率领粤军第二军进入江西的时候，陈炯明的部队竟然围攻广州总统府及孙中山在观音山的住所粤秀楼。

孙中山在侍从的保护下来到珠海海军司令部，登上楚豫舰，第二天转登永丰舰。孙中山在永丰舰上一边督率海军炮击叛军，一边部署各路人马回援广州。在获悉陈炯明勾结直系军阀企图扑灭北伐军的电函后，为制止直系军阀与陈联合行动，孙中山给同盟会的老同志、与曹锟曾有过交往的刘成禺写了一封信，要他全权办理此事。此时刘成禺住在香港，接到孙的亲笔信后星夜启程北上。在长沙候车时，偶遇赋闲乡居的刘揆一。

当年满腔热情投身革命，充当过革命前同盟会总部负责人、革命成功后两度出任工商总长的刘揆一，近几年来对黑暗、丑恶、混乱、倾轧的中国政坛痛心不已，失望至极。他愤而退出政界，回到湖南，寓居长沙闭门读书。怀着对老友黄兴的崇敬，也为了总结革命的经验教训，他正在埋头撰写《黄兴传记》。

听完刘成禺对广州局势的介绍，得知他此次北上的使命后，刘揆一沉思良久。尽管刘揆一对中国现状极为不满，尽管在东京时也与孙中山有过分歧，但他毕竟献身革命十多年，对孙中山本人非常崇敬，他希望孙中山的事业能够成功，对陈炯明炮轰领袖的叛逆行为万分愤慨，当此关键时刻，他要协助老友帮孙中山一把。

刘揆一问刘成禺：“你准备如何来完成这个使命呢？”

刘成禺答：“我接到孙先生的手谕后，出于义愤，慨然允诺，其实一点儿办法都没有。我与曹锟十多年前曾有过一面之识，但那时他只是一个统制，还有点儿自知之明。现在他打败了段祺瑞，打败了张作霖，天下唯他独尊，不可一世。布贩子出身的小人，一旦得志，还会记得过去吗？也不知他会不会见我。只是军情火急，不容我犹豫，我想先到北京再说，或许能找到机会。霖生，你的门子很多，帮我想想办法？”

“我离开政界七八年了，与曹锟和直系人物没有一点儿联系。”刘揆一托着腮帮边说边思索。忽然，他拍着脑门说，“有一个人可以找。”

“哪一个？”刘成禺眼睛一亮。

“夏午贻，他是曹锟的秘书长。”刘揆一问，“你认识他吗？”

“夏午贻，就是前几年遭通缉的袁世凯的内史夏寿田吧！”

刘揆一点点头。

刘成禺说：“此人我不认识，你和他熟吗？”

“我和他见过几次面，但没有深交。”刘揆一说到这里，猛然想起一个人来，忙说，“夏午贻和杨皙子是至交。杨皙子和我熟，我和你去一趟北京，当面找杨皙子，请他出面去找夏午贻。”

刘揆一的热情仗义，使刘成禺很受感动。他说：“霖生和我一起去北京，真是天遣贵人相助。军情瞬息万变，不能耽搁了，我们今天连夜北上吧！”

过会儿，刘成禺又说：“由杨度找夏寿田，再由夏寿田游说曹锟，这条路子自然是最捷近不过了。只是杨度过去是袁世凯的人，帝制失败后又装神弄鬼的，玩起什么披发入山礼佛参禅来，他会再管这些事么？”

刘揆一笑着说：“杨度这人我很了解。早年我们一起拜在王壬秋先生门下，在衡州东洲书院读书。他那时跟壬秋先生研习帝王之学，一心想做大事，出大名。东洲三百多个学子，就数他用世之心最强烈。正因为他极想用世，所以才会接受满人朝廷的征召，给他们制宪法，后来又去抱袁世凯的大腿。他本是竭力主君宪的，但要投袁所好，想依靠袁来做大事，不惜放弃原来的主张，鼓吹共和，调停南北。不料，他在袁政府里屡遭排斥，抑郁不得志，这样又将他逼到袁克定的门下，想通过扶持袁克定当皇帝，自己好做开国宰相。谁知美梦不成，却恶名远播，被政坛彻底抛弃了。”

刘成禺说：“照这样说来，杨度的确是个政治节操不好的人。”

“不能这样说，禺生。”刘揆一断然否定，“如何来衡量一个政治活动家的节操？我以为首先看的是他心中有无为国为民的大目标。有则好，无则不好。至于信仰、主义等，只是达到目标的途径而已。目标不可移易，信仰、主义是可以选择的。另一方面，也不能太苛求一个政治活动家的个人功名追求。杨度诚然是功名心重了一点儿，但扪心自问，就是我们这些献身革命的人，又何尝没有出人头地的个人想法在内？假若革命者都是纯洁无私的话，何来革命党内部的斗争分裂？又何至于让袁世凯篡夺了革命的成果？革命党人尚且如此，又怎么能苛求于杨度呢？”

作为一个学养深厚经历丰富的老革命家，刘成禺能理解刘揆一这番对目标与途径、为国家作贡献与个人出头露脸之间关系的看法。他点点头说：“依你看来，杨度是个有大节的政治活动家。”

“是的。”刘揆一立即说，“这一点我坚信。早在东京时期，我就说过中国若由孙中山、黄兴、宋教仁、梁启超、杨度等人组成一个内阁的话，则是中国最理想的内阁，因为这些人都是既爱国又有才能的人。我相信杨度是在备受打击和误解的情况下才灰心失意学佛参禅的，其内心决不会淡漠政界。好比说，我现在也是闭门不问世事了，但只要一提起政治，我仍然会热血沸腾，不能自已。”

刘成禺笑着说：“正是的，若没有这股子热血，你怎么会陪我北上？不过，你是革命党人，与孙先生和革命事业血肉相连，杨度究竟与你不同，他会像你一样热心吗？”

“我想会的，因为他为国为民的心没有死。孙先生做的事是为国为民的，他会支持，何况杨皙子与孙先生是朋友。禺生，我还告诉你一件事吧！”

“什么事？”刘成禺怀着很大的兴趣问。

“我先写首诗给你看。”

刘揆一提起笔来，在纸上写出了一首七律：

茶铛药臼伴孤身，世变苍茫白发新。
市井有谁知国士，江湖容汝作诗人。
胸中兵甲连霄斗，眼底干戈接塞尘。
尚拟一挥筹运笔，书生抱负本无垠。

刘成禺不仅是个革命家，而且是一个造诣很高的诗人。袁世凯帝制失败后，他写了两百多首七言绝句，以诗歌形式记录了袁氏帝制自为前前后后的历史，总题为《洪宪纪事诗》，在友朋中广为传诵。今年三月，孙中山在粤秀楼住所为之作序，称赞他的诗是“鉴前事之得失，亦来者之惩戒，国史庶有宗主，亦吾党之光荣”。

刘成禺把这首七律轻轻念了一遍后，称赞道：“这诗写得真好，无论是立意还是遣词，均达到很高的境界，当今诗坛能写出这种诗来的人不多。谁写的？是你吗？”

“我哪里写得出这好的诗。”刘揆一摇摇头说，“诗人是谁，你绝对想不到。”

“谁？”刘成禺兴趣更浓了，“告诉我，我要拜识拜识他，把我的《洪宪纪事诗》给他看看，请他给我斧正斧正。”

刘揆一哈哈大笑起来：“你的洪宪诗千万不要给此人看，他看了会恨死你的。”

刘成禺瞪大眼睛，心中惊讶。

“告诉你吧，这诗就是杨皙子写的。”

“怎么，是他？”刘成禺大为不解。“是从前写的，还是现在写的？”

“就是上个月写的。”刘揆一说，“月初，我见到华昌炼锑公司的董事长梁焕奎。他也好诗，曾跟王壬秋先生学过诗，他与杨皙子关系极深，特地告诉我，上月杨皙子有封信给他，信里有这样一首诗。他说若不是杨皙子的亲笔，简直不敢相信是他写的。我说我相信，二十多年的人生抱负，难道三四年的参禅就可以参掉吗？”

“好哇！”刘成禺十分高兴起来。“尚拟一挥筹运笔，书生抱负本无垠。就凭这两句诗，我相信他会跳出佛门，再度运筹的。”

就这样，二刘来到了北京，寻到槐安胡同。

趁着杨钧传信的时候，二人将四合院细细地考查了一番。

院子里显得冷清，一切陈设简单朴素，好几个房间都上了锁，引人注目的有两间房，一是画室，一是禅堂。画室里乱七八糟地摆着纸笔颜料，墙壁上杂乱地钉着几幅未完成的山水画，有画得好的，也有画得不太好的。禅堂却是另一番景象：清洁、整齐、庄严、静穆。正面墙壁上悬挂着一纸横幅，上面有十二行字：儒家禁怒，释氏戒嗔，学圣学佛，以此为门。我慢若除，无可嗔怒，满街圣贤，人人佛祖。儒曰中和，释曰欢喜，有喜无嗔，进于道矣。横幅的一边挂着一串长长的有着暗色亮光的念珠。横幅的下边地上摆着一个又大又厚的圆形蒲垫。禅堂里有两个书架，架上摆的全是佛家典籍。

看到这个禅堂，刘成禺在心里嘀咕：这完全是一副超脱世外的模样，与“胸中兵甲连霄斗，眼底干戈接塞尘”怎么也接不上来，这一趟是不是白来了呢？

正这样想着，杨度跨进家门，一眼看见刘揆一，格外高兴；并训斥弟弟，大名鼎鼎的霖生先生都不认识，太不应该了。说得杨钧不好意思起来。刘揆一说明他先离开了东洲，重子是后进的书院，怪不得不认识。又指着刘成禺说：“这是禺生兄，武昌人，同盟会老同志，人品文章都很好。”

杨度忙说：“不用介绍了，在东京时我们就见过面。”

刘成禺说：“是的，有次开留日学生干事会，我也参加了。会开到一半，我有事先走了。皙子先生好记性。”

大家在客厅坐下闲谈。刘揆一谈了自己这几年闭门读书的情况。刘成禺把南方这些年的政局简略叙了叙。杨度专心致志地听，间或也问问汪精卫、胡汉民、王宠惠等人的近况。刘成禺见他对时事如此关注，对革命党中的故人仍有感情，对此行增加了几分信心。

刘成禺有意把孙中山的北伐主张及陈炯明的地方割据主义说得详细些。当讲到陈的部属炮轰总统府、孙中山避难永丰舰时，刘揆一注意观察到杨度脸色凝重，双眉紧皱。他接过刘成禺的话头说：“孙先生已命令进入江西的粤军回广州，陈炯明暗中联络吴佩孚打算截击回穗粤军。孙先生命禺生兄北上，设法制止吴佩孚的行动。我们想起皙子先生广交天下，一定可以在直系内部帮帮孙先生的忙，所以登门造访。”

刘成禺颇为紧张地望着杨度，不知这位已立地成佛的虎陀禅师的态度如何。

杨度淡淡地一笑说：“这是救中山先生的事，我一定尽力而为。”

二刘听了都大为欣慰。

刘揆一说：“皙子，有你这句话，我就放心了。说句实在话，知道你已潜心佛门，我们还真担心你会拒绝哩！”

杨度说：“我的确是全心思在钻研佛典，不过问俗事，但此事关系到中山先生事业的成败，我不能袖手旁观。我与中山先生有约在先，我要践约。”

二刘均感意外。

刘成禺说："请问哲子先生，你与孙先生有什么约？"

杨度异常郑重地说："十七年前，我与中山先生在东京永乐园就中国的前途问题辩论了三天三夜。我虽不能接受中山先生的观点，但我仰慕中山先生的人格。临别时与中山先生约：我主君宪，若我事成，愿先生助我；先生主共和，若先生事成，我当尽弃其主张以助先生。现先生蒙难，有求于我，我必尽力相助。"

听了这番话后，二刘都很感动，一齐说："哲子先生真乃诚信君子。"

"人无信不立。"杨度神色肃然地说，"我虽研习佛典，却不能放弃这个做人的基本原则。我尽力而为，成不成则付之于天。"

"请问哲子先生，你将采取什么方法呢？"刘成禺问，他一直没有得到确实的行动计划，心里仍不放心。

杨度沉思片刻，说："具体办法暂莫问。你们就在我这里住下来，重子招呼你们。我外出一段时期，多则半个月，少则七八天就回北京。那时成与不成，都会把实情告诉你们。"

二刘对望了一眼，都不知道这位禅师弄的什么玄虚，只好点头同意。

四 在陈炯明叛变的严重时刻，杨度践约帮了孙中山的忙

当天夜里，杨度便悄悄地乘火车离京赴保定，直系军阀的大头领、直隶督军、川粤湘赣四省经略使曹锟驻节于此，督军衙门就是前清的总督衙门。清代的直隶总督是全国督抚之首，其衙门也建得特别的宏伟壮观。清晨，杨度来到衙门口。住在衙门里的秘书长夏寿田昨夜熬夜班，现在还没起床。当杨度突然出现在眼前时，他又惊又喜。

吃过早饭后，杨度道出了此行的目的。夏寿田听后，沉默良久，说："这事大不好办。曹锟信赖吴佩孚，对吴言听计从。若吴坚持出兵，曹是不会反对的。何况听说孙中山与张作霖有联系，奉系是直系的死对头，曹说不定还会怂恿吴援陈打孙。"

杨度听了这话，心里顿时冷了半截。一会儿，一个马弁进来说："夏秘书长，大帅有事找你。"

马弁走后，夏寿田问杨度："你要不要去见曹锟？"

杨度想了一下说："今天暂时不见他。你先去办事，让我好好想想，看能不能想出一个好主意来。"

夏寿田走后，杨度将房门关紧，一个人待在屋子里，冥思苦想。

曹锟曾经长期是袁世凯的高级部属，杨度当然熟悉他。这位今年六十一岁的曹大帅，也是个不寻常的人物。他是天津人，幼年时家境贫寒，略识几个字后便跟着一些布贩子走南闯北，混口饭吃，长大后自己也做起布贩子来。曹锟虽没有读过几本书，却天性机敏有抱负，他不甘心一生做一个被人瞧不起的布贩子。三十岁那年，他抛掉了肩膀上的布匹，投了淮军。

上司赏识他的能干，把他送到天津武备学堂。天津武备学堂不仅教给了他许多先进的军事知识和技能，同时也扩大了他的胸襟和眼界。从武备学堂出来后，曹锟各方面的才能已远远高出他的同辈了。终于，他被袁世凯所看中。

袁世凯在新站练兵，急需军事人才，遂将曹锟调进新建陆军，擢升为右翼步兵营管带。曹锟感谢袁世凯的提拔，铁心跟着袁。从此步步高升，先后任过北洋陆军第一镇、第三镇统制。辛亥革命期间，他奉袁世凯之命南下镇压民军。袁做了大总统后不愿去南京就职，杨度向袁献兵变之计，充当变兵角色的便是曹锟的北洋第三镇。洪宪期间，袁封他为一等伯。袁死后段祺瑞执政，曹任直隶督军。从那时至今，他稳坐第一督军之位达六七年之久。当时许多或出身名门、或留洋外国的督军们都敌不过这个布贩子出身的粗人，不能说曹锟无过人之处。

曹锟手下有一个得力的部属，此人即吴佩孚。吴是山东蓬莱人，秀才出身，家境不宽裕，本人时运又不济，弄得很潦倒。穷极无聊之时，吴在北京大栅栏一带摆了一个摊子卖卦。有一天从早到晚无一人问津，临收摊时，吴自卜一卦，卦上说弃文就武则前程远大。吴于是收起卦摊，投奔北洋军。

吴佩孚饱读诗书，又善随机应变，果然从戎后官运亨通。曹锟任第三镇统制时提拔他为管带。护国军打到四川时，吴随曹入川，被提升为旅长，不久又升为师长。吴熟读兵书，其谋略远胜曹手下的其他高级军官。湖南战场上，吴的功劳最大，很为曹争了脸面。在与皖系的斗争中，吴又立了大功，成了直系中实力强大的第二号人物。曹倚吴为长城。

吴佩孚性格刚愎，要他放弃既定主意十分困难。曹锟办事犹豫，要他态度坚决地制止吴的行动，也颇为不易。杨度在夏寿田的房间里思索了一整天，仍苦无良策。

晚上，夏寿田无事，二人一起闲聊天，谈起了直系内部状况。夏寿田在曹幕中已经两三年了，对直系内幕了解甚详。

"直系迟早会要分裂。"在谈到曹锟内部不睦的几件事后，夏寿田得出了这个结论。

这句话启发了杨度：可以利用其内部的矛盾来诱曹压吴！

"午贻，吴佩孚现在这样的大红大紫，曹锟手下也有不服气的人吗？"

"怎么没有？"夏寿田说，"吴佩孚的性格刚愎自用，又仗着有学问，根本不把曹锟手下的人放在眼里，很多人对他都是又嫉又恨，尤其是参谋长熊炳琦和三师师长王承斌，他们都是正规军校毕业的，也能打仗，过去都很受曹锟的器重。现在吴仗着打败奉系的功劳，瞧不起熊、王，熊、王都憋着一肚子气，总想找个机会发泄发泄。"

杨度点点头说："要利用熊、王两人的情绪来破坏吴的这个计划。"

"如何破坏呢？"夏寿田满肚子孔孟之道，却缺乏孙吴之谋，他自知在纵横捭阖方面远不及这个已皈禅门的居士。

杨度思索了一会儿，问夏寿田："曹锟这个人有没有野心？"

"什么样的野心？"杨度突然转变话题，夏寿田的思路一时还没跟上。

"我是说，这个布贩子督军有没有想做总统的念头。"

"有哇！"夏寿田忙答，"我刚来保定时，曹锟还不多谈中央的事。自从打败段祺瑞后，他就自认为不可一世了，常说总统不能让文人做，当今这个世界靠的是枪杆子。又说总统若让他来做，保管不出一年，便可削平群雄，统一全国。熊炳琦、王承斌都鼓励他竞选总统。他们一半是讨曹的欢心，一半也是想攀龙附凤。"

"我有了一个突破口！"杨度忽然来了灵感，他把这个突破口告诉了夏寿田。

直督衙门秘书长拍手赞道："好！这个理由最是光明正大，我这几天就分别对熊、王二人挑明。"

"光靠熊、王二人说还不够，我明天亲自去见曹锟本人，从旁边给他敲一敲。你明天给他说说，就说我应功陵寺的邀请来保定，想与他叙叙旧，让他安排一个时间。"

"行。那就定在明天下午吧，要他设宴款待你。"夏寿田笑着问，"虎陀禅师，你要他设荤宴，还是设素宴？"

杨度说："要曹锟吃素，他一定吃不惯，而我以功陵寺请来的客人身份与督军一起喝酒吃肉也不相宜。这样吧，你们吃荤，给我炒两个素菜就行了。"

夏寿田笑嘻嘻地说："也好，荤素结合，别有一番趣味。"

次日下午，曹锟在他的住所光园摆了一桌宴席，除夏寿田外，另有两位姓张姓李的幕僚出席作陪。

"皙子先生来了，欢迎欢迎！"杨度刚由夏寿田陪同走进光园餐厅，曹锟便跟着走了进来，大声地打着招呼。

曹锟长得人高马大，魁梧健壮，四十多年闯荡江湖、喋血沙场的经历养成了他既粗鲁又豪爽，既专横跋扈又重情义的性格。他文墨不多，对读书人有时轻蔑至极，有时又很看得起，这多半取决于他对这个人的印象好坏和此人的实用价值。他信赖夏寿田。因为夏寿田出自名门，点过榜眼，这些都是贫贱出身的曹锟望尘莫及的。更重要的是夏寿田为人谦和，忠于职守，没有通常文人才子那种懒散傲慢气。衙门里凡文书一类的事，他都放心交给夏寿田去办理。曹锟更看重杨度。这是因为杨度不仅有夏寿田所有的才学，还有夏寿田所缺乏的权谋。而权谋这类东西，在这个以利害得失为办事准则的北洋军阀的心目中更为重要。当年当他得知以兵变来阻止南迁的主意出自杨度时，佩服得不得了，叹惜自己身边没有这样好的谋士。

"好几年没有见到大帅了，大帅现在是声威盖天下，眼看就要追上当年袁大总统了！"

杨度这句恭维话让曹锟听了高兴，他拉着杨度的手，亲热地说："六七年没有见面了，听说你闭门礼佛，看破一切了，是不是？"

"闭门礼佛是真，看破一切却还没有做到。"杨度打着哈哈说着。

曹锟抓了抓光光的大脑袋，咧开大嘴说："我说皙子呀，你一定是灰了心才去念佛的，这点你瞒得过别人，瞒不了我。黎元洪那人是胆小鬼，一贯看别人眼色行事。你那年完全不要理睬他，也不要到天津去，就应该到我这里来。我保你天天喝酒吃肉，屁事都没有。扶老袁做皇帝有什么错？当初若是老袁做成了皇帝，说不定天下早太平了。今后若有机会，我老曹还想做皇帝哩！到那时，皙子你扶扶我吧！"

说罢哈哈大笑，满口又黑又大的牙齿就像一块块生了锈的小铁片。

曹大帅的这番话，令杨度又是佩服又是诧异。佩服他看事情眼亮心明，说起话来一针见血；诧异他对已是过街老鼠的皇帝还这样垂涎不已。这次是要求他办事，只能顺着他。于是，杨度一本正经地说："大帅，若是天命归于曹氏的话，我愿做荀彧、郭嘉。"

与许多不读书的中国人一样，曹锟关于三国时期、北宋时期的历史比较熟悉，这方面知识的得来靠的是《三国演义》《水浒传》两本书以及戏台上茶楼里关于这两本书的传播。"天命归于曹氏"这句话，他听过不知多少回了，但过去从未将彼曹与此曹联系起来。杨度这句话，猛地惊醒了他：今天的曹锟不就是当年的曹操吗？仿佛真的天命将要归于他似的，曹锟浑身的热血一下子被激动起来，他指着餐桌招呼着："皙子，请上坐！"

杨度赶忙说："大帅在此，我岂能上坐。"

"今天专门请你，我和午贻，还有张秘书李秘书都是陪你的，你当然坐上席。"

说罢，不由分说地把杨度推到上席，自己挨着他坐下。

张、李两秘书也拱手说："久仰皙子先生高名，今日有幸同桌，荣耀荣耀！"

一道道的菜上来了，全是素的，没有一碗荤菜，连酒都是清淡清淡的水酒。

曹锟对杨度说："午贻说你如今是真正的佛门居士，断了荤腥，我们今天陪你一起吃素。"

杨度说："大帅如此客气，受之不起。"

喝了几口酒后，曹锟说："皙子，你这次为何事到保定来的？"

"这次是中华佛教总会请我来功陵寺调解的。"

中华佛教总会成立十来年了，但在座的，除夏寿田外都不知道中国还有这样一个机构。佛门应是清静无为的，这么说来，和尚们也有纠纷，要上告总会请求调解？杨度这小子，转眼间又成了佛界里的钦差大臣？所有这些，都让曹锟和他的秘书们很感兴趣，皆放下筷子，听他叙说。

杨度将他昨夜编好的故事说了出来："功陵寺的住持镜月法师，是一个在佛学界颇有声望的高僧，他有个弟子叫水云。二十年前，镜月亲自主持水云的剃度，向他传经授法。水云人很聪明，也很能办事，镜月十分器重他，将他慢慢提拔上来，一直做到功陵寺的监院，位在镜月之下，众僧之上。没有镜月，就没有水云的今天，论理，水云应该终生视镜月为父才是。”

曹锟点头说：“是应该这样。为人处世，‘义道’二字是不能忘的。”

张、李二秘书也附和着。

“但水云不是这样一个人。”杨度继续说，“在功陵寺里，水云对镜月师父长师父短地叫得亲热，对镜月吩咐的一切也恭敬从命。而一离开功陵寺，他就处处标榜自己，给十方丛林的印象是，功陵寺的兴旺，完全是他这个做监院的功劳。”

“这个和尚不地道！”曹锟夹起一块大笋片在口里嚼着，同时发表评论。

“今年，佛界传出消息，说是要改选总会长了，各大寺院里的高僧们都动了心，跃跃欲试，就像俗世有力者想竞选总统似的。”

杨度这个比喻，招来满桌听众的笑声。曹锟又发议论了：“他妈的，佛教界也和我们一个样！”

“佛门等级森严，规矩极多，上指使下，下服从上，这些纪律决不能违反。”夏寿田有意加以阐发，“皙子这个比方打得最恰当。各大寺院的住持好比各省的督军，监院、知客好比督军下面的师长、旅长，而总会长好比大总统。”

杨度向夏寿田报以会心一笑，赞赏他在关键时刻的配合，对于像曹锟这种没有文墨的莽夫粗人，适当的时候是要略作点破，不然，说不定他真的把它当作佛门故事来看待了。

“水云一心要当佛教总会的会长，他在上海、北京等地到处活动。一方面拉拢北京法源寺、上海静安寺、宁波天童寺几个极有影响的寺院的监院、知客、维那，要他们起来反对本寺的住持，使得他们都选不上会长。另一方面又四处说功陵寺的镜月法师年老体弱，不能管事了，宜退居静养。总之，水云想尽一切办法抬高自己，打击别人，最终的目的是为了获得佛教总会会长的宝座。佛教总会的各位理事于是请我来功陵寺实地考查一下，看看水云究竟够不够做总会长的资格。因为当年筹建佛教总会时，是我代他们向载沣传递申请的，而第一任会长寄禅法师又是我的好友，故同意代他们来保定一趟。”

杨度说到这里，端起酒杯来喝了一口。

曹锟说：“皙子，你这就是钦差大臣了，你要秉公办理噢！依我看，水云这种人要不得，佛教总会长，不能让这种不讲义气的人做。”

夏寿田忙接话："是的，大帅说得对，水云和尚这号人，佛界有，俗世更多，过河拆桥、忘恩负义的家伙，到处都可以碰到。"

"这样的小人多得很！"张、李二秘书也说，又对曹锟恭维道，"我们大帅最讲义气，所以也最恨这种无情义的小人。"

杨度抓住机会发挥："大帅最讲情义，这点我知道，当年大帅对袁项城的态度，给小站旧人树立了最好的榜样。袁项城晚年眼看着段祺瑞在他面前坐大，常对我说：芝泉是我惯纵了他，他现在自以为了不起。"

先前长期居于北洋系统老二地位的段祺瑞，让曹锟又忌又恼，现在他成了曹锟手下的败将，此事使布贩子督军大快平生。他端起酒杯放到嘴边，轻蔑地说："段歪鼻子的狼子野心，我他妈的早就看出来了。老袁那时相信他，我不好说什么。现在敲敲他，也是为地下的老袁出口晚年的窝囊气。"

杨度趁热打铁："袁项城是早死了几年，若晚死几年，段祺瑞必定会爬到袁项城的头上去。这样的事，历朝历代都很多，唐高祖李渊、宋太祖赵匡胤、明太祖朱元璋还不都是慢慢坐大后，反掉了原先的主子而做皇帝的？就连绿林强盗中都是这样，宋江上了梁山，就想方设法架空晁盖，最后自己做了梁山之主。"

杨度偷眼看了一下曹锟，只见他放在嘴边的酒杯一直未动，显然这几句话他都听到心里去了。话只能说到这一步，不能再明白了，于是杨度转了话题，和曹锟及张、李两秘书闲扯起别的事来。

翌日，夏寿田有意找熊炳琦、王承斌聊天，说吴佩孚在洛阳如何大兴土木，招兵买马，说得熊、王两人气鼓鼓的。

过两天，吴佩孚从洛阳打来电报，说即日动身来保定商量要事。

杨度对夏寿田说："吴佩孚一定是和曹锟谈派兵援助陈炯明的事，你要在会上把握机会，鼓动熊、王等人反对，并要适时给曹锟敲一敲。"

"我明白。"夏寿田点了点头。

为了避嫌，杨度离开了督署，住到城外功陵寺去了。

第三天下午，夏寿田喜气洋洋地来到功陵寺，刚进门便说："皙子，大事成功了！"

"真的？"杨度兴奋地说，"你细细跟我说说！"

夏寿田把直隶督军衙门两次重要军事会议的情况简单地告诉了杨度。

昨天中午，吴佩孚从洛阳来到保定。下午，曹锟在督署开会，除曹、吴外，二师师长廖继立、三师师长王承斌、参谋长熊炳琦也出席了会议，夏寿田以秘书长身份列席。

会上，吴佩孚报告了两广军事近况，并特别指出两广是直系的劲敌，宜趁此良机联合陈炯明先把孙派军事力量吃掉，然后再把陈炯明消灭。吴佩孚讲得有条有理，头头是道，一副老谋深算高瞻远瞩的样子。廖继立认真倾听，王承斌、熊炳琦不断流出嫉妒、轻蔑的目光，曹锟不停地点头，有时还拍打着桌子叫好。开完会后，曹锟又设宴款待这个远道而来的援粤军副总司令，并亲自敬了他一杯酒。席上，吴佩孚神气活现，高谈阔论，扬言三个月内将为直系收拾两广局面，说得曹锟心花怒放。夏寿田看在眼里，急在心头。

散席之后，夏寿田借陪曹锟回住所的机会，悄悄地对曹说："大帅，吴帅这个人，我怎么越看越像皙子说的水云和尚。您要提防点儿，不要让他借了您的威名为他自己谋前程。"

曹锟瞪着眼睛看着夏寿田，说："你是说子玉像功陵寺里的水云和尚？"

子玉是吴佩孚的字。

夏寿田点点头说："大帅，陈炯明是孙中山一手提拔的老部下，陈反孙，是以下犯上。吴帅今日可以支持陈反孙，难保日后他不反您。"

一句话，使曹锟猛然醒悟过来。前天杨度说的功陵寺的故事，说的李渊、赵匡胤、朱元璋、宋江的历史教训，一时间都出现在他的脑子里。随着直系内部带兵将领们实力的增强，曹锟最担心的便是部属们居功自傲，尾大不掉，不再服从他的号令。那样的话，不但总统梦做不成，说不定将四分五裂，被皖系、奉系打垮。是的，要提防点儿，吴佩孚这个用兵计划不能同意！

曹锟拍打着脑门对夏寿田说："你提醒得好，以下犯上的行为是不能支持的。"

夏寿田怕曹锟明天一早又改变主意，便马上告诉熊炳琦、王承斌："大帅说陈炯明打孙中山是以下犯上，我们不能支持他。"

熊、王二人对吴佩孚志得意满的神态本就反感，听说曹锟不赞成，决定借此机会来狠杀一下吴的嚣张气焰。

第二天上午一开会，王承斌、熊炳琦便相继发言，大谈"恩义"二字，然后痛斥陈炯明忘恩负义、大逆不道，指出吴不应该支持这等背叛主子的猪狗之徒。

王、熊的发言，令吴佩孚大吃一惊：这是一个破敌用兵的大好机会，怎么扯到了忘恩负义上去了？纵使陈炯明忘恩负义，也应利用敌人内部的矛盾来达到自己的目的呀！这两个家伙怎么会蠢到这般地步！

吴佩孚气势汹汹地站起来，拍打着桌面，痛斥王、熊的发言乃无稽之谈；并威胁他们：贻误了战机是要负军事责任的！王、熊二人因为摸到了曹的底，便有恃无恐地与吴争论起来。吴自以为占据道理，针锋相对，寸步不让。

秀才出身的吴佩孚的军事才能的确高出其他将领，曹锟对他很是倚重。倘若没有杨度的游说、夏寿田的提醒，他是会同意吴的援陈计划的；倘若没有王、熊今天理直气壮的大义斥责，说不定经不起吴的怂恿，他又会改变主意接受吴的计划。但是现在，他坐在首席椅子上，听着两方的激烈争吵，似乎清晰地分出正邪两个壁垒来。再看看吴佩孚，那副盛气凌人目空一切的样子，曹锟越来越觉得此人桀骜不驯居心叵测，不只是要提防，而且还要压一下。

待到双方争得差不多的时候，曹锟摆出最高统帅的架势，对吴佩孚的军事计划作了裁决："从用兵上来看，利用两广内部的分裂，采取各个击破的手法是很可取的，况且子玉由衡阳出兵插向粤北赣南一带截击孙部，以逸待劳，稳操胜算。"

吴佩孚的脸上露出得意的神色。不料，曹锟语气陡转："刚才我说的，是就一般情况而言，但这次陈炯明、孙中山之间的决裂不属此例。举世皆知，陈炯明十多年前以一毛头小子投靠孙中山，孙中山收留了他，委他以重任。辛亥年，孙以大总统身份任命陈为广东副都督。陈当时只有二十四岁，参加革命党也只有两年，若不是孙对他的破格提拔，他陈炯明能当上这样大的官吗？嗯！"

曹锟摹仿袁世凯的口气"嗯"了一声，用峻厉的眼光扫了一下满桌部属，特别将目光在吴佩孚的脸上多停留了一会儿。吴意识到这一声"嗯"是对着他而来的，心里颇不自在。

王承斌忙献媚："大帅说得对，孙对陈的提拔是格外天恩。对于人臣来说，这种恩德是做牛做马也报答不尽的。"

曹锟最爱听的就是这种话。在他看来，整个直系几万兵马，上起师长旅长，下到士兵伙夫，全都是蒙受着他一人的恩惠，所有的人都应该像刚才王承斌所说的，对他的恩德存在着做牛做马也报答不尽的思想。

他改用赞赏的目光望了王承斌一眼后说："而且，孙对陈一直是器重的。这次孙在广州组织政府，任命陈为陆军部长兼内务部长，兼广东省长，兼粤军总司令。为人臣的，做到这种地步，也算是到顶了。陈就因孙撤了他的广东省长的职务，便起兵反对，还要炮轰总统府，还要联合别人把孙的力量彻底消灭，这种行为还不足以使人寒心吗？这哪里是人啦，这比畜生还不如呀！"

原先赞成吴佩孚计划的二师师长廖继立，听了曹锟的话后也改变了主意。他意识到这种时候决不能附和吴，若附和，自己也有可能被视为无情无义之人。不能再沉默，必须表个态度："陈炯明的做法确实是太不应该，我们若是支持他，则是鼓励作乱！"

"对，廖师长说得对！子玉呀，"曹锟换了一种亲切的口吻对吴佩孚说，"你可能还没有想到这一层上。犯上作乱，是决不能支持的。不能说我们直军内部就没有陈炯明，也不能说你的第一师内部就没有陈炯明，今日支持两广的陈炯明，就等于鼓励我们直军中的陈炯明。"

曹锟说到这里，站起来走到吴佩孚的身旁，异常亲热地说："子玉呀，圣贤的书，你读得比我们哪个都多。仁和义，是圣贤一切教道中最重要的教道，我正要依靠你来把我们直军建成一支无敌于天下的仁义之师哩，岂能支持不仁不义的陈炯明，坏了我们直军的名声呢？子玉，算了吧，让他们自己火拼去，等他们一死一伤后，我全力支持你去收拾两广。到时我在光园摆几十桌酒，为你凯旋庆功！"

吴佩孚见所有人都反对，曹锟的态度又是如此坚决，知道再坚持亦无用，何况待两广鹬蚌相争后自己再坐收渔利，也不失为一条好计。就这样，吴佩孚终于取消了援陈打孙的军事计划。

"好，好，办成了这件事，我可以说是对中山先生践了前约了。"杨度高兴地说，"我明天就回北京去，刘霖生他们还不知急得怎样哩！"

"缓一天走。"夏寿田拍拍杨度的肩膀，"明天，曹锟还要专门为吴佩孚请几桌客，特为叫你去，介绍你与吴认识，并说还要聘你做高等顾问哩，先要我问问你，看你愿不愿意。"

"我愿意！"杨度的满口答应，倒令书生气十足的夏寿田有点儿出乎意外。见好友疑惑不解的神态，他笑着解释，"当今中国的命运掌握在曹锟、吴佩孚、张作霖、段祺瑞这些人的手里，他们发善念，就能为中国造福，他们起恶心，就会给中国生祸。你看这次，经过我们的游说，一场直系与两广系的混战就避免了，这要挽救多少无辜士兵的生命！佛经上说救人一命，胜造七级浮屠，我们一下子不知造了几多浮屠。”

夏寿田笑道：“这次积下大阴功了。”

“所以我想，要宣传我的无我宗，得先向曹吴段张这些人宣传，他们一天无我了，可以使千万人无我。今天他曹锟聘我为顾问，我应允，明天他吴佩孚若聘我做高参，我也答应，以后无论是张作霖还是段祺瑞，甚至张宗昌、孙传芳那些二流军阀聘我什么职务，我也同样答应，一边给他们出主意，一边向他们宣讲无我宗，遇到合适的时候就直接插一手，为国家为人民做点儿好事。这就是我虎陀禅师当前的处世态度。”

“行。”夏寿田拊掌笑道，“长久做下去，你就是一个活生生的救苦救难、拯世拯民的佛祖了！”

杨度也高兴得笑开了怀。

五　千惠子在寒山寺立下中日合璧诗碑

由于吴佩孚的军队没有出动，陈炯明全歼回粤北伐军的企图也就无法实现。回粤北伐军兵分两路，许崇智的部队进入福建，与福建的皖系军队联合起来。朱培德的部队由湖南边界进入桂林，与杨希闵部、陈济棠部互通声气。闽桂两方面的军事力量对广东的陈炯明构成了强大的压力。已离开永丰舰寓居上海的孙中山任命许崇智为东路讨贼军总司令，与朱培德等部东西夹攻陈炯明。陈处于军事劣势之中。

杨度做了曹锟的高等顾问，时常往来北京与保定之间。后来又与吴佩孚交了朋友，满腹学问的秀才司令与他谈得更合拍。在杨度的感染下，吴在洛阳行署设了一个小禅堂，煞有介事地聆听杨度的无我宗。吴居然能听得下去，令杨度喜慰无尽，常对人们夸耀他超度了一个大菩萨。

这一天，他收到了亦竹从苏州寄来的信。信上责备他并未剃度出家，为何把家小都忘记了，这么多年了，也不去苏州看看她和孩子们？放下亦竹的信，一股亲情油然而生。是的，该到苏州去住一段时期，陪陪亦竹和孩子们，也应去静竹长眠之处祭奠祭奠。

杨钧的白心印画社已搬到北京来了，他的眷属也在上月从长沙来到槐安胡同，冷清多时的四合院又热闹起来。杨度将院子交给弟弟，从津浦铁路南下，过长江后再乘沪宁火车到了苏州。

亦竹兴高采烈地迎接丈夫，儿女们见到阔别多年的父亲，一家人团聚在姑苏城里，自有一番天伦之乐。过了几天，杨度提出去看看静竹的墓地。参禅多年，丈夫仍没有忘记昔日那段不平常的恋情，亦竹心里很是宽慰。

第二天，亦竹陪着杨度上静竹的墓地。那一年，亦竹在阊门外到处寻找静竹父母的坟墓。找了三四个月都没有找到，只好将美人瓶下葬在附近一个偏僻的小山冈。

这里冷冷清清地堆着几十座土坟。秋风吹动着坟上枯萎的茅草在左右摇晃，寒鸦在光秃的树枝上聒噪不已，给人以沉重的哀伤之感。葬在此处的这个女人，来到人世不久便连遭丧亲卖身的剧痛，京师的火坑活活地将她煎熬。好不容易在茫茫人海中结识到一个知己，却又时运乖舛，两次失之交臂，以至于空守寒窗。待到天公开眼破镜重圆之时，却又身罹恶疾，卧病十年，抑郁而终。这个苦命的女人，心比天高，情如海深，为了圣洁的爱情，她甘耐清贫，苦苦厮守，直至为心爱的人而牺牲自己的幸福。而今，当她重新落入这块生她养她的土地中时，竟然是如此的冷清、孤单、萧条、荒芜！自认为早已悟透色空的虎陀禅师不禁悲从中来，他只说了句“静竹，皙子我看你来了”后，便再也不能说出一句话来。亦竹一直在悄悄哭泣，默默地给这个情逾骨肉的手帕姐姐上香焚纸。

伫立了许久许久，杨度轻轻对着坟头说：“静竹，我不能让你一人孤零零地躺在这里。我们定情在潭柘寺，妙严公主遗下的拜砖一角是我们百年相爱的信物。你临终前劝我皈依佛门，死后又托梦要我去庐山寻道。我们的情缘都结在佛缘上。我要在寒山寺买一块三人墓地，先把你迁过去，我和亦竹死后，也都葬在你的身旁。到那时，我们三人便永远和佛在一起，千年万劫不再分离了。”

亦竹听了这话后嚎啕大哭起来，扑在坟头上喊道：“静姐，皙子刚才说的话你听到了吗？你先到寒山寺去吧，以后我们都来陪你！”

寒山寺就在阊门外枫桥镇上，是一座建于梁代的千年古刹，更因唐代张继那首《枫桥夜泊》诗而名播海内外。这座佛界宝刹多次遭毁，又多次重建。明嘉靖年间铸造的铜钟，据说后来因寺院毁败而流落到日本，于是光绪末年再次重建寒山寺时，日本的善男信女们专门为它铸造一座古色古香的铜钟，从东瀛浮海而来，安置在寒山寺钟楼上。从那以后，寒山寺的诗韵钟声便在日本国具有更大的诱惑力，从而吸引着成千上万的日本人来到此地，凭吊古迹，聆听钟声，竭力追索着“月落乌啼霜满天”的意境。

正因为如此，当寒山寺住持定性法师听说是虎陀禅师杨度要在寺里置一块圹地时，便慷慨奉送，不收分文，只是请杨度在苏州期间每天给寒山寺的和尚们讲一个钟点的日文课，以便让他们能够与前来观光的日本游客说几句简单的客气话。这对杨度来说，自然是再容易不过的事了。

过几天，杨度和亦竹将美人瓶从原葬地取出，重新安葬在寒山寺后的墓地里。这块墓地埋葬着寒山寺历朝历代圆寂的和尚，寺里看得很重，有专人看管，收拾得干干净净。杨度给静竹立了一块石碑，碑上刻着“信女陆静竹之墓”七个大字，定性法师还安排几个小和尚为她念了三天超生经。

杨度每天下午三点至四点，在寒山寺里给近百名和尚讲授日文课，课程是一些最简单的日常用语。十余天下来，除几个年轻明白一点儿的记下了诸如“先生”“女士”“欢迎”之类的词组外，绝大多数和尚则是什么都没有记住，一旦走出讲经堂，一个小时的所教便全部丢在脑后了。

这一天讲完课后，定性特为将杨度请进方丈室，对他说：“有一位日本信女给寺里寄来五百银洋，她想在寺内建一座《枫桥夜泊》中日合璧诗碑。”

“这是好事呀！”杨度高兴地说，“寒山寺过去有文征明的诗碑，现在有俞曲园的诗碑，还就是没有中外合璧的诗碑。寒山寺的钟既然是日本铸造的，现在又添一座中日诗碑，那会招来更多的日本游客，寒山寺的名气就更大了。”

“是呀，我也是这样想的。”定性边笑边说地拿出一张纸来。“这位日本信女是个中国通，你看她的汉字写得有多好！”

杨度凑过去看。这是用楷书写的张继名诗《枫桥夜泊》：月落乌啼霜满天，江枫渔火对愁眠。姑苏城外寒山寺，夜半钟声到客船。字迹端正娟秀，书者的中国文化素养的确很好。汉字后边是日文的《枫桥夜泊》。再看下去，杨度惊呆了：日本国信女滕原千惠子。

哎呀，这不是千惠子吗？随即又想，滕原千惠子，是日本女子常用的名字，哪有这么凑巧，就一定是她呢？尽管这样否定着，十多年前那个美丽纯真的少女的形象，却依然鲜活地出现在他的眼前。

其实，这些年来，杨度的心灵深处从来没有忘记过千惠子。那样一个高雅脱俗、清纯亮丽的女孩子，是令世间所有的男子爱慕倾心的，何况他们还有过那么一段传奇般的故事，何况他们之间的确有过真心相爱！

“半个月后，这位滕原千惠子信女会到苏州来，亲自为这块诗碑揭幕。我现在赶紧安排石匠打碑刻字，到时请你为我们做翻译。”

啊，千惠子要来寒山寺！不管她是不是自己心中那个千惠子，就冲她取这个名字，杨度也要热情地接待她，和她好好地聊一聊，问一问这些年来日本国的变化。

定性买了一块高七尺宽三尺的白色花岗岩石，请了一个技术高超的石匠，用了十天工夫，将这位日本信女的《枫桥夜泊》中文日文手迹原模原样不差分毫地刻在石碑上。半个月后的一天中午，滕原千惠子践约来到寒山寺，全寺僧众都在山门外恭迎。

杨度陪着定性来到一辆带篷罩的马车旁。从车厢里先走下来一个十七八岁侍女模样的日本女孩子。女孩子伸出双手，从车厢里接下一位中年太太。这位太太身着雪白的缎面和服，梳着高高的发髻，发髻上插着几件闪闪发亮的钻石首饰。那太太刚站定，定性便走上前去，合十弯腰，口里念道：“欢迎滕原千惠子信女光临敝寺。”

杨度看了一眼客人，正要翻译，喉咙却被堵塞了：这不就是田中老先生的孙女、自己的女弟子、十多年来一直刻在记忆深处的千惠子吗？这美丽端庄的五官，这白皙无瑕的皮肤，这含笑玉立的仪态，不都表明她就是那个千惠子吗？不错，她少了几分少女的天真，却多了几分少妇的矜持；她少了几分女学生的轻盈，却多了几分阔太太的丰韵。而那两只晶莹透亮的眼睛，却依然如往昔一样地灵慧多情。是的，是的，她千真万确就是自己心中的那个千惠子！几乎就在同时，千惠子也认出了杨度。

“千惠子！”杨度激情满怀地喊着。若不是在庄严静穆的寺院外，若没有定性和几十个和尚站在一旁，他真的会把千惠子紧紧地抱起来。

“杨先生！”千惠子也同样惊异万分，她伸出一双纤细的手来，抖抖地放进杨度的双手中。

“你们认识？”

定性目睹这一幕故友重逢的场面，又惊又喜。

“我们早就认识了。”杨度连连点头，向定性介绍，“十多年前我在日本东京时，就住在她爷爷的家里。她和父母与外祖父母住在横滨，我们常常见面，她的家是一个非常好的家庭。”

“阿弥陀佛，这是佛祖的保佑！”定性拿起胸前的念珠，边数边说。

千惠子用日本话对寒山寺的住持说：“杨先生是我的汉学老师，他是一个了不起的爱国者。”

杨度向定性翻译了这两句话。定性顿悟：“我说这位信女为何对中国文化有如此深的感情，中国字写得这样好，原来是杨先生的弟子，怪不得，怪不得。”

在寒山寺全体僧众艳羡的目光中，在定性、杨度的热情招呼下，由使女陪伴着，千惠子走进了神往已久的寒山寺，被安置在一所精致雅洁的禅房里休息。现在，瞻仰殿堂，观摩诗碑，谛听钟声，游览枫桥，欣赏渔火，眺望江景，这一切的一切，都是次要的事了。

“皙子，这十多年里你都好吗？你为什么一直不给我写信？”刚一坐下，千惠子便急不可耐地问。

“哎，一言难尽！”

为了不让寒山寺的和尚们得知他们的旧情，杨度和千惠子用日文交谈。杨度告诉千惠子，回国后他给她写了好几封信，但只接到她母亲的一封回信，信中说她已由表兄陪同到美国留学去了。他猜想这是滕原家不愿他们之间有联系而做出的安排，便从此不再写信了。

千惠子默默地听着杨度的叙说，脸上平平静静的，心中的浪潮却在千万叠地翻卷。她告诉杨度，当年他离开日本后，她的魂魄像被他带走似的，人变得恍恍惚惚，六神无主了。滕原、田中两家在一起商量，为了家族的利益，也为了千惠子本人的幸福，唯一可选择的道路，便是彻底改变现在的环境，到国外去念书。

恰好美津子的表姐之子山本次郎要到美国去读书，于是决定把千惠子送到美国去读商科，以便表兄就近照顾。山本次郎是个聪明勤勉的青年，毕业于陆军大学。父亲有意为他在日本军界觅一个更高的职位，便送他去西点军校深造。千惠子到了美国后，繁重的英文学业，壮阔的北美风光，迥异于东亚的西方文化，渐渐地把她从情网中拉了出来，胸次日渐开阔。三年后，她回到日本，外祖父分出一部分商务让她经营，有意将她培养为滕原家族的接班人。

“千惠子，你什么时候成的家，丈夫就是你的表兄山本次郎吗？”杨度趁千惠子喝茶的空隙，提出了这个他急于知道答案的问题。

“我在十年前结的婚，丈夫就是山本次郎。”千惠子放下茶盅，心态平和地说，“在美国时，我得到了次郎的尽力关心，我们在身处异国的环境里逐渐建立了感情。我回国的第二年，他也回国了，在陆军部供职。再过一年，由双方父母主持，我们结了婚。现在有了两个孩子。”

尽管这一切都在意料之中，尽管杨度总觉得对千惠子有所亏欠，因而从心里巴望她能十分美满幸福，但在听了千惠子这番话后，他心里仍然凉了一阵子。

“他对你很好吗？”停了片刻，杨度问。

“次郎很爱我。他在军部供职，我忙于商务，虽然在事业上共同的话题不多，但在感情上，我们的家庭还是融洽的。”

当年，那样一个灵慧多情，一门心思潜心于中国古典诗词书法，极富艺术才华的女孩子，终于拗不过家庭的约束，做起枯燥烦腻的买卖来，而且还与一个刻板单调的军人结合，这真是令人难以接受的事实。环境对人的影响力有多大啊！他们的生活就真的和谐吗？为什么她的丈夫没有一起来揭幕呢？杨度像发现了秘密似的问：“山本先生为何不陪你来中国，他大概是一个除开军旅之外便没有其他爱好的标准军人吧！”

“不，他是和我一起来中国的。八天前我们就到了上海，一起在杭州玩了三天后再返回上海旅馆。他原本要和我一起来苏州，因为急事，这两天不能陪我了。对于中国的历史和文学，他和我一样，有着非常浓厚的兴趣。”

一丝怅惘袭上杨度的心头。很快，这种怅惘便被理智排除，他真诚地说：“千惠子，你是一个很可爱的女人，我曾经真挚地爱过你。只因为一是有了妻室，二是要回国做事情，所以我强制自己不能爱你。今天，能在寒山寺与你意外重逢，并得知你的家庭美满幸福，这是我回国十多年来最可慰藉最为兴奋的事情。我衷心祝贺你。我给你讲过的中国诗词，你仍然这么钟爱，中日合璧诗碑的建立乃一壮举，作为你的汉学老师，我心里欣喜至极！”

“谢谢，谢谢你！”千惠子显然激动起来。“皙子，你是一位很受我们家族敬重的爱国者。爷爷、奶奶和外祖父这几年间相继去世了，他们在世时常说起你，都将你与我们的先祖滕原一夫相比拟，说你就是滕原一夫那样的人。这些年来，想必你一定在事业上取得了很大的成就。你能对我说一说吗？”

一如当年的真诚，一如当年的热切，然而，今天坐在她面前的虎陀禅师，与十多年前《湖南少年歌》的作者相比，其心里饱受了沧桑之变。他凄然苦笑了一下，说：“千惠子，你看张继笔下的江枫、啼乌如今还在吗？它们早已随着岁月的流淌而消失了。功业也罢，成就也罢，亦不过当年的江枫、啼乌而已。我早已皈依佛门，将这一切都看透看穿了。”

“噢！”

千惠子瞪着两只好看的大眼睛，看着这个少女时代心目中的偶像，长长地叹息了一声。是强烈的失望，还是深深的同情？是无穷的惋惜，还是淡淡的谴责？种种况味涌上她的心头，她不知如何来表达此刻的复杂心情。

沉默了一段很长的时间，她突然抓住杨度略带凉意的双手，凝视他黑白相间的双鬓，恳切地说：“皙子，我想你这十多年来可能一直抑郁不得志，故而有看透一切之念，请千万别这样。我丈夫常说胜败是兵家常事。外祖父生前也常说商场犹如战场，有胜有负，负而不馁，终有胜利的一天。你经营的是政治。政界也应该和战场、商场一个样，需要的是顽强拼搏，败而不馁。更重要的是，贵国还没有强盛起来，贵国的人民正在苦难之中，像你这样的爱国者怎能袖手佛门、冷眼世事呢？皙子，你手书的《湖南少年歌》，十多年来一直挂在我的床头。我天天看着它，天天眼前出现的是一个顶天立地的英雄少年。”

杨度的心猛地觉得被揪了起来。揪他心的虽是一双纤纤弱女子之手，其气力却似可开百石之弓。他的心被这双手揪得痛楚，揪得羞惭。数十万言的佛学研究理论，精心构筑的无我宗宗旨，仿佛完全不能抵挡这几句简简单单、普普通通的异国女子的诘难，千军万马在崩溃，钢铁壁垒在坍落。他无言地望着千惠子，认真地听着下文。

“皙子，我对你说几句重要的话。我的丈夫是陆军部的高级官员，他常对我谈起陆军部对中国问题的看法，他本人与陆军部决策者的看法是一致的。他们都认为，中国是块肥沃富庶的土地，中华民族是个勤劳能干的群体，但中国的政治家却是一批贪婪庸劣的蠢材，不能管理好这片土地和这群团体。日本和中国一衣带水，同文同种，日本向海外发展的首要目标就是中国，急需抓住眼前中国政局混乱的机会，用武力将中国并入大日本帝国的版图。谁办成了这桩事，谁就是大和民族的盖世功臣。”

杨度的双手痉挛起来，不自觉地从千惠子的手中挣出。

“皙子，次郎原是要和我一起来寒山寺的。昨天下午，日本驻上海领事馆突然召了他去，要他谈谈这次亲见亲闻的观感，并告诉他陆军部近日有关于中国问题的要事商讨，务必在三日内离开中国回国。因此，我明天就要回上海，以便与我的丈夫同船回国。本来，这些话我不应当对你说。我说出的目的，就是希望你能一本当年爱国初衷，致力于贵国富强的伟大事业。贵国若老是内乱不止，就会引发外人的野心。我是决不愿意看到日本侵犯中国的事情出现的。”

从千惠子手中挣脱的双手，重新将千惠子的手紧紧握住。杨度竭力压下内心的冲动，说：“千惠子，我记住了你的这番忠告，我更感谢你这颗挚爱中国的善良心，我会好好对自己近年来的思想反省的。请你和你的家族相信，杨皙子虽比不上伟大的滕原一夫，但他的心是永远和滕原一夫的心相通的。”

千惠子的脸微微泛红，她仿佛又看到了当年那个激情洋溢的热血男儿，那个倜傥多情的少年诗人。“皙子，你那年教我唱的《上邪》古乐府，我一直记得，常常哼哼。《上邪》虽然表达的是一个女子对心爱者坚贞不渝的爱情，我以为它同样也可以作为我们两个民族之间情感的表白。大和民族曾经受过中华民族的巨大恩惠，大和民族理应与中华民族世代相知，永无绝期。正因为如此，我要在寒山寺立一块中日合璧诗碑。倘若哪天发生了不幸，甲午年中日两国之间的战事重现的话，中国人民可以相信，在日本，有着千千万万像滕原千惠子这样的人，他们是反对战争的，是始终珍爱中国的，是愿中日两国世世代代永远友好的。这中日合璧诗碑便是一个见证。”

顾不得禅门的戒律，也不管彼此身份的反差，杨度刷地站起来，抱住千惠子的双肩，大声地用日本话喊道：“千惠子，我永远爱你！”

千惠子把脸依偎在杨度的手臂上，微闭着双眼。她朦朦胧胧地感觉到时光已回到了箱根樱花盛开的季节！

第二天上午，在隆重的佛门仪礼中，千惠子揭开了象征中日友好的诗碑。吃完中饭后，她匆匆忙忙与杨度告别，返回上海。杨度也决定次日即赴上海，他不是为了去给千惠子夫妇送行，而是怀着急切的心情去拜见另外一个人。

六　孙中山交给杨度两个使命

法租界莫利爱路二十九号洋楼，是孙中山在上海的临时寓所。孙中山离粤抵沪五个多月来，一直和年轻娇美的夫人宋庆龄住在这里。他一面遥控广东方面的局势，一面联络国内各派政治军事力量。陈炯明的叛变，给中国革命带来又一次重大挫折，今后的出路在哪里？孙中山苦苦地思索着。近半年来，在他三十多年的革命生涯中出现了一个特殊的转机：共产国际开始关注他的事业，愿意派代表前来中国，与他交换关于中国革命的看法。

去年七月，孙中山在桂林北伐大本营会见了由张太雷陪同来访的共产国际的代表马林。马林在桂林住了几天，向孙中山介绍了苏俄十月革命的情况，孙中山也向马林介绍了中国革命的情况。马林临别时向孙中山提出两个建议：一是组建一个好的政党，这个政党要联合各界人民，尤其是工农大众。二是要有革命的武装核心，要办军官学校。马林这两个建议正是针对中国革命所存在的两个最严重问题而提出的，孙中山完全赞同。

孙中山来上海不久，马林也到了上海。孙、马再次会晤。马林告诉孙中山，共产国际已命令中国共产党人以个人名义加入国民党，协助国民党的改组和军官学校的筹办。苏俄愿意与孙中山建立联盟，并给予各种支持。孙中山对共产国际和苏俄的态度表示赞赏。紧接着，中国共产党的创始人之一李大钊由北京来到上海，会见了孙中山。李大钊向孙中山介绍了成立不久的中国共产党的主张，并表示服从共产国际的命令，以个人名义加入国民党。孙中山同意。由张继介绍，经孙中山亲自批准，李大钊加入了中国国民党。后来，孙中山又派张继去北京，会见了苏俄驻北京政府代表越飞，请求苏俄给予中国革命以军备援助。最近，孙中山为中国国民党的改组采取了重要行动。公布中国国民党的宣言，公布建国主张，同时在上海召开中国国民党改进大会，胡汉民、于右任、张继、李烈钧等人出席了会议，决定今后中国革命分政治、军事、党务三个方面齐头并进，务必达到成功的目的。

李大钊近日又来到上海，今上午再次拜会孙中山，就关于召开中国国民党第一次全国代表大会的问题进行磋商。这时秘书进来报告：有个叫杨度的人请求谒见。

“是皙子先生来了，快去请，请他进来！”孙中山高兴地吩咐秘书，又转脸对李大钊说，“这次平定陈炯明叛乱，杨皙子在里面起了重大作用。”

“噢！”李大钊很觉意外，“过去的帝制余孽，现在的佛门居士，居然会在平乱中起到作用，真有趣！”

孙中山笑道：“杨皙子是我的老朋友，外间对他的误会很多，其实他是一个正派的有爱国心的人。过会儿我跟你详细说说，如果你愿意的话，我可以介绍你和他认识。”

李大钊说：“我当然愿意。这样一个富有传奇色彩的人物，无论从哪方面来说，我都愿意结识他，你们先谈，我到书房里看书去。”

李大钊刚上楼，杨度便由秘书陪同进了客厅。

“皙子先生！”孙中山一边打着招呼，一边快步上前，紧紧拥抱着杨度的双肩，激动地说，“我很感谢你，所有真正的革命者都很感谢你，你为中国革命立了大功！快请坐，你什么时候到上海来的？”

孙中山热情的态度使杨度大为感动。寒山寺邂逅千惠子，以及千惠子的一番忠告，在杨度心灵深处引起巨大的震撼。与千惠子友谊的桥梁、永远留在千惠子身边的礼物——《湖南少年歌》中的诗句，像沉重的鼓槌在敲打着他的胸膛：中国如今是希腊，湖南当作斯巴达；中国将为德意志，湖南当作普鲁士；若道中华国果亡，除是湖南人尽死。他不断地审问自己：湖南并未成为斯巴达、普鲁士，中国仍然面临亡国的危险，你这个湖南少年真的要做一个心如枯井的老居士吗？瓜分豆剖之祸，亡国灭种之灾，鞭挞流血之苦，欺凌压榨之辱，难道都是空幻无物吗？都可以充耳不闻、视而不见吗？佛学的确可化解人间万恶，“无我”的确可泯息人心邪念，但它至少需要有一个能保全脑袋提供温饱的安定环境呀！因内部争斗而导致外人入侵，国将不保，头将不存，何来研究佛学，宣传无我？是的，要为中国的早日安定做一点实际的事情，至少要与礼佛同时进行。眼下，曹锟拥有十分强大的军事实力，孙中山拥有无比崇高的政治威望，倘若说服孙、曹联合，则中国可迅速安定，外人觊觎之心也就可立予杜绝。办好这件事后，再来全心思做净化灵魂的终极大事。就这样，杨度从苏州来到了上海。

见孙中山的前一刻，他又想到，上次虽然制止了吴佩孚出兵，帮了孙中山的忙，但对孙来说并非一件大不了的事。相反地，前些年与袁氏父子搅在一起，解散国民党，镇压黄兴、胡汉民、李烈钧的二次革命，直至复辟帝制，可谓与孙奋斗了几十年的革命事业针锋相对，结下了深仇大恨，他会原谅吗？

怀着这种复杂的心情走进客厅的杨度，在孙中山感恩而不记仇的豁达态度的感召下，不觉又惭又喜。

坐下，喝茶，几句寒暄后，孙中山再次说起感激的话："皙子先生，上次我派刘禺生去运动直系时，心里还不存把握，更没有想起你能办好这件事。不料你急公仗义，奔赴保定，不费一枪一弹，退了吴佩孚的虎狼之兵，煞了陈炯明的嚣张之气，保全了国民革命军的一支劲旅。现在我可以很高兴地告诉你，陈炯明就要完全失败了，我即将胜利返回广州。我们真要好好感激你！"

杨度说："孙先生太客气了，杨某不过践自己的诺言而已，何来'感谢'二字。"

"皙子先生要践的是哪句诺言？"孙中山见杨度说得如此轻松，心里颇为佩服他这种立功不居功的古君子之风。

"那年在永乐园，我们争论了三天三夜不分胜负。临别时我对你说：我主君宪，若君宪成功，你帮助我；你主共和，若共和成功了，我帮助你。你还记得吗？"

"哈哈哈！"孙中山开怀大笑起来，连连点头，"记得，记得。你真是一个光明磊落的政治家，恪守信念，一诺千金，当今政坛上缺的就是这种政治家品德呀！"

"孙先生过奖了。"杨度恳挚地说，"本来辛亥那年我就应该奔赴南京，投入麾下，为共和効力。怎奈袁慰庭于我旧恩深重，他出山办事，我不能不帮他的忙。袁慰庭旧的一套根深蒂固，与革命党难以共事，遂有癸丑年之役，当时我是支持他的。后来更有洪宪、辫子军进京等闹剧出来，我不能推卸自己的责任。我是太相信，也太忠于自己的信仰了。中国的君宪，一败于前清，二败于洪宪，三败于张勋。有此三次失败，证明君宪不能行之于中国，我杨某人也自认对主义尽忠了。我蛰居多年，直到这次才有机会践诺，实在是太晚了，心里很觉得对孙先生有愧。"

杨度这番出自内心的表白，令孙中山感动："皙子先生，你的信仰和处境，我很理解。过去的一切都已成为历史，也就不必太多追究了。我素来主张革命不分先后，什么时候认识了，什么时候再参加革命，革命阵营都是欢迎的。革命之事，最难得的是认识透彻。《尚书》里说知之非艰行之唯艰，说的是认识容易，行动艰难。这话不对。后来王阳明提出知行合一的观点，主张知行并举。王阳明也没有深刻认识知与行之间的关系，因此我在民国七年出版的《孙文学说》中提出知难行易之说，当时颇遭不少人的非难，现在党人同志中越来越多的人理解了我的苦心。晳子先生，你的这个举动再次为知难行易提供了一个绝好的例证。你为中国的出路苦苦探索了二十余年，一直惑于君宪的学说，不能赞成共和的主张，可见知是何等的艰难；一旦认识了，便能很快付诸行动，为革命出力，可见知后之行是容易的。”

孙中山四五年前著的《孙文学说》，杨度也曾浏览过。他对“知难行易”的观点并不能完全接受。他认为这个说法只能解释一部分现象，不能解释全部。《尚书》的观点也应作如是看。倒是王阳明的“知行合一”比较可行。但是今天孙中山引用他的思想转变作为阐述自己学说的例子，又的确很贴切。杨度不得不佩服孙中山过人的机敏。他痛快地说：“孙先生的话很有道理，很有道理！”

“诚如你刚才所说的，君宪已经过三次失败，证明不能实行于中国。这一点，我们那年在永乐园的争论已成定论；共和一定会取得胜利，这点也是定论。不过，”孙中山目光注视着杨度，停了片刻，继续说下去，“革命还并没有成功。民国八年，北京发生了五四事件，各地学生代表汇集上海，组织全国学生联合会。我那时也在上海，联合会成立后，我到他们那里去演讲，鼓励学生们不要怕挫折，争取最后的胜利。当时有个北大的学生领袖站起来对我说，孙先生，你的革命算不上革命，你的革命只是把大清门的牌匾换成中华门，这样的革命不算彻底，我们要进行彻底的革命。当时不少人认为这个学生领袖狂妄，至少是不懂礼貌，但我不这样认为。我立即回答他，你的话说得很对，我的革命一不彻底，二不成功，我和你们一道彻底革命。学生们听了我的话都鼓掌。散会后我又找到那个北大学生领袖，对他说，你们是真正的革命者，倘若我的革命早有你们这样的人参加，一定成功了。”

孙中山这种乐于接受批评的领袖气度和对年轻人期望甚大的长者风范，令做了五六年虎陀禅师的昔日政治活动家钦敬不已，心里说：有这样的领袖在，民主共和的革命事业是会成功的。

“孙先生，你刚才说不久就要回到广州去。请问，你到广州后将如何进行你的革命事业？”与那年东京永乐园晤谈时相比，彼此之间的地位，毫无疑问地发生了重大的变化。那时都是流亡异国的政治家，都是坚持自己主义的一派政治力量的领袖。现在，无论是讲实力，还是讲信仰，客观现实明摆着，彼此已不可能再平行了。杨度完全是以请教的诚意向孙中山发问的。

“皙子，我告诉你吧，我这次回广州后将有一番大的举动，中国革命的高潮将又一次到来。到时，国民革命将在一个坚强有力的政党领导下，指挥着完全属于自己的钢铁军队，再次北伐，彻底扫除祸国殃民的军阀政客，统一中国，澄清政治。全国人民都将在三民主义的指导下，按五权宪法办事，一个独立、自由、完整、安定的崭新的中国，很快就要出现在东方，屹立于世界！”

孙中山说到激动时，霍地站了起来，一只手插在西服裤袋里，一只手在有节奏地挥舞。杨度目不转睛地凝望着这位流落上海的南方政府大总统：快到六十岁了吧，几十年没有休止的艰苦奋斗，无以数计的错综复杂艰难棘手的军国大事，显然已严重地摧残了他的身体健康，与东京会晤时相比，他的头上已增添了不少白发，脸孔也变得削瘦苍白，但精神却跟当年一样的健旺，尤其是这种勇于斗争敢于胜利的豪迈乐观的气概，不仅没有因屡遭挫折而减弱，反而比过去更为宏阔，更为雄壮。杨度深觉自愧不如。孙中山要扫除一切军阀，曹锟自然也在扫除之列，孙、曹联合的计划，不知他有无兴趣。

“孙先生，你刚才说的前景，我想所有爱国的中国人都会盼望着它早日来到。”杨度望着孙中山试探性地问，“扫除所有的军阀，自然是干净彻底，但要带来长时期的流血战争，假若现在曹锟愿意与你合作，诚心推举你出来重任中华民国大总统，则可以避免大规模的厮杀搏斗，使人民早得安宁。你愿意接受吗？”

孙中山将茶杯托在手中，沉思一会儿说：“曹锟不是革命者，他的内部也太复杂，很难把他们当作改造中国的力量来使用。但是，正如你所说的，与曹锟联合，则可以使中国的统一早日来到。如果曹锟与他的部属真正有诚意的话，我也愿意与他商谈合作的事。”

“好！”杨度高兴地说，“世人都以为我现在是只读佛经，不问政治。其实，自从通过游说曹锟后，我明白了一个道理，即在当今乱世中，超度一个军阀，胜过超度一万个百姓。所以，曹锟聘我为高等顾问，我接受了，吴佩孚要与我谈禅，我更乐意，我要用我的无我宗来净化他们的灵魂。”

“皙子，你真了不起！”孙中山禁不住打断杨度的话，“你习佛习到这一步，所积下的功德，真是连释迦牟尼、观世音都比不上了，怕的是曹、吴这些人贪婪的灵魂难以净化。”

“尽力而为吧！”杨度颇为自信地说，“孙先生如果相信我的话，我愿意在南方政府与直系军阀中周旋，促使孙曹联合，南北统一，我相信这是可以做到的事。”

“你办这种事情的才能，我是相信的。辛亥年南北之间由对立到合作，你是出过不少力的。”孙中山坐下来说，“曹锟聘你为高等顾问，我委任你为我个人的特使，今后你可以代表我本人与曹锟、吴佩孚等人商谈和平、统一等事情。皙子先生，不知这个身份委屈了你没有？”

杨度忙说：“孙先生如此信赖我，真使我感动。能做孙先生的特使，这是我杨度的光荣，我愿以我的下半生为孙先生的革命事业效力。”

“好，就这样说定了。”孙中山举举茶杯，做了一个祝贺的姿势。“皙子先生，除调停南北合作等事外，我还想委托你做一件事。这件事你一定可以做得很好。”

“什么事？”

“我想请你写一部中国通史。你的学问文章是当今所公认的，你研习佛经已经多年了，可以暂时停一下，腾出时间来继续两司马的事业。研究中国的历史，无论对于学术而言，还是对于现实的革命斗争而言，都是极为重要的一件事。由你来做这件事，是最合适的了。”孙中山说到这里，起身走进客厅左侧一间小房子，从里面拿出一叠装订成册的书稿来，说，“这是一本新疆游记，作者名叫谢彬，字晓钟，是你的同乡，湖南衡阳人。他用了一年零三个月的时间，在新疆阿尔泰地区进行社会调查，写了这部三十万言的大书，送给我看，要我给他作篇序言。我翻看了一下，的确写得不错。我们中国尚有不少类似阿尔泰这样资源丰富而未开发的地方，若都加以开发，中国一定会很快富裕起来。我经常对我们党内同志说，有志之士，应当立心做大事，不可立心做大官。谢晓钟写了这部好书，就是做了一件大事，他本人亦可称之为有志之士。若你写出一部中国通史，做的事就比谢晓钟的事更大了。”

孙中山这番话给杨度很大启发。早在日本留学时代，梁启超就说过，一部《二十四史》，等于帝王将相的家谱，要不得，中国的历史应该重新写过。是的，现在有时间了，何不就来做做这件事呢？他从孙中山手里接过书稿，边翻边说：“我早就有写中国通史的念头了，经你这一提醒，我想是应该抓紧时间做了。”

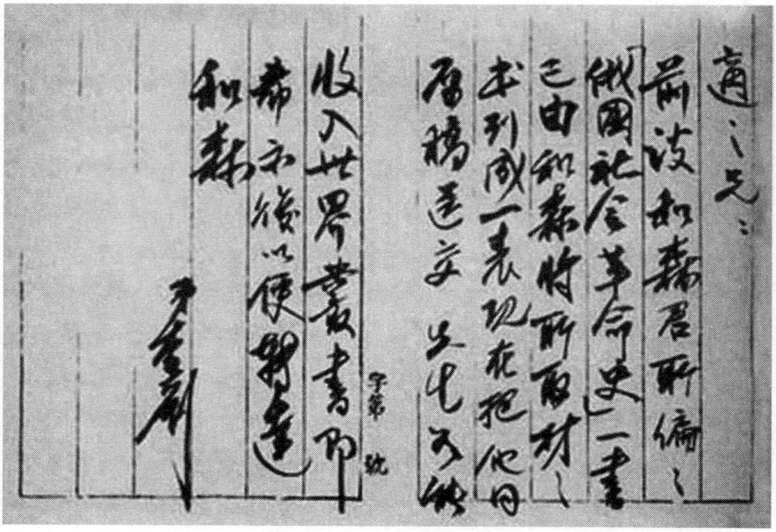
適之：
前波和森君所編之俄國社會革命史一書，已由和森將所取材之書列成一表，現在把他同原稿送交先生了，能收入世界叢書，即希示復，以便轉達和森。
字第 號
弟大釗

李大钊致胡适书信手迹

李大钊像

孙中山说："你先翻翻这部书稿，过会儿，我给你介绍一个朋友。"

"谁？"

孙中山微笑着伸出一个手指来："一个极为优秀的革命家！"

孙中山说完上楼去了。宽敞的客厅里一时没有别的客人进来，杨度边喝茶边读《新疆游记》。

"皙子，我来向你介绍一下。"

杨度正读得起劲，孙中山陪着一个陌生人来到他的身边。

"这位是北京大学教授、图书馆主任李大钊守常先生。他是中国共产党的负责人，又是我党的重要干部。"

"久仰，久仰！"杨度习惯性地两手抱拳，说着客套话，注目看着这个被孙中山称作"优秀革命家"的李大钊：壮实的身躯，宽厚的肩膀，国字形脸上最突出的部分是上唇那一道浓密粗黑的胡须，细长的眼睛上戴着一副白边镜片，既宁静文雅，又锐气四射。

"杨先生，我对您心仪已久，今日能由孙先生的介绍认识您，真是荣幸。"李大钊的北方土音浑厚温和，显示出一种宽阔的胸怀和坚强的自信力。

"不敢当，不敢当。杨某乃负罪之人，蒙孙先生不弃，特从苏州来上海与老友叙叙旧。能在此见到守常先生，对杨某来说才是荣幸。"

李大钊和孙中山对视一眼，都哈哈大笑起来。

"坐吧，坐吧！"孙中山说，"你们都是豪杰之士，都是我的朋友兼战友，你们好好聊聊。我还有几封急信要写，暂时就不陪了，晚上都在我这里吃饭，吃西餐。"

李大钊说："孙先生，您忙您的吧，我陪皙子先生说说话。"

说完，转脸对杨度说："杨先生，您可能不知道，我曾经做过您的部下，只不过您没有直接领道过我罢了。"

"什么，你做过我的部下？"

李大钊微笑着说："杨先生曾经是留日学生总会干事长，我曾经做过总会文事委员会编辑部主任。编辑部主任不是干事长的部下吗？"

"原来这样！"杨度笑道，"守常先生哪年去的日本？"

"一九一三年。"李大钊扶了扶眼镜，说，"那时刚从北洋法政专门学校毕业，很想出洋多见些世面，于是这年秋天去了日本，进的是早稻田大学，读政治经济。一九一六年回的国。您是我们留学生的前辈，我在日本，常听老留学生谈起您，还跟他们学会了您作词的《黄河歌》。”

李大钊这几句话很让杨度欣慰。他浅浅地笑了一下说：“在北京时，有朋友对我说，北大有个李教授常在《新青年》《每周评论》上发表宣传社会主义的文章，影响很大，可惜我没有读过，想必这就是你了。”

李大钊说：“正是我。我读过不少杨先生的大作，知道您十多年前就对社会主义进行过研究。如果杨先生不嫌浅薄的话，回北京后，我给您寄《新青年》和《每周评论》。”

“好哇，我一定好好拜读。”

“杨先生在北京的住址是……”李大钊边说边掏出自来水笔和小本子。

杨度心里想，这是个实在人。便说：“西城区槐安胡同五号。”

李大钊迅速在小本子上写着，又问：“杨先生什么时候回北京？”

杨度想了一下说：“春末吧，在苏州过了冬天再回北京。”

“好！”李大钊收起小本子，说：“初夏时我来槐安胡同拜访您。”

“欢迎，欢迎！”杨度对李大钊已很有好感，他的欢迎出自真心。

“刚才孙先生告诉我，正是因为您的成功周旋，才使得陈炯明的狼子野心未能实现。孙先生说杨先生是个可人，能履行政治家诺言。我很敬佩杨先生这种光明磊落、说到做到的政治家品格。”

杨度说：“守常先生言重了，我算不上政治家，孙先生才是真正的政治家。”

“孙先生的确是个伟大的政治家，我们都很尊敬他。”李大钊面容凝重地说，“我不久也会到广州去，参加孙先生领导的改组国民党、筹办军官学校等事情。”

啊，杨度顿时明白了，原来孙中山说的，在政治、军事两方面都有一番大的举动，就是指的这个。他对革命事业的前途抱着极大的信心，也就是因为得到了一股强大的政治力量的支持的缘故。瞬时间，杨度对眼前这个温文尔雅的学者革命家涌出了敬意。

为了寻求中国的出路，为了使中国早日强盛，今日的佛门居士曾为之进行了二十余年的艰辛探索。君宪救国之路诚然已走不通了，但共和救国之路也并没有出现坦途。推翻满人皇帝之后的短短十年间，光北京城里的大总统就走马灯似的换了五六个，至于主持国事的总理，更换之快简直令人眼花缭乱。中央政府没有权威，二十多个省各自为政，国会成了议员们拉帮结派的场所，宪法则成为互相攻击的口实。连年战争的结果，不仅把国家的元气耗尽，害得人民痛苦不堪，更豢养了数以百计的大小军阀，而这些军阀又成了战争频仍的根源。共和十年来的中国，其政局之混乱，与历史上任何一段乱世相比，都有过之而无不及。那么，酿成这一切的原因究竟何在呢？中国还有希望吗？这个疑问，《孙文学说》似乎不能透彻回答，佛学禅理更没有具体说明，被孙先生寄予重望的这个优秀革命家，在这方面一定有令孙先生折服的高论，应该向他请教。

"守常先生，中国的现实，是每一个有良知的中国人都不能满意的。然而，中国又不能让它这样由于自相残杀而被外人灭亡掉。请问，有什么办法可以挽救我们这个多灾多难的国家和民族？"

透过薄薄的无色玳瑁片，李大钊用深邃睿智的目光将前留日学生总会干事长重新认真打量一眼，心里想：世人都说杨度颓废了，消沉了，看来不是这样。他的胸膛里跳动的仍是爱国的赤心，他的血管里流动的仍是救世的热血。孙先生委他为个人特使，的确是深切了解后的慎重决定。中国的革命事业仍需要杨度。要帮助他，要将他的思想从佛学内典中解脱出来。李大钊想到这里，异常郑重地对杨度说："杨先生，您是我的前辈，从个人来说，我只能是您的学生，没有资格来对您侈谈这么重大的问题。"

"守常先生客气了。"杨度望着这个年轻的革命家，笑着说，"韩退之说得好：无贵无贱，无长无少，道之所存，师之所存也。"

李大钊说："我之所以愿意回答您的问题，其原因就在这里。我这些年来得到了一些'道'，但这不是我个人探索到的，是别人教给我的。您若有兴趣深入研究，以后回到北京，我会常来拜访您，送给您一些书籍，那时我们再作深谈。今天，我只简单地说几句。"

李大钊端起茶杯喝了一口，放下茶杯后，他正襟危坐，双目平视，不疾不徐地说："孙先生是一个令人尊崇的革命家。他不屈不挠的斗争精神，他坦荡无私的政治家品德，令我们钦服不已。不过，孙先生在他几十年的奋斗生涯中，忽视了一个极为重要的方面，那就是唤起民众。"

杨度的心震了一下。孙中山的学说包罗万象，孙中山的革命活动广泛持久，这个年轻的革命家居然能不假思索地指出其所忽视的一面，可见他对孙中山有深入的研究，同时也对中国有深入的研究。他专注地听下去。

“长期以来，孙先生比较多地在社会中上层进行革命活动。在武装方面，他又较多注目于旧式军队和江湖会党。当然，这些方面都不能放弃。但社会最基本、最重要、最广大的部分是民众。历来都认为是帝王将相，是英雄豪杰创造历史。其实不然，历史是广大民众创造的。”

“历史是广大民众创造的”，李大钊这句话如同千钧棒槌重重地敲击着杨度。湘绮师的帝王之学，自己过去的君主立宪，究其本质，都可以说是英雄创造历史的观念。对面这位优秀的革命家的确凭借的是另一种崭新的理论，不可等闲视之！

“这是一个方面。还有一个更为重要的方面。我们进行的这场革命，必须要在扫荡两千多年的封建文化、封建思想及一切封建余毒的基础上才能取得彻底的胜利。前几年，北京的青年学生提出要请进德先生和赛先生，比较集中而形象地揭示了这一点。中国的中上层社会、旧式军队、江湖会党受封建陈旧一套影响最深，要在他们中间反封建反陈腐最为困难，而中国广大的民众受此毒害较少。所以中国革命要取得真正的完全的胜利，必须唤起民众，组织民众，联合民众，依靠民众，舍此别无他路可走。康梁变法失败的关键就在这里，孙先生的革命未成功，其关键也在这里。这半年来，我向孙先生反反复复讲这个道理，孙先生终于明白过来，决定一旦回广州，即从宣传民众依靠民众这一点入手，彻底改组国民党，打开大门，让广大民众进入这个政党，一洗官僚政客的腐败堕落。同时，重新组建一支来自民众的崭新军队。这个军队无论是军官，还是士兵，都全部由富有革命朝气的青年民众充任，一洗中国军营中的种种陈规陋习。有了新的政党和新的军队，中国革命的彻底胜利是指日可待的。”

吐故纳新，弃旧图新，以釜底抽薪的办法彻底破除旧式观念旧式制度，走依靠广大民众的道路来建立一个崭新的社会，这或许是苦难深重的中国的真正出路。

杨度正在沉思着。突然，孙中山的秘书兴高采烈地走进客厅，扬起手中的一张纸说：“广州急电，陈炯明下野，洪兆麟宣告脱离，并欢迎孙先生回粤！”

李大钊和杨度一齐站起。孙中山从二楼书房出来，对着秘书高喊："快去告诉夫人！"

孙中山飞快地跑下楼梯，李大钊快步走上前，孙、李紧紧拥抱。孙中山激动地说："我们胜利了！胜利了！"

又转过脸对杨度说："皙子先生，今晚我们好好欢聚一下，为两广革命的胜利干杯！"

七　江亭三题《百字令》：三十年一梦，江山人物俱老

孙中山于二月下旬回到广州，就任南方政府大元帅，并组建了一个全新的大元帅大本营。李大钊先期回到北京。初夏，杨度也从苏州回到北京，亦竹带着孩子们继续住在苏州。杨钧的夫人尹氏不服北方水土，杨度回京不久，他便带着全家迁回长沙去了。李大钊常给杨度寄来一些报刊杂志，也亲自来过槐安胡同几次。李大钊向杨度谈了许多新观点、新思想，杨度有的赞同，有的不赞同。对于"唤起民众，依靠民众"这一点，他是非常赞赏的，但他认为自己不适宜做这种事。他最合适做的，还是以曹锟的高等顾问的名义，往来于北京、保定、洛阳之间，为促成南北合作做一些事情，以不负中山特使的重任。

杨度一厢情愿地希望曹锟与孙中山合作，拥戴孙中山重做中华民国的总统，但直系军阀的这个大头领野心大得很，他要自己做总统，并不理睬他的高等顾问的一番苦心。

一九二三年十月，曹锟在他的部属吴佩孚、冯玉祥等人的支持下，通过倒掉张绍曾内阁、逼走总统黎元洪等一系列步骤，又用五千银圆一张选票的巨款贿赂了国会议员，终于如愿以偿当上了北京城里的大总统。曹锟高标价码，议员公开卖票，开创了民国成立以来总统选举中最为丑恶的纪录，成了中国政坛上最为肮脏的一笔交易。一时间，"贿选总统"、"猪仔议员"的骂声遍于全国各地。曹锟当选的第二天，孙中山便在广州通电全国声讨，并电告段祺瑞、张作霖，要他们响应南方政府的通电，一起讨伐这个公开以金钱嘲弄民主的贿选总统。

杨度对曹锟失望至极，也对五千银圆便可卖身的猪仔议员们失望至极。他愤然辞去高等顾问之职，夏寿田也不再做秘书长了，从保定来到北京，重新住进槐安胡同。

曹锟以如此手段登上总统宝座，他在全国大小军阀面前如何能有威望？这样的中央政府，又如何能领导全国？中国的政局更加混乱了。

曹锟的内阁一如过去所有的内阁一样，变幻无常，一会儿是孙宝琦主阁，一会儿是顾维钧主阁，一会儿又换成颜惠庆主阁。乌烟瘴气的政坛，直让所有关心国事的中国人气沮。

杨度与夏寿田蛰居槐安胡同，过着礼佛参禅、读书著述的生活。

夏寿田向来长于词章，这时便全副心思潜于唐宋诗词之中，自己也时有所作，借以抒发他对国家的忧思，以及对他和叔姬之间纯洁情谊的深切怀念。夏寿田与叔姬这种特殊友情，杨度在二十多年前便已知端倪。这些年来，眼见叔姬与代懿长期分居，他甚至动过撮合夏庄结合的念头。但此事难度太大，牵涉面太广，各方面都没有谭嗣同那种冲决罗网的勇气，无可奈何，只有让他们这样相思下去吧！

夏寿田每有所作都给杨度看，一起斟酌吟咏，然后再端端正正地誊在水印花笺上，寄往南国，寄到同样魂牵梦绕于爱情理想王国的叔姬的手里。叔姬则总是在流着热泪读过十遍百遍后再和上一首两首。北京的槐安胡同与湘潭的石塘铺，就这样彼此“身无彩凤双飞翼，心有灵犀一点通”，为天地人间上下古今再添一段绵绵无穷的男女情憾！

杨度于读佛经外，又添了一桩事情，那就是开始为中国通史的写作收集资料，爬梳整理，思考研究。写作这本书，是孙中山交给他的使命。调和孙、曹既不可实现，写好这本书应该是不难的。何况自己为帝王之学、君主立宪耗费了半生光阴，又出庄入佛，由佛悟禅，且负笈东瀛，涉猎欧美，更参预过朝政，游说过诸侯，真正可以说得上博通古今，出入百家，学贯中西，游历四方，写中国通史的资格，放眼天下，有谁能超得过自己！杨度决定用三五年的时间做这件事，以太史公为榜样，究天人之际，通古今之变，成一家之言，将自己一生的学问和阅历、探索和追求都写进这部皇皇巨著中去。恰好这时梁启超也彻底离开政坛进入学界，当起清华大学国学导师来。无论是对佛学，还是对史学，梁氏都堪称大师。于是，梁、杨这对亦敌亦友，在学术上又找到了共同点，常常在一起辨校史料，切磋学问。

绘画这门功课，杨度也没丢掉。夏寿田怀念岳霜，似乎有种继续亡妾事业的味道，他跟齐白石学画的心情比杨度还要炽烈。遇到合适的时候，梅兰芳常常会请他们去看他演的戏。梅兰芳禀赋过人，又谦和好学，对于齐白石、杨度、夏寿田，他总是当作良师来看待，时时向他们请教，向他们学画学诗。在杨度的眼中，梅兰芳好比一只幺凤出现在京城梨园中。梅兰芳三十岁生日时，他和齐、夏前去祝贺。齐白石送了一幅《梅兰吐芳图》、夏寿田填了一阕《一剪梅》作为寿礼。杨度则为忘年之交谱了一支《梅郎曲》：“早岁京华逐管弦，侯谭名在小杨前。光宣变后寻歌舞，又看梅郎十五年。”又为之作了一段长序：“予自前清癸巳始游京师，其时供奉名伶，以侯俊山、谭鑫培称最，酒后闲谈，皆能略叙宫廷琐事。迄予戊申海外重归，则二人已老，继起得名者唯梅郎浣华及吾家小楼耳，世变愈剧而歌曲愈新。今岁癸亥，距戊申十五年，距癸巳已三十年，梅郎于时年亦三十。当幺凤初生之日，正士龙入洛之年，低徊往事，枨触旧游，作《梅郎曲》以寿之。”梅兰芳接过这件礼物，甚是欢喜。

不久，北京政局又起剧变。直系内讧，冯玉祥倒戈，曹锟狼狈下台，各路军阀将北洋元老段祺瑞抬了出来，组成了一个既无总统又无总理的临时执政府。人们不知道如何称呼东山再起的段祺瑞，只好叫他段执政。这真是个不伦不类的称号，段氏闻之，啼笑皆非。

杨度对军阀政治心灰意冷，寄希望于孙中山、李大钊等人的民众政治。这天傍晚，刘成禺突然出现在槐安胡同。他匆匆而来，又匆匆而去，却给主人带来一则振奋精神的消息：孙中山有意在南方政府里为杨度安排一个极为重要的位置，其职权将在袁世凯当年所给予的次长、参政之上，同时还请杨度为创办不久的黄埔军官学校的学生们讲授中国历史。刘成禺还告诉他，孙中山即将应段祺瑞之邀，北上进京，进京后再当面详谈。

无异一股强劲的春风吹来，杨度心中的枯枝又获复苏。他在琢磨着：中山先生将给我一个什么职务呢？既然在次长、参政之上，是不是部长？抑或是哪个局的局长？要么是中山先生要实施其五权宪法蓝图，设立五院，委任我做某院院长？想想又觉得不可能。中山先生身边那么多为革命出生入死劳苦功高的战友，怎么会轮到我这个帝制余孽的身上？对了！他猛然想起，中山先生一定是要我做他的大元帅府秘书长。这个职位对我来说，是任之游刃有余的。中山先生的大业一定可以成功，我给他做几年秘书长，为革命事业立下功勋，今后同样可以做民国政府的院长、总理！“天意怜幽草，人间重晚晴”，说不定我这一生仍可以为社会做出大事！

他的热血又开始沸腾，激情又重新洋溢。杨度这时才清醒地认识到，万象皆空的佛门学说，不管他怎样苦苦修炼虔诚奉行，始终没有在身上扎下根基，而报效国家建功立业的思想，却早已深深地融进他的骨肉血液中，割舍不去，与生俱存！

杨度密切地注视着孙中山的行踪。

十一月中旬，孙中山偕夫人及秘书汪精卫等人一行由广州启程，途经香港、上海，绕道日本长崎、神户，十二月初抵达天津。不料，孙中山抵津的当天下午便肝病复发。但事情太多，他不能休息，带病工作，病情日益严重。十二月三十一日，孙中山扶病进京，受到北京各界两百多个团体三万余人的热烈欢迎。孙中山却不能下车与大家见面，只发表一个书面启事登在报上："文此次扶病入京，遵医者之戒，暂行疗养"，各方代表，昔日好友均"俟疾少瘳，再当约谈"。

杨度看到这则启事，不便赴北京饭店探视孙中山，只有在每天打坐时默默地为他的健康祈祷，求佛祖保佑早日康复。

一月下旬，孙中山迁入协和医院施行手术。手术的结果令人悲哀：孙中山患的是晚期肝癌，病状危殆，群医乏术。这个消息经报纸公布后，举国震惊。过几天，中国国民党发表宣言，抵制段祺瑞的善后会议。接着，孙中山的儿子孙科，国民党要员李烈钧、张静江、叶楚伧等来京探视。再后来，廖仲恺夫人何香凝也由广州来到北京。廖夫人仓促进京，无疑是来安慰陪伴孙夫人的。人们都已知道，孙先生的病情已到了不可逆转的地步了。

杨度天天看报，忧心如焚。三月一日，孙中山从协和医院迁进铁狮子胡同行辕。十二日上午九时，一代伟人终于与世长辞。

噩耗传到槐安胡同，杨度听后待若木鸡。中国从此失去了一位道德崇高威望素著的伟大政治家，他个人从此失去了一位情谊深厚相知相许的真诚朋友。中国的前途将会更加变幻莫测，他个人的前途或许将永无指望。

北京各界人士隆重悼念孙中山先生。在中央公园社稷大殿外，人们排着长队，怀着无限崇敬无限悲痛的心情瞻仰这位人民政治家的遗容。杨度和夏寿田也参加了这个行列，他们随着缓缓移动的人群来到孙中山的遗体旁边。经过防腐美容处理后的中华民国第一任大总统，在国旗党旗的复盖下安详地躺在鲜花丛中，他再也不能张开嘴，与这个由朋友变为政敌，又由政敌再变为战友的可人商讨在未来的国民政府中的安排事宜了。孙中山将要给杨度安排一个什么位置呢？随着他的逝世，将成为一个永远不可解答的谜！

杨度迈着沉重的步履走出社稷大殿时，突然遇到迎面而来的李烈钧。李烈钧一九零五年在日本士官学校读书时，曾与杨度有过一面之识。他是一个激烈的革命派。在日本时就加入了同盟会，回国后在新军里任职，积极宣传革命主张。辛亥革命那年，他率部独立，先后任过安徽江西两省都督。李烈钧对袁世凯压制革命党的行为非常愤恨。宋案发生后，他与黄兴、胡汉民一起举兵反袁，失败后逃亡日本，与袁世凯结下深仇大恨。蔡锷到云南后，他随即去了昆明，就任护国军第二军总司令。以后一直跟着孙中山。孙中山去世后，他任北京治丧处招待股长。

李烈钧性格暴烈，恩怨分明，他平生最恨的就是袁世凯和袁氏党羽。今天在这种场合碰到这个筹安会的理事长、帝制复辟的头号要犯，他真是又悲又愤，又恨又怒。他快步走到杨度的面前，鼓起两只眼睛，冲着杨度吼道："你这个祸国殃民的袁氏走狗，总理就是你们这班人给活活整死的！你也配到这里来？快回到佛堂念你的鬼经去吧！"

说罢，将一口唾沫狠狠地吐在杨度的脚前，扬长而去。

杨度猛然遭此一遇，又羞又恼，只觉得眼前一阵昏黑，两脚直发软。

"皙子，皙子！"夏寿田边喊边将他扶住。

杨度斜靠在夏寿田的肩膀上，苍白的脸上露出凄惨的一笑，无力地说："不要紧。"

"他是谁？"夏寿田指着李烈钧的背影问，"这人怎么这样无礼？"

"一个粗鲁的武夫。"杨度捂着胸口说，"午贻，不要跟他计较。"

"岂有此理！"夏寿田还在气愤不平。他握住杨度的手。手是冷冰冰的。于是指了指不远处供游人休憩的石凳说，"我们到那里去坐一会儿吧！"

杨度点了点头。他们一起来到石凳边坐下。一个卖大碗热茶的老大爷推着小车走过来，夏寿田要了两碗热茶。

喝了几口茶后，杨度觉得胸腔里好受了些。他微闭着双眼，在心里默默地一遍又一遍地重复念着"阿弥陀佛"四个字。就这样也不知念了几百句，他的情绪渐渐平静下来，脸上也慢慢地恢复了血色。

夏寿田凝望着社稷大殿。大门外长长的瞻仰队伍在缓慢地推移着，只见前面的人一个个地走进殿内，然后又走出来，却不见吊唁的人数在减少。他与孙中山没有过直接交往，也没有仔细研究过《孙文学说》，眼前的场面使他看出这位开国总统在国人心中的地位。

“老弟，我们到城外去散散心吧！孙先生走了，中国的事还要靠我们生者来做，不要太抑郁了！”

“老兄说得对。今天天气好，我们干脆到城南江亭去踏踏青吧！”

随着对话声，一高一矮两个汉子从他们面前走过。

啊，是的，江亭，十多年没有去过了！想必眼下那里春光正浓，春意正足，应该去看看。夏寿田想到这里，顿时来了兴致，对杨度说：“皙子，四大皆空，还是保持自身的六根清净为好。今天风和日丽，我们也到江亭去走走吧！”

“可以。”杨度起身说，“你说得对，是该六根清净才行，走吧。”

一个小时后，马车将他们载到江亭。

到底是郊外，远离了城市的喧嚣尘浮，比起城内的些许春色来，这里的春意的确要浓烈得多。一大片一大片叫不出名字来的树木全部换成了新绿，各色各样的野草小花蓬蓬勃勃地充满生机；芦苇丛生的沼泽地里，成群结队的鸟儿在飞翔起伏。造物主按时将春光送回人间，但人间的状况却糟糕透顶。长年内乱，百业萧条，江亭边的几家饭铺酒店，房屋破旧，生意清淡。古老的慈悲庵墙倾壁颓，灰暗冷瑟，让人觉得只要有一阵稍大的风吹来，它便会从头到脚连根倒塌似的。游人很少，更无风筝哨鸽。放眼望去，四周一派荒芜落寞。原本是为了散心而来，却不料到了这里，心情反而更加压抑沉闷了。

孙中山闭目躺卧，李烈钧瞪眼吐沫，这两个情景总在杨度的眼前晃动叠印。“祸国殃民”，“祸国殃民”，“祸国殃民”，李烈钧的怒骂，声声震荡着耳膜。我杨皙子从小发愤读书，壮志凌云。戊戌年在时务学堂，与谭嗣同、蔡锷对天盟誓，要为国献身。现在，蔡、谭成了举世崇敬的英雄，我却变成了“祸国殃民”？在日本四年，我与梁启超一样地研究各国宪法，为在中国建立起完整的宪政法制而努力。现在梁成了一代精神领袖，我却变成了“祸国殃民”？为了祖国，我放弃了在东洋立马可得的美人和丰饶财产，可这番苦心，又有谁知道呢？为君宪尽忠竭力，固然不合时宜，但介绍孙、黄相识、支持黄兴起义、挫败陈炯明的阴谋，这些难道还不足以将功补过，取信于世吗？为什么李烈钧还要死死揪住“帝制余孽”不放呢？李与我并无私仇，他之所以如此，纯系过去政见不同而结下的怨恨。李如此，胡汉民、汪精卫、谭延闿，以及整个国民党不都会如此吗？倘若孙先生不死，凭着他的威望和对我的信任，既可以压住李烈钧等人的旧怨，又可以让我为革命事业立新功，晚年的辉煌说不定真可以指望。可现在，大树已倒，一切都完了！“还不回到佛堂念你的鬼经去”，看来今生今世，唯一的避风港真的只有佛门禅室了！

万象皆空，万缘俱息。还是佛祖指示得对。不这样来看待世事人生，我杨皙子还能静下心来安度余年吗？

夏寿田也陷入了沉思。他清楚地记得，那年他高中榜眼，名动天下，享尽了人生无限风光无限荣耀。就是在这江亭，那么多素不相识的游人茶客围绕着他，谁人的眼光里不充满着羡慕、尊敬？二十八岁的青年才子，本可以沿着这条已因科举胜利而开辟的宽阔大道走下去，由翰林而学士，由学士而尚侍，登上仕宦的高峰。可是，国运多艰，命运多舛，岁月一晃就过去了，而今鬓已斑，体已弱，却一无所成，一无所有，只落得满眼春光满眼愁！他终于不能压制心头的郁闷，对杨度说：“皙子，你还记得戊戌年我们第一次游江亭吗？”

夏寿田的一句话把杨度的思路从眼前推到了往昔。戊戌年第一次游江亭的事，怎么可能忘记呢？当年带给夏午贻的只不过是功名的风光，带给杨皙子的却是人生的幸福。静竹，这个美丽多情的名字，这个美丽多情的女人，年年月月，生生世世，人间天国，宇宙洪荒，将永远与他相聚在一起！而为他们牵上红线的，不正是这座江亭吗？青春伴随着爱情，在他心里点燃着一把旺烈的火焰，国家虽然王气黯然，他个人却是雄心勃勃！

“我们第二次游江亭的时候，岳霜在这里作画，静竹也还在……”夏寿田喃喃地念叨着，往日的追思重重地压住了他的心头。

是的，是的，庚戌年再游江亭的那一幕仿佛就在昨天。那一天是中秋佳节，两家结伴在此赏秋景喝菊花酒，静竹尤其兴奋。她拄着拐杖，依偎在杨度的身旁，谈起他们的初恋，计划着再游潭柘寺，对身体的康复充满希望。岳霜架着画板作画，亦竹抱着孩子在一旁为她调色。她们本身就构成了一幅恬美的人生画卷。还有意想不到的寄禅和净无成双成对出现在慈悲庵前。灰暗的慈悲庵，大概只有那一刻才焕发着光彩。国事虽不堪问，而生命依然有其乐趣所在。三十多岁的宪政编查馆提调仍对前途怀着憧憬。

然而今日，这一切都化为乌有了。岳霜走了，静竹走了，寄禅走了。净无大概也走了，那本注入寄禅一生情爱的《复舟集》，看来也只有焚化给她了。国事更加一塌糊涂，年过半百体气衰弱的槐安胡同老宅主人也对未来不抱任何指望了。帝王学传人没有了，曹锟高等顾问没有了，中山特使也没有了，唯一有的，就是这个自封的虎陀禅师。别无选择，别无出路，除开“万象皆空，万缘俱息”，还能有其他吗？

“皙子，前两次我们游江亭时，一人都题了一阕《百字令》，今天我们每人再题一阕，留下作个纪念吧！”当两人都心事重重地走近江亭粉壁前时，夏寿田向杨度提出了这个建议。

“好吧！”近三十年岁月，转眼一瞬间，此中有多少回味，多少感叹！杨度对老友说，“前两次都是你和我，这次你先写，我来和你。”

“行！”

夏寿田从附近酒家处借来一支笔一壶墨汁，对着粉壁凝神良久，然后挥起笔，先写下几句序文：

> 戊戌年，予与皙子初游江亭，各题《百字令》一阕，时皆少年，意气正盛。十二年后再游江亭，又各题《百字令》一阕。时予家难初已，皙子东游归来，均觉锐气减半，不复当年。今三游江亭，不可无词纪实，然国运家事均不堪回首，幸喜予早已信奉禅宗，于无路处回过头来，反觉天空地阔，风清云爽，无复哀乐之可言矣。

杨度读了这段文字，深为惊诧：想不到午贻只参了一年的佛，竟然全得了禅机！且看他是如何写的。跟着夏寿田手臂的不停挥动，杨度轻轻地诵道：

> 西山晴黛，阅千年兴废，依然苍好。竖子英雄都一例，付与断烟荒草。一勺南湖，明霞碧水，未觉风光少。不堪回首，酒徒词客俱老。
>
> 休问沧海桑田，龙争虎战，闲事何时了？听唱菰蒲新曲子，洗尽从前烦恼。随分题襟，等闲侧帽，一角江亭小。不辞尽醉，明朝花下来早。

“该你了！”

夏寿田写完，将毛笔和墨汁递给杨度。杨度接过，立即在壁上写着：

天畸道人尚无复哀乐可言，虎陀禅师岂至今未成佛耶？万象皆空，万缘俱息，一切诸可不言，唯有江亭三叹而已！

稍停一会儿，他把和词一句一句地写了出来：

一亭无恙，剩光宣朝士，重来醉倒。城郭人民今古变，不变西山残照。老憩南湖，壮游瀛海，少把潇湘钓。卅年一梦，江山人物俱老。

自古司马文章，卧龙志业，无事寻烦恼。一自庐山看月后，洞彻身心都了。处处沧桑，人人歌哭，我自随缘好。江亭三叹，人间哀乐多少！

“杨先生，何须如此，人间正历沧桑正道哩！”

杨度、夏寿田正在聚精会神地欣赏着自己的佳作，冷不防背后响起一句浑厚温和的声音。二人回过头，只见一个身着长袍的男子正微笑地望着他们。

“守常先生，好久不见了！”杨度对着李大钊抱拳，又指着夏寿田介绍，“这是夏午贻先生。”

“夏先生好！”李大钊客气地称呼着，说，“我给你们二位介绍一个新朋友。”

杨度这时才发觉李大钊身后站着一个青年。此人年约二十六七岁，英俊挺拔，两道浓密的眉毛下一双大眼睛格外明亮。他跨前一步，脸上露出和善的笑容，向杨度伸出手来，同时自我介绍：“我叫伍豪，久仰皙子先生大名，今日识荆，不胜荣幸！”

见伍豪已主动伸出手来，杨度不便再抱拳，也只得伸出一只手去。伍豪紧握杨度的手。杨度立时感觉到这只手分外的宽大强劲，仿佛有一股伟力正通过这只手向自身涌来。他注视这个浑身英气勃勃而不失沉稳温良的年轻人，说：“伍豪先生，幸会幸会！”

伍豪又将手伸向夏寿田。

李大钊微笑着对杨度说："杨先生的词写得很好，只是略嫌颓废了点儿。"

杨度苦笑着说："不随缘自好又如何呢？你们看，中国正指望孙先生来改变，却不料他又壮志未酬身先死，真是无可奈何！"

"孙先生的革命事业，继承者大有人在，壮志一定会酬的！"伍豪操着一口带苏北口音的京腔，坚定有力地说。

"伍豪说得对！"李大钊郑重地对杨度说，"他现正在孙先生亲手创办的黄埔军校做政治部主任，这次特为进京向孙先生遗体告别。南边的革命浪潮，已经汹涌澎湃了！"

伍豪含笑对杨度说："杨先生，守常先生告诉我，您为保卫南方政府出了大力，我们感谢您！"

李烈钧骂他为"祸国殃民"，伍豪感谢他出了大力。同是南方政府的革命党人，为什么相差这样大？杨度的身上淌过一股热流。

伍豪再次伸过手来，握着杨度的手说："杨先生，不要颓废，革命事业一定会成功的，中国的前途一定是光明的。走出佛门，和我们一起战斗吧！"

"我老了，落伍了。"杨度摇了摇头说，"社会不需要我了。"

"哪里，杨先生，你听！"伍豪指了指亭子外。

杨度顺着伍豪的手势看去，只见青枝绿叶间，明媚阳光下，一群青年男女正在放声高歌：

> 黄河黄河，出自昆仑山，远从蒙古地，流入长城关。古来圣贤生此河干。独立堤上，心思旷然。长城外，河套边，黄沙白草无人烟。思得十万兵，长驱西北边。饮酒乌梁海，策马乌拉山，誓不战胜终不还。君作铙吹，观我凯旋。

杨度听得发呆了，这不是我二十多年前写的《黄河曲》吗，怎么至今还有人在唱？

李大钊笑着说："他们是一群北大学生，和我们一起来江亭郊游。杨先生，我们到他们那里去吧！"

"好！"杨度快乐地迈开双腿，跟在李大钊、伍豪的后面走出江亭。他觉得自己正在走向青春，走向光明！

1992年4月至1995年5月写作于长沙观弈园

傳記文學

楊度

唐浩明 著

上册

人民东方出版传媒
東方出版社

图书在版编目（CIP）数据

杨度 / 唐浩明 著. —北京：东方出版社，2014.9
（中国历史人物传记文学丛书）
ISBN 978-7-5060-7730-9

Ⅰ. ①杨… Ⅱ. ①唐… Ⅲ. 传记文学－中国－当代 Ⅳ. ①I25

中国版本图书馆 CIP 数据核字（2014）第 210652 号

杨度
（YANG DU）

作　　者： 唐浩明
责任编辑： 王　艳　李文彧
出　　版： 东方出版社
发　　行： 人民东方出版传媒有限公司
地　　址： 北京市东城区朝阳门内大街 166 号
邮政编码： 100706
印　　刷： 北京市大兴县新魏印刷厂
版　　次： 2014 年 10 月第 1 版
印　　次： 2014 年 10 月第 1 次印刷
开　　本： 640 毫米 × 950 毫米　1/16
印　　张： 70
字　　数： 860 千字
书　　号： ISBN 978-7-5060-7730-9
定　　价： 100.00 元
发行电话：（010）64258117　64258115　64258112

杨度像

杨度与家人照片

袁世凯祭天大典时的杨度

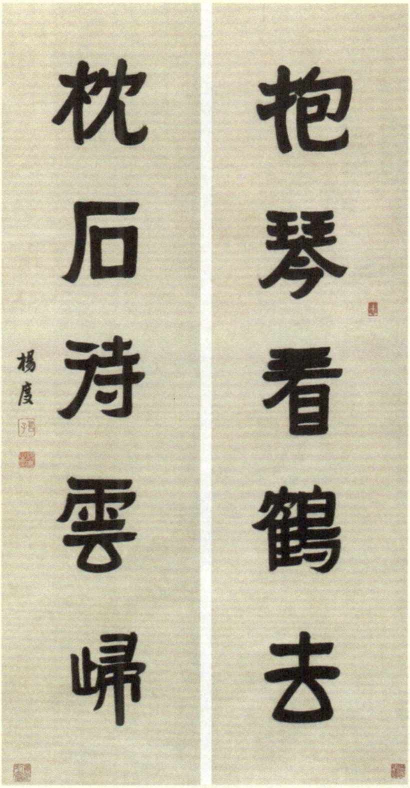
抱琴看鶴去
枕石待雲歸
楊度

杨度手书

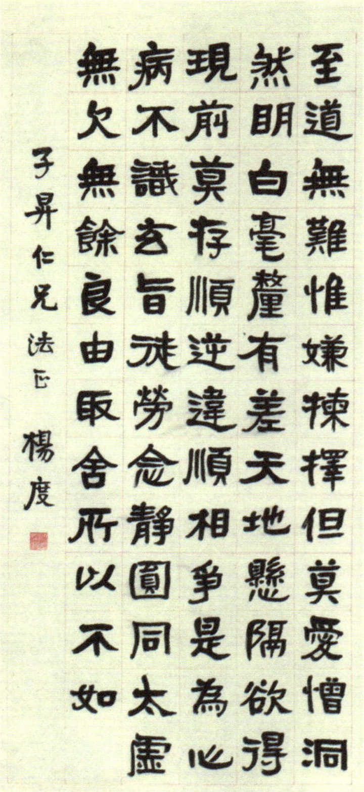
至道無難惟嫌揀擇但莫愛憎洞
然明白毫釐有差天地懸隔欲得
現前莫存順逆違順相爭是為心
病不識玄旨徒勞念靜圓同太虛
無欠無餘良由取舍所以不如
子昇仁兄法正
楊度

杨度字

袁世凯像

孙中山头像

袁世凯祭天大典

袁世凯与各国使节

杨度之墓

湘潭雨湖公园杨度雕像

序

preface

上个世纪八十年代初，我因整理出版近代历史文献，而走进被李鸿章称之为“三千年一大变局”的那个时代。跟“大变局”相处久了，对活跃其中的那些风云人物，以及那个时代本身，我都有许多话要说。我寻思着用何种文体来表达。

对于中国的历史书，我特别喜欢《史记》。司马迁将他的“究天人之际，通古今之变，成一家之言”的宏大抱负，了无痕迹地植于一个个栩栩如生的人物身上、一幕幕如同身历其境的场面之中，让读者时时感受到他那颗悲天悯人之心。司马迁不仅是一个伟大的史学家，也是一个伟大的文学家。在古今中外的文学作品中，我从小便喜欢读《三国演义》。这部书唤起我对历史的喜爱，对文字的痴迷，教给我许多的人生知识。这些收益，伴随着我的终生。

于是，在三十年前，我决定向司马迁、罗贯中学习，用小说的形式来表达我的思考。就这样有了历史长篇《曾国藩》、《杨度》、《张之洞》。这三部小说自问世以来，便受到读者的广泛欢迎。此事说明许多人在对历史的表述上持与我相同的理念。我为此而欣慰。借东方出版社重印的机会，我乐意与我的读者一道分享这种感受。

是为简序。

唐浩明

2014年7月23日

目　录

Contents

第一章　名师访徒

一　杨度推开《唐宋八大家文钞》，喟然叹息：世无英雄，使竖子成名

这是一个多么使人悲愤、令人诅咒的年代：从去年夏天开始的海上战事，以一份接一份兵败将逃、舰毁人亡的丧报，向全世界宣告大清帝国已被日本彻底战败的无情事实。朝野恐愕，举国震惊！到了1894年年初，威海卫港一夜之间丢失，经营了十年之久、耗资数千万两白银的北洋舰队全军覆没。紧接着，《马关条约》签订，中国割让辽东半岛、台湾全岛、澎湖列岛，赔偿军费库平银二万万两，相当于全国全年财政总收入的两倍多。有着五千年悠久文化、曾在几百年间雄踞世界之首的华夏古国，蒙受了罕见的奇耻大辱。皇上被震动了，文武百官被震动了，士农工商被震动了，连边徼之地的土著野民也被震动了。从嘉庆以来的百年大梦仿佛初觉，人们都在思索：为什么国家竟会虚弱到如此地步，一个面积不及三十分之一、人口不及十分之一的小国都可以把它打败？它今后还可以强大吗？汉唐威仪康乾盛世还可以恢复吗？它的自救自强之路究竟在哪里？一些有识之士在仇恨之余也能正视现实，冷静地思考：为何那个与我们一衣带水、同文同种的岛国能有如此强悍的国力，中国能从自己的敌手那里学到些什么？惨败带来奇耻，奇耻警醒酣梦，梦醒引起思索，思索孕育巨变。中国近世一场为期半个世纪、剧烈动荡急速裂变的年代，就从此时开始了。这个迹象，已在京师露出端倪，并且突出地体现在寓居京师的士人身上。

时交仲秋，在北京西山一条僻静的羊肠小道上，正有一个这样沉于国事思索的年轻人在踽踽独行。他才二十一岁，名叫杨度，是今科会试罢第的举子。巍峨的大山，碧静的蓝天，枯黄的茅草，火红的栌叶，正是一幅绚丽与落寞相互交织的阔大背景，将这位青年举子衬托

得分外清晰：个头中等，身材单薄，容长脸上眉骨突出，两只大眼睛精光闪亮，在挺直的鼻梁与轮廓分明的嘴唇之间有一道深深的唇沟，给人以一见即不可忘却的印象。今天，他身着一袭洗得发白的蓝布夹长袍，脚穿单梁薄底黑色粗布鞋，头上没有戴帽子，脑后垂着一条尺余长的发辫。青年举子沿着崎岖的山路一步一步向上攀登，终于来到了峰顶。

现在，那座既雄伟壮丽又空虚窳败的八百年古都，已全方位地出现在他的眼底。他纵目远眺，神思飞扬。十个月来不平凡的京师生活，给初涉世事的杨度留下了终生难忘的记忆。这真是一段难得一遇的时光啊！

他记得，一住进长郡会馆，便被三湘举子的爱国热肠所激动。他们日日留心前方的战争，议论国事，指摘时弊，厌恶朝政的腐败，斥责李鸿章的无能，一个个慷慨激昂，热血沸腾，尽管春闱在即，诗云子曰却抛之一旁，毅然置个人前途于不顾，誓与国家共存亡。当北洋舰队全部被日军接管时，他们连夜上书礼部，请求投笔从戎，与倭虏绝一死战。浏阳举子胡玉阶带头以指血签名，五十余名举子个个仿效。他也一口咬破食指，滴血写下自己的名字。

他记得，当李鸿章代表朝廷在马关签署条约的消息传来的那天，他们义愤填膺，破口大骂李鸿章是李二汉奸，应当千刀万剐。正在这时，一个年轻人匆匆跑进来，自称是广东来京会试的举人，名叫梁启超，奉老师康有为之命前来联络声息。康有为大名鼎鼎，大家一听，都围了过来。梁启超说，广东举子明天联名上折，请求朝廷拒绝承认李鸿章所签署的条约，到都察院去递折子，有谁愿意去的，明天可以一起去。他当即表示支持，其他人也都赞同。第二天，广东、湖南两省一百多名举子来到了都察院。后来，各省举子都步其后尘，纷纷来到都察院，请转递联名奏折。就在这个时候，他结识了康有为和梁启超。他敬佩康有为渊博的学问，更景仰他胸雄万夫的气概。此人竟敢直接对太后、皇上大声疾呼："今日中国倘若不改弦易辙，将有被外人吞并之祸！"这该要有多大的胆量！怀着对这位康南海先生的极大尊敬，他从一个朋友处借来了康著的《新学伪经考》。这部被朝廷明令销毁的著作，使他大开眼界。后来，他又读了康的《孔子改制考》的手抄本，更有振聋发聩之感。他也喜欢梁启超。这位籍隶广东新会的青年，虽只比他大两岁，但对社会的阅历对世事的洞察，却比他丰富而深刻得多，且梁启超性格开朗，举止大方，也正与他的个性相合。见了几次面后，他们便成了很投缘的朋友。

尤其不能忘记的是，几天后康有为发起了一个大集会，邀请十八省举子共聚一堂，商量联名上书的大事，地点选在松筠庵。松筠庵是明朝的大忠臣杨继盛的旧居，他那篇著名的弹劾严嵩的奏折《请诛贼臣疏》，就是在这里写成的。杨继盛因此而招来奇祸，最后惨死在刑场上，直到十多年后才得以昭雪，谥为忠愍。后世人景仰他的节操，常来凭吊他的旧居。乾隆年间，松筠庵被改建为杨忠愍公祠堂。前些年，京师清流派首领李鸿藻、张之洞、张佩纶等人常在此聚会议事，以杨继盛的风骨互为勉励。他也一向敬佩杨忠愍公，只是还没有到旧居来过。

这天一早，湘籍举子结伴来到达智桥胡同，杨度和大家步入松筠庵，来到杨继盛的塑像前。但见铁骨铮铮的大忠臣傲然屹立于厅堂正前方，左右两边悬挂着一副字句铿锵的对联：不与炎黄同一辈，独留青白永千年。上面的匾额上题着四个庄重的颜体字：正气锄奸。他不禁肃然起敬，隐然觉得自己正在继承杨继盛的事业，要以忧国爱民的正气锄掉当今的严嵩。各省举子络绎不绝地涌进松筠庵，人数竟达一千三百多，几乎所有参加乙未科会试的举子都来了。

会议开始了。白白胖胖的康有为发表激情澎湃的演说，从庚子年的鸦片战争说到甲午年的海战，从古代的改制说到今日的变法，说到动情处，声泪俱下，哽咽不能成语。杨度和一千三百名举子敛容聆听，时而狂呼，时而跺足，时而鼓掌，时而悲号。接着，瘦瘦精精的梁启超宣读了康有为用一日两夜草就的万言书。这篇以忠诚和血泪组织的文章，字字句句在他的心里激起强烈的震荡。特别是其中所列的四项国策更是铭刻在他的心头：下诏鼓天下之气，迁都定天下之本，练兵强天下之势，变法成天下之治。

万言书被全体举子一致通过。大家排着长队走向都察院。全国会试举子联名上书，这可是亘古未有的奇闻，京都沸腾了。一路上，行人为之让路，车马为之驻足，店铺为之鸣炮，观者为之喝彩，连都察院的都御史大人也为之感动得流泪。但条约已用宝，他们无力回天。这次行动虽未取得直接效果，但其影响之大却无法估计。自从那一天之后，“公车上书”一词，便成为京都乃至全国官场民间的流行口语，作为国魂民气的象征，激励着一切有良知的中国人去救亡图存。身为上书公车之一的杨度，这一天于他来说，自然铭心刻骨，终生不忘！

会试发榜了，杨度名落孙山，但却没有失意感。他参与了康有为的强学会，如饥似渴地阅读强学会创办的《中外纪闻》。不少落第年轻举子和他一样，并不急着回家，而是待在北京，一方面欲为维新变法做点事情，另一方面也借此历练才干。这群幼稚的爱国青年，天天沉浸在一片自我营造的喜悦中。刚开始还好，各部都有些官员名列强学会，朝中大老如李鸿藻、翁同龢等人都表示支持，刚从朝鲜回国的浙江温处道道员袁世凯更是积极参与。但不久风向便不对了。有人攻讦强学会是结党谋乱，也有人攻击《中外纪闻》造谣惑众，不时传出要解散强学会，查封《中外纪闻》的消息来。大多数留京举子见势头不妙，都打点书箱回家了。康有为也离开了北京，去上海创办强学会分会，梁启超也有赴上海的打算。长郡会馆变得冷冷落落，几个月前的热闹景象风流云散，只剩下三四个人还在观望着。

杨度面临着几种选择：一是继续留在京都，二是去归德镇伯父家，三是两种都不取，回故乡去。他一时拿不定主意，心情有点烦乱。今天一大早他就起来了，练完早拳回房间时，同住的益阳举子郦川已起床外出了。郦川家里贫困，无回家的路费，想在北京觅一塾师的位置，一边教书糊口，一边温习功课，下科再试。杨度无心做事，见郦川枕边摆着一本书，便顺手拿过来翻看。

原来这是明代茅坤编的《唐宋八大家文钞》。这是一本很有名气的唐宋文选本。正是因为有了茅坤这个选本，才使得韩愈、柳宗元、三苏、欧阳修、王安石、曾巩成了著名的唐宋八大家。杨度早闻这本书，但他一直没有机会拜读。

他随手翻开一页，见是韩愈的《与陈给事书》，轻轻地念道：

> 愈再拜：愈之获见于阁下有年矣，始者亦尝辱一言之誉。贫贱也，衣食于奔走，不得朝夕继见。其后阁下位益尊，伺候于门墙者日益进。夫位益尊，则贱者日隔；伺候于门墙者日益进，则爱博而情不专。

杨度读着读着，不觉眉头皱了起来，嘴里嘀咕道：“这哪里是士人给官长写的信，分明是妾妇向男人的乞爱！”

他继续读：

> 今则释然悟，翻然悔曰：其邈也，乃所以怒其来之不继

也；其悄也，乃所以示其意也。不敏之诛，无所逃避。

“这就是文起八代之衰的韩文公的大作吗？何自轻自贱、摇尾乞怜至此！”杨度怒道。

他跳过《昌黎文钞》不读，翻到了柳宗元的《愚溪诗序》，拿眼睛扫了开头几行：

灌水之阳，有溪焉，东流入于潇水。或曰冉氏尝居也，故姓是溪为冉溪。或曰可以染也，名之以其能，故谓之染溪。余以愚触罪，谪潇水上，爱是溪，入二三里，得其尤绝者家焉。古有愚公谷，今余家是溪，而名莫能定，土之居者犹龂龂然，不可以不更也，故更之为愚溪。

杨度心想，这文章怎么写得这样啰嗦？又冷笑道：“你以愚谪居此地，就改名为愚溪，别人或有因智巧而迁居此溪边者，岂不要改名为智溪？真正武断荒唐！”

号称一代文宗的韩、柳，其文亦不过如此，他人的大可不必看下去了。杨度推开《唐宋八大家文钞》，喟然叹息：“世无英雄，使竖子成名。如此文章，亦可以传世乎？”心里寻思：倘若自己一意做学问的话，定可写出超过他们十倍的文章来！

他起身走到窗户边。空旷的庭院里，满是白杨树的落叶。一阵秋风吹过，又是十多片枯叶被卷得飘落下来。“秋风吹渭水，落叶满长安。”他轻轻地吟诵唐人的名句，心里蓦地生出一丝悲秋的情绪来。

“杨孝廉，昨天汤孝廉从西山回来，说那里的栌叶全红了。西山红叶，可是北京一大景致，您不想去看看吗？”给会馆看门的景大爷扛着一把大扫帚过来，见杨度出神地站在窗边，便笑眯眯地与他打招呼。

真的，西山栌叶现在正是红的时候，何不去欣赏欣赏！一向爱游山玩水的青年举子，被西山红叶的美妙所吸引，刚才的愤懑不平立时被冲得无影无踪。说去就去，杨度匆匆出了会馆，雇了一辆骡车，就这样一人来到了西山。

西山的红叶，粗粗地看，正如杜牧那首名诗中所说的，红得好比二月的花一样：一树一树的红，一片一片的红，一坡一坡的红，漫山遍野，仿佛开出了红彤彤的杜鹃花。细细地看又有不同：有的红得鲜亮，如同烧旺了的烈火；有的红得深沉，如同一盆积淀下来的朱砂；有的红得斑斑驳驳，如同千年古寺外的那道赤墙。这是造化给人类创设的一种浩大壮观的美景，但它毕竟又与二月鲜花不是一回事，它在壮美的同时又悄悄地带给游人一股美人迟暮、烈士晚年的沉重感觉！

杨度就是在这样一种复杂的心情下欣赏西山红叶的。他从一个山头走向另一个山头，流连在自然界的秋景之中，徜徉于前人遗留下来的古迹之间，一面咀嚼着已逝去的那段不平凡的岁月，一面又思考今后的道路应当如何去走。

山坡树林里传出几声母牛低沉的鸣叫。一会儿，从灌木丛中钻出一只小牛犊，用稚嫩的叫声应答着，并向母牛的方向欢快地奔走。母牛也从林子间出来迎上前，小牛来到母牛身边，亲昵地晃头摇尾。母牛伸出舌尖，爱抚地在小牛的头脸上舔着。杨度被这一幅情景迷住了，痴痴地望着。他的脑子里渐渐浮现出了母亲的形象，浮现出了家乡的山水田园……

那是湖南省湘潭县一个偏僻的山乡，地名叫作石塘铺。石塘铺里住着一户杨姓人家。据家谱记载，先世自明洪武年间由金陵上元迁衡山，天启年间再由衡山迁湘潭。五百年来，杨家也曾出过几个低级官员，但一直没有大发过。四十多年前，中国南方突然风云巨变。揭竿于广西金田村的太平军，在天王洪秀全、东王杨秀清的统率下，很快把广西闹得天翻地覆。随后又进军湖南，一路攻城略地，斩关夺隘，地方文武抱头鼠窜，八旗绿营溃不成军。太平军围困长沙八十余天后，又突然改变战略方针，挥师北上，过洞庭湖，入长江，以迅雷不及掩耳之势拿下武昌汉阳，水陆两路百万雄师浩浩荡荡沿江东下，闯武穴，取黄州，克九江，复安庆，最后一举攻下江宁，遂将它更名天京，建太平天国都城于此。那时天国势如旭日东升，直欲指日之间推翻清廷两百年的统治，从爱新觉罗氏的手中夺走锦绣江山。

就在这时，一个名叫曾国藩的在籍礼部侍郎，奉旨在湖南办起了团练。这个姓曾的虽也是腐败官场中的一员，但比他的同事们都要精明能干。他白手起家创建的湘军，在几经挫败之后，终于为朝廷收回了武昌、汉阳、田家镇等军事要地，顿时声名鹊起。湘军中不少人升了官，没升官的也发了财，于是在湘乡、湘潭、宝庆一带兴起了一股投军热。无权无势、受饥受寒的做田人，有几个不想升官发财？杨度的祖父杨礼堂当时正当壮年，在那股投军热的影响下也告别妻儿，投入了湘军大将李续宾的麾下。没有多久，他果然做了个哨长，朝廷赏他一套正四品都司衔的蟒爪袍服。一个先前低眉弯腰的农夫，仅仅因为打了几场大仗，就成了四品大员，杨礼堂真是尝足了投军的甜头。他请人写了封家书，叫在家的大儿子杨瑞生也到前线来。

这两年，靠父亲在外面的战利品，杨家的四个儿子都发蒙读了书。十五岁的杨瑞生接到父亲的信后，立即放下书本飞奔江西，在父亲的哨里当了一名亲兵。一年后，李续宾、曾国华率领的宾字营、华字营在安徽三河镇中了陈玉成、李秀成的埋伏，全军覆没，杨礼堂也死在战场。只有两三百人侥幸逃了出来，杨瑞生是其中之一，被收编在鲍超的霆字营，几个月后便升为什长。以后他又改投曾国荃的吉字营，跟着曾老九收复了几座城池，升为守备衔哨长。到了金陵打下的时候，他做到了参将衔的哨官。湘军大裁军时，他没有被裁掉，编入了张诗日部，同治四年北上与捻军作战。到了捻军平定后，杨瑞生实授参将，以后又升副将，不久奉旨调河南归德镇总兵，成为镇守一方的高级武官。世代贫寒的杨家，终于出了个光宗耀祖的大人物。

杨瑞生虽然官运亨通，但他的三个弟弟的命运都不济。老二老三未成年便早逝，老四懿生天资聪颖，但体质羸弱，不能外出做事，只得在家乡亦耕亦读，冬闲时则参加乡民的木偶戏班，在里面吹吹唢呐，敲敲锣鼓。懿生娶妻李氏，生下二子一女。不幸天不假寿，三十岁那年便去世了。那时大儿子才十岁。瑞生手足情深，对亡弟留下的寡妇孤子照顾周到，常常寄些钱来接济，使他们一家衣食无虑。两个儿子均能上私塾念书，女儿也能在家识字做女红。三兄妹都聪明颖秀，资质远在一般少儿之上。尤其老大杨承瓒不仅诗文卓异，更兼志向远大，抱负宏伟，从小听得大人们说当年湘军的事，对曾、左、彭、胡等一班由书生而建大业的乡贤景仰不已。十六岁那年，他把自己的名字改作度，字皙子，又将弟弟改名为钧，字重子。母亲问他为何要这样改，他回答说改名乃为立志，兄弟俩立志做称量天下的人。母亲听了欣慰不已。伯父也来信赞赏，并要他们到归德府来读书。他于是和妹妹杨庄一起离开家乡去了归德府。

归德府三年，杨度在良师指点下，学业进步更快。无论三坟五典、九丘八索、四书五经、诸子百家、稗官野史，他见书就读，一读就通。晨昏课余，又遵伯父之教，练拳习剑，骑马射箭。伯父外出时，又有意带着他和诸位堂兄弟同行。杨度得以游嵩山，登岱岳，观黄河之雄奇，览汴京之遗迹，心胸愈加开阔，气宇愈加轩朗。去年秋季，他一举高中顺天乡试举人。喜讯传到石塘铺，李氏高兴得热泪直流。弟弟杨钧和刚从归德府回家不久的妹妹杨庄，都以伯兄的才华得意自豪。李氏要小儿子写信给哥哥，会试过后，无论连捷中进士点翰林，抑或是暂屈未第，都一定要回家里来一趟。分别三四年之久的母亲，渴望见到已成人才的儿子的心情，真个是湘水不足以喻其长，洞庭不足以喻其深。自小失去父亲，在艰难家境中长大的儿子，又何尝不思念把全部心血都交给了儿女们的母亲呢？当目睹老黄牛舐犊情深的那一瞬间，久别母亲的青年学子，再也不能抑制住满腔浓烈的乡情，他绝计先回石塘铺，与母亲弟妹们住一段时间后再定去向。

太阳渐渐西下，向晚的夕阳，以它血色的光焰将西山红叶映照得光彩夺目，连枯黄的茅草也镶上了耀眼的金边。极目远望，群山起伏，长城连绵，苍穹寥廓，古都森严。这一幅山河图画，在此刻杨度的心中激起的却是一种悲壮之感。一股山风吹来，他感到一丝凉意。是的，应该下山了。

二　碧云寺的泥塑罗汉预卜落第举子的命运

“皙子，你来西山，为何不邀我们？”

杨度刚走下几十丈远，迎面碰上了两位老朋友。说话的这位走在前面，名叫夏寿田，字午贻，湖南桂阳人，父亲夏时官居江西巡抚。夏寿田比杨度大五岁，长得身材颀长，眉清目秀，穿得也阔绰，一看便知道是个聪明俊秀的贵家公子。他这次会试亦未第，先前也住长郡会馆，前向搬到一个做京官的远房亲戚家去了。

“皙子，你私自出城，是不是有个相好的在西山等你呀！”后面一位哈哈取笑道。

这一位可不是寻常人物，他乃赫赫有名的曾文正公的嫡长孙曾广钧，字重伯，今年虽只二十九岁，却已做了六年翰林。他七八岁时便被目为神童，现在已是京都士林中人人钦佩的学士诗人。曾家到广钧这一代，已是连续三代后继有人了，这是咸同年间的中兴名将中所仅见的，也为历代官场所少有。正是因为他的伯父、父亲和他本人的卓越表现，使得一部《曾文正公家书》更添魅力，成为曾国藩家教有方的得力证据。无论是面孔，还是身材，老辈人都说，曾广钧酷肖文正公。只是他的性格与乃祖大不相同。他穿着豪华，喜讲排场，极好玩乐，经常出现在八大胡同的花酒席上，至于京师文人雅士的集会中，如果缺少了曾重伯，似乎低了一个档次。他风流倜傥，文思敏捷，正是中国旧式才人的典型代表。

“原来是午贻兄和重伯兄，你们是怎么凑到一起来的？”在西山不期而遇这两位好友，杨度十分高兴。

“重伯兄一早来邀我，说户部卢老爷娶妾，在正阳楼请吃烤羊肉，要我们一起去凑个热闹。我就去会馆邀你。景大爷说你出城上西山了。我就劝重伯兄，不吃喜酒了，干脆我们也上西山，和皙子一起赏秋看红叶。”

“皙子，为了和你一起游西山，我们连正阳楼的烤羊肉都不吃了，够朋友吧！”曾广钧说着，已走到面前来了。和乃祖一个样，他也长着一双扫帚眉，但他的扫帚眉却没有祖父那种沉闷苦涩的气象，却带有点滑稽的味道。

“好，够朋友，够朋友！”杨度十分快活。

舍掉正阳楼烤羊肉不吃，专来西山寻他，的确是够朋友的举动。正阳楼的烤羊肉在京师饮食中名冠一时，一年四季食客不断。眼下正是秋高草深牛羊肥的时候，正阳楼的这道菜更是兴旺季节。食客一登楼，殷勤的店小二便端来一个炭盆，盆中是一堆烧得炽热的炭火，火上罩一个铁丝网。再捧出大碟鲜嫩的羊肉片，那肉片切得纸一样的薄，附带几个调好醯酱芥末的小碗，接着搬出一坛老酒来。最后，给每位食客送来一个矮脚小木几。小木几做什么用？原来，这正是正阳楼吃烤羊肉的与众不同处。食客并不坐在凳子上，而是站着，一足立地，另一足踏在木几上，右手用筷子夹着蘸上佐料的羊肉片，左手端着酒杯，一片羊肉只要略微在铁丝网上放一放就可以吃。正阳楼的食客便都这样，脚踏木几，且炙且啖且饮，那模样很是豪放倜傥，极受年轻人的喜爱。

“好哇，正阳楼的烤羊肉，过几天由我来给二位补！”杨度最是一位好朋友的人，他很向往孔北海“座上客常满，樽中酒不空”的气派，只不过他现在还是一个靠伯父接济的穷书生，摆不起这种阔绰。他对二位好友说：“天已黄昏，我们不如先下山，找个店住一夜，明天再上山来游一天如何？”

“你这就外行了，投店还要下山吗？”曾广钧久住北京，西山来过许多趟，对这里很熟悉。“随我来，今晚就住碧云寺。”

杨度说：“碧云寺我中午去过。寺里今天做佛事，不接待俗客。”

曾广钧笑着说：“不要紧，只要我去，再忙的佛事，他们也要接待。”

“你和他们很熟？”杨度来了兴致。

“寺里的方丈演珠上人是我的诗友，不但接待，今晚还要他做东，请二位吃一顿顶好的斋宴。”

“我早就知道，跟重伯走有得吃。今天不来西山，就有喜酒吃，来西山就有斋酒吃。”夏寿田笑着对杨度说，“我们今夜饮他个通宵酒，让演珠心疼得咒骂重伯不是好东西。”

“演珠不是那类小气人。你们喝得越多，他越高兴，我带去的人越多，他也越高兴，他还会说我曾广钧是他的真心朋友。”曾广钧乐道，“不过有一点，若是文人去喝酒的话，临走时必须要赠他一首诗。否则，他真的要咒骂了。他不是心疼酒被喝了，而是心疼酒被灌进狗肚子里去了。”

“好，好。”杨度马上答应，“这个不难，我们每人送他一首。”

“皙子，你今天怎么一个人游起西山来了？”夏寿田知杨度不是那种内向孤独的人，对他今天的反常举止很不理解。

“我今天是憋着一肚子气来的。”

“什么气？”夏、曾一齐问。

杨度笑着说：“你们看气人不气人！韩愈、柳宗元那样的文章都可以流传千年，我和午贻却连进士都未考上，这世道还有什么公理呢？”

夏、曾听了这话，都摸不着头脑。杨度将今天早上所发的那通“世无英雄，使竖子成名”的感叹说了一遍。

夏寿田哈哈大笑：“你可真是天低吴楚，眼空无物啊！连韩、柳之文都不屑一顾，也不怕别人说你狂妄。”

曾广钧说：“怪不得你中不了进士！我看你下科即使中了进士，也点不上翰林。”

“这是为何？”杨度问。

“因为翰苑门口有昌黎庙呀！凡初进翰林者，都要向老人家烧三炷高香，磕三个响头。”曾广钧说，“瞧你这个样子，是绝对不肯向韩文公低头的，他又何能准许你进去呢？”

杨度大笑了起来：“到那时，他不准我进去，我就邀几个人一起来拆了他的庙，让他老先生无家可归！”

三个年轻人一路上谈谈笑笑，断黑时分来到了碧云寺。碧云寺始建于元至正二十六年，原是个小小的佛寺。到了明正德年间，于经大加扩建。天启三年，魏忠贤又予以重修。这两个权阉都看中了此地风水好，想死后葬在这里，结果又都得不到善终，未能如愿，却给后世僧人们留下一座极好的诵经拜佛的场所。碧云寺是西山众多庵寺中最庞大的建筑群。它的殿堂依山而建，随山势而层层升高，直至山顶。每进院落各具特色，给人以层出不穷之感。金刚宝座塔精巧秀美，别具风格。天王殿宏伟壮观，罗汉堂内的五百罗汉，更是国内仅有的四处罗汉群雕之一。方丈演珠近五十岁，有诗僧之称。演珠敬慕曾广钧的诗才，更想攀附他的崇高门第，一向与他多有往来。今见曾广钧亲自陪同两位会试举子前来，喜得连声念阿弥陀佛，犹如迎接金身菩萨的降临。演珠一面吩咐安排上等斋席，一面叫小沙弥献上最好的香茶，又亲自动手整理房间，请客人坐下休息。当知道杨度、夏寿田都是第一次来碧云寺时，演珠又殷勤地说："等会儿吃完饭后，贫僧陪诸位施主到罗汉堂瞧瞧。"

杨度的母亲一向礼佛，家中供奉着一尊观音菩萨。每逢初一、十五则吃斋。每年二月十九、六月十九、九月十九三个观音节，都要带着杨度兄妹去附近的法华庵烧香磕头，故而杨度从小对庵寺菩萨便有好感。他生来性子急，忙说："吃饭还要过一下子，法师先领我们去看看吧！"

"也好！先把灯点着，一会儿就去。"演珠忙命几个小沙弥去罗汉堂点灯。

大家随便喝了两口茶后，便随演珠来到罗汉堂。这是一个很大的四方形殿堂，中间隔出四个小天井采光，整个殿堂的结构像个田字形。紧靠四面墙壁边，罗列着整整五百个罗汉，各人都有自己的名字。每两个罗汉共一盏油灯，二百五十盏油灯一齐点着了，恰如满天繁星降落，甚是璀璨。星光闪烁中，他们或站或坐，或蹲或卧，或清秀慈祥，或狰狞可怖，或瘦如干柴，或胖如水缸；头上戴的，手中拿的，腰中缠的，脚下踩的，都是些奇奇怪怪的东西：有树枝，有袋囊，有蛇虫，有魑魅。真个是五百罗汉，不仅面目各异，形态不同，就连浑身上下的装束都无一相似之处，且个个塑造得形神逼真，栩栩如生。

小小的油灯在夜风吹拂下，跳跃不停，空阔的罗汉堂半明半暗，时显时隐。若是毫无准备骤然间来到这里，胆大的仿佛觉得到了西方极乐世界，胆小的则如同跌入了阎罗王殿。碧云寺的罗汉堂，真是一个充满着幻怪、极富刺激的所在。

见他们看得入迷了，演珠说："碧云寺的罗汉可预卜人的一生，极灵验的，你们试一试吧！"

夏寿田很有兴趣，问："如何试法？"

演珠说："随便走到哪位罗汉的面前，心里想好一个数字，或是自己的岁数，或是父母兄弟的岁数，或是别的什么数字都行，想定后再不能改，依着这个数字数下去，碰着哪个罗汉，那个罗汉就是你一生的命运。"

"我先来试。"夏寿田兴致浓烈地走到一个罗汉面前，说，"我今年二十六岁，就用二十六这个数字吧！"

曾广钧说："我们一起替你数。"

于是大家都在油灯前面移动着，手指点着罗汉，口里不停地数着："一、二、三……"

数到二十六，都停了下来，对面的罗汉名叫广福尊者，灯火照耀着这个罗汉怪模怪样的造型：双眼如铜铃，口张大得可以放得进一只拳头，脸又长又窄，上下都尖尖的，极像小河小港中的鱼划子，两肩又格外的宽，一边肩上跳跃着一只白额猛虎，另一边肩上盘旋着一条青龙。

众人都不知这位广福尊者表示着一种什么样的命运，正要问时，只见演珠笑容可掬地对夏寿田说："夏施主，你是大大的好命，龙虎相聚，好比龙虎榜高悬，下科会试，夏施主一定高中头名状元。"

大家都向夏寿田贺喜。夏寿田快活地说："真的中了头名状元，我捐一千两银子给碧云寺。"

演珠忙合十，连声说："多谢，多谢！"

杨度说："我也来试试！"

他也走到一个罗汉面前，说："母亲今年四十整寿，就以四十为数吧！"

"好一份孝心！"演珠称赞，"杨施主，贫僧替你来数。"

演珠一二三四地数着，大家的脚步也跟着移动，数到甘耳尊者面前，正好是四十，都停下来。只见这位尊者又与刚才的那位大不相同：头大如笆斗，眼陷如古井，鼻高如山丘，耳长如瀑布，青灰灰的面皮，白森森的獠牙，望之甚是可怕。甘耳尊者左手托起一棵桃树，右手掌中有一只鼓起的圆眼睛，正斜倚在一朵白云边。

"杨施主，你的命上上的好！"演珠不待问便大声地说。

“何以见得？”杨度把甘耳尊者细细地端详了一番，却不明白好在何处。

“施主你看。”演珠指着怪罗汉，“甘耳尊者左手中的桃树，是一个‘木’字，右手掌上的眼睛，是一个‘目’字，‘木’‘目’合起来是一个‘相’字。杨施主，你日后要当宰相的。贫僧预贺你了！”

“真的吗？”杨度非常兴奋。

“这是绝不会错的。”演珠极为认真地说，“看施主这种气宇，今后一定有宰相的福分。”

夏寿田说：“晳子，你若真的做了宰相，一定要重修碧云寺酬谢佛祖才是。”

“一定，一定！”杨度高兴地说。

曾广钧看着甘耳尊者身后有一片白云，心想：常言只说是靠山，再也没有靠云的。俗话说风吹云散，云若是散了，这尊者不就没有依靠了吗？心里这样想着，觉得有点不大吉利。

“重伯兄，你也来试一试吧！”夏寿田怂恿。

曾广钧说：“我早就数过了，数到头来，站在我面前的是一位妻妾成群的享福尊者！”

众人听了，都哈哈大笑起来。一个小沙弥进来，说斋饭已准备好了，演珠把大家请入饭堂。饭桌四周各点起一盏洋油灯，雪亮的灯光照出一桌丰盛的斋席来。这斋席也有鱼肉，也有鸡鸭，但都是用豆腐干、笋干做成，却又比真的大鱼大肉更清爽可口。也有酒，那是用西山泉水酿成的素酒，清清的，甜甜的，十分对文人的胃口。演珠频频递菜，殷勤相劝，三个年轻人不拘形式大饮大嚼，一顿斋酒席，吃得比城里八大居的荤菜有味多了。

饭后，演珠把他们送到客房，东拉西扯地闲聊了半个时辰，他明天还得早起，安排一个小和尚照料后，便告辞了。而此刻，这三个才子的谈兴才刚刚开始。

三　青年王闿运的风流韵事

“你们听说了吗？皇上近来为割地赔款的事情暗自哭过几场，对康有为的变法方略动了心。”演珠刚走，夏寿田便把话题引向了国事。

“真有这事？”杨度表示出很大的兴趣，“只要皇上动了心，这变法维新就一定可以兴起来。”

“人家日本，就是因为明治天皇下决心维新，还不到三十年，国家就强盛到这等地步。我们只要变法维新了，有十年时间就可以报这个仇。我们地大物博，人又多，蕞尔小国日本哪里是我们的敌手。”夏寿田长期生活在书斋中，脑子里满是天朝大邦的历史概念，眼下自己的祖国究竟贫困虚弱到了怎样的地步，他知道得并不多。

“十年时间就可以强盛起来吗？”杨度表示怀疑。他在乡间长大，对种田人的贫苦生活印象极深。

“君臣齐心，百姓努力，有什么办不到的？打败仗也是好事。当年越王勾践卧薪尝胆，十年生聚，十年教训，二十年后不是把吴国灭了吗？”夏寿田对国事似乎很乐观。

曾广钧冷笑：“卧薪尝胆，谈何容易！去年，致远号壮烈殉国、三千海军一败涂地的时候，老佛爷还在颐和园大肆庆贺六十大寿哩！”

杨度说：“听说去年太后的寿庆办得很奢华，老百姓很气愤。不过，太后归太后，只要皇上能不忘国耻就行了。”

“你们不在京师不清楚，国家的大权并不在皇上的手中，老佛爷还死死抓住没放哩！”

“太后归政皇上，不是有好几年了吗？”杨度惊问，“六十岁的老太太，不去享清福，还要死死抓住国家大权做什么？”

“你们不知道，就是老佛爷自己不想抓，她手下的人也要她抓呀！你们想想，皇上的人掌了大权，对他们会有什么好处呢？”曾广钧喝了一口茶，轻轻地摇了摇二郎腿。

杨度说：“听重伯这口气，朝廷里有两派人，太后的人和皇上的人。”

“重伯，你当了多年的翰林，对朝廷里的事最清楚。你跟我们说说吧，也让我们有点底，看看这变法维新到底有点指望没有。”夏寿田毕竟是官宦人家出身的公子，对民间疾苦了解不多，对官场的勾心斗角却听得熟了。他知道官场上的事，说到底就是人事之间的纠葛。

“皇上的确是想变法维新的，但依我看，”曾广钧放下茶杯，脸朝夏、杨二人凑过去，嗓门稍微降低了，“这变法维新的指望不大。”

“为何？”夏、杨不约而同地问。

"你们知道，这变法维新的矛头首先是指向谁的吗？"

"谁？"夏寿田问。

"李中堂！"

"谁叫他办海军无能，又去马关签订和约，指向他也是对的。"杨度说，长郡会馆骂李二汉奸的场面，又在他的脑子里浮起了。

"可是李中堂是太后最亲信的人呀，是后党的首领。"曾广钧又端起茶杯，身子仰向椅子的靠背，"皇上也有一班子人马，朝中称他们为帝党。帝党的首领是皇上的师傅翁中堂。"

"翁中堂是个很有学问的人。"夏寿田脱口称赞。

翁中堂便是翁同龢，状元出身，又是帝师，身处古今读书人所企求的最高境遇。

"李中堂和翁中堂是生死对头。"

"这话怎讲？"曾广钧随随便便抛出的一句话，引起杨度和夏寿田的惊讶，他们顿增十分精神。这种秘闻，最让关心国事的人感兴趣，但一般人又如何晓得，也只有曾广钧这样的人才知底细。

"李、翁的结仇，起源在三十多年前。"曾广钧摆出一副翻古的派头，杨、夏洗耳恭听。"那时，李中堂还在先祖父幕府中做幕僚，翁中堂父亲翁心存在朝中做大学士，哥哥翁同书在安徽做巡抚，先祖父做两江总督。其时金陵还在长毛手里，先祖父驻节安庆。湘军除先九叔亲率领的吉字营围金陵外，大部分也在安徽与长毛周旋。翁同书那时住在定远。长毛攻陷定远，文武官绅殉难者甚多，翁却逃往寿州。身为巡抚，不能与城共存亡，应为可耻。但翁不仅不觉得可耻，反而想依靠苗霈霖办事，屡疏保荐苗逆。终于养痈遗患，使苗逆坐大，攻陷寿州，反叛朝廷。先祖父身为江督，如何能容得下如此皖抚？有心参劾，又顾虑到翁心存圣眷正厚，普通参折上去不起作用。寻思要递一份厉害的折子。幕僚多人起草，但先祖父看后都不满意。后来李中堂起草的那份，先祖父接受了。尤其有两句话，先祖父击节赞叹。"

"两句什么话？"夏寿田看过父亲的幕僚所起草的奏章，自己也学着写过，故对奏章有兴趣。

"我老家八本堂里保留了这份奏折的底稿，先祖父在那上面画了十多个圈圈。那两句话是：臣职分所在，例应纠参，不敢以翁同书之门第鼎盛瞻顾迁就。"

夏寿田听后点头说："这两句话是厉害。"

“的确厉害。”曾广钧接着说，“它的厉害，体现在起草者深得参劾折的‘辣’字要诀。什么叫‘辣’？就是说，一句话说出来，令你无法反对，尽管你心里老大不愿意，你也得照他的去办。果然，这份折子送到太后的手里，她想看在翁心存的面子上保翁同书都保不了。因为这一保，显然就是因为他的门第鼎盛而瞻顾迁就。其他想保的大臣也一样被将死了，只得干瞪眼而不能置一辞。翁同书终于被革职充军。李中堂也因此奏而深得先祖父的赏识。先祖父称赞他天资于公牍最相近，所拟奏咨函批，皆有大过人处，将来建树非凡，或竟青出于蓝亦未可知。所以后来叫他办淮军，又密保他为苏抚。”

“哦！”杨度感慨起来，“原来李鸿章就是这样发迹的。”

“李中堂发迹是发迹了，但也就从此与翁家结下了深仇。”曾广钧喝了一口茶，接着说，“翁心存、翁同书先后死了，却不料翁同龢点状元后又封帝师，其地位比其父兄还要高。他不敢记先祖父的仇，则把仇恨集中到李中堂的身上，这些年来总与李中堂唱对台戏。这次让他抓到好把柄了，他要借皇上的力量将李中堂弄得身败名裂，遗臭万年。”

“李鸿章不是好对付的人，他的门徒遍于朝野。”夏寿田插话。

“正是这话。”曾广钧点头，“翁同龢虽为帝师，但论功劳，论实力，他远不如李中堂，也远不是李中堂的对手。翁靠的是皇上的力量，李当然斗不过皇上，于是他就要搬出太后来。李是绝不能让皇上得势的，皇上既然得不了势，变法维新也就没有指望了。”

盼望着能变法维新的夏寿田、杨度一时都哑了口，照这样说来，变法维新的确没有多少指望。夏寿田叹了一口气说：“家父来信也说康有为成不了气候，要我回湖南去读书，不要留在京师久了。家父信上没说什么原因，听重伯兄这样说，我也是要离开京师这个是非之地了。”

“你也要回湖南？”杨度正愁找不到好伴，能与夏寿田同行，岂不甚好！转念又问，“你为何不去南昌，一定要回湖南读书呢？”

“我先到南昌住两个月，然后再回湖南投王湘绮先生门下。”夏寿田说，“家父说湘绮先生是当今天下第一师。”

湘绮先生即王闿运，字壬秋。他为自己所建的楼房取名为湘绮楼，又作了一篇《湘绮楼记》道出取名的缘由：“家临湘滨，而性不喜儒，拟曹子桓诗曰：‘高文一何绮，小儒安足为！’绮虽不能，是吾志也。”于是世人皆尊称他为湘绮先生。这位先生设帐授徒四十年，有一代文宗之称，加之他青壮年时期与肃顺、曾国藩、左宗棠、郭嵩焘等人的特殊关系，使得他在当代士林中有泰山北斗之威望。作为湘绮先生的同乡，杨度早在发蒙之初，便已仰闻其大名了，只是离湘潭时年纪尚小，未曾拜识，这几年客居归德府，对他的近况不太清楚。杨度问夏寿田："湘绮先生怕已有六十岁了吧！听说他长年在外讲学，现在回湖南了？"

夏寿田答："湘绮先生今年六十三岁了，他前几年从四川回来，又在南昌教了一年书，此后就再也没有离开过湖南，先在长沙主持思贤讲舍，去年秋上去了衡州，直到现在仍在主持船山书院。皙子，你做何打算，是继续留京师，还是回归德？"

"我和你一起结伴回湖南。"

"那太好了。"夏寿田很高兴，"回家以后呢？"

"以后的事还没想好，先在家里住一段时间再说吧！"

"喂，我说皙子呀，你干脆和午贻一道去拜湘绮先生为师。"曾广钧建议。

"听说湘绮先生脾气有点怪，不知他肯不肯收我。"

曾广钧笑着说："像你杨皙子这样的大才，他不收，还到哪里去找学生？"

"那也是的。"杨度笑道。他想起一件事来，问曾广钧，"我小时候听老辈人讲，湘绮先生曾劝文正公自己做皇帝，有这事吗？"

王闿运劝曾国藩做皇帝，这是在湖南民间流传很广的故事，今天遇到曾氏的嫡孙，又在荒山古寺冷寂之夜，岂不是畅谈良机！正在这时，碧云寺的鼓楼传出三通沉重的鼓声，已是三更天了。曾广钧说："三更了，睡觉吧，明天再说。"说着长长地打了一个哈欠。

突然，一个东西"扑通"一声掉到桌子上，把油灯震得昏昏闪闪的。瞬时间，那东西又从桌上蹦起，冲破窗纸，逃出屋外去了。

"有鬼！"曾广钧惊叫了一声。

杨度和夏寿田一齐转眼望着被冲破了的窗纸，心里也很紧张。

一会儿，从夜色中传来两声凄厉的猫叫。

"原来是只野猫！"夏寿田长长地舒了一口气。

杨度看到桌面上有几根褐黄色的猫毛，说："的确是只猫。它这样惊慌，大概遇到了什么强敌。"

"怕是碰上倭虏了吧！"曾广钧惊魂已定，有心思说笑话了。

这句话很幽默，大家都笑起来了。

杨度问广钧："还想睡觉吗？"

广钧笑道："瞌睡虫都让野猫吓跑了！"

"那就莫睡觉了，接着说话吧！"夏寿田说，"刚才晳子问湘绮先生曾经劝过文正公当皇帝，究竟有这事吗？"

"这事你们问我，我问谁去？"曾广钧摆出一本正经的样子，"先祖父死的那年，我才六岁，先父死的那年，我才十五岁，什么都不懂，哪里会去问他们这些事？前些年要问只能问先伯父。先伯父那人比先祖父还谨慎，若问起这档子事，他会害怕得撕烂你的嘴巴不行。我看呀，这事还不如去问你们的老师呢！"

杨度、夏寿田听了虽觉遗憾，但想想也不无道理，便也不好硬逼了。杨度说："你的那个祖父就是胆子太小了，其实当皇帝有什么不可以的。倘若那时真的登了宝座，我们重伯兄今日就是万岁爷了！"

广钧笑道："你这话说错了，先祖父即使真的做了皇帝，现在的万岁爷也不是我，而是广銮，他正袭的侯爵哩！说句实话，当万岁爷，我可不稀罕，一年到头锁在紫禁城里，哪有人生的真快乐！像我们今夜这样自由自在地评说历史，几多有趣，做皇帝的难处多得很。据宫里的太监说，他们伺候皇上多少年了，从来没见过皇上的笑容，连娶个老婆的权利都没有。"

夏寿田说："是蛮可怜的。大家都说皇上并不喜欢皇后，只因为她是老佛爷的娘家侄女，不得不把皇后的位置让给她。皇上真喜欢的是珍妃，但老佛爷又不喜欢，常常不许他们见面。这个皇帝当得真不如一个平民百姓。"

"这件事，湘绮先生就比皇上要过瘾多了！"曾广钧忽然眉飞色舞起来，"你们听说过湘绮先生的风流韵事吗？"

杨度、夏寿田都是属于感情丰富的才子型人物，对这种事是再感兴趣不过了，遂一齐催道："正要听重伯兄讲壬老的少年趣事，知道多少讲多少，绝不许保留。"

曾广钧说："首先申明，我这都是道听途说来的，算不得数，上不得谱传的。"

夏寿田说："莫卖弄关子了，你姑妄言之，我和晳子姑妄听之，谁还真的去考证个水落石出哩！"

曾广钧说："咱们都躺到床上去说吧！"说罢自个儿上了床，将棉被当背垫，靠在上面，"这舒服多了，你们也都靠到被子上去。"

杨度和夏寿田也都上床斜靠着厚厚的棉被，又催着："莫磨蹭了，快说吧！”

“好，我说了。”曾广钧将他从翰林院里听来的轶闻汇编出来，“咸丰五年湘绮先生在湖南中了举，第二年进京会试，那年他才二十二岁，人又长得英俊，真个是才子年少，春风得意。这一天来到中州重镇郑州。湘绮先生喜郑州人文荟萃，便在这里滞留了几天。一日午后，他路过一家庭院，忽听得院中绣楼上传来娇滴滴的女人吟诗声。他停步侧耳细听：平临云鸟八窗秋，壮压西川十四州。诸将莫贪羌族马，最高层处见边头。”

“诗作得不错。”杨度插话。

“莫多嘴，先听重伯说下去。”夏寿田说。

“湘绮先生也觉得诗的气魄不小，心里想：谁作的？走了几步，见大门口挂一块木牌，上面写着‘倚春院’三字。这不是妓院吗？妓女也会吟诗作赋？湘绮先生问站在门边的老妈子。老妈子说那是我们秋云姑娘，她最喜欢吟诗。湘绮先生报了自己的身份，说想见见。老妈子说可以，得先交一两银子。先生早年丧父，家境清贫，平时生活节俭，但为了会一会这位喜吟诗的秋云姑娘，狠了狠心，拿出一两银子来。老妈子带他上楼，果然见一个女孩子坐在窗边。老妈子笑吟吟地说，湖南进京会试举子王壬秋先生想见见你。那女子转过脸来，随手将一本书放在桌上。先生见那书上写着三个字：锦江集，心中一时惭愧，原来是薛涛的诗！再看那女子，柳眉杏眼，淡妆素抹，显得既娇媚又庄重。就这一眼，先生就深深地爱上了秋云。”

“一见钟情。”杨度情不自禁地插了一句。

“你看你，又来了！”夏寿田听得入了迷，忙加制止。“重伯，你说下去。”

“先生问秋云，姑娘，诗坛上那么多英雄豪杰的诗你不读，如何偏读薛涛的诗？秋云答，薛涛虽是女校书，却不是什么人都可攀折的杨柳枝，她结交的都是川中一时名流，胸襟开阔，诗中多丈夫气，少忸怩作态，所以我喜欢。先生想，这女子非比等闲，心里生出一股敬意来。秋云说，你是进京会试的举子，应当会作诗，你能为我作一首诗吗？先生本是诗中大匠，听了这话，正中下怀。于是说，请姑娘出题，秋云不假思索，随口说，就以我们见面之事为题吧。先生在绣房中踱了几步后说，请姑娘借我纸笔。秋云拿来纸笔，先生借秋云的妆台写了起来。秋云凑过脸去看，先看题目，便不一般，道是名士惜倾国。”

“好题目！”这回是夏寿田忍不住打岔了。

“名士是不错，倾国怕是有点抬高了。”杨度斟酌着说。

“那是要讨姑娘的欢心。”夏寿田解释，“且不管它，诗是怎么写的，重伯你还记得吗？”

“记得，记得。”曾广钧摇头晃脑地念道，“同为第一人，初识艳阳春。流云将梦远，初花比态新。各言心有志，偶遇便相亲。旁人不道好，本自隔凡尘。”

“好诗，好诗。”夏寿田拍打着床沿赞叹。

“不料秋云姑娘看后扑哧一笑，嗔道，同为第一人，口气也太大了。我愧为第一人，你也未必就是第一人。先生笑道，王某自发蒙以来从未考过第二名，这次进京会试，状元非我莫属。秋云暗自称奇，嘴里却说道，你那是在湖南考试，次次第一不算稀奇。会试集的是普天下的人才，只怕大话说早了。先生说，倘若我大魁天下，将以香车宝马来迎你如何？秋云喜不自胜，说，我望着这一天。秋云特为留先生吃晚饭。饭后，先生出示诗稿一本，秋云读后钦佩不已，遂留先生过夜，以身相许。第二天早上先生告辞，秋云回赠他一首诗：盖世文章不世才，蟾宫新折桂枝栽。杏花十里红如许，留俟王郎衣锦回。”

“果真是个女才子！”杨度发自内心称赞。

“后来呢？”夏寿田催问。

“后来，湘绮先生不但没有大魁天下，连个进士都没中。他自觉无颜见秋云，便绕道江宁回家。三年后再度进京路过郑州，他想见秋云姑娘，谁知她已死去一年多了。老妈子说，秋云骂你寡情，又恨自己命薄，是寻短见死的。先生伤心不已，来到姑娘墓前凭吊，集唐人诗句成挽联一副：竟夕起相思，秋草独寻人去后；他乡复行役，云山况是客中过。一个‘秋’字，一个‘云’字，将姑娘的名字不露痕迹地嵌了进去。”

“浑然天成。”夏寿田赞道。

“天衣无缝。”杨度也赞道。

二人一齐笑道：“讲得好，比唐代崔护人面桃花的故事还动人。”

曾广钧得意地说：“还有哩，想不想听？”

“快讲，快讲，今夜干脆不睡了。”杨度霍地从床上爬起，重新坐在桌子边，望着曾广钧专注地听。

“那一年，湘绮先生应筠仙丈人之请，到广东巡抚衙门去做师爷。珠江边有一座南天酒楼，近日来了位广西歌女。那歌女二十来岁年纪，芳名叫莫六云，人长得很秀丽，只是皮肤黑黑的，人唤黑牡丹。那黑牡丹歌喉好，婉转清丽，甜润华美，低声如小泉暗流，高声如利箭穿云，把五羊城的歌迷们糊弄得如醉如痴，若癫若狂。每天一到傍晚，南天酒楼便座无虚席，晚来一步就只得站着听了。那些歌迷们就是站得两脚发麻，也心甘情愿。多少商贾巨富想纳黑牡丹为妾，官场上的人物心里也痒得难熬。内中有潮州、惠州、高州、肇庆、广州、韶州、琼州、廉州八个知府私下托人向黑牡丹表示这个意思。黑牡丹均置之不理。”

“好个有志气的黑牡丹！”杨度又来神了。

“湘绮先生当时一人离家做师爷，晚上本无处消遣，便在南天酒楼定了一个最靠近黑牡丹的座位，每天准时去听她的歌。听得久了，黑牡丹也和先生熟了。先生常到黑牡丹的住处去玩，给她填歌词，讲典故。一来二往，黑牡丹知先生是个很有才学的人，又从别人那里听到，这个三十来岁的潇洒师爷，竟是前两年被太后处死的肃顺的西席。又因奏折写得好，被咸丰爷特赐貂袍，成为京师有名的‘衣貂举人’。更难得的是，肃顺死后，这个年轻人用自己卖文的千两银子抚恤过去东家的孤子。黑牡丹对这个师爷又敬又爱，决定将终身托付与他。黑牡丹毕竟是个混迹于舞榭歌台的人，觉得嫁给一个穷文人，在姐妹群中不体面。于是倾自己的全部积蓄，将羊城最大一家珠宝店里唯一一对名贵的宝石——猫眼绿换来，自己留一只，送一只给湘绮先生。这天，黑牡丹在南天酒楼，对着上千个歌迷宣布，她要择偶嫁人，做一个良家妇人了。一语未了，全场掌声如雷。一班轻薄子弟欢呼雀跃，狂叫乱喊，问她要什么条件。黑牡丹不慌不忙伸出三个指头来。”

说到这里，曾广钧戛然停嘴了。夏寿田急道：“怎么啦，说下去呀，黑牡丹伸出三个指头，是不是有三个条件？”

“太累了，睡觉吧，明天再说。”曾广钧也许真的困了，一连打了两个哈欠。

“那不行，今夜不说出这三个条件，你就别想睡觉。我来给你赶瞌睡虫。”

杨度边说边起身，用手在曾广钧的腋窝里乱戳，搔得曾广钧忙告饶，只得匆匆说完。

“黑牡丹的第一个条件是：三十五岁以下的英俊后生。这个条件一出口，南天楼一片沸腾，掌声如暴风骤雨。青年汉子个个脸上红通通的，兴奋得热汗直流。黑牡丹接着又说出一个条件来：举人以上的功名出身。这下掌声大为稀落，绝大多数人泄了气。黑牡丹笑了起来，从衣袋里将那枚猫儿眼拿出，说，我这里有一颗左猫儿眼，谁符合上面两个条件，又能在三天之内将右猫儿眼给我配齐，我就嫁给谁。这第三个条件一说出，全场都哑了喉。识货的人都知道，一只猫儿眼少说也要值三千两银子，况且要在三天之内配对，更是难上加难。黑牡丹两天不上南天楼。到了第三天，她问有没有符合那三个条件的，请亮相。等了许久，不见人上台。这时湘绮先生不慌不忙地走上去，对着大家自我介绍：王闿运，三十三岁，咸丰乙卯科举人。说罢，将黑牡丹所赠的那颗右猫儿眼拿出。全场立即惊呆了，人们向先生投来各式各样的目光，有羡慕的，有嫉妒的，有赞赏的，有愤怒的。黑牡丹走过来，挽起先生的手，对众人说，这位先生正是我的如意郎君，今夜最后给大家唱一曲，谢谢各位这些年的捧场，明日起将息影山林，与这位先生结百年之好。这是三十年前一桩轰动广州的特大艳闻。有好事者作诗说：抚署一幕客，名动五羊城。也有的说：湘中一寒儒，势压八名府。后来，黑牡丹将那对猫儿眼变卖，先生用这笔钱在云湖桥老家重新建了一座大楼房，依然叫湘绮楼。”

“又一个杜十娘！一个命好的杜十娘！”夏寿田击掌叫道。

大家一齐笑起来，吹灯睡觉。

一直睡到中午，三个游客才醒过来。盥洗完毕，演珠又摆出一桌好斋席。吃完饭，演珠说：“重伯学士光临，贫僧欢喜不尽，两位孝廉也都是饱学之士，难得有此良机。昨日寒寺送松林方丈回寺，贫僧吟了一首诗送给他。不知要不要得，请诸位方家雅正。”

说着便把底稿拿出来。众人看时，那上面写的是一首古风：

三年前见山人来，锡杖挑云到法台。
参禅弟子环佛地，万松岭上天花坠。
今日又见山人归，白云常护麦苗依。
拈花童子合掌拜，水龙陆象齐下界。
异哉山人之来随云来，山人之去随云去。
要知山人真行藏，但看白云飞絮处。

大家看后都说好。杨度说：“一片天籁蕴禅机，自是出自无牵无碍之手，功名场中是作不出这种诗来的。”

演珠喜笑颜开，说："阿弥陀佛，承各位硕才夸奖，贫僧今后作诗更有劲头了。今日幸会难再，请三位施主都留下墨宝，好为寒寺增光。"

说罢不由大家分说，便命小沙弥拿来笔墨纸砚。演珠亲自摊开纸："哪位先写？"

广钧说："这是碧云寺的寺规，违抗不得的。这次既是我带二位来的，我就先写吧！前几天与翰苑几个同寅游江亭，回家凑了一首七律，录出来请你们斧正。"

大家看他写的是：

节序惊人不可留，网丝檐角见牵牛。
寒砧和笛同清响，玉露兼风作素秋。
京洛酒痕消短褶，关河幽梦落渔钩。
雄心绮思成双遣，拼得红香委暮流。

演珠率先赞扬，杨、夏也说好。广钧说："我是一个十足的俗人，只能写这样的诗。午贻能够作禅吟，今日写一首送演珠上人。"

演珠忙说："请夏施主施舍。"

夏寿田笑道："我哪里会作禅吟！重伯既把我逼上西天，只得胡乱作一篇了，还请上人莫笑话！"

夏寿田凝神片刻，写道：

青松八九树，结庐两三人。各有随缘意，俱成自在身。
渊明形赠影，临济主看宾。为问禅窠老，于中那个亲？

演珠合十说："阿弥陀佛！夏施主慧根深厚，这诗真正写得好！"

广钧说："皙子，看你的了！"

杨度说："昨日游西山途中，断断续续地凑了一篇四言古风，还来不及推敲，正要请各位帮忙修正。"

大家看他先写诗题：西山篇，刺时也。接下去，龙飞凤舞地写着：

木落高台，草虫悲鸣。心之忧矣，当欲语谁？

白日西下，暮宿于野。我思河阳，怀忧用写。
萧萧马鸣，悠悠旆旌。念君之反，潸焉涕零。
月白乌啼，其飞薄天。匪乌伊雉，亦息于山。
借日执之，莫我能贤。如不执之，自坠于渊。
鸡鸣始旦，宫门视饭。列戟在庐，鼓钟在殿。
武骑彪彪，税于西苑。道之云阻，曷云能还。
凡百君子，胡新胡旧。哀今之政，惄焉如疢。
兰泽之风，芳于平林。野人作诵，以正帝心。
式讹尔室，以斥孔壬。

演珠读罢说：“这才真正是三百篇之遗风，诗之正宗，满篇忧国忧民之心，令贫僧敬佩。”

曾广钧道：“皙子诗果然不同凡响，回去之后再抄一份给我，我要将它遍示翰苑衮衮诸公。”

夏寿田也说：“幸而今天不是赛诗会，不然我们都输在皙子脚下。”

三人辞别演珠，走出碧云寺，再四处看看秋山野景，便下山回城了。一路上夏寿田心想：看不出来，皙子平时和大家一样说说笑笑，其实心中这份对国事的忧虑竟然如此沉甸！杨度很少再说话了，他的一颗心，经曾广钧的撩拨，早已飞向南国，飞到了那个曾经胸怀奇志而又风流不羁的一代名师身边！

四 王闿运不合时宜的举动：拒绝见陆抚台，倒屣迎张铁匠

号称‘五岳独秀”的南岳衡山，群峰连绵，气势飞动，雄踞于洞庭湖之南。衡山山脉自南向北由七十二峰组成，最南者名曰回雁峰，所以古人赋诗：“青天七十二芙蓉，回雁南来第一峰。”这回雁峰的名气，早在唐代即为世人所知。天才诗人王勃《滕王阁序》中的名句“渔舟唱晚，响穷彭蠡之滨；雁阵惊寒，声断衡阳之浦”，千百年来传诵不衰，使得历史的灰尘不能将它的盛名湮没。就在回雁峰下有一座城池，它因为在衡山之南，便依山命名，叫作衡阳。清代衡州府的府衙设在此，故人们都称它衡州府。衡州府有着两千年的悠久历史，素为湘南第一大镇。湘江从它的身边静静地流过，年年月月给它注以无穷的生命力，又为它不断洗刷去污垢尘痕，使古城得以生机勃勃，

与时俱进。

离城南四五里的江面上，有一个长四百余丈、宽三十余丈的小岛，当地百姓叫它东洲。东洲上有一座古老的建筑和一棵参天白果树。

从洲上残存石碑的铁画银钩中，依稀可辨此建筑建于明宣德年间，名叫万圣宫，白果树就种植于建宫的同时。洲上向来只有三五户人家，全是渔民。因为此地安静，明末书院盛行，此地也建起一个书院，取名东洲书院，少年王船山便在此读书，为日后博大精深的船山学说奠定了坚实的基础。咸同年间，衡阳出了一个名人，他就是湘军水师统领彭玉麟。光绪十二年，时为兵部尚书的彭玉麟捐赠重金，将东洲书院大为扩展，改名船山书院。

这东洲上自来野生着数千棵桃树。每到早春季节，桃花夭夭，灿若红霞，不但整个小岛成为桃花的世界，连湘江也被桃花映红了。待到暮春时光，桃花凋落，湘水上涨，那一片片落红漂浮在江中，仿佛给冰冷的江浪加了温，变成了暖人的桃浪。于是，东洲桃浪便成为衡州府的八景之一。当年王船山有首《摸鱼儿》，专道东洲桃浪的迷人处，甚为文人们所喜爱：

剪中流，白苹芳草，燕尾江分南浦。
盈盈待学春花靥，人面年年如故。
留春住，笑浮萍，轻狂旧梦迷残絮。棠桡无数。
尽泛月莲舒，留仙裙在，载取春归去。
佳丽地，仙院迢遥烟雾，香飞上丹户。
醮坛珠斗疏灯映，共作一天花雨。
君莫诉，君不见，桃根已失江南渡。风狂雨妒。
便万点落英，几湾流水，不是避秦路。

扩建后的船山书院，以它曾培养出大儒的名望和幽美绝俗的环境，很快便成为三湘名书院，不仅湘南学子视之为最高学府，甚至湘中、湘西，还有邻省江西、广东一带的莘莘学子也负笈前来。在书院任教的先生均为宿学老儒，主持书院的山长，则更非德高望重的硕才大佬不可。去年，前山长致仕回籍的原内阁学士罗文辉谢世后，衡州知府窦世德亲到湘潭云湖桥，恭请王闿运老先生主持书院教务。壬秋先生一来感窦知府的盛情，二来他早年本求学于东洲书院，对此地极有感情，遂带着几个随从到了书院。自壬秋先生来后，船山书院更是名声大振，岳麓、城南、渌江等书院的高才学子纷纷南下，一时有学在船山之称。

这天上午，壬秋先生正在书房拟讲课大纲，他要给来书院较久的学子亲授一堂课，专讲何休注的《春秋公羊传》。王闿运对经学钻研极深，诸经中尤擅长《春秋》，于《春秋》更重《公羊》。他对《公羊》有独到见解，认为孔子述《春秋》，独《公羊》能传其精义。这时门房送来一个长大的信套。王闿运搁下笔，接过信套，见上面盖着一个长长的紫印：湖南巡抚衙门。他淡淡一笑，慢慢拆开，抽出一张精美的名刺来：钦赐进士及第出身巡抚湖南陆春江。他再看信套里面，却不见信。正纳闷之际，他翻转名刺，只见背面上写着一行小字："壬秋先生：下官谨订于初八下午专程来书院拜访，请届时等候。"王闿运鼻子里轻轻地哼了一声，随手将名刺往废纸篓里一丢，沉下脸问站在一旁的门房："谁送来的？"

门房见王老先生居然将巡抚的名刺扔在废纸篓里，正在惊骇中，忙战战兢兢回答："是知府衙门的傅班头送来的。"

"陆春江好大的架子，到衡州府六七天了，这时才想起见我。信都没有一封，就在名刺背后写几个字。不知是哪个先生教出来的混账学生！老夫名震京师时，他怕还在穿开裆裤，在老夫面前摆什么款式！"

门房见山长如此不把抚台大人放在眼里，早吓得不知所措，想溜走又不敢。

"傅矮子还在那里吗？"

"在，在。"门房忙回答，"他还在等你老的回信哩！"

"你去告诉他，就说我不愿见陆春江，叫他不要来了。"王闿运对门房挥了挥手。

"是，是。"

门房答应着，赶紧走出了书房。见了傅班头，他到底不敢直说，扯了个谎："王山长近日病得厉害，不能起床，请转告抚台大人，实在对不起。"

傅班头只得回府复命。谁知有一个人此时恰好从这里走过，听了此话，心里猛然一惊。这人便是伺候山长的贴身女人，婆家姓周，大家都叫她周妈。周妈也是湘潭人，三十八九岁年纪，长得矮矮胖胖，粗眉大眼，塌鼻梁，阔嘴巴。她的丈夫是个糊涂虫，既不会种田，又不会做手艺，成天只在醉乡中讨生活。周妈生有一个女儿，一个儿子。女儿今年十八岁，儿子也有十六岁了。三年前，两公婆为家务事大打了一场。周妈一气之下，离家投靠王闿运府上，当了一名上房老妈子。谁知周妈这一投，真好比韩信投了汉高祖，从此一帆风顺，步步高升了。原来，王闿运的妻子蔡夫人、妾莫六云都在他六十岁以前辞世了，而六十岁的王闿运老当益壮，依然豪健风流不减当年。他也不再续娶，把家中几个老妈子当老婆使唤：白天做粗事，晚上为他热被窝。府内府外，人言啧啧，王闿运却秉六朝名士的风采，我行我素，并不在乎。周妈一来，就大得老先生的宠爱，渐渐地颇有点宠专房的味道，使得另外几个老妈子肚子里打翻了一坛醋，却又发作不得。

按理说，周妈这样丑陋粗俗的老妈子与王闿运的身份相差不啻天壤，老名士怎么会喜爱她呢？原来，这周妈貌虽难看，心里却很灵泛。她有几大长处。一是能干。经她操持的家务琐事，样样干得利利索索，熨熨帖帖，旁人都没有什么可挑剔的，老头子服了她。二是善解人意，对老头子的脾性摸得一清二楚。老头子一动眉一眨眼，她就能知道他心里想什么，于是便顺着他的心意说话办事，使得老头子有她在身边就舒心，无她在身边便不称意。三是有心计。她虽不识字，但对老头子所读的书、所写的文章心里都有数。王闿运读书作文章，常把书房弄得一塌糊涂，每天傍晚，周妈都把它收拾得干干净净。第二天早上，王闿运要昨天读的书、写的文章，周妈立时给他找来，并不错乱。老头子常称赞她有陈平之才。

因为有这三大才干，王闿运便一天都离不开周妈了，而周妈也慢慢地以王府女主人自命。王闿运的众多儿女虽老大不舒服，但看在父亲的面上，有时也让她三分，于是周妈便更得意。去年王闿运就任船山书院山长，周妈自然也跟着来了东洲。前几天，花药寺住持先觉来东洲找王闿运，正遇着山长在给学子们授课，周妈便出来接待。先觉说，临江盐行起仓库，占用了花药寺的菜地，官司打了两年多，衡州府一直不处理。听说陆抚台到了衡州府，过两天要来拜访王山长。求王山长在抚台面前替花药寺说几句公道话，把寺里的菜地要回来。说完，先觉从怀里掏出二百两银子来，请周妈转给王山长。

周妈见了这么多白花花的银子，喜得笑眯了眼，忙接过来藏起，对和尚说："你只管放心好了，抚台大人是老头子的学生，只要老头子一开口，他就得照办。花药寺的菜地，要不了多久盐行就会归还的。”

其实所谓学生云云，纯粹是周妈的信口开河。先觉也不是个老实人，临走又加了句：“若是事情没办好，这二百两银子还请退给我。”周妈满口答应。她想起女儿到了要办嫁妆的时候了，儿子过两年也得说亲，都要银子用，于是把这二百两银子私自瞒了下来，只对王闿运说先觉求他在陆抚台面前说两句话，把菜地要回来。谁知王闿运不愿意，说先觉那家伙刁钻，菜地是不是花药寺的很难说，此事不能插手。周妈一听急了，好说歹说，软缠软磨，好不容易说得老头子勉强答应了。不料他连抚台大人的面都不见，这事不就吹了吗？到手的二百两银子再退出去，周妈哪情愿？她想了想，有了个主意。

周妈走进厨房熬了一碗冰糖莲子羹，又切两片薄薄的人参放在汤面上。她端起这碗羹汤来到书房，格外甜蜜地笑道：“老头子，歇会儿，喝了这碗汤吧！”

王闿运放下笔，端起碗来，看见人参片，问：“你怎么放了这东西？”

周妈说：“我看你这些日子太累，精神没有先前的好了，给你提提神。”

周妈走到老头子的背后，给他揉脖子，掐肩膀，捶背擦腰。老头子立时觉得通体舒服，问：“你哪来的钱买人参？”

周妈答：“就是上次花药寺的那个先觉和尚，硬要塞二百两银子，说是孝敬你。我想你只要对陆抚台说句话，还怕他不听？这件事一定办得了，就收下了。”

“你为何事先不跟我说？”老头子扭过脸来，显然有些不悦。

周妈忙笑着说：“不告诉你，都是为你好呀！我晓得你爱崽女爱得很，崽女们又不晓得疼你。过两天七小姐就要出嫁了，你若早晓得有这二百两银子，又要拿去为七小姐添嫁妆了。我所以不做声，拿这笔银子在敬一堂买了一斤最好的人参，昨天下午伙计刚送来，打算为你每天放两片。没想到老头子你不愿见陆抚台，先觉以后来讨银子，我如何对付呢？”

见王闿运不搭腔，周妈按摩得更殷勤。过一会儿，又试探着说：“老头子，你倒是拿个主意呀！要不，把那还未切的一半退给敬一堂。不过，敬一堂那萧老板向来是卖出去的药不收回的呀！”

王闿运默默地听着，不发一声，心里一直在盘算。他出身寒素，家里并无祖业，目前这份家产，全是他一人挣来的。蔡夫人生了四子四女，莫六云生了六个女儿。长子代功、三子代舆均成家生子，但二人都还在念书，不能为家庭增一丝收入。次子代丰前些年病逝，媳妇带着嗣子守寡在家。四子代懿未娶亲，跟着他在书院读书。十个女儿嫁出去了六个，还有四个在家。子、女、媳、孙等十多个人，全部吃的老头子一人的舌耕所获。另外男仆女佣尚有十一人，外加终年不断的客人、打抽丰的亲戚，尽管老头子名气很大，每年的聘金、润笔费以及那些当官发财的阔门生的孝敬费用等，各项收入加起来也不少，但开支实在过于庞大，他常常要为家里的银钱发愁。周妈一片好心为自己买下的人参，岂有再退回去的道理？一时也拿不出二百两银子来弥补这个亏空，何况先觉为人奸诈，他的银子也是装神弄鬼骗来的不义之财，花了他的心里不愧。想到这里，王闿运对周妈说："你去叫门房进来。"

周妈知老头子有了主意，忙颠起两只小脚，快步向大门口奔去。当门房走进书房时，王闿运指了指书桌上一张刚写好的字条说："花药寺的先觉和尚来时，你可出示此纸条给他看。"

门房拿起字条，念道："本山长向来不与出家人往来，若僧尼有事求，须贽敬现银二百两。"

周妈一听，笑得圆胖脸上堆满了肉。

傍晚时分，王闿运照例由周妈陪着在桃林中散步，身后常常跟着一群学子，今天也不例外。他生性机敏善辩，老来更是倚老卖老，逍遥旷达。他在权贵面前有时清高傲岸，对恶人也喜玩点机巧，捉弄一下，图点快意，然在莘莘学子面前，却是一个蔼然长者，平易近人，一团和气。尤其对那些贫困而有上进心的青年，他更是尽力帮助，对其中的卓异者，他不惜降尊纡贵，与之订忘年交。正因为此，学子们敬重他，喜欢他，在他的面前，可以无拘无束地东拉西扯，也可以随意发表各种议论，哪怕惊世骇俗也不要紧。他常说自己就有许多惊世骇俗的举动，人活着，就是要适意，不要受世俗清规戒律的过多约束。

"湘绮先生，你老年轻时与曾文正公等人交往，有许多好听的故事，讲两个给我们听听吧！"说话的是近日来东洲游学的一位诗僧，四十多岁的年纪，也是湘潭人，俗家姓黄，名读山，出家后法号敬安，字寄禅，又因曾在舍利塔前烧去二指，世称八指头陀。寄禅幼年失去父母，为人拾粪牧牛。有次避雨私塾檐下，闻塾中小儿读唐诗"少孤为客早，多难识君迟"，潸然泪下。塾师怜其孤贫好学，以煮饭烧水为条件，收其为徒。没有多久塾师死了，他也离开私塾。以后白天为人佣工，夜晚在灯下读书。偶见桃花为风雨摧败，感人世无常，遂出家为僧，然心中常悲苦。寄禅在寺中偷偷地养了一只狗，有次正在喂狗食，长老来了，他怕责骂，将狗驱开，自己把残食全吃了。到半夜，他想起白天的事来，很觉恶心，大吐起来。吐后他猛然悟到：白天吃狗剩饭不觉难，夜晚想起当时情景反而难受，可见美、丑、善、恶，均只在一念之间。从那以后，敬安对人生大彻大悟，不再自为悲苦，以念经礼佛、吟诗访友为终生乐事。寄禅初以一句“洞庭波送一僧来”引起当时湖南诗坛的青睐，后来遍游名山宝刹，与各方诗人唱和，诗也越写越好，成为一个著名的诗僧。但寄禅自知根柢浅薄，佩服王闿运的博学鸿才，常常到王门请教。王闿运赏识他的诗，收他做弟子。前些日子，他从浙江宁波天童寺讲学回湘，听说王闿运任教衡州府，便赶来东洲，与壬秋先生谈诗讲文。

王闿运听了敬安问话后，心里舒畅。他喜欢别人问他与曾国藩、左宗棠等人的交往，这是他毕生引以自豪的历史。他略微想了下，笑着说：“我讲一个吧！”

学子们听说山长要讲中兴时期故事了，顿时兴趣大增，后面的都走上前来，将他团团围住。周妈像个贴身侍卫似的，紧靠着老头子身边，呵斥着：“不要挤着先生了！”

“不要紧的。”王闿运乐不可支，以他特有的洪亮口音说，“那年我从山东到安徽祁门。当时安庆、金陵都还在长毛手里，曾文正刚被授两江总督，督署衙门没地方摆，曾文正选了祁门为驻节之地。我一到祁门，便看出那地方不宜扎老营，因为它处于丛山之中，出山之路一旦被长毛切断，便会与外面失去联系，只好坐以待毙。我跟曾文正说了，他没有听我的。他不听我也没有办法，说了一次不再说了。”

曾国藩死后谥文正，当时人们都称他曾文正公，以示尊敬，而王闿运则只称曾文正，不再加“公”字，他这样做，意在表明他与曾国藩是平等的朋友关系，无须格外的尊敬。

“先生，听说李中堂也跟曾文正公说过这样的话。”一个学子插话。

“那是以后的事了，李少荃正是因为这个原因，趁着为李元度说情不准而离开祁门的。李少荃那人向来乖巧。”王闿运笑了一声，继续说下去，“祁门幕府熟人很多，晚上无事，大家在一起随便聊天。

有次我给他们讲了一个笑话：人们都知道孔夫子门下有个弟子叫公冶长，却不知道公冶长有个兄弟叫公冶短。公冶短去看哥哥公冶长，见洙泗河畔弦歌不绝，书声琅琅，尔雅温文，心里很是羡慕，便也想投在孔夫子门下求学。公冶长带着弟弟谒见夫子。夫子那时正在用餐，两兄弟席地坐在旁边。公冶长说明来意，并代弟弟呈上束脩，夫子答应了。他问公冶短，你哥哥通鸟语，你也通吗？公冶短恭恭敬敬地回答，门生不通鸟语，却通犬语。夫子听了很满意。此时恰好有两只狗在餐桌下争一块肉骨头，争得很起劲，发出汪汪的叫声。夫子问公冶短，你知道这两只狗在说什么吗？公冶短侧耳听了一下回答，一只狗正在啃骨头，嘴里说的是好吃，好吃。另一只去抢，嘴里说你吃得，我也吃得。”

王闿运用很重的湘潭土音，把“吃”念成“恰”，大大增强了幽默感，引得四周的学子们哈哈大笑。

“谁知道这笑话闯了祸。”见学生们笑得痛快，先生也很快活，“第二天传到曾文正耳中，他大为不快。后来我才知道，前几天九帅的部下与鲍超的部下争战利品，鲍超发脾气说，老九的人拿得，我的人为什么拿不得？曾文正说我是讽刺他的兄弟和部属。其实这是冤枉，我事先一点也不晓得。”

“难怪曾文正公没有留你老在幕府，恐怕就是因为这个缘故！”寄禅笑道。

“曾文正网罗了三湘才俊，就是不用我，原因很多，恐怕这也是一个吧！”

“先生，听别人说，文正公死后，你老送的挽联，曾惠敏公没有挂出来，有这事吗？”

问话的人三十来岁，名叫张登寿，是壬秋先生门下另一个奇特的学生。两年以前，张登寿还是湘潭乌石山下一个铁匠。他打铁时，不像一般铁匠那样，在炉火上悬一个饭锅，他是高高地悬一本书，一边打铁，一边读书，居然在熊熊炉火之旁读完了四书五经。这位张铁匠尤爱诗词歌赋，常常作些诗，在炉旁吟诵，自我欣赏。别人对他说，要想诗有长进，必须投壬秋先生门下。一个大雪天，张铁匠戴着斗笠，支着木屐，穿着破旧的衣服，冒着雨雪走了三十多里，来到湘绮先生任教的昭潭书院。这时王正在宴客，湘潭县的官绅名流济济一堂。门房见张皮肤糙黑，衣裳破旧，便不让他进。张瞪起大眼说：“我是乌石山张铁匠，非见先生不可！你不让我进，就把我这本诗稿送给先生看。”门房见张面色凶恶，有点怕，便代他将诗稿送进去。王闿运早已风闻张铁匠之名，遂在席上翻看诗稿，才读了几首，便叹道：“果然是吾乡一位真正的诗人。”于是倒屣出门，将张铁匠迎了进来，请他上座。那些官绅生怕铁匠身上的泥水污坏了他们的狐皮袍子，都离得远远的。从那以后，张铁匠不再打铁，跟着王闿运吟诗填词。

“我那副挽联，曾劼刚的确没挂，他认为我对他父亲褒扬不够，其实我说的话最公允，后人会有裁评的。唉！”王闿运微微叹了一口气，“曾文正的胸襟本来就不宽，他的哲嗣比他还不如。”

“倒是前几年你老挽彭刚直公的那副联，彭永钊把它挂在最显著的地位。”寄禅插话。

王闿运笑道：“那都是说的好话，给他那样的脸面，他如何不挂？”

一个学子说：“八指头陀，先生的挽联是怎么写的，念出来让我们学习学习。”

寄禅说：“先生的挽联是这样写的：诗德自名家，更勋业灿然，长增画苑梅花价；楼船欲横海，叹英雄老矣，忍说江南血战功。时人评论，都说此联为彭刚直公的数百副挽联中第一副。”

王闿运微笑着眺望江面上晚归的小渔船，心情十分舒惬。

那问话的学子叹道：“先生才华真是横绝一世，再没有人比得上的。”

张登寿说：“昨夜月光明亮，我吟先生咏月诗，胸中备觉清澄明洁，烦琐之事，一扫而空，尤其是‘夜月明如玉，空山不辨花，云来一庭暗，风去百枝斜’数句，其传神之处，唐贤都不及。”

“张铁匠，你过奖了！还是你的咏月诗自然率真，我不及呀！”王闿运突然转过脸来插话，“天上清高月，知无好色心，夭桃今献媚，流盼情何深。大家听听，这才真叫传神哩！”

“哈哈哈！”四周学子一阵大笑，笑得张铁匠不好意思起来。

“父亲大人。”代懿急急忙忙地分开众人，走近来说，“夏抚台的大公子来了。”

“哦，午贻来了，我去见见他。”

五　听说杨度非韩薄柳，王闿运欣喜地说：孺子可教也

“门生拜见夫子大人！”夏寿田推开书房门，见王闿运端坐在太

师椅上，忙趋前两步，行一跪三叩之礼。

“快起来，不必这样。”王闿运离座，亲手扶起夏寿田，把他细细端详一番，笑着说：“比前几年结实多了，老成多了。坐下吧，坐下说话。娶亲了吗？”

夏寿田挨着王闿运身边坐下，红着脸说：“大前年完的婚。”

“娶的是哪家的小姐呀？”王闿运慈祥地问。

“陈侍郎公的侄孙女。”

陈侍郎就是陈士杰。他是曾国藩筹建湘军初期的重要幕僚，后来做到了吏部侍郎。他也是桂阳人，与夏寿田同乡。

“哦，原来与俊臣家结了亲戚，好，好！”王闿运连连点头，“那年我第一次见曾文正的时候，他身边真正的幕僚，就只俊臣一人。”

五年前，夏寿田的父亲江西巡抚夏时礼聘王闿运主讲豫章书院，又把自己三个儿子都送到书院拜王为师。夏时对王很尊敬，彼此关系融洽。夏寿田聪明好学，也深得王的喜欢。但王与豫章书院的其他先生们合不来，只在南昌待了一年便回湘潭了。半个月前，王闿运接到夏时的亲笔信，信上说，犬子会试告罢，已命他回湘重拜在夫子门下，望夫子念旧日师生之情收下玉成为荷。王闿运虽拒湖南巡抚陆春江于门外，但他绝不是一个不与官场往来的人。事实上，他倒是热衷于官场周旋，不过这得有一个条件，那就是与他交往的官员，无论职位高低，都必须在他面前如同一个受业的门生似的。否则，不管资格多老、职位多高，他都可以做出极不礼貌的事来。同治十年他去江宁拜访曾国藩，恰遇曾有事未见他，第二天打发人来请他赴宴。他对来人说：“请转告相国，王某人不是为一餐饭而去见他的。”说完便乘船离开江宁了。前任巡抚吴大澂去湘潭拜会他，他设宴招待。席间，吴大澂颇以巡抚高位自得。王闿运说：“这几十年来做官很容易，想做什么官，都可以做得到。”又指着环立一侧的仆役对吴大澂说：“这些人一旦乘时都可以为督抚。”他也不顾抚台大人脸上的尴尬，一个劲地说某某过去是个帮人打短工的，只因为投湘军打了十几年仗，结果做到了山西巡抚；某某过去是个无业流氓，也因为投了水师，后来做到了陕甘总督。说得抚台大人灰溜溜的，未终席便匆匆告辞。夏时虽身为巡抚，却从不在王闿运面前装大，总是一口一声“先生”“夫子”地称呼，故王闿运也拿他当巡抚看待。

夏寿田告诉老师，这次会试虽未获隽，但在京师得益不少。王闿运安慰他，说年纪轻轻，不必计较这些，多进几次京，多几番历练，对今后大有好处。师生亲亲热热聊了很久，夏寿田突然问："先生，杨度来了吗？"

"哪个杨度？"王闿运觉得奇怪。

夏寿田知道杨度尚未来东洲，颇为纳闷：长江边分手时说得好好的，回家住几天就去投湘绮先生，怎么还没来呢？他对王闿运说："杨度是先生的同邑，家在石塘铺。祖父名叫杨礼堂，当年在李忠武公麾下当哨长，后在三河之役阵亡。伯父杨瑞生做归德镇总兵，父亲杨懿生病殁多年了。"

王闿运点点头说："杨瑞生我知道，听说他把兄弟的遗孤都接到归德镇去了。"

"没有全部接去，接去的是大侄儿和侄女。大侄儿就是杨度，字皙子。"

这时周妈进来了，端来一杯茶和一碟糕点放在夏寿田面前，满脸堆笑地说 "哟，这就是夏抚台的大公子吧！长得好秀气，脸白嫩得跟大姑娘一样！"

夏寿田不认得周妈，见她这副模样，说起话来又不知高低分寸，正不知怎样与她打招呼才好。

"她就是周妈。"王闿运坦然地介绍，"以后有什么事，见不到我时，可以跟她说。"

夏寿田在心里掂量着：先生这两句话，说来似乎不经意，但分量不轻，看来此人不同寻常。他站起身，客气地叫一声："周妈。"

"哎呀，好孩子，真懂事，快坐下，快坐下，还没吃夜饭吧，我给你做去！"夏寿田此举给了周妈很大的面子，她高兴得手舞足蹈起来。

王闿运见周妈说话不成体统，便顺水推舟地对她说："你去厨房做饭吧！"接着又问夏寿田："杨度能接他祖父、伯父的脚吗？"

"门生这些年结识过不少有为的朋友，私下认为，还没有一个人可以超过杨度的。杨度的前程必定远在其祖父、伯父之上。门生看他真有点像贾太傅、谢东山一类人，若能得到先生的栽培熏陶，今后一定可以成为国家的柱石。"

"我们湘潭真出了一个这样的人才吗？"王闿运似问非问地自言自语。

"先生，门生和杨度在黄鹤楼下分手时，他送了我一首长诗，我很爱诗，随身带着。先生你看看这首诗，就知道杨度其人。”

夏寿田从衣袋里掏出一个信套。打开信套，将一张折叠的白宣纸抽出来，展开递了上去。

王闿运接过纸，立时眼睛一亮。未读诗之前，满纸书法先就吸引了他。那字体端正稳重，英气勃发，亦隶亦碑，笔力厚实。单从这字来看，就为他四十年来上千门生弟子中所少见。诗是歌行体，题作黄鹤楼送夏大之江右。他饶有兴致地读着：

少年怀一刺，遨游向京邑。
朱门招致不肯临，海内贤豪尽相识。
与君中原初一见，沥胆相要无所变。
玉辔同行踏落花，琼筵醉舞惊栖燕。
金貂换酒不自惜，玉管银箫恣荒宴。
征歌夜饮石头坊，对策晨驱保和殿。
友朋纷入金马门，我辈怀珠空自珍。
相如作赋谁能荐，贾谊成书未肯陈。
人生得失岂足论，且倾绿酒娱清辰。
闲来碧云寺里聚，西山日暮风萧飒。
倦鸟低随木叶飞，夕阳深被青云合。
偶然一啸当空发，万里孤鸿应声泣。
山川萧条不称情，长铗归来事蓑笠。
著书欲写于陵子，耕田且效陶彭泽。
遥传别后相思句，廓落天涯梦魂接。
云散风流不自恃，金樽共醉信有期。
黄鹤楼头望海隅，今日山河非昔时。
辽东半岛血染红，烽火青青焚白骨。
君今向何方，东见陈孺子。
问我东山高卧时，苍生忧乱应思起。
桥边石，感人深。送君去，为君吟。
东行若过彭泽口，为问陶令是底心。

夏寿田被周妈招去吃夜饭了。王闿运看着摆在书桌上的诗，陷入了沉思。王闿运思维敏捷，别人殚精竭思得来的收获，对他来说可以不要费多大的力气便可得到，他因此而没有沉思的习惯，今日是少有的例外。凭着学者的识见，诗人的灵感，老人的阅历，他已看出作这首诗的杨度不是凡夫俗子。

王闿运自幼起便发愤苦读，朝所习者不成诵不食，夕所诵者不得解不寝，十五明训诂，十八通章句，二十而言礼，知三代之制度，详品物之体用，进而述《春秋》微言，博通诸经，二十一岁中举，后参曾氏幕，游京师，以布衣而动公卿。他不以文人学者自限，自青年时代起就十分留意海内鼎柱人物的动向，欲辅佐其人以成非常之业，自己也随之而名垂青史，百代不朽。他先是看准了曾国藩，以为他能建光复汉人江山的伟业，结果遭到了曾氏的冷遇。后转而投靠肃顺，将肃顺视为定满人乾坤的人物，但肃顺太刚愎自用，使他失望。咸丰帝死后，他洞悉肃顺已处于危境，一方面为了远离是非之地，保全性命；另一方面也为了拯救肃顺，他离京师南下，赶到安庆，劝曾国藩起勤王之师，进京劝阻不合祖制的垂帘听政，支持先帝亲定的八大顾命大臣，谁知遭到曾氏的拒绝。后来宫廷发生政变，那拉氏与奕䜣携手废除顾命制，弃肃顺于市，曾氏受到空前未有的信任。事实证明王闿运以书生意气插手最高层政治，是何等的幼稚浅薄！王闿运灰心已极，从此不再过问官场之事，潜心于经史研究，肆力于诗文创作。他从庄子学说中领悟到逍遥处世的秘诀，表面上以一个佯狂玩世的风流才子自处，其实内心里一刻也没有放弃自己青年时代的初衷。他一面精心探求文化典籍中的帝王之学，一面在众多的弟子中注意物色传人，以便将自己一生中的真实学问传授其人。令他遗憾的是，几十年过去了，他始终没有在弟子中看到自己年轻时代的影子。他想起几天前做的一个怪梦。

那是一个夏夜，明月当空，清风送爽，他坐在湘绮楼上，把卷吟诗，自得其乐。忽然，他看到楼房东边山中冲出一束亮光，如同那里藏着一块稀世之宝似的。出于好奇，他下了湘绮楼，朝着亮光走去。进山后，看见一间茅屋，茅屋窗口边有一盏极明亮的灯。王闿运想，原来亮光就是这灯火，怎么这样亮呢？再一看，屋里有两个人：一个年纪轻轻，长相十分英俊；另一个是老者，鹤发银须，袍服华丽。那老者似乎有点面熟，一时又想不起来在哪里见过。他紧贴窗口，听他们说些什么。只听年轻的说：“老先生，你是一代帝师，你收下我做一个门生吧！”老者说：“我虽然教过朱洪武的太子，但太子并没有登位，我不能算一个真正的帝师。”

“教过朱洪武的太子！”王闿运听后大吃了一惊，再细细一看，啊，原来是宋濂，怪不得面熟！他继续听下去。年轻人又说：“你老过谦了。太子虽未登位，但太子的儿子还是做了皇帝。太子拿你老教的学问教子，你老自然也就是帝师了。况且你老辅佐朱洪武的功绩是任何人都不能抹杀的。”老者叹口气说：“有什么功绩可言啊，到头来遭贬还乡，如果没有马皇后的贤慧，头都被砍了。”年轻人说：“自古伴君如伴虎，遭君主贬谪，甚至杀害的良臣举不胜举，但千年史册仍有他们的一页，这却是不可能湮没的。倘若能承老先生所学，做一番大事业，就是今后不得善终，我也心甘情愿。”老者捋须大笑：“痴儿可爱。我不能当你的老师，自会有做你老师的人。你看，他不就在窗外！”

王闿运没有料到自己的行踪被宋濂识破，大为惭愧，赶紧离开，不小心被一根野藤绊住脚，跌了一跤，醒过来了。

一连几天他都在想这个怪梦。和当时所有的读书人一样，王闿运深受孔子梦周公的影响，相信那些非同寻常的梦一定有所征兆。二十一岁的年轻举人诗写得如此卓荦不凡，特别是“君今向何方，东见陈孺子。问我东山高卧时，苍生忧乱应思起”，这几句诗强烈地打动了他的心。石塘铺正是在云湖桥的东方。王闿运当然知道，“东山”用的是谢安隐居东山的旧典，但也奇妙地与云湖桥之东相吻合。莫非此人就是梦境中的那个年轻人？而自己就是宋濂已点明那个年轻人的老师？年轻人向宋濂孜孜以求辅佐学问，这不是自己多年来所寻找的帝王之学的传人吗？天示异兆，不可等闲视之！王闿运想到这里，异常兴奋起来。

“先生。”夏寿田吃完饭后走进书房，见老师面有喜色，知道他欣赏杨度的诗，便说：“这诗写得还可以吧！”

“写得好！很有点李谪仙的豪气。此子才情识见都非比一般。”王闿运显得十分兴奋，又补充一句，“书法也是上乘。”

见老师如此赞赏，夏寿田也很高兴，说：“杨度的确有大器之才，只可惜一直未遇名师点拨，蹉跎了岁月，他对先生崇敬不已，先生收下他吧！”

王闿运微微地笑了，问：“此人有没有什么怪脾气？”

“人很好，最是仗义够朋友。”夏寿田说，“就是狂了点。”

“狂不是坏事，孔夫子还说过狂者进取哩！”

王闿运身为人师四十年，深知凡才高的年轻人，十之八九有点狂气。自己年轻时只身闯曾国藩军营，当面指出曾氏《讨粤匪檄》的谬误，那还不狂吗？年轻人不怕狂，倒是正要有三分狂气，才勇于进取，所谓初生牛犊不怕虎即谓此。年轻人最怕的是世故，十多二十岁的人，便学得圆滑瞻顾、规行矩步，多半没有大出息。不过，年过耳顺的老先生，在经过数十载对人情世态的洞察后，也清楚狂亦得有度，若狂得无法无天，狂得胡作非为，则易遭天忌人怒，那也多半会在未获大用的时候就被扼杀掉了。“午贻，这个杨度是怎么狂的？”

“他连韩愈、柳宗元都看不起哩！”夏寿田把游西山时杨度给他说过的事向王闿运叙说了一遍。

“孺子可教也！”不待夏寿田说完，王闿运脱口赞叹。夏寿田颇为惊奇地看着老师。

夏寿田毕竟还不太了解他的老师。王闿运于文，悉本之《诗》《礼》《春秋》，溯庄、列，采《语》《策》，通司马，探贾、董，平素一向鄙视唐宋，轻蔑元明，书非上古三代秦汉不读，自己发为文章，乃萧散如魏晋间人，常太息今世无可语文者。被世人所称颂的唐宋八大家，他认为只可供幼童发蒙之用，不可作有志为文者的课本。他的这种看法少有人附和，现在竟然有一个弱冠举人与自己英雄所见略同，此子真大有过人之处。他恨不得立即见到杨度。此人早已言明要来东洲，为何至今未来，莫非有什么意外？得天下一英才而教之，乃人生一大乐事。孟夫子的心愿，千百年来已成为中国一切有事业心的教师的共同愿望。一个普通的教师尚且如此，何况他，一个有崇高抱负、精深学问的一代宗师，一个刻意寻求非常之才接替自己早年非常之业的策士，能让英才失之交臂吗？王闿运绝定趁着回湘潭嫁女的机会，亲自到石塘铺走一遭，去会会这个年轻人，看看他的家庭，问问他至今未来东洲的原因。

六 大学者家嫁女与众不同

云湖桥王府办喜事，已经整整热闹三天了。王闿运这次嫁的是第七女，大名王莪，乳名棣芳，乃莫六云所出。棣芳今年二十岁，嫁的是已故川督丁宝桢的第八子体晋。

咸丰十一年，王闿运由京师经安庆回湘潭，那时丁宝桢正任长沙知府，闻王之大名，亲来云湖桥拜访，并恭请王为西席。两年后，丁调升陕西按察使，王因不愿离家远行，故未随往。不久，丁又调到山东。到山东后官运亨通，由按察使升布政使，由布政使升巡抚。同治八年，他冒着杀头之险，诛权阉安德海，一时名震海内。王十分佩服丁的胆量和骨气，但也为他的前途捏一把汗。出乎意外，丁此举不但未受慈禧的惩罚，反而得到赏识。光绪二年，丁调升四川总督。一到四川，他便邀请王去讲学。王带着莫六云及六云所生的两个女儿蒲芳、棣芳欣然前往，在成都创办尊经书院。丁有时来书院拜访王，因为是多年的老友，六云及女儿们也不回避。丁尤其喜欢棣芳，他的第八子大棣芳一岁。于是，两个父亲便为一双儿女订下了这桩百年大事。王感丁知遇之恩，在尊经书院甚为勤勉，一住九年，造就了大批人才，为巴蜀近代学术做出了巨大贡献。光绪十年，丁宝桢病逝，王闿运也便随之携眷离四川回湘。

丁宝桢虽然死去十一年，但为官日久，家资厚实，且丁体晋几个哥哥的官都已做得不小，故这次从贵州平远老家来湘潭迎亲的排场颇大，礼物也很丰盛。前来云湖桥贺喜的人很多，有湘潭的官绅名流，王、蔡两家的亲戚，王的朋友门生，云湖桥四周的乡邻，还有棣芳的嫡亲舅舅也从广西赶来了。王闿运这些日子来，又高兴又难受。高兴的是他看到女儿有一个很好的归宿：婆家是大官宦人家，有名望，有财产，女婿人品端正，知书达礼。难受的是女儿远嫁千里之外，今后再见一面很困难。

王闿运一共有十个女儿，无论嫡出或庶出，他都一视同仁，没有高低贵贱之分。每生一个女儿，他都正正规规地为其取名号字，到了四五岁时，便亲自教她们识字，八九岁时则教她们读古诗古词，再大点，授以《诗经》《楚辞》《论语》《孟子》，其中聪慧好学的，他也教她们读《春秋》，读《史记》《汉书》，系统地教她们吟诗填词。故王门十女，个个都能识字断句，作诗作文。棣芳形神都酷肖乃父，不仅容貌俏丽，且聪颖贤慧，在姊妹群中数她书读得最多，诗文也作得最好，深得老父钟爱。

送亲的鼓乐声响起来了，在震天撼地的鞭炮声里，十几个穿红戴绿的伴娘，众星捧月似的将新娘子从绣房里拥出，来到正厅。这里坐着一排王、蔡、莫家的长辈，棣芳在胞妹锦同的搀扶下，一一向长辈行礼告辞。走到老父面前时，棣芳再也不能控制自己，放声大哭起来。王闿运抚摸着爱女的手，也禁不住老泪纵横。好久，他擦干眼泪，颤抖着嗓音说："棣芳，今天是你的大喜日子，莫哭了。我心里本是欢喜的，只是想起今天这个时候，你的娘却不能送你，我心里难过。"

谁知这句话，把棣芳心中最深处的悲痛引了出来，一发放声痛哭，不能自持，哭得在座的各位长辈都潸然泪下，站在一旁的女婿也在悄悄地抹泪水。大厅外的鼓乐鞭炮声也停了下来，王闿运不去劝，干脆让女儿哭个够，只是双手把女儿的手臂捏得更紧。当女儿的哭声渐渐低下来的时候，他继续说："丁家是个积善厚道人家，老八这孩子我亲手教过他五年书，既聪明又驯良。你嫁到这样的家庭，是你的福分。老父我和各位长辈都希望你们夫妻相敬相爱，多生佳儿，白头到老，百年幸福。"

棣芳听着父亲充满体贴和慈爱的话，心里一阵感动，眼泪又泉水般地涌出，满肚子的话一字也说不出来，只是不断地点头，表示记下了。

"你去丁家，这一生的吃穿都不用担忧。你娘生前为你准备了五箱嫁妆，虽不丰厚，也是娘家的一点心意。有句古话叫作好男不吃分家饭，好女不穿嫁时衣，未来的家业还要靠你们两夫妇自己创立。"

棣芳又点头。丁体晋在一旁说："岳父大人教导的是，我们记住了。"

"话虽这么说，老父我也要送你一点嫁妆。"

满厅的人都在观望，王壬秋老先生要给女儿送什么样的嫁妆呢？

王闿运吩咐身边的仆人："把木箱抬来，给七小姐当面看看。"

两个仆人抬来一口木箱。木箱漆着锃亮的黑漆，盖板上贴着一个红纸剪成的圆形大囍字，四边裹着一条红绸，红绸在囍字上结成一朵牡丹花。一个仆人走上前，将红绸结打开，然后再把箱盖板掀起。众人看时，那箱子里摆的并不是绫罗绸缎，也不是金银首饰，而是整整齐齐一箱子书。这是嫁女，又不是送儿子进京赶考，送这么多书做什么？众人嘴上不说，心里都在嘀咕。王闿运指着木箱问女儿："棣芳，你今日远嫁，老父我送你这箱东西，你不感到奇怪吗？"

"不奇怪。"棣芳轻轻地答。

"喜欢吗？"王闿运又问。

"喜欢。"棣芳答得很爽快。

"棣芳，你真是我的好女儿。"王闿运顿时大为高兴起来，"世人都说女子无才便是德，我偏不这样看。诗三百篇，有不少都是出自妇人女子之口，那些缠绵悱恻之诗作，比须眉丈夫的无病呻吟更为感人。女子心细，又重感情，宜于吟咏。故从古至今，才女代代皆有。你们姊妹从小起，我就教你们读三百篇，读唐诗宋词，希望一是借此陶冶心性，消愁解闷，二是自己也学着写一点，夫唱妇和，琴瑟更加和谐，三是可以教育子女。我细心观察过，识文知书的女子与愚蠢女子所生下的子女大不相同。你几个姐姐出嫁时，我都送了几本书。你在姊妹中书读得最好，所以我多送一些。”

说罢，王闿运从箱子里拿出一本书来说：“这是一本元刻《诗经》，当年我在京师琉璃厂买的，极为珍贵，你要好好保存。”

棣芳点点头说：“谢谢父亲大人的厚爱。”

王闿运又指着另一排说：“这十几本书都是我手抄的汉魏唐宋诗词，当年专为供你娘读的。上面的许多圈圈点点，都是你娘的手泽。现在交给你保管，望你见它如睹母面。”

棣芳的眼眶又湿了。她掏出手绢来，把泪水慢慢地抹掉。

“这里还有几本诗集，都很不一般。”王闿运从箱子里拿出一本书来，随手翻了一下，对女儿说，“这几本诗集，是我们湘中近世几个名媛的闺房诗，有左文襄的外姑慈云老人和诒端夫人姐妹的《慈云阁诗钞》，有曾文正长媳惠敏夫人的《分绿窗集》，还有曾重伯的母亲郭夫人的《艺芳馆诗集》，杨石泉制军孙女的《椿荫庐诗词存》等，承他们的家人看得起，刻印时都送了一部给我，请我修改。我读了她们的诗，真是从心里佩服。她们道的都是人世真情，绝不做作，这才是真正的诗。你今后若有所作，都可以寄来给我看看，我替你修改。有了二三百首后，老父我给你刻个集子，印几百本分送亲友，让人家都知道壬秋老人也有个才女。”

王闿运说到这里，自己笑了起来，大厅里的客人都开心地笑了起来，心里都在说：到底是个大学问家，了不起。

厅外的鼓乐又响了起来，催众人启行了。女儿女婿再次向老父亲鞠躬。昨天说好的，老人不到江边去，就此告别。看着女儿被两个伴娘搀扶着上了花轿，想着这一别，今生今世还不知能否再见面，王闿运一阵揪心般的难受。他不顾众人的劝阻，非要送女儿到江边不可。儿女们无法，只得赶紧把家中存放的便轿抬出来，扶他上了轿，在吹吹打打的鼓乐声中，送亲队伍走了十多里路，来到湘江边的码头。棣芳走出花轿，和夫婿来到父亲的便轿前，涕泣感谢父母亲二十个春秋的鞠育之恩，请父亲大人多多保重。

王闿运坐在便轿里，听着女儿的告别之辞，万千情感一齐涌上心头。他强忍着不再流泪，对女儿说：“你的几个姐姐出嫁的时候，临上花轿之前，我都要她们背一遍《离骚》，这都是你亲眼看到的，这是我们王家的家规，你今天也不要违背了这一家规。老父我怜你远嫁，心情悲苦，不要你背《离骚》了，我中年时写的《圆明园词》，你最喜欢，也背得很熟。你小时在我面前每背完一遍《圆明园词》，我比听到别人一百句恭维的话还要高兴。今日远别，你再在老父我的面前背一遍吧！"

"好。"棣芳温顺地答应了一声，略微定定神，清清喉咙，背了起来。"宜春苑中萤火飞，建章长乐柳十围。离宫从来奉游豫，皇居那复在郊圻？旧池澄绿流燕蓟，洗马高梁游牧地。北藩本镇故元都，西山自拥兴王气。九衢尘起暗连天，辰极星移北斗边。沟洫填淤成斥卤，宫廷映带觅泉源。渟泓稍见丹棱泮，陂陀先起畅春园……"

刚才热闹喧嚣的江边码头，一时静谧安堵，只有王府的新嫁娘清甜婉丽的诵诗声在四方传播。这哪是嫁女的场面，分明是书院里的先生正在督课学生。王闿运听着听着，老眼渐渐昏花起来，眼前仿佛是十余年前的成都尊经书院，七八岁的黄毛丫头在背"床前明月光，疑是地上霜"，又仿佛是四五年前南昌豫章书院，天真烂漫的少女在背《长恨歌》，背《圆圆曲》。岁月流淌，儿女长大，妻妾辞世，身入老境，人生真的如一场梦似的，没有多久便到了头。然而，这又是无可奈何的悲哀，薪不能不尽，只要火能传下去，也就值得欣慰了。想到这里，一股急欲寻觅传人的心愿油然而生。

"年年辇路看春草，处处伤心对花鸟。玉女投壶强笑歌，金杯掷酒连昏晓……"

"棣芳，算了吧，不要再背了，上船吧！一路上自己多加注意，到了平远后，记得报一封平安家信。"

一向豁达的湘绮楼主，面对着宇宙间不可抗拒的永恒规律，很快醒悟过来。他不再悲伤了，吩咐女儿上船。他要尽快结束这场费时伤神的婚嫁喜事，好早一天到石塘铺去。

七 为得天下一英才而教之，王闿运亲赴石塘铺指点迷津

石塘铺距云湖桥只有二十多里路，王闿运一大早就起床，命轿夫备轿，他也不带儿子和仆人，单身坐轿前往。正是暮春时节，一路上流泉溪水淙淙有声，新枝嫩叶之间时闻鸟鸣。杜鹃花红红白白的，开得漫山遍野一片锦绣。乳燕呢喃，秧苗青青，农夫荷锄扛犁在田间小道上往来，正为春耕而忙碌着。通都大邑的士绅们都在谈论去年的海

战失败，割地赔款，而此地恍若世外桃源，质朴荒野，外部世界的折腾似乎对它没有任何的影响，人们仍然依照祖祖辈辈传下的方式，在平静而贫困地生活着。打听到杨度的住处后，王闿运吩咐轿夫在离杨度家屋场半里地的一座小石板桥边停下。

这是当地一带一栋较大的屋场。大大小小有七八间房子，一律青砖黑瓦，禾坪一侧还有四五间茅草杂屋，屋后是一块大菜坪，菜坪一角有一株年代久远的古柳，古柳下有两个人在习武。一个只有十五六岁，持一把剑蹲在地上，剑从后背指向天空，好像戏台上峨眉山上的小剑客一样。另一个在二十一二岁间，一边说话，一边也蹲下去，空手做了一个示范，看那架势是在纠正少年的动作。王闿运从夏寿田那里知道，杨度有一个弟弟，比他小六岁，看来这两人正是杨家兄弟无疑。

“请问杨皙子先生家住在这里吗？”王闿运走到古柳下，问那位年纪大一点的青年。

“他就是我哥哥杨皙子。”青年未开口，少年抢先做了回答。

杨度答：“我就是杨度，请问老先生有何事？”

杨度见眼前这位老者年近花甲，脸色红润，身板硬朗，穿着虽普通，器宇却不凡，眉眼之间透露出一股倜傥豪迈之气，心里想：这是哪里来的不速之客，从来没见过？

“啊，你就是杨皙子先生！老朽姓王，也是湘潭人，欲去城里办点事，偶路过贵宅，听说皙子先生刚从京师会试回来，想请你谈谈京师去年轰动全国的公车上书。”王闿运边说边打量杨度，他仿佛觉得杨度正是梦中的那位要拜宋濂为师的青年。

“哦，是王老先生，晚生失敬。”杨度想，此人如此关心国事，定然不是一般人。他心生敬意，忙说，“请先生进寒舍一坐。”

杨度把王闿运带进书房后，便忙着张罗茶水。书房四壁粉着石灰，显得宽敞明亮，靠窗户摆着一个大书案，书案上放着几本书，有线装的，也有洋装的，一个古色古香的砚台，一个笔架，笔砚之间立着一个西洋进口座钟。书案上方粉壁上挂着一幅园林图。王闿运走过仔细一看，图下方有一行小字：京师圆明园全盛图。图两边是一副联语：海隅起狼烟，哀孱弱黎民无乐土；深谷蓄鹰志，看英雄先祖有后生。下联左边写着：留与重子吾弟共勉，杨度丙申年暮春。王闿运看后，连连点头不已。再看其他几面墙壁边，全是大大小小的书箱。

“王老先生，请坐下喝茶。”杨度提着一把小铜壶，端着一个木

杨度与友人合影

王闿运头像

质茶盘，茶盘上放着两只小瓷杯，还有四碟农家土产：花生、瓜子、蚕豆、油炸红薯片。杨度筛好茶，摆好碟子，坐在王闿运的对面，笑着说，“老先生光临，晚生不曾准备，随便喝点茶，过会儿再用饭。”

王闿运见杨度离家五六年，又在京师住了近一年，仍未失乡间人淳朴热情的本色，心中甚是满意，说：“老朽是不速之客，就是吃个闭门羹亦不过分，你何须如此客气！我只略坐一会儿，等下还要赶路。皙子先生，你去年在京师参加的公车上书，据老朽所知，这是历史上尚无先例的事情。后生子，你真有幸呀！”

“要说有幸也算是有幸。不过，这其实是不幸的事呀！”

“为什么？”王闿运佯作不解。

“老先生，公车上书是社稷国家蒙受奇耻大辱的时候所进行的一件无可奈何的事，这本是大可悲哀了，何况也并没有成效。”杨度心情沉重地说。

“皙子先生，你说得对。不过，公车上书这件事，官绅们不用说了，就是全国士农工商也都受了很大的震动。看来，今后会对国家产生深远影响的。”王闿运随手拿起一颗蚕豆放进嘴里，“嘣”的一声，蚕豆咬开了。杨度暗自惊奇：这老先生的牙可真好！

“国事要好转也难呀！京师百姓听说割地赔款，人人义愤填膺，但王公大臣依然故我。颐和园里的太后庆贺六十大寿，花费了百万两银子，据亲身参加的官员们说，历史上记载的任何帝后的酒宴都没有它奢侈。而这庆典的举办，恰是前线战事大败的时候。将士阵亡，铁舰沉海，还有心思大办生日酒，京师百姓痛恨得不得了！”杨度说着说着气愤起来，端起茶杯大喝了一口，望着王闿运说，“老先生，你不知道，海军战败，其根本原因就在太后的身上。就是她当年把海军军费八百万两银子挪来修造颐和园的，恭王等人极力反对，她置之不理。老先生，国家的大权就握在这样的太后手里，国事还有希望吗？”

与去秋游西山时相比，杨度似乎对国事完全不抱希望了。

王闿运凝视眼前这位年轻人，心中很是赞许。他从杨度的身上，看到自己年轻时的豪气：慷慨谈国事，悲愤议朝政，四十年过去了，国家不但没有中兴，反而比过去更加疲弱，现在又转到儿孙辈来担忧了。唉，大清王朝，你为何如此一蹶不振，江河日下！

“皙子先生，我看你张挂着一张圆明园全盛图，看来是在时刻激励自己不忘国耻。”

杨度点点头。

王闿运突然问：“你读过王壬秋先生的《圆明园曲》吗？”

“晚生有幸拜读过。壬秋先生那篇长诗真正是大才大手笔，结构雄奇，意境深远，有人比之为元微之的《连昌宫词》。依晚生看，《连昌宫词》不能望其项背。”

王闿运心里异常高兴。尽管这篇长诗二十多年前在京师广为流传，洛阳纸贵，连大学士周祖培、侍郎潘祖荫都激赏不已，但大家的评价也只停留在今日《连昌宫词》的分寸上，并没有置于其上。眼下这位素不相识的青年如此推崇这首诗，他又本是专为此人而来的，心中如何不高兴！

他指着图旁的联语说：“听说皙子先生是阵亡在三河战役的杨哨长的孙子，我看到这副对联，知道你们兄弟要做无愧于英雄祖父的后辈，很是钦佩。古人说国家兴亡，匹夫有责，皙子先生身为举人，表率一乡，请恕老朽冒昧，当此国家危难之际，你能不能对老朽说说你的打算？”

“老先生问晚生打算嘛，”杨度目光炯炯地望着王闿运说，“刚回家时，我原本打算小住个把月后便去衡州府投王壬秋先生门下。后来母亲得病，我要伺奉汤药，不能离开，遂在家一住就是两三个月。前些日子收到好友胡玉阶的来信，他说康有为先生已回南海重开万木草堂，他即将南下投奔，约我同行。这副联语是我打定主意投万木草堂之时书别舍弟的。”

哦，原来如此，怪不得他一直未来东洲。这是个难得的英才，着意培植，日后定可成大器。他是湘潭人，不出于我的门下而成为康有为的学生，岂不可惜！眼睁睁地看着千里马从眼皮底下奔逸，能算得上真正的伯乐吗？王闿运想到这里，笑着说：“康有为是去年公车上书的领袖，足下尊敬他，欲投其门下，自可理解。不过，倘若足下真的成行了，老朽要为足下惋惜。”

“为何？”杨度疑惑地望着这位谈吐不俗的陌生老者，觉得他似乎对自己格外关心。

“足下要图虚名，只要投靠康有为必然会很快成名，因为康有为在从事一件大出风头的事，做他的门徒成名容易。但是，足下欲求真才实学，做一番真正有根有柢有实效的大事业，还不如不去南海为好。”

“老先生是说康有为没有真才实学？”杨度猛然想起曾广钧在碧云寺里说的翁李之间的仇怨，又问，“抑或是康有为的事业无根无柢？”

王闿运将小茶杯轻轻向前推移一步，不紧不慢地说：“康有为人很聪明，书也读得好，不能说他没有真才实学。只是他的学说乖张，他是在借孔夫子这个钟馗来打鬼的，目前虽然能新人耳目，轰动一时，到底走的不是正路，不可能长久。”

杨度心里想：康有为的学说惊世骇俗，许多有学问的士人佩服不已，自己也很崇拜。不过，这位老先生说的也有道理，康有为有些说法的确太过头了，自己对孔夫子的学问钻研还不深刻，康有为所论到底有几分真实，几分杜撰，也不能一一细究，于是不做声，默默地听着。

“康有为一布衣也，欲说动太后、皇上一夜之间尽改祖宗成法，行西洋新政，将置千千万万靠因循守旧而得利者于何地？”王闿运想起三十多年前，肃顺、载垣、端华等人以皇族辅政大臣之贵，欲施刀斧砍削烂疮都做不到，何况天涯海角之一公车！他斩钉截铁地说：“手中无实权而欲行此非常之举，不唯是无根无柢的瞎闹，以老夫看来，只怕将来死无葬身之地！”

杨度大吃一惊，暗思自己毕竟太年轻了，所更世事不多，老先生说的有道理，这类事情史不绝书，汉初的晁错不就是一个典型的例子吗？他不禁对面前的这位老者肃然起敬：“老先生，你老刚才的议论，大启晚生心扉，照你老所说的，那康有为是办不成事了？”

“世事成败难以预料。”王闿运严肃地说，“不过，据老朽的阅历来看，或许难以成功而易于失败。”

“老先生，康有为真的是一个爱国的热血志士呀！”杨度不能自已地站了起来，似乎康有为真的失败了，他为之痛惜。

王闿运冷笑一声说：“自古以来，爱国的热血志士抱恨终生、负屈黄泉的还少吗？何况康有为是不是一个真正的爱国志士还很难说，他太浮躁竞进了！”

“老先生有根据吗？”杨度对老者如此轻视康有为有些不满。

“实话告诉足下吧！”王闿运口气轻蔑地说，“这康有为其实是你先前提到的王壬秋先生的再传弟子，学生的学生。”

“真的？”杨度惊讶起来。

“光绪二年，王壬秋老先生应川督丁宝桢之邀，在成都城主持尊经书院，川中俊才一时云集，杨锐、张祥麟、宋育仁等皆其著名者，其中尤以廖平成就最大。廖平著述甚丰，《周礼考》《论语征》都得其师真传，其《公羊论》则与乃师《公羊笺》相距甚远，壬秋先生讥其仅得皮毛，未入阃奥。又作《今古学考》，定今学主《王制》孔子，古学主《周礼》周公。然不久即变其说，谓六经皆新经，非旧史，以尊经者作《知圣篇》，辟古者作《辟刘篇》。廖平那时方任教广州广雅书院，遇山长朱一新及教授康有为。朱一新本为御史，以劾李莲英得罪慈禧，降为主事，张之洞为两广总督，延朱为广雅书院山长。朱学问博洽，风义高洁，为海内外人士景仰。廖平与之谈《知圣篇》与《辟刘篇》，朱斥之为怪异。康有为得之后，却视为珍宝，遂跟从廖平问学。康有为发扬廖之《辟刘篇》以作《新学伪经考》，发扬《知圣篇》以作《孔子改制考》。廖平见之曰，虽本之于吾说，然发扬蹈厉，亦不容易。然壬秋老先生则斥之曰，谬种流传，每况愈下。康有为名曰尊孔子，申公羊，提出所谓通三世，张三统，实则全是他的臆造篡改，既非孔子之学，亦曲解何休之说。”

杨度听了老者这番话，有恍然大悟之感。早就听曾广钧、夏寿田称赞王闿运学问非凡，经老者此番指明，才知康有为的学问的确浅薄了。曾、夏也多次说过康有为的事恐怕难以成功。既然如此，不如还是先到船山书院去见见王老先生。

“足下年纪轻轻，前途远大得很，正宜打稳根基，不必汲汲以求名利。拜师要拜真正有学问的老师，办事要办真正能成功的实事。我劝足下不如不去南海，先去衡州府会一会康有为的太老师如何？”

杨度高兴地站起，向老者作了一揖，说：“谢老先生指点迷津，现既有参天大树就在咫尺，晚生岂能舍近而求远呢？”

王闿运哈哈大笑说：“好，我先去告诉壬秋先生，过两天足下就去船山书院吧！”

第二章　帝王之学

一　王闿运的三门功课：功名之学、诗文之学、帝王之学

五天之后，杨度来到船山书院，他先通过门房找到了夏寿田。夏寿田早就知道一切了。原来，王闿运前天从湘潭一回到书院，就把在石塘铺见到杨度的情形，一五一十地都告诉了他。

“皙子，你知道前几天与你说话的老者是谁吗？”一对挚友半年后重逢于湘江东洲上，兴奋异常，寒暄之后，夏寿田问杨度。

“你是问在石塘铺家里与我谈了半天话的那位老先生吗？”杨度颇为惊奇地问。

夏寿田点点头。

“我不认识他。他说他是进城去路过我家的，问了些去年京师公车上书的事，很可能是城里的一位绅士。”

“这位老先生如何？”夏寿田忍着笑问。

“极有学问，极有见识，以后有空我要去湘潭城里访访他。”杨度极认真地说。

“不要去湘潭城里访了，他就在船山书院。”夏寿田终于忍不住笑了起来。

“他原来是船山书院的教书先生！”杨度大喜，“难怪他劝我来此投奔壬秋先生。”

“皙子，你真是个傻子！”夏寿田敲了一下杨度的脑门，“那老先生正是壬秋先生本人！”

“真的是他？”杨度惊叫起来。

“皙子，你好了不起。我那天提了下你的大名，老先生就趁回家嫁女的机会亲自去找你了。”夏寿田感叹地说，“自古以来，只有门徒负笈寻名师，何曾见过名师亲访徒儿的？皙子，你可不要辜负老先生的一番厚望呀！”

杨度很激动，草草吃过夜饭后，便由夏寿田陪同，去王闿运所住的明杏斋拜谒。

明杏斋就是明代那棵银杏后面的一排三间坐北朝南的平房。一间为卧房，一间为书房，一间为厨房。老四代懿不跟父亲住在一起，先前跟其他学子一起住大宿舍，吃大厨房，最近夏寿田来了，一个人住单间，他邀代懿同住，代懿就搬到夏寿田的房间里去了。书院也有小厨房，专供应先生们吃饭。周妈嫌小厨房做的饭菜不合王闿运的口味，就自己动手，为老头子操持三餐。老头子对周妈的体贴入微十分满意。

此刻，明杏斋书屋里，王闿运坐在软藤椅上，端着一把亮光光的铜水烟壶，一边抽烟喝茶，一边和周妈闲聊。一袋烟抽完后，周妈便走到老头子身边，将铜烟壶接过去，抽出那根装烟的活动空心铜杆，将烟灰倒云，剔干净，又装上一口黄澄澄的细烟丝，再递给老头子。

王闿运的烟瘾很大，只要不看书写字，就是一把烟壶捏在手里，与人谈话，不管是友朋门生，还是大官阔佬，他一概是这样。通常他自己剔烟灰，装烟丝，不过，只要周妈手一闲，这事便由周妈包了，她也乐意去做。似乎招呼老头子，对她来说是件其乐无穷的事。

“老头子，代懿今年二十一了，你该给他订门亲了。”又一次装上烟丝，将烟壶递上去的时候，周妈换了一个话题。这个话题，她已在心里盘算一年多了。她想把自己的女儿细藕嫁到王家，给代懿做老婆。倘若此事办成了，她就和王家攀上了亲，成为代懿的岳母娘，她在王家的地位就大大提高了，再也不是一个不明不白、不三不四的下人，可以正正式式地摆起女主人的款式来了。不过，她也知道，办成此事，并不比登天容易。一是她周家身份卑贱，与诗书无缘，老头子能看得起吗？二是女儿长得又不漂亮，代懿会喜欢吗？故而这个念头存了很久，她一直不敢说出口。后来，她见老头子对她越来越宠信，越来越器重，胆子渐渐大了。前些日子，趁老头子嫁女儿的机会，她叫女儿带着一份礼物到云湖桥贺喜。老头子见到细藕后夸奖了几句，代懿也和她说了两句话，周妈心里喝了蜜似的，甜甜的，她觉得此事有几分成功的可能。今天见老头子兴致挺好，便投出一颗石子来试探一下水的深浅。

周妈内心深处的这个算盘，王闿运压根儿就没有意识到。他淡淡地答了一句：“代懿是到了议亲的时候了，但没有合适的人呀！”

“怎么没有合适的人？老头子，只要你不把眼睛盯在做官的、有钱的人家里，合适的女孩子多着哩！”周妈立刻加以提示。

“你这就看错了！”王闿运不以为然地说，“我连嫁女都不选门第高贵的，讨媳妇还论这个吗？你莫看棣芳嫁到丁家是攀了高枝，这些日子来我一直在后悔，当初若不答应，棣芳哪里会嫁到贵州那个荒地去！”

老头子动了思女真情，说着说着嗓音也变了。周妈听了，心里却极惬意，忙将书案上的茶杯端起递了过去，笑着说：“莫难受了，我晓得你又想七小姐了。刚才是我说漏了嘴，我晓得你是最明白开通的人，从来不想拉阔亲家。”

王闿运喝了一口茶，继续说：“自来选女婿挑媳妇，看重的应是本人的人品才貌。男儿只要肯读书，有上进心，就有出息；女孩子只要温顺贤淑，知道孝敬公婆、相夫教子，就是好的。若是本人不好，父母的万贯家财又有什么用呢！”

周妈越听越中下怀，从心里发出恭维：“老头子，你真是一个最明白不过的人了，难怪有这么大的学问。你就应该去做抚台大人才是，偏偏皇上就没有长这个眼睛。”

王闿运笑了一声，又补充一句：“当然，也要家境清白才是。”

周妈听了这话，觉得不大对味。转念一想，老头子也从来没有说过周家不清白。正想说两句拢边的话，仆役进来禀告：“夏公子陪新来的举人杨度求见。”

王闿运忙起身，一边说“请”，一边已向门口走去。周妈颇为扫兴，忙缩进厨房去收拾碗碟，再也不出来了。

杨度一脚踏进大门，急急地向前面走两步，见王闿运迎了过来，连忙跪下，行一跪三叩拜师大礼，嘴里说：“学生有眼无珠，那天在石塘铺多多得罪，望吾师海谅。”

王闿运哈哈大笑，说：“海谅什么！我阻止你去投康有为，劝你到我这里来，你真的就来了，你给我老头子大面子呀！”

说罢双手扶起杨度，指了指书案边的条凳说：“坐下，坐下。午贻，你也坐。”

杨度坐下后说：“学生幼年离开湘潭，未得受先生亲炙，这些年在外地，久闻得先生大名，景仰至极。早两天又蒙先生亲到寒舍点拨，杨度有幸受此殊荣。从此以后，将拜在先生门下，长承教诲。”

夏寿田说：“哲子能得到先生如此青睐，真是他的造化。”

王闿运又是一笑说：“也不要说长承教诲的话，你暂且在东洲做几天游客，若觉得此地不能相安，还可以再去南海。”

杨度赶紧说：“刚才午贻把书院的大致情况都对我说了，他来了只有半个月，已觉受益匪浅。学生亲眼见东洲如一条不沉的巨舰，航行在碧波荡漾的湘江上，洲上只有树木野花，不见红尘飞扬；只有杏坛黉宫，不见勾栏瓦舍；只有莘莘学子，不见利禄之徒；只有琅琅书声，不闻俗世喧嚣；世上到哪里去找这等求学的好地方？学生哪里都不去了，不从先生这里学到真才实学，绝不离东洲一步！”

杨度这一番即兴表白，使王闿运听了大为痛快：思维敏捷，极善言辞，是一块大堪造就的浑金璞玉。是否有点华而不实呢？王闿运痛快之际突然飘过一丝这样的念头。但这丝念头很快就过去了，并没有影响他对这位文采斐然的年轻人的偏爱。

“先生，就让皙子跟我和代懿住一个房间吧！”

“要得，你去跟郑庶务说吧！”王闿运很赞成儿子与夏寿田住一个房间，现在又添了一位才子，对代懿只会更有益。近朱者赤，近墨者黑，但愿代懿在他们的带动下，早点聪明发愤。

杨度见书桌上放着一张未写完的纸，旁边还有一大叠，知王闿运又在忙于著述，便起身告辞。王闿运也起身，对杨度说：“皙子，你这几天多看看，初九日晚上，到我这里来，我和你谈一谈。”

初九日傍晚，杨度换了一件干净的蓝布长衫，选了一顶黑薄缎瓜皮帽戴上，兴冲冲地走向明杏斋。他猜想先生一定有重要的话跟他说。

王闿运一向不修边幅，衣着随便。今晚，他却特为叫周妈替他挑一件酱色团花夹里宁绸袍，又叫周妈把他的辫子打开重新梳理一下。王闿运虽然六十四了，白头发却并不多。周妈小心地把他的少许白头发夹在辫子里面，再寻一根黑布条扎好了。王闿运对着穿衣镜左看右看，觉得自己气色健旺，腰板硬朗，心里舒畅，对周妈说：“过来，过来。”

周妈不明白他要做什么，顺从地走过来。王闿运伸出右手说：“你拉上我的手。”

“好好的，拉什么手。”嘴上这么说，她还是照着拉上了。

“你对着镜子看看，要是我们俩这样走进城里去，别人不会看出我比你大二十多岁，倒是蛮般配的嘛！”

周妈的脸唰地红了，她觉得很不好意思，忙松开手走进卧房。王闿运得意极了，一个人对着镜子笑个不止。

“先生，什么事这样高兴？”杨度进来，笑着问。

“没什么，我看着自己穿了件好看的衣服，就年轻多了，觉得好笑。人要衣装，佛要金装，这话的确不错，连我这糟老头子都要好衣服来装扮。”王闿运说着，离开镜子走到书案边，心里想：幸而周妈松手走开了，不然的话，有皙子看的了。

“先生本来就不显老。”杨度的话一半是恭维，一半也是事实。

“还不老？曾文正都死了二十多年了，左文襄也死了十多年了，我还能不老吗？”

“曾文正”“左文襄”是王闿运常挂在嘴边的话，口气有时尊敬，有时调侃，仿佛曾、左是他手里随意玩弄的傀儡，只为他服务而已。

“皙子，随便坐。”王闿运指着书房里的空凳子，又转脸朝卧房喊：“周妈，倒茶来。”

可能是上次来的不是时候，打断了周妈与王闿运商谈的大事，周妈对杨度有种说不出的不喜欢，与迎接夏寿田成了鲜明的对比，她懒洋洋地从卧房里出来，半天才给杨度端来一杯冷冰冰的茶水，脸上始终没有笑容，也不说一句话。杨度倒没有觉察出什么，他端正地坐在软藤椅的对面，认真地等待先生开口。

“皙子，今夜叫你来，也没有别的事情，我想听听你的选择。”王闿运已坐到藤椅上，习惯地摸起铜水烟壶。说完这句话后，他把壶嘴塞进嘴里，咕噜咕噜地吸了几下，没有烟，只是水在空响。见杨度瞪大眼睛望着他，知自己的这句话，学生尚未彻底弄明白，遂接着说：“我这里有三门功课，看你侧重在哪方面。”

“请先生明示，书院有哪三门功课。”杨度恭敬地问。

“不是书院定的，这是我本人的教授之法。”王闿运微微地笑了一下，右手指捏了一颗蚕豆大小的细烟丝，塞进活动杆头上的凹陷处，再吹燃纸捻，把烟点着，然后喉咙里发出一阵咕噜噜的响声。响过之后，他半眯着双眼，把烟轻轻地吐出，看那副怡然自得的神情，好像正在品尝仙丹美酒似的。伯父管得严，杨度至今尚未碰过烟壶，见先生抽得这样有滋有味，心里痒痒的，想着，如果书院不禁学生抽烟的话，明天也去买一杆水烟壶来，享受享受。

“因人施教，是孔老夫子传下来的有效的教学方法，几十年来我都有意这样做，但收获不大，关键的原因是高才不多。”王闿运又吐了一口轻烟，说，“我的三门功课，一是功名之学，二是诗文之学，三是帝王之学。”

杨度觉得很新鲜，也很有趣：“先生，请问什么是功名之学？”

“所谓功名之学，顾名思义，乃是为功名而来求学的。”王闿运不疾不徐地说，“这些人来我门下读书，其目的在考取举人进士点翰林，以此为终生荣耀。此等人，老夫只教他熟读四书，精通八股，作试帖诗，写策论。做官是他的目的，诗文只不过是敲开功名之门的砖石。圣贤的精奥不必深究，做人的道理不必身体力行，功名一到手，砖石尽可扔掉，到那时只须博得上司的欢心，用不着对天地良心负责，古圣昔贤不会来追究，塾师房师也不会来一一验核。此乃老夫门下最初等之功课，然要真正学好亦大不容易。”

杨度听在耳里，暗暗点头，再问：“请问这诗文之学呢？”

“老夫门下的诗文之学么，”王闿运放下水烟壶，端起茶杯，慢慢地说，“乃以探求古今为学为人之真谛而设。或穷毕生之精力治一经一史，辩证纠误，烛幽发微；或登群籍之巅峰，览历代之得失，究天人之际，成一家之言；或发胸中之郁积，吟世间之真情；或记一时之颖悟，启百代之心扉。总之，其学不以力行为终极，而以立言为本职。”

杨度听了大开心智，又问：“请问先生，这帝王之学如何？”

“帝王之学是这样的。”王闿运放下茶杯，站起身来，离开藤椅，背着两手在书房里踱了几步。他腰板挺得直直的，两眼射出少见的壮年人似的精光，声音洪亮地说，“老夫的帝王之学，以经学为基础，以史学为主干，以先秦诸子为枝，以汉魏诗文为叶，通孔孟之道，达孙吴之机，上知天文，下晓地理，集古往今来一切真才实学于一身，然后登名山大川以恢宏气概，访民间疾苦以充实胸臆，结天下豪杰以为援助，联王公贵族以通声息。”

王闿运越说越激动，想起自己从二十岁到三十岁这段年月正是这样走过来的，不禁浑身热血沸腾，意气昂扬。此刻的杨度也听得心摇神动，倾之慕之。

“斯时方具备办大事的才能。再然后，或从容取功名，由仕途出身，厕身廊庙，献大计以动九重，发宏论以达天听，参知政事，辅佐天子，做一代贤相，建千秋伟业；或冷眼旁观朝野，寻觅非常之人，出奇谋，书妙策，乘天时，据地利，收人心，合众力，干一番非常大业，以布衣取卿相，由书生封公侯，名震寰宇，功标青史。”

直到王闿运以灼灼逼人的目光盯着他，好久不再说话的时候，杨度方从倾慕中回过神来。布衣卿相，书生公侯，这是杨度从少年起便梦寐以求的理想，只是他不知要具备什么条件才能实现这个理想。现在听王闿运这番高论，真有振聋发聩之感，又有拨云睹日之悟。他慌忙离开凳子，整一整蓝布长衫，然后撩起前襟，双膝跪在王闿运的面前，虔诚严肃地说："先生之学问，浩浩乎如同大江之长流，泱泱兮如同东海之扬波；先生之声望，朗朗然如同北斗之在天，巍巍焉如同泰山之镇地。学生愚昧，幸蒙我师指点迷途，得以负笈东洲，求学书院。学生虽极慕翰苑清贵，开府权重，又想著作等身，文坛传名，然辅一代名主，成百年相业，更为学生所朝思暮想，昕夕以求。不是学生今日在先生面前说大话，学生从小便自认有领牧天下之才，越办大事越有精神，越处难境越有兴致，且生性顽梗，不达目的，绝不罢休。先生，请置功名、诗文之小道于一边，教学生以帝王之大学，以竟先生年轻时未竟之志，为天下苍生谋求福祉。"

王闿运本是一个目空一切、敢于大言的人，今夜见到这个刚过弱冠的学生居然也敢在他的面前自视不凡，出言不逊，他仿佛从杨度的身上看到自己青年时代的影子。他不仅不责备杨度的狂妄，反而认为这个青年有抱负、有志气，是个干大事成大器的材料。他正要答应，转念一想，又盯着杨度说："帝王之学虽是大学问，然自古以来树大招风、功高易谤，大德大善与大罪大恶，不过一纸之隔耳。入凌烟阁、上封侯榜的是他们，油烹刀锯，甚或毁家灭族的亦是他们，究竟不若功名之学的稳当、诗文之学的清高，你可要想清楚了！"

杨度不假思索，应声答道："清君侧，诛权臣，自来干大事者横尸路旁的多得很，学生不敏，然于此则早已深知。学生主意已定，倘若蒙先生所教，能成就一番大业，虽不得善终，亦心甘情愿。"

这最后一句话，使王闿运猛然想起那夜梦中的情景。真是巧合得很，那位向宋濂求学的年轻人不也说了这句话吗？看来此子正是自己的传人无疑！王闿运想到这里，高兴地说："好吧，从这个月起，每逢初五、十五、廿五的夜晚，你到明杏斋来，我单独给你上帝王之学的课。若夏大有兴趣，也可以叫他一起来听听。"

二 胡三爹将保存二百年的家传《大周秘史》稿本送给王闿运

半年过去了，杨度除白天与其他学子一道上课作诗文外，每逢初五、十五、廿五都到明杏斋去。夏寿田有时去，有时不去，他对读好四书、练好八股文兴趣更大。他常常想起碧云寺数罗汉的事，暗暗下定决心，要在下科会试中取个一甲第一名，让天下读书人艳羡不已。他认为这才是正事，与杨皙子一道听先生云里雾里神吹瞎扯，味道是有味道，但浪费了时光。

逢五的明杏斋晚上，的确也是王闿运聊天的时候。他的帝王之学并无现成的教材，也无系统的内容，任凭自己的兴之所至，想到哪里就说到哪里。王闿运的口才极好，滔滔不绝，如河决堤似的，常常从掌灯时讲起，一直讲到二三更时分，有时是直到大厨房的报晓鸡打鸣了，才不得不说一声："算了吧，今晚就说到这里，你就在书房里眯一下眼睛，天大亮后再走。"说罢，兴犹未尽地走进卧房。待杨度吹熄灯火时，窗纸已是隐隐发白了。

杨度对这样的谈话有说不尽的兴趣。刚开始时只是觉得有味，慢慢地他摸到了先生授课的脉络。他看出先生讲的主要是三个方面的内容：一是二十四史中记载的明君贤相的风云际会，这方面尤偏重于一个朝代的开国之初；二是稗官野史上的故事，这方面则偏重于君臣之间的奇、特、险、趣；三是谈自己年轻时周旋于王公亲贵之间那些世人传说纷纭的经历。王闿运说起自己的往事来格外的神采飞扬，气势奔放，且绘事状物，细致入微，使杨度常有如临其境、如观其人之感。

杨度记得，那是一个盛夏的夜晚，明杏斋书房里，因为洲上多蚊虫，屋子里点上了三支长筒蚊香。这种蚊香长有两尺多，锅铲把似的粗细，里面填满木屑，烟气很大，驱赶蚊虫极有效。湘南一带无论城乡都用这种蚊香。香烟缭绕之中，王闿运右手拿着一把旧蒲扇，左手照例捧着那只铜水烟壶。杨度不摇扇，虽然已偷偷学会了抽水烟，但在先生面前不敢抽，他托着两只腮帮认真听。今夜先生讲的是他与肃顺当年的关系。

"祺祥政变后，全国都骂肃顺是凶逆，其实根本不是那回事。"王闿运放下蒲扇，缓缓地连抽了几口烟，似乎沉入了三十多年前那段难忘的岁月。"咸丰六年，我进京参加会试。就是这科，当今的帝师翁同龢中了状元，我却连进士都未捞到。皙子，我讲个故事，你看这会试气人不气人。"

王闿运甩开铜水烟壶，望着门生，愤愤地回忆："会试前几天，我们几个举子一起结伴出城游圆明园。其中有我的好友江西的高心夔、浙江的洪昌燕，还有一个便是这位常熟翁状元。途中，高心夔说，曾侍郎在我们家乡受困了，打了几年，连个九江也未打下，心情忧郁。这时他的一个幕僚母亲去世了，幕僚请曾侍郎作个挽联。曾侍郎满口答应，问幕僚的家世，知有九个兄弟，八年间有四个中了进士。曾侍郎说，上联有了，这是现成的事实，遂脱口吟道：八年九子四登科，合众口曰难兄难弟。曾侍郎本是作对联的高手，这种应酬性的联语很容易作得出。但那时战事不利，心情不好，居然一时卡了壳。硬是到第二天才补出下联。诸位想想看，曾侍郎下联对的是什么。限一刻钟交卷。翁、洪两位都不走了，低头构思。我也想了一会，很快便有了。一会儿高心夔说时间到了，交卷。问翁，他说没想出；问洪，洪摇头；问我，我答：万里孤云一回首，留此身以事父事君。"

杨度击掌道："用'万里孤云一回首'，对'八年九子四登科'，真是妙对。不知曾侍郎的下联是怎么写的。"

"高心夔大笑道，王壬秋你是不是早听到人说了，为何与曾侍郎的一字不差呢？我说，我怎么会知道曾侍郎的下联呢，这只能是英雄所见略同罢了。实话对你们说吧，论命运，我没有曾侍郎的好，论才学，我却并不比曾侍郎差。洪昌燕说，你吹牛！我再出一个，你对给我看。我说，你随便出吧！他想了想，大概一时想不出太刁钻的来难我了，便指着高心夔说，你给他的名字补个上联。我略微想了一下，高声叫：矮脚虎。众人听了哈哈大笑。"

杨度也大笑起来说："再妙不过了。"

王闿运也很自得地咧嘴大笑，笑过后说："皙子，你看看天道公平不公平！就是这两个连'八年九子四登科'，都不能很快对出的人，结果一个点状元，一个点探花。所以以后的会试我也不经意了。有一科，我干脆给房师开了一个玩笑，在场上洋洋洒洒地作了一篇万言大赋，弄得十八房房师个个张口结舌，不知如何处理为好。"

一个蚊子突破重围，盯上了王闿运的脸，他用蒲扇朝脸上打了一下，继续说："好了，不扯远了，言归正传。那科下第后我寓居法源寺读书，一面托人打听寻个馆，总得赚点钱才行，自古以来长安米贵，白居大不易呀！高心夔告诉我，说肃中堂聘我到他府上做西席，俸金为每月三十两。三十两，你晓得在当时是个什么价吗？"

杨度摇摇头，他那时还未出生，如何知道？

王闿运抽了两口烟后，自己作了回答："那时京师一般的西席月俸在六至八两之间，肃中堂开的四五倍的价。早就听说肃顺的器局开阔，果然名不虚传。我高高兴兴地去了。肃府的学生只有两个，一个是三姨太生的，一个是五姨太生的。论天资，都只能算中等，所以我这个西席容易做，于是经常有空给他代拟奏章。有次有篇奏折大受文宗赞赏。从那以后，肃顺对我更器重了，常常和我商量国家大事。肃顺时常感叹国家弊病甚多，人才匮缺，力劝文宗重用汉人，大胆革故立新。我于此看出肃顺非庸人，极想促成他做成几桩大事，我自己也可借他之力略展一点治理天下的抱负。”

“先生想促成他办几件什么事呢？”杨度想这正是老师的真才实学之处，故格外用心倾听。

“第一件大事，便是保全左文襄。你是湘军的后裔，应该知道樊燮与左文襄当年打官司的事。”

“这事我听伯父说过，当年若没有先生和郭侍郎的主意，左文襄那时就没命了。”

“是这样的。这件事我就不说了。再一个就是劝他整饬吏治，这就有后来的户部宝钞案。”

这件事杨度也从伯父那里略听到一二，肃顺因此事得罪人太多，才陷于孤立。不过，他的伯父并不知道此事是王闿运出的点子。

“还有一件绝密的事，我今天告诉你，但你绝不能说出去。你若不慎捅了出去，我这条老命就没有了。”

“什么事这样严重？”杨度肃然挺直了腰。

“文宗与其弟恭王素来不和。那时，文宗的病一天天沉重起来。有一天，肃顺哭丧着脸对我说，皇上看来活不久了，万一龙驭上宾，局势将会出现大变动。我看得出，他是在为自己今后的处境担忧。他因刚愎自用，在朝中所树之敌甚多，全凭着文宗这座靠山才借以立住脚跟，万一靠山真的一倒，他就危险了。他说他最怕恭王，恭王与文宗兄弟不和，迁怒于他，且恭王志大才高，受朝廷拥护。文宗一死，他就会落在恭王的股掌之中，后果不堪设想。我却对他说，依我看来，最大的敌手还不是恭王，而是西边的那个，西边，指的谁，你知道吗？”

“我知道，当今的慈禧太后。”杨度答。

“是的。”王闿运又抽了一口烟，说，“西边的那位不是普通的女人，精明能干，贪权嗜利。怕的是她今后挟幼子号令天下，置你们这班老臣于不顾。肃顺说那个女人是值得防范，你能有什么好法子吗？我轻轻地说，你要劝皇上效法汉武帝处置钩弋夫人的办法，死之前，赐西边的一根白绫绸，最大的后患便去掉了。肃顺高兴地说，好主意，皇后一向宽厚，对老臣们很是尊敬，西边的先死去，皇上大行后朝廷就不会出大乱子。过了一会儿，肃顺又阴沉地说，皇上仁弱，没有汉武帝的魄力，要他亲自下令绞死为他生下唯一儿子的贵妃，他很可能下不了这个决心。我一听也冷了下来，思索片刻后说，中堂大人要力劝皇上为江山社稷着想，割舍匹夫匹妇的小仁小慈，把此事办成。若万一皇上下不了这个决心，就劝皇上留一道遗诏给皇后，限制西边，防备她今后仗着儿子的势力干涉朝政。肃顺答应尽力而为。十多天后他告诉我，皇上果然不同意做汉武帝，还说西边的为爱新觉罗的家族立了大功，她应该享有她应得的名分。不过皇上还是给皇后留下了一道遗诏。遗诏上说，若那拉氏今后恃子而骄，可凭此诏按家法办事。听了肃顺这段话后，我知道祸不远了。这时，洋人打到京师，皇上仓皇北狩，我不能随驾去承德，既然无法为肃中堂赞画参谋，只得离京南下去找曾文正，请他帮忙。谁知曾文正私心太重，采取坐山观虎斗的办法，眼看着文宗死后，西边的和恭王携起手来，废除顾命制而行垂帘制。大清王朝从此江河日下，尽管长毛平后，曾文正他们口口声声喊中兴，那实际上是他自己想做中兴第一臣，国家何曾中兴过！”

说到这里，王闿运停下手中的蒲扇，面色陡然凝重起来。烟熏火燎之间，杨度仿佛发现，对面坐着的是一位饱经世故令人尊崇的历史先哲，而不是往常那个随和平易、颇有点玩世不恭的诗酒名士。

“不知怎么的，劝文宗效汉武故事的话传到了西边的耳里。她一再追问这是谁出的主意。肃中堂反唇讥道，我肃某饱读经史，杀钩弋的故事，还要别人来提醒吗？你把我看成如你一样的人了！西边的大怒，竟然违背祖制，将努尔哈赤的子孙杀之于菜市口，这个女人的心真狠毒。多亏了肃中堂没有说出我的名字，不然的话，哪还有我们今夜师生谈辛酉政变的往事啊！”王闿运的语调明显地变了，杨度惊讶地发现，在先生那两个突出的泪囊上，竟然挂着几滴泪水，只听得王闿运喃喃自语，“人诋凶逆，我自府主。今生今世，我是永远不会忘记肃中堂的恩情的。”

明杏斋的这一夜，在杨度的脑海中留下了极其深刻的印象。多少个日子里，三十多年前那场震惊华夏的政变，都在他的眼前浮现，他对先生的尊敬也由此而渗透到了感情的深处。

转眼到了秋天，一个秋风飒飒秋雨绵绵的上午，王闿运对杨度说："今天我带你进城去看望一个人。"

杨度问："先生要带我进城去见什么人？"

"上船吧，到船上后我再告诉你。"

船山书院有一条专供王闿运往返城里的船。船用深黄色桐油涂得亮光光的，船舱里摆着一张小几，备了一个藤躺椅，是给王闿运坐的，另有两张小凳子，是陪同进城的人坐的。驾船的是个三十多岁的汉子，大家都叫他陈八。陈八认为自己的差使是桩顶荣耀的事，他把船收拾得熨熨帖帖，尽量为王山长创造一个舒适的环境。王闿运一上船，他就端来一壶酽茶、一碟花生瓜子，再递来一把擦得干干净净的锡水烟壶。这些都是陈八自己掏钱准备的。陈八一个划船的工役，有几多收入，常年这样供应王闿运，他能供应得起吗？其实，羊毛出在羊身上。

王闿运的文名大，远远近近时常有官绅豪富之家前来求他写寿序，写墓铭，或有文人刻书的，也来求他作个弁言。许多人与他并无一面之交，又听说他有点名士派头，不敢当面找他，便辗转托人。受托最多的要数周妈，周妈便借机索取报酬，这几年来从中牟利不少。有的人则看中了陈八。陈八专为山长划船，从东洲到太子码头有五六里水路，要划半个时辰。遇到王闿运一个人坐船的时候，陈八便在殷勤的招待之后，小心翼翼地代人提出求文的事。王闿运喜欢陈八的勤快，也为了稍稍补贴他，凡陈八提出，他基本上都应允。陈八为人厚道些，所索不多，慢慢地找他的人还超过了周妈。王闿运也不把陈八抢生意的事告诉周妈，故陈八很是感激，招呼得也越来越周到。

"皙子，八伢子的花生，你只管吃。"王闿运抓起一把花生放在手上，见杨度讲客气，笑着说。

"杨先生，你也难得坐一次船，莫讲客气！"陈八在窗外撑篙，听到王闿运的声音，知道这个年轻人是山长的得意学生，便也来劝。

杨度答应一句，抓起几颗落花生，一边剥壳子，一边问："先生，你带我进城去看谁？"

王闿运拍打着长布衫上的破壳残屑说："你应该知道，衡州府是做过都城的。"

"知道，吴三桂兵败前夕，为了过皇帝的瘾，在衡州府登基称帝，这里于是做了几个月的大周都城。"

"大周皇帝吴三桂登基后封的丞相是他的族侄吴永桢，我们要去看的就是吴永桢的七世孙胡三爹，他老人家今年八十六岁了。"

“吴永桢的七世孙怎么会姓胡？”杨度觉得奇怪。

“当年吴三桂死后，他的孙子吴世璠继位，衡州府很快被朝廷的军队攻破。吴永桢侥幸逃出了城，而他的全家都死在乱兵中。为逃避清廷的追查，吴永桢改名胡桢，在江湖上流落了许多年。直到风声全部平息之后，他又重新来到衡州府，在当年大周朝的皇宫边建了一间小房子住下。后来又娶妻生子，他的子孙也就姓胡不再姓吴了。”

“胡三爹年轻时做什么？”杨度问。

“靠测字为生。”

“测字也能糊口吗？”

“能。”王闿运喝了一口茶，望了望舱外，牛毛细雨仍在下，江面上迷迷濛濛的，几乎看不到船只，一派秋风秋雨愁煞人的样子。“你不要小看了测字的，这里面的学问深得很哩。胡三爹曾经给我讲了一个故事。明朝崇祯年间，李自成、张献忠等人揭竿起义，国本动摇，崇祯帝每天在忧急中过日子。有一天，他万般无奈了，叫太监出紫禁城到街市上去找一个最会测字的进宫来，他要测字。”

皇上也要测字，这可真是好听的故事。杨度聚精会神地听着，连陈八也放慢了摇橹的速度，在船尾偷偷地听。

“太监遵命在大栅栏找到了一个七十来岁的姓佟的老头子。这人驼着背，人称驼背佟，是京师有名的测字人。驼背佟进了宫，崇祯皇帝赐他坐，问他测字测得准不。驼背佟说，我测了五十年的字，从万历爷手里测到如今，摊子一直摆在大栅栏，若测不准，我这口饭还吃得下去吗？崇祯想想这话也有道理，便说，我召你进宫，要你测字，你可要讲真话讲直话，不可花言巧语哄骗朕。驼背佟说我这个人最直，向来不讲假话，请万岁爷赐字吧！崇祯想了一下，说测个‘友’字吧，说着用手指在手心上写了个‘友’字。驼背佟一见忙说，万岁爷所赐的这个字不好。崇祯心里一惊，说哪里不好。驼背佟说，‘友’乃‘反’字出头，意谓国家到处都有造反的人在出头闹事。这一句话正打中了崇祯的心病，他脸色陡变，改口说，朕说的不是朋友的‘友’，而是有无的‘有’。驼背佟见皇上要滑头不认账，心里冷笑，说，这个有无的‘有’更不好。为何更不好？崇祯此时背上已冒出了冷汗。驼背佟说，这有无的‘有’，拆开来写，‘大’字少一捺，‘明’字少一‘日’，意味着大明江山将要丢掉一半。崇祯心里咚咚乱跳，又改口说，朕说的不是有无的‘有’，而是酉时的‘酉’。驼背佟听后皱起了眉头，说，万岁爷，这更加不好了，这

'酉'字乃是'尊'字去头去脚。尊者，万岁爷之谓也，去头去脚者，乃遭人砍杀也。看来万岁爷要大祸临头了。崇祯一听，瘫倒在龙椅上。皙子，你说这测字的本事大不大？"

"大，真是大极了！"杨度发自内心地称赞。

"王山长，船靠码头了！"陈八在窗外喊。

"上岸吧。"王闿运说着起了身。

杨度撑开油纸竹骨伞，紧挨着王闿运走过跳板，踏上了太子码头，然后穿过先姬巷，通过吉祥街，再走两里多路，便到了钱局巷口。进了巷子，没走几步，王闿运在一家低矮的旧房子面前站住了，一边用手叩门，一边高喊："胡三爹，开门！"

喊了两声后，里面传出一个嘶哑的声音："来啦，来啦！"接着门打开了，露出一个头发胡须全白的老头子，满脸皱纹，身材矮矮小小的。老头子一见是王闿运，高兴得咧嘴笑起来，说："贵客贵客，下这么大的雨，你还进城到我家来，不敢当。"

王闿运进得门来，向胡三爹介绍："这是我的学生，杨度杨皙子。"

杨度有礼貌地鞠了一躬："胡三爹，久仰久仰。"

胡三爹说："皙子先生客气了，我一个糟老头子，哪里值得久仰。"说罢，将王闿运师生带进屋里。

屋子很矮，只有一扇小窗户，本来光线就不好，再加上外面下雨，更显黑暗。王闿运说："点盏灯吧，你是夜猫子，习惯了，我可不行。"

胡三爹答应一声，打起麻石头，把纸捻点燃，然后再点起一盏小小的豆油灯。借着灯光，杨度看清了，原来屋子里简陋得出奇：一张黑不黑白不白的旧桌子，其中一只脚断了半截，用几块破砖头垫着，五六块木板架在两条长凳上，上面铺着一张旧草席，就成了床。只有一条方凳，胡三爹让王闿运坐在上面，自己坐在桌子边的一个旧木箱上。杨度没有地方坐，便坐在木板床上。胡三爹张罗着要烧开水，又说要上街去买麻花麻丸，都被王闿运制止了。寒暄几句后，王闿运说："你把我召来做什么呀，害得我心思费尽想不出。"

胡三爹嘿嘿笑了两声，说："我请你来看一部书稿。"

"书稿？你写的？"王闿运颇觉意外。

胡三爹摇摇头，说："不是我写的，是我先祖写的一部关于吴三桂起事的秘史，胡家代代相传。我无儿无女，眼看活不了几天，你是大学问家，我想趁着在生时托付给你，求你代我胡家保存。倘若今后遇有机会，能付之梨枣，得以在世上流播，那我将衔环结草以报。”

“你还藏着这样一件宝贝。”王闿运大为兴奋，发起感叹来，“吴三桂建的大周朝，历时只有三四年，而这几年实际上也只是在重兵压境和逃亡途中度过，谈不上一个真正的王朝。历史从来是胜利者的历史，失败而又短暂的王朝是没有自己的历史可言的。所以人们一提起秦朝来，只有坏的，没有好的，就是因为秦朝前前后后不过十五年，还没来得及为自己评功摆好便亡了。汉朝人为秦朝修史，哪有好话说？吴三桂的命运连嬴政也不如，真个是席不暇暖。我想，吴三桂其实也是个人物，不然也不会成就一番那样大的事业。但可惜，关于他的史料太少了。永历帝的事情多亏了王船山有本《永历实录》，还可供今人参考，吴三桂比永历帝重要多了，却没有一本记载他的信史，我一直在遗憾。你家有这样一本书稿，可真是大周朝的大忠臣。”

王闿运的感叹，让胡三爹听了感激不已。他站起身说：“我这就带你去取。”

“这么重要的书稿你不藏在自己的家里，又放在哪里呢？”王闿运边说边站起，杨度也离开木板床。

“王夫子，你看我这破屋子还藏得书吗？又潮湿又多老鼠，我放在马王庙的涂道士那里。涂道士是我几十年的棋友了。”

胡三爹领着他们师生俩走出屋子，也不锁门，穿街串巷，向马王庙走去。马王庙是祭祀唐末楚国的开创者马殷的庙宇，离钱局巷不远，很快便到了。马王庙不大，殿堂破落，瓦缝生草，一副衰微的气象。到了庙门前，忽听得里面传出一阵板胡声来，那声调高亢凄厉，杨度听来像是湘中一带的花鼓变调。转瞬间板胡声停了，代之以老年男子浑浊苍哑的歌声。胡三爹笑着说：“涂道士又在发酒疯了。”说罢就要去敲门，王闿运摇了摇手。大家停立庙门外，听里面唱道：

长鲸吸海波澜枯，神龙徙宅移其珠。
大千腥垢天净区，人天殒泣宗社芜。
昭陵魏侯烈丈夫，古之任侠今则无。
赤手欲将天柱扶，龙泉三尺随手俱。
酒酣看剑长叹吁，国仇哪忍忘须臾。
青天朗朗明月孤，行矣努力莫踟蹰。

歼除毒虺斩平狐，妖魅闪尸伏其辜。
血腥荡涤剑不污，成功皈为祖师徒。

老道倚于草团蒲。

歌声戛然而止。

“好一个血性汉子！”王闿运赞道。

“这老鬼一定是喝醉了，又在这里吵得四邻不安。”胡三爹用力捶门，喊，“涂疯子，快开门！”

“去你娘的，老子歌还没唱完哩！”里面传来一句粗野的回话，板胡又扯了两下，看样子那人又要唱了。

“快开门，快开门，你胡三老哥来了！”胡三爹似被激怒，用力捶打，震得门上的陈漆都掉了下来。

“来啦，来啦，你胡三老哥又不是当今的皇太后，神气个屌！”说着门呀的一声开了，面前站着的竟是一个满脸通红、破袍烂鞋的老道士，那一头苎麻似的长发乱七八糟地在头上打了一个结。这副模样，极像传说中的济癫和尚蓄了发。杨度看了不觉发笑，心想若不是跟着先生前来，自己哪怕就是在衡州府住上十年八年，也不会跟今天这两个怪老头子扯上。

“船山书院的山长王壬秋先生来了。”胡三爹介绍。

“你就是大名鼎鼎的壬秋先生！失敬，失敬。”涂道士脸上立刻换上亲热的笑容，伸出双手来，做了一个请的姿势，又望着杨度问，“这位是？”

“这是壬秋先生的高足杨皙子先生。”

“请进，请进。”涂道士说，“难怪我今天高兴，原来有贵客光临。”

跨进大门，就是马王庙的正殿。那一尊王冕王服、仗剑挺立的马王塑像，因色彩剥落、黑烟满身，早已失去了往昔神圣的光辉，犹如一个滑稽的玩偶似的站在高台上。四面墙壁上绘着几幅图画，也因年代久远损坏过多，看不出个所以然来。殿中有一个大铁香炉。杨度走近一看，上面有“大楚长兴二年铸造”字样。长兴是马殷的儿子马希声的年号，距今将近千年。杨度在心里说：“马王庙里只有这个铁炉子值钱了。”

涂道士带着大家进了西偏房。这里面的摆设也简陋陈旧，与胡三爹差不多，只是多几条凳子，屋子高大些，光线足些。旧木桌上放着一个缺了口的小泥碗，旁边躺着一把老得掉牙的木板胡。看来，涂道士刚才就是坐在这里一边喝酒，一边自拉自唱的。

刚坐定，涂道士就朝东偏房大喊大叫：“聋崽子，到前街去赊十斤胡子酒、一碗猪脑壳肉来！”喊过后，对王闿运赔笑道：“他是个聋子，声音不大听不到。”

果然，从那边偏房里走出一个十六七岁的小道士来，穿着皱巴巴的黑道袍，脸上脖子上都是污垢，像有十天半个月没洗脸似的。让这样的人去买酒肉，杨度觉得有点恶心，见先生笑嘻嘻的，毫不在意，他也只得忍住。

“道长，我们师生吵烦你了，你也不要去赊了，把这块银子拿去，多换点酒肉来，可能有二三分重，都去买了，吃不完，剩下的归你们老哥俩。”王闿运从衣袖里摸出一小块碎银，放到涂道士的手里。涂道士也不推让，对聋崽说：“提个篮子去，尽银子买，鸡鸭鱼肉，都买熟的来。”

聋崽挎了个大篮子出庙门去了。胡三爹说：“涂疯子，你把我那个宝贝取下来吧，我要把它送给王壬秋先生了。”

“传了两百年的宝贝，你舍得送？”涂道士诡诈地笑着。

“不送，今后给我垫棺材板？在壬秋先生手里才真的是宝贝哩，挂在你涂疯子的庙里，还不是一堆废纸！”

涂道士也不搭腔，搬来一个竹楼梯，靠在墙壁上。他登上梯子，从梁上取下一个包包来。杨度看那包包，黑乎乎的，上面满是灰尘。涂道士拿来一块油晃晃的脏抹布，将灰抹掉，露出来的竟是一个黑黄黑黄的小牛皮包包。胡三爹从门后摸出一把锈菜刀，用力一割，把包包上的粗麻绳割断。打开牛皮，里面现出一个青布包。再打开青布，突然露出一片黄灿灿金光来。王闿运、杨度忙弯下腰去看，原来是一块上等金丝织就的蜀锦包的小包。虽然历经两百年了，那织锦依然色彩如新，上面的花鸟仕女图案清晰明亮。杨度还似乎嗅到了蜀锦里散发出来的麝香味。胡三爹把手使劲地在长衫上擦了几下，然后双手捧起这个锦包，犹如捧出胡家十代单传的婴儿似的，颤颤巍巍地来到桌子边。他把锦包放在桌上，再小心地打开，锦包里跳出一本寸多厚的装订得十分精致的书稿来，蓝色的绸面上贴了一条约六七分宽两寸来长的白纸带，纸带上端端正正地写着四个字：“大周秘史”。字体为篆书，端秀厚实，墨色光润，擅长书法的杨度暗暗叫奇。

王闿运轻轻打开封面，将目次翻了一下。书名题作《大周秘史》，实则从吴三桂镇守山海关时写起，直至洪化三年吴世璠被杀时为止。书稿的纸张用墨都不是寻常俗品，字体均为端正的楷书，令人观之十分悦目。这时，聋崽挎着篮子回庙了。胡三爹将书稿重新用蜀锦包好，外面还加上那块青布，双手递给王闿运，庄严地说："今天，在马王爷的面前，我将我们胡氏的传家宝交给您了。"

王闿运郑重地接过，说："我一定不负三爹的重托，认真拜读，妥善保管。只要条件允许，我便设法将它刻印出来。倘若万一我等不到这一天，还有我的门生杨度在这里，他会实现这个目标的。"

杨度忙说："学生谨记于心。"

"来来来，坐下喝酒！"涂道士已将酒菜摆满了一桌子。四个人一人一方。聋崽子依旧进他的东偏房。涂道士说："不要管他，他要为娘吃三年斋。我是野码头，什么都吃，当了五十多年的道士了，一天也没断过酒肉。"

"好，好，吃吧！"王闿运爽快地答应。主人将他推向上席，他也不客气。杨度挨着老师坐下，胡三爹、涂道士各占一方。四人开怀畅饮起来。别看胡、涂二人都到了耄耋之年，吃起东西来一点也不亚于年轻人。酒过几巡之后，真情愈加袒露。杨度觉得他们虽地位卑贱，穷困潦倒，却世情丰富，识见深刻，尤其是那一腔率真之情，士林官场上是绝对看不到的。久处这种环境的杨度今日心情十分舒畅，他突然领悟到，为什么刘邦的父亲不愿在长安当太上皇，宁愿回丰沛故邑与斗鸡屠狗者为伍，原来此中自有人生真味！他奇怪先生怎么会与衡州府里这班人联系上的。

"胡老哥，你的那个宝贝我偷看过一次。"在杨度遐想的时候，面孔鼻子重又通红的涂道士醉醺醺地说。

"什么时候偷看的，你为何不对我说一声？"胡三爹喝得差不多了，但脸却青青的。

"我说胡老哥呀，你的那个丞相先祖真是个人才，但可惜是明珠暗投呀！"涂道士又一次端起酒杯，衡州甜蜜蜜的胡子酒就有这样的魅力：越是喝醉了越是要喝！

"涂老弟，你说的有一半对，有一半不对。我的先祖跟随吴三桂一辈子，前半生吴三桂对他是言听计从的，后半生常常自以为是，不大听了。吴三桂也是人杰。壬秋先生，你是大学问家，你说是吗？"

"不错，吴三桂是人杰，令先祖也是人杰。"王闿运接过话头。他也喝了不少酒，但他酒量大，尚无醉意。杨度一直吃喝得不多，他在专心听。

“我最佩服你那丞相先祖的两处表现，若是吴三桂都照办了，这天下早就又回到我们汉人手里了，哪有今天割地赔款的奇耻大辱。伤心呀，满虏真把我们中国人的脸丢尽了。”涂道士说到这里，两眼竟然涌出泪水来。他也不去擦，任其在满是皱纹的脸上滚着，仿佛一条小溪在坑坑洼洼的坡地上流淌。满桌哑然。杨度想起进门前道士唱的歌里有“酒酣看剑长叹吁，国仇哪忍忘须臾”等词，这样地位卑贱的老人，居然有如此强烈的爱国之情，杨度不觉感慨起来。“位卑未敢忘忧国”，卑而不忘国事的何止一个陆放翁啊！

“老弟，你说的是哪两处？”胡三爹的声音出奇的温和，显然老头子也动了感情。

“一处是顺治刚死，康熙登位的时候，那是一个好时机。康熙那时只是一个八岁的小毛孩，一点人事不懂，国政掌握在其祖母孝庄太皇太后手里。孝庄虽号称厉害，但毕竟是个妇人。那时候满人入关只有十多年，还没有站稳脚跟，朝廷又群龙无首，的确是个难逢难遇的好机会，吴三桂若接受你那个丞相先祖的建议，趁机在云南起兵，打着驱赶满人恢复汉家江山的旗号，必定可得到大多数人的拥护，成就大事。但吴三桂却说顺治于他有大恩，不能欺负人家孤儿寡妇。他对满人抱这个感情，真是无大英雄的眼光。”

“令先祖真的有这个建议？”王闿运不知道这段史实，听了涂道士的话，不觉对胡三爹也生出敬意来。

胡三爹点点头说：“书稿里有记载。”

“令先祖见事之明，不在蒯通之下。”王闿运以手指头点着桌子，从心里发出赞赏。

为了不至于醉倒而在大学问家面前说胡话，涂道士克制自己不再喝酒了，他从一个破水缸里舀出一瓢冷水，咕噜咕噜地喝了几大口，再用瓢里的剩水洗了洗脸，撩起道袍将水擦干。他觉得头脑清醒多了，重新坐到桌子边，说：“第二处更可以看出你先祖的过人本事。吴三桂起兵后，开头战事十分顺利，贵州、四川的文武官员都响应，西南河山尽属吴氏。此时，你先祖向吴三桂提出，宜出巴蜀，据关中塞殽函以自固，待后方布置停当，再率兵由宛、洛入北京。”

“这是效汉高祖故事，是个好计策！”王闿运说。

“可惜，吴三桂没有听家先祖的话。”胡三爹叹息了。

“吴三桂的军队打下长沙后，那位老先生又建议立即渡江，全师北上，取幽燕腹中之地。吴三桂又不同意。”

“太可惜了！”杨度禁不住插嘴。

“后来，朝廷调集各方兵力，将湖南团团围住。老先生又急言，满人弱于水战，不如大掳民船，火速浮江东下，占领金陵，凭借长江天堑，与满人划江而治。”

“这是后来洪秀全的路子，已落下招了。”王闿运评道。

“就是这样不得已的下招，吴三桂仍旧没听，终于将自己困死在湖南。”涂道士边说边不知不觉地又端起了酒杯。

“所以说，令先祖是明珠暗投。”涂道士绕了半天圈子，又回到开头的结论上来。

“这大概是满人的气数那时还正在兴旺时期吧！”胡三爹无可奈何地自圆其说。

酒吃得差不多了，聋崽过来收拾残菜剩汤，随后又端来几杯热茶。王闿运喝着茶，对胡三爹说：“我这个门生对测字有兴趣，你给他测个字玩玩吧！”

胡三爹尚未开口，杨度忙说：“胡三爹，你给我测一个字吧！”

涂道士也在一旁助兴：“老哥，好久没有听你瞎扯了。你再胡乱扯一通，也让我醒醒酒。”

“测字是真学问，哪里可以胡乱瞎扯的。”胡三爹笑着说，“皙子先生，你就随便报一个字吧！”

杨度略想了一下，说：“胡三爹你老住钱局巷，就测个钱字吧！”

胡三爹摸摸下巴上几根稀疏的白胡子，思忖了一会儿说：“‘钱’，乃三个字组成，右边两个‘戈’字，南戈北戈相斗；左边一个‘金’字。金者，贵也。干戈相斗之际，有贵人出来。目前人心浮动，四海不宁，内忧外患，随时可起大规模的刀兵相争。可以预测皙子先生将在争斗中赢得贵重的身份。”

“真的吗？”杨度大喜，想起先生在船上给他讲过的测字故事，也想借此试探一下这位测字老人的本事，于是说：“胡三爹，我不用钱局巷的‘钱’，我用乾坤的‘乾’。”

“‘乾’字也是好兆头。”胡三爹说，“‘乾’之左边，双十拱日，说不定哪年逢双十的时候，中国就会出现大变，乃拱出来一个新朝代新天子。右边为乞，乞者，求也，得也。皙子先生将在新朝中得大贵。”

“有这样好的事？”杨度欢喜过望，进一步试探，“胡三爹，我也不用乾坤的‘乾’，我用的是汉代博望侯张骞的‘骞’。”

“恭喜先生。”胡三爹起身，满脸堆笑，“‘骞’乃宰相头，千里马之尾，皙子先生正是一匹千里马，将来必定在新朝中得宰相之位。”

“胡三爹取笑了。”杨度忙站起还礼，心里早已喜气洋洋了。

涂道士说：“杨先生，我与胡老哥相交五十年，听他讲测字也讲了五十年，从来没有听到他讲过连测三字，三字都说到一个点子上的事。老道不会测字，但会观国运，会看人相。依老道看来，中国大乱就在眼前，满人气数也到了尽头。杨先生仪表非俗，又能得到壬秋先生的栽培，前途不可限量。我实话告诉你吧，胡老哥这本祖传的《大周秘史》，集中了中国两千多年来的纵横之术。读通了它，自会有意想不到的收获，愿杨先生好自为之，在不久的大变局中一显身手。”

涂道士说完后，王闿运微笑着对学生说：“皙子，听清楚了吗？这本《大周秘史》先由你读三年，三年后再还给我。”

“谢先生和二位老伯的厚爱。”杨度深深一鞠躬。

此时，外面的细雨早已停止，王闿运师生告辞出了马王庙。在回东洲的船上，杨度迫不及待地打开蜀锦，偷偷地看了几页。谁知这一看，他便再也不能丢开了。

三　新政给古城长沙带来了生机

回到东洲后，杨度一头栽进《大周秘史》中。由于吴永桢三十多年间一直参与吴三桂机密，对于吴三桂及其部属如何与满洲联络导致了清兵顺利入关，如何为清廷开拓西南疆域，逼杀永历帝，扑灭南明王朝，又如何处心积虑密谋造反叛乱以及如何策划用兵打仗，攻城略地，到最后如何应付危局，又如何儿戏般的登基称帝，安排后事等，他都写得十分细致生动。且因为这已是完全失败后的闭门著述，从下笔那天起，他就抱着藏之名山、传诸其人的宗旨，故这部书稿没有所有公开刻印的那些正史野史的通病：为尊者讳为贤者讳以及其他种种原因而有意无意地篡改历史。

吴永桢以对天地神明负责的悲壮情怀，秉笔直书，不做任何掩饰。一部三十多万言的稿本，把两百多年前那桩移鼎之变记录得再真实不过了，其中尤以满洲皇室与吴三桂之间或公开、或隐蔽的互相利用互相猜忌勾心斗角倾轧诡秘的活动写得更为丰富，超过了历代任何一部史书。杨度从《大周秘史》中所获得的帝王之学、纵横之术，也远远超过了从经史典籍、稗官野史里所获得的这方面的知识。从那以后，明杏斋逢五之夜的特殊课程，基本上是师生二人对这部奇书的研讨。王闿运凭着渊博的学问，并结合己身的实践经验，往往又能对该书及吴三桂事件发出许多杨度想不到的宏论，时常给他以深刻的启迪。春花开，秋月落，一年又过去了，怀抱壮志的年轻举人于帝王之学打下了牢固的基础。

这期间，康有为和他的弟子梁启超已把维新启蒙运动推行得红红火火轰轰烈烈，北京、上海、广东、江苏、福建、广西等省都出现了新气象，其中尤以湖南的新政最为引人注目。

正当《马关条约》签订的时候，江西义宁人陈宝箴由直隶布政使任上升调湖南巡抚。陈宝箴学问优长，为官干练明识有胆魄，是晚清极有作为的官吏，只因出身乙榜，故而一直沉沦下僚。直到五十多岁才为朝廷看中，擢升浙江按察使，又调湖北按察使，再升为直隶布政使。海战失败，屈辱条约的签订，强烈地刺激了陈宝箴的爱国之心。久处官场，他对于国家的弊病也看得很清楚，深知大清要从衰败中走出来，非大变祖宗成法不可。为此他十分欣赏康有为的维新学说，认定康的一系列变法措施是救国良方。他上疏光绪帝，称赞康有为和他的弟子梁启超博学多才，议论宏通，言人之所不敢言，为人之所不敢为，实大清朝的忠臣，请皇上破格提拔，委以重任。疏上不久，就奉旨调任湖南巡抚。他心里很清楚，这说明皇上赏识他的这番见解，赋予他方面之权，鼓励他在所辖之境实行新政。六十四岁的陈宝箴感激皇上的信任，决心在须发皆白的垂暮之年好好地干一番实事。

布政使俞廉三体弱多病，不大多管事。署按察使黄遵宪四十多岁，是个颇有名气的学者诗人。他多年来出任海外，在日本、美国、英国做过参赞、总领事等职，熟悉西方各国情况，尤其对日本的明治维新研究有素，急切盼望自己的国家也能像日本一样，通过变法而迅速富强起来。学政江标还只有三十多岁，功名顺遂，年纪轻轻便中进士点翰林。他器识明远，雄心勃勃，目睹国家现状，慨然有矫世变俗之志。

陈宝箴、黄遵宪、江标志同道合，一腔热血，遂精诚团结，和衷共济，在湖南率先推行维新事业。陈宝箴年轻有为的儿子陈三立前年中的进士，如今在吏部任主事，常常把京师的动向通报老父，为湖南的变革出谋划策。在这场震古烁今的变革中，陈宝箴还得力于一个著名人物的襄助。此人即中国近代史上最为壮烈的英雄谭嗣同。

谭嗣同字复生，号壮飞，其父谭继恂官居湖北巡抚。谭嗣同博览群书，识见高远，鄙视科举，好经世致用之学。他只身游历大半个中国，观察风土人情，结交名士豪杰，常发“风景不殊，山河顿异，城郭犹是，人民复非”的感叹。他愤而著《仁学》，发挥王船山的道器观念，认为“器既变，道安得独不变”，力倡变法，尖锐抨击纲常名教，发誓要冲绝一切罗网，并决心为此而献身。谭嗣同不仅思想深刻，更兼武功高强，慷慨豪放，是当时声动朝野的名公子，有很大的号召力。

陈宝箴得天时、地利、人和之助，两年多时间里，在三湘四水大力推行新政。设矿务局、官钱局、铸造局，又设电报局、轮船公司，修筑湘粤铁路，创办南学会、算学馆、湘报馆、时务学堂、武备学堂、制造公司，发行《湘学报》《湘学新报》，又专从上海购进维新派的重要刊物《时务报》，免费分发各州县。尽管遭到了以王先谦、叶德辉为代表的顽固守旧派的反对、诋毁，但维新运动仍在全省各地广泛开展，取得了令人欣喜的成效。湖南所有新政中，办得最为出色的便是时务学堂。

陈宝箴任命熊希龄为时务学堂的提调。熊希龄还只有二十七岁，湘西凤凰人，与陈三立同年中进士，他有幸被选为翰林院庶吉士，这时正在湖南。陈宝箴接受儿子的建议，礼聘梁启超任中文总教习。谭嗣同又荐举自己的挚友唐才常任中文分教习。熊、梁、唐均一时人杰，更兼梁启超名满天下，遂把一个临时搭起来的时务学堂办得有声有色，引得一批热血热肠的湖湘子弟纷纷投奔，还有不少湖北、江西、广西的年轻士子也慕名前来。

船山书院有个热血沸腾的青年，也是湘潭人，名叫刘揆一，字霖生。其父刘方峣早年也是湘军中的小头目，后因仗义放走了太平军的一个总制，怕上司追查，便离开湘军回到湘潭老家躲了起来，直到金陵打下后再出来办事，经朋友介绍在湘潭县衙门做了一名小小的衙吏。刘方峣慕王闿运的大名，送已中秀才的长子揆一拜在王氏门下。王闿运到东洲任教，身边的一群弟子也追随来到东洲，刘揆一即为其中之一。刘揆一不仅书读得好，而且办事能干，在士子中颇有威信。他对时务学堂的教学甚是仰慕，认为国乱民危之际不是潜心故纸堆的时候，要的是能够拯救社会的真才实学，而时务学堂恰是培养如此人才的摇篮。他在士子中一宣传，便有一批人都听他的。终于有一天，他领着几个最为知心的朋友，悄悄地在渡口边坐上一艘小火轮，鸣笛鼓浪奔向长沙，临走前托门房转交一封信给老师。

王闿运看了这封信后，长长地叹了一口气，并没有指责刘揆一。过了几天，又有几个士子走了。王代懿也有点坐不住了，常常对杨度和夏寿田嘀咕，埋怨老父亲主持下的船山书院没有生气，总是老一套，跟不上时代的步伐。夏寿田是一心一意遵父教，要在明春名登金榜，不管外面闹得如何轰轰烈烈，时务学堂如何名震海内，王代懿如何嘀咕，他都雷打不动，天天焚膏继晷，孜孜不倦地埋首于四书文试帖诗中。杨度本是一个热衷于时务的人，也早就想去长沙看看了，何况梁启超又是故人！

“先生，我想日内到长沙去一趟。”杨度和代懿商量了两天，做出了决定。代懿怕父亲骂他，不敢出面，怂恿杨度先去探探口风。

“皙子，你是不是也要去投奔时务学堂？”王闿运停住手中的笔，颇为惊讶地问。王闿运自己有一门特殊的功课——抄书。从十六七岁开始，他便立志将所有他认为值得反复诵读的书，不论经史子集，不论厚薄，也不论家中是否有以及今后买不买得起，他都手抄一部。他认为经自己手抄后能记得更牢，领会更深。近五十年来，寒冬不停，酷暑不辍，闲时多抄，忙时少抄，凭着坚强的毅力，他抄了将近三千万字的书，仅这一点，王闿运也堪称当时学界一绝，令天下读书人倾倒。到了船山书院后，他又开始了二十四史中的最后一部《明史》的抄写。此刻，正在抄《张居正列传》。他放下笔，端起茶杯，喝了一口周妈为他泡好的冰糖红枣茶。

“不是。”杨度赶忙回答，“到长沙去，一来是想见见梁启超。那年在北京时，我和他交了朋友，他来长沙好几个月了，我不去看看他，心中不安。二来我也想劝劝刘霖生他们，想让他们早点回到先生身边来。”

“哦，是这样的！”王闿运放下茶杯，脸上露出浅浅的笑容，说，“梁启超是个难得的人才。我虽然不赞同他的所谓民主民权，但我佩服他的文章写得好，很有煽动性，此人是一个很好的鼓动家。你有这样一个朋友，理应去会会。至于刘揆一等人，你大可不必劝说，人各有志嘛，我王某人难道还缺弟子吗？”

王闿运把左手边一叠已抄好的纸拢了下，顺手拿起一块龟形黑色大理石镇纸压在上面，问杨度：“几时启程，一个人去吗？”

“先生既然同意了，我明天就动身，代懿和我一道去。”杨度见书桌上砚台里的墨汁干了，便从旁边一个精致的小瓷瓶里倒出一匙清水来，拿起那支径长一寸粗的徽墨，为先生轻轻地磨起墨来。

“代懿也去，他为什么不自己来跟我说？”

“他怕先生不准他去，骂他。”

王闿运望着杨度手中慢慢转动的墨柱，心中陡然沉重起来。儿子想出远门，竟然自己都不敢说，要托别人来讲，已过花甲的老父亲心里很是难过。代懿是他四个儿子中最小的一个，人长得跟父亲年轻时一样的风度翩翩，但意志较脆弱，读书不用功，心思不沉静，至今还只是个秀才，王闿运不大喜欢他。前些年蔡夫人在，代懿尚不觉什么。蔡夫人死后，王闿运跟周妈关系亲密，代懿和他的哥哥姐姐妹妹们一样，腹中有非议，加之父亲又不太关心，他虽也来到东洲，但平时很少去明杏斋，父子感情越来越疏淡了。王闿运想起了夫人临死时的情形。那一刻，夫人从昏迷中醒过来，死死地握着他的手，反反复复地说，“我所生的四子四女，仅只有代懿未成亲了，你一定要为他找一个贤慧的姑娘。”王闿运尽管娶了莫六云为妾，但对夫人的挚爱并未少衰。他始终感激夫人在他贫贱时所奉献的纯洁爱情。

四十年前，王闿运还只是一个穷秀才，城南书院的山长丁取忠赏识他的才华，欲把亡友的女儿蔡艺生许配给他。丁把此意跟蔡母商量。蔡母说：“把王生带到我家里来看看。”王闿运来了，蔡母仔细审看了小伙子，又和他谈了一席话。王闿运走后，丁取忠问：“这后生子如何？”蔡母说：“王生长相谈吐都不错，就是家里太贫寒了。”丁取忠尚未来得及劝说，蔡艺生从屏风后面走了出来，红着脸对母亲说：“贫寒要么子紧！”说罢羞得赶紧躲进闺房。丁取忠大笑道：“小姐自己都同意了，你还怕她吃苦哩！”蔡母本来就对王闿运满意，见女儿不嫌他穷，就定下了这门亲事。洞房花烛之夜，王闿运笑着对妻子说：“见你的前夜，我做了一个梦，梦见了汉代的大孝女缇萦，这是一个好梦。我以后就叫你梦缇吧！”妻子含笑点头。四十年恩恩爱爱、苦乐与共的岁月一溜烟过去了，莫六云先走，梦缇也跟着走了，如今只剩下自己一个孤老头子。此刻，夫人临终前的嘱托又浮起，他深为自己这两年对代懿关心不够而负疚，决心要尽快地为儿子寻一门好亲。

“你要代懿到我这里来一下，我给他五十两银子，你帮他在长沙买一套像样的衣帽，过两年做新郎官时好穿。”

“好！”杨度十分高兴，看看墨也磨好了，便说，“我这便去告诉代懿。”

“慢点。”王闿运从博古架上取出一函书稿来，说，“这是叶德辉撰写的《经学通诂》，上个月打发仆人送来，要我给他做篇序。叶德辉这人虽然脾气古怪，人也长得丑，满脸铁丝麻，但做学问却肯下功夫。这部《经学通诂》的确不是覆瓿之作，你在路上可以翻翻。”

“是。”杨度答。

“我叫你送书给叶德辉，还有一层用意，你知道吗？”王闿运捧着书稿，不忙交出来。

“知道。”杨度答，“先生是要我借这个机会认识叶先生，日后好向他请教。”

“正是，正是。”王闿运高兴地直点头，“老杜说转益多师是吾师，这话是很有道理的。叶德辉精于版本目录之学，这方面的学问，我便不及他，他也可在这点上充当你的老师。他住在赐闲湖，早几年代懿跟着我到他家去过，代懿找得到。”

王闿运说着把书稿递了过来，杨度双手接过。

“先生，我去了。”

“去吧，路上多注意安全，代懿不懂事，你多留点心。叶德辉讲过这篇序言，他要送我二百两银子，你叫代懿收下莫讲客气。叶麻子的老子做过大生意，家里有的是冤枉钱。”

杨度和王代懿一到长沙，就为江面上兴旺的内河航运业所吸引。码头上人声鼎沸，装货的、卸货的、上船的、登岸的，把个零乱的河岸闹得热火朝天。时序虽是初冬，那情景让人看得似要热出汗来。他们在小西门码头上了岸，穿过下河街，从南正街进入闹市区。

街市上各色各样的公司、厂矿、局所招牌照得行人眼花缭乱，商店里货物充塞。往年冬季长沙城里所缺乏的香菇、玉兰片、红薯粉，现在填满了市场。平素稀罕的鱼翅、鲍鱼、干墨鱼、对虾等海味，也能在寻常南货店里见到。尤其是煤炭，以往一到冬季便令长沙市民发愁，煤炭既少又差且贵。此时杨度在南正街上看到两家煤炭店，堆得小山似的煤炭乌黑发亮。店门竖着黑漆大牌子，用白粉写着“耒阳白煤”四个大字，买煤的人也不拥挤。他们试探着问了几家伙铺，店家都摇头说客满。问哪来的这么多客人，回答说让各地来省城办矿产议修铁路的人包了。杨度感触极深地对代懿说：“想不到右铭中丞的新政给长沙带来如此生机！”

走完了南正街就到了又一村，又一村乃巡抚衙门所在地。过去，这里的气象严肃阴冷，老百姓宁肯绕道走，也不愿意通过衙门前那块空荡的大坪，唯恐遇到什么倒霉的事。今天杨度看到这里的行人不少，脸上并无惧色。高大仪门两旁的木栅栏上，挂上了四块五尺见方的大木牌，上面用红漆刷上四个宋体巨字“有耻立志”。杨度早就听说，这是抚台大人为时务学堂创办典礼的题词，不料竟以这样隆重的规格移到巡抚衙门的前门。这四个大字犹如四把烈火，日日夜夜在长沙城里燃烧，象征着爱国复仇之火永不熄灭；这四个大字又如四道警钟，早早晚晚在官吏缙绅士农工商心里长鸣不止，警告大家莫忘国耻，立志兴邦。杨度又在心中感叹：“倘若十八省的巡抚都像右铭中丞这样，大清帝国的中兴真正是指日可待了。”

正在这时，他看见大坪的一角围了一堆人。有一个人站在人堆中间，高出大家一个头，像是站在凳子上，正不时地把手臂挥舞着。杨度和代懿都是好热闹的人，便朝人堆走去。

“皙子你看，那不正是刘霖生吗？”王代懿惊奇地指着人堆中高出众人的那个人说。

杨度一看，不错，那正是他们要找的同窗刘揆一！只见他站在一条长凳上，往日胖胖的孩子脸上流露着严肃的神色，此刻正弯腰与旁边一个年轻人在说话。

“我们叫他一声吧！”王代懿说着便要喊。

“慢点，看霖生说些什么。”杨度制止王代懿，牵着他的手挤进人圈中。

“父老乡亲们！”刘揆一昂起头来，响起洪亮激越的湘潭官话，“我告诉大家一个好消息。刚才李君对我说，江学台已奉调即将进京，皇上要与他商议全国变法大计。”

“江学台一定要高升了。”

“皇上英明！”

一旁听演讲的人纷纷议论着。

“江学台是个大有作为的好官，此番进京，皇上必定会有大的委任。百年大计，人才第一。江学台在我们湖南办起了时务学堂，为湖南的教育事业打开了新路子。我和李君进时务学堂还只有几天，就学到了许多有用的新知识。我希望有志报国的年轻兄弟们，都到时务学堂去听听课。”

“请问，去时务学堂听课要交学费吗？”听众中有个十八九岁的后生子发问。

“只要不住学堂里，旁听不交学费。”站在刘揆一身边的李君回答。

“时务学堂收学生有什么要求吗？童生收不收？”又一个青年提问。

“收。时务学堂收学生不论出身，只要有志向学，一概收。”李君又答，“秀才、举人编高班，童生编低班。”

杨度拉着代懿的手说：“我们走吧！”

“霖生就在这里，我们跟他说几句话吧！问问他是不是还回东洲。”代懿急着说。

“还问他做什么？”杨度浅浅一笑，“他正在为时务学堂做宣传拉学生，自己还会回东洲吗？我们还是先到时务学堂去吧，晚上再去见他。”

四　一方菊花砚，凝结了维新志士的友谊

位于贡院大街的时务学堂，从早到晚，门前车水马龙，冠盖如云，抚台臬台学台时常前来学堂授课，南来北往路过长沙的官员士子、关心国事的商贾们纷纷前来参观，本来应是安静的求学之地，实际上成了政治活动的中心所在，这正符合中文总教习梁启超的心愿。他主持时务学堂，并不是要把它办成一个纯粹的读书讲学的书院，而是把它作为宣传维新思想，发现并培育维新人才的重要阵地。他的教学方式与众不同，正正规规的讲课时间不多，演说才是他的主要内容。对于每一个学员来说，他主要是通过批阅其札记来启发思维，传播新知。梁启超今年还只有二十六岁，热情高涨，精力饱满。他要求学员每五天交一份札记。札记内容不限，大至对朝廷举措的议论，小至关于身边琐事的记载。他对每个学员的每篇札记都悉心批阅，动辄数百上千言，常常是他的批语比札记本身还长。他很娴熟地将札记所写的内容引导到维新变法的大主题上。昨夜有个名叫蔡艮寅的邵阳籍学员交来一篇论重建海军的札记，梁启超看后大加赞赏。

蔡艮寅字松坡，出身贫寒而异常聪慧。十三岁那年，学政江标到邵阳主持岁试，蔡艮寅的史学、词章答卷出奇的优秀，江标亲拔为秀才，又勉励他以乡先贤魏源为榜样，讲求经世之学，不可埋头试帖之中，功名不在科举。两个月前，他应考时务学堂，在高班中名列第

三。梁启超认定蔡艮寅是大器之才，着意培植。他用一个通宵为蔡艮寅的札记写了一篇三千五百字的批语，超过札记一倍多。快要天亮的时候才搁笔，和衣在床上躺下。开早饭时仆役叫醒他，不到一个时辰的睡眠，他的精神就完全恢复过来了。吃过早饭后，他把蔡艮寅叫到自己的备课室兼卧室里来。

蔡艮寅小小瘦瘦的，个头不及梁启超的耳根，但举止庄重，没有通常的未成年的孩子的羞怯感，使人觉得他有一种既聪明又稳健的禀赋。梁启超十分喜爱这个年轻的学生，热情地招呼他坐下，说："你这篇札记写得很好，不过也有不少不妥之处，我为你写了一段长批，你回去好好看看，有不同的意见，尽可以提出和我争辩。《中庸》提倡博学审问慎思明辨，又说辨之弗明，弗措也。时务学堂要贯彻这种学风，师生之间要有争辩，多争辩，则必然豁朗。"

蔡艮寅接过梁启超递过来的札记簿，说："梁先生的批改，我一定认真研读，若有不明之处，我也会再来向先生请教。今天我想趁这个机会向先生讨教几个问题，行吗？"

梁启超说："当然行，你说吧！"

蔡艮寅扑闪着黑亮的眼睛说："孔夫子主张大一统，因为大一统可以泯杀机，而现在朝廷却要官员们督其督、郡其郡、邑其邑，请问梁先生，这不是与孔夫子相违背吗？"

梁启超说："你这个问题提得对。古今万国所以强盛之由，莫不是由众小国而合为大国，见之美国、英国、意大利、奥斯马加、日本、瑞士都是这样。孔子大一统之义，正是为此而发。泰西各国，其大政皆为政府办理，如海军陆军交涉之类，其余地方各公事，则归地方自理，政府不干预，这是最善之法。而中国却相反，大事如海军，则南北洋各自为政，一小小的盗案却要送到朝廷去审定，这真是笑话。中国的法律若不整顿，不徒复为十八国，甚至有可能变成四万万国，国家权力之失，莫过于此。朝廷对此也没有办法，只好责之于督抚州县，希望一省一县自己去治理。"

蔡艮寅点头说："梁先生是说这是朝廷无奈之法，我懂了。我还想提一个问题。孔子讥世卿制，以为它道致民权不伸，君权不伸。自秦以后废世卿而行选举之制，二权略伸，这是孔子的功劳，但流弊无穷，假使易之以泰西议院之制，则可能尽善尽美。请问梁先生，是这样的吗？"

梁启超微笑说："你说得有道理，但不完全对。首先，说孔子讥

梁启超头像

谭嗣同头像

唐才常头像

熊希龄头像

世卿主选举，使君权民权略伸，但有流弊，这话就不对。凡行一制度，必须全盘实行才可，仅取其一二则不可。孔子选举之制，一出学校六经，遗规粲然具见，后世仅用其选举，不用其学校，徒有取士之政，而无教士之政，怎么可以得到人才呢？至于议院之法，不必尽向西方求教，孔子在当时便已深知其意而屡言之，见之于《春秋》者指不胜屈，你可将《春秋》好好读通。”

蔡艮寅说：“梁先生的指教我明白了。还有一事我想请问。《春秋》一书非改制之书，而是用制之书。如视其书为改制之书，视其人为改制之人，则孔子不能逃僭越之罪。孔子修《春秋》乃为鉴于乱世，不得已而为之。故孔子说，知我者其唯《春秋》乎？罪我者其唯《春秋》乎？知我者，是知其为用制非改制，知其不得已之苦心，非自好自用之人。罪我者，是罪其为改制非用制，为自用自专之人。梁先生，学生对《春秋》的理解，是对还是不对？”

梁启超略作思考后说：“你的这番议论似是而非。大约《春秋》所说的制度有四种：二为周之旧制，三为三代之制，一为当时列国所沿用之旧制，四为孔子自制之制。就拿你刚才提出的讥世卿一条来说，内有伊尹尹陟是三代，乃世卿也。周有尹氏、刘氏等，是周世卿。晋有六卿，鲁有三桓，郑有七穆，是当时列国世卿。至于讥世卿而主选举，乃孔子所改之制。光从这个例子来看，就不能说孔子非改制之人。按照你的认识，似乎改制为可罪，这是极守旧的观念。凡制度，无所谓不能改变的。泰西人时时改制，故而强盛，中国人则终古不改，故而弱弊。本来一时之天下，有一时之治法，欲以数千年蚩蚩之旧法，处数千年以后之天下，一日之安宁都不可得。因时改制，正是孔子的功德之处，也是《春秋》一书的精义所在。你可再读读南海先生的《孔子改制考》。”

师生二人说得正兴浓，仆役进来报告：“学台大人来访。”

梁启超起身说：“松坡，你今天提的这几个问题都很有意思，孔子说学而不思则罔，好学深思，乃是求取真知的好途径。今天就说到这里吧！你有什么疑问，随时来找我讨论。”

“谢谢梁先生。”蔡艮寅恭恭敬敬地向他最为敬慕的老师鞠了一躬，捧着札记簿出了门。

江标奉调进京在总署章京任上行走，特为来时务学堂向大家告别。熊希龄、谭嗣同、唐才常等人陪着他进了大门，正好与梁启超碰上，便一起走进了梁启超的备课室。

江标深情地望着梁启超说："卓如先生，我真不愿意离开长沙，离开你们和时务学堂，这几个月是我三十七年生涯中最值得纪念的岁月。"

梁启超也动情地说："来长沙这段日子，得到学台大人的处处照顾，感激之情，难以言表。"

熊希龄也说："时务学堂能有今天的兴旺，多亏了江学台和陈抚台等人的大力支助。"

江标说："维新事业还才刚刚发轫，你们都只有二十几岁，真正是少年英才，振兴大清的伟业，就寄托在你们的身上。"

熊希龄说："我们尚年轻不更世事，大人正当盛年，圣眷优渥，此去京师位居要津，大人一定会为维新变法事业做出更大的贡献。"

江标笑着说："我们一起为国家出力吧！"

仆役进献香茶，大家边喝茶边闲聊。江标看到梁启超桌上摆着一个一尺余长六寸余宽的大菊花石砚，双手托起，但见浅灰色的石砚里清晰地现出一朵大如绣球的菊花，花朵怒放，花瓣娇美，不觉脱口赞道："好一块难得的菊花石！"

信手翻看背面，只见上面用红漆题了一首砚铭："空华了无真实相，用造剪偈起众信。任公之砚佛尘赠，两公石交我作证。"铭文后面有一行小字："谭嗣同丁酉冬于长沙时务学堂。"

江标哈哈笑道："原来这方菊花砚如此不平常，把当今维新三子联结在一起了。"

唐才常说："卓如天天写字，苦无好砚台，正好我的一位朋友近来访得一枚少见的好菊花石，便央求一个雕了六十年菊花石的老匠人琢成了这方石砚。复生知道了，说我来写几句话放在上面吧，作为你们二人以石订交的见证。"

谭嗣同说："铭文是写了，还没有一个好石工镌刻。"

江标忙说："岂能找寻常石工，此事非我莫属。"

梁启超惊道："江大人还会这门子手艺？"

江标喜道："我正愁挤不进维新三子之列，天赐我良机，三五百年后，后人看到这方菊花砚，也知道江某人曾与大名鼎鼎的复生、卓如、佛尘为过朋友。"

一句话，说得三人大为感动。梁启超忙打开屉子，找出几把大大小小的刻刀来说："这刀虽不太好，还勉强用得，大人快一展绝技。"

“刀子只要锐利就行，其他都可不论。”江标从中选了一把小的，用手指试了试刀口，点点头说，“就这把吧！”

说完捧起砚台就往袍服上一放，慌得熊希龄忙说：“莫弄脏了衣服，我去找一个围裙来。”

一会儿工夫，熊希龄从厨房借来一件干净布围裙，帮江标系好。江标将砚台夹在两腿之间，顺着谭嗣同的笔迹刻了起来。

江标从小跟着父亲学治印，练就了一手好刀法。只见他奏刀砉然，石灰骤起，不到半个钟头砚背上的朱漆全部不见了，代之以深浅粗细均为适度的一片阴文，大家都叫好。江标停刀，上下看了看，又在砚背左下侧上加刻四个字：江标镌刻。

“好！”熊希龄赞道，“石头绝，铭文绝，刀工绝，可谓三绝砚了！”

大家都笑起来。江标将菊花砚放到书桌上，边解围裙边说：“我这就算辞行了，还有许多地方都要去走走，就不坐了，后会有期。”

众人说：“大人启程那天，我们都会来码头送行的。”

众人簇拥着江标来到大门口，彼此拱手相别。正要转身回屋的时候，梁启超突然看见了一张熟悉的面孔。他十分惊喜，大步流星地走了过去。

五　谭嗣同举杯：我们对着苍天神明起誓……

“皙子，你什么时候来的？”梁启超高声喊着，同时伸出了一双大手。

杨度把手伸过去，笑着说：“我在这里等了好长时间了。来得不凑巧，刚到门房便遇到了学台大人，没法子，平头百姓只有让当官的。”

“什么话？”梁启超咧开大嘴，露出两排雪白的牙齿，与黝黑的皮肤形成了强烈的反差。

“门房不晓事，岂能让皙子你老兄在这里枯坐。其时建霞先生辞行，你进来，我们正好一起说话。”

梁启超松开手：“我来介绍一下。”指着杨度对身旁的人说：“这位是贵省湘潭举人杨皙子先生。”又把熊希龄、谭嗣同、唐才常三人也向杨度作了介绍。大家都抱拳，连声说：“久仰，久仰！”杨度指着站在身后的王代懿说：“这位是壬秋先生的四公子季果。”

代懿向梁、熊、唐鞠了一躬。梁启超慌忙回礼，深深一弯腰说："岂敢岂敢。壬秋先生是廖季平先生的老师，廖季平先生又是康南海的老师，康南海是我的老师。壬秋先生应该是我的太太老师，只有我向季果先生鞠躬的礼数，哪有季果先生向我弯腰的道理！"

这番话说得大家哈哈大笑，弄得代懿脸红红的，又开心又不好意思。

"两位先生请进学堂说话。"熊希龄以主人的身份伸出左手，指向大门内。

杨度也不推让，拉着代懿走在前面，大家都一起走进布置整洁的会客室，工役给各人泡好了茶。谭嗣同首先开了腔："久闻皙子先生参加了乙未年的公车上书，嗣同佩服不已，今日能在时务学堂仰见，真是幸会。"

望着这位身材虽瘦小却粗眉凹眼豪气四溢的名公子，杨度也说出了自己的心里话："谭公子名播海内，早有平原、信陵之誉，杨度倾慕已久，能在此处不期相遇，真乃天公作合。"

说罢，爽朗一笑。

梁启超高兴地说："你们是惺惺惜惺惺，英雄慕豪杰，先喝喝茶，过会儿我做东，就在这会客室里，我们痛痛快快地喝几杯。"

熊希龄忙说："卓如先生是客人，怎么能让你破费，这次东由我来做。"

唐才常笑着说："什么这次，你做了几个月的东家了。"

"佛尘取笑了！"圆圆胖胖一脸福相的熊希龄笑起来，两眼眯成一条缝，"要说时务学堂的东家不是我这个提调，而是陈抚台，我这次只做东请皙子、季果两位贵客。"

梁启超摆摆手说："平素都吃你们的，这次我还一次礼，不仅是请两位客人，还有一层意思。"

"什么意思？"熊希龄问。

"等下再说吧！"

谭嗣同最是爽快，说："卓如要做东，就让他做东吧！"又对着门口喊，"老余头！"

刚才倒茶的那位工役进来了。谭嗣同吩咐他："你去曲原酒家订一桌菜，一个小时后要他们送到学堂里来。"

老余头答应一声出去了。

代懿说："真不好意思，一来就打扰你们。"

梁启超说："招待太太老师的公子，这是应该的。晳子，我前几天才从刘霖生那里知道你在衡州府跟随壬秋老先生读书，我到长沙三四个月了，你也不来看看我，也太不够朋友了吧！"

"我在东洲很闭塞。"杨度端起茶杯喝了一口，"我也是上个月才知道时务学堂的中文总教习就是梁兄你。你看，我这不是从几百里外专程来看你来了吗？"

大家又都快乐地笑起来。

杨度对熊希龄说："秉三先生，你们时务学堂也真厉害，把我们船山书院学生的大头领都招来了。"

熊希龄问："谁呀，谁是船山书院的学生大头领？"

"刘揆一呀！"代懿说，"我们今天在又一村见到他，没来几天，就帮你们向市民鼓吹了。"

"是吗？"梁启超咧开他的大嘴巴，笑着说，"那个刘霖生呀，他比我还激进。我说大清可以通过维新变法而富强，他说什么，你们猜！"

"他说什么？"杨度、王代懿不约而同地问。

"他说修修补补可能解绝不了根本，最好是一锅端，学美国、法国和意大利。"

"刘霖生吃豹子胆了！"代懿大觉意外。

"他这个想法其实也不怎么可怕。"梁启超收起笑容，"时务学堂两百多号学生，并不是刘霖生一个人有这个想法。你们二位是不是奉了壬秋先生的钧命，要把刘霖生锁拿回东洲呀！"

代懿看了杨度一眼，杨度忙说："没有这回事，壬秋先生很大度。他对我说人各有志，不必勉强，还说要我们多看看、多问问，把时务学堂的长处学过去。"

"壬秋先生真开明！"熊希龄为王闿运的宽阔胸怀而感动。

唐才常对熊、梁等人说："既然二位想多看看时务学堂，趁着曲原的菜未到，我就陪他们各处走走，你们都很忙，过会儿再叙谈吧！"

梁、谭、熊一齐说："那好，就偏劳你了。"

唐才常陪着杨度、王代懿先去看课堂。四个教室，有的在上课，有的在自修。一间有五六十个座位的教室里坐满了人，后面还站着十来个，一个蓝眼高鼻的外国人正在教授英文。代懿甚觉新鲜，在窗外伫立了好几分钟，又问唐才常："时务学堂都学洋话吗？"

唐才常点头："都要学的。要学习西方的好经验，不懂英文怎么行！"

看过课堂后，唐才常又带着他们看了看饭堂和寝室。饭堂里架着十几条长木板，木板两边是简陋的凳子。唐才常告诉他们，时务学堂里不论提调、总教习和分教习，一天三餐都跟学生们一道吃饭，吃一样的饭菜。杨度听了，连连称赞："真正是师生平等！"

"师生平等还体现在课后的操场上。"唐才常指着身旁的大土坪说。

杨度、代懿开始注意这块空坪，见前面有一个可容纳十多个人的沙坑，沙坑里铺着平平展展的沙子，竖着高高低低几个木柱框架。沙坑那边还有两个相距十多丈远的木框架，框架上钉着一个大木板，木板上只有一个铁圈圈。王代懿指着问："那是些什么？"

"那些都是学生们课后操练身体用的，名叫高低杠，人在上面翻上翻下，身体就强健灵活了。那两个钉着大木板的框框是篮球架。大家抱一个球，把它投进铁圈圈里，投中就算赢了，既练了身体，又培养了争上进的心思。"

杨度、代懿兴趣浓厚地听着。

"这些都是在学堂里任教的洋人教给大家的。一下课就没有师生之分了，大家一起玩，一起抱球，嘻嘻哈哈，快快活活的。"

"真有趣！"代懿从心里发出羡慕。

"时务学堂是真正的师生平等，不仅体现在同吃同玩上，更主要的是师生可以平起平坐地讨论学问，学生可以反驳先生。"

"有这样好？"杨度、代懿兴奋地叫起来。

所有的书院都维护着严格的师道尊严的古训，绝没有先生与学生同吃同玩的道理，更不容许学生反驳先生的怪事出现。王闿运课余和学生们一起散步聊天，已被视为最为开明最为平易的先生了，与这里相比，仍有十万八千里之差！怪不得不少年轻人愿到这里来。杨度和王代懿都在心里这样想着。老余头走过来说，饭菜已到了。

"好，我们去吃饭吧！"唐才常对客人们说。

会客室里那张简陋的木桌上铺了一条干净的白布，上面摆满了曲原酒家送来的十多碗精美可口的菜肴。为了照顾梁启超，菜都没有放辣椒，于是酒家另炒了一份湘味特重的豆豉老姜干辣椒。梁启超笑着对大家说："湘菜样样好吃，唯独这盘家伙不能下咽。"

谭嗣同也笑着说："湘菜若缺了这盘家伙，样样菜都不好吃了。"

杨度注意到酒席上又增加了一个清清秀秀的半大小伙子，梁启超忙介绍："这位是我在时务学堂里最得意的一个学生，名叫蔡艮寅，字松坡，别看他年纪虽小，气魄却大得很。我特地叫他来陪二位。"

杨度向蔡艮寅致意，蔡艮寅也站起来喊了一声"杨先生、王先生"。

大家分宾主坐好后，谭嗣同说："八仙桌坐了七人，唯缺一方。"

梁启超看着门外走过一个人，忙说："这空缺一方，非此人补不可！"

说着走出门外拉进一个人来，对杨度说："你看他是谁？"

"霖生！"代懿先喊了起来，接着杨度也叫了一声。

刘揆一高兴地说："梁先生说你们二位在这里，我还不相信，果然来了。"

熊希龄说："坐吧，就等你一人了。"

刘揆一大大方方地坐上空缺的一方。

还未吃饭，时务学堂的风气又使杨、王看到一件新鲜事：先生请客，居然还邀来学生作陪，哪个书院都不会有这等事！

梁启超举起酒杯说："今天借招待皙子、季果两先生之便，大家能在一起喝几杯，是件很开心的事。在座的诸位都是湘中名士，刘霖生、蔡松坡虽是学生辈，但英气勃发，今后也都有可能成为国家的栋梁，今天也算个小小的群英会吧。来，为我们的聚会干一杯！"

梁启超说完站起，大家都跟着起身，互相碰了一下杯子，一饮而尽。席上唯谭嗣同年纪最长，三十三岁，蔡艮寅年纪最小，十六岁，其余六人全是二十多岁，都是热血青年，都是饱学之士，今日聚首，相谈十分投机。大家不拘形迹，不避忌讳，敞开心扉，袒露肺腑，酒席上一片肝胆相照热情激昂的气氛。

"卓如兄，你方才说这次由你做东，还有一层意思，是什么意思？"熊希龄问梁启超。他不大会喝酒，刚喝了两杯，脸便红了。

梁启超则是海量，他喝得最多，依然若无其事。他放下筷子，身子靠紧椅背，说："我打算不久就离开长沙了。"

"什么？你要离开长沙，到哪里去？"熊希龄大感意外，全桌人也都感到意外，都一齐把身子倾向梁启超，认真听他的下文。

"南海先生有信来，要我明春到京城去。"

"是去会试？"杨度问，他已和夏寿田做好准备，参加明年戊戌科会试。

“不是的。”梁启超微微一笑，“我成天忙于教学，哪有工夫作八股文，考也是白考。我现在越加看清楚了，以八股取士必定会遗漏许多有真才实学的人才。我这次准备再联合一批志同道合之举子，上书请求废八股文试帖诗，专考经史策论。”

“这可是一件惊天动地的事。”谭嗣同双目炯炯地注视着中文总教习。

杨度说：“不考八股文也不是凭空臆造的，康熙年间就一度废八股专考策论，不少国士就在那时应运而出。”

“皙子说得对。”梁启超很佩服杨度对掌故的熟悉。“当前国家多事，急需治兵御侮、实业理财之人，但朝廷却以诗文楷法取士，怎能得到应变救时之才呢？同时，朝廷取士，乃为万民立人才之标准，若不改变取士途径，天下读书人仍像过去一样以记诵圣人片言只语为手段，以空虚无用之起承转合为要务，对外不知兵事，对内不察民情，强国无方，富民无术，面对着虎视眈眈的强邻，便只有割地赔款的能耐，再无臣服夷狄的本事了，这国家不就亡在眼前吗？”

众皆点头，面容肃然。

“南海先生将于明春在京师成立保国会，向京师官绅士民大声疾呼亡国亡种之危险迫在眉睫，非群起而保卫不可。”

“这是爱国的壮举，最好邀请一些王公大臣参加，作用就更大。”熊希龄插话。他是新翰林，已进入官场，考虑问题的角度容易转向上层。

“我看不必要。”出身下层的刘揆一说，“那些王公大臣都是些昏庸无用之辈，国家强不强，他们从不去考虑，只要自己的官位爵位能保住就行了。我看关键是要动员一批有志气的年轻士人，国家的前途在他们的身上。”

“秉三和霖生的话都有道理。我为南海先生当助手，既去联络王公大臣，也去动员年轻士子，只要这两部分人感奋起来，中国就可以保了。”梁启超说话之间，颇有点踌躇满志的味道。

“梁先生，时务学堂刚搭起个架子，你就要离开湖南，真可惜，能不能晚点去呢？”唐才常伸开双臂，做了一个挽留的姿态。

“本来可以晚一点离湘，但我还要到上海去一趟。夏天在上海与汪康年办时务报，里面还有一点小纠纷，我得去料理下。”梁启超又喝了一口酒，接着说，“时务学堂，赖诸君的努力，已打开局面，我离开后不会有太大的影响。龚瑟人说过，但开风气不为师。风气已打开，我的事情便基本完成。依我看，湖南今后应办的事情主要有三件。”

“哪三件？”谭嗣同问。

“一曰开民智，二曰开绅智，三曰开官智，此三者乃一切之根本。三者皆举，则于全省之事譬若握裘挈领了。”

大家都点头。

梁启超继续说：“开此三智，在朝廷而言，则为大变科举，废八股而专试策论。在地方上则为大办学堂，不但省城办，州县也要办，都要办成我们时务学堂这个样子。过两天我要向抚台大人建议，从各州各县挑选三至五个有学问有维新思想的爱国士人，分批来时务学堂。时务学堂专设一个这样的班对他们加以培训，培训半年，让他们回去在自己的州县也办个小时务学堂。贵省的大政治家曾文正公生前曾有志培养一批好官种子，撒到各地去，让他们在各地培养好的风气。曾文正公的眼光很远大，可惜天不假年，没有办成功。我希望在座的各位曾氏乡人，在培养创办开明学堂种子这件事上，实现文正公的遗愿。”

众皆报之以掌声。

梁启超说得更起劲：“贵省是一个文化渊源长远，人才层出不穷的地方。周濂溪创立的理学，惠泽我中华民族达千年之久；王船山博大精深，船山学说实为集儒家学说之大成；更兼以曾、左、彭、胡为代表的一批三湘子弟，经世致用，拯危扶难，为天下读书人挣足了风采。启超自懂事起，就向往这块地灵人杰之乡，这次能在长沙住了三个月，结识了在座诸位，实为三生有幸。”

谭嗣同起身举杯，说：“卓如先生说得好，我们为他的这番深情浮一大白。”

“好！”众人均一饮而尽。

熊希龄说：“贵省地处海疆，得风气之先，哺育了南海先生这位当今圣人，也造就了卓如先生这样的大才。”

“称我为大才不敢当，南海先生倒的确是个圣人。”梁启超面色庄重地说，“南海先生学贯中西，识通古今，最了不起的是他能从《春秋公羊传》中悟出了孔夫子原来是个最早、最伟大的改革家。孔夫子的通三统、张三世的思想，两千年来一直如宝珠沉沙，不为世人所识，南海先生重新把这颗明珠挖出来，告诉国人，据乱之世已到尾声，升平之世即将来临，太平之世也将为期不远了。”

梁启超说到这里，心情十分激动，他挥起右手，俨然公车上书时涕泣演说的模样。

大家都静静地听着，杨度却提出了不同的见解：“康南海学问渊博，的确令我辈佩服，不过，通三统，张三世，乃东汉人何休的观点，并不是孔夫子提出的，为什么康南海硬要把它扯到孔子的身上呢？”

代懿也说：“是的，家父也就此事多次批评过南海先生。”

梁启超笑了笑，说：“孔子虽然没有明说过三统三世的话，但他的实质正是何休所解释的。南海先生指出这是孔子的思想，并不错，何必要拘泥于字面呢？”

谭嗣同接言：“南海先生的学说遭人诘难的不少，其实许多人并没有仔细读过他的书，只因他的书名起得诡异，便竞相指责。好比《新学伪经考》，若改名为《旧学真经考》，则人将倾服唯恐不及，哪里还敢诋毁。”

眼见杨度还想据理辩驳，熊希龄忙岔开话题：“卓如先生刚才说的办学堂开智识，的确是很有见地的主张。我再请问一下卓如先生，你认为当前中国最大的弊病在哪里？”

“中国最大的弊病在君权盛而民权衰。”梁启超不假思考地回答。

杨度觉得这个问题很重大，但他素日思考得并不多，便说：“请言其详。”

梁启超侃侃而谈：“中国历来只有君主而无民主。君主者何，私而已矣。所为者一家一姓；民主者何，公而已矣，所为者民众百姓也。从秦汉以来，都把江山社稷看成是皇帝一家的私产。这样的皇帝，说穿了，不是圣上，而是民贼！真正的圣上，在中国没有，全世界也很少，近世只有美利坚合众国的第一任总统华盛顿，那才是真正有高尚品德的君主。国家事，本是众人之事，国家要强盛，就非要众人共负起责任不可，而责任与权利是密切联系的。眼下君权日益尊，民权日益衰，实为中国致弱之根源。故争民权、行民主，乃今时救国之善图，而欲达此目的，非维新变法不可！”

“卓如这话说得好！”谭嗣同放下酒杯，从容地说，“中国政治之坏，根本一点就是颠倒了君民之间的关系。其实生民之初，并无君，皆为民，后世举一民为君，才有君产生，故君为末，民为本。孔夫子一生黜古学，改今制、废君位、倡民主、变不平等为平等，他著《春秋》，主要是为了反对君本位而倡民本位的。孔子死后，其学分为两支：一支由曾子传子思而至孟子。孟子畅言民主之理论以继孔子之志；另一支由子夏传田子方而至庄子，庄子痛诋君主否定君权。但后来这两支都失传了，荀况乘机而起，鼓吹法后王尊君位，遂使秦以后历代君主用这种假冒的孔学去行其奸。南海先生的功德，就在于恢复孔学的本来面目。”

“复生兄刚才这番追根寻源最是有道理。”唐才常说，“总之一句话，今日救中国，舍维新变法，则别无出路！”

刘揆一也说：“各位先生都说得很对，中国只有变法才能图存，而且要大变，小变还不起作用。”

“诸位仁兄！”谭嗣同解开皮袍，卷起袖管，霍地站起，朗声说，“中国若不维新变法，外则亡于强虏，内则亡于奸吏，亡国灭种，只在旦夕之间耳。我堂堂炎黄子孙，凛凛七尺男儿，眼见国家处于危亡之际，能袖手旁观吗？能只为妻子儿女苟全一身吗？能不奋发而起，拼却一死救亡图存吗？”

“不能！”七个热血男儿一齐霍然站起。

“卓如，你到京师后，立即襄助南海先生把保国会建起来，只要北京的保国会一成立，我立即变卖浏阳老家的五百亩良田，在湖南成立保国分会，与你们遥相呼应！”

梁启超紧紧握住谭嗣同的手，激动地说：“谢谢你，复生兄！”

谭嗣同举起酒杯，大声说：“天下者，民众之天下；国家者，民众之国家。诸君，别看我们今天只是时务学堂的一群书生，来日我们都要成为国家的主人。我们对着苍天神明起誓：我们八个人，不论日后抱何种政治观念，也不论是从政、治军，还是为学，一，要为中国的富强而奋斗不息；二，无论是谁，只要他的行为利国利民，其他人都要尽力支持；三，需要的时候，不惜为我们的事业而献身。是真正的男子汉，请干了这一杯！”

说罢，将酒杯举到桌子上空。大家都为谭嗣同的凛然正气所慑服，人人仿佛皆平添了十分勇气，一齐把杯子举起，哐啷一声碰了杯，烈酒灌进了喉咙。

六　王闿运妙解《枫桥夜泊》

第二天晚上，杨度和代懿到了赐闲湖，将《经学通诂》稿本还给了叶德辉。次日，二人到了市中心八角亭成衣店转了转。王代懿挑了一身满意的衣帽，杨度也给妹妹买了条镶有孔雀毛的红呢披肩。当晚，他们乘小火轮离开了长沙。

这一夜，杨度在小火轮上辗转难寐，他的内心很矛盾。湖南实行新政两年来，长沙市面上出现了兴旺景象，这说明新政是顺潮流、得人心的。不过，除开长沙外，湘江上的各大口岸如衡州府、衡山县、湘潭县都没有多大的起色，至于沿途所见到的乡村，则更依然是往昔的凋敝、闭塞、落后，看来新政的推行将是一件十分艰难的事情。时务学堂很有生气，梁、谭、熊、唐这些人，也的确是一批有才华的爱国志士。听他们的谈话，杨度很容易受感染，与他们相处，杨度觉得心胸很开敞，但放眼四望，士人中像他们这样的人毕竟太少了，废八股，倡民权，诋名教，能得到多数人的赞同吗？尤其是昨夜叶德辉那一番激愤的言辞，简直欲拍案而起赤膊上阵，与梁启超、谭嗣同绝一生死。叶德辉是名士，学问渊博，声望很高，湘绮师也称赞他校勘古书态度认真。究竟是谁更有道理呢？杨度一时把握不住，他要好好听听先生的意见。

“四少爷回来了！”当杨度和代懿走进明杏斋书房时，周妈满脸堆笑地招呼穿戴一新的代懿，对杨度则只是随便地点了一下头。前两天，老头子很有感触地说起这两年对代懿关心不够，应该马上给他娶亲的事，周妈突然觉得把女儿嫁到王家来的事已有了八成把握。她格外殷勤地对老头子说：“代懿这孩子忠厚本分，他娘没来得及为他定下亲事，我早就跟你说了，要为他定亲了。二十二三岁的男子汉了，还没有一个老婆，他心里能不孤单吗？你要教书做学问，哪有太多的时间照顾他呢？把他交给他的老婆，你就放心了，安安闲闲地多几个孙子叫爷爷吧！”说得老头子对她更添了一分感情。周妈又进一步：“我说老头子呀，代懿体质单薄，从长沙回来后，他跟你一块吃算了，不要再吃大伙房了，大不了我多辛苦一点就是了。”

这时，周妈便拉着代懿到里面房子里，把代懿从头到脚仔细端详了一番，连声说：“四少爷穿上新衣后更体面了。”又说肩膀上的线缝得不匀称，要代懿脱下，让她扯掉再缝。代懿一向不喜欢周妈，见她异乎寻常的热情，心里反感，看在老父亲的面上，又不好意思一口拒绝，只得把衣服脱下，让她去缝，随手拿起父亲的一本书翻看，长沙之行，且由皙子去禀报吧！

书房里，杨度将这次在长沙所看到的新鲜事，选几件主要的说给王闿运听。王闿运左手拿起铜水烟壶，不时抽几口烟，间或也插几句话。杨度极善言辞，把时务学堂的办学方针以及梁启超、谭嗣同等人的爱国情操叙述得娓娓动听。

“先生，这是叶吏部送给你的二百两润笔费。”杨度从上衣口袋里掏出一张日升昌票号的银票。

王闿运接过，仔细地看了看，然后又用食指弹了弹纸面，把它收了起来，问：“叶焕彬近来在做什么事？有人告发他，说他私刻《双梅景暗丛书》，赚了不少昧良心的钱。”

“可能有这事，我在他的书房里亲眼见过一本崭新的《玉房秘诀》。”

“这个缺德的麻子，将来怕不得好死！”王闿运笑骂道。

“叶吏部告诉我，他现正在编一部大书，取名叫《翼教丛编》，是为了翼护名教、抵制邪说而编辑的。”

“抵制邪说，是不是指梁启超、谭嗣同等人所倡导的维新改革呢？”王闿运放下水烟壶，神情似乎变得比刚才专注些了。

“正是的。我和代懿去见他，他问我们白天到了哪里。听说我们到了时务学堂，就拍案大骂起梁启超来，并要我们再不要去了。”

“他骂梁启超些什么？”

“他骂梁和他的老师康有为一样居心叵测，以所谓维新学说来蛊惑湘人，致使无识之徒翕然从之。还说其实他们的学说不外乎推崇泰西，主张民权，效耶稣纪年，言素王改制，又倡君民平权，攻击三纲五常，其学乃扰乱社会之邪说，其人乃无父无君之乱党。”

王闿运听着，轻轻地点了点头，没有做声。

杨度继续说下去：“叶吏部说，今日学术溃裂已甚。战国之世患在杨墨，孟子辟之；八代以降患在佛老，韩朱辟之。今日之世患在泰西，而无人辟之，并随声附和，以致异说横流，谬论蜂起，使我衣冠世族之礼义廉耻丧失殆尽。还说他一日在湖南，一日必拒之，赴汤蹈火，在所不辞。”

王闿运微微一笑，插话道：“好个铁肩担道义的麻子，他想以吴客执湘人之牛耳，未免狂了点！”

杨度弄不清先生这句话是褒还是贬，于是尽快回到《翼教丛编》这套书上来：“叶吏部说，他是激于义愤，联络几个同志编了这部《翼教丛编》，旨在尊圣教，辟异端、正心术、核名实、辨文体、端士习。”

王闿运又拿起了水烟壶，依然含着笑意说：“他还真有雄心大志哩！”

“学生这次到长沙，听梁启超等人所说，心情激奋，听叶吏部之言，也觉得有道理。先生，您老认为维新变法有指望吗？抑或叶吏部捍卫名教的精神应值得钦佩？”

王闿运含着烟壶嘴，好一阵子不做声，也不点火抽烟，半眯着眼睛，缩紧两道长长的浓眉凝思着。

“皙子，你这趟长沙去得及时。”王闿运终于开口了，“从我几十年的为学来说，我是绝对不能同意梁启超的君民平权的怪论的，这正是叶焕彬所斥责的无父无君之邪说。你想想看，中国将近四万万人口，满汉蒙藏回多族共处，若没有一个神圣不可侵犯的君主统御，人人都来做主人，都来管国事，那岂不乱得一团糟！哪还有什么体统，还有什么礼仪，还有什么国家？皙子，不管今后是康有为、梁启超，还是其他比康梁更厉害的口吐莲花之辈对你说，中国不要君主，要实行民主，你都千万不要相信。现在有些人动不动就说什么美利坚呀，法兰西呀，英吉利呀，这些国家我没有去过，也没有读过他们的书，他们或许可以实行共和制，实行民主制，但对于我们中国，我是研究了一辈子的，一部二十四史，我比谁都读得多。我从中悟出了一个深刻的道理，那就是，中国要富强，必须依靠英明的君主，国家大权集中在一个英明有作为的君王的手里，国家就强盛，百姓的日子就安定，反之，国家之权分散在诸侯、藩镇、地方大吏手中，国家就乱，就衰弱，百姓也就会饱尝战乱离散之苦。”

杨度心里想：先生这段话太精辟了。是的，周武王强悍，诸侯皆俯首听命，国家安定强盛，到了末期，王室衰微，诸侯各自为政，国则无宁日。汉武帝雄霸，以武力征服四夷，大汉王朝的威名播于绝域。到了东汉末年，各州刺史纷纷自成势力，结果国家四分五裂，百姓苦不堪言。唐太宗英武，贞观之治彪炳史册，而后来的藩镇割据则把国家推向水深火热之中。惨痛的历史教训不能淡忘！看来是要听先生的话，中国只能行君主制，不能行民主制。

“不过，我也不像叶焕彬那样，对梁启超、谭嗣同如此深恶痛绝，势不两立。”王闿运又转过头来，“虽然康有为以何休的话强加在孔子的头上，倡言所谓通三统、张三世，我历来不同意，也因此而不认康是我的再传弟子。但他们想通过维新，通过变法来使国家强大，用心也未必很坏。三代不同法，五世不同制，穷则变，变则通，这是自古以来传下来的真言。你所看到的长沙市面上的兴旺，也证明了只有变革才有生机。这些我早就有所预见。至于梁启超所说的废八股，专以策论取士的见解，我更加赏识。”

王闿运说到这里站起身来，在书房里踱了几步，引起了对往事的回首。这时代懿已穿上周妈重新缝好的马褂，悄悄地走到杨度的身旁，挨着他坐下。王闿运突然慷慨高谈起来：“历来治国大才都有自己一番真学问真本事，并非简单的模拟圣人，断章取义。其于科举考试则常常长于策论。借古人之旧题，融今天之时事，抒胸中之识见，画治国之策略，其人之才学器识究竟如何，读罢其一篇策论，大抵可见。所以当年欧阳修读了苏东坡的《刑赏忠厚之至论》时，说老夫要让此人出人头地。欧阳公就凭那一篇策论看出了东坡是个大才。中兴名臣中，除曾文正、胡文忠和李少荃外，其他人大多数不是进士翰林，罗泽南、王璞山、李续宾、李续宜、刘蓉这些人连举人都不是，他们一旦带兵，就可以与古之名将相比；一旦治民，就可以担负一省之重任。至于左文襄，那就更不要说了，以一举人平发捻复西陲，出则将，入则相，古往今来少有几个人比得上，而他这个举人，也是搜罗遗卷才侥幸得到的，倘若不是徐法绩的求才苦心，他连个举人都中不到，可见这四书文是选拔不出杰出人才的。另有不少读书人以四书文取得科第后，则追逐禄利，不再读书，故早在明末顾炎武就说八股之害甚于焚书，这话并非偏激之辞。”

杨度知道先生这番话其实是在发泄，发泄自己对没有中进士点翰林的委屈。他只是听着，不做声。代懿却从中获得了启发，高兴地说：“爹，这以四书文取士的方法的确不好，今后等废除了我再去乡试。”

“这是什么话？”王闿运瞪了儿子一眼，“十年不废除，你十年不乡试？二十年不废除，你二十年不乡试？”

代懿见父亲发起脾气来，便低头不做声了，心里想：原来老头子说的和做的不是一码事！

“我的话还没说完。”王闿运态度平和下来，“以四书文取士是要废除，这是一回事，但能不能废除，又是一回事。他梁启超想废除就废除？我王某人想废除就废除？这还得要皇上的口谕允准才行得通。你们想想，皇上身边决策的，都是两榜出身的人，他们能同意废除吗？再说，全国数十万读书人成年累月在练四书文，作试帖诗，他们又何尝愿意废除呢？以此推开去看，康有为、梁启超等人的维新变法中其他条文也都难以行得通，因为他们要砸掉许多人的饭碗，这些人能甘心让他们去砸吗？所以古人说利不什者不变法，他们是汲取了许多教训的。”

王闿运停止了他的议论，杨度、王代懿瞪起眼睛望着，一时不知说什么好。明杏斋里寂静无声，只有偶尔传来厨房里周妈轻微的响动。

王闿运重新坐在藤椅上，抱起了铜水烟壶，咕噜咕噜地吸了两口，对他的长篇议论作了总结：“所以，我劝你们不要对维新变法抱过大的希望。皙子好好温习功课，按原来的主意，过了年后就起程进京。到京师后，一心应试，少参加康有为的保国会为好。”

“皙子，你不是说令妹寄来了两首诗，想请我爹指教，拿出来看看吧！”见父亲的议论发完了，王代懿提醒杨度。

“哦，真的，我差点忘记了。”杨度从另一个口袋里掏出一张纸条来，双手向先生递过去。

“你的妹子也能作诗？”王闿运眼中射出欣喜的光芒。他平生最喜欢会作诗的人，尤其喜欢会作诗的女孩子。蔡夫人出身书香门第，在娘家就会作诗，结缡之后夫妻时常互相酬答。王闿运将此视为最美好的琴瑟之乐。莫六云原本不认字，嫁给王闿运后，他教她认字，到后来，六云居然也能作诗了。他的十个女儿自小便读《唐诗三百首》，个个都能吟诗。现在听说杨度的妹子也能作诗，他怎么不高兴！

“我这妹子从小于诗文上就比较灵泛。她从来没有正正经经地上过学。母亲给她发的蒙，我有时给她讲解点古诗词，就这样自己把诗文的路子摸上了。不怕先生笑话，小时候我贪玩，她时常代我作诗文，竟瞒过了塾师。”

“哈哈哈！”王闿运快活地大笑起来，说，“历来闺阁中多颖才，湘潭更有女子作诗的好传统。我看看令妹的诗写得如何！”

说罢展开诗笺，只见上面用娟秀的字迹写着两首七绝：

宜春小苑雨丝丝，肠断秋风为柳枝。
纵使春归能再绿，也应憔悴几多时。

燕子飞飞绕玉池，上林花事少人知。
阳枝阴蕊皆无力，一任东风左右吹。

“作得好！”王闿运脱口称赞，又轻轻地拖长声调再念了一遍。“好诗，真正是好诗。有景有情，融情于景，言近而旨远，意显而寄深，难得，难得呀！”

见先生对妹子的诗评价得这样高，杨度心中欢喜，说：“先生如此表扬，舍妹知道后将感激涕零，今后吟诗作文会更用功了。”

王闿运的眼睛仍留在诗笺上，过了一会儿，慢慢地说：“诗诚然写得好，但略嫌苍凉了些。令妹乃一年轻女子，正处在如花似玉的岁月，对人世应抱欢愉憧憬的态度。王少伯说得好：闺中少妇不知愁，春日凝妆上翠楼。少女、少妇应多有这种心态才好，若人未老而诗作得过于苍凉，就诗来说固然是佳作，但对人来说，总嫌太世故了些。”

“先生指教得是。”王闿运这几句淡淡说出的话，对杨度很有启发，他似乎觉得此中大有可发掘之处，遂央求道：“先生，您能将舍妹的诗改一下吗？”

“好，我想想，令妹的诗是值得一改的。”王闿运轻轻地抚弄着稀疏花白的胡须，沉吟片刻，然后从笔筒里抽出一支玉管狼毫来，在诗笺上略微改了几个字。代懿性急，走了过去，见父亲已收笔了，便把改动后的诗大声吟诵起来：

宜春小苑雨丝丝，肠断秋风为柳枝。
莫说玉容已憔悴，来年婀娜待春时。

燕子飞飞绕玉池，上林花事少人知。
阳枝阴蕊皆颜色，最喜东风左右吹。

代懿惊喜地说：“这两首诗的意境全变了！”

杨度的感觉与代懿一样，也高兴地说：“先生真是妙手回春。”

王闿运抬头微笑，说：“七绝最是难作，费工夫，少大成。全诗仅二十八个字，一字无力，即不成高调，既不能有斧凿而显得做作，又不能过于流畅以涉滑调，意不新颖，则更无诗可看，故此虽小构，实难于巨制。我素来作得少，前人出色的七绝也不太多。唐人号称精于此体，王少伯被誉为第一。少伯七绝的确写得神。如《芙蓉楼送辛渐》《闺怨》《春宫怨》等大声如钟，小声如磬，神完气足，一字千金，堪称绝唱。但也不是篇篇皆佳，字字皆佳。如‘奉帚平明金殿开，且将团扇暂徘徊。玉颜不及寒鸦色，犹带昭阳日影来'一篇虽是名作，但在我看来，有想入牛角尖的味道。细细地推敲，'色'字终嫌未稳，只可以承上之'玉颜'而不可容下之'带'字。我为它想了很久，思量着换一字，但苦于找不出更好的字来代替。你们看看，这就是作七绝的难处。一字略输文采，则全篇大受影响，连挽救都难于着手。"

王闿运松开抚须之手，做出一副无可奈何之态，仿佛名医遇到难症，大匠碰见绝活似的。

杨度专注听着，把先生的每一个字都记在心里。想不到妹妹这两首平平常常的诗，竟然引来了先生论绝句的珠玉之言。以诗人自况的杨皙子，深感今日获益良多。

"刚才说七绝难作，因其字少之故；而正因其字少，读来理解亦不易。"王闿运今天说诗说得兴起，略停一会儿，又畅谈起来，"好比张继的《枫桥夜泊》，人人都说是一首好诗，千载以还，有名的诠者释者不下几百、几千，在我看来都未得其意。"

杨度觉得奇怪，《枫桥夜泊》这首诗并不难解，为何先生说大家都未得其意，难道那二十八个字里面还藏有什么别的深意吗？"《枫桥夜泊》的深意是什么，请先生详言。"

王闿运缓缓地说："这首七绝是写一个痴人在久盼友人时的心情。"

"哦，是这样的！"代懿也觉得有趣。他从没有想到张继的这首唯一传世之作竟是痴人盼友！

王闿运浅浅地笑道："做客他乡，无人理会，只得自己一人没趣地离开姑苏城。到了城外，他还在望有朋友前来送行。一直盼到夜半，望穿双眼，还是没有人来，远远地看到寒山寺的大钟，竟也不肯移动一步，只是把声音送到他的耳中。你们看，这个羁旅之人苦闷无聊到了何等地步！"

杨度、王代懿都睁大了双眼！

"千余年来张继没有知音，到了大清朝才遇到王某人知道他的苦恼，我看他应知足了，谁要他只写二十八个字的绝句呢？"

王闿运说到这里，开怀大笑起来，杨度和代懿也跟着笑了。杨度走到书案边，说："先生，这张诗笺我拿去，我要把它寄给舍妹，让她看到先生的墨宝，她会更高兴。"

"拿去吧！"王闿运拿起诗笺递给学生，随口问："令妹多大了，嫁人了吗？”

“舍妹今年二十了，只因眼界太高，至今仍待字闺中。”

王闿运望了一眼儿子，突然发现儿子在长沙买的这套新袍褂十分得体，人也显得比往日精神多了。这女才子二十岁，尚未嫁人，与代懿不正好是一对吗？他想起那年在石塘铺匆匆见过的一面，虽未看得仔细，但大致轮廓是不错的。不如叫她到东洲来一趟，让代懿看看她，也让她看看代懿。主意打定了，他笑着对学生说：“皙子，你写封信去，叫令妹到衡州来一下，让你的弟弟作陪，路费由我出。”

“好，我这就去写信！”杨度对老师的盛情邀请十分感激，忙把诗笺折好放进口袋里，急忙告辞出了明杏斋。

七　叔姬将初恋珍藏在心灵最深处

石塘铺远远近近的人都说，杨家的小姐杨庄与一般人大不相同。到了出阁年龄的女孩子，哪个不是大红大绿、花花朵朵地打扮自己，可杨小姐却从来只爱素色的衣裙，不擦粉，不戴花；别的女孩子成天在绣楼里赶制嫁衣，可杨小姐针线活一窍不通，却日夜书不离手，苦读诗文；别的女孩子到了十七八尚无婆家，便心神不安，变着法子暗示母亲替她寻觅。可杨小姐二十岁了，登门的媒人少说也有数十上百个，她却一个不答应，仿佛下定绝心要当一世老闺女似的。这杨小姐真正是个怪人！话传到杨庄的耳里，她倒并不太介意。她心里很清楚，自己并不怪。

表字叔姬的杨小姐的确不太爱浓妆艳抹，花花绿绿的衣服很少，但她绝不是不爱美，只不过她喜爱的是淡雅素净的美。她的服装并非一概素色，有几种小花小格面料的衣裙她也很喜欢。她的确醉心诗文，自负甚高，甚至幻想做当代的易安居士，至于说她对女红一窍不通，那真是大错了。

叔姬心灵手巧，针黹剪裁，描龙绣凤，样样拿得起，做得好。她还偷偷地做了一个鸳鸯荷包珍藏在箱子底层，只不过还没有人可送罢了。叔姬谢绝了一切媒人，固然是因为她的眼界高，看不起一般的男人，但还有一个更重要的原因。那是一个少女心中最深处的秘密，它只会永远埋藏着，绝不可能坦露给世人。

三年多前，十七岁的叔姬与哥哥一起在归德镇伯父家做客。一天，伯父家里突然来了一个陌生的青年男子，说是专程从开封府来到归德镇拜访杨度。杨度生性好客，见此人老远赶来，便很热情地接待他，留他在总兵衙门里住下。原来，那人就是夏寿田。他这次漫游中原，住在父亲的朋友开封知府陈老爷的家里。陈老爷告诉他，归德镇杨镇台也是湖南人，他的侄子是个才子，于是慕名前来拜访，愿意交个朋友。夏寿田在归德镇一住半个月，天天与杨度谈学问，谈诗文，谈国事，叔姬也不回避这位同乡夏公子。半个月来，夏寿田丰神俊逸的仪表，超群出众的才华，谦恭诚恳的态度，在情窦初开的少女心池中荡漾起甜美的涟漪。她喜欢接近他。哥哥和他谈话的时候，她总是静静地坐在一旁听，听着听着，眼角便不自觉地转到夏寿田身上去了。

叔姬永远记得那一天。

那是一个九九艳阳高照的日子。上午，夏寿田对杨度说："天气这样好，我们到城外去走走吧！"杨度同意了。

叔姬说："哥，我跟你们一起去。"

杨度说："城外路不好走，你一个女孩子，就别去了。"

叔姬心里很委屈，噘起了嘴巴。

夏寿田说："她天天在屋子里也闷得慌，难得有机会去一次城外。你做哥哥的不带她去，她跟谁去？"又对叔姬说，"走吧，我们一起去！"

叔姬听了，进屋换了件好看的衣服，又匆匆把头发梳理了一下，跟着哥哥和夏公子一起出了城门。

哟，城外多美呀！野草泛青了，山花开放了，溪水欢畅了，鸟儿展翅了，这一派春光太迷人了。十七岁的闺中少女恍若八九岁的小女孩，喜滋滋，乐融融，她再也不像往常样一心听哥哥与夏公子的谈古论今了，她离开他们，投身到大自然的怀抱。她一会儿到小溪边洗手洗脸，忘情地观看溪水中那墨点似的成群小蝌蚪；一会儿凝神谛听小树上雏鸟清脆的鸣叫声，这叫声是如此的稚气十足，如此的清亮悦耳，她觉得再美妙的弦歌也没有这样动听。她采摘了许许多多叫不出名字的野花：红的、黄的、淡紫的、雪白的，她捧了满满的一怀抱。突然，她看到一只极大的蝴蝶正贴近一朵花蕊上。那蝴蝶翅膀一动一动的，黑黑的质地上分布着一个个大大小小湛蓝色的圆圈。阳光照耀下，那些蓝圈圈放出透亮透亮的光彩来。叔姬从来没有看见过这么美丽的蝴蝶，她想把它捉住，于是扔下花，屏住气，蹑手蹑脚地一步一步靠近。看看可以捉住了，但她的手刚一伸出，那蝴蝶便飞了。叔姬不甘心，跟在蝴蝶后面追着跑着，那蝴蝶被吓得一直向前飞，再也不敢停下来。

“叔姬，你追什么？”杨度见妹妹向前跑，在后面喊着。

“蝴蝶，蝴蝶！”叔姬边跑边答。

“算了吧，一只蝴蝶，紧追它干什么？”

就在杨度试图制止妹妹的时候，夏寿田从后面赶上来，高声叫：“叔姬，先别跑，停下！”

叔姬止住脚步。夏寿田走近她的身旁，说：“你这样死劲追，它怎么会停呢？你应该站在这里不动，待它停住后再捉。你站好，我替你捉。”

“你替我捉？”叔姬看了看夏寿田，又看了看远远地袖手不动的哥哥，一时心头对这位巡抚衙门里的大公子充满了感激。

这只蝴蝶终于又在一朵野花上停住了，夏寿田摘下头顶上的黑缎帽子，轻手轻脚地走上前。看看靠近了，他猛力拿帽子盖过去，一不小心倒在草丛中。叔姬惊叫：“夏公子，你跌着了吗？”

不料夏寿田却兴奋地说：“罩住了，蝴蝶罩住了！”

叔姬走上前去，只见夏寿田趴在地上，死死地压住黑缎帽子：“小心，不要让它跑了！”

叔姬小心地从夏寿田手中取出帽子，慢慢地打开一点。果然抓住了！蝴蝶正在那里扇动两只大翅膀，她忙用手指夹住。

“真好看，真是一只少见的蝴蝶！”夏寿田已从地上爬起，站在叔姬的身边，与她一起欣赏那只布满蓝圈圈的黑蝴蝶。

“血！”叔姬突然看见夏寿田的手臂上满是鲜血，再看看草丛，原来那里正有几块尖利的石头，一块石头上也沾满了血。

“不要紧！”夏寿田毫不在意地笑笑，从口袋里掏出手绢来擦着。

“痛吗？”叔姬心疼地问。

“不痛！”夏寿田摇摇头说，“这算得了什么！”

“噢，把帽子戴上吧！”叔姬怀着疚意将帽子递过去。

夏寿田接过帽子，把它戴在头上。叔姬痴痴地看了一眼。她蓦地发现夏公子的发辫特别乌亮，男子汉的气概特别足！

日子过得很快。夏寿田要离开归德镇了，他与杨度相约明春京师再见。杨度高兴地与他拱手相别，却没有想到，站在一旁的叔姬心里正冒出一股强烈的失落感。夏寿田刚走的那几天，叔姬像丢了魂似的，坐卧不安，茶饭不思，原本平平静静宛如一池秋水似的少女的心，突然失去了平衡。她常常不自觉地向哥哥说起夏公子，而杨度又总是称赞午贻学问好，人品好，是个不可多得的人才。听了这些话，姑娘的心中似乎有着某种满足。两个月过去了，杨度收到了夏寿田从江西的来信，他看完后满怀喜悦地送给妹子看，但只看了两行，叔姬的头开始晕起来，心突突地乱跳。原来，夏寿田的信一开头便以极其兴奋的口气告诉好朋友，他漂亮贤惠的妻子最近生了一个男孩，夏家添了长孙，阖府喜气洋洋。

这一夜，叔姬失眠了，泪水悄悄地流了一整夜。她此时才明白，自己已深深地陷入了一条不该陷入的爱河，两个多月来竟然生活在一个荒唐的梦中！

一个庄重而有才华的少女的初恋是那样的纯洁、痴迷、专注、一往情深：三年多了，叔姬始终不能抹去那半个月的情意，她偷偷地写过上百首无题诗。她只有借着纸笔，借着奇妙的文字组合来抒发自己心灵深处那一缕情思。可惜，这些无题诗无一首保留下来，她随写随毁，不愿意让别人看到。

岁月匆匆，叔姬已足足二十岁了。二十岁的姑娘尚未定婆家是极少见的，母亲李氏心里犯愁，哥哥也在替妹子留意，叔姬自己也开始正视这件事了。她有时想，这一辈子怕是再难遇到夏郎那样的人了，难道遇不到就不嫁人了吗？花开堪折直须折，莫待无花空折枝。女孩子好比一朵花，而现在正处在鲜花盛开的时候，再过几年就会凋谢成空枝了。那时即使遇到了夏郎那样的人，你看上了他，他会看上你吗？心里虽这样想，但媒人每提起一个人，她就会下意识地与夏郎相对照，总觉得相差太远了。一辈子的大事，太委曲求全了，心性高傲的姑娘总不情愿。

前几天，哥哥来了家信，王闿运亲笔改定的诗笺也寄了回来。哥哥信中转述了王老先生对两首诗的称赞，还说老先生盛情相邀，并叮嘱妹子一定要来，绝不能拂逆了王老先生的好意。捧着这封信，叔姬心里很激动。王老先生诗名满天下，能得到他的称赞，真正是无上的光荣。

她想起唐朝诗坛上的佳话：张籍揄扬朱庆余，陆贽称颂韩退之；王老先生便是今日的张籍、陆贽。倘若自己今后能通过王老先生的揄扬，将诗名传播开去的话，那真是幸事。一心想做易安居士的叔姬姑娘，心中燃起了一簇幻想的火焰。再看看经王老先生修改后的两首诗，不但拓宽了原诗的意境，且炼字功夫也远非自己可比。诗坛泰斗之称，果然不虚！现在老先生居然邀请自己去船山书院，这是一个多么难得的当面求教的好机会！

叔姬把自己这几年的存诗都翻了出来，一首一首地吟诵着，慎重地选出十首自己认为满意的，又再将这十首诗逐句地推敲。良工不示人以朴。自尊心极强的才女一再告诫自己：千万不能在诗翁面前出丑。诗选好后，她又把文章找了出来，从中挑选了三篇。这样一个好机会不能错过，要多方面地向老先生请教。一切都准备好之后，她猛然想起，夏公子不也在船山书院吗？分别三年多了，她真想见见他。叔姬打开衣柜，将伯母送的那件黄底起小红花的洋布罩衫取出，套在棉衣上。她对着镜子照了照，觉得镜中的少女很美。过一会儿，她又把哥哥送的那条镶着孔雀毛的红呢披肩拿出来，披在洋布罩衫上。镜中的少女，更加光彩夺目了。

“姐姐，明天走得成吧？”正在叔姬对镜自我欣赏的时候，弟弟杨钧进来问。

杨钧今年十七岁，个头比哥哥略矮一点。他和哥哥姐姐一样的清秀聪慧，不过他的性格中秉承母亲的成分较多，温和恬适，不喜竞争，对国事兴趣不大，好的是书画金石之类的纯文人的雅事。前些年，哥哥姐姐去归德镇，他还小，母亲不放心让他出远门，他只好留在家里。杨钧没有出过远门，连县城也只去过两次，这次到衡州府去，对他来说是生平第一次远行。接到哥哥信的这几天里，他一直处在兴奋中，天天催问姐姐什么时候走。

“明天走。”叔姬离开镜子，对弟弟说，“你告诉娘，我们明天一早动身，赶中午的小火轮，断黑之前一定可以到衡州府。你去帮娘把给大哥的干鱼、干泥鳅包好。另外，我送王老先生的两只腊兔子肉放在碗柜里，已包好了，你也一起放到袋子里去。”

“明天一定走？”杨钧大喜，又不放心地补问了一句。

“一定走。”望着弟弟这副天真的模样，叔姬笑着点头肯定。

“好！”杨钧乐得手舞足蹈起来，忙向后面厨房奔去。

八 一阕《玉漏迟》，闺阁压倒须眉

黄昏时小火轮将杨家两姐弟送到了东洲码头。叔姬想起马上就要见到自己曾刻骨单相思的恋人，一颗心不觉怦怦跳了起来，脸上滚烫烫的。按照杨度提供的线路，姐弟俩很快找到了哥哥。出乎叔姬意外，与哥哥同住一间房子的不是夏公子，却是另一位身材高挑五官端正的年轻人。杨度对姐弟俩介绍说：“这是王老先生的四少爷代懿，表字季果。午贻也和我们住一间房，他下午进城去了，要明天才回来。”

听说夏公子不在，叔姬心里颇觉遗憾，但同时紧张的心也便松弛下来。代懿站起来，腼腆地说：“欢迎杨小姐和重子弟，我父亲今上午还在问你们什么时候到东洲。”

可能是壬秋先生的儿子的缘故，也可能是本人的仪表态度的缘故，叔姬对代懿的第一眼印象十分好。她觉得他腼腆的笑容里包含着孩子似的羞涩，对于一个已成年的男子来说，这份羞涩显得珍贵。叔姬本能地意识到，站在面前的这个学子是个聪明而又本分的人。

这个时候，代懿也以一种好奇的眼光打量叔姬。这个被父亲赞扬的才女很像她的哥哥，尤其那道深深的唇沟和棱角分明的嘴唇，简直与乃兄一模一样。修长的眉毛，闪亮的眼睛，显得比乃兄似乎还要机灵。眼皮底下和两侧鼻翼上长着疏疏朗朗的雀斑，不仅不难看，反而更添几分俏丽。在王家四少爷看来，这个才女虽说不上美貌娇媚，却自有一种吸引人的风韵。他的心头忽然飘过一丝异样的感觉。代懿很客气地为姐弟俩倒水洗脸，又到厨房去张罗饭菜。

叔姬当晚在书院客房安歇。次日上午，杨度领着弟妹去拜谒壬秋先生，代懿抢先给父亲报信。王闿运竟然走出明杏斋，在银杏树下亲迎杨庄姐弟。这次他认真地端详了杨庄一番。叔姬端庄秀丽的仪容、朴素大方的装束，使诗翁甚是满意。王闿运见杨钧也长得清秀斯文，心里欢喜。来到书房，代懿又代替周妈，亲自为客人斟茶。杨度将妹子带来的两只腊兔子奉上。王闿运高兴地笑起来，爽快地收下了，说：“还没有行拜师礼哩，你倒先递交了束脩。”

叔姬乖觉，忙恭恭敬敬地向王闿运鞠了一躬，笑吟吟地说：“先生若不嫌弃，女弟子有礼了。”说着就要下跪，行拜师大礼。

王闿运赶紧离开藤椅，双手把叔姬扶起，笑呵呵地说：“鞠了一躬就行了，不必跪拜，我收下你这个女弟子了。”

重新坐好后，王闿运习惯地捧起铜水烟壶，慈祥地对叔姬说：“我们湘潭历来出女才子。左文襄的外姑和夫人的诗词，须眉男子也赶不上。前几天看了你的两首七绝，含蓄蕴藉，又胜过周氏母女。湘潭代代有才女，真令老夫高兴。”

叔姬说："先生夸奖了，小女子从来未好好地读过书，偶尔的涂鸦之作，哪里敢望前人的项背。"

杨度也说："湘潭真正的女诗人，首先当属师母，几位师姐、师妹的诗也作得好。"

王闿运说："要说读书，代懿的母亲和姐妹们书倒是读得不少，在诗词上的确也下过功夫。但说句实在话，她们都缺乏叔姬的灵气。古人说得好，诗词别是一格，不关乎学问。当然啰，在灵气的基础上再辅以学问，诗词自然会更进一步。"

"先生，小女子这次来东洲，一则谢先生的奖掖关怀，二来还带了几篇诗文，想请先生再给我修改一下。刚才先生说得好，学问也是很重要的，小女子从小缺乏良师指教，书读得很少，今后该读哪些书，也请先生指点。"

叔姬口齿清楚，态度大方，令坐在一旁的代懿爱慕不止。

"好哇，你先把带来的诗文放在我这里，我给你看看，你不要急着回去，在东洲多住些日子，让你哥哥这几天陪你们姐弟到城里各处走走看看。初七初八两天，我要讲两次《楚辞》，你也不妨去听听。"

叔姬连连答应。

"代懿，你去吩咐小厨房做几样好菜来，我今天要请远客吃餐饭。顺便告诉陈八，船这几天归皙子掌管。"

杨庄姐弟受此殊遇，有点受宠若惊之感。

到了吃中饭的时候，周妈也不回避，径直坐在王闿运的身边。王闿运对杨庄、杨钧介绍："这是周妈，她很厉害，凡求我的人都要先讨好她。"

周妈咧开大嘴笑了一下，杨庄、杨钧忙起身致意。杨度偷眼看代懿，发觉代懿脸上颇不自在。

吃完饭闲聊一阵后，杨度带着弟妹告辞了。代懿也要与他们一道走，王闿运留住了儿子。

"老四，你认为皙子的妹妹如何？"王闿运略带笑意地问。

叔姬的两首感事诗早已让代懿折服，现在又亲眼见姑娘端庄灵秀，更令他爱慕，听父亲这一问，已知用意，心里又惊又喜，吞吞吐吐地说："她很好，的确很好！"

见父亲笑得怡然慈祥，代懿涨红着面孔，鼓足勇气请求："爹，你跟皙子说说，要他同意把叔姬嫁给我吧！"

王闿运见儿子急得这份窘相，不觉笑了起来。正在厨房里洗碗碟的周妈，从老头子问儿子第一句话时便意识到不妙，她放下手中的活，尖起耳朵听书房里父子俩的对话。听到这里，她心里猛地一惊，再也顾不得自己的身份，冲出厨房，对代懿大声说："四少爷，你怎么能娶刚才那妹子，她脸上尽是鸟屎，难看得不得了。周妈我替你找个好妹子，又白净又标致，保险比她要强百倍！"

代懿正在兴头上，被周妈这么一搅，又气又恼，一反平素表面客气的态度，吼道："你晓得什么，我的事你有什么资格管！"

周妈很觉没趣，愣了一下，满脸换上笑容，走前几步，温温和和地劝道："四少爷，你不要着急，天底下好看的妹子多得很，你是大名士的公子，自己又是秀才，长得又体体面面，哪个妹子不喜欢你？实话告诉你吧，你父亲正在替你找一个绝色的妹子哩！"

说着，向王闿运递了一个眼色。王闿运完全不明白周妈肚子里的鬼胎，对她说："你去洗你的碗吧，这事不要你答言。我给老四找的，正是今天这个叔姬。"

周妈一听脸都白了，精心筹划多时的宏伟计划顿时破灭，她真想跺起脚把老头子数落一顿，但她人不蠢，知道自己到底只是一个下人，不是代懿的后娘，满肚子的不快只得强咽下去，于是闭住嘴，缩手缩脚地退回厨房。

代懿听了父亲刚才那句话兴奋至极，激动万分地问："爹，你跟皙子说了没有？"

王闿运摇摇头，代懿心里一紧。

"皙子那里倒不要紧。"过了一会儿，王闿运慢慢地说："叔姬是个有才华的女子，心里有自己的主见，眼角子也高。这样的女子，她的婚姻大事，做兄长的怕当不了全家，大主意还得要她自己拿，我担心的是她看不上你。二十出头的人了，举人也没中，诗词文章也只平平，你满意她，晓得她满意你吗？"

代懿垂手恭听着，觉得父亲的话有道理，心里凉了许多，嘴巴轻轻地翕动着，嗫嚅了半天，终于硬着头皮求道："爹，您老想个法子帮帮儿子吧！"

王闿运见儿子这副可怜相，甚是同情。知子莫若父。他深知儿子资质仅属中等，学问文章一般，又加之言辞较木讷，而杨庄天资很高，思维敏捷，能言善语，他真的既担心杨庄不同意这门亲事，又担心即使结合了，今后儿子也可能会受媳妇的欺负。转念一想，代懿毕竟是个秀才，好好再读几年书，中个举人也有希望，且人也还忠厚，大事做不成，保一身和妻儿应不成问题。何况叔姬的诗文的确胜过他的十个女儿，也胜过许多所谓的才女，他很喜欢她。他希望她能做他的儿媳妇，他甚至做过这样的准备，万一叔姬看不上代懿，不同意这门亲事，他也要说服她做自己的女弟子。他的桃李满天下，做大官的，做大学问的人都不少，但他们尽是男子，倘若能培养一个当代的李清照出来，对以育人才为后半生大业的王闿运来说，该是一个多么值得自慰、自豪的成就！壬秋老先生绝定在这件大事上帮儿子一把。

下午，夏寿田从城里回来，一见到杨庄，便如同见到亲妹妹似的，问这问那，关怀备至，又把刚买回来的上等宣纸拿出一半来送给杨钧。夏寿田的热情使叔姬既感温暖，又自叹命薄。当夏寿田以兄长的身份直接问她定没定婆家的时候，一片真诚无邪的赤子之心，终于使感情深沉的姑娘彻底醒悟过来：这一切都是命里注定的，她今生与夏郎无缘又有缘，无缘做白头偕老的夫妻，却有缘做互相敬慕的兄妹。这毕竟也是人生一件幸运的事，值得庆贺，应当知足。她决心终生将以对待自己亲哥哥的那份感情来对待夏郎，关心他、体贴他，以此来酬答自己最美好、最纯洁的少女初恋。

一连几天，夏寿田陪着杨家兄妹游览衡州府的名胜。他们凭吊了理学鼻祖濂溪先生讲学之处莲湖书院，参谒一代大儒王船山的故居王衙坪，登石鼓嘴之巅一睹蒸湘交汇的壮观，攀回雁峰之顶饱览湘南山川之秀美。在青草桥头，当四人抚栏远眺的时候，夏寿田独自吟诵了当年秦少游作于此处的《阮郎归》：

湘天风雨破寒初，深沉庭院虚。丽谯吹罢小单于，迢迢清夜徂。

乡梦断，旅魂孤，峥嵘岁又除。衡阳犹有雁传书，郴阳和雁无。

“淮海居士这首词，一如他的其他羁旅词作一样，婉约清丽，幽怨多情。多亏夏公子记得这样清楚，我记性不好，记不全。”叔姬静静地听完全词，由衷地发出赞叹。

“要说记诵功夫，午贻兄当数船山书院第一号。”杨度接过妹子的话称赞。

“你们莫打岔，听我说。”夏寿田望着杨氏兄妹说，“我由秦少游想到苏小妹，由苏小妹想到他的哥哥、弟弟，又由他们苏氏一家，想到你们杨氏一家。你们兄妹恰好也是三人，又个个都是俊才，将来一定不会让苏氏一家专美于前。”

杨钧拍着手掌笑道：“午贻哥哥说得真有趣，好像偷听了我哥哥的话似的。去年我哥哥回来，对我和姐姐说，我们发愤努力，要学苏氏兄妹，还要立志超过苏氏兄妹，不要让后人一说起来就是苏家的兄妹如何如何，也要让他们说杨家的兄妹如何如何。”

杨度笑着说：“真个是童言无忌！幸好我们说的是古人，没有碍着今人的事。倘若私下说的是今日的名人，小三子这么一兜出来，那就惹麻烦了。”

大家都愉快地笑起来。

夏寿田说：“叔姬，今后若有幸遇到秦少游这样的夫君，你也要难他一下哟！”

说得杨庄脸红起来，无话可答。

杨度说：“只是叔姬至今尚未遇到秦观式的郎君，午贻，你要为叔姬留意才是。”

杨庄拉着杨钧的手背过脸去，指着远处的一座宝塔，对弟弟说：“那就是哥哥常说的珠辉塔。”

杨钧向远处望去。他们的背后，响起夏寿田的声音：“你刚才说的事，使我倒想到一个人来。此人虽不及秦少游的风流才华，却也长得一表人才，能诗善文，勉勉强强可以配得上叔姬。”

“谁？”

“远在天边，近在眼前。”夏寿田故意大声地说，“你看代懿如何？”

一听说“代懿”二字，叔姬一颗芳心怦怦跳起来。

“代懿？那当然很不错。”经夏寿田这一提醒，杨度也觉得王代懿的确跟妹妹是很好的一对。

“有四个字，加之于代懿的头上，他可以当之无愧。”夏寿田接着说。

“哪四个字？”

“诚实君子。”

远望佛塔的叔姬一直在倾听夏公子和哥哥的对话，“诚实君子”四个字，牢牢地记在她的心里。她相信夏郎识人的眼光，更相信夏郎为自己好的一片真心，但是，她没有嫁给王代懿的想法，因为她对他的才学并无所知。何况，曾经沧海难为水，这个世界上，除开自己的亲哥哥，还有哪个男子能比得上夏郎的才气和风度！

叔姬没有料到，第二天上午哥哥就把这个问题明白地提了出来。

杨度告诉妹妹："昨天夜晚，王先生亲自对我说，他很喜欢你，有你这个女弟子，他很高兴。"

叔姬满心欢喜说："王先生这样看得起我，我却还没给他行正式的拜师大礼哩，我这就去如何？"

杨度看着妹子这副虔诚神态，会心地笑了。叔姬转念一想，产生了顾虑："我这个女弟子当不成了。"

"为何？"杨度觉得奇怪。

"王先生在这里做山长，我给他做女弟子，难道也能像男人一样离家住书院吗？"叔姬说到这里，扑哧笑了一声。

杨度说："看你急得这副样子，我还没说完哩！王先生说，他希望你做他的女弟子，更希望你做他的儿媳妇。"

叔姬脸唰地红了，头低了下来。

杨度继续说："王先生有四个儿子，都是蔡夫人所生。长子代功、次子代丰、三子代舆均为秀才出身，学有所成，只可惜代丰在那年由四川回湖南的途中得急病去世了。现在只剩下老四代懿未成家。代懿在兄弟中最得父亲的宠爱。我和午贻与他同住一个房间也将近两年了，对他很了解。人虽不及王先生那样聪明绝顶，但也有中上之资，今后中进士是很有希望的。最为难得的是代懿诚实忠厚，这点午贻的看法和我一致。所以他昨天当着你的面提出了代懿，虽有点笑笑你的味道，但我想，午贻还是把它当作一件事的。"

叔姬仍然低头默默地听着，不做声。

"叔姬，你今年二十岁了，早就到了说婆家的时候。"杨度知道妹子难为情，并不催她表态，又自个儿说下去，"父亲早逝，母亲足不出户，你的终身大事，自然是要做哥哥的我来帮你考虑。"

一股暖流在叔姬的身上滚过，她感激地望了哥哥一眼，很快又把目光收回到自己那双没有绣花的鞋尖上。虽然父亲去世的时候杨度还只有十岁，但全家包括母亲在内都自然而然地把他当作家庭的主心骨，叔姬更是习惯性地听哥哥的话。王先生亲口提出，夏郎也有这个意思，哥哥也完全赞同，代懿又一表人才，况且成就了这桩事后将可以天天聆听到王先生的教诲，诗词文章必然会大有进步。答应吧，还有什么可犹豫的呢？今生与夏郎既不能圆夫妻梦，难道真的一世不嫁人吗？二十岁了，二十岁的姑娘真的早到了讲婆家的时候了。

叔姬独自默默地在心里思索着，一则出于少女的羞涩矜持，一则对代懿的学问文章究竟没有底，她始终不说一句话，上牙咬着下嘴唇，有时又换过来，下牙咬着上嘴唇。像是猜出了妹子的心思，杨度说："我晓得你不做声，是不知代懿的肚子里究竟有几多卷诗书。你是个心高眼高的人，怕将来夫君不争气，自己在人前人后抬不起头来。"

叔姬不由自主地点了点头。

"这点你要放心。你想想看，父亲文坛盟主，母亲能文善诗，舅父供职翰苑，这样的血脉下来的人还会蠢吗？"

哥哥的话的确有道理。常言说，龙生龙，凤生凤，虎父无犬子。代懿纵然再不济，也不会蠢到哪里去，叔姬的心放宽了一大步。

"我想，你是没有亲眼见到代懿作的诗文，不踏实。王先生昨夜说，要代懿把自己平时的习作拿出来，请你来修改修改。"

叔姬听哥哥说了半天的话，直到这时才抿着嘴唇甜甜地笑了一下。

下午，杨度从代懿手里取来一部诗文稿送给妹妹。叔姬接过文稿，见封面上题着两个端秀的楷书：鷇音，心里说，这两个字用得好。鷇音，即刚出壳的小鸟的鸣叫声音，典出于《庄子·齐物论》。将自己的诗文比作鷇音，这是很雅的谦虚。翻开封面，里面夹了一张窄长的纸条，纸条上有两行字。上行写着：叔姬学姐雅正。下行是：学弟代懿敬呈。姑娘心里又说了一句：好个谦谦有礼的学弟！

这里端端正正地抄录了代懿所作的二十多篇古风、律诗和绝句，外加五篇古代人物论：子产论，苏秦论，乐毅论，晏婴论，赵括论。叔姬以审阅者的眼光将每篇诗文都仔仔细细地读了一遍，最后她掩卷叹息：自己不过才作了几首小诗，写了几篇短文，便自封才女，看不起别人，真个是朝菌不知晦朔，蟪蛄不知春秋。代懿所作的诗文在自己的数倍之上，却谦称鷇音，相比起来，岂不狂妄了吗？她提起笔来，也写了一个短笺："古人云，不临江海，不知水之深也，不登岱岳，不知山之高也。今日读《鷇音》，乃知学兄之高明也。"

杨度看了这张短笺，知妹妹已应允，这两年来压在他心头的一桩大事总算了却了。一旦定下这门亲事，他与先生之间，便由师生之谊进到姻戚之亲，先生的满腹学问，尤其是他独得骊珠的帝王之学，将会更加无保留地传授给自己。想起妹妹今后的家庭幸福，想起自己今后的前途辉煌，杨度心里甚是得意。王闿运知道后很欣慰，至于代懿，则更是手之舞之、足之蹈之了。

又过了几天，杨庄和弟弟要离开东洲回湘潭了。先一天下午，夏寿田做东，邀请王闿运父子为叔姬、重子饯行。王闿运示意夏寿田也请周妈，周妈心里很不舒服，找个托词推掉了。席上，王闿运很兴奋，连连饮酒，谈笑风生，不断地夸奖叔姬送来的诗文写得好，诗有灵气，文有识见，要不了几年，便可以成为闺阁中独步天下的人物，说得叔姬心花怒放。老先生又告诉女弟子，送来的每首诗，他都对个别字作了改动，要她将改动前后的字认真对照比较一下。他捋了捋花白胡须，笑着说："叔姬送来的十首诗中，要数《咏菊》那首写得最好。"转过脸望着叔姬说，"你把《咏菊》背给大家听听。"

叔姬红着脸说："这里都坐着高手，我哪里敢卖弄。"

"我来背！"杨钧抢着说。

"你能背得出？"王闿运觉得挺有趣。

"背得出！"杨钧颇为自豪地说，"姐姐这十首诗，在船上我看过，随便背背就背出来了。"

见姐姐不反对，杨钧朗朗背道："百卉俱摇落，孤芳判独奇。不因春竟艳，桃李非曾疑。寂寂出崖侧，寒飙日夜吹。莫惊霜露冷，自有九秋姿。"

"果然好得很！"代懿首先唱颂歌。

"叔姬的诗的确比在归德府时又长进多了。"夏寿田说，说后又含笑望了一眼叔姬。

不料这一眼，却把叔姬的脸羞得通红通红的，她赶紧低下头去。

王闿运说："这首《咏菊》好就好在有风致，把菊花孤芳自赏的神态写活了，有陆放翁咏梅词的韵味，却又比放翁更旷达。放翁说'零落成泥辗作尘，只有香如故'，风格自是高，但显得凄凉，哪有叔姬'莫惊霜露冷，自有九秋姿'的境界！"

"先生过奖了。"叔姬很高兴，这两句诗正是受了王先生的启迪而修改的。

"文章诗词，既是言志抒情的工具，又是文字的艺术。"老头子今天兴致极高，不觉滔滔大论起来，"这些年一班浅薄子弟迷信泰西，说泰西这好那好，连文字也比我们中国的好。其实，这班数典忘祖的后生子，对祖宗所留下的文字奥妙一丁点儿也没探到。我给你们讲个小故事吧！"

“好！”全桌后生子一齐欢呼起来。夏寿田满斟一杯酒递了过去，说：“为先生的故事，我再敬一杯！”

王闿运接过杯子喝了一口，抹了抹嘴巴说：“苏州的园林甲天下，其中有个园子更是建得好，亭阁楼台，山石流水，一一布置得十分得体。园子刚建好，正遇上了乾隆爷第四次下江南。前三次乾隆爷来苏州，看了拙政园、留园、西园，对苏州园林之美赞叹不已。苏州知府想，这次要让万岁爷看个新园子才好。得知这个园子就要建好了，便传令园子的主人，要他准备接驾。这家主人便日夜赶修，终于在圣驾来苏州的前夕将园子建好了。但有一件事却一直定不下，那就是园子该取个什么名字为好。请宿学高才拟了几十个，主人都不太满意。于是有一个人便说了，何必搜肠刮肚了，不如请万岁爷题个名字，御笔生辉，随便题两个字都是好的。大家都说这是个好主意。过几天，乾逄爷御驾亲临园子，主人竭尽全力殷勤接待。皇上在园子里游了一整天，为其清幽别致的美景所陶醉，真有点乐不思归了。趁着这时，主人捧了一张纸、一支笔跪在皇上面前说，万岁爷，此园刚建好，尚无园名，求万岁爷赐一个名字。乾隆爷说行呀，提起笔就在纸上写了三个字。大家满怀喜悦凑过脸去看，谁知这一看，都哑了口，做不了声。”

“写了三个什么字呀？”杨钧到底是小孩子，沉不住气，急着问。

王闿运微笑着说：“原来乾隆爷写的三个字是：真有趣。”

“这怎么可以做园子的名字呢？”代懿也忍不住了，说，“叫皇上再题一个吧！”

“谁敢这么说？皇上若是生气了怎么办？”王闿运瞟了儿子一眼，说，“正在众人都为这三个字犯难的时候，大学士纪晓岚想了一个好主意。他笑着对乾隆爷说，万岁爷这园名题得好极了，只是这园子的主人家财万贯，什么都有，而臣却两袖清风，缺的是一个‘有’字。万岁爷把这个‘有’赏给臣吧！乾隆爷哈哈笑了起来，说，想不到你还这么贪心，好吧，这个‘有’就给你吧！后来，当园主人将乾隆爷御笔‘真趣’二字制成金匾高挂园门口时，苏州满城文士才子莫不一致称赞皇上这两个字真是题得含意深远，韵味悠长。”

杨度说：“比起‘真有趣’三字来说，这‘真趣’二字完全是另一番境界了。”

夏寿田说：“纪晓岚真有点石成金的功夫。”

王闿运笑着说："你们看看，这便是中国文字之妙。把三个字合在一起，便是一句最浅最俗的话；把它分成两处，一则涵盖宇宙，包罗万象，一则趣味蕴藉，古朴典雅。泰西文字能有这个长处吗？"众人都说："那绝对没有！"

叔姬忙斟满一杯酒，说："先生这个故事又好听又有教益，女弟子敬您老一杯！"

王闿运乐呵呵地接住，说："我今天喝得太多了，这杯酒若是别人敬，我一定不喝了，但这是叔姬姑娘敬的，我非喝不可。"

说罢一饮而尽，大家都叫好。王闿运醉意蒙眬地对代懿说："你代我向叔姬姑娘回敬一杯。"

当叔姬连说不敢当的时候，代懿已把她面前的酒杯斟满了，双手举起说："请叔姬学姐喝了这杯酒。"

叔姬看着代懿脉脉含情的双眼，脸轻轻地红了，忙接过杯子，低头浅浅地抿了一口。

这时酒保端来一大碗鸡腿红枣黄豆汤。王闿运见了这碗汤，想起一件事来，说："今年初夏蚕豆熟的时候，锦同亲手摘了一筐蚕豆，托人送到东洲来，同时还附着一阕《玉漏迟》，要我步她的韵填一阕给她。我一直欠了这笔债未还。今日在座的都是才男才女，又在酒酣耳热之时，除重子年幼豁免外，每人都代我填一阕《玉漏迟》回赠锦同如何？"

话刚落，代懿便高声附和，又问："锦同用的是哪个韵？"

王闿运说："她用的是萧豪韵，韵脚依次为早、了、小、调、好、到、恼、扫、晓、老十个字。你们都要步她的韵。"

"行！"代懿答得很爽快。

夏寿田心想，他一向不大填词，今日为何这般踊跃？见老师兴致高，便也不去多想，忙答："遵命。"

杨度最爱作诗填词，酒过三巡后，早已诗兴大发，恨不得借酒家的白壁粉墙来逞才使气，听先生这么一说，正中下怀，说："我还补充一点，以半个钟点为限，超过了罚酒三杯，作好后请先生评个高下，得魁首者，各人都向他鞠一躬。"

众人都说好。叔姬也很快活，她暗自下定绝心要夺个魁首，在这群须眉男子面前显一显巾帼手段。

见弟子们都很踊跃，老先生很高兴，笑着说："《玉漏迟》本是十韵，按理，你们只要十个韵脚相同就行了。但锦同下片第六句结尾一字为‘笑’，今天大家都很愉快，于是我再加一个规矩：每人下片第六句最末一字都要来个‘笑’。”

众人都笑起来说：“好！”

杨钧机灵，很快从账房里借来四支笔，四个砚台，四张白纸，一人分发了一份。他站在这个后面看看，又跑到那个后面瞧瞧，看他们如何构思，如何落笔。王闿运一言不发，端坐在上席，犹如平日在讲台上监视学生的作文一样。

夏寿田掏出怀表来交给杨钧，让他负责看时间。杨钧刚报“一刻钟过去了”，杨度便交了头卷：

好春蚕事早，竹外篱边，豆花香了。自挈筠笼，摘得绿珠圆小。城里新开菜市，应不比家园风调。樱笋较甘芳，略胜点盐刚好。

曾闻峡口逢仙，说姊妹相携，世尘难到。今日相煎，怕被豆根诗恼。寄与尝新一笑，想念我晨妆眉扫。风露晓，园中芥荃将老。

王闿运看后微笑不语。这时夏寿田也写好了：

飞鸿来不早，碧池新涨，绿荷开了。消夏闲吟，正拂浣花笺小。军将打门传送，刚谱得红闺新调。谁唱定风波，墨向盾头研好。

堪怜十四琼枝，似四摘瓜稀，仙凡颠倒。且向深山，聊避六根烦恼。偶得开颜一笑，便一抖胸中尘扫。清镜晓，提防玉关人老。

王闿运看后也只是笑笑，没有做声。

见哥哥和夏郎都交了卷，叔姬有点急了，便不再多斟酌润饰，也交了上去。王闿运连忙放下夏寿田的词看叔姬的：

湘城花事早，杜宇声声，又春归了。一水迢遥，还忆凌波纤小。畦畔盈盈细觅，想当日寻梅风调。翠袖弄芳菲，旖旎春园兴好。

依依湘绮楼边，似五府元都，俗尘难到。豆蔻新词，却被曹家妹恼。对月嫦娥应笑，空伫望碧天如扫。情未晓，天若有情将老。

“好词，好词。”王闿运连连称赞，又以手指叩击桌面，抑扬顿挫地再吟诵了一遍，点头感叹，“朱淑真、李清照一流也。”

代懿早就写好了，他有意不抢先，在父亲称赞叔姬的时候，他也把词递了上去。杨钧看了看怀表，说：“好险，再晚交一分钟，就要罚你三大杯！”

代懿对杨钧扮了个鬼脸。

春城花事早，摘豆条桑，筠篮编了。对使倾筐，翡翠琼珠圆小。咏絮才高七步，更谱出清新词调。堂上旨甘余，佐我盘飧尤好。

当年艳说逢仙，叹兰蕙凋零，仙山难到。护惜同根，泣釜燃萁休恼。投笔书生可笑，怅满地尘氛难扫。春露晓，莫道倚栏人老。

王闿运只略微浏览了一下，便把它和其他三张合在一起。夏寿田问：“先生已看了答卷，高下已分出来了，今日会盟，执牛耳者为谁？”

王闿运摸着胡须说：“我先不说，你们各自交换着看看，看你们的眼力如何。”

说完把四张纸一齐交给夏寿田，夏寿田又分给众人。叔姬先看的一阕正是代懿的，打头一句便让她吃了一惊，心里想：这不有缘吗？五个字竟有四个字相同。再读下去，觉得代懿的词写得真是不错，尤其是“春露晓，莫道倚栏人老”，很有点宋人的风致，于是对代懿的好感又添了一些。而代懿看的，又恰好是叔姬的，不待看完，便鼓掌高叫：“我不再看别人的了，今日的盟主就是这位巾帼英豪！”

说得夏寿田、杨度忙凑过来。夏寿田边看边说：“我同意代懿的评判，我们都认输！”

杨度看后，也觉得妹妹的这阕的确写得缠绵婉转，置于南宋婉约派词中，定可以今混古，自己的比不上，嘴上却说：“你们别把叔姬抬得太高了，我看还是午贻的格调高朗些。”

叔姬听他们评来评去，自己一直不做声。杨钧说话了：“还是请王先生裁定吧！”

王闿运停止抚须，笑微微地说：“要我说嘛，你们这三个须眉男子都齐齐地站到那边去，向叔姬鞠一躬吧！”

代懿一听，忙站起，不等杨度、夏寿田开腔，便向叔姬深深一鞠躬，说：“叔姬学姐，学弟代懿甘拜下风。”

众人哄堂大笑起来。叔姬红着脸说：“快不要这样，折杀我了！”

夏寿田笑着说：“世上没有兄长向妹妹鞠躬的道理，我比叔姬大了七八岁，也不宜向她行礼。代懿，你就代替我们，再向她鞠两个躬吧！”

代懿巴不得多献点殷勤，便毫不含糊又行了两个礼。杨钧在一旁，快活得直跳。叔姬心里乐融融喜滋滋的，她觉得出生二十年来，今天是最得意最快活的一天。

第三章　浅涉政坛

一　谭嗣同千里迢迢为徐致靖送来紧急家书

快到过年的时候，船山书院放了假，夏寿田回南昌去了，代懿则带着厚重的订婚礼，来到石塘铺拜谒李氏。李氏见代懿长得端正，又是王先生的儿子，心里喜欢。此事既是儿子做的主，女儿也不反对，她当然同意。亲事就这样定了。初订明年秋后举行大礼。这个年大家都过得快乐，只有叔姬心里总隐隐地怀着一丝怅意。代懿在她心目中的地位，始终不能取代夏郎。就在订婚的这天晚上，叔姬填了一阕《醉落魄》：

> 连天衰草，苍茫寂寞凭谁道。长空万里归鸿渺，斜日疏烟，几点投林鸟。
>
> 人生只说多情好，无情转是无萦绕。宵长意远仍惊晓，万碛千山，魂梦应难到。

写完后她吟诵再三，然后像过去那些无题诗词一样，这阕词也被送到炉火边。叔姬待待地望着词笺化作翩翩蝴蝶，口里喃喃地说：“夏郎，夏郎，从今日起我就是王家的人了。这阕词权当我送给你的最后一段心声。上苍保佑，我们来世做恩爱夫妻吧！”

这一夜，姑娘的泪水静静地流了一通宵。第二天一早，她抹去眼泪，擦上薄薄的脂粉，强装出笑容，和哥哥一道送别了未来的夫婿。叔姬是明白人，她知道，既然已同意嫁给代懿，这颗心便不能再痴痴地恋着夏郎，它只能交给自己的夫君。但即使就是这样清醒冷静的时候，叔姬也没有想到要把早已绣好的鸳鸯荷包送给代懿！

过完年后，杨钧也负笈来到船山书院，拜在王闿运门下。杨度则和夏寿田辞别老师，结伴去京城参加戊戌科会试。

戊戌年是中国近代史上一个具有划时代意义的年份。

这一年的正月初三，光绪帝命李鸿章、翁同龢、荣禄等人在总理衙门接见康有为。荣禄首先以祖宗之法不能变的大帽子来压康有为。康反驳道："祖宗之法以治祖宗之地，今祖宗之地不能守，还有何祖宗之法可言？"又说就拿今日所在地总理衙门来说，祖宗之法中亦未有此一衙门，只能因时制宜，不能困守祖宗成法。荣禄语塞，李鸿章不置可否，于是翁同龢密荐康有为可大用。康有为向皇上进呈《日本变政记》《俄彼得变政记》。初八日，康有为上疏，请皇上大集群臣于天坛太庙宣布诏定国是，变法维新。接着梁启超从上海赶到北京协助其师，筹建保国会，以保国保种保教为宗旨，拟在北京、上海设两总会，各省府设分会。这时也有人向权贵散发文章，斥责康、梁等人厚聚党徒、妄冀非分、巧言乱政、邪说诬民、形同叛逆。京师既弥漫着浓厚的维新变法空气，同时，反对、阻挠之风也频频掀起。有识之人都说，八百年古都又将面临一次风云剧变！就在这个时候，杨度、夏寿田来到了京城，寓居城南虎坊桥长郡会馆。

湖南距京师遥远，往来一趟费用很大，许多家境贫困的举子本科不中，则滞留京城，或寻一个馆，或做一点杂事维持生计，苦读诗书，以应下科。会馆住房不收钱，伙食也很便宜，且都为同乡，易于照顾，于是这里便长年住着一批落第学子，一到逢丑、辰、未、戌年或恩科、特科的春天，会馆里便全部住满了进京会试的举子。这里乡人云集，信息灵通，尽管有些富家子弟有钱住得起豪华的旅馆客栈，但他们也不去住，宁愿挤在简陋的会馆里。夏寿田便属于这类贵公子，上科会试住会馆，这科又和杨度两人在会馆里订一小间房子住下。拜访了一些必须应酬的地方后，他便关起门来潜心于功课之中。

杨度今科也志在必得。他素来心高，当得知梁启超因冬天大病，现在又忙于变法，的确不参加会试时，他甚至还暗暗地想到要夺取今科状元，一舒上科受挫的抑郁！但他天生性格好动，又对国事有着不可遏制的浓厚兴趣，所以他总是难以静下心来，时常参与各种维新派人士举办的聚会，回到会馆后又忍不住到各个房间走访，传递消息，发表政见，往往高谈阔论到深夜。夏寿田知他秉性如此，且天资极高，虽把精力分散到闲事上，试场上的诗文绝不会耽误，也便不去劝他。

眼看就要临近大考了。这天，门房景大爷递来一封信函。杨度拆开一看，见是梁启超写来的，只有一行字：复生日前抵京，盼来寓所一见。谭嗣同来了！杨度心中一喜，忙雇了一辆人力车，也不邀夏寿田，独自一人奔向长果胡同梁启超寓所。

那次在时务学堂晤面后，英迈豪放的谭公子便在杨度脑中留下了深刻的印象。回东洲后，杨度又细细地通读了谭嗣同著的《仁学》，更加对谭的学识和勇气敬佩不已。

门一打开，迎接的正是清瘦矮小的谭嗣同。故友会他乡，乃人生喜事一桩，二人亲切地拥抱。刚一松手，杨度看见屋里还坐着一位黝黑粗壮的中年大汉，正咧开嘴望着他俩憨笑。杨度问正在倒茶的梁启超："这位兄弟是……"

"他是我的结义兄弟。"谭嗣同忙介绍，"江湖上有名的英雄，现在京师镖局做事，姓王名谊字子斌，排行老五，因一把大刀无敌天下，故江湖上都称他为大刀王五。"

转过脸，又对王五说："这位是举人杨度杨皙子先生。"

王五起身，双手抱拳，声音异常洪亮地说："原来你就是杨镇台的侄公子杨皙子先生！"

杨度惊道："你认识家伯父？"

"镇台大人我没有见过。"王五笑了笑说，"皙子先生在归德镇时的拳术教师孟胡子是我的朋友，去年我在开封府见到他，他说起过你。"

"哎呀，你是孟师傅的朋友，那就是我的师辈了。"杨度说着，拱起了双手。

"莫这样，你就叫我五哥吧！"王五爽朗地一笑。

谭嗣同说："说起来都是熟人，彼此都不要客气，你就叫他五哥，他就叫你皙子吧！"

大家都大笑起来，坐下喝茶。

"复生兄，你此次为何事进京来的？"杨度刚一坐下，便急着问。他猜想，眼下正是京师变法呼声沸沸扬扬的时候，谭嗣同的突然到来，必负有特殊使命。

"我专程从长沙赶来，为着递送徐学台的一封家书。"谭嗣同原本微凹的双眼更加陷落了，显然是连日旅途劳顿的结果。

"送徐学台的家书？"杨度颇为吃惊。徐学台的家书，何烦谭公子千里迢迢专程递送，它完全可以托付给巡抚衙门的折差顺便带到北京来，看来这封家书一定非同一般。

梁启超从柜子里取出一个七寸多长四寸多宽的信封来，笑着对杨度说："请你来，就是要你来看看徐学台的信，过后我们再一起商议商议。”

杨度接过信封问："这是徐学台的家书，我拆开看合适吗？"

谭嗣同说："虽是家书，说的却是天下第一大公事。徐学台招呼过，可以给几个心腹朋友看看。"

杨度将徐学台的信抽了出来。

徐学台就是继江标之后的学政徐仁铸，他以翰林院编修的身份视学湖南，其父徐致靖也供职翰林院，官居侍读学士。徐仁铸也是个热血志士，目睹国势孱弱，也深知只有维新变法才有出路。他一到湖南便继承江标的事业，鼎力支助陈宝箴、黄遵宪的新政，一面继续出版《湘学报》，同时又创办《湘报》，大力鼓吹新学。以王先谦、叶德辉为首的顽固守旧派并不让步，继续与新学对抗。徐仁铸是叶德辉光绪壬寅年中进士的房师，叶对徐很恭敬客气，口口声声恩师长恩师短，但一谈起时事来，却坚守自己的阵地，寸步不让，还说什么"吾爱吾师，吾更爱真理，当仁不让于师"之类的话。叶德辉的强硬态度使徐仁铸不免有点怯弱。

尤其是最近，湖广总督张之洞忽然从武昌给他来了一封信，信上说近来有人告发《湘学报》《湘报》远近煽播，倡为乱阶，务力杜流弊，即饬停刊。张之洞的决定给徐仁铸很大压力。他预见维新事业的前程将会异常艰难，于是给父亲写信，请老父向皇上荐举几个有血性、有才干的人物，破格超擢，委以重任，果断地、强制性地推行新法，并请他的翰林弟弟徐仁镜一道参与其事。

果然非同小可！杨度看完信后，郑重地将它折好放回信封，双手交回给梁启超，问："什么时候把这封信送给徐老先生呢？"

谭嗣同说："当然事不宜迟，明天上午就到徐老先生家里去，皙子你也一起去吧！"

"好！"杨度立即答应。参与国家大事，一直是杨度的夙愿，尽管尊师说，在学术上他与康梁有不同的见解，但在维新变法这一点上则是一致的，何况他也想借此机会结识徐老先生。

"见过徐老先生后，我要和五哥一起到山西太原去走一遭，那里有几个荆轲、聂政之流的壮士，五哥要我去见见他们。"谭嗣同神色凝重地说，"今后说不定有一天还要仰仗他们的力量。"

大刀王五接言："你们先从文的一路入手，文的不行，我们弟兄再来武的。"

梁启超正色凛然地说："是要做好这种准备，说不定有血流漂杵的一天。”

谭嗣同拊掌笑道：“若是这一天到来了，我第一个去断头流血！”

杨度心中一怔。断头流血的事，他压根儿还没想到过，对谭公子的豪侠义烈顿时肃然起敬。

接着，大刀王五说起他那几个太原府的兄弟，为人如何的慷慨仗义，本事又是如何的高强无敌。又说江湖上这些年来人心浮动，会党蜂起，无一不是针对官府和朝廷的，眼下大清王朝好比处在一堆干柴之上，只要一点星火落在上面，顷刻之间便会烧起冲天大火，而朝廷也就会在这把大火中被烧毁。大刀王五说的事，使杨度听来十分新鲜。这些年来，他一直在官衙和书斋里度过，江湖上的事一窍不通，今天才知道，普天之下早已是反旗林立，朝廷命在旦夕。这一夜，躺在梁启超临时搭起的木板床上，杨度想了很多很多。他隐隐地觉得，王五叙说的人心所向，似乎与康梁谭等人的事业有很大的不同。朝廷如同一艘千孔百洞的破船，老百姓的想法是要把它捣毁沉没，而康梁谭等人却是要把它修补好。

二　自古以来在中国要办成大事，光凭嘴巴子没有刀把子是不行的

第二天上午，谭嗣同、梁启超、杨度三人整装来到了城西豆荚胡同徐府大门口。谭嗣同递上名刺，说明来意，门房通报后让他们进去。

这是一个很宽敞的四合院。一色的青灰砖石砌出一块平坦洁净的阔坪，坪的东西两侧搭起两个高大的葡萄架，时已暮春，架上爬满了油绿发亮的叶片，随处可见一串串小葡萄从木架顶部悬吊下来，如同碧玉雕琢出来的小珠子，十分逗人喜爱。葡萄架旁摆着大大小小的文竹、兰花和山石古木盆景，上下交叠，错落有致。另有八个硕大的白底青兽鼓形大水缸，水缸里怡然自得地游动着大水泡眼金鱼，还有浑身黑得如炭团的墨鲫。杨度赞道：“好一个高雅脱俗的庭院！”

门房将他们带到西厢房。厢房两边红木柱上刻着一副涂上石绿颜色的联语：恪恭在朝夕，俯仰愧古今。门房掀开竹帘子，大家看见屋里书案边坐着一个须发皆白的老者。老者见客人已来到门外，便站起身，以带有吴地口音的北京话说：“请进。”

三人鱼贯进了书房，在北面墙壁边的一溜明式红木直背雕花椅子

上坐下。门房斟茶时，杨度端详了老人一眼，见这位翰林学士年在七十左右，面色红润，腰板硬朗，眉眼之间有股倔强凌铄之气。

徐学士面带微笑地问："哪位是谭复生先生？"

谭嗣同站起答应了一声，并递上徐仁铸的信。徐学士接过信，搁在一边不忙看，先将谭嗣同上下打量一番，说："你就是谭世兄，久仰久仰。早就听说敬甫中丞有一个不同凡响的公子，今日一见，果然名不虚传。"

谭嗣同说："前辈夸奖了。"

"令尊政躬康泰吗？"

"家父身体尚可，只是年纪大了，有些养身病，不如您的身子骨硬朗。"谭嗣同出生在北京，直到十二岁才回到浏阳老家读书，他的一口京腔至今仍很纯正。

徐学士哈哈笑了两声说："坐下，坐下说，这两位你给介绍下。"

"这位是广东新会举人梁启超。"谭嗣同指了指梁启超。

"哦！"徐学士显然有些惊讶，他朝着梁启超前倾上身，略带敬意地说，"梁卓如先生，你的大名如雷贯老夫之耳。你如此年轻，便已做出这么大的事业，享有这样大的名望，令老夫在你的面前都有点自惭。"

徐学士这番出自内心的话，使在座的三位后生感动，尤其使梁启超感激。他起身回答："老前辈学问渊懿，德高望重，我们景仰已久。"

徐致靖是值得人们景仰的。他不仅学问好，更兼品德端方正直，素以提拔人才奖掖后学为己任，虽年过古稀，却依然雄心勃勃，敢作敢为。老先生还有一点尤令人尊敬，他治家有方，教子有道，两个儿子都在二十多岁时便中进士，入翰苑，一家父子三人同处词林，被士大夫传为美谈。

谭嗣同接着介绍："这位是湖南湘潭举人杨度。"

"哦。"徐致靖点点头，"好，好，你是来参加会试的吗？"

"是的。"杨度恭敬地回答。眼见得老先生对谭、梁异乎寻常的热情态度，杨度忽然有一种被冷落感。很快，他便平静下来。不能怪老先生有冷热不同，因为自己本不能与谭嗣同、梁启超相比，京师乃辇毂之地，名望官位在这里愈加显得重要。醉心于帝王之学的年轻举人，对自己的前途充满着信心，他相信自己今后的名望地位一定会引起京师人士的刮目相看。

“好，你们稍坐一下，喝喝茶，我看看信。”

徐致靖把信笺抽出来，戴上老花眼镜细细地看起来。这时，梁启超将放在茶几上的一叠《京报》拿起，信手翻看几页，便赫然见第一版中间一排粗黑字：翰林院侍读学士徐致靖上疏请明定国是。他轻轻招呼谭、杨二人聚首合看：伏闻皇上宵旰忧勤，熟讲中外之故，知当诸国并立之时，万不能复守秦汉以后一统闭关之旧，知时审变，力图自强，祖宗二百数十年艰难缔造之天下可无危坠。然胶事以来，新政无一举动，学堂、特科事未见举办，有若空文，天下咸窃窃然疑皇上仍以守旧为是也。若守旧，可明谕内外臣工恪守旧章；若变法，亦请特颁明诏，一切新政，立予施行。总之，请皇上速明定国是，俾天下臣民咸晓然于圣意所在，有所适从，不再如前之游移莫是，两无所成矣。

梁启超看后，对眼前这位老头子油然生出敬意来。这份奏疏上得太及时了，前几天他与老师谈论的正是这件事。康有为不见皇上明确的态度而心急如焚，梁启超也觉察到变法的前景不甚光明。现在，徐学士的奏疏登之于《京报》显著地位，说不定是皇上下决心明定国是的前奏。

“谭公子，小儿信上只说保举几个得力的人才辅佐皇上变法维新，但究竟是哪几个人并未提，他跟你说过吗？”老先生看完信，一边摘眼镜，一边问谭嗣同。

谭嗣同答：“离长沙前，我与徐学台反复商量了这件事，徐学台在另纸上写了几个名字，说仅供大人参考，最后荐举哪几个，一听大人圈定。”

说罢从衣袋里掏出一张纸来，双手递了上去。徐致靖重新戴上眼镜，小声念着：

> 工部主事康有为，忠肝热血，硕学通才，明历代因革之得失，知万国强弱之本源。湖南盐法长宝道署按察使黄遵宪，熟悉各国宪政，器识远大，办事精细。江苏候补知府谭嗣同，天才卓越，学识绝伦，忠贞爱国，勇于任事。广东举人梁启超，英才亮拔，志虑忠纯，学贯天人，识周中外。

“行，他与我不谋而合。”徐致靖把纸折好，重又摘下老花镜，慢慢地说，“维新之事，从三年前公车上书以来，空头话说得不少，成效却不多，京师可以说一切依旧。十八省，除湖南一省外，其他十七省也没有什么变化。这中间的关键原因，在于朝廷内部反对的人很多，且势力很大。但大清要强盛，非维新变法不可，在这一点上，老夫与你们年轻人的看法是一致的。前几天我给皇上上了一道奏疏，目的就是敦促皇上尽快下决心。”

梁启超扬起《京报》说：“我们刚才有幸拜读了您的奏疏，真正是维新变法的及时雨。”

徐致靖浅浅地笑了一下说：“皇上被守旧的大臣包围得太紧了。他自己还是想变法图强的，只是身边无得力人物，仁铸的考虑是对的。不过你们都很年轻，地位也不高，缺乏威信，今后到朝廷来办事会有许多难处。”

说到这里，徐致靖想起朝廷执政大臣之间的复杂纠葛，想起太后、皇上长期来的面和心不和，顿时心情苍凉起来。本想给这几个热血年轻人透露一二，但这些话不可随便乱说，且也不能多给他们泼冷水，话到嘴边又咽了回去。他敛容盯着谭嗣同、梁启超，严肃地说：“老夫对你们说句实话，此时充当皇上的贴身谋臣，很可能不是美差。”

谭嗣同应声答道：“晚生自知年幼无知，才浅德薄，并不敢妄求优保重任，更非借此为一己谋高位，实出于为国为民一片诚心。刚才老大人的提醒很重要。晚生深知历代主持变法之人，名荣身泰者极少，名裂身败者甚多，商鞅车裂，半山放逐，皆为前车之鉴。晚生厕身其间，并非幸事。说不定哪天失败了，不仅本人死无葬身之地，还要祸及老父稚子。然晚生仍愿借大人之力而获皇上重任，辅佐朝政，推行新法，实一心只为救大清于倾覆之际，拯黎民于危困之中。晚生在长沙时已对学台大人表示过，维新成功之后，嗣同绝不居功，倘若维新失败了，嗣同甘愿以身相殉。”

“壮哉，豪杰之言！”徐致靖霍地站起，“就凭谭公子你这一番话，老夫亦将置身家性命于不顾，为国荐贤，为民举才，明日即上书皇上。”

梁启超也激动地站起，充满感情地说：“维新大业的成败，大清的兴衰，完全寄托在老先生您的身上了，我全体维新志士将对老先生感激不尽，四万万满汉蒙藏回同胞也将对老先生感激不尽！”

“都坐下吧！”徐致靖招呼大家坐下后，自己也坐下来，感慨地说，“感激二字不必提起，老夫此举，纯系出于一片忠心而已。这些年外患频仍，国事蜩螗，而那些深受皇恩的王公贵戚却懵然不醒，依然在醉生梦死中追逐一己利禄享乐。那些当要冲之辈又毫无应变策谋，或墨守成规，苟且敷衍；或轻举妄动，把国事当儿戏。老夫每念及此，莫不叹息涕零，然人既昏迈，又无实权，无可奈何，唯有叹息而已。乙未年亲眼见会试举子们那种爱国忧民的情绪，拜读他们那些振聋发聩的演说文章，老夫豁然开悟，大清的出路在维新，大清的希望在年轻人。刘禹锡说得好：沉舟侧畔千帆过，病树前头万木春。已经腐朽了的必然会被淘汰，新兴的生命是不可阻挡的。从那时起，老夫就不顾旁人的劝说耻笑，甘以白头置身于黑发之中，为皇上为国家尽一分余力。”

说到这里，老先生刚才凝重的神情变得开朗起来，他笑着对谭、杨说：“你们湖南有个大名士叫王闿运，年轻时踔厉风发，受了几次挫折后，就对国事抱逍遥态度了。他的学问文章，老夫自是佩服，只是他那句‘三十看花犹嫌老’的诗，就不免太颓废了点，老夫不敢苟同。老夫更喜欢苏东坡的那几句词：‘谁道人生无再少，门前流水尚能西，休将白发唱黄鸡。’”

杨度见徐致靖慨然谈国事的时候，无意中竟然提到了自己的老师，觉得很有趣味。他知道老先生对老师有些误解，这种场合，当然也没有解释的必要，便静听不语。倒是谭嗣同忍不住插话：“壬秋先生就是杨度的老师。”

“哎呀，你是他的学生！”徐致靖惊道，“老夫刚才失言了，请别介意。”

杨度忙说：“您说得对，‘三十看花犹嫌老’这句诗是有点颓废。为这句诗，晚生也曾当面请教过湘绮师。他说这是激励年轻人珍惜少年时光，人生难得是青春，切莫让年华虚度。”

“到底是学生，说起老师来就是不一样。”徐致靖爽朗地笑起来。

梁启超说：“杨皙子是壬秋先生的高足，有名的才子，乙未年公车上书，湖南公车的领头人就是他。他今科会试，必然高中无疑。”

徐致靖笑着说：“看来翰苑又要多一个三湘俊才了。”

这句话说得正合杨度的心思，他起身致谢：“谢老前辈的厚爱，今后若能有机会长蒙老前辈的教诲，乃晚生的幸事。”

谭嗣同也起身说：“打扰您半天了，我们就此告辞了。”

“好。”徐致靖起身，“我送送你们。”

杨度说：“老前辈这样客气，我们如何受得了。”

徐致靖说：“你们都是国家的希望所在，老夫理应亲送出大门。”

谦逊一番后，三个人跟着徐致靖出了书房，来到庭院。杨度指着那几个大水缸问：“这几个鱼缸古雅得很，是明代烧制的吗？”

“皙子先生好鉴赏力。”徐致靖答，“正是明代成化年间厂官窑烧制的。”

杨度说：“这样大而造型别致的厂官窑缸，存世者怕不多了。”

徐致靖摸了摸水缸的边沿说：“据说当年宫廷专门订制一百个这样的水缸，为保险起见，厂官窑一共烧了三百个，从中挑出一百二十个送去给宫廷。宫中选了一百个，剩下的二十个，以二百两银子卖给了一家瓷器店。老板打起‘宫中剩余’的招牌，以二千两银子的价卖给了开平王常遇春的后裔，转手之间便获利十倍。”

众人发出啧啧声。

“这个老板虽获利十倍，但卖的是真品，还算赚的不是昧着良心的钱，最可恨的是卖假古董，我给你们讲个最近的小故事。”

众人的目光都从水缸移向徐致靖。

“上个月，湖广总督张香涛进京叙职，偶游海王邨，看见一个古董店，装潢甚为雅致，他便进店浏览。见店中庭院摆着一个很大的坛子，为陶制品，形状既古怪，色彩也朴质。张香涛本是个有名的古物鉴赏家，暗思这样的坛子还从来没有见过。走近一看，他更被吸引住了，原来坛子四周都是如蝌蚪形的篆籀文。张香涛谛视良久，也认不出几个字来，心里很惊异。问店主，回答说是某巨宦故物，店里借来陈列，不出卖。张香涛很惋惜。回寓所后跟一同进京的幕僚谈起这件事，幕僚说有可能是三代时的陶制器物。第二天，香帅和幕僚再去这个古董店。幕僚也是一个精于古董的人，二人仔细鉴赏一番，一致认为非三代古物莫属。香帅抚摸再三，不忍离去。幕僚知他想买，于是逼着老板找来物主，硬以三千两银子买下了。

“香帅极喜，命人抬回寓所，自己反复欣赏，费尽心思辨认坛子上的文字，同时又请高匠拓印数百张分赠僚友，大家都说这个坛子至少有三千年的历史了。香帅吩咐给坛子装满水，又放养几尾金鱼，天天在坛子边徘徊，自我陶醉。一天夜里，雷雨大作，第二天早上香帅来看坛子时，不禁惊呆了，原来四周的篆籀蝌蚪文已全部化为乌有，出现在眼前的则是一只极普通的瓦坛子。”

众人都不解，问：“这是何故？”

“张香涛仔细一看，先前的那些古文字原来都是用蜡写在纸上，再加上色彩掩饰，把它糊在一只今人烧制的瓦坛上的。张香涛白丢了三千两银子，还招来一个传之后世的笑柄。”

徐致靖说到这里忍不住笑了起来，大家也都跟着笑了。

快到大门口时，徐致靖突然想起一件事，忙将谭嗣同拉住，说：“老夫年来昏眊，办事常常记前不记后。刚才我突然想到这荐举人才的事，倒有一个重要人物要荐举。”

“老大人说的是哪一个？”谭嗣同停住脚步问，梁启超、杨度也都站定望着徐致靖。

“来。”徐致靖指着西边葡萄架后的一间房子说，“诸位请到这里再宽坐一会。”

三人跟着徐致靖进了屋。这里才是徐致靖通常会见客人的地方。房间宽敞明亮，四周墙壁上挂着几幅字画。杨度随便望了一眼，见有翁同龢、潘祖荫等人题款的字，还有一幅扬州八怪之一金农的兰草图，寥寥几笔，便把兰花高洁脱俗的神韵勾了出来。这幅图，似乎专为今日的收藏者而画。

“前几天，徐菊人从天津来京师办事，在寒舍坐了一上午，大谈袁慰庭在小站练兵是如何的有成效，办事是如何的有魄力，而且说袁慰庭多年在海外，见多识广，器局闳通，他对维新变法深表赞同，并要拜在我的门下。徐菊人说，若不嫌弃的话，收下这份拜师礼。说着取出一幅卷轴来。老夫打开一看，原来是冬心先生的兰草图。细细地审看纸质、墨色和印章后，我可以断定这不是赝品，颇为惊喜，问这幅画是哪里来的。菊人说这是袁慰庭在朝鲜汉城购来的。我很奇怪，冬心先生的画怎么会流失到汉城去了呢？菊人讲述了它的来历。袁慰庭在汉城的时候，偶尔在唐人街一个古董铺里遇见一个中国人，此人抱着一捆字画与老板在讨价还价。慰庭凑过去一看，见都是当年扬州八怪的字画，心中欢喜。他出身世家，识货，知这些字画不是假的，若在国内卖，至少值五千两。估计此人之所以来汉城卖，定然是不敢在国内出手。在那人与老板相持不下的时候，慰庭说你跟我来吧，我都买下。那人于是跟着慰庭走，走到一座刀枪森严的楼房前，慰庭说进去吧！那人脸上突然不自在起来，连忙说不卖了不卖了。慰庭说不要怕，我不会抢你的。那人硬着头皮进去了。坐下后，慰庭和气地说，我知道你这些字画是偷来的，在国内不敢卖，便想到汉城来求个大价钱。你以为海外都很富裕，其实错了，汉城人都穷得很，你这些字画五百两银子都卖不出。你不如卖给我，我给你一千两银子如何？原来那人正是一个偷儿，也正是想到汉城来求大价钱的，但是来汉城一个月了，一直没有合适的买主，眼看盘缠快用完了，很是着急。先以为这次会被讹诈，想不到此人这样大方，愿以一千两银子买下，虽然比起自己的要价来差了一大截，但事到如今已经是难遇到的良机了。那人竟大为感动起来，接过一千两银子，磕了三个响头出去了。”

徐致靖说到这里，谭、梁、杨都快乐地笑了起来。梁启超说：“袁慰庭既捡了大便宜，又赚了个感激，这个人真精明。”

杨度忍不住指着墙壁上的兰草图说：“袁慰庭送的就是这幅吧？”

“正是！”徐致靖点点头说，“我与袁素无交往，本不想受他这份礼，也不想收他这个门生。转念一想，袁有兵权又赞成变法，这对维新事业很有帮助。你们都是文人，不握刀把子，但自古以来在中国要办成大事，光凭嘴巴子而没有刀把子是不行的。想到这里，我于是收下了这幅画，也收下了这个门生。”

梁启超说：“袁慰庭赞成变法应是出自真心，那年我们在松筠庵开会，他一人捐了五百两银子。”

谭嗣同说：“都说袁世凯在小站干得很好，只是没有亲眼见过。”

徐致靖说：“老夫的意思是，你们哪位去天津看看，与他见见面，谈谈话，看看这个人到底如何。我想，他要徐菊人到这里来表示这番意思，无非是看在老夫喜欢荐人的分上，倘若真是一个热血志士，老夫岂能悭于一纸？”

谭嗣同说：“老大人说得很对，只是我已雇定了骡车，明天一早就要离开京师去太原。”

杨度想起三年前的一桩往事，说：“我正好想去见见他，我明天去一趟天津吧！”

谭、梁都说：“皙子去最好！”

徐致靖说：“我已收下了袁慰庭做门生，你明天去天津，就以送策论为名，限他半个月内作一份策论给我。”

“这样最好。”杨度说，又问，“题目呢？”

徐致靖想了一下说："就作个'商鞅变法与秦灭六国论'吧！"众人都拍掌说："这个策论题真是再好不过了！"

三 袁世凯牢记嗣父的教导：官场犹如戏场，最大的本事在于装假的做工技巧

因梁启超提起袁世凯捐助五百两银子的事，杨度猛然想起了三年前的一桩往事。

早春天气，北京还很寒冷，被爱国激情燃烧着的一群年轻举子们聚会在松筠庵，高谈阔论，慷慨激昂。谈到战事的失败，一个个泪流满面。讲到国家的衰败，又都悲愤填膺。一个举子提议歃血为盟，誓为大清朝的强盛尽忠效力，大家都赞成。于是张罗着要去买酒买肉，热热闹闹地聚一餐。但这些举子大多数都是清贫人家子弟，身上的银钱不多，有几个富家子弟愿意多出钱，却一时又未带着，百把人聚会，没有四五十两银子对付不了。正在犯难时，杨度唰地一下把身上穿的狐皮袍子脱了下来，说："把它当了吧，过几天就用不着它了！"

身边的几个举子正在犹豫，试图劝他不要当，不想后面走来一个五大三粗的河南举子，伸出手抓起皮袍说："好样的，五花马，千金裘，呼儿将出换美酒，与尔同销万古愁。"说着便跑出去了。

一会儿，抬酒的，担菜的，拎鸡鸭的，一队七八个人跟着那河南举子的后面进了松筠庵。河南举子把一把碎银子朝杨度跟前一丢说："还剩了几两，你收起吧！"

杨度将碎银子一推说："你好事做全，尽这银子买几十封万字号的鞭炮来，放它个地动山摇，也为我们中国人出一口气！"

就在一片震天撼地的鞭炮声里，一百来个各省举子杯盘相碰，肝胆相照，豪言壮语充溢着殿堂庭院，爱国热情沸腾了寒风冷雨。杨度觉得有生以来，从未有过这样尽兴的豪饮！他喝得酩酊大醉，在朋友搀扶下回到长郡会馆，第二天中午仍酣睡未醒。

"皙子，醒醒，外面有人会你！"一个朋友死劲地推了他几下。

他睁开眼睛问："什么事？"

"有一个人要见见你！"

杨度赶紧起来穿衣洗脸，来到会馆门外。只见一个二十多岁的精壮汉子走上前问："你就是杨度先生？"

杨度点点头，那人从背上取下一个包包，双手捧着，向杨度鞠了一躬，恭敬地说："昨天先生在松筠庵的举动，我家大人深为钦佩，特命小人去当铺赎回先生的狐皮袍亲自送来。京师天气冷，乍然脱去皮袍要着凉的，愿先生为国家珍重身体。"

杨度接过包包，打开一看，正是自己昨天脱下的那件狐皮袍，大为感激地问："你家大人是谁？"

"去年从朝鲜回来的浙江温处台道员袁慰庭。"

杨度捧着皮袍尚在诧异之中，那人早已转身走了。一阵北风吹来，沉醉方醒的杨度蓦地打了一个寒战，他赶紧把皮袍披在身上，心想：多亏赎回它，不然真要冻出病来哩！

走进房间，他心里兀自奇怪：袁慰庭不就是大名鼎鼎的袁世凯吗？此人在朝鲜多年，事情做得轰轰烈烈，但闲言杂语也多得很，还有人说去年的海战是因为他得罪了日本人而引起的，又听说他对维新变法很热心，是个引人注目的人物。但自己与他素无一面之交，他为何要表示出这番好意呢？再说昨天松筠庵的集会，都是一些年轻的举子，袁世凯并未参与，他又何曾知道自己脱皮袍当酒肉的事呢？杨度很纳闷，觉得应该亲去袁宅谢一声才好，但又不知道他住在哪里。找夏寿田商量，夏寿田说："去问梁卓如吧，他是松筠庵集会的发起人，他可能知道。"

过两天见到了梁启超，杨度问起这事。梁启超说："袁世凯是京师支持维新的官员中的一个，他本人参加过几次国是讨论会，还捐助过五百两银子。至于他住在哪里，我也不知道。他是河南项城人，你不妨到河南会馆去打听下，豫省的举子中一定有人知道他的寓所。"

梁启超的话提醒了他，于是赶到河南会馆，一打听，居然还有项城籍的应试举子。门房带他去找。见面之际，彼此都很惊喜。原来这位项城举子正是那天为他当皮袍子的人。说明来意后，那人笑道："我把你的皮袍子当了，袁慰庭把你的皮袍子赎回，真是有趣得很。关于袁慰庭和他的家庭我知道得一清二楚。那天你请客，今天我做东，咱们到一家酒店去好好聊聊吧！"

在河南会馆旁边的一家小酒店里，项城籍的举子详详细细地将他所知道的袁家故事都给杨度端了出来。

袁家是项城的大家族。袁世凯的曾祖父袁耀东是个庠生，因读书过于用功，不到四十岁便病死了，留下四个儿子，在妻子郭氏的教育下个个成才。长子树三为廪贡生，三子凤三、四子重三都是庠生，功名地位最高的是次子甲三。袁甲三字午桥，道光十五年中进士，历任礼部主事、军机处章京、江南道监察御史、兵部给事中，最后做到漕运总督。他从咸丰三年起到同治二年这段期间，一直在前线带兵与太平军、捻军作战，权力最大时曾督办过安徽、河南、江苏三省军务。袁甲三为袁家聚敛了巨大的财富，赢得了崇高的名位。他的长子翰林院编修袁保恒、次子举人袁保龄以及侄儿举人袁保庆都跟着他打仗，立有军功。保恒后来官至侍郎，保龄官至中书，保庆官至道员。袁家成了项城最显赫的官宦之家。

兄弟们都在外打仗做官，家政便由树三长子保中以嫡长孙的身份主持。保中捐了一个同知官衔，却没有做过一天官。为对付太平军、捻军，他在家乡筑墙挖濠，修起一座有四处炮楼名叫袁寨的城堡，将自家和附近乡邻安置其中。咸丰九年秋天，保中的妾刘氏在袁寨里生下一个儿子，取名世凯，字慰庭。此子排行第四，在他之先，太太刘氏已生有二子：世昌、世敦，他还有一个同母胞兄世廉。世凯生下不久，胞叔保庆的妻子牛氏也生下一个儿子，但这个儿子很快夭折，牛氏心里悲痛，又恰遇刘氏奶水不足，于是世凯便由牛氏哺育，牛氏视世凯如同亲生一般。袁世凯降生在堡寨中，伴随着兵马战火长大，天天看到的是刀枪厮杀，听到的是鼙鼓炮声，从小锻炼了他过人的胆量和强悍的性格。五岁那年，大人带着他上城垣玩耍，这时正有一队捻军杀到袁寨下，鸣枪放炮，攻打吊桥，大人们都惊恐万状，四处躲藏。袁世凯仍站在城垣上面无惧色，并捡起一块小石子扔下去。他的父亲得知后惊异不已。

袁保庆年过四十仍无子，胞兄便把自己的第四子过继给他，那时袁世凯才七岁。不久，两江总督马新贻看中了袁保庆，调去南京任江南盐法道。这是一个肥缺，俸禄之外的银子源源不断。南京又是有名的古都，江山形胜，人文荟萃，袁世凯在这里一住六年，度过一段十分优裕而丰富多彩的少年时代。袁保庆为嗣子延聘了一个文武双全的举人做塾师。袁世凯对四书五经无兴趣，却迷恋舞枪使棒、骑马射箭，而且武功很好。那时太平军、捻军虽已平息，但西北战事仍很激烈，国家并未安定，需要军事人才。见嗣子志在兵戎，袁保庆也就不再强求他吟诗作文。袁世凯是吃牛氏奶长大的，牛氏非常疼爱他。保庆的妾金氏因为无出，也对他很好。牛氏、金氏不和，时有龃龉，保庆为之头痛，而袁世凯却偏能利用牛、金都喜欢他的有利条件，从中调和，化解怨仇。保庆于此看出嗣子的人事才能，知道他长大后可以做一个出色的圆滑官僚。袁保庆常常将自己的宦海心得讲给袁世凯听，着意培植。袁世凯从中学到了许多不曾见于书册的有用知识。有一段话，他记得最清楚。

那是袁保庆四十八岁生日这天，盐法道衙门大摆酒席，又请来江宁名伶来演戏助兴。十四岁的袁世凯坐在嗣父的身边，和他一起看戏。戏演到高潮时，袁保庆突然问嗣子："凯儿，你长大后想当官吗？"袁世凯答："想当。"袁保庆说："想当官是好事，但官也不容易当好。官场犹如戏场。你看台上演的这些忠孝节义、生离死别何等生动逼真，使我们闻之动心、观之泣涕，但这一切都是假的。戏子之难，就难在把假做成真。好的戏子，其功夫就下在这里。官场也是这个样子，最大的本事就在于装假的做工技巧。若无此本事，或此等本事不佳的话，不但被戏子取笑，被百姓看不起，且自己在官场里也会混不下去。凯儿，你要牢牢记住我今天这段话，今后在官场才可以左右逢源，步步高升。"袁世凯瞪着两只又圆又亮的眼睛，将嗣父这段即景生情的格言深深地刻在骨头上。

不料寿筵刚拆除，袁保庆便染上霍乱，离开了人世。袁世凯跟着嗣母回到项城老家。第二年，袁保恒从西北前线回家省亲，见袁世凯长得仪表非俗，又见他说起话来抱负不凡，很是喜欢，想把他琢成大器，便将他带到西北。不久，袁保恒奉调进京，袁世凯也跟着来到北京。袁保恒给侄儿捐了个监生，巴望他通过科举正途进入官场，遂在家里请了两个举人、一个进士教子侄辈读书，但袁世凯性子静不下来，诗文长进不大。十七岁那年回河南参加乡试，没有考中。这年冬天，他与比他大两岁的于氏结婚。第二年春天，他又去北京读书。冬天，河南大旱，保恒奉旨到开封府办赈务，袁世凯随侍在侧。袁保恒不幸在放赈时染病去世，袁世凯便又回到项城。

袁世凯生在有钱人家，从小又见过大世面，养成了大方爽快、挥金如土的习惯。项城几个穷秀才想办诗社，又苦无经费，袁世凯得知后便大力资助，穷秀才们则以社长头衔为酬谢。袁世凯并不作诗，却因此而当上了丽泽山房、勿欺山房两个诗社的社长，一时间居然成了项城的名士。

一天，一个年轻的书生慕名前来拜访。此人名叫徐卜五，字菊人，天津人氏，因家道贫寒，中举后在陈州府当塾师。徐卜五仪表堂堂，风度翩翩，袁世凯与之一见如故。晤谈之际，袁知徐能文善诗，学问渊博，必定是科场上的优胜者。徐见袁器宇轩昂，家世贵重，知袁绝非久在人下之辈。二人越谈越投机，便换帖拜了兄弟。徐年长四岁，袁称之为把兄；袁有钱有势，徐则依袁家的派号改名世昌。那时袁的长兄世昌已死去多年，徐改名世昌，正好补了这个缺。袁世凯当即拿出二百两银子送给把兄，要他辞馆一心准备明年的会试，徐感激不尽。第二年春天，徐世昌果然一举高中，点了翰林，二人关系更加亲密。袁世凯不愿老死乡间，走科举之路对他来说又很艰难，便干脆弃文就武，带着一班子弟兄们去投军。他投的是驻在登州帮办海防的淮军统领吴长庆。

吴长庆与袁世凯的嗣父袁保庆有过极不寻常的交谊。那一年，吴长庆的父亲吴廷襄在家乡安徽庐江办团练。一次，捻军将庐江城团团包围，情形非常危急。吴长庆奉父命来到宿州，请求袁甲三派兵救援。袁甲三当时亦在困境，派不派兵，心存犹豫，遂征求身边子侄们的意见。袁保恒认为围庐江的捻军势力强大，且自身危难，不能派兵。袁保庆却认为吴廷襄以绅士办团练，忠心可嘉，不能见死不救，力主派兵。双方都有道理，争执不下，袁甲三一时拿不定主意。待到第二天袁甲三绝定派兵的时候，庐江城已破，吴廷襄被杀。吴长庆因此恨死了袁保恒，与之绝交，同时很感激袁保庆，与他磕头拜了把兄弟。后来袁保庆病死江宁时，吴长庆正带兵驻扎在浦口，一手料理了其后事，又对袁世凯说，今后若有什么事，可以来找他。就因这句话，袁世凯从项城来到登州。

吴长庆愿意照顾故人之子，却对袁世凯带来一班人的冒失举措很生气。他将同来的人都打发走了，仅留下袁一人。吴见袁尚年轻，仍希望他读书中举走正途，便叫家里的塾师张謇引导他读书。这位张謇便是日后大魁天下的南通张状元，而那时也只二十七八岁，连举人都未中。张謇要他作八股文，他不作，问为何不作，他说大丈夫当效命疆场，安内攘外，岂能龌龊久困笔墨间自误光阴。张謇是个有大志的读书人，听了这话后不但不生气，反而欣赏他的气概，便有意安排他做几件实事，借以观察。袁世凯把这几件事做得井井有条，张謇于此看出了袁世凯的能力所在，对吴长庆说："慰庭不是读书的料子，却是办事的好手，不如早让他参加军务，以资历练。"

恰巧这时朝鲜发生了内乱。朝鲜国王李熙是以旁支入继大统的，幼年时由其生父大院君李罡应执政。成年后，李罡应归政于他。李熙执政后，大权落入闵妃集团之手，李罡应很不满意，于是借士兵闹饷之机发动兵变，重新掌权。李熙向中国政府请援。当时朝鲜是中国的藩属国，中国有责任维护朝鲜政局的安定，于是决定派水师提督丁汝昌带军舰三艘、吴长庆带淮军六营东渡平乱。

出兵在即，各种准备事宜真可谓千头万绪，吴长庆接受张謇的建议，让袁世凯来经办，并限他六天完成。结果袁世凯只用了三天时间便一切就绪，吴长庆大奇之。船抵朝鲜南阳港，吴长庆命第一营营官刘镇村为先锋，次日登陆。刘请求稍缓。吴长庆立撤其职，命袁代理营官。袁只用两个小时便部署完毕，即刻登陆。清军进汉城后，不少士兵抢掠百姓食物，袁杀了七个带头的士兵，很快刹住了抢劫风。丁汝昌与吴长庆设计了一个鸿门宴，让袁担任警卫。大院君不知是计，前来赴宴，袁以酒肉将大院君的卫队拦在门外。酒席上，丁、吴拘捕了大院君，将他押送中国，兵变很快平息，李熙复位。袁在这次平叛过程中，表现非常卓越，经吴奏请，袁得以同知补用，赏戴花翎。李熙也感激他，一次送他三个美女，他全部纳为妾。叛乱平息后，袁又帮助李熙整顿军队，训练士卒。后来吴长庆奉调回国，留下三营在汉城，以记名提督吴兆有为统带，袁总理营务处，会办朝鲜防务。

朝鲜的政局并没有完全稳定。有一派主张脱离中国投靠日本，袁说服吴主动出击，打败驻朝鲜日军，清除了亲日派。这一仗进一步提高了袁在朝鲜的威信，同时也助长了他干预朝鲜政局的气焰。袁一心想独揽清廷在朝鲜的军权，与吴兆有闹翻了，吴便处处压他。袁心灰意冷，回国休假。他通过堂叔袁保龄的关系攀上了李鸿章，向李禀报了朝鲜的情况，并提出自己的处理意见。李非常欣赏袁的才能，任命袁为朝鲜商务委员，并护送大院君回国。袁重到朝鲜后，调处了国王与大院君之间的关系，更受到李鸿章的器重。袁世凯一直住在朝鲜，作为中国的代表处理中朝之间各种关系。到光绪十九年，袁已升为浙江温处台道员，加二品衔，那时他不过三十四岁。这一年朝鲜发生东学党事件，日本、俄国都趁机插手朝鲜内政。袁世凯先是过低估计了日本的野心，待发觉后已无法遏制。到了甲午海战前夕，日本控制了朝鲜的政治局势，袁世凯处境狼狈，多次急电朝廷请求回国。那时中日即将开战，朝廷同意了他的请求，于是袁世凯改装易服混上平远舰，凄凉地结束十二年的朝鲜生涯，回到北京。紧接着海战爆发，中国一败涂地，袁世凯大受刺激。他清醒地认识到中国非变法不可，于是同情康有为的维新活动，参加了强学会，并解囊捐款，在高层官员中表现得很是突出。

项城籍举子整整叙说了一个多时辰，为家乡出了一位这样年轻有为又器识明达的人物而骄傲，但遗憾的是他从未与袁世凯本人有过任何交往，也不知袁住在哪里。不久袁世凯奉命去天津小站练兵，再后来杨度也离开了北京，终于未曾谋面。对于这样一位富有传奇性的人物，杨度极愿结识，三年前的恩惠也应该去当面道谢。于公于私，这一趟小站是必去不可的。但夏寿田劝他不要去，离会试只有十天了，真个是一寸光阴一寸金的时候，怎能花在这等事上呢？杨度却不以为然，他对会试高中充满信心，一来一去，顶多三天时间，不会有太大的影响。第二天中午，杨度踏上了前往天津的火车。

四　新建陆军统帅是当今官场上的凤毛麟角

天津城东南七十里处有一个地方名叫新农镇，当地百姓习惯叫它小站。小站虽地处北国，却水分充足，土地肥沃，自古以来，此地农民便有种水稻的传统，种出的“小站稻”品质优良，比南方稻米的味道还要好。二十年前，李鸿章看中了这块地方，他效法古人的军屯制，派一支淮军驻扎此地，一面屯垦，一面操练。海战爆发时，长芦盐运使胡燏棻招募十营新兵，按新式方法训练，这十营新兵取名为定武军。就在胡燏棻训练定武军的时候，袁世凯在京师召集一批才俊之士翻译各国兵书，成书十二卷，取名为《观海楼谈兵》。在当时人们的眼里，德国陆军为天下第一，袁世凯参照德国军制，结合自己多年带兵的经验，编写了《练兵要则十三条》。他将《观海楼谈兵》和《练兵要则十三条》呈送给军机大臣李鸿章、翁同龢及兵部尚书、总理各国事务大臣荣禄。朝鲜十二年的资历，再加上两部书，使袁世凯在执掌朝政大臣们的心目中成为后起的第一号军事能人。他们交相上疏，保荐袁世凯，终于使得光绪帝召见了袁世凯，并派他取代胡燏棻训练定武军，另将胡调任芦汉铁路督办。

袁世凯来到小站后，对定武军大刀阔斧地加以改造，将兵员从原来的四千五百人增加到七千人，改名为新建陆军。新建陆军完全按照德国方式操练，聘请了十多个德国军事教官分别担任营务、炮队及马队教习，又设立德文学堂，以利中国军官学习德文。同时成立督练处，请来把兄徐世昌担任参谋，任命北洋武备学堂毕业的直隶人冯国璋为步兵总办，德国炮兵科留学生安徽人段祺瑞为炮兵学堂总办兼炮兵管带，正定镇标随营炮队学堂直隶人王士珍为工程兵学堂总办兼工程兵统带。袁世凯的新建陆军建立不到三年，便将原小站定武军的面

袁世凯旧照

目改造一新，引起官场内外的广泛注目。

下午三时，杨度在天津火车站下了车，随即换上骡车，黄昏时来到了小站。快到营房边时，突然听到一阵嘹亮的军号声。号声刚落，便看见一队队兵士从营房南边宽阔的练兵场走来。暮色苍茫中，但见这些兵士们几乎一崭齐的五尺高身材，簇新的灰色戎装长短合身，从膝盖以下一律绑腿，走起路来脚跟十分有劲。除开领队军官一二一的口号声以及与之相配合的步伐声外，再无任何喧杂之声。杨度在伯父军营中生活了好几年，每逢初一、十五看到下操回来的绿营兵丁，几乎个个衣冠不整，神情疲惫，队伍七零八落，怨声骂声粗野的打趣声嘈嘈杂杂，与眼前的新建陆军比起来，一在天上，一在地下。“袁慰庭是一个将才！”杨度从心里发出赞叹。正感慨系之的时候，军营外的炮台射出三发号炮，从各个营房的伙房里走出几个伙头军，兵士们十人一堆席地而坐，就在土坪上吃起晚饭来。

杨度走到一个军官模样人的面前，打听督练处参谋徐菊人先生。那人将杨度带到一所四面有围墙的楼房面前，告诉他这就是督练处。门边的一个卫兵走上前来迎接，得知杨度来自京师，欲会见徐翰林时，便客气地请他稍候，自己进去禀报。一会儿，出来一个二十多岁身材挺拔的军官，将杨度迎进楼房。军官极有礼貌地告诉杨度：徐翰林陪袁大人去天津谒总督荣禄大人去了，明天下午回来。说完后又安排人招呼杨度喝茶抽烟，吃完饭后又陪着杨度闲聊了一会儿，然后把杨度领进一个舒适的客房，说：“杨先生今夜就在这里安歇，隔壁有当差的士兵，随叫随到。”说完告辞，出门时又替杨度把门轻轻地带上。杨度感到十分满意，又觉得新奇，他自然而然地又与归德镇的绿营比起来。伯父的部属，除几个幕僚外，几乎全不知礼貌为何物，对寻常来访者，一律待之以冷漠，对京师和省城来巡视的大员则又是一副既畏惧又讨好的卑琐之态。杨度很看不惯。“这里有一种八旗绿营军中没有的风气！”初次表面接触，杨度做出了这个判断。

习惯于晚睡晚起的杨度，直到上午九点多钟才醒过来。他刚穿好衣服，挪动一下凳子，便有一个十六七岁的小兵端着洗脸水，轻轻地推门进来。杨度见这个小兵长得可爱，笑着问：“我刚起床，你怎么就知道了？”

小兵略带腼腆地回答：“我一直在门外守候着，听见响声，知道先生起床了。”

杨度觉得有点过意不去，问：“你们什么时候起床？”

“夏天秋天五点半，冬天春天六点半。”

“当官的呢？”

“都一样。”小兵不假思索地回答，“上自袁大人，下至我们这些小勤务兵，一律都是这个时候起床。”

杨度心里有些惭愧。小兵又送来早点：一碟葱油饼，一碟白面馒头，一大碗豆浆，一小碟酱大头菜。依次摆好后，小兵说：“先生，徐翰林已来过两次了，过会儿还会来。”

杨度惊问道：“不是说徐翰林今下午才从天津回来吗？”

“徐翰林和袁大人一道，昨天深夜回来的。”

杨度脸一红，匆匆吃了早饭。小兵刚收拾好，一个四十多岁的中年男子已远远走了过来。杨度见来人身材高挑，风度儒雅，知道一定是来过两次的徐世昌了。杨度也没有见过徐世昌，只听得徐致靖说他这几年在翰苑并不得意，既未点过乡试考官，又未放过学台，是个不走运的黑翰林，他在小站是兼差，为袁世凯办事，袁给他支一份薪水，一来借用他的才干，二来也周济他的清贫。

“皙子先生，让你久等了。”徐世昌快步走上前来，伸出双手，欲行西方式的握手礼。杨度对这种礼节还不太习惯，见主人已伸出手了，也只得把手伸出去。

“菊人先生，听说你今早已来过两次了，真对不起！”

“没有什么，我一向好睡懒觉，只是来到军营，才不得不入乡随俗，至今仍不习惯，一天到晚总想打瞌睡。”徐世昌爽快地笑着，有意冲淡客人的窘态，说话之间，二人走进了会客室。

这里的摆设完全是德国式的：墙上挂的是莱茵河风光的大幅油画，地上镶嵌着来自柏林的彩色瓷砖，宽大笨厚的牛皮沙发之间摆的是磨石大茶几，茶几上放着咖啡、方糖和几本满是洋文的小册子。

徐世昌指着茶几说：“喝点咖啡吧！”

“好！”杨度还从没有喝过这种东西，很好奇。

一个勤务兵进来，给他们冲了两小杯咖啡。杨度坐在松软的沙发上，品了一口放了糖的咖啡，觉得一切都很舒适。他把徐致靖的信掏出来递给徐世昌。

徐世昌拆开来，迅速地看完后，笑着说：“徐老先生德高望重，器识闳通，奖掖后辈不遗余力。老先生能收下慰庭为门下士，这是慰庭的荣幸。所命策题，他一定会尽心作好，只是麻烦先生亲自送来，实在过意不去。现在先生既然来了，则安心在这里住两天，对新建陆军多多批评指教。”

杨度说：“菊人先生客气了。度乃一介书生，平日里虽也喜欢跑马舞剑，读点兵书，其实不过小儿游戏，纸上谈兵罢了。昨日抵达小站，已临薄暮，见兵士们收操回来队伍整齐，气概昂扬，又见营风整肃，井然有序，真是受教不浅，佩服无已！”

“哪里，哪里，皙子先生过奖了。”徐世昌的脸上浮起优雅的笑容。

“菊人先生，昨天听说你和袁大人去了天津，怎么这么快就回来了？”

“是的。”徐世昌答，“前天我陪慰庭到天津，向荣大人禀报关于再购买一千杆德国新式步枪的事，原定今天下午回小站，这个月发放薪水的日期推迟一天，明天发。昨天慰庭说，发薪水还是不推迟为好，兵士们都等着钱用。于是赶紧办完公务，乘夜班车赶回来了。”

杨度觉得奇怪，发薪水自有营务处的官员们料理，只需各营营官到营务处统一领取，再回去发放就是了，哪里还要一军统帅来亲自管这种琐事！杨度在归德镇几年，从来没有见伯父管过这事，连兵士们哪天开饷他都不知道。杨度以怀疑的口气问：“袁大人难道还亲自给兵士们发饷？”

“从到小站练兵的第一个月起直到现在，慰庭每月都自己亲手给每个兵士发饷。他常说，俗话讲当兵吃粮，当兵就是为了吃粮，饷对兵士们来说是第一重要的事情。绿旗军营中克扣兵饷的现象普遍存在，兵士们怨气很大，所以军队无斗志。除克扣外，当官的还通过截旷和扣建，把朝廷大批银两攫入私囊，当不了几年将官就发了横财，但兵却越练越糟。慰庭说甲午海战失利，这也是一个主要原因。为了杜绝这种现象在新建陆军中出现，故他不管多忙，都要坚持每月按时关饷，自己亲自监督。”

“啊！袁大人真了不起！”杨度不由得脱口赞叹。他熟悉绿营情况，知道所谓的截旷和扣建，是当官的侵吞军饷的普遍手法。军饷的预算是全年的，这一年中常有兵员的出缺和替补，这中间难免日期不相衔接，这不相衔接的兵饷需要按时扣除，此谓之截旷。当时计算日期，均按农历每月三十日，遇小月只有二十九天，称为小建，则扣除一天，只按二十九天实发，名曰扣建。按理这两笔款子均应上缴国库，但营官们几乎都不交上来。杨度的伯父宽容部属吞没截旷和扣建，说部属们辛苦，打起仗来脑袋就别在裤带上，这两个钱就让他们得吧！杨度知道，袁世凯亲自发饷，各营营官就得不到这两项分外之财，这两笔银子便统统归他所有了。“厉害！”他在心里称赞。

“现在慰庭正在操场上监督发饷。他对我说了，发完饷后专门来看你。”

“不敢当，不敢当！”杨度忙说，“菊人先生，过会儿，我们到操场上去看看袁大人发饷吧！”

“行，我陪你去。”

接着，徐世昌向杨度介绍了新建陆军的情况。新建陆军现有步兵营十四个，骑兵营五个。营下设队，队下设排，排下设棚。以往，营官均由北洋武备学堂毕业的优秀学生充任。近两年军中办起许多学堂，除德文学堂外，还有炮兵学堂、步兵学堂、骑兵学堂。这些学堂负责培养棚以上各级军官，分高级班和初级班两种。高级班以《观海楼谈兵》《练兵要则十三条》为主要教材，初级班以《新建陆军兵略录存》《训练操法详晰图说》为主要教材。初级班的这两种教材也是袁世凯自己写的。又规定，凡营官队官必须由高级班毕业方可充任，排长棚长必须由初级班毕业方可充任。这样一来，全军上下人人奋发，争取进学堂图个出息。新建陆军于是出现了一股迥异各地旗兵各镇绿营的新气象。

徐世昌的简单介绍，使杨度听得入迷。小站的新建陆军训练得如此出色，京师中关于袁世凯能干的传说的确不是虚夸。

看看时近正午，徐世昌请杨度吃午饭。杨度问：“练兵场上的饷发完了吗？”

“还早得很哩！”徐世昌微笑着说，“七千号人，一人一份，要一整天才能发完。”

“这个时候还发吗？袁大人和营务处的老爷们难道就不吃中饭了？”杨度奇怪地问。

“发饷这天，中饭在操场上吃，慰庭和所有官兵一样，一律四个鲜肉大包，一碗菜汤。未领饷之前，操练步法枪法，领了饷后继续操练。因为这一天发饷，大家的劲头格外足，从早练到天黑都不觉得累。”

真是新鲜！杨度起身说：“菊人先生，我今天也不在这里吃饭了，我也去操场领一份四个大包一碗菜汤吧！”

“皙子先生有这分兴致，真是太好了，我陪你一道去！”

走出军营，将到操场边角时候，一阵阵飞扬的尘土夹杂着喊杀声便朝着杨度扑面而来。走近一看，操阵法的，练枪法的，格斗对打的，摸爬滚卧的，一幅热烈雄壮的练兵图便出现在眼前，很有些翻江倒海、龙腾虎跃的气概。杨度眼界为之一开。

走到操场偏远的北角，这里另是一种气象。只见红、蓝、黄、黑、橙五色白虎旗下分列着五营骑兵，一色的高头大马上坐着甲胄鲜亮、刀枪耀眼的骑士。前面用几张木桌拼成了一副长形案板，案板边的正中座位上坐着一个全副武装的中年人，两旁分站着四五位执事人员。其中一人捧着厚厚的花名册，一人在旁大声唤名字，一人从一个大木箱里取出一锭锭小银块，另一个接过递给前来领饷的骑兵，还有一人屁股上吊着一把尺多长的盒子炮在旁边游弋。整个场面除呼名、应答，及偶尔的战马鸣叫之外，再无其他声音。清风吹拂，五色白虎旗迎风飘扬。杨度看在眼里，叹了一口气说："诗曰'萧萧马鸣，悠悠旆旌'，这不就是咏的今日眼前的情景吗？菊人先生，看来坐在那里监督发饷的人，就是当今'展也大成'之统帅袁大人了！"

"正是。"徐世昌点头说，"你在这里等一会儿，我先告诉慰庭一声。"

"不要打扰他了，我们到旁边去瞧瞧。"杨度拉着徐世昌的手，两人向东边走去。

"菊人先生，一个兵士月饷多少？"

"兵士分三个类别发饷。陆军又叫正兵，月饷白银四两五钱，骑兵比正兵多五钱，工兵比正兵少五钱。"

"月饷很高哇！"杨度说，"现在京师一石白米卖一两五钱银子，四两五钱可以买三石白米。这样说来，一个正兵可以养活四五口之家了。"

"是的，比绿营要高点，又加之从不克扣，所以新建陆军的士气高昂。"

来到工兵营的时候，他们正在挖操场的排水渠，既练了兵，又有实际作用。这时伙房送来了午饭。徐世昌和杨度跟工兵们一起在操场上吃了一顿关饷饭——四个大肉包，一碗菜汤。吃完饭后，徐世昌把杨度送去驿馆休息，自己又回到操场，协助袁世凯监督发饷。

晚上，杨度吃完了饭，坐在牛皮沙发上喝茶。昨天匆忙上车，忘记带水烟壶，现在烟瘾发作了，又不好意思向勤务兵要，正在喉咙痒得难受的时候，门被推开了，徐世昌陪着一个人走了进来。杨度一惊，不待徐世昌介绍，便说："袁大人吗，请恕我未能远迎。"

“杨皙子先生，欢迎你来小站视察。袁某今日发了一天的饷，请教来迟，还望多多包涵。”说完伸出一双大而厚实的手，杨度忙将手伸过去，趁着握手的机会，杨度将袁世凯仔细地打量了一番。

这是一个四十岁左右的人，脑袋出奇的硕大圆滚，眉毛粗壮，双眼大而明亮，精光逼人，鼻梁端正，厚厚的嘴唇上蓄着浓密的短须，身板异常的宽厚结实，个头很矮，要比杨度低半个脑袋。

粗粗的第一眼印象，使杨度感觉到，眼前站立的这位新建陆军的统帅有一种常人没有的仪表气概。联系昨天的所见所闻，想起三年前他的不凡举动，杨度立刻神情庄重，肃然起敬。

“请坐，坐下说话。”袁世凯指了指沙发，说话间自己先坐了下来，当杨度也坐下的时候，却惊异地发现，此时袁世凯却显得很高大，似乎要比自己高出半个头。袁世凯操着浓重的豫东口音问：“抽这个吗？”

说着从上衣口袋里掏出一个金光闪闪的扁盒子，打开后露出并排摆着的五支黑黄色雪茄，他从中间抽出一支给杨度。杨度平时抽的是水烟，当时这种进口的外国雪茄很贵，一般人抽不起，杨度也没买过，现在正值烟瘾发作，再加上出于新奇，他不加推辞，伸手接了过来。袁世凯自己也拿了一支放在口里，又掏出洋火，先给杨度点了，然后再自己点。杨度轻轻地吸了一口，立时感觉到一股奇妙的香味充塞口鼻，十分惬意，于是又重重地吸了一口烟下去，霎时间通体舒服，精神倍增，心里想，还是洋人造的这种东西过瘾。

“皙子先生，谢谢你亲自送来徐学士的策论题目，请你转告老先生，我一定会按期作好送上的。”袁世凯吐出一口淡淡的轻烟，神态显得悠闲，一天的劳累似乎没有在他身上留下任何痕迹。

“袁大人，我这次到小站来，既是奉徐老先生之命，也是自己极想拜谒您，当面表示我的谢意。”

“皙子先生有什么要谢鄙人的？”袁世凯笑着说，露出一口整齐的白牙。

袁的笑意谦和平易，完全没有那种长期带兵将领的威凌肃杀之气。杨度乐于与这种人交往。“袁大人，您可能早已忘记了，三年前在松筠庵，我一时兴起，当了皮袍买酒喝，是您第二天派人将皮袍赎回，又送到长郡会馆。多亏了您的慷慨帮助，不然的话，往后的那几天倒春寒，我还真的过不了哩！”

“哦！”袁世凯取下放在嘴里的雪茄。他抽得很凶，一支肥大的雪茄只剩下一半了。“你一提起我就记得了。你在北京住得不久，不知北京的天气，再没钱用，不过清明是不能当皮袍子的呀！”说罢哈哈大笑起来。

徐世昌也跟着一起笑。他因早年家境贫困，一直保留着节俭的生活习惯，衣着朴素，不抽烟，甚至茶也很少喝。他插话：“京师俚语说，三月天，皮换棉，八月中秋节，兔子窝里歇。一年到头，冷的日子多，热的日子少。”

杨度说：“当时送皮袍来的人说了一句话便走了，我也不知道大人住在哪里，问梁卓如他们，也不知道，故而一直无从致谢，心里想起来常觉惭愧。”

“区区小事，不必言谢。”袁世凯诚恳地说，“何况先生当袍沽酒，歃血盟誓，愿为大清王朝的强盛勇赴国难，此乃真正的慷慨热血之士，最为袁某人所敬重，倾囊结交犹恐不及，何谢之有！京师爱国志士的集会，只要有空，鄙人就亲自前去聆听，每每得益甚多。那次松筠庵集会，恰因俗务缠身，一时不能前去，特派小儿克定去听。克定回来后与我说起此事，我马上就叫他安排人赎回送去。”

袁世凯的一口豫东话干脆利落，没有当时官场那种含糊敷衍的习气。杨度从未见过这样的干才，又见他对关心国事的年轻书生深表赞许，更在心中增添一番敬意。杨度平日接触的多是不负实际责任的读书人，激昂有余，冷静不足。这是一个难得的好机会，他要认真听听这位正在脚踏实地做着富国强兵事业的有为官员，谈谈对国事的看法。

“袁大人，你多年扬威海外，久为国人钦仰。我昨日抵达小站，亲见营风整肃，士气昂扬，今日又在操场上观看兵士的军事演习，技艺娴熟，士腾马跃，又见大人亲自监督发放饷银，力矫军营陋习，并世难找第二人，可见在海外的军功得之实非偶然。又知大人忧国忧民，以大清王朝自强为己任，对国是深有洞察。杨度虽一介书生，身无半职，手无寸权，却天生喜谈国事，爱做忧天之杞人，今欲竭诚向大人求教，想大人当会不吝赐予。”

“皙子先生，你太客气了，要说对国事的思考，康南海先生、梁任公先生以及你们这班强学会、保国会的先生们都研究得很深透。鄙人长期在海外，对国内情况知之不多，这几年缩在小站这块地方，又很闭塞。不过，我很愿意与你共同商榷救国大计。你有什么想法，我们随便聊聊吧！”

见袁世凯爽快地答应了，杨度很高兴。他说："我想先请教下，甲午那年的海战，到底是那一仗的失败，还是我们整个大清国对小日本的失败？"

袁世凯立即回答："甲午年的海战，以海军全军失败为结束，其实是我们整个国家惨败于日本帝国。皙子先生，鄙人对你说件事。那年日本驻扎朝鲜的军队陆续由六千人增至一万二千人，在汉城周围挖掘战壕，修筑哨垒，同时鄙人又截获了他们秘密调遣海军的命令。情况很明显，日本会有大规模的军事行动。鄙人鉴于此，向朝廷发电，请求再增派军队来朝鲜，希望以压倒优势震慑日本，使他们放弃军事行动的想法，但朝廷没有回音。而后一连十个电报，均石沉大海。无法，鄙人只得回国。朝廷对形势估计错误，以为日本不敢开战。海战在我们无任何准备的情况下爆发了，我们终于坐失良机，最后全盘败给日本。"

袁世凯说到这里，又换了一根雪茄，猛地抽了两口，像是对当年的失误感到极其痛心似的。

杨度的胸口也有点沉闷。他喝了一口茶问："袁大人，现在有识之士鉴于甲午年战事的失败，深以为中国非变法不能自强。听徐老先生说，皇上也亟欲起用一班有才识的人，并马上要诏告天下以定国是。但官场上除湖南湖北等个别省实行维新外，大部分都在等待观望。袁大人，你以为中国的维新变法有成功的可能吗？"

昨天深夜，袁世凯、徐世昌一回到小站，营务处的官员便把杨度持徐致靖信前来拜访的事禀报了。袁世凯和徐世昌心中有数，知道这表明徐致靖有推荐之意，二人仔细地商量了一番。这时，袁世凯略微思考一下说："自古以来无不易之法，时至今日，国家内而不能抗灾，外而不能御侮，若还循先前旧法，不思改弦易辙，岂能摆脱困境，岂能转弱为强？所以鄙人从心里拥护皇上维新自强的绝定，只要皇上圣心坚定，事情就好办了。现在有许多人之所以还在观望，就是未见皇上下定绝心，故明定国是之诏必须早下，以此安定全国臣民之心。鄙人一向认为维新变法一定会获得上下支持，一定会成功的。"

袁世凯的语气十分肯定。杨度心想，这是一个见事明晰、自信心极强的人。徐世昌一直全神贯注地听着，这时也插了一句："这是慰庭的一贯看法，他常常以此来坚定小站全体将官的心。"

杨度点点头，又问："袁大人，你的信心将会使皇上增添一份力量，也会使康长素、梁卓如、谭复生等先生得到鼓舞。我还想问一句，您认为哪些陈法是当务之急非变不可的？”

袁世凯又深深地吸了一口雪茄，然后以坚定有力的口气说：“当务之急，一在改官制，二在废科举，三在练新军。改官制以利朝廷政令畅通，废科举以利选拔真正有用的治国人才，练新军以荡涤绿营的暮气，使军队能真正起到保国御侮的作用。”

袁世凯的想法与梁启超、谭嗣同的想法竟然完全一致，使得杨度大为感动，他绝定要将在小站所亲见的一切，一点一滴地向徐致靖禀报，请老先生相信，新建陆军统帅是当今官场上的凤毛麟角，他手下的七千新军是一支强大的力量，要维新，要变法，非得重用他不可。他激动地对袁世凯说：“袁大人，我今日听了你的指教，所获比松筠庵多次集会的还多。明日回到京师，一定将大人的所教所为和新建陆军的训练成绩向强学会和保国会的诸君大力宣传。”

“皙子先生，鄙人谢谢你了。”袁世凯又一次握紧杨度的手。

吃晚饭时，袁世凯和徐世昌亲自陪着杨度。袁世凯一再劝酒劝菜，殷勤备至。杨度喝得醉醺醺的。第二天上午，袁世凯亲来驿站送行，徐世昌则一直陪送到天津火车站，临下车时，又送上一千两银票，说是慰庭赠的车马费。杨度大为意外，惧不敢收，但徐世昌反复陈说袁世凯的爱才惜才的心意，请他务必收下。杨度想，对方既然出于至诚之心，而自己也的确缺这个东西，推辞几次，也便收下了。

火车风驰电掣般地向京师奔去，杨度坐在车上兴奋不已。虽然只是短短一天多的接触，他已认定袁世凯是个英雄，并预感到袁和袁的新建陆军，将在中国大地上迅速崛起。

五　江亭初题《百字令》：西山王气但黯然，极目斜阳衰草

回到京师，杨度在徐致靖的面前将袁世凯大大地吹嘘了一番。这时离会试只有六天了，他不敢再分心，遂和夏寿田一起闭门用功。

会试下来，杨度自我感觉很好，谁知金榜公布后，却并不见他的名字。他素来自视甚高，不料再次告罢，心中十分懊恼。夏寿田虽中贡士前列，他生性沉静，并不欣喜若狂，安慰杨度后，自己继续用功。到了殿试张榜时，竟赫然高中一甲第二名，成为戊戌科的榜眼。

按规定，一甲三名免去朝考直接进翰林院，于是夏寿田随即被授予翰林院编修。二十年寒窗苦读，皇天没有辜负有心人，二十八岁的夏府大公子终于一举成名天下知。喜讯传出，京师的湘籍官员们无不

觉得脸上很光彩。原来，有清一代的鼎甲，大半部分被江南举子所占据，从顺治丙戌科起到本科，共计举行了一百一十科，湖南籍鼎甲中只有嘉庆乙丑科的状元彭濬、探花何凌汉，戊辰科的探花石承藻，己卯科的探花胡达源，道光乙巳科的状元萧锦忠，同治癸亥科的榜眼龚承钧，戊辰科的榜眼黄自元，光绪庚辰科的榜眼曹诒孙、探花谭鑫振，甲午科的榜眼尹铭绶、探花郑沅、乙未科的探花王龙文，加上夏寿田仅十三人，故显得极为珍贵。

半个月来，新科榜眼夏寿田忙于领恩荣宴，诣孔庙行拜谒礼，公请座师房师，出席各种宴会，真个是日日酒席，夜夜笙歌，享尽了人间的光彩荣耀。相形之下，杨度则显得冷落凄凉。梁启超等人安慰他，并请他留在京师一道参与变法。他虽答应了，但心里总感到压抑。夏寿田对杨度说："晳子，你不应该难受，你应该高兴才是。"

杨度不解："名落孙山还有什么可高兴的？"

夏寿田说："你还记得那年与广钧在碧云寺数罗汉的事吗？看来，碧云寺的罗汉是灵验的。"

一句话提醒了杨度。是的，那夜数罗汉，夏寿田的预兆是大魁天下，自己的预兆是名列宰相。既然在夏寿田的身上已经灵验了，岂不是说自己今后也有应验的一天吗？想到这里，杨度果然高兴起来，并劲头十足地为夏寿田购置新居当参谋。这时，中国近代史上具有深远意义的维新运动正拉开了序幕。

先是，光绪皇帝正式颁布了"明定国是"的诏书。第三天，徐致靖即上疏推荐康有为、黄遵宪、谭嗣同、张元济、梁启超。几天后光绪帝又第一次召见康有为，任命他为总理衙门章京行走，特许他专折奏事。接着又召见梁启超，命以六品衔办理译书局事务。又命谭嗣同迅速进京，以备大用。同时又连下两道上谕，废除乡试会试及生童岁科试八股，改用策论。再接着又出现了支持越级上疏的礼部主事王照，一次革除礼部六位堂官的轰动新闻。这期间，废除旧制、推行新政的上谕也一道接一道地下发。

正当维新运动以强有力的形式推行之时，枢垣却出现了一件极为微妙的事情。

明定国是的诏书颁布不久，新政的主要支持者、光绪帝的师傅协办大学士军机大臣翁同龢，在他六十九岁生日那天，突然接到罢免一切职务立即回籍的上谕。先一天，翁同龢还在弘德殿与皇上畅谈新政宏图，力劝皇上接受徐致靖的推荐，早日超擢梁启超、谭嗣同等人，改组军机处，并考虑予袁世凯以重任，皇上都一一点头赞同。不料一夜之间突然发生变故，翁同龢目瞪口呆，百思不解，想面见皇上陈述，皇上拒而不见。无奈，只得收拾行装，含泪离开京师。此事在官场士林中影响极大。有人说这是今科状元没点好，不该点夏同龢，“夏”者“下”也，“夏同龢”者，“下”同龢也。但更多的人认为，这只是一种玩笑之辞，背后可能有很复杂的原因。

紧跟着慈禧太后采取了几项措施。一是任命亲信荣禄为直隶总督，统率包括袁世凯新建陆军在内的北洋三军。二是命亲信刑部尚书崇礼兼署步军统领，执掌京师警卫大权。三是任命亲信刚毅管理健锐营，命怀塔布管理八旗官兵、包衣三旗官兵及鸟枪营事务，并更换了一些要害部门的都统。这几项措施的结果是剥夺了光绪皇帝的军权。之后，慈禧太后又规定，凡补授的文武一品和满汉侍郎，新任命的各省将军、都统、督抚、提督等官员必须向她谢恩和陛见。这个规定实际上是夺去了光绪皇帝对大臣的任免权。京师官场对这些现象议论纷纷。杨度想起那年碧云寺中曾广钧说的帝后两党的明争暗夺，他预感到新政的前途已被浓重的阴影所覆盖。杨度刚从科场失利的沮丧心情中解脱出来，又被政坛多变的严峻局势拖到忧郁之中。就在这时，他和夏寿田收到了王闿运托折差带来的紧急信件。湘绮先生首先对夏寿田的高中表示祝贺，说门生的成功为他的老脸增了光，接着便命令杨度迅速离开京师南归。信的最后有这样几句颇令他的学生深思的话：“书痴，古人云月晕而风，础润而雨，又曰空穴来风，桐乳致巢，你身处是非旋涡之中，稍不慎便有灭顶之灾，难道一点都没有觉察到吗？”

京师的局势太令人捉摸不定了，夏寿田眼见杨度卷入旋涡已深，也劝他回湘安心再读三年书，以下科夺得状元为上策。杨度终于拿定主意，从师命回东洲读书。此时谭嗣同尚未进京，杨度遂向梁启超、徐致靖等人告辞。梁、徐猜想他主要原因是会试不中，心情抑郁，便也不再强留，背地里谈起来，不免有“皙子功名心太重”的感叹。

明天就要离京了，夏寿田为挚友远别而依依不舍，他提议今天去游江亭，就在那里略备薄酒权作饯行。杨度同意了。

江亭在京师城南右安门内。康熙三十四年，户部郎中江藻在辽金古寺慈悲庵建花厅三间，取白居易诗“更待菊黄家酿熟，与君一醉一陶然”之意，名之曰陶然亭，而京师人习惯依建亭人之姓，叫它江亭。江亭地处闹市之外，周围一带是洼地，终年积潦不干，芦苇丛生，凫鹤翔集，清野芜静，充塞着一派山村之气，因此成为京师那些厌倦了城里纸醉金迷喧嚣尘杂生涯的官员和士大夫们的最好休憩之地。偶有闲暇，他们便携三朋五侣来这里散散步，看看水鸟、喝喝酒、吟吟诗，求得一天半日心灵的洁净。

杨度、夏寿田来到江亭时，此地已有不少游客了。他们先没有进花厅，而是绕着洼地漫步，慢慢地远离游人，进入芦苇丛中的时候，四周变得更加的宁静清幽。放眼望去，满眼尽是青青翠翠的芦秆芦叶，侧耳谛听，耳中只闻野鸭呷呷，山雀啾啾；抬头仰观，则是湛蓝湛蓝一碧如洗的天空。夏寿田感慨地说："天地赋予人间这么美好的景物，只可惜世上的人忙于生计，忙于名利，少有这份闲心来享受，真可谓辜负了春光，冷淡了韶华。"

杨度笑着说："你偶尔来这里走走，觉得有味，若长期住下，必定会闷死的。"

正说着，他看见一个背猎枪的人远远走来，那人的后面跟了条狗，于是指着远处说："你若不信我的话，去问问此人如何？"

夏寿田说："行，我们去跟他随便聊聊。"

那人走近了，的确是个猎人，年纪在三十岁左右，满脸黑污，头发胡须杂乱如同茅草，身上的衣服又脏又破，老旧的单管猎枪上挂着一只野鸭子，连那只狗都毛发粗糙，瘦骨嶙峋，仿佛饿了好几天似的。

"大哥，打了些什么好野味？"看看猎人走近了，杨度上前去打招呼。

"今天倒霉，大半天了，也没打着什么，就这只野鸭子。"猎人把单管猎枪取下，野鸭子从背后移到了前胸。

杨度想起这个野鸭子正好做个下酒之物，便问："卖吗？"

"卖。"猎人见来人原来是买野味的，本来阴沉沉的脸立即开朗了。

"多少钱？"

"一百文。"猎人有意抬高一倍的价。

"行，卖给我吧。"杨度从怀里掏出一块约值二百文的碎银。

"先生，我没有钱找。"猎人说的是实话，他原本没打算在这里做生意。

"不要找了。"杨度一向大方，慢说一百文钱，得意之时，就是一百两银子，他也可以随手送给毫不相识的人。

“这就谢谢了。”猎人得了便宜，脸上露出了笑容。

夏寿田问：“大哥，你就住这一带吗？”

“对，家离这里有五里地。”

“平时都做些什么？”夏寿田又问。

“种庄稼。”猎人答，“闲时就在这洼地打点野物，摸点鱼虾，换两个零钱用。你们是城里来的？”

夏寿田点点头。

“我知道你们是来散心的。我带你们去一个地方，那里的风景比这里好。”也许是回报多收的一百文钱，猎人一下子变得主动热情起来。

杨度、夏寿田在猎人的带领下走了一里多路，忽见眼前现出一排高耸笔挺的白杨树来，树边有一条弯弯曲曲的小溪，晶莹透亮的溪水悄悄地流进芦苇丛中的洼地，溪上横跨着一座小平板石桥，石桥旁边有几个做工粗糙的石凳。这里视野开阔，富有诗意，与刚才的洼地相比，又别有一种趣味。走了个把时辰，两人也累了，就在石凳上坐下休息，也招呼猎人一起坐坐。猎人坐下，那只瘦狗蜷缩在主人的脚边，不停地摇尾巴。

“大哥，家里几口人，日子还过得下去吗？”夏寿田问。

“家里七口人吃饭。”猎人叹了一口气，“什么过日子，到世上来变人，真是活受罪。”

猎人的脸又回复到先前的阴沉了。一句话堵得夏寿田不好再问下去，看看他那一身穿戴，也可知日子过得是挺艰难的。杨度忽然想起了安慰的法子，大声说：“大哥，不要担忧，过年把两年就会好起来的。”

“怎么会好起来呢？”猎人皱着眉头问，这话显然没有给他带来兴奋。

“皇上已下了诏书，要变法了，你听说了吗？”

“皇上要变法？”猎人大为吃惊，“变什么法，怎么个变法？”

此地离紫禁城不过二三十里地，真正是天子脚下的子民，居然对闹得天翻地覆的维新变法懵然不知，热衷于此事的杨度不免气沮，喉咙哽了一下后还是做了解释：“皇上要变法，就是把过去的旧法子去掉，立新法子。新法子立起来后国家就富强，老百姓的日子就好过了。”

“立新法子？”猎人似乎明白过来，“请问先生，新法子里有没有说把田分给我们庄稼人？”

分田！这不是当年太平天国的主张吗？他想到哪里去了！杨度摇了摇头。

“不分田给我们，是不是今后可以少给官府交粮谷呢？”猎人又问。

轻赋！这几年赔款赔得朝廷一贫如洗，皇上恨不得给各省加赋增税，主张变法的书生们谁也不敢说轻赋的话。杨度只得无奈地又摇了摇头。

猎人彻底失望了，脸色阴沉得可怕。他站起身说：“既不分田，又不少收粮谷，庄稼人的日子从哪里好过起？这变法有屁用！两位先生自个儿在这里观风景吧，我要打猎谋生去了。”

说完喊了声“来富”，那瘦狗立刻站起，使劲地颤几下，便跟着主人走了。

夏寿田望着杨度呆呆的傻样子，说：“一个种田打猎的人懂得什么！你跟他大谈维新变法，不是自找没趣吗？走，我们到亭子里去，把这只鸭子炒了，痛痛快快地喝几杯去。”

二人走出洼地，来到江亭，拣了一个临窗的桌面，把买来的野鸭子交给酒保，要他来个一鸭三吃：肉蒸，内脏炒，骨头熬汤。然后要了一壶仿唐名酒万里春，点了四个菜，两人便对酌起来。

夏寿田的兴致很高，谈诗文，谈翰苑掌故，谈这几年的东洲同窗生涯，颇有点春风得意的味道。杨度本来就有心事，再加上被猎人这么一冲，更是兴味索然了。他信口应酬着夏寿田的高谈阔论，脑子里猎人那句“这变法有屁用”的话总不时浮起，又想起朝廷中的明争暗斗，变法前景黯淡，又想起袁世凯虽信誓旦旦支持变法，但他的顶头上司荣禄是太后的死党，且荣禄还掌握着聂士成的武卫军、董福祥的甘军，这两支人马合起来，要远远超过新建陆军。后党如果真的动起手来，帝党岂能抵挡得了？维新变法啊，看起来是凶多吉少！几杯酒吞下后，杨度心中千头万绪如乱麻，满腹忧国忧民之愁都随着酒兴而涌起，看着几个游人正在新刷的白粉墙上题诗，他从账房柜台上抓起一支大毛笔，快步走到墙边，略加思索，便在上面飞快地写起来：

百字令·江亭抒怀

登临眺远，见幽燕大地，风高云扫。西山王气但黯然，极目斜阳衰草。果儿未熟，花瓣落尽，雏燕愁已老。一番浓兴，且付野山荒岛。

却思尧舜基业，汉唐江山，何时已杳杳？空有诸葛济世才，困隐茅庐谁晓！不如归去，随牧童樵子，摘捡梨枣。书生意气，徒招万千烦恼。

在杨度挥毫题壁的时候，夏寿田一直注目细看，当读到“西山王气但黯然，极目斜阳衰草”的时候，心里不觉叫道：“皙子，你太悲观了！”新科榜眼毕竟处于人生最得意的时刻，他对皇家的恩德感激莫名。尽管他也和许许多多的士人一样蒙受了国耻，对国事日非也痛心疾首，但他认为皇太后皇上执掌的朝政大计还是英明的，少有外侮，足以警惕在位，不宜遽作此亡国之音而失哀乐之正。他心里也在构思，要和作一首，把皙子的颓废心绪矫正过来。杨度写完，又坐到座位上。他说：“你这首《百字令》写得好是好，但调子太低沉了点，我来给你奏点明快之音。”于是接过杨度手中的笔，饱蘸浓墨，也走到粉墙边，一气写下来：

百字令·江亭远眺

仲夏时节，喜莺歌燕舞，落日归棹。万顷菰蒲新雨足，碧水明霞相照。酒帘高挑，江亭雄峙，词客醉里笑。莫负雅兴，风物最宜远眺。

从来盛世难逢，千年史册，有几时光耀？都说贞观与文景，也只隐恶扬好。且请宽心，虽略有惊吓，偶遇强暴，恰如警钟，九重朝夕鸣号！

当夏寿田的《百字令》快要写完的时候，亭子间慢慢地踱进一位今科新进士。他刚刚落座，把眼睛向外面一扫时，便从背影上将夏寿田认了出来。原来，清代在会试结束后照例要举办恩荣宴，这是一个很隆重的宴会。该科所有新中的进士和参与该科考试的所有官员包括主考大臣、读卷大臣、銮仪卫使、礼部尚书、侍郎等都出席。在恩荣宴席上，状元一人独占一席，榜眼和探花两人合共一席，其他进士则八人一席，这样鼎甲三人就分外引人注意，待到宴会结束，所有出席宴会的人无不对这三人非常熟悉了。他向桌上几个朋友介绍：“那边题诗的人就是今科榜眼湖南人夏寿田。”

“真的，那就是榜眼公吗？”

“听说还是一位巡抚的公子哩！”

“待我去看看。”

说话间便有人离开座位，绕过桌子，从另一个窗户口对着夏寿田的正面仔细地看了很久，然后回到座位上大声说：“好一个榜眼公，又年轻，又俊雅，真正是文采风流！”

这么一嚷，满江亭的游客都知道了这个新闻。夏寿田刚一落笔，便有不少人围了过来，有钦佩的，有爱慕的，有好奇的，有凑热闹的，把个榜眼公围得水泄不通。那新进士分开众人硬挤了进去，对着夏寿田作了一揖，说：“年兄也来游江亭了，怎么不叫小弟一声？”

夏寿田正愣着，心想：好亲热的一个人，但我怎么不认得他呀！那人忙从衣袋里掏出一张大红名刺，上面印着几行黑字：钦赐戊戌科进士出身江西瑞州殷连奇字慕白号石屋居士。原来也是今科的进士。夏寿田忙还了一礼，满面笑容地说：“慕白年兄，你也来了，真是幸会。”

“难得这次见面，就请年兄放驾，到我席上坐一坐，我的几位朋友都想一睹年兄丰采，聆听年兄謦欬。”

殷连奇边说边伸出手来，挽起夏寿田的胳膊向外走。夏寿田说：“年兄好意小弟领了，小弟还有一个朋友，现正在那边等着我哩！”

“好说，好说，我们痛饮几杯后再把年兄的朋友请来一起聚会。”殷连奇不由夏寿田分说，硬把他向自己的酒桌拉去。围观的人见这位也是新科进士，遂平添三分敬意，让出一道空隙来，放他们走出圈子，然后再跟在他们的后面，一边走，一边不停地发出赞叹声，眼光里流露出无限的艳羡。

杨度眼看着这一幕情景，心里不是滋味。人世间就是这样：颂扬成功者多，抚慰失败者少；攀荣附贵者多，扶危济困者少；锦上添花者多，雪中送炭者少。它凸显了人情冷暖、世态炎凉的一面，同时也有激励人心向上的一面。杨度默默地想：且忍下这口气，三年之后再把天下所有的风光都挣来！

“先生！”一个娇嫩的声音，把杨度从思索中唤回。他转脸一看，一个十七八岁的少女正笑吟吟地站在他的旁边。那女子穿着一身藕绿色的衣裙，身材匀称，五官清秀，肌肤白净，眉目之间透出一股妩媚的气息，尤其是盈盈笑意之中那种恬静纯情的神态，更令人一见便生爱心。

“是叫我吗？”杨度立刻从失意中跳出来，满脸春色荡漾。

少女点点头。

“请坐吧！”

少女略带一丝羞涩，挨着杨度身边坐下来。

“找我有什么事？”杨度和颜悦色地问。刚才这一丝羞涩，更增添了几分少女的娇美。杨度想，再加一番修饰，她真可以说得上倾国倾城的。

少女从怀里掏出一把桃形豆绿绢扇来，轻声说：“先生在粉墙上题的那首《百字令》真好，我想请先生题赠给我，就写在这把绢扇上，不知可不可以？”

“可以，可以，我给你写上。”这么一位美人看上了自己题的词，还要求写在扇子上，真是一件趣事。闻着扇面上悄悄透出的脂粉香气，二十四岁的三湘才子不觉心旌摇动起来。

“小姐，你叫什么名字？”杨度不忙着题词，拿着少女的绢扇细细地欣赏着。

“我叫静竹。”

静竹。杨度的脑子里浮起了家乡的满山翠竹，再看看眼前的静竹，一身绿装，真是一枝秀美文静的苍筤新竹。

“听你的口音，像是江浙人？”杨度满目含情地望着静竹。

“先生说对了，我是苏州人。”静竹答，声音仍是轻轻细细的。

“你来京师几年了？”

“两年多了。”

“今天是跟父亲来的，还是跟哥哥来的？”

杨度不知不觉地想起前几年跟他一起去归德镇的妹妹来，她那时跟这位少女的年龄相差不多，也常常要自己把新吟的诗句抄好给她。

“我是跟师傅一起来的。”静竹的声音更轻更细，头微微低下，脸上泛起浅浅的红晕。

“师傅，教你什么的师傅？”

“教我弹琵琶，吹箫的师傅。”静竹的头更低了，长长睫毛下的眼睛里似乎水盈盈的。

杨度不再问了，他已略知静竹的身份了。京师里妓院、戏班里许多从苏州卖身来的年轻女子，她们或卖笑或卖艺，总之都是身份低贱的可怜人，看来静竹是这中间的一个了。杨度从隔桌席上借来一支小笔，静竹又替他磨墨。杨度屏息静气地用端端正正的小楷，将自己的新作抄录在小巧精致的绢扇上。静竹一直凝神看着，对这位五官端正、棱角分明的年轻才子，她心里充满了感激。从他那一笔不苟的字迹中，她看出此人对自己是喜欢而尊重的。静竹常受别人的喜爱，但很少受到别人以平等相待的尊重。这份尊重，对她来说是一份多么难得的礼物啊！

“谢谢你，杨先生。”当杨度写完“戊戌仲夏湘潭杨度题于江亭”一行字时，静竹方知词人的名字，她以极其真诚的心情向杨度表示谢意。

“粉壁上还有一阕《百字令》，是我的朋友写的，我给你题在背面吧！”杨度翻过绢扇的另一面来。

“谢谢，不必要了。”

“你不知道，他可是今科的榜眼公哩！”

“我知道，刚才这里人人都在说。”静竹不以为然地说，“他虽然是榜眼公，但我看他的那阕不如你的这阕好。我喜欢的是词，不是榜眼。”

此时此刻，正当不远处人们簇拥着夏寿田欢声笑语的时候，这位有可能是沦落下层的苏州少女的两句平平淡淡的话，犹如一块石子，在自命不凡而两挫会试的三湘才子的心中激起千百层涟漪。他的心被震动了，世上居然有这样慧眼独具却又超凡脱俗的姑娘！他后悔与她相见太晚，想起骡车已经定好，心中十分惆怅。见静竹已站起，他只得把绢扇递过去。静竹接过扇子，对杨度嫣然一笑，轻柔地说了一句“谢谢你了，杨先生”，然后转身离开。轻风吹动她薄薄的藕绿衣裙，宛然一位仙姑欲离开人世，杨度痴痴地看着。走了几步，静竹又回过头来，对着仍呆望的杨度粲然一笑。杨度如梦初醒，大声说：“静竹姑娘，我们后会有期！”

六 潭柘寺定情

杨度望着衣带飘动款款而去的静竹，心里蓦地涌出一种落寞感。这是一个可爱的女子，他虽然只和她短暂地相处一时半刻，但她的笑容、举止、言谈，已伴随着一种无形的魅力深深地留在他的脑中，令他回味，令他迷恋。杨度多么不愿她离去，多么希望时空永远凝固在刚才那一段温馨的时刻上！突然，静竹停止了脚步，转身向他走来，杨度惊喜地快步迎上去。

“杨先生，五天后我会在西郊潭柘寺，你愿意去那里和我再见一面吗？”

“愿意，我愿意！”真正是神灵成全自己的心愿，杨度不假思索地一口答应。

“好，那就这样说定了，五天后我们潭柘寺再会。”静竹又嫣然一笑，露出两排贝壳似的雪白细牙。一刹那间，杨度觉得天地人间一切美妙都集中在眼前，集中在这个寓居京师的江南女子身上。

“今夕何夕，见此邂逅！”杨度喃喃地背着古人的诗句，两眼怔怔地望着越走越远的静竹，直到她消失在人群中。这时他才记起，自己原来已定了明日启程的骡车。“明天哪怕是八抬大轿来抬我，我也不出京师了！”杨度心里拿定了主意。

晚上，他向夏寿田撒了一个谎，说感了风寒，得在会馆将息几天再走，让骡车主等一等。夏寿田当然不会催他走。

潭柘寺在城外西郊宝珠峰下，离城里有八十里路。三年前，杨度曾和友人去过一次，那是一处旅游胜地。为了不误期，头天下午，杨度便去西直门外雇了一驾马车。太阳快要落山时，他来到了宝珠峰下。

潭柘寺的客人向来较多，尤其夏秋两季是京师的好季节，游人香客往来寺院的络绎不绝，寺门外的几家客栈都住满了人。杨度巴不得早点见到静竹，便到客栈里去四处打听寻找，却一直没有见到她。他心里想：她不住客栈，又住哪里呢？这时还不到，难道硬要等天黑才进店？或许她根本就没有来？杨度躺在床上胡思乱想着，一夜都没睡好。第二天一大早他便起了床，随便吃了早点就向寺院走去。真个是莫道君行早，更有早行人，通往寺院的路上已有不少的人了，或背手漫步，或斜挎香袋，或一人独行，或三五结伴，原本是清静寂寞的山寺却变得热热闹闹的了。

也不知是哪位具有非凡眼力的高僧选择的寺址，潭柘寺真正是建在一块绝妙好地之上。寺院的左右后三方，有九座山峰环绕其侧；寺前一峰笔立，宛如一座巨大的屏风，人们赞之为“前有照，后有靠，左右山环抱”。京师大小百多处庵寺，再没一处的地势能赶得上它了。主峰宝珠峰上有一个深潭，称为龙潭，山上多有柘树，于是此山又名潭柘山。寺院建于东晋太康年间，原名嘉福寺，武则天时期改名为龙泉寺，金代皇统年间重修后改名为大万寿寺，清代康熙乾隆两朝又做了大规模的修建，改名岫云寺，因为山名潭柘，人们习惯于依山名叫它潭柘寺。潭柘寺立寺于晋代，比北京立都要早八百余年，故史家都说先有潭柘后有幽州。

这是一座气势非常宏伟的梵宇。山门外有一座高大的木牌坊，牌坊三间四楹三楼，顶部覆盖着黄色琉璃瓦，檐下装饰有斗拱结构，全部彩绘。前额上有四个金字："翠嶂丹泉"，后额也有四个金字："香林净土"，均为康熙御笔。牌坊前有两座石狮。石狮旁长着两株形状奇特的石松，两株松树挟肩握手，犹如一对挚友，枝枝叶叶相互交通，组成一顶绿色的天棚。牌坊后是一条涧水，上面有一座单孔石拱桥，迎面是一道绵延十来里的围墙。墙约一人高，刷着赤红颜料，上面覆盖着蓝色的琉璃瓦。未见殿堂，单是这道围墙，就给人以气魄恢宏之感。高大的山门为砖石结构歇山顶，均以汉白玉石砌成，正中嵌着康熙御笔"敕建岫云禅寺"。山门两边，有八个巨大的白粉书写楷体字，左边是"佛国生辉"，右边为"法轮常转"。走进山门，潭柘寺便出现在视野之中。

它的主要建筑天王殿、大雄宝殿、毘卢殿依山势建在南北中心轴上，左右两边则分别为方丈室、祖师殿、观音殿、楞严坛、戒坛、僧舍等大大小小二三十座殿堂。寺院内外古木参天，流水淙淙，僧塔如林，修竹成荫。杨度虽是重游，面对着这一处庄严清幽的京郊第一道场，仍然有浓厚的兴趣。他一边欣赏，一边留意进进出出的游人香客，努力寻找静竹的倩影。

太阳已升起很高了，人越来越多，杨度却没有在人流中发现静竹。她真的没有来吗？他的脑子里数十次地浮起这个疑问。每当疑问冒出，他又自己迅速地否定了：这样可爱的女儿家，怎么会失信呢？何况是她主动约我的呀！杨度不怨不悔，满怀激情地边走边寻索，嘴里不停地念叨：她一定会来的，我一定可以找得到她！

杨度顺着南北中轴线，不知不觉地走到这个偌大建筑群的北端终点毘卢殿。毘卢殿东侧有一座碧瓦朱栏、雅致小巧的精舍，一圈围墙将它包围着。这座房子原先是专为康熙修建的，建好后康熙来住过几次，以后乾隆驾幸潭柘寺时也住在这里。乾隆之后，嘉庆、道光、咸丰三代帝王再没来过，房子便一直锁着，无人居住。同治五年西藏的达赖喇嘛参谒潭柘寺，在这里住了两天。自那以后这座精舍便从皇帝行宫的地位上降了下来，变成了贵宾休息之地。先是王爷、贝勒、贝子及其眷属可以住进，后来住持为广结善缘，京师中的一二品大员也在这里住。再到后来，外地来的巨商富贾，只要为寺院捐上一二千两银子，也特许在这里住几天。山僧不解数甲子，一叶落知天下秋。那些上了年纪的老和尚们从来不出山门，也不知时局的演变，只是从这座精舍房客的变化上已觉察到世风不古了，他们常常摇头叹息。年轻的僧人却讥笑他们不通时务，拿这座现成的房子去赚来银子有何不可？莫说和尚，连佛祖也食人间烟火哩！没有银子，佛祖的金装如何能更新？座前的油灯如何能长明？

精舍围墙后面有一块亩把地大小的竹林，林内修竹丛生，枝叶葱绿，青翠欲滴。从山顶龙潭里流下的清水形成一条小溪，穿过竹林。溪水丁冬，给幽静的竹林增加了几分生气。杨度看着轻轻摇曳的翠竹、欢快清澈的溪水，情不自禁地发出感叹：倘若能在此处住上几年，也真不虚度一生了！

正流连之际，从竹林中忽然传出一阵清脆舒缓的琵琶声来。林中有人！杨度正欲循声进去，转念一想又停住了，这么好听的琴声，若是冒昧进去，岂不打断了？那太可惜，不如在外面偷听为好！他倚在一根大楠竹边倾耳听着。

杨度对于音乐很有兴趣，自己也能操琴度曲。略听一会儿，他已断定这是一首古曲，再一听，他会心笑了，这不就是《霓裳羽衣曲》吗？这绮艳柔曼得近于颓靡的乐曲，让年轻举子立时想起千年前大唐宫廷内那壮观奢华的大型歌舞会，想起歌舞会中的灵魂——那位领舞的贵妃娘娘，想起白居易那首世代传诵的《长恨歌》。琵琶声轻轻的慢慢的，正是“春寒赐浴华清池，温泉水滑洗凝脂”，忽而又变得急促起来，原来已到了“渔阳鼙鼓动地来，千乘万骑西南行”的时候。渐渐地，杨度的脑子里浮出排空驭气的道士、海外虚无缥缈的仙山、梦魂初惊的太真仙子、七七长生殿里的帝妃私语……

杨度陶醉在乐与诗的美轮美奂的境界中，忽然他想起，在这样幽雅的竹林里，弹这样优美的琵琶古曲，非窈窕婵娟，即绝代佳人，此人莫不就是我今日众里寻她千百度的静竹？

就在这时，“啪”的一声弦断了，琵琶声戛然而止，只听见竹林里传出一句娇媚的女音：“偷听我弹琵琶的杨先生，请进林子里来吧！”

果真是静竹！杨度惊喜万分，急匆匆分开竹枝闯了进去。竹林中有一块不大的草坪，坪中有一个四四方方的石桌，旁边有四个石凳。静竹正站在石桌边，右手拿着那把杨度题词的豆绿绢扇。

“静竹姑娘，你原来躲在这里，我到处寻你半天了。”杨度望着他苦寻苦等的姑娘，只见今日的静竹比五天前更显得娇艳俏丽：她梳着时髦的高髻凤尾发型，头上横插一把翡翠悬链嵌珠簪子，沿发际绕一根珍珠银丝带，带子正中浅浅地坠一块心形墨绿宝石，身穿嫩绿宽松上衣，下系一条鹅黄大摆百褶乌丝绣边裙，薄匀粉面，深描黛山，白净如凝脂的耳垂上挂两串波光闪闪流水环。

“杨先生……”

“不，你叫我皙子吧！”杨度有点忘情地打断静竹的话，“大家都是这样叫我的。”

“好。”静竹笑吟吟地说，“我也在这里等你半天了。”

“你怎么知道是我在听你弹琵琶的？”杨度快活地问。

“古人说，弦断有知音。我猜想一定是你。”姑娘回答，脸上飞起一阵淡淡的红晕。

“听了你这话，我高兴极了。不过我倒要讲你一句。”望着仿佛与四周化为一体的美丽姑娘，杨度爱抚地说，“此处是清静无为的佛门寺院，你怎么可以在这里弹琵琶？倘若让和尚们听到，一定会谴责你的。”

“不要紧，我是得到住持大法师特许的。”静竹依然笑吟吟地说。

“真的吗？”杨度疑惑地问，“住持怎么会特许你弹琵琶？”

“以后再告诉你吧！”静竹嫣然一笑，掉转了话题，“皙子先生，潭柘寺你从前来过吗？”

“三年前与朋友来游过一次。”

“太好了！”姑娘轻轻地拍拍手，“你带我四处看看吧，我是第一次来。”

“好，我们走吧！”

静竹紧挨着杨度走出了竹林。

“哎呀！”杨度突然想起了一件事，“静竹姑娘，你的琵琶还放在石桌上哩！”

“不碍事，它不会丢的。”静竹悄悄地推了杨度一把，瞬时间一股热流流过杨度全身。

杨度带着静竹绕过毘卢殿来到三圣殿前，静竹对殿堂兴趣不大，倒是对殿堂左右两侧两棵银杏树惊讶不已。这的确是两棵罕见的银杏。高达六七丈，树干从中部开始枝繁叶茂。时近正午，两棵树投射在地的浓荫遮盖了大半个庭院。

“皙子，你说这树有多大年纪了？”

杨度发觉静竹的称呼中已去掉了“先生”二字，他心里一阵喜悦，自己也随即将“姑娘”二字去掉了，“静竹，依我看，它至少活了一千岁。”

“噢。”静竹点点头，“那有那有，说不定有一千二三百岁。你看这树干多粗，我们来围围看。”说着便伸出手来。杨度拉着她纤纤细细的手，两人紧贴着树干，双手用力伸开。

“皙子你看，我们还没有围到它的一半！”

静竹咯吱咯吱地笑着，脸涨得通红。在杨度的眼里，分明绽开了一朵鲜丽的红牡丹。他猛然意识到：这是自己有生以来所遇到的最美的女子。

“静竹，你看左边的那一棵与这棵有什么不同吗？”松开手后，杨度指着另一棵问。

静竹靠着银杏树出气不匀，一边端详着前面的那一棵：“差不多，也有这么粗。对了！它的主干下部有一个侧枝，这棵没有。”

“那株侧枝是怎么生出来的，你知道吗？”

“不知道。”静竹摇摇头。

“那一年康熙皇帝要来潭柘寺朝佛，早半年寺院就开始做准备，又是建行宫，又是修驿道，又是给佛祖重塑金身，大家都忙忙碌碌的，谁也没有注意到这两棵银杏树。直到康熙皇帝来的前一天，住持法师才突然发现左边那棵银杏长出了一枝三尺长的侧枝，满寺和尚得知后都惊讶不已：这棵树有上千年的岁数了，怎么还会长新枝呢？第二天康熙皇帝来，住持把这件事告诉给他听，康熙皇帝哈哈大笑。身边的大臣趁机恭维道，这是皇上洪福齐天，才使得千年银杏发新枝。康熙皇帝高兴极了，对住持说，这棵树竟然知道为朕而生新枝，朕封他为帝王树！住持向皇帝合十鞠躬说，贫僧代它领旨，谢吾皇万岁万岁万万岁！”

杨度不自觉地学着和尚的模样双手合十弯腰点头，静竹被逗得快活地大笑，笑完后说：“皙子，你这是哪里听来的胡编，什么洪福齐天、皇爷感化等等，那都是献媚讨好的话。其实很简单，那株银杏是母的，这株银杏是公的，公的母的长年相爱，哪有不生儿育女的道理！”

“是的，是的！”杨度鼓掌赞道，“还是我们的静竹见识高明，公母相爱，不但是人，万物都是一样的。”

“你不要扯远了。”静竹意识到刚才的话有点出格了，脸上羞得泛起满天红霞。

三圣殿旁是观音殿。静竹说："观音是女菩萨，你陪我进去看看吧！"

"好，我们一道去参拜这位大慈大悲救苦救难的好心肠菩萨。"

观音殿不大，只有三间房子，正中门楣上挂着一块金字横匾，上面"莲界慈航"四个字是乾隆皇帝的手笔。殿中供奉的观音坐像敛目合十，俊秀端庄。塑像前有一个陈旧的大蒲垫。静竹忙走过去，跪在蒲垫上，向菩萨磕了三个头，口里念念有词。她说的什么，杨度一个字都没听清。站起来时，她指着蒲垫前面的空缺说："这寺院里的和尚也太懒了，缺了一块砖也不补进来，恰好在菩萨像前正中，多难看。"

杨度笑道："不是和尚懒，这里有个故事。"

"什么故事，讲给我听。"静竹顾不得佛殿的规矩，扯着杨度的衣袖央求着。

"你看你，就像我那个调皮的妹妹一样，一听说我要讲故事，就不得了啦。"

"你妹妹多大了？"

"今年二十一岁了，比你要大。"

"那我要喊她姐姐了。"静竹欣喜地说，但很快眼神便黯淡下来，低低地说，"可惜，我没有亲姐姐。"

"我妹妹今后可以做你的亲姐姐。"杨度望着静竹突变的目光，出自内心地安慰她。

姑娘的眼神并没有放出光彩，依旧是暗暗的："皙子，不谈这个了，还是听你讲故事吧！"

"六百年前，元朝的都城就建在北京。元朝的开国皇帝元世祖忽必烈有个女儿叫妙严公主。这位公主虽然是金枝玉叶，却不爱富贵，向往佛门，后来干脆住进了潭柘寺。她每天早晚都到观音殿来给菩萨烧香磕头，几十年从不间断，到她离世的时候，蒲垫旁边的砖块给她的鞋底磨陷了两寸多深。寺里称这块砖为妙严公主的拜砖。到了明代嘉靖年间孝宗张太后常来潭柘寺烧香，为妙严公主的虔诚所感动，为了教育宫眷们，她把这块砖挖出来带回宫中，命工匠做了一个箱子，把它装起来，以示珍惜。就这样，此处便一直空了一块，传到如今也不补，以便让寺里和尚和香客们一见到这块空处，就想起妙严公主，激励他们虔诚礼佛。"

静竹静静地听着，这个故事似乎很使她感动，她将蒲垫前的空处凝视良久。忽然，她发现空处旁边一块砖的一角裂开了缝。她弯下腰，用手将那一角砖摇着，居然将它拔了出来，是一块寸把长宽的三棱形砖角。

“你把它拔出来做什么？”杨度奇怪地问。

静竹笑而不答。殿堂一角有一个盛水的太平缸。她走到缸边，将砖角在水缸里洗干净，然后从上衣钮扣边取下那条与衣服一个颜色的嫩绿绸，将这块砖角小心包好，双手递给杨度，正正经经地说：“那天你为我在扇子上题了词，这是一个珍贵的礼物。我这几天一直想着要回赠你一样东西，但觉得什么都拿不出手。刚才听了妙严公主的故事，很为她数十年寒暑不断的恒心所感动。妙严公主是我们女儿家，虽有恒心，但到底做不出大事来。皙子，你是一个男子汉，才高识大，仪表堂堂，今后若有妙严公主这个恒心，人世间哪种大事业做不成？拜砖已藏于宫中，我无法得到，拜砖旁边这块松裂的砖角，看来是菩萨有意给我们的。我今天将它拔出来交给你，让它常伴在你的身旁，今后遇到困难时看到它，就会想起当年的妙严公主，以她那种拜佛的恒心去克服艰难，朝着自己认准的目标走下去。皙子，我相信你一生会有了不起的大成就的。”

杨度惊讶地看着这个纤纤袅袅的弱女子，压根儿没有想到会从她的口里说出这般豪言壮语来。深研帝王之学的湘军将领后裔，突然觉得这个美丽的女子一下子变得高大起来，简直就如眼前这座菩萨般的崇隆伟岸。他无限激动地双手接过礼物，蓦地跪在蒲垫上，对着观音塑像喃喃念道：“菩萨在上，拜砖为证，我杨度今生若不做出一番轰轰烈烈的伟业来，我就不是天地间一个男子汉！”

说罢站起，对着静竹深深一鞠躬，忘情地说：“静竹，谢谢你的礼品，太珍贵了，它胜过万两黄金，胜过连城和璧，它是你的一颗纯洁的心，它是无价之宝。我收下了，我要将它永远带在身边。你放心，我一定会做出让你满意的伟大事业来。”

当杨度说完抬起头时，只见静竹默默地抿着嘴，一声不吭，泪水不停地流着，鹅黄百褶裙下的一块大青砖早已被泪水浸湿了。

杨度一时不知所措，傻眼望着。突然，他不顾一切地紧紧抱住静竹，用手轻轻地抹去她脸上的泪珠。就在这时，杨度心里萌生了一个强烈的愿望：“我要娶她！”他将脸贴在静竹的脸上，两个滚烫的身子靠得更紧了。

肃穆的殿堂啊，庄严的菩萨啊，请宽恕他们对佛祖的亵渎吧，这对少男少女已沉浸在人类最崇高最圣洁的情感之中！

“会有人来的，咱们走吧！”相互依偎了很长一段时间后，静竹低声对杨度说。

外面阳光灿烂，人声喧哗，他们出门后很快便恢复了常态，指指点点，笑笑说说，抚摸一处处古迹，穿过一座座殿堂，二人来到一个四角石亭边。

这亭上盖着绿色琉璃瓦，顶部有一颗硕大的黄琉璃宝珠，一块横匾标出它的名字：猗轩亭。他们走进亭子里。猗轩亭并不是通常的供游人休息的那种亭子，而是一个娱乐的场所。亭内汉白玉石基上，雕琢了一条弯弯曲曲的蟠龙形象的水道。从龙潭里流下的清水被引到这里，从龙头处流进，穿过曲折水道，从龙尾处流出，出口处的石基上有一只小小的双耳瓷杯。

“这是什么？”静竹指着水道问。

“这是古代一种娱乐活动。”杨度蹲下来，将双耳小瓷杯拿在手里说，“这种杯有个名字，叫羽觞。古时每年三月三日这一天，亲朋好友聚集在郊外小溪边，把酒倒进羽觞里，放到溪水中任其漂流。小溪是曲折的，羽觞浮到拐弯处便会停下，坐在这个拐弯处的人则饮下这杯酒。这个活动叫作修禊禳灾。”

“噢，这就是仿照古时修禊建造的，我知道了，《兰亭集序》开头一段就讲的这事。”

“你读过王羲之的《兰亭集序》？”杨度颇为奇怪地问。

“读过，小时候父亲教我读的。”

“还记得吗？”

“记得。”

“你将开头的那段背给我听听。”

静竹敛容凝思片刻后背道：“永和九年，岁在癸丑，暮春之初，会于会稽山阴之兰亭，修禊事也。群贤毕至，少长咸集。此地有崇山峻岭，茂林修竹，又有清流激湍，映带左右，引以为流觞曲水……”

“好了，好了。”杨度打断静竹的背诵，“背得很好，一字不漏。现在我们分坐两边，让羽觞漂流，在哪个面前停下，哪个就喝酒。”

“好。”静竹忙答应，接着又笑道，“可惜没有酒。”

“没有酒，就用清水代替吧！”

“也要得。”静竹兴致勃勃地将羽觞注满水，放在龙头处，羽觞顺着流水漂动起来。

“慢着！”杨度拿起羽觞。“喝清水毕竟没味，我们改一个方式玩。”

“怎么玩法？”静竹望着杨度，眼睛中闪着清清亮亮的光波。

杨度想了想，动情地说：“静竹，自从那天在江亭与你相识，我就觉得我们有缘，今日重聚，更是欢乐无比，我想永远和你在一起，但一不知你同意不，二不知天意如何。现在我也不管你如何想的，先来看看天意如何。”

“天意？你怎么知道天意如何？”静竹心里甜蜜蜜的，脸上又红了。

“这样来测天意。”杨度站起，从身上掏出一张纸来，“我想我们之间的关系不外乎这样四种：夫妻、兄妹、朋友、路人。我将这张纸撕成四片，每片写上一种关系，搓成纸团，放在水道的弯折处，羽觞停在哪处，就说明我们今后的关系是哪种。这就是天意，你看如何？”

静竹又害羞又快乐，点点头说：“哪来的笔写字呢？”

“真的，没有笔。”杨度向亭子外望了一眼说，“这样吧，我到外面取四样小东西：小花代表夫妻，树叶代表兄妹，石粒代表朋友，土块代表路人。你说要得吗？”

静竹抿嘴点点头。

杨度转身出了亭子，又很快回来，手掌上放着四个小纸团：“我都放进去了，就这样摆着。”

杨度边说边把四个小纸团放在四个拐弯处，静竹将羽觞重新放在龙头处，羽觞再次漂流。杨度看了一眼羽觞，又看了一眼静竹，只见她的丹凤眼睁得大大的，屏息静气地瞪着羽觞，那副认真相，仿佛羽觞里装的不是清水，而是她的生命。羽觞漂过第一个拐弯处，并没有停留，继续下漂，杨度见静竹的嘴角微动了一下。到了第二个拐弯处，眼看要停了，谁知晃了几下后，羽觞又向下漂流起来。“哎呀！”静竹轻轻地叫了一声。羽觞终于在第三个拐弯处停了下来，杨度将纸团拾起，正要打开，静竹高声叫道：“让我来打开！”她从杨度手里一把抢过纸团，紧张得连气都不敢出，手里捏着纸团，许久不敢打开。她不知天意如何，暗中祷告佛祖保佑。

“打开吧，老捏着它干什么？”杨度在一旁含笑催道，他的神情很从容。

纸团打开了，是一朵小花，一朵鲜艳的小红花！她心里一阵猛喜，怦怦地跳着，一只手捏紧小红花贴在胸口，一只手捂着面孔。透过指缝，杨度看得出，她的眼角眉梢上全是幸福的笑容。

“静竹，这是天意，天意让我们结为夫妻！”杨度抓起静竹捏着小红花的手，激动而真诚地说。

“皙子，我看看那三个纸团。”静竹挣开杨度的手，弯腰将那三个纸团一一捡起。

“不要看了，不要看了。”杨度急着说。

静竹怀疑起来，她迅速打开一个纸团，露出来的居然也是一朵小红花，她嗔了杨度一眼，又打开第二个，又是一朵小红花。

“皙子，你在骗我！”

“静竹，我不是要骗你，我爱你，我要娶你！”杨度急忙表白，重新把静竹的手抓起。

“皙子，你真的爱我吗？”静竹抬起头来，两只妩媚的丹凤眼里荡漾着千种柔情，万般风韵。

“静竹，我真的爱你，我永远爱你！我们去大雄宝殿吧，我要在佛祖的面前起誓，今生今世永不变心。”杨度说着，就要拉静竹离开亭子。

静竹没有动。她的滚烫的手将杨度有力的手紧紧握住，低低地说：“皙子，我是什么人，你一点都不知道啊！”

“不管是什么人，我都爱你！”静竹的话并没有使杨度吃惊。那天在江亭的时候，他就推测到静竹很可能是个身份低贱的人。他不在乎这些。

“皙子，我感激你爱我，但今生今世我们怕难以成为夫妻。”静竹的脸开始由红变白，眼中滚动起泪水来。

“为什么？静竹，你难道已嫁了人？”杨度害怕起来，双手死死地将静竹的手抓住，仿佛马上就有人要来把他心爱的姑娘夺去似的。

静竹摇摇头。

“只要没有嫁人，我就一定娶你！”杨度大声嚷着，仿佛是对着这神圣的潭柘寺宣誓。

静竹点了点头，泪水夺眶而出。

“静竹，你一定有什么为难之事，你要告诉我，你非告诉我不可！”杨度靠得更紧了，若不是光天化日之下游人聚集之处，他真要把静竹搂在怀里。

静竹低下头，沉默着。

“说吧，静竹！”杨度几乎哀求着，又突然坚绝地表示，“你说出来吧，什么事我都可以替你做主！’

又沉默了一刻，静竹终于平静下来，说：“好吧，明天我对你说。”

“现在就说吧，为什么要等到明天呢？”杨度性格爽快，他不能理解静竹这种欲言又止的忸忸怩怩。

静竹重重地叹了一口气：“还是明天说吧！”

“好吧！”杨度无可奈何地答应，“那我明天到哪里来会你呢？”

“还是在那竹林，听见有琵琶声，你就进来，我在那里等你。”静竹将杨度轻轻地推了一下，“晳子，我该走了，明天竹林见。”

“你到哪里去，我送送你！”

“别！”静竹坚绝地制止，“你就在这里待着，直到看不见我后再离开。”

杨度迷惘地点点头，目送着静竹飘然而去。他遵守诺言，一直站着不动，直到静竹穿过塔林，不见影子后，他才走出猗轩亭，快步向塔林奔去，企图看看静竹进了哪间房子。不料当他走到塔林边时，姑娘已经无影无踪了。

夜晚躺在客栈床上，杨度又是半夜不寐。他太爱静竹了，白天的聚会是那样的快乐幸福，杨度觉得出生二十四年来，还从来没有过如此美好的一天。他也深信静竹是爱他的，她一定有难言之隐，要么是遇到了很大的困难。杨度决定：明天不论静竹说出什么天大的事来，他也要替她担当。她是一个弱女子，遇到难事，自然不易承受，自己是个顶天立地的大丈夫，什么困难不可以克服？何况是为了自己心爱的女人！

第二天一早，杨度来到竹林边，竹林一带静悄悄的，他耐着性子在旁边徘徊着，两只耳朵一直倾听四周发出的声音。半个小时过去了，竹林里没有任何声音。一个小时过去了，还是听不到琵琶声。杨度实在耐不住性子了，他穿过竹林来到空坪。只见石桌石凳依旧，却不见琵琶和弹琵琶的姑娘。他走近桌边，忽然发现桌面上有一张纸，纸上压着一个鹅卵石。杨度拿起纸来，看上面写着：

哲子：今晨我不得不离开潭柘寺，我实在不愿就这样离开，因为我约了你来，我要把一切都对你说……看来我们此生无缘了，猗轩亭里的小红花毕竟是人为的，而不是天意。但不管如何，我的一颗心已经给了你，再不会给第二个人了。哲子，你是一个伟男子，我相信你一定会做出大事的，说不定日后我们仍有相会的一天。珍重！

爱你的静竹

杨度捧着这张小小的纸条，呆呆地坐在石凳上，不知如何是好。坐了好长一阵子，他开始使劲地捶打自己的脑袋。他后悔来迟了，倘若天刚亮就守在这里，一定可以遇到将纸条压在石桌上的静竹，那时他一定要抱住她，无论如何不放她走。自怨自艾一阵后，他便亡命似的奔出竹林，在潭柘寺里乱穿乱转，几乎把每一座殿堂，每一个房屋，每一处可供游览之景都寻遍了，始终再也不见静竹的踪迹。第二天，他又在潭柘寺外四处逛荡，希望能偶尔撞见他心爱的姑娘。直到太阳落山，他才失望地回到客栈。第三天，他终于没精打采地离开宝珠峰回城。

夜里，他将这几天的奇遇一五一十地告诉夏寿田。新榜眼公也惊讶不已，十分羡慕好友的艳遇，也对那个姑娘的突然离去觉得不可理解。当杨度表示要在京师四处查访，非找到不可时，夏寿田却反对："静竹姓什么你都不知道，又不晓得她是做什么的，在京师找一个这样的女子好比大海捞针，你从何处着手？说不定她是个水性杨花的风尘女子，逢场作戏，做出那个样子来逗逗你，其实第二天她就不喜欢你了，写一张这样的纸条来哄你这个痴情的书呆子。"

"不会的，若是烟花女，她图我什么呀！"杨度摇摇头。

"图你什么？图你风流倜傥呀，图你多情多意呀，图你是个诗词作得好的才子呀！"夏寿田大笑，有意地打趣。

"她还送我拜砖哩，鼓励我做大事业哩。"杨度自言自语。

"哎呀，哲子，你说她一进塔林就不见了，塔林是埋和尚的地方，这姑娘莫不是住在墓穴里的狐狸精变的？《聊斋》《阅微草堂笔记》里面这类故事多啦！"夏寿田一本正经地提醒。

"不可能吧，狐狸精变的，能写得出这样实实在在的字吗？"杨度将静竹留下的纸条从里衣袋子里掏出，夏寿田仔细验看后，也的确嗅不出半点狐仙之气来。

“不管她是谁，凭你掌握的这点东西，你是找不到她的，算了吧。湘绮师总说你是个书痴，看来你要变情痴了！”

杨度总不死心，一闭着眼，静竹那美丽的身影，那娟秀的面庞，那波光闪闪的眼睛便出现在他的脑海中。他迷迷糊糊地在京师数不清的胡同里转了七八天，直转得头昏脑涨，双脚发肿，还是一点消息也没有。万般无奈，他只得怀着无穷无尽的遗恨离开京师南下。

七　接到夏寿田送的宫花后，叔姬在病榻上整整躺了半个月

小火轮路过湘潭码头时，杨度上了岸，回石塘铺看望母亲和妹妹。李氏不以儿子会试再次告罢为意，安慰儿子，功名有天数，时运到了，自然会中的，当年曾文正公进京赶考，也是考了三次才点的翰林。老人家告诉儿子，王家结婚的聘礼送来了，说着又高高兴兴地领着儿子看礼物：金簪一对，金耳环一对，金戒指一对，玉镯一对，聘银一千两，外加彩锦四匹。李氏笑眯眯地指着彩锦对儿子说：“这还是王先生当年亲自从四川带回来的蜀锦哩，你看看，亮光闪闪的，多耀眼！”

王家的聘礼如此之重，足见湘绮师对叔姬看得很重，杨度心里高兴，对母亲说：“王先生虽是名人，但没有做官，全靠教书来养活一家老小二十多口，银钱并不宽裕。他送了这么重的聘礼，是看得起我们的叔姬，我们不能学世俗的样子，嫁女就眼巴巴地望着聘金。儿子想，其他的都收下，这一千两银子就退还给王先生。母亲您老看如何？”

李氏说：“儿说得对，王先生的聘礼是太重了。这几年你受了王先生的教道，现在你弟弟又拜在他的门下，今后你们兄弟依靠王先生栽培的日子还长哩！”

杨度见母亲如此深明大义，十分感动，于是从怀里掏出袁世凯送的一千两银票，双手恭送到母亲面前：“王先生的一千两银子，退回去，这个缺，我给您老补上。”

李氏看了看儿子手中的银票，没有接，问：“你哪来的这多银子？”

杨度说：“您老接了后，我再说给您老听。”

李氏好奇地从儿子手里接过这张花花绿绿的银票，不知怎样处置，像捧个金娃娃似的，将它放在手心里托着。杨度简单地把去了一

趟小站的情况告诉了母亲。谁知李氏听了，脸上却不太高兴起来，说："度儿，你父亲生前常说无功不受禄，又说为人不可贪横财，那袁世凯，你与他并无深交，又没帮他很大的忙，他何故要送你一千两银子？你可要慎重，当心莫上当呀！"

杨度见母亲这样小心谨慎，大笑起来说："那袁世凯是大官绅之后，又身为朝廷练兵大员，手中的军饷每天成千上万地过，千把两银子，对他来说小事一桩，他与王先生大不相同。"

李氏把银票还给杨度说："这银子我总觉得不踏实，我不能收。乡里小户人家，粗茶淡饭便可度日，要这多银子做什么，你还是自己留着吧！"

杨度知母亲素来本分，于是不再多解释，说："我近来也不需要大宗钱用，您老就帮我保管吧，放在家里也安全些。"

李氏见儿子这样说，方才收下。这时杨度发现叔姬早已不在旁边了，想起就在母亲介绍聘礼的时候，叔姬脸上似乎并没有喜色。是害羞，还是因为即将出嫁离开娘家，心里难受？杨度兴冲冲地走进妹妹的闺房，见叔姬正背对门坐在桌子边，遂大声说："叔姬，我给你带来了午贻送你的一件婚礼！"

"夏公子！"叔姬猛地一回头，冲着哥哥问，"他送我什么？"

杨度走到桌边，从灰布包里取出一个用油纸包着的四方小盒子来，说："午贻特地招呼我，要由你亲自打开，我也不知道他送的什么。"

叔姬心里分外激动，手微微地颤抖起来。她小心翼翼地将油纸打开，露出一个黑色木盒来。那木盒做工相当精致，上下左右六面都有螺钿镶嵌的花鸟虫鱼，配以闪亮的国漆为底，显得十分古色古香。叔姬将木盒盖抽出，里面躺着一朵小巧的宫花。这宫花以浅绿色翡翠为叶片，以大红珊瑚为花瓣，中间的花蕊，乃是一颗晶莹的淡黄珍珠。

"呀！午贻竟送了一个这么贵重的礼物。"杨度感叹着。他知道，这种宫花只有大栅栏祥记首饰铺才有卖，祥记是专为宫里的妃嫔和王府里的女眷制造饰物的。别看它只是一朵小小的宫花，买起来绝不少于一百两银子。杨度对一向未戴过贵重首饰的妹妹说明它的价值。叔姬痴痴地听着，一句话也没说，待哥哥走出房门，深情专注的才女，再次捧起这朵昔日恋人今日榜眼所送、出自京师巧匠之手的宫花，一动不动地坐在床沿上。先是胸中如波涌云飞起伏不定，继而两眼如天塌一方雨水淋淋，最后竟然如玉山倾倒一卧不起。

叔姬病了。她躺在床上不吃不喝，常常恍恍惚惚地梦见自己头戴凤冠身着霞帔，与头插金花身穿大红锦袍的夏公子拜天地入洞房，含着甜蜜的笑意醒来的时候，一眼瞥见枕边那朵珍珠翡翠珊瑚花，又不觉泪如雨下。有时她禁不住在心里大声喊叫："夏公子，我如此思恋你，你到底知不知道！"有时又不禁在心里长叹："老天爷呀，你为何要在一个弱女子的心中播下如此难忘的情种！"她默默地一遍一遍地背诵《红楼梦》中那首《枉凝眉》："若说没奇缘，今生偏又遇着他；若说有奇缘，如何心事终虚化？"

李氏白天黑夜守在床边，见就要出嫁的女儿这副模样，心都碎了。杨度急得四处延医，亲自为妹妹煎药，劝她服下。就这样，叔姬在病榻上躺了半个月，直病得花容憔悴，骨瘦如柴，方才渐渐好起来。杨度问母亲，叔姬前一向可曾患过病？李氏摇了摇头。先前既未病过，这些日子又未感过风寒，是什么原因使她病得这样厉害？那朵宫花平放在妹妹的枕边，泪水滴在上面，犹如一朵清晨刚刚摘回的花瓣上尚滚动着露珠的鲜花。看到它，正从失恋中回过神来的杨家老大似乎一切都明白了。

等叔姬可以下床喝稀饭的时候，杨度告别母亲妹妹，返回船山书院，将妹妹的病况禀报给湘绮师。代懿得知后急得一夜没睡好，第二天一早便向父亲请几天假，到石塘铺看望未过门的心上人去了。

杨度问王闿运："先生，你老说再留在京师，我将有可能面临灭顶之灾，这是什么缘故呢？"

王闿运微微一笑，说："再过些时候你就明白了。"

看着先生那副神秘的样子，杨度如堕五里云雾中。先生既然不肯明说，他也不便再问，于是继续往日的学业。杨钧正在跟先生学诗词，闲时则调色作画，画技比在家时大有长进了。过了些日子，杨度将这次会试的四书文、试帖诗和策论拿出来请先生指教。王闿运读后说："你的试帖诗写得典雅平稳，甚合会试格式，但四书文和策论都欠古朴遒劲，虽议论滔滔，貌似雄辩，其实不扎实，给人以夸夸其谈的感觉。写文章，宜取三代秦汉魏晋人为准的。他们的文章雄深雅健，真气内葆，浮华尽去，然古艳自存，令人百读而不厌，其中尤以庄子的文章为第一。你看它汪洋恣肆，跌宕起伏，仿佛有天地不能羁绊、时空不能限制的气概，读来使人胸襟开阔，百忧忘却，真正是古往今来第一等好文字。它奇思怪想，波谲云诡，又最能启发作文之思路。曾文正说过，思路宏开，层出不穷，乃文章必发之品。为文之奥妙，首在开拓思路，思路一开，笔底文字则滚滚而来，如泉涌，如堤绝，常人之所不能有的雄伟瑰丽的境界不期而然便来到，那样的文章还不发皇吗?《庄子》三十三篇，内篇精奥，外篇恣肆，杂篇闳博，篇篇都是精品，尤其是最末一篇《天下》，乃集文章之大成，最宜熟读慢嚼，下苦工夫体会。我年轻时读过上百遍，手抄也有一二十遍，下第不要紧，你还可趁此机会多读点书。当年王安石未大用之时常伏案苦读，朋友问何故如此，他说‘它日如负国家之重，恐无暇读书也’。你要珍惜眼下的时间，日后肩负大任之时，想再有东洲读书之乐都不可能了。”

王闿运这一番话，如电光石火之撞击，使杨度脑子大为开窍，过后再细细咀嚼，又觉精义无穷。他深深认识到老师腹内真有不可测试之学问。一番点拨，胜过自己三年五载的苦苦摸索。他于是将精力集中于三代秦汉文字，很快便觉得自己的文章已进入到一个新的层次。

这时，京师的新政正在大力推行的消息不断传来。先是皇上任命谭嗣同、杨锐、刘光第、林旭为四品军机章京，接着又赏加袁世凯以侍郎衔。杨度听到这些消息心里高兴，知道这都是皇上接受了徐致靖荐举的结果。与此同时，训农通商，整顿厘金制度，推行保甲制，开筑铁路，兴办学堂，兴办邮政，废除漕运，一连串的上谕不断见之于报端。在杨度看来，京师的新政正在方兴未艾之中。但从省城长沙传来的消息却并不太妙。

湖南学术界的泰斗、曾任国子监祭酒、现任岳麓书院山长的王先谦，公然在岳麓书院禁止学生们谈论新政。有几名学生因违反这个规定被开除了，徐仁铸为他们说情，竟然遭到王先谦的指责，并以辞职相要胁。徐仁铸敌不过王先谦，亲到岳麓书院挽留，并向王赔礼道歉。又屈服王的压力，被迫停办时务学堂。王的学生曾廉公然上书朝廷，请杀康有为以谢天下。叶德辉的《翼教丛编》正在日夜刊刻之中。他的门徒声称，数年以来康梁倡伪经改制度平等民权之说，使民无论智愚，人人得申其权，可以犯上作乱，祸国之深，实大清建国以来所未有。康梁之徒，国之大蛊，应全国共诛之。湖广总督张之洞的《劝学篇》被广泛刷印发行，勒令湖南学政发放各书院，三湘学子，几乎被强行人手一册。《劝学篇》说民权之说，无一益而有百害，使民权之说一倡，愚民必喜，乱民必作，纪纲不行，大乱四起。又列举了大清王朝薄赋、重民、恤商、慎刑等十五条仁政，说凡我报礼之士戴德之民，固当各护忠爱，人人与国为体，凡一切邪说暴行足以启犯上作乱之渐者，拒之勿听。

长沙本是推行新政最激烈的省份，为何现在唱的调子与京师发出的上谕如此针锋相对呢？张之洞本是积极主张变通陈法力除积弊的有识大员，他曾捐五千两银子到京师强学会，在督署以重礼接待过康有为，称赞他的爱国热肠，如今为何这样杀气腾腾地对待康有为呢？陈宝箴、黄遵宪、徐仁铸等人为什么不以皇上的谕旨来批驳张之洞呢？杨度的心开始紧张起来，为新政的前途而忧虑，为梁启超、谭嗣同的命运捏着一把汗。

时隔不久，京师传来天崩地裂般的消息。谭嗣同、康广仁、杨锐、林旭、杨深秀、刘光第被杀于菜市口。谭嗣同尤为死得壮烈，临刑前愤然高呼："有心杀贼，无力回天，死得其所，快哉快哉！"围观之人无不唏嘘。所有参与新政的人员都被目为乱党，一一拘捕。康有为、梁启超幸得外国人的帮助才逃出国境。徐致靖被捕入狱，陈宝箴、黄遵宪、徐仁铸、熊希龄等均被革职回籍，永不叙用。连早已罢官回家养老的翁同龢，此时亦罪加一等，交地方官严加管束。光绪帝则被囚之于瀛台。慈禧重新训政，新政一律废止。实行了一百零三天的新政，成为中国近代史上的一现昙花。湖南的新政也全部崩溃。原布政使俞廉三署理巡抚。他上台之后，一切复旧。王先谦、叶德辉之流弹冠相庆，原先参与新政的人员或拘捕，或外逃，刚露生机的三湘大地又回到了以往死一般的沉寂。

惨痛的剧变使杨度陷于忧郁之中，随之而来的一则传闻更使他惊讶。新近从京师回来的人都说，这次政变的祸首虽是慈禧，而导致政变的罪人，正是被杨度称之为当今官场上的凤毛麟角之袁世凯。政变前三天深夜，谭嗣同密访袁世凯，请他救援皇上，袁满口答应。但袁回天津后即向荣禄告密，荣禄连夜进京见慈禧，将皇上的计划全部奏报。于是慈禧凌晨进宫，先一步下了手，从而演出了一连串的悲剧。

杨度听了这则传闻，如同头上重重地挨了一闷棍。他怎么也不可能相信，那个雄才大略、礼贤下士的练兵大员竟然是一个出尔反尔、卖主求荣的小人！自己在徐致靖的面前是说了袁的不少好话的，徐致靖的推荐，谭嗣同的深夜密访，是不是与此有关呢？想到这里，杨度的心情很沉重。然而，他又不得不佩服湘绮师，如果不是湘绮师的那封叫他回湘的信，说不定此刻他仍在京师，那后果就不堪设想了。但是，湘绮师身居湘江孤岛，离京师数千里之遥，他何能有如此英明的预见呢？看来虽追随先生两三年了，尚并未得到先生学问之皮毛。怀着对先生深深的谢意和敬意，在一个风雨如磐的秋夜，杨度来到了明杏斋。

八　湘绮老人传授帝王之学的真谛

“皙子，这么晚了，又下着大雨，你怎么来了？”正在灯下挥毫不辍的王闿运摘下老花镜，对着站在门外的学生说。

“特为来向先生讨教。”杨度在宽敞的屋檐下脱去木屐，收起雨伞，然后擦去脸上的雨滴，整了整衣冠，恭恭敬敬地走进书房，坐到先生的对面。

“周妈，皙子来了，泡碗好茶来！”王闿运对着卧房大声喊。

周妈答应了一声，却磨磨蹭蹭地半天不出来。叔姬就要和代懿结婚了，周妈的如意算盘彻底落了空，这一切都是因为杨度的缘故。假若他不来，哪里会有什么叔姬？没有叔姬，她的女儿就稳稳当当成了王家的媳妇，她也就名副其实地做了王闿运的中馈了。这个该死的杨度，第一次见面便冲了她的兴头，想不到现在居然真正坏了大事。周妈本想不出来泡茶，但又怕惹老头子发脾气，好半天才端来一碗不冷不热的温吞水，懒洋洋地放在杨度的身边，话也不说一句，眼也不瞧一下地便走了。杨度却不在意，完全不把周妈的态度看在眼里。他对老师说：“学生今夜要向您老请教，两个月前，学生身处京师，可谓在是非旋涡之中心，虽时时感觉到新政推行的艰难，但并没有想到新政会败得这样悲惨，而您老远在东洲上，连长沙也不去，那时就说我若不离京师，将有灭顶之灾。先生，您老对新政，对时局的预见，为何能有如此的英明？”

王闿运摸起手边那把雪亮的铜水烟壶，从周妈手绣的莲花鸳鸯荷包中慢慢地掏出一撮蚕豆大小的金黄烟丝。杨度赶紧将桌上摆的一盒洋火擦燃，给先生点上纸捻子。王闿运半眯着眼睛吹燃了纸捻，随着一阵咕噜噜水浪声音过后，满是书笔的宽大案桌上空飘起一缕缕轻烟。眼看着轻烟慢慢地消散了，湘绮老人仍未开口。王闿运一向以思维敏捷应答如流著称，如今虽年过花甲，思维和行动均无老态，他手下一批号称机敏的学生也常常自愧不如。今日如此面无表情反应迟钝，杨度近两三年来还是第一次看到，想必先生正在进行一项重大的思索，他放下洋火盒，正襟危坐，随时准备聆听教诲。

“我从同治元年开始设帐讲学，至今已有三十七八年了，教出来的学生不下三千多人，说一句桃李满天下的话也不过分。”王闿运并没有直接回答学生的提问，却回忆起他的教书生涯来，杨度颇为迷惑不解。“这三千弟子，虽不能说个个成材，但绝大部分都没有辜负我的期望，这是我这个做了近四十年教书匠的安慰，尤其是今科夏大的高中榜眼，他自己风头出足，也为我的老脸挣了不少光。这几个月来请求进船山书院的人已逾千数，大家都说王某人教出了一个榜眼公，本事大得很，人人都想做榜眼，便都来投王某人的门下，他们哪里知道，王某人执鞭授徒四十春秋，也只教出了一个夏大。”

说到这里，王闿运笑了起来，他磕掉烟锅里的烟灰，重新又装了一袋，吹燃了纸捻。杨度心里很惭愧。老师当然不是借此来讥讽他，这点他知道，但自己也太不争气了，倘若他杨皙子这次点了个头名状元回来，该会给老师带来多大的荣耀！

“世人更不知道的是，我王某人教书育人的最大目的，并不在于造就进士、翰林，故而夏大中了榜眼，在一般的教书先生看来是最大的终身荣光，但在我看来，却并没有多大的喜悦。你应当记得，你刚来到东洲的时候，就对你讲过，我有三门学问：一为帝王之学，一为诗文之学，一为功名之学。这功名之学乃是我王门第三等即下等之学，这门学问即使再出几个鼎甲，我也不会欢喜若狂。”

初进明杏斋的情景又浮现在杨度的脑中。就是在那天，他激动地向先生表示，他要学的是上等的帝王之学。而这几年，先生也的确是把他向这门学问中引道，事实上他也从中学到了许许多多外间所学不到的真学问。杨度想到这里，刚才失衡的心情略趋平衡。

“我有四个儿子，也曾想让他们能有一点惊人的出息，但后来我冷眼旁观，四个儿子都不是那块料。在你之前，我也曾有意培养几个弟子继承帝王之学，但很遗憾，有的后来自己不争气，有的又时运不济，几十年过去了，并没有一个满意的学生。我今年六十六岁了，有生之年不多了，现在只有你一个在致力这门绝学，更何况王杨两家又联了姻，你我之间既是师生又是亲戚，我将自己一生的真实学问传授给你，这是不用怀疑的。不过，皙子你自身也要努力，不要辜负了我这番心血。”

杨度的心被先生这几句至诚至恳的话说得急剧地跳动起来，他涨红着脸慷慨地说：“先生请放心，学生绝不会使你老失望。今生若不得时则罢了，只要风云一动，学生一定要乘时而起，做今日的良、平、房、杜！”

王闿运轻轻地点点头，放下铜烟壶，端起茶杯喝了一大口，说："你有这个志，这点我早已看出，你有这个才，我也不怀疑，但你毕竟阅历太少。前些年跟随伯父游历过中原大地，这是你一个可贵的经历。你之所以有浩然不凡之志，其实正得力于汴洛旧京之风的熏陶。这点或许你自己并没有意识到，但我当年亲去石塘铺会你，却有很大程度是看中了这一点的。不过总的来说，你还是在书斋中过来的人，又对书迷恋得太深。我曾对人说过，代懿是书呆，午贻是书蠹，你是书痴。书不可不读，但呆、蠹、痴却不可取，不要说办国家大事不行，就是那些真正成就了一番大学问的人，也没有一个书呆子的。你应该记得许浑的两句诗：溪云初起日沉阁，山雨欲来风满楼。你问为何我在东洲有先见之明，这是因为早在年轻时我就已看到溪水边涌起的乌云，又在今春感觉到一阵阵不寻常的冷风，从而断定有一场大山雨要来。"

湘绮老人绕了老大一个圈子，到这时才接触到杨度所提的问题，而杨度就在随老师绕圈子的过程中，得到了两三年来所从未有过的绝大信任和期望，心里正烧起一团火。这团强烈求知的欲火，要把先生所传授的深奥的大道理煨熟煨烂，然后再细嚼慢咽，消化吸收。这或许正是作为一代名师的王闿运的执教成功之处。年轻时便看到了溪云，这话说得多玄！杨度竖起两只耳朵，以十二分的凝神专注，谛听老师的下文。

"先说说冷风。"王闿运又习惯地摸起烟壶。杨度也恰好感觉到有股冷风从后面吹来。原来外面的雨下得正起劲，风也在不停地刮，一张窗纸遭雨淋湿，又被风吹破了。冷风乘虚而入，灌进了明杏斋。杨度本想去找块木板挡着，见先生已开口说话了，便不敢再挪动脚步。

"皇上鉴于甲午年海战的失败，采纳康有为的主意，以变法来求自强，本无可厚非。世无常法，唯变可通，但变则触犯旧序，触犯旧序则必然有人反对，故古来有言，利不什者不变法，算是充分看到了变法的艰难。这话去年你从长沙回来时，我跟你说过，你还记得吗？"

"记得。"杨度点头说，"您老那时就说康有为的变法会要得罪很多人。"

"是这个意思。"王闿运继续说，"若利有十倍，拥护者则多，反对者成不了气候，所变之法易于通行，否则必然引起动乱。大清朝

慈禧太后坐像

张之洞坐像

之法，早在几十年前，我便看出它弊病丛生，非变不可。曾文正当时也看出了，他在晚年用了很大的气力来扭转弊端，想做一番中兴大业，但即使如曾文正这样功德和权势都达到极点的人，所变亦不多，收效更微。于此可见大清朝的法改变之难了。”

纸捻子又点着了，书案上空又飘浮起一缕缕轻烟。隔壁卧房里，周妈早已发出阵阵均匀的鼾声。

“在湖南，正当陈右铭力倡新政的时候，王益吾、叶焕彬他们就公开反对。叶焕彬在学界的威望当然不够，但王益吾却不可小觑。他们攻击陈右铭的一切新政，这固然不对，但对右铭放任梁启超在时务学堂鼓吹民主、民权的批评，则是很有道理的。这点，我也支持他们。”

杨度想起他从长沙回来，一谈起时务学堂先生就反感的事。的确，民权、民主几乎在所有耆宿眼里，都成了大逆不道的邪说。

“不过，王益吾、叶焕彬等人的反对，归根结底只是书生的议论，可以影响人心，但毕竟成不了大事。右铭采用强硬的手腕，湖南的新政还是在推行的。今年春末，张香涛制军突然广为印发《劝学篇》，说中国之祸不在四海而在九州之内，又说这些年邪说暴行横流天下，倡民权民主的人都是祸国之贼。张香涛这个人你不认识，咸丰年间我在京师时与他交往很多，他是一个很不一般的人物。他十六岁中解元，二十六岁中探花，供职翰苑时为清流派的主要人物，尔后清流派均因得罪权贵而遭贬，唯独张香涛却官运亨通，由内阁学士外放山西巡抚，没有几年又调升两广总督，起用老将冯子材，取得谅山大捷。来湖广这几年修铁路，建铁厂、枪炮厂，设织布、纺纱、缫丝、制麻四局，又创办两湖书院，政绩显赫。张香涛先前十分看重康有为，把康视为国士，而康又为皇上所倚重，这样一个工于宦术的朝廷大员，若没有从京师最上层获得不利于新政的最机密最确切的消息，他敢于刊发《劝学篇》，公然与皇上唱对台戏吗？”

王闿运两眼望着杨度，似乎在向学生提出这个问题。杨度明白了许多，轻轻点头说：“先生分析得对，大家都说张制军最圆滑最会做官，他的确有可能掌握了最高的机密，春末时便已预见了初秋的这一幕。”

“这就是山雨未来之前的满楼风。我得知你在京师与康梁徐学士等人接触频繁时，对代懿说，书痴自谓不痴，这回却痴了，所以急速召你回湘。”

外面的大雨不知什么时候停了，风也住了，只听见屋檐水嘀嗒嘀嗒的响声，伴着周妈的轻微鼾声，愈加衬托出夜色的寂静单调。

“先生，你刚才说年轻时就已看到了溪水边涌起的乌云，关于这一点，您老能详细给学生指明吗？”杨度前倾着身子延颈受教。

“关于这一点，我今夜要好好地跟你谈谈。”王闿运起身舒展了一下四肢，笑着说，“夜很深了，我肚子饿了，想必你也饿了，厨房里有现成的卤菜，前些日子赵明府打发人送了一坛胡子酒，还未打开，你也去搬了来，今夜我们师生就来个竟夕畅谈吧！”

经先生这么一提，杨度也的确觉得肚子饿了。他喜欢饮酒，也善饮，今夜在明杏斋，一边饮味道醇美的胡子酒，一边听先生讲逝去的本朝典故，这是人生一件多么难得的趣事！美酒雅兴，相互辉映，直到没齿之年回想起来都是回味无穷的。

他兴冲冲地提着油灯走进厨房，见碗柜里摆着一碟卤牛肉，一碟油炸香干，忙把它端起。又四处寻找，见屋角边有一个大肚小口酱色瓦坛子，坛子上套一圈篾织的绳索，无疑这是酒坛子了。杨度一手提酒坛，一手夹着两碟卤菜走进书房。王闿运笑着说：“皙子能干，将来开酒店，一定是个好伙计！”

杨度高兴起来，与老师开着玩笑：“那时我和先生一起开家酒铺，先生管收钱，我当垆。”

王闿运大笑道：“我这么老了，还能管账吗？你自己去收钱吧，找个卓文君来替你当垆！”

杨度也哈哈大笑起来。王闿运从书桌屉子里摸出一包油炸花生米来。杨度打趣道：“先生，这是你平时的零食吧！”

“不错。”王闿运爽爽快快地承认，“周妈知道我喜欢吃这个东西，常常塞一包在这里，幸而小孙子们不在身旁，不然的话，哪还有我老头子的份！”

王闿运咧嘴开心地笑着，宛如一个老顽童。

师生对坐，三杯酒下肚后，王闿运接上了刚才的话题：“我年轻时漫游江湖，以文会友，初生之犊不怕虎，也敢于游说公卿，不怕它侯门渊深似海，虎帐刀枪如林，颇有点说大人则藐之的气概。咸同年间的名人，朝廷中的肃雨亭、潘伯寅、张香涛，督抚中如官秀峰、张石卿、骆吁门等都成了忘年交，至于三湘子弟中的豪杰，上自曾文正、左文襄，下至偏裨校尉，结识的不下数百人。李少荃、袁甲三、多礼堂、鲍春霆等人，或与他们谈过诗文，或赴过他们的宴席，都非泛泛之交。就在这遍识天下士之际，我将爱新觉罗氏创建的这个王朝看得一清二楚了，我断定它的兴盛期早已一去不复返，大清已经走到了末路。”

追随先生两三年来，用这样明白的语言表达他对朝廷的看法，这尚是第一次；何况朝廷正在杀气腾腾地镇压乱党，先生的言论与乱党的主张有何不同？杨度暗暗地吃惊。

“皙子，你听没听说过，我两次劝曾文正蓄势自立的事？”王闿运说话之间又喝了几杯，略有点醉意了。他摘去头上的青缎瓜皮帽，把它抓在手里，睁大眼睛问学生。

这是杨度最感兴趣的事，那年在碧云寺他问过曾广钧，也不知广钧是真不知还是假不知，就是不肯说，还说要他今后亲自去问湘绮师本人。今夜先生主动说起这件事了，真是难逢难遇的好机会，杨度精神倍增，说：“听是听说过，但不详细，又有人说先生本人并不承认。”

“我在别人面前都不承认，承认了就要杀头的呀！”为人本来就平易的王闿运，喝了几杯酒之后，就更不摆师道尊严的架子了。他伸出右手掌来，做出一把刀的样子，在自己的脖子上比画着。杨度觉得先生越是这样，越是可亲可爱。

“今夜我告诉你，这都是真的，但你千万要记住，不能对外人说呀！”

杨度想，今夜老师格外兴奋，要是他能将两次劝曾国藩造反的事说出来，岂不给后人留下一段信史？现在固然不能说，今后总要寻一个法子把它留在史册上，传给后代子孙的。应该让先生毫无保留地说出来。他起身抓起酒坛子，将老师的酒杯倒满，说：“先生您老说到哪里去了，今后就是刀卡在我的脖子上，我也不会出卖您老。当初您老是如何劝曾文正自立的，详细地讲给学生听听，就当您老上一堂帝王之学的课吧！”

王闿运望着满满的酒杯，没有喝，说：“你去烧一壶开水来，给我泡一碗浓茶。酒不能多喝了，再喝就醉了。”

杨度当然不希望老师醉，于是到厨房去烧水。王闿运则又拿起铜水烟壶抽起烟来。一会儿，水烧开了，杨度泡了两碗茶，一碗给先生，一碗给自己。胡子酒性不烈，王闿运喝下茶后微醉已消失，恢复了常态。

“第一次在咸丰四年春，我那时也在东洲，但不是做先生，而是做学生。曾文正在衡州府练了大半年的兵，建起了水陆二十营一万人的团勇。就要出师了，他写了一篇《讨粤匪檄》，叫人抄了几百份四处张贴。我看到了，就借此入手，到桑园街去会曾文正。”

曾国藩的文章本写得好，又加之功业名位冠于一时，当时读书人无不诵读曾的文章，称之为湘乡文，比桐城文还要高出一筹。杨度也读过这篇檄文，他极为用心地听着，看先生是如何通过这篇檄文入手的，这可是真正的窾要之处！

“我那时年轻，原以为曾文正大异于常人，谁知一见面，才知他极其普通。他那时正守母丧，办事都穿素便服，我看他那模样，就是一个乡里穷塾师，待人也还谦和，一开口就说对我闻名已久，先以为这是客套话，后才知道他真的听别人说起过我，于是一下子就显得亲近了。我说，曾大人，你的檄文写得好是好，就是回避了一件大事。他问回避了什么大事。我说长毛造反，一个重要的依据是说满人不是中国人，所以要把满人推翻赶走。其实长毛这个说法是错的，满人是中国人。满洲是在唐代就入了中国的版图，怎么说满人不是中国人呢？檄文对此事一字不提，而大谈保卫孔孟名教，使人觉得湘勇是一支卫道之师。我劝曾文正，这篇檄文再不要印了，免遭非议。”

杨度心里想：在京师时听说有一种革命党要推翻朝廷，理由也是说满人不是中国人，满人入主中原，就是中国亡了国。看来先生早在四十多年前就批驳了这种观点。

“先生，曾文正当时怎么说呢？”

“曾文正听了我的话后，笑着说，说得好，足下年纪轻轻便有这等见识，将来前途无量。我见机会到了，便说我有几句重要的话要对大人说，请屏退左右。曾文正将我带进他的书房。我关上门窗后对他说，满人入关二百年来，历来对汉人防范甚严，明公今有水陆万众，皆一人所招，兵强马壮训练有素，此为我朝从未有过的事，朝廷对此将会亦喜亦忧，望明公师出以后于此等处时时加以检点，免遭不测。曾文正听后点了点头。我于是又说，明公治军严明，礼贤下士，衡州有识之士都以为明公为扭转乾坤之人。秦无道，遂有各路诸侯逐鹿中原，来日鹿死谁手，尚未可预料，愿明公留意。”

王闿运说到这里停了下来，端起茶杯。杨度听得入迷，也紧张极了，忙催问：“曾文正公听了先生的话后是如何说的呢？”

王闿运喝了一口水，轻轻地摇了摇头说：“曾文正听了我的话后半晌不做声，拉长着脸，脖子上的筋鼓鼓的，好久之后才说了一句，今夜天色已晚，就说到这里吧！什么态度也没有。”

“噢！”杨度垂下了头，慢慢端起酒杯。这时他才发现，不知什么时候风又起了。呼呼的秋风卷着夜雨，打在树叶上，打在窗棂上，发出令人生悸的声音。杨度仿佛觉得门外有千军万马在奔跑，幻幻影影的，似乎是当年湘军与太平军在激战。

“第二次是在文宗刚刚驾崩的时候，从当时京师和热河的种种迹象看来，会有大变故出现。我为肃雨亭的处境深为担忧，特地连夜兼程南下赶到安庆，劝说曾文正或带兵入京勤王，或干脆在安庆独树一帜，不受朝廷约束。”

“曾文正这次的态度怎样呢？”杨度急切地问。

“嘿嘿！”王闿运冷笑了两声，“比上次还糟。他不做声，只在桌子上用茶水连写了几个‘狂妄狂妄’，然后借故起身出门，走到门边还回过头来对我说曹子建的后人送来几张字画，要我鉴定一下是不是曹子建的真迹。他把我看成什么人了？从那以后，我彻底失去了对曾文正的期望，同治十年在清江浦第三次见面的时候，我就只跟他谈诗文，再不提国事了。”

杨度失望之余，记起刚才老师说了一句这样的话：“从当时京师和热河的种种迹象看来，会有大变故出现。”那不又是一次预见吗？人生最难的是预见，最可贵的也是预见，立志投身政坛的杨度更希望能有老师这种非凡的预见力。

“先生，你老是从哪些迹象看出咸丰皇帝死后会有大变故的出现呢？”

王闿运左手托起铜烟壶，右手上下不停地在烟壶上抚摸着，沉吟不语。杨度猛然间有了一个新发现：老师的铜烟壶锃锃亮亮的，原来并不是周妈擦拭的，而是他自己抚摸成的。看着他那轻柔的动作，仿佛摸的不是烟壶，而是他心爱的小孙子的脸蛋。

“这话就长了。”王闿运将烟壶放回到书桌上，缓缓地说，“先要从文宗与六爷恭王兄弟失和说起。文宗的生母孝全太后很年轻的时候就去世了，那时文宗只十岁，由恭王的生母孝静太后抚养。孝静待文宗如同己出，两兄弟年纪相差不到一岁，常在一起玩耍，故而文宗与恭王的关系比醇王、钟王、孚王为亲。咸丰五年，孝静病危，文宗常去探视，亲伺汤药。有一天，文宗又去看望孝静，孝静正面向墙壁侧睡在床，她以为是自己的亲儿子恭王来了，便说，你又来了，该给的东西都给了，皇帝心眼多，你要提防些。说完转过脸见是文宗，很觉惭愧。文宗假装没听见似的，一如平日样地请安问候。过几天，孝静死了，文宗谥她为孝静康慈弼天辅圣皇后，不系宣宗谥，不祔庙，有意减杀哀仪，把孝静降在生母孝全之下。

“恭王为母亲恳求祔宣宗庙号，文宗不许。大丧办完后，便以办理丧事不周为借口，罢了恭王的军机大臣的职务，命回上书房读书。过两年虽复授都统，再授内大臣，但兄弟俩的隔阂甚深，始终未能恢复如少年时的亲密无间的关系。咸丰十年，洋人打进北京，文宗躲到热河，恭王留守北京，全权与洋人谈判议和。后来文宗在热河病重，恭王要去探视，文宗都不许。文宗与恭王失和，让一个人钻了空子，那就是当今的西太后，当时的名号为懿贵妃。懿贵妃这人在当妃子的时候便不安本分，喜欢揽权管事。肃雨亭很讨厌她，要我帮他出主意去掉那个大清帝国的隐患。关于这件事，我对你说过，你还记得吗？”

怎么不记得？两年前的一个夏夜，也就在这里，在这间烟熏火燎的明杏斋书房，先生给他上了一堂最生动深刻的帝王之学课：讲叙当年的祺祥政变。杨度清楚地记得，先生当年给肃顺出了两个主意：劝文宗效汉武帝处死钩弋夫人的故事赐慈禧以死，若此计不成，则留一道遗诏给皇后，借以制约慈禧。

“这个厉害的女人利用恭王长期遭冷遇急于掌权的心理，与恭王联合起来，于是有了祺祥之变。我的计谋落了空，肃雨亭也因此丢了头颅。这些都不说了。”三十多年前的那场变故给湘绮老人的刺激太深了，他不愿过多地再去谈论它。“我后来回湘潭讲学，不再参与政事，但对朝廷的大计举措一直在关注着。金陵攻下后，勒令曾沅甫回籍养病，逼曾文正裁撤湘军，充分暴露了这个女人的心计和手腕。穆宗死后，她不立溥字辈的人继位，却要立胞妹之子，年仅四岁的今上登基。为什么要这样做呢？因为若立溥字辈，她则成了太皇太后，不能再干涉朝政了；若立年长的，她也难以随意挟制。这个女人的贪权擅政之心真是历代少有。后来，她又和恭王不协了，因为恭王比她能干，恭王又多次阻止她修建行宫，她又嫉又恨，终于在甲申年中法战争时期，借口恭王办事不力，罢了他一切职务，起用她的妹夫醇王，同时军机处全班换人。从此朝政如江河日下，不可收拾。时人将此事比作开元年间的罢张九龄而起用李林甫。”

窗外，急风暴雨已经过去，夜色黑得如同锅底一般，孤岛东洲早已沉入酣梦，就连平素那些“三更灯火五更鸡”的用功学子也已熄灯入睡，唯独明杏斋这盏灯已添过三次油了，依然闪亮着。老人在回忆往日风华正茂的岁月，评判历史烟云的是非功过；年轻人在努力吸取前人的经验教训，憧憬日后辅佐朝政的辉煌前景。两个人的精神都异常亢奋，如同忘记了室内的诗文酒坛，忘记了门外的校舍树木、岛外的芸芸尘世，甚至也忘记了自身的存在！

“就我的观察，爱新觉罗氏本是一个强悍的家族。努尔哈赤不用说了，正是因为他的英武，才有建州部落的强盛国力，奠定了日后入关主中原的基础。他的儿子皇太极也英雄盖世。传到福临，虽年轻早逝，但那个少年天子也有许多超乎常人之处。到了玄烨、胤禛、弘历三代，不仅是大清朝的全盛期，也是中国有史以来罕见的全盛时期，无论是君王本身的文治武功，还是国家的强大兴旺，都完全可以和汉唐盛世媲美。也可能正是应了日中则昃、月满则亏的古话，传到颙琰就显得平庸了，国家的弊病也日渐露出，只是那时内则有乾隆朝留下来的厚实家当，外则洋人也还没惹是生非，二十五年的天下，虽有几年白莲教的闹事，也总算是平平安安地过去了。到了旻宁，他的仁弱，从选嗣一事上足可体现。”

“据说文宗就是因为围猎时一矢未发而得皇位的，是这样吗？”杨度插话。

“正是。”王闿运点头，“奕詝听从师傅杜受田的主意，围猎时不发一箭。旻宁问他，他说目前正当春季，是鸟兽繁衍的好时候，儿臣不忍心杀生以干天和。旻宁听了大为感慨，认为这才是真正的帝者之言，遂定奕詝为大阿哥。旻宁若作为寻常人，这种心思正是仁爱之心，足可以使他成为孝悌君子。但身为天子则不能只有仁爱而无威严，君临天下，须恩威并重。旻宁缺的正是一个威字，所以后来洋人在海隅生事，他采取的总措施是息事宁人，致使大清朝的国门被洋人的船炮撞开了，启后来无穷之患。”

杨度禁不住又说：“先同意林文忠公抵抗，后又将他革职充军，也太不讲信义了。”

“这也是出于他的软弱性格。在洋人的炮火威吓下，他害怕了，只图早日安宁，便顾不得信义不信义了。”湘绮老人继续说，“旻宁几个出头露面的儿子都秉承了他的软弱性格。文宗刚即位时还有点励精图治的样子，后来太平军一起，洋人一打，困难重重，他失望了，退缩了，以醇酒妇人来解脱，结果酒色过度，三十岁就死了。恭王号称能干，但同治初年秉政不久，被西太后轻轻一压，便缴械投了降，以认错求得宽恕。至于醇王还有趣些，听说西太后要立他的儿子做皇帝，当场就吓得昏死过去，醒来后痛哭流涕，叩头求免，这哪有一点龙子龙孙的味道！连一个普通田舍翁都不如。接着便上疏，求开缺一切差使，说什么为天地留一虚糜爵位之人，为宣宗成皇帝留一顽钝无才之子，简直把列祖列宗的脸丢尽了。这样胆小怕事的醇王生下的儿子，还能是有作为的人吗？”

王闿运冷笑一声，杨度也笑了一下。

“可见爱新觉罗氏从入关之后，由强悍到平庸到懦弱，已是一代不如一代。所以对今上，我一直不寄予重望。反过来，从杀肃雨亭压恭王吓醇王来看，那个那拉氏才真正是强者。今上的种子既是弱的，又四岁入宫，在她的卵翼下登上帝位，又在她的淫威下长大，今上对这个所谓的亲爸便只有又感激又害怕的分了。虽说现在是亲政了，他能不听老佛爷的吗？他要改变老佛爷过去的那一套，要罢黜老佛爷过去提拔的旧人，老佛爷能不愤怒吗？老佛爷一愤怒，辛酉年的旧事就有可能重演。这就是我对新政遭杀头流血下场的预料。”

窗外又下起了小雨，淅淅沥沥的，星移斗转，新的一天悄悄地来到已有一个多时辰了。湘绮老人这一番对爱新觉罗家族的剖析，使杨度大长了见识，得到了多方面的启迪。康有为、梁启超、谭嗣同他们是一腔热血忠君爱国，但知己而不知彼，结果碰得头破血流。自己也跟着他们闹了一段时期。幸而有这么一个极富政治经验又冷眼旁观的先生的及时点拨，否则平生大志一无展布之时，便被投之囹圄，甚或被砍了头，岂不太冤枉可惜！

“来来来，再喝两杯！把碟子里剩的卤菜都吃掉！”王闿运把已放下多时的筷子又举起，敲了敲碟子边。

杨度赶紧把坛子端起，先给先生倒满，又给自己加上，一坛子胡子酒只剩下小半了，师生二人又重新碰了杯。

“康有为这班子人现在是鸡飞蛋打各奔东西了，他们的不幸，在于扶持的是一个软弱而无实力的皇上，反对的是一个强悍而又死党众多的太后，这是他们失败的一个主要原因。还有一个重要的原因，就是他们鼓吹民主民权。这一点，你去年从长沙回来时，我就讲过，民主民权，在泰西或者可以实行，但在我们中国却是万万行不通的。择一个英明之主而辅之，这是我前半生为之奋斗的目标，可惜我时运不济，未曾遇到合适的人。肃雨亭、曾涤生都不是真命天子。肃雨亭有其胆而无其才，曾涤生有其才而无其胆，都白让我操了心，我希望你的时运比我好。外人侵凌，主上柔弱，民生不安，国家不稳，这国乱民危之际，正是英雄豪杰并出之时，我帮你留意，你自己也要有心，选择一个真正有胆有才的人辅佐之，让我有生之年能看到我的帝王之学没有成为空谈。皙子，你应当清楚，我在你身上寄托着多大希望啊！”

说到这里，王闿运把杯中的酒一饮而尽，双目炯炯地望着眼前这位英气勃发的学生兼姻亲。杨度也将酒一口喝尽，庄重地说："先生放心，杨度一定不负您老的厚望！"

一股酒气冲上脑门，王闿运觉得头晕晕的，桌上的狼藉杯盘显得模糊了。他挥挥手说："皙子，你回去吧，我乏了，要睡觉了。"

正在这时，一声嘹亮的雄鸡鸣叫，穿过窗棂传进书房，步履蹒跚的王闿运停下了脚步。突然，他引吭高吟，声调悲怆慷慨：

> 饮酣画鼓如雷，谁信被晨鸡轻唤回。叹年光过尽，功名未立；书生老去，机会方来。使李将军，遇高皇帝，万户侯何足道哉！披衣起，但凄凉感旧，慷慨生哀。

杨度被眼前突发的这一幕惊呆了。这应景而起的半阕宋词，抒发了先生多少追忆，多少抱负，多少牢骚，多少期待！目送先生步入卧房后，杨度才恋恋不舍地走出明杏斋。

东洲的风和雨都已停了。近处仍然漆黑一团，遥远的东边天幕，现出一抹浅灰色的亮光，新的一天的黎明已将它的第一缕晨曦送到了人间。四周的空气分外清新。杨度毫无睡意，他整夜都在亢奋之中，此时的头脑显得十分清醒。他仿佛意识到，湘绮师神秘深奥的帝王之学，经过两三年来的研习揣摸，终于在昨夜探到了它的真谛。

第四章　佛门俗客

一　怪木匠齐白石

与醉心帝王之学的哥哥相反，杨钧投在湘绮师的门下，专心致志学的是先生的诗文。哥哥有时跟他讲先生在咸同年间如何如何地与当时名流交往，腹中如何如何地充满了王霸之才，显得艳羡不已。十八岁的杨家老三不同意哥哥的看法，他认为湘绮师在帝王之业上完全是一个一事无成的失败者，而他的诗文成就却是世所公认的。使他纳闷的是，为什么这样明摆着的事实，哥哥却看不清楚呢？更使他不解的是，湘绮师本人也不这样认为。杨钧记得，有一天在课堂上，先生神采飞扬，将一堂分析古诗十九首的课讲得如同天女散花，精彩纷呈。临下课时，又笑着对大家说："今晚谁要是有兴趣，可到明杏斋来，我请他喝酒！"学生们问："先生，今天有什么喜事了？"湘绮师说："我今天收到二百两银子的润笔。"一个学生说："先生平时常得润笔，也没有请客。这次为何请客？"湘绮师说："你们不知，这二百两润笔与通常的不同。江南提督李朝斌是我的老朋友，他请我为他的尊人写一篇墓志铭。我对他说，你是咸同年间立过大功的湘军宿将，又清廉自爱，我敬重你，为你的尊人写墓志铭，我答应，而且不收你的润笔费。写好后寄去，今天他托人带来二百两银子，还有一封信。信上说，我是个武夫，纵然打了几场胜仗，算不得什么，你才是真正的霸才。你能为我的亡父写墓志铭，生者和逝者都很有光彩，照例二百两润笔费不能少。你们看，他许我为霸才，这才是我的知己。过去曾、左、胡、丁、肃、潘、阎、李诸公，或赞许我的经济，或赞许我的文章，但没赞许我为霸才的。就凭'霸才'这两个字，我不能拂他的意，痛快地收下了。你们说，我们师生该不该在一起痛饮几杯？"学生们都雀跃起来，齐声道："该！"那天晚上，真的有十多个学生去明杏斋喝了酒。杨钧却没有去。

诗文之余，杨钧则调色作画。他在绘事上很有天赋。过去在石塘铺，没有老师指点，他就学王冕那样，以造化为师，描摹山川景物、花鸟虫鱼的形态和颜色。数年来苦心钻研，居然无师自通。来东洲书院的时候，画出的东西已很成样子了。王闿运是个胸怀宽阔、兼容并蓄的良师，并不因杨钧爱画画而责备他耽搁正事，反而鼓励他。王闿运自己不善此道，却收藏了不少名画，他把这些名画都借给杨钧看，又给杨钧在衡州城里找了一位姓姚的绘画老师。每隔五天，杨钧进城向姚师学半天画。近一年来，杨钧画技大有进步。更令他喜悦的是，三个月前，当杨度还在京师的时候，王闿运收了一个会画画的木匠为学生。那天下午，湘绮师特地打发人来叫杨钧，要他立刻到明杏斋去。

杨钧赶紧来到明杏斋。王闿运正在写日记。王闿运的日记与通常人的日记不同，他在其间记下许多读书心得，有的就是一篇学术小论文。他对此事看得很重，几十年来不间断。他放下笔说："重子，过一会儿张登寿会带一个人来拜我为师，学作诗文。他叫齐璜，号白石，也是我们湘潭人，是个木匠，画画得很好，我看你也爱画画，一定会乐意见面的。"

"太好了！"杨钧乐道，"我看看他的画到底如何，真的比我强的话，我愿跟他学。"

"你先帮周妈泡两碗茶放在厨房里，过会子他们来了，你把茶端上来，不要周妈出来了。"

杨钧年纪小，又清秀伶俐，更兼有姻亲的身份，王闿运对他尤添一分爱抚亲近。有时来了贵客，或是头次见面的生客，王闿运常常叫杨钧来替他端茶递水，以取代周妈的位置。杨钧知道这是先生对自己的器重，他非常乐意，干得也很称职。

就在这时，杨钧从窗外看到张登寿领着一个人进来了。

"齐璜，这就是你钦慕已久的湘绮先生，你还不赶快过去行拜师礼！"刚一进书房门，张登寿便指着端坐在书桌边的王闿运，对身边那个高高瘦瘦的人说。

"先生在上，齐璜叩见先生，求先生收下我做您老的学生！"齐白石边说边向前走两步，然后对着王闿运跪下来，接着便是三个响头，砸得青砖地嘣嘣作响，把在厨房里准备茶水的杨钧吓了一大跳，心里想：磕得这样重，不痛吗？

王闿运凝神端坐着，正眼望着跪在地上的齐白石，只见他三十七八岁年纪，脸瘦长粗黑，额头上刻着很深的几道皱纹，尽管没有留胡须，也显得苍老，一件家织的颜色染得粗劣的青黑大褂子套在身上，显得别扭，似乎平生第一次穿长袍似的。王闿运还注意到，他下跪的时候，小心翼翼地将袍子撩开，生怕膝头上的重力把它压皱磨破了。脚上没有袜子，套着一双厚底黑布鞋。浑身上下，一副土头土脑的乡下老农的模样，唯有那双晶莹透亮的眼睛，使得阅人甚多的王闿运知道，这是一个外拙内秀的人。

“齐璜，我早就听说你好学用功，但就是不肯做我的学生，今天怎么舍得到东洲来拜我为师了？”

王闿运微笑着说，他心里其实对齐白石此举是十分高兴的。齐白石这些年来在湘潭县里是颇有点名气了。王闿运时常听到乡亲们说，白石铺出了个怪木匠，雕花手艺在湘潭数第一。祖祖辈辈都是种田人，家境很贫苦，却染上文人习气，好吟诗画画。画出的人物花鸟，就像真的一样。有一次，他在翰林院供职的妻兄蔡枚功来信，说湘潭有人来北京，称赞木匠齐白石怎么怎么了不得，我却一点都不知道，国有颜子而不知，深以为耻。王闿运是个好名的人，恨不得将天下有才的人都收集在自己的门下，但这个木匠好吟诗，却不来拜他为师，他心里有点不快。有一天与张登寿闲谈，提起了这事。张登寿早就认识齐白石，便托人捎信给他，要他速来东洲拜师。

“先生在上，能做您老的学生，是我的光彩，哪有不肯的道理。”齐白石依旧跪在地上，把腰伸得笔直，极为诚恳地说，“只是我齐璜出身卑微，是个木匠，家里穷，从小只跟外公念过一年书，后来得胡沁园先生关怀，又得到他家塾师陈少蕃先生的指教，才开始读《唐诗三百首》，学作诗。那些世家子弟、饱读诗书的人，都以做您老的弟子为光荣，我这样一个贫寒人家的粗人，哪里敢来投靠您老呢？”

王闿运听了这话，态度更加和气了，说：“家里穷不要紧，我的学生大部分家里都不是有钱的。你说你是木匠，手艺人出身，不好意思。我王某人从来不嫌手艺人，张登寿就是铁匠嘛，我嫌不嫌，你问问他本人！我至今仍叫他张铁匠，那是叫顺口了，并不含轻视的意思，他也照应。”

张登寿插话：“我倒是喜欢先生叫我张铁匠，亲切，我本是铁匠出身。铁匠又怎么啦？当年田家镇打长毛，还多亏了孙昌国、孙昌凯两个铁匠兄弟哩！后来他们做了提督，彭宫保仍旧当面叫他们孙铁

齐白石坐像

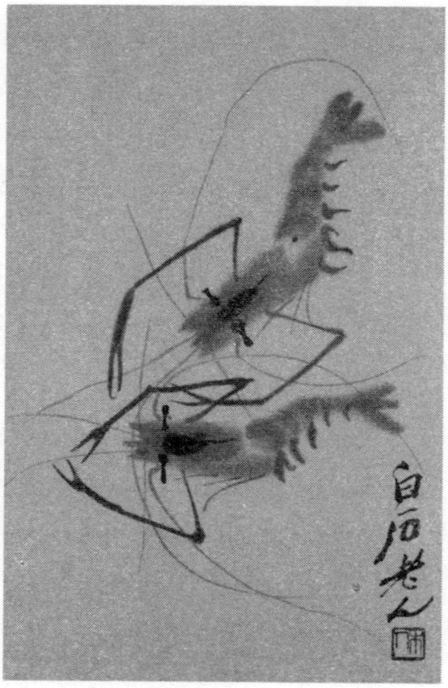

齐白石画作

匠，他们听了乐呵呵的。我向来不认为手艺人卑贱。”

王闿运点头说：“这话说得有志气。我看齐璜啦，这点你要向张登寿学。”

“是，先生教训得对！”齐白石听了这话，心里暖融融的。他外表谦抑退让，其实骨子里是很傲的。他心里何尝认为自己出身木匠就卑贱，等闲做官的，他还瞧不起哩！只是嘴里常常这样说说，一来从世俗，二来他到底是穷人家出来的，祖父母、父母从小起就教导他：压自己一点，让别人一点，可以少惹很多麻烦。安分守己做人，这正是那个时代穷人家护身的一个法宝。

“你也许不知道，我还有一个手艺人出身的学生。”王闿运颇为得意地说，“他叫曾招吉，铜匠，十三岁时从江西一副铜匠担子挑到湖南。他也好学，愿拜我为师，我照收，现在连你，我王某人门下就有三匠了。今后子孙们提起来，也是我王某人的一段佳话哩！”

王闿运摸着微微上翘的长下巴，快乐地大笑起来。

“先生，您收下我了！”齐白石惊喜地叫道。

“收下了，你起来吧！”

齐白石忙又磕了一个头，将身后背的黑背包解下，打开，露出一捆油腻腻的纸包来。他双手将纸包捧起，举过头，虔诚地说：“先生，学生家贫，送不起重金，这十条干肉，是学生堂客亲手喂的猪背肉烘干的，请您老笑纳。”

王闿运起身，郑重其事地从齐白石手里接过，打开油纸一看，里面整整齐齐地摆着十条肥瘦相间、黑里透红的腊肉，并冒出一股扑鼻香味。他把腊肉放到书桌上，对齐白石说：“这是谁叫你这样做的？”

“我外公生前对我说的。他老人家做了一世的穷塾师。”齐白石诚惶诚恐地回答。

王闿运说：“你用的是古礼。孔夫子说过，自行束脩以上，吾未尝无诲焉。送十条干肉给孔夫子，他都收为弟子，我难道还不收吗？好！这十条腊肉我收下了。从今日起，你齐璜便是我王某人的弟子了。起来吧，起来好说话。”

齐白石又谢了一句，这才站起，垂下双手，恭恭敬敬地等候先生的发问。

“齐璜，你也是三十好几的人了，不是刚束发的童子，不必这样拘谨。坐下来，坐下说话轻松些。”王闿运指了指书桌对面的木靠椅，又对张登寿说，“张铁匠，你也坐下。”

待齐、张坐下后，他又朝着厨房喊：“重子，端茶来！”

杨钧一听，忙托了个茶盘出来，上面放着两碗热茶，先把一碗茶放到张登寿的面前，又将一碗茶放到齐白石的面前。齐白石以为他是王闿运身边的书童，便只对他略微笑了笑。王闿运指着杨钧对齐白石介绍：“这是你的师弟杨钧。”

杨钧忙叫了声：“齐师兄。”

齐白石一惊，他刚才错把师弟当书童了，很觉得对不起，赶紧站起来，对着杨钧鞠躬：“请杨师兄多多关照。”

杨钧被齐白石的举动弄得不好意思，红着脸说：“齐师兄，你比我大一截，该是我向你鞠躬才对。听说你的画画得很好，说不定我今后还要拜你为师哩！”

齐白石受宠若惊，一个劲儿地说：“不敢当，不敢当。我是个乡下的土画匠，画的画上不了大场面，今后还要请杨师兄多多指点。”

齐白石这一副乡下人小心谨慎的神态，把王闿运逗乐了。他笑着说：“齐木匠，莫客气了，喝茶吧！”

张登寿也拉了拉他的袍子说：“坐下吧，你再不坐下，杨重子不好意思了。”

齐白石一边坐，一边说：“杨师兄，你也请坐吧！”

杨钧也便靠着王闿运的身边坐下来。

王闿运和气地问齐白石：“在家里读过什么书？”

齐白石忙放下茶碗，挺直腰板回答：“回先生的话，学生三四岁时就由祖父万秉公发蒙教我认字。到了七岁时，认得了三百来个字了。八岁那年，过了正月十五灯节，祖父带我到枫林亭王爷殿，拜外祖父雨若公为师正式读书。开始读书时，外祖父教我读《四言杂字》，随后读《三字经》，再读《百家姓》。这年秋天，田里收成差，家里无法过日子。母亲对我说，这年头紧，糊住嘴巴再说吧！就这样，不到一年，《论语》刚开头，我就停学了，在家砍柴放牛拾牛粪。我怕学的字忘记了，常在家里点了松明在地上画字。后来我想，外祖父教的《论语》我要读完，于是每天出门时，把《论语》挂在牛角上。一到山脚边，我就抓紧砍柴拾粪。砍了一担柴，拾了一筐粪后，就读《论语》。有不认得的字和不明白的意思，我趁着放牛的方便，绕道到王爷殿外祖父蒙馆里去问。用了两三年的时间，终于把一部《论语》读完了。以后学木匠，先学粗木匠，后学细木匠。为了多赚几个钱养家，就自己学着画像。一直到二十七岁，才在胡沁园师的指教下读《唐诗三百首》。”

齐白石用一口湘潭农家土话叙述着自己的求学经历，使得一旁的杨钧感动不已，心里想：“齐师兄家境这样苦，年纪这样大了，艰苦力学，真不容易，相比起来，自己就要惭愧多了，今后要好好向齐师兄学习。”

王闿运也为之动容，说：“二十七岁开始求学问也不晚。《三字经》上不是说：‘苏老泉，二十七，始发愤，读书籍’吗？你也二十七岁始发愤，正好应了古话。”

说得齐白石咧开嘴笑了。

“你的诗集带来了吗？”

“带来了。”

“给我看看。”

齐白石将刚才打开的粗布包里的另一个油纸包打开，里面是三本装订得整整齐齐的簿子。他将最上面的一本递给先生。

王闿运见那簿子封面上端端正正地题了个书名：白石诗草。左下边写着几个字：借山吟馆主，下面还钤着一方红印。王闿运问：“‘借山吟’是什么意思？”

“回先生的话。”齐白石答，“学生屋前有一座山，这座山一年四季草木青翠，学生常对着它吟诗，但这山不是学生家的，所以只能说‘借’。学生借此山吟诗，便把读书的那间屋取名叫‘借山吟馆’了。”

“有意思。”王闿运称赞，“这间书房名取得雅致得很。齐璜，你有几个号？”

“回先生的话……”

“以后再不要说这种套话了！”王闿运打断齐白石的话，“我是个很随便的人，不拘形式。今后我们天天在一起，常常说话，你总套些这样客气话，有几多不自在！”

张登寿也对齐白石说：“王先生最是平易洒脱，我们跟他老人家说话都随随便便的，你就莫讲客气了。”

齐白石说：“先生这样对待我们做学生的，真是宽宏大量。”

“你说说吧，你有几个号？”王闿运说着，顺手抓起了桌上的铜水烟壶。

“学生生下来时，祖父按齐家宗派的排法，给我取了个名字叫纯芝。祖父母、父母都叫我阿芝。后来做了木工，大家都叫我芝木匠，也有客气些的当面则叫我芝师傅。又有个号叫渭清，后来还有个号叫兰亭，都是祖父取的。陈少蕃先生给我取个名叫璜，号濒生。胡沁园师说，画画后要落款，落款的名字要高雅点。白石铺驿站离你家不远，我给你取个别号叫白石山人吧。后来我凡画画，落款就用白石山人四字。但别人叫我时，常把山人省略，光叫我齐白石。另外，我自己还时常在画后落款木居士，木人，杏子坞农民，星塘老屋石人，湘上农人等名，以示不忘本。"

就如同刚才回答读书提问时一个样，齐白石又从叶到根，详详细细实实在在地回答了一番。

"哦，哦！"王闿运连连点头，对这个朴实无华的木匠的好感又加重了一分。"我看看你吟的诗。"

王闿运慢慢地翻看着。齐白石神色紧张地盯着先生的脸，力图从脸上的表情来估量自己诗作的优劣。杨钧和张登寿也专注地望着先生。王闿运的脸上不时露出笑意，齐白石提起的心渐渐地回落。王闿运的眼光停止在一页上，问："这首诗写的是件什么事？"

齐白石站起，走到先生的身后。杨钧耐不住，也走过去看。那一页上写着这样一首诗：

星塘一带杏花风，黄犊出栏西复东。
桌上铜铃祖母送，铃声可响楼却空。

齐白石不好意思地笑了笑，说："学生小时身体不好，算命瞎子说我水星照命，多灾多难，防了水星，就能逢凶化吉。祖母就买了一个小铜铃，用一根红绳子系在我的脖子上，说，阿芝呀，你带着二弟上山去，好好地砍柴放牛，到晚晌，我在门口等着，听到铃声远远地响，知道你们回来了，我就好烧火煮饭。今年春上，祖母去世了。我看见桌上摆着的小铜铃，想起小时候的事，就写了这首诗。"

王闿运笑着说："好，有意思。"

又翻过去，看上面写着：

村书无角宿缘迟，二十七岁始有诗。
灯盏无油何害事，自烧松火读唐诗。

王闿运点着这首诗说："你可以照诗上写的画一幅画，我看这情景蛮好！"

说着合起簿子，对齐白石说："你读过《红楼梦》吗？"

齐白石红着脸说："听诗友们说起过这部书，但我还没有读过。"

王闿运笑着说："以后有空读一读。我看你的诗，属于这部书中的薛蟠体。"

张登寿、杨钧都笑了起来。齐白石虽不知薛蟠体是什么体，但从张、杨的笑声中感到有点不妙。

"不过，你比薛蟠有灵性。今后好好跟着学，多读点书，自然就会脱去这个体的。"

齐白石明白了，这薛蟠体大概就是不读书的人写诗的体，证实了刚才的直感。他赶紧递上了第二个簿子。王闿运打开一看，这是一部印谱，每页纸上都印着或方或长或圆或扁各种图章。有白文，也有朱文，字体有楷书，有碑体，有篆体，以篆体为多。大部分为私家印玺，也有不少闲章，或是格言，或是诗词。王闿运边看边点头，说："这部印谱不错，比诗强多了。"

齐白石听了心里高兴，忙说："先生夸奖了，请先生指教。"

王闿运说："我年轻时也治过印，后来因为没成绩，也就丢弃了。你治印有功夫，比我年轻时强多了。治印有三个关键：一是布局，二是篆字，三是奏刀。你的布局不错，可以看出你有才气。你的奏刀很有力，这怕是得力于你木匠出身的缘故，长年使斧头，拉锯子，把手劲练大了。"

齐白石不觉笑了起来，杨钧也笑了。张登寿笑着说："我是抡铁钟出身的，比齐璜的劲还大，我要学刻印，一定比他合适。"

王闿运说："你用抡大钟的劲刻印，一刀下去，石头早碎了。"

众人又都笑起来。

"缺点是篆字的功夫还不到家，今后还得多练练字。另外，你治印是自己揣摸出来的，没有名师指点，显得野了点。我不能指道你治印，但我这里有好几部印谱，你可以拿去看。"

"谢谢先生！"齐白石忙起身致谢。正如王闿运所说的，齐白石治印没有师传，全靠自家摸索。他早就想读点前人的书了，只是找不到。

"另外，你的奏刀技艺还不高。朱文、白文，刻法不同，而你的刀法都差不多。陈西庵说过，刻朱文须流利，令如春花舞风；刻白文须沉凝，令如寒山积雪；落手处要大胆，令如壮士舞剑；收拾处要小心，令如美女拈针。”

齐白石听得入迷了。春花舞风，寒山积雪，壮士舞剑，美女拈针，这几个比喻多美妙形象。自己运刀时虽也时有些体会，但总是朦朦胧胧的，讲不出个所以然来。你看前人总结得有多好！于是问：“先生，你老刚才说的陈西庵是哪朝哪代人？他的这番话又是出自哪部书？”

王闿运说：“陈西庵就是本朝乾隆年间人。他的一部《印说》把这些道理都说得很清楚。我这里有，你过会子拿去好好看看。”

“学生一定恭敬拜读！”

“你的朱文印刻得好些。白文印看似比朱文印容易，实则更难。古印皆白文，前人对白文印更有讲究。孟亭说，白文任刀自行，不可求美观，须时露颜平原折钗股、屋漏痕之意。又说转折处须有意思，非方非圆，非不方不圆，天然生趣，巧者得之。这些话都说得比较玄，要靠自己慢慢体会，才能得心应手。”

“非方非圆，非不方不圆”，齐白石一个劲地琢磨这两句话，他真的不懂这中间的奥妙。在先生的面前，他觉得自己实在太鄙陋了。

“先生，孟亭的书，你老这里也有吗？”

“孟亭这部书叫《敦好堂论印》，我这里也有，你可一并拿去。不过，书上讲的都是一些法则和道理，读了，可以少走弯路，但无论如何不能代替自己的亲手操作。轮扁可示人以规矩，却不能喻人以巧。”

“是。”齐白石答应着，又将他的第三个簿子递上去。

这个簿子里全是他的画，有水墨，也有彩绘。人物肖像，山水田园，房舍窝棚，狗猫鸡鸭，鱼虾虫鸟，树木小草，蔬菜豆禾等，举凡人们日常所能见到的东西，几乎全部进了他的画册，给人的第一个印象便是亲切。王闿运兴趣盎然地翻看着，脸上的笑意越来越多，双眼越来越明，翻看的速度也越来越慢。

好半天，他才把画册轻轻地放下，深情地望着这个浑身上下尽是泥土味的下里巴人，分外和蔼地说：“南齐人谢赫论绘画有六法，一曰气韵生动，二曰骨法用笔，三曰应物象形，四曰随类赋彩，五曰经营位置，六曰传移模写。六法中最难的是气韵生动。在我看来，你的画恰恰在气韵生动上大大超过了时下的一批画人，尤其是那些鱼虾鸡虫，真可谓一只只都能呼之欲出，令人观之赏心悦目，其乐无穷。你今后的成就必在绘画上，再努力几年，曹霸、韩干当不足法也。你治印也多过人之处。至于诗文，只可能作为你的画、印的陪衬，但这陪衬也是很重要的。你家贫，要靠画画养家糊口，不能在东洲多住，你这次就在这里住十天半个月。每天吟几首诗送上来，我给你修改。另外，再将平素读书中遇到的疑难提出来，我给你讲解。"

齐白石高兴地答应了。王闿运站起来，对张登寿、杨钧说："齐璜画画治印兼吟诗，又是一个寄禅黄先生！"

出了明杏斋后，杨钧邀请齐白石住到他那里。张登寿说："重子住的房间，原先是他哥哥、夏午贻及王先生的四公子季果三人住。后来重子来了，季果搬出去了。现在午贻中了榜眼，再不会回来了，他哥哥也还要几个月后才回来，你住他那里要得。"

夏寿田，齐白石虽不认识，但这个名播三湘的今科榜眼公的大名，他早在湘潭那些诗友和士绅的口中听得烂熟了。他笑着说："重子的房间里出了位榜眼公，我住在那里也觉得荣幸。"又问杨钧，"令兄大名怎么称呼？"

张登寿代答："他的哥哥就是杨皙子杨度。"

"啊呀！"齐白石惊讶地说，"皙子先生就是你的哥哥！"

"齐师兄认识家兄？"

"没有见过面。"齐白石显出一种遗憾的神情说，"但我知道令兄是个大名人。湘潭许多士人都说，论学问文章，令兄要比午贻强，可惜今科未中。他们都摇头叹息说，这功名之事，真个是前世定的，不可强求。"

杨钧笑了笑，说："齐师兄，你的画真是画得神。你住我这里，我也好早早晚晚向你请教。"

齐白石便在杨钧的房子里住下。白天，他抓紧时间读书作诗，到明杏斋去求教。晚上，则与杨钧在煤油灯下论画作画。齐白石和杨钧聊天："湘潭城里住着一个江西盐商，是个大财主。他逛了一次衡山七十二峰，以为这是天下第一好风景，想请人画个南岳全图，作为游山纪念，于是有人介绍我去。那盐商见我是个乡巴佬，有点看不起，说，先把话讲在先，你画得好，我比别人加倍给钱；画得不好，一两银子都没有。我说行，又问他觉得南岳好看在哪里。盐商想了想说，南岳七十二峰气势好，就像要飞起来的样子，又说绿得可爱，让人看了都好像自己变得年轻了。我揣摸他的意思，画了十二幅六尺高四尺宽的中堂，着力把南岳腾飞的山势描出来。十二幅分开看，各成体系；合起来云海茫茫，山峰苍苍，气魄更好。他爱绿色，我就把绿色特别加重。你猜猜，这十二幅画，光石绿一色，我用了多少？”

杨钧想了想，往多里说：“用了十二两？”

齐白石大笑：“你是猜不着的，哪个画画的都猜不着，我足足用了两斤！”

“两斤！”杨钧睁大着眼睛。

齐白石依旧笑着说：“画十二幅中堂，用了两斤石绿，这在行家看来是个笑话，可那个盐商看了，欢喜得不得了，连声说画得好画得好，我眼里的南岳就是这个样子，我要重重报酬你。你猜他给我多少钱？”

“一百两银子？”望着两眼都是笑容的齐白石，杨钧尽量夸大着数目。

“不对，不对！”齐白石用力摇摇手，“三百二十两，三百二十两啦！”

齐白石将右手竖起，先伸出三个指头，又伸出两个指头，笑得十分开心。

“啊，这么多！”杨钧也很是羡慕。

“乡里人都说，这还了得，画画真可以发财啦，齐木匠画了几幅画，换来了梅公祠八间大瓦屋啦！”齐白石摹仿着乡邻的口吻，配合着手势，大声地说笑着，比那天在明杏斋要活跃得多。杨钧觉得这个土头土脑的老大哥十分有趣，但同时又觉得他怪得很。

一是他从来不在东洲书院吃饭，书院的饭菜比街上饭铺里的要便宜，他说贵了，每天去烤红薯挑子上买红薯吃。天天如此，不烦不厌。二是他对那件粗布长衫很爱惜，一进屋就脱下，小心折好平放在枕头下。三是一旦脱下长衫后，腰间便会露出一大串钥匙。这串钥匙整天不离身，就是夜晚睡觉也不解下。杨钧好奇地问他，哪有这么多的钥匙。他指着钥匙一把把地介绍：这是开钱柜的，这是开米柜的，这是开油筒的，这是开盐缸的，这是开颜料箱的，这是开纸笔箱的，这是开木工工具箱的。大大小小的钥匙总有十多把。

杨钧笑着说：“钱柜、颜料柜的钥匙你随身带出来，这我想得到。开米柜油筒盐缸的钥匙你都带出来，家里人不要饿肚子？”

齐白石认真地说：“我都算计好了，我在这里顶多住半个月，加上来回路途，一共二十天，二十天里共需要多少米和油盐，我都先量出来了，不会饿肚子的。”

杨钧在心里摇了摇头，觉得这个怪木匠真是不可理解。

齐白石问杨钧：“那天先生说我是又一个寄禅黄先生，这是什么意思？寄禅黄先生是个什么人？”

杨钧把八指头陀寄禅法师的事对他简单地说了说。齐白石说：“他和我一样，也是个贫苦出身的人，现在又同为王先生的学生，我这次回去一定要去拜访他。”

这一夜，齐白石给杨钧画了三幅画，说明天要回家去了，这三幅画抵房租。杨钧高兴地收下了。第二天，齐白石向先生辞行。

王闿运对他说：“回去后，不仅只读《唐诗三百首》，还要读读《诗经》和汉魏六朝的古诗，那是诗的源头。把源头弄清楚了，后来发展的流派才能看得了然，吟起诗来才有根底。”

齐白石弯腰答应了。

王闿运又说：“读了唐诗，还要读宋诗。宋诗虽不如唐诗，也自有它的长处，非唐诗所能代替。元明诗不必多读，泛览一下就够了，因为元明两代无诗人。到了国朝，诗的成就评价不一。作诗的人很多，可观者也不少。吴梅村、屈翁山、王阮亭、袁子才、龚定庵、何子贞的诗都值得一读。读诗的同时，也要读读词曲。晚唐两宋之词，元人之曲，都是前人留给我们的珍品。诗词学好了，不仅可以使你能在朋友之间酬唱应对，抒怀题画，还可以帮助你提高治印画画的境界。你好好读几年诗，慢慢细细地咀嚼我对你讲的这番话。”

齐白石恭敬回答：“多谢先生的指点。学生一辈子都不会忘记先生教诲的恩德。学生就此告辞了。先生家里有什么事要学生效力的吗？”

王闿运想了一下，说：“别的事没有，只有一件事，我想恰好你可以帮得上忙。”

齐白石说：“先生只管吩咐，学生一定尽力去做。”

王闿运说：“夏午贻、杨皙子他们凑了四百两银子，要把我三十年前建的后遭火烧的湘绮楼修复起来。你是木匠出身，粗细木匠都做过，这事属你的行当。我请了云湖桥的魏木匠掌工。魏木匠人是能干，肚子里也有样子，就是有点鬼，算价上料，都爱玩手脚。你回去后，帮我和魏木匠一起算算价，莫让他呷住我这老头子。有空时，常去云湖桥看看，看他上的材料假不假。如何？”

“行。”齐白石一口答应，“先生放心！要说别的事，学生常被人欺负，至于说起屋上的事，世上没有哪个可以蒙过我。我一回去，就找魏木匠一起做个估算。动工后，我每隔十天半个月去看一次，一定要把先生的湘绮楼重新建好。”

“有你这句话，我就放心了。”王闿运站起身说，“今年年底，我在东洲的聘期就满了，明年我就会回云湖桥去，住在湘绮楼上再不出来了，你以后问诗求学也就方便了。”

“那太好了！”齐白石高兴极了。他是个很恋家的人，将近四十岁的人了，才第一次出湘潭县。这半个月，他觉得好像有半年之久，今后不出湘潭就可以见到先生，岂不太好了！

张登寿要回乌石山去一趟，于是就和齐白石结伴同行。路上，从王闿运一句“又是一个寄禅黄先生”的话，两人又谈起了寄禅法师。

齐白石说：“我们湘潭出了一个这样有名气的诗僧，我先前一点都不知道。”

张登寿笑着说：“寄禅法师虽然也作诗，但到底是方外人，你天天守着老婆孩子，哪里能听得到佛门中的事。”见齐白石有点羞惭的样子，他又补充道，“这也难怪，好比我，又不是大名士，寄禅也不会跟我交往，若不是他到东洲来拜访王先生，我也不会认得他。”

齐白石说：“如何去见他一面才好。”

张登寿说：“他是个爱走动的和尚，时常外出，难得见到他。”过了一会儿，他想起了什么，说，“他的亲弟弟结山现在还住在龙潭冲。他们是共过患难的兄弟，感情很深，想必知道寄禅的行踪。”

二人于是转路来到龙潭冲。一问起寄禅法师，这里的人都知道，主动带他们到结山的家里。结山听说来的两位都是王闿运先生的门人，便很热情地接待他们，留他们吃饭，住宿。结山告诉他们，他的兄长去汉阳归元寺去了，两个月后会回龙潭冲住几天，然后回衡阳大罗汉寺，回寺途中要去东洲拜见王先生。

齐白石绝定，两个月后再来龙潭冲会见寄禅，和他一起再去一次衡州府，将两个月来学诗的心得向先生作个禀报。

二　老衲无聊题红叶

自从结识齐白石之后，杨钧于绘画之外又添了一门爱好，那就是治印。自制了几把刻刀，又按齐白石所教的，从河边拣回一些质地较软的楚石，磨平后刻字，刻了又再磨平，反反复复地自我摸索。他本是一个极灵慧的人，什么东西一学就会，待到哥哥从京师回来的时候，杨钧已刻得很成样子了。杨度见了很喜欢，称赞弟弟聪明。杨钧听了很高兴，精心给哥哥刻了几枚印章。杨度的书法很好，常有人请他题字，弟弟刻的印章正好派上了用场。

这天傍晚，杨度在灯下重读《大周秘史》。另一侧，杨钧在一刀一刀地刻石头。张登寿进来了，对杨钧说："重子，齐白石和寄禅一起到东洲来了，现正在寄禅的僧舍里说话。他说过会儿来看你。"

东洲书院里并没有僧舍，因为寄禅这一年来主持大罗汉寺，常到东洲来，王闿运特为给他预备一间小房子，供他一人使用，书院便戏称这间房子为僧舍。杨钧一听齐白石来了，很高兴，这两个月里，他已刻了百多块石头，篾篓子装满了一篓，很想请齐白石看看。杨度听弟弟说起齐木匠的经历，尤其是画画得精绝，也很想去见识见识。八指头陀的名字，他也听说过，只知道是个爱写诗的和尚，却从没有晤过面。于是兄弟俩一齐起身，去僧舍看望齐白石和八指头陀。张登寿也随着他们一道去。

一进屋，杨度看见油灯下，两个人正在用湘潭乡下话交谈。张铁匠大叫了一声："杨皙子来看你们了！"

二人慌忙站起。铁匠指着和尚对杨度介绍："这位就是寄禅法师。"

和尚双手合十，弯下腰来，声音洪亮得惊人："贫僧久仰皙子先生大名！"

杨度诧异地打量着，只见和尚身高足足超出他大半个脑袋，粗眉大眼，宽脸长耳，满嘴浓厚的胡须垂到前胸，膀阔腰圆，孔武有力。他暗暗吃惊，心想：若不是光光的脑顶上那九颗醒目的艾灸伤疤，眼前站立的分明是一个江湖豪杰、武林高手！于是忙答道："杨度素慕法师高名，今日有幸得见佛容，不胜荣幸。"

铁匠又指着木匠说："这位便是白石先生。"

齐白石忙将起皱的长衫扯平，垂手恭立道："木匠齐璜向皙子先生行礼了。"说着便深深地鞠了一躬。

杨度忙扶住，说："舍弟时常称赞先生绘画治印，艺冠三湘，今夜特来拜识。"

"杨二师兄那是夸奖，其实不敢当，不敢当！"齐白石摇着头，心里却很高兴。

说话间，杨钧也与和尚互相问了好，然后拉着木匠的手，亲热地站在他的身边。大家坐下后，说着闲话。铁匠有事先告辞了。

将门之后的杨度，文雅的外表里流动的是豪放的热血，他第一眼见寄禅长得如此雄壮威风，便打心眼里喜欢，很乐意与和尚多说话。杨钧则有许多刻石的体会要对齐白石说，于是四个人分成两摊子，都谈得十分投机。

杨度见桌上摆着一个簿子，上书《白梅集》三字，便拿过来，说："据说法师二十多年来吟的诗有一千多首，这本诗集是第几本了？"

寄禅笑着说："皙子先生出身世家，饱读诗书，吟的诗才真的是诗，贫僧腹内草莽，所谓吟诗，不过是打山歌而已。"

杨度说："法师客气了。诗言志，道出真性情的，便是好诗。诗三百，大部分都是当时的山歌情歌。"

寄禅会心地一笑，说："皙子先生，你真的懂诗。不瞒你说，这本《白梅集》是第三本了。第一本诗集叫《嚼梅集》，收的是吴越之游的诗三百余首。第二本诗集叫《餐霞集》，收的是漫游回来，到大罗汉寺之前的诗五百余首。这本《白梅集》将这一年的诗汇总了一下，也有三百多首。"

杨度赞道："真不容易，前代的名诗僧没有一个可以与法师比得的。"

寄禅大笑道："多有什么用，好的太少了！"

杨度说："哪里，哪里！"说着顺手将《白梅集》打开，一眼见第一页上写着"白梅诗五首"，心想，看来这就是这本诗集命名的由来了。再看那字，却不上眼，歪歪斜斜的不成体，又大大小小，搭配不匀，也有写错写白的，旁边有改正的字，字迹端正，显然是别人的笔迹。杨度想：这样的字也能写得出好诗来吗？和尚能吟诗就不简单了，是不是世人鉴于此而把他抬高了呢？姑且看看吧！遂先看第一首：

了与人境绝，寒山也自荣。孤烟淡将夕，微月照还明。
空际若无影，香中如有情。素心正宜此，聊用慰平生。

杨度吃了一惊。这诗真的写得不俗，尤其是"孤烟淡将夕，微月照还明"这两句写得妙。于是顿生兴趣，一口气读了下去：

一觉繁华梦，性留淡泊身。意中微有雪，花外欲无春。
冷入孤禅境，清如遗世人。却从烟水际，独自养其真。
而我赏真趣，孤芳只自持。淡然于冷处，卓尔见高枝。
能使诸尘净，都缘一白奇。含情笑松柏，但保后凋姿。
寒雪一以霁，浮尘了不生。偶从溪上过，忽见竹边明。
花冷方能洁，香多不损清。谁堪宣净理，应感道人情。
人间春似海，寂寞爱山家。孤屿淡相倚，高枝寒更花。
本来无色相，何处着横斜？不识东风意，寻春路转差。

杨度读罢，心里叹道："一个和尚能将梅花写得如此传神，真正称得上才情横溢。"于是激情洋溢地对寄禅说："法师，古来咏梅的诗人成百上千，尤以林和靖居士的梅诗最为高雅，然法师这五首白梅诗，却在和靖居士之上。"

寄禅连连说："皙子先生过奖了。贫僧努力追赶，还望不到和靖居士的后尘哩！"

杨度说："若法师不嫌弃，晚生试评论一下如何？"

寄禅说："皙子先生大才，正要听你为贫僧纠正错谬。"

杨度指着诗说："这两句，'意中微有雪，花外欲无春'，可谓道出梅之神。这两句，'淡然于冷处，卓尔见高枝'，可谓突出了梅之骨。这两句，'孤烟淡将夕，微月照还明'，吟出了梅之韵。这两句，'花冷方能洁，香多不损清'，说出了梅之理。而'人间春似海'一首为诸诗之冠，不可以句摘。咏梅至此，真是独擅千古。"

寄禅听了心中大喜，说："皙子先生，你的这番评说，真为贫僧的诗大增了光彩。"

杨度说："《白梅集》，看来就是因此而命名，至于《餐霞集》，必定又有一番缘故。"

寄禅心里高兴，不免有点得意地说："光绪十年我三游奉化雪窦寺。回到天童寺后，我又与日本僧人冈千仞游玲珑岩。这年八月，我从四明山回到长沙，小住麓山寺，后又卜筑南岳烟霞峰。我爱烟霞峰水石清幽，竹树翠蔚，吟了一首诗：身闲罕人事，瓶钵足生涯。晴晒春前药，香闻雨后花。溪声清枕席，云气湿袈裟。箕踞长松下，朝朝餐碧霞。这最后一句'朝朝餐碧霞'，甚为朋友们所称赞。我于是取来做了第二本诗集的名字了。"

杨度听得有趣，说："那《嚼梅吟》呢？"

寄禅答："那是我泛游吴越时的写照。想当年，一个贫困潦倒的游方僧，那日子是多么苦的了。一瓢一饮，登山涉水，渴饮清泉，饥嚼梅花，边嚼边吟诗，这便是嚼梅吟。"

杨度哈哈大笑起来，餐霞嚼梅，眼前这个和尚是个志趣极为高洁的人。他饶有兴致地继续翻看着，眼光停在一首诗上。那诗题作《九日寄天童秋林老宿》，为七言绝句：满城风雨动幽思，正是重阳放菊时。遥羡吾师行道处，一株红叶好题诗。

杨度像抓着把柄似的，揶揄道："法师原来凡心甚重，这几十年竟是如何熬过来的？"

寄禅惊问："你说的什么？"

杨度指着诗说："一株红叶好题诗。看来法师对卢渥的艳遇是极羡慕哩！"

说罢直望着和尚笑。

寄禅坦然说："不瞒皙子先生，这就是先说的，贫僧腹中书籍太少的缘故。那时偶成红叶题诗一句，心中颇为欢喜，以为得之天助，谁知却暗合了唐人红叶题诗的风流故事。"

杨度笑道："若是暗合，那就更有趣了。"

寄禅说："你看下去就明白了。"

杨度翻开另一页，见赫然写着："辛丑九日，余寄秋公，有'一株红叶好题诗'句，彼时不知有宫女故事，秋公次韵见讥，复成一绝答之：禅心不碍题红叶，古镜何妨照翠娥。险处行吟方入妙，寄声岩穴老头陀。"

杨度笑道："好个诗坛佳话，佛门佳话。法师，我来为此事赠你一首诗如何？"

寄禅伸出左手来，将手掌张开，做了个致敬的礼节。那边厢齐白石、杨钧听到这边要吟诗了，遂停止谈话，竖耳恭听。杨度凝神想了一下，念道："禅心泥絮恐非真，悟彻西厢始入神。他日采君入诗话，题红艳事又翻新。"

吟罢哈哈大笑，杨钧、齐白石也跟着笑起来。和尚不但不生气，反而说："阿弥陀佛，皙子先生这样看得起我，我不能不和一首。"

他一只手不停地数着胸前的念珠，半眯着眼睛，念念有词，不到一袋烟的工夫，也吟出一首诗来：

卅年匿迹住深山，只有孤云伴我闲。

难去风骚余韵在，题红佳话落人间。

杨度鼓掌赞道：“好诗，这才是真性灵的写照，这段佳话是一定传下去了。”

杨钧忙张罗着纸笔，一边说：“我给你们记起来，免得日后法师不认账！”

一向老实的齐白石也露出了真性情，快活地说：“重子，你写好后，我在旁边落个款做个证人，还要刻个闲章盖上。这个闲章，刻个什么好呢？”

齐白石还在思考，杨度已抢先答了：“就刻个‘今日红叶题诗僧’。”

寄禅说：“还不如刻个‘老衲无聊题红叶’的好！”

“妙！”众人皆鼓掌，快乐地大笑起来。

笑过一阵后，杨钧和齐白石又凑在一起谈他们的金石篆刻。寄禅却对杨度说：“我这次来衡阳，是向大罗汉寺的僧众辞别的。”

杨度问：“法师又要外出云游了？”

“不是云游，而是到另外一个地方。”

“哪座宝刹？”

寄禅神情庄严地说：“沩山密印寺的住持觉幻长老八十七岁了，前几年就要我去那里接他的脚。觉幻长老道行高深，在密印寺有很高的威望，我自认为不能代替他，多次谢绝了。前不久，他又来信催我快去，说他已得病在身，圆寂之日不久了，关于沩仰宗的研究，他有许多心得，要在去西天之前对我说。这次不容我不去了，我要当面听觉幻长老谈谈对沩仰宗的研究，并尽量记录下来，莫让它失传了。”

“是去当住持吗？”杨度问。

“是的。”和尚点头。

“住持一任几年？”

“有四年的，也有五年的。我不一定任满，遇到合适的人便传给他。我的性格好动不好静，一地待久了，易生厌心。”寄禅略停顿一下，望着杨度说，“皙子先生，我们今夜初次见面就谈得这样投机，我想这怕是缘分。如果你不介意的话，我想请你帮我一个忙，不知你愿意不愿意。”

杨度最是个乐于助人的人，立即爽快地答应：“行，只要我能做得到的，什么事都行。”

“好！”和尚又举起一只手掌来，向杨度致谢，“贫僧刚才说的，要将觉幻长老的沩仰宗研究成果记录下来，为佛门保存一份珍贵的遗产。但贫僧少年失学，文字功夫差，打打山歌还可以，真的要执笔为文，则是一件很艰难的事，想必晳子先生从《白梅集》的字迹上便早已看出。不怕先生取笑，贫僧的字便只能写得这样子了。这种字，如何能记下觉幻长老的口述？更不能整理成文了。我想请晳子先生和我一起去密印寺，在那里住上十天半月，将觉幻长老的话记下来如何？”

“行！”杨度不假思索地满口答应。

“阿弥陀佛，功德无量，功德无量！”和尚十分感激，边说边起身，双手合十，深深地对着杨度鞠躬，“贫僧代表觉幻师和密印寺全体僧众感激你。”

杨度慌忙站起，扶着和尚说：“法师不须如此客气。请问何日启程？”

“我明天去大罗汉寺，在罗汉寺里料理三天。”寄禅掐着指头说，“初十来东洲，十一与王先生谈下届碧湖诗社的事，十二去花药寺，十三日一早我们启程，行吗？”

“要得。”杨度高兴地说，“我拨出一个月的时间，随法师做一趟佛门之游！”

三　佛学原来竟是如此深奥而有趣

十二日下午，寄禅从花药寺返回东洲书院。杨度向王闿运讲明原因，请先生准他一个月的假。王闿运笑着说：“好哇，此时多在佛祖面前积些阴骘，日后好得佛祖保佑。”

第二天，杨度随寄禅启程。他们乘小火轮北下。一路上的大小码头，包括长沙在内都不上岸。在船上，寄禅总是闭目打坐，两只手不停地交替拨弄着胸前的念珠，口里念念有词。满舱的人都为他这种佛门静穆之气所慑服，无不向他投射敬佩的目光。杨度则恰成鲜明的对照。他一时翻开《大周秘史》，一时又走到甲板上，眺望两岸风光，一时和同船的陌生人谈笑风生，一时轻轻背诵唐宋诗词。他热情好动，很少有安静端坐的时候。

他们在靖港下了小火轮，然后换上一条小木船，溯沩水西上。经过一天一夜的摇晃，第二天上午到了双叉口。双叉口是两条小河的汇合处，水太浅，不能再行船了，于是上岸步行。沩山在双叉口的北边。吃过午饭后，寄禅说："沩山离双叉口还有一百二十里路，我们带点干粮放身上，今夜就不落伙铺了，慢慢悠悠地走，明天清晨到密印寺。走夜路，你吃得消吗？"

杨度说："法师别看我是个书生，归德镇那几年，在伯父的督促下，我可是扎扎实实练了几年武功的，刀枪棍棒，拳打脚踢，都来得几下，走天把夜路算什么！"

"哎呀！"寄禅惊奇地说，"看不出你有武功，我还以为你手无缚鸡之力哩！"

两人说说笑笑，开始了百里之行。

正是深秋时分，湘中丘陵一带青藤转黄，枫叶染丹，起伏不平的大小山包披上了一件赤橙黄绿青蓝紫的七色外装，时见农舍前后的树木上，结满了累累待摘的果实。田间的稻禾一半已收了，稻草被垒成上尖下圆的垛子，垛子四周一群群鸡鸭在争食未打尽的谷粒。还没有收割的稻子，黄灿灿的谷穗弯腰低垂，使人一见便满怀喜悦。碧蓝的天空上，偶尔可见大雁南飞，将一声声清唳从半空传到人寰。路边茅草堆里，常有野兔被惊得箭似的奔逸逃命。远处小灌木丛中，也易见肥壮的山鸡扑突扑突飞起落下。苏东坡说："一年好景君须记，最是橙黄橘绿时。"如果不去探求人生的深处，在两个赶路的行人眼里，东坡居士的这两句诗是吟得一点都不错的。

一边走，一边欣赏秋景。就这样走了十多里路后，杨度忽然想起，这次去密印寺，不是寻常的烧香拜佛，或是凭吊古迹，而是为觉幻长老记录沩仰宗的研究心得，但是自己不仅说不上对沩仰宗的体认，就连对佛门的一般学问都知之甚少，如何记录，如何整理呢？到头来，岂不辜负了寄禅的一片好心，也有损自己的名誉。百里跋涉，有的是时间，何不趁此时向法师请教，且可消除疲劳。

"这个不难，以皙子先生的颖慧，略一点拨就行了。"当杨度说出自己的顾虑后，寄禅轻轻巧巧地回答。

"那我就要向法师请教了。"

"请教二字不敢当，有什么疑问，你只管说出，就我所知做点答复。"

寄禅走路时不数念珠，虽年近五十，两条腿却强劲有力，登山涉水，如履平地。杨度看着他在船上的坐姿和眼前的行路，想起多年前伯父常说的修炼者的秘诀：坐如钟，卧如弓，立如松，行如风。他觉得这个和尚的举止正是如此。

“法师，你就从沩仰宗谈起吧。”

“沩仰宗是禅宗里的一个支派，而禅宗又是佛教传到中土来以后所产生的一个派别。要讲清这个过程，还得从佛学的诞生讲起。”为了和杨度并肩走，寄禅有意放慢了脚步。

“那太好了。”杨度高兴地说，“小时，我看见母亲烧香敲磬子拜菩萨，问她什么是佛，她一点都不懂。自从离家去归德后，这些年来我也到过大河内外、汴洛旧邑，每到一处，也喜欢逛寺庙，看菩萨，但那多是受好奇的心思所驱使，一点点庵寺常识也是东鳞西爪听来的，正经要说佛学，可谓一问三不知。这次能从法师这里得到佛门真学问，那真是三生有幸了。”

寄禅正视杨度说：“佛门中最讲一个缘字，你我相识是缘分。此次又同去密印寺，记录觉幻长老的沩仰宗的谱系演化说，更是一个大的缘分。这些日子，我细细地观察过先生。你前世有慧根，今生有灵性，若一旦修行，即可成正果。”

杨度见寄禅说得如此有趣，不觉大笑起来，暗思自己研习的帝王之学与佛门典籍简直是风马牛不相及，莫非这和尚在诳我，诱我做他的同门？遂假意说：“法师，我这次就跟你在密印寺剃度如何？”

寄禅正色道：“阿弥陀佛！出家人不喜打诳语的人。眼下先生尘缘重如山，谈什么剃度出家！我只是说先生若出家可成正果，但绝不是劝你出家。万一今后有一天，先生历尽苦海，遭受到千折百难，那时不妨再到佛门寻一处清闲之地。贫僧若还在世的话，定当为先生求得解脱。”

杨度听后，心头陡然蒙上一层阴影，遂默默不语。寄禅见状，笑道：“皙子，贫僧看你气色，三年之内必有鸿运高照，定当一举成名，震动天下。”

杨度一喜，忙问：“照法师所言，我下科可以中状元了？”

寄禅想，说他尘缘重如山，真是一点不假，说：“正是。今天不谈这个，我们还是来谈佛学吧！”

正说话间，对面走过来两个妇人。一个约莫六十多岁，头发花白蓬乱，犹如枯树枝上的鸟窝，干瘦佝偻，手里拿着一截竹竿。另一个三十多岁，穿一身黑旧衣服，头上包一块白底蓝花布。那中年妇人每走几步就双膝跪下，将额头向地上一碰，然后站起，又走几步，又跪下碰地。杨度甚觉奇怪，看看和尚，只见他的脸上露出满意的微笑。

慢慢走近了。杨度见两个妇人胸前都背了一个黄布口袋，袋子上印着四个黑字：进香归来。他明白了，这是烧香拜菩萨回来的人。又见那跪拜的妇人膝盖上打着两个厚厚的补丁。补丁又被磨破了，上面全是泥土草屑。那两个妇人见寄禅走来，赶紧让路，口里说："长老大安。"又从布袋里摸出两个铜钱来，双手递出。

和尚双手合十，弯腰说："多谢檀越，请收回，贫僧心领了。"

老年妇人说："长老不要嫌少，我们家贫，统共只有十个铜板了，还要赶路，请长老收下。"

"阿弥陀佛！贫僧一向不受布施，请收回。"

老年妇人见和尚执意不收，只得将那两个铜板放进布口袋。

杨度问："你们是从哪里烧香来？"

"从密印寺来。"中年妇人答。

杨度想，她们一路跪拜，像这样要走多久？便问："走了几天了？"

"三天。"

"你这样边走边跪，累不累？"

"不累。"那妇人答得爽快。

"她这是为娘老子烧拜香。娘老子受了这香后，在阴间里魂就安稳了。她心里高兴着哩，哪里会累。"老年妇人抢着回答。

杨度看那中年妇人，见她脸上露出笑容，那模样也的确像是不累。他又好奇地问："你年年都这样烧香吗？"

"她烧了三年了。第一年娘老子刚死，她是三步一拜。第二年五步一拜。今年是第三年，七步一拜，明年就不要拜了。"老年妇人又代为回答。

"那么老人家你呢，你又为哪个烧香？"杨度又问。

"我为孙伢子。孙伢子五岁了，病痛多，我求菩萨保佑他无病无痛。"

杨度点点头，又问："你们家在哪里，还有多远的路？"

"不远，就在白箬铺。"中年妇人答。

杨度心想，白箬铺至少还有百把里，她们还得拜三四天才能到家！

又说了几句闲话，于是各自赶路。和尚对杨度说："她们这是烧晚班香了。若是两个月前，中元节前后，这一路进香的善男信女来来回回的络绎不绝。"

杨度叹口气说："三步一跪，五步一拜，这番诚意难得呀！"

和尚说："是呀，我们佛门最看重的就是这番诚意。所谓诚心礼佛，就是这个意思。好了，我们继续谈佛学吧！"

"好，恭听法师点拨。"

"讲佛学，先得讲清'佛'字的意义。"寄禅慢慢地引出开场白。

"正是的。"杨度一下子就来了兴趣。"从小起，就天天听人说佛呀佛的，佛到底是什么意思，也没有人讲得清楚。"

寄禅严肃地解释："佛，即佛陀，这是古天竺国梵语的音译，若是按意译呢，应译成智者。"

"这么说来，佛就是最聪明的人啰！"杨度反应很快。

"是的，可以这么说。"和尚点点头，说，"但又与通常所说的聪明人不同，它包括三个方面：一是佛能认识一切，二是佛能使别人也和他一样认识一切，三是佛的智慧是最高的，无可指摘的。佛门里常讲正觉、等觉、圆觉，就是指的这个境界。"

"难怪人们顶礼膜拜佛。"杨度感叹地说。

"佛即释迦牟尼，名叫悉达多，二千四百多年前出生在古天竺国北部迦毗罗卫国，是净饭王的太子。佛虽为太子，荣华富贵，但他见世间包括人在内的生命短促无常，且活着要受生老病死许多痛苦，心里想，造成这些痛苦的原因在哪里呢？他决心要寻找一条解绝痛苦的路子。二十九岁时，佛偷偷地离开国都，出家修道，寻访名师，却一无所获。经过六年的苦苦修行，终于有一天在菩提树下得道了。他悟到了解脱人世痛苦的办法。"

"什么方法？"杨度急着问。

"莫急，这不是一句话能说得清的，整个一门佛学，千万卷佛经讲的就是这个解脱办法。我下面还要详细讲。"

一阵秋风从山谷吹来，杨度略感一丝寒意。他觉得自己像是被法师引到了佛门的门槛边了，只要一迈腿之间，便可登堂入室。

"佛悟道后，下决心要让世间所有众生都悟道，于是开始了艰苦的传道。他先在鹿野苑对摩跋提等五人宣讲四谛、十二因缘、八正道、三法印。"

和尚说的这一系列佛学内容，杨度闻所未闻，一点都听不懂，忍不住问："法师，什么叫四谛、十二因缘、八正道、三法印？"

寄禅笑了笑说："要解释清楚，三天三夜都不够，我简单说几句吧。四谛，即苦、集、灭、道。十二因缘，即过去世的无明、行二因，现在世的识、名色、六人、触、受五果及爱、取、有三因，再加上未来世的生、老死二果，合起来即十二因缘。八正道，即正见、正思维、正语、正业、正命、正精进、正念、正定，共八正。三法印，即诸行无常、诸法无我、涅槃寂静三条标准。”

杨度从束发受书以来，包括《书经》《易经》在内极难懂的文字和道理都没有难倒过他，可他此时听和尚说起这些佛理来，却越听越玄，如堕五里云雾中，不见天，不着地，莫名其妙，不得其解，刚才还自以为即可迈进门槛，登堂入室，岂知这一步如此难迈！他不好意思再问，只得硬着头皮听下去。

“这五人听了佛的宣讲后，心悦诚服，一齐皈依，此即最先的五比丘。后来又收了阿难、迦叶等十大弟子，最后他的弟子不可胜数。佛归天后，佛的学说在古天竺国广为传播，成为一门最显赫的学问，这就是佛学。慢慢的，佛学也传到了我们中土。”

“我在洛阳看到了白马寺，据说是东汉明帝时代白马驮来了古天竺国的佛经。法师，佛学是不是东汉时传到我们中国的？”

“正是。佛学传到中土后，因解释经义和主张修行方法上的分歧，产生了许多宗派。最有名的有净土宗、天台宗、律宗、三论宗、法相宗、贤首宗、禅宗，其他宗派到后来都日渐衰落下去，唯有禅宗一支香火不断，渐渐地成了中国佛学的正宗。觉幻长老所研究的沩仰宗，即禅宗中的一大宗派。”

杨度一时间又听到了这么多宗派的名字，知道不可一日之内都将它们弄明白，当务之急是要了解禅宗和沩仰宗，便说：“先请法师讲讲禅宗和沩仰宗吧，其他的宗派，到了密印寺后再听法师传授。”

“我要对你讲的也主要就是禅宗。”寄禅法师抬头望了望前方，说，“我们先坐下打尖吧，前面是雷公岭，已走了五十里了。”

杨度这才注意到天色已渐渐昏暗，听法师讲佛学，不知不觉之间，天已黄昏，百里之途也走了一半。

法师从布包袱里摸出几个桐叶糯米粑，还有一包荷叶卤香干、腌萝卜，又拿出一个竹筒来，竹筒里装着泉水。两人选了一块干净的沙地，盘腿对坐，慢慢地吃喝。桐叶粑清香可口，香干萝卜也味道甘美。杨度觉得野地里的打尖，竟比京师的大餐馆还来得有味。吃完饭后，天色完全黑下来。好在正是九月中旬，一轮圆月早已在东边升起。秋高气爽，夜空无云，那一团月亮格外地显得皎洁明亮。清辉照耀着山丘田间，如同给人世罩上一袭薄薄的轻纱，远远近近的景物，都蒙上了一层神奇的气氛。世界似乎没有争斗、陷害、倾诈、残忍等邪恶，从来就是一片祥和友爱的乐土；也似乎没有生老病死的痛苦，从来都是幸福宁馨的桃花源。清风，明月，和尚，佛学，这一切构成了一幅无比恬适静穆的氛围，又将眼前的一切化成虚无缥缈、空灵冷逸的境地，仿佛有来到西方极乐世界、已成了金身罗汉之感。酷爱幻想、极富诗人气质的帝王之学传人，觉得此时的夜景最为美好，最为舒心。

“什么是禅，禅是梵音‘禅那’的简称，按意思译来便是静虑。”继续赶路的时候，和尚接上了吃饭前的话题。“静虑即心注一境，安静思虑。正如《瑜伽师地论》中所说的，静虑者，于一所缘，系念静寂，正审思虑。心绪宁静专注了，便能深入思虑义理。”

杨度先前听了和尚所说的一系列佛学名称，都有点不着边际之感，而禅，经法师解作“静虑”之后，他马上就明白了，并深表赞成。他自己的这种体会太多了。读书时，只有心绪宁静，才能读得进，懂得透，略一心猿意马，便不知古人所云了。怪不得禅宗能长盛不衰，莫非正是因为它的理论通俗易懂的缘故么？

“禅宗的初祖为达摩，古天竺国人。他在梁武帝时代泛海来到中土。梁武帝是一个笃信佛教的人，曾经多次舍身入佛门。他入一次，臣子们则将他赎回一次。武帝慕达摩的名，把他请到金陵，很恭敬地问他，朕即位以来，建寺写经，剃度僧人不可胜纪。朕这样做有多大的功德？达摩答，没有功德。武帝吃了一惊，又问，何以无功德？达摩答，这只是人天小果，有漏之因，如影随形，虽有实无。武帝不明白，问，如何才是真功德呢？达摩答，净智圆妙，体白空寂，如是功德，不以世求。武帝仍不明白，遂又问：如何才能算是圣谛第一义。达摩答，廓然无圣。一连串的否定，使武帝心里不免有些愤怒了，便问，你知我是谁吗？达摩答，不识。武帝气得拂袖而起。达摩知机不相契，遂连夜出走，来到长江边，但见江面宽阔，水流湍急，达摩便顺手折断江边一根芦苇，对它吹了一口气，放在水中，然后踏上芦苇秆，渡过长江，北去中原，来到嵩山少林寺。”

杨度听得入神了。达摩与梁武帝这段对话，他虽然不完全懂，但大致明白，全不像和尚先前讲的那样深奥晦涩。他尤其佩服达摩的胆量，竟敢藐视皇帝！若无高深的道行，何能有这样惊世的举动？

“达摩来到少林寺后，并不像一般高僧样礼佛讲道，他成年累月只是面对石壁静坐。就这样，他在静虑中修炼，面壁十年，终于入定启慧，明心见性，成为得道高僧，受到少林寺僧众的敬仰，并因此创立了禅宗。达摩临圆寂时，将从天竺国带来的木棉袈裟和钵盂传给弟子慧可，同时传给他四卷《楞伽经》，此外的经书一概没有。慧可尊达摩为初祖，他即为二祖。后来慧可传给弟子僧璨，僧璨为三祖。僧璨传给道信，是为四祖。道信传弘忍，即五祖。弘忍当时在黄梅冯幕山聚徒讲学，门下有七百余人。他讲经的重点不再是《楞伽经》，而是《金刚经》。弘忍的高足弟子名叫神秀。弘忍到了晚年打算将衣钵传给神秀，命神秀念一偈言，讲讲他对禅宗宗旨的体认。神秀当众念一偈：身是菩提树，心如明镜台。时时勤拂拭，勿使惹尘埃。”

初听这四句偈语，杨度觉得太浅白了，重复念了两遍后，又觉得它里面蕴含着许多机趣，不由得佩服神秀的比喻贴切。正在暗自思索时，不料和尚的话转了急弯。

“当时弘忍坐在法座上，听了神秀的偈语，半晌不做声。这时，一个苦役僧打扮的僧人从后门走了进来，对弘忍说，请允许我也念几句偈语吧！弘忍不认得他，问他是做什么的。那僧人答，舂米僧。众僧见这个舂米僧竟敢来抢首座的衣钵，都笑他不自量。弘忍见他相貌不俗，便说，你念吧！那舂米僧不慌不忙地念道：菩提本无树，明镜亦非台。本来无一物，何处惹尘埃？弘忍一听，大为吃惊，说：念得好，这衣钵就传与你罢！”

杨度也为这四句偈语所惊服，暗思，这好比釜底抽薪，厉害！原来就一物不存，何来尘埃之染？难道禅宗信仰的就是这个吗？

“弘忍于是把他带到方丈，对他说，你的偈语虽好，但仍未见性，我给你讲《金刚经》吧！舂米僧端坐聆听，不发一语。当弘忍讲到‘应无所住，而生其心’时，舂米僧顿时大悟，随口念了几句偈语：何期自性，本自清静；何期自性，本不生灭；何期自性，本自具足；何期自性，本无动摇；何期自性，能生万法。弘忍听后大喜，遂大开水陆道场，将衣钵传给了这个舂米僧。此人即六祖慧能。慧能有高足弟子六十余人，其中最为出色的是南岳的怀让、青原的行思、菏泽的神会、永嘉的玄觉。后来，南岳系下形成沩仰、临济两宗，青原系下形成曹洞、云门、法眼三宗，世称五宗。临济宗在宋代又形成黄龙、杨歧二派。这些被统称为禅宗的五宗七派。”

天上一丝浮云都没有，月亮愈加明亮了，脚底下现出三条路来。正中一条大道，左边一条石板路，右边一条曲折小路，通向山脚。

杨度问："法师，我们往哪条路走？"

寄禅答："往右边的小路走，那山便是大沩山，密印寺在大沩山中。"

"那不是快到了吗？"杨度喜道。

"大沩山大得很，说在山中，其实还远着哩！"

杨度刚要迈脚向右走，突然草丛中蹿出一条大蛇来。那蛇足有一丈多长，大楠竹般粗，在月光映照下，两只金黄色的眼睛如同两点灼人的凶火。杨度本能地停住脚。和尚却视同无物，口中喝道："孽畜，还不给老衲让路！"

说也奇怪，那蛇向两个过路人望了望，竟不声不响地朝对面禾田滑过去，好像自知妖术不敌正道似的。杨度看着这一幕，会心地笑了。

"现在我们单独来谈谈沩仰宗。"在爬山的过程中，和尚继续他的中土佛教史的讲课。"我们前去的密印寺就是沩仰宗的发源地，即祖庭。沩仰宗的创始人灵祐长老是唐朝福州人，俗姓赵，十五岁出家，在杭州龙兴寺受具足戒，广究大乘小乘经律，二十三岁前往江西参谒百丈怀海。怀海为怀让的再传弟子。怀海一见便赞许他，安置于参学之首。有一天，怀海对他说，你去拨一拨炉子，看看有火没有？灵祐拨弄几下说，无火。怀海走下讲座亲自去拨，拨到深处，拨出一点火星。怀海指着火星对灵祐说，这不是火吗？灵祐惭愧。怀海以此启发他，你先前没有拨着火，乃暂入歧路。佛经上说，'悟了同未悟，无心得无法'，只要无虚妄凡圣等心，本来心法原自备足。你今天明白了这个道理，以后要善自护持。"

杨度心想：从寻火星这件事上能生出如此深奥的人生道理来，佛家祖师们的确善于取物作譬，因势利道。这一点，甚至湘绮师也比不上。

"有一天，寺里来了一位懂天文、地理、相命、阴阳的独目头陀。独目头陀对怀海说，宁乡大沩山是个千五百人的大道场。怀海说，老僧可到那里去吗？独目头陀说，沩山是肉山，和尚是骨人，老和尚居之，徒众将不满一千。怀海对独目头陀说，我门下弟子，你看谁可去？独目头陀遍视满寺僧众，都摇头。最后看到了灵祐，说，此人可去。众僧不服，纷纷说，为什么他能去，我们不能去？怀海说，也罢，考试一次吧，谁考得好谁去。于是随手指了指座下的净瓶，问众僧，此物不能叫净瓶，你们可再叫它什么？众僧中有的答叫瓷罐，有的答叫瓦坛，怀海都不点头，转问灵祐。灵祐什么话都不说，走上前将净瓶踢倒，众皆骇然。怀海大笑道，你们都输给他了。于是灵祐去了沩山。”

杨度也笑了起来。他想，这禅宗门下的考试竟是如此别具一格，而灵祐的应试又是这样出人意料，真个是方外的趣谈，非方内人所知！

“灵祐到了沩山。原来此处山高林深，荒无人烟。他好不容易找到一块日后可容纳一千五百人的平地，但他一人如何建立寺院！灵祐于是在沩山山洞里修炼讲道，名声日渐远播，被潭州节度使裴休知道了。裴休便来参访，果然知他佛学渊深不可测，乃助他建寺院。唐大中九年，寺院建成了，取名密印寺，后来果然聚集了千五百僧徒，大家都叫它十方密印寺。灵祐揭橥‘思尽还原，性相常住，事理不二，真佛如之’的宗旨，从深思熟虑、机缘凑泊而发，将禅宗的顿悟因缘大为发展一步。灵祐晚年曾对徒弟们说，我死之后将化作山下一头水牯牛，牛的左胁上书有‘沩山僧灵祐’五字。你们看到那头水牯牛，就是看到我。我现在叫作沩山僧，将来叫作水牯牛，你们说我到底是什么呢？徒弟们都不知如何回答。”

杨度猛然想起了庄周梦蝶的典故，忙说：“我可回答，沩山僧即水牯牛，水牯牛即沩山僧。”

和尚笑着说：“你这个回答跟没有回答是一回事。”

杨度被浇了一勺冷水，心里明白了，佛家与道家不是一门子的，怎么能拿道家来解释佛家呢！

和尚并不需要俗客的回答，他自个儿继续说下去：“后来灵祐死了，他的头号高足慧寂在江西仰山传播灵祐的学说，徒众也很多，于是大家叫这个派别为沩仰派。沩仰派在唐代十分盛行。后来慧寂传光穆，光穆传如宝，如宝传贞邃，贞邃之后法系则不明了。觉幻长老几十年来孜孜矻矻研究的便是贞邃之后的法系，所以他的功德很大。”

说到这里，和尚突然想起一件事，问杨度：“皙子，你看过《白蛇传》这出戏吗？”

沩仰宗说得好好的，怎么突然提起《白蛇传》来？杨度觉得奇怪，随口答：“看过。”

“那你一定知道戏里有个法海和尚了？”

“知道。”杨度莫名其妙地回答。

“你知道这个法海是谁吗？”

“不知道。”

“他就是协助灵祐建寺院的潭州节度使裴休的儿子。”

“真的？”杨度惊道，“我先前一直以为他是一个编造出来的人物哩！”

和尚笑了笑说：“裴休景仰灵祐的道行，就让儿子出家，拜灵祐为师。灵祐给裴公子取个僧名叫法海。法海很有慧根，很快便成了密印寺中出类拔萃的和尚。灵祐派他到东南一带传道，他看中了镇江城外长江边上一块地，认为是建寺院的好地方，遂召集人破土动工。寺院建到一半，没有钱了，法海求佛祖保佑。几天后，他在菜园子里偶尔挖出了一坛金子。法海大喜，就用这坛金子建好了寺院。为感谢佛祖的赐金，遂将寺院命名为金山寺。”

“哦！”杨度兴趣大增，“这样说来，将白娘子压在雷峰塔下的事也是真的了。”

“那事不是真的。”和尚断然否定，“因为法海在江浙一带的名气很大，编故事的人就随便把他拉过来，好使故事显得像真的一样。”

“我想也不会是真的。”杨度如释重负，“一个得道的高僧怎么会拆散人家的好姻缘，把一个那么美丽的女子压在砖塔下呢！”

和尚听了杨度这番感慨，只是笑笑，没有做声。

明月早已西坠，夜风化作晨雾，百里行程走完了八十多里，佛教传到中土，再在中土分宗别派，一直到沩仰宗的形成，这一个繁复的演变，也由寄禅大致说完了。杨度已在心里勾出了这个演变史的轮廓。他十分钦佩寄禅法师佛学知识的渊博，更钦佩他删繁就简的本事，几个时辰的讲叙，竟然把近两千年来的中土佛教发展史介绍得这样的简要而清晰。因壮游吴越的非常之举而仰慕其为人，因一千多首诗作而仰慕其才情，昨天到今晨，又通过渊懿精深的佛学知识而看出其学问，杨度对这位传奇般的八指头陀肃然起敬，并由此而对佛学产生了浓烈的好感。

“法师，世人都说佛家经典奥秘难懂，是这样的吗？”杨度想利用这一个月的时间在密印寺里读点佛经，于是借这一问来投石探路。

“也有不好理解，须钻研十年八年才能得其旨意的经义，不过大部分内容都好懂，就如同说故事一样的。”

“真的吗？你说两个给我听听。”

“好吧，我随便说两个。”和尚想了一下，说，“有一个故事是这样讲的。一只小猫初次独自觅食。它问母猫，我要找些什么食物吃呢？母猫说，不必担心，人会教你的，你出去就知道了。小猫想，人怎么会教我呢？它虽然怀疑，但还是出窝了。走到一家厨房里，听到主人在关照仆人：鱼要盖好，压块石头，肉要锁进碗柜里，蒸馍要放到笼屉里去，这些都是猫爱吃的，你要小心。于是小猫知道了，鱼肉蒸馍都是好吃的东西。”

这个小故事太浅显了，连三岁的孩子都听得懂。杨度正要讥评两句，却蓦地领悟到，这个故事的涵义似乎并不简单。它至少隐约地告诉人们，世间的邪念源于人类自身的互相启发。如果再深入地做些举一反三的思考，还可以联想得更多更多。

“这个故事有意思，它出自哪部经典？”

“出自《大庄严论经》。”和尚回答，“我还给你讲一个吧。《杂譬喻经》里说了这样一件事。从前，一个木匠和一个画师是好朋友。画师对木匠说，我送你一百两银子，你帮我找个老婆。木匠收下银子，却用木头劈成一个女人，手脚也可以动，当时骗过了画师。第二天，画师知道上了当。他便画了一幅自己上吊的画，悬挂在木匠的房里。木匠半夜回来，见后吓得昏倒过去，足足病了十多天。后来，两人发觉因诳骗对方，自己都吃了亏，于是握手言好，再不做骗人的事了。”

这个故事的普遍性和深刻性再明白不过了。杨度想，佛经能以这样浅近的故事来寄寓深奥的道理，以此来告诫人们，劝化人们，引渡人们，难怪他能得到众多人的信仰，两千多年来香火不衰。

“好了，不讲了，前面就是密印寺，我们坐下好好歇息一会儿，天亮再进山门吧！”

顺着和尚的手指望去，果见不远处隐隐绰绰地似有不少大大小小的房屋。六七个时辰的长途跋涉，仿佛在不知不觉中过去了。看着远处晨光熹微中的密印寺，杨度在心里说：“佛学竟原来是如此的深奥而有趣！”

四 觉幻长老传衣钵

杨度靠着一棵老松树坐着，迷迷糊糊地看到一个僧人向他走来，问他寄禅法师到哪里去了。他指了指云雾深处的丛林说：“法师在山中采药。”

“醒来，醒来，会受凉的。”

猛地，一个人在用力推他的肩膀，他醒了过来，想起刚才的梦境，这不是贾岛的那首“松下问童子，言师采药去。只在此山中，云深不知处”诗的幻化吗？他觉得特别有趣，揉了揉眼睛，站起来，向前方望去。这一望不打紧，可把他吓了一大跳，这到了什么地方了，莫不是进了仙境？

原来，在旭日的照耀下，他的眼底出现了一片金灿灿的屋顶，仿佛有点在煤山上望紫禁城的味道。一道红墙将高高低低十余座建筑圈在其间。晨风送来一阵阵悠扬的钟声，高耸的旗杆上飘扬着一面杏黄色的长条犬牙旗，旗上斗大的“佛”字时隐时现。好一座气派壮观的密印寺！杨度在心里喝彩。

密印寺依山而建，前方面对着开阔的峡谷，左右两边都是耸立的山峰。山坡上长着万千株古老的松树，郁郁苍苍，愈加衬托着寺院的古老。在左边的山寺之间有一条丈把宽的溪水从后山流下，直奔峡谷。水流不湍不急，两岸清清幽幽。“天下名山僧占多”，此话真不假！杨度正在饱览眼前的胜景时，和尚催道：“下山吧！”于是二人下山投密印寺而来。

来到山门外，只见高高的山门顶上嵌着一块巨石匾，上面有五个鎏金大字：敕建密印寺。左边有两行小字：大中九年潭州节度使裴休敬题。刚进山门，一个正在打扫庭院的小沙弥便迎上来，放下扫帚，对着寄禅双手合十：“请问大师有何贵干？”

寄禅答：“我们特来参谒觉幻长老。”

正说话间，走来一个四十余岁的精干僧人。那僧人惊喜道：“这不是寄禅大师么？”

寄禅立即笑答：“智定法师，多年不见，一向都好？”

智定上前两步，合十弯腰：“托大师清福，小僧还安静。久闻大师住持衡阳大罗汉寺，今日光临敝寺，难得，难得！”

寄禅从智定的话里听出，觉幻并没有把他的意图告诉密印寺僧众，遂也合十答：“久不见觉幻长老和各位法师，特来见见，叙谈叙谈。”

说罢指着杨度介绍：“这位是湘潭居士杨度杨皙子先生，特随贫僧一起来瞻仰宝刹，看望各位大师。”

智定又合十：“杨施主莅临，使敝寺增辉！”

寄禅又介绍智定：“这位是密印寺维那智定法师。”

杨度也弯下腰来："久仰宝寺大名，特来参拜，果然辉煌壮丽，名不虚传！"

"杨施主客气了。"智定一边答话，一边将他们引道到客堂。客堂里布置得十分雅致。正面墙上挂一幅彩绘观音柳枝洒水图，两边悬着一副联语：清静庄严超众圣；慈悲真舍度群伦。杨度一见便知是何绍基的墨迹。细看下联左侧写着：蝯叟熏沐拜书。果然不错！画像下是一张供桌，桌上摆着三个小铜香炉，香炉两旁是四盆盛开的金黄野秋菊。其他三面，靠墙摆着一圈雕花楠木椅和镂花梨木茶几。刚落座，便有小沙弥献上香茶。闲聊了几句，智定告辞出门，一会儿又进来了，说："长老有请二位。"

寄禅、杨度走出客堂，由智定带着来到大殿东侧的僧舍。穿过一道长廊，三人在门外站定。智定正要进去通报，一个年迈的僧人，由一个二十来岁的年轻和尚扶着走了出来。寄禅一见，忙双手合十，说："敬安拜谒长老。"

杨度知道这位便是觉幻长老了，也垂手恭立。

觉幻伸出一个手掌来，回了礼，操着嘶哑的嗓音说："今天总算把你请来了，进屋吧。"

又对杨度微笑致意："居士请进。"

杨度跟着寄禅进了方丈。大家坐定后，那个年轻和尚便端来一大盘红皮橘子，一大盘雪白莲藕，一大盘浅黄落花生，一大盘油黑瓜子，又递上三盏盖碗香茶。觉幻指着桌上的东西，笑着对杨度说："居士请，山野小寺，无甚好吃的物品，只不过这些都是道地的沩山土产，且都出自小寺僧众之手。居士请勿嫌弃，尝尝这些自产的土货吧！"

说着亲手递来一个橘子，也给寄禅递一个。走了一夜的山路，又饥又渴，且杨度为人向不拘泥，便告一声谢，剥起橘子来。寄禅向长老谈他这几年的情况。长老话不多，只静静地听着。

说话间进来一位五十余岁的僧人，向长老请示："早禾冲皮封翁的太太去世了，打发人送来三百两银子，请寺里去十六位和尚念四十九天超生经。小僧已收下了银子，请长老法旨，看派谁为头去？"

觉幻说："把银子还给皮封翁，请他多多包涵，就说敝寺过几天要做大法事，抽不出人来，请他们别处请和尚念经。"

退银子？禀事僧人大为不解，这三百两银子，对寺里来说，可是一笔大收入了，这样大方的施主三五年难得遇到一个。

“请问长老，我们过几天要做什么法事？”

“明天你就知道了。”觉幻挥挥手说，“你去办吧！”

“小僧还想多一句嘴，请问长老，法事做几天。”那僧人还是站在原地不动，过会儿又提出一个问题。

“一天。”

那僧人听了这话后才出门。

寄禅问：“这位师兄眼生得很。”

觉幻说：“他是本寺的知客，叫智凡，去年才从南岳华严寺来的。”

正说着，智凡又推门进来了，对长老禀道：“小僧对皮家来人说了，这几天内我寺有事，抽不出人，我为你们去请安化上隆寺十六位和尚来念头七，二七以后由我们密印寺的人再去念，他们答应了。特来禀告长老，我立即带着四十两银子去安化，请长老同意。”

觉幻想了下说：“好，你去吧，今天晚上一定要赶回来。”

智凡答应一声出门去了。

寄禅笑着说：“长老真会识人，智凡师兄确实能干会办事。”

觉幻说：“到手的银子推出去，他觉得可惜了，也难为他一片好心为了密印寺。”

两人又继续说着话。杨度插不上嘴，便悄悄地打量起这间方丈来。方丈里并不见一处佛像香火，东边靠墙摆着两个大立柜。一只柜子的半扇门打开着，里面堆着一函函蓝布面书。南边是个窗户，窗户下是一张大木桌，桌上有笔墨纸砚，还有一副黑边眼镜。西边摆着一张木床，床显得很陈旧，已是早晚很凉的天气了，床上仍只铺着一张草席，草席上放着一条黑色棉被，床头墙上挂着一幅装裱得非常雅致的草书。细看时，却原来是一首七言古风：

淮阴江上清风细，钓竿七尺千金系。封侯拜将丈夫心，兔死狗烹君王意。淮阴侯，何昏昏，几见英雄如妇人。将军有金酬漂母，汉王未肯哀王孙。穷不聊生达亦死，英雄结局乃如此。吁嗟乎，淮阴不起季亦微，区区亭长何能为！

旁边有一行小字，当是诗人的落款，可惜字小看不清楚，杨度亦不便离席去看，心里想：这方丈乃是寺院的中心，最是集中体现着参禅礼佛、清心寡欲的佛家特色，为何挂着一幅这样怀古伤今的诗卷！

正在怀疑时，觉幻长老似乎窥测到了，浅浅地笑了一下，对杨度说：“那首古风是平江卧云和尚写的。老衲见他书法气势好，特地托人去长沙裱糊的。居士看他写得如何？”

杨度又看了一眼后说：“字写得不错，淋漓狂放，有癫张醉素的风采，只是既然出了家，就不必再议论这些俗事了。”

觉幻笑道：“居士不知，这卧云皈依佛门之前，正是一位失意的英雄。追求了大半生的事业，你叫他一时如何放得下！”

寄禅指着杨度对觉幻说：“这位皙子先生也是有志图王霸之业的人，这次却愿意帮我来记录长老的谱系研究。”

“善哉！”觉幻点点头说，“我看居士的气概，也是个做大事的人，愿佛祖保佑你日后能成就一番事业。”

杨度忙致谢。

觉幻又说：“佛祖原本是王子出的家，可见佛门自来与王霸事业有天然的联系。佛家与皇家，看似有天地之遥，其实不过一步之隔。居士年轻，趁着懵懂之年去放胆干一场吧。王霸之业做得疲倦了，再坐到佛殿蒲垫上将息将息，或许能于人世看得更清楚些。”

杨度困惑地望着觉幻，似不可解。觉幻笑着说：“老衲说话一向荒唐，居士大可不必在意。斋堂早已备好了早餐，我陪你们吃饭去。”

吃完饭后，智定带他们到大殿西侧的云水堂休息。这里有十余间干净的单间客房，专为接待临时挂单的游方僧人以及寺院之间佛事往来的人员，间或有些僧众的俗家亲戚来寺探望，也安排在这里住几天。

昨天太辛苦了，杨度倒下后便呼呼入睡，醒来时已是未正时分了。他走到隔壁去看寄禅，只见房门虚掩着，人已不知去向。他走出云水堂，慢悠悠地在密印寺内转着看着。寺院里有天王殿、大雄宝殿，都建得高大壮阔。还有一座万佛殿，四面墙壁上都是烧铸的小佛像，且个个镀金绘彩，光鲜耀眼。杨度粗略数了下，小佛像约有一万两三千个，叫它万佛殿，还真的名副其实。另有一座宣讲佛法皈戒集会的法堂。法堂很大，可容纳二三百听众。围绕着这几座主建筑的是职事堂、香积厨、斋堂、茶堂和僧舍。杨度心里感叹起来，这样一座规模齐全的大寺院，真可谓一座僧城，据说最多时人数达一千五百余人，如此庞大的僧众队伍处在闭塞的大山丛中，能够生活得井然有序，也真是奇迹！

晚上，寄禅告诉杨度，三天后密印寺将举行盛大的佛事活动，觉幻长老将当众把象征着禅宗权力地位的衣钵传给他。寄禅说他一再推辞都不能获免，只得勉为其难接受了。

杨度问："这衣钵是不是当年达摩祖师从天竺国带来的原物？"

"觉幻长老说是的。"寄禅笑着说，"其实哪里会是原物。一千多年了，钵子或许还可以保存得下来，袈裟不早就烂了？何况禅宗后来分成那么多宗派，每宗每派都说自己得的是祖师爷的真传衣钵，那祖师爷岂不有六七套衣钵？觉幻说是原物，也就姑妄信之罢！"

寄禅竟然如此通达爽直，令杨度吃惊，也使他对和尚更添了一分信任。

密印寺的僧众像过浴佛节似的整整忙碌了两天，将殿堂、庭院、僧舍打扫得干干净净，又买来许多油、盐、豆腐、干笋，还有两担山区人极稀罕的海带。僧众个个容光焕发，喜气洋洋，私下里都在悄悄打听着谁是新上任的住持，仿佛俗世间注视着新登基的皇上似的。

这天三更时分，密印寺山门边的大铜钟就被敲响了。杨度和所有的僧人一样，怀着喜悦的心情起床。瞬时间，所有房间和廊庑全都点上了灯烛，跳跃着红色的火苗，给寺院增添了浓厚的喜庆气氛。接着，斋堂的小钟敲响了，僧众都涌向斋堂吃早饭。今天的早餐很丰盛。每人三个油煎糯米粑，外加一大碗放着红枣的细米粥，四碟小菜：豆角、剁辣椒、香干、腐乳。吃完饭后，维那智定将全体僧人排成一行，然后带领他们鱼贯进入法堂。法堂西墙边安置了八把坐椅，杨度和另外七个对寺院有贡献的善男信女被特邀入座旁观。杨度坐下后四处看了一眼，眼前的法堂与三天前所见的大不相同。

灯烛明亮，香火缭绕，平日供坐听讲法的十条长凳搬走了，一个铁香炉被抬了进来。香炉里正焙烧着大块大块的檀香木，散发出扑鼻的异香。抬头看，法台后悬挂出五幅大画像。正中一幅画的是释迦牟尼在说法传道，他的左边是正踏在一根芦苇上渡江的达摩祖师，右边是一位僧人拿着杵在石臼里舂米，这僧人便是六祖慧能。达摩的左边是沩仰宗的开山祖灵韦占，慧能的右边是灵祐的弟子慧寂。

五幅画像，托出了密印寺所崇拜的五位始祖，勾出了佛教从天竺到中土到沩仰宗的演变过程。法台上并排摆着两把铺着靠垫坐垫的大椅子，两把椅子之间有一张小几案。近三百名僧人在高低起伏的梵音中有条不紊地走进了庄严隆重的法堂。他们一律穿着酱黑色海青，戴着浅黄色钵形僧帽，脚上都是白布袜、方头布鞋，颈挂念珠，双手合十，神情肃穆。僧人们排着十支横队，一齐面向法台站着。待普通僧众站好后，从法堂两侧同时走进两队人，一队六人，都披着大红金线百衲袈裟，头戴金黄船形帽，脖子上的念珠串既大又长，颗颗珠子在烛光照耀下闪闪发亮，显得颇为名贵。他们站在僧众和法台的中间，西面一队，东面一队，相向而立。这两队人称之为西序、东序。西序选学德兼修者担任，称头首，有六职：首座、书记、知藏、知客、知浴、知殿。东序选精通世事者担任，称知事，也有六职：都寺、监寺、副寺、维那、典座、直岁。今天这十二个人，正是这十二个职务的现任者。西边紧靠法台的是首座，然后依次排下。东边紧靠法台的是都寺，后面的五个也依次排下，极像戏台上朝廷议事时，文武两班分站两边的情景。杨度看在眼里，心想：这佛门与世俗的秩序并无差异，同样的贵贱分明，等级森严！

这时，钟鼓擂响，鞭炮齐鸣，一句拖长了的洪亮的话在殿堂里回旋："恭请觉幻大法师、寄禅大法师上座！"东西两序的执事僧和面向法台站立的近三百名众僧，一齐念起含混不清的梵音来。就在嘈嘈杂杂的响声和云遮雾罩似的香烟里，觉幻长老拉着寄禅法师的手双双登上了法台。

犹如降下两尊金身罗汉似的，两位大法师的出现使法堂顿时生辉。只见他们身披紫金大袈裟，头戴佛三世像金冠，佩上一长串绀绿松花玉珠，显得格外的神圣尊贵。年老的虽清癯瘦弱，却神采奕奕，年岁较轻的原本就伟岸雄壮，今日益发器宇轩昂。两位法师并肩坐下后，西序由首座带领，在法台前站成一横队，合十鞠躬，口里念道："参拜大法师！"待西序退回原处后，东序由都寺带领重复一遍西序的动作。待东序退回原处后，近三百名僧众一齐发出雷鸣般的喊声："参拜大法师！"

喊声一落，大殿里一切声响均皆停止。觉幻长老干咳了一声，威严地向四处扫了一眼，说："老衲自同治十年主持密印寺以来，至今已历二十八年。怎奈根基浅薄，德行凉菲，实不堪担此重任，二十八年来幸能支撑门面香火不衰者，全靠寺院各执事僧员及全体僧众扶助之力。老衲今年已虚度八十七岁了，精力日衰，体气日弱。三年前，老衲曾祷告灵祐祖师，求他老人家指示传灯之人。夜来祖师托梦告诉老衲，得八指高僧，可使密印寺兴旺。老衲遵祖师指示，寻觅八指僧人。所幸十个月前，探得大罗汉寺住持寄禅法师正是八指高僧。寄禅法师出身贫苦，早年丧亲，佛性深厚，十八岁便以童子身皈依我佛，读经参禅，诚心修炼，年纪轻轻便远胜侪辈，湘中佛门诸老无不交口赞誉。更为难能可贵的是，二十八岁时，寄禅法师在浙江宁波阿育王寺，于佛舍利前剜臂肉如钱者四块，燃灯供佛，又亲点艾火，将左手两指燃去，其礼佛心意之诚，近世罕见。”

觉幻说到这里，动起感情来，嗓音更嘶哑，情绪激动，满堂僧众凛然恭听，一齐向觉幻左边的那位寄禅大法师投来无限敬仰的目光。杨度身边的几个善男信女也在互相交换目光，表示钦佩。一位老太太感动得流下眼泪，一边轻轻地念着：“阿弥陀佛，阿弥陀佛！”一边用手绢擦拭眼睛。杨度看端坐在法座上的寄禅，面带微笑，神态恬然，真有点震慑群僚的开基之主的气概。

“寄禅大法师从青年时代起游遍东南数十名刹，广结天下高僧，佛学精博，诗名远播，为我佛门大增辉光。此次幸蒙大法师应允，俯就密印寺住持之职，正是上应佛祖梦示，下解众僧渴望，老衲亦可脱卸仔肩，专心于沩仰宗谱系研究。老衲为密印寺庆，为众僧庆，也为自身庆。智长法师！”

“小僧在！”西序领头的首座智长走出队列，登上法台。

“将当年达摩初祖从天竺国带来的木棉袈裟和椰树钵托来！”

“是。”智长答应一声，朝着法台后面高喊，“托衣钵！”

喊声刚落，钟声再次响起。殿外点起长龙似的鞭炮，十把鸟铳也一齐对天鸣射。一时间，激越的钟声，浑厚的鼓声，噼噼啪啪的鞭炮声，轰隆隆的鸟铳声交混响起，把一个大沩山震撼得鸟飞兔奔，周围七八里地面都感受着十方密印寺的隆重庆典。

这时，从法台后面走上两位穿戴一新的年轻僧人，每人双手托着一个黑漆雕花木盘。一个木盘上放着一件折叠整齐的枣红袈裟，一个木盘上放着半只黑黄色的椰壳。两个僧人来到法台前面，先面对两位大法师。大法师们起立、双手合十，弯腰鞠躬，嘴里念着一连串听不清楚的梵语，约有两三分钟的光景方才止住。于是两位僧人转背，面向僧众。就在这一刻，东西两序及所有普通僧众一齐跪下，顶礼膜拜，一阵阵浑浊不清的梵语响彻屋宇，也过了两三分钟才止住。

智长带头，后面跟着两个托盘的僧人，作一品字形，迈着庄重的步伐走上法台。觉幻形容凝重地转身对站在一旁的寄禅说：“初祖衣钵，来自天竺，禅宗世代，以此为尊。老衲今日秉灵祐祖师之命，将此木棉袈裟和椰钵传给大法师，也把沩仰宗的继承和密印寺的兴旺一起托付给你了。想大法师一定不会负祖师和阖寺三百僧众之望，尽职尽责，造福造祉，一洗老衲疲惫之旧习，重振沩仰当年之雄风。”

说罢，托袈裟木盘的僧人走前一步，觉幻双手将木盘接过去，高高举起，朗声喊道：“寄禅大法师，请接初祖袈裟！”

寄禅举起双手，朗声应道：“敬安拜接初祖袈裟。”说着将木盘接过去，对着匍匐在地的众僧举了一下，然后再放到法几上。

托椰钵木盘的僧人也走前一步。觉幻又双手接过，高高托起，朗声喊道：“寄禅大法师，请接初祖椰钵。”

寄禅又举起双手，朗声应道：“敬安拜接初祖椰钵。”说罢将木盘接过，又对着众僧举了一下，也放到法几上。

“请大法师入座。”待寄禅坐下后，觉幻自己也坐下，然后对着满堂僧众说，“从此时起，密印寺的住持就是寄禅大法师了，诸位都要听从他的调遣。”

众僧一齐叩首，高喊：“参拜寄禅大法师！”

“诸位都请起来。”寄禅和气地对大家说。

众僧都站起来。首座在一旁说：“请住持训诫。”

寄禅看了大家一眼，挺直着身子，按着佛家接启的旧规，一字一顿地念道：“本是寻常粥饭僧，声名狼借使人憎。无端又应沩山请，直向毗卢顶上行。诸佛子，山僧礼佛三十余年来，常入荆棘之林，深探虎豹之穴，若不是托佛祖庇佑，几乎丧身失命。于是知唯有运水搬柴之能，并无开堂秉拂之志。一自南岳退休，万念灰冷，甘学缩头之龟，不羡冲天之鹤。无何五灯尊宿，重光下照，照及钝根，承乏大罗汉寺，而祖庭洒扫之役，义不容辞，又只好将错就错，来到密印十方大寺。”

满堂僧众尽皆垂手恭听，无一人发出半点声响。寄禅又念道：“诸佛子，戒、定、慧三无漏学，是出世正因，当勤加修习，勿令毁犯。云何为戒？戒者止也，谓止住尘劳妄想，不使流行，即名为戒。尘劳妄想既止，心得清静，即名为定。心既清静，光明自生，譬如云散月明，尘消镜明，即名为慧。此戒、定、慧三无漏学，由一而三，即三以一，世间一切妙善功德，莫不从此出生。三世诸佛，十方菩萨，亦皆秉此出苦海，得成菩提。诸佛子当依此修行。虽说妙道无方，岂论迟速；真如不变，谁分先后。兰蕙早芳，不如松柏晚秀；众鸟千翔，不如大鹏一举。此事只贵一悟，然一悟乃在久修之后。故诸佛子当诚心礼佛，勤加修炼，不可懈怠。”

说完，望了一眼觉幻长老。长老点点头，寄禅高声宣布：“

散场！”

此时，钟鼓声重新响起，众僧依次退出法堂，一个个表情严肃，行礼如仪。杨度望着他们那一副副虔诚的面孔，顿生敬意。忽然，他在退场的僧众中发现了一张似曾相识的面孔。那僧人见杨度盯着他，赶紧低下头来，夹杂在人群中，匆匆走出法堂。看着那僧人异于常人的刚劲步伐，杨度突然想起一个人来。难道是他吗？杨家公子差点惊叫起来！

五　无意中遇到了哥老会头目

待到全体僧众都退出法堂，杨度急忙走出大门去追寻那张熟悉的面孔时，那人早已不知去向。杨度留心在寺院各处寻了几天，奇怪的是再也见不到此人了。

寄禅自接过衣钵做起密印寺的住持来，便有忙不完的事情要办理，杨度则每天去觉幻长老处，将他口传的话一一记下，下午整理，空余时间，则到后院藏经楼去找一些常见的佛家经典翻翻。他是个不甘寂寞喜欢交朋友的人，晚上常去僧舍串门子。他发现久享盛誉的密印寺中的绝大部分僧人都是浑浑噩噩的，既不懂佛学经典，亦不实心参禅，出家原是无奈，做功课乃因寺规所定，自身心里却是一塌糊涂，真正是谚语所说的，做一日和尚撞一日钟，靠寺院里的油盐柴米来打发岁月罢了。不过，他也在执事僧中结交了几个朋友。这些人都识字断文，能读得通佛典，说起话来有条理，对佛学对人世都有自己的看法，有的还能作点诗文，其中尤以知客智凡智力不凡。

从第一次见智凡所处理的去皮家念经一事中，杨度便看出这是个精明能办事的人，以后接触得多了，更知他不仅会办事，而且极有见识，于是常常到他的僧房去。普通僧众都是几个人住一间大房子，执事僧却享受着一人一单间的待遇。智凡的房子里除开一床一桌一凳外，便是书柜。书柜里佛经不多，更多的是世俗的书籍。杨度每次去，智凡都给他泡上一碗沩山茶。然后，他盘腿坐在床上，杨度伸脚坐在凳子上，两人就这样天南海北地扯起来。从佛家到儒家，从西方极乐世界到时下的人世间，从佛门的雕塑艺术到世俗的书画创作，从僧尼的日常生活到社会的机巧权诈，无所不谈，且十分投缘，有时说得兴起，竟不觉鸡叫三遍，东方发白。

有一天晚上，杨度与智凡谈了一阵话后，杨度问：“你这里有围棋子没有？”

智凡没有回答，反问他：“你很会下棋？”

杨度答：“谈不上很会下，在东洲书院里，比诗文不说，若比下棋，夺个鼎甲不成问题。”

“那就算很会下了。”智凡正色道，“你到底是在家人，不懂出家人的规矩，僧尼是禁止下棋的，因为下棋启人争斗之心，所以古人说‘宁为斟酒意，不存下棋心’，就是讲的这个。佛家以息争斗为宗旨，岂能容许下棋！”

杨度不好意思地说：“是我唐突了，请勿生气！”

谁知智凡竟笑着说：“不过，你问我却问对了，我这里私藏了一副棋子。”

“你有？”杨度惊喜道，“看来你一定是酷爱下棋的高手！”

“本来佛门不许下棋，也不会有棋。”智凡解释，“但我原来所在的华严寺的住持玉海长老，出家前是一个真正的围棋高手，虽剃度多年，始终忘不掉棋子。后来他当了住持，便公开允许下棋，只不过不让香客看到便是了。华严寺在南岳山上，一年到头又冷清又单调，自从允许下棋后寺院有了生气，僧众们再也不觉得日子难打发了，同时也出了好几个围棋能手。不瞒你说，小僧别的不行，但在下棋这桩事上，却数度忝居鳌头。”

说罢，得意地笑了起来。

“这么说来，我愈发要跟你下几局了。”杨度好胜之心顿起，催道，“把棋子找出来吧！”智凡从书柜里摸出两个一模一样的小木盒来，又找出一张布满方格的棋枰。杨度赶紧打开木盒，铺平棋枰。

“莫着急！”智凡走到门边，把门关好，插上闩，然后从床底下摸出一个大肚小坛子来，找了两只瓷杯。他打开用泥封死的坛子盖，一股浓烈的酒香立刻弥漫着僧舍。

杨度惊道：“这是酒！”

“小声点！”智凡指了指嘴巴。他将两只瓷杯倒满，说，“先干了这一杯。等下，谁赢了谁喝酒，赢一局，喝两杯。”

“行！”自进密印寺来，杨度还没喝过酒，今夜见了这一坛酒，如何不欢喜！他决心拿出全部本事来，一定要局局皆赢，喝它个一醉方休。

黑白两方分好后，智凡说了声“请”，执黑的杨度便以客位先按下一子，执白的智凡也跟着将一子布定。杨度反应快捷，出子时从不多加思考，对方一子才落枰，他的子便下来了。智凡却相反，每动一子都要考虑再三。于是两人下起来，一方悠闲自在，一方常皱眉沉思。半个时辰后，局势逐渐明朗了。杨度喜形于色，智凡努力挽救败局，终于无计可施，承认输了。杨度不待智凡开口，抓起坛子就倒酒，一口将酒喝完，又倒了一杯放在旁边。

第二局开始了，杨度以赢家身份又先开子，智凡跟上。两个人你来我往，一子接一子。杨度依然出兵神速，智凡则比上局出手快一些了。不到半个时辰，局势又明朗了。这回却是杨度处于不利。他不甘心失败，使出浑身解数来，但回天无术，只得悻悻撒手。智凡笑着喝了两杯酒。

第三局，杨度憋着一口气，一上来便气势凌厉，企图先发制人，但智凡似乎早已窥破他的阴谋，处处预防。杨度计谋使尽不能奏效，很快便又丢了一局。

“三打两胜，你认输了吧！”智凡笑着说。

“再来一局！”杨度不甘心。

“好！”智凡将棋子分好，“再下一局吧，你先下子。”

这次杨度再不敢小觑了，每出一子，都认认真真地思考，下得比前三局慢多了。相反，智凡却早已成竹在胸，举重若轻，子下得越来越快，两人恰好来个互换。下到一半，杨度便感到只有招架之功，再无还手之力了。他绞尽脑汁，步步设防，苟延残喘了几分钟，终于无可奈何地举起了白旗。

“你的本事比我高！”杨度心悦诚服地说，“可惜你身为佛门弟子，不能张扬，不然的话，凭着你的棋艺便可名扬天下。”

杨度一向对棋艺自视甚高。东洲书院高手云集，在全国士林中颇有名望，杨度又是东洲棋坛的盟主，他常常自诩为围棋国手，今夜智凡不仅赢了他，而且赢得轻松，赢得他无话可说，他不得不从心底里发出钦佩。

智凡迅速地收起棋子，把它依旧放到书柜里，淡淡地对杨度说：“我有十年不下了。”

“十年不下了还有这样的本事！”杨度睁大了眼睛，“为什么不下呢？”

“我后来渐渐领悟到，下棋乐，不如观棋更乐，因而在十年前便洗手不下了，但在华严寺时，每晚上必观看师兄弟们的对弈，在观棋之中得到了真正的乐趣。”

杨度很有兴致地听智凡讲，一边又偷偷地倒了一杯酒。智凡发觉了，笑着把坛子抱过来，将泥重新封好，说：“不能让你喝了。喝醉了，会把我的私货暴露。”

杨度笑道：“这一坛子酒醉不了我。”

“莫说大话，这酒后劲足。”说着把坛子塞进床底下，然后再盘腿坐到床上，桌上仍摆着两个茶碗，一如往常，方才的烈酒凶斗，仿佛从未发生过似的。

“后来，我有一个偶然的机会读到了明人顾云美为友人作的《看弈轩记》，才知道观棋之乐胜过弈棋，并非我的独家发现，古人早就体会到了。这篇文章你读过吗？”

“没有。”杨度摇了摇头。

“我背两段给你听听。”昏黄的灯火下，密印寺的知客僧情绪投入地背诵着，那声音抑扬顿挫，字字清晰，“余尝读韦昭《博弈论》曰：当其临局交争，雌雄未绝，聚精锐意，神疲体倦，虽有太牢之享，韶夏之乐，不暇存也。则弈者拙而看弈者休矣。至或徙棋易行，廉耻之意弛而忿戾之色发，则弈者辱而看弈者奉也。胜敌无封爵之赏，获地无兼土之实，则弈者愚而看弈者智也。以变诈为务，非忠信之事也，以劫杀为名，非仁者之意也，则弈者谲而看弈者正也。”

智凡不再背下去了，叹了一口气说：“‘清簟疏雨看弈棋’，此中自有真乐趣，何苦舍休、奉、智、正者不为，而要去做拙、辱、愚、谲者呢？”

入冬的冷风从大沩山坳里穿过来，吹破了陈旧的窗棂纸。灯火晃动得很厉害，似乎就要熄灭了。夜色深沉。杨度很能体会智凡的心态，但他不想做智凡一类的人。他要做一名进取的弈棋者，要去追求胜利者的荣耀。他起身告辞，走到门槛边，突然想起了一件事，问智凡：“你们寺里的僧众都住在院子里吗？院墙外还有没有僧人居住？”

“所有的僧众都住在寺院里，只有枫树坳里住着一个人。”

杨度立即问：“为什么那里还住一个人？”

智凡解释：“枫树坳离寺院五里远，地气最适宜长萝卜。寺院在那里种了五亩多地的白萝卜，怕人偷，特为砌了两间小房子，每年轮流安置两个人去守，先年夏末搬进去，第二年春末再搬回来，因为冷清，谁都不愿去。前年寺里来了一个未受具足戒的游方僧人，自愿去守，而且不要伴，这两年便都由他一个人顶这个差使。”

杨度点点头，心里想：他一定就在那里！

第二天吃过中饭后，杨度走出山门，前往枫树坳。踏过溪水上的小石桥、绕着山坡走了一段路后，眼见前面一大片枫林。经霜的枫叶变得红彤彤的，树顶一片深红，树底一片残红，将整个山坳染成了一片红色的世界。不用问，这里必是枫树坳了。杨度踏着厚厚的落叶穿过枫林，果然见一大块油绿色的菜地。萝卜叶子茂盛肥嫩，有的萝卜已不安于久被泥土压住，冲出了地面，露出雪白的头脸来。菜地里有一个僧人，正弯腰蹲着，像在观察什么。那人似乎早就意识到有人来了，当杨度刚挨近他的身边时，他便转过脸来。果然是他，六年前就该处死的千总姜三豹！

那一年，杨度正在归德镇伯父总兵府里。军营里突然爆出一桩大新闻：驻在商丘的勇左营里发现了哥老会，会众有七八十号之多，头领便是千总姜三豹。哥老会起自四川，当年由川籍将领鲍超手下的人带进了湘军。这是一种秘密团体，用结拜兄弟的方式将士兵们团结起来，互相帮助，济难救危。军营中的哥们义气，平时看不大出，一到打起仗来，就显得非常重要了。两军相遇，你死我活，被敌人包围了，谁来抵死相救？受了重伤躺在战场，谁来背你回营房？这就要靠自家兄弟了。有没有铁心相护的兄弟，简直与性命相关联。于是哥老会在湘军中广为发展，几乎遍及所有军营。兵士们一经结为团伙，力量大了，便要仗势招惹出更多的是非。或打家劫舍，或目无官长，甚或哗变策反，什么事都干得出来。所以当年曾国藩对湘军中的哥老会采取严厉镇压的态度，不管有无劣迹，只要发现哥老会，为头的杀头示众，一般成员驱逐出营。

归德镇总兵杨瑞生知道军营中出现哥老会的危害，他要从严处理。姜三豹被押到总兵府审讯。他并不隐瞒，痛痛快快地全招了。杨瑞生面对着这个千总有点为难：处死嘛，这的确是条好汉，有功夫，有血性；不处死嘛，他又犯了该死的罪。权衡利弊，还是狠下心来，杀一儆百，以肃军纪！

谁知就在临刑的前一夜，姜三豹却逃走了。杨瑞生得知这一消息后，虽感到气愤，但内心里也为姜三豹不死而庆幸。他实在并不想杀这个千总。杨瑞生只把两个看守人各打了五十大板，并不派人去追索。

杨度对这个案子的前前后后都很清楚，对伯父不加严究的心态也摸得很透。他是反对杀哥老会头领的，只是不能向伯父建言而已。真没想到，在这偏僻的大沩山中的密印寺，却意外地遇到了这个姜三豹！

“姜千总，你认得我吗？”杨度热情地迎上前去，主动地打招呼。

“我知道，你是杨总兵的侄公子。”姜三豹颇为冷淡地说，“冤家路窄，不想在这里碰到了你。你会告诉你的伯父来抓我吗？”

“哈哈哈！”杨度大笑起来，“姜千总，你说哪里话来，我为什么要告发你？我的伯父当年就并不是非杀你不可，何况事情过去了这么多年！”

“杨公子！”姜三豹用疑惑的眼光望着杨度，“你说杨镇台并不是一定要杀我？”

“是的。”杨度肯定地说，“那年拷问看押你的人说，你是五更天才破窗逃出的，脚上还有镣铐。天亮时，你绝不会走出归德多远，而且你那模样，白天也不敢露面。倘若我伯父存心要抓你并不难，只要派出几十个人在周围十余里的草丛废洞里搜搜就行了。倘若一时搜不到，叫人把住各条路口，你也一定逃不出。我伯父怜你是条汉子，有意开一只眼闭一只眼，放你一条生路，可惜你却至今不知恩德！”

姜三豹永远记得，他那年逃出营房，还没走出四五里路，天就大亮了，路上行人渐渐增多，他带着镣铐，当然不能再走，看见路边有一孔报废的石灰窑，便躲了进去，想起很有可能再被抓获，心里七上八下的。谁知一个钟头一个钟头地过去了，窑外平静如常，不仅没有搜索的士兵，甚至连到窑边的闲杂人都没有一个。姜三豹暗暗感谢上天的保佑。他在窑洞里用石块死命地把脚镣砸开了。断黑时，他走出窑洞，一夜之间，轻轻快快地走了七八十里，远远地离开了归德府。直到此刻他才知道，暗中保佑他的并不是上天，而是判他死刑的杨镇台！他将这分感激转到镇台的侄公子身上。

“谢谢了，杨公子，请进屋吧！”

杨度跟着姜三豹进了屋。这里有两间房，一间正房，一间杂房。正房的简陋空荡令人吃惊：靠墙角有一张床，约三尺来宽，用五六块木板搁在砖上架成，上面一床旧草席，一床旧棉絮，既无褥子，又无草垫。屋中间一块青石板压在两个旧石础上，权当桌子。旁边围着三个一尺多高的树桩，看来那就是凳子了。床对面的墙壁上挂着一个黑布大包袱。整个房间的陈设，如此而已。杨度心想：这样也能过日子吗？

“坐吧！”姜三豹指了指一个树桩，问，“能喝酒吗？”

“能喝两杯！”杨度点点头。他知道，在这个哥老会头目面前不能充会喝酒的好汉，还是谦虚点为好。

姜三豹从隔壁杂房里取下一个黄得发黑的老大葫芦来，在两个粗泥碗里倒满酒，对杨度说：“没有菜，你能喝得下去吗？”

“能！”

“那就一口干掉！”

姜三豹不待杨度回答，便将酒往口里倒，咕咚咕咚两下子，一碗酒早已全部进了肚。杨度也不含糊，泥碗也很快见了底。

“好样的，到底是出身将门，有种！”姜三豹高兴起来，说，“你道我真的没有下酒菜，刚才是试一试你能不能真喝酒，稍等一下。”

姜三豹进了杂屋。只听得一阵砧板响后，如同变戏法似的，姜三豹托出一大盘熟肉来，外加一碟红红的剁辣椒。

“这是什么肉？”杨度指着盘子问，他已闻到一股浓浓的肉香。

“野兔肉。”姜三豹答，“早两天在山腰上打的，这家伙肥得很，足足有十二三斤。吃吧！”

姜三豹说着又给两个泥碗倒满了酒。

“你用什么东西打？鸟铳吗？”

“不，我用这个。”姜三豹从衣袋里掏出一个黑溜溜的鸽蛋大小的铁球来。

杨度很有兴味地拿过铁球，在手里掂了掂，笑着说：“姜千总，你原来是个没羽箭张青啊！”

姜三豹“嘿嘿”笑了两声，说：“不要再叫我姜千总了，我有个僧名叫大空。”

“大空？”杨度轻轻地念了一遍。绿营的千总，哥老会的头目，一入佛门，便将世事看空了。他望着虽穿僧服，然英气并未减杀的大空问：“你离开了军营，有多少事情可做，为什么要入空门？”

“一言难尽。”大空喝了一口酒，抹抹嘴巴说，“我以后再慢慢对你说吧！”

听这话，杨度料想他出家有其为难处，便不再问了，说：“你为何入空门我不知道，但你为何一人在此守萝卜，我却知道。”

“你知道什么？”大空颇为吃惊地问。

“为了这个呀！”杨度指了指盘子里残存的野兔肉，又摇了摇酒葫芦。

“对，你说得对！”大空脸色松弛下来，随即哈哈大笑。

“你住在寺院能喝酒吃肉吗？”杨度夹起一块肉说，“要我做和尚，我也做得，就是不能长期吃斋，要做就做鲁智深那样的花和尚差不多。”

“何必一定要做花和尚，像我这样，做个守萝卜的野和尚也可以嘛！”大空很开心，喝了一口酒，问，“杨公子，你来密印寺住了好些日子了，做什么呀？”

“帮觉幻长老记录沩仰宗的谱系研究。”

“记得怎么样了？”

“大概还有十来天就差不多了。”

“你的朋友寄禅法师怎么样？我不是问他的佛学，我是问他的人品。”大空盯着杨度的眼睛问。

“我与寄禅法师相交并不深，来密印寺前才认识的。”杨度捏着泥碗，沉吟一下说，“据我与他相处的这些日子看来，他是一个通达世事光明磊落的人。”

“是不是一个真正的和尚？”

“我看是的。”杨度肯定地回答。

大空沉默不语。

杨度看窗外的日头已经偏西了，站起来说：“我要回寺院了，改日再来看你。”

“行，以后常来吧！”大空也起身送他出门。

“你刚才在菜地里做什么？”望着一大片绿油油的白萝卜菜叶，杨度问大空和尚。

“除草。”大空答，走了几步，他望着杨度说，“你是个饱学士子，应该记得《史记》里朱虚侯的《耕田歌》。”

杨度疑惑地望着这个未受具足戒的野和尚，他怎么会突然想起为铲除诸吕复兴刘家汉王朝立了大功的朱虚侯来？又怎么会想起以《耕田歌》来讥讽吕太后的故事来？

“《耕田歌》说：‘深耕概种，立苗欲疏，非其种者，锄而去之。’这说的便是除草。”大空意味深长地盯着杨度，问，“杨公子，你说，‘非其种者，锄而去之’，此话对不对？”

“噢，噢，对，对。”杨度含含糊糊地回答。

夜里，杨度在密印寺云水堂里，又想起了大空念的《耕田歌》。

他知道哥老会中有不少人参加了以驱逐满人为宗旨的会党。“非其种者，锄而去之”，难道说，大空是在做推翻朝廷的事？但他又为什么要隐居在密印寺里呢？

在通常有功名的读书人的眼里，大空这种不安分的野和尚宜远远避开才是，但杨度却天性喜结交，三教九流，三姑六婆，他都乐意与之往来。这大空敢于与朝廷作对，定然非比一般，他对此人更有兴趣。他隔两三天便到枫树坳去，与大空谈天说地，喝酒吃肉，晚上则与智凡下棋，记录谱系之外的翻阅佛典之事，早已抛在脑后了。

六　倭国古刀与松花念珠

日子过得很快，觉幻长老的沩仰宗谱系研究讲完了，杨度也记录整理好了，他向寄禅和觉幻告辞。两位大法师一再挽留他多住两天，第三天再派一个年轻的和尚护送他回衡州，护送者顺便去一趟大罗汉寺，取回寄禅存于该寺的几件旧物。杨度同意了。

下午，他又去枫树坳，打算把回东洲的事告诉大空。他兴冲冲来到萝卜菜地，却不见人影。又推开房门，也不见。人到哪里去了呢？杨度转到屋后。屋后是一片丛林，丛林后便是大沩山主峰。正在无目的地四处张望时，只听到山脚边传来一声喊，极像大空的声音：“兄弟，那家伙窜到刺茅草里去了！”随即又传来一声粗叫：“追，今天一定要宰了他！”

杨度一听，心里惊道：大空在跟谁搏斗？仗着自己也有点拳脚功夫，杨度冲了过去，一心要助大空一臂之力。

他来到刺茅丛中，突然听见里面传来猪的喘叫声。定睛一看，果然草丛中有一只一人多长的大野猪，正瞪着两只恶狠狠的眼睛，欲作一番拼死恶斗。

“你是谁？不要命了，还不赶快滚开！”杨度冷不防被人从身后将肩膀抓住，就势一甩，抛出了两三丈远。他在地上打个跟斗，一纵身跃了起来。原来，眼前矗立一个五大三粗、满脸络腮胡子的黑大汉。杨度虽被甩，却佩服黑汉子的手劲大，又知道他是为自己好，因为野猪发起凶来，其威力并不弱于老虎。这时大空过来了，忙对黑大汉子说：“兄弟，这就是我对你说过的杨公子杨皙子。”又对杨度说：“这是我的俗家兄弟马大哥马福益。”

杨度正要对马福益行礼，马福益却不睬他，眼睛直盯着草丛中的野猪。大空对杨度说："你赶快到我杂房里去，把柴刀和锄头拿来。"

对付这样一只被围困的野猪，赤手空拳是没有办法的。杨度飞跑进屋，赶紧把柴刀和锄头拿来了。马福益拿起锄头，犹如将军舞起长兵器，对着硕大的猪头一锄头打下去。只听见那畜生惨嚎一声，掉转头便向马福益扑来。马福益不曾防备这畜生如此乖巧，正要舞起锄头挡住时，野猪一个前爪将他的右手臂死死地抓住，再用力一拖，像铁钩勾肉似的，马福益的右手臂被抓去了两块肉，鲜血淋漓，疼痛钻心。他没有放下锄头，依旧打去，但力量显然不够大，打在野猪的背上，未伤要害。那野猪再次发起攻击，直向马福益的头部扑来。这时，大空挥起柴刀，从背后一刀砍去，正中野猪后颈，血流如注，野猪痛得立即回头。马福益乘此机会，憋着一肚子怒火，奋力用锄头对准野猪一击。野猪被击晕了，四蹄乱蹦。杨度两手搬起一块大石头向野猪扔去，恰好打中它的头。那畜生大声吼叫，跌倒在地。马福益、大空一齐上前，挥起锄头柴刀一顿乱打，终于将这只野猪打得七孔流血，最后连蹄子也不能动弹了。杨度抓起野猪尾巴往山下拖，哪里拖得动！大空笑着说："这家伙起码有三百斤，且让它躺在这里，反正没人来，我们先进屋歇歇气，马大哥也得包扎包扎。"

三人离开刺茅丛进了屋，马福益拿起一块手巾擦了擦脸和手。大空从屋边采回几棵不知名的野草，用柴刀把捣碎，从包袱里找出一条旧布来，替马大哥包扎好。又拿出酒葫芦来，三人坐在青石板上喝酒压惊。

杨度怀着敬意说："马大哥你好本事，今天就像个打虎的英雄一样。"

马大哥嘿嘿地笑了两下，露出一口雪白的牙齿来，与粗黑的皮肤形成了强烈的对比。

大空介绍："马大哥是醴陵人。"

杨度问："你是特为从醴陵来看大空法师的？"

"不是，我在山坳那边的石灰窑里烧石灰。"马福益说话平静温和，与先前粗暴的怒吼判若两人。"听大空说起过你，总想来拜访，窑里忙，抽不出空，刚才失礼，还请杨公子多多包涵。"

杨度豪爽地一笑："哪里，哪里，马大哥你的膂力过人，我还真佩服你哩！"

大空说："刚才若不是失手让那畜生抓了一把，个把野猪，马大哥不在话下。”

“马大哥，你这身气力是怎么练出来的？”杨度问。

“还不是为混口饭吃，在江湖上闯出来的。”马福益向背后床沿一靠，摊开双手说。

大空说：“马大哥是苦出身，十几岁便给人放牛，后又在煤洞里挖煤，码头上挑脚，河边拉纤，这几年又在大沩山烧石灰，这都是要力气的活，一身蛮力气就这样练出来了。”

杨度望着挺直腰板伸开双臂，几乎把整个一张床都遮住了的这个黑大汉子，心里想：真是一条李逵似的闯荡江湖的好汉！

“杨公子，听你的口音，是湘潭人？”马福益问。

“是的，我是湘潭石塘铺的。”

“你认识贵县一个叫刘揆一刘霖生的人吗？他的父亲叫刘方峣，在县衙里当捕快。”

“认得，认得。”杨度高兴地答，“刘霖生是我东洲书院的同窗好友，后来他去了时务学堂，我还去长沙看过他哩！”

“你知道时务学堂解散后，他到哪里去了吗？”马福益很欣喜，背离开了床沿，倾向杨度。

“他和另外一个宝庆人蔡松坡一道去了上海，据说前不久又渡海去了日本，要跟梁启超继续学业。”

“噢，他出国了。”马福益停了一下，又说，“出国也好，免得他爹娘为他操心。”

听口气，马福益与刘揆一交情不一般，杨度问：“马大哥与他很熟？”

“他是我的救命恩人。”马福益敛容答道。

“真的吗？他年纪轻轻的，怎么会是你的救命恩人呢？”杨度很觉奇怪。

“那一年，我在渌口对河的雷打石石灰窑做工。渌口是个大集镇，居民有一万多人，集市上有赌场数十家。一到夜晚，赌业兴旺。赌徒输光了，常常会行凶作恶，抢劫财物，遭殃的首先是有钱的商号，所以渌口镇的商人们都很恐慌。商会会长陈胖子不知从哪里听说我有点武功，便过河来雷打石石灰窑洞找我，要我组织一个护卫队，夜晚巡逻，保护渌口商贾，每月给我四十两银子。我想渌口的赌棍们是闹得不成话了，不但商人，就连老百姓都要受到骚扰，制止赌棍们的胡作非为，是男子汉大丈夫的本职，何况石灰窑收入微薄，把这个差使揽过来，也可以给自己和兄弟们补贴补贴，于是同意了。”

杨度听到这里，心想：这马大哥一定是个窑工头，不然商会会长何以会找他？

“我挑了十个身强力壮的弟兄，组成一个护卫队，每天傍晚过河去渌口，天亮时回雷打石。十弟兄分成上半夜、下半夜两班，带着刀棍巡逻。自那以后，渌口秩序大为改善，赌坊生意兴旺，赌徒们无论输赢，都安分多了。不料有一夜，有三个汉子赌钱输红了眼睛，窜到绸缎铺去抢钱，被弟兄们遇到了。那三个汉子不但不逃走，反而与弟兄们打起来。那三个汉子有功夫，五个弟兄居然打不过他们。我闻讯赶来解围，他们却拔出短刀砍我。我一怒之下，飞起腿朝那个执刀的家伙踢去。这一脚踢得太重，把那家伙的手踢断了。那家伙惨叫一声，丢下刀逃命，另外两个也吓得逃走了。弟兄们都很痛快。第二天，绸缎铺的老板还请我们到湘江阁去吃了一顿。大家都不把踢断赌贼的手当作一回事，因为那家伙活该。”

“莫说踢断手，打死都活该。”杨度插话。

“谁知祸事来了。”马福益继续说，“有天中午，我正在窑里出石灰。一个弟兄跑来告诉我，县衙门里的陈差役就要来捉我，说我是会党头目，劝我赶快逃走。我一惊，问这消息哪来的。他说是城里河街伙铺老板打发人来说的，来人讲这是刘差役的儿子刘揆一报的信。既然是刘差役的儿子说的，当然可靠，我于是赶紧躲了起来，后来索性离开雷打石四处闯荡。为了报答救命之恩，我曾让一个弟兄送了一条猪腿和一坛老酒给刘家。刘霖生去了日本，想必生活一定有困难，我想汇一笔款子给他，也不知寄到哪里。”

杨度说：“霖生在日本什么地方，我也不知，待日后我打听清楚了，再告诉你。我怎么样找你呢？”

“你找我很方便。”马福益起身说，“沿湘江两岸的大码头，比如岳州、湘阴、长沙、湘潭、衡山、衡州等地，你左手拿一张白纸，纸上按品字形写上三个‘马’字，在码头上转两圈，自然会有人上来与你说话，你告诉他找马某人，他就会带你来找我。”

杨度觉得挺新奇，随之他便想到，这位马大哥必定非一般人，他既然跟大空要好，说不定也是哥老会里的头目，遂点头说：“行，我记住了。”

马福益说：“我要先走一步了，告诉窑里的弟兄们，叫他们把野猪抬回去，可以饱餐几顿了。”

杨度也起身说："今天在这里结识马大哥，我很荣幸。后天一早，我要离开密印寺了，我们后会有期。"

大空惊问："后天就走了？"

杨度点点头。

马福益说："听大空法师说，杨公子是将门之后，又有才学。一个弟兄送了我一把倭国古刀，不知它到底价值几何，现在我转送给你，作为我们相识的一点小纪念。你稍等一下，我去拿了来。"

说罢跑步出了门。

大空招呼杨度坐下来，重新饮酒。他告诉杨度，马福益是个十分了不得的人，武功极好，豪爽仗义，在江湖上很有声望，作为男儿可办大事，作为朋友可托死生。杨度听了，也为结识一个江湖豪杰而庆幸。他想起等下马福益送来倭刀而自己却无回赠的礼品，颇为作难。大空笑道："你是读书人，常言说，秀才人情纸一张。你就写首诗回赠他嘛！"

杨度说："客居寺院，也只有这个办法了，只是纸和笔你这里没有，要回云水堂去写了。"

"我这里有！"大空走进杂房，一会儿将笔墨纸砚都拿了出来。

杨度大喜，凝神片刻，挥毫写下一首七绝：

僧佛相处一月余，暮鼓晨钟自安居。
无奈此心多野性，好观莽汉斗山猪。

在诗之后他又写了一行字：密印寺记沩仰宗谱序一月，唯今日观人猪相斗为乐，并于此结识马福益兄。马兄豪杰之士也，赠我倭国古刀，无以为报，书此相送。杨度于大沩山中。

刚写好，马福益推门进来了，将刀递给杨度。杨度接过一看，牛皮刀鞘里是一把不到一尺长的小短刀，系精钢打就，锋刃尖利，叩之有声。刀柄上有七颗黑色宝石，按北斗七星的图形摆布。从木质柄看，此刀的年代已经很久远了，但七颗黑宝石却仍熠熠生光。曾在军营中住过多年见过不少兵器的杨家公子，一眼就能断定这是一件不寻常的短刀，他郑重收下，带着歉意说："做客庵寺，无物回报，聊赋小诗一首以为纪念。"

马福益接过纸，看后大笑道："写得好，我就是喜欢你这种有野性的文人，若真的成了密印寺的那批人，我才不理你哩！"

说罢，也卷起收好。

大家拱手相别。

第二天，觉幻长老和寄禅法师宴请杨度，维那智定、知客智凡也都出席。觉幻感激杨度一个月来的辛勤劳作，杨度则称赞觉幻为沩仰宗的功臣。宾主相谈尽欢。

僧席散后，觉幻特请杨度来到他的居室叙话。觉幻取下佩在脖子上的念珠，诚恳地说："杨居士一个月来为密印寺立了大功，老衲心中感谢，山野荒寺，从无珍稀，只是这串念珠，乃当年乾隆爷赏给悟真长老的。悟真长老圆寂后传给秀性长老，秀性长老圆寂后传给兆明长老，兆明长老圆寂后传给老衲，老衲佩戴这串念珠，已近三十年了。这串念珠本来也无甚名贵之处，只是它一来为御赏，二来在佛门传了一百二十年，通了灵气。老衲偶有烦恼之事，挂起它，数上十多圈后，便烦恼尽去，和乐重返。老衲观居士气象，非等闲俗人，日后大有为国事操劳的时候。老衲脱离红尘几十年，都免不了烦恼，何况居士身处红尘之中？只怕是名声愈大，烦恼也就愈多。那时，倘能依老衲所说的，屏去闲人，独处静室，戴上这串念珠，数上十圈二十圈，必定能神清气爽，忘怀一切。这就算老衲对居士的一点酬谢吧！"

杨度十分虔诚地伸出双手，接过这串闪亮的绀绿松花玉念珠，他完全相信觉幻长老这番话。这串在禅宗四代高僧颈脖上佩戴百余年，不知听了几多万句佛经梵语的珠子，岂能不沾灵气？它无疑是一件宝贝。

昨天得了马福益的倭国古刀，今天得了觉幻长老的百年念珠，杨度觉得这趟大沩山之行真是收获巨大。同时他又觉得很有趣，杀人的屠刀和礼佛的念珠，这两件水火不相容的物品，居然能和谐地藏于自己的行李包中，受到同样的礼遇！

第五章　八日榜眼

一　借讨好周妈的小手腕，消除了王闿运的恼怒

这年冬末，湘潭云湖桥的湘绮楼，在齐白石的实心监督下已修复一新。齐白石又精心画了几幅山川风物画，自己动手装裱好，悬挂在书房和客厅墙壁上，更给湘绮楼增添了几分情趣。一楼靠东侧的两间房子，王代懿煞费苦心地巧为布置，室内是一套全新的红木家具，流光溢彩，花窗外移栽了几株正在开放的腊梅，暗香浮动。这是他和杨庄的新婚洞房。

腊月中旬，王闿运撤去了东洲书院的五年教席，回到云湖桥，住进了修复后的湘绮楼。六十六岁的一代名师，决定从此不再外出执教了，就在云湖桥的云霞湖光之间，在湘绮楼的诗书图画之中，安安静静地与周妈和儿孙们一起打发晚年。

过小年这天，湘绮楼披红挂彩，喜气洋洋，王闿运代表男家、杨度代表女家为一对新人举行了隆重的婚礼。代懿穿上从长沙买来的那身长袍马褂，叔姬披着镶有孔雀毛的红呢披肩，在鞭炮笙乐中拜了天地。

杨钧也住进了湘绮楼，一来不辍学业，二来也好陪伴刚离娘家的姐姐。杨度则往来于石塘铺和云湖桥，继续向王闿运学习经史诗文，也时常和齐白石、张登寿等聚会，谈谈诗词书画。王闿运是碧湖诗社的社长。每隔两三个月，诗社都要举办一次诗会，王闿运也常带杨度参加。说起碧湖诗社，乃是湖南近代史上一个最为著名的文人结社。它的成立，要追溯到二十多年前。

同治十三年冬天，建于长沙北门内的曾文正公祠堂，经过两年多的施工装饰，终于落成了。挂了个盐运使衔、候补郎中的曾国藩四弟曾国璜，欲效白香山洛阳结社的风雅故事，向湘中一批负时望、有文名的高年耆宿发出邀请，在祠堂竣工典礼这天的宴席上赋诗纪念。以

曾国藩生前的名望和死后的荣耀，当此湘中第一祠堂建成之时，能厕身祝贺之列已是莫大的荣幸，何况还有这样一桩能流芳百世的雅事，真个是百年难遇。一时间湖湘俊杰云集星沙，王闿运也应邀与会。当时有九个均为翰林出身，且又有过司道以上官职履历的老人，他们年纪最小的为七十岁，最大的八十五岁。这九个白发老人聚会一桌，畅谈湘军旧事，十分感慨。曾国璜看重他们年岁高迈，地位贵重，于是请他们每人题诗一首于祠堂墙壁上。这些诗立即不胫而走，广为流传。九老也便成了当时湖南的新闻人物，很出了一番风头。其他与会者的诗作，曾家也一并雕版印刷，广为散发，备受士大夫的称颂。祠堂庆典结束之后，这些雅人们兴犹未尽，于是便由郭嵩焘兄弟发起，成立一个诗社，定期聚会，吟诗作赋，得到大家的欣然赞同。因为诗社的规格很高，故对参加者限制很严。他们或为中兴勋臣，如曾国荃、李元度等人；或为勋臣之嫡子孙，如曾纪泽兄弟，左孝同兄弟等人；或为翰林出身，或为文名著世，如黄瑜、王定安等人。王闿运以文名著世的身份被接纳为社员。

诗社的第一次集会选在城外开福寺前面的碧浪湖边，于是这个诗社便被命名为碧湖诗社。第一任社长公推郭嵩焘。后来郭嵩焘出洋任英国公使去了，社长一职便由赋闲在家的曾国荃继任。以后曾国荃又去江宁当两江总督去了，李元度接任社长。慢慢的，勋臣故去，老成凋谢，诗社也逐年增加新的年轻成员。同时，入社的条件也相应地渐渐放宽了，声名也便没有先前的烜赫了。但尽管这样，它仍然是湘中头面文人所乐意参加的社团。传到第五任，社长的座位，便众望所归地由王闿运来坐了。王闿运当社长后，吸收成员更看重的是本人的诗作成绩，不太顾及出身和社会地位。于是和尚寄禅、铁匠张登寿、铜匠曾招吉等人都成了诗社的成员。

开头几次，杨度保持着晚辈后学的态度，只看别人写，自己不下笔。后来他看到这些所谓诗坛高手也不过如此，便也依韵作了一首，立时引起大家的注意，称赞不已，于是杨度也便成了碧湖诗社的一员。杨度本就诗才俊逸，更兼在诗会上广结朋友，切磋学问，诗便愈写愈好了。每次碧湖诗社聚会，都少不了密印寺的住持寄禅法师。杨度不仅和他谈诗，还和他谈禅理，彼此都觉得很是投缘。

正当杨度与湖湘文人们诗酒唱和的时候，中国的北方却发生了一件惊天动地的大事。

原来，早在乾隆中叶，山东一带便出现了一个名叫义和拳的民间组织。朝廷视之为邪教，严加禁止，但它未被镇压垮，一直在下层百姓中秘密活动着。甲午海战之后，义和拳激于民族义愤，开始组织民众反抗外国侵略者。它沿袭白莲教杂拜各家鬼神偶像的传统，相信通过念咒语便可刀枪不入，其活动方式带有浓厚的神秘色彩。光绪二十四年，山东巡抚张汝梅同情义和拳的反帝心态，上疏建议朝廷将义和拳改编为团练，于是义和拳也叫作义和团。因为朝廷中有人主张对义和团实行抚的政策，使得义和团很快在山东、直隶一带发展起来。后来居然在京师设坛收徒，公开活动。

戊戌变法失败后，慈禧打算废除光绪帝，于是立端王载漪之子溥儁为大阿哥，以便取而代之。但各国公使都不入宫祝贺，使慈禧十分恼怒，产生了利用义和团打洋人的想法。她的这个想法得到载漪和协办大学士刚毅的支持。就这样，各地义和团树起“扶清灭洋”的大旗，有恃无恐地摆开了与洋人绝战的架势。各国驻华公使大为恐慌，以保护使馆的名义，由俄、英、美、日、德、法、意、奥八国拼凑两千多人，从天津开拔进北京，沿途遭到了义和团和清军的坚决抵抗。此时，各国驻华海军联合攻陷了大沽炮台，战火再次燃起。

清廷内部，以光绪帝和许景澄、袁昶等人为首反对与外国开战，而载漪、刚毅等人则主张宣战。督抚之中，李鸿章、张之洞、袁世凯等人也反对开战。但慈禧出于对洋人的私怨，赞成载漪、刚毅的意见，正式对八国联军宣战，并颁布上谕，声称“与其苟且同存，贻羞万古，孰若大张挞伐，一绝雌雄”。谁知开战不久，义和团和参战的清军便一败涂地，八国联军很快兵临北京城下。

几天前尚捶胸顿足要与洋人一绝雌雄的慈禧吓慌了手脚，一面火速调两广总督李鸿章进京，充任全权代表与各国议和，一面化装成一个乡村老太婆模样，携带光绪帝和一大群后宫妃嫔仓皇离京西逃。八国联军随即占领了大清帝国的都城。

京师陷落，帝后出逃，最后以赔款割地来乞求洋人的退兵媾和，四十年前的屈辱一幕竟然一丝不改地重演，爱新觉罗王朝将中华民族推到了丧权辱国的顶峰，不仅激起了全国人民的普遍憎恶唾骂，甚至连稍有点民族气节的文武官员们都感到悲愤填膺，对朝廷失去了信心。

慈禧太后一则深感国势的颓弱，企图挽救，二来也想捞回面子，赢得民心，在逃难途中便发布变法自强的上谕。诸多变法中有一个令有志学子很感兴趣的条目，那就是朝廷命令各省选派学生，用官费出

黄兴像

蔡锷像

国留学，学成回国后，将分别赏给举人、进士的头衔，同时也鼓励自费留学。

用官费选派幼童出国留学，本是同治十年间曾国藩和李鸿章向朝廷提出的建议，被采纳后，由容闳负责此事。他选拔了一百二十名聪颖少年，每年三十名，分四批，于同治十一年、十二年、十三年、光绪元年分别抵美。这些留美幼童在美国呼吸到西方的自由空气，一改国内的卑顺心态，然而却因此引起清政府驻美官员的反感，认为长此下去，这些少年将会变成洋鬼子，根本不可能为国效力，国内一批顽固官员们也深有同感，于是在光绪七年全部勒令回国，留洋一事便这样结束了。

二十年后此事又重新提出。国难当头的严峻形势，使国内不少当权的官员们头脑开始清醒过来，认识到此事的重要性，遂在自己管辖的地方内认真办理。许多关心国事、器局开阔的青少年更是踊跃报名，巴望被选中。这时留洋的目的地，主要的已不是欧美，而是近邻日本。

日本与中国相隔不过一衣带水，素称同文同种。一个小小的岛国，自从三十多年前实行维新变法以来，国力日臻强盛，以致使得老大帝国都败在它的炮火之下。日本的成功经验，的确值得中国效法，何况去日本路近费省，更有许多方便之处。

湖南自从出了湘军之后，风气大开，选派去日本留学的人也较其他省为多。去年，当两宫回銮再次下诏变法实行新政的时候，湖南巡抚俞廉三便选派了十九人出洋赴日了。今年又听说要选拔四十多人，杨度的心早就不安静了。他很想趁着这个好机会到日本去看一看，开开眼界，长长见识。当他把这个想法与先生商量时，先生却不赞成。王闿运认为不值得远渡重洋去向外国取经，要救国救民，要施展自己的抱负，只要跟着他研透帝王之学，耐心等待时机就行了。这并没有动摇杨度的决心，他认为到日本去实地看看，只有好处，没有坏处。杨度要弟弟妹妹暂时帮他瞒着先生和母亲，在一个初夏的夜晚，怀揣着袁世凯所送的一千两银票，搭船由湘潭到汉口，由汉口到上海，然后再在上海换上一条日本海船，抵达日本的都城东京，进了弘文学院师范速成班。

杨度在弘文学院一边学习日文，一边留心日本的教育，他结识了许多有志气有作为的新朋友，其中最为有名的便是黄兴。第一天上课，他便和黄兴同桌。黄兴是湖南长沙人，与他同年，却比他长得壮实威武，以两湖书院高才生的身份，由官费派往日本留学。杨度见他的墨笔杆上刻着行字：朝作书，暮作书，雕虫篆刻胡为乎？投笔方为大丈夫。又见其砚台上刻着两行字：墨磨日短，人磨日老。寸阴是竞，尺璧勿宝。杨度于此看出黄兴是个有大志的人，又因同乡，遂与他相交十分亲切。梁启超在横滨办《新民丛报》，这段时期到檀香山去了，蔡锷到广岛去了，刘揆一倒是偶尔给碰上了，他也在东京读书。假日里，杨度常常和黄兴、刘揆一等人结伴游览日本名胜，畅谈时事，一晃半年过去了。

弘文学院的师范速成班以半年为期。半年满了，成绩合格者，就发给结业证书。若想继续深造，则凭此结业证书再进一个班。杨度结业之后，准备再选一个高级师范班继续学习。这期间，他有感于国内对日本所知甚少，于是和黄兴等几个湖南籍同乡创办了一个名为《游学译编》的刊物，拟在国内发行。他们看中了苏松太兵备道袁树勋是一个较为开明的官员，又是湘潭人，便要杨度回国去找他，请他支持这个刊物。袁树勋早年参加过湘军，与杨度的伯父有过交情。当杨度来到上海会见袁树勋，说明来意时，袁树勋一口答应。杨度顺利地办成了这件事，打算即刻重返日本着手办刊物，不料袁树勋却说："皙子，你应该回湘潭去一次。"

"我是应该回家去看看母亲和先生，但眼下没有时间。"杨度想着有许多事情要做，当务之急便是要为这个即将问世的刊物写一篇发刊词，同时还要多组织几个好朋友来撰稿，争取把《游学译编》办成一个对国内最有影响的刊物。

"王先生对你的不辞而别去东洋十分震怒，他对别人说你背叛了他。"

"袁观察，你是怎么知道的？"杨度很是惊诧。到东京后，他曾分别给弟妹和先生寄了一封信。先生没有回信，叔姬的回信里并没有说起先生恼怒的事。只是说，先生不愿意向海外寄信，嘱叔姬代为叮嘱多多注重身体。袁树勋从哪儿听到这样的话呢？

"湘潭的事，还能瞒得了我吗？"袁树勋打着哈哈说，"早两天，我娘舅家的一个表兄来上海，还说起这事哩！湘绮老人的气话，还不止一两个人听到。皙子，你先回去一趟，对先生说清楚，船票我来替你买。"

背叛师门，这是个很大的罪名，何况"背叛"的是这样一位情同慈父、名如山重的恩师！杨度没有想到事情会有这样的严重。再无别的选择了，必须马上回湘潭一趟，向先生说明清楚。但这次原本不打算回家，随身并没有带什么东西，总不能空手回去吧。好在上海有的是东洋货物。他顺着先生的爱好，挑了一盒福冈生产的甜软枣糕，一盒奈良出产的上等柿饼，又特地买了一包鹿儿岛出产的烟丝，还给母亲弟妹一人买了一样物品，把一个从日本带回来的大木箱塞得满满的。正觉得差不多了的时候，他又想起一个人来。弟妹的东西不送犹可，这次却千万不能冷淡了此人。她就是周妈。

杨度向来不把周妈放在眼里，平素相见，看在先生的面子上略略点点头，表示打了招呼。周妈仗着老头子的宠信，也并没有把这个傲慢的举人看得怎样高。自从叔姬进门后，周妈的胸口一直堵着一团棉絮。叔姬更是清高，她压根儿就只把周妈当个服侍公公的老妈子看待，从不与周妈正面打个招呼，随时随地注意与周妈保持着一段距离。周妈虽心里嫉妒，却找不到半点口实，何况老头子把这个儿媳妇捧上了天，远远地超过了对亲生儿女的疼爱，周妈反倒时时要向叔姬赔笑脸。见了她，老远就喊“四少奶奶”。叔姬听了，只微微地点点头，嘴里哼都不哼一声，高傲得如同公主一般。杨度心里想，平时可以不买周妈的账，这次却要讨好她一下，让她吹吹枕头风，在先生的耳边说几句好话，消消气。于是，他给周妈挑了一段黑得发亮的东洋细平绒，拿根红纸条腰好，也放进了大木箱。

杨度回到石塘铺后，不敢贸然去见先生，打发一个人去云湖桥，借口母亲病了，将杨钧和代懿叔姬夫妇接回家。三人一见哥哥从日本回来了，又惊又喜，接过日本礼品，都非常喜欢。杨度将半年来在日本的亲见亲闻说给他们听。他们原本也和王闿运一样，不大赞成杨度去日本，但毕竟是血气方刚的年轻人，听哥哥说起日本是如何的富裕，如何的强盛，都怦然心动。杨钧立即表示要去日本，并说现在官府正在组织第三批留日人员，希望哥哥代他活动活动，最好弄个官费生的名额。代懿也想去，想起爱妻已怀有身孕，便暂时不提。杨度说：“听说先生对我去东洋很不高兴，你们帮我出出主意，如何去跟先生说清楚。”

代懿说：“父亲一向喜欢你，你去湘绮楼，在他老人家面前磕个头，赔个不是，我看他会谅解你的。”

杨度说：“到日本去实在是件好事，要我说不对，岂不自己打自己耳光？”

代懿忙分辩：“不是说去日本不对，而是说不辞而行不对。”

杨度不做声，托腮沉着脸。

过一会儿，杨钧献计："过几天是先生六十七岁大寿，我想由哥出面，邀请白石兄、正阳兄等人为先生摆一桌酒，席上哥捧酒祝寿。先生见了哥这份孝心，自然气也就消了。"

"真的，我怎么忘记了先生的寿诞将近了！"杨度喜道，"小三这个主意好，干脆这几天就不去湘绮楼了。"

叔姬说："重子的主意要得。不过，你最好还要满足先生的一桩心愿。"

"先生有桩什么心愿没有满足？"杨度问。

"明年的会试，先生门下居然没有一个弟子敢于进京应试。"叔姬因为怀孕，显得比先前要消瘦些，而即将做母亲的喜悦，又使她的双眼充溢着过去少有的欢快光彩。

"为什么？"杨度想，先生在东洲书院的弟子中有十多个举人，为何竟然没有一个人敢去应试，岂不是怪事？

"你在东洋，不知道国内的事。七月里，皇太后、皇上下谕旨，规定从明年起会试、乡试一律不用八股文，恢复戊戌年的新政，改用策论。"

"噢，就是这个原因，我在日本早就看到报上登载了。"杨度淡然地说，"这有什么，考策论就策论嘛！无非是写几篇议论时政的文章，不用八股套式，放开手脚去写，还可以写得更好些。"

"你倒是说得轻巧。"叔姬微笑道，"我晓得你们写八股文，就和我们女人裹脚一样。布条一裹，走起路来极不自在，但裹惯了，一旦放开，刚开始那两个月，走路更不自在呀！"

几句话，说得大家都笑了起来。叔姬接着说："几十年来王门第一次无人应会试，你看先生如何不烦恼？你若答应去应试，先生一定会高兴得不得了，私自去东洋的这笔旧账也就不会算了。"

杨度尚未开口，代懿立即否决了："会试赶不上了。这是什么时候了，学政大人早就把明春会试的举人名单上报礼部了。"

"补报一份不行吗？"叔姬望着丈夫问。

"不行。"代懿摇摇头。

屋里沉默着。

"有了！"杨钧突然拍着手掌说，"前些日子，先生说过明年会试后朝廷还要开一次经济特科。又说这件事朝廷已经酝酿几年了，比会试还看得重。哥何不去考明年的特科呢？"

“正是的，皙子兄如果去考明年的特科，爹也一定会欢喜无尽！”代懿忙补充一句。

关于明年朝廷开经济特科一事，杨度在日本也听说过。在日本的中国留学生普遍厌恶乡试、会试，但对经济特科，却有不少人跃跃欲试。经济特科是制科中的一种。制科始于西汉，是一种临时设置的科举考试。唐代每隔四五年就要举行一次，宋明制科不多，清代也沿设制科，但更少。正因为少，考取以后又有较优越的地位，故人们对制科特别看重，而参加制科考试的人，其要求也更加严格，必须经各省督抚保荐才行。杨度回国之前，没想到要参加明年的经济特科，听弟妹们这么一说，他想不妨去试试也好。留学本身并不是目的，自己的目标始终是在国内施展抱负。东洋半年，眼界和胸怀都开阔了很多，既然经济特科侧重于时论，而自己对国家时局的看法正多，何不借此向朝廷上几道书呢？倘若真的高中了，进入权要之津，不正是自己梦寐以求的事吗？何况还可借此获得先生的欢心！至于《游学译编》，由黄兴等人去主办也是一样的。想到这里，杨度同意了。他拿出给先生的礼品，请代懿转送，代懿乐意地答应了。又拿出给周妈的料子来，代懿却不肯代劳。问叔姬，她冷笑一声摇了摇头。杨度知道他们是瞧不起周妈，只得对弟弟说：“小三，你去帮我送一下。”

杨钧是艺人气质，为人随和，等级观念也较淡薄，不太计较名分，遂爽快地答应了。

第二天清早，代懿提着杨度买的糕饼和烟丝，蹑手蹑脚地走进父亲的书房。请完安后，他小心谨慎地说：“皙子从日本回来了，这是他给您老送的礼物。”

说到这里，代懿偷偷地看了父亲一眼，只见父亲的眼神突然亮了一下，他以为父亲要说什么了，忙停住。但父亲什么也没说，于是只得硬着头皮说下去：“皙子知道爹对他不辞而别去日本很生气，他要儿子先来告个罪，过两天他再来向父亲请安。”

代懿见父亲左手捧着铜烟壶，右手慢慢地捏纸捻子，依然不做声，他的额头开始冒冷汗了，双腿有点微微发颤，不敢再等父亲的示下，便把礼物放到书案，悄悄地退出。一进自己的房门，叔姬忙问：“爹说些什么啦？”

“一句话都没说。”代懿摇了摇头。

“礼物收下啦？”

代懿点了点头，叔姬松了一口气。

这时，杨钧提着腰了红纸条的细绒黑呢，笑嘻嘻地走进厨房，对着正在忙忙碌碌为王闿运操持早点的周妈亲亲热热地叫了一声，说："我哥哥从东洋回来了，特地给你送了这段呢子。"说着递了过去。

周妈一听，两眼射出惊喜的目光，忙将手在围裙上搓了两搓，然后从杨钧手里接过礼物，大为激动地说："这是皙子送我的？皙子什么时候回来了，怎么不见他来看老头子？"周妈用手轻轻地捏了两捏，做出一副很内行的样子，"这是真正的东洋货，你看多细多软和呀！"

过一会儿，又高声叫道："哎呀，还腰了红纸条哩，皙子做事真有礼性！"

周妈忙解下围裙，将绒呢捧到心口边，对杨钧说："你代我谢谢你哥哥，我这就收起来了。过几天我叫我崽到城里去请个裁缝来，好好做件外套过年穿。不叫云湖桥土裁缝做，他们冇见过世面，会糟蹋这段料子的。这可是一段来得远的东洋呢子啊！"

说着，笑眯眯地走出厨房，进了卧室，打开一个皮箱，将它珍藏起来。就这一段绒呢，将周妈这几年对杨度的无名怨恨一扫而尽。到了晚上，她在老头子的耳边一个劲地将杨度夸个不停："我说老头子呀，皙子这趟洋出的，真是大大地开通了，比先前懂事多了，又有礼性了，你不要总记得他瞒着你去东洋。你不同意嘛，他只得这样了。小三子说，娘老子他都瞒着哩！怕你们骂他。哎，这孩子也可怜兮兮的，你就宽恕他这一次吧！"

见王闿运不吭声，她抱着老头子的脸亲道："皙子送给我的东洋绒呢又细又软，真是好料子，我要好好做件外套，打扮打扮，让你看着高兴。喂，老头子，你看做件什么样子的好看？"

莫以为王闿运这个将近古稀之年的老头子缺乏激情，也莫低估了这个四十多岁模样不中看的村妇的魅力，周妈这一劝一媚还真在王闿运身上起了作用，老头子对杨度的气恼，十成消了八九成。

要说王闿运对自己的高足有多大的恼怒也说不上。杨度不辞而去东洋，当然令他不快，气来了的时候，也会骂上几句，但他并非坚绝反对门生出国留洋。王闿运向来通达，虽恨日本的无礼侵犯，但也知道日本的确国力强大，去走走看看也未尝不可。只是他认为杨度的国学根底还并不扎实，不必赶时髦急着出国，更重要的是因为杨度在戊戌年卷入了康梁一派中，而康梁之徒大多逃亡在日本，他担心杨度去日本后会继续与他们混在一起，中民权民主的毒太深而最终会动摇自己的信仰。现在杨度回来了，他心里已觉欣慰，还居然给周妈送了一份礼，这更给不护细行的老先生的脸上很抹了一道光彩。家人和外间对他与周妈关系的议论以及看不顺眼等等，他岂会不知？对于这件事，他自有一番难以对世人说清楚的苦衷。

王闿运六十丧偶后，仍需要女人的温情和照顾，但续弦又会给他和他的家庭带来新的烦恼：花甲老人的续弦自然不可能是黄花闺女，过门来的人曾经有过自己钟情的男人，还一定有留在前夫家的儿女，她如何能一心一意地服侍老头子，服务于王氏这个大家庭？自己的成群儿孙，又会不会接受新来的内当家，给不给她以相应的礼仪和尊敬？王闿运亲眼看过多少这种家庭内部的矛盾争吵，最后大半皆以分崩离析的结局而告终。且不说世风日下的今天是这样，就是风气淳厚的古代也不能例外，所以颜之推的家训里专门列《后娶篇》，历数前代贤父孝子，因后妻参入而失和；又多父死之后，辞讼盈公堂，谤辱彰道路，子诬母为妾，弟黜兄为佣，播扬先人之辞迹，暴露祖考之长短，造成家门大不幸的悲剧。王闿运每读《颜氏家训》至此，莫不感慨唏嘘，遂坚决不予再娶。周妈心思细致，服侍周到，很得王闿运的宠信，简直不能离之须臾。前年，周妈的丈夫死了。周妈几次流露出要王闿运将她明媒正娶，但老头子丝毫不动心，她后来也便绝了这个念头。既不是后娘，周妈再厉害，也拿不起款式，不可能在他王家制造事端。他既得了女人的照顾，又免去了家庭的纠纷，可谓一举两得。这其实正是王闿运纵横之学在家政方面的运用。可怜一个欲以此学斡乾旋坤安邦定国的当世奇才，不能施展于庙堂之上，只能用之于房帷之中。老头子在自鸣得意之时，常常免不了心中的悲哀。王门子弟从小受诗书熏陶，个个都清高得很，那个出身农家不识之无的女佣，在他们的眼里实在地位卑贱。这几个月又添一个才气横溢、禀赋冷傲的新媳妇，她连招呼都懒得跟周妈打一声，使得王闿运心里颇为周妈抱不平。她虽是佣人，但到底是陪他睡觉的屋里人，多少总得给点脸面吧！现在杨度从东洋回来，居然万里迢迢给周妈送来一份厚礼，使王闿运大为感动。他觉得杨度此举一来为他补了所欠周妈的情，再则也为子弟们，尤其是为叔姬树立了一个榜样。王闿运决定给杨度此举以回报。

王闿运把儿子、媳妇和杨钧都叫到书房里，带着笑意对他们说：“皙子这次漂洋过海，真是学到了不少学问，他回国来能给周妈送一份重礼，我看这就是出息了。重子，你回去一趟，叫你哥哥来，就看在他对周妈关心这一点上，我宽恕了他！”

杨钧一听，大喜过望，忙说：“我这就回家去告诉他。”

代懿也欢喜，杨庄脸露喜色，心里却冷笑道：“好个老不正经的公公！”

杨度来到湘绮楼，毕恭毕敬地向先生赔了不是。王闿运是个胸无城府的人，又对他抱着很大的期望，便绝口不再提过去的事，师生相见，一如往日的融洽。杨度又说起愿去京师参加明年的特科，王闿运更是高兴，一口答应要湘抚俞廉三保荐。

过了几天，王闿运接到张之洞寄自武昌督署的信。信上说，多年来浮沉宦海，应酬簿书，办事既多掣肘，学问又早已生疏，甚是无味，而老朋友著作等身，桃李满天下，名山事业，杏坛伟绩，令人称羡；得知老友已辞去东洲书院的教席，欲聘为两湖书院的山长，不知肯屈驾北上否？最后又提到，高足杨度在日本留学时表现甚为出色，据说近日已回国，能否同来一见？

王闿运已经很久没有接到张之洞的信了，看到这个声名已非常烜赫的老朋友的亲笔信，他当然很觉高兴，但他不能应邀去两湖书院，因为他不想再离开湘绮楼外出谋生了。令他奇怪的是，这个日理万机的湖广总督，怎么会知道他有个弟子叫杨度，又知道杨度去了日本，而且竟然还知道近日已回国。难道杨度在日本有什么惊人的举动？王闿运想到杨度考经济特科，正要督抚举荐，与其找湖南巡抚，不如找张之洞。倘若得到张的保举，岂不分量更重！于是他给张之洞修书一封，要杨度亲自送到武昌去，借此见见面。杨度自然乐意。不过，杨度也很纳闷：赫赫有名的总督大人，怎么会知道他这个名不见经传的小人物？

二　张之洞眼中的高才

对于张之洞其人，杨度断断续续地从先生和其他官绅士人那里听到过一些谈论，有些印象，但究其实，他对这个非同寻常的人物所知甚少。

张之洞的堂兄张之万为道光丁未年的状元，他本人十六岁便高中顺天乡试解元，一时间以神童名震全国，本可次年连捷中进士入翰苑，为科举史话再添一个少年高第的例子，却不料喜极转悲，父亲陡然去世，他不得不在家守制，眼睁睁地坐失一次机会。到了以后几科，张之万连续充任会试考官，按规定张之洞须回避。同治元年，张之洞入京会试，却不料意外告罢。次年再次会试，便巍然高中一甲第三名，成为举世瞩目的探花郎，再次轰动全国。那时，他才二十六岁。从此，“张之洞”三个字，便成为神童才子的代名词。

张之洞进翰林院后，对国事表现出极大的热情，于官场上的腐败之风尤为痛恨。他敢于触犯权贵，一再上疏弹劾朝廷重臣和地方要员，很快便赢得舆论的称誉，成为清议派的领袖。但张之洞并不一味蛮干，他于宦术甚有研究：触犯权贵，以不冒犯太后、皇上为原则；弹劾大员，则以证据充足为基础。当时官场上流传一个“附子不入药”的故事，最能见张氏的为官之术。

光绪六年十一月的一天，慈禧打发两个太监挑八盒食物赏赐妹妹醇王福晋，由一个宦官领着，大摇大摆地走到午门。守门护军按宫中规矩，要宦官打开盒盖检查。宦官仗着是慈禧身边的人，所送的又是慈禧的赏物，十分傲慢，不愿打开，护军因职守在身，亦坚持按规矩办事。双方争执不下，居然殴打起来。宦官气得把食物倒在地上，然后跑到慈禧跟前，一状告起，说护军不让他们出门，还踢翻了赏物。慈禧一听怒火冲天，立即下旨，革去护军统领的职务，将参加斗殴的护军速交刑部关押，并要刑部处以杀头示众。

这个谕旨刚一下达，便引起了宫中极大的不安。大家议论纷纷：护军按章办事没有错，宦官仗势违禁才真正地应受处罚，现在是非颠倒，举措乖置，照这样下去，宫禁岂不混乱，谁来忠于职守？翰苑侍读学士陈宝琛闻之气愤，拟上疏慈禧，希望她收回成命。张之洞对陈宝琛说，疏可上，措辞不宜太激，只能说此风不可长，门禁不可弛。陈宝琛认为张言之有理，把原拟的正折改为附片。张之洞见上面有这样的句子：“此案本缘稽查拦打太监而起，臣恐播之四方，传之万世，不知此事始末，益滋疑义。”又说，“臣幸遇圣明，若竟旷职辜恩，取容缄默，坐听天下后世执此细故，以疑圣德，不独无以对我皇太后、皇上，问心亦无以自安。此事皇上遵懿旨不妨加重，两宫遵祖训必宜从轻。”张之洞看后，似觉重了，回家后越想越不妥，深夜打发家人急驰陈府送信。陈宝琛看那信上只写了八个字：“附子一片，请勿入药。”

这是一句诙谐话。附子，系中药中的一味。此话表面看来是说去掉药单上的附子一味，实则要陈勿上附片。陈将此事与当时同为清议派首领的张佩纶商量。张佩纶看了附片后说：“这样好的奏章不上，真正可惜。”于是陈将此片递上。张之洞听说后叹息：“我之谏，陈弢庵不采纳，又如何能指望太后采纳陈弢庵之谏呢？可见从谏如流不是一件容易事。”

张之洞鉴于陈片言辞之激，自己再拟一道疏，用极其委婉动听的语气陈说前代阉宦之祸，颂扬国朝宫禁之严，夸奖两宫太后治内宫有方，并望严防阉宦中的小人惹是生非，有损圣德，而绝口不提护军有理、予以宽恕之类的话。结果陈之附片留中淹没，而张之奏疏受到慈禧的赞赏，护军统领和参加斗殴的几个护军也都被赦免，一场宫中闹剧就这样较为合理地收了场。

慈禧于此看出张之洞的忠心和才干。过两年，张便以内阁学士的身份外放山西巡抚。晋抚任上三年，张被朝野誉为贤能。法国侵略军从越南入侵广西时，慈禧升张为两广总督，处理对法战事。张之洞一到广西，便礼聘在家养老的名将冯子材为提督，带兵出击。冯子材感激张之洞以清望高位而看得起他，遂为之驱驰，取得谅山大捷，为软弱无能的清廷赢得了极为罕见的对外胜仗。自然，这个功劳被记到身为制军的张之洞头上。张之洞因此而赢得了举国上下的称颂，一跃而为疆吏之首。光绪十五年修建芦汉铁路，张之洞以能当重任的名声奉调为湖广总督，监理芦汉铁路湖北段的修筑。

张之洞办事气魄宏大，规模壮阔，但也不免好大喜功，挥霍靡费。他在武昌办学堂，建工厂，其中最有名的工厂就是汉阳铁厂。汉阳铁厂是当时中国最大的炼铁厂，为中国的重工业奠下第一块基石。但汉阳铁厂由大冶取矿，由萍乡运煤，成本高昂，成效甚少，也因此遭到了不少有识者的讥责。去年八国联军打到北京，他与两江总督刘坤一、两广总督李鸿章、山东巡抚袁世凯打起东南互保旗号，即向外国列强表明所管境内自行保持安定，不需外人代为靖乱，从而堵住外国列强入侵这几个省的借口，使东南半壁免遭蹂躏。张之洞等人的这个举动，深得逃难在西安的慈禧太后的赏识。今年五月间，他又和刘坤一会衔，一连三次上疏请求变法。这有名的“变法三疏”也得到了慈禧的首肯。

张之洞是一个洞悉国家弊病、头脑清醒的大员，他深知中国不变法则别无出路，故而戊戌年之前便厕身康有为的维新行列，庚子年之后又及时上疏再弹变法旧调。但张之洞又是一个看透了朝廷权力争斗的老练圆滑的官僚，他最善占测气候，明哲保身，故而戊戌年他一旦看出苗头时，便广为刻发《劝学篇》而表明他对太后的忠心，划清与康有为的界限，保住了自己的优渥圣眷。

这就是张之洞，这就是满肚子帝王之学却一无仕宦经历的书生杨度暂时还不能认识的湖广总督。然则张之洞何以知道杨度呢？

原来，张之洞器局开阔，在疆吏中首倡重开留学之风。朝廷采纳后，他管辖的湘鄂两省官派留学生为各省之最，其中绝大部分是去日本。张之洞对这些派往日本的留学生十分重视，他希望这里面能产生大久保利通、伊滕博文那样的治国大才。他委派一位能干的幕僚，每隔一段时间到日本去一次实地查看，并向他汇报在日本的留学生，尤其是两湖留学生的动态。杨度不曾想到，他与日本著名教育家嘉纳治五郎辩驳有关支那教育问题一事，早已通过那位幕僚传到了张之洞的耳中。

那是两个多月前，在弘文学院第一期速成班结业会上，日本高等师范学校校长嘉纳治五郎发表了一场学术演说。嘉纳讲叙了普通教育的三个内容：德育、智育、体育，指出应三者并重，缺一不可，给全体学生很大的启发。嘉纳又说谋国当以和平主义，而不能取骚乱主义，并强调必须服从满人的朝廷。这是因为满人有居高临下的气概，笼络一切的魄力，而汉人尚文守雌，善于服从，故满人天生当为君，汉人只能为其臣役，何况汉人臣服已久，岂能复有他心？还说今日之世界，其实为种族竞争之世界，白种人最强，黄种人无以敌之，汉人只有臣服满人，不生异心，再与日本相结合，方能保东方局面之安定而不受白人之欺负。

嘉纳这一番议论，中国留日学生大多不能接受，但慑于他在日本教育界的崇高名望，大家又都不敢与他当面争辩。杨度这段时期受黄兴等激进派的影响较大，思想偏向于激烈，在大家窃窃私语的时候，他站起来愤怒驳斥这位日本教育界的权威。他说，欧洲数千年向不闻以和平进步，必待法国大革命后引出全欧革命才一举进入文明；日本几千年来亦不闻和平进步，必待近三十年来倾幕之兵、立宪之党经过一场大骚乱，而后才能跃入文明之邦，所以骚乱可以鼓全国之民气，促文明之进步。杨度又慷慨激昂地说，汉人绝不比满人低贱，也绝不比日本人低贱，黄种人固然要联合起来对抗白种人的种族压迫，但这种团结，必须建立在平等的基础上，绝不能在黄种人内部又划分高低贵贱。杨度的当面反驳，赢得了全体与会中国留日学生的支持和赞扬。过几天，梁启超在横滨主办的《新民丛报》刊登了杨度与嘉纳的辩论，所有在日本的中国留学生，无不对这位湖南青年深表钦佩。

张之洞尽管不准老百姓看《新民丛报》，他自己却每期必读。杨度鼓吹的骚动进步主义虽为张之洞所反对，但杨度所表现的那种无畏的气概，却为张之洞所佩服。同时，作为汉民族中出类拔萃的人才，张之洞的心灵深处对朝廷比比可见的无德无才而处高位的满洲亲贵是极为不满的，杨度反驳嘉纳的话正是道出了他的这段心曲。当他从幕僚处知道杨度是湘军将领之后，又是好友王闿运的弟子，二十岁中举，近期已回国时，便决计要见见这个后生。

杨度奉师命来到武昌督署辕门口，将名刺递了进去。好半天，门房才姗姗出来，手里拿着一张宣纸，操一口厚重的河北土音，大大咧咧地说："我家大人出了一道上联在这里，你将下联对上。对得好，我领你进去见大人；若是对得不好，你就识相点，赶紧离开此处走路。我这里有笔和墨，你就对吧！"

说着，将手里的宣纸递过来。杨度没有想到见张之洞还有这么个规矩，他觉得有趣。对对子并不是难事，他八九岁时就能对得很好。可是，当他从门房手里接过上联时，却深感出语不凡："风物称闲游，望渺渺潇湘，万水千山皆赴我。"这上联显然咏的是湖南风光。潇湘景物，在诗人墨客的眼中，通常笼罩着芷兰芳菲、多情多意的气味，这位辖制湘鄂两省的制台大人，面对着三湘大地，竟显得如此心闲气定、胸壑开阔，确乎有一股包含寰宇、弥纶天地的气概充塞于内。自己下联的气势一定要能与之相匹敌才行。杨度坐在板凳上托腮苦想。门房一旁揶揄道："对不出来了吧，谁要你的名刺上写着举人的头衔？凡读书有功名的人来见，我家大人都要设这道难关。不这样的话，他老人家一天见客还见不赢哩！"

门房的聒噪，使杨度很烦厌。他走出小屋子，背着手在辕门外踱来踱去。突然，他灵感一来，有了！忙进屋蘸墨疾书："江湖常独立，念悠悠天地，先忧后乐更何人？"门房看了看，头轻轻地晃动说："我家大人出了十七个字，你也对了十七个字，字是一样多，好不好我就不晓得了，也不知我家大人满意不满意，你等着吧！"

说着进去了。一会儿，门房对着杨度点头哈腰，满脸堆笑地说："杨少爷，劳你久等了，请进，请进。"

杨度知道张之洞认可了他的下联，心里高兴，对门房说："烦你在前面为我带路。"

门房弯着腰说："小人不敢！杨少爷你请前面走，小人我在后面跟着。"

就这样，杨度在前，门房在后，一路上指指点点地来到一间装饰得十分豪华阔气的厅堂。门房走前一步，将左边一扇发亮的宝蓝色绸棉帘掀开，对杨度说："杨少爷请进，制台大人正等着您。"

杨度从掀开的帘子下走进房间。这是一间宽大的书房，地面上铺着两寸来厚深红色西域毛毯，四周紧靠墙壁摆着的是一色黑漆大书架。房间中央有一个大铜盆，铜盆放在半尺高的木架上，铜盆里是垒得高高的烧得通红的木炭。外面早已是寒冬腊月了，这里却暖洋洋的。靠南面窗户边有一个大书案，书案上堆满了文件。书案旁边有一个一人来高的镶金嵌玉的景泰蓝花瓶，花瓶侧面坐着一个身穿便服背后拖一条花白辫子的老头，老头正在细细地看着他书写的下联。杨度知道，这老头无疑便是声名卓著的张之洞了。

他趋前走上几步，双膝往地毯上一跪："湘潭杨度拜见制台大人。"

张之洞的目光从宣纸上移了过来，眯着老花眼睛，将杨度仔细地看了一会儿，慢慢吞吞地说："哦，你就是杨度，起来吧，坐到那边去。"

杨度顺着张之洞的手势，在他对面一张铺着俄国毛毯的椅子上坐下，立时觉得背后如同有一把火在烧，浑身热得滚烫。

"我看了你的下联，对得不错，不愧是王壬秋的弟子。"长着一张干瘦长脸，大鼻子大眼睛，满口大胡须差不多全白了的张之洞斜斜地靠在椅背上，椅子轻轻地转了一下。杨度这才发觉他坐着的原来是一把西洋进口的转椅。

"老大人夸奖了，老大人的上联才真的有涵盖山河的气魄。"杨度的回答既是恭维，也是心里话。

"哈哈哈！"张之洞笑了起来，显然这句话说得他爱听。"老夫六十多岁了，还有什么气魄不气魄，聊以自嘲罢了。你的老师身体还好吗？续弦了吗？"

"湘绮师身体还健朗，并没有续弦。"杨度说着，从口袋里将王闿运的信拿出来，双手递上。

"还是要续弦好！"张之洞边说边拆开信，很快浏览了一遍，说，"怎么？他不愿来武昌！我这张老脸皮，他都不肯赏啦？"

杨度忙说："湘绮师离开东洲书院时，上上下下都攀轿挽留说，何必要到别的地方去哩，若是嫌薪金低，可以再加些。他老人家当着众人的面说，不是要到别的地方去舌耕，这次回云湖桥就不出来了，要在云湖桥颐养天年。因为当众讲过这样的话，所以不能来武昌，免得别人说闲话。”

“世上最聪明的读书人就是你的这个老师。”张之洞自个儿端起桌上的茶碗喝起来，那茶碗里盛的是高丽参汤。“他活得自在，不像我，这一大把年纪了，还得每天起早贪黑地受人驱使。”

“老大人是国家的栋梁，皇太后、皇上不可一日离开老大人，自然得日夜为国家操劳。”杨度本来还想加一句“湘绮师再聪明也只是书生终老而已，岂能比得上您”，想想这话万一传到先生的耳中，老头子会火冒三丈的，于是话到嘴边又咽下了。

“你是什么时候回国的，在日本待了多久？”张之洞望着杨度问。杨度觉得那目光中明显地含有审问的神态，不免有点心跳。他记起先生有次在明杏斋里对他说过的话：越是在名声大地位高的人面前，越要保持自己的尊严，万不可气馁。你本来就名位低，若再气馁，则愈加在这种人的眼中变得渺小了。应该反过来，以气盛来补自己名位的不足。这就是孟子“说大人则藐之”的背后原因。先生还说，这种气概，左宗棠在未发迹时保持得最好，他有意向左宗棠学习，也有好的效果。杨度想到这里，心很快安定下来，跟张之洞说话，要的正是这种气概。

“晚生十月中旬回来的，在日本读了半年的速成师范。”

“你并不是湖南的官费生，自己花钱去日本，为的是什么？”张之洞顺手将书案上一个玛瑙鼻烟壶拿起，打开小盖子，倒出一点粉末在手指上，然后将粉末抹到鼻孔边。

“晚生到日本，是想看看日本人究竟是如何把国家治理得富强起来的。”杨度挺直腰杆，目光炯炯地望着张之洞，气势充沛地说，“都说日本三十年前比我们还落后，仅仅只有三十年时间，就把国家治理得强盛起来了。晚生认为，一个有志于国事的士人，应该放下架子，亲自到人家那里去看看学学，所以虽然没有得到官费名额，我还是去了。”

“有收获吗？”

“收获很大。”杨度颇为兴奋地回答。

“好！你有哪些收获，下次再跟老夫谈。”张之洞将鼻烟壶放回书案，盯着杨度问，“老夫现在问你，你为何要在日本鼓吹骚动，反对朝廷，你难道没有想到，这是大逆不道的吗？”

杨度大吃一惊，他没有料到张之洞会突然这样严厉地责问他。瞬时间，他有点后悔不该来闯虎穴，但很快便镇定下来：既已来了，便不能退却，说大人则藐之！他从容回答："回大人的话，晚生在日本的确是讲过，一个弊病丛生的国家，与其死水一潭发烂发臭，不如来点骚动，招引生气，龚瑟人早就说过：九州生气恃风雷，万马齐喑究可哀。可见鼓吹骚动的，并不就是罪过。至于朝廷，也不能说它事事都对。倘若一点缺漏都没有，为何皇太后、皇上在蒙尘时要下诏自责呢？假若在太后着迷于义和拳时，有人坚决反对并起了作用的话，又哪来的日后帝后播迁呢？伍员唱反调而为忠臣，伯嚭善逢迎而为奸佞，这已是历史的定论。因此，反对朝廷的不见得都是反叛。晚生以为，大逆者，逆全国之人心也，大反者，反天地之大道也，而招引生气、补苴罅漏，不能谓之大逆不道。晚生无知，还望大人赐教。"

杨度这一番雄辩，试图将自己在日本对朝廷的不恭之心不轨之言轻轻巧巧地掩盖，倘若遇到的是一个满蒙亲贵，或是一个对朝廷愚忠的汉族大臣，自然并不会起多大的作用，可是现在问话的是一个想顺潮流而动，力倡变法，主张中学为体、西学为用的开明总督，张之洞不但不认为他是在巧言掩饰，反而认为他说的是真正的实话。

"照这样说来，你是大清朝的忠臣，老夫错怪你了？"张之洞站起身，离开转椅，在西域毛毯上甩手踱步。他气血不好，坐久了身子就发麻，非得走动走动不可。他比王闿运小两岁，在杨度看来，却比湘绮师显得老迈得多，且身材矮小，远没有先生的风采。张之洞这句话是讥讽，还是真的消除了误会，杨度一时拿不准。他和他的老师一样，从来没有想到要做大清王朝的忠臣，孜孜以求的只是一展自己的抱负。杨度本来想回答："晚生要做的是中国的忠臣，并不想做一家一姓的忠臣。"转念一想，在这样一位大清朝的宠臣面前，初次相见便说出这等话来，毕竟是太冒昧了，不如顺着他的意思敷衍，"晚生家父祖两辈蒙受国家之恩，晚生本人又是举人，的确如大人所说的，一心想做朝廷的忠臣。在日本，虽有与朝廷为敌的革命党，但晚生与他们并无联系。晚生在日本半年，感受最深的是，日本之所以迅速强盛，就是因为明治维新加强了天皇的权力。我们中国要学日本，首要之点也就是要加强朝廷的权力。关于这一点，晚生还要慢慢向老大人禀报。"

这几句话说得张之洞很满意，他轻轻地点点头，脸上露出微微的笑意，起身走到景泰蓝瓶边的书架前面，从架子上拿出一张报纸来递给杨度："这张报纸想必你在日本还没有来得及见到，那上面登了一首黄河歌词，写得不错。作词的杨承瓒是不是也在日本留学，你认识他吗？”

杨度接过报纸，大感意外。原来这是一张《新民丛报》。《新民丛报》上刊登的文章，多数说的是维新变法，梁启超的时论，几乎每期都有。梁启超以他特有的笔端常带感情的“饮冰体”感染着千千万万的读者，使他们在阅读过程中不知不觉地接受了他的观点。国内许许多多的人，尤其是年轻人依旧如醉如痴地崇拜他。这种心情，不但不因朝廷的禁止而减弱，反而随着太后、皇上再次明令变法大为增强了。人们普遍认为，康梁是首倡变法的先驱，戊戌年对他们的镇压是错误的。尽管人心如此，官方依然维持原议：康梁是乱党，他们所发行的报刊是绝对禁止在国内传播的。就是这样一张被慈禧太后视为洪水猛兽的《新民丛报》，居然出现在堂堂湖广总督衙门内，大模大样地摆在总督大人的书房里，杨度大为惊讶。至于歌词的刊出他也没想到。梁启超想为留学生们制作一首新歌，要求雅俗共赏，利于唱诵，在《新民丛报》上发起征稿启事。杨度以黄河作为中华民族的象征写了一首歌词，为不让老友知道是他写的，便用自己的原名“杨承瓒”三字落了款。不料梁启超毕竟眼力不凡，作为首选刊登了他的《黄河曲》，更不料张之洞英雄所见略同，也加以称赞。杨度很高兴，仔细看着。刊出来的是他的原稿，一字未改：

> 黄河黄河，出自昆仑山，远从蒙古地，流入长城关。古来圣贤生此河干。独立堤上，心思旷然。长城外，河套边，黄沙白草无人烟。思得十万兵，长驱西北边。饮酒乌梁海，策马乌拉山，誓不战胜终不还。君作铙吹，观我凯旋。

“回禀大人，这首歌词是晚生所作，杨承瓒是晚生小时候的名字。”

“哦！”张之洞的眼睛里射出欣喜的光芒。看到杨度对的下联时，他便知此人器识不俗；听到杨度为自己辩解的那一席话后，他更知此人胸襟开阔；得知这首《黄河曲》为杨度所作之后，他又感觉到这个青年的爱国之情。张之洞一生所结识的有才有识的年轻人不下千数，但像杨度这样的人才尚不多见，此子无疑是时下士人中的高才捷足。张之洞的脸上显露出一派赞许的神色，说，“你以黄河作为我们这个古老民族的象征，老夫于此十分赞赏。黄河曾经哺育了我们华夏举世无双的文化，培育了历朝历代杰出的人物，黄河就是我们中国的代表，我们应该颂扬它保护它。泰西各国尽管有很多东西超过我们，但他们的文化是远不能跟我们的文化，即诞生在黄河两岸的中华文化相比拟的。这就是老夫作《劝学篇》的目的所在。可惜现在不少年轻人，尤其是出洋留学的年轻人说起泰西来神魂颠倒，好像别人那里就是天堂，我们这里就是地狱似的，老夫为此感到忧虑。看到这首《黄河曲》，老夫知你不是那种数典忘祖之辈。你想参加明年经济特科，老夫支持你，只是老夫已奉派为主考，不便再上荐书。”

张之洞又站起来，在地毯上来回踱步，杨度兴奋地看着，似乎觉得老迈的总督的脚步变得轻盈多了，两手甩动时，那动作也很优雅。他设想，当年的神童才子必定有迷人的风采。“这样吧，我给四川总督去一封信，由他出面推荐你。他十年前做过湖南藩台，于你的老师也有交谊，由他来推荐也说得过去。你看如何？”

“晚生深谢老大人的栽培。”杨度起身道谢，说着又要下跪。

张之洞急忙拦住：“不要这多礼节了，我是个不喜多礼的人。我这里事情多，也不留你了，你早点回家做准备。记住，特科考试定在明年闰五月中旬！”

三　癸卯科会试在冷冷清清中收了场

四月二十四日下午，杨度和另外几位湘籍举子行色匆匆来到北京城，住进了长郡会馆。离考试还有一个多月，他们之所以提前选在这个日子进京，是为了一睹状元打马游金街的盛况，因为明天正是癸卯科会试传胪的日子。杨度已参加过两次会试，但都没中。一同参加考试，别人高中，自己落第，心情的抑郁可想而知，何况他又是一个才大心高的人，哪里能见到那种场面！所以前两次传胪这一天，他便在会馆里一人喝闷酒睡大觉，根本不上街。这次不同了，他没有参加会试，自然也就没有考中的得意和落第的失意，也就有了旁观的闲心情。这毕竟是三年一遇的大场面，既来京师，如何能错过？

第二天一大早，杨度和几个朋友一起来到紫禁城午门外，挤在万头攒动的人堆中。满人入主中原，以少驭众，靠的是八旗子弟的武功威力，强迫汉人服从。入关以后，摄政王多尔衮采用范文程、洪承畴等人的建议，变镇压为笼络。一是礼葬崇祯皇帝，全部以原官职留用明朝旧官吏；二是尊孔祭礼，以儒家学说为立国之文化思想；三是开科取士，收买汉族士人。就这样，满人的政权巩固下来了。也因为如此，清代的每科乡试、会试，朝廷看得很重。从顺治开始，每代帝王都亲自出席会试的传胪典礼。

从乾隆二十六年起，传胪典礼定在四月二十五日这天，地点设在太和殿。太和殿就是民间所说的金銮殿，此殿位于紫禁城的中心，是享有最高地位的殿堂。遇到会试年的这天清晨，銮仪卫设卤簿法驾于殿前，设中和韶乐于殿檐下，设丹陛大乐于太和门内。礼部、鸿胪寺设黄案两座：一于殿内东楹，一于丹陛上正中。又设云盘于丹陛下，设彩亭御仗鼓吹于午门外。三品以上大臣穿戴朝服站立于东西丹陛之下。辰初时分，礼部尚书赴干清门奏请皇帝礼服乘舆，近侍道引入太和殿升座。这时中和韶乐奏隆平之章，一卫士执鞭来到屋檐下。这鞭名叫静鞭，又叫鸣鞭。鞭子以皮制成，长一丈三尺，柄为木质髹朱漆，长一丈，上面雕刻一个龙头。卫士孔武有力。只见他拿起静鞭慢慢地绕着自身旋转，越舞越快，那条鞭也便渐渐成螺旋式上升。突然发出一声清脆的巨响，声浪直奔云霄，绵绵几分钟不绝，有龙吟凤啸之余韵，世间任何响声似乎都不能与之相比。这样连舞三次，响过三声之后，丹陛大乐奏庆平之章。这时殿试读卷各官北向行三跪九叩之礼。大学士进殿奉东案黄榜，出而授之于礼部尚书，礼部尚书再陈之于丹陛正中黄案。于是鸿胪寺官员引新进士就位。新进士一个个身穿朝服，头戴三枝九叶顶冠，站在东西丹陛下王公大臣之后。传胪官高唱："某年某月大清皇帝策试天下贡士，第一甲赐进士及第，第二甲赐进士出身，第三甲赐同进士出身。"接下来再高唱第一甲第一名某人，随之道引出班，就正中丹陛御道左跪，又唱第一甲第二名某人，再道引出班，就御道左稍后跪，又唱第一甲第三名某人，也道引出班，就御道右稍后跪。然后唱第二甲、第三甲新进士名字，但不再道引出班。唱名毕，鼓乐大作，丹墀两旁各官及新进士由大学士带领，向端坐在太和殿中的皇帝行三跪九叩礼。最后，中和韶乐奏显平之章，典礼到此结束，皇帝乘舆回后宫。礼部尚书将黄榜置于云盘内，奉出午门，放在彩亭中，再由校尉抬着彩亭，前面道着黄伞鼓吹，一路吹吹打打热热闹闹地来到东长安门外，张挂于长安街上。金榜两旁有卫士执戈护卫，张挂三天后取下珍藏于内阁。在礼部尚书捧榜出午门的同时，新进士分左右两队，左边由昭德门出，右边由贞度门出。一甲三人则随榜由午门正中而出。清代规矩，正中丹陛下为御道，御道非御驾不践。午门中路为御路，御路非御跸不启。亲王宰相都不可逾越这个规矩，唯鼎甲三人跪御道，行御路，这是给鼎甲三人的特殊荣誉，其目的也正是为了抬高科举考试的地位。

第二天，皇帝于礼部赐新进士宴，名曰恩荣宴，乃仿照唐朝的曲江宴而设。唐代士人以雁塔题名、曲江领宴为终生的无上光荣。清代学唐代的样，不但设恩荣宴，还将所有新科进士的名字刻之竖于国子监的石碑上，以便永垂不朽。恩荣宴上，一甲三人用金碗，二甲三甲者用银碗，各人均赐宫花一支，小绢牌一面，上书“恩荣宴”三字，独状元与众不同，为银牌。席上金盘玉碗山珍海味，极天厨之馔，为民间所无。

光绪戊戌年以前每科的传胪典礼和恩荣宴大致都如此。然而今科——经过戊戌流血、八国联军入侵后的癸卯科传胪典礼，其情其景却大异先前。

首先倒胃的是三品以上的大官们有一半没有出席，来的一些人也懒懒散散，神情漠然，全没有以往那种兴奋激动之情。再看太和殿前，卤簿法驾一样都没有，一派冷冷清清暗暗淡淡的景况，站在左边偏殿廊庑下等候道引的新进士心中已开始疑惑不安：难道皇上御驾不来？正在心里嘀咕着，果然礼部尚书宣布：皇上圣体不适，不能参加传胪典礼。原来，三十三岁的光绪皇帝不是身体不适，而是精神不旺。自从戊戌年的变故后，光绪帝实际上已是一个关在瀛台的囚犯。从西安回銮这两年来，处境也并没有好转。他终日沉默寡言，忧郁不乐。有时慈禧接见臣工，也拉他坐在旁边。他知道这是老太婆为装门面而做出的假样子，所以也总是阴沉着脸一言不发。一些重大的宫中仪式，慈禧要他出面，他也常常借故推掉。因为他心里明白，大清的年号虽然仍叫光绪，但这江山实际上早已不属于他了。出自这种心情，受历代祖宗和他本人过去所看重的传胪典礼，他也无丝毫兴趣参加了。

皇上不驾临，还能称得上殿试传胪吗？人们常常称进士为天子门生，其实天子并不出席他们的考试，也仅仅只是在这一天，才远远地与他们打个照面。对于大部分的新进士来说，说不定这一生只有这一次才能得见天颜。不过这也就够了，九五之尊的真龙天子，不仗着新科进士的特殊身份，寻常读书人一辈子能见得到吗？有这见一面的经历，“天子门生”四字，他们也便受之无愧了。可是，现在皇上不出来接见，这成什么典礼呢？既失去了得见天颜的机会，也使“天子门生”的美誉叫不响亮。这些新科进士也终于明白了，为什么王公大臣们到得稀稀落落，原来他们早已得知皇上不参加的内情，清早起来的满肚子激情，立时被打消了多半！

余下的仪式虽然按规定举行，但都如同演戏似的做作，缺乏真实的灵魂：三声静鞭响得不清不脆，只有响声，没有余韵；出班的一甲三人面对着太和殿里空空的宝座跪下，那模样，颇像祭祀逝去了的祖宗；连鸿胪寺的唱名官员的声音也没有以往的响亮动听。杨度和看热闹的京城市民们好不容易将金榜盼出来了。捧金榜的礼部尚书没精打采，跟在后面的状元、榜眼、探花也脸无笑意，两旁走出来的新进士们，一出门便各自星散了。一甲三人出了午门后，榜眼左霈、探花杨兆麟依旧仪送山东籍的状元王寿彭到齐鲁会馆，然后贵州籍的杨兆麟送左霈到他的拉面胡同家中，最后杨兆麟只在自己的小书童的陪同下，悄悄地回到云贵会馆。所谓的状元打马游金街，就在这种既不风光又不热烈的气氛中收了场。

第二天，杨度又听说恩荣宴也办得大不成体统。主持人恭亲王载澂只到礼部大堂坐了一会儿，新进士行完礼后，他便袖子一甩，走了。据说急急忙忙回王府的原因，是要听三喜班一个新来的漂亮女伶的清唱。参与考试的官员也到得不齐，宫花系红纸所做，写有“恩荣宴”三字的小绢牌也免掉了。席上摆的是粗瓷竹筷，陈列的是家常菜肴，令所有赴宴的官员和进士们哭笑不得。

晚上，杨度去皮库胡同看望夏寿田。夏寿田已升为翰林院侍读了，仕途还算顺利，但心情沮丧。庚子年他随銮驾西逃，历尽艰险，心头上一直压着一种亡国似的耻辱。回京虽一年多了，这种压抑感仍未全部去掉。他拿出在西安时写的《庚子长安杂诗》给杨度看。杨度读着“鲁乱国无刑，周衰民去礼。神州其左衽，皇舆竟西轨”等诗句，心情也很沉重。他把这两天的见闻告诉夏寿田，夏寿田苦笑着，想起五年前自己中榜眼时的风光，恍若有隔世之感。

杨度说：“明年是太后七十大寿，一定有恩科。”

“是的，恩科已定了。”夏寿田点点头说，“今年秋闱，云贵两省的主考、副主考都已放了。”

云南、贵州地处偏远，路途艰难，历来乡试考官都先放这两省，为的是好让他们先启程。

杨度问：“放的何人？”

“贵州的主考放的是李哲明，副主考为刘彭年。云南主考放的是张星吉，副主考放的是吴庆坻。”

杨度说："李哲明、张星吉都不曾听说过，刘彭年、吴庆坻两人，戊戌年会试时，就听说他们先年一个放了四川正主考，一个放了河南正主考，都是大省，他们资历也老，想来这李、张二位，一定是翰苑老前辈了。"

"什么老前辈，都是戊戌科我的同年。"夏寿田冷笑道，"一个比我大一岁，一个比我小三岁，是翰林院里最不用功、最无出息的人。"

"这就怪了，他们何以有这样好的差运？是不是靠山硬得很？"杨度惊异地问。

"他们也没有很硬的靠山，靠的只是父亲大人当年给他们的名字取得好。"

"这与名字有何干？"杨度如堕五里云雾中，迷惑地望着老朋友阴沉的脸。

"说起来真是荒唐！"夏寿田气愤地站了起来，"某大老说，明年是老佛爷的七旬万寿，是个大吉大庆的年份，最先放的主考要应着这个意思。他将翰林院的名单排了出来，挑选了这四个人，组成'明年吉庆'四个字呈报老佛爷。果然老佛爷欢喜得不得了，立时就赏他一柄镶金吉祥玉如意。"

杨度将李哲明、刘彭年、张星吉、吴庆坻四人的名字重新念了一遍，真的组成一句"明年吉庆"的好话来。

"就这样，刘、吴两个老头子便只好委屈做年轻人的副手了。有人对这个大老说，李哲明放贵州正主考已经说不过去了，而张星吉年纪又轻，诗文又最差，放云南正主考，既引起翰苑哗然，又怕将来误事，最好换一人。那大老说，换谁呢？再也找不出一个大名里有'吉'字的人了。老佛爷已经认可，还能让她老人家扫兴吗？算了吧，再不行，也是他的命好，告诉翰苑诸公都不要眼红了。"

抡才大典，乃国家最为重要的事情，却儿戏如此，令杨度震惊。联系到这两天的反常，两位老朋友都叹息不已。会试典礼的衰落，象征着国势的衰落；放乡试考官的荒唐，暴露了国事的荒唐。大清帝国的国运，看来真的是一蹶不振了。

四　八大胡同寻静竹

看了这场热闹后，参加闰五月经济特科考试的士子便开始待在会馆里准备功课。经济特科只考两场：正场、复试，每场只考论一篇、策一道。杨度对国家时局有一肚子策论，他不习惯也不屑于泡在会馆里读死书，况且对朝廷科考也淡然多了，于是常常外出闲逛，晚上则多半在皮库胡同夏寿田寓所里谈天说地。在京城，除夏寿田这个多年挚友外，杨度心里还惦念着一个人，那就是五年前邂逅江亭的姑娘静竹。

说来也怪，二十八岁的杨度自从成年以来，接触到的漂亮而又有才情的女子也不少，但没有几个能引起他的眷恋，而那个穿着一身绿色衣服操着带吴音的京腔的少女静竹，仅仅只和他有过一两天的短暂交谈，便偏偏在他的脑中刻下了十分清晰而美好的印象。这个印象五年来不时地浮现在他的脑海中，甚至在异国他乡的岁月，他也常常想起过她。“我看重的是词，不是榜眼”，这句话，千百次地在他的耳边嗡嗡作响。这次从日本回来，做媒的不少，但他的兴趣都不大，要追寻心灵深处的原因，便是因为有这样一个倩影常常出现的缘故。离家前夕，他把当年静竹送他的拜砖放进随身带的书箱里，暗自做好了打算，一定要借此机会找到她。

当然，五年过去了，犹如杜牧说的“绿树成荫子满枝”，当年的少女或许早已成了牵儿抱女的少妇，但无论如何，杨度想见见她，跟她说几句话。名花即使有主，他也愿再睹一次芳颜，聊以慰藉那种理不顺说不清、混合着种种情感、杂糅了各色意念的心思。可是，偌大一个京城，上百万人口，九市百街，数千个胡同，当初又并不知她住在哪里、操何种职业，甚至连她的姓都不知道，冠盖京华，茫茫人海，要寻找一个这样身份低微的弱女子，五年前都无法实现，五年后更从何处着手呢?

杨度记得，静竹对他说过，她是随教她弹琴的师傅来江亭玩的，她是苏州人，来京师三年了。自己当时听了这话后就没有再问下去了，心里想到这个女子一定沉沦下层。行，这就是线索！杨度想，静竹很可能是戏班子里的。

当时北京内城禁止演戏，戏院多半在正阳门外的中城。有几句巡城口号，道是：“东城布帛菽粟，西城牛马柴炭，南城禽鱼花鸟，北城衣冠盗贼，中城珠玉锦绣。”“珠玉锦绣”指的就是大栅栏的珠宝商店和围绕大栅栏一带的挂着蟒袍玉带的戏园子。这一带方圆两三里之地竟然集中了庆乐、庆和、广德、三庆、同乐轩五大京戏园，另外还有肉市之广和楼、鲜鱼口之天乐、抄手胡同内之裕兴园。杨度一大早便来到这里，他一家家戏园子寻找，遇到关门的，便从口袋里摸出几个钱来送给门房，请求让他进去；遇到正在演戏的，他就买一张票入场，先看前台，再看后台，都没有看到，他便四处打听：这里有没有一个二十二三岁苏州来的名叫静竹的姑娘？所有被问的人都摇头。八家戏园子走遍了，问遍了，直到街头巷尾到处亮起了灯笼蜡烛，连静竹的一点消息都没有打听到。他又累又饿，拖着两条疲乏的腿回到长郡会馆。

第二天起来，疲乏消失了，他的劲头又来了。换了一个地方，跑到朝阳门外的芳草园、隆和园去打听。跟昨天一样，又是一无所获。第三天，他去了阜成门外的阜成园、德胜门外的德胜园，所得结果与前两天一个样。京师主要的戏园子都找遍了，能问的人都问遍了。看来，静竹不是戏班子里的人。那么她是妓院里的人？杨度想到这里，心里颤抖了一下，但很快就平静了。妓女又怎么样？妓女就不是人了？自古以来，风尘中的有识女子多得很，梁红玉、红拂，谁不认为她们是女中豪杰！哪怕静竹真的是妓女，也值得爱，也应该去见她！杨度在会馆里读了两天书，权作休息。这天一大早，他又出了正阳门。

京师中的妓寮也和戏园子一样，多在正阳门外，其中最有名的要数八大胡同了。所谓八大胡同，是指五广福斜街、石头胡同、陕西巷、韩家潭、朱芳胡同、胭脂胡同、小李纱帽胡同、燕子胡同、柏兴胡同、留守卫、火神庙、青风巷等胡同。其实不只八处，大大小小的胡同有十多二十处。京师人口顺，喜欢以“八”来代替众多，如八大楼、八大春、八大居等，这片众多的胡同，也便称之为八大胡同了。先前这些胡同里住的是优童。这些优童大部分是戏园子里演旦角的男人，他们演惯了女人，渐渐地沾染了女人的习性：柔顺低媚，轻言细语。他们跟女人一样的傅粉涂朱，红衣绿裤，勾引男人。这些人被称为相公，又叫像姑，他们所居住之处叫下处。清代官场狎妓嫖娼是丑事，朝廷明文禁止，但玩弄优童不但不遭谴责，还被认为是件风雅的事，官吏士大夫们常常聚在一起津津有味地谈论着逛下处挂像姑，洋洋自得，有的大官甚至公开娶男妾。这种怪现象起于康熙初年，咸同年间风气大炽。光绪中叶，江南女子纷纷北上进京做妓女，挂牌营业，妓院大多设在八大胡同一带。江南女子的特有韵致终于赢得了京师男人的青睐，优童的市场被她们占领了。到后来，优童几乎全部被赶出，八大胡同成了妓女的一统天下。

杨度走出正阳门，往南经珠宝市，再折入大栅栏，走到尽头，穿过煤市街，即为小李纱帽胡同。从这里向西向南一大片胡同，就是所谓的八大胡同了。

杨度虽生性豪爽不拘小节，但寻妓院会妓女，这还是头一次，心里不免有点不自在。一路上忐忐忑忑，先只是用眼睛看，不好意思问人。这一带的妓院真是多。名气大的，价码高的，多在陕西巷、石头胡同。最负盛名的要算是陕西巷首的金花班了，它的班主赛金花有着传奇般的经历。

赛金花十三岁开始在苏州原籍弹琴卖唱，被状元洪钧看中。十四岁嫁给洪钧做妾，十五岁跟着丈夫出洋，充当驻英、法、德、奥等国的钦差大臣夫人，学会了一口流利的英语、德语。二十岁时洪钧死，洪家不容她，她在上海开起了妓院。过几年后进京，先在李铁拐斜街挂牌，很快便艳帜高张，名播京师，门前车马络绎不绝，达官贵人趋之若鹜。就是在她的带动下，江南女子才纷纷进京，在八大胡同做皮肉生意。凭着一口德语，庚子年她结识了八国联军统帅瓦德西，办成了一些连慈禧太后、王公大臣都不能办的事，遂使得赛二爷的芳名红遍京师上下。前两年，她的金花班移到了陕西巷。

杨度见金花班的黑底金字竖匾高高悬挂，三扇黑漆大门油光闪亮，几十辆绿蓝呢轿、红障泥马车将陕西巷大半条胡同塞满，十几个龟奴油头鲜衣、低首哈腰，忙得不亦乐乎。低矮的粉墙内垂柳依依，石山累累，鲜花簇簇，池水清清，一间间门楣装饰得流光溢彩的小房子里，时时传出丝竹管弦之声，软绵绵，柔靡靡，使人听了心摇神荡，如痴如迷。倘若不是记得自己是专为来寻访静竹的话，杨度真想一直倚墙听下去，不愿离开了。

到了石头胡同，云吉班的气派也不亚于金花班。一样的彩楼绣阁，一样的纸醉金迷。别的胡同里的妓院，有门庭若市的，也有嫖客不多的；有的门口竖着气魄宏大的油漆招牌，也有的门口只钉着一块窄窄的白板木牌，上面用墨写着孤零零一个名字。还有涂脂抹粉亲自出门，倚门靠窗，挤眉弄眼地向来往男人献媚态的。这种人在妓女中的地位最低，俗称野鸡。

转了一圈后，杨度犯难了。此地不比戏园子。戏园子可以打听，可以进去，顶多不过是白买一张门票而已。妓院可就不同了。你只要往门口一站，龟奴们、鸨母们便糯米粘糖似的粘着你不放，露出使人肉麻的笑脸，说出使人发酥的话语，让你不进门脱不了身。若是遇到那些亲自拉客的野鸡，就更麻烦了。杨度年轻风雅，举止倜傥，在八大胡同转了几圈，早已引起了妓院内外的注意。她们看准了这是一位浪荡的富贵公子，便不待他开口，那些鸨母们、龟奴们、野鸡们纷纷主动走上前来揽生意。开始，杨度还想趁这个机会打听静竹下落。这些人一个个油嘴滑舌，都说先进门吧，进门后把姑娘们都叫出来，让你一个一个地认好了；又说我们这里好看的姑娘多着哩，说不定你见了她们就再不会想那个静竹了。杨度听了心里很不舒服。他们完全把他当作一个来寻旧日相好的嫖客了。当然，把人叫出来认是个主意，但妓院不比别处，叫个姑娘出来让你看一眼，行，但接下来便该你掏银子了。几十家妓院，几百个姑娘，杨度花得起那么多银子吗？晕头晕脑地在八大胡同混了一天后，他再次失望地回到会馆。

第二天杨度便觉得头痛得难受，在床上躺着。没有访到静竹的一点踪影，他心里总不能安，书也无心读。到了中午，觉得略舒服了点，他便叫来一辆黄包车，拖着到了天桥、大钟寺等地。这些地方是说书、唱大鼓、玩杂耍等人的集中地，杨度寻思静竹也可能出没于此等地方。他在这几个地方转来转去，细心搜索，依然没有丝毫收获。他把这几天的情况告诉夏寿田。夏寿田笑道：“痴情郎，都五年过去了，你还没有忘记那个女子？算了吧，先温习功课，待特科考过以后，我陪你一起去找！”

夏寿田说得对，杨度于是暂时搁下这件事，打点精神准备策论。

五月上旬，从初一到初十，正是京师城隍庙会的日子。初十清早，夏寿田就来长郡会馆邀杨度去逛庙会。杨度因为没有寻到静竹，这些日子心里总不大安宁，没有心思看热闹，不想去。夏寿田劝道：“今天是最后一天，年年这天的庙会最是热闹。下午宛平县城隍、大兴县城隍都要前来向京师城隍行晋谒礼，到时有不少舍身为两县城隍服务的人。去年宛平县居然有两个中年汉子用铁丝穿过手臂，再在铁丝上悬挂大红灯笼作城隍菩萨的前道，说不定今年的名堂更多些，不去看看，太可惜了！”

杨度本是个好热闹的人，见夏寿田说得如此奇特，便跟着走出了会馆。

京师城隍庙位于宣武门内庙街，始建于元世祖至元十七年，明永乐年间加以扩建，清雍正、乾隆朝两次重修，兴盛时期的城隍庙是京城中一座规模宏大的建筑群。城隍庙中央是大威灵祠，后面为寝祠，两庑建有十八司，前为阐威门，塑有十八省城隍泥像。十八个城隍神态各异，栩栩如生，望之俨如十八个帝王站立着。群像前面有一道门，曰顺德门，门前左边为钟楼，右边为鼓楼。再朝前走，便是大门了。

自明代起，每月朔望及二十五日为市，逢初四、十四、二十四则于东皇城之北设集，每年正月十一日至十八日则在东华门外十里街道上张灯结彩，名曰灯市，成为京师一景。到了清代，满人崇隆祀典，每年春分秋分两季节朝廷遣官员致祭，祈求城隍保佑京师风调雨顺，城宁民安。又定每年五月初一至初十为庙会日。每年这十天里，京师九城商贾，宛平、大兴等县的士商，乃至百里之外密云、怀柔等地的货商都集中到这里做生意，百货充盈，应有尽有：日用杂货、小儿玩具、古董旧物、珠宝珍稀、车马家具、琴棋书画，甚至还有通过不同路子从宫中偷出来的禁品。入夜则灯火辉煌，亮如白昼，各种卖小吃食的人从四面八方赶来凑夜市，弄得城隍庙里里外外香味弥漫，热气腾腾。人们纷纷前来，有买货的，有观赏的，有看热闹的，有来吃零食的，还有些轻薄子弟，什么也不买也不吃，专为来看漂亮女人。真个是人山人海，声浪沸腾。可惜，光绪六年城隍庙遭了大火，祠堂、楼台被烧毁大半。光绪二十年春重建，刚建好正殿，恰逢海战惨败，无心再建下去，于是原来颇为壮观的城隍庙除了一座完整的正殿外，其他都是断壁残垣，相应地，香火和集会也跟着冷落下来。但毕竟北京是都城，有百万人口，不乏有钱和有闲的人，几年过后，一切又慢慢恢复过来，近两年庙会居然闹得很兴盛，并不比咸同时代相差太多。

夏寿田和杨度携手来到此地，果然货物山积，琳琅满目，人群拥挤，热闹非凡。两个书生对吃的穿的都不感兴趣，他们有兴趣的是笔墨纸砚、书画古董。擦过数不清人的肩膀，穿过数不清的摊位，夏寿田突然被一个江南口音所吸引："喂，此地有正宗宜兴紫砂壶，还有时大彬真品！"

夏寿田拉着杨度循声挤过去，果然见一个四五十岁的汉子坐在那里叫唤，面前铺着一幅大呢毯，呢毯上放满了大大小小的泥壶泥杯。那汉子见人来了，忙站起笑着问："要买紫砂壶吗？这都是真正的宜兴壶！"

夏寿田点点头说："先看看。"

汉子热情地指着泥壶介绍："我这里的货很齐全，各种造型的都有。"又一个个地指指点点说，"这是六方壶，这是南瓜壶，这是龟壶，这是提梁壶，这是蟠桃壶，这是八卦壶。”不待夏寿田发问，又说，“泥色也很全。先生若喜欢深色的，我这里有乌泥紫砂；若喜欢浅色的，我这里有黄土紫砂；若喜欢不深不浅的，我还有夹层紫砂。”

夏寿田从中挑了一把蟠桃形壶放在手里掂了掂，又举过头顶，对着阳光照了照，又用手指轻轻地弹了弹，点点头说：“不错，你这是把真正的宜兴紫砂壶。”

那汉子十分感激地说：“你这位老爷是真的识货，我这里都是真正的宜兴货，没有一把假壶、一只假杯。”

“多少钱一把？”夏寿田问。

汉子凑过脸来，殷勤地说：“不瞒你老爷，我这把壶足足要卖三两银子，你老爷是识货的，说出的话没有亏待我，有义气！我们吃江湖饭的人，最讲的就是‘义气’二字。凭你老爷这句话，我对折了，收你老爷一两五钱银子，一个子都不再多要了，拿去吧！”

说着，便对夏寿田连连挥手，那模样很是慷慨。

杨度说：“太贵了吧，一把这点大的壶就值一两五钱银子？”

杨度对紫砂壶没有研究，他不识货，只是凭直觉觉得贵了，一两五钱银子可以买一石白米了。

“老爷，不贵，不贵！这不是一般的壶，这是真正的宜兴紫砂壶。我从宜兴运到这里，光运费每只就得耗费五钱。”汉子忙解释，又嬉皮笑脸地对杨度说，“老爷，我辛辛苦苦从江南赶京师庙会，总要赚几个钱养家糊口吧！”

夏寿田摸着壶，浅浅地笑道：“你说你有时大彬的真品，拿出来给我看看。”

时大彬是明朝后期一位著名的紫砂壶巧匠。他的壶制得特别精美，但传世不多，在很长一段时间内几乎绝迹，近几十年来他造的壶时有出现，被紫砂壶爱好者视为宝贝。

汉子忙不迭地说：“行，你老爷要看，我拿出来！”

说罢转过脸去，从小凳子边的皮袋子里摸出一把壶来，又笑着说：“不瞒你老爷说，我这时大彬的真品是花大价钱从他后人手里买来的，等闲人来问，我是不会拿出来的。今天遇到你老爷，知道你老爷是位肯出大价的识货人，不瞒你老爷说，这是真正的时大彬的壶哩！”

汉子翻过壶底，壶底上果然出现“大彬”两个字，旁边还有一颗篆体阳文印章。

杨度靠拢夏寿田，只见他手里捧着的是一把圆形提梁中壶，颜色黑黑的，造型优雅。夏寿田将壶放在鼻子边嗅了两嗅，又把壶盖揭开看了看。杨度从他手里拿过来，掂了掂，觉得这把壶沉甸甸的，比毛毯上那些壶重多了，心想：这怕真的是一把明代旧壶！

夏寿田不加评判，问汉子："就这一把，还有吗？"

"还有一把。"汉子说着，又从皮口袋里摸出一把来。夏寿田见这把壶是一把四方壶，提手在一旁，壶嘴很长，造型简单，样子显得古朴。他端在手里，也上下左右地仔细看了一遍，又问："还有吗？"

那汉子不直接回答，凝神看了他好半天，才神秘地反问："你老爷是真买还是假买？"

夏寿田问："真买又如何，假买又如何？"

"若是真买，我这里还有一把，拿出来给你老爷看，若是假买，就不消看了。"

"你拿出来吧，我真买。"夏寿田以坚定的口吻答复了那汉子的提问。他本是贵公子出身，从小花大钱花惯了的，只要真看中了，即使很贵，他也不在乎。

汉子将一只手轻轻地伸进皮袋子里，慢慢吞吞地从袋子里摸索着，壶嘴刚一露面，那一只手便立刻接住，然后双手端出一把壶来，那份小心翼翼的样子，就如同接生婆捧出一个二十年不孕的产妇生下的头胎男婴似的。夏寿田和杨度一见，立时被这把壶的精巧造型所吸引：壶身是一个匍匐在地的蟾蜍，微张的嘴巴变成了壶嘴，嘴巴上方左右各有一粒绿豆大的黑珠子，那显然是蟾蜍的眼睛，壶身上布满了大大小小的凸粒，背上有一只昂首展翅的蝗虫，那是壶盖。托在手里的茶壶，竟是一尊形神兼备的蟾蝗雕塑。

"好壶！"杨度禁不住脱口称赞，造型如此别致的紫砂壶，他生平第一次见到。

"是不错。"夏寿田也笑着赞扬。他轻轻地提起蝗虫盖，朝壶肚子里望了望，又翻转过来看了看壶底，只见上面也刻着"大彬"二字，也有一枚篆文印章。

"这也是时大彬造的？"夏寿田问。

"你老爷，这还要问吗？我这是亲手从时大彬十二代孙的家里买过来的。时家的后人说，这是大彬晚年的得意之作，也是他一生所制作的最好的壶。”汉子指着壶说，“这造型摆在这里，不消我说了。至于这泥色，你老爷一时或许看不出，这是泥工洗手时冲下来的粘手泥，三年五年才能积下一把壶的泥料，这是顶顶上尖的好泥料。”

见夏寿田连连点头，汉子知道遇到了知音，遂愈加起劲了：“我看出这的确是把人间少见的好壶，咬了牙关，用重金买了下来。在无锡、江宁我都不拿出来，虽有识货的，但没有出大钱的呀！这次特地带到京师来，我想这把壶只有天子脚下的人才买得起。”

那汉子说得唾沫四溅。杨度见他说得神乎，笑着问：“你这把壶到底要卖多少钱？”

那汉子伸出三个指头：“三百两，一个子不少！”

杨度睁大眼睛，望着夏寿田，不知他舍不舍得花这笔大钱。夏寿田将茶壶在手里转了几下，突然盯着汉子看了片刻，然后哈哈大笑起来，说：“你这真是时大彬制的壶？”

那汉子似乎早有准备，并不在意，从容答道：“不是真的，难道还是假的不成？”

夏寿田说：“你这把壶拿去哄哄公子王孙或许可以，不过我要告诉你，那些公子王孙又并不在庙会买宜兴的壶，自有江苏的巡抚、苏州的知府、宜兴的县令巴结，把道道地地的宜兴壶送上府门。你这把冒牌的时大彬壶要想卖三百两银子，真正是痴心妄想！”

“你这个人呀！”卖壶的汉子改了称呼，“你凭什么说我的壶是假的？”

“好，我说出来让你口服心服。”

夏寿田把壶底翻过来，对汉子说：“时大彬制的紫砂壶，落款有个规矩，要么刻两个行书‘大彬’，要么刻一个篆文印章，从来无既有字又有章的。造假的以为既有名字又有印章，双重作保，其实恰恰就在这里露了马脚。”

那汉子脸上阴阴的，心里暗暗吃惊：今天真的遇了个行家？他望了望四周，见幸好没有人在旁听，便说：“你难道就看遍了所有传世的时大彬壶，能下这个断论？”

夏寿田冷笑道：“是不是真的，我还有个验证方法。”

他拿着壶走到一个卖汤面的小贩摊边，叫小伙计从锅子里舀了半勺沸水倒进壶中，然后回到汉子面前说：“你闻闻，这壶有什么气味没有？”

那汉子闻了闻，摇摇头。

夏寿田又叫杨度闻。杨度闻了闻说："什么气味都没有。"

夏寿田说："时大彬没有儿女，哪来的十二代孙子？况且近几十年流传于世的大彬壶，都是出土于万历年间达官贵人棺木中的殉葬品。这些壶在棺木里躺了二三百年，沾上了棺木气，一灌上滚开水，这股气味就更大了。仿造的大彬壶尽管外形可以做得惟妙惟肖，但这股棺木气是无论如何仿造不出来的。"

夏寿田说到这里，盯着卖壶的汉子问："你还有什么可说的吗？"

那汉子脸红了。夏寿田这个鉴别方法，他还是第一次听到，的确很有道理。他想了一会儿说："你老爷是个真正的内行，我服了你了。我这把壶的确不是时大彬的真品，是我自己仿造的，现在我将这把壶送给你，只求你不要说出去。在下家里有老有小，还要靠卖掉这几把假壶过日子。"

夏寿田笑道："你这位兄弟倒也直爽，承认是假的就算了，现在这世界上假的东西多得很，我也不会来坏了你的饭碗。我看你的手艺也不错，这把壶只要不冒时大彬的名，也不失为一件紫砂精品。你造出它也不容易，我拿十两银子买下吧！"

说着从口袋里取出一锭银子，那汉子忙接过，感激地说："你老爷真正是个有学问的道德君子，请告诉我住在哪里，明年庙会，我再做一把更好的送到府上。"

夏寿田说："算了，不必了，你自己留着卖大价钱吧！"

离开紫砂壶摊子后，杨度带着崇敬的心情问："午贻，你哪来的这套学问？"

夏寿田答："家父幕府里有一位研究紫砂壶的专家，本人又是宜兴人，他用毕生精力写了一部关于紫砂壶的书，只是没有钱刊刻，一直摆在箱子里。临死时，他把这部书稿送给了我，希望我帮他刻出来。我闲时无事，喜欢看看，慢慢地也便成了半个紫砂壶专家了。过两年，我要请几个刻工来帮他刻印，让老先生在九泉下安心。"

"快莫造孽了。"杨度笑着说，"你把这部书刻印出来，不就要断了别人的财路吗？"

两人都快乐地大笑起来，继续边走边看。前面有一个砚石摊位，摆着各色各样的砚石，有三四个年轻后生子也在看，中间有一个对伙伴说："这几台砚石标名徐公砚，请问仁兄，这徐公砚是什么砚？"那伙伴摇头说："我也不知。"另外几个伙伴也答不出。

卖砚的老头子笑着说："这徐公砚是砚石中的珍品。"见又过来几个人，老头子更得意了，于是对着众人大声说："诸位，只要哪位能说出徐公砚的来历，老汉便送他一块以表敬意。"

见周围的人都面面相觑不能回答，杨度心里说，好，这才该我露一手了！

"老汉，你刚才的话算数不？"杨度望着卖砚的老头问。

"算数，算数！"老头连连点头，"少爷若能说出它的来历，任凭少爷你自己挑一块，老汉我一定奉送。"

刚才那几个年轻人以及后来的人都看着杨度，夏寿田也不知徐公砚的来历，便催着："皙子，你说吧！"

"这徐公砚出自山东琅玡山，又叫琅玡砚。"杨度意气昂扬地对着众人说，"这里的石头为泥质岩，经过造物千万年风雕雨琢，天然成趣，又硬度适中，宜于奏刀，早在唐代就有石工采来制造砚石。大历年间有个叫徐晦的举子进京赶考，路过此地，偶得一块形态奇异的石头，便拾起来自制一砚。这年冬天长安气候极冷，考场里所有砚石的墨水都结了冰，举子们无不苦之，唯有徐晦的砚寒而不冻。他挥毫疾书，运笔流畅，满腹经纶跃然纸上，高高地中了个头名状元。后来，他竟然因巍科出身而做到礼部尚书。徐晦感谢琅玡砚的功劳，老来离京筑一屋于此，常年居住。以后此处人口渐多，因为徐晦的官高名气大，人们遂以他的姓为此处命名，叫作徐公店。徐公店一带的石头制成的砚石便称之为徐公砚。"

老汉听了杨度这番话后高兴得不得了，忙双手拉起杨度的手说："少爷，你讲的一点都不假，你真了不起，你怕是翰林院的学士吧！"

杨度看着夏寿田笑了，两人都觉得有趣。有个年轻人高声说："刚才这位先生的故事说得好听，只是眼下天气温暖，拿什么来检验它是不是真的徐公砚呢？"

杨度答："这也不难，若是真的徐公砚，其质地必然温润嫩滑，指划有痕，墨浓如油。"

当时便有人来试验。果然用指甲轻轻一划，便在砚台上留下了一道痕迹，再用墨来磨磨，磨出的汁也的确浓黑如油。这下摊子旁边热闹了，大家都来买，一百文钱一台的徐公砚，一下子就卖出了十多方。老汉对杨度说："少爷，这故事出自你的口，大家都相信；若是出自我的口，大家都会说是我瞎编的。你帮了我的大忙，谢谢你，这摊子上的砚台，你随便挑一方吧，我送给你！”

杨度从中挑了一方桐叶徐公砚，见夏寿田也喜欢，便为他也挑了一方鲤鱼徐公砚，从衣袋里掏出二百文钱来说：“老人家，你是小本生意，我不能白要你的，两方砚石，二百文钱，你收下吧！”

老头子坚持要退出一百文来，杨度忙拉着夏寿田走了。这时，只见外面锣声噔噔，唢呐呜呜，有人喊：“巧得很，宛平的城隍和大兴的城隍今年碰头了！”

顺着人流，杨度和夏寿田走到大门口，看见南北两路城隍出巡队伍果然对面而来。北面的队伍最前面是一块约一丈长三尺宽的木牌，上面大书“宛平城隍”四字，由一个身高六尺头大如斗脸抹五彩的大汉举着，后面跟着八对吹鼓手，一律穿黑色紧身衣，扎灯笼裤，脸上涂着黑墨，再后面是一对童男童女，每人手中拿一把扇子，也穿黑衣服，但脸上却擦着红胭脂。童男童女后面是一座八抬的黑轿，抬轿的人一个个扮作牛头马面，轿中坐着一个枯瘦如柴的偶像，穿一身黑布金丝绣山水云浪长袍，头戴冲天圆箍冠，满脸乌亮，两眼深凹，巨口獠牙，小耳长颈，一副凶神恶煞的模样。杨度问夏寿田：“这城隍的像如何这般瘦长，头肩腰都太不成比例了，样子也可怕。”

夏寿田说：“你不晓得，这像是用藤雕的。”

“藤雕的？有这样粗的藤！”杨度很惊奇，再一次细看。

“这城隍像有二三百年了，据说有一个姓滕的人，生前在宛平做县令，清正廉明，嫉恶如仇，死后被玉帝封为宛平城隍，老百姓就找了一棵千年古藤给他雕了一座像。这位滕城隍面孔虽古怪丑陋，心地却最好，百姓都敬重他。”

说话间，南边那队点起了鞭炮，噼噼啪啪地响个不停，把大家的视线都吸引过去了。比起北边的队伍来，南边的气派大多了。前道的长木牌红地金字“大兴城隍”四字格外醒目，后面是十六对吹鼓手，一律红衣镶金边，接下来是四个囚犯，脚镣手铐，披发带枷。杨度又问：“这四个人犯了什么罪，要如此示众？”

夏寿田笑道：“他们都不是罪人，是好人。”

“那为何要这样当众丢丑呢？”

“他们这样做，是为了求得城隍爷的欢心。”夏寿田解释，“城隍爷一欢喜，就赐给他们福气，或保佑他们无病无灾，或保佑他们发财做官，或保佑他们早生贵子。”

突然，人群中大起哄，都说：“快看呀，快看呀！”

杨度、夏寿田看时，只见四个囚犯后面走着四个人，有两个人的手臂上悬着铁钩，铁钩不是挂在臂上，而是穿过臂肉，下端还吊着一盏点燃的油灯，时时可见鲜血从臂上流出，顺着铁钩流进灯盏里。另外两个更可怕，铁钩穿过腮帮，下端托着一根点燃的蜡烛，千千万万双眼睛都投向这四个可怜人，到处是啧啧声、叹息声、惊异声、赞扬声。杨度又不明白了。夏寿田在京师住了四五年，对此很熟悉，便又告诉他："这都是些苦命人，或从小就死了父母，或老来失去儿女，或一生受贫受累，他们自认罪孽深重，甘愿受非人之苦来赎罪以求来生。"

杨度十分感慨地说："今生已经受苦了，还要加一项这样的苦来受，如此折磨自己，来生就有福享了吗？"

后面十六抬的显轿中也端坐着一具城隍偶像。这城隍身躯魁梧，头大脸方，还留着两尺来长的赤色胡须，身穿大红袍，头戴十二旒平天冠。轿后判官小鬼一大群。夏寿田告诉杨度，大兴县的城隍是用樟木雕的，所以身宽体胖，这个城隍喜欢讲排场，他出巡时要随从众多浩浩荡荡，百姓依着他的性子，他就保佑护卫，不顺着他的性子，他就降灾降祸。

这时，两队城隍在大门口会面了，都站住。北边举牌的大汉厉声喝问："前面来的是何方人马？"

南边举牌的大声回答："大兴县城隍奉玉帝命出巡，特为朝拜京师城隍大王。你们是谁？"

北边的答："宛平县城隍奉旨巡视，专程进谒京师城隍大王。"

南边的再问："请问带给大王什么礼物？"

北边的再答："五谷丰登，六畜兴旺。请问你们给大王什么礼物？"

南边的回答："风调雨顺，四境平安。"

然后北边南边一齐高喊："老哥，你请先！"

此刻两队的锣鼓唢呐都响了起来，把即将结束的庙会推向高潮，四周围观的人群无不笑逐颜开。就在这个时刻，杨度突然发现一个身穿藕绿色衣裤的年轻女子，正望着宛平城隍的藤像甜甜地笑着。那神态，那笑容，正是五年前邂逅江亭的静竹！更令杨度兴奋的是，那女子右手还拿着一把绢扇。是的，她一定就是五年来自己时常想起的、前些日子踏破铁鞋寻找的那个心上人！杨度顾不得与夏寿田打招呼，便穿过密不透风的人流，向那女子奔去。

待到杨度快要走近绿衣女子身边的时候，绿衣女子却移动了脚步，杨度也便随着她走，眼睛死死地盯着，生怕她被人流淹没了。慢慢地越走人越稀少，看来这女子是要离开庙会回家，杨度暗自欢喜。快要走到石驸马大街的时候，杨度加快了步伐，看看离那绿衣女子只有一两步脚了，杨度轻轻地叫了一声："静竹姑娘，你停一停！"

或许是声音太小了，那女子并没有停步。杨度又叫了一声："请停一停，静竹姑娘。"

女子停下来，回过头一望。杨度大吃一惊：原来她不是静竹！那女子却依旧甜甜一笑，主动问："刚才是先生你在叫静竹姑娘吗？"

"对不起，刚才是我在叫静竹姑娘，我认错人了。"杨度十分失望，就要转身回庙会去找夏寿田。

"等等。"绿衣女子叫住了杨度，"听先生你的口音，不像是本地人。"

"是的，我是从湖南到北京来应特科考试的举子。"杨度觉得眼前的这位与静竹穿着同样衣服的女子，有着与静竹同样热情善良的性格。他乐于与她攀谈，遂走前一步，与女子平行。

"那么，你是如何认识静竹的？"女子斜斜地偏着头，用一双好看的杏眼望着杨度。

杨度这时才发觉，绿衣女子虽然脸型轮廓很像静竹，这双眼睛却不像，静竹的眼睛是眼角微微上挑的凤眼，不如她的圆，而杨度更喜欢那双丹凤眼。

"那是五年前，我来京师参加戊戌科会试，一个偶然的机会，在江亭认识了她。"杨度想，看来这女子可能认识静竹，否则，他那声"对不起"的话说过后，她就该走自己的路了，不会再来问东问西的。想到这里，杨度心中燃起了希望。"姑娘，你认识静竹吗？我这次一到京师就四处找她，一直没有找到。"

"先生尊姓大名？"绿衣女子不回答杨度的提问，反倒盘问起他来。

杨度不以为意，忙回答："我姓杨名度字皙子，湖南湘潭人。"

"你就是杨皙子先生！"绿衣女子睁大眼睛，本来就圆的眼睛显得更圆了。

"正是，正是！"杨度似乎觉得静竹已呼之欲出了，急着问，"姑娘，请你快告诉我，静竹她在哪里！"

姑娘并不急着告诉他，她四处望了一眼，说："前面胡同里住着我的结拜姐姐，你如果不在意的话，我们到她家去坐坐吧！”

“行，行。”一个上午的庙会，逛得他又累又渴，能有一处地方坐坐，边喝茶边说话，那是再好不过的了。

杨度跟着绿衣女子由大街转进一条小胡同，来到一家紧闭的脱漆旧门边，女子用力敲了两下门，又高声喊道：“丹姐，请开开门！”

喊声刚落，二楼窗口里伸出一个女人头来，笑着答：“哎呀，是亦妹呀，等一下，我来开门了！”

一会儿门开了，里面站着一个浓妆艳抹的二十多岁年纪的女子，笑吟吟地望着亦妹，又将杨度看了看，极其热情地说：“稀客，稀客，快进屋，上楼坐。”

说罢，随手将门又关紧了。门关上后，屋子里显得黑黑的，过了几秒钟后，杨度才看清这是一间杂屋，屋里有一个大灶台，灶台上放着锅瓢碗筷，灶台两旁堆满了煤炭干柴。他跟在亦妹的后面，沿着又窄又旧的木楼梯上了二楼。楼上光线充足多了，有两间小小的简陋的木板房，前面的小房间摆着床、梳妆台，后面的小房间有一张小方桌、四条方凳，有两只叠着的黑漆旧木箱子，板墙上贴一张十分俗气的贵妃出浴图，还有几张大红大绿的年画。亦妹把杨度带进这间小房子，大家在方桌边坐下来，丹姐笑着问亦妹：“这位先生是……”

“他就是杨皙子先生。”

“哎呀，你就是杨皙子先生！”丹姐忽地站起来，将杨度仔细端详着，看得杨度颇为不好意思，心里想：她们怎么都知道我？

丹姐转而问亦妹：“你在哪里遇上了杨先生？”

“在城隍庙会上。”

“你都告诉他了吗？”

丹姐问的虽是亦妹，杨度却不由得紧张起来，他感到有点不祥的味道。

“还没有哩，正要借你这里说说话，麻烦你下楼给我们烧点水喝吧！”

“好。”丹姐答应着，走到门边，又转身看了杨度一眼，说，“杨先生，你这几年到哪里去了，为什么不早来北京？”

杨度发现丹姐的眼神有点凄凉，愈发觉得不妙：难道静竹出了什么意外？

“亦妹。”杨度学着丹姐的口气称呼绿衣女子，急切地问，“静竹她现在哪里？”

“她已经故去了。”亦妹轻轻地慢慢地吐出一句话来，仿佛一根游丝在飘动。杨度一听，却如五雷轰顶。这怎么可能呢？五年前那个十七八岁的女孩子，那样的纯洁，那样的甜美，那样的活泼热情，那样的生机蓬勃，她那时是一朵花瓣初绽的蓓蕾，这时理应是一朵迎风怒放的鲜花，她怎么能萎去，又怎么会萎去呢？

“她什么时候故去的，得的什么病？”二十八岁的堂堂男子汉杨度，竟忽然嗓音哽咽起来，眼圈也红了。

“上个月故去的，已安葬在西山了。她的病完全是因为思念你而得的……”

亦妹的话还刚刚开头，杨度却已脸色惨白，一时间百感交集，千悔万恨。他心摇神移，虚汗淋漓，不觉眼前一黑，猛地晕倒在楼板上。

“晳子先生，晳子先生！”亦妹吓得不知所措。

丹姐闻讯忙上楼来。她到底比亦妹大两三岁，见识多些，说：“不碍事，不碍事，他这是一时急的，我们把他抬到床上去。”

两个女子，一人抬肩一人抬脚，费尽了力气才把一条七尺大汉抬到隔壁房间的床上。丹姐从楼下打来一盆温水，要亦妹给杨度擦去脸上脖子间和手心里的虚汗，自己则翻箱倒柜，找出一小瓶同仁堂配的救急水。丹姐用竹筷撬开杨度的牙关，将救急水倒进他的口里，又喂了两匙温开水，再拿床薄被子给他盖上，然后拉起亦妹的手走出房间，把门带上。

在刚才说话的房间里，亦妹将遇见杨度的过程告诉了丹姐。

“看来这位杨先生是个重情重义的好男儿，静竹的眼力不错，她真有福气，我不如她。”丹姐思忖了一下说，“他既是来赶考的，千万不要误了他的大事。依我看这次什么都不要对他说，待到他金榜高中的时候，再把真相告诉他，让他喜上加喜。”

“行！”亦妹点头赞同。

半个钟头后杨度醒过来了，见自己躺在陌生女子的床上，很觉不好意思，他忙起身下床。亦妹听见响声，推门进来。杨度凄然笑道：“真对不起，吓着你们了！”

亦妹问：“好些了吗？”

“好多了。”杨度在梳妆台边的小凳上坐下，“亦妹，你把静竹的事详细告诉我吧！考完后，我去西山祭奠她。”

丹姐端了一杯热茶进来，忙说：“杨先生，你先喝喝茶，养养神，饭菜都好了，你就在我们这里吃饭。静竹的事，不是一时半刻说得清楚的。天色也不早了，我们不便留你在这里过夜。你千里迢迢来北京，主要目的是为了赶考，回客栈后好好温习功课，待放了金榜后再到这里来，我们姊妹把一切对你说清楚。你看呢？”

杨度见丹姐一脸正色，又想起自己刚才的失态，不觉对这个房主人有点畏惧，他只得遵命照办。吃晚饭时大家再不谈静竹的事。吃完饭后，二人送他下楼。亦妹一再叮嘱，金榜放后，一定要来，她和丹姐在这里等着。

五　亦竹告诉静竹：你就要做榜眼公夫人了

杨度回到长郡会馆，拿出静竹送给他的拜砖，呆呆地看着，江亭题扇、潭柘寺定情的往事一幕幕地浮上脑际。往事是那样的清晰温馨，而今却芳魂已逝，天人永隔，再也见不到她那娟秀的面孔，听不到她那乳燕般的笑语了，感情丰富而脆弱的倜傥才子不觉失声痛哭起来。他一直哭了大半夜，天蒙蒙亮时才迷迷糊糊地睡去。临到中午醒来时，他的心情已趋平静了。人既已逝去，再思念再哭也是空的了，静竹送拜砖时说过，要用妙严公主的恒心做一番事业出来；只有记住她的话，做出成就来，才是对她最好的缅怀。杨度这样想着，决心要把这次特科考好，待到金榜题名的时候，再到西山去祭奠，去告慰静竹的在天之灵。

从那以后，杨度再不外出了，连夏寿田那里也很少去，他闭门谢客，真正实实在在地用起功来。各省应试举子陆续到京，大家纷纷互拜，借以通声息，交朋友。杨度本是极喜欢应酬的，因为心情不佳，一概不加入，别人拜他，他也不见。只有四川举子宋育仁曾经是尊经书院的弟子，因系同出于王闿运的门下，是他的师兄，当宋专程来访时，他只得和宋见了面。于是第二天便有广东三水县人梁士诒邀了江苏吴县人张一麟也要来拜访。梁士诒字翼夫，号燕孙，出身官商之家，极为聪明干练。他以进士身份参加特科考试，一心要拿个特科状元。张一麟字仲仁，号公绂，出身书香门第，从小饱读诗书，以才闻名三吴。没想到杨度却借口生病不见，梁、张吃了个闭门羹，心中不悦。外省举子都说杨度性格古怪，他听了也不在乎。

待到主考大人张之洞排场十足地进了京城后，特科考试的气氛便骤然浓重起来。这次考试，朝廷派了八个阅卷大臣，除主考张之洞外，另外七人为：裕德、徐会沣、张英麟、戴鸿慈、李昭炜、张仁黼、熙瑛。这七个人无论科名、资历、地位、声望都远不及张之洞，自然一切都听从他的安排。张之洞住进贤良寺的当晚，便将各部院寺正卿及各省督抚学政保荐的名单一一细看，然后又将已报到的名单拿来对照：保荐的有三百七十二人，报到的却只有一百九十一人，刚好过半，他心中颇为不快，使他略觉安慰的是杨度、梁士诒、张一麟这几个人都来了。杨度见过面，他已看准是个栋梁之才；梁士诒、张一麟没有见过面，也不是他推荐的，但早闻二人的名字，论者都说他们有真才实学，他很想借此测试一下他们的才学究竟如何。经济特科是有清以来的第一次，朝廷于这次考试并无成议，一切都委托张之洞，要他全权办理。看完名单后，张之洞在心中暗暗定了主意：取士尽可能广，一来国家时局危阽，急需人才；二来录取的人越多，被荐举而未来京考试的人就会越感到遗憾，他存心要让那些人遗憾。慈禧太后为了表示对重臣的礼遇，特赏张之洞在主考前游颐和园一次。

颐和园乃光绪皇帝不惜动用海军经费为慈禧太后修建的园林。皇家园林是不允许外人游玩的。以李鸿章功劳之大，地位之高，未经允许私自游了一趟被八国联军烧毁的圆明园，尚且受到严责，罚俸一年，可见慈禧对张之洞礼遇之隆。

张之洞一生顺遂，此时受到这般礼遇，更是志得意满。游园的这一天，李莲英亲率一班抬轿太监在门边恭候。张之洞看不起阉竖李莲英，明知他是慈禧的宠奴，也不对他特别示以客气。八个太监轮流抬着张之洞穿长廊，游排云殿，上万寿山，登佛香阁，累得上气不接下气，张之洞大模大样地坐在轿中，吆三喝四，颐指气使，全然不把这群御仆放在眼里。临走时丢了三百两银子给李莲英，叫他分赏太监们。这些太监们满以为累了这一天，可以得个三百五百的，谁知一分下来，连四十两都没有，一个个气鼓鼓地跑到李莲英那里去挑唆：“大总管，这张之洞也太神气了，奴才们抬了一整天轿不要说了，大总管也为他辛苦了一整天，他只赏三百两银子。当年左侯爷那样高的功劳，大总管只交还他一顶遗漏的帽子，他就用三千两银子回赠。比起左侯爷来，张之洞不值一提，他凭什么这样看不起大总管！”

太监们说的故事是真的。

光绪七年，左宗棠从新疆前线载誉回京，谒见慈禧太后。左宗棠目空一切，睥睨天下，但第一次拜谒天颜，也诚惶诚恐，汗流浃背。退下时，因心情紧张，竟然将放在一旁插有双眼花翎嵌着大红珊瑚顶子的朝帽遗落在御桌前。这是一桩很失礼的举动，左宗棠出门后颇为着急。李莲英机灵，忙进去给慈禧太后换茶，借这个机会将帽子取出，连夜亲自送到左宗棠寓所。左甚是感激，问身边的幕僚要给多少谢银为宜。幕僚伸出三个指头，左命人托出三百两银子。幕僚说，不是三百两，而是三千两。左宗棠虽觉太多了，但还是照数给了李莲英，又对他说了几句感激的话，喜得李莲英逢人便说左侯爷是大英雄。二十多年来，朝内朝外哪个大官不竭力巴结他逢迎他，看他的眼色行事。张之洞居然如此无视他，李莲英窝着一肚子怒火，但一时又不好发作，只得暂且隐忍下来。

张之洞却并不知道得罪了这班太监和他们的总管。他按规定日期闰五月十六日在紫禁城内保和殿，举行隆重的癸卯经济特科考试。经济特科的考试比进士的考试简单。进士考试有四场。第一场会试考出贡士；第二场复试贡士；及格者再参加第三场殿试，由殿试成绩定出一甲、二甲、三甲三个等次，分别赐予进士及第、进士出身、同进士出身，统称进士；第四场朝考进士，择文章书法双优者为翰林院庶吉士，余则分发各部任主事或去各省任县令。经济特科只考两场，以第一场为主，称正场，考出一等、二等，五天后再复试，只要不出大问题，即维持正场的结果。所以，全体应试的举子都把第一场看得很重。临到进场这一天，有五个举子突然病了，实际应试的只有一百八十六人。

杨度找到自己的座号后坐下，拆开密封的试卷，里面有两道试题。论一篇，题曰：《大戴礼》“保”，保其身体，“傅”，傅之德义，“师”，道之教训，与近世各国学校体育、德育、智育同义论。看到这道论题后，杨度心里甚是高兴，做这道题正是他的长处。在日本弘文书院半年，除学习日文外，专攻的就是各国教育，对外国所提倡的体育、德育、智育都有研究。这篇论文，无须思考就可以一挥而就。

再看策题：汉武帝造白金为币，分为三品，当钱多少各有定值，其后白金渐贱，钱制亦屡更，竟未通行，宜用何术整齐之策。西汉初期，文帝、景帝、武帝对繁荣经济都有过不少杰出的贡献，奠定了汉代兴盛的基础，以国计民生为己任的王闿运，对汉初的经济做过系统的专门研究，这些研究成果，他都传授给了弟子，杨度得其精奥最多。日本半年，又涉猎过东西各国的经济方略，把先生的研究成果与自己所得的新学结合起来，一篇八百余字的对策定可以做得头头是道，警策动人。

杨度早有成竹在胸，用不着多加思考，便以恭正的楷书写出了一论一策两篇文章，当他停笔时尚未到正午。他环顾四周，其他人都还正在紧张应对之中，或托腮苦思，或挥笔疾书，无一人完卷，他心里高兴。看看时候还早，便又从头至尾读了一遍，自己觉得字字珠玑，掷地有声，又如花团锦簇，耀人眼目，竟无须一笔更改。杨度十分得意，插笔合卷，早有执事官过来将他的卷子收了过去。当他起身离座时，看到端坐在主考大人席上的张之洞正向他捋须微笑。张之洞当即便从执事官员的手中要来杨度的试卷，细细地看了一遍。议论风发，剖析精当，虽措辞偶有偏激之处，总体来说是一篇难得之作，只可惜错了一个字，可见作者于才华横溢之余却不免有心气浮躁的毛病，张之洞深为之惋惜。

不到二百份试卷，有八个人看，阅卷费时并不多，到了第二天傍晚，一等二等的名次便大致出来了。全体名次的排列，张之洞委之于礼部侍郎裕德，他自己只排一等前五名的先后。同考官推出前五份试卷来，他们为宋育仁、李熙、梁士诒、张一麟和杨度的策论。张之洞将他们一一做了比较：论稳妥，宋育仁当排第一；论才气，杨度当排第一；论老练，李熙当排第一；论深刻，梁士诒当排第一；论典雅，张一麟当排第一。张之洞偏爱杨度，本欲置杨度第一，无奈他写错了一个字，置于第一不妥。比来比去，只得将梁士诒排第一，杨度屈居第二，以下依次为张一麟、宋育仁、李熙。

第三天，张之洞将取中经济特科一等梁士诒等四十八名、二等桂坫等七十九名奏报皇上，请求予以复试。光绪皇帝亲自看了前五名的策论，很满意，准予复试。二十日这天清早，张之洞将取中的一等二等名单张榜于正阳门城楼上，并特别注明：奉旨于二十五日在保和殿复试。

杨度看到这个名单时，虽以未中一等第一名而略有遗憾，但毕竟取中了第二名，他心里仍然高兴不已。考中的一百多名举子互相道贺，看到皇榜的百姓们也四处传播，不到一个时辰，喜讯便传遍京师。大家比拟殿试，将梁士诒称作状元，杨度称作榜眼，张一麟称作探花，尽管他们都知道制科毕竟不能与进士考试相比，但也乐于接受这个殊荣，尤其是梁士诒更是喜不自胜，当天在广东会馆大宴宾客。杨度也被夏寿田接去，在他的寓所里，几个湘籍朋友聚会一起，为新榜眼公贺喜。

夏寿田举起杯子对大家说："我们一起敬湘绮师一杯，他老人家教出了两个榜眼，近几十年来无一人比得上他。"

大家都赞同，一齐举起了杯子。杨度笑着说："你是真榜眼，我是假榜眼，不要鱼目混珠了。"

众人都说："你也是真榜眼，过去博学鸿词科的待遇比进士还高哩！"硬逼着他喝下这一杯酒，杨度只得喝了。于是接下来你敬一杯，我敬一杯，把个杨度灌得醉醺醺的，他心里高兴得不得了。杨度根本不可能想到，此时在京师还有一个人甚至比他还兴奋，此人便是亦妹说的已死其实并没有死的静竹！她正在精心打扮，热切地等候着一别五年的郎君。

静竹是一个命运悲惨的女子。她出生在苏州城阊门外，父亲陆育之是个博学的秀才，人品学问都好，可惜科场蹭蹬。十八岁中了秀才后，连考三科举人皆不中，他一面教蒙馆，一面仍不死心，继续攻读八股。妻子郑氏漂亮温柔。夫妻二人生有一女，取名静竹。静竹长得伶俐可爱，一家人的小日子虽然过得清苦，却也亲亲爱爱。不料，郑氏第二胎难产，母婴都没有保住。陆秀才抱着刚满三岁的女儿，哭得死去活来。妻子死后，陆秀才也绝了再考的念头，一心一意教书抚养女儿。女儿五岁时，他便教她认字；八岁时，他教她背《唐诗三百首》；十岁时，他教她读《古文观止》。女儿聪明好学，父亲一教便会。静竹十一岁那年，陆秀才经人撮合娶了顾氏。谁知两年后陆秀才得急病死去。静竹没有母爱后又失去了父爱，心中万分悲痛。顾氏年轻，耐不了寂寞，偷偷摸摸地跟一些不三不四的男人私通，有一次不巧被静竹撞见了。顾氏恼羞成怒，恨死了静竹。于是背着静竹，将她卖给了一家妓院的老鸨。老鸨见静竹长得漂亮，便一转手以三倍之价卖到了北京八大胡同的横塘院。可怜一个娇弱的江南小女孩被推进了举目无亲的京师火坑，她再不情愿再反抗也无可奈何，哭哭闹闹几个月后便也只得认了命。

好在教她弹琵琶的老琴师也是苏州人，老头子卖艺一生，到老来仍孤贫一人。苦命人怜苦命人，老琴师同情静竹，安慰静竹，将她看作自己的女儿，把四十多年来所练就的琵琶技艺悉心教给静竹。在艺术美的陶冶下，可怜的小女孩渐渐长大了，出落成一个如花似玉的婷婷少女。十六岁那年，老鸨收下了一千两银子，一个浪荡的王孙破了她的女儿身。那一夜，姑娘的泪水简直可以汇成一条河！

从此她便沦落为一个最被人瞧不起的烟花女。可是，从小受过诗书熏陶的姑娘却有一颗高洁的心。她读过《琵琶行》，为浔阳女的命运而哭泣；也读过唐人的传奇《虬髯客传》，为红拂风尘识英雄的慧眼而感叹。小小年纪的静竹立下了大志，一要在京师人群中识别一个可托终身的英雄；二要想方设法积攒私房，若不能遇到英雄，则自赎从良，绝不老死娼门。

五年前的一个夏日，是老琴师的生日，他的徒弟们——横塘院的几个姐妹凑钱为他祝寿，大家到江亭喝酒观风景。就在这天下午，静竹遇到了题词江亭的杨度和夏寿田。说实在话，在静竹看来，两个人的词都写得好，两个男子都长得潇洒英俊，只是夏寿田为新科榜眼，大家都众星捧月般地围着他，杨度遭到冷落。苦水里过来的静竹有一种同情弱者的本能，在这种心情的驱使下，她走过去主动与杨度搭腔，请他为自己的扇子题词。面对面地对坐说了几句话后，与男子打交道颇多的姑娘从杨度的举止神态中，看出这是一位有才而多情的男子，心中很有好感。告辞后走了几步，她忍不住回头看了杨度一眼，发觉杨度也在专注看着她。从杨度那无邪而又激情洋溢的眼光中，姑娘进一步断定这个陌生的年轻的举子是可以交往可以信赖的，她情不自禁地约他去潭柘寺相会。

其实，静竹此去潭柘寺并不体面。她一不是去烧香拜佛，二不是去游览古迹，她是专为陪一个南洋商人而去的。这个南洋商人既笃信佛教，又贪恋女色。他用双倍的银子将静竹“租出”几天，带着静竹去参拜潭柘寺。商人又掏出一张两千两银票来送给住持大法师，包下那座已由行宫降格的精舍。住持见他携带一个美貌的年轻女郎住寺庙，虽觉得不妥，看在那张大额银票的面上，同意让他们住三天。

在杨度来到宝珠峰的那一天，静竹陪着商人住进了寺里精舍，故杨度找遍了寺外所有的客栈也寻不到她。约定与杨度见面的这一天，静竹撒谎说病了，不能陪商人游玩。那商人也好，并不强迫她，自己也不游玩了，改而与住持谈论佛法，于是静竹得以用琵琶声把杨度招进竹林，和他一道畅游宝刹。游览过程中，杨度倜傥的风度，广博的学识，恳挚的性情，再次赢得了姑娘的芳心。当他接过她所送的那截小小的砖角后所表现出那种真诚的谢意和向佛祖起誓时的郑重态度，使姑娘深深地感动而流泪了。静竹降生到人间短短的十七八年，自从母亲去世后，不知流过了多少眼泪，那都是辛酸的泪，痛苦的泪，这一天她第一次流下了幸福的泪水。她庆幸自己遇到了一个好人，一个真正的男子。就在那一刻，她决定嫁给他！在猗轩亭流水羽觞的游戏中，杨度用四朵小花包在纸里，卜决他们之间今后的关系，虽是哄她，但他那一颗决意与她结连理的强烈的滚烫的心，却使她深为感激；而正是这颗真心，倒使她忽然发觉自己不配做他的妻子。自己是个什么人？自己是一个任人玩弄任人欺侮的下贱妓女，怎么可以与他般配！算了吧，赶快结束这段不该有的荒唐的爱恋，什么也不告诉他，让他心里永远保留着一段美好的记忆。转念她又想，他既然这样深情爱我，应该不会嫌我，何不试探他一下呢？哪怕问问他家中有没有妻子也好。静竹的脑子里翻滚着种种不同的想法。她一时拿不定主意，只好约杨度明日再谈。

这天夜晚，商人折腾她一阵后呼呼睡着了，静竹则一夜未合眼。她反复考虑明天见还是不见。不见，或许真正的有情人会失之交臂，自己一辈子会后悔不已；又想到杨度见不到她时的痛苦，自己心里也难受。见，或许一旦得知真情，他会大梦初醒，弃自己而去，自己更会哀痛欲绝，比不见更后悔。左思右想，一直到天亮了，静竹仍没有拿定最后主意。一会儿商人起床了，对她说马上离开潭柘寺回城。静竹大吃一惊，不是还有一天吗，为何提前走？商人说原以为这里有得道的高僧，谁知这里的和尚都浑浑噩噩，真乏味。商人的突然改变主意，使静竹对见不见杨度一事再没有思考的余地了，她想这大概就是天意。于是她给杨度留下了那张纸条。不过她的心里仍存着一个念头：如果这位杨皙子真正是一个痴情的男子，他还是有可能在城里寻到自己的。

静竹回到城里后，一直巴望着杨度来找她，却不知杨度早已离开北京回湖南去了。静竹见不到杨度，心里又痛苦起来。她后悔自己没有留下地址，以便杨度来找，致使得有情人终于失之交臂。杨度的身影总在静竹的脑子里出现，他的率真，他的恳挚，姑娘永远也忘不了。她一遍又一遍地诅咒自己。有时，她也想把杨度从记忆中排除，努力设想他是一个薄情郎，好比易涨易落的山溪水。但即使这样，她也难以将他的身影在脑中排除掉。

这些年来，静竹没有快乐，有的只是思念。她把自己心中的秘密告诉了一个新来的小妹妹。这个小妹妹也是苏州人，身世比她还要苦。她连自己的生身父母的印象都没有，也不知道自己姓什么，也没有一个正正经经的名字。静竹可怜她，依着自己的名字，给她取名亦竹。亦竹将静竹视为亲姐姐，常常劝她，叫她不要再想杨皙子了。天底下像杨皙子这样的人一定不只一个，何苦如此痴情？再说杨皙子没有来寻找，可见他也不是一个钟情的汉子。亦竹又把静竹的事告诉她的朋友丹花，丹花于是也劝静竹忘掉这段恋情。

想不到一别五年，杳无音讯的杨度竟突然出现在八大胡同，出现在横塘院前。那天下午，当静竹隔着窗帘看到这意外的一幕时，她简直惊呆了。她指着在胡同里踽踽独行的那个人，对亦竹说："他就是皙子。"

亦竹立即要下楼去唤她，静竹制止了。出自于一个恋情深厚的姑娘家的复杂情感，静竹心里此时涌出来的，却是苦多于甜，怨多于爱。她恨皙子为什么直到今天才出现在她的眼前，这许多年都干什么去了？何况她又生出怀疑，他是不是早已忘记了自己，到此地来是为了找别的姑娘图快活？她叫亦竹远远地跟着杨度，看他究竟到八大胡同来做什么，住在哪里。

晚上，亦竹告诉她，杨度并不是来嫖妓女的，他住在长郡会馆。亦竹还打听到杨度此番来北京，是为了参加经济特科的考试。静竹得知杨度不来逛窑子，心里欣慰，但相隔了五年，不知他的心思变没变。她和亦竹商量了一个主意，暂不惊动他，让他考完后，再由亦竹出面扯个谎试探一下。不料城隍庙会结束的这一天，杨度错以为亦竹是静竹，自己找上来了。

杨度走后的第二天，亦竹将偶遇杨度的事一五一十地告诉静竹。当她听到杨度得知自己已死突然晕厥，醒过来又说要去坟头祭奠的时候，静竹流下了欣慰的眼泪。这个洞庭湖南的汉子，倒真是一个实心实意的情郎。这样的男人，即使为他死也是值得的！不管他这次考中不考中，也不管他家里有没有妻子，二十三岁的静竹姑娘不能再在灯红酒绿的卖笑场中葬送自己的宝贵青春了，她要从良嫁人，要跟她的心爱郎君，一起去秋风万里芙蓉国的楚山湘水之畔，一起去洒满帝子爱情之泪的斑竹故园，做一个普普通通的女人，为丈夫浆洗缝补、生儿育女。

五年来，凭着自己的美貌和一手绝妙的琵琶，静竹积攒了上万两银子的私房，她和亦竹商量，要自赎离开横塘院，她不能在这片污泥浊水中接待皙子，她要在自己的家里与心上人久别重逢。亦竹一听，忙跪在她的面前，哭着说："好姐姐，你帮帮我的忙，把我也赎出去吧，我今生甘愿做你的丫环奴仆，服侍你和杨先生一辈子，来生再变牛变马报答你的恩情。"

望着这个苦命的义妹，静竹的心在颤抖。老鸨早就说过要找一个出得起大钱的人给亦竹破身，因为一时没有找到这样一个人，亦竹仍还是一个姑娘身子。这样一朵娇美的花朵眼看就要遭践踏而不施以援手，于心何忍！只是今后的事情尚不能料定，万一受苦受累，她吃得消吗？亦竹坚定地回答："哪怕是沿街乞讨，也比在这里强呀！"

静竹对老鸨说，愿以五千两银子自赎，又用一千五百两银子代赎亦竹。妓女从良是常有的事，老鸨不能干涉，况且她们愿出这样的大价，老鸨一口答应。

两姐妹收拾了自己的行李，又与老琴师和手帕姐妹们依依话别，毅然离开了横塘院。她们在西山脚下赁了三间干净的农舍，临时布置一番，住了下来。

这一天，亦竹从城里回来，告诉静竹一个天大的喜事：经济特科正场已公布，杨度高中一等第二名。"静姐，大家都说，特科考试以正场为准，复试只是做个样子，杨先生成了榜眼公，你就成了榜眼公夫人了！"亦竹激动地向静竹道喜。

静竹听到这个消息，喜得心花怒放。她紧抓着亦竹的手，一个劲地说："亦妹，你说的是真的吗？真的吗？"

"真的，一点都不假！榜就张在正阳门外，还说二十五日复试哩！"

"这就好，这就好！我早就看出皙子是个大有出息的人，他真的出息了！"静竹喃喃自语，"亦妹，二十五日那天你去长郡会馆门口等他，见到他复试回来后，你就把他接到这儿来。你说我没有死，我天天都在想念他！"

"好，二十五日那天一早我就去！"亦竹欢喜无尽地答应。

静竹开始精心打扮了。五年后的今天，她比潭柘寺定情的时候更成熟，更具风韵，也更迷人了。她要把最好的化妆手段用出来，把自己装扮成一个比西施、昭君还要美的美人，让皙子在自己美丽的容貌下痴迷融化。

谁知上天并不成全她，几天后一场意外的灾祸粉碎了姑娘如诗如画的憧憬。

六　"梁头康足"毁了榜眼公的锦绣前程

经济特科正场录取名单公布的第二天，总管太监李莲英在养心殿门外永巷里，听到一个刚从王府井采买珍珠回来的太监小羊子和另一个太监马胖子在悄悄说话："外面都在说，特科取的第一名是康、梁乱党中的头头。"

"真的吗？"马胖子瞪起小眼珠，吃惊地问，"他叫什么名字来着？"

"梁士诒。"小羊子压低声音，"也是广东佬，都说是梁启超的堂弟哩！"

"哎呀呀，这康梁乱党才平息了几年，又冒出个大人物来了。老佛爷知道了，不气死才怪哩！"马胖子表面上抱怨，其实心里喜欢。他不是喜欢康、梁乱党复活，他是想看看老佛爷发大臣们的脾气。太监生活枯燥无聊，只要事情不出在自己的头上，他们是时刻盼望紫禁城里出事儿的，事儿出得越大，他们越兴奋，越觉得有趣味。

"小羊子，你们在谈论些什么？"李莲英在后面尖声叫了一句。

两个小太监转身见是总管在后面，吓了一大跳。这些太监们平素并不怎么怕后宫里的主子——一大群名目繁多的太妃、妃子们，最怕的是这个李莲英。他是他们的最高上司。

"李四爷，我们没有说什么。"

李莲英在兄弟辈中排行第四，宫中大小太监都尊称他为李四爷。

"没说什么？"李莲英拉下脸来，"什么康梁呀，乱党呀，这也是你们说的话吗？仔细揭了你们的皮！"

"是这样的，李四爷。"

小羊子颤颤抖抖地把在外面听到的事情向总管做了禀报。

"第一名真的是梁士诒？"李莲英厉声喝问。

"真的叫梁士诒，大家都这么说的。"小羊子低下头，不敢正视总管。

"真的是广东人？"李莲英又问。

"真的是广东人，都说是梁启超的嫡亲堂弟。"

"你们听着！"李莲英叉起两只手训道，"下次若让我听到你们说国家的大事，按世祖爷的家法，先抽三百鞭子，再撵出宫外。听到了吗？"

"听到了，再不敢了。"两个小太监灰白着脸答道。

"走吧，干你们的事去！"

打发两个小太监后，李莲英心里琢磨着：老佛爷最恨的是康梁乱党，好个张之洞，你竟然敢取梁启超的堂弟为第一名，不存心要和老佛爷唱对台戏吗？你仗着是探花出身的总督，瞧不起我们这些当太监的。好哇，我叫你瞧瞧我这个太监李四爷的手段！

李莲英转身入内，要把这个特大的事马上报告慈禧太后。走到东暖阁帘子边，他停下了脚步，心里想：我出面告发这事，毕竟不合祖制，如果由另外一个老佛爷信任的大臣来说则更好。他退出养心殿，在前面庭院御厨窗口边徘徊，恰好这时军机大臣瞿鸿机进来，跟他客气地打了声招呼，便进了东暖阁。李莲英突然想起，这位瞿鸿机是最合适的人了，因为他对张之洞成见甚深。

瞿鸿机字子玖，湖南善化人，二十二岁中了同治辛未科二甲进士，改庶吉士入翰林院，和张之洞一样，也是一个少年高第的才子。他历任侍讲学士、日讲起居注官、乡试正考官、学政、礼部侍郎等官。戊戌政变前，他曾三次力荐康有为，认为康是大清朝的社稷之才。

因为瞿二十余年间官职清华，加之立身较严，时人皆赞扬他以清德孤操称天下，又没有参加过康梁的团伙，所以戊戌政变时，他没有被牵累上。庚子年八国联军入京，慈禧挟光绪西逃，随扈的军机大臣载漪、刚毅、启秀、赵舒翘四人因支持义和团被同时罢职，在军机当值的便只有荣禄和王文韶，枢务需人，于是瞿鸿机因荣禄的推荐，由礼部右侍郎升授都察院左都御史，改工部尚书，一到西安，即被任命为军机大臣。因为正是所谓“西狩”途中入参枢务，与慈禧共过患难，故瞿得到了慈禧的特别信任。

瞿为人耿直，张之洞对维新派前恭后倨的态度使他反感。张之洞办事任性，也使瞿一直认为张非方面之才。他听人说过有关张之洞在山西巡抚任上的两则故事。

张之洞早年在翰苑时，与潘祖荫、李慈铭、吴大澂一起研究金石之学，京师号为清流党。那时他以内阁学士初膺疆寄，意气特盛。山西省正在修通志，府学教授杨湄主其事。杨湄家藏有两本同样的碑帖，所有的字都一样，只有一个字，一本作“勾”，一本作“公”。杨湄不明其故，请教张之洞。张怀疑“勾”“公”属声转通假，但苦于不得证明。有人告诉他，洪洞县的县丞王纬博学，或可找出证明。王纬为拔贡出身，原为曲沃县令，然此人喜学问而不问政事，曲沃县被他弄得一塌糊涂，前任晋抚把他降为洪洞县丞。王纬到了太原，张之洞问他这件事，他一口断定“勾”“公”为一字，并立即找出《仪礼》郑玄的笺注“勾亦作公”为证。张之洞大为佩服，视王纬为奇才，立即开复他曲沃县令原职，三个月后又升为太原知府。

第二年为大比之年，巡抚按规定为监临，要在闱中住一个月。张之洞是个不耐寂寞的人，要找一个人在闱中陪他说话。有人提议榆次县令吴子显是袁枚外甥的孙子，潘世恩的女婿，最适合。张之洞听了高兴，既是大才子的后人，又是状元郎的女婿，自然博学多才，即刻将吴县令调进闱中。谁知此人素不读书，胸中实无多少墨水，张之洞与他谈金石之学，一问三不知。张大不悦，讥笑吴说："令岳丈以十万卷书赠朱九江而不送与你，足见你不可造就。"未及半月，就叫他出闱，从榆次改调广灵。广灵县既贫瘠，其前任又亏空了四千两银子，张责令吴补偿。

这两件事令山西官场惊诧，也使瞿鸿机听后懵然。这样一个将国事视若儿戏的人，居然会被称之为能员，委之以重任，岂不是怪事！在与李莲英的一次闲聊中，瞿鸿机发出了这样的感叹。

待瞿退出养心殿时，李莲英悄悄地把张之洞录取梁启超的嫡堂兄弟为经济特科第一名的事告诉了瞿。瞿从心里来说并不恨康梁，他只是对张之洞这种无节操的行为表示厌恶。回家后，他特为打发家人去正阳门看名单。家人回报，第一等第一名梁士诒，广东三水人。瞿想，梁启超是广东新会人，与三水是两个县，嫡堂兄弟一说，看来不能成立。不过他有新发现，康有为字祖诒，与梁士诒末尾一字相同。梁士诒与梁启超共头，与康有为共尾，这却是无疑的，这不明摆着为康梁翻案吗？张之洞呀张之洞，你可以用《劝学篇》洗刷与维新党的关系，但这次却露出了铁的把柄，看你如何狡辩！

第二天，瞿鸿机再次面见慈禧，将梁头康足一事奏上。慈禧对戊戌年维新派试图围攻囚禁她一事恨之入骨，一听到"康梁"二字便神经质地愤怒，不待瞿讲完，慈禧怒不可遏，即速降旨："撤销梁士诒的第一名。"

瞿又乘机奏道："外间有人议论，这次录取的人员中有康梁乱党骨干，请老佛爷明察。"

慈禧又降旨："命礼部将所有应试举子的履历及正场答卷从严审查，绝不能让康梁乱党混杂其间，严禁有人借机宣传康梁谬论。"

张之洞得知因"梁士诒"一名引起慈禧震怒，也深为惶恐，他上奏一面承认自己疏忽，一面又辩解，说梁士诒虽姓梁是广东人，却不是康梁一党。慈禧览奏后也觉得说梁士诒是康梁乱党证据不足，以"梁头康足"来证明张之洞起用康梁乱党的人，也有牵强附会之嫌，但已近七十高龄的老佛爷一则要维护自己至高无上的权威，二则出于对康梁不共戴天的雠恨，想起经济特科录取的状元之名三个字中就有“康梁”两个字在其间，总觉不舒服，她没有追查张之洞的责任，只命他复试时绝不能录取梁士诒。

在官场待了一辈子的张之洞，深知触犯龙颜所带来的后果将不堪设想。正在惴惴不安时，见到了慈禧的谕批，大喜过望。他本来就没有起复康梁党人的意思，委屈一个名不见经传的梁士诒，也算不了一回事，自己没有遭贬已是皇恩浩荡了。于是他下令复试推迟两天，等待礼部全部审查完毕再考。

紫禁城里这一场荒唐无稽的官司，应试的举子们何曾知道？他们一个个都正在准备复试。梁士诒、杨度、张一麟三个人，一天到晚陶醉在三鼎甲的恭维声中。二十四日这天突然宣布复试推迟两天，大家都出乎意外。有的猜测可能是考题泄了密，要重新拟定；也有的猜测可能是主考大人陡然病了；还有的猜测说不定朝廷新出了什么急事。有人向做京官的亲朋好友打听，但都不得要领。

杨度自从正场考后，便搬出长郡会馆，住进了夏寿田家。他俩也感到纳闷，都认为这样的大事不应该推迟，一定有什么缘故。二十五日这一天，亦竹在长郡会馆前面等了半天，也不见杨度的影子，后来打听到复试推迟，便回去了，决定后天再来。

二十七日，正场录取的一百二十七名考生再次走进保和殿，复试又是一论一策。论题为：《周礼》农工商诸政各有专官论。策题为：桓宽言外国之物外流而利不外泄，则国用饶而民用给，今欲异物外流而利不外泄，其道何由策。

这两篇文章，杨度同样做得十分精彩。出场后，他仍住夏寿田家，单等金榜张挂，然后走马上任，一展平生抱负。谁知正当杨度扬扬自得的时候，这天傍晚夏寿田告诉他，都察院湖广道监察御史上奏太后，说已查明杨度在日本期间有攻击朝廷的言行，正场策论中又有不满朝廷政纲的文字，可见该生狂妄成性，请削去该生举人功名，拘捕讯办。

杨度听到这个消息，简直如晴天霹雳，不知所措。夏寿田也大出意外。他冷静思考后，对杨度说：“你不是朝廷官员，御史这个弹劾不会使得朝廷马上拘捕，顶多是通过复试把你除名，然后再密令地方官监视你。这是就正常情况而言，还不知是不是有人存心要加害你。若有意害你，这事就难说了。皙子，你这两年得罪什么人没有？或者在日本时，得罪了哪个大官员的公子少爷？”

杨度死劲地想了想，想不出。

“皙子，我看你还是赶紧离开北京为好。回家收拾一下，到日本去避一避风声，若没事再回国，好在重子和代懿都在那里，兄弟郎舅在一起，也互相有个照应。”

杨度接受了好友的建议，第二天便悄悄离开京师南下。

杨度这一走不打紧，害得静竹空喜了一场。后来，静竹从报上得知杨度被逼出走东洋的过程，又转而为他庆幸。从此，她和亦竹洗去铅华，隐居在西山脚下，做安安分分的普通百姓。她相信她的皙子一定会回来的，她要永远等着他。

杨度离京后的第三天，经济特科正式张挂金榜。一等取士九名，二等取士十八名。一等前五名除张一麟仍被录取为第三名外，其他四人都被刷下来了。这次经济特科也因为有了这个插曲而大大跌价。考取者除少数几个有路子的，安排在六部做主事外，其余的全部回原籍。而回籍的人，绝大部分的境遇与考前没有任何区别。

中国历史上空前绝后的经济特科，就是这样一场令人可笑可悲的儿戏。导演这场儿戏的朝廷，它还能撑得久吗？

第六章　亡命扶桑

一　五年前出逃的惊险情景，梁启超终生不会忘记

早在杨度赴京参加经济特科考试之前，杨钧和代懿便考取了湖南官费留日生，日后在中国近代史上很有名气的陈天华、杨昌济也在这批留日生中。杨度以学长的身份在饯别宴会上发表了激情洋溢的演说，鼓励他们学习新知，为团体谋公益，以“新吾中国，救吾中国”作为留学的最高目标。与一年前的反对态度大不相同，这一次，王闿运对杨钧、代懿的出洋是支持的，一方面是日趋开放的大势的影响，另一方面也是杨度东洋半年回来后器局更为开阔对他的启发。何况对代懿和杨钧，王闿运从来没有寄予第一流人才的期望，他认为让他们在东洋学点实用的技艺回来，或许在今后的乱世中于养家糊口更为有利。

杨度回到石塘铺后，看到了近日弟弟从东京寄回的家信。信上说他们在日本一切都很好，都进了日文补习学校。杨钧还颇为得意地夸耀他已经可以和日本人作些简单的对话了。湘绮楼上，杨度将特科两次考试的情况向先生做了禀报，王闿运也觉得难以理解，安慰学生不必过于沮丧，在家里安心住一段时间，且待形势的变化。

这天，湘潭县衙门派人给王闿运送来一封急信，原来是夏寿田托折差带回湖南的。他告诉先生和挚友，京师官场中已播出了所谓“梁头康足”事件的内幕，并说御史胡思敬最近又上了一封措辞严厉的奏折，指责杨度与明末牛金星以举人叛从李闯情事相同，罪实倍之，现已逃离出京，很可能已回湘潭原籍，请旨密令湖南将杨度锁拿归案，以为警戒云云。夏寿田催杨度赶快到日本去，再不走就晚了。

杨度读罢信，冷汗淋漓。

朝廷竟然荒唐到如此地步，令阅历甚丰的湘绮老人都大出意外。他长长地叹了一口气，对杨度说：“你干脆到日本去算了，一则避避

风头，二来也借此机会多结识些朋友。这一年多来，不少有为年轻人都去了东洋，今后中国的指望，或许就在这批人身上，你多结识他们，对事业会大有好处。另外，代懿和重子初次出国，一定会遇到很多困难，你去后也可以照应照应。”

午贻和先生的看法都很有道理，杨度决定再度出走扶桑。

李氏得知儿子的决定后，黯然说：“你去东洋，娘不阻挡你，只是叔姬出嫁了，小三子留学了，娘的身边没有一个人，连说句话都没人听。”

杨度说：“娘，儿给您老人家雇一个丫环来如何？”

李氏说：“乡里小户人家的，雇什么丫环，等你日后当了大官再说吧！”

杨度颇觉为难地说：“娘，那怎么办呢？要不，反正代懿也不在家，干脆让叔姬回来住吧！”

“傻儿子，哪有出嫁的女儿长住娘屋的道理！”李氏轻轻地笑了一下，爱抚地望着儿子说，“你今年都二十八岁了，难道没有想过要给娘找个媳妇，添个孙子吗？”

听了母亲这句话，杨度半晌做不得声。从归德镇刚回来的那几年，常有提亲的人上门，他都谢绝了，他一心想的是金榜题名后，再来洞房花烛夜。不料那一年，金榜无名，却邂逅静竹。从那以后，美丽的江南少女便深深地进入了他的心灵。尽管他怀着万分惆怅离开了京师，但他心里总是痴痴地想着，自己与静竹是定了情的。江亭畔那阕小小的《百字令》，潭柘寺里那块不起眼的断砖头，就是他们的百年信物，作为彼此间情感交融心心相印的象征，它们的价值，远远不是世俗的黄金白银所可比拟的。五年里，他摒弃了一切旁念，死死地相信，他和静竹一定会有重逢的一天，他不能背弃自己的誓言，把人生最珍贵的那份情感送给另外一个女人。

他万万没有料到，而今静竹却已长卧西山，他们今生已是天人永隔，无缘结连理枝了。现在，应是理智地处理这件事的时候了。母亲的话是有道理的，二十八岁的男儿也是该成家了。这次是避名捕之祸出走，还不知何年何月才能回国，留下母亲一人长年在家孤零零的，确为做儿子的不孝。好吧，就算为母亲娶一房媳妇吧！但时间仓促，哪里去找一个合适的人呢？

李氏说：“中路铺黄波老先生，你是知道的，人品学问都很好。他的第二个女儿，你们也见过面。这妹子也和我们叔姬一样，眼界高，一般人看不上眼，到了二十岁还没出嫁。前两个月，有个媒人提起了你，她倒是一口同意了。我说你到京城赶考去了，等你回来再说。”

杨度想起来了，那年在黄家吃春酒，是见过黄家的二小姐的。姑娘虽然说不上很漂亮，也还端端正正，知书达理的。杨度想，自己当时并未怎么留意她，看来她是留意自己了，不然，何以别的人都不同意，独独愿意嫁到我杨家来呢？杨度笑着对母亲说：“她同意，怕是以为我去赶考，会中个进士、翰林回来，若是知道我不但没考上，还要避难出洋的话，她一定不同意了。”

李氏想想也是的，现在和两个月前截然不同了，黄家还愿意结这门亲吗？思忖好长一会儿，她对儿子说：“这样吧，叫你三舅到黄家去一次，探探他家的口风。如果还是同意的话，你就拜了堂后再出洋。”

杨度只得点头应允。

第三天，三舅红光满面地回来了，兴奋地对外甥说：“你就准备做新郎官吧！黄老先生说，朝廷现在是昏聩到顶了，否极泰来，清明时刻的来到不会太久了。办了喜事后，皙子只管放心出国去，家里事都交给仲瀛。皙子榜眼公虽没做成，名声已是传播天下了，今后一定会做大官的。只要那时富贵了，勿忘糟糠之妻就行了。”

未来老岳丈的这几句话，给遭受意外挫折心情抑郁的杨度很大的安慰。他想，有如此明达之父，必有贤惠之女，静竹虽然去世了，幸而有人可以代替她。

黄老先生亲自选定了一个黄道吉日。这天，石塘铺完全按照祖辈传下来的仪式，为这个喝过洋水又即将再去喝洋水的新郎官举行了隆重热闹的婚礼，黄家的仲瀛二小姐则从这一刻起，成了杨家的冢妇。

半个月后，杨度告别母亲、妻子、妹妹和湘绮师，背上一个简单的行囊，并特意将马福益所赠的那把倭国古刀佩戴腰间，依依不舍地离开了石塘铺。

杨度再次踏上东京土地时，距他前次离别仅仅只有十个月。他没有想到这么短的时间内就会重来日本。然而就是在短短的十个月里，日本的中国留学生界，却出现了巨大的变化。

首先是人数的激增。去年十月，杨度回国时，留日学生不过五百人左右，而现在已多达一千二百余人。国内腐败的政局刺激了众多有志青年来东洋寻求救国真理，这是原因之一，另一个原因是朝廷的鼓励。今年春天，张之洞奉朝廷之命，制定了一个奖励留学的章程。章程上说，留学回国的学生，视成绩优次，将赐以拔贡、举人、进士、翰林等出身，并加以录用，授予官职。也有不少人是受这种驱使来到日本的。

其次是留学生爱国热情的空前高涨。无论是激烈地主张排满的革命派，还是温和地拥护光绪帝的保皇派，都肆无忌惮地集会结社，侃侃高谈自己的观点，言谈之中，洋溢着满腔救国救民的激情，就连专门为禄利或为学习某种专业技术而来的人，也不能不卷入其中，倾听别人的政治主张，发表自己的国是意见。相对于国内的沉闷而言，日本的留学生界如同一锅沸水。这个巨大的转折点就是三个多月前的拒俄运动。

沙俄是一个掠夺成性的侵略帝国。早在十七世纪五六十年代，它就开始了对中国东北的侵犯。十九世纪中叶以后，又不断强占中国边界，霸占了中国大片领土。庚子年它是八国联军之一。根据光绪二十八年签订的中俄交收东三省条约，第二年四月是沙俄从中国东北撤军第三阶段的最后期限。但沙俄不仅不撤兵，反而增兵南侵，又突然向清政府提出了七项要求。

这年二月，日本东京《时事新报》发表号外，登载沙俄驻日公使的谈话，说什么“俄国现在政策是断然取东三省归入俄国版图”等等，此事引起了留学生的极大愤慨。四月二十九日，东京留学生界在神田锦辉馆召开全体会议，绝定立即成立拒俄义勇队，当即就有一百三十多人志愿参加，另有五十多人表示愿在东京本部工作，还有十二名女学生签名参加护理事务。这些热血青年坚决表示：“誓以身殉为大炮之引信，唤起国民铁血之气节。”两天之后，义勇队改名为学生军，准备回国开赴东北前线。

留学生的行动吓坏驻日公使蔡钧。他对朝廷说留学生名为拒俄，实则革命。清廷与日本当局相勾结，严令解散了学生军。此事对日本留学生刺激很大。本来大部分留学生只想拒俄，并非要革命。现在朝廷将拒俄与革命混为一谈，倒使不少学生清醒过来：不革命则无以拒俄。于是以黄兴、陈天华、秦力山、吴樾等人为首，在学生军的基础上组织军国民教育会，其宗旨为“养成尚武精神，实行民族主义”，采取“鼓吹”“起义”“暗杀”三种形式与朝廷作斗争。就这样，留日学生们的政治热情上升到了一个新的高度。与此同时，各种宣传爱国思想的报刊杂志相继诞生。

杨度记得，他离开东京时，留学生界的报刊只有《国民报》《新民丛报》以及他和黄兴等人创办的《游学译编》等三四家，而现在又冒出了《湖北学生界》《大陆》《浙江潮》《江苏》等一系列刊物，还有一批以通俗语言写成的小册子，如陈天华的《猛回头》《警世钟》，杨毓麟的《新湖南》，宋教仁的《灭汉种策》，秦力山的《革命箴言》，朱德裳的《中国魂》等等，在留学生中广为散发，影响极大。

杨钧和代懿到达东京后，经过一段短暂时间的日文补习，分别进了弘文学院和陆军学校。杨钧很用功，半年后便能用日语谈话了，空余时练字治印。他的治印技艺很快传遍了留学生界。知道哥哥要来，他在饭田町为哥哥找了一间寓所。

寓所主人是一对老年夫妇。老头名叫田中龟太郎，老太太叫和子。有一个独生子叫田中君代。田中君代的太太是横滨一个富商的女儿，于是他住横滨协助岳丈经营商务。田中龟太郎十分喜爱汉学，尤嗜好中国的书法篆刻。他能讲中国话，因治印与杨钧认识，结为忘年交，情愿以半价出租给这位小友。

杨度住进龟太郎的家，见两间房子收拾得整整齐齐，老两口慈祥和气，又看到他们的书房里悬挂着中国字画，书架上摆着不少中国线装书。田中龟太郎时而用日语，时而用汉语与他谈话，杨度心里高兴，仿佛此处就是家乡似的。

下午，田中龟太郎用中国传统饮食招待杨度兄弟和代懿。饭后，杨度将母亲亲手做的布鞋交给弟弟，把杨庄母子的合影交给代懿，又把那包豆豉紫苏姜分成两半，一人拿一半。二人接过来自故国亲人的礼物，欢喜无尽。三郎舅说了一个通宵的话，从家事说到国事，从中国说到日本，一直到窗口发白才躺下睡觉。

杨度重到日本的消息，很快便在东京留学生界传开了。去年杨度在日本弘文学院求学时，留学生们认为他是一个勤勉聪慧的书生。许多留学生半年尚未入日语之门，杨度三个月便过了语言关，然后便是整日整夜地啃着日文原版书籍。历史、地理、哲学、文学、法律，什么书都读，且过目不忘，令同学们钦慕不已。除开读书外，大家并未见他参加多少政治活动，都以为他是专门做学问的书呆子。谁知毕业前夕，他却以敢为天下先的勇气，一人与嘉纳反复辩难，竟然使得这位日本教育界的权威语塞。仿佛一匹骤然冲出的黑马，令东京留学生界刮目相看。然而，正当大家都想与他结交时，他却突然回国了。不

刘揆一像

胡汉民像

久，《游学译编》出版，刊出了杨度洋洋万言的序文。文章从培根、笛卡儿、孟德斯鸠、卢梭、亚当·斯密、达尔文、斯宾诺莎谈到孔子、左丘明、司马迁、孔尚任、李鸿章、黄遵宪，从欧洲说到美国，从日本说到中国，论学术，论教育，论军事，论实业，论理财，论内政，论外交，论历史，论地理，论时论，论新闻，论小说，学问之渊博，见解之深刻，议论之犀利，爱国情感之深厚，为留学生文章中所罕见。大家这才认识到貌似书呆子的杨度是个不可多得的人才，他的胸中仿佛蕴藏着古今中外的一切学问。弘文学院的人以做他的校友而自豪，外校的人以不识他而遗憾。朝廷开经济特科为日本留学生界所瞩目，且应试人中也有回国的留日生，当杨度高中一等第二名的消息传到东京时，大家又为之惊叹，不久“梁头康足”的消息也传进来了，大家愈加看出了朝廷的卑鄙。现在，杨度避难再来东京，寓居异国的留学生们谁不想见见他？短短几天里，饭田町田中寓所人来人往，络绎不绝，许多人是第一次见面，大有生不愿封万户侯，但愿一识韩荆州的味道。杨度慷慨豪放，热情坦率，给初次见面的人很好的印象。

黄兴、刘揆一这两个老友也来了。还带来了一个广东人胡汉民。杨度见此人很有才气，极乐意与他交朋友。四人在一起畅谈了半天。黄兴还在弘文学院继续学业，刘揆一到东京后换了几所学校，后来也进了弘文学院，与胡汉民同班。他们建议杨度再进弘文学院。究竟在日本学什么好，杨度一时尚未拿定主意，想想弘文学院情况熟悉，暂且挂个名字在那里也好，就答应了。

留学生对读书大多很随便，学校管束也不严，杨度在弘文学院挂名后，便在饭田町寓所贪婪地阅读这几个月来出版的各种报刊杂志。

十月，梁启超从美洲游历回到横滨。梁启超自戊戌政变时逃到日本，已经整整五年了。当年出逃的那些惊险情景，深深地刻在他的脑海里，每当他闭目略作休息时，那一幕幕的场面便会不期而然地浮现在眼前。

八月初六这天，梁启超在谭嗣同的房里说话。那时，梁住粉坊琉璃街新会邑馆，谭住半截胡同浏阳会馆。两地相隔很近。他们几乎天天见面，谈新政，谈学问，遇到意见相左时，两人都会大声激烈地阐述自己的观点，常常弄得面红耳赤，但彼此之间从不存芥蒂。这天的谈话没有争吵，近日政局的种种恶象，使他们对变法的前途怀着深深的忧虑。正说着话，谭嗣同的仆人神色慌张地破门而入，急促地说：

“三公子，大事不好了！外面的人都在说，皇上被太后抓起来了，南海会馆已被抄，幸而康先生已去上海，不然就要抓起杀头了！”

谭、梁一听，知道西太后已先下手，新政彻底失败了。梁启超赶紧起身说：“复生，事情已万分危急了，我与日本使馆代理公使林权助有一面之识，我们赶快到日本使馆去，请求他们保护。”

谭嗣同面色不改，仍坐着不动。

“快走吧，抄了南海会馆就会马上来抄浏阳会馆，晚了就逃不成了。”梁启超抓起谭嗣同的手催道。

谭嗣同似乎早有预料似的，慢慢地说：“我一直想救皇上，看来皇上已不可救了。现在要救南海先生，也没有办法救。我活在世上，已没有事情可做了，只有等死。”

梁启超急道：“哪有等死的道理！留得人在，自有成功的一天。快走吧，复生！”

谭嗣同依然平静地说：“你说的有道理，对天下事，应有知其不可而为之的决心。但我早已做了打算，我愿意一死殉皇上，殉国家。中国变法从来未有流血者，有之，请自嗣同始！”

梁启超深为谭嗣同以死殉国的牺牲精神所感动，他紧握着好友的手说：“这样的话，让我和你一起流血吧！”

“不！”谭嗣同坚决反对，“你赶快到日本公使馆去，伊滕博文这些日子正在北京观光。他是个大英雄，对我们的事业向来是支持的。你请他致电日本驻上海领事，赶快救南海先生！”

梁启超答应了一声，便离开浏阳会馆，来到东交民巷日本使馆。这时已是午后两点钟，代理公使林权助正和来华旅游的前任首相伊滕博文饭后聊天。林权助得知有一个中国青年匆忙来访，便出门相见。见面之后，才知是梁启超。他见梁面色苍白，一脸悲壮之色，知有大事，忙领他进了后面的一个房间。梁启超开门见山地说：“请给我一张纸！”

林公使拿出一张纸来，又递给他一支自来水笔。梁启超接过纸笔，唰唰写下：仆三日内即须赴市曹就死，有二事奉托，君若犹念兄弟之国，不忘旧交，许其一言。

林公使笑着说：“梁君，出了什么事，这样严重？你不要写了，就用口说吧，我可以与你用中国话交谈。”

慌急之间，梁启超竟一时忘记了林公使是个中国通。他拍打着脑门说：“我糊涂了！”

林公使用玻璃杯子端了一杯白开水过来，梁启超喝了两大口说：“公使先生，中国出了大变故，太后囚禁了皇上，抓捕新政官员，我也马上就会被抓，最迟三天内就会被杀头。我的生命早就献给了我的国家，杀头毫无所惜，现在只是请你出面解救皇上，保护皇上龙体不受伤害。康有为先生目前正在上海，请你电告贵国驻上海领事馆，想法搭救康先生。我要求的就是这两件事，恳请你们帮忙。”

林公使并不知道中国出了这等大事，惊诧之余，果断地表示：“可以。梁君，你说的这两件事，我决意承担。不过，你为什么要去死呢？你好好想一想，如果心意改变了，什么时候都可以到我这里来，我一定救你！”

梁启超听了这几句话，悄悄地流下了两滴感激之泪，说：“好，谢谢你了，伊滕博文先生那里，也请公使代我转达此意。”

“伊滕前首相就在客厅，你去见见他吧！”

梁启超见林公使答得如此坚决，觉得没有必要再去与伊滕讲了，何况他还有许多事情须立即料理，便说：“我不去了，我要赶紧回寓所。”

说罢，急急忙忙离开日本使馆。梁启超回到寓所，赶紧将几捆来往信件烧掉，又将文稿杂记等一律焚毁，然后将书籍和日常衣物匆匆整理一下，到了断黑时，提起一个皮箱出了门，再次来到日本使馆。使馆门前乱糟糟的，趁着混乱之际，他飞快地跑了进去。林公使把他安置在一间小房子里，然后去和伊滕博文商量。伊滕说：“梁启超这个青年是中国宝贵的灵魂，救下他，是做了一件好事。你出面想个办法，让他逃到日本去。到了日本后，我来帮助他。”

第二天，谭嗣同在浏阳会馆静坐了一天。他摹仿父亲的手迹，假冒了几封父亲给他的信。信上大骂他不该办新政，并声明与他断绝父子关系。谭嗣同知道自己的事必定要牵连父亲，身为巡抚的老父到时便可以借此而减轻责任。到了傍晚还不见有人来抓他，便将自己的诗文手稿和一叠家书放进一口小木箱里，提着这口小木箱来日本使馆会梁启超，托梁启超替他妥为保管。梁启超要他留在使馆里不要到会馆去了。谭嗣同再次坚决地谢绝，说：“不有行者，无以图将来；不有死者，无以酬圣主。今南海先生生死未卜，程婴、杵臼、月照、西乡，吾与足下分任之。”

说罢二人相与拥抱而别。

这时，恰好日本驻天津领事馆领事郑永昌正在使馆里，林权助便和郑永昌商量了一个逃跑路线和接头的办法。

次日，郑与梁化装成外出打猎的样子，背着两支双筒猎枪，使馆的汽车把他们送到前门火车站。二人上了车后，林又给有关方面挂了电话。他们在天津站下了车。刚一出现在月台，梁启超便被一个人认出来了。那人立即告诉天津站的巡逻人员，巡逻员马上跟踪他们。当发现有人跟踪时，郑急中生智，带着梁跳上海河岸边的一条帆船。这时已是深夜十二点钟了。郑拿出十块银圆给船老板，请他赶快开船去塘沽。帆船开出不久，巡逻员坐了一只小汽船追了上来。当时塘沽的上游方向停泊着日本的军舰，下游方向停泊着日本的一只商船，巡逻员以为他们会逃向商船，遂在商船旁边等着。就在这时，帆船开到军舰边，按照预先约好的信号，郑领事挽着白手帕，舰长把他们接上了军舰，立即启航。就这样，梁启超侥幸地逃到了日本。不久康有为通过英国的帮助逃离虎口也到了日本。在伊藤博文和首相大隈重信的照顾下，梁启超和康有为在日本住了下来。梁为自己取了一个日本名：吉田晋。康也取个日本名：夏木森。

后来，梁启超得知六君子被杀于菜市口的噩耗，心中悲愤不已，尤其是谭嗣同能逃而不逃，甘愿以一己之流血来唤醒国民的崇高献身精神，更令他又敬又叹。为了纪念谭嗣同，纪念他们所共同建立的那番为国家和人民造福的轰轰烈烈的新政，梁启超含泪撰写了著名的《谭嗣同传》，刊登在他主办的《清议报》上。这份报纸传到国内后，引起了舆论界的巨大反响。

五年来，梁启超除受康有为之命在日本及檀香山、新加坡、澳洲等地建立保皇党组织外，他的绝大部分精力是用来办报纸，以此来唤起民众，鼓吹自由、进步、民主、民权、宪政等一系列新思想。他先在东京办《清议报》，继而去横滨办《新民丛报》，又办《新小说报》。他所主办的《新民丛报》风靡海内外，是所有报刊杂志中最受中国民众尤其是知识青年所欢迎的宣传品。赋闲在家的黄遵宪写信给梁启超，说《清议报》远胜《时务报》，《新民丛报》又远胜《清议报》。《新民丛报》上的文章惊心动魄，一字千金，为人人笔下所无，却又为人人意中所有，虽铁石人亦应感动。从古至今，文字之力之大，无过于此。

梁启超学识渊博，精力过人，除办报写政论文章外，他还写了不少学术著作。古今中外的各种流派思想，杰出人物，都在他的研究范围之内。梁启超成了日本留学生心中的偶像，大家出自内心地敬仰他，愿意与他交往。一段时期里，孙中山与梁启超过从甚密。梁表示赞成孙的革命主张，甚至有意将两派合为一个会，推孙为会长，梁自任副会长，只是由于康有为的坚决反对没有实现。正是从那时开始，康、梁之间的思想分歧便越来越大了。

梁启超回到横滨，得知杨度已来到东京后，便作书一封。信上说：五年未曾晤面，时常想念，知已到日本，不胜欣慰。本欲到东京来把酒畅谈，无奈外出日久，报馆事务繁多，一时不能抽身。过几天是明治节，特为邀请令兄弟郎舅同来横滨过节，以慰云树之思云云。梁启超不知杨度的寓所，便将信寄给住在东京的王照，托他转给杨度。

二　王照的一句话，道出了戊戌政变的真正原因

王照字小航，乃是戊戌变法运动中的风云人物。他原是礼部的一个主事，却不料一封参劾将六个堂官一齐参倒，这是清朝自开国以来没有过的怪事，一时间轰动全国。事情是这样的。

新政推行不久，礼部尚书许应骙上了一折，说经济特科考试时务策论，为非常之举，不妥，宜与正科一样，改试八股。这是明目张胆地与新政唱反调，御史杨深秀、宋伯鲁合词劾之。光绪皇帝很讨厌许应骙阻挠新政，想罢黜他。协办大学士刚毅出面为之说情。这是新旧两派正面交锋的第一次。

到了七月中旬，礼部主事王照写了一个折子，请皇上游历各国，扩张眼界，又建议设立教部以扶翼圣教。因为王照官阶低，不能自己上奏，于是请许应骙交递。许不肯。康广仁对王照说，皇上号召广开言路，岂容大臣阻蔽不达，宜劾之。王照性格勇直，当即具折参劾。侍郎坤岫、溥颋令掌印者勿收。王照气得捧着折子外出，声言前往都察院告状。坤岫等只得允为代递。许应骙得知后大怒，也赶紧上一折，说王照咆哮署堂，借端挟制；又说他请皇上游历各国，是将皇上置于险地，居心叵测。光绪皇帝见到许的奏折后大为不悦，批示交部议处，又批示今后条陈事件，各堂官应将原封呈进，毋庸拆看。部议将许降级。光绪皇帝恼怒处分太轻，一气之下，将礼部尚书怀塔布、许应骙，左侍郎坤岫、徐会澧，右侍郎溥颋、曾广汉六个堂官全部革职。赏王照三品顶戴，以四品京堂候补，以昭激励。特擢李端棻、裕禄署礼部尚书，耆寿、王锡蕃署左侍郎，萨廉、徐致靖署右侍郎。这

道命令一下达，举国为之鼓舞欢忭，争求上书，每日各署都要递数十封条陈，光绪皇帝从鸡鸣阅至日晡犹不能尽，而王照也因此而名闻全国。到了政变时，王照自然成了拘捕名单中的一员。在外国人的帮助下，他也及时离开北京逃到日本。先是和梁启超一起住东京马场下町，后来梁去了横滨，他便一人住。当时王照接了梁启超的信，即向友人打听，知杨度住在饭田町田中宅，遂持书前来拜访。

当田中老人将印着“礼部主事赏三品顶戴四品京堂候补王照”字样的名刺交给杨度时，他惊讶道：“是小航先生来了！”

杨度对王照早已心仪，见面之后，方知是个四十多岁的瘦高个子。大家入乡随俗，按照日本人的方式，盘腿坐在榻榻米上，一边品茗，一边闲谈。杨度看了梁启超的邀请函后，甚是高兴，说：“小航先生，明治节那天，我们一道去横滨吧！”

“我就不去了，前些日子才从卓如那里来，这次就不陪你了。”王照想了一下，又问，“横滨你熟吗？”

“不熟。”杨度摇摇头，“我两次从横滨上岸后，都是立即转车来了东京，连街市都没看。”

“那山下町，你找得到吗？”

“我想找得到的。”杨度满有把握地回答，“卓如信上把线路已画得清清楚楚了，况且我们兄弟的日语都还可以，路在口上，弄不清楚就问，总可以找到的吧！”

“你们到底年轻，学话学得快。”王照感叹，“不瞒老弟说，我来日本五年了，还只能用日语说些日常话，要和他们的学人谈学问，和政治家谈政治，还很吃力哩！”

“年纪大了，学语言是困难些。读日文版的书没有问题吧！”杨度自己其实也同样不能用日语谈论深层次的话题，但他一向自视甚高，相信不出一年就可以做到这点。

“读日文书倒不成问题，只是用日文交谈和写作难以提高。”王照似乎为这点很头痛。

“小航先生，这几年您在日本都做些什么呢？”杨度问，他知道短期内不可能回国，如何充分利用在日本的日子，多学些有用的知识，他现在还没有一个完整的计划。王照的经历，或许可引为参考。

“我想做的事情很多，但至今一事无成。”王照端起方形单耳日式茶杯，浅浅地喝了一口，说，“先是一个劲地学日文，但日文未精。继而想写一部关于戊戌年新政的书，把我自己所参与所知道的一切如实记下来，公之于世。写了一半，南海先生要我去组织保皇党。南海先生的家长作风，我又习惯不了，不久就退出来了。后来又想继续国内的《说文》研究，想想在异国研究中国的文字，又自觉不协调，也搁下来了。只有间或应卓如之请，在他所办的报纸上写点诗文，倒还有点小作用。”

提到诗文，杨度想起了王照写的《方家园杂咏记事》在海内外传颂甚广，便说：“小航先生，您的《方家园杂咏记事》记录了戊戌政局中鲜为人知的史实，大家都喜欢读。您这就是在写历史，以后还可以多写点这方面的诗文。”

“那只是些东鳞西爪的事，还谈不上历史。”王照笑了笑，又端起了茶杯。

杨度想起了一事：“小航先生，您在《方家园杂咏记事》里说，西太后唯知权力，绝无政见，纯为家务之争。真的是这样吗？”

“真的这样。”王照望着杨度，正色道，“世人都说戊戌之变是因为太后要维持祖制，皇上要效法西人，彼此政见不同，其实根本不是这么一回事。”

王照望了一眼手中的茶杯，杨度估计杯子里大概没有水了，起身提来一只大肚短嘴三耳鱼纹仿古陶壶，给王照的杯子续上深酱色的浓茶。王照喝了一口，继续说下去：“又如太后黜瑾、珍二妃，世人都说瑾妃、珍妃支持皇上，故太后迁怒于她们，其实是她们卖官惹恼了太后。卖官鬻爵这门子生意，朝廷里只能由太后独揽，别人不能染指。瑾、珍二妃原以为太后可以这样做，她们也可以学样，事情就坏在这个‘学样’上。所以依我的看法，推行新政，如果奉太后为主，让她出头露面，那么新政就是对的了。我早就把这个想法跟康南海先生说过，他是个固执己见的人，不但不接受，还说那拉氏是万不可造就之物，绝对不能让她来主导新政。结果让太后觉得皇上是借变法之名在与她争夺权力，故而要拼死反对，不惜囚皇上、杀六君子，以此来体现她的不可侵犯的权威。英国人聪明，维多利亚女王贪财好货，就让她去贪，她一人贪总有限。她让出了权，国家富裕了，所得远比她的贪污要多得多。倘若康南海能学英国人那样，太后既然贪权，就把新政领袖权让给她，她心里高兴了，顽固派也不敢反对，新政推行则没有阻力，皇上的愿望也达到了，国家也变好了。”

王照这几句话大大开启了杨度的心扉，他发现坐在眼前的这位中年下台官员，虽没有康有为那样的夺目光彩，却比他有办事的实在本领。他频频点头说：“小航先生，你说得很有道理。老子说‘曲则全，枉则直’，也就是这个意思。”

“对对，正是这个意思。”王照高兴地说，“皙子，我还告诉你一件事。前年，有个来日本考察留学生时务的官员，是我过去的好友，他对我说过，庚子年义和拳闹得正凶时，守西陵的贝子奕谟，对逃难至西陵的齐令辰说，我有两语可以概括十年朝廷之事：因夫妻反目而母子不合，因母子不合而载漪谋篡。奕谟，你知道是什么人吗？他是宣宗成皇帝的胞侄，皇上的嫡亲堂叔，对朝廷的内幕最是了解的。”

“因夫妻反目而母子不合，因母子不合而载漪谋篡。”杨度背诵着奕谟的这两句概括，问王照，“这两句话怎么解释？”

王照向前倾了倾身板，答道：“当年皇上大婚前的冬天，在保和殿召见备选的五个姑娘，她们依次排列。排第一的是都御史桂祥之女，即太后的内侄女，其次是江西巡抚德馨的两个女儿，末为礼部左侍郎长叙的两个女儿。当时太后面南坐着，皇上在一旁侍立，还有荣寿公主和近支几个亲王福晋站在太后的后面。太后座前设一长桌，桌上陈列一柄玉如意、四个大红绣花荷包，这是给选中的人所准备的礼物。选中为皇后的，则给玉如意，选中为妃嫔的，就给一个荷包。太后指着五个姑娘对皇上说：‘皇帝，看谁可以做皇后就给她玉如意。’说着把玉如意递给皇上。皇上拿着玉如意径直走向德馨的长女，刚要把玉如意递给她。太后突然大叫一声‘皇帝’，皇上愣了一下，见太后的眼睛看着站在第一位的姑娘。皇上明白了太后的意思，不得已把玉如意递给了桂祥的女儿。太后不要皇上再选了，命荣寿公主把两个荷包递给长叙的两个女儿，把另外两个荷包收起来。因为皇上喜欢德馨的女儿，太后就偏偏不让她们入宫。但皇上心里总不喜欢皇后，从不宿皇后宫中。他喜欢长叙的两个女儿，封她们为瑾妃、珍妃。皇后向太后哭诉，太后便恨皇上和瑾、珍二妃，尤恨珍妃，加之珍妃又卖官得了巨贿，所以后来太后西逃时，把珍妃推到井里活活淹死。太后既恨皇上不遵己意，又听到皇上要围颐和园逼她让权的谣传，于是先下手，将皇上囚禁，决意废掉。太后要废皇上的消息传到各国驻京使馆，引起外人哗然，都不赞成。太后便向各省督抚秘密征求意见，当时督抚们对于废立这样的大事都不敢明确表态，只有两江总督刘坤一，仗着功高资深敢于直言。他说了两句很有分量的话：君臣之分已定，中外之口宜防。太后听到这两句话后，不敢废皇上，只是选定载漪之子溥儁为皇储。载漪恨外国人干扰其子登基，遂有意引义和拳入京，杀洋人，毁使馆，从而招来了八国联军进京、帝后西逃的奇耻大辱。”

王照说到这里停住了嘴。杨度听得入了迷，心潮不停地翻滚，想不到家庭里的恩恩怨怨，个人的权力欲望，竟然给国家带来了如此创深痛巨的灾难。他心里既愤怒又悲哀，久久地说不出一句话来。

三　杨度为梁启超的书斋饮冰室题名

每年十一月三日，是明治天皇的生日，法令定为明治节。这一天，日本举国欢庆。从朝廷到民间，从东京都到北海道，到处都沉浸在节日的欢乐中。日本人民发自内心地感激、崇拜明治天皇，他们把明治天皇比作中国的汉武帝、唐太宗，比作西方的华盛顿、彼得大帝。事实上，明治天皇睦仁也的确是个了不起的大和民族的英雄。

睦仁是孝明天皇的次子。孝明天皇是一个无权的天皇，这并不是他本人的无能，而是整个天皇制度的式微。

早在一千年前，那时的日本国处于平安时代中期，皇族、贵族和僧侣之间长期纷争。上层争斗的激化，引起下层武士的不满，各地领主便趁机纠集一部分武士组成集团，以控制地方权力。由于各地领主力量强弱不同，集团之间也争战不息，相互兼并，形成了各种藩阀势力。到了平安时代的末期，其中势力最强的武士领主集团，凭仗武力组成了某种独立于朝廷之外凌驾于各藩阀势力之上的权力机构，对各地领主所辖范围内的领地和领民实行统治。这就是日本历史上的幕府政治。幕府首领称征夷大将军。在幕府时期，天皇的统治实际上已名实俱亡，大权旁落到以将军为首的武士集团手中，就连法律法令也完全出自幕府而不出自朝廷。这种制度从一一九二年源赖朝正式建立的镰仓幕府起，中经室町幕府、安土幕府、桃山幕府一直到德川幕府延续不变。一八六七年孝明天皇死去，十六岁的睦仁即位，称为明治天皇。

那时，德川幕府的统治走到了它的末期，各地的暴动如火如荼。明治元年，以大久保利通、西乡隆盛为代表的倒幕势力发动宫廷政变，以睦仁的名义迫使德川幕府交出政权，宣布废除幕府制度，成立天皇政府，实行王政复古。

在这场改变日本国命运的斗争中，年轻的明治天皇充分显示了杰出的政治家才干。他紧紧地依靠一批新生的政治力量，全面敞开国门，彻底地向西方强国学习，自上而下推行新政，提出了富国强兵、殖产兴业、文明开化三大政策，又采取了版籍奉还、废藩置县、地税改革等具体措施，进而颁布帝国宪法，召开帝国会议，短短的二十几年，便使得日本奇迹般地强盛起来，居然在甲午年海战中打败了大清王朝。日本人民为引导他们走上强国之路的明治天皇而自豪，年年在天皇生日这天，为他举杯祝福。

今年是天皇的五十二岁，祝福他万寿无疆的各种标语张挂于高楼大厦、竹篱茅舍、大街小巷、车站码头。不少饭店旅馆，在明治节这天免费供应吃住，也有许多车辆船只，免费为行人使用。大和民族这种强烈的民族感，使得旅居此地的千余名炎黄子孙深深敬佩，同时也为麻木不仁、一盘散沙似的祖国而惭愧。

杨度、杨钧和王代懿一早乘坐的信野号，便是一辆免费运送乘客往来东京至横滨的客车。三郎舅在车上谈起明治节的感受和对东京的印象，无不感慨万端。代懿对陆军大学精良的武器赞不绝口，对学校严格的军事生活至今仍不能习惯，出国前白白净净的漂亮书生，现在变得黑瘦多了。杨钧天性对政治不感兴趣，在弘文学院绝大部分留学生激昂慷慨谈论救国救民方案的时候，他只是偶尔听听，从不多发表意见，更多的时间是用于看书、观察。他喜欢读文学艺术方面的书籍，好观察东京的民风，尤其对东京人的整洁、街道的干净、居室的雅致极为羡慕，常说一个国家富不富裕，先看它的环境是不是清洁。中国的贫穷，首先表现在它的脏乱上，哪天不见脏乱了，哪天就真的富裕了。杨度则总是谈这样一个题目：为什么推翻了德川庆喜，将政权交给睦仁之后，日本国就可以推行新政，实行维新变法呢？他的结论是：看来一个国家的富强，依赖的是英明而强有力的君主。

三人在车上旁若无人地用中国话交谈着，觉得十分畅快，十分舒心。突然，前排一个老太太站起身来，对着窗外说了句："不好了，起火了！"

全车乘客都一齐向窗口望去，只见不远处一家农舍冒出黑黑的浓烟，有几个人出出进进地搬东西，还有几个人在奔跑着提水。一个中年乘客说："我们下去救火吧！"

"对，我们下去帮忙！"

"救火要紧！"

"司机，请停车吧！"

全车厢一片响应之声。客车迅速停了下来，全体乘客无论男女老幼都下了车，争先恐后地向冒火的农舍奔去，杨度兄弟郎舅也加入了救火队伍。没有人指挥，也没有人命令，三十多个乘客迅速地排成两支长队，一头连池塘，一头连农舍，脸盆木桶在各人手中快速传递着，火很快熄灭了。房主带着全家向这群陌生的救火人员连连鞠躬，说不尽的感激话。

有一个老头从兜里掏出一张大票子来，塞在房主的手里，众人纷纷效法，房主和他的妻儿手里都捏着大大小小的票子，杨度兄弟见状，也各人掏出一张票子来。房主一家感动得热泪直流，司机招呼大家重新坐车赶路。

坐在座位上，望着满车见义勇为的乘客，杨度心情很不平静。临时聚合，素不相识，下了车后各自东西，做了好事也没有谁来为你传扬，然而所有的人没有犹豫，没有半点顾虑，完全出于自发地赈灾救难。这种团结互助的精神，是不是正是大和民族自强自立的基础呢？他又习惯地想起了自己的祖国。倘若在自己的家乡遇到这种事，救急救难的人当然也有，但难得的是如此全体齐心，全体自觉。眼下的中华民族与大和民族之间最大的差距，是不是就在这里呢？杨度这样想着想着，车已到了横滨。

横滨位于日本中部西边海岸，离东京只有百来里路，是东京的外港。四十多年前，它还只是一个小渔村，因为是一个很好的港口，随着英、美、俄等外国船只的增多而很快地发达起来。现在的横滨，已是一个拥有三十万人口的大城市了。他们看到市内房屋鳞次栉比，车辆行人熙熙攘攘，商店里百货充盈琳琅满目，市面管理得有条有理井然有序，再次感受到这个蕞尔小国的不可等闲视之。依照梁启超所画的线路图，略微问了问，便找到了山下町梁寓。

梁启超闻讯，赶紧亲自出来打开庭院前的竹篱笆门，把三位远客迎进内室。杨钧是第一次见面，杨度介绍："这是舍弟……"

"不用介绍了。"梁启超豪爽地打断了他的话，"这是杨钧杨重子先生，只要见过你杨皙子的，谁都晓得这是你的老弟。"

"真的吗？"杨度很快活地问，"你觉得他很像我？"

"除开脸没有你的长，唇沟没有你的深外，哪点都像你。"梁启超满含笑意地将杨钧端详了一番，性格内向的重子真有点不好意思了。

代懿插话："小三子真像哥哥吗？我平时总以为他们兄弟俩不

像哩！”

“去年，我从檀香山回来。”梁启超带着他们进屋，边走边说，“正要到东京去看望你，谁知你回国准备特科考试去了。如果见到你的话，我一定会制止你去。你看那个那拉氏，她还能考得出真正的人才吗？好端端的一个榜眼公，一句话就给弄丢了。哎，取什么梁燕孙，当初状元就取你杨皙子不蛮好嘛！说来说去，都是我和南海先生害了你们。”

说到这里，梁启超开怀大笑起来。

杨度被笑得有点脸红了，说：“是不该去考，考没考中，还受了一肚子窝囊气。”

“不过，考考也好。”梁启超依旧笑着说，“榜眼公的乌纱帽虽没戴几天，但名声已是远播海内外了。现在提起你杨皙子，哪个不知道？”

穿过一个收拾得整整齐齐的小庭院，来到了正房门边，梁夫人李蕙仙站在一旁，微笑着与客人们打招呼，她左手牵着刚满两岁的儿子思成，身后站着一个腼腆的小姑娘，她是长女思顺，今年十岁，已上小学三年级，在学校里有个日本名字，叫吉田静子。李蕙仙出身名门，农家子弟梁启超是凭才学娶得这位大家闺秀的。

光绪十五年，十七岁的梁启超第一次到广州参加乡试，便高中第八名举人，成为这一科最年轻的孝廉。少年梁卓如长得清秀俊雅，宛如一株破土而出的小青松，人见人爱，如今一举登第，稍有点见识的人都能看出，这株茁壮的幼苗日后必定会成为一棵参天栋梁。两个主考官满心喜悦，庆幸为国家选拔了一个贤才。为国庆幸之余，又都想起了自己的心事。

正主考李端棻有个堂妹，二十一岁了，心大眼高，等闲人瞧不起，故至今尚未许人。离京时，婶母一再叮嘱，要他在门生中物色一个合适的妹夫，看准了就由他做主。李端棻已是三为乡试正主考了，还从未见一个超过梁启超的门生，只是堂妹要大四岁，不知这个小举人同意不。但常言说得好，“女大三，抱金砖”，年纪大一点的太太最能体贴丈夫，想必不会反对。他决定请副主考王可庄做媒人。不料这位副主考也正在打梁启超的主意。他的次女十四岁了，也是待字闺中，眼下这个后生子，除开门第不当外，其他各方面都堪称天赐的乘龙快婿。不过王可庄也开通，门第是次要的，关键是本人的才学，能做出这等文章的人，今后还愁荣华富贵吗？他正在思考着找谁来牵红线的时候，李端棻却抢先找上了他。王可庄虽后悔自己办事迟缓，但却碍不过正主考的情面，只好为李学士的堂妹做月下老人。

那时，梁启超的父亲莲涧先生正陪着儿子在广州。王副主考一说，他便满口答应。耕读贫户能攀上官宦人家，这是多么大的荣耀，莫说只大四岁，就大五六岁也不要紧呀，曾文正公的祖母比他祖父要大七岁哩！

第二年，梁启超会试落第。就在这年八月，他结识了康有为，成了万木草堂的得意门生。明年，梁启超再度入京，在新会邑馆与李蕙仙举行了婚礼。康有为赠诗祝贺："道入天人际，江门风月存。小心结豪俊，内热救黎元。忧国吾其已，乘云世易尊。贾生正年少，诀荡上天门。"

后来，李端棻热心支持康梁变法，深得光绪帝器重。王照一折参掉礼部六堂官后，他便被超擢为署理礼部尚书。政变后，他被革去官职，充军新疆，前年赦归贵州原籍，主讲经世学堂，依旧以奖励后进开风气为己任，并首倡自办贵州矿产和铁路，成为一位受人尊重的开明绅士。

趁着梁启超两口子张罗茶水之际，杨度打量着客厅。

这是一个典型的日本式客厅。楼层很低，因而客厅里的用具都是矮矮的，两条黑漆长桌还不到两尺高，东头矮脚柜上摆着一瓶插花，看来那是梁夫人到日本后学会的新手艺：几朵金黄色的山菊花配上几根阔叶兰草，显得清新淡雅。客厅里铺满了用草席织成的寸把厚的榻榻米，将客厅衬托得简朴而洁净。北面墙壁上贴着一张尺来高四尺来长的水墨画，画面上云青青兮欲雨，水淡淡兮生烟，半月形的拱桥旁边，一个书生在抱膝读书。画的左边角题了四个小字：蕙仙学画。

南面墙上，也是一张横幅，也是尺来高四尺来长，与北墙的画正好相配，上面写的是两首七律，题作《自励》：

平生最恶牢骚语，作态呻吟苦恨谁？
万事祸为福所倚，百年力与命相持。
立身岂患无余地，报国唯忧或后时。
未学英雄先学道，肯将荣瘁校群儿！

献身甘作万矢的，著论求为百世师。
誓起民权移旧俗，更研哲理牖新知。

十年以后当思我，举国犹狂欲语谁？
世界无穷愿无尽，海天寥廓立多时。

下署：少年中国之少年辛丑年书于横滨寓所。

客厅的布置，充分突出了主人高雅的情趣、远大的志向，洋溢着夫唱妇随琴瑟和谐的气氛。杨度在心里称羡不已。

梁夫人用茶盘托出四杯盖碗茶，大大方方地说："日本的茶道我还没有学会，今天还是请你们喝岭南的铁观音吧！"

代懿接过茶，笑着说："还是我们中国的茶好，日本的茶道吹得神乎其神，我喝了，除开苦外，什么味道都没有。"

大家都笑了起来。梁启超双手端了四个碟子出来，说："你不知道，日本的茶好就好在这个苦上，岂不闻一苦胜百味吗？"

大家又笑起来。梁启超把四个碟子摊开，指着他们说："这是道地的倭货，你们吃吧，住在日本，吃不惯他们的饮食可不行。"

众人看时，四个碟子里分别装着炒青豆、烘五香花生米、芝麻椒盐饼、杏仁丁香鱼。

"我吃得惯！"杨钧说，随手抓起一把杏仁丁香鱼说，"这个是我们国家没有的顶好吃的东西。"

梁启超说："重子有眼力，这东西的确是好。今后回国了，我要带它几麻袋回去，让大家都尝尝。"

杨度细细地审看。这是杏仁和丁香鱼的混杂食物。丁香鱼是一种只有半寸左右长的海鱼。将丁香鱼加些香料焙干，再混合在杏仁中，吃起来又香又脆又补人。杨度吃了一口，果然味道甘美。

"卓如，你什么时候又取了个这样长的别号？"杨度指着《自励》诗后的署名"少年中国之少年"，问梁启超。

"我初来日本时，作文署名常用'哀时客'，后来写了《少年中国说》。别人都说中国是老大帝国，我说老大帝国要新生，它是一个新生的少年，我梁卓如也要和自己的祖国一道新生，所以从那以后，我便改名为少年中国之少年了。"

众人都点头称是。

"现在我又有一个新名字：饮冰子。"

"饮冰子？"代懿觉得有趣，"这是什么意思？"

"你们猜猜。"梁启超乐道。

"我知道。"杨钧想了一下说，"此典出自《庄子·人间世》：

‘今吾朝受命而夕饮冰，我其内热乎？’看来卓如兄有两患之难。”

“正是，正是。重子书读得不错。”梁启超鼓掌欢笑，“我自号饮冰子，书斋便跟着叫饮冰室。只是名字取好了，匾还没有写成。皙子来得正好，你的书法独步东瀛，就请你给我题个匾吧！”

杨度说：“独步东瀛不敢当，既然你看得起，写几个字还是可以的。”

“就写，就写。”

梁启超连忙进书房拿出纸笔来。杨度也不客气，饱蘸浓墨，抬起臂腕，一笔一画，似凝聚着万钧之力。转瞬之间，矮几上的白宣纸上现出“饮冰室”三个字来。但见它糅汉隶魏碑之长，具庄重端秀之姿，真个是功力深厚，才气纵横。梁启超喜道：“快请落个款吧，不然日后别人看见了，还以为是我梁某人自己写的，那才是贪天之功据为己有哩！”

“好吧！”杨度笑道，“不把这个功劳送给你。”

又题笔写了几个小字：湘潭杨度题。

刚写完，不觉遗憾起来：“可惜不曾带个图章在身上。”

“这有何难，我给你补全。”杨钧早被这种气氛所感染，跃跃欲试，只愁插不上手，现在正轮着他露一手的时候了。“我这就给你现刻。卓如兄，你有印石和刻刀吗？”

梁启超摸着头说：“我于治印一窍不通，这些东西可没有。”

“没关系，把小妹妹的铅笔刀借我用一下。”

杨钧说完走出客厅，在院子里抓了一把泥进来，将铁观音茶滴了几滴，左捏右捏，十几秒钟便捏出一个椭圆形底面的泥柱来。他接过梁启超递过来的铅笔刀，顺手便雕起来。不出两分钟，椭圆形底面上现出了两个字。梁启超又拿出印泥来。杨钧将泥柱在印泥上压了压，然后轻轻地在“湘潭杨度题”的下面一钤。拿开泥柱，纸上现出一个鲜红的椭圆印章，中间两个白文小篆“皙子”清晰古朴，结体别致，令人越看越可爱。梁启超喜不自胜：“杨氏兄弟珠联璧合，饮冰室将倍添光辉。重子，你这颗泥印就存放我这里，留个纪念吧！”

“你为何不早说，它已复归原形了。”杨钧边说边将泥印递过去，梁启超接过看时，它早已被揉成一团烂泥了。

“可惜，可惜！”梁启超、王代懿同时发出叹息。

梁夫人出来给大家添茶，看见杨氏兄弟合作的这幅艺术品，爱不释手，说：“卓如，我看不要去做匾，再巧的工匠，也摹不出这字和印的神韵，不如干脆做一个玻璃镜框把它镶起来，挂在书房里。”

代懿忙接言：“嫂夫人真正是行家。宣纸上的字和印是天籁，摹到木板上便是人籁了，两者岂能相比！我没有皙子和重子的才情，我来出力出钱，配一个好的镜框子，就算我们郎舅三人合伙送你的一件礼品。”

“最好，最好！”梁启超高兴地笑道，“这件礼品是无价的。蕙仙，你把你娘家贵筑的特色菜多烧几个出来款待他们。”

代懿说：“湘黔同味，重在一个‘辣’字，你这个老广受得了吗？”

梁启超说：“受不了也得受，我今天是舍命陪君子了。”

收拾题字和笔砚后，大家重新坐定饮茶。

杨度问梁启超：“你这次到美洲去了哪些地方？”

梁启超答：“我正月里启程，先到了加拿大的温哥华，再到美国的纽约，后来又去了费城、芝加哥、旧金山，最后再由温哥华乘中国皇后轮返日本。”

代懿说：“走了这多地方，大开眼界了。”

“眼界是开了，但越看到人家的进步，对比中国的落后，心里就愈加不好受。”

“那是的。”杨度很能理解这种心情，又问，“你这次去美洲办什么事呢？”

“这次美洲之行是南海先生交给我的任务。他这一年来一直在南洋各国忙碌着，无暇远去美加一带，要我代他去一趟。他交给我的任务，一是在美国和加拿大各地建立保皇会，二是扩大译书局股份，集股开办商务公司，用以作为实业基础，第三是筹款。”

“成效大吗？”杨钧插话。

“这是对你们说句实话，在美加一带的华人社区宣传保皇，再也不像前两年那样激动人心了。”

“为什么呢？是孙中山他们那些革命党把地盘抢去了吗？”代懿饶有兴趣地问。

“倒也不是革命党抢地盘。”梁启超手托茶碗，不紧不慢地说话。他身着浅咖啡色团花长袍，上罩一件黑缎夹层马褂，和大多数留学生一样，剪去了辫子，留着西式偏分头。他今年三十一岁，面孔显得清瘦，宽大的额头十分突出，似乎天赋的超人智慧尽藏在这突出的前额里。说起话来轻言细语，与政变前那种锋芒毕露、咄咄逼人的气势大有不同。粗粗地看起来，他不大像是一个流落异邦的政治活动家，倒更像一个沉静的学者。“还是朝廷自己不争气，弃北京而逃，已是把祖宗颜面丢尽；回銮两年了，口里喊变法，其实毫无诚意。这次经济特科‘梁头康足’的笑话，很快便传到美洲，华侨们都哑然失笑，不少原来一心保皇的中坚分子失去了对朝廷的信任，都说这样的政府保它做什么！你们想想看，如此气氛下，保皇分会能建得顺利吗？许多人有钱也不愿捐。”

“卓如，听人说，你也有革命的倾向，是真的吗？”杨度问。来到日本后，无论是保皇派的还是革命派的刊物报纸，他都看。他觉得都有其道理，又都有其偏颇，他不能完全接受哪一家。梁启超是保皇派的第二号领袖，这几年来办《清议报》，办《新民丛报》，发表了一系列光彩照人的文章，使得他的声望大有超过第一号领袖的势头。日本留学生界普遍认为，梁启超与康有为的思想分歧越来越大，他不仅与孙中山等人有往来，甚至也赞成他们革命排满的主张，说不定保皇派内部有分裂的可能。杨度很看重梁启超的思想，他觉得自己的思想体系与梁有许多接近之处。

“不错，我是觉得革命也未尝不可取。《系辞》上说同归而殊途，一致而百虑，今日中国之各党各派，未必不是从各条不同道路上，向着救国强国的目标而努力。有时，我真的觉得只有排满才能彻底救国，因为现在是民族主义最发达的时代，无此精神绝不能立国，而要唤起民族精神，就不能不攻满洲。好比当年日本讨幕为那时最适宜的主义，中国现在可能应以讨满为最适宜的主义。满洲不排斥，则中国无民族主义可言，无民族主义，则不必再谈什么民主民权。今年四月，我在芝加哥专门给南海先生写了一封信，把这些看法直截了当地告诉了他。”

“康先生能同意吗？”代懿问。

“他当然不会赞同。”梁启超淡淡地笑了一下，顺手将一缕垂下的长发梳好，说，“南海先生接到我的信后大不以为然，他为此写了两封公开信，登在《南洋总汇报》上，一封题为《复美洲华侨论中国只可行君主立宪不可行革命书》，一封是《与同学诸子梁启超等论印度亡国由于各省自立书》。南海先生之所以要采用公开信的缘故，是因为不仅仅我梁启超有革命排满的想法，其他弟子，包括他最忠实的弟子徐勤、欧榘甲也持这种观点，他们比我走得更远，‘满贼’‘清贼’之言盈篇溢纸，南海先生认为非再次公开阐述他的观点不可了。”

“卓如，有一个问题，我想要你实话告诉我。”杨度认认真真地对梁启超说。

“什么问题值得你如此认真？”梁启超望着杨度说，“你只要提出，我都会实话答复你的。”

“卓如，你是康先生的大弟子，最了解他，康先生不愿反满，死心保皇，除开他受过皇上的非常之恩外，还有什么别的缘故吗？”杨度挺身敛容地问道，那神情，全然是一副探讨中国何去何从的严肃态度。代懿、杨钧也在热切地等待着梁启超的回答。

“南海先生不赞成革命，力主君宪，除开皇恩外，最主要的原因是怕革命排满后引起中国的混乱而导致分裂。”梁启超不愧为康有为的大弟子，他不用思索，就以非常明白的语言回答杨度的提问，“南海先生说，今日如果推翻了皇上，则必然各省都要自立，一旦自立，则必然相争，一旦相争，十八省则为十八国。这一点，南海先生说就连外国人都看得很清楚。到那时，中国则将受制于各大国。他还说过，他自长大以来所见弱小之邦被人吞灭不可胜数。比如琉球被日本所灭，安南、突尼斯、马达加斯加被法国所灭，缅甸、波斯被英国所灭，巴称尔、土尔尼特被俄国所灭，古巴、檀香山、小吕宋被美国所灭。这些都是最近二十年所发生的事。他认为凡物合则大，分则小，合则强，分则弱，如果中国分裂，则由大国变为小国，本来就不强，那就更弱了，要不了多久就会被外国列强所吞灭，我堂堂中华民族则不复存在。这一点是南海先生所反复论述的。”

梁启超转述康有为思想的这番话，使杨度陷入了沉思。

杨钧点头说：“康有为先生的这个顾虑也不是没有根据的，自古以来弱肉强食，鲵遭鲸吞，乃理势之然。依我看，中国既要排满，又不能分裂。”

代懿也说：“重子平时不谈政治，一谈起来，便有独到见解。我完全赞同他这句话，中国要走的只有这条路：既抛开满洲人的统治，又不造成内乱。”

杨度眼一亮，觉得他们两人的话对自己有一点很重大的启示，但他一时还不能在这点启示下形成一种思想。正在这时，梁夫人笑吟吟地进来，对大家说：“你们这些男子汉大丈夫们，一谈起国家大事来就兴头十足没完没了，好像一个个都是决定国策的御前大臣似的。不管中国今后将走哪条路，你们现在都得跟着我走一条路：进餐厅吃饭去！”

众人都哈哈大笑起来。

吃完饭后，梁启超说：“今天你们辛苦了，早点休息，明天还有一个人来，等他来了后我们一起去游总持寺。”

代懿问：“这人是谁呀？”

梁启超卖着关子：“我今天不说，你们去猜吧，猜中了，明天我有赏！”

夜晚，三人睡在榻榻米上，将与梁启超有往来的人，一个个地排列出来，但到底猜不出明天来横滨的是哪一个。

四 智凡带来了八指头陀的信：朵朵莲花托观音

薄薄的晨雾中，从东京开往横滨的首班列车在奔驰着。第三节车厢靠窗边的硬座席上，坐着一个二十出头的年轻人。他穿着一身硬挺的黑呢制服，一行密密的黄铜大扣，从最下一颗一直扣到最上一颗，连两排风纪扣也扣得紧紧的，寸把高硬衣领托起一张清秀的面孔，头上的黑呢鸭舌帽戴得端端正正。他直挺挺地坐着，两只手掌平放在大腿上。火车在高速前进，时有晃动，他却纹丝不动，背与靠垫始终保持着三四寸宽的距离。此人尽管眉眼稚嫩，身板单薄，但看得出，是一个受过严格训练的有着标准军人气质的青年。他，就是已改名为蔡锷的当年时务学堂的学生蔡艮寅。

从上车以来，蔡锷一直面无表情地闭着嘴巴，不讲话，就连与身旁的同座者都没有打一声招呼。他微微侧着头，盯着窗外飞逝的树木农田，一眼不眨，模样很是平静，甚至冷淡，其实，他的脑海里正在波浪起伏，滔滔滚滚。

五年前，正当十六岁的小蔡艮寅在时务学堂刻苦攻读新政时，政变发生了，一夜之间中国全变了样。巡抚陈宝箴、按察使黄遵宪、学政徐仁铸均被革职充军，时务学堂被强行封闭，提调熊希龄押交原籍凤凰县看管，中文教习唐才常逃到日本，秘密组织自立会，筹建勤王自立军。学生们风流云散。蔡锷不愿回家乡，集合五六个好朋友来到上海入南洋公学。到上海后得知恩师梁启超在日本，他写了一封信托人带去，辗转几个月以后，梁启超居然收到了。梁知蔡是个有志少年，尽管他自己经济十分拮据，还是想方设法凑集了一百多块银圆汇给蔡，于是蔡和他的几个同学得以来到日本。

那时梁启超住在东京，大家都身无分文，租不起房子，便都挤在梁的小房子里。晚上就在地板上睡觉，早上起来把被子卷起堆在角落里，生活十分清苦。但蔡艮寅和他的伙伴们心情却很舒畅。因为他们在这里可以和梁师一起，无拘无束地高谈国事，骂朝廷，骂西太后，又亲眼看到了日本国的富强，可以在它的国土上学习它的成功经验。年轻的爱国者们，心里正燃烧着烈火般的热情，充实的精神生活给他们带来的欢悦，十倍百倍地超过了因物资困乏而产生的烦恼。后来，梁启超从华侨中为他们募得一点钱，将他们安置进了学校。蔡进了梁任校长的大同高等学校。他珍惜这难得的机会，常常饿着肚子勤奋钻研各门学问。蔡艮寅这种刻苦耐劳的性格，得力于贫寒家庭的磨炼。

蔡艮寅的祖父是一个老实巴交的种田人，娶妻张氏，生有两个儿子，一家四口艰难度日。有一年宝庆府遇到大饥荒，夫妻二人在挖野菜回家的路上，见一棵枯树上吊着一个十三四岁的小姑娘。小姑娘衣衫破碎，骨瘦如柴，他们知道这一定是受不了饥饿而上吊的。穷人心善，很是怜悯，夫妻二人便把那个小姑娘从树上放下来，打算找块破席包好埋掉。正在卷席子的时候，张氏忽然发觉小女孩胸口有一丝热气。“还没死！”张氏惊喜地对丈夫说。“赶快把她抱回家去！”丈夫说着，便把小姑娘放到背上，一步一步驮回家。张氏给小姑娘灌了口温开水，过一会儿，小姑娘活过来了。张氏满心欢喜，又将家里仅有的几粒米熬了一小碗粥，让她喝了。原来，小姑娘一家全都饿死病死了，她又苦又饿，没奈何寻上了短见。张氏可怜她的命苦，又想起自己家贫，今后儿子大了娶媳妇也难，于是把小姑娘作为童养媳收留在身边。五年后，让她与长子圆了房。第二年，她就给蔡家生下了艮寅。艮寅的父亲那时学做裁缝。农民饭都吃不饱，一件衣服穿十几年，裁缝的生意可想而知。家里苦，艮寅无法读书。附近有个私塾先生叫樊锥，见艮寅长得聪明伶俐，就免费让他来读。艮寅天资颖悟，过目不忘，十三岁便中了秀才。后来樊锥来到时务学堂做教习，便把他也带了过来。就这样，蔡艮寅成了梁启超最得意的弟子。

蔡艮寅来东京不久，偶尔去弘文书院，意外地发现了樊锥也在这里读书，师生异国重逢，倍加欣喜。后来梁启超迁居横滨办《新民丛报》，蔡、樊常常去横滨与梁聚会。庚子年，蔡艮寅应唐才常之请，回国参加自立军起义。起义很快便失败了，唐才常惨遭杀害，蔡艮寅再次逃到日本。起义的失败，使他深刻认识到军事的重要，绝定弃文习武。梁启超非常支持，向他的朋友士官学校的教务长佐滕义夫推荐。佐滕接纳了蔡艮寅，将他编进第三期骑兵科。入校前，梁启超对他说："你现在是军人了，应该有个相称的名字。古诗说'莲花穿剑锷，秋月掩刀环'，锷者，宝刀也，你就以'锷'为名吧！"从那时起，蔡艮寅便改名蔡锷。

蔡锷怀着"流血救民吾辈事，千秋肝胆自轮囷"的崇高抱负，在士官学校勤奋学习各种军事技艺，门门功课优异，与蒋百里、张孝准一起，被誉为士官三杰。上个月，他以第二名的成绩毕业，校方奖他一枚菊花勋章。

这时，国内各省都在筹建新军，蔡锷在士官学校的杰出表现，受到了国内的重视。湖南、江西、广西、云南等省都有人来与他联系，聘请他为军事教官。旅居日本多年了，蔡锷无时无刻不想念自己多灾多难的祖国，想念自己那些在贫困中挣扎的父老乡亲，在这里求学求知的最终目的只有一个，那就是救国救民。现在就要取道横滨回国了，满腔热血的青年志士的心潮，能不汹涌澎湃吗？

"梁先生！"蔡锷笔挺地站在篱笆墙外，轻轻地叫了一声。

"来啦！"一个人边答边从室内走出来。

"重子，你怎么在这里？"蔡锷见走过来的是杨钧，大出意外。原来，去年夏天蔡锷听说杨度到了东京，便来弘文学院找他，适逢他外出，没有见到。冬天，蔡锷又一次去拜访，却不料杨度回国去了。今年初夏，他第三次来到弘文学院，寻访樊锥、黄兴、刘揆一等人。揆一告诉他，杨度的弟弟杨钧来了，也在弘文学院。蔡锷便立即去见杨钧，二人相见，谈得十分投机。恰好那几天杨钧同宿舍的几个同学游富士山去了，蔡锷就住在杨钧的宿舍里，一住五天，成了好朋友。

"卓如兄说今天有个人来，原来就是你呀！"杨钧一把抱住蔡锷，很是亲热。

"重子，听说你哥哥来了，也在这里吗？"

"松坡兄弟，是你呀！"

正问时，杨度笑呵呵地走了出来，后面跟着王代懿。

"五年不见面，你长成一个英俊挺拔的大人了！"杨度紧握着蔡锷的手，将他上上下下仔细地打量了一番。

"我去弘文学院找过你两次都没找到，没想到你回国考状元去了。"

蔡锷跟杨度说着话，又同时与代懿亲热地打着招呼。

梁启超夫妇出门，对大家介绍："松坡从士官学校骑兵科毕业了，我们给他定了十日去上海的船票。"

代懿因为和蔡锷同学军事，遂特别关心他的去向，忙问："到哪个省的军队去供职？"

"现在还没定，回国后再说。"蔡锷答。

梁启超说："大家都进屋，吃过饭后我们一起去总持寺，横滨佛教界今天下午在总持寺开斋筵，招待三位从国内来的高僧。我已经跟住持恒静长老说了，我们都去参加。"

众人都很兴奋，杨度更是欢喜。因为那年他在密印寺偶尔听智凡法师说过，禅宗派生的五宗七派，其中曹洞宗在中国本土日渐衰微，自从唐代传入日本后，在日本岛上大炽。现在中国研究曹洞宗的，反而要到日本去求学。日本曹洞宗的总本山为横滨的总持寺，它管辖全日本一万五千个寺院。去年杨度就想看看总持寺，但苦于没有机会，现在跟几个好朋友，尤其是与号称对佛学深有研究的梁启超一起游寺院，那更是有趣的事。

总持寺在横滨西郊，离山下町有十二三里路，五个男子汉都是年轻人，既不坐车，又不骑马，大家一路步行，观看初冬的野景，谈谈都感兴趣的话题，不知不觉就到了。

总持寺果然不愧为日本曹洞宗之首寺，梵宇高大，气魄宏伟，老远就给人一种名刹宝寺的庄严感。梁启超指点着院墙殿堂向大家介绍："当年和圆法师乘槎过海去大唐国取经，那时临济宗、云门宗、法眼宗均香火旺盛，信徒众多，和圆都不取，一路餐风宿露托钵化缘，来到江西宜丰县洞山，参谒镜峰法师，正听见镜峰法师向众僧传授曹洞宗真谛。"

"什么是曹洞宗真谛？"代懿插话。他对佛学无研究，但有兴趣。

"莫打岔，听卓如说。"杨度对曹洞宗略知一些，但不及对沩仰宗的了解，他正要向梁启超求这方面的知识。

"曹洞宗的真谛嘛，你听着。"果然是才高八斗、学富五车的维新派领袖，梁启超流利地念道，"正中偏，三更初夜月明前，莫怪相逢不相识，隐隐犹怀旧日嫌。偏中正，失晓老婆逢古镜，分明觌面别无真，休更迷头仍认影。正中来，无中有路隔尘埃，但能不为当今讳，也胜前朝断舌才。兼中至，两刃交锋不须避，好手犹如火里莲，宛然自有冲天志。兼中到，不落有无谁敢和，人人尽欲出常流，折合还归炭里坐。”

“真有味！什么‘失晓老婆逢古镜’，和尚不娶妻，曹洞宗的祖师爷倒把老婆编进了他的真谛。”代懿一句话，把大家都逗得笑起来。

“这是说的什么东西，我一句都没听懂。”蔡锷不敬神不信佛，他觉得这些玄而又玄的语言甚是无味。

“卓如，据说这就是曹洞宗的五位君臣之说，是吗？”杨度问。

“正是的，看来皙子对曹洞宗有研究。”梁启超笑着说。

“我哪里有什么研究！我是那年在密印寺里偶尔听一个和尚说过，但你的这一席真谛，我一句都背不出。”

“卓如兄，你给我们略为讲解下吧，也启启我们的愚蒙。”杨钧央求道。

“我把刚才的故事说完，你们就懂了。”梁启超扫了一眼四位同胞，除蔡锷在东张西望外，其他三人都在认真听。“当年和圆法师也和你们一样，对真谛一点都听不懂。他问镜峰法师。镜峰说你在这里挂单吧，住三个月你就懂了。和圆就在洞山挂了单。从此，他白天听经，夜里琢磨。三个月后，他真的豁然开朗了。有一天，他对镜峰说：‘法师，弟子明白了。这正中偏，指的是君，是正位，是空界，本来无物。偏中正，是臣，是偏位，是色界，有万象形。正中来，是君视臣，是正中偏背理就事。偏中至，是臣向君，是偏中正舍事人理。兼中到是君臣相合，是冥应众缘，不坠诸有，非染非净，非正非偏。”

杨度默默地听着，似懂非懂。

杨钧摇头：“我还是什么都没听懂。”

代懿嚷道：“这与‘失晓老婆逢古镜’有什么相干！”

只有蔡锷，他根本就没有听讲，他在欣赏总持寺精美的建筑和来来往往穿着和服的善男信女们。

“不懂就算了，看来你们前生都无慧根。不说了，干脆看殿堂和菩萨吧！”其实梁启超自己也不甚懂，再往下说，他也讲不清了，便就势刹住。他指着大雄宝殿说，“这是和圆法师从中国回来后，按他自己所临摹的白马寺建的殿堂。”

大家这时方才认真欣赏总持寺那一座座大殿堂，果然与中国的禅林名寺相差无几。假若把那些前来朝拜的男女都换上马褂旗袍，真的就像回到了日思夜想的故乡。

“皙子，我看这总持寺很有点像你们长沙的开福寺，你说是吗？”梁启超问杨度。

“是的，我看也有点像。”杨度答道。

“看见了它，我就想起在长沙的日子。我在时务学堂的时间虽不长，但在心里刻下的痕迹却最深。”梁启超由总持寺想起了开福寺，又从开福寺想起了时务学堂，从时务学堂想起了为维新变法而壮烈献身的谭嗣同、唐才常。想到这里，他情绪激动起来，颤抖着声音说，“我永远不能忘记在长沙所结识的朋友。”

王代懿与杨钧已走到前面去了，杨度与蔡锷一左一右地走在梁启超的两边，听了他的这句肺腑之言，二人都清楚此时梁启超所怀念的是谁，一时都沉默着，缅怀着。无疑，谭、唐也是他们心中所崇敬的英雄。

“皙子，松坡，你们是湖南人，我是广东人，四五十年前，我们广东人与你们湖南人打了十多年的仗，结果湖南人赢了，广东人输了，至今还有许多广东人恨湖南人。但从我的心里来说，我倒并不喜欢我的同乡洪秀全，我敬重的是你们的乡人曾国藩。”

杨度盯着梁启超看了一眼，没有做声。蔡锷颇觉意外，问：“梁师，真的这样吗？”

“真的这样。”梁启超说，“曾文正公这个人，不但是近代，也是有史以来不一二睹之大人物；不但是我国，也是全世界不一二睹之大人物。我到日本后，又把《曾文正公全集》从头至尾翻阅了一遍，越读越发从心里敬佩他。”

曾国藩和他所领导的一批湘军将领的显赫业绩，蔡锷自然听得不少，曾氏的文章他也读过几篇，但全集并未读过。全世界有史以来不一二睹之大人物，岂不与释迦牟尼、耶稣、孔子等同地位了？老师将曾国藩抬到这样的高度，这是蔡锷过去从未听说过的。他怀着强烈的求知欲望问：“梁师，请你简单地说说曾国藩最值得我们学习的地方好吗？”

梁启超严肃地说：“曾文正公并没有超群绝伦的天才，甚至可以说在当时诸多英杰中，他还是较为钝拙的，他一生所处的环境，多为不遂心的逆境，然而他却立德、立功、立言三不朽，所成就者震古烁今，无人可与之相比。他的一生得力于立志。”

梁启超不知不觉地停下了脚步，蔡、杨也都跟着停下来。望着蔡锷瞪着双眼全神贯注聆听的神情，梁启超不由得想起了五年前的时务学堂里师生对坐问答的情景。当年的聪颖少年，而今已成为著名的士官三杰之一，他就要回国担当重任，即将成为国内新式军队的高级教官，救国救民需要大批热忱的政治活动家，也需要大批吃苦耐劳的军事家。梁启超对这个平生最为得意的学生寄托着无限大的希望，他愿学生能以曾国藩作为人生的榜样，像曾氏那样建立不朽的业绩。就像又回到时务学堂的讲台，梁启超神采飞扬，放言高论："曾文正公立志高远，抱负宏大，他自拔于流俗，而困而知，而勉而行，历百千艰阻而不挫屈。不求近效，铢积寸累，受之以虚，将之以勤，植之以刚，贞之以恒，帅之以诚，勇猛精进，坚苦卓绝，终于成为一代伟人，千古楷模。"

梁启超这段话，给蔡锷很大的启发。他说："曾文正公的文章我读得太少了，他的全集卷帙那样多，我一直没有时间通读。"

梁启超说："孟子曰，人皆可为尧舜。尧舜是不是皆可学而为之，我不敢相信，但我相信曾文正公是可学而为之的。读他的文章，就可以学他的为人。他的话字字皆得之于阅历，又切于实际，读来亲切有味，且可以使人照着去办。元好问说，鸳鸯绣了从教看，莫将金针度与人。曾文正公恰好相反，他是把金针度与人的人。我近来有个想法，待过段时间有空了，我要编一本曾文正公嘉言钞，分为治身、治学、治世等几个方面，摘钞他的嘉言美语，让世上所有像你这样的忙人也能得到他的教益。"

蔡锷说："吾师此举，功德无量。"

梁启超说："曾文正公于带兵打仗有独到之处，我把他军事方面的嘉言都送给你。今后，你结合军队的实际情况再弘扬发挥，作为教材来训练军队，一定可起事半功倍的作用。"

蔡锷说："那我预先谢谢老师了。"

师生二人正说得起劲，杨度却笑着对梁启超说："我是湘军的后裔，我对曾国藩还没有你这位粤军后人的感情深。说实在的，当年洪秀全玩的那套天父天兄的把戏并不值得赞赏，但曾国藩也算不得真正的伟丈夫，倘若他当年不是那样过于矜惜自己一己一族的私利，为国家社稷着想，他应该乘破金陵之机，率湘军北上推翻满人的朝廷。如此，则何来日后的甲午之败、帝后逃难那样的奇耻大辱？"

梁启超大笑道："这是乃师湘绮先生的高论，然而高则高矣，未见得实在。倘若不胜怎么办？满人继续坐他的江山，而曾文正公一生的事业美名则彻底毁灭了。"

梁启超收起笑容，望着杨度继续说："不过，乃师的策谋我也很敬佩。有曾文正公的愚忠，又有湘绮先生的奇策，所以四五十年前中国舞台上才会那样有声有色，光彩绚丽。而这一正一奇，都是你们湘人在唱主角呀！"

蔡锷说："湘人出头露脸，才只是近几十年的事，过去总是被人称为蛮子的。春秋诸侯聚会中原，楚子的地位只能是厨房里的烧火工役，到了唐朝刘蜕中进士，别人都说破天荒。想起来真是惭愧。"

"自从出了曾文正公，湘军打了胜仗之后，那就了不得了。这几十年，无湘不成军，天下督抚湘人过半，哪个省能比得上你们湖南？就是今天，我说句公道话，世上真正做大事的也多为湘人。这叫作老天爷过去亏待了湖南，现在要以偏爱来弥补。"

杨度被梁启超这一番真诚的话说得激动起来。他想想也是，湖南人中的英雄豪杰的确不少，就凭一千八百万湖南人，中国也不会亡。自古就有"楚虽三户，亡秦必楚"的话，今天，湖南已从蛮荒之地跨入了文明之邦，风气大开。这几年，湖南有志青年纷纷东渡，在日本留学生中人数最多，影响最大。梁启超一篇《少年中国说》对中国产生了很大的激励作用，我为什么不可以写一篇《少年湖南说》呢？一股强烈的冲动撞击着杨度的胸膛，他真想立即挥毫，一抒胸中奇气！

"梁居士，恒静长老派小僧在此恭候多时。"当他们一行走到罗汉堂附近时，一个年轻的和尚从僧房里走出来，操着日本话向梁启超合十打躬。

"哦，原来是海津师父！"梁启超微笑着说，"对不起，我们谈话谈得误时了，欢迎会开始了吗？"

海津抬起头来说："长老等了许久，一直不见居士来，以为居士忙，今天来不成了。会刚刚开，请居士一行随我来。"

杨度见海津生得眉粗目凶头大腿短，极像一个矮脚金刚，国内寺院很难找得到这样凶煞的和尚。海津将他们一行五人领进传经堂。这是一个宽敞的讲堂，地上放着百来个旧蒲垫，有二三十个日本僧人盘腿坐在蒲垫上，一律穿着赭黄色僧袍。正前方桌旁坐着一个七八十岁须发皆白的老和尚，正在对众僧说话。梁启超悄悄地告诉杨度："那就是恒静住持。"杨度点点头，见这个东洋老和尚也生得颇为清奇古怪，与密印寺里那些个个都一样毫无特色可言的和尚们颇有不同。

他注意听恒静讲话，可惜来晚了，开场白已讲完，只听到最后一句话："现在请支那佛学传经团智凡法师给各位传经！"

二三十个日本和尚一齐依僧礼向远方的客人合十低头，表示欢迎。一个和尚走到侧面，对坐在这里的几个穿青灰僧袍的人说话。原来这个和尚是翻译，他把恒静的日语对着中国客人译成中文。青灰袍中站起一个瘦高的中年僧人，胸前挂着一串长长的栗色念珠，他走到桌子边，先向大家行了一个礼，然后坐在恒静的身旁说起话来："贫僧学殖荒疏，此次来到贵寺，特为向各位法师请教曹洞一派从中土传到贵国千余年来的弘扬过程。"

众僧静静地听着，梁启超等人也用心听着，杨度却惊讶起来：这不是密印寺的智凡法师吗？他怎么会来到日本？又怎么会由沩仰宗转而研究曹洞宗？杨度脑中浮起了沩山密印寺里一个月的情景，想起八指头陀寄禅法师来，又想起孤守枫树坳的大空和尚和斗野猪赠倭刀的马福益来。"对了，多时说要找个古董鉴赏家来鉴定一下那把倭刀，这些日子几乎忘记这桩事了，回东京后一定要去访人！"

杨度就这么胡思乱想着。智凡法师口吐莲花般的弘法演讲，他一句都没有听进去。当看见跪着的日本众僧都站了起来，才知道讲佛法的程序已结束，他也跟着站了起来。只见恒静长老领着三位穿青灰僧袍的中国和尚向他们走过来，梁启超等人忙迎上前去。

"这是贵国的大名士梁卓如居士。"恒静指着梁启超用不太流畅的汉语介绍，转过来又向梁启超介绍三袭青灰僧袍，"这是智凡法师、笠云法师、筏喻法师，都是贵国佛学精深的高僧。今日名士高僧相会敝寺，既是三生缘分，也是敝寺一段佳话。善哉，善哉！"

还没有等到梁启超介绍同行的朋友，智凡法师惊道："皙子先生，想不到你在这里，我一直都在找你。"

"智凡法师，果然是你！"杨度高兴地走上前。

"这位居士是谁？你们认识？"恒静问。

"他是我的同乡杨皙子居士，我们多年前相识在密印寺。"

故友在异国重逢，使得梁启超、蔡锷、杨钧、代懿都倍添喜庆，恒静也显得喜悦，忙招呼众人都进斋堂赴席。

智凡和杨度坐在一起。杨度问起寄禅法师。智凡告诉他，寄禅法师已应天童寺之请，到那里做住持去了。寄禅法师由于佛学造诣精深和诗才杰出，国内名声大振，全国各寺院正在筹备佛教总会，拟推举他为会长。智凡还特地告诉杨度："出国前夕，寄禅法师专门写了一封信，要我到日本后把这封信交给你。我在神户、大阪、东京到处找你不着，正寻思着可能会原信带回，真正是菩萨保佑，我没有负法师之托，吃完饭后，你跟我到僧房去取。”

杨度也把来日本这段时期的情况对智凡说了，请他回国后转告寄禅法师。

席上，宾主僧俗之间谈得十分热烈。吃完饭后，恒静把大家带到方丈室饮茶。杨度跟着智凡来到总持寺客房。智凡把八指头陀的信拿了出来。杨度拆开，轻轻念道：

皙子师兄如晤：

知你为避横祸再渡东瀛，且愤且喜。愤者，朝廷无道，国事愈坏；喜者，可借此良机增加见识，以备日后庙堂之用也。闻我中国学子赴日众多，因信仰不同，内部分裂。佛家有言：朵朵莲花托观音。吾兄怀救国救民之志，具佛家慧灵之根，必能深悟此中真意。去国离乡，乏人照料，望多多珍重。

出家人八指头陀再拜

“寄禅法师是要我在日本留学生界中不主派别，团结全体，共同救国，这是对的。”杨度心里想。再看下去，后面还附七律一首：

借问吾乡杨皙子，一身去国归何时？
故山猿鹤余清怨，大海波涛动远思。
独抱沉忧向穷发，可堪时局似残棋。
秋风莫上田横岛，落日中原涕泪垂。

杨度收好信，对智凡说：“请你回国后转告寄禅法师，就说我杨度谨领法教，谢谢赠诗。”又问，“回国的船票订好了吗？”

“订好了，后天一早起航。”

“那么明天我来做东，请你们三位饮茶。”

“谢谢了。”智凡说，“明天横滨佛学界为和圆法师圆寂九百五十年做水陆道场，我们要去诵经。你的好意我们心领了。”

“哦。”杨度起身踱步，“这样说来，你们明天没空了，我总得给寄禅法师写两个字呀！”

他又走了两步，突然站住，说：“也好，法师爱诗，我给他写两首诗吧！”

“那太好了！”智凡从怀里掏出恒静送给他的自来水笔，交给杨度。“你就用它写好了。”

说完，又找出一张纸来。

杨度拧开水笔，思忖了一会儿，提笔写道：

赠游日湘僧并怀寄禅法师二首

每看大海苍茫月，却忆空林卧对时。
忍别青山为世苦，醉游方外更谁期？
浮生断梗皆无着，异国倾杯且莫辞。
此处南来鸿雁少，天童消息待君知。
知君随意驾扁舟，不为求经只浪游。
大海空烟亡国恨，一湖青草故乡愁。
慈悲战国谁能信，老病同胞尚未瘳。
此地从来非极乐，中原回首众生忧。

“哎呀，皙子先生，你真有李太白之才！”

智凡见杨度几乎没有思索便写出两首七律来，大为惊讶。

“你一定要带给寄禅法师！”

“一定，一定！”智凡边说边将它郑重放进布囊中。

“智凡师，我再问你一个人。”

“谁？”

“枫树坳守萝卜的大空，还在寺里吗？”

“他早已不在密印寺了。”

“为什么？”杨度心里一怔。

“他原本就是一个临时挂单的游方僧，后来有人说他常与些不三不四的俗家人有往来。住持说了他几句，不久，他就走了。”

“你晓得他到哪里去了吗？”

“不晓得。”

正说着，矮脚金刚海津进来说：“长老请法师过去叙话。”

杨度对智凡说：“你去吧，后天一早我到码头上来为你送行。”

五　若道中华国果亡，除是湖南人尽死

第二天，杨钧、代懿都离开横滨返校。杨度没有回东京，他一则要送智凡等起航回国，二则要和蔡锷多在一起说些话。还有一个重要

原因，他要将昨天在总持寺突然萌发的念头变为现实，写一篇《少年湖南说》，而且要在横滨写，写好后请梁启超和蔡锷看看，提提意见。

杨度一向才思敏捷。平常，他白天办事，晚上一盏油灯点起，昏昏的灯火下，挥笔疾书，一夜能写四五千字。五更时分脱衣睡觉，睡上一两个时辰，起来后读一遍，略作修改，便是一篇顶好的文章。这一次，他要写一篇传世之作鼓励湖南人，尤其是湘籍留日学生。同时，他也要以自己的才华再次显示三湘子弟的分量，并暗中存着要与《少年中国说》一比高低的心思，对于身边的这个广东才子，他是既爱慕又颇有点不服气。

梁启超家里来往的人很多，不太安静，恰好不远处有一个单身朋友要去东京办三天事，梁启超立即向他借房子，又对杨度说："你的大作必须三天内完卷，逾期我就不管了。"

这是一栋建筑在一座小山丘上的庭院，里面有两个客厅，三间卧房，另有餐厅、厨房、杂房、卫生间，大大小小十来间房子。客厅布置得豪华，卧室装饰得奢靡。宽敞的院子里有池塘、假山、花木、曲径，白天可以眺望碧波荡漾的无边海水，深夜可以卧听节奏起伏的海涛拍岸声。杨度从来没有住过这么好的房子，没有享受过这样好的环境，他的心情分外舒畅，才情也似乎比素日更加充沛。他刚提笔写下《少年湖南说》五个字，脑子里不由自主地浮起了梁启超的《少年中国说》，于是干脆闭上眼睛，将它默诵一遍。文章比较长，他不能一字一句地背出，断断续续地背了几段后，心中的豪情便被文章激发起来，难以自已。最后一段，他一向背得烂熟：

> 红日初升，其道大光，河出伏流，一泻汪洋。潜龙腾渊，鳞爪飞扬，乳虎啸谷，百兽震惶。鹰隼试翼，风尘吸张，奇花初胎，矞矞皇皇。干将发硎，有作其芒，天戴其苍，地履其黄。纵有千古，横有八荒，前途似海，来日方长。美哉，我少年中国，与天不老！壮哉，我少年中国，与国无疆！

"梁卓如真正不简单！"杨度由衷地发出赞叹，心里想，且不说情感之炽烈，文气之磅礴，光是从立意来说，"中国"就比"湖南"来得高大，若再写一篇论说，要超过梁启超的这篇文章，是很难的了。要想超过，必须另辟蹊径。

“对了！”杨度猛地拍了一下脑门，心里说道，“他写论说，我就写一篇歌行吧！歌行朗朗上口，易于记诵，传播必定更广，影响一定更大，一篇《长恨歌》，一首《琵琶行》，从唐代唱到今天，感染了多少人？再没有哪篇论说能超过它了！”

杨度想到这里，异常兴奋起来，挥笔改写了一个题目：湖南少年歌。

开头几句，他不假思索，一口气写下：

我本湖南人，唱作湖南歌。
湖南少年好身手，时危却奈湖南何！

他停下笔，自己朗读了一遍，觉得这个开头还可以。下面再写什么呢？杨度托腮凝思起来。他想起初到长沙，第一次登岳麓山，眼底山峦起伏，郁郁葱葱，湘江北去，宛如银带；远望南方，似乎隐隐地看见了南岳峰的积雪、苍梧山的古松。下山来到岳麓书院，又为那座千年弦歌不绝的学府而激荡，大门和正厅上的两副楹联如刀刻般地留在他的记忆里。一副是：唯楚有材，于斯为盛。另一副是：吾道南来，总是濂溪正脉；大江东去，无非湘水余波。前一副说湖南的人才，后一副说湖南的学术。作为一个湖南少年，杨度那时曾为自己的家乡深深地自豪。是的，秀美的江山，荟萃的人才，发达的学术，这就是湖南，它足以使国人羡慕，湘人骄傲。写湖南，不写这几个方面还行吗？

夜已深沉，横滨海岸传来的浪涛声像一支气势雄壮的乐曲，激发了杨度的创作灵感。宏伟的抱负，壮阔的气概，渊懿的学问，瑰丽的才情，被一声声浪涛声催发了出来：

湖南自古称山国，连山积翠何重叠。
五岭横云一片青，衡山积雪终年白。
沅湘两水清且浅，林花夹岸滩声激。
洞庭浩渺通长江，春来水涨连天碧。
天生水战昆明沼，惜无军舰相冲击。
北渚伤心二女啼，湘边斑竹泪痕滋。
不悲当日苍梧死，为哭今日民主稀。

空将一片君山石，留作千年纪念碑。
后有灵均遭放逐，曾向江潭葬鱼腹。
世界相争国已危，国民长醉人空哭。
宋玉招魂空已矣，贾生作吊还相续。
亡国游魂何处归，故都捐去将谁属。
爱国心长身已死，汨罗流水长呜咽。
当时猿鸟学哀吟，至今夜半啼空谷。
此后悠悠秋复春，湖南历史遂无人。
中间濂溪倡哲学，印度文明相接触。
心性徒开道学门，空谈未救金元辱。
唯有船山一片心，哀号匍匐向空林。
林中痛哭悲遗族，林外杀人闻血腥。
留兹万古伤心事，说与湖南子弟听。

杨度想想写写，写写想想，一直到东方泛白。一夜工夫写下四十四句诗。他自己高声朗读了一遍，觉得无论是情感、色彩，还是音韵，哪方面都堪称上乘，自认为并不亚于白香山的《长恨歌》，要在吴梅村的《圆圆曲》之上。他很满意。立时便有一种极度的疲劳感，他衣服也不想脱了，倒在床上呼呼睡去。

“醒来，醒来！什么时候了，还在睡觉哩！”杨度正睡得香甜时，被人叫醒了。他睁开眼睛一看，原来是蔡锷站在床边。

“什么时候了？”他擦了擦眼睛问。

“师母惦记着你，说房子是好，但没有饭吃，叫我送中饭来。你看是什么时候了！”蔡锷说着，将竹篮子的盖子揭开，一股香辣味飘出。

“真的是到中午了。”杨度边说，边抬头看墙上的壁钟，正指着十二点半，忙起来洗脸漱口。

蔡锷从篮子里搬出四碟菜来，全是按贵州风味做的，又变戏法似的掏出一瓶茅台。杨度一惊：“横滨也有茅台酒卖？”

蔡锷笑道：“这哪里是横滨买的！梁师说，这是师母娘家人送的，连他自己都难喝到。师母特别看重你，送给你喝，好把文章写得更精彩。”

杨度爱酒，在异国他乡还能喝到祖国的茅台，真是太美的事了。他感慨地说：“卓如有福气，找了一个贤惠的夫人。”又问蔡锷，

“你吃过饭了吗？”

“没有。”蔡锷道，“梁师要我跟他们吃，我说我和皙子一块吃。”

“最好，最好。”杨度分外高兴，“一人吃饭乏味，一人喝酒更无聊。来，我们一起对饮。”

杨度从房主人的餐柜里找出两只漂亮的小酒杯来。蔡锷虽从士官学校毕了业，即将成为一个军事教官，却天性不善喝酒，他摇摇头说：“饭我陪你吃，酒却不喝。”

“那不行，再不会喝酒，也要陪我一杯。”

蔡锷拗不过，只得说：“好，说定了，我只陪你一杯。”

“松坡，十号的船票没变吧！”

“没变，十号上午九点钟起航。”蔡锷刚喝了一口，脸便红了。

“我真羡慕你，你马上可以回国了。我现在是有国难归，不知什么时候才可以回家哟！”刚才还处在极度亢奋之中的杨度，几口酒下肚，竟然被即将回国的蔡锷勾起一缕浓烈的思乡之情来。一时间，他想起了老母，想起了妹妹，想起了湘绮师，也想起了新婚妻子黄氏。婚前，他虽与黄氏无感情，但婚后黄氏恪尽一个做妻子和媳妇的职责，使他由敬生爱。

“松坡，你给我带一封家书回去吧！”

“好。”蔡锷自己久羁日本，对杨度此时的心情是十分理解的，他建议，“再过几个月，风平浪静了，你悄悄地回去看一看。”

“我也这样想。”久蓄于中蓦然升起的乡情一旦发泄出来后，杨度心里反倒觉得舒服些了。

“就是一时不能回去，也是好事。日本国家虽小，但却是一所大学堂，各行各业都有值得我们学习的地方。我这几年在日本学到的知识，在国内十年二十年，甚至一辈子都可能学不到。”

蔡锷这几句心里话，使杨度陡然清醒过来。到日本，一是避难，二是求学，而后者更为重要。中国是一定要变的，朝廷现行的大计也同样一定会变的，而自己今后也一定会担当国家重任的。松坡说得对，日本是一所大学堂，要抓紧这段时间多积蓄知识，磨炼才干，今后哪一天重任在肩，便能够胜任无憾。崇高的报国热情，迅速地压下了乍然涌起的游子乡情。杨度端起酒瓶，先给自己斟满，又要给蔡锷再斟。蔡锷慌得忙捂住酒杯：“说好的只一杯，再喝，我就连饭都不能吃了。”

望着蔡锷这一副可怜相，杨度痛快地哈哈大笑起来：“松坡，你这一回国，便是一个身着戎装的军人了。自古道烈酒壮起英雄胆，故而从来就少有不喝酒的将士。你不喝酒，今后与士兵们相处，也难以和他们以心换心肝胆相照呵！来，松坡，听我一句话，斟满，不喝酒，也要逼着自己学会喝！”

杨度这几句话，蔡锷觉得甚有道理。“醉卧沙场君莫笑，古来征战几人回。”酒能壮起英雄胆，酒能沸腾烈士血，酒能掏出心里话，酒能忘却生死别！自古以来，酒和军人便结下了难分难解之缘。厕身行伍之间，若不能喝酒，则无形之间就与上下左右产生了隔阂。对，不喝酒，也要学会喝！

“皙子先生，你说得有道理。我再喝一杯，以后慢慢学会喝。”

“好样的！”杨度高兴极了，举起酒杯说，“松坡，我本是将门之后，却弃武就文；你本是秀才出身，却弃文就武。现在，我这个本该是军人的文人，祝你这个本该是文人的军人，此次回国之后，以救国拯民作为宗旨，以全新的军事观点、军事技艺训练出一支全新的军队出来，你自己也因此而成为新时代的名将。”

“谢谢你的祝愿。”蔡锷也举起酒杯喝了一口。

“松坡，你们士官学校里的中国留学生，是保皇派多，还是革命派多？”杨度换了一个话题问。

“士官学校的中国留学生，接受日本的军事教育，大都持这样的观点，即军人不干政，军人以服从为天职，军人以打胜仗为荣耀。因此，大部分学生既不参加保皇派，也不参加革命派，只是努力学习日本、德国和其他欧洲国家的军事技术，回国后好好训练军队，提高中国军人的素质。至于国家的国体如何，那是政治家的事，而政治家则应服从全国人民的选择。军人只负责保护由人民所选择、由政治家所管理的国家，此外不宜多干涉。”

杨度对蔡锷的回答深以为然，连连点头，说：“士官学校的这个校风很好。的确如此，军人不应干政，政治是政治家的事。同是军校，陆军大学就不一样。代懿说他们那里的留学生最喜谈政治，保皇派和革命派之间争吵得很激烈，反倒把正事耽搁了。”

蔡锷说：“日本教官经常说，军人一干政，就会变成军阀，国家就内战不息，不得安宁。联系到中国和日本的历史，的确是这样。如中国唐代的藩镇之乱、日本的幕府专政，若究其实，都是军阀干政的结果。”

“这话是不错的。至于你个人呢？你个人总有自己的看法吧！”

“我个人的看法嘛，”蔡锷想了一下说，“我欣赏的是日本式的君主立宪，既有万世一系的天皇作为国家的象征，又有一套从欧美学过来的完备的宪法以及按宪法产生的内阁。当然，像美国、法国那样的民主共和制也很好。不好的，只是中国现行的君主专制，老百姓没有一点权利、民主和自由，这样的制度是非改不可的。梁师这些年致力于民权民主的宣传，对中国来说，有开启民智的划时代作用，他的政治见解我都赞同。”

杨度笑道：“真是卓如的忠实信徒！”

“皙子先生，你的看法呢？”蔡锷反问。

“我的思想较为复杂。”杨度将酒杯端起转动着，似乎是在欣赏它的制作工艺。“未来日本之前，我基本上抱的是过去士大夫的传统观念，一切维持旧秩序，只盼望官场清正廉明，百姓安居乐业。有段时期倾向于维新派。去年春天第一次来日本，留学生风起云涌的爱国浪潮激荡了我，尤其是革命排满派淋漓痛快的文章更使人醉迷，我的思想一度也很激进，主张骚乱的进步主义。现在我的思想又有一些变化，觉得骚乱进步主义在中国未必就一定很合宜，和平进步主义在中国也未必就一定不对。我变得真有点拿不定主意了。我想，不管是经历一番骚乱而道致进步也好，还是由和平而道致进步也好，只要进步就好，而衡量一个国家进步的标志，主要看这个国家有没有宪政。无宪政，即使骚动之后亦不能进步；有宪政，采取和平方式也同样可以进步。所以我近来绝定，暂不去争论第一个阶段的方式，先静下心来致力于宪政的研究。从日本宪政研究起，继而推广到各国宪政。我准备在吸取各国宪政长处的基础上，制定一套符合我们中国国情的宪政。”

“皙子先生，你真了不起！”蔡锷对杨度暂不谈第一阶段的方式，先潜心研究宪政的远见卓识非常钦佩，举起只剩了一半酒的酒杯说，“我相信你今后会成为中国的俾斯麦、玛志尼、伊滕博文！”

杨度正是以中国的俾斯麦、玛志尼、伊滕博文而自期，听了蔡锷这句话，心中十分快慰，也举杯说：“我相信你今后一定会成为中国的克伦威尔、拿破仑。”

蔡锷听了也很舒心，遂将酒一饮而尽。杨度又要端起酒瓶给蔡锷斟酒，蔡锷吓得忙拦住：“皙子先生，你就饶我这一次吧。这酒，我以后再慢慢学着喝。”

说着说着，发觉眼前的杯盘碗碟都在空中旋转起来，他也顾不得与杨度打招呼，便径直向卧房走去。

微微的醉意和刚才投机的谈话，激起了杨度胸中的满腔豪情，平添了如涌泉般的诗思。且不管桌上的杯盘狼藉，也不在乎隔壁传来的如雷鼾声，杨度拿起笔来，将昨夜的诗稿续下去。他要将四五十年前湖南人震惊华夏的事功再次提出，唤醒湘人的记忆，并要对之做出一番自己的评价：

于今世事翻前案，湘军将相遭呵讪。
谓彼当年起义师，不助同胞助胡满。
夺地攻城十余载，竟看结局何奇幻：
长毛死尽辫发留，满洲翎顶遍湘州。
捧兹百万同胞血，献与今时印度酋。
美狮俄鹫方争跃，满汉问题又挑拨。
外忧内患无已时，祸根推是湘人作。

写完了这段世人呵讪湘军的话后，他笔锋一转，发表自己的观点：

我闻此语心惨焦，赧颜无语谢同胞。
还将一段同乡话，说与湘人一解嘲。
洪杨当日聚群少，天父天兄假西号。
湖南排外性最强，曾侯以此相呼召。
尽募民间侠少年，誓剪妖民屏西教。
蚌鹬相争渔民利，湘粤相争满人笑。
粤误耶稣湘误孔，此中曲直谁能校？

接下来，杨度写道，因为中国内部的相争，引来了外寇强人，先是借义和拳打洋人，结果八国联军入京，帝后蒙尘，不得已又杀拳民来媚外。这的确是湘军的不是。但当年湘军中也出了不少将才义士，如罗泽南的老湘营，白日跃马挥戈，夜晚下帐读书的军风；彭玉麟布衣芒鞋步行千里解故友之围的义气；江忠源、王璞山、陈士杰等人带兵的才具，都是历史上不可多见的。写到这里，杨度心头一热，想起湘绮师青年时代的惊人之举更是不同凡响：

更有湘潭王先生，少年击剑学纵横。
游说诸侯成割据，东南带甲为连衡。
曾胡欲顾咸相谢，先生笑起披衣下。
北入燕京肃顺家，自请轮船探欧亚。

能借这个机会，将湘绮师年轻时的奇伟抱负向世人披露，杨度很觉得意。写到湘绮师，他自然想到了曾为湘军军官的祖父和伯父，他们也都是豪侠之士。单独点名颇有自夸之嫌，他决定再专写一段当年湘军官勇的气概，以此来纪念父祖辈的功业。

吁嗟往事哪堪说，自言当日田间杰。
父兄子弟争荷戈，义气相扶团体结。
谁肯孤生匹马还，誓将共死沙场穴。
一奏军歌出湖外，推锋直进无人敌。
水师喷起长江波，陆军踏过阴山雪。
东西南北十余省，何方不睹湘军帜。
一自前人血战归，后人不叹无家别。
城中一下招兵令，乡间共道从军乐。
万幕连屯数日齐，一村传唤千夫诺。
农夫释耒只操戈，独子辞亲去流血。
父死无尸儿更往，弟魂未返兄愈烈。
但闻嫁女向母啼，不见当兵与妻诀。
十年断信无人吊，一旦还家谁与识？
今日初归明日行，今年未计明年活。
军官归为灶下养，秀才出作谈兵客。

杨度放下笔，甩了甩手，自觉这段写得生动精彩。且不说湘军作战其后果如何，单就父死子继、勇赴戎机的壮士气概，就足令湘人脸上生光、湘军后裔自豪。至于湘军中的民族英雄们，他们的业绩更为中华民族大增光彩。

只今海内水陆军，无营无队无湘人。
独从中国四民外，结此军人社会群。
茫茫回部几千里，十人九是湘人子。

左公战胜祁连山，得此湖南殖民地。
欲返将来祖国魂，凭兹敢战英雄气。
人生壮略当一挥，昆仑策马瞻东西。
东看浩浩太平洋，西望诸洲光陆离。
欲倾亚陆江河水，一洗西方碧眼儿。

当年恪靖侯左宗棠的八面威风已往矣，而今是胡骑凭陵，华夏受气。杨度愤怒写道：

于今世界无公理，口说爱人心利己。
天演开成大竞争，强权压倒诸洋水。
公法何如一门炮，工商尽是图中匕。
外交断在军人口，内政修成武装体。
民族精神何自生，人身血肉拼将死。

看看世界吧，俾斯麦、拿破仑都是野蛮的武夫，欧洲古国斯巴达，强者去当兵，弱者则被人杀。小小的普鲁士王国，连妇女儿童都知兵，所以能战胜群雄，统一德意志。想到这里，杨度意气昂扬，既然湖南近五十年来已培植了根深柢固的尚武精神，造就了遍布全国的成千成万将官，湖南理应成为中华民族自立自强的中流砥柱，成为各省奋起的带头人。心在急跳，血在奔流，思想如飙风暴雨，诗才如岩浆迸发。杨度挥笔疾书，谱写出《湖南少年歌》中的最强音：

中国如今是希腊，湖南当作斯巴达。
中国将为德意志，湖南当作普鲁士。
诸君诸君慎如此，莫言事急空流涕。
若道汉唐国果亡，除是湖南人尽死。
尽掷头颅不足惜，丝毫权利人休取。
莫问家邦运短长，但观意气能终始。

写到此，杨度掷笔，重重地吁了一口气。他将这一段再读一遍，觉得有一点易水送别的味道，特别是“若道汉唐国果亡，除是湖南人尽死”两句，真是至悲至壮，至哀至豪！湖南人拯救中国的决心已写尽写绝了，还有什么语言能超得过它呢？

这篇歌行写到这里本可以收笔了，但一向抱负不凡且爱表现的杨度，觉得这样一篇重要的必将传世的作品中如果不写写自己，那真是太可惜了。不知不觉间，早已是深夜了，室内灯光明亮，隔壁房间里未来的军事家仍沉睡不醒。窗外，夜色黑得连一丝星光都没有，只有日本海的浪涛依旧在不停地奔涌，发出比白天大得多的撞击声。杨度想起了第一次进京中举以来十年间的探索与追求：

我年十八游京甸，上书请与倭奴战。
归来师事王先生，学剑学书杂相半。
十载优游湘水滨，射堂西畔事躬耕。
陇头日午停锄叹，大泽中宵带剑行。
窃从三五少年说，今日中国无主人。
每思天下战争事，当风一啸心纵横。

面对室外寂黑的夜空和渺茫的大海，面对当今弱肉强食的不平世道，杨度从心里发出长啸：王先生所传授的帝王之学、纵横之术什么时候才能真正展布！他心不能自已，情不能自持，再次提起笔来，为《湖南少年歌》续完了冲霄凌云回肠荡气的最后一节：

执此东亚一病夫，任教数十军人辱。
人心已死国魂亡，士气先摧军势蹙。
救世谁为华盛翁，每忧同种一书空。
群雄此日争逐鹿，大地何年起卧龙！
天风海潮昏白日，楚歌犹与笳声疾。
唯持同胞赤血鲜，染将十丈龙旗色。
凭兹百战英雄气，先救湖南后中国。
破釜沉舟期一战，求生死地成孤掷。
诸君尽作国民兵，小子甘为旗下卒。

不知何处一声嘹亮的雄鸡啼鸣，惊醒了蔡锷的酣梦。他见书房里灯火依然亮着，便披衣走了过去。杨度正双手叉腰背对着他，桌上摆着一叠纸。

“皙子，鸡都叫了，你一夜没睡？”蔡锷怀着一种尊敬的心情，轻轻地问。

“松坡，你起来得正好。我的《湖南少年歌》刚刚写完，你是第一个读者，你帮我好好看一看，指正指正，我再修改。”兴许是喝了酒，兴许是为自己创作了这样雄壮的诗篇而亢奋，杨度虽然写了一通宵，却毫无倦意，两只有神的眼睛比往日更加闪闪发亮。

“就写好了？我拜读拜读。”

“湖南少年歌。”蔡锷轻轻地念着题目。“好，题目取得好！梁师有《少年中国说》，你有《湖南少年歌》，正好配合。中国好比一个新生的少年，湖南也是一个新生的少年。”

蔡锷一边夸奖着，一边看下去。嘴里小声地念着。杨度侧过脸去，也看着稿纸，和他一起欣赏自己的佳作。

“好，不悲当日苍梧死，为哭今日民主稀。写得妙！”蔡锷念的声音高昂起来，杨度的脸上露出了笑容。

“好，心性徒开道学门，空谈未救金元辱。写得对，正是如此。”蔡锷又大声念了两句，杨度听了很舒服。

“军官归为灶下养，秀才出作谈兵客。写得生动！我今日又是一个作谈兵客的秀才。”蔡锷特别欣赏将“秀才”与“谈兵”相联系起来的诗句。

“一针见血，一针见血！”蔡锷伸出大拇指指着稿纸上的两句诗，杨度看时，原来他指的是“于今世界无公理，口说爱人心利己”两句。

“哎呀，皙子兄，你这几句真是写绝了！”蔡锷忘形地拍打着杨度的肩膀，高声朗诵起来，“中国如今是希腊，湖南当作斯巴达。中国将为德意志，湖南当作普鲁士。若道汉唐国果亡，除是湖南人尽死！我担保，稍有点血性的湖南人读了这几句，都会去为中国的生存而奋斗。”

杨度的脸上流光溢彩，心里鲜花怒放：“松坡，你不要光说好，也要提意见。”

“要提意见嘛，我提一条。”蔡锷指着稿纸说，“‘若道汉唐国果亡’这一句，‘汉唐’二字改为‘中华’二字更好。因为汉唐作为历史上的两个朝代，实际上早已消亡了，若作为中国人的代称，则人们会理解为汉人唐人，如此，则排斥汉族以外的其他民族。扒开满人不说，中国还有回人、藏人、蒙人，光我们湖南就有苗人、土家人、瑶人、侗人等等。不如改用‘中华’二字，则包括了所有的民族。”

“说得对！”杨度心悦诚服地接受蔡锷的意见，提笔将“汉唐”

二字圈掉，工工整整写上“中华”二字。

“若道中华国果亡，除是湖南人尽死。”蔡锷重新念了一遍。“这就完美无缺了。”

接下去，他一口气将全诗念完，由衷赞道：“黄钟大吕，铁板铜琶，上下古今为湖南人唱赞歌的，再没有哪篇能超过这首《湖南少年歌》了。我马上就送给梁师去看。”

蔡锷说着，捧起一叠纸飞快地跑了出去。

窗外，天色已大亮，一望无际的海平面上彩霞如锦，波光如镜，一轮朝阳就要从它的怀抱里跳跃出来了。杨度久久地伫立在窗边，眺望着这宇宙间最为壮观的景象，心里默默地念道：“大海呀，你真伟大！”

六　从看到千惠子的第一眼起，杨度就喜欢上了这个美丽的日本女郎

当杨度送别蔡锷回到东京后的第二天，梁启超主办的《新民丛报》便在第一版显著地位刊登了署名哲子的《湖南少年歌》，并亲自为这篇歌行加了一段热情的赞语：“湘潭杨哲子度，王壬秋先生大弟子也。昔罗斯福演说，谓欲见纯粹之亚美利加人，请视格兰德。吾谓欲见纯粹之湖南人，请视杨哲子。顷哲子以新作《湖南少年歌》见示，亟录之，以证余言之当否也。”

一时间，东京中国留学生界，谈话的内容莫不是《湖南少年歌》，纷纷赞扬这篇歌行气势宏阔，才华信美，充溢着强烈的爱湖南爱中国的少年激情，不少人都叹息本省无此美才，也有人对“若道中华国果亡，除是湖南人尽死”这两句不太满意，似乎有点唯湘独尊，眼无他省的味道。但更多人反驳道，这是诗，诗应当有夸张，哲子这里说的湖南人要与敌人血战到底的气概以及光复中国的决心；何况他也有所本，“楚虽三户，亡秦必楚”，这是载之典籍的名言，如果我们每省都有湖南这种绝心，那中国就绝对不会灭亡。湖南人读了这首少年歌，莫不惊喜若狂。这篇长达二百四十六句的歌行，激发了他们作为一个湖南人特殊的自豪感，无论是革命党，还是保皇派以及没有明显政治倾向以学习科学技术为目的的湘籍留学生们，无一不敬仰哲子，爱戴哲子。这一期的《新民丛报》不仅在学生中，而且在整个日本的华人社区中，成了最为抢手的一张报纸。在国内，尤其在三湘四

水之间，更是广为传抄广为传颂，颇有点洛阳纸贵的势头。

为了更好地研究宪政，杨度离开了弘文学院，进了东京法政大学速成科。这里也有一大批中国留学生。他抱着广交朋友的宗旨，很快结识了他们，尤与范源濂、汪兆铭友善。

那是在进法政大学不久的一个中午，饭堂大门边张贴了一幅海报，十几个中国留学生围在旁边看，杨度也挤了进去。海报上写着几排中文字：论辩大会。题目：中国的前进应采用何种方式为宜。地点：秋赏斋二楼北头教室。时间：十二日晚上七时整。主持者：中国留日学生联合会法政大学分会。欢迎全体中国留学生及日本朋友参加。对于这类论辩会，杨度有很高的热情，而且也喜欢发言，只是因为刚进学校，不明情况，这次先听听。

准七时，杨度来到秋赏斋。这间可容纳百来人的大教室已差不多坐满了，其中还有七八个日本学生。主持人简单地讲了几句开场白后，发言者便一个接一个，都是血气方刚、多闻博识的年轻学子，讲起话来，无人不滔滔扬扬辞气激励，对中国的现状几乎都不满意，对中国谋求进步富强的方式的看法却各有不同。除少数人主张应当以普及教育、发展实业的手段来达到国富民强的目标外，绝大部分人都主张应从政治上入手来改变现状。从政治上着眼的主意虽多，归纳起来，仍不外乎维新和革命两种主要途径。主张维新者多为康有为信徒。他们以身处之地日本为最有力的例子，认为不必废除君主制，只要把西太后为首的顽固派搬掉，把权力集中于光绪皇帝一人之手，那么光绪帝就是中国的明治天皇，中国也就会跟日本一样迅速强大起来。主张革命者多信奉孙中山的理论。认为满人的朝廷，无论是慈禧还是光绪，都是一丘之貉，绝无新生之理。第一步先推翻满人的政权，第二步再建立民主共和国，走美国、法国的道路，永远废除君主专制，中国才有可能真正走上繁荣富强的道路。

双方各执一端，争辩十分激烈，间或还杂有人身攻击，使得气氛颇为紧张。这种论辩，过去在弘文学院也时常有过，杨度不以为怪。只是他发现，与一年前相比，今晚的辩论会明显的是革命派占了上风，维新派显得有点阵营不强气势不壮。发言的有十六七个人，给杨度留下深刻印象的是两个人。

一个人中等偏矮的个头，长方脸，鼻宽嘴阔，操一口湘北官话。他认为中国要变革，但不能太剧烈。他打了一个比方：中国现在好比一辆破车子，轮子已陈旧，车板已腐朽，拉车的马是跛子，驾车的人

范源濂头像

汪精卫像

已昏老，若陡然来个急转弯，则必然是车散人亡，一切都颠覆了。因此，只能缓缓地转弯子，昏老的驾车者过不了多久就会死的，那时再让年轻精明的人来代替，情形就会好多了。以后，再换马换轮换车板。经过十年二十年这样的逐步替换，这挂车就会变成轻车快马，奔在别人的前头。当前的主要任务是在国内多办学校，大兴教育，多培养各种人才，不但要培养驭手，还要培养造车轮车板的工匠。中国与日本相比，最大的落后是在教育上，教育是振兴民族的基础。此人的比喻很形象，听众都笑了起来。杨度也觉得他的演讲风趣。

他刚一说完，座位上立即站起一个人，高声喊道："静生此论大谬！"说着便大步流星地走上讲台，听众鼓起掌来。杨度忽觉眼前一亮，心里说着："好个一表人才！"走上讲台的人面庞端正，身材匀称，着一套乳白色西服，系一根浅花条纹领带，神采奕奕，风度翩翩。他一上来便指斥刚才发言的静生是懦夫，所抱的态度乃是对国家和人民不负责任。他慷慨激昂地说，人民已在水深火热之中，国家已在虎狼包围之下，人民随时都可能死亡，国家随时都可能被瓜分。这种危急的局面，迫使我们一年都不能等待，一天都不能等待，必须采取最迅捷、最厉害的一着来救国救民。这个漂亮的年轻人认为此招即为暗杀。他毫不隐蔽地说，第一要暗杀慈禧老太婆，第二要暗杀懦弱无能的光绪帝，第三要暗杀狡猾阴毒的袁世凯。他大声疾呼，是好男儿就要为国家为百姓洒一腔热血，舍得一身剐！他自己决心做荆轲、聂政，以一死而博得个流芳百世。漂亮年轻人的壮士气概，赢得掌声雷动满堂喝彩。杨度虽不赞同他的观点，却为他的气概所感动，心里默默地说："这是一个真正的热血志士！"

正在激动之际，听众席上出现了骚动，几个留学生在高声吵闹。有人站了起来，互相指着对方的鼻子叫骂，这个骂那个是满虏的奴才，那个骂这个是祸国的暴民，最后竟然扭打起来。许多人都去劝阻，将扭在一起的人扯开，杨度也挤过去制止。一场热气腾腾的辩论会，因热得过头而不得不中途散会。

第二天，杨度找到了矮个子，跟他互换了名片，才知那人叫范源濂，字静生，湖南湘阴人，半年前从弘文学院转到法政大学。两人原来竟是同乡又是先前的同学，见面之后分外亲切。范源濂早慕皙子大名，见他主动来访，说了许多钦佩的话，自然是彼此都遇到了知音，二人立即成了好朋友。结识了范源濂后，杨度又去拜访漂亮年轻人。那人名叫汪兆铭，字精卫，广东番禺人，为人极是豪爽热情，与杨度一见如故。杨度十分高兴结交了这两个政见虽不同但才气都很足的同窗。三人在一起高谈阔论。彼此政见不同，难免有脸红脖子粗的争吵，杨度常在中间充当和事佬。不过争吵归争吵，友谊归友谊，第二天见面又都无嫌猜。后来杨度与留学生界接触日久，方知日本留学生之间大抵都如此。吵得激烈时，甚至大打出手，捅刀子的事都做得出，过后又握手言欢，不记前仇。一旦谁遇到困难，不管政见如何，多数人都会伸手相援。这是因为一则都有着爱国救国的共同目标，二来大家都漂泊异邦，因而更看重乡谊亲情。

范源濂是个活动家，喜欢并擅长筹备组织各色集会活动。他一天到晚出没于东京中国留学生较多的学校，又与国内有密切的联系。他精力充沛，活力很强。汪兆铭挂了个法政大学生的名，其实很少上课，他常在校外秘密学习炸弹地雷的制作方法，十天半月不回校，整夜整夜不归寝室是常事。他与孙中山、胡汉民的关系特别好。

无论是范源濂的串联活动，还是汪兆铭的爆炸试验，杨度一概不参加，他集中精力钻研各国宪政，将研究所得发表在东京各种华文报刊杂志上。杨度的知名度越来越高。他因为不介入派别之争，反而获得了大部分留学生的认可，成为众望所归的人物。当东京留日学生总会改选时，他被一致推举为干事长。从那以后，饭田町杨寓成天人来人往，门庭若市，成为东京留学生们聚会的重要场所。

杨度一方面负责全日中国留学生的联络、组织、指导，同时还担负湖南籍学生创办的《湖南学生界》和《游学译编》的主编。他夜以继日地履行自己的职责，团结各种派别的留学生，同时发愤攻读宪政方面的书籍。他一天到晚为大家服务，尽心尽力，无求无索，任劳任怨，不仅赢得了留学生的敬重，连田中夫妇也对他很尊敬。

光阴荏苒，冬去春来。近半个月里，杨度未去法政大学，也谢绝了大家的来访，他在闭门构思写作一本名叫《金铁主义》的书。他要在这本书里详细地全面地阐述自己改造中国的思想，他将全副心思投入到这本被他称之为伟大的著作之中。

天气不知不觉间变得和暖起来，草木也渐渐地由黄变青，他似乎对这一切都熟视无睹。一天清早，他突然看见庭院里几株高大的樱花树已绽出花瓣来。他欣喜地走出庭院，看到左邻右舍街头巷尾的樱花都开放了，来来往往的行人脸上荡漾着温和的微笑，少女们特地换上了鲜艳的和服，小孩子们打扮得比往日更加漂亮，一向脚步匆忙的东京人明显地放慢了步伐，他们在极有情趣地观赏四周的樱花。

日本国遍地都种着樱花树，每年三月末四月初时分，樱花便陆续开放了。单独的一朵樱花，小小的，娇娇弱弱的，似乎并不起眼，一旦到了高峰期间，它便一朵接一朵，一层压一层，开得满枝满树，密密匝匝。那白白的、粉红色的花层，犹如蓝天的祥云降落地面，给人世间换上一幅极为壮观极为瑰伟的美景，带来一股使人情绪昂奋心灵愉悦的浓烈春意。但这奇异的春景却为时短暂，前后加起来不过二十来天，花事最盛时则只有五六天。这几天里，日本全国，从天皇到百姓，从城市到乡村都休假赏花。人们倾家外出，携幼扶老地来到公园、郊外等樱花树集中的地方，一边欣赏，一边饮酒品茗。有的家庭甚至在树下搭帐篷，白天黑夜都在花间生活着，尽情享受造化给人类恩赐的这份珍贵礼物。年轻人结婚也多半选在这个时候。烂漫的樱花丛中，一对新人在亲朋的祝福声里饮下交杯酒，共结百年之好的情景随处可见。也有些文人武士从樱花的乍放骤谢，联想到人生的短促，心绪反倒变得格外的复杂低沉。他们对着樱花举杯长饮以求一醉，然后在醉意朦胧中唱着大和民族古老的歌曲。那凄婉哀怨的古调，从充满着苦和泪的真诚的胸腔里发出，真的是揪人心肺催人泪下。更有因巨大的痛苦不能解脱的武士，在痛饮高歌之后，拔出腰间的佩剑来，用刀尖对准自己的肚子，用力猛地一刺，在一声惨不忍闻的厉叫中倒在厚厚的落英上，招来许许多多人的感叹惋惜。

这就是日本的樱花节。它是扶桑国最美丽、最热闹、最隆重、最神圣的节日。“欲问大和魂，朝阳底下看山樱”。所有留学东瀛的中国学子，这几天也都放下手中的书本，停止一切集会、活动，走出学校，走出书斋，踏进如诗如乐、如梦如幻的灿烂樱花图里，欣赏在国内绝不可能看到的那份醉人风光，并从中领略大和民族的精神。

杨度正拟发信给弟弟和妹夫，再邀请黄兴、刘揆一、汪兆铭、范源濂等人，一起去上野公园赏两天樱花，下午，田中老先生满脸笑容地走进了他的房间。

“杨先生，我那调皮的孙女来了。”

“千惠子来了！她什么时候来的？”杨度惊喜地问。他常常听老两口说起他们在横滨的孙女儿千惠子，并且拿出千惠子和她的父母的照片给他看。他因而知道千惠子是田中君代的独生女，十九岁了，长得很漂亮，高中毕业后在一所商业管理学校读书。外祖父滕原信宇就只有她一个外孙女，希望她今后能继承滕原家族的财产，把它管好，还指望能在她的手里更加兴旺发达。为此，千惠子不随父姓而随母姓。外祖父还作了严格的规定：今后千惠子也要与母亲一样，只能招赘而不能出嫁，生下的孩子不论是男是女，也都要姓滕原。由于外祖父的家规，也由于千惠子自己择婿的严肃，所以她至今还没有如意郎君。千惠子受祖父的影响，能识汉字说中文，对中国文化很有兴趣，尤其喜欢唐诗，能够背得出几十首，祖父常夸她是女才子。杨度想象中的千惠子也是很可爱的，但千惠子一直未到东京来，他无缘结识。上次在横滨，他甚至动过去拜访的心，只是自觉太唐突而打消了。早两天，听田中老先生说过孙女要来，想不到真的来了！

"就是刚才，你前脚出去，她后脚就跟着进了屋。"田中老先生的脸上流露着喜气。"一进屋就说，爷爷，我们家住的那个留学生在家吗？我去见见他。她奶奶说，刚进屋哩，坐会儿，歇歇再说。她又问，爷爷，那个留学生学问好吗？我说，好得很，尤其诗作得好。她忙站起说，我去见他。我说，他刚出去，过会儿回来再见不迟。她坐下聊了一会儿家常，我和她奶奶为她准备吃的。待我们把饭菜端出来时，却不见她了。我喊了声千惠子，你猜她在哪里应着，原来她溜进了你的房间，真不懂礼貌！"

"没有关系，我的卧室从来都敞开着门，任谁都可以进。"

杨度被老先生的高兴劲感染了。田中龟太郎一向温文尔雅，不大多说话，说起话来也是慢条斯理的，显示出一种极有修养的学者风度，像今天这样喋喋不休地叙述，说话中还模仿着别人的口气，杨度还是第一次见到，心里笑道："看这小老头，孙女一来，就喜得这样！"

"千惠子指着墙壁上悬挂的《湖南少年歌》问我，爷爷，这篇歌行就是这位留学生写的吗？我说是的，是他自己写的。千惠子说，这篇歌行真写得好，他是一个真正的男子汉。爷爷，他叫什么名字？我于是把你的名字告诉了她，她说等你回来后，一定要来拜访你。"

"不敢当！"杨度谦虚地笑道，"我去拜访她！"

"不，不！"田中忙说，"她比你小，理应她来拜访你。"

"爷爷。"门外响起了悦耳的女音。

田中对杨度说："千惠子来了！"

杨度赶紧说："请她进来！"

田中高兴地对门外说："千惠子，杨先生叫你进来哩！"

"下午好，杨先生！"

随着一句清脆的日本话，一个女郎从门外走了进来。杨度定睛看时，不觉惊呆了，眼前的千惠子是如此的美丽，几乎为他生平所未见过。只见她黑亮浓密的秀发绾成波浪式卷边发髻，发顶上盘旋一条紫红缨络。鹅蛋形脸上长着一对水灵灵的大眼睛，小小巧巧的鼻梁下绽开一朵丰满的红嘴唇。皮肤光洁白净，没有一星半点斑痕黑点。身穿一件淡紫起黄色小花的缎子和服，脚下雪白的丝袜上套一双软底绣花红呢鞋。身材不高不矮，不胖不瘦，浑身上下匀称和谐，端庄灵秀。杨度心里诧异：东瀛竟有如此佳丽，先前怎么没有发现过？口里也用日本话答："你好，千惠子小姐，见到你真是高兴。"

就在同时，千惠子也发现眼前的这位中国留学生英俊轩朗，气概不俗，与她素日所接触的本国男子比起来，无一点矫揉造作之态，多几分潇洒倜傥之姿，心里也暗暗想着：这才真正是汉唐文化熏陶出来的人，毕竟不同些。

"我正在说你，你就自己来了！"田中慈爱地望着孙女说。

"爷爷，你对杨先生说我什么呀！"千惠子轻轻地努了努嘴，娇嗔地责备爷爷。

"爷爷还会说你什么呀！"田中满是疼爱地说，"爷爷是特来转告你要拜访杨先生的意思。"

"千惠子小姐，我正在对你爷爷说我去拜访你，你就来了。请坐，请坐。"杨度松开双手，热情地招呼，"我给你沏一杯中国茶，你喝得惯吗？"

"最好，最好。"千惠子大方地说。又问，"是龙井吗？"

"我没有龙井，只有我的家乡南岳云雾茶。你尝尝看，它并不亚于杭州的龙井。"

杨度从书架上取下一个有盖的竹筒。这竹筒也是南岳的特产，它是截取冬天的楠竹根稍稍加工而成。成本低廉，制作简单，却有许多用途和优点：樵夫牧童用它装饭，哪怕是三伏天饭菜也不馊；走长途的人，用它装水，烈日暴晒下，筒里的水仍清凉可口，如同刚舀取的泉水；农家用它装菜籽，长出来的蔬菜格外鲜嫩；南岳山下的人们用它装茶叶，十年八年的茶叶泡出来的水都碧绿清香。那年，齐白石从南岳山下一个老农的手里讨得一截二十年的楠竹根，做了三个茶叶筒。他用心雕琢，做得很精美。三个茶叶筒上有他临摹的三幅古画。一个摹王冕牛车载母春游图，留给自己用，隐含自己以王冕为榜样，甘于做一个寂寞清贫画家的志趣。另一个摹玄奘西天取经图，送给寄禅和尚，鼓励他像玄奘那样孜孜不倦地钻研佛学经义。第三个临一幅赵匡胤雪夜访普图，送给杨度，以赵普比杨度，盼望他日后做一个受君王信任的贤宰名相。杨度十分喜欢这幅画，自己也隐隐以赵普为鞭策，东渡日本的简单行囊里就有这个竹筒和一筒子茶叶。他从竹筒里倒出茶叶来，泡了两杯茶，一杯给千惠子，一杯给田中。

“好喝！”千惠子浅浅地呷了一口，称赞道，“中国的茶比日本的茶清香。”

田中也说：“南岳云雾茶叶好，比杭州龙井茶叶泡出的水更清亮。”

杨度听了这两句赞扬后很得意，说：“南岳茶不及龙井的名气大，但我却偏爱它，不喜欢龙井。”

千惠子笑道：“杨先生，我读了你的《湖南少年歌》，很钦慕你的才华和对家乡的挚爱，刚才听到你偏爱南岳茶的话，更确信你是一个纯粹的爱乡主义者。”

杨度哈哈大笑起来：“千惠子小姐真风趣！从来只听说爱国主义者，再没有听说过爱乡主义者。”

田中说：“杨先生别见怪，我这个孙女就爱这样标新立异。”

杨度说：“哪里会见怪！这正是小姐的可爱之处。”

“标新立异有什么不好？”千惠子望了爷爷一眼，对杨度说，“贵国大诗人郑板桥先生有两句诗说得好：‘删繁就简三秋树，领异标新二月花。’花要引人注目，就得标新立异。杨先生，你说是吗？”

杨度大吃一惊，他绝没有想到，这个年纪轻轻的日本女学生竟然可以随口背诵出郑燮的诗来，而且引来为自己辩护，竟如此恰到好处，天衣无缝。他不禁肃然起敬，说：“小姐，你的汉学真好！”

千惠子嫣然一笑，说：“这是我爷爷教我的。爷爷最喜欢贵国的郑板桥。”

千惠子的这一笑，使杨度突然想起久违的静竹来。“她们的笑容很相像！”杨度在心里默默地说。

田中微笑着说：“千惠子说得对，我喜欢板桥的诗，尤喜欢板桥的字，家里常常挂着板桥的书法。刚才这两句诗，千惠子十二三岁时就跟着我学会了。不过，自从看到你的这幅《湖南少年歌》后，无论诗也好，字也好，我觉得板桥在你的面前都要略输一筹。贵国真是一个人才荟萃之邦呀！”

在杨度自己看来，他的诗无疑要比郑燮的好，至于别具一格的板桥体书法，他还不敢确信能超过。今天听到田中老先生这番评定，他很高兴，口里免不了谦虚一番："哪里哪里，板桥是前贤，他的字在敝国享誉甚高，我自愧不及。"

千惠子忙说："杨先生你别谦虚，我也同意我爷爷的看法，我到这里来，就是要拜你为师的。一是跟你学中国诗，二是跟你学中国字。杨先生，你住我家的房子，你可不能不听我这个少主人的话哟！"

说罢，"咯咯咯"地笑了起来，露出两排细碎的白牙，显出一种爽朗而带有点泼辣的美来。

"千惠子！"田中嗔道，"你说话怎么这样没有分寸！杨先生，你千万莫往心里去。"

杨度笑道："小姐的这种性格真正令我喜欢。只是小姐聪颖过人，我哪里敢做她的老师！"

田中说："我这个孙女，从小让我们给宠坏了，说话没轻没重，但为人最是善良诚恳，没有半点骄虚之气，她是真正地敬佩你。她从小喜欢中国的诗词和书法，要拜一个中国老师学习，是存心已久的了，只是一直没有找到一个合适的人。杨先生，你的确很合适，你就答应收下她这个女弟子吧！"

"杨先生，"千惠子恳切地说，"我因为想跟中国人学诗词书法，故这一两年来一直留心贵国客人，有几个名气较大的，我还特为拜访过。"

"噢，你拜访过哪些人？"杨度颇有兴趣地问。

"一个是梁启超先生，他也住在横滨，我专程去过他家。想必杨先生认识他。"千惠子侧着脸问。

"认识，认识。"杨度答，"我们在国内就是朋友，前一向我还在他那里住了几天。"

"梁先生的确是贵国的大才子，他的文章受到所有人的称颂。"千惠子严肃地说，"但恕我说句不恭的话，他的诗和字都不怎么样。"

杨度微笑着，没有做声。

"还有一个孙文博士，贵国留学生都称他为中山先生。"

"中山先生来日本了？他不是在美洲吗？你什么时候见到他的？他也在横滨？"杨度抑制不住满腔的兴奋，急切地问。他没有见过孙中山本人，但"孙中山"三个字早已如雷贯耳，对这位充满传奇色彩的大革命家有着一种神秘感。他渴望与之见面。

“就是在上个月，我也是在横滨见到他的。”千惠子显然有一种自豪的神色。“中山先生很和气，他不嫌我年幼无知，跟我谈中国的历史，谈中国的现在，讲了许多非推翻朝廷建立共和国的道理。我很崇敬他，见他为革命劳累奔波，不敢向他提出分外的要求。今天有幸认识杨先生，请你不要拒绝我的请求。”

见杨度还在犹豫，田中说：“杨先生，千惠子平时在横滨读书，不会常到东京来，她只是寒暑假才来东京小住一段时期，打扰你的时间不多，你就看在我的面子上，答应她吧！”

从看到千惠子的第一眼起，杨度就喜欢上了这个美丽的日本女郎。他其实非常愿意和她在一起，刚才的推辞，只不过是出于礼貌罢了。见爷孙俩说得如此真诚，他心里早已不亦乐乎了，遂笑道：“好吧，我们就互相学习吧！”

“杨先生，你同意啦！”千惠子拍着手跳了起来，天真地问，“按照贵国的习俗，我应该如何履行拜师的礼仪呢？”

杨度存心想逗她一下，便严肃地说：“按照我们国家的礼仪，先做一个牌位，牌位上写着‘大成至圣先师文宣王孔老夫子之位’，将这个牌位供在墙壁上。再搬一张太师椅放在牌位下。我坐在太师椅上，你由爷爷领着，双手捧着十根干牛肉，在我的面前跪下，向我磕三个响头。”

“行，行！牌位上的字可以请爷爷写，太师椅也有，只是这十根干牛肉一时弄不到。”千惠子想了想说，“杨先生，用十根香肠代替可以吗？”

“不行。”杨度勉强说完这两个字后，再也忍不住大笑起来，田中也快活地笑了。见千惠子站在一旁不知所措的那副模样，杨度不忍心再逗弄她了。“千惠子，我刚才说的都是逗你玩的，完全不要任何仪式，我们也不分什么先生学生，你明天一早就到我这里来，什么问题都可以问。”

“太好了！”千惠子高兴极了。

田中说：“杨先生，拜师的礼仪可以不要，但学费却不能不收。从这个月起，你那一半的房租费我不收了，还免费供应你每天三餐饭。”

杨度没有朝廷提供的公费，也没有梁启超那份日本政界要人的资助，他没有任何经济来源，吃和住成了他一个很大的负担。这半年来，他靠着从家里带来的那一点银圆以及杨钧、代懿从公费里节省的一点钱来支撑着。田中老先生为孙女支付的这笔学费，对于杨度来说真是雪中送炭，太珍贵太重要了。杨度素来豪放，何况此时正需要它，便立刻答应："那我就谢谢您了！"

"杨先生，学生有一个要求。"千惠子一本正经地对杨度说。

"你有什么要求，请说吧！"

"明天不上课，学生请先生和我们一起去箱根观赏几天樱花。一来这几天正是樱花盛开的时候，错过了太可惜；二来也借此表达学生对先生的一点心意。"

"好！"杨度喜出望外，"我们明天去箱根赏樱花。"

七 樱花丛中，杨度与田中探讨中国的富强之路

箱根在神奈川县，位于秀丽的相模海湾西北，距东京不到二百里路程。境内的箱根火山海拔一千四百多米，山势雄伟，林木葱茏，气象甚是壮观。火山脚下的芦湖，湖水湛绿，一清到底，使人观之心舒气爽。此地多温泉。哪怕是三九隆冬季节，从火山周围地下涌出的汩汩泉水都冒着一丝丝热气，给箱根带来融融暖意。正因为箱根得天独厚的自然环境，使得它成为日本有名的游览胜地。

这里尤其是观赏樱花的好地方。箱根因为境内多温泉，地气暖和，所以樱花开放的时间要比附近的城镇早几天。东京、横滨、静冈等都市里那些爱花惜花的人们，为了能和樱花多相处一些日子，往往先到箱根赏几天花，回去后恰好赶上当地花事盛时。千惠子正是出于这个原因，在东京樱花初绽的时候，趁着放假，特为从横滨来到东京，邀请爷爷奶奶先去箱根赏花。

当田中夫妇和杨度、千惠子来到箱根的时候，果然此地已是繁花似锦、游人如织了。这里山脚、湖畔、水边、路旁生长着成千上万株樱花。有的高达十来米，主干粗大，侧枝茂密，满树花开得亮堂堂光闪闪，颇似一个身躯肥壮的相扑健将得胜回里，披红挂彩，神气十足。有的只有个把人高，枝干都还显得稚嫩，但也是千朵万朵压满枝头，就像一个头上插满了金花银花的闺中新娘，正在娇羞地等待着迎亲的花轿进门。放眼望去，阳光照耀下的无边无际的花海，泛出一片灿灿烂烂的银白色的浅红色的光晕，整个箱根的湖光山色都被它照亮了染红了，装扮一新的赏花者笑谈着歌舞着，三三两两地在花海中穿

行，又给箱根增添了蓬蓬勃勃的生机。

这种辉煌瑰丽、光彩夺目的壮观，莫说是在国内见不到，就是在东京，杨度也没有见到过。此时此地，世界仿佛没有黑暗，没有贫寒，没有丑陋，更没有罪恶；人世间充满的是阳光，是美丽，是祥和，是人们渴望和追求的幸福。杨度不由得从心底里发出赞叹：“人生永远都是如此，那该有多好啊！”

田中也被兴旺的花事所吸引，听了杨度的感慨后接着说：“是呀，只可惜人生快乐的时候少，忧患的时候多，就像这樱花一样，长年累月都是冷冷寂寂的，热闹风光也就只有这么几天！”

“爷爷，这么快乐的时候，你说这种扫兴话做什么！”千惠子打断爷爷的话。她少年不知愁滋味，生活在她的面前，正如眼前这一片光灿灿的樱花，她绝不愿意去听那种人生多忧人生苦短之类陈词旧调。

爷爷微笑着看了一眼孙女，不再说下去了。和子老太太又重复起她一踏进箱根境内就不断说起的话：“箱根这地方的花，就是比东京的开得好看。”

几株特别高大的樱花树下围着一圈人，杨度猜想一定又是一对新人在举行婚礼。千惠子眼尖，说：“有人在表演茶道，杨先生，去看看吧！”

杨度还没有看过樱花树下的茶道表演，他跟着千惠子挤进了人圈。这是一处露天茶室。地上铺着几块深红色的地毯，地毯的一角跪坐着一大二小主仆三人，面前摆放着茶釜等各种茶具。中间的主人是个二十多岁的女人。她身穿鲜艳的大红和服，腰系翠绿色宽边绸带，头上一个硕大的发髻，发髻上插满了各式耀眼的珠宝首饰，给人一种雍容华贵的感觉。跪坐在她的左右的，是两个八九岁的小女童，她们也穿着红色和服，只是头发未加装饰，三人的面部全都涂上刺眼的白粉，嘴唇则抹得血红血红的。地毯的另一角坐着四个琴师。琴师奏起了古典乐曲，小女童起身为小泥灶升火，女主人为瓦罐加水。一曲古乐刚奏完，瓦罐的水便煮沸了。略停一会儿，古乐再奏起。女主人伸出纤细的双手，端起华丽的茶碗一遍又一遍地洗刷，那态度一丝不苟。洗刷完了，她将两木勺绿茶末倒进茶碗内，用沸水冲泡，再用一个圆形的空心篾器在茶碗内搅拌，然后双手捧碗，一会儿左一会儿右地慢慢转动。左右转了七八次后，另一小童起身，捧了一个黑漆托盘走到女主人身边，女主人将茶碗放到托盘上。

千惠子对杨度说："我们走吧。这小女孩等下就会朝着看的人走来，她看出哪个人的身份较高，就会请那人喝茶。这喝茶也有许多讲究。说不定那女孩会认出你是中国人，远道来的客人，她会请你喝茶，那就麻烦了。"

"那赶快离开。"杨度笑着说，"我端着茶碗，还真不知道该怎么喝哩！"

二人走出人圈，田中老夫妇正站在一边，对着远处指指点点，显然是在等他们。

"杨先生，中国有樱花吗？"千惠子仰起面孔问杨度，那白里透红的面孔夹在花丛中，简直令杨度分不清哪是樱花哪是她的脸。杨度突然想起两句唐诗来："去年今日此门中，人面桃花相映红。"遂答道："我们中国没有樱花，但有一种花也可以和樱花比美。"

"什么花？"千惠子兴致浓厚地问。

"桃花。"杨度答。他想起了石塘铺仲春的桃花来，动情地说，"在我们家乡，几阵春风春雨过后，山前山后的桃花都开了，很是好看。"

石塘铺的粉红色的桃花，在最旺盛的那些日子里，也会给周围的田野农舍披上一幅彩缎。但杨度心里当然明白，再好看的桃花，也无法跟眼前的樱花相比。首先是这种气势：绵延广阔，一望无边，枝干伟岸，直插云天，令桃花黯然失色。其次是赏花者之普遍，情绪之浓烈，更是中国民众所不可思议的。石塘铺的桃花尽管妖艳耀目，却无人赏识。这真是美景的最大悲哀！此时的这句话，与其是在称赞桃花，不如说是在怀念故园。

杨度这番复杂的心绪，千惠子根本想不到。她兴趣盎然地说："是的，我虽然没有去过贵国，但我想象得出贵国桃花盛开的时候一定要比这樱花好看。"

"你如何想象得出？"不知是被千惠子这极有礼貌的回答所感动，还是因为樱花旁的她因这句话而更显得美丽，杨度很想与她多说些心里话。

千惠子想了一下说："贵国有许多文人笔下的桃花都很美，特别是陶渊明的《桃花源记》，更是把个世外桃源写得令人神往。"

"《桃花源记》你也读过？"在异国他乡遇到一位又美丽又爱中国文化的女子，杨度的心里暖融融的。"你能记得中间的几句吗？"

"开头的那一段我可以背得出。"千惠子不无自得地说。

“那就背一背给我这个老师听听。”杨度笑着说。

“好。”千惠子思索了片刻，背道，“晋太原中，武陵人捕鱼为业，缘溪行，忘路之远近。忽逢桃花林，夹岸数百步，中无杂树，芳草鲜美，落英缤纷……”

“千惠子，你在杨先生面前背《桃花源记》，不是班门弄斧吗？”田中老先生哈哈大笑起来，打断了孙女的背书声。

“爷爷，这不是班门弄斧，这是让老师测试测试我的汉学基础。”千惠子说完，又望着杨度，“杨先生，你说是吗？”

“对，对。”杨度频频点头。“不要背下去了，你的汉学基础很好。”

“谢谢！”千惠子高兴地说，“‘芳草鲜美，落英缤纷’，这八个字勾画出来的画面，就够令人向往的了。”

“好是好，可惜，陶老夫子笔下的这个桃花源，千百年来一直是我们中国人心目中的理想世界，并不是实实在在的生活，哪比得上贵国，‘鲜美’‘缤纷’就在眼前，无须文人去虚构。”杨度突然想到自己贫困落后的祖国，与羁旅中所见的日本相比，简直有天壤之别。一股怅惘涌出，心头顿时紧缩起来。面对着这幅瑰丽的赏花图，不由得思绪万千。

前面横着一道小沟，千惠子搀扶着奶奶小心地迈过去。杨度要来扶田中，老先生摆摆手，敏捷地跨过。小沟这边的樱花似乎更繁茂，树上的花朵一簇挨一簇，一层靠一层，红白闪亮，光彩耀目。树下堆积着飘落下来的花瓣，有的有二三寸厚，虽是落英，却依然鲜艳娇嫩，使人有点不忍心践踏它们。

“落红不是无情物，化作春泥更护花。”田中轻轻地哼着，转脸对杨度说，“贵国龚瑟人先生这两句诗，写出了人生一个很高的境界。我与贵国许多留学生交往过，发现在他们的身上，都有一种宁愿牺牲自我而为后人造福的精神，真正令我敬佩。”

“老先生，您这话过奖了。”田中这番话，令杨度感激，刚才的一丝惆怅也被它冲淡了。

“来我家与你交往的留学生们，我看得出，都与你一样，个个既是忧国忧民之士，又是慷慨热血之徒。贵国有你们这样的青年，我看桃花源不久就会在贵国变为实实在在的眼前之景。”

田中老先生的善良真诚，使杨度十分感激。十年前，当日本海军大败北洋水师的时候，杨度和所有中国爱国士人一样，对日本有着一股强烈的仇恨情绪。来到日本后，这种情绪不知不觉地在减退。尤其是这次，住的时间较长，对日本社会和文化了解得较多，加之会说日本话了，与日本普通百姓的接触也便更为广泛，杨度对这个曾被他轻蔑地叫作“蕞尔小国”的日本的情感起了很大的变化。他深深地感觉到，日本是一个很不平凡的国度，它有许许多多值得中国效法之处，而最值得中国效法的就是它的君宪国体。同时，大和民族又是一个进取心极强的民族，他们总是敏锐地虚心地学习别的民族的长处，并通过全体一致的勤奋努力，很快地便把这种长处据为己有。

“杨先生，这半个月来，你天天足不出户，伏案疾书，你是不是在为贵国未来的桃花源勾画蓝图呢？”见杨度在沉思，田中又开口了。

“老先生，真让您说对了。”杨度颇为兴奋地说，“我正在草拟一部敝国的治国大纲。”

“治国大纲？”千惠子被这四个字吸引了，她掉转头来惊奇地反问了一句。

“对，这是一部治理国家的大纲领。我用‘金铁主义’四字来作书名。”杨度不无得意地说。

田中说：“当年德国宰相俾斯麦以铁血主义挽救了德意志，你的金铁主义是不是从铁血主义衍化过来的？”

“不是。”杨度断然否定，“俾斯麦倡道的以黑铁加赤血救国的主张，即世人所说的铁血主义，使普鲁士统一德国诸联邦，进而称霸欧洲。俾斯麦之所以倡议此种主义，是因为普鲁士为一寡民小土之国，其条件不足以让它生存于列强争霸之欧洲，故非有兵力不足以排奥挫法而团结德国各邦，建成一个联合统一的德国。它后来称霸欧洲，是全以兵力从事征战所致。但敝国不能采用铁血手段。敝国有五千年文明历史，儒家仁慈友爱之说深入人心，若纯倡铁血，则使民智日暗，民德日薄，而民力亦会因之而不振，社会经济亦必日渐萎败。”

“说得对！”田中十分赞许地说，“贵国是一个诗书礼义之邦，贵国所有的救国者都不能丢失了这个优秀的传统。”

“是的。”杨度点点头，颇为自负地说，“我取俾斯麦之长，又以吾国的传统补其短，故而用‘金’来替换其‘血’。所谓金者，黄金也，即金钱，即经济，欲以此来求得人民的生活富裕。铁者，即黑铁，即铁炮，即军事，欲以此来求得国家的力量强大。”

“民生富裕，国力强大。目标很好。”田中又赞许道，“足下为贵国所画的蓝图的确很宏伟。不过，我听说贵国留学生中常有争论，而争论的焦点并不在目标，而在于达到目标所采取的手段。”

“您看得很清楚，所争的确实不是目标，而是手段。”

“听说争论者有两种主张，一为采取民主共和制，一为采取君主立宪制。是这样的吗？”田中问杨度。

杨度还未来得及回答，千惠子抢过来说：“爷爷，你怎么知道得这么清楚呀！”

“你爷爷呀，”和子老太太笑着说，“年轻时也是一个狂热的政治活动家，为倒幕派暗中出过不少好主意哩！我那时为他提心吊胆，万一德川幕府倒不了，天皇掌不到权，我们家就要遭大祸了。”

“哎呀，想不到爷爷还是王政复古运动的功臣哩，怎么没有捞个一官半职呀！”千惠子有意调侃爷爷。

田中爽朗地笑道：“要什么一官半职！为国家谋利益是每一个公民应尽的职责。没有明治天皇的维新，哪有我们田中家族今天的幸福？这就够了。何况爷爷我，只会帷幕策划，却不喜簿书应酬呀！”

说罢，放声大笑起来。矮小单瘦的田中龟太郎，在杨度的眼中瞬时高大起来：一个多么可亲可敬的小老头哟！

“老先生，您一向对敝国很友好，又到过欧美许多国家，见多识广。我今天以一个学生的身份向您请教。您认为，敝国到底是采取民主共和制好呢，还是采取君主立宪制好呢？”

杨度很久就想找一个机会跟田中好好聊一聊，就中国今后的国体问题，听一听这位中国通的日本老人的意见。古人说“不识庐山真面目，只缘身在此山中”，中国人对国家的出路自己看不清楚，是不是正因为是身处其间的缘故呢？一个有见识的外国人或许能以旁观的角度看得更准确，更深刻。今天，在这么美好的樱花丛中，老人又有这么高昂的兴致，话题既然已扯到这上面来了，何不就此请他谈谈呢？

“杨先生，你是一个很有学问的人，又是一个有很大抱负的人，你以学生的身份向我请教，我不敢当。若是我们之间以一种朋友的关系来探讨一下贵国的政治，那我倒是很有兴趣的。”

杨度是个直爽人，见老先生态度诚恳，便笑着说：“师生也罢，朋友也罢，这都无关紧要，紧要的是我想听听您对敝国政治的批评，帮助敝国选一条自立自强的道路。”

“你真爽快！”田中高兴地说，“我在年轻的时候，三次去过贵国。第一次去的时候，你的同乡，最先倡道自立自强的大人物曾国藩还在。我们原想在上海登陆后径去南京拜访他。谁知他刚刚奉调到直隶去了，失之交臂。待到第二次再去贵国时，他已经去世了。我心里直叹可惜！”

“我的这位乡贤，我也没有见到。我出生时，他已作古三年了。”杨度插话。

“后来，我又去了一次贵国。这最后一次时间最久，足足待了四年。”

“怪不得您的中文如此好！”杨度禁不住又插话。

千惠子打趣道：“爷爷，你怎么没有替我娶个中国奶奶回来？”

“这个死丫头！”和子老太太轻轻地拍了下孙女的肩膀。千惠子快活地笑起来。

“我那时是想娶呀，写信回家征求你奶奶的意见，她死命不答应。”田中边说边向太太挤眼睛。

“是这样的吗？奶奶！”千惠子撒娇似的依偎在祖母的身上，对着祖母的耳朵轻轻地问。

“你听你爷爷瞎说！”和子老太太瞪起眼睛望着老头子，“在杨先生和孙女面前扯这样的谎，也不害臊！真是越老越没正经了。”

老头子听了老太太的责骂，哈哈大声笑起来。

杨度看着这一幅家庭怡乐图，很是羡慕，笑着说：“老先生是一个又老实又惧内的人，我想他即使在中国住十年八年，也不敢有娶中国太太的想法。”

“好啦，再谈正题吧！”田中对孙女说，“刚才都是你引起的。你只许听，不许再打岔了。”

“我再不说话了。”千惠子重新挽起奶奶的手，慢慢地走着，一边欣赏樱花，一边听爷爷和杨度的谈话。

“二十年前，我在一艘海轮上做过两年会计，随着这艘海轮去过法国、英国、德国、美国和加拿大。将东方和西方比较，又将贵国与敝国比较，我认为，贵国的进步，宜采用君主立宪，而不宜走民主共和的道路。”

“老先生，您也这样认为？”杨度十分兴奋，以他的性格，真想把身边这个志同道合的朋友搂抱起来。“您能说说理由吗？”

“我不是思想家，说不出很深刻的道理。”田中恢复往日温文闲雅的仪态，以不疾不徐的声调说下去，“从东西两方的文化渊源来看，西方接受专制的历史没有东方长久。西方人受基督教义的影响较大。基督提倡平等博爱，故西方人自由民主平等的观念强烈。东方接受专制的历史悠久，受佛教的影响大。佛教是个等级分明的宗教，因此，东方人习惯于在君王的统治下过日子。假若哪一天没有了君王，他们就茫茫然，有群龙无首之感。另一方面，实行民主共和，必须全体国民有较高的教养。一事当头，大家都有替国家替公众着想的道德意识，民主共和才有基础。否则，越是民主，越办不成事。而要办成事，便只有靠专制独裁了。打个比方说吧！一个村庄没有路，村长召集村民商量。若是村民们都有公共道德意识，则先是响应，然后出钱出力，大家同心合作，路便很快修好了。反之，假若没有这种公共道德意识，或者只是少数人有，大多数人没有，这条路就修不起来。先是对这个建议，便有人赞成有人反对，意见不能统一。然后是有钱的不愿出钱，有力的不愿出力。待到收了钱后，经手的人便从中贪污，剩下的钱买了石头木料来，有的村民便会半夜偷回自家砌房子起猪栏牛舍。这样一来，路还修得起吗？像这样的村庄，便只有起用一个有远见卓识又手段强硬的村长，无须讨论，直接命令大家出钱出力，并组织纠察队严行监督，不执行命令者予以惩罚，又制定纪律，严加管理。如此，才有可能把路修好。杨先生，你说是吗？”

“正是这样。”杨度心悦诚服地说。田中虽不是思想家，但他既能从东西文化的区别中看问题，又能以浅近的比喻说清说透，他其实要超过许多自命思想家的人，要比许多自命不凡的中国留学生高明。杨度为田中的论述补充了一个中国古代的成例。“敝国春秋时期有个政治家叫子产，他在郑国掌权之初采取了一些变革措施。国民因为没有子产的远见，囿于长期的旧观念，对子产的变革群起攻击，有的甚至主张杀掉他。直到三年后，国民从变革中获得了明显的好处，这才纷纷颂扬他，说他是个好宰相。”

“这个故事好极了。”田中饶有兴致地听完杨度讲的典故，再接着分析，“假若这个郑国当时实行的不是君主制而是民主制的话，子产就会被民主公议而杀掉。所以，在一个国民道德意识和知识水准不高的国家里，只能行君主不能行民主，道理就在这里。恕我说句直话，尽管贵国历史上曾经是世界文化最发达的国家，但现在相对来说是落后了。敝国国民的教育水平，就整体来说要比贵国的高，比起欧美来又差了一大截。所以敝国也只能取君主制，而不能行民主制。”

“贵国这几十年来在明治天皇的英明领导下，无论在经济上，还是在军事上，都有着翻天覆地的变化。贵国的成功，为敝国树立了一个活生生的榜样。中日两国同文同种，贵国的道路，应该是敝国应走的道路。这就是为什么近几年来大批中国学生来贵国求学的缘故。”

杨度这番话，显然使田中听了很舒服。他谦和地笑着说：“日本永远感激中国的惠赐之恩。徐福带五百童男童女东渡沧海建立日本国的事，虽然还有待考古学家们去证实，但唐初，日本派出了一批又一批的遣唐使去中国留学，以鉴真大师为代表的炎黄精英不惧海涛凶危来日本传经送宝，这都是千真万确的历史。现在，日本走到了前面几步，中国又派出自己的优秀子弟来日本，我以为这也是正常的，中日之间要互相帮助。”

“正是这句话。”杨度由衷地钦佩田中的这番话，他从这个普通老头子的身上看到大和民族博大善良的胸怀。

“我以为中国只有走日本的道路，才可能真正实现富国强兵的理想。不过，君主立宪有两个方面，刚才只谈到君主的一面，另一面是立宪。”田中继续他的宏论，“过去，无论是中国还是日本，都只有君主而无宪法，君主的话就是法。既使得君主的权力无穷无尽的大，同时，国无成法，一切无一个固定的法则，国家就会乱。近代先进的国家学说告诉我们，集中一个国家的一批精英人才，制定一部有效的治国法律，然后从精英人才中推选出一批最优秀者，组成一个既对君主负责又对国民负责的内阁来执行法律。至于君王，只作为国家的代表，监督内阁而不具体执政。这样的国体，才是一个完美理想的国体。”

“田中老先生，”杨度以极其尊敬的口吻说，“您刚才这一席话使我受益匪浅，敝国有一句老话，叫作闻君一席话，胜读十年书，我今天移赠给您，应该是最为恰当的。”

千惠子一直在默默地听着，这时也感慨地说：“爷爷，你今天的话讲得真好。我本来对政治没有兴趣，这下都产生兴趣了。爷爷，天皇应该请你去当首相才是。”

“爷爷老了，都快八十了……”田中说到这里，突然脸色一变，转向千惠子说，“有人来了，你快躲开！”

大家都甚觉意外，一齐向前方看去。

八　遗失在中国的千年古刀又回到了滕原家族

原来，就在前面七八米远处，一个头上蓄着长发，额上绑着一条白布带，身穿灰色武士袍的二十多岁的醉汉，一手握着一把细长的钢剑，跌跌撞撞地直朝千惠子奔来，嘴里大声嚷道：“你这个臭婊子，你花光了我的钱，又跟别人跑了。老子今天捅了你！”

千惠子吓得脸色惨白魂飞天外，两腿抖抖索索地，居然一步都迈不动了。田中老两口也吓得不知所措，只顾拖孙女，却又拖不动。杨度也很着急。眼看醉汉离千惠子只有几步远了，他猛然记起腰间正挂着那把马福益所送的古日本腰刀，顿时心里镇静了。今天一早换衣服时，他看到箱子里那把腰刀，到野外看樱花，带把腰刀在身上会有用处的，于是便顺手将它挂在腰间。这时，他掀开上衣，把刀抽了出来，握在手里，大步向醉汉迎过去。那醉汉见有人持刀拦他，狂怒起来，骂道：“马驴，找死来了！”说着，挥起长剑就向杨度砍来。杨度身子一闪，让过了他这一剑，那醉汉以为杨度怕他，更加凶恶了，睁大两只布满血丝的红眼睛，恶狠狠地大叫：“老子先劈了你！”

醉汉横起长剑，用尽力气，直向杨度的腰间劈来。杨度不慌不忙，屏住一口气，两只脚稳稳当当地立定，微微弯屈，摆出一个金刚移山的架势，右手紧握腰刀。眼看着一道剑光闪过，那把长剑已来到身边。杨度挥起腰刀，猛地一砍，只听见“咔嚓”一声，醉汉的长剑已被腰刀削成两截，那醉汉颓然倒下。杨度跨上一步，将醉汉提起。这时，远远的一个老太太大声嚷叫：“请莫杀他，他喝醉了！”

田中这时惊魂方才安定，也忙过去劝阻杨度。杨度笑道：“我不是杀他，我是扶他起来。”

周围已聚集了一大群人。人们纷纷称赞杨度临危不惧的胆量，也惊叹他手中那把腰刀的锋利非常。刚才大叫的那个老太太气急败坏地分开众人，走到杨度身边，两手放在膝盖上，向杨度深深地弯下腰，满脸流着泪水说：“他是我的儿子，请先生宽恕他。半年前，跟他相恋三年的木子小姐随别人跑了。他从那以后便常常喝酒，喝醉后就又哭又闹，疯疯癫癫的，一看到年轻的女人，就说是木子，要拿刀拿棍的。今天在花下，他喝了整整一瓶酒，又把这位太太当成木子了。我只有这个儿子，虽不争气，但他的确不是坏人，请先生和太太原谅他。”

说完又连连鞠躬。

千惠子被老太太叫作“太太”，觉得很不自在，脸色由白变红了。杨度知道老太太误会了，忙说：“她不是我的太太，她是千惠子小姐。您放心，我不会伤害您儿子的。您扶他回家吧！”

醉汉经此惊吓，酒已醒了多半，自己爬起，说了声“对不起”，便满脸羞惭地走出人群。

这突然而来的意外冲击，把大家好端端的赏花兴致全破坏了，尤其是和子老太太，连连念佛，又说：“不看了，找家旅馆歇息吧！”

田中见天色也不早了，便同意老伴的要求，来到附近的庐湖旅馆，租了两间客房。他和杨度住一间，千惠子和奶奶住一间。

吃过晚饭洗过澡后，醉汉给千惠子所留下的最后一丝恐惧感都已消失殆尽。奶奶在琐琐碎碎地清理随身带的杂物，她一个人懒散而舒适地靠在被子上，思绪如同一只断了线的风筝，无拘无束地飞来飘去。从昨天到今天，十九岁的女学生觉得这是她有生以来最不平凡的两天。

从爷爷的信中，千惠子早就知道爷爷的家中住了一个年轻又有才华的中国留学生。出于对中国文化的爱好，她想见见这个人，只是这半年来忙于功课没有到东京来。昨天一进屋，见到悬挂在墙壁上的《湖南少年歌》，立时就被诗中强烈的爱国情绪和雄壮的男儿气魄所吸引，再加上端实而灵逸、雄劲而奔放的书法，在千惠子看来，那仿佛就是五千年华夏文化的缩影，心中赞叹不已，艳羡不已。待看到这个留学生本人时，又为他不同凡俗的风度而惊讶。就在那一刻，千惠子心中突然涌出一股从来没有过的激情。这种激情，昨夜几乎伴随她一整夜。

千惠子是一个活泼开朗而又纯洁自矜的大家闺秀。富裕的家庭，美丽的容貌，使得登门求婚者络绎不绝，但她的芳心从来没有为谁而动过。她向往中国古代诗词中那种高尚无瑕的恋情，也暗暗地描摹过未来的白马王子的形象。然而因为缺少现实的对象，这个白马王子的形象总是模糊的，但这两天来似乎有点变化。

千惠子年年踏青赏樱花，觉得唯独今年的春光格外的明媚，樱花也格外的亮丽。她的心中，似乎常常感觉到有春风在吹拂，有暖气在回荡。今天一整天，她都想与这个异国留学生多接触，多听听他说话。你看他谈起自己的治国大纲来，那情绪的高昂，那信念的坚定，那神态的潇洒，仿佛就是《英杰传》中那位卓荦不凡的伊滕博文似的。一股莫名其妙的情感驱使着她从床上跃起。她要到隔壁房间去！

刚迈开步，她又犹豫了：这么晚了，去说些什么呢？况且爷爷也在那里。猛然，她想起了白天那把削断醉汉长剑的腰刀，如此锋利，真不多见。对！借口看看他的腰刀，就从腰刀谈起。千惠子欣喜极了，对奶奶说声“我到爷爷那里去了”，便轻捷地出了房门。

杨度和田中正在闲谈，见千惠子进来，忙招呼她坐。千惠子笑着说：“杨先生，想不到你一介书生还有这么好的武功。你是怎么学来的？”

“怎么学来的？”杨度痛快地一笑，“你不记得我的《湖南少年歌》里诗句：我家数世皆武夫，只知霸道不知儒；家人仗剑东西去，或死或生无一居。我的武功是祖传的。”

田中微笑着说：“杨先生文武双全，真是个了不起的人才。”

“这样说来，杨先生白天使用的那把腰刀也是祖传的了？”千惠子望着杨度，两眼射出迷人的光彩，“杨先生的祖传宝刀能不能让我们看看，开开眼界？”

“武功虽说是祖传的，这把腰刀却不是。”杨度说着起身，从枕头底下把腰刀拿出来，递给千惠子。“你绝不可能想到，这把刀恰恰是贵国打磨出来的。”

“日本的？”田中祖孙俩异口同声地发出惊叹。

千惠子接过腰刀，手指在刀刃上轻轻地触了一下。田中也凑过脸去仔细地欣赏，说：“看这样式，是像我们日本的刀。造型古朴，像是古物。”

千惠子拿起刀来，这边看看，那边看看。慢慢地，她的眼光停在刀柄上那七颗熠熠闪光的黑色珠子上，突然，她对杨度说：“我外祖父有一把和你一模一样的腰刀，刀柄上也有七颗珠子，不过不是黑色的，而是红色的。”

“真的？”杨度惊喜地说，“你外祖父也有一把这样的腰刀？”

“真的，我不骗你！”千惠子认真地说，“四年前，我过十五岁生日那一天，爸爸、妈妈、外祖父、外祖母一起为我祝贺生日。吃过饭后，外祖父带着微微的酒意，从卧室里双手端出一样东西来。我一看，原来是截木头。木头是栗黑色的，没有上漆，看样子有许多许多年了。木头有两尺来长，半尺多宽，三四寸厚。我觉得奇怪，便问外祖父这是什么东西。外祖父说我打开给你看。外祖父将木头两侧的插销拔掉，用力一拉，木头分成了两块。两块木头都挖空了。一块挖空处卧着一把古色古香的腰刀。外祖父把腰刀拿出来，对我说，这是我们滕原家族世代传下来的一件宝贝。原本有两把，号称雌雄刀。两把一模一样，枣木刀柄上都按北斗七星的图形布下七颗宝珠。不同的是，雌刀的珠子是红的，雄刀的珠子是黑的。我外祖父手里的刀，柄上的珠子是红色的。我问，这把刀是雌刀了，那么雄刀呢？外祖父说，雄刀当年被先祖带着去了中国，后来先祖死在中国，那把刀也就不知下落了。我问外祖父先祖叫什么名字，是哪朝人，为什么去中国。外祖父说我还小，不多说了。又说四五年后，如果我妈还没生男孩的话，这把腰刀就归我继承，到那时再把滕原家族的传家宝的原委详细告诉我，说完，外祖父又将刀仔仔细细地看了一遍，然后放进木头挖空处，最后将两块重新合拢，插上插销，双手捧着它，走进了卧室。”

“想不到你外祖父还有这么一个宝贝，我们相识几十年了，就没听他露半点风！”田中边说边从孙女手中拿过腰刀，对它重新审视了一番。

“有这么巧！”杨度异常兴奋，“说不定我这把刀就是你家的那把雄刀。千惠子，你拿回去，给你外祖父看看！”

“这样吧！”千惠子做出了绝定，“明天我们绕点路，从横滨回东京，请杨先生到我家去做做客，当面看看那把镶红宝石的刀。”

“好极了！”杨度喜形于色，一口答应。

田中也很高兴，说：“若真的这两把刀破镜重圆，那的确是一件奇事。”

这一夜，杨度和隔壁房间里的千惠子都兴奋得大半夜没睡着。

箱根离横滨不过四五十里路程，第二天中午，千惠子带着杨度和爷爷奶奶回到家。父亲田中君代有事到北海道去了，外祖父滕原信宇、外祖母米子和母亲美津子欢欢喜喜地接待大家。千惠子向外祖父外祖母和母亲介绍了杨度。一家人都向杨度鞠躬致意，杨度也一一还礼。

千惠子对他们说：“杨先生有一把镶黑宝石的腰刀，也是按北斗星座的位置镶在刀柄上的，很可能是我们先祖遗留在中国的那把宝刀。”

千惠子满以为外祖父会很惊喜，谁知他脸上毫无异样的表情，只是淡淡地笑了笑，没有做声。杨度也随着千惠子的眼光转向滕原信宇。滕原比田中显得年轻很多，矮而略胖的身材结结实实的，头顶上大半头发虽已秃谢，脸色却红光亮堂，两只眼睛也有精神。他一手托着茶碗，一手摸着光光的肥厚下巴，有一种长期养尊处优的仪态。

美津子问女儿：“你怎么知道杨先生有一把镶黑宝石的腰刀？”

“妈妈，若不是杨先生这把腰刀，我昨天差点出大事了！”

千惠子话刚出口，母亲和外祖父外祖母几乎同时问：“昨天出了什么事？”

房间里的气氛顿时紧张起来。杨度从这瞬间的变化中看出了千惠子在家里的地位，它是自己腰间的这把小刀所万万不可企及的。

千惠子将昨天赏花过程中遇到醉汉撒野的事大致说了一遍，当说到腰刀把醉汉的长剑削成两截的时候，杨度看到滕原的眉尖抖动了一下。

“杨先生，请问你这把腰刀是府上家传的，还是自己买的？”滕原很有礼貌地问。

杨度欠身答道：“既不是祖传，也不是自己买的，这把腰刀乃朋友所赠。”

“噢！”滕原轻轻地点点头，“请原谅我再问一句，赠刀者是官宦子弟，还是书香世家？”

“既非官宦子弟，亦非书香世家，我的这位朋友乃江湖英雄。”

“啊！”滕原的脸上微露一丝惊讶，稍停片刻，他又问：“这位英雄从何处得到这把刀呢？”

杨度本想从实告诉他，是从古墓里得到的，但从刚才滕原脸上的表情中看出他对“江湖英雄”怀着世俗的偏见，若实说，他会更害怕，也可能会对自己敬而远之，遂扯了一个谎：“这位朋友偶尔在一个古洞里发现的。”

“噢。”滕原的脸色平静下来。“这样说来，杨先生，你不知道这把腰刀的来历，是吗？”

杨度笑道：“我不知道。”

“外祖父，你老是问什么，看看刀吧！”千惠子见外祖父对她的这一重大发现并未给予应有的重视，心中颇为不满。

“好，好，正要瞻仰杨先生的宝刀。”滕原说着站了起来。杨度也忙站起，从腰间解下刀，双手递过去。

滕原从黑牛皮刀鞘中抽出腰刀来，只见寒光闪烁，刀刃锋利。他在心里赞叹：“果然是把好刀！”他又细细地看了刀柄，黑沉沉的枣木刀柄上当真镶着七颗发亮的黑宝石，也真的是按北斗七星的位置排列，大小间距也与家藏的那把差不多。米子母女也都专注地审视着，大家都不做声。过了好一会子，滕原将刀重新插进刀鞘里，双手恭还给杨度，微笑着说：“杨先生这把刀的确是把好刀，但不是敝先祖丢失在贵国的那把雄刀。那把刀已失去千多年了，恐怕早已不存人世。”

千惠子大为扫兴，嘟着嘴巴说：“外祖父，你怎么能断定不存人世了。这把刀和我们家的一模一样，正是黑宝石镶的北斗星，你不妨把家里的那把拿出来比一比嘛！”

田中龟太郎也很想见见滕原家藏的刀，于是帮着孙女说话：“老弟呀，我们是几十年的亲家了，你一直对我保密，我都对你有意见了。你今天拿出来给我和你亲家母看一看吧！这位杨先生是一位至诚君子，管它这把刀是不是你家那把雄刀，你就看在他昨天救你宝贝外孙女的分上，也要让他看看嘛！”

“爸爸，你就拿出来给爷爷奶奶和杨先生看看吧！”美津子也怂恿着。

滕原拗不过众人，又觉得不拿出来，也确实失礼于这位中国留学生。“好吧，你们稍等一下，我去拿！”

一会儿，滕原从卧室出来，双手捧着一截旧木块。里面果真放着一把没有刀鞘的腰刀。滕原将腰刀取出，双手递给杨度说：“这就是舍下收藏的雌刀，请杨先生过目。”

杨度恭敬地接过刀。这把刀与自己的那把，无论形状还是大小，真的一模一样，刀柄上那七颗宝石也正是一个造型美丽的北斗星座，宝石闪烁着深红色的光彩，比起自己的那把来，威武之中更添一种妩媚之气。称它为雌刀，真正恰如其分。因滕原并不承认雄刀的身份，所以杨度不说什么，看后便客气地还给了主人。滕原又捧给田中看。田中接过后眯起眼睛，皱紧眉头，从刀尖到刀尾，从正面到背面，认认真真地端详了一番，然后又要来杨度的刀。他把两把刀并排摆在左手掌上，右手从上衣口袋里掏出老花眼镜来戴上，就像一位考古学家似的，一丝不苟地考察着，鉴别着，反复将刀尖刀身刀口刀柄，尤其是那七颗宝石比验着。凭着他数十年的博闻广识，他基本上可以肯定，这两把刀出自一个工匠之手，杨度的刀应该就是那把丢失在中国的雄刀。但他不想把自己的判断说出来，因为他知道亲家把这把祖传的刀看得很重，不愿意轻易承认别人的刀是自己的祖产，何况世间偶合的东西也不是没有。北斗七星为古今所共仰，以它的形状作为图标也绝非一人的奇想。一向办事说话稳重的田中老先生长久地缄默着。他凝视手中的两把刀，有时把它放到镜片边，有时又把它拉得离眼镜远远的。蓦地，一个想法在他的脑中浮起：若真的是雌雄刀，应该可以合得起来。他立刻把两把刀尖对尖、尾对尾地合在一起，左挪右移，总觉得有点隔阂。他把刀分开，仔细地查看。原来，两把刀的柄尾略有点不同：滕原的刀柄尾处有一个凹下去的小三角形，杨度的刀柄尾处有一个凸出来的小三角形。田中极其小心地将这两个凹凸小三角形对好，然后再一合，果然一丝空隙都没有了，两把刀合为天然的一把。他暗暗称赞当年那位工匠的高超手艺。设计匠心良苦，锻冶技术之精更是世间罕见——这把雄刀历尽千年劫难，居然仍与当初打造出炉时的模样丝毫无损！

田中正要取下眼镜时，又忽然发现刀柄侧面上似乎有几个字。他把合起来的两把刀再次拉到镜片边。果然不错，刀柄侧面现出四个字来。这一惊非同小可！他抬起头来问："亲家，打造这把刀的先祖名字，你知道吗？"

"知道。"滕原似不在意地回答。

"请你告诉我。"

"老人家叫滕原一夫。"

"亲家，你过来看看，这是什么？"田中指着合起来的刀柄，大声地叫唤着。

滕原起身走过来，弯下腰一看，心里大吃一惊，怎么回事？这刀柄上不正是"滕原一夫"四个字吗？他不敢相信自己的眼睛，对身边的夫人说："你把我的眼镜拿来！"

米子很快从书房里拿来一副眼镜。滕原接过，又从上衣口袋里摸出一块小手绢来擦了擦镜片，戴上后再弯腰一看，镜片中清清晰晰显出四个字：滕原一夫。

这时，千惠子、美津子、和子、米子一齐围了过来，大家都看到了"滕原一夫"四个字。

"亲家！"田中紧紧地握住滕原的手，激动地说，"再不会错了，这真的是那把雄刀！"

滕原睁大眼睛盯着镶黑宝石的腰刀，许久许久才动情地说："真是我们家的雄刀回来了！"

一句话刚说完，两只眼睛便湿润了。他摘下眼镜，用手绢擦着眼睛。千惠子过来，抱着外祖父的肩膀，无比欢喜地说："外祖父，我没有说错吧，我们要好好感谢杨先生！"

"是的，我们全家都要感谢他！"米子擦拭着眼睛，喃喃地念叨着。

"不要感谢。"杨度站起来，从田中手中取回腰刀，豪爽地说：

“这把腰刀能回到主人的家中，是一件很令人欣慰的事。滕原先生，您这就拿去吧！”

“不，不！”滕原伸出双手阻挡着，“虽说这把刀是我们滕原家的，但已失落千年了，现在的主人就是你，我不能凭空要你的。”

“滕原先生！”杨度诚恳地说，“敝国有句老话，叫作物归原主理所当然，无所谓凭空不凭空。”

田中感动地说：“杨先生，你是一位义气深重的君子，我的亲家不会亏待你的。”

“杨先生，这样吧！”滕原思考片刻说，“刀你暂且收起，容我们再商量一下。今晚上，我把这对雌雄刀的历史好好地跟你说说。”

“好吧。”杨度把刀插进牛皮鞘里，重新挂在腰间。

九　滕原对今天的留日生讲述古代遣唐使的故事

滕原把杨度安置在家中最好的客房，晚上，又特为在一家名叫海龙酒楼的中国餐馆里订了一桌丰盛的酒菜招待他。吃过饭后，滕原将杨度请进二楼的一间小房子。

这是一间布置得相当精致的会客室，全部西式摆设。地上铺着厚厚的绒毯，摆着四个宽大松软的牛皮沙发。四壁贴着墙纸，墙上挂着三幅装潢考究的西洋油画。北边那幅大森林油画下是一个敞开的壁炉。因为天气暖和，壁炉里没有生火。一个男仆进来，上了两杯咖啡。

“杨先生，请喝咖啡。”滕原换上一套浅灰色西服，系上一条大红领带，显得更年轻了。粗粗一看，简直不到六十岁。他指着红领带说：“今天是我们滕原家族的大喜日子。我特地系了它，以示庆贺。”

杨度端起咖啡杯，笑着说：“今天也是我到日本以来最快乐的一天，我和你们一起祝贺它。”

“说起这对雌雄刀，还有一段凝聚着日中两国友好交往的动人故事。”

“真的吗？请您说给我听听。”杨度放下咖啡杯，专注地望着滕原。

“这还是公元八世纪初叶的事情。”滕原两手托着小小的咖啡杯，面色凝重，慢慢地叙说着滕原家族世代流传的古老的故事。

日本大宝二年，正是中国唐朝武则天执政的时候。那时，中国以其高度发展的经济和文化吸引了世界各国，日本文武天皇向中国派出了第一批遣唐使，除国家使节外，还有一批年轻的留学生，他们随同使节来到长安，然后在长安住下，潜心学习大唐帝国的文化。这一批留学生中有一个便是滕原信宇的先祖滕原一夫。

滕原一夫那年正当二十岁，没有结婚，是一个聪明颖秀的学子。滕原一夫来到长安一年后便掌握了汉语，能流利地用汉语与中国人交谈，也能读得懂当时唐朝廷颁发的文书告示。一夫有感于大宝元年所制定的《大宝律令》的不完善，便潜心钻研唐朝的各种刑令法律。经过两年多的刻苦学习，他已通晓了大唐帝国的大部分律令。

这代日本天皇对都城滕原京不感兴趣，决定在奈良再建一个都城，遂命令在长安的日本留学生于半年内画出一张长安建筑图。一夫以出众的才智被推举为总绘图师。半年后，一夫带着全套长安建筑图回到东京，立刻参与了奈良平城京的建设。合同三年，平城京建好。它完全依照长安的样子，东西三十二町，南北三十六町，不论东西南北，每隔四町均有大路相通，形成整齐的棋盘街。在北面的正中处，建了一个占地八町的皇宫。当然，平城京远没有长安的大，它只有长安的四分之一，但比起滕原京来则要壮丽得多了。

天皇很满意，当年便率百官贵族迁到这里，从此开创了日本人民引以自豪的具有灿烂文化的奈良时代。天皇重赏了一夫。也就在这年冬天，他和出身名门的乔子小姐结了婚，天皇还给他们送了礼，一时成为轰动京城的佳话。婚后夫妻二人十分恩爱，日子过得甜美。一晃三年过去，乔子为一夫生了两个儿子。一夫想起在长安的学业并没有结束，便和乔子商量，要重返长安，继续中国律令的研究。

乔子舍不得丈夫远离，但对丈夫的志向很能理解，因为丈夫要把强盛的大唐帝国的律令全部学过来，以便为制定完备的日本律令提供一份最好的借鉴。丈夫是为了国家强盛而暂时离开她和孩子的，深明大义的乔子含泪同意了一夫的远游计划。

出于对丈夫的深切的爱，也盼望丈夫早日学成归来，夫妻重圆，乔子用重金雇了一个手艺极高的铁匠打造了一对雌雄腰刀。这两把腰刀外形一模一样，分开为两把，合起来为一把，唯一不同之处是刀柄上所镶的北斗七星的颜色。雄刀为黑宝石，雌刀为红宝石。为了表示夫妻永远一体的心愿，乔子将两把刀合起来，亲自用雕刀在刀柄上刻下“滕原一夫”四个字。雌雄刀装在一截阴沉木做成的木盒里。

离开平城京的前一夜，乔子将雄刀从木盒里取出来，插进一个牛皮制的刀鞘里，郑重送给丈夫，流着泪对丈夫说：“你将这把雄刀佩戴在身上，天天看到它，天天记得家中的雌刀在盼望它早日归来，与它团聚。此刀锋利无比，万一遇到坏人，它还可以作防身之用。千万不可丢失！”

一夫接过妻子所赠的腰刀，同时也将妻子的一番深情珍藏心中。第二天一早，他离开娇妻幼子，再渡沧海，负笈西游。

一夫到了长安后，一头扎进卷帙浩繁的簿书中。为了将大唐律令的沿革弄明白，他又把唐以前的各代有关文书简策找来阅读。研究之余，一夫迷上了中国的诗歌，自己居然也能写出很不错的汉诗来，并与当时长安的著名诗人沉佺期、张九龄、王翰、王湾等结为诗友，互相唱和。然而，不管埋首群籍之中也罢，吟咏宴席之上也罢，一夫都排除不了对妻子和两个儿子的刻骨思念。他常常在夜深人静的时候，对着明月抚摸着那把妻子亲手所赠的腰刀，仿佛已飞越了高山大海回到平城京的家中，正抚摸着妻子那双冰清玉洁的纤纤小手。张九龄很能理解他的这种思家之情，特为送他一张条幅，上面写着他那首脍炙人口的《望月怀远》：

海上生明月，天涯共此时。情人怨遥夜，竟夕起相思。
灭烛怜光满，披衣觉露滋。不堪盈手赠，还寝梦佳期。

张九龄这首诗写的正是一夫的心情。他将条幅挂在壁上，夜夜诵读，夜夜相思。为了早日回家团聚，他加快了研究速度，并同时将研究的成果整理出来。

日本养老元年初春，一份八九万字的研究成果出来了，他兴奋地给这份成果标个题目，叫作《大唐刑律法令考查存要》。他把这份《大唐刑律法令考查存要》送给张九龄看，请张提意见。张甚为称赞，同时也给一夫指出一个疑点，并告诉一夫，要解决这个疑点，可以请教沉佺期，但沉这些日子在凤翔法门寺养病，要到暮春天气和暖时才回长安。

等到暮春尚有两个月，第三批遣唐使将在四月初起航回国。如果等沉佺期暮春回长安后，再从长安到渤海湾，无论如何赶不上这批回国的航船。滕原一夫回家心切，决定自己去凤翔法门寺找沉佺期。张九龄说，现在正是大雪封山的时候，沿途多险，不去为好。一夫谢绝了好友的规劝，独自一人离开长安奔法门寺而去。

三月中旬，正是及第举子们“春风得意马蹄疾，一日看尽长安花”的时候，沉佺期从凤翔回来了。张九龄问他是否见到滕原一夫，沉说根本就没有见过他的面。张大惊，派人沿途去查询，都说不曾见过这样一个人。从此以后，再无一夫的音讯了。彻底绝望的张九龄、沉佺期趁着又一批遣唐使回国的时候，把那份挚友为之付出生命的《大唐刑律法令考查存要》托带回国。日本朝廷对这份《存要》视为珍宝，养老三年颁布的《养老律令》，基本上就是按照这份《存要》制定的。

为表彰滕原一夫舍身求法的崇高爱国精神，天皇追封他为右大臣，又赐给他家一座十分宏丽的住宅。但乔子却不相信自己的丈夫已埋骨异乡，她天天把木盒打开，久久地凝视闪烁着红色光彩的雌刀，她坚信丈夫一定会回来，雄刀一定会和雌刀团聚在一起。然而，乔子一直到头发变白也没有盼到这一天……

滕原信宇说到这里，早已嗓音嘶哑。他将手中的咖啡杯送到嘴边，慢慢地吮着。杨度被这个故事深深地打动了。他绝没有想到，那年马福益所赠的这把古倭国腰刀，看似平平凡凡，却原来这样的非同寻常。这把刀可说是爱情和爱国的象征，是崇高追求的象征，是献身伟大事业的象征。自己曾经拥有过它，真是幸运，而今天又由自己亲手将它送回滕原家族，更是一种莫大的荣耀。

他对滕原信宇说：“当年，友人将这把刀送给我时，我和我的老师都以为这是古代一位将军的指挥刀。我的老师还按这个想法写了一篇古风。没有想到它出自闺阁之手，是一个书生的佩饰，令先祖夫妇的情操，真令我钦佩。我想，这把刀今日回到您的手里，不仅仅是滕原一个家族的喜庆，也是中日两个国家友好交往的一段佳话。”

说到这里，他再次解下腰刀，说：“滕原先生，你不要推辞了，收下吧，它也可以作为中国人与日本人友谊的一个见证。”

“谢谢，杨先生，我会收下的。”滕原并不急着接过腰刀。他以手示意，杨度明白，遂将腰刀放到茶几上。

滕原继续说：“正如杨先生你刚才说的，腰刀的回归，既是滕原家族的喜庆，也是日中友好的一段佳话。杨先生愿意慷慨割爱，我们若无表示，岂不显得我们滕原一家太自私了吗？”

“滕原先生，您说哪里话来！敝国有句古话，叫作施恩图报非君子，何况物归原主，还谈不上‘施恩’二字，我不需要你们的表示。”

杨度由衷的诚意使滕原很感动。他想了一下，决定把原定的回报加大一倍：“杨先生，你为我们带回了失落千年的雄刀，对于滕原家族来说，无疑归还了一件无价之宝。如果你不嫌少的话，我想回赠你二十万银圆。不知你可否赏我一个面子收下。”

二十万银圆！杨度心里大大地吃了一惊。当时清朝廷为官费留日生提供的费用，按学校的不同，每月在四百至五百银圆之间。这笔费用不仅够留学生本人的各种开支，还可以用剩余的钱雇一个下女。所以当时许多官费留学生都雇了下女，既为他们打杂役，又供他们消遣取乐。王代懿就是其中一例。二十万银圆，意味着三四十个中国留学生一年的经费。这笔数目相当庞大。有一大批自费留学生，他们的境遇十分窘迫，不得不利用课余去打工帮佣。银圆，对他们来说是多么重要！还有许多维新志士，他们要办报纸杂志，鼓吹自己的政治主张，唤醒沉睡中的广大民众，他们急需大量的资金。更有不少革命党，他们要实行武装推翻朝廷的鸿图大业，购买枪支弹药，组织敢死队员，奔走东西南北，联络山堂会党，每项开支，都需巨款。总之，所有在日本的中国留学生，除开那些家资富饶又无政治目的的纨绔子弟和那些有官费而又一门心思只想求知识的本分人外，莫不迫切需要银圆。

杨度虽是自费生，但一来田中已答应免费提供食宿，二来杨钧节俭寡欲，常可帮助哥哥一点钱，何况他一心要做一个侠义君子，只在情谊，不索报酬，他正要婉言谢绝，突然想起一件事来。

那是两个多月前的一天夜里，刘揆一的胞弟刘道一匆匆来到田中寓所，告诉他一个惊人的消息：湖南灾情严重，人心浮动，正是揭竿起义的好时候，黄兴、刘揆一已回国，在湘中一带暗地活动，准备择日起事。但眼下有两大困难。一是资金短缺、枪弹匮乏，二是无可靠的会党首领可共事。刘道一问杨度有无办法。

杨度一听，思索良久。他虽然在努力寻求以君主立宪的方式挽救中国，但对黄兴、刘揆一等人的武力暴动也并不反对，有时他还认为这或许也是一条路。要走武力这条路，见效最快的是利用会党的力量。往哪儿去找呢？他无意间看见悬在床头的腰刀，想起赠刀的马福益及大空和尚。大空曾是哥老会头领，马福益这个人，从哪方面来看，都像个非等闲人物，说不定是个大头领。大空已离开密印寺不好找，但马福益却是可以找得到的。杨度将寻找马福益的方法告诉了道一。至于筹款，他却是一点办法都没有。

现在，这位富商愿以二十万相赠，何不先把他的钱拿过来，资助黄兴、刘揆一呢？转念一想，这毕竟有点索报的味道，君子不屑为此。稍停一会儿，他有了一个两全其美的主意。

"滕原先生，你的慷慨使我钦佩。二十万元巨款，我是万万不能收的，只是眼下我有一批朋友要办一件大事，正火急需要钱。你先借我五万，待他们事成之后，一定归还。"

"好！"滕原见杨度想了这么久，最后还是同意接受五万，很高兴，说，"什么借呀还呀之类的话都不要说，五万银圆，就算我们滕原家族的一点小意思了。"

说着，从西服里子口袋里拿出一叠支票来，填上五万元的数字，撕下交给杨度。杨度接过，说："请你叫仆人拿纸笔来，我立个字据。"

滕原站起，哈哈一笑："什么字据不字据，你太认真了。"

杨度固执地说："我既然说是借，当然要有个字据才是。"

"也行。"滕原略想了一下，顺手按了按电铃，刚才送咖啡的仆人应声进来。滕原对他说："你去拿一张上等宣纸和毛笔砚台来。"

一会儿，仆人右手捧着笔砚，左手拿一张卷着的宣纸进来，放在茶几上，铺开纸后退了出去。

杨度见那张宣纸足足有四尺多长、二尺来宽，笑道："立一张借据，何须如此大的宣纸！"

"不是借据。"滕原说，"方才杨先生说过，你的老师曾按将军指挥刀的构想为这把雄刀写过一篇古风，我想那一定十分有趣。拿宣纸来，是想请你把这篇古风抄赠给我。"

"好哇！"杨度很乐意为人写字，他边说边将纸抹平，"不过，诗中咏的与令先祖的行事不相吻合呀！"

滕原笑道："没有关系。让这把雄刀带着一段这样的传奇回到老家更好。"

杨度提起笔，凝神片刻，王闿运当年鉴赏这把腰刀即景吟咏的那一幕浮现在眼前。宣纸上出现了杨度雄浑而潇洒的字迹：

生赠友人观斗篇，友人赠生古倭刀。
诗成明珠照神骨，刀如秋泉割云窟。
吾观锋刃浮海来，昔人佩之登将台。

中原百年洗战血，边塞再乱如奔雷。
龙蠖乘时能屈伸，誓将提挈靖烟尘。
悲风夜卷北山雪，晴日朝分西海云。
不须剸割试铦利，一条寒光生壮气。
白霜莹透秋鹰棱，青电平磨老鲛背。
本知神物不妄伤，奇气惊人人走藏。
空堂广坐起芒刺，世间不敢看锋芒。
冰文霜华仍寸裂，出匣入匣经年月。
大冶镕成信不祥，百炼纯钢终自折。
长虹耿耿北斗摇，儿童魑魅皆寒毛。
休辞弃置比凡铁，为应留用与铅刀。

王闿运的《古倭刀歌》录完后，杨度又在旁边写了一条注文：“当年滕原一夫为精研大唐律令，致使雄刀失落于中国。越千年之后，杨子为求宪政而负笈东瀛，将雄刀带回，面交滕原信宇先生，真人世间一段奇缘也。吾师湘绮先生曾有《古倭刀歌》一篇，虽与史实不合，然心意固美。今遵主人之嘱，录之以供后人一笑。湘潭杨度皙子谨志。明治三十八年樱花时节于横滨。”

杨度放下笔，将腰刀放在宣纸上，对滕原说：“请你一并收下吧！”

“我祇领了！”滕原双手放在膝上，向杨度深深一鞠躬。

夜晚，躺在松软舒适的钢丝床上，杨度兴奋得久久不能入眠，一段可载于《今古奇观》的故事实实在在地发生在自己的身边，而自己也是其中的当事人之一，已够使他兴奋不已了，突然而来的五万银圆也足以给自己和朋友们带来实惠。他将五万元做了个大致的安排。

自己留下两万。从这两万中拿出三千给弟弟。杨钧喜欢收集古碑古画，买这些古董要大钱。再给五百给代懿，要他寄三百回家去，将叔姬母子接到东京来，剩下两百租赁房子，购置家具。待叔姬来后，再给两千五百给她，以示对弟妹一视同仁。他不能先把三千给代懿，说不定代懿会把这笔钱塞给那个日本下女。

再拨出一万来给梁启超。梁启超这几年办《新民丛报》，近来又开办《新小说报》，经费拮据。这一万给他，必定可助他为国家做出更大的贡献。

剩下的两万，即刻汇往长沙给黄兴、刘揆一。他知道，湘江边的革命党朋友们是何等急切地需要大批款子，五万全部给他们也是不够的。但杨度不能全部给他们。

黄兴的革命是救国的一条道路，梁启超的维新也是救国的一条道路，而自己所探索的以金铁主义为宗旨的君主立宪制也是救国的一条道路。如同对待弟弟妹妹应该一视同仁一样，杨度对这三条救国道路也采取一视同仁的态度。

正当远方的游子尚在思考探索的时候，故园的热血子弟已在磨刀擦枪图谋暴动了。